中国当代文学批评史

陈晓明 主编

北京大学出版社

图书在版编目(CIP)数据

中国当代文学批评史/陈晓明主编. —北京：北京大学出版社，2022.3
ISBN 978-7-301-32903-0

Ⅰ.①中… Ⅱ.①陈… Ⅲ.①中国文学—当代文学—文学批评史 Ⅳ.①I206.09

中国版本图书馆 CIP 数据核字(2022)第 032232 号

书　　　名	中国当代文学批评史 ZHONGGUO DANGDAI WENXUE PIPING SHI
著作责任者	陈晓明　主编
责 任 编 辑	延城城
标 准 书 号	ISBN 978-7-301-32903-0
出 版 发 行	北京大学出版社
地　　　址	北京市海淀区成府路 205 号　100871
网　　　址	http：//www.pup.cn　新浪微博：@北京大学出版社
电 子 信 箱	pkuwsz@126.com
电　　　话	邮购部 010-62752015　发行部 010-62750672 编辑部 010-62756467
印 刷 者	北京中科印刷有限公司
经 销 者	新华书店 965 毫米×1300 毫米　16 开本　45.25 印张　648 千字 2022 年 3 月第 1 版　2022 年 12 月第 2 次印刷
定　　　价	159.00 元

未经许可，不得以任何方式复制或抄袭本书之部分或全部内容。
版权所有，侵权必究
举报电话：010-62752024　电子信箱：fd@pup.pku.edu.cn
图书如有印装质量问题，请与出版部联系，电话：010-62756370

目 录

绪 论 曲折与激变的道路
　　——20世纪中国文学理论与批评的历史变异 …………… 1
第一章 现实主义文学批评范式的确立 ………………………… 51
　　一 现代批评传统的继承与改变：冯雪峰、茅盾 …………… 52
　　二 社会主义现实主义的中国化：周扬 ……………………… 64
　　三 现实主义的异端：胡风的理论批评及其被批判 ………… 76
　　四 《文艺报》与新中国成立初期的文艺批判运动 ………… 87
第二章 现实主义文学批评的内在建构 ………………………… 97
　　一 现实主义广阔道路与开放的可能性 …………………… 97
　　二 围绕赵树理方向的文学批评 …………………………… 107
　　三 围绕《创业史》《红旗谱》《青春之歌》的文学批评活动 … 117
　　四 关于革命历史叙事、民族形式的探讨 ………………… 130
第三章 现实主义的学理化与政治化 …………………………… 144
　　一 关于"人性论"的论争 ………………………………… 145
　　二 关于美学大讨论 ………………………………………… 154
　　三 关于典型性与形象思维 ………………………………… 166
　　四 姚文元代表的政治激进化批评 ………………………… 178
第四章 诗化的政治与政治的诗化 ……………………………… 196
　　一 共和国抒情诗的塑造：关于贺敬之诗歌的评论 ……… 197
　　二 诗的现实与激情：关于郭小川诗歌的评论 …………… 213
　　三 诗的情感与形式：关于闻捷、李瑛诗歌的评论 ……… 229
　　四 诗的格律问题的讨论：诗的民族性与世界性 ………… 242
第五章 恢复的现实主义文学批评 ……………………………… 253
　　一 "拨乱反正"的批评家：冯牧、陈荒煤、张光年、周扬 …… 255

二　"保卫马克思"阵营:林默涵、郑伯农、程代熙、
　　　　陆梅林、陈涌 ………………………………………… 266
　　三　现实主义的坚守:朱寨、张炯、曾镇南、
　　　　顾骧、刘锡诚、蔡葵 …………………………………… 280
　　四　当代文学学科的建制:北大与多所高校的
　　　　当代文学学科 …………………………………………… 295

第六章　现实主义文学批评的深化 ……………………………… 303
　　一　新的美学原则:1980年代美学热与学理重建 ………… 304
　　二　新现实主义的理论建设:钱中文、童庆炳 …………… 330
　　三　新现实主义的批评:雷达、何西来等 ………………… 342
　　四　《当代文艺思潮》《当代文艺探索》等批评刊物 ……… 351

第七章　批评的个性化与审美的能动性 ………………………… 355
　　一　审美的反思:变革中崛起的新一代 …………………… 356
　　二　开创新的文学观念:现实主义再出发 ………………… 380
　　三　未完成的现代主义批评 ………………………………… 401

第八章　新的美学原则与诗歌批评的更新 ……………………… 416
　　一　体现"新的美学原则"的新诗潮批评 ………………… 417
　　二　兼重历史意识和实验精神的"先锋诗歌"批评 ……… 431
　　三　学院派诗歌批评与诗人批评 …………………………… 443
　　四　1990年代以来的诗歌论争:叙事性、
　　　　知识分子和民间写作 …………………………………… 457

第九章　多元文化语境中的文学批评 …………………………… 470
　　一　"重写文学史"与"人文精神讨论" …………………… 471
　　二　后现代主义理论的引介和批评 ………………………… 483
　　三　1980年代后期以来的先锋派文学批评 ………………… 500
　　四　1990年代以来的文学批评格局 ………………………… 515

第十章　女性文学批评 …………………………………………… 553
　　一　参照系:1950—1970年代 ……………………………… 554
　　二　"女性文学"与"女性文学批评" ……………………… 561
　　三　"女性文学批评"与"女性主义文学批评" …………… 574

    四 "女性文学热"及其后 ……………………………… 588
第十一章　当代台港文学批评历程 ……………………………… 605
    一 台湾文学批评：从光复到1950年代 ……………… 605
    二 现代主义文学时期的批评 ……………………… 614
    三 乡土文学运动中的文学批评及其流变 ………… 619
    四 台湾文学批评的多重脉络 ……………………… 631
    五 1950—1970年代的香港文学批评 ……………… 645
    六 从文学香港到香港文学
        ——1980年代以来的香港文学批评 …………… 656
第十二章　美国的中国当代文学批评 ……………………………… 665
    一 重写中国现代文学史：夏志清、李欧梵 ……… 666
    二 重新想象中国的方法：王德威 ………………… 678
    三 张隆溪、奚密、张英进、刘剑梅 ……………… 689
    四 刘禾、张旭东、唐小兵、刘康、王斑 ………… 700
后　记 ……………………………………………………………… 716

绪论:曲折与激变的道路
——20世纪中国文学理论与批评的历史变异

20世纪中国的文学理论与批评①,无疑是在西方文化挑战下中国本土文学理论与批评寻求现代转型的产物,毋庸讳言,它深受西方的影响。现今众多的研究也足以表明这一影响的路径、方式和结果。但这个情形似乎造成这种印象:20世纪文学理论与批评有一个深远的西化过程。在此观点视域内,中国自己的创造究竟所剩几何却是一个不甚明了的事情。这正如过去我们论及20世纪中国文学理论与批评时概不论及西方的影响一样,只要将其归结为资产阶级的腐朽文化就可以将之封存起来,不再问津。其余就是接受了苏俄的影响造就的社会主义现实主义的成果,这也是既往论述中国文学理论与批评的主要成果,甚至是唯一成果。如此翻版,效果其实如出一辙。中国现代文学理论与批评,究竟在多大程度上是根源于中国现代文学创作的需要而建构起来的?或者说在中国现代文学创造中所起到的作用究竟如何?这些问题并未得到切实的探究。

或许我们应该更加集中去考虑如下问题:中国现代文学理论与批评,在西方(包括日本)以及苏俄的双重夹击影响下,如何极其有限却又顽强地寻求中国理论与批评前行的路径。这里并不想去探讨理论与批评的"本土化"问题,"本土化"在创作上总归是一个天然的毋庸置疑的问题,只要是用汉语写作的文本,总是难脱本土化的语言特性。然而,"本土化"的理论与批评似乎不是那么天然自明,它的含混和似是而非也是多有可质询之处。理论与批评的观念、方法,甚至问题都可以

---

① 因本书申请的课题项目名称为"中国当代文学批评史",是故以"文学批评"为主体,又因为"文学批评"与"文学理论"在很多情况下难以区分,本书在某种语境下,使用"文学理论与批评",为求得语言简练,多数情况下也写作"文学理论批评"。在可以严格界定的具体语境中,更准确和狭义地使用"文学批评"。

是直接受到外来影响的,而且中国现代以来的文学理论与批评实践借自于西方实甚于借自于传统,这是历史事实,也是中国文学理论与批评在那一历史时刻的必然选择。那么现代理论与批评在何种方向上,在何种问题上,可能有本土性呢?确实,"本土性"(或本土化)在理论与批评方面,是一个难以确认的问题。这里只想探讨一个更为狭窄的问题,那就是20世纪中国文学理论与批评在何等程度上以何种方式顽强地寻求自身的路径。这是一种执着而坚韧地要走出中国路径的意识,这并非是要排斥外来影响,而是在强大的外来挑战下,能意识到自身的文学现实、自身的理论目标、自身的理论与批评的问题,一句话,是对中国现代理论与批评的问题意识,由此才有中国路径的开掘。虽然在20世纪理论与批评的原野上,它可能是一条并不清晰、也不宽阔的路径,但唯有这样的路径,才是历史延续之坚定的力量。

之所以在如此大的语境中来讨论这么有限的问题,或者说找寻如此蜿蜒曲折的路径,是因为要在一个较长时段中,才能看到延续至今的那种理论创造的能量,它在任何时候都不曾熄灭过,故而它在今天,在未来,更没有理由不坚韧延伸。

一

20世纪的文学理论与批评确实有强烈的社会变革诉求,文学观念的变革来自社会观念变革的要求,文学往往充当了社会变革最有效也是最直接的推动力。在这一意义上,20世纪中国文学理论与批评一直致力于回应中国本身的社会变革的需要,提出文学的诸项命题,提出文学变革的任务和目标。梁启超在1902年发表的《论小说与群治之关系》,当推这方面的代表作。该文把社会变革的重任交付给文学,而文学的变革实在根源于社会更新的急迫需要:

> 欲新一国之民,不可不先新一国之小说。故欲新道德,必新小说;欲新宗教,必新小说;欲新政治,必新小说;欲新风俗,必新小说;欲新学艺,必新小说;乃至欲新人心,欲新人格,必新小说。何

以故？小说有不可思议之力支配人道故。①

在梁任公看来，他所面对的社会风气实在恶劣得可以，道德败坏，盗贼四起，这些责任均要由旧小说来承担，而新小说则可以扭转乾坤矣！"故今日欲改良群治，必自小说界革命始！欲新民，必自新小说始！"如此看来，西方世界也未曾有过赋予文学（小说）如此重大社会能量与社会责任的理论呼吁。

20世纪中国的文学理论与批评植根于社会大变革的大地上，它当然不可能偏居一隅，赏风花雪月。文学被推至社会剧变前列，文学理论与批评也必然走到时代前沿，甚至以最为激进的方式充当社会变革的号角。这就是20世纪中国的文学理论批评与西方文学理论批评的深刻差异。尽管20世纪的世界历史都是大变动、大变革，西方也同样如此；但中国变革之剧烈在很大程度上是西方列强对中国的侵略之下的应激反应，这就预示了二者将走上不同道路。中国文学理论与批评应对西方的挑战，它要解决的问题和西方的文学理论与批评截然不同。西方的文学理论与批评当然是和它的文学创作密切相关，它们共同植根于浪漫主义文化的土壤之中。也就是说，它并不直接面向现实，中间有一个浪漫主义文化的中介，这是浪漫主义文化发展起来的要求。因而在理论的意义表达上，它要回归人的情感、心理和感觉方式。而中国的文学及其理论与批评则是要直接面向现实，要改革现实，直至直接参与现实革命。

1907年，26岁的鲁迅写下《摩罗诗力说》②。鲁迅在中国新文艺运动发轫时期就关注到西方浪漫主义运动，这只能说是有感于中国现代变革之急迫需要。后来整个中国现代文学理论与批评都走向现实主义，而鲁迅关注到欧洲文学时首先看到的却是浪漫主义。这是颇值得深思的，我们可以由此一窥中国文学及其理论与批评发生之时的原初景象，遥感那一派浪漫气息。要说鲁迅那个时候就看到欧洲现代文艺之本质，有点夸大其词。鲁迅当时年轻气盛，对中国新文艺寄予急切变

---

① 梁启超：《论小说与群治之关系》，《新小说》1902年11月14日第1期。
② 该文最早发表于《河南》（月刊）1908年第2号、第3号。作者署名令飞。

革的期望,这本身就是一种浪漫主义的态度,说新文艺发轫之初有点像德国当年的"狂飙突进运动"也未尝不可。多年之后,以赛亚·伯林关于欧洲思想史有不少论述。他把浪漫主义作为欧洲现代思想文化的根基,这对于我们理解自启蒙时代以来的欧洲文学艺术可能是极有帮助的理论参照。按照以赛亚·伯林的观点:

> 浪漫主义的重要性在于它是近代史上规模最大的一场运动,改变了西方世界的生活和思想……它是发生在西方意识领域里最伟大的一次转折。发生在十九、二十世纪历史进程中的其他转折都不及浪漫主义重要,而且它们都受到浪漫主义深刻的影响。①

这就是说,我们今天称之为现代主义或后现代主义的文化变动,都是源于浪漫主义时代奠定的基础,受益于浪漫主义的滋养,不过是浪漫主义文化在不同时期的变异而已,其根底还是浪漫主义文化②。

如此看来,中国现代的白话文学运动,其发轫之初其实是一场影响深远的浪漫主义运动,只是变革现实的急切渴望迫使其后来"无奈"转向现实主义。浪漫主义那种观念的、自我情感的以及感性地表现生活的方法并没有发展起来,而是转向了历史的客观性总括下的表意方式和理论建构。即使是观念性极强的表达,也采取了客观性的命名,一切都只有在历史、现实与客观性的谱系中来命名。其结果就是,浪漫主义的文化并未有效发展起来,而是让位于"客观的"现实主义。这样,中国现代文学理论与批评固然接受了西方/欧洲的强劲影响,但却是面对自身的现实,肩负自身的使命,开掘自己的道路,始终不脱离中国社会和中国文学的现实。无可否认,鲁迅的《摩罗诗力说》确实最早意识到20世纪中国文学变革的浪漫主义特质。至于历史后来走了另外的道路,那是另一回事。鲁迅自己后来也是被推为中国现代之现实主义宗师,他自己的文艺批评观点,也是要面向现实,睁开了眼看现实,不要瞒

---

① 〔英〕以赛亚·伯林:《浪漫主义的根源》,吕梁等译,南京:译林出版社,2008年,第9—10页。显然,这样的浪漫主义概念与中国文学上经常使用的浪漫主义有些不同。例如,德国古典主义哲学在伯林和哈贝马斯那里,都被理解为主导的浪漫主义传统。

② 有关浪漫主义与中国现代文化的对比问题,可参见陈晓明《世界性、浪漫主义与中国小说的道路》,《文艺争鸣》2010年第12期。

与骗的文艺,倡导"文艺是国民精神所发的火光,同时也是引导国民精神的前途的灯火"。① 他把文艺看成爱的大纛,恨的丰碑。然而,鲁迅的内心始终涌动着激情,那"摩罗诗力说"从未从他内心移除。1925年,他写下《墓碣文》。绕到墓碣的背面,这才读出那些文字,看到的景象是:"抉心自食,欲知本味。创痛酷烈,本味何能知?⋯⋯"如此惨烈!在鲁迅的写作中,那种始终要保持住自我本位精神的冲动从来不曾停息过,这种冲动在中国现代要么是在荒野中游荡的孤魂,要么就是已经被埋葬的肉身,它偶尔复活,那也只能"抉心自食"。如此景象,令人无法不去想中国现代之被压抑的浪漫主义文化,这当然并非什么作为艺术表现方法,或者某种艺术情绪的表达的浪漫主义文化,而是作为一种现代的起源性的本体式的文化原动力的浪漫主义文化。它并没有实现自身的原初冲动,它的转向本身意味着对原初冲动的"抉心自食"。唯其如此,中国现代性文化的展开,就不是因循西方的路径,而是走着一条面对自身现实要求的道路。对于现代性的原初冲动来说,它有一个漫长的被埋葬与被改造的过程。这原本是浪漫主义的文化,却要在其尚未长成之际,强行转向另一种形态,它要去仓促应对中国现代的重大使命与责任。所有这一切,中国现代文艺家——并不只是鲁迅——都要"抉心自食"。如此理解这一点,才可以理解中国现代文艺理论与批评如何走着中国自己的道路,说到底,就是何以现实主义最终压抑并战胜了浪漫主义。本书的理论构想,从这里出发,并非是要描述出浪漫主义与现实主义的争斗线索,而是要揭示现实主义的文学理论与批评何以取得胜利,并且要开创广阔道路而不得。所有后来的变异/变革,都与现实主义自身的困境有关,只有完成现实主义自身的裂变更新,中国的文学理论与批评才能开启前行的路径。也正因为此,本书是把现实主义的理论批评作为一条主线,来审视中国当代文学批评走过的艰难道路。因为现实主义之故,中国的文学批评严格地限制自身,只能在现实主义给定的界线里舞蹈;也因为现实主义之故,中国文学批评

---

① 鲁迅:《论睁了眼看》,写于1925年7月22日。收入《坟》,《鲁迅全集》第一卷,北京:人民文学出版社,2005年,第254页。

被深深印上自己的历史印记。所有现实的渴求、重负、挣脱,都与此有关,文学批评与文学创作,仿佛是为现实承担和赎罪。如此之文学批评史,就不只是政治的肯定与否定可以简单论定的,它激烈而悲怆,粗陋且复杂,直接却多变。

中国现代文学理论批评确实是带着强烈的干预现实的企图来提出各种命题主张,它热衷于指明方向、给出任务,呼唤文学承担时代的使命和责任。中国现代文学理论批评就是社会变革最重要的推动力,文学理论批评的主张与命题,不可能只是限定于文学本身,尤其不可能只是在哲学或美学的范畴内来提出问题,进而建构体系。胡适的《文学改良刍议》公开提出白话文学革命的主张①。彼时胡适在美国留学,关于中国文学的问题,也是与几个留美友人讨论争议所得。胡适一生都受西学影响,文学革命的主张无疑也是在西方科学民主之精神的感召下做出的"冲击—回应"式的反应。但无论如何,这"八事"主张都是从中国现代转型之现实需要来着眼的,故才能成为"今日中国之雷音"(陈独秀语)。人们耳熟能详的是《文学改良刍议》,如果细读一下《逼上梁山——文学革命的开始》一文②,就可更为清晰地了解文学革命发轫时的情景。该文详述胡适和梅光迪、任叔永相互赠诗讨论、争执文学革命,甚至动气的情景,但却是为着中国文学的新生与未来的发展方向着想,少年意气,跃然纸上。可见,文学革命的发生,也并非只是时代使然,还有书生意气的"逼上梁山"作用其间。这些问题,这些问题的产生方式,这就十分地属于中国,也非常现代了,甚或未尝不可称之为现代之浪漫。

陈独秀的《文学革命论》痛陈传统文学痼疾,几乎横扫"贵族文学""古典文学""山林文学",就此直接拉开文学革命的大幕。从此轰轰烈烈的新文学运动声势日壮,一举荡涤了陈腐没落的传统文学。中国新文学的新生,几乎就是伴随中国文化与中华民族的新生高歌猛进的:

> 文学革命之气运,酝酿已非一日,其首举义旗之急先锋,则为

---

① 原载《新青年》1917年1月第2卷第5号。
② 此篇原载《东方杂志》1934年1月1日第31卷第1期。

吾友胡适。余甘冒全国学究之敌,高张"文化革命军"大旗,以为吾友之声援。旗上大书特书吾革命军三大主义:曰,推倒雕琢的阿谀的贵族文学,建设平易的抒情的国民文学;曰,推倒陈腐的铺张的古典文学,建设新鲜的立诚的写实文学;曰,推倒迂晦的艰涩的山林文学,建设明了的通俗的社会文学。①

这样的文学变革呼吁,在世界现代文学史上,也没有先例。中国现代的文学理论批评就是这样顽强地承担起改造中国现实的重任,或者说与文学创作一道,为中国现代的变革与新生开辟精神的和情感想象的天地。

但新文化运动也并非摧枯拉朽,势如破竹,在当时它所遇到的抵抗被称为保守势力。今天看来,保守势力的一些论说还颇为中肯。如吴宓的《论新文化运动》就颇有见地。文章并非一味复古,排斥西学,比之于激进的新文化运动阵营的文章,它要显得平和、中庸得多。吴宓本人学贯中西,在美国留学十年有余,研究英国浪漫主义诗歌。但他在这篇文章中称,英美浪漫主义文学早已经"每下愈况",脱胎于浪漫派的写实派也"已成陈迹"。故而他以为"新文化"反传统反古典实不可取,所谓崇尚西学却不到家。他说:"夫西洋之文化,譬犹宝山珠玉璀灿,恣我取拾,贵在审查之能精,与选择之得当而已。今新文化运动之流,乃专取外国吐弃之余屑,以饷我国之人。"②吴宓认为主张新文化者,对西洋鲜有贯通彻悟,真正读懂西学,就知道与中学并不矛盾。"苟虚心多读书籍,深入幽探,则知西洋真正之文化与吾国之国粹,实多互相发明,互相裨益之处,甚可兼蓄并收,相得益彰。诚能保存国粹,而又昌明欧化,融会贯通,则学艺文章,必多奇光异采……"③这些观点,在今天看来仍十分公允恰切,但在新文化风起云涌之时,吴宓的观点反倒显得不合时宜。似乎中西合璧是虚,打压新文化是实,因而招致猛烈驳斥。

中国现代文学发轫之时还是包含着多种选择的,理论与批评经常

---

① 陈独秀:《文学革命论》,原载《新青年》1917年2月第2卷第6号。
② 原载《学衡》1922年4月第4期。
③ 同上。

承担起这种选择的推动力。茅盾在1920年代先以理论批评著名,他于1922年发表的《自然主义与中国现代小说》一文,气魄挺大,试图给中国小说指出一条最适宜的道路。这篇文章把传统中国章回小说贬抑一通,对"为人生的文学"也有批评。茅盾的基本主张当然是"为人生的文学",但他以为,要写底层,同情"第四阶级",爱"被损害者与被侮辱者",就要熟悉他们的生活。但实际情形是,现在的文学青年并不了解这"第四阶级",写出的东西"总要露出不真实的马脚来"。茅盾提出纠正药方,那就是按照自然主义的方法,老老实实地进行客观描写,这才可能写出真实。值得注意的是,茅盾并不排斥"新浪漫主义",他承认新浪漫主义"在理论上或许是现在最圆满的",但是"给未经自然主义洗礼,也叨不到浪漫主义余光的中国现代文坛,简直是等于向瞽者夸彩色之美。彩色虽然甚美,瞽者却一毫受用不得"①。这大约是指"创造社"那一拨人的艺术主张不合中国当时的水土。此中透出的信息却是颇有意味,中国现代之初处于大变动的时代,本当是以浪漫主义为主潮,茅盾等不推动浪漫主义的人也承认浪漫主义之"进步性",也就是说,它代表了一种时代精神。但无奈条件并不成熟,中国还是要先搞自然主义,这才有浪漫主义的基础。浪漫主义要经历"自然主义的洗礼",这倒是一个新鲜的说法。历史的情形今天看来实际上是:茅盾从自然主义转向了现实主义。但茅盾最初的自然主义还是带着浓郁的浪漫主义色彩。我们对此现象感兴趣的地方在于:中国早期本来确实是要向浪漫主义的主流推进,但由于现实条件,中国现代文学(以理论批评为先导)最终还是转向了现实主义。

1926年2月,梁实秋在美国纽约写下《现代中国文学之浪漫的趋势》一文,对白话文学运动的来龙去脉、浪漫主义与中国现代文学的关系等问题做了相当深入的阐释。梁实秋显然深受乃师白璧德的影响,对浪漫主义文学给予了严厉的批判。他以为中国的浪漫主义是受外国浪漫主义的"新颖""奇异"的影响,白话文学运动是留学海外的几个中国学子受欧美文学革新的影响所为。中国传统的标准没有被打倒,新

---

① 参见茅盾《自然主义与中国现代小说》,载《小说月报》1922年第13卷第7号。

的标准只不过是外国的标准。这些新文学的革新者不过是些海上的漂荡者,所谓"文学介绍者"乃促成了浪漫的混乱。梁实秋批判新文学对感情的推崇不加理性的选择,结果是"流于颓废主义",落入"假理想主义"。他通篇批评新文学运动是受外国浪漫派影响的浪漫主义,但他自己所有的引述的依据也都是外国的。这就形成有趣的自相矛盾。梁实秋大约也意识到了这一点,他不得不为自己打圆场说既然"现今中国的新文学就是外国式的文学,以外国文学批评的方法衡量外国式的中国文学,在理论上似乎也是可通的"①。今天来看,梁实秋的批评未必中肯,新文学运动不可避免有一个学习西方的过程,新文学正是在这种牙牙学语中完成中国文学的现代转型。但梁实秋也透示出一个信息,就是中国现代文学初起时,的确带着强烈的浪漫主义冲动,与西方文学有着非常紧密的关系。浪漫主义后来无条件转向现实主义是因为中国现实变革的巨大压力和需求。在中国20世纪的时代情境中,文学更加趋于面对中国现实,文学理论和批评也一再敦促文学为民族的启蒙与自强自立创作属于时代的作品。这一切都是历史给定的选择。

二

如果中国现代的社会形势不是那么紧迫,民族启蒙与解放的任务不是那么紧急,中国文学可能会循着西方现代浪漫主义的道路行进,建立起与西方现代更为相近的浪漫主义新文化。但现实的形势不允许中国文学向内走,而是呼唤它向外走,走向社会、走向人生、走向革命。随后,文学革命转向革命文学,20世纪中国文学理论批评的主流也必然转向现实主义,欧美的浪漫主义让位给苏俄的现实主义。

"革命文学"的概念最早见于恽代英《文学与革命》,载《中国青年》1924第31期。这是一封信件,恽代英提出先要有革命感情,才会有革命文学。茅盾在1925年发表一万多字的长文《论无产阶级艺术》,分多期连载于当时的《文学周报》上,有些研究者认为,这篇文章

---

① 原载《晨报副镌》1926年3月25日。

标志着茅盾开始以马克思主义立场来分析当时中国的文艺现状①,如此推论,也可以进一步认为,这篇文章表明中国的文艺家开始接受马克思主义历史唯物主义的观点和方法,这为现实主义在中国占据主流地位打下了基础。我们要注意的是,茅盾的这篇文章构成了他后来对现实主义理解的根基,他强调的是"阶级性",这是劳动阶级和人民性可以统一起来的概念,茅盾的现实主义转向革命,其要害处是始终着眼于底层的民众。这与周扬的现实主义中强调党性的苏俄观念是颇为不同的。

创造社这个中国现代浪漫主义文学的大本营,在1927年以后就与太阳社为伍,共同鼓吹革命文学,这两个文学社中大多数成员后来都转向左翼。蒋光慈于1925年被郭沫若拉进创造社,后来又自立门户,与钱杏邨(阿英)、孟超等人于1928年初成立太阳社,并出版《太阳月刊》。《太阳月刊》1928年1月创刊,同年7月停刊,共出版七期,一时影响甚大。创造社的《文化批判》与之呼应,一起提倡革命文学。另有洪灵菲等编辑出版《我们》。这些刊物呼吁文艺面向现实,关心社会问题,鼓吹革命文学。郭沫若的《英雄树》《桌子的跳舞》,成仿吾的《从文学革命到革命文学》,蒋光慈的《关于革命文学》,冯乃超的《艺术与社会生活》,李初梨的《怎样地建设革命文学》和钱杏邨的《死去了的阿Q时代》等,都是名噪一时的文章。成仿吾的《从文学革命到革命文学》(1928)对文学革命的"现阶段的状况与任务"进行了细致分析。作为创造社的一分子,成仿吾力图召唤创造社完成从浪漫主义文学向革命文学的转变。成仿吾的分析基于资本主义已经发展到最后阶段(帝国主义)的判断,就此认为全人类社会的改革已经到来——这显然受到了列宁观点的影响。成仿吾的阐述几乎是口号式和宣言式的,这是所有的革命宣传的文体特征。成仿吾表示要努力获得阶级意识,要以农工大众为"我们的对象",一句话:"我们今后的文学运动应该为进一步的前进,前进一步,从文学革命到革命文学!"②

---

① 参见曾广灿《关于茅盾早期的一篇文艺论文——〈论无产阶级艺术〉》,载《破与立》1978年第4期。

② 参见成仿吾《从文学革命到革命文学》,《创造月刊》1928年2月1日第1卷第9期。

在这些倡导文学革命的激进青年看来,鲁迅已经落伍,甚至茅盾、叶圣陶、郁达夫等人也遭到攻讦。文学界的这些斗争表明,中国文学已经从五四时期的文学层面上的革命,转向了社会层面上的革命。当年茅盾还在批评创造社的"浪漫主义"水土不服,现在则是创造社直接转向了革命文学,呼唤无产阶级文艺的茅盾几乎都跟不上形势,从中可见从文学革命到革命文学转变之迅疾、猛烈、干脆利落。蒋光慈在《现代中国文学与社会生活》一文中写道:

> 革命的步骤实在太快了,使得许多人追赶不上,文学虽然是社会生活的表现,但是因为我们的社会生活被革命的浪潮推动得太激烈了,因之起了非常迅速的变化,这弄得我们的文学来不及表现,——我们的文学家虽然将笔运用得如何灵敏,但当他的这一件事情还未描写完时,而别一件事情却早已发生了……如此,我们的文学就不得不落后了。①

蒋光慈激进的看法,并没有得到创造社那些人的认同。在李初梨看来,蒋光慈就没有搞清楚革命与革命文学的关系。李初梨在《怎样地建设革命文学》中,对蒋的言论进行了批驳:

> 蒋君好像在此地大发牢骚,以为我们的文学的落后却是因为"革命的步骤实在太快!"……他以为只是革命的步骤稍为慢一点,经过了"相当的思考过程",有了"从容的顺序的态度",那么,不管他是第几阶级的作者,张三李四,老七老八都可以写几篇革命文学来。②

李初梨的文章显然有点曲解蒋光慈的意思,然而由此他却表达了革命文学的更为硬性的叙事逻辑:这就是比着谁更激进、谁更革命,实则是看谁的革命调门更高、更彻底。李初梨这篇文章还惹出创造社与太阳社争夺"革命文学发明权"的笔墨官司。李初梨文章中说:"1926年4月,郭沫若曾在创造月刊上发表了一篇《革命与文学》的论文。据我所知,这是中国文坛上首先倡导革命文学的第一声。"钱杏邨对此大

---

① 参见《太阳》月刊创刊号,1928年1月1日出版。
② 参见创造社编《文化批判》杂志1928年第2期。

为不满,他在《太阳月刊》上发表了《关于"现代文学"》一文,不只是批驳了李初梨关于革命文学的理解,在关于"革命文学"的发明权问题上,钱杏邨完全不同意把这项功劳算在郭沫若头上。他认为蒋光慈早在 1924 年 8 月份出版的《新青年》杂志上,就曾发表了《无产阶级革命与文化》的论文。次年之始,蒋光慈又在《民国日报》副刊《觉悟》新年号上,发表了《现代中国社会与革命文学》一文。据此,钱杏邨认为是蒋光慈喊出了革命文学"第一声"①。

由此,创造社与太阳社之间在关于革命文学"发明权"的问题上互不相让,各执一词。如此局面,显然不利于中国左翼文学运动的整体开展,革命文学理应是一项民族事业,小团体的意气之争,这就是个人主义,本质上是属于现代浪漫主义文化之流风。且这项文学革命事业,如果说鲁迅,再加上茅盾、郁达夫、叶圣陶等现代名家都不能问津的话,那中国的现代文学事业就成问题了。在此情况下,为了统一中国文学界的认识,经过一段时间的酝酿,鲁迅、冯雪峰、沈端先、冯乃超、潘汉年、柔石、蒋光慈、郑伯奇、阳翰笙、钱杏邨、洪灵菲、彭康等十二人集会,检讨和总结过去的工作,商讨成立"左联"事宜。1930 年 3 月,中国左翼作家联盟(简称"左联")在上海成立,鲁迅在成立大会上发表了题为《对于左翼作家联盟的意见》的演说。鲁迅对左翼作家与社会现实和劳动大众的关系,革命形势的现状等方面均提出了颇为令人信服的见解,并对"左联"的工作提出了具体意见。在这次会上,马克思主义理论在文学实践中的应用和现实主义地位的确立成为"左联"的两大基石,它们也深深影响了中国文学及其理论与批评此后的走向。

至此,我们就可以理解,中国现代文学主流为何一定要向客观现实主义方面发展,理论与批评当然也不例外,要在左翼运动的旗帜下,为中华民族的解放事业鼓与呼。20 世纪三四十年代,日本侵略中国,中华民族处在存亡的危急关头,中国文艺家们当然不能停留在个人和小

---

① 有关论述参见刘小清《创造社和太阳社革命文学"发明权"之争》,《人民政协报》2009 年 6 月 18 日。或参见张广海《创造社和太阳社的"革命文学"论争过程考述》,《社会科学论坛》2010 年第 11 期。

团体的圈子里自怨自艾。参与民族解放事业、投身革命似乎是必然的选择,也是符合历史正义的选择。至此,中国的文艺理论与批评向着现实主义的道路义无反顾地前行。苏俄的现实主义,乃至于社会主义现实主义,则理所当然地成为中国文艺理论批评的典范。

在社会主义现实主义的传播过程中,周扬是一个关键的人物。1930年,22岁的周扬从日本回国,青春年少,锐气逼人。当时正值冯雪峰奉中央之命接受新的任务,而瞿秋白离开上海到苏区,"左联"的领导工作就由周扬接替。周扬担任"左联"的党团书记,并且迅速成为左翼文艺的权威理论家。1933年9月,周扬根据吉尔波丁(Kirpotin)在全苏联作家同盟组织委员会上所总结的1917—1932年苏联文学的内容,写了一篇题为《十五年来的苏联文学》的文章。在这篇文章中,周扬注意到吉尔波丁和格罗斯基(Gronsky)都批评了"唯物辩证法的创作方法"这个口号,提出了社会主义现实主义。但此时的周扬显然还是把注意力放在前者,并强调了前者的重要性。然而,周扬毕竟还是具有超强的理论敏感性,他很快就意识到"社会主义现实主义"这个理论的重要性。1933年11月,周扬在《现代》杂志第4卷第1期发表《关于"社会主义的现实主义"与革命的浪漫主义》一文,这是"社会主义现实主义"这一说法在中国可见的最早表述。周扬已经意识到这一概念预示了革命文学理论将向更高的阶段发展,并说"我们应该从这里学习许多新的东西"。但他同时也很清醒地指出,这一概念的介绍要基于中国左翼文学本身的需要来理解,他认为这个口号是以苏联的政治、文化种种条件为基础,不能将这个口号生吞活剥地应用到中国来①。周扬当时寄望于左翼文学首先解决无产阶级世界观的问题,提升普罗文学的战斗力,击败资产阶级自由主义文学的影响与进攻。这也是他愿意采纳"社会主义现实主义"的根本缘由。周扬本人一直对创造社倡导的浪漫主义持怀疑态度,认为这种思想严重侵害了左翼革命文学,他正在着手清除文学中存在的唯心主义的浪漫主义,这也使他对"社会主

---

① 周扬:《关于"社会主义的现实主义"与革命浪漫主义——"唯物辩证法的创作方法"之否定》,《周扬文集》第1卷,北京:人民文学出版社,1984年,第114页。

义现实主义"理论中所容纳和吸收的浪漫主义因素持保留态度。在这种情形下,周扬对社会主义现实主义理论的提倡与推广,就并没有超出"拉普"的"唯物辩证法的创作方法"的理论框架。而苏联提出"社会主义现实主义"恰恰是为了纠正"拉普"关于"唯物辩证法的创作方法"的左的偏颇。但身处特定年代的周扬不能不考虑当时左翼革命文学所面对的敌对阵营的挑战,以及左翼革命文学内部的分歧。他明确表示不能因为否定"唯物辩证法的创作方法"而给信奉自由主义的人以机会。所以,在周扬的介绍中,他仍然是在强调创作的阶级性、时代性,强调防止"取消主义"之流的自由主义对革命文学的歪曲,因此他偏向于把"社会主义现实主义"作为推进左翼文学的革命性与阶级性的理论。

社会主义现实主义从1930—1940年代在理论上不断丰富和深入,周扬本人也逐渐开始动摇其曾有的认识,把浪漫主义融入社会主义现实主义的理论框架。他后来在探讨文学的真实性与典型性时,也对社会主义现实主义进行了拓展。特别是1935年周扬完成《现实主义试论》一文①,这是系统性论述现实主义理论的重头文章。这篇文章全面论述了社会主义现实主义的基本理论问题,对艺术的真实性问题、主客观问题,艺术反映与现实的关系问题,创作方法与世界观的关系问题,以及典型性的创造等问题,都展开了深入的探讨。然而,虽然经由周扬的努力,社会主义现实主义已然成为一个很响亮的理论概念,但并没有在更大的范围内得到拥戴。现实主义这个概念依然比较广泛地得到认同。

20世纪三四十年代,在理论与批评上能与周扬抗衡的理论家只有胡风。胡风自视甚高,无论就左翼文艺运动的资历还是理论水平,或是在左翼作家心目中的地位,胡风自以为要高出周扬一截。如果胡风真的能在中国的现实主义理论与批评发展中起到主导作用,他的理论与批评可以说最有可能成为构筑具有中国本土特色的现实主义理论的基础。他有良好的理论修养,对艺术作品有敏锐的感受力,对马克思主义理论领会得相当透彻,对鲁迅的思想和精神把握得准确深刻,对文学艺术怀有始终不渝的那种激情,所有这些,都昭示着他具备成为中国首屈

---

① 该文发表在《文学》1936年1月1日第6卷第1号。

一指的马克思主义理论家的水平。然而,事与愿违,胡风非但没有起到路标的作用,反倒从1953年开始受到批判。驱除胡风这个路标,表明中国的现实主义文学创作及理论与批评走向了另一个方向,那就是建构以政治为本位的现实主义意识形态。在胡风那里,政治可能与艺术达成最大限度的调和,文艺理论可能化解转换最为严苛的政治。然而,历史最终没有选择这个本来最有力量的理论家,而是把他驱除出文坛,使其沦为一名阶下囚。因此,通过探讨胡风的理论批评和对他的批判,或许能够最有力地看出社会主义现实主义的历史建构过程,看出它的复杂性和戏剧性。

胡风青年时代就投身革命,青年时代曾在北京大学、清华大学求学,后到日本留学,1933年春被日本警察厅拘捕,同年夏被遣送回中国。在上海胡风得到鲁迅赏识,与冯雪峰等人过从甚密,担任过左翼作家联盟宣传部部长、书记等职。1936年3月胡风出版第一本评论集《文艺笔谈》,随后出版《密云期风习小记》,迅速成为当时中国文坛上著名的文艺评论家。抗战爆发后,他先后创办主编文学杂志《七月》《希望》,一定程度上这是胡风文艺理论与批评才华施展的舞台,同时亦对当时中国文艺有重大影响。当然,胡风重大的批评贡献还体现在他培养和造就了七月诗派。当时《七月》杂志影响相当大,具有很强的理论号召力,团结了一大批知名作家,也培养了一大批青年作家,形成一个创作力旺盛、艺术追求特征明显的七月派。在整个新文艺运动中,胡风在文艺批评方面的贡献是毋庸置疑的,把他说成中国现代文艺批评的开山人也不为过。他以对新生的文学现象特别敏锐而著称,在主编《七月》和《希望》期间,因此发现并扶植了一大批文学新人,如张天翼、欧阳山、艾芜、端木蕻良、艾青、田间等。他们之崭露头角,或者名噪一时,以及后来成为新文学的主将,都与胡风的评论有着直接的关系。当田间还是一个十七八岁的农村少年时,胡风就从他尚未发表的诗稿中,发现这位日后成为时代的号角的诗人的潜质,认为他是"震荡在民族革命战争狂风的暴风雨里面的"农民之子。胡风把他称为"战斗的小伙伴",向文坛热烈推荐他"充满战斗气息,具有独创风格"的诗作。胡风也非常恳切地指出田间诗作的稚拙之处,鼓励他要走出"自我溺爱"的路子。这些证明胡风作为一个革命文艺运动的批评家犀利的眼光,宽厚的理论气魄以及强烈的责任感。

胡风的理论与批评后来被他自己提升为"主观精神论",被批判者概括为"主观战斗精神论"①。胡风的"主观战斗精神论",是他多年来的文学批评理论化的结晶。这个理论并不是纯粹的文学理论,它带有那个时期相当强烈的革命意识形态色彩,是胡风个人对文学的体验与时代的革命要求相融合而产生的思想,同时也是团结在《希望》和《七月》杂志周围的那些文学同仁的共同理念。

实际上,胡风的"主观精神"理论有一个逐渐形成和明晰的过程。早在1935年发表的那篇《什么是"典型"和"类型"——答文学社问》一文中,胡风就表达过作家创作的"主观战斗精神"问题;后来在1940年的《今天,我们的中心问题是什么?》一文中,胡风又阐述了这一问题;1942年他发表《关于创造发展的二三感想》对这一问题继续展开讨论;1944年,在"文协"成立六周年纪念大会上,胡风宣读了论文《文艺工作的发展及其努力方向》,用他"主观战斗精神"的理论来阐述抗战文艺的方向;1945年,在《希望》第1集第1期上,胡风发表《置身在为民主的斗争里面》,这是他全面深入阐述他的"主观精神"理论的文章。胡风显然有感于革命文艺的概念化,也对那些教条主义的左翼理论颇有看法,因而强调现实主义的主观战斗精神。在他看来,文学写作就是与现实的血肉人生搏斗,就是为了在最真实的意义上执行思想斗争的要求。对于作家来说,思想立场不能停留在逻辑概念上,一定要化合为实践的生活意志。他把真理看成活的现实内容的反映,认为把握真理要通过能动的主观作用,只有从对于血肉的现实人生的搏斗开始,在文艺创造里面才有可能得到创造力的充沛和思想力的坚强。他写道:

---

① 廖超慧认为:胡风从未在自己的论著中使用过"主观战斗精神"一词,他常用的是"主观精神""主观精神力量""作家的战斗意志""战斗要求"和"搏斗"等,在20世纪三四十年代讨论胡风文艺思想时,使用的最多的也是"主观精神""主观论"等,而"主观战斗精神"一词的出现是在1950年代对胡风文艺思想进行批判时使用的,胡风后来也沿用了此词。参见廖超慧《胡风"主观战斗精神"的意义与价值》,载《华中科技大学学报·社会科学版》2001年2月,第94页。

> 在对于血肉的现实人生的搏斗里面,被体现者被克服者既然是活的感性的存在,那体现者克服者的作家本人底思维活动就不能够超脱感性的机能。从这里看,对于对象的体现过程或克服过程,在作为主体的作家这一面同时也就是不断的自我扩张过程,不断的自我斗争过程。在体现过程或克服过程里面,对象底生命被作家底精神世界所拥入,使作家扩张了自己;但在这"拥入"的当中,作家底主观一定要主动地表现出或迎合或选择或抵抗的作用,而对象也要主动地用它底真实性来促成、修改、甚至推翻作家底或迎合或选择或抵抗的作用,这就引起了深刻的自我斗争。经过了这样的自我斗争,作家才能够在历史要求底真实性上得到自我扩张,这艺术创造底源泉。①

这是胡风论述他的"主观论"最有名的一段话,也是后来被反复批判的代表言论。胡风强调作家的主观能动性,强调作家用个体生命拥抱社会现实,这本来只是学术探讨,只是一种理论构想。从日本回国的胡风难免会受到日本文化观念的影响,心醉于那种所谓的强悍的民族精神。而在抗日战争年代,胡风因此寄望于中华民族有强烈的主体战斗精神,这未尝不是从敌人身上学习战胜敌人的一种方法,这也不难理解。这种态度转到文学上面,设想通过作家调动主观能动性更强有力地表现社会现实的巨大矛盾冲突,应该说在当时是有很强的针对性和积极意义的。同时期,舒芜也发表了长篇论文《论主观》,从哲学上对"主观精神战斗论"进行阐述。当时《七月》和《希望》在文坛的影响相当大,在青年中很有威望,胡风的观点在国统区的文坛形成一定的气势。但在左翼文化阵线,胡风这个观点被看成反对"客观主义真理",强调了小资产阶级的个人主义和主观主义,因而遭到严厉的批判。

事实上,革命文艺阵营对胡风的批判由来已久,从未止息,胡风显然从来没有怀疑过自己对革命的忠诚和对无产阶级革命文艺坚定不移的奋斗热情。但革命文艺内部却并不这么看,胡风与革命文艺内部其

---

① 胡风:《置身在为民主的斗争里面》,《胡风评论集》下,北京:人民文学出版社,1985年,第20页。

他人的矛盾早已有之。在此之前,胡风已经受到了左翼联盟内部以及来自解放区的实力派文艺家们的批判。在由胡乔木主持的重庆整风中,实际上是不指名地批判了胡风的观点①。

　　胡风与其他革命文艺理论家的分歧,在很大程度上根源于职业的和个人的文学经验的不同。胡风始终从作品出发来阐发他的文艺观念,不管他多么激进,多么急切地为革命文艺开创局面,他始终都在强调要面对作品,特别是面对新生的文学事物发言。他是一个真正有艺术感觉的人,作为一个批评家,具有艺术感觉的人,很难越过这一必要的障碍。这是艺术所具有的那种倔强性,对艺术怀有真诚信念的人,都不得不受到它的约束。胡风曾经强调说,批评家应该从作品给他的感应出发,应该重视从作品中得到的感觉,要追究他自己的感应和"现实人生底行程"有着怎样的相关意义。他说道:"因为,实践的生活立场保证了接近思想内容的可能,从这立场所养成的精神状态保证了反抗旧的美学影响和接近新的美学影响的可能。一个真正懂得活的人生的实际战斗者,或积极生活者,他对于文学作品的意见有时要比只是抱着僵硬的政治概念或抽象的文艺理论的'批评家'要好得多,那原因就在这里。"②在当时,胡风的文艺批评给人以非常诚恳的印象,对作家诚恳,对艺术诚恳。人们可以不同意他的观点,但他对艺术的那种诚挚信念令人钦佩。这种对艺术的态度,贯穿了五四以降的中国现代文学的艺术理念,它使中国的现代文艺与西方现代资产阶级文艺产生千丝万缕的联系。而革命文艺理论家们(例如周扬)则要从政治出发,从理论特别是苏俄的理论出发,这就是他们之间根本的区别③。

---

　　① 王丽丽认为,1940年代中期的"主观"论争以胡风和"才子集团"共同发起重庆反教条主义运动为起点,他们的本意是响应延安整风,但由于学术与政治意识形态逻辑的错位,实际上变成了对《讲话》的不自觉冲撞,因而他们反而成为由胡乔木主持的重庆整风的对象。参见王丽丽《在文艺与意识形态之间——胡风研究》,北京:中国人民大学出版社,2003年。
　　② 《胡风评论集》下,第34页。
　　③ 周扬早些时候在一篇谈"文学的真实性"的文章中写道:"在广泛的意义上讲,文学自身就是政治的一定的形式,关于政治和文学的二元论的看法是不能够存在的。我们要在无产阶级的阶级斗争的实践中看出文学和政治之辩证法的统一,并在这统一中看出差别,和现阶段的政治的指导的地位。"参见《周扬文集》第1卷,北京:人民文学出版社,1984年,第67页。

胡风坚持不放弃作家个人的自主性,他多少年来犯的致命错误,就源自他始终想保持文学的最低限度的自由特性,而不能完全彻底从政治革命的需要来对待文学。他一直以为,文学总是有自身的规律,这是革命文艺工作所不能完全忽略的。胡风力图使作家的艺术个性与对现实的理解融合在一起,在胡风看来,现实主义同样可以充分体现作家的主体能动性。但中国的理论道路没有给予作家主体以最低限度的能动性,客观的逻辑实则是政治给定的意义范围和文学空间,现实主义这个创作方法以及其中包含的意识形态内容实则成为统摄作家思想意识的政治律令。

1942年5月2日至23日,在延安整风运动期间,毛泽东亲自主持召开了由文艺工作者、中央各部门负责人共一百多人参加的延安文艺座谈会,毛泽东发表《在延安文艺座谈会上的讲话》(以下简称《讲话》)。这个《讲话》奠定了中国革命文艺的理论基础,确立了革命文艺的性质、任务与方向,对中国现代文学向当代文学的转折产生了深远影响。

毛泽东的《讲话》首先解决的是立场与态度问题。这是毛泽东在《讲话》的引言中开宗明义阐明的主题。中国现代以来的作家,绝大部分是在五四启蒙运动的时代潮流中成长起来的,经历过抗日统一战线的洗礼,中国作家普遍表现出相当强烈的左翼色彩。但中国现代文学毕竟深受西方现代资产阶级启蒙思想的影响。如果说中国现代文学具有什么总体性的思想标志的话,那就是普遍的个性解放与人性自由的思想。那些个人主义、自由主义、无政府主义等五花八门的学说也都在不同的作家身上留下了印记①。中国现代文学的启蒙精神以及早期的浪漫主义倾向,决定了它具有个体的敏感性和主体的能动性。现在,革命文艺首先要解决的就是立场和态度问题,即世界观问题。按《讲话》要树立的革命文艺观念看来,作家应该放弃个人的立场,也就是放弃在资产阶级启蒙思潮中形成的那种以个体自由为本位的认知方式,把立

---

① 毛泽东曾对斯诺说:"我读了一些关于无政府主义的小册子,很受影响……在那个时候,我赞同许多无政府主义的主张。"参见斯诺《西行漫记》,北京:生活·读书·新知三联书店,1979年,第128页。毛泽东早年尚且如此,更不用说其他作家。正因为毛泽东早年接受了不少"自由""民主"的思想,他知道要建立革命文艺,转变中国作家的立场和世界观有何等重要。

场转到工农兵方面来,转到党和人民这边来。这是作家所要首先完成的根本性历史转变。

毛泽东深刻洞悉这个过程的长期性和艰巨性。他指出,知识分子的思想改造是一个长期的任务,只有深入工农兵生活实际,与群众打成一片,才能完成立场的转变。"我们的文艺工作者一定要完成这个任务,一定要把立足点移过来,一定要在深入工农兵群众、深入实际斗争的过程中,在学习马克思主义和学习社会的过程中,逐渐地移过来,移到工农兵这方面来,移到无产阶级这方面来。只有这样,我们才能有真正为工农兵的文艺,真正无产阶级的文艺。"①多年之后,文艺战线再次开展对胡风的批判,其根本的要害就在于胡风与路翎一唱一和,强调主观战斗精神,依然想在革命文艺阵营中保持个体存在的主观能动性。这就从根本上违背了革命文艺的基本出发点。立场和世界观的问题是首要的问题,没有任何商量或妥协的余地。只要把世界观问题解决了,所有的其他问题也就迎刃而解。

当然,《讲话》后来成为影响中国文艺的总体方针,就不能简单地把它看成在延安这个西北落后的山村里,一群中国共产党人为了战争的需要统一文艺思想的文艺纲领;也不能仅仅看到,在新中国成立后,《讲话》如何成为中国作家的规训条律;有必要把它放在中国现代性的文化发展的必然中去看,进一步有必要把它放到国际共产主义文化运动中去看。《讲话》提出革命文艺"为什么人"的问题,并且明确提出"文艺为工农兵服务"的宗旨,这是中国现代以来的知识分子就试图解决的根本问题,即让最广大的民众享有文化这一启蒙主义理念的明确化和实践化,也是世界共产主义运动要解决的如何建立无产阶级自己的文化理想的强烈表达。这一切在马克思主义经典作家那里并没有解决,甚至没有更为具体的理论论述,但毛泽东提出了具体的文艺方针政策,并把文艺与革命实践紧密结合在一起。很显然,这一项历史实践无疑是激进的、超前的,不管是以革命运动的方式进行文化的普及化,让

---

① 毛泽东:《在延安文艺座谈会上的讲话》,《毛泽东选集》第三卷,北京:人民出版社,1991年,第857页。

文艺家与工农兵打成一片,成为工农兵的一员,还是直接从工农兵中建立创作队伍。多少年之后,随着社会经济生产力的提高、工业化社会的到来、大学教育的普及化,特别是网络时代的到来,文化的普及化和普通人参与写作的时代全面到来,文艺的"人民性"不知不觉中成为现实。原来经过酷烈的阶级斗争、路线斗争都难以完成的思想改造,也难以创造出的人民群众喜闻乐见的艺术产品,以及几乎不可能完成的普及工作,今天却借助经济和教育的蓬勃发展水到渠成。只是此时的"人民性"的文艺已经褪去了政治乌托邦的色彩,徒然剩下消费的功能。历史此一时彼一时,令人感慨浩叹:既有今日,何必当初?

这只能说是世事难料,在那样的阶段,革命政权需要革命文化支持,中国的文艺就这样成为革命的前导,也因此经受了革命最猛烈的风暴的洗礼。这就是中国的现代历程,这也是中国文艺的必然选择。我们能做的只是看清历史,毕竟我们无法改变历史。

毛泽东的《讲话》奠定了中国马克思主义文艺理论的基础,成为中国革命文艺的精神指南,为革命文艺确立了方向和任务。它规定了革命文艺属于无产阶级革命事业的一部分,为作家、艺术家规定了文艺来源于生活的创作途径,明确了创作方法和艺术标准。从此,中国的文艺(当然包括文艺理论和批评)全盘革命化和政治化,革命现实主义成为中国文学的主流方向,它既反映着革命轰轰烈烈的进程与宏大愿望,也创造着革命文艺自身的悲壮历史。

三

毛泽东的《讲话》直接影响了解放区的文艺创作,确实没有任何一部文艺理论批评的著作可以比得上毛泽东的《讲话》对文艺创作实践的影响,如此之大,如此强有力。尽管我们承认这种理论具有无与伦比的进步性,但它还是因为背后的政治力量的作用才具有介入实践的权威性。1949年,随着无产阶级革命在中国取得胜利,中国的文艺也被赋予更多的政治要求,政治批判已经相当全面地成为文艺批评的主要方式。从对萧也牧《我们夫妇之间》、对电影《武训传》的批评,到对俞平伯《红楼梦研究》的批判,再到清除胡风集团,新中国的文艺革命以酷烈的斗争和运动的方式推进。与此同时,革命文艺也有一些成果涌现。但总体上来说,作家普遍感到艺术与政治的矛盾难以处理。虽然说政治标准第一、艺术标准第二,但什么样的政治是无产阶级的、什么样的政治是资产阶级的却并不清晰。另外,进入具体的创作,总是要从政治概念回到艺术规律,艺术创造性问题依然存在,作家投入艺术创作就要面对艺术形象,面对语言写作。政治正确并不能解决艺术性问题,关于创作自由的潜在渴望从来没有平息过,一有时机就会冒出来。20世纪五六十年代的文艺理论与批评就是在这样尴尬的形势下展开的。

中国的现实主义理论与批评,即使在20世纪五六十年代,也不能以全盘政治化来给予封闭性的理解,我们如果适当注意一下,在1950年代初期斗争还未充分展开时,现实主义理论的探求,在不同的作家、批评家和理论家那里的理解还是颇为多样的。这些对现实主义理解的差异虽然细微,但并非没有力量。在今天重看这些差异性的见解,我们也许会领悟:在历史的某一时刻,恰恰是因为它们的容易被忽略,历史在兀自前行的昂扬主干道上是如何轻易遮蔽那些内在的更为顽强的差异区分的。功过是非,自有后人评说,我想重申的却是:在20世纪中国,固然现实主义理论与批评在新中国成立后占据主流,但浪漫主义、现代主义等并不是就没有相应的展开和实践,就是对现实主义理论与批评的理解也曾经(或者一直)千差万别。

现实主义理论通过对胡风等人的批判,确实在相当程度上廓清了"资产阶级唯心主义"的余毒,它集中地体现了社会主义革命文艺斗争的紧急性和严酷性。但这也并不能表示,20世纪五六十年代文学理论批评的全部形势从此就再也没有敞开或出现多样含义的可能性。从现实主义理论在不同阶段不同层面的论争中,也可以看到社会主义文艺理论试图建构新的范式的种种努力,尤其是寻求现实主义的中国本土道路的可能的潜在愿望。也许可以这样设想:如果政治运动不是那么酷烈,中国当代的现实主义理论可能会有更为丰富、更具中国现代传统及古典传统的选项出现;同样,中国的现实主义文学可能出现颇不相同的道路。这种历史假设今天已经没有意义,但我们却可以看到在历史表层底下,我们的文学抱负与历史失之交臂的那些羊肠小道,看到它们的另一种可能。

在这样的历史进程中,茅盾、冯雪峰关于现实主义的看法还是透露出不同的信息。例如,茅盾1950年在《文艺报》上发表的《目前创作上的一些问题》,试图解决新中国成立后现实主义转向的难题,其症结在于政治观念和艺术真实的矛盾。后来茅盾在《夜读偶记》中解释了"理想和现实"的关系问题,他对现实主义和浪漫主义的理解很能抓住问题的实质。他的结论是:只有社会主义现实主义可以包括革命浪漫主义,它所塑造的人物,既是革命英雄人物,符合革命理想性,又是现实的人物①。1952年,冯雪峰发表文章《中国文学中从古典现实主义到无产阶级现实主义的发展的一个轮廓》,在《文艺报》数期连载②,冯雪峰力图阐明现实主义在中国的传统,强调五四启蒙主义文学与无产阶级文学建立的内在联系,这就是要揭示现实主义在中国的根基,是中国现实革命的发展需要。他把鲁迅论述为无产阶级现实主义的先驱,鲁迅的经验表明了中国传统、新文学的变革、借鉴外国的进步的文学以及现实的革命发展四者的有机统一,它们造就了鲁迅身上无产阶级现实主义的精神底蕴。冯雪峰要从鲁迅身上找到中国的现实主义的自我起源和现实依据。虽然冯雪峰也把无产阶级的现实主义与社会主义现实主义概念并用,也一再解释这两个概念在标明创作方法的特征的时候"意思是一样的",但其实这里面隐含了冯雪峰的理论抱负,那就是把现实主义的根基立在中国本土的传统与五四新文学的根基上,与来自苏联的社会主义现实主义做出区分,以求理清中国的现实主义的历史源流,并开创它未来的道路。

但周扬还是要把现实主义牢牢定在苏俄的根基上,这是为了保证中国的现实主义具有马克思主义的正统性。1952年底,周扬为苏联文学杂志《旗帜》写了《社会主义现实主义》一文,这篇文章的副题是"中国文学前进的道路",可见该文是周扬在新形势下对中国革命文学发

---

① 茅盾的《夜读偶记》连载于《文艺报》1958年第1、2、8、9、10期。
② 《文艺报》1952年第14、15、17、19、20期。

展的战略考虑①。虽然只是一篇应景的文章,但它的出现本身就成为一种力量。按照该文的观点,只有苏联文学代表着前进和有益的东西,苏联文学过去是,现在仍然是中国文学努力的方向——这就是由社会主义现实主义开创的方向。从这里可以微妙地看出冯雪峰与周扬的区别,也由此可以理解现实主义文学理论与批评为何终究不能获得坚实的中国现实内涵,而是向着政治化和观念化挺进。

经历过对电影《武训传》和"新红学"研究等的批判运动,再经历"胡风事件",文艺界的情形可以说是十分严峻,创作与批评的公式化、概念化则相当严重。但是历史还是有反复,只要一有时机,中国的批评家就不放弃寻求对现实主义内涵的拓展,寻求文学批评的中国的和现实的内涵。1956年迎来所谓"百花齐放、百家争鸣"的"百花时期",一些比较直接尖锐的言论开始出现于文艺报刊。关于"现实主义"也有相当大胆的言论发表,其中何直(秦兆阳)的《现实主义——广阔的道路》与周勃的《论现实主义及其在社会主义时代的发展》以及钱谷融的《论文学是人学》,就是这个时期最有影响的三篇文章。

在20世纪五六十年代社会主义革命和建设的"高潮"中,现实主义回归"真实"和"人性"只能是一种空想,因为历史正在被更宏大的理念所支配。革命理念本质上是一种无限进步的观念,而观念性与"现实性"是矛盾的,其精神实质是浪漫主义。现代时期在启蒙理念意义上被压抑的浪漫主义——因为它只是关于审美和人性的想象,不能真正面向现实,故而现实的紧急性就要对其进行驱逐。20世纪五六十年代的现实已经被观念支配,历史理性抱负的观念性理应通过浪漫主义精神来体现。1958年,在革命和建设最为豪迈的时期,郭沫若发表《浪漫主义和现实主义》一文,提出革命现实主义和革命浪漫主义"两结合"的创作手法,这就点出了社会主义现实主义的实质。因为,社会主义现实主义最根本的意义在于要从理想性的高度上去表现社会主义时代的现实,这是它的最大抱负,也是它的最大难题。理想性与现实主义的艺术真实性产生矛盾,理想本身是超越现实的,无法在经验的意义上

---

① 这篇文章原发于苏联《旗帜》,1952年12月号,《人民日报》1953年1月11日转载。

和日常的逻辑关系中得到直观的和直接的解释。理想性在现实主义的理论中要占据主导地位,并且还要获得合法性,是现实主义理论最大的难题。于是,"革命浪漫主义"必然成为现实主义的补充。当然,"革命浪漫主义"的出现并非只是因为现实主义本身的内在困境所提出的理论要求,它同时也有着非常现实的需要,特别是1957年以后,反右斗争结束,中国开始进入"大跃进时代","现实主义"理论面临严峻挑战,两相逼迫的情势之下,革命浪漫主义与革命现实主义相结合的艺术观念/手法,就成为历史发展的必然。

1962年8月,邵荃麟在大连"农村题材短篇小说创作座谈会"上做了长篇讲话。在20世纪五六十年代谈论现实主义的言论中,这篇讲话确实是最为朴实直率的,它不做高调的理论预设,只谈创作中的实际问题。邵荃麟把如何描写"中间人物"问题,作为小说创作中一项突破难题的主张提出,一时间给文艺创作指出了一条较为宽容的路径。小说创作总是为英雄人物和先进人物的概念化发愁,中间人物显然更有可能施展作家的描写才华,也更能与生活经验相一致。

尽管关于现实主义或社会主义现实主义的论争中,意识形态的政治规训意味相当浓重,但我们也看到中国的理论家和作家们还是在努力拓展更多的可能性。其意义在于:中国的文学理论家和作家们试图寻求中国现实主义的古典传统和五四的依据,寻求民间文化的资源,并且立足于中国现实生活和作家经验。这几项元素内涵的注入,本来可以使社会主义现实主义这个来自苏联的概念,具有中国本土的品质,但强大的政治的观念性还是压制住这些更真实的文学态度,所有这些可能的选项,都只是灵光一现,没有形成更为有力的燎原之势。然而,也不难看出,在如此严峻的思想氛围中,也有裂罅,文学批评也有主动和自觉,也有中国本土的倔强性,也有文学的肯定性意涵的彰显。

四

1956年的"百花齐放"推进了美学讨论,这或许是一次意外的收获,原本是进行资产阶级美学思想的清理,却反而促成了中国社会主义革命时期理论与批评最具学理内涵的一次碰撞,很多此前纠结不清的问题在此有了一次明确的表达和辩论。朱光潜关于美是主客观的统一说;蔡仪强调美的客观性;高尔泰和吕荧大胆标举美在主观;李泽厚则强调美的社会实践性,其本质是主客观的统一。这些观点广泛涉猎古今中外文艺现象,讨论步步拓展,交锋十分尖锐。虽然关于"唯心"和"唯物"的分歧严重阻碍了学术问题的深入探讨,但这次讨论却充分地显示出中国的理论家们在这两道栅栏之间的艰难行走,也让人惊叹其间偶尔闪现的中国的美学经验之独异。尽管说美学的论辩涉及大量文艺作品问题,毕竟不是直接的文学批评,但这些讨论对于中国的文学批评的理论化和深刻化都起到了积极的推动作用。

"文革"期间,中国的文学理论批评的政治激进化达到顶峰。无产阶级专政下的继续革命理论,在文艺理论和批评方面体现出来,却是打棍子扣帽子,加上严酷的政治惩罚。所有那些在 20 世纪五六十年代因言获罪的文艺理论家和批评家,在"文革"期间,几无例外都遭遇到更加严厉的再度惩罚。"文革"批判和清除了一切传统的、外来的和中国现代以来的文化/文艺成果,但新的文艺只是以批判性的方式表现自身,以其激进的政治性内容和概念化的形式展开实践,显然完全不够。它并不能真正在文化上令人信服,也不能在历史中扎下根。最终只能沦为一种极端政治化的迫害手段,最后破产实属必然。

"文革"后,中国社会以"拨乱反正"为政治和思想文化的宗旨,文学当仁不让地在这样的历史反思中充当了前驱的角色。张光年的《驳"文艺黑线"论》(《人民日报》1978 年 12 月 19 日)既是一份政治意义上拨乱反正的宣言,也是文艺理论与批评在新时期开始时的指路文献。周扬在纪念五四运动 60 周年会议上的报告《三次伟大的思想解放运动》(《人民日报》1979 年 5 月 7 日),把五四运动、延安整风运动、"文革"后的思想解放运动并列为三次思想解放运动。这就可见在新时期"思想解放"的时代空气里,政治意识依然是文艺理论与批评的前提,文艺家的出发点必然是政治性的,必须在政治性上站得住,才有立足之地和进取空间。"文革"后的文艺作品首先是围绕"批判'文革'""清算四人帮"来确立它的新时期起点。

事实上，中国现代以来，文学一直就是政治的前驱。中国现代性的历史实践带有超强的政治性，现代文艺就是它的直接的和超前的表达。"文革"后文艺理论批评的反思选中文艺与政治的关系为批判性起点，这无疑是抓住了问题的实质，首要难题是如何破解最难受的紧箍咒。但这种反思却是浅层次的，只是试图摆脱政治的直接支配，并未从深层次去看中国激进现代性统摄下的文艺之政治含量充分乃至超量的必然性。它依然用简单的二元对立式的思维展开反思，在此思维的支配下，世界依然是泾渭分明、黑白立显。当然，在新时期开始的历史关口，对于思想解放的急切要求压倒了深度反思。比之于振聋发聩的内容变革，现代中国总是不太在意形式变革，更别提抽象思维方式的变革。反思现代文艺的这种政治性，以求发现其中所包含的文艺的另外的可能，或者思考政治性的极端表现形式是否有可能回撤或与新的美学调和——这类问题从未得到深究。显然，在激进现代性这一路径中，1980年代上半期的中国选择了转向，转向五四的启蒙传统。它并未在政治反思中选择重建社会主义文化政治的方案，也并未去认真总结社会主义文化政治的经验教训，而是采取断裂和跳跃的形式，试图回到现代起源去重新补课。因为前者依然是一项乌托邦的设想，而政治激进化观念留下的后续问题太复杂。

从对文学与政治关系的反思出发，当代中国文艺理论提出人性论与人道主义，重建"文学是人学"的理念，从而给予"新时期"的现实主义文艺理论以富有历史感的内涵。这样的命题直接来自对刚刚经历过的历史时期的批判，这样它也获得了切实的现实意义。同样，新时期的文艺及其理论批评也是出于应对紧急的现实政治任务才得以迅速发展，并未在学理的深度与厚实方面有切实的开掘。中国的现代史总是在急剧的变化中流转，在新时期，历史反思与实现四个现代化构成了1980年代总体性的时代精神，所有变革都围绕着这样的时代要求进行。

朱光潜率先发表《关于人性、人道主义、人情味和共同美问题》，这开启了人性论禁区之门。顾骧的《人性与阶级性》、王若水的《为人道主义辩护》则显得更加尖锐。"文革"后的文艺理论与批评在清算"四人帮"的影响时,理论上的依据就是人性论和人道主义。"文革"后,摆脱政治概念、摆脱阶级斗争模式、回到人本身、进入人的情感世界和心灵世界,是现实主义转向的基本目标。但这一转向仅仅依靠资产阶级人道主义的理论奠基远远不够,只有以马克思《1844年经济学哲学手稿》做后盾,人道主义才有更为踏实的根基。1980年代初,文艺理论与批评展开的最为热烈、最具有理论性的讨论就是关于马克思《1844年经济学哲学手稿》的论争。这一讨论还是带有很强的政治性的判断,表现为马克思主义与人道主义的关系究竟如何依然是论争双方正确与否的关键点。论争双方的分歧几乎依然还是政治性的:改革派试图发现马克思主义的人道主义意;"保守派"则要保持与20世纪五六十年代对马克思主义相去未远的解释,因为对于现实的意识形态权威的维护,需要一个更具有正统延续性的马克思主义作为后盾。最终是以胡乔木发表的《关于人道主义和异化问题》的讲话为解释标准①,给讨论画上了阶段性的句号。

"文革"后的思想解放运动在政治上的开启虽然是逐步的,但是思想解放运动迅速推翻了"两个凡是"。其政治方面的意义无疑极其重大,它开启了那些活跃的敏感地带,开启了一部分人的活跃思维,如果没有这一思想解放,中国的改革开放将是不可想象的。但思想解放运动在思想层面上拓展有限,因为它本身并不标志着思想领域多大程度的探讨。其直接理论意义是开始讨论"实践是检验真理的唯一标准",而且这样的讨论也还是经典式的,是在马克思主义经典理论的原典意义上重新解释,其理论动能在于强大的现实感。

深入人心的思想解放有赖于文学艺术方面的创新,有赖于时代新课题开启的突破。然而这些突破始终受到批评和警示,这也说明1980年代的思想解放是十分有限的。但时代的潮流不可抗拒,文学艺术方面的冲击十分迅猛,特别是年轻一代的诗人、作家、批评家们更是勇往直前,栉风沐雨,十分活跃。新思想、新文艺的到来变得不可遏止,朦胧诗就是这个时代前行的号角。

---

① 胡乔木1984年1月3日在中共中央党校发表该讲话,原载《理论月刊》1984年第2期。

最早讨论朦胧诗的文章可能是公刘的《新的课题》(1980)。公刘对这一代青年诗人的艺术特征和社会历史背景进行分析,在一定程度上对这代诗人表示了理解。《福建文学》自1980年开始,以讨论舒婷的诗为导引,就这批诗人的创作展开了长达一年的争论。1980年8月,《诗刊》发表了章明的《令人气闷的"朦胧"》,对这批诗人进行严厉的批评;之后诗坛就诗的"晦涩""难懂"展开对这一诗潮的争论,由此确认了对朦胧诗的命名。对青年一代诗人进行肯定的当推"三个崛起":1980年5月7日,《光明日报》发表谢冕的文章《在新的崛起面前》;《诗刊》1981年第3期发表孙绍振的文章《新的美学原则在崛起》;1983年初,兰州的《当代文艺思潮》发表徐敬亚的重头文章《崛起的诗群》。这些文章把朦胧诗的出现看成一次诗界的划时代变革。朦胧诗的崛起被理解为中国诗人第一次以个人的声音表达思想和情感,表达对社会历史的独特思考,它有力地冲破了那些不合理的陈规旧范。诗不再是时代精神的传声筒,不再是为政治服务的工具。徐敬亚还从朦胧诗的艺术表现手法(如结构、节奏、韵律等)方面对朦胧诗进行具体分析,从而揭示出朦胧诗相较以往诗歌所具有的较高的艺术水准。

1980年代,中国的文学理论与批评得以活跃,得力于国外的思想文化进入中国,尤其是在西方思想文化的冲击和示范之下中国的现代主义文艺运动的兴起。西方现代主义思潮通过期刊和翻译图书传播,中国的思想文化这才有实质性的丰富。1980年,上海文艺出版社推出由袁可嘉主编的多卷本《外国现代派作品选》,短期内销量逾数万册。另有陈焜著《西方现代派文学研究》评论集,1981年由北京大学出版社出版,第一版印13000册,随后多次加印。可见那时现代派的作品受到追捧之程度。

当然,1980年代中国的现代主义不是一个有纲领的文学运动,它是文学创作界自发的对西方现代派进行有限借鉴的艺术探索和尝试,例如"朦胧诗"和"意识流小说"。王蒙最早开始探索现代主义艺术形式,他的数篇"意识流小说"可以看成中国当代现代主义的滥觞。王蒙在多大程度上直接受到西方现代派意识流小说的影响尚难以断言,但悟性很高的他那时肯定注意到西方现代派的翻译作品,只不过出于他要表达的思想的隐蔽性而在形式方面浅尝辄止。主张直接从艺术形式、技艺方面学习西方现代派的是剧作家高行健。高行健当时也写小说,但总是受到质疑,据他后来回忆说,他那时写的小说被认为"不像小说""不是小说"或"不会写小说"。出于这种压抑,他1981年在《随笔》上连载多篇短文介绍西方现代派,随后在花城出版社结集出版。这本题为《现代小说技巧初探》的小册子引起极大的反响,先是王蒙在《小说界》发表一封公开信支持高行健,随后刘心武在《读书》上又加以推荐,紧接着《上海文学》发表冯骥才、李陀、刘心武三人关于这本小册子的通信,引发了一系列的批评与反批评。随后《文艺报》《人民日报》《读书》展开关于现代派问题的讨论。这就是王蒙、李陀、冯骥才、高行健等人引发的讨论,他们四人之间的通信和讨论被称为"现代派的四只小风筝"。

冯骥才在一封信中记录过他阅读高行健的小册子的感受:

> 我急急渴渴地要告诉你,我象喝了一大杯味醇的通化葡萄酒那样,刚刚读过高行健的小册子《现代小说技巧初探》。如果你还没见到,就请赶紧去找行健要一本看。我听说这是一本畅销书。在目前"现代小说"这块园地还很少有人涉足的情况下,好象在空旷寂寞的天空,忽然放上去一只漂漂亮亮的风筝,多么叫人高兴!①

与此同时,报刊上评介西方现代派的文章也多了起来,对早期西方的现代主义作家如伍尔夫、乔伊斯、卡夫卡、布莱希特以及拉美魔幻现实主义作家如马尔克斯等,后期现代主义(实际上就是后现代主义)作家如荒诞派戏剧家尤奈斯库,后现代小说家巴斯、巴塞尔姆、卡尔维诺等人的作品和言论都有所评介,虽然不成系统,但对文学界产生的冲击力则是足够大的。

1980年代西方现代主义在中国的传播,其直接成果包括:先是"朦胧诗"和前卫艺术运动的勃兴,随后是"新潮小说"雨后春笋般地涌现。

---

① 冯骥才:《中国文学需要"现代派"!——冯骥才给李陀的信》,《上海文学》1982年第8期。

与对西方现代派的创作方面的引介同步,理论与批评的引介也在进行。"新批评""结构主义""符号学""阐释学""存在主义""后结构主义"、弗洛伊德的精神分析学乃至德里达的解构主义都在引介之列,一时间蔚为大观。很显然,我们是在短短几年时间,浏览了西方半个多世纪的理论成果。作为一次知识普及或许足矣,但要转化为文学批评的成果则还要有一段时期的磨砺和沉淀。实际上,理论始终具有本土的历史延续性,中国的现实主义理论与批评无论如何也难以从根本上动摇,面对外来的理论资源只能选择与之对话才能找到自身互动更新的途径。因此可以这样理解,1980年代的文学理论与批评总体上始终是与其时的思想解放运动联系在一起的,文学理论与批评也是贴着新时期文学的文学创作实践而展开,如伤痕文学、改革文学、知青文学、现代派,等等,无不是中国大地上的中国文学,对其阐释和解读的理论与批评资源无论多么借鉴西方,根本上的前提还是这些借自西方的理论资源要能够与中国文学的现实接通和共鸣。新时期文学的核心理论就是人道主义与人性论,由此往前走一步——通过论争《1844年经济学哲学手稿》而拓展出人道主义深化问题,于是出现主体性论域。来自康德的命题"人是主体"经由李泽厚阐发而具有了适应中国当下实践的现实内涵。

在理论上,西方现代派文论还只是理论引介,在当代思想文化中起建构作用的观念,还是来自从现实主义内部开辟出来的论域。例如,经过李泽厚和刘再复的阐释而成为一个时期的主导理论的"主体论"。1980年代初有过一段时期的美学热,这个时期的美学纲领——对美的本质最令人信服的命题是"人的本质力量的对象化",而这个命题直接来自马克思的《1844年经济学哲学手稿》。这个美学纲领之所以受到青年人的欢迎,一方面是与反思"文革"的人道主义立场相联系,有助于张扬人的主体性价值;另一方面则是与时代精神相关,实现四个现代化的历史境遇下,时代呼唤有个性有自我的青年人。李泽厚之作为1980年代一代青年的思想导师,他的思想扣紧了本土的理论传统和现实境遇,阐释了具有当代性的马克思主义哲学,彰显了时代意识,因而才备受欢迎。

基于李泽厚的概括,刘再复将"主体性"与"性格二重组合论"作为其文学理论的关键词。1984年,刘再复发表《论人物性格的二重组合原理》①,这是对现实主义文学理论进行创新性改造的最有力的论说。论文提出要把握"文学是人学"这样的经典命题,要写出人物性格的矛盾性和复杂性,这就是要破除被政治概念教条化和僵化的现实主义模式。1980年代,刘再复在文学理论与批评方面的影响甚大,他张扬"主体论",把新时期"文学是人学"的观念推向一个有理论高度的阶段。刘再复文学理论的影响在1985年举行的"新时期文学十年"达到高峰。文学在那个时期,在中国社会现实中一呼百应,占据着社会思潮的最前沿地带,聚集了时代所有的情绪、态度和愿望。这是以后人们回望1980年代时依然眷恋不已的原因所在。

1980年代初的文学理论与批评承担了思想解放运动前驱的重任,这个时期的理论批评是以"改革派"(右派)与"保守派"(左派)来分野的,其核心分界点在于以"人道主义"为标杆,以及对西方现代派的容忍尺度。老一辈的理论家批评家,如周扬、冯牧、陈荒煤、朱寨以及稍年轻一些的谢冕、顾骧、刘再复、张炯、孙绍振、洪子诚、童庆炳、何西来、蒋守谦、陈骏涛、蔡葵、何镇邦、张韧等人,都对"新时期"的文学作出不同的批评与阐释。然而,批判极左路线和倡导人道主义、强调思想解放与改革开放则是他们共同的主张。文学批评实则成为改革开放的先导。在批评分化的同时,理论也在趋于变革。1980年代的理论创新十分困难,虽然没有直接面对文学创作的文学批评那么活力十足,但也围绕一系列的理论问题特别是如何寻求新的理论资源展开各种争论。一方面是被认为是正统派的林默涵、程代熙、陆梅林、侯敏泽、郑伯农、陆贵山、董学文等人,他们坚持马克思主义经典理论的唯一性解释,对偏离马克思主义的各种理论批评与创作现象给予尖锐批评。另一方面则是倾向于寻求理论改革与创新,有所突破、有所更新的阵营,如钱中文、乐黛云、童庆炳、杜书瀛、曾繁仁、张隆溪、赵一凡、盛宁,等等,他们着眼于吸取更为丰富的理论资源,兼收欧美文学理论,修正来自俄苏传统的现实

---

① 原载《文学评论》1984年第3期。

主义理论,致力于充实和打开中国现实主义文艺理论的内涵,中国的现实主义理论此时呈现出真正的开放态势。

1980年代上半期,有一批年轻批评家崭露头角,他们的批评不只是反思"文革",表达新时期的时代愿望,而是深入作家作品内部进行文本细读。他们的努力使现实主义原本的批判性和控诉性的政治话语,转向更具有文学性的审美批评话语。在这个意义上,他们的批评是中国现实主义的复归。雷达、曾镇南、钱理群、陈平原、黄子平、赵园、季红真、丁帆、潘凯雄、贺绍俊、李书磊、孟繁华、程光炜、王鸿生、李洁非、张陵等人,他们或者有更为宽广的文学史视野,或者对文学作品的艺术性有着更为敏锐的感觉,对最新的文学创作能够做出更为精当的理论提炼。很显然,1980年代以上海为中心的青年批评家群体是一个风格鲜明的集体,吴亮、陈思和、王晓明、南帆、许子东、李劼、蔡翔、程德培、李庆西等人,以其海上才子的格调,给予当时文学创作中涌现出的新的特质以及时的捕捉。他们的批评颇具新潮风范,语词清俊流丽,给人耳目一新的感觉。这些与过去的现实主义文学批评的八股语气和格式都大相径庭,他们的批评已经无所谓遵循现实主义的主流规范,可以直接而鲜明地表达个人的艺术感受和对文学的态度。鲁枢元与林兴宅回应刘再复的主体论时,虽然他们二人并不是直接论争,但却在理论精神上形成互动关系。林兴宅从自然科学那里借来三论(系统论、信息论、控制论)作为文学理论与批评的新方法,这是1980年代中国实现现代化的历史背景下,科学主义盛行的直接产物。此方法虽然风行一时,但终究未在人文学科中找到真正内在的衔接点,故而并未形成有效的理论革新。鲁枢元以"向内转"揭示了1980年代新潮小说标志的文学转变,即社会化的意识形态直接支配文学的时代趋于终结,文学转向自身,甚至转向形式本体。鲁枢元的表达并非宣言性质的,他也并未直接表达对时代转型的呼吁,"向内转"是他对文学史的分析和当下的文学现象的阐释,却不经意间透露和表明当代文学面临的巨大转变。

1980年代西方文论涌进中国,对中国原有的单一化的苏俄现实主义理论传统造成深刻冲击,促使现实主义理论体系及美学规范走向开放。西方现代文论的多种流派的进入,引发了中国当代文学多元理论话语格局的形成。在20世纪八九十年代,袁可嘉对西方文论的引介影响面最广,乐黛云对比较文学的引介则直接引发了中国比较文学学科的创建。张隆溪、赵一凡、王逢振、盛宁、王宁、申丹、陈众议、许金龙等人对欧美、南美、日本等国理论与批评的引介,给中国输入了多样化的理论资源。

西方现代主义文学创作和理论在1980年代中期有一个传播的繁盛期,创作上刺激着中国的文学创作寻求现实主义的新路径的同时,也激发中国的文学创作进行大胆的现代主义的探索和跃进。1985年,"现代派"和"寻根派"高潮迭起,促使文学理论与批评方面开始形成新的观念和方法。1980年代,北京的李陀是新观念和文学新潮最得力的推动者,他推崇各种新的文学探索,对当代中国的文学变化动向有敏锐的观察力。虽然李陀著述不多,但他善于在各种讨论会、笔会上做具有鼓动性的演说,借助《北京文学》杂志,以及他与中国领风骚的主要文学期刊的密切联系,对现代主义在中国的发展起到直接的推动作用。上海批评家以其艺术敏感性,对先锋派文学情有独钟。吴亮、陈思和、王晓明、南帆、李劼、朱大可、蔡翔等人先是对"寻根文学",随后对马原、洪峰、残雪、孙甘露等人的实验性创作做出阐释,提示了一种新的文学流向。"85新潮"并不只是表明文学创作方面的新动向,也同样呈示出新的理论与批评带来的新气象。

1980年代西方现代主义影响下的中国文学新潮流,同时也给西方理论影响下的中国现代理论与批评提供了另一种阐释可能性和广阔空间。1980年代中后期,也是中国的现代主义、后现代主义理论与批评应运而生的时期,学院派的理论批评开始形成气候。在1980年代以后,所有的文学理论与批评遵循的都是苏俄模式,不管是大学的教学体系,还是报刊上的权威论述,其理论观念、资源与方法都如出一辙。但在1980年代后期,因为知识的新增和学理化建构的完善,学院的理论与批评寻求欧美现代与后现代理论作为资源,其理论和批评论说需要在清晰和充分的知识谱系里来展开,这必然要求理论与批评摆脱苏俄的模式,另辟蹊径。后现代在中国的论域,正是与1980年代后期展开的文学转型相伴而生。王宁、王一川、王岳川、戴锦华、陈晓明、张颐武、程文超、张法、张志忠、朱向前、陈福民、余虹、罗岗、陶东风、张柠等,他们运用新理论重构中国当代文艺理论,或者介入当代中国的先锋派文学,或者介入大众文化研究,阐释中国当代文化与文学正在发生的深刻变革。显然,历史自身是无语缄默的,取决于人们立足于何种立场,有何种观点,才给予历史以何种意义。在传统的现实主义理论看来,1980年代后期以来的文学呈现为杂乱或者萧条的局面,但在另一些持有后现代理论的年轻一代批评家看来,文学创制新调的格局正在形成,一种更加富有活力和具有未来开创性的先锋派文学,给予汉语文学以鲜明的美学特征,并且拓展出一条宽广的艺术道路。

这种从文学创作实践中提取出新的文学特质而形成的批评话语,其意义不可低估。尤其是在1990年代后期以来,年轻一代的文学研究者和批评家们更加关注当代文学创作,当代文学研究正在成为文学学科中的显学,这与中国现代以来形成的理论与批评模式有着深刻区别。此前的文学理论与批评背靠马克思主义经典理论,以封闭性和教条化的马克思主义理论和现实主义准则来规训所有的文学现象,文学理论与批评只是秉持既定的"原理""准则",用于证明"原理"与"准则"的正确与伟大,与活生生的创作无关。一旦创作与"原理"相悖,即被痛加批判,严厉挞伐。新的理论与批评话语的生成,不再过分依赖"原理""准则",而是打开了创作的当下性面向,与创作构成了良性互动。

当然,在思想史与文化批判这一脉,汪晖属于独树一帜,他驾驭思想史的巨大资源的能力,对中国现代性历史的把握方式,对当代全球化现实的批评向度,都是值得重视的。虽然在"新左派"名下,当代中国已然汇集起一支庞大壮观的队伍,但与中国现实的契合以及批判的真实性和有效性还有待观察。

时至今日,当代中国的文学理论与批评正在发生深刻的转型,一部分转向了当代文化研究;另一部分显示出理论与批评的内在结合,也就是理论的批评化与批评的研究化。1960年代以后出生的一代文学研究者和批评家体现着这样的时代趋势,也已经成为文学研究的主导力量,如李敬泽、郜元宝、王彬彬、张清华、阎晶明、吴义勤、吴俊、王尧、吴晓东、施战军、何向阳、李建军、张新颖、张学昕、谢有顺、洪治纲、臧棣、姜涛、贺桂梅、邵燕君等,他们各自以不同的方式切入当代文学研究领域,携带着西方现代理论的不同知识背景,进入当代文学现场;他们将文学史研究与批评有机结合在一起,并使之成为当代文学理论与批评的显著特征。

然而,当今时代,我们身处的却是一个理论终结的时代,西方如此,中国也不能例外。对于西方也许这不是什么过于悲痛的事情,对于中国的理论与批评来说却是生不逢时,出师未捷却面临终场,并不悲壮却足够遗憾。纵观现代中国的文学理论与批评,它一直受现实需要所制约,为现实的紧急性去建立一套应急的文学理念;在本该独立自主的时期,却受苏俄的模式影响甚深,直到1980年代才又和西方现代理论与批评重逢,迎来理论与批评的多元化和知识的多样性的时代。1990年代正当中国广泛吸收西方现代理论与批评,着手建构自身的理论与批评时,整个文学理论与批评却走上了式微的道路,理论不再有所作为并向批评转化。或许失去了理论宰制的批评,可以从中国当代文学创作中获得创新的互动资源,这对于中国当代的文学批评寻求中国品格,未尝不能提供一种可能性。

五

纵观20世纪中国文学理论与批评,我们可以强烈地感受到,现实主义成为中国现代理论与批评的圭臬;直到1990年代,随着西方现代理论与批评资源大量涌入中国,现实主义才遇到多元文化的挑战。1990年代以后的中国理论批评,处于规范体系和主导理论解体的趋势中。主导理论与规范体系的终结势不可挡,以个体敏感性为本位建立起来的批评话语和理论体系虽然不再有统摄一切的"原理"作为真理性的依据,但其阐释空间和包蕴的可能性确实更为宽广。这样一种变迁,放到20世纪的文学理论与批评语境中,放到西方现代理论与批评建构起来的文化背景中来考察,我们是把它描述为分崩离析、杂乱无章的文化溃败,还是视之为蕴含着现代之初的创造活力的文化景观呢?如果看到现代之初浪漫主义文化涌动的那种活力,今天的这种多元文化情境,是否可以理解为现代以来被压抑的浪漫主义文化的重新回归呢？是一种补课,是一种长期的沉潜郁积如今被重新唤起,同时也是一项重建？然而,浪漫主义为何如此不甘寂寞？还是它一直就存在着、生长着,却被压抑在历史的背面,如今它能够有限解放？

这可能需要新的理论视野介入。正如我们前面所论述的那样,20世纪上半期是中国进入现代的时期,也是中国文化从传统向现代转型的关键时期。中国进入现代无疑是在西方文化的挑战下进行的选择,但这个"冲击—回应"式的中国现代,其文化乃至其整体质地与品格却迥异于现代西方文化。中国现代的文化转型或许本来也如西方现代的文化展开一样,有一个浪漫主义文化运动伴随始终。但在中国,因为西方及东邻日本在军事和经济等方面的入侵,转型中的现代文化一直受社会现实的紧急需要支配,社会现实并未给它以少许喘息的余地。结果是,这样一项本来是浪漫主义的文化运动,却变成了一项大张旗鼓的现实主义运动。中国现代的思想文化转型没有从容的浪漫主义文化运动,这意味着什么？我们始终没有发展出德国浪漫主义追求的"绝对诗"的那种美学理想,这又意味着什么？[①] 从直接的意义上看,它要强烈而紧急地去表现乃至塑造社会现实,如此发展到极端,它甚至无需作家、艺术家主体的个人性的中介,而是与社会现实构成直接的互动。中国现代文化在其主导的层面,也即是在文学艺术维度,由此建构了客观化的现实主义的文化/审美领导权。文学理论与批评作为这种文化领导权的最集中明确的表达,也最直接地决定了中国现代以来的文学艺术与西方现代文学艺术根本不同的精神底蕴。这或许是我们在20世纪的世界文化框架内来理解中国现代性的文学艺术之历史过程的一个重要参照,这一参照直到今天还有效。因为始自于20世纪末期的中国新一轮文化转型,其内在精神底蕴和风格气质还是要在这样的结构中

---

① 例如,德国的浪漫派对诗或文学的纯粹性的追求,会经常采用"断片"这一形式来表达,这表明诗或文学的理想性是某种极致状态,它有绝对性,因为绝对性才有普遍性。现代文学的绝对价值建立于这样的基础上。弗里德里希·施莱格尔写作并编辑了《批评断片集》,简洁、抽象、极致地表达诗的理想性。有关德国浪漫派的"绝对诗"的美学理念,可见〔法〕菲利普·拉库-拉巴尔特、让-吕克·南希《文学的绝对——德国浪漫派文学理论》,张小鲁等译,南京:译林出版社,2012年。

来理解,也就是说依然要将其置放在浪漫主义文化的范畴内才能对它有更为全面透彻的理解。在 20 世纪上半叶被压抑的浪漫,现在却要突出地表,成为社会显性的主导文化。这就是坚硬的现实,是中国现代文学理论与批评必须要面对的时代景观。例如,今天文化中的多元化格局,自我和个人主义的兴起,幻想、唯美以及主观化文化的普泛化等,都表明了浪漫主义文化重新建构的历史趋势已然勃兴。当然,旧有的现实主义与之构成强大的冲突,这些冲突仍在持续,不过这些冲突具有内在化和细节化的特征,以至于我们并未明确地意识到。

  这一切思想文化发生及变异的历史过程,都有必要从更为宽广和深远的背景来理解。中国现代为社会紧急性所裹胁的现实压抑浪漫的趋势,其"现实性"(或现实感)究竟要从何种程度上来解释?这依然是一个疑问。因为我们可以鲜明地体会到,不管是现代的启蒙的"现实",还是左翼革命讲述的"现实",根本上都是现代话语的创造,是现代性的激进话语讲述了现实的紧急状况。更为根本的问题在于,左翼革命,直到共产主义革命,讲述了现实的问题必须以此种方式来解决,现实的选择必须以此种方式来进行。革命的冲动、动机与目标,就其历史的意义来说,实质上是一项观念性的革命。可以认为,是在革命的观念影响下才有革命的行动,也才有革命的"现实"产生,才有被革命定义的现实发生——也就是才有"要革命"的现实被创造出来。由此,我们则不难理解,原来一直秉持"客观性"和"真实性"原则的"革命现实主义"是观念性如此强大的现实主义,其观念性甚至一点也不比浪漫主义弱。回到中国文学历史的现场,郭沫若和周扬其实都意识到,要真正定义革命现实主义,不解决革命浪漫主义问题是根本不可能的事。在 20 世纪中国文学的实践中,郭沫若最为直接地表达了革命现实主义的观念性特征,周扬以最为理论化的方式试图调和革命现实主义与浪漫主义的关系,胡风则是最为理想化地建立了现实主义的精神内涵。他们都是对中国现代以来文学理论与批评有大贡献的人,却都执着于对于浪漫主义问题的探讨,从中是否可以管窥中国文学理论与批评的症结性和根本性的问题及意义所在?试想,胡风何以要寄望于主观战斗精神?这不只是因为对革命现实的把握需要主观战斗精神,根本在于,革命现实本身就是主观战斗精神的外化。胡风之作为 20 世纪中国的别林斯基,由此可知他是真正参透了黑格尔的精神实质的①。这些代表性事例表明,20 世纪中国的现实主义(革命现实主义,乃至于各种名目的现实主义)本质上也是一场浪漫主义运动。或者说,本质上它们也可以被视为浪漫主义。如此,我们才能理解,在革命的名义下,一切以现实之名进行的写作和艺术形象的塑造,其本质上都是根源于观念性。因为如此强大的观念性,现代性在文化上的表现就必然是,也只能是浪漫主义运动。这是现实主义在 20 世纪中国的悖谬现实,但它也是确确实实的现实。

其实,20 世纪中国的思想文化展开的历史实践,历经了激进化以至极端化的宏大的观念性建构,20 世纪末伴随着观念化的解体,以去观念化的个体敏感性为本位的思想文化及审美意识获得重建,这本身也是在浪漫主义的语境中展开的实践。没有了浪漫主义的阐释维度,现实主义在 20 世纪中国就是单一化和平面化的,没有内在的复杂性。只有在这样的框架中,才能理解 20 世纪中国思想文化及其理论与批评的真实含义,也才好解释当今时代思想文化的多元性和个体性的特征。

当然,我们并非说以"现实"之名建构起来的各种学说、认知手段都是虚假的,都是无效的自欺欺人。例如,客观辩证法、历史唯物主义、客观的本质规律等,它们无疑是强大的思想武器,对于解释那一时期中国的"社会现实"无疑起到积极的作用。我们只是说,这些现实主义的概念和认知方法一旦激进化和万能化,必然会带来现实偏颇,给文学带来束缚限制的后果。历史已经证明了这一点,毋庸赘言。

其实,人们以现实之名来压抑"浪漫"并非什么恶行,也不是什么罪责。固然在中国现代,此种"压抑"有强大的政治力量介入,并且以现实需要为目的建构文化体制的做法实在凸显了历史实际境遇,因而令很多热爱 20 世纪中国文学的人心情复杂。但从现代性更大的背景

---

① 这就如别林斯基当年在俄国,既不懂德语,也未读过黑格尔,仅凭第二手材料,就能准确地把握住黑格尔的精髓。历史之客观精神就是通过这类神启式的通灵来建立自身的连接方式。

来看,这也许只是现代性文化内在的争斗。因为现代性的浪漫主义文化占据主导地位,其内在总是要分离出反浪漫的力量。例如,尼采的反浪漫是要回到古希腊的酒神狄奥尼索斯精神①,海德格尔的反浪漫是要用他的本真性存在建构起本体论②,形形色色的反浪漫主义都是在浪漫主义的西方文化内部来找到纠偏的路径。但中国的"现实"可说是中国的现代性与西方的现代性进行的一场争斗,是中国的现代性要完成自身的建构而与西方既定的现代性主导文化进行的一场博弈。这是中国的复杂性和特殊性所在,也是在中国现实主义之所以压倒浪漫主义的根本所在。固然,中国也有浪漫主义传统,例如庄子、魏晋风骨、陶渊明、李太白以降,直到近代文学的绮靡文风,都可看出浪漫主义的沉浮逶迤;以王德威的概括,那就是中国文学的抒情传统("有情的中国"),作为"被压抑的现代性",它们从古典时代延续到现代,并且勃然兴盛。然而,细致看来,即使在中国传统中,浪漫主义也是受到压制的,何以如此,这是另一个更大的课题,非本绪论所能论及。但对"现实性"和"现实感"的尊崇,则是绵延至今的中国文化的重要特征,这是不难认识到的。

　　就中国现代对"现实"的追求来说,它不只是从中国当时的社会实际出发,同时也是中国传统哲学与文化的血脉延续的需要。中国强大的史传传统也需要"现实"作为依据,中国的文化想象和政治想象必须同构,这样它必然要在现实性上找到建构的依据,才有其立足和壮大的根本。现代新文化运动告一段落,马上就面临重构传统的任务,这项传统化的工作或许是以历史无意识的方式进行,的确,无论现实多么激进、现代多么西化,人们的知识谱系、文化记忆、价值准则、思维范式等

---

① 尼采深受浪漫主义的影响,此一问题可参见勃兰兑斯《十九世纪文学主流·德国的浪漫派》,张道真译,北京:人民文学出版社,1981年。但尼采又对浪漫主义进行激烈批判。有关尼采对浪漫主义的批判,可参见尼采的《快乐的科学》《瓦格纳事件》《作为艺术的强力意志》等书中对瓦格纳的批判。当然,尼采的批判不是要回到现实,而是要去到更具有解放意义的酒神精神。另可参见凯斯·安塞尔-皮尔逊《尼采反卢梭——尼采的道德—政治思想研究》(宗成河等译,北京:华夏出版社,2005年)一书的相关论述。
② 有关海德格尔与浪漫主义哲学的关系,是一个十分复杂的论题,可见 Pol Vandevelde, *Heidegger and the Romantics*, *The Literary Invention of Meaning*, Routledge, 2012。

却都在维系传统。传统不可能因为一场突如其来的文化运动断裂或脱胎换骨,它必然以各种方式再度显灵。传统之伟大与顽固其实是同一种意义,这取决于人们的现实的需要。总是有"现实需要"在建构中国现代以来的文化,这本身就是传统使然,这也是现代文化的宿命。传统的现实需要,与现代性宏大的观念现实结合在一起,这就足以产生以现实膜拜为主导的美学理念和文艺实践。在这一意义上,中国的现代性文化之生成和建构,或许确实有自己的路径,也不得不有自己的路径。浪漫主义与启蒙理性主义之争,这是18—19世纪的德法之争[①],此一争执(夺)延续至今;而"现实"与浪漫之争,或许正是中西之争的另一种表现方式,或者说另一个维度,此一争执(夺)在今天或许正在解体。这倒是耐人寻味的。

打开中国现代文化建构的险峻路径,体味前人开辟道路的艰难困苦,对于我们今天理解中国当代文化的复杂性,理解中国的理论与批评及审美文化建构的复杂性和内在矛盾大有裨益。"路漫漫其修远兮,吾将上下而求索",了解20世纪中国理论与批评走过的激进化的艰辛之路,依然给我们后人以面对未来的担当和信心。激进化日渐式微的21世纪文学理论批评站在新的历史地平线上,它是否可能有属于自己的开拓和创新?是否可以解决前一世纪那些难解的理论批评难题?是否可以在世界文学理论批评的强大知识谱系下,建构起中国文学理论批评的一方天地?这无疑还是一项艰巨的重任,然而我们只有去面对。

六

在这里我们讨论20世纪中国文学理论批评的流变轨迹,试图在浪漫主义与现实主义的紧张关系中,清理出现实主义占据审美领导权地位的一条线索,并且进一步审视现实主义内部出现的矛盾和变异,揭示

[①] 此一问题可参见以赛亚·伯林的诸多论述,例如《浪漫主义的根源》《现实感》《反潮流》等著作。

当代中国文学理论批评选择的历史语境。本书的主题是"中国当代文学批评史",没有对中国现代的清理,就不能全面清晰地理解当代;同样,没有把理论与批评放置在一起,很难把握住批评的要领与线索。但是,本书的重心在"批评史",文学批评(literary critics)与文学理论(literary theory)还是有区别的,本书在具体展开中,也始终把握住"批评"的命脉。从我们的直接经验来说,文学批评是指直接面对作品文本或作家创作展开言说的那种文体,它要揭示的首先是这部作品文本或作家的意义,当然,也可以再引申于理论方面的意义。文学理论则是讨论文学的一般问题,它是在多种文学现象基础上归纳出一般的与普遍的概念和原理。本书要把握住"批评"的特点,尽可能和"理论"区别开来,否则,"批评史"的面目和线索就很难厘清。基于众所周知的原因,在中国当代,理论的势头要压倒批评。

尽管这是我们的原则,但面对具体的批评和理论文本来说,文学理论与文学批评这两种现象还是很难完全分离,二者既有区分,也有相通之处。甚至在历史发展源流中,理论与批评也难舍难分。但就批评形成一门单独的学问而言,则是现代的产物。

在西方的古典时代,自柏拉图(《对话录》)、亚里士多德(《诗学》)、贺拉斯(《诗艺》)以下,谈到文学艺术,都是将之看作哲学的附属,理论和批评并未成为一门单独的学问。自德国鲍姆嘉登1750年创立"美学"(Aesthetic)一说,关于文学艺术的探讨就要复杂得多,也与哲学构成潜在的对抗。康德的三大批判把《判断力批判》独立出来,说明哲学并不能完全统辖审美判断或文学艺术判断。但黑格尔努力去解决这一问题,在他的哲学体系里,美学是可以归属进去的。到底是黑格尔推进了康德的学说,还是简单化了(乃至倒退了)康德?这是个很难直接回答的问题,至少黑格尔对美学加强了理性的掌控。西方的文学批评成为一门独立的学问,这是现代晚近的事情。这是以批评家进入大学为标志,文学批评成为一门专业,开始形成自身的一套知识谱系。按照当代法国批评家蒂博代的看法,此事发生在1827年,在法国的大学里出现了文学批评课程。文学批评家有机会成为教授,这与大学设置了这一教职有关。也就是说,大学教授文学,文学成为大学的科目,是得益于文学批评设立教席,是由文学批评带动起来的。文学成为一门学问,才有对批评的需要;也因为要成为关于文学的学问,批评才能自成格局。

蒂博代认为文学批评的产生有三个条件:其一是诞生了教授行业和记者行业;其二是历史感的加强对总结的需要;其三是多元化的创作和欣赏趣味。就第一点而言,他在《六说文学批评》一书中说道:

> 大革命以前,所有的教育均附属于教会,从事教育的首先和尤其是无处不在的神职人员。贯穿整个18世纪的哲学家和教士之间的斗争,最终以教育的或多或少的非宗教化结束,从而一种新的行业,一种新的行业精神得以产生。类似康德在18世纪下半叶在哥尼斯堡大学任教和费希特在耶拿战役之后在柏林大学任教的那种形式,从此在法国成为可能和正常的了。随着1827年三位教授的出现,即基佐、库赞和维尔曼,出现了有关教席的争论、教席的哲学和教席的文学批评。他们于1830年获得荣誉和权力。在1830年的100周年所能引起的各种思考之中,不要忘记这一点:批评家的职业,在100年里,始终是教授职业的延长。①

文学批评成为一门学问和批评家进入大学成为教授乃是同一个问题。其根本在于现代性引发的世俗化,过去是教士僧侣垄断知识,现代则是大学成为知识创造的中心。文学与文学批评的发展,也是现代大学兴起的产物。因为大学有必要把文学作为一门独立的学问,文学批评从哲学中分离出来也就顺理成章。尽管哲学在很大程度上依然是文学批评的根基,但并不是在某一个哲学家那里文学批评被处理成某一个哲学体系中的相关部分(例如像黑格尔那样),而是另一门知识(文学批评)将哲学作为基础(例如,像罗兰·巴特或保罗·德曼那样)。

批评进入大学促使文学研究成为一门学问,文学知识形成体系和学科,文学批评也因此延伸出文学理论和文学史研究。但是文学批评进入大学并不是批评自然而然发展的结果,而毋宁说来自两方面的需

---

① 〔法〕蒂博代:《六说文学批评》,赵坚译,北京:生活·读书·新知三联书店,2002年,第34页。蒂博代的这部著作原书名叫《批评生理学》,中文译本书名改称《六说文学批评》。

要:其一是大学专业化分工对文学知识的需要,其二是18世纪以来历史意识的兴起。大学文学学科的兴起,文学学科的知识创造在文学史研究、文学理论、文学批评三方面展开,很显然,文学史研究乃是其主导方面,文学理论的兴起乃是现代晚近的事情,文学批评则随着现代媒体和图书出版的兴盛在报刊上传播。大学文学研究的主导领域限于文学史,对文学进行经典化建构,以此方式来影响现实的文学创作与传播。在欧美的文学研究传统中,文学史研究以及文学理论与文学批评始终都难以明确区别。也就是说,文学史研究和文学理论依然是以文学批评作为基础,或者说只是在文学批评活动中强调了历史的语境和眼光,提炼归纳并且形成了一定的理论性。文学批评全部化解到文学史、文学理论的研究中,它们本质上还是文学批评。欧美现代兴起的新批评就是最为典型的例子。新批评多数研究19世纪的浪漫主义诗歌,它既是文学史研究,又是"诗学",又形成"新批评"一系列的理论观点和方法,具有可归纳的理论体系。但是它的根本方法是具体的、文本细读的批评方法。随后,因为哲学的重新介入,出现了现象学批评、阐释学批评、符号学批评、结构主义批评、女权主义批评、精神分析学批评、解构主义批评、新历史主义批评、后殖民主义批评。后五类可以看成建立在后现代主义/后结构主义基础上的批评,这种批评理论很强,有一整套知识体系和固定的概念、术语以及论述方法,其批评不再是个体的,而是面对作品文本,或者以还原作品文本的意义为主要旨归。从这里,就可以区别文学理论与文学批评:前者通过对作品文本的批评研究归结出一套理论观点,最终可以归属于更大的理论知识谱系,例如,所有的女权主义批评,虽然也阐释分析文本,但有两点是明显的:其一,运用既定的女权主义理论术语和方法;其二,作品文本的内容和意义最后可以归属于女权主义体系,可能证明女权主义理论观点和价值立场。如果是文学批评,则更具有个人主观性体验和感受,不专注于一种理论体系,重点在于还原作品文本的内容意义,虽然也是在某种观点观念推演下来展开,但会将作品文本的文学特质和内容作为主要阐释对象。很显然,当代批评的发展越来越具有理论化的趋势,它借助了哲学、精神分析学和历史学的知识及方法,批评盗取了这些知识的火种,让它们在文学的旷野里燃烧。

在美国20世纪四五十年代的文学批评中,以特里林为首的纽约知识分子的社会文化批评占据主导地位①。美国的1950—1960年代,在文化上也被称为文学批评的时代,特里林代表的是传统文学批评,那是在公共媒体中活跃的文学批评。有评论认为:"他不仅参与构建了,更是以自己的写作完美地界定了公共知识分子的责任、文化批评的目的和散文的魅力。"②特里林曾一度被英美知识界和读者誉为"文化良心",雅克·巴尔称赞他是英语传统中最伟大的批评家之一。特里林的学生,纽约知识界影响卓著的批评家欧文·豪则称特里林为"除埃德蒙·威尔逊之外的20世纪影响最大的美国文学批评家";1939年,特里林的博士论文《马修·阿诺德》出版,威尔逊评价说:阿诺德和特里林都属于智者作家,"直面当代各种社会议题,鞭策和指导读者";1975年特里林去世时,美国媒体的反应是:一个时代结束了。③

美国教育在二战之后迅猛发展,学院收编了媒体批评,一批"纽约知识分子"进入大学做文学教授,特里林则到美国哥伦比亚大学任教。与此同时,文学批评的学院化和理论化也在推进。1970年代,特里林所标志的那种媒体的当下性的社会批评已然式微,取而代之的是美国耶鲁的"四君子"——保罗·德曼、希利斯·米勒、哈罗德·布鲁姆、杰芙里·哈特曼,尽管他们四人批评风格各异,但还是有某种共同的东西,促使批评界把他们结合在一起,称之为"解构批评"。而在他们引领下,美国批评进入一个"批评的黄金时代"④。至此,批评与理论更加难舍难分,批评的学术化和理论化趋势已成定局。

但是我们依然要看到,欧美都有专门面向媒体的书评专栏和专刊。如美国的《纽约客》杂志,它们所登载的书评和时评文章属于传统的鉴

---

① 莱昂内尔·特里林(1905—1975),美国文学与社会文化批评家,曾任美国哥伦比亚大学资深文学教授,"纽约知识分子"群体的重要成员。代表作有《自由主义的想象》《弗洛伊德与我们的文化危机》《反对自我》《超越文化》等。
② 张箭飞:《莱昂内尔·特里林的思想探戈》,《文艺报》2011年3月18日。
③ 同上。
④ 参见〔美〕W.J.T.米彻尔《论批评的黄金时代》,杨国斌译,《外国文学》1989年第2期。

赏型的和价值论的文学批评，在媒体和图书市场影响甚大。学院的批评基本不涉猎这块领地，它们分工明确，各司其职。学院里的文学批评更准确的概念是文学研究，而媒体书评以及文学时评才是延续了传统的文学批评。

如果要在中国传统的源流中区别文学理论与批评，会显得更加困难。如果说理论是从个别到一般的话，批评则是从一般到个别；那么，中国传统文论则是一般与个别水乳交融的批评。中国传统的文学批评通常被认为是鉴赏型的批评，在其鉴赏评价中，实际上是理论与批评兼顾，在具体的批评活动中，都离不开理论化的定格：如情、志、道、境界、意境、风骨、风韵、格调等，中国古代文论的审美鉴赏批评，都是在一般概念下的个别具体评价，对每一具体诗作、文章的评析，都是在这些一般概念下做论断，如此才好理解评判个别作品文本的意义与价值。并且其经典化的范畴以具体作家的风格确立一般概念，进而以为审美尺度，如杜诗、李杜、谢诗、唐宋八大家、宋词、元曲、清诗等，本来只是个人或时代风格，现在转化为评价的一般性概念尺度。中国古典的经典化标准十分具体明晰，就是因为它以具体的作家、诗人风格为直接范例。中国古典文论在个别与一般之间灵活自由变换，其意义具体而又明晰，在于诗学的思维乃是感悟式的，必须是在有相当修养的基础上才能点化领悟。所以，中国古典文论无疑是鉴赏型的个别批评，但不能说它没有理论，它把理论不是系统化而是具体化。"古典文论"这个概念倒是道出了中国古代文学理论与批评的特质——它是理论与批评的自由融合。

中国现代以来的文学批评与中国传统文论有着深刻的断裂，中国现代以来的文学批评是伴随着白话文学运动而发展起来的，白话文学运动的先导、主张、批评、论争，构成了中国现代文学批评的新起点，也建构了新文学的批评范式。由此，中国现代文学批评也构成了五四启蒙文学的主导内容。

新文学运动直接受到现代西方文学批评的影响，如王国维之于叔本华、鲁迅之于尼采、胡适之于杜威、梁实秋之于白璧德、周作人之于欧美人道主义、茅盾之于左拉……欧美的影响与新文学急迫的开创文学新时代的需要结合在一起,时代特征相当鲜明,故而这种影响也十分自然恰当。文学批评与文学创作密切相关,其理论化冲动并不强烈,理论与批评也难以分割。新文学的先驱们都一身二任——如温儒敏所言:"他们既尝试新的创作,又从事现代文学理论与批评建设。从提倡白话文创作、引进'易卜生主义'、探讨新诗与'美文'的格式、批判'黑幕小说'与'鸳鸯蝴蝶派'、反击复古思潮、一直到讨论'为人生'还是'为艺术',在短短几年时间里,新文学先驱通力合作,破旧立新,为建立新文学理论批评做出了彪炳史册的巨大贡献。"①尽管欧美的影响深重,但中国现实的问题迫切,这些问题还是限于文学革新,理论主张立足于文学批评。到了20世纪三四十年代,左翼运动兴起,时代矛盾更趋激烈,社会问题、民族国家的解放问题成为更为迫切的难题,文学理论与批评直接与这些社会问题结合在一起,来自苏俄的文学理论的影响力就日趋强盛。很显然,当文学为意识形态所统治时,文学批评也就必然要转化为理论,或者说为理论所支配。周扬与胡风在20世纪三四十年代的分歧,实则是理论与批评的分歧。更具体地说,胡风从文学批评出发来构建他的文学理论,他的"主观精神战斗"还是从中国现实与文学既有的现象出发,从中国作家可能张扬的创作主体能力出发,从现代文学可能具有的文学表现力出发。胡风的理论主张可以与他的具体文学批评相统一,前者可以在后者中找到根基或依据。周扬则是从理念出发建构革命的文学理论,他的文学理论服膺于时代迫切的革命战斗需要。他并不关注也无需关注作家的主体能力是否可能达到,实际的文学创作是否可能完成,文学批评则是审视这些具体创作和作品是否达到了革命的文学理论的高度。

左翼文艺运动的深化,最终出现了毛泽东的《讲话》,这就把革命理念关于文学的要求规划,变成了具体的理论纲领。左翼文艺运动深刻改变了中国现代文学进程,革命理念对文学理论的介入,不只是强化了现实主义,而且强化了理论,理论开始统领文学创作和批评。与现代启蒙主义文学不同,革命文学理论具有统领的意义。现实主义的创作

---

① 温儒敏:《中国现代文学批评史》,北京:北京大学出版社,1993年,第23页。

方法和批评方法都服膺于理论观念,现实主义实际上成了一种理论要求,理论制定了文学的法则、方法和标准。所有的文学批评都要举着理论旗帜,都要拿着理论的条条框框去衡量具体的作品,批评不是回到作品本身,而是要诠释理论。文学批评变成了理论的批判,批评的理论性如此之强,实际上是理论吞并了批评。批评不能在文学的意义上对文学作品文本说话,批评主要是理论的代言。尽管如此,正如我们在前面进行历史梳理时所坚持的态度,就是要在如此理论化的历史语境中,去看批评依然怀有的对文学说话的愿望,以及说出的相当有限也越发显得可贵的那些话语。

当然,"新时期"的文学批评以反思文学与政治的关系为解放思想的先导,高举人道主义人性论的旗帜,文学批评给"新时期"的文学注入了"大写的人"的精神内涵,文学批评开始还是从马列经典著作中获取突破禁区的思想依据,随后开始从西文现代主义理论思潮中寻求更新的动力。文学理论不再是铁板一块,也不再是高高在上的真理性命题,理论本身的突破也势在必行。1980年代中期,西方现代理论蜂拥而至,促使当代中国的理论与批评产生分化,这种分化是多维多层的:

其一,理论与批评源自内部的本质产生的分野。因其依据的知识取向不同,有正统的与求变的。前者固守住马克思主义经典,维护时代的主导的思想领导权;后者则寻求不断变化的知识,谋求理论突破的途径。

其二,当代实践形成的理论与批评的分离。新时期是文学批评活跃的时期,批评与文学创作的时代激情结合在一起,阐释了时代最热切的那些愿望,肯定了文学的所有创新性努力。尽管存在不少论争和压制的力量,但却使批评显示出执着与顽强。相对而言,理论则相对滞后和保守。因为来自苏联的体系框架严重限制了文学理论的发展,而从事理论研究的人们囿于元理论的框架难以有根本性的突破。因为这样的元理论框架的设计原本就是知识体系稳定的产物,它与理论创新、知识创新根本上是矛盾的。理论必然分化,一部分依然要固守住元理论,因为原有的根基结构依然存在;另一部分转向中外理论史研究;还有一部分转向当下文化研究,例如生活美学研究。

其三,知识变革推动的批评重建。1980年代后期以来,在西方现代理论的影响下,文学批评的学院化和理论化趋势明显加强,特别是在后现代理论思潮推动下,学院的当代文学研究有了相当强劲的发展。当然,这也使当代批评格局产生多元分化,既有面向当下创作的评论,也有面对当代文学学术问题的研究;有面向媒体的书评,也有活跃在学术期刊上的理论阐释。这确实使"文学批评"这个概念更难定义。

如何区分当代文学研究与当代文学批评,这也是本书需要考虑的问题。我们把偏向于文学史研究,或者纯粹理论研究的论述,划出我们关注的视界;把与当时创作相关的研究——尽管理论性和学术性偏强——划入文学批评的范畴;同时关注少数对当时文学创作和批评产生直接影响的理论,毕竟有了背景或前提才能更清晰呈现当代批评的来龙去脉。我们关注的批评史主体首先是那些针对当时/当下的文学现象、作家作品展开言说(或论说)的文章,其次包括面对当时的文学创作和批评有直接影响的理论探讨。这样,我们关于"文学批评"的概念就可以明确为:关于当时的作家作品的评析以及对当时重要的文学现象问题的研究。

在阐明了文学批评的概念之后,还有一个问题也待厘清,即确立哪些批评家为历史叙述的主线。当代中国文学批评有很多重要的文章,但要梳理出支撑批评史的大批评家则有困难。正如文学史需要大作家来支撑一样,批评史也要大批评家来支撑。20世纪五六十年代因为政治运动,真正的文学批评可怜鲜见。新时期以来,认定"大家"也相当困难。不只是时间短暂,还要受到不同立场、不同知识背景和不同社会地位的影响,要得到普遍承认并不容易。伯仲之间者多矣,出类拔萃者寡,也难以凸显出来。很显然,批评史不能变成文学研究的问题史或专题史,那样就容易成为研究综述,批评史根本上应该是批评家的历史,应该凸显批评家个性,应该是批评家对文学富有创新性的发现、开拓和革新的历史。因此,本书力图对当代批评家有一个全盘的理解,虽然未必能够明显突出有贡献的批评家,但尽可能归结出批评家的那些有价值的观点,勾勒出当代批评家的地位和作用,总之,以批评家为谱系梳理出当代批评史的地形图。

批评史应该给出当代文学批评的发展脉络,肯定批评家的贡献,肯定有贡献的批评家。批评史应该有关于批评的价值的理解,能判断什么是好的批评,什么是批评的正能量,什么是批评的负能量。这当然也是基于对文学史发展的理解,没有对当代文学比较全面的理解,没有对文学创新性的把握,就无法理解批评的创新,无法把握批评方向,无法确认批评的价值。

正是综合这几方面的考虑,我们采用这样的体例结构:以现实主义文学批评为主线,揭示出它建构与运动、激进与转折、变异与多元的整个过程,由此来显现当代中国文学批评发展的曲折跌宕的历程。在这条线索的展开和变异的进程中来看批评家的活动,来看批评家个体起什么样的作用。这样一来,虽然我们没有足够的大批评家来勾画批评史的那些历史关节点,但也可以显示出历史的走向和批评家的主要贡献,以此来构造一部中国当代文学批评史。

(本章由陈晓明执笔)

第一章　现实主义文学批评范式的确立

多年之后,我们反观新中国成立以来形成的现实主义审美规范,会认为那是顺应中国现代社会剧烈动荡建构起来的艺术准则。它是在中国现代紧迫的历史进程中形成的具有社会动员力量的审美理念,在20世纪上半叶,这样的理念还是植根于五四时期的新文学的启蒙价值观,只是一步步地为时代情势推动而走向激进化。到了延安解放区,因为战争动员的需要,现实主义被赋予了更直接的政治内容。很显然,新中国成立后的文艺战线是在延安革命文艺实践基础上建构起来的一套体制,毛泽东1942年的《讲话》无疑是革命文艺观念完整建立的标志和纲领,由此看来,中国当代文学批评史就要从这一《讲话》发表为肇始。《讲话》既是中国20世纪三四十年代的左翼革命文艺运动的总结,也是中国革命文艺开辟未来的指南,它强有力地引导中国文艺家进入革命文艺实践。从中国文艺家的主体世界观的改造,到深入生活的创作过程,再到文艺作品创作、发表和传播的阵地,最后到文艺批评的价值确认(肯定或否定),都可以看到《讲话》的全面影响。但是,在20世纪五六十年代展开的所有批评/批判活动中,《讲话》并非一个随时直接出场的教条手册,而实际上是隐含在现实主义后面的精神实质。现实主义一旦是作为真实在场的理论信念,它所包含的意义就要比《讲话》更为复杂。现实主义即使在20世纪五六十年代的发展中,也包含着三个方面的内容:毛泽东文艺思想(以《讲话》为本位)、苏联的社会主义现实主义和五四启蒙文学的遗产。这三方面内容的经常博弈,决定了20世纪五六十年代现实主义文学批评的基本走向。

我们要审视中国当代文学批评的起点与展开方式,就要看现代左翼文艺运动建构起来的现实主义理论,如何在毛泽东的文艺思想(《讲话》)引导下,与苏联社会主义现实主义结合,走出中国现实主义文学批评的路径。历史既然如此选择,无疑有其必然性,但在梳理历史时,我们还应看到重要的历史文本,它们最终提供了我们理解历史的线索,从中可以看出少数的代表历史理性力量的批评家所起的重要作用。

一 现代批评传统的继承与改变:冯雪峰、茅盾

在整个20世纪五六十年代中国文艺理论与批评的实践进程中,影响最大的人物莫过于周扬,但从左翼文艺运动发展来看,在20世纪三四十年代,左翼文艺理论与批评其实并非铁板一块,而是有着相当严重的分歧,产生过激烈的论辩。何以后来是周扬脱颖而出占据上风,这就要回到历史中去理解。我们以冯雪峰和茅盾的理论批评为导引,来看左翼文学批评相对温和的那一脉——也就是与五四启蒙文学断裂和转折得不是那么彻底的一脉,会发现它始终是20世纪文学理论与批评的基础构成,在不同的历史时期总会冒出历史的缝隙,这就使我们能更好地看清20世纪文学理论与批评发展到20世纪五六十年代的地形图。

冯雪峰① 1926年开始翻译文学作品及文艺理论著作。1927年加入共产党。1929年参加筹备中国左翼作家联盟,后任"左联"党团书记。与鲁迅交往甚笃,协助鲁迅编辑出版《前哨》,纪念五烈士;并将瞿秋白介绍给鲁迅,促成鲁迅和瞿秋白共同领导左翼文化运动。1929年10月,在瞿秋白指导下,起草《中国无产阶级革命的文学新任务》决议。冯雪峰后来始终强调"无产阶级革命文学",当与此有关,他强调革命

---

① 冯雪峰(1903—1976),浙江义乌人,原名冯福春,诗人、文艺理论家。1921年考入浙江省立第一师范,1925年到北京大学旁听日语。早年与潘漠华、应修人、汪静之合著诗集《湖畔》,被称为"湖畔派"诗人。1933年底到瑞金任中共中央党校副校长。1934年参加长征。1936年春到上海,任中共上海办事处副主任。1937年回家乡,创作反映长征的长篇小说《卢代之死》。后在中华文界抗敌协会工作。1950年任上海市文联副主席、鲁迅著作刊社社长兼总编。后调北京,先后任人民文学出版社社长兼总编、《文艺报》主编、中国作协副主席、党组书记。1954年因《红楼梦》研究问题和"胡风事件"受批判,1957年被划为右派。1976年患肺癌去世。

现实主义也与此一脉相承。

冯雪峰早年影响最大的文章当推1928年发表的《革命与知识阶级》一文①,该文分析了"知识阶级"与革命的关系,指出知识阶级的起点是"五四运动",这一阶级对历史的贡献就在反对封建主义上。但是,知识阶级所选择的立场是资产阶级的还是无产阶级的,则可以由此看出知识阶级的出路。如果"知识阶级"这一名字还存在,知识阶级就只能充当革命的"追随者",言下之意,知识阶级只有彻底转向无产阶级,成为无产阶级的一员,才能真正转向革命。冯雪峰认为,"实不如让他们尽量地在艺术上表现他们内心生活的冲突的苦痛,在历史上留一种过渡时的两种思想的交接的艺术的痕迹"。冯雪峰此文目的是为鲁迅辩护,他十分不满于创造社一大本杂志有半本在攻击鲁迅。他认为鲁迅并没有诋毁革命,"他至多嘲笑了革命文学的运动(他也并没有嘲笑革命文学的本身),嘲笑了追随者中的个人的言动……"冯雪峰此文论述革命与知识阶级的关系,其实隐含的潜台词即在于创造社的人自诩为革命者,但他们依然还是"知识阶级",充其量也就是革命的"追随者",何以有资格来指责鲁迅因为嘲笑了革命的"追随者"的一些言行就是诋毁革命呢?冯雪峰这篇文章对知识阶级的分析阐明了文学与革命的复杂关系,革命并非标签、口号、宣言就能确认,革命是一种无产阶级的立场和行动。冯雪峰并没有一味拔高鲁迅的革命性,他指出,鲁迅比一般的知识阶级早一二年看见革命,"鲁迅自己,在艺术上是一个冷酷的感伤主义者,在文化批评上是一个理性主义者,因此,在艺术上鲁迅抓着了攻击国民性与人间的普遍的'黑暗方面',在文化批评方面,鲁迅不遗余力地攻击传统的思想——在'五四''五卅'期间,知识阶级中,以个人论,做工做得最好是鲁迅;但他没有在创作上暗示出'国民性'与'人间黑暗'是和经济制度有关的"②。在揭示文学与革命、鲁迅与革命的关系方面,在阐述知识分子的阶级属性、文学的革命

---

① 原载《无轨电车》1928年9月25日第2期。
② 以上引文出自《革命与知识阶级》,参见《冯雪峰选集·论文编》,北京:人民文学出版社,2003年,第2—6页。

性方面,冯雪峰看得相当客观且透彻。

冯雪峰、瞿秋白和胡风三人是鲁迅最为信赖的青年朋友,鲁迅对瞿秋白曾赠有对联云:"人生得一知己足矣,斯世当以同怀视之。"瞿秋白写下的《〈鲁迅杂感选集〉序言》,最早全面阐释鲁迅杂文创作的深远意义。瞿秋白结交鲁迅得益于冯雪峰的引见,瞿秋白有一段时期在鲁迅家里避难。冯雪峰则有一段时期住在鲁迅公寓的地下室,可见他与鲁迅朝夕相处的友情。冯雪峰关于鲁迅的评论文字,构成中国现当代文学批评的重要内容。

冯雪峰的左翼文学批评致力于创建"无产阶级革命文学"的宏伟事业,他非常清楚革命文学是为着劳苦大众,是呼唤他们起来革命,并且把他们塑造为革命主体的一种手段。1932年,冯雪峰发表《关于新的小说的诞生——评丁玲的〈水〉》,高度评价丁玲转向革命文学后取得的重大成就。他把《水》定义为"新小说",认为丁玲已经成为"新小说家":"新的小说家,是一个能够正确地理解阶级斗争,站在工农大众的利益上,特别是看到工农劳苦大众的力量及其出路,具有唯物辩证法的作家!"①写出劳苦大众的反抗精神,一直是中国现代左翼文学的理想,冯雪峰判断无产阶级革命文学区别于资产阶级文学的重要标志,就在于写出了劳苦大众的主动斗争性、联合起来的自觉性。冯雪峰称《水》有了新的描写方法:"不是一个或二个的主人公,而是一大群的大众,不是个人的心理的分析,而是集体的行动的开展……它的人物不是孤立的,固定的,而是全体中相互影响的,发展的。"②冯雪峰从人物及人物的关系表现来看《水》的描写,看到它所体现出的新小说的表现手法。实际上,小说都有人物之间相互关系的描写,何以《水》就具有新的特质?其缘由还在于,《水》的主要人物具有号召力,冯雪峰在这里看到劳苦大众如何在集体中成为革命领头人,以及那种在集体中成长起来的权威性格所获得的小说表现方式。即使无产阶级革命文学是一

---

① 冯雪峰:《关于新的小说的诞生——评丁玲的〈水〉》,原载《北斗》1932年1月20日第2卷第1期。引文参见《雪峰文集》第2卷,北京:人民文学出版社,1983年,第335页。
② 同上书,第334页。

种乌托邦想象,但无产阶级渴望的新的人物——具有反抗性的劳苦大众成为革命领头人的那种形象塑造——确实在中国现代性的文学表现中是一种新的审美理念,这是与小资产阶级的个人主义、资产阶级的颓废现代性所不同的激进的现代性。后来夏志清对丁玲及其《水》的评价颇多否定,认为转向革命后的丁玲变得不会写小说,《水》语言粗糙,不堪卒读①。二者的着眼点不同,夏志清需要现代愈趋精致的语言,冯雪峰则要革命的激进的思想意识,二者不可能达成统一。

毛泽东的《讲话》发表后,左翼文艺运动如何统一到《讲话》的精神上,这是左翼文学批评始终努力的方向。也是在《讲话》的指引下,身处延安解放区的丁玲,在土改工作实践中,写下了《太阳照在桑干河上》。冯雪峰的反应略微迟钝,直到1952年才写下评论《〈太阳照在桑干河上〉在我们文学发展上的意义》一文,可能是为"人文初印本"而做②。《太阳照在桑干河上》于1951年获得斯大林文艺奖,在新中国文坛如闪闪的红星,胡乔木对此书高度重视,而冯雪峰这样的批评家何以迟迟不动笔,个中缘由颇耐人寻味。

很显然,冯雪峰一直在寻求与《讲话》精神相一致的更具有整体性的现实主义批评理论。他在讨论这部长篇小说时,虽然没有当年论述《水》作为"新小说"标志的那种冲劲,却还是可以看到冯雪峰在理论上的拓展。其一,再次强调写出新型的革命人物形象。冯雪峰认为,丁玲这部作品写出了农民的思想斗争,农民意识到自己的历史命运,经历过激烈的思想斗争,终于站到革命的一边。其二,冯雪峰看到丁玲是为了写斗争的目的来写人物。"斗争"由此成为社会主义现实主义文学塑造人物的关键手段。就在这关键的一点上,冯雪峰试图把写斗争与人物形象的自足性构成一致的关系。他觉得可注意的:"是这样的一种

---

① 夏志清:《中国现代小说史》,上海:复旦大学出版社,2005年,第193页。
② 《太阳照在桑干河上》单行本于1948年由东北光华书店出版,书名为《桑干河上》,1949年新华书店出版再版。1950年小说恢复书名《太阳照在桑干河上》,仍由新华书店再版。人民文学出版社于1952年4月出版,是为人文初印本。1952—1953年,丁玲再次大改,是为人文修改本,1955年10月出版。有关该书的版本研究,可参见金宏宇《名著的版本批评——〈桑干河上〉的修改与解读差异》,载《武汉大学学报(人文科学版)》2004年第1期。

精神:显然,作者写人是为了写斗争,也就是为了写社会或写生活;就是说,写人是服从于写社会或写生活的目的,在这里,就是主要地服从于写农村阶级斗争(土地改革)的目的。"但同时冯雪峰又强调指出:"文学作品必须写人,如果没有写人,则这样的作品的价值是很低的;但必须写人仍然是因为人的内容是社会,是人在社会生活着,人在斗争着的缘故。社会上的一切都是经过人的。在文学上,不写人就写不出社会来。所以,文学上的所谓形象,主要的是指的人。"① 按我们今天的理论来看,为了斗争的目的而写人,则不能说是从写人出发,二者之间是明显矛盾的。但在社会主义革命的阶段,"斗争"具有优先性和正当性,斗争被认为是实践中必然的、必要的斗争——这就是历史唯物主义的观点,而不是政治观念的强制性的结果。斗争的哲学就是实践的哲学,是人物社会关系的本质,为了斗争的目的写人物就具有合理性甚至先进性。其三,强调了党的领导。冯雪峰指出,这部小说的意义还在于,写了党的领导和农民自身的斗争的结合,"党的领导"是农民之阶级的要求及其革命历史成长的历史条件。很显然,这篇批评文章依靠的逻辑已经不是冯雪峰关于无产阶级革命文学的理想建构,而是革命的理念要求。于是,冯雪峰下结论说:"这一部艺术上具有创造性的作品,是一部相当辉煌地反映了土地改革的、带来了一定高度的真实性的、史诗似的作品;同时,这是我们社会主义现实主义的在现时的比较显著的一个胜利,这就是它在我们文学发展上的意义!"② 关于其成就,冯雪峰说:其一,是从对人民的生活观察与体验出发;其二,是写了社会的矛盾斗争,写了真实的人;其三,艺术表现能力已经达到相当优秀的程度。其实,艺术方面的评价是从前面两个前提推导出来的,写了人民群体的斗争生活,就能写出真实的人,就有艺术表现力。说到底,这里的评价依据的不是艺术自身的标准,而是革命的理性逻辑。问题的关键在于,社会主义革命文学要开创自己的文学观念,当然不可能按照资产阶级

---

① 冯雪峰:《〈太阳照在桑干河上〉在我们文学发展上的意义》,原载《文艺报》1952 年 5 月 24 日第 10 期。引文参见《雪峰文集》第 2 卷,第 411—412 页。
② 同上书,第 416—417 页。

的经典文学的标准,也不可能按照现代五四启蒙文学的标准来作为论证的逻辑前提,革命文学的前提就是人民的斗争的文学。其主体是人民,其历史现实内涵就是斗争。但是不管怎么说,在冯雪峰的文学观念中,人民性是其内核根基,从无产阶级文学到人民的斗争的文学还是顺理成章的。周扬的文学观念是党的文学,只有体现了党的意志和党的领导、贯彻了党的路线的文学才是可以肯定的文学。这就是他们之间的区别。在政治语境中,如此区别其实还是很重要的。冯雪峰毕竟给人,给真实的人、生活的人留下了一个余地,他就有可能承袭五四启蒙文学的传统,就有可能在一定程度上保持鲁迅开创的现实主义精神。

同样在1952年,也就是在这篇文章面世后不久,冯雪峰发表《中国文学中从古典现实主义到无产阶级现实主义的发展的一个轮廓》一文,在《文艺报》上分数期连载①,以期回答读者,并对新中国整个创作队伍有所描述,对社会主义条件下的现实主义作出解释。冯雪峰试图给中国当代现实主义找到中国传统的渊源,他以高尔基所说的"文学上有两种基本的'潮流'或倾向,就是现实主义与浪漫主义"作为理论依据②。既然高尔基如是说,中国古典文学当然也不能例外。冯雪峰从《诗经》与《楚辞》算起,历经汉代到唐代,再到宋元明清,现实主义精神一直贯穿在中国古典文学传统中。冯雪峰力图阐明,现实主义作为艺术观或创作方法,一方面有它历史的持续性和发展性;另一方面又有它非常显著的时代性尤其是阶级性。可以看出,辩证法的观点使冯雪峰在二者之间避免了偏颇,但他骨子里还是想证明中国的现实主义在传统上其来有自,这个观点本身隐含着古典现实主义超时代和超阶级的可能性,只是辩证法遮掩了它实际的理论偏向。

冯雪峰论述的重点难点在于五四新文学中的现实主义向无产阶级现实主义的历史变化。冯雪峰的观点,当然就是历史进化论的观点。无产阶级现实主义要处在更高的地位,但又要处理好五四新文学与无

---

① 《文艺报》1952年第14、15、17、19、20期。
② 参见冯雪峰《中国文学中从古典现实主义到无产阶级现实主义的发展的一个轮廓》,《中国新文学大系1949—1976》,文学理论卷一,上海:上海文艺出版社,1997年,第321页。

产阶级革命文学的内在联系,这就要大力降低五四新文学中的资产阶级色彩,而把它阐释为无产阶级领导的新文学运动。有了毛泽东的《新民主主义论》作思想后盾,冯雪峰就把五四新文学运动定义为:"无产阶级领导的、统一战线的、人民大众的反帝反封建的文学运动。"①既然是无产阶级领导的革命的文学运动,冯雪峰如何处理它与传统的关系呢? 他先把革命调门定得很高,然后再小心求证五四新文学与传统的关系。他从鲁迅身上看到继承中国古典现实主义传统的革命态度,并以此论证如何将古典的真正价值运用于革命的发展。"从五四新文学方面说,对于古典现实主义的继承就能够成为一种创造性的继承。"②同样,对于外国文学,五四新文学也是吸收它的进步性和战斗性来展开反帝反封建运动,来建立中国的新文学。传统与外国的文学经验,都被融合于五四新文学运动中,成为其有机的部分,使无产阶级领导的文学运动保持着它的革命性和进步性。冯雪峰论证说,无产阶级的领导就"表现在文学革命的彻底性和新文学的革命性以及共产主义的思想观点上"。他花了大量篇幅论述鲁迅的现实主义精神,即使在前期,鲁迅的现实主义"也已经反映着无产阶级的革命时代(在中国无产阶级先领导着资产阶级民主革命);而他所反映的新民主主义革命的作品内容也影响了他的创作方法,使他的现实主义比他所继承的资产阶级古典现实主义更前进了一步。……前期的鲁迅就体验着中国文学史上资产阶级革命时代和无产阶级革命时代的一种过渡的发展关系;而且他已经反映着无产阶级的革命时代(新民主主义革命)。自然,他更其正确地反映无产阶级革命时代的,还是在他的后期"③。

这就是说,前期鲁迅创作虽然还不是无产阶级的现实主义,但比之资产阶级古典现实主义却是前进了一步。值得注意的是,冯雪峰在论述鲁迅前期如何具有无产阶级思想时显得较为充分,而论述鲁迅后期

---

① 参见冯雪峰《中国文学中从古典现实主义到无产阶级现实主义的发展的一个轮廓》,《中国新文学大系 1949—1976》,文学理论卷一,第 329 页。
② 同上书,第 330 页。
③ 同上书,第 343 页。

如何"彻底地无产阶级"时，却显得有些简单，几乎是论断性的。在这篇长文中，只有两个段落宣布"鲁迅后期是无产阶级现实主义者"，这就有点力不从心。这篇文章还分析了茅盾的现实主义创作成就，更多分析了茅盾在《子夜》创作上的矛盾状态。在这里冯雪峰要表达的是，先进的创作方法，对于作家克服世界观的局限性可以起到积极的作用。"艺术上的求真态度和现实主义的创作方法占了胜利……"

茅盾虽然在新中国成立后的创作和批评都十分有限，但作为从现代延续至当代的重要人物，他对文学批评的看法和有限的文学批评，也让我们看到现实主义从现代到当代的内在线索。茅盾（1896—1981），出生于浙江桐乡乌镇。本名沈德鸿，字雁冰，笔名茅盾。1913年考入北京大学预科第一类，因家境贫困，无力升学，入上海商务印书馆工作。1920年，24岁的茅盾接编并全面革新了老牌的《小说月报》，并于1921年1月发起成立了"文学研究会"。茅盾于1928年东渡日本留学，1930年回国后，任"左联"行政书记。青年茅盾以做文学批评而闻名，可以说是文学研究会的首席评论家。茅盾早年做文学批评时，曾经以鲁迅研究而闻名，早在1927年11月18卷11号《小说月报》上，茅盾就发表研究鲁迅的批评文章《读〈呐喊〉》，详尽地分析了鲁迅的《呐喊》以及《彷徨》两部小说集，从分析《狂人日记》入手，到《阿Q正传》，再到《端午节》《野草》等的讨论，文中引入其时人们对鲁迅形象的描写，他并不直接点明何人善意、何人恶意，再引一大段张定璜对鲁迅的描写，茅盾心目中的鲁迅形象已然清晰明确，然后茅盾在文中批驳了那些攻击污蔑鲁迅的言论，例如成仿吾对鲁迅的偏见。茅盾早年写有关于叶绍钧、丁玲、徐志摩、庐隐等诸多现代作家的评论，他的评论知人论世，从个人的心绪与大时代的变革冲突中去阐释作品，尤其对作品中的人物和时代情绪分析得十分精辟。可以看到茅盾主张的"文学研究会"的"为人生的文学"的思想在他的文学批评中有直接反映，这些具有时代性的文学主张，在茅盾的文学批评中入情入理，毫无概念化的强求，而是从新文学本身与时代变革互动的关系中去理解文学的新经验。茅盾1930年代后转向小说创作，他的一系列作品从《蚀》三部曲到《子夜》，展现了中国现代文学走向成熟的发展历程，而茅盾率先赋予小说以思想深广的社会内涵,这与他早年从事文学批评不无关系。他是在对新文学有着深刻的思考的同时从事小说创作的,故而他能领会到的历史深度就颇为不同。1940年代以后,左翼文学运动与民族救亡运动以及国内战争紧密联系在一起,文学不可避免地被赋予强烈的政治内容,成为政治动员和政治斗争的有机组成部分,文学批评也理所当然地成为政治的工具。

1949年7月2日,第一届全国文学艺术工作者代表大会开幕,7月4日,茅盾作了题为《在反动派压迫下斗争和发展的革命文艺——十年来国统区革命文艺运动报告提纲》的报告。这个报告对国统区革命文艺运动进行了一次全面的历史总结。尽管茅盾也谈了成就,认为从文艺思想发展的道路上看,国统区与解放区是基本一致的,最近八年也是遵循着毛主席的方向前进,"在种种不利的条件下,我们打了胜仗",但其重点却是放在揭示问题上。按照他对国统区革命文艺的分析和判断,问题远远大于成绩。国统区的作品虽然在读者中产生了一些进步作用,但它们"不能反映出当时社会中的主要矛盾与主要斗争。这是国统区文艺创作中产生各种缺点的基本根源。由于作者本人在不同程度上脱离了直接的革命斗争,就不能把握到,并正确地分析社会中的主要矛盾与主要斗争,因而作品中也就不免显得空疏,作家们用不同的方式来弥补这种空虚,就发生了各种不同的倾向"①。茅盾是来自国统区的作家,他多谈点儿问题也可以理解,但对国统区革命文艺运动的评价如此之低,还是令人诧异。

这篇讲话当然不可能是茅盾个人的观点,而是文代会领导集体讨论的产物,这对同样来自国统区的茅盾本人肯定也构成了严峻的挑战。与解放区的革命文艺相比较,国统区的革命文艺的"革命性"就打了很大的折扣。国统区的那些左翼革命文艺作品,不可避免地打上了资产阶级文化的印记。即使是生活在五四以来的新文学的氛围中,革命文艺也沾染上了不少十分"有害"的品性。茅盾不指名地着重批判了以

---

① 茅盾:《在反动派压迫下斗争和发展的革命文艺》,《中华全国文学艺术工作者代表大会纪念文集》,北京:新华书店,1950年,第52页。

第一章 现实主义文学批评范式的确立

胡风为代表的"主观论"。在他看来,脱离了社会中的主要矛盾与主要斗争,主题的积极性就无所依附。茅盾严厉批判了一些作家"以人道主义的思想情绪来填塞他们的作品",流露着感伤的情绪,使这些作品的战斗性打了折扣。那些描写个人趣味、男女间的恋爱故事,以及"纯文艺"等倾向,都受到了茅盾的严厉批判。在他看来,"未经改造的小资产阶级知识分子在生活思想各方面和劳动人民是有距离的。小资产阶级的思想观点使他们在艺术上倾心于欧美资产阶级文艺的传统,小资产阶级的思想观点也妨碍了他们全面深入地认识历史的现实"。茅盾如此严厉批评国统区的文艺创作,他对自己的创作做何感想呢?想必也是有深刻的反省。茅盾的这篇讲话,避而不谈国统区文艺与五四新文艺的内在联系,而是把它们在艺术上的追求与"欧美资产阶级文艺传统"联系起来。新中国成立后,茅盾作为文艺界的重要领导,要努力跟上形势,他的文学批评已然没有了当年的自信,而是带着诸多问题学习和思考的产物。

1950年,茅盾在《人民文学》杂志社举行的"创作座谈会"上做了讲话,后来以《目前创作上的一些问题》为题发表于《文艺报》,他归纳出当前创作上的五个问题:一、真人真事与典型性问题,二、形式与内容的问题,三、完成任务与政策结合的问题,四、浪漫主义与现实主义的问题,五、如何学习与提高的问题。第五个问题牵涉文学语言、公式化、结构的定型化、人物的定型化、人物的典型等问题。新中国成立之初现实主义理论面临新的挑战,茅盾以他对文学的政治性与艺术性的冲突的理解做出了合理的阐释。在这篇讲话中,茅盾明确指出:"最进步的创作方法,是社会主义的现实主义的创作方法。"茅盾引述高尔基的话对这一创作方法进行解释,认为其基本要点之一就是旧现实主义(即批判的现实主义)加上革命浪漫主义的"手法"。茅盾对革命浪漫主义的解释就是人物性格容许理想化。显然这样的理想化必须要植根于现实基础。① 这五个问题,其实根本问题在于现实主义创作方法如何与革

---

① 原载《文艺报》1950年第1卷第9期。引文参见《中国新文学大系 1949—1976》,文学理论卷一,第250页。

命文艺的理想性和观念化形成统一。现实主义讲究真实性,这一根本原则与理想化、典型化、概念化、公式化都存在矛盾。虽然典型化理论有诸多解释,在何种情形下是典型化而不是概念化和公式化,不是为了理想而忘记现实,这一尺度并不好把握。一旦讲究要在前进中表现革命现实,理想化和概念化就会在创作中形成一个主导的理念。茅盾显然是意识到这一问题的严重性,他对人物性格理想化与现实主义之间的关系进行了更多的解释。茅盾提出的方法,是依赖生活经验的丰富性,有了生活,就能看得到,看得深,这样在创作中就能剪裁得当。① 中国的现实主义理论,一方面强调要有正确的世界观,另一方面却极为强调作家的生活经验。前者是政治观念,后者是个人经验,这二者的统一,实则是调和妥协。回到生活也一直是 20 世纪五六十年代中国现实主义创作方法的一道典律。

  尽管在第一次文代会上的讲话对国统区的文艺提出严厉的批评,茅盾也一直努力想领会社会主义现实主义的现实意义,但经历过数年的文艺批判运动,茅盾对现实主义问题也有他的认真思考。《夜读偶记》就是如此思考的结果。今天看来,这部薄薄的小册子好像分量不重,它完成于 1958 年 4 月 21 日"首都人民围剿麻雀的胜利声中",这时严峻的反右运动也过去不久。此时的"现实主义"文学创作和批评可想而知处于政治概念化的境况中,如此时期,就要看到茅盾的思考所具有的特殊意义。毫无疑问,茅盾这部低调地命名为"夜读偶记"的作品,依然有着明显的政治优先性的理论前提:其一,它明显以阶级论为基础,其论断如:历史上的统治阶级、剥削阶级注定属于落后的反动势力,它们的文艺创作及其观念也是打上了阶级局限的印记。其二,人民、劳动、实践、生活、客观、唯物……这些概念具有优先性,所有和这些概念联系在一起的文艺创作就是具有现实主义的,反之,就有可能是反现实主义的,就是主观唯心的、没落的,不能代表历史进步的方向。其三,现实主义是一个总体性的概念,具有天然的正确性,它的本质被优

---

① 原载《文艺报》1950 年第 1 卷第 9 期。引文参见《中国新文学大系 1949—1976》,文学理论卷一,第 251 页。

第一章 现实主义文学批评范式的确立

先性地确定,关于它的定义其实是同义反复。在茅盾的论述中,现实主义的含义早已经明确,它是分析古今中外所有文艺现象的元概念。被指认为现实主义的,就是正确的、好的文艺现象;如果不能被确认为现实主义的,就可能是反动的,至少不能被认为是值得肯定和赞扬的文艺现象。这些问题无疑非常明显地存在于茅盾这部著作中,它无疑是那个时代的政治给定的局限。

即使如此,我们依然要看到,在那样的政治氛围中,茅盾这本批评论著所具有的独特意义。其一,现实主义在中国古典文学传统中有着源远流长的历史,这是中国今天的社会主义现实主义的源头,今天的现实主义无法割裂这样的传统。这一点茅盾与冯雪峰有相似之处,冯雪峰也论述了中国古典的现实主义传统,由此延续至五四新文学传统,茅盾与冯雪峰都不希望中国的社会主义现实主义仅由来自苏联的理论所规定。其二,茅盾论述了欧洲的现实主义传统,尽管他也批评了欧洲历史上诸多反现实主义的文学现象,尤其是20世纪的现代派文学现象,将其视为反现实主义的资产阶级文化危机的表现,但他清理出欧洲的现实主义,使中国的现实主义的进一步发展还有可能对欧洲的文学传统有所借鉴,不至于囿于苏俄的政治教条藩篱中。其三,茅盾尤其论述了先进的创作方法对落后的世界观的克服,这其实是在抬高作家创作的能动性。到底什么叫现实主义并无清晰明确的概念,那么,被命名为现实主义的创作行为就有一定的自由度。作家只要声称坚持了现实主义的创作方法,或者文学批评只要肯定作家的创作具有现实主义精神,那么,作家的思想意识或世界观就可能放到其次。这就顶住了唯政治论或唯阶级论的优先权。当然,在实际的文学批评活动中,"先进的创作方法"还只是限于讨论古典作家,例如曹雪芹、巴尔扎克、托尔斯泰,就中国现代和新中国成立后的创作实际,尚无适用的范例。

何以茅盾要如此强调现实主义的伟大意义? 更进一步去追问,何以在中国20世纪五六十年代,现实主义会占据如此崇高的位置? 很显然这是政治环境的产物。但这一问题也可颠倒过来看,因为政治如此强大,政治随时可以直接干预文艺创作,如果现实主义是社会主义必须遵循的一种创作方法,它就可能在政治与文艺之间打入一个楔子。所有的问题,可以不直接面对强势的政治,而是在是否符合"现实主义"的命题下来讨论。政治介入和干预文艺创作,也不能违背现实主义的原则——这样,现实主义给文艺争取来一块有限的飞地。现实主义就成为一柄双刃剑,既可能是规训作家的一种压力,也可能是抵御政治直接干预的别无选择的工具。茅盾关于现实主义的讨论就有策略性话语的成分,因而内在也就难免自相矛盾。他关于现实主义的论述中总是依靠人民、阶级、现实、客观、唯物这些范畴,但他几乎把古今中外的所有优秀作品都置入现实主义框架中,他的现实主义竟然有如此强大的包容性,这些作品的区分只是与革命现实主义或社会主义现实主义的距离而已,但社会主义现实主义只是一个被想象的规训的概念,没有一部作品可以被确认为社会主义现实主义的典范之作。而茅盾试图清理出中外文学传统的现实主义的源流,这实在是给20世纪五六十年代的社会主义现实主义提示了艺术基础和标准。当然,茅盾也无力推动中国现实主义的发展方向,他只能保持个人对文学的尊重。中国现实主义的发展为时代紧迫的任务所决定,为时代强烈的意识形态建构所制约,周扬的现实主义理论才更切近现实的需要。

二 社会主义现实主义的中国化:周扬

周扬①在新中国成立后的中国文艺界执掌牛耳,并非因为他个人多么强势,关键在于中国现代以来的左翼文艺激进主义运动,迫切需要周扬的理论激进主义。这就是从共产主义的政治理念出发来建构文学理论与批评,而苏联已经为此提供了现成的理论模式,把苏联的理论照搬过来则成为最为革命的文学理论。自毛泽东的《讲话》发表以来,周

---

① 周扬(1908—1989),出生于湖南益阳,原名周运宜,字起应。1927年加入中国共产党,次年赴日留学。1930年回国,同年3月加入中国左翼戏剧家联盟及中国左翼作家联盟。1933年,丁玲被捕,周扬接任"左联"党团书记职务,一直到1936年"左联"解散。是年,周扬与夏衍等人提出"国防文学"口号。1937年秋,周扬到延安,并担任鲁迅艺术学院副院长职务。新中国成立后,周扬担任文化部副部长,1954年起,周扬任中央宣传部副部长。"文革"期间关进秦城监狱,1978年出狱后,周扬曾担任中国社会科学院副院长、中宣部副部长等职。1989年7月31日,在北京病逝。

第一章　现实主义文学批评范式的确立

扬逐渐成为解放区革命文艺理论的首要权威阐释者,而他对苏联文艺理论的通晓与追捧,也促使中国的文艺理论与批评全盘接受苏联模式。

周扬少年才子,也少年得志。夏衍后来回忆年轻的周扬时说:"那个时候,他很潇洒,很漂亮。穿着西服,特别讲究……他爱去跳舞,跟我们一起上咖啡馆,看电影。"①1929年,21岁的周扬发表《辛克莱的杰作〈林莽〉》,这只是一篇介绍性的文章,随后1931年他又发表了《巴西文学概观》《绥拉菲莫维奇——〈铁流〉的作者》,依然是介绍外国具有无产阶级思想的文学。其中也可见出他的眼界、才气和艺术感受力。1932年,周扬开始论战,发表《关于文学大众化》《到底谁不要真理?不要文艺?——读关于〈文新〉与胡秋原的文艺论辩》以及《自由人文学理论检讨》,周扬的理论家气魄开始显山露水,其左翼的立场和锋芒也咄咄逼人。

周扬显示出左翼理论家的潜质,是在1933年11月,他在《现代》杂志第4卷第1期发表了《关于"社会主义的现实主义与革命的浪漫主义"》一文,这是可见的在中国最早正式提出"社会主义现实主义"这一说法的文章。此前不久,1933年7月31日《文学杂志》(1卷3、4合刊)发表了一篇日本上田进著、王笛译的介绍性文章《社会主义的写实主义和革命的浪漫主义》;随后10月1日出版的《现代》登载了一篇原森堡翻译、华希里可夫斯基写的《社会主义现实主义论》的文章;周扬无疑受到这两篇文章的影响,但他有独到的理论综合能力,并且与中国当时的左翼文学运动实践经验结合在一起,显示出对当下的直接应对。温儒敏认为,这篇文章的发表,"是当时文坛上的大事,标志着苏联社会主义现实主义汇入并左右中国现代文学主潮,中国马克思主义文学批评也由此出现一个新的姿态"②。周扬当时肯定是敏锐地意识到了这一概念预示着革命文学理论向更高阶段的发展,他显然是基于中国左翼文学本身的需要来介绍这个新理论的。他看到这个社会主义现实主义理论提出的背景是为了反对和纠偏拉普的"唯物辩证法的创作方

---

① 参见李辉编著《摇荡的秋千——是是非非说周扬》,深圳:海天出版社,1998年,第35页。
② 温儒敏:《中国现代文学批评史》,第187页。

法"的概念化倾向,显然,周扬意识到左翼革命阵营自身的理论连续性问题,并非"唯物辩证法"有问题,而是拉普的宗派主义和教条主义出了问题。周扬对苏联社会主义现实主义的介绍,几乎是对吉尔波丁的亦步亦趋的解释,但还是有周扬自身的侧重,他强调的重点在于:其一,社会主义现实主义的现实性,这是为了与强调革命的世界观的重要性找到平衡。辩证唯物主义的世界观的正确性不能解决创作中的一切问题,重要的在于从现实出发,从生活实际出发找到创作的源泉。他认为,真正使大众感动的,是深刻的、活生生的现实描写,作家要通过现实的社会实践与劳动阶级结合,把劳动阶级的世界观,变成自己的世界观,这才能创作出优秀的作品①。其二,社会主义现实主义并非凭空想象的,而是已经在苏联社会主义现实进程中发展的文学样式。其三,并没有一般的类同的现实主义,现实主义是由不同的作家以不同的方法去实现的。其四,社会主义强调艺术真实性,而这样的真实性是能动的,是在发展中去认识的现实,它是本质的、典型的和综合的。其五,现实主义具有大众性和单纯性。其六,社会主义现实主义可以包含革命的浪漫主义。

很显然,这篇文章名为"社会主义现实主义与革命浪漫主义",实际论述到革命浪漫主义的内容很有限,周扬一向对创造社的浪漫主义持怀疑态度,但是现在苏联的权威理论家强调了革命浪漫主义的重要性,他也意识到必须关注这一重要问题,故而在文章的标题里体现出来。事实上,社会主义现实主义本身包含着极强的观念性和理想性,它不可避免要具有浪漫主义的成分。实际上,它本质上就是浪漫主义,因为其本质是浪漫主义,因此要与整个现代资产阶级的文化典型特征——浪漫主义作出区别,所以那种"革命的浪漫主义"要借现实主义之名,并且要把现实主义强调到极端的地步。客观性、唯物论、本质、现实性、真实性,等等,都是附着在"现实主义"这个纲领底下的子概念,实则是极其观念化的"现实主义"的护身符,然而它却被当成现实主义这棵大树干上长出的枝丫。周扬此时算是看到了"社会主义现实主

---

① 参见《周扬文集》第1卷,第107页。

义"的本质,他十分智慧而策略地强调革命浪漫主义与社会主义现实主义关联在一起的重要性。周扬那时是从苏联取来火种,但他还是强调中国左翼文艺运动要有自己的道路。他警告说,"我们应该从这里学习许多新的东西",他认为这个口号是以苏联的政治、文化种种条件为基础,不能将这个口号生吞活剥地应用到中国来。事实上,因为周扬的超常能量,以及中国的革命实践的需要,中国的文艺理论和批评遵循了苏联的模式来展开实践。

1936年,周扬与胡风就典型理论展开论争。论争起因于1935年5月,胡风在《文学百题》上发表了一篇谈《什么是"典型"和"类型"》的文章。他以阿Q为例,谈到了文学的特殊性与普遍性的关系问题。半年多过后,1936年1月1日的第6卷第1号的《文学》杂志发表周扬的《现实主义初论》①,在文章的最后部分,周扬谈到现实主义中的典型问题,意在"修正"胡风在典型问题上的认识。由此,胡风与周扬有关现实主义领域内的典型问题的论争拉开了序幕(关于典型问题论争,本章后面再做讨论)。不过,周扬这篇文章,主要还是讨论现实主义的问题,可以说是1930年代最具有系统性的论述现实主义理论的重头文章。这篇文章全面论述了社会主义现实主义的基本理论问题,对艺术的真实性、主客观问题,艺术反映与现实的关系问题,创作方法与世界观的关系问题,以及典型性的创造等问题,都展开了比较深入的探讨。虽然社会主义现实主义已经成为一个很响亮的理论概念,但并没有在更大的范围内得到拥戴,现实主义这个概念依然具有比较广泛的认同。特别是1942年毛泽东发表《讲话》后,文艺家们考虑得更多的是文学艺术与中国的革命实践相结合的问题,以及文艺为大众或为工农兵服务的方向问题。

作为左翼文学运动的理论主将,周扬对作家作品的直接评论较少,但从现存的数篇中,也可以见出他的文学观念和对艺术的把握能力。

---

① 《文学》杂志于1933年7月1日在上海创刊,1937年11月停刊。发起人主要有郑振铎、沈雁冰、傅东华。编委会成员有:鲁迅(不公开出面)、叶圣陶、郁达夫、陈望道、胡愈之、洪深、傅东华、徐调孚、郑振铎、沈雁冰。

早期的批评文章如《论〈雷雨〉和〈日出〉——并对黄芝冈先生的批评的批评》①，带有论战性，却可以从中见出周扬对戏剧艺术，尤其是对戏剧和文学的现实主义精神的态度。周扬批驳黄芝岗的公式化和教条化，认为黄芝岗把政治概念简单地强加到曹禺头上。黄芝岗批判《雷雨》和《日出》没有更为直接明白地说出青年的反抗，没有更直接地动员剧中的青年起来抗争。周扬则认为文学艺术不能做简单的传声筒，不能直露地说出所有的观念性的思想，而应该通过对现实的忠实描写来做出革命的结论②。周扬明确表示，他赞同张庚的意见，即曹禺的作品表现了非常生动的人物形象，这些人物正是他所熟悉的，他带着爱和感激描写他们，他同情于他们的遭际。周扬对周伏园、周萍、繁漪等人物形象进行了分析，从这些分析中可以看出周扬有相当的艺术感受力，而且也十分尊重艺术规律，他能看清楚剧中现实主义的艺术表现手法并不是从政治立场或观念出发，而是立足于熟悉的生活，对表现对象有真情实感，有独到的把握。所有对现实革命的反映，都要从艺术形象出发。他批评《雷雨》有宿命论的思想，他也看到，在《日出》中曹禺的艺术表现能力有进一步的提高，尽管《日出》还有不少不能令人满意之处，但曹禺也克服了《雷雨》在认识现实和表现现实方面的局限性。他认为，作家的认识扩大了，"对于他所新接近的现实他还要获得把它组织成高度的艺术形式的充分的能力"③。周扬作为一个批评家能敏锐地把握住作品的根本问题，《日出》既然声称要走新的路子，就要把主题即"损不足以奉有余"的思想隐蔽而有力地贯穿始终。周扬抓住主要问题来讨论《日出》，说理精辟透彻，分析入情入理，颇有说服力。1937年，不到30岁的周扬，对批评的功能和方法有着相当冷静的理解，他认为："批评的目的与其说是揭露作品中的缺点，更毋宁说是阐发作品之积极的意义。批评应该只在很少的时候是攻击。"④从这些观点来看，周扬在当时无疑是一个非常有见地、有良好艺术感受力且十分重视艺

---

① 这篇文章原载《光明》半月刊1937年3月25日第2卷第8号。
② 参见《周扬文集》第1卷，第200页。
③ 同上书，第206页。
④ 同上书，第198页。

术性的批评家。多年之后,在中国激进革命的道路上,周扬的理论观念的政治功能不断加强,在努力跟上时代步伐的同时,他必然要放弃在1930年代持有的一些文学理念。

抗战期间,周扬作为左翼革命理论家,主持"左联"的工作。其间,他发表了大量有号召力的理论文章,例如《我们需要新的美学》(1937)、《新的现实与文学上的新的任务》(1938)、《从民族解放的运动中来看新文学的发展》(1939)。周扬因为提出"国防文学"的口号而与鲁迅等人发生论争,也在此期间与冯雪峰、胡风结下梁子。这一段史实,使得文学史上对左翼革命阵营文艺运动的分析,经常要论及文艺宗派和私人恩怨。周扬于1937年底到延安,担任陕甘宁边区教育厅厅长、鲁迅艺术学院主管副院长等职。周扬在延安为毛泽东赏识,积极参与领导延安整风运动,写下《王实味的文艺观与我们的文艺观》(1942),开创了大批判文体。这篇文章通篇都是对王实味的讨伐,认为"王实味的每篇文章,每句话,每个字的精神实质"都是"鼓动艺术的力量、青年的力量来反对党,反对无产阶级,反对革命",指责王实味"是一个暗藏的托派,只是想将问题引到错误解决的途径上去,引到托洛茨基的方向去"。

1946年,周扬在《解放日报》(8月26日)发表《论赵树理的创作》。此时他已经是解放区革命文艺的理论家和领导人,《讲话》的主要阐释者和传播者,并努力推动革命文艺沿着《讲话》指引的方向前进。周扬显然敏锐地发现赵树理的创作在诸多方面包含着《讲话》号召的文艺工农兵方向的元素,革命文艺现在终于有了创作的实绩,这正是以《讲话》为界碑,开创革命文艺新方向的一个理想契机。毛泽东的《讲话》1943年10月19日在《解放日报》上首次公开发表,而赵树理的《小二黑结婚》是1943年9月由华北新华书店出版。赵树理的《小二黑结婚》的创作、出版时间虽略早于毛泽东《讲话》公开发表的时间,但《讲话》在解放区流传甚广,赵树理应该有所耳闻,把赵树理的创作阐释为毛泽东《讲话》的直接成果,也未尝不可。当然,更重要的是解释毛泽东的《讲话》精神有扎实的人民基础。周扬说:"赵树理,他是一个新人,但是一个在创作、思想、生活各方面都有准备的作者,一位在成名之前已经相当成熟了的作家,一位具有新颖独创的大众风格的人民艺术家。"①20世纪三四十年代的左翼文艺运动一直呼唤无产阶级革命文艺人物的出现,这是小资产阶级左翼文艺家无法解决的难题。现在,人民艺术家出现了,这是中国左翼革命文艺运动的伟大开端,是其真正开始。周扬在中国左翼文艺运动史上的意义在于他最早确立了人民艺术家的主体地位,并且发现了这样的新的历史主体。由此,周扬的左翼革命文艺理论主张得以在创作实绩的基础上阐发。他在这篇文章中对革命文艺理论做出明确的主张:其一,文艺要反映革命形势的深刻发展,赵树理的作品就反映了农村中发生的伟大变革过程,这是周扬确认赵树理的创作意义的首要前提。其二,站在阶级斗争高度来反映现实,赵树理的作品表现了农民与地主阶级的斗争,比如《小二黑结婚》《李有才板话》《李家庄的变迁》,周扬认为这些作品都反映了农村斗争的主题,写出了斗争的曲折性和复杂性。其三,在斗争中写人物,在斗争中写出人物的语言。其四,采用人民群众通俗易懂的形式和语言。确实,通过对赵树理创作的分析,周扬提炼出革命文艺新的理论纲领,革命文艺批评的思想准则已经有了具体的范式。周扬这篇文章对赵树理作品的分析不能不说十分独到,他率先把革命理念注入文艺批评的艺术分析中去,所有的艺术表现方法、手段和形式,其意义都在于有效地表现革命理念。例如,阶级斗争、新型的农民形象、觉悟的群众的新鲜的语言等。在艺术之上,有一种革命的意志在起决定作用。

新中国成立后,周扬成为文艺界的主要领导。很显然,他对自己当年颇下功夫探讨过的社会主义现实主义理论还是情有独钟的,对当年与胡风争论的现实主义的典型性问题也依然意犹未尽。周扬对社会主义现实主义有一系列新的论述,本章后半部分再做论述。

1949年7月5日,周扬在第一届中华全国文艺工作者代表大会上做了《新的人民的文艺》的报告,他总结了《讲话》发表以来解放区文艺的全部发展过程,及其在各方面的成就和经验。周扬在报告里明确指出:"毛主席的《在延安文艺座谈会上的讲话》规定了新中国文艺的方

---

① 周扬:《论赵树理的创作》,《周扬文集》第1卷,第486—487页。

向,解放区文艺工作者自觉地坚决地实践了这个方向,并以自己的全部经验证明了这个方向的完全正确,深信除此之外再没有第二个方向了,如果有,那就是错误的方向。"①周扬认为解放区文艺是真正的新的人民的文艺,他全面展示了解放区文艺所取得的伟大成就。与头一天茅盾在报告里笼统地指称革命文艺的方式不同,周扬几乎详细地开列了一张解放区革命文艺作品清单。他认为,这些作品反映了中国人民反对民族压迫与封建压迫的各式各样的斗争生活,塑造了一个又一个生动的英雄人物形象。《讲话》的精神,使得它们不仅在内容方面,还在形式方面具有了前所未有的"新的创造"②,一切都从《讲话》这里找到了重新开始的伟大契机。周扬以高昂的革命热情提出:"为提高作品的思想性、艺术性而奋斗,创造无愧于伟大的中国人民革命时代的作品。"③

1952 年底,周扬为苏联文学杂志《旗帜》写下一篇文章:《社会主义现实主义——中国文学前进的道路》,这篇文章的副题是"中国文学前进的道路",可见是周扬在新形势下对中国革命文学发展的战略考虑。这篇文章 1953 年初发表于《文艺报》。该文首先肯定了"伟大的苏联文学在中国人民的生活中占有重要的地位,并给予了中国文学以巨大的影响"。从过去到现在,中国人民都从苏联文学中吸取斗争的信心、勇气和经验。周扬认为,社会主义现实主义现在已经成为全世界一切进步作家的旗帜,中国人民的文学正在这个旗帜之下前进。周扬说,我们曾经反对而且仍要继续反对一切盲目崇拜西方资产阶级文学的倾向,中国文学应该有自己独特鲜明的民族风格。但是,中国文学要在自己民族传统的基础上吸收世界文学一切前进的有益的东西。按照该文的观点,只有苏联文学代表着前进和有益的东西,苏联文学过去是,现在仍然是中国文学努力的方向——这就是由社会主义现实主义开创的方向。文章写道:许多优秀苏联作家的作品,在这一方面都是我们学习的最好范本。斯大林同志关于文艺的指示、联共中央关于文艺思想问

---

① 参见《中华全国文学艺术工作者代表大会纪念文集》,北京:新华书店,1950 年,第 45—68 页。
② 同上书,第 54 页。
③ 同上书,第 70 页。

题的历史性的决议、日丹诺夫同志的关于文艺问题的讲演以及最近联共十九次党代表大会上马林科夫同志的报告中关于文艺部分的指示,所有这些为中国乃至世界一切进步文艺提供了最丰富和最有价值的经验,给予了我们以最正确、最重要的指南。① 周扬论证说,向苏联文学学习,决不妨碍而是足以帮助中国文学继承和发扬自己民族的优秀传统。中国文学的现实主义传统历史久远,五四时期以鲁迅为代表的革命的民主主义现实主义文学,就已经准备了向社会主义现实主义发展的条件,在新时代向社会主义现实主义进军,则是顺理成章的事。

从周扬阐发的苏联社会主义现实主义对新中国文艺理论建设的积极意义,我们似乎可以看出他与冯雪峰的微妙区别。冯雪峰坚持用"无产阶级现实主义"这一概念,尽管冯雪峰也注意把这个概念与社会主义现实主义结合起来,但他显然更强调中国本土的五四新文学传统,寻求进一步开创的中国现实主义的道路。但周扬显然念念不忘苏联的旗帜和苏联经验对中国文艺理论建设的深远指导意义。社会主义的前进性的要求和来自苏联的社会主义现实主义经验,如何与"自己民族的优秀传统"结合,这实在是一个难题。在周扬那里,实际情形是前者严重地压制了后者。冯雪峰还是企图寻求中国的马克思主义理论道路,从中国传统和中国实践中获得更多的资源。

1953年9月全国第二次文代会如期召开,大会提出:"以文学艺术的方法来促进人民生活中社会主义因素的发展,反对一切阻碍历史前进的力量,帮助社会主义基础的逐步增强和巩固,帮助社会主义改造事业的逐步完成。"②这次大会达成共识,提出并确立了把社会主义现实主义作为中国文艺创作和文艺批评的最高准则。

在1950年代,周扬主要是作为文艺界最重要的领导人,执行毛泽东的文艺路线,领导一系列的文艺批判运动,比如批电影《武训传》,批判俞平伯的《红楼梦研究》,打击"胡风反党集团",斗争丁玲陈企霞反

---

① 周扬:《社会主义现实主义——中国文学前进的道路》,《周扬文集》第2卷,北京:人民文学出版社,1985年,第190页。

② 邵荃麟:《沿着社会主义现实主义的方向前进》,《人民文学》1953年11月号,第54页。该文后来收入《邵荃麟评论选集》,北京:人民文学出版社,1981年。

第一章　现实主义文学批评范式的确立

党分子,直至1957年全面整肃右派,周扬权倾一时。在这数次运动中,周扬的那些老对手,胡风、冯雪峰、丁玲等人,纷纷落马,或遭监禁,或被流放。没有证据,也没有理由认为周扬是公报私仇。世事难料,1966年,"文革"爆发,周扬被关进秦城监狱,一个自认为忠实执行毛主席革命文艺路线的人,却成为罪人,身陷牢狱之灾的周扬可能此时才会反省自己的所作所为。

毛泽东爱好文艺,但他对新中国成立后的革命文艺工作一直不满意,早在1964年,毛泽东就对周扬和他领导下的全国文联和各个协会提出了极其严厉的批评:"这些协会和他们所掌握的刊物的大多数(据说有少数几个好的),十五年来,基本上(不是一切人)不执行党的政策,做官当老爷,不去接近工农兵,不去反映社会主义的革命和建设,最近几年,竟然跌到了修正主义的边缘。如不认真改造,势必在将来的某一天,要变成像匈牙利裴多菲俱乐部那样的团体。"①"文革"开始,周扬迅即被打倒。1967年新年伊始,《红旗》杂志第一期就发表姚文元的长文《评反革命两面派周扬》。固然,姚文元的手法是欲加之罪,何患无辞,揪其一点,无限上纲;但他也点出了在整个革命文艺激进运动中,周扬执行毛泽东的无产阶级革命路线很不得力。从姚文元所举的事例来看,周扬并不是那么积极主动发动批判运动,并不想彻底清算五四以来的资产阶级文艺传统。他还在尽可能保护一些人,尽可能不使批判升级加码。姚文元最后对周扬作结论说:"周扬是一个反革命两面派……两面派是混入无产阶级内部的阶级敌人向我们进行斗争的一种策略,在强大的无产阶级专政条件下,他们只有用打着红旗反红旗的办法,才能够混下去。"②按姚文元的说法,周扬在激进革命的年代,也只有跟着激进,但他骨子里则是认同修正主义那一套,所谓修正主义,实际上是对艺术还保持尊重,能够作为学术问题来探讨的,就尽量不要搞成政治斗争,对作家艺术家还手下留点情,能保护则保护一下。姚文元这篇要置周扬于死地的文章多少揭示出周扬的另一面,"文革"结束后却也让

---

① 毛泽东:《建国以来毛泽东文稿》(第十一册),北京:中央文献出版社,1996年,第91页。
② 姚文元:《评反革命两面派周扬》,上海:上海人民出版社,1967年,第41页。

人们对周扬在历次运动中的所作所为能给予更为复杂的理解。据与周扬相识的有关人员的回忆，姚文元说的周扬的另一面，并非全都无中生有①。周扬在1950年代确实多次掉在斗争运动的后面，他总是在仓皇应对斗争形势，努力跟上这种形势，有时他也表现得过激甚或声色俱厉。"文革"后，周扬也痛定思痛，多次在大会上道歉，据说也在私底下道歉。而他在思想上的深刻转变，则体现在他倡导人道主义，从人道主义去理解马克思主义的思想核心。也正因为此，周扬站在思想解放运动的前列，而与当时的"正统派"明显抵牾。

1979年5月，周扬在中国社会科学院召开的纪念五四运动60周年学术讨论会上做了题为《三次伟大的思想解放运动》的报告，他把五四运动看成20世纪以来第一次思想解放运动，延安整风是第二次，十一届三中全会引导的思想解放运动是第三次。他认为："每一次思想解放运动，都对中国革命的发展，起着极大的推动作用。"②周扬这篇讲话力图从革命发展的角度去看问题，尽管他对历史的评价和判断还显得不尽完善，但他在1979年就大声疾呼思想解放，无疑是有远见的，表达了历史变革的声音。周扬晚年影响最大并对思想解放有积极推动作用的文章，当推《关于马克思主义的几个理论问题的探讨》，这篇讲话原是为纪念马克思逝世百周年的学术报告会准备的讲稿，1983年3月8日在中央党校召开大会，周扬在会上做了报告，念了一段后因身体不适念不下去，由播音员代为宣读。会后发表于《人民日报》（1983年3月16日）。此文发表后，引发了高层的批评，胡乔木为此撰文《关于人道主义和异化问题》，并开展清除精神污染运动。周扬这篇文章引起争议处在第四部分"马克思主义与人道主义的关系"，强调马克思主义包含着人道主义，问题在于更进一步，周扬指出了异化问题在马克思主

---

① 有关的回忆文章，可参见李辉编著《摇荡的秋千——是是非非说周扬》。李辉在该书中采访25位与周扬熟识的老先生，从该书的附录中有姚文元的《评反革命两面派周扬》一文来看，李辉的采访是带着姚文元揭示的所谓"反革命两面派"的问题去采访的，多少是在印证姚文元揭示的周扬的另一面。在"文革"的残酷背景下，周扬的另一面是"反革命"；在"文革"结束后，周扬的"另一面"，则为他在极左年代的所作所为做了一定程度的开脱。

② 参见《周扬文集》第5卷，北京：人民文学出版社，1994年，第114页。

义中的重要意义,并且明确认为社会主义也存在异化。文章指出:"异化的根源并不在社会主义制度,而在我们的体制上和其他方面的问题。十一届三中全会提出解放思想,就是克服思想上的异化。现在进行经济体制和政治体制的改革,以及不久将进行的整党,就是为了克服经济上和政治上的异化。所以,我们的改革是具有深远意义的。掌握马克思关于'异化'的思想,对于推动和指导当前的改革,具有重大的意义。"①周扬的思想在当时十分大胆,也表明他在认真负责地思考重大理论问题,努力为思想解放运动提供前瞻的思想动力。

但是周扬的观点遭到胡乔木的严厉批评。"社会主义的异化"是一个难以处置的难题,尤其是面对历史与现实,异化如果是事物存在的普遍性的、无法克服的本质问题,那么社会主义即使是一个比资本主义更优越、更高级的制度,也必然存在内在矛盾,批判社会主义现实的阴暗面和各种丑陋现象,就变得理所当然。这是一部分马克思主义理论家难以认同的观点。因此,胡乔木认为,"异化是马克思早期著作中使用的一个不太成熟的概念,后期的马克思已经放弃使用这个概念",并且认为,"异化只是阶级社会中存在的特殊的现象",并不适宜在社会主义阶段使用。由此,这场争论以胡乔木的观点作为权威表述来规范当时学界对马克思主义的认识。这场论争表现出周扬对社会主义革命时期的认真反思,也表现出周扬对马克思主义更为全面的深刻思考。周扬也因此最终能以一个醒悟的、走在思想解放运动前列的改革者形象留在当代思想史上。

评价作为一个理论家和批评家的周扬是困难的,他身上承载着太多的历史责任,他是一个深深地卷入历史的人物。在现代中国,只要你是一个积极参与社会的人,你的思想意识、行动方式、知识取向以及价值准则就会被现实决定,个人无法保持中立,也无法以消极的方式表达纯文学的态度。林语堂和张爱玲这样的作家固然值得称许,但周扬的身上未必没有一种值得钦佩的精神。以他年轻时代的理论功力和艺术敏感性,他本来可以成为一个杰出的文学理论家或批评家;然而,他既

---

① 参见《周扬文集》第5卷,第475页。

然处在中国当代文学领导者的位置上,就不再能作为一个独立的批评家个体来实现他的理论才能,而是要以一个完成历史任务的角色去行动。

三 现实主义的异端:胡风的理论批评及其被批判

胡风的理论追求、批评贡献和后来的命运,都表明中国当代文学批评不只是在学理和审美意义上的评判,其历史的展开包含着严酷的政治运动。

胡风(1902—1985),湖北蕲春人,原名张光人,曾用笔名谷非等。1925年曾在北京大学预科短暂就读,一年后改入清华大学英文系,不久辍学回乡参加革命活动。1929年到日本东京,进庆应大学英文科,曾参加日本普罗科学研究所艺术研究会。1933年因在留日学生中组织抗日文化团体被驱逐出境。回到上海后任中国左翼作家联盟宣传部部长,并结识鲁迅。在20世纪三四十年代,胡风是左翼文学理论批评影响最大的人物。

1934年,胡风发表《林语堂论——对于他的发展的一个眺望》,向已经蜚声文坛的年长他7岁的林语堂展开直接批评。1935年,他撰写长文分析"新人"张天翼的创作,肯定他的创作"在唯物主义底启蒙运动时期,他在被霉烂的抒情主义弥漫着的文坛上投下了一道闪光……"①当然,他也毫不留情地批评了张天翼创作有迎合大众的倾向,认为张天翼也面临着新现实的挑战。1935年,胡风为萧红《生死场》写的后记,热情肯定了萧红这本书"不但写出了愚夫愚妇底悲欢苦恼,而且写出了蓝空下的血迹模糊的大地和流在那模糊的血土上的铁一样重的战斗意志……"②胡风从抗日民族统一战线的高度去评价萧红的《生死场》,其左翼文艺的立场标举文艺反映现实,要求文艺反映民族战争中人民的斗争意志,这些都使胡风的理论批评具有相当鲜明的时代色彩,对当

---

① 胡风:《张天翼论》,《胡风评论集》上,北京:人民文学出版社,1984年,第36页。
② 胡风:《〈生死场〉后记》,《胡风评论集》上,第397页。

第一章 现实主义文学批评范式的确立

时的文艺创作和传播有直接的针对性。后记文章虽短,但对作品的分析却十分切中要害,指出作品写出了人民从愚昧麻木中最初觉醒的状态,写出了不愿做亡国奴的民族意志。文章还十分精当地指出了这部作品存在的问题,这些确实可以见出胡风作为一个批评家的精辟独到。

1936年,胡风写下《吹芦笛的诗人》,推举艾青的《大堰河》,因为胡风如此真切地"感受到诗人艾青的悲欢,走进了诗人所接触的所想象的世界",这篇文章写得情真意切,并未从左翼一向高调的时代性出发,而是从诗与内心情感的关系着眼论述。他抓住诗人艾青是"地主的儿子",然而却是吃着受了"人世生活的凌侮"和"数不尽的奴隶的凄苦"的保姆的奶长大的,因而,艾青的诗是写给这个不公道的世界的咒语。胡风分析了艾青对家庭和阶级的复杂矛盾态度,也关注到他的少年漂泊感。胡风这里避而不谈左翼的阶级论和斗争意识,他觉得艾青的诗让我们觉得亲切,"因为他纵情地而且是至情地歌唱了对于人的爱以及对于这爱的确信"。胡风肯定的是艾青用着明朗的调子"唱出了新鲜的力量,充溢着乐观空气的野生的人生",因而艾青内心的健旺潜在大众里面。[①] 胡风本人也是诗人,熟读欧美现代派的诗,故而他从艾青的诗中读出了魏尔伦、波德莱尔、李金发等人的影响。

1936年,胡风发表《人民大众向文学要求什么?》,提出了"民族革命战争的大众文学"的口号,由此开始了一场关于"两个口号"的论争。这一时期胡风结集出版了《文艺笔谈》和《密云期风习小记》,还出版了诗集《野花与箭》与一些译作。在20世纪三四十年代的左翼文学阵营内部,胡风与周扬就因观点不同而产生过诸多理论争论和分歧。典型理论是现实主义理论的核心,早在1936年,胡风就因为典型理论而与周扬发生了争论。当时周扬年轻气盛,比周扬年长6岁的胡风也自视甚高,他差一点就拿"石斧书"来命名他的第一本评论集,意为他是以石斧开拓中国文学批评领域,后来担心别人误解,而改了书名。

关于典型,周扬的观点是:"典型的创造是由某一社会群里面抽出

[①] 胡风:《吹芦笛的诗人》,《胡风评论集》上,第417—420页。

最性格的特征,习惯,趣味,欲望,行动,语言等,将这些抽出来的体现在一个人物身上,使这个人物并不丧失独有的特性。所以典型具有某一特定的时代,某一特定的社会群所共有的特性,同时又具有异于他所代表的社会群的个别的风貌。"①周扬的文章发表还不到五天,胡风反驳周扬的文章《现实主义底一"修正"》就见报了。他对周扬的"修正"表示强烈不满。周扬把典型的特殊性理解为"对于这个人物所代表的社会群而言"具有特殊性,那就不只是社会阶级阶层的群体性和普遍性,而是始终具有这一个的特殊性。他不同意胡风所认为的典型"是对于别的社会群或别的社会群里的各个个体而说的"。胡风显然是把典型理解为特定社会群体的特性,进而把它视为群体的普遍性,或者说阶级性了。用现在的现实主义理论来看,周扬的典型性的特殊性既是对普遍性的概括和表现,但又能超出普遍性或共性,它既代表特定社会群体的共性,但又有自己作为人物形象的典型个性。而胡风则认为典型性就是最突出表现群体共性的那种普遍性特征,群体特征在这个人物身上显现出独特性。如此看来,周扬那时的典型理论更接近个性,而胡风则更强调共性。如果仅仅停留于此,就会认为胡风的观点更像阶级论,实际上,如果结合胡风一贯的理论立场和观点来看,他的典型论并不是那么简单。

　　胡风强调的特定性与周扬的独特性并无多少不同。在论述典型的形成时,胡风认为"不包含群体的特征的个性不是典型",但他也强调典型的形成也要求群体特征经过个性化以后才可建立。② 典型与群体特征之间还是要经过一番处理,这种处理难免使这个特定的典型人物形象与一般的群体特征有所区别。既然典型性包含群体特征,而群体特性经过个性化以后也不可能完全消失,只能转化为典型性的内在本质,那何以他不能接受周扬所认为的这个人物代表着特定的社会群体,又有能超出群体的个性的观点呢?胡风如此激烈地分辨他与周扬的差

---

① 周扬:《现实主义初论》,《周扬文集》第 1 卷,第 160 页。
② 胡风:《现实主义底一"修正"》,《胡风评论集》上,北京:人民文学出版社,1984 年,第 343 页。

异,是基于恩格斯在《致敏·考茨基》一信中对黑格尔理论的评价:"每个人物都是典型,而同时又是全然独特的个性——这个人……"胡风翻译过恩格斯这封信,所以认为自己的解释更具权威性。实际上,胡风更倾向于认为典型性就是群体性在独特的个性人物身上的集中体现,它包含普遍性,但要比普遍性来得更为丰富。胡风对典型个性与普遍性的关系并未阐述透彻,他对普遍性的理解,其实隐含着阶级群体具有强烈的主观战斗性的观点,这与他后来强调"主观战斗精神"、强调创作个体的生命能动性要与阶级意识融为一体是一脉相承的。

不能因为周扬后来的政治观念化更强就否定周扬早年的理论批评修养。平心而论,周扬对典型性的阐述,对典型的特殊性的解释是站得住脚的,也更为明晰透彻。周扬强调特殊性,并未与普遍性对立起来,而胡风在强调普遍性的同时却着力批评周扬对特殊性的强调。胡风无法解释清楚典型的普遍性与这一个艺术形象的独特性的关系。胡风何以如此强调普遍性,这与他要强调作家创作的主观能动性相关。他的普遍性因为隐含着作家主观能动性与阶级群体的普遍性相结合的潜台词,故而作家的主观能动性才能对象化。周扬的着眼点在作品中人物形象的特殊性,这样的特殊性高度概括了阶级的丰富特征,它其实也就包含了普遍性。二人强调的侧重点不同、着眼点不同,但根本意义上,二人都认识到了典型是特殊与普遍的统一。

客观地说,胡风如果不是因为有他的"主观战斗精神"作为依托,他的典型理论显然不如周扬更强调艺术提炼的个性能动性。但更注重艺术性的胡风何以要紧紧抓住群体的特征呢?在胡风的艺术理念中,作家的主观性可以拥抱对象,并激发对象中蕴藏的精神力量,典型大约就是这样的艺术形象,它能集中体现群体的普遍特征。另外,胡风或许认为群体性并不是那么显而易见,也并不是无处不在,例如阶级性,并不是那么突出或可以在每个人身上体现出来,而是只有那些投入了作家的主观精神能动性的艺术形象,才能体现出群体性或阶级特征。胡风强调的显然是典型形象对群体性的突出有力表现,他不认为群体性或阶级性是昭然若揭的;周扬则认为阶级性司空见惯,而个性化的艺术典型是既表现了群体性,也表现了个性特征。在这一意义上,可见出周扬骨子里知道文艺的本质特征、典型化的艺术形象并不能简单等同于阶级性和普遍真理。①

抗日战争爆发后,胡风主编《七月》杂志,编辑出版了《七月诗丛》和《七月文丛》,1945年初主编文学杂志《希望》。这一时期著有诗集《为祖国而歌》、杂文集《棘原草》、文艺批评论文集《剑·文艺·人民》《论民族形式问题》《论现实主义的路》等。胡风作为一个文学理论家兼编辑家,他的理论可以通过他的编辑方针体现出来。因为他主编的《七月》团结了一大批进步的文学青年,胡风的理论批评直接影响了当时相当一部分的作家和诗人。文坛引为佳话的是胡风发现了17岁的少年诗人田间和青年作家路翎,并为他们摇旗呐喊。1936年,胡风为田间新出版的诗集写有《田间底诗》,为《中国牧歌》作序,隆重推出田间。时年田间20岁,胡风从田间17岁写诗时就赏识他,给他提供舞台,把他塑造为民族革命战争的"战斗的小伙伴"。胡风的这篇序当然也是诗论,可以看出胡风的诗人气质,他的诗评也带有热烈的诗意,当然是民族革命战争赋予的时代激情。胡风的艺术标准带着时代的需要,他的理论就植根于时代的需要。田间如此年轻,胸中却激荡着"民族革命战争"的雄浑之气,以其直接简洁的诗句去唤起民众。胡风也对田间带有"野生的光泽"的词句提出批评的疑虑,但他还是倾向于肯定田间自然纯朴简洁明快的诗风②。数年过去,1940年,一位自称杨云珧的人写信给胡风批评田间的诗,称其"把一些零碎的字句,嵌进固执的情感中",认为田间的诗不能用完整的句子,硬要切割字句,这是"削足适履"的作风,显得很不自然。胡风显然不能同意杨云珧的观点,他

---

① 关于周扬与胡风的典型性的论争,陈顺馨的《社会主义现实主义在中国的接受与转换》一书有很深入全面的论述。这本著作无疑是非常出色的,只是在这一问题上,陈顺馨对周扬与胡风的典型性中的个性与普遍性的论述还有待明确和深入。陈顺馨认为:"周扬就典型的'个性'的论述,所侧重的与胡风不同。胡风所理解的仍然是一种普遍性的个性,而周扬理解的是一种'个人的特性'的个性。"我以为这里可能没有把它们的要点更明确地提炼出来,容易混淆。应该强调的是,周扬更强调"普遍性中具有特殊意义的个性",而胡风则把"个人的特性"看作具有普遍性的意义。周扬强调的特殊性是普遍性的概括;胡风强调的典型是这种个性是对普遍性的强有力的表现。周扬终究还是在肯定普遍性的前提下强调个性,而胡风则要突出个别艺术典型对群体(阶级性)强有力的表现上,典型的特殊性意义即在于此。

② 参见《胡风评论集》上,第408页。

第一章　现实主义文学批评范式的确立

在《关于诗和田间底诗》中,认为田间的问题并不是形式不自然,而是内容问题,但胡风在为田间辩护时,显然显示了他的批评的老辣和策略,他即使在批评田间的内容时,也是在肯定田间。田间的探索正是显示了新诗的前进性,即使是失败了,也是在给予探索的教训,并且田间是在真实地影响诗歌发展的。①

1944年,胡风在重庆写下《置身在为民主的斗争里面》一文,这篇文章在当时如理论的檄文,把当年他和鲁迅、冯雪峰等人主张的"民族战争的大众文学"的观点,在理论上加以深化。文章明确定义中国的新文艺"正是应着反抗封建主义的奴役和帝国主义的奴役的人民大众底民主要求而出现的"。这一命题在中国现代性的展开中有着非同凡响的意义,它揭示了"新文艺"反帝反封建的历史特质(先天性格),直面人民大众精神奴役的创伤,这就把鲁迅的现代启蒙任务延伸到革命战争年代,并且要求新文艺去克服人民大众的创伤性格。也正是在这一意义上,胡风提出他的主观战斗精神和文艺创造,是从对血肉的现实人生搏斗开始的。这一搏斗,一方面是作家的自我斗争,另一方面是作家对人民大众的精神奴役创伤的克服并激发他们的斗争意识,对象才能够在血肉的表现里面涌进作家底艺术世界②。这一搏斗实际上就是作家主观与人民大众的斗争生活的强烈碰撞、相互搏斗、相互得到提升。胡风的现实主义精神实质就是要拥抱伟大的民主斗争,他认为,真正有力量把民主斗争的思想要求体现在真实的艺术世界里面的"只有现实主义"。胡风的现实主义显然打上了浓重的中国特色,并且继承和拓展了鲁迅开辟的现代启蒙的道路。

1948年,胡风写下他的长篇论文《论现实主义的路》,这是中国现代最为全面详尽论述现实主义的理论作品。这篇文章还有一个颇长的副题"对于主观公式主义和客观主义的、粗略的再批判,并以纪念鲁迅先生逝世十二周年"。同样显示出胡风态度的还有该文引述但丁《神曲》中的《净界》为题辞,其中有一句题辞写道:"我跑到一个沼泽里面,

---

① 参见《胡风评论集》上,第406—407页。
② 胡风:《置身在为民主的斗争里面》,《胡风评论集》下,第22页。

芦苇和污泥绊住我,我跌倒了,我看见我的血在地上流成了一个湖。"不想,这句题辞倒是一语成谶,颇为形象地刻画出胡风数年后的遭遇及后来命运。在这篇文章里,胡风还是把革命文艺放置在民主斗争的语境中,坚持要在民族解放战争与人民大众的统一战线纲领下来理解革命文艺的意义。因此,胡风强调作家介入斗争生活的能动性,反对主观公式主义和客观机械的对生活表面的浮华反映,不管是来自前线的报道还是国统区的文艺,胡风都用公式主义和客观主义来检验。他尤其尖锐地分析了知识分子的阶级本性,去审视那些阶级分化的内容如何反映到知识分子身上①。胡风强调指出,担负着为新民主主义而斗争的现实主义文艺,需要在这样的气氛下面开辟道路,需要在抵抗这些、克服这些的过程上面开辟道路②。

胡风的现实主义理论在当时具有强烈的批判精神,他是在和形形色色的打着革命文艺旗号的现象作坚决斗争。显然,胡风一方面强调民族解放的统一战线,另一方面他看到太多的弊端,他所首肯和标举的现实主义理想旗帜,主要是由团结在《七月》和《希望》周围的同道构成的群体。后来胡风被批宗派主义,大约是胡风的理论所具有的批判性让很多人不舒服。胡风追求现实主义的格调很高,他反对主观公式主义和客观主义,标举人民性,张扬作家的主观战斗精神,表现血肉的人生,揭露奴役人民的反动势力,反映人民的斗争意志……这些都是胡风始终不渝践行的理论准则,贯穿于他编辑、批评和写作的各个方面。也正因为这些理论主张具有强大的挑战性和实践功能,他的文学批评和理论主张始终充满勃勃生机,真挚而令人信服;正因为他的这些主张,使他不能超越实践经验而认同公式主义和教条主义。胡风的分裂和矛盾是不可避免的,他在两方面都怀着很高的期待:既有一种适合现实需要的革命理想,又有一种高调的艺术标准,理想的现实主义文艺就是这二者的统一。然而,历史却又注定了这二者的本质分离。只有选择革命,才会被历史的铁的必然性选择。对于大多数革命文艺家来说,他们

---

① 胡风:《论现实主义的路》,《胡风评论集》下,第282页。
② 同上书,第283页。

认识到的首先是革命,然后才是文学艺术,这就是毛泽东的《讲话》非常明确地解决了的问题:改造世界观,把立场从小资产阶级知识分子那边转移到工农兵这方面,坚持为工农兵的方向,把文艺作为无产阶级革命事业的一个有机部分来对待。经历过《讲话》,中国革命文艺的方向已经非常明确,但胡风却还沉浸在由他的《七月》和《希望》编织而成的文学艺术氛围里。他可能认为,在这里,革命与艺术达成了统一。在左翼革命文艺阵线内部,以及解放区革命文艺领导人那里,对胡风的批评都没有停息。胡风太自信,他认为所有人都像他那样,也应该像他那样对革命和文学均持有一种纯粹精神,事实上,这使他陷入孤立,直至被盛大的革命潮流所驱逐。

胡风因为主编《七月》和《希望》,使当时国统区最有活力的一批作家诗人都团结在他的周围。他追求的左翼文艺观念,继承了鲁迅和现代启蒙的传统,他本人的理论批评也与文学创作实际密切关联。周扬等人的左翼理论批评限于延安解放区,虽为正宗,但毕竟涵盖不了国统区乃至全国的文艺创作实际。延安整风运动中创建起来的更加激进的文艺理论,是否能为全国有进步倾向的文艺家所接受,还是一个有疑问的问题。只有批判胡风,把胡风在左翼阵营的正宗地位去除,解放区的革命文艺理论才能产生更全面的影响。

对胡风真正有分量的批判出自邵荃麟执笔的文章《对于当前文艺运动的意见——检讨、批判和今后的方向》。这篇文章登载于1948年3月出版的香港《大众文艺丛刊》第一辑《文艺的新方向》。这份刊物是共产党领导的刊物,邵荃麟在左翼联盟担任要职,代表党对文艺运动方向发表意见。这篇文章显然是冲着胡风来的,文章指出,这十年来我们的文艺运动处在一种右倾状态中,运动中缺乏一个以工农阶级意识为领导的强旺思想主流;今天文艺思想上的混乱状态,主要是由于个人主义意识和思想代替了群众的意识和集体主义的思想。这篇文章还指出,个人主义的文艺思想,一方面表现为对所谓内在生命力与人格力量的追求。在这种要求下,文艺的政治倾向与直接效果,被人们视为"庸俗说教"而予以拒绝,人们追求艺术的"永恒价值",歌颂"原始的生命力"与个人英雄主义,高扬超阶级的人性论与人格论。总之,"阶级斗争的精神在这里被个人反抗的精神所代替了"。另一方面,个人主义的文艺思想表现为浅薄的人道主义和旁观者的微温的怜悯与感叹态度。这些文艺作品都不免表现出知识分子在残酷与尖锐的历史斗争下的苦闷、彷徨、伤感、忧郁,以及有意无意地避开现实、自我陶醉等倾向。邵荃麟指出,这都是个人主义意识在强大历史压力下所显示出的脆弱与无力。只有最强大的阶级力量、群众力量,才能够抵抗历史压力并创造新时代。这一切都是因为"我们仍然没有把延安文艺座谈会所指出的文艺群众路线与群众观点,明确而具体地强调出来"①。国统区文艺界没有表示出对《讲话》的热烈态度,这是邵荃麟所不满的。相反,国统区知识分子却对19世纪欧洲资产阶级的古典文艺有着浓厚的兴趣。特别是自从1941年以后,大量的古典作品被翻译过来,"被人们疯狂地、无批判地崇拜着"。这种情形反映了当时知识分子本身意识上的弱点和迷乱。邵荃麟出于党的革命文艺总体思想立场,要维护由毛泽东的《讲话》已经指明了的革命文艺的方向与性质,所以对胡风的"主观论"进行了深入严厉的批判。应该说邵荃麟的批判是以理服人,在那个时候,革命文艺的方向已经明确,其思维方式和立场态度也已经形成,他这样的批判并不奇怪,也说不上过分。从党的立场看,知识分子必须团结在《讲话》的旗帜下,必须在党领导的统一战线的指引下,坚持为工农兵的方向,必须走与工农兵相结合的道路,改造世界观,把文艺作为革命斗争的一个组成部分。

实际上,在1949年的第一次文代会上,在茅盾对国统区近十年的文艺状况的报告中,也不指名地批判了胡风,尤其批判了作家的"主观任意解释"②。胡风的立场观点,他在国统区主编《七月》的巨大影响,他的"主观论"对《讲话》指引的革命文艺方向的偏离,这些都使他在1949年后的中国文坛命运多舛。1949年参加完开国大典之后,正如前面已经论述过的那样,胡风写下《时间开始了》,这像是一种表白,又像

---

① 参见洪子诚《中国当代文学史·史料选》,武汉:长江文艺出版社,2002年,第91页。
② 1949年7月4日,茅盾作了题为《在反动派压迫下斗争和发展的革命文艺——十年来国统区革命文艺运动报告提纲》的报告。对胡风不指名的批评参见《中华全国文学艺术工作者代表大会纪念文集》,北京:新华书店,1950年,第45—57页。

是一种证明,更像是一种臣服,但这一切都无济于事。以胡风为首的同仁圈子面临巨大的压力和考验,舒芜充当了反水者。1952年6月8日的《人民日报》转发了舒芜《从头学习〈在延安文艺座谈会上的讲话〉》,所加的按语中便明确判定胡风文艺思想"实质上属于资产阶级、小资产阶级的个人主义的文艺思想",并指出有一个以胡风为首的"文艺上的小集团"存在。舒芜在他的文章中试图表明他痛改前非的自我批判态度。1952年9月《文艺报》上(总第71期)又发表了舒芜的一封致路翎的公开信,这应该是他在向党公开表态决心脱离胡风的小圈子。《文艺报》所加的编者按中说:舒芜"进一步分析了他自己和路翎及其所属的小集团一些根本性质的错误思想"。舒芜的表态似乎起了作用,周扬就说,新中国成立后《论主观》的作者舒芜抛弃过去的错误观点,站到马克思主义方面来,"党对他的这种进步表示欢迎,而胡风先生却表现了狂热的仇视"。很显然,激烈的斗争不可避免。

1953年之后,对胡风的猛烈批判开始了。《文艺报》发表林默涵的《胡风反马克思主义的文艺思想》和何其芳的《现实主义的路,还是反现实主义的路?》两篇文章,开始对胡风文艺思想进行全面的清理与批判。1954年10月31日至12月8日,全国文联和中国作协主席团召开了八次联席扩大会议,就《红楼梦》研究中的"资产阶级唯心主义倾向"和《文艺报》的错误展开批判讨论。胡风11月7日和11月11日前后两次在会上作了发言,但他这些"左"得出奇的发言还是被当作向党猖狂进攻的证据,也被看作他为自己辩护、死不认错的证明。

1954年,胡风呈上后来震惊全国的"三十万言书",请由他信任的国务院文教委员会主任习仲勋转呈中共中央。这份"三十万言书",辩驳的对象是林默涵、何其芳二人的文章。他认为林、何的文章暴露出长期插在读者和作家头上的五把理论刀子,即共产主义世界观、工农兵生活、思想改造、民族形式、题材等五个方面的理论观点。胡风认为随心所欲操纵这五把刀子是"宗派主义","几年以来,文艺实践上的关键性问题是宗派主义统治,和作为这个统治武器的主观公式主义(庸俗机械论)的理论统治","在这五道刀光的笼罩之下,还有什么作家与现实的结合,还有什么现实主义,还有什么创作实践可言?"他认为,文艺从理论到组织需要全面改革,他甚至提出了极为具体详细的措施方案。①

胡风自认为坦诚和负责任的进言激怒了文艺界的领导人,他把斗争的方向指向教条主义,不管是有心还是无意,都很容易被理解为他是在指责《讲话》以来的文艺路线。1954 年 12 月 8 日,周扬发表"我们必须战斗"的讲话,对胡风的批判开始升级。1955 年 1 月 15 日,毛泽东在胡风的"三十万言书"上写下按语,将胡风文艺思想确定为"资产阶级唯心论、反党反人民的文艺思想"②。1 月 26 日,中共中央批转中宣部《关于开展批判胡风思想的报告》,意味着对胡风的批判成为全国性的运动。1955 年 4 月 1 日,郭沫若发表《反社会主义的胡风纲领》一文,认为胡风的万言书"全面地攻击了革命文艺事业和它的领导工作,表现了对马克思主义的极深刻的仇恨……以肉搏战的姿态向当前的文艺政策进行猛打猛攻并端出了他自己的反党、反人民的文艺纲领"③。5 月 13 日,《人民日报》发表《关于胡风反党集团的一些材料》,这份材料出自舒芜之手,发表时加了按语,胡风问题上升为:"一个暗藏在革命阵营的反革命派别,一个地下的独立王国",是以推翻中华人民共和国和恢复帝国主义国民党的统治为任务的④。关于胡风的揭批材料越来越多,5 月 24 日,《人民日报》公布了《关于胡风反党集团的第二批材料》。这批材料主要是从胡风写给他朋友的信中摘录下来的。5 月 25 日,中国文学艺术界联合会主席团、中国作家协会主席团联席扩大会议通过决议,把胡风集团定性为"反党、反人民、反革命集团",开除胡风

---

① 参见朱寨《中国当代文学思潮史》,北京:人民文学出版社,1987 年,第 195 页。
② 李辉《胡风集团冤案始末》披露:胡风得知《文艺报》要刊登他的意见书并组织公开讨论后,于 1955 年 1 月 14 日晚找周扬承认错误,并要求在发表他的意见书时,在卷首附上他写的《我的声明》。周扬就此问题于 1 月 15 日写信请示中宣部部长陆定一并转毛泽东。毛泽东当日给周扬的批示是:"周扬同志:(一)这样的声明不能登载;(二)应对胡风的资产阶级唯心论、反党反人民的文艺思想,进行彻底的批判,不要让他逃到'小资产阶级观点'里躲藏起来。"这段批示可见于《建国以来的毛泽东文稿》,第 5 册,北京:中央文献出版社,1991 年,第 9 页。
③ 原载《人民日报》1955 年 4 月 1 日,《文艺报》1955 年第 7 期转载;引文参见洪子诚《中国当代文学史料选》,第 271 页。
④ 毛泽东:《〈关于胡风反革命集团材料〉的序言和按语》,原载《人民日报》编辑部编辑《关于胡风反革命集团的材料》,北京:人民出版社,1955 年。引文参见《中国新文学大系 1949—1976》,文学理论卷一,第 217 页。

的一切政治职务,所有与胡风有较多联系的人,他们的文艺观点和活动都被判定为反革命的言行。1955 年 5 月,胡风被逮捕,直到 1980 年才平反出狱,1985 年 6 月 8 日,胡风在北京逝世。1988 年 6 月 18 日,中共中央办公厅发出《关于为胡风同志进一步平反的补充通知》,胡风案得到彻底平反。历时 33 年的胡风案终得合理的盖棺论定,中国当代最为卓越的马克思主义文艺批评家,终得洗清冤案。

四 《文艺报》与新中国成立初期的文艺批判运动

1949 年 7 月 2 日,824 名代表汇聚一堂,第一届全国文学艺术工作者代表大会开幕,毛泽东亲临大会,向全体大会代表致意,朱德代表党中央在大会上致贺词,周恩来向大会做了长达六小时的报告①。随后二天,茅盾和周扬分别做了重要报告,全面评价国统区和解放区的左翼革命文艺的成就②。周恩来、茅盾和周扬的报告,全面阐明了新中国文艺的方针、政策和方向,可以说是把毛泽东的《讲话》更加具体化、明确化和权威化。因为新中国成立的特殊历史语境,这些报告是最有分量的文艺理论与批评文献,它们携带着新生的政治力量重建文学的历史,此前的现代文学被重新定位,根据新中国文艺的方向重建了它的意义,也正因为此,新中国的文艺建立起自身的更富有历史深度的背景,去开创未来的激进道路。

这一道路的开创采取了革命运动的方式,这是中国文艺革命在解放区建立起它的历史起源的方式,也是自苏联开始的共产革命的斗争

---

① 周恩来具体阐述了文艺的六个问题,即团结问题、为人民服务问题、普及与提高的问题、改造旧文艺的问题、文艺界的全局观念问题、组织领导问题。周恩来的报告表达了党中央对文艺的期望,即在国统区与解放区文艺界相互团结的基础上,开创社会主义文艺的新局面。报告进一步阐明了文艺工作与党的工作的关系,表明党对文艺工作的全面指导,指出文艺工作要纳入党的工作体系,成为社会主义革命与建设的重要力量。参见周恩来《在中华全国文学艺术工作者代表大会上的政治报告》,载《中华全国文学艺术工作者代表大会纪念文集》,北京:新华书店,1950 年,第 19—34 页。

② 茅盾的报告题为《在反动派压迫下斗争和发展的革命文艺——十年来国统区革命文艺运动报告提纲》,周扬的报告题为《新的人民的文艺》。参见《中华全国文学艺术工作者代表大会纪念文集》。

传统。1949年以后,中国革命文艺顽强地寻求自身的起源,使之必然要与现代中国的新文学运动区分开来。新文学运动不管多么激进,它还是一场文学运动;而新中国则是要进行文艺革命——这是一场革命,其本质是政治革命,因而它要触及更加深广的意识形态基础。毛泽东的《讲话》在延安的整风运动过程中应运而生这一事实说明,它表征的新的革命文艺前进的方向要与过往的传统彻底决裂。

要建立全新的以毛泽东的《讲话》为主导的文学理论与批评,乃是社会主义革命与建设时期的艰巨任务,在其初始时期,不可避免要以批判的形式展开。新中国成立初数次的批判运动,就是试图明确社会主义时期文艺的大方向。对萧也牧的小说《我们夫妇之间》、长篇小说《战斗到明天》、碧野《我们的力量是无穷的》以及电影《关连长》等作品所进行的批判,几乎蓄积了当时所有的文学批评的能量,文学批评也只能在大批判的写作中来小试锋芒。

有分量的批判文章出自陈涌的手笔,在题为《萧也牧创作的一些倾向》①一文中,陈涌认为萧也牧是站在小资产阶级立场来看待工农出身的干部,作者保持和渲染了旧观点、旧趣味,以此来嘲笑劳动人民。文章认为,这不是作者个人问题,而是性质严重的错误,它反映了一部分小资产阶级知识分子进城以后,在文艺创作方面逐步产生的一种不健康的苗头,应该引起警惕。随后,一封署名李定中的读者来信批判得更为激烈,这篇《反对玩弄人民的态度,反对新的低级趣味》的文章认为②,《我们夫妇之间》对于工农出身的女干部,从头到尾都是玩弄态度,"对于我们的人民是没有丝毫真诚的爱和热情的",作者尖锐指出,这种态度在客观效果上是我们的阶级敌人对我们劳动人民的态度。这位读者显然嫌陈涌的文章不够上纲上线,认为这不是作者脱离生活,而是脱离政治。按照这篇文章的观点,作者已经站在了敌对阶级的立场上。李定中竟然是冯雪峰的化名,这与稍后寻求中国现实主义的现代传统的冯雪峰相去甚远。随后,丁玲也发表了一篇相当激烈的文章

---

① 该文发表于《人民日报》1951年6月10日。
② 载《文艺报》1951年6月20日第4卷第5期。

第一章 现实主义文学批评范式的确立

《作为一种倾向来看——给萧也牧的一封信》①,丁玲认为目前文艺界确实存在一种错误倾向,萧也牧的小说被一些人当作旗帜来拥护,这就是要放弃解放区的传统,改变毛泽东确立的"文艺为工农兵"的方向,呼吁人们不能忽视这种倾向的危害性。萧也牧被孤立,连他的老友康濯也站到了批判他的队伍当中,发表了《我对萧也牧创作思想的看法》②。萧也牧意识到问题的严重性,在同期的《文艺报》上发表了检讨书——《我一定要切实地改正错误》,承认自己进城后在创作上感到"困惑",不大喜欢老解放区的小说。他还谈到自己原来认同的创作观,即最好的小说要写日常生活,要从侧面写,这才显得深刻。

文学批评迅速变为大批判,已经不再考虑文学本身的问题,而是按照政治的要求来评判是非,所有文艺问题都变成了政治思想问题和政治立场问题。更大规模的批判在声讨电影《武训传》和学术著作《〈红楼梦〉研究》的运动中到来。1950年底,由赵丹主演武训的电影《武训传》上映③,好评如潮。但转过年来,1951年3月份就开始出现少数批评文章,5月20日,《人民日报》发表社论《应当重视电影〈武训传〉的讨论》。于是,批判电影《武训传》的运动愈演愈烈。社论指出:《武训传》所提出的问题带有根本的性质。象武训那样的人,处在清朝末年中国人民反对外国侵略者和反对国内的反动封建统治者的伟大斗争的时代,根本不去触动封建经济基础及其上层建筑的一根毫毛,反而狂热地宣传封建文化,并为了取得自己所没有的宣传封建文化的地位,就对反动的封建统治者竭尽奴颜婢膝的能事,这种丑恶的行为,难道是我们所应当歌颂的吗?向着人民群众歌颂这种丑恶的行为,甚至打出"为人民服务"的革命旗号来歌颂,甚至用革命的农民斗争的失败作为反衬来歌颂,这难道是我们所能够容忍的吗?承认或者容忍这种歌颂,就

---

① 载《文艺报》1951年8月17日第4卷第8期。
② 载《文艺报》1951年10月25日第5卷第1期。
③ 1944夏天,陶行知送了一本《武训先生画传》给电影导演孙瑜,其中的故事深深打动了孙瑜,并促使他数年后改编电影剧本《武训传》。1948年夏天,中国制片厂开拍电影《武训传》,但仅完成三分之一就因故中断。1949年1月,私营上海昆仑公司收买了摄制权和已拍的胶片。1950年,昆仑公司对剧本作了全面修改后,重新开拍。1950年底公映。

是承认或者容忍污蔑农民革命斗争,污蔑中国历史,污蔑中国民族的反动宣传为正当的宣传。① 社论指出:"电影《武训传》的出现,特别是对于武训和电影《武训传》的歌颂竟至如此之多,说明了我国文化界的思想混乱达到了何等的程度!"②通过文艺批评要达到整合文艺界思想的目的,新中国的文艺要牢牢树立人民为历史主体的观念,只有这样才能把握文艺为工农兵的方向,党的意志才能全面贯穿到文艺工作中去。

批判电影《武训传》打开了思想清理的路径,对俞平伯的《〈红楼梦〉研究》的批判则清算了现代的新文艺传统。这是从态度上和思想方法上的彻底清算。

俞平伯早年参加过文学研究会、新潮社、语丝社等文学社团③。在新文化运动中,他的新诗曾经名噪一时,散文小品也多受好评(如其传诵一时的名篇《桨声灯影里的秦淮河》)。他青年时代就追随胡适,研究《红楼梦》也受了胡适的影响。1922年,年仅22岁就在短时间内写出《红楼梦辨》,1923年由上海亚东图书馆出版。此书在当时与胡适的《红楼梦考证改定稿》被并称为"新红学"的代表作。新中国成立后,俞平伯将此书删改、增订,改名为《〈红楼梦〉研究》,1952年由棠棣出版社出版。1953年第9号《文艺报》"新书刊"栏目对此书加以推荐。俞平伯此次再版,改动增补并不算太多,明显修改之处是他对胡适的"自叙传"有不同意见,他原来的《红楼梦辨》颇为推崇胡适的"自叙传",列为"中心观念"。修改后的观点认为,并不一定要把"自叙"往曹雪芹一人一事上去附会,说《红楼梦》取材于曹家是可以的,但如果完全把它与曹雪芹个人的经历经验等同,那么"这何以异于影射,何以异于猜笨

---

① 《应当重视电影〈武训传〉的讨论》,《人民日报》1951年5月20日。这段话是毛泽东修改这篇社论时加写和改写的文字,它们构成这篇社论的主体。1967年5月26日,这几段文字作为毛泽东的文章在《人民日报》发表。后再收入《毛泽东选集》第五卷(1977年4月)。
② 同上。
③ 俞平伯(1900—1990),原名俞铭衡,字平伯,浙江德清人。清代朴学大师俞樾曾孙,1919年毕业于北京大学。后历任上海大学、燕京大学、北京大学、清华大学教授。1947年加入九三学社。新中国成立后,历任北京大学教授、中国社会科学院文学研究所研究员。1954年9月开始遭受政治批判。"文革"后任中国社会科学院文学所研究员,并出版有多部著作。

谜?"也与旧红学的"索隐派"相去未远了。① 另一点明显的改动是,俞平伯加进了不少新名词,例如,关于生活真实与艺术真实的关系问题、再现典型环境中的典型人物问题等,这些说法非但没有见出新意,反倒显得很勉强。尽管俞平伯的"新红学"研究做了如此修正,但在有的人看来,他还是没有脱离胡适的实证方法,没有从现实主义的理论高度,在历史与阶级的冲突关系中来阐述《红楼梦》的深刻意义。当时的两位年轻学者李希凡、蓝翎,发表了两篇文章《关于〈红楼梦简论〉及其它》与《评〈红楼梦研究〉》,对俞平伯的红学研究展开批判。②

  李希凡、蓝翎的文章开始投稿给《文艺报》,但没有被接纳。经历过一番曲折,才于1954年在其母校山东大学校刊《文史哲》上发表,随后《文艺报》被指定转载。李、蓝的文章运用现实主义理论阐述《红楼梦》,主要批判了俞平伯的主观唯心主义和实证主义的思想方法。俞平伯当年写《红楼梦辨》时不过22岁,后来也未见得有多少伤筋动骨的改动。现在,李、蓝用马列主义作后盾,他们认为,不能从作者落后的世界观去理解作品,也不能以作品的琐碎细节去穿凿附会,而要从作品所表现的艺术形象的真实性和深度上来探讨《红楼梦》的现实主义精神。他们认为曹雪芹是现实主义的大师,他对追怀往昔流露出哀感,预感到本阶级必然灭亡的历史命运,同情注定要灭亡的阶级,但他揭露了封建官僚地主腐朽的阶级本质,揭示了它必然崩溃的历史命运。曹雪芹的伟大之处在于,"他敢于真实地反映现实生活,敢于概括现实生活的典型规律,创造出红楼梦的社会悲剧性结局"。研究者评价说:"这两篇批判运动前写的文章,主要从学术观点上进行探讨,还没染上思想批判运动的色彩,所以较之后来他们以及其他一些人的批判文章冷静客观,持论公允。"③

  1954年10月16日,毛泽东给中共中央政治局的同志和其他有关同志写了一封信。信中写道:"驳俞平伯的两篇文章附上,请一阅。这

---

 ① 朱寨主编:《中国当代文学思潮史》,第165页。
 ② 前一篇文章载于《文史哲》1954年9月号,后一篇发表于《光明日报》1954年10月10日。
 ③ 朱寨主编:《中国当代文学思潮史》,第168页。

是三十多年以来向所谓红楼梦研究权威作家的错误观点的第一次认真的开火。作者是两个青年团员……看样子，这个反对在古典文学领域毒害青年三十余年的胡适派资产阶级唯心论的斗争，也许可以开展起来了。事情是两个'小人物'做起来的，而'大人物'往往不注意，并往往加以阻拦，他们同资产阶级作家在唯心论方面讲统一战线，甘心作资产阶级的俘虏，这同影片《清宫秘史》和《武训传》放映时候的情形几乎是相同的。被人称为爱国主义影片而实际是卖国主义影片的《清宫秘史》，在全国放映之后，至今没有被批判。《武训传》虽然批判了，却至今没有引出教训，又出现了容忍俞平伯唯心论和阻拦'小人物'的很有生气的批判文章的奇怪事情，这是值得我们注意的。"①毛泽东的信立即在文艺界引起强烈反应，《人民日报》于10月23日发表钟洛的文章《应该重视对〈红楼梦〉研究中的错误观点的批判》，28日袁水拍发表《质问〈文艺报〉编者》，这两篇文章都提到毛主席信件的内容。

李、蓝用历史唯物主义的阶级斗争观念解释《红楼梦》，这正是建构社会主义文艺思想所急需的观念立场和思想方法。毛泽东在上文提到的那封信中已经指出，李、蓝批评俞平伯的《〈红楼梦〉研究》的文章的意义在于清除"胡适派资产阶级唯心论"。郭沫若也说："战斗的火力不能不对准资产阶级唯心论的头子胡适"，"认清胡适思想的反动性，清除他的影响，是文化界当前的任务"。

胡适作为五四新文化运动的主将，他的白话文学革命主张开启了中国现代文化启蒙运动的先河。胡适深受杜威实用主义理论的影响，这一影响与他个人的文化修养，与中国的国学渊源相联系。但他在学术研究方面采用的实用主义观点和方法，并不是杜威理论的翻版，而是带有很强的中国国学考据色彩。考据变成了实证，不过是更强调了材料论据的科学性鉴别而已。胡适曾表白说，他的唯一目的是"要提倡一种新的思想方法，要提倡一种注意事实，服从验证的思想方法"。这种思想方法在学术上并无什么特别之处，更谈不上什么过错，今天看来，这只是在强调学术研究必须秉持实事求是的科学态度。但是，新中

---

① 参见《毛泽东选集》第五卷，北京：人民出版社，1977年，第134—135页。

第一章　现实主义文学批评范式的确立

国成立以后,在人们迫切需要用历史唯物主义和阶级斗争的眼光来解释历史现实、解释一切事物的时候,非马克思主义的思想观点、方法都被看成谬误的唯心主义学说。蔡仪在《胡适思想的反动本质和它在文学界的流毒》一文中说道:"实用主义根本否认客观现实,否认客观现实的规律,自然更否认社会现实的阶级斗争,他们的文艺观点绝不可能是现实主义的。"①在以阶级斗争为纲的年代,学术观点、方法不是以科学或不科学划分,而是以进步或反动来划分。学术成为意识形态斗争的工具。

由此也不难看出,新中国成立后的理论批评就是要重构现实主义的批评逻辑,这就是"论"的逻辑要压倒"实证""考据"的方法。只有把"论"立起来了,马克思主义历史唯物主义,关于历史本质规律的观念性论述的一套方法才能贯穿于人文学术领域。

尽管毛泽东通过对鲁迅思想的阐发,对五四新文化运动有了"新民主主义革命"的高度评价,但具体到五四的思想文化传统时,除去鲁迅,他很难找到可以与社会主义时期的思想文化相沟通的资源。胡适作为五四新文化运动的首要代表人物,他的思想也被作为典型的资产阶级文化遭到批判,那么,五四新文化运动还剩下什么样的资源可供继承呢?在把鲁迅作为新文化运动的主将加以叙述的同时,也就把鲁迅提升到了无产阶级革命前驱的地位;这一提升的实际意图,是把鲁迅从五四新文化运动的语境中剥离出来,放入无产阶级的历史文化起源的语境中去。改写鲁迅必然要与清除胡适的思想双管齐下,这样才可能把新中国的文艺思想和学术方法全面引导到社会主义革命的轨道上。

由此也可以理解,新中国革命文艺的建构,文艺理论与批评显得如此重要。社会主义时期的文学批评,根本上是战斗的批评,是社会主义革命事业重要的组成部分。也正因为此,《文艺报》的地位才显得如此举足轻重。

《文艺报》1949年5月4日创刊于北平(今北京),创刊时即为周刊;1949年7月出至第13期停刊;1949年9月复刊,改为半月刊;1957年4月改为周刊;1958年1月改为半月刊;1961年改为月刊;1966年出

---

①　参见朱寨主编《中国当代文学思潮史》,第179页。

至第342期停刊;1978年7月复刊,是为月刊;1981年1月再次改为半月刊;1982年恢复为月刊。1985年7月改动最大,改为报纸样式,以周报出版。历任主编有茅盾、丁玲、冯雪峰、张光年、冯牧等人。

《文艺报》创刊的首要意义在于为新中国的文艺理论批评建立了一个权威性的阵地,它成为中外文艺信息发布的最大平台,是新中国文艺运动和活动的风向标,是寻求社会主义现实主义文艺发展方向的理论向导,是传播马克思主义文艺理论和党的文艺方针政策的最重要媒体。这是新中国社会主义体制决定的文艺体制化的表现形式,是只有在社会主义国家中才有的党直接领导的理论批评刊物。文艺理论和批评不再是各抒己见的言说,而是在现实主义名下的党的意志的体现。很显然,社会主义文艺急于开创自己的道路,要在统一化的现实主义纲领底下来掌握文化领导权,要使文艺成为革命事业的重要组成部分,这是最为有效的也是不可避免的体制建构。

在社会主义革命时期,所有大大小小的文艺斗争运动,都在《文艺报》上得到及时反映,然而我们也要注意到一个事实,在新中国初期,文艺界的斗争异常酷烈,《文艺报》本身也未能幸免。一方面它参与到残酷的斗争运动中并成为首要阵地,另一方面它的数任主编都成为斗争的对象。丁玲、冯雪峰先后落马,被打成右派。在这些主编被指控为斗争对象的同时,《文艺报》在宣传和构建党的文艺方针上所做的工作也遭到批评和否定。

周扬在《文艺战线上的一场大辩论》中完全否定了丁玲和冯雪峰任主编时期的《文艺报》,周扬批评丁玲说:

> 她利用党和人民所交托的岗位,极力培植自己的小圈子,企图实现她的称霸文坛的野心。她和陈企霞、冯雪峰把他们当时主编的《文艺报》变成了独立王国。一九五四年党和文艺界检查《文艺报》工作中的错误,这就大大地触怒了他们。他们的"王国"是谁也碰不得的。①

---

① 周扬:《文艺战线上的一场大辩论》,选自张炯主编《中国新文艺大系(1949—1966)理论史料集》,北京:中国文联出版公司,1994年,第213页。

第一章 现实主义文学批评范式的确立

周扬对冯雪峰的否定更加彻底：

> 全国解放后,党和文艺界委托冯雪峰以主编《文艺报》的重任。这时他虽然在口头上表示拥护文艺为工农兵服务的路线,但实际上还是反对的。他曾力图使《文艺报》成为宣传他们一伙人的文艺思想和扩大他们个人威信的地盘……他们在《文艺报》这个独立王国一意孤行,对资产阶级唯心主义思想投降,对新生力量加以压制和轻视……大鸣大放期间,《文艺报》编辑部的唐因、唐挚等右派分子一方面阴谋篡改《文艺报》的方向,另一方面密谋由冯雪峰挂帅创办所谓同人刊物;他们声言"要在文学上打天下",要通过刊物"打开一个新局面"。可见右派分子利用刊物来闯天下的企图,是始终不肯放弃的。①

如此看来,《文艺报》本来应该是现实主义革命文艺的坚强堡垒,结果被阶级异己分子占据,成为反动的向党进攻的阵地。按此逻辑,《文艺报》在1950年代初期发表的大部分文章是非无产阶级的,背离了毛主席的革命路线,甚至与中国现代的资产阶级文艺思想一脉相承。尽管说这是大批判的政治策略表述,不能全信。但此举与姚文元后来写的《评反革命两面派周扬》如出一辙。按姚文元的看法,周扬明着批判,实则暗地里保护了冯雪峰和丁玲。这样的逻辑当然令人难以置信,也与事实不符。然而,这里面至少有几点值得我们去琢磨:其一,在社会主义革命文艺建构的初期阶段,并不能明确现实主义文艺的准确方向究竟如何定位,甚至周扬这样的革命文艺的领导人也显得十分吃力,更遑论《文艺报》的主编们。其二,革命现实主义文艺的方向和道路是在斗争中逐渐清晰的,甚至只有斗争本身构成的路线图才描述出一条道路,这说明社会主义革命文艺在中国的展开,显出了极大的困难。其三,受苏联影响,新中国的文艺道路在自我探索中显出了相当的混乱。其四,革命文艺的体制化其实也并非铁板一块。革命文艺体制的建构,到底是建立整合性组织性的体制,还是斗争异己？或许在具体的进程

---

① 周扬:《文艺战线上的一场大辩论》,选自张炯主编《中国新文艺大系(1949—1966)理论史料集》,第215—216页。

中,后者也是必然的手段。

  总之,当代文学理论与批评奉现实主义为圭臬,它要从苏联社会主义现实主义那里引来规范样本,也要与中国新文学建立的现实主义传统相融合。但是,中国当代走了一条激进的道路,它要顽强地划定自身起源,要与现代传统严格区别开来,要清除现代传统的所有残余,它宁可与苏联建立起更为密切的理论联系,也不能允许现代传统的残余死灰复燃,这就有了对胡风、冯雪峰的放逐,实则是清除中国现代新文学传统的影响,要建立以毛泽东的《讲话》为历史起点的叙述。但是,新中国的现实主义有一半的理论渊源来自苏联的社会主义现实主义,新中国的现实主义批评还难以真正确立自己的起源,也并没有真正在文艺创作实践的展开中获得本土化的资源。斗争的实践转化为理论和具有一定美学含量的批评还有很长的距离。胡风、冯雪峰、丁玲、陈企霞等人蒙受批评,不是因为他们的文学观念和理论批评有多少非革命的艺术性,而是他们革命不够彻底。

(本章由陈晓明执笔)

第二章　现实主义文学批评的内在建构

现实主义是中国当代文学理论与批评建构的主线,不同历史时期中现实主义理论的延伸、变异与困境也像风向标一样,清晰地勾勒出彼时文学批评的建构维度、突围努力以及历史局限。从对现实主义广阔道路的呼吁,到革命文学的现实主义与社会主义现实主义,再到两结合(革命现实主义与革命浪漫主义相结合),文学理论范畴内的现实主义背后总闪现着意识形态的规约与政治的"阴影",承担着超出文学自身的现实要求与历史期待,而与之相呼应的文学批评自然无可选择地承担了历史推手的责任。所以,对现实主义的阐释、辨析、争论也就不仅仅是理论话语和批评实践的自我完善,更是文学批评对中国现代性政治选择的回应。当然,那些运动和斗争不可谓不激烈,但是,正如文学性依然会从字词的缝隙中透示出来一样,现实主义的理论批评也同样会从历史裂罅中显现出来。也正因如此,在当时的历史情势下,现实主义依然可以承载文学的梦想。

一　现实主义广阔道路与开放的可能性

共和国伊始,几次大规模的文艺批判运动分别对文艺界的资产阶级余毒、唯心主义、封建思想进行了全面清理,现实主义被推进到更"高级"的社会主义现实主义,以满足开展社会主义文艺革命的需要。现实主义的这种"转向"不仅仅是为了保证社会主义文化的纯粹与合法性,也反映了中国当代文艺理论建设寻求突破的愿望与努力。社会主义现实主义由苏联文艺界在1930年代提出,"文艺学在向苏联追随、学习的过程中,社会主义现实主义是一个最为集中的理论命题。这期间虽然出现过多种阐释、讨论、改造以至最后被置换,但它的核心内容已成为中国当代文艺学的基本骨架,它所表述的思想早已在主流文艺学中打下了难以撼动的基础,从而成为一种包容性相当广泛的文艺学命题。无论是作为创作方法、艺术思潮、评价尺度,它都拥有不可置疑的权威性和合法性"①。虽然社会主义现实主义的权威性是不可动摇的,但落实在具体文学实践中的时候,总有一些问题让作家和理论家都倍感纠缠、难解,诉诸文字、形象思维的文学文本总会在不经意间溢出抽象理论的边界,甚至构成一定程度的消解。当任何理论被奉为绝对唯一时,也是其内在张力消耗殆尽时,随之而来的思想枯竭与理论困境几乎是捉襟见肘。秦兆阳、周勃、陈涌、茅盾、冯雪峰等人都曾撰文对现实主义与社会主义现实主义做出不同的阐释,其中不乏试图丰富拓展其理论空间的努力,也不乏对其进行质疑与纠正,而这些也都构成了中国现实主义发展的重要组成部分。

众所周知,从左翼文学开始,中国的马克思文艺理论建设始终笼罩在苏联的"阴影"中亦步亦趋。1930年代,苏联提出"社会主义现实主义"口号的第二年,"社会主义现实主义"便开始在中国文艺界传播。《艺术新闻》《文学》《国际每日文选》《文艺科学》《文艺群众》等刊物陆续刊发了与口号相关的文章,介绍苏联方面的发展动态。与一些译介者的热情相比,左翼文艺界的反应相对谨慎。周扬的态度代表了左翼文学的立场。一方面,他肯定苏维埃文学的新口号"社会主义的现实主义"和"红色革命的浪漫主义"在文学方法论上展开了一个新阶段②,相当于间接默认社会主义现实主义的先进性;另一方面,他认为社会主义现实主义"是有现在苏联的种种条件做基础,以苏联的政治—文化的任务为内容的。假使把这个口号生吞活剥地应用到中国来,那是有极大的危险性的"③。因此,在"两个口号"的论争中,当反对"国防文学"的徐行提出中国当下需要"新兴的社会科学的理论和用这理论所领导的文学,就是我们经常所说的社会主义的现实主义的文

---

① 孟繁华:《中国20世纪文艺学学术史(第三部)》,上海:上海文艺出版社,2001年,第88页。
② 参见周扬《十五年来的苏联文学》,《文学》1933年9月第1卷第3号。
③ 参见周扬《关于"社会主义的现实主义与革命的浪漫主义"——"唯物辩证法的创作方法"之否定》,《现代》1933年第4卷第1期。

第二章 现实主义文学批评的内在建构

学"时①,周扬立即予以批评、反对。熟知苏俄文学的周扬对社会主义现实主义一分为二的评价,既非基于对苏俄文学发展全面的考量,也非对中国文学未来发展的思考,更多是基于中国当时革命现状和政治形势做出的论断。文学理论与批评不但要为文学创作开辟前路,更要用想象与情感的方式为大时代的变革造势,推波助澜。文学、文学批评与政治的互动在文本内外都充满张力,以至构成了文学批评与文学创作最重要的策源动力。所以,当周扬在1952年"改弦易辙",明确"革命的艺术的新方法——社会主义现实主义应该成为我们创作方法的最高准绳"时,也就不能完全在文学内部加以解释。作为新的历史阶段与政治文化的选择,社会主义现实主义的确立无可避免地带有强烈的政治信号意味,也正因为此,埋下了日后被更激进更"革命"的口号替代的伏笔。

1952年12月,周扬在写给苏联《旗帜》的约稿中传递了这样的信息:"追踪在苏联文学之后,我们的文学已经开始走上了社会主义现实主义的道路;我们将在这个道路上继续前进。"②1953年9月,在第二次文代会上,周扬正式宣布:"我们把社会主义现实主义方法作为我们整个文学艺术创作和批评的最高准则",《讲话》以后,我们的文学艺术是"社会主义现实主义的文学艺术"。③ 随着理论框架的重新确立,周扬对刚刚过去的五四新文学的性质以及鲁迅的文学史评价都发生了变化。鲁迅的文学创作被纳入社会主义现实主义的范围内,"成为社会主义现实主义的伟大先驱者和代表者";而"正如中国新民主主义革命是无产阶级社会主义世界革命的组成部分一样,中国人民的文学也是世界社会主义现实主义文学的组成部分"。④ 这与20世纪三四十年代周扬对两者的评价有着鲜明的差别——当时把五四新文学的主脉称为"革命现实主义"或"新民主主义现实主义"文学,鲁迅被称为"一个伟大的民主主义现实主义者"。在第二次文代会上,茅盾也旗帜鲜明地把"社会主义现实主义"作为对中国作家的基本要求,强调"一个社会

---

① 徐行:《我们现在需要什么文学》,《新东方》1936年第1卷第3期。
② 周扬:《社会主义现实主义——中国文学前进的道路》,《人民日报》1953年1月11日。
③ 同上。
④ 同上。

主义现实主义作家必须要求自己善于觉察出生活发展的方向和新事物的萌芽,善于从革命发展中去表现生活;一个社会主义现实主义作家的职责正是必须要把在今天看来还不是普遍存在,然而明天必将普遍存在的事物,加以表现"①。至此,"社会主义现实主义"无论是作为艺术创作的方法,还是作为作家世界观的导引方向,在中国都取得了无可置疑的地位。"社会主义现实主义从这一时代起,就成为可以整合各种理论的权威语码,它不只是一个系统理论,而且是一个评价尺度,它君临一切的意志也具有了不容挑战的合法性保证。"②

虽然周扬、茅盾、冯雪峰等理论大家都对社会主义现实主义作出了积极、肯定的评价,1950年代革命文艺也涌现出一些成果,但总体上来说,作家普遍感受到口号对创作的束缚,感性艺术形象与抽象政治理论之间的矛盾、政治标准与艺术标准的平衡问题、艺术自律与理论要求之间的协调,都是作家在创作中切实面临的困境,对于创作自由的渴望与要求也从来没有平息过,一有时机就会冒出来。20世纪五六十年代的文艺理论与批评就是在这样尴尬的形势下展开的。事实上,当社会主义现实主义在1930年代译介到中国时,已经有人注意到了其中存在的问题。著名翻译家耿济之在介绍1935年苏联文学时表达了对社会主义现实主义的批判性思考。他认为,由于新口号的提出,苏联作家的思想已被疏导到一条名为"社会主义写实"的"唯一的巨流"中去了,批评家们则只用一根相同的"御制"的尺子来估计和衡量一切作品,而这就不免导致文学创作的"主题与题材太狭窄""千篇一律"乃至"枯涸"。③耿济之的确言中了口号带给苏联文学的弊端,而这些问题恰恰也是"社会主义现实主义"带给当代文学的桎梏与束缚。可惜的是,这种空谷足音在被激进的革命理念充斥的时代并没有得到理性的重视。

1956年,随着苏联文艺界的"解冻"和国内政治形式的调整,文学界迎来"百花时代",出现了一批"干预生活"、直面矛盾的作品,文艺报刊上

---

① 茅盾:《新的现实和新的任务》,《人民日报》1953年10月10日。
② 孟繁华:《中国20世纪文艺学学术史(第三部)》,第93页。
③ 耿济之:《1935年苏俄文坛的回顾》,《文学》1936年第6卷第2号。

第二章 现实主义文学批评的内在建构

刊发了一些比较直接尖锐的言论,关于"现实主义"也有相当大胆的言论发表,其中秦兆阳(何直)①的《现实主义——广阔的道路》与周勃②的《论现实主义及其在社会主义时代的发展》在当时产生了强烈的反响。

秦兆阳的文章开宗明义,提出了现实主义的原则和标准的问题。他认为,作为一种在文学实践中形成的创作方法,现实主义存在的前提是"人们在文学艺术创作的整个活动中,是以无限广阔的客观现实为对象,为依据,为源泉,并以影响现实为目的;而它的反映现实,又不是对于现实作机械的翻版,而是追求生活的真实和艺术的真实"③,在此基础上建立了他的现实主义的标准:"当它反映客观现实的时候,它所达到的艺术性和真实性、以及在此基础上所表现的思想性的高度","思想性和倾向性,是生存于它的真实性和艺术性的血肉之中的"④。在这样的艺术标准中不难发现,"真实性"是秦兆阳理解的现实主义的核心与关键所在,虽然政治性、思想性也被提及,但是被置放于"真实性和艺术性"的内在要求上看待,而不是凌驾其之上。从纯粹的文学理论范畴看,真实性与现实主义几乎是一个硬币的两面,具有天然的联系,而秦兆阳对这个看似不证自明的问题如此强调显然自有深意,针对的正是社会主义现实主义的规范与限定。

在苏联作家协会章程中,对社会主义现实主义做出了经典的表述:"作为苏联文学与苏联文学批评的基本方法,要求艺术家从现实的革命发展中真实地、历史地和具体地去描写现实。同时,艺术描写的真实性和历史具体性必须与用社会主义精神从思想上改造和教育劳动人民的任务结合起来。"⑤这也是社会主义现实主义引入中国后被广泛使用

---

① 秦兆阳(1916—1994),湖北黄冈人。作家、编辑家。历任《文艺报》执行编委、《人民文学》副主编、人民文学出版社副总编、《当代》主编。著有短篇小说集《农村散记》,长篇小说《在田野上,前进!》《大地》,论文集《文学探路集》。
② 周勃(1932—2022),湖南湘阴人。曾供职于中国作协创委会、《长江文艺》杂志社、武汉市文联、湖北大学。1956年先后发表的《略谈形象思维》和《论现实主义及其在社会主义时代的发展》曾在文坛引起较大反响,但也因此受到批判。专著有《永恒的困扰——文艺与伦理关系论纲》《文学思存集》。
③ 秦兆阳:《现实主义——广阔道路》,《人民文学》1956年第9期。
④ 同上。
⑤ 曹葆华:《苏联文学艺术问题》,北京:人民文学出版社,1953年,第13页。

的定义。在这样的表述中,虽然保留了"艺术真实",但要求在"革命""发展中""历史地"对如何"真实"加以严格的限制与引导,而"社会主义精神"无疑是从政治性上规约了艺术真实的可能尺度和方向。分析"社会主义现实主义"词语结构,"社会主义"虽然只是"现实主义"的修饰词,但却无可置疑地规定了现实主义反映生活的方式,那就是通过肯定、歌颂生活、塑造新人、英雄,传递乐观主义的革命精神。看似合理的把政治意识形态与文学创作方法结合在一起的口号,在文学实践和文学批评中却遇到质疑,粉饰生活、无冲突论、教条主义、创作公式化等批评声不绝于耳,而文艺界曾经寄予社会主义现实主义的期许——保证作家的主体个性、风格多样、选择自由——都消融在政治性的强制规范中。社会主义文学如何处理文学、现实与政治三者之间的关系,成为现实主义是否真正"广阔"的关键所在。这也是秦兆阳的文章所要处理的真正问题。

针对"社会主义现实主义"定义中"艺术描写的真实性和历史具体性必须与用社会主义精神从思想上改造和教育劳动人民的任务结合起来"一句,秦兆阳用大量篇幅进行了层层辨析,质疑了"社会主义精神"与艺术结合的合理性。毋庸置疑,定义中的"社会主义精神"既指意识形态的政治倾向性,也包括作家的政治立场和世界观。作为意识形态的指向,如果"社会主义精神"是以抽象观念的形式"外在"于现实生活的,那么,强硬地把这种观念灌注于作品中,"其结果,就很可能使得文学作品脱离客观真实,甚至成为某种政治概念的传声筒"①。而作为作家的政治立场和世界观,"社会主义精神"必然是存在于作家的主观世界中的,它在作家观察、认识和表现世界的过程中必然伴随着形象思维起到能动性指导作用。这种指导性是和作品的内容有机结合在一起的,同时也是与作家对世界的真实反映结合在一起的,所以"无须乎在艺术描写的真实性之外再去加进或'结合'进一些什么东西去的"②。在现实主义经典理论中,"艺术描写的真实性和历史具体性"、典型性

---

① 秦兆阳:《现实主义——广阔道路》,《人民文学》1956 年第 9 期。
② 同上。

与思想性三者是密不可分的。"现实主义文学本来是将文学描写的艺术性、真实性、思想性,与典型问题和典型化的方法紧密地有机地溶合在一起的。"① "艺术描写的真实性和历史具体性"反映在创作方法上表现为"典型环境中的典型性格"原则;"典型"是文学思想性的艺术载体。如果"艺术描写的真实性和历史具体性"与"社会主义精神"(思想性)是互为独立存在的,那么,它与"典型"也可能是分离的。这显然与恩格斯关于现实主义的经典表述相矛盾。

秦兆阳之所以对"社会主义精神"与"真实性"的关系如此执着,一方面是针对当时教条主义在文艺界盛行,为了配合任务、政治宣传,文学创作中充斥着大量概念化、公式化、歌颂类的作品,"复杂万状的现实生活和生动的创作规律"被"简单化图解化"②,当时身为文学编辑的秦兆阳显然对文坛现状充满忧虑和不满;另一方面也是质疑了政治意识形态对文学的过度干涉,力图通过对真实性的强调,部分恢复现实主义文学的批判性、作家创作的自由和主体性。在此,秦兆阳的理论认同重新回到了恩格斯的经典现实主义理论的道路上,试图通过"真实性"和"典型性"抵御政治意识形态对现实主义的干预。

秦兆阳对社会主义现实主义的质疑无疑是受到西蒙诺夫的启发。在第二次全苏作家代表大会上,西蒙诺夫指出,"社会主义现实主义"定义中,"要求艺术家从现实的革命发展中真实地、历史地和具体地去描写现实"是正确的,但要求"艺术描写的真实性和历史具体性必须与用社会主义精神从思想上改造和教育劳动人民的任务结合起来"并不准确,"好像真实性和历史具体性能够与这个任务结合,也能够不结合;换句话说,并不是任何的真实性和任何的历史具体性都能够为这个目标服务的"③。因此,他要求把后者从定义中删除。没过多久,西蒙诺夫对"社会主义现实主义"的纠正,随着第三次苏联作家代表大会的向"左"转而失败。社会主义现实主义在中国的命运与苏联极其相似,

---

① 秦兆阳:《现实主义——广阔道路》,《人民文学》1956年第9期。
② 同上。
③ 同上。

在短暂的"百花时代"后被革命政治色彩更浓厚的"两结合"创作方法所取代。由此可见,对现实主义理论阐释的出发点从来不是单一的文学方法的演变,而是为特定历史阶段的意识形态的要求所决定,这也是其演变、发展最强大的动力。

秦兆阳的真实论在当时显然具有挑战主流、构成"异端"的意味,作者本人也因此遭到长达半年之久的批判,随后被打为"右派"二十年。但是,如果把秦兆阳的观点与主流观点等量齐观,不难发现,虽然双方有着显而易见的分歧,却也同时秉持着相同的问题视野和思维结构。首先,双方有着几乎相同的理论视野,文学与政治、歌颂与暴露、典型的个性与共性、真实性与倾向性是双方共同的问题着眼点。虽然秦兆阳质疑社会主义现实主义,对教条主义、公式主义有诸多不满,但他却并不反对文学的政治性、倾向性,不反对文学为政治服务。后者甚至构成了秦兆阳文学观的基点之一。当时以周扬为代表的主流观点认为真实性、典型只有与倾向性、本质相联系才能成立,而秦兆阳更强调在尊重艺术内在规律基础上达到真实性,体现倾向,塑造典型。另外,周扬、秦兆阳一代人对文学有着相同的认知。周扬与秦兆阳都把文学上升到"经国之大业"的高度,认为文学与建构民族、阶级主体性等重大问题相联系,他们在面对文学时的谨慎与紧张与今天已不可同日而语,这也决定了他们在不同的历史语境中立场既有偏差又有"重合"。①"百花时代"秦兆阳质疑的是以周扬为代表的主流观念,但是在胡风事件中,面对同样视教条主义为"刀子""棍子"的胡风时,秦兆阳也曾重语批判,这与周扬并无不同。同样,周扬在胡风事件后,立场上也向胡风倾斜。当时的胡风被定为阶级敌人,也理所当然地成为周、秦共同的敌人。历史的兜兜转转、人事的微妙复杂,在文学与政治间浮沉游走,时而平行时而背离。

稍后,周勃的《论现实主义及其在社会主义时代的发展》对秦兆阳的"真实论"予以回应。对于社会主义现实主义,秦兆阳虽有质疑但绝非全盘否定,更希望在现实主义的艺术规范内加以改善,周勃则拒绝承

---

① 参见李云雷《秦兆阳:现实主义的"边界"》,《文学评论》2009年第1期。

认其存在的必要。周勃认为,随着历史时代的发展变化,文学表现的内容也在丰富发展中,但是现实主义作为一种创作的方法却没有什么变化,因为作为"艺术创作丰富的经验积累的结晶",体现的是艺术创作的普遍规律,所以,"从这个意义上讲,前社会主义时代的现实主义与社会主义时代的现实主义在创作方法上是没有也不可能有什么区别的。因此,社会主义时代的现实主义即令是时代如何变化,艺术创作的某些条件如何改变,但作为创作方法,是不必摒弃过去的足以概括现实主义的创作方法的特殊规律的原则,而去另外制定别样的原则的"。①这也相当于委婉地否认了社会主义现实主义的合理性和必要性,甚至只使用"社会主义时代的现实主义"称呼。

对于现实主义与"真实论",周勃持比秦兆阳更为开放、宽容的态度。周勃认为,如果文学的目的是表现"真实",那么只要能达到这个目的,不必拘泥于何种文学方法、何种艺术规则,更不必将新旧现实主义分出高低上下。换而言之,如果能达到"真实"的目的,即便使用非现实主义的方法也无可厚非。因此,"以现实主义去包括或代替其他文学流派,事实上是没有充分的估计到艺术创作规律的独特性,是把马克思主义唯物主义的反映论所包括的艺术反映现实并影响现实的总的命题与现实主义艺术创作的反映现实完全等同起来",以"主流"(现实主义)淹没"支流"(其他文学流派),抹杀了"丰富多彩、斗艳争妍的文学现象,也忽视了"现实主义本身所具有的独特性和先进性"。② 众所周知,新中国成立后,文学创作方法、文学流派被划分为不同等级,对应着不同政治意识形态,现实主义作为社会主义的创作方法"一统天下","社会主义现实主义的思想基础是辩证唯物主义和历史唯物主义",能够揭示历史的本质,"指出理想的前景",而浪漫主义、现代主义被视为资产阶级的"颓废"文学。此时为浪漫主义等文学流派正言,呼唤文学生态的多样丰富,既需要极大的现实勇气,也体现了批评家的艺术良知。在为其他文学方法争取生存"空间"的同时,周勃对现实主义

---

① 周勃:《论现实主义及其在社会主义时代的发展》,《长江文艺》1956 年第 12 期。
② 同上。

的"空间"与"边界"有着理性的认识。出于对文学创作方法的具体性和科学性的认识,他反对无限扩大现实主义的"边界",在肯定现实主义的艺术贡献时,认为"还必须充分的估计到它的创作实践中的特殊规律,即认识它的有别于其他文学流派的内部固有的规定性,这样,我们对现实主义的阐释,才能是具体的,科学的,恰切的,而不是空洞的,抽象的,教条主义的。这样,同时也才有助于我们对其他文学流派的认识,从而真正地揭示出文学艺术创作中的复杂现象"①。敢于直言现实主义的具体性和局限性,在当时无疑是非常大胆的。

1958年,茅盾在长文《夜读偶记》中梳理了中西方文学思潮发展演变历程,并在此基础上确认社会主义现实主义是一种崭新的创作方法:

> 社会主义现实主义创作方法体现着理想与现实的结合,也体现着革命浪漫主义和现实主义的结合。而所以有此可能,就因为社会主义现实主义的思想基础是辩证唯物主义和历史唯物主义。也就是在这一点上,说明了社会主义现实主义虽然继承了旧现实主义的传统,却完全是一种新的创作方法,因此,认为毋须另立新名(社会主义现实主义)而只要称为"社会主义时代的现实主义"就可以了的说法,是错误的;因为它抹煞了旧现实主义和社会主义现实主义这两种创作方法的思想基础的迥然不同,也模糊了社会主义现实主义的鲜明的阶级性和政治原则。②

茅盾的论断带有对1956年以来关于"社会主义现实主义"的讨论总结的性质,并重新回到了第二次文代会确认社会主义现实主义是中国文艺创作和批评的最高准则的思路上。

回顾社会主义现实主义理论在中国的接受历程,不难发现,从引入之初的争议,到确立之时的全面推广,及至"百花时代"有限度的反思,意识形态和政治的策略需求是造成这种犹豫反复接受态度的一个重要原因。社会主义现实主义虽然是作为一种文学创作的方法被引入中国,但对其阐释一直都是在政治的范畴内确立其权威性,而作为艺术

---

① 周勃:《论现实主义及其在社会主义时代的发展》,《长江文艺》1956年第12期。
② 茅盾:《夜读偶记》,《文艺报》1958年1月起第1、2、8、9、10期连载。

创作方法的讨论几乎没有更新鲜的呈现。

二 围绕赵树理方向的文学批评

赵树理①是"十七年"文学中一个"特殊"的存在。在度过了延安时期与革命文学的"蜜月期"后,进入共和国后,赵树理对农村现实的认识、对现实主义文学的理解都与主流发生了"偏差"。文艺界对赵树理的评价也在肯定/否定之间摇摆,从"赵树理方向"到"缺点"不断被"发现",从"现实主义深化"时期再次获得肯定,到"文革"前夕被批判、打倒,赵树理文学与文学批评一起折射了当代文学发展历程中的不确定性。

1943年,赵树理的小说《小二黑结婚》②《李有才板话》③出版,故事通俗易懂,语言简单直接,人物形象清晰明了,借鉴了民间传统文艺的表现形式。小说发表后,不但"受到太行区广大群众的热烈欢迎,仅在太行区就销行达三四万册",更受到周扬、陈荒煤、茅盾、郭沫若的重视。周扬在《论赵树理的创作》中评价他是"一位具有新颖独创的大众风格的人民艺术家"④,"是毛泽东文艺思想在创作上实践的一个胜利"⑤;陈荒煤⑥最早提出"赵树理方向",将其创作作为"我们的旗帜"⑦;茅盾称赵树理文学"标志了进向民族形式的一步"⑧。在赵树理之前,只有鲁迅受到过

---

① 赵树理(1906—1970),原名赵树礼,山西沁水县尉迟村人,中国现代小说家。其作品反映了1930—1960年代太行地区的农村生活,形式上借鉴民间文艺的技巧,具有浓厚的乡土气息,形成通俗易懂、老百姓喜闻乐见的大众风格,开创的"山药蛋派"是中国现当代文学史上影响深远的文学流派。代表作品有《小二黑结婚》《李有才板话》《锻炼锻炼》《三里湾》等。"文革"中被迫害致死。
② 1943年华北新华书店出版。
③ 1943年12月华北新华书店出版。
④ 周扬:《论赵树理的创作》,《解放日报》1946年8月26日。
⑤ 同上。
⑥ 陈荒煤(1913—1996),原名陈光美,湖北襄阳人,出生于上海。文学评论家、作家。新中国成立后历任中央电影局副局长、局长,文化部副部长、中国社会科学院文学研究所副所长、《文艺报》副主编,中国文联党组副书记等职。著有短篇小说集《忧郁的歌》《在教堂里唱歌的人》,论文集《为创造英雄人物的典型而努力》,电影文学评论集《解放集》《回顾与探索》《攀登集》等。
⑦ 陈荒煤:《向赵树理方向迈进》,《人民日报》1947年8月10日。
⑧ 茅盾:《关于〈李有才板话〉》,《解放日报》1946年11月2日。

左翼文艺界如此高的赞誉,但在小说出版前,赵树理在延安知识界并没有得到认同,甚至有点遭到冷遇,《小二黑结婚》能够出版还是因为彭德怀的推荐。① 但如果把赵树理放到 1942 年毛泽东发表《讲话》的大背景下,这种冰火两重天的境遇变化也就不难解释了。

《讲话》明确了文学发展的"工农兵"方向、文学为政治服务以及"政治标准第一,艺术标准第二"的文学批评标准,固然带有强烈的政治意图,是毛泽东基于战争特殊性作出的思考,但也是毛泽东以战略眼光构建社会主义文化蓝图中重要的一部分。文学与革命相呼应是左翼文学历来的传统,革命理论为革命文学提供思想资源,革命文学用形象的方式印证革命理论。《讲话》发表后,延安文艺界急切需要通过文学实践为《讲话》夯实"根基"。正是在这种历史背景下,赵树理"被选择"纳入《讲话》的思想体系中加以阐释,而曾经被知识分子作家诟病的通俗化创作方法也就顺理成章地作为"大众化""民族化"的典范予以肯定。因此,1940 年代赵树理文学批评的出发点和落脚点大都围绕着《讲话》的思路展开,大众化、阶级斗争、为政治服务成为解读赵树理的核心关键词。李大章对《李有才板话》的肯定是作者站在"大众化""通俗化"的立场,用"阶级分析的观点和方法",表现"政治生活的横断面"②,不足之处是"对于新的制度,新的生活,新的人物,还不够熟悉","对马列主义学习的不够,马列主义观点的生疏"。周扬从阶级斗争的角度评价《小二黑结婚》等三部小说,反映了"农村中的伟大的变革过程"。茅盾则认为作者"爱憎极为强烈而分明","他站在人民的立场",肯定了"农民之坚强的民族意识及其恩仇分明的斗争精神";《李家庄的变迁》体现了"'整风'运动对于一个文艺工作者在思想和技巧的修养上会有怎样深厚的影响"③。陈荒煤对赵树理文学的概括为这一时期的文学批评主线做了总结:政治性强、"民族新形式""革命功利主义"④。

---

① 参见杨献珍《〈小二黑结婚〉出版经过》,《新文学史料》1982 年第 3 期。
② 李大章:《介绍〈李有才板话〉》,《华北文化》1943 年革新第 2 卷第 6 期。
③ 茅盾:《谈〈李家庄的变迁〉》,《文萃》1946 年 10 月号。
④ 陈荒煤:《向赵树理方向迈进》,《人民日报》1947 年 8 月 10 日。

赵树理文学的民族化风格有目共睹,但与政治、革命的关系却需要进一步辨析。有感于"新文学的圈子狭小"、与大众的隔阂,赵树理很早就立志于创作"文摊"文学,"写些小本子夹在卖小唱本的摊子里去赶庙会,两三个铜板可以买一本,这样一步一步地去夺取那些封建小唱本的阵地。做这样一个文摊文学家,就是我的志愿"。① 通过通俗易懂的"文摊"文学把现代文明理念渗透到农村中,实现中国农村的现代变革,这是赵树理文学的主旨,也是赵树理文学最原初的"政治性"和"功利性",同时也隐含着一种不同于五四的启蒙意图。"启蒙"与"政治"在赵树理文学中以一种特殊的方式交织在一起。因此,无论是《小二黑结婚》对农村封建思想的嘲讽和对新政权、新理念的赞扬,还是《李有才板话》对敌后根据地政权中负面问题的揭露,赵树理文学对政治革命的肯定都是建立在农村日常生活细节、农民喜怒哀乐层面上的"小叙事",传统乡土伦理道德并不必然依附于政治革命而具有天然的合法性,乡土是先于革命的空间存在。这与《暴风骤雨》《太阳照在桑干河上》有着明显的不同,后者是被革命意识形态推动的"大叙事",农村作为革命的对象,只有在政治革命的框架内被呈现才具有合法性。五四以来,乡土在新文学中"面目模糊"。在启蒙视野中,乡土是保守、野蛮的封闭空间,滋生了农民精神上的愚昧、麻木与冷漠。"在现代民族国家间的霸权争夺的紧迫情境中极力要'现代化'的新文化倡导者们往往把前现代的乡土社会形态视为一种反价值。"②而延安文学则建立了一种全新的乡土的"健康"的生命力,"'五四'以来主导文坛的暗淡无光、惨不忍睹的乡土表象至此为之一变"③,取而代之的是明朗、活泼、朴素的乡土情调,朝气勃勃的乡村景象和热情、觉醒的农民形象。两种话语体系建构了乡土中国的两副不同面孔,但背后的思维逻辑是一样的——乡土是被现代知识话语体系"照亮"的存在。与此相反,赵树理文学中的乡土世界是"本质"性的,它的善恶喜怒、生老病死、人情

---

① 李普:《赵树理印象记》,《长江文艺》1949年创刊号。
② 孟悦:《〈白毛女〉演变的启示》,《今天》(香港)1993年第1期。
③ 同上。

世故中自有超然于现代知识体系之外的文化根脉、价值取舍。赵树理文学就这样横亘在"启蒙"与"革命"这两座现代中国最重要的知识"高峰"中间。在1940年代的文化语境中,赵树理文学的这种复杂性显然无法纳入《讲话》的范围内,自然也不是批评家所关注的,倒是若干年后,郭沫若①还原了赵树理文学的本来面目,"这是一株在原野里成长起来的大树子,它扎得很深,抽长得那么条畅,吐纳着大气和养料那么不动声色地自然自在","当然,大,也还并不敢说就怎样伟大,而这树子也并不是豪华高贵的珍奇种属,而是很常见的杉树桧树乃至可以劈来当柴烧的青杠树之类,但它不受拘束地成长了起来,确是一点也不矜持,一点也不炫异,大大方方地,十足地,表现了'实事求是'的精神"。②郭沫若回避了"十七年"文学批评中流行的理论词汇,用文学化的语言客观描摹,既没有理论拔高,也没有贬抑其趣,显示了史学家的眼光。

在1940年代的政治文化语境中,短短几年,左翼文艺界已经完成了赵树理的"经典化"。第一次文代会前后出版的大型丛书中,赵树理同时进入代表解放区文学成绩的《中国人民文艺丛书》和代表1942年以前重要作家作品的《新文学选集》,再次凸显了确立赵树理"地位"的急迫。在迅速经典化的过程中,赵树理文学中与《讲话》之间契合的一面被强化,而"不和谐"的一面却未遭到过多苛刻的批评,如人物谱系中新人形象单薄,对革命中个人主义、官僚主义的批判,这显然与《讲话》的期待尚有差距。这一方面反映了当时文学规范对文学的批判性尚留有一定的空间;另一方面,这些问题或被解释为"对马列主义学习的不够",或被视为革命的"对象",是革命发展中的问题,将被逐渐克服,而得到宽容处理。总之,批评界并未从作家精神资源、创作立场、情

---

① 郭沫若(1892—1978),原名郭开贞,字鼎堂,号尚武。四川省乐山人。中国现代文学家、史学家、考古学家、社会活动家。现代新诗、历史剧、唯物史学的开创者,中国现代百科全书式学者。青年时代留学日本,先学医,后从文,归国后投身于社会革命运动、无产阶级文学运动,并从事文学创作。新中国成立后,曾任中央人民政府委员、国务院副总理兼文化教育委员会主任、中国科学院院长、中国文联主席、中国科技大学校长等职。一生著作等身,有新诗集《女神》、历史剧《屈原》等,作品编成《郭沫若全集》38卷。

② 郭沫若:《读了〈李家庄的变迁〉》,《文萃》1946年第49期。

第二章　现实主义文学批评的内在建构

感倾向上对此予以更深层的揭示。倒是周扬对赵树理的另一种表述意味深长,"他没有站在斗争之外,而是站在斗争之中,站在斗争的一方面,农民的方面,他是他们中间的一个。他没有以旁观者的态度,或高高在上的态度来观察农民","在描写人物,叙述事件的时候,都是以农民直接的感觉、印象和判断为基础的。他没有写超出农民生活想象之外的事体"。① 如果不穿凿附会地用《讲话》图解这段评价,即便周扬当时是无意识中作出的判断,也不得不承认他目光敏锐。他用平实感性的语言呈现了赵树理文学的某些特质,而这些特质并不是当时主流批评所关心的。赵树理与《讲话》的契合并非刻意为之,而是历史选择了赵树理。他对乡土伦理的认同决定了他处理革命与乡土问题的立场并非向《讲话》看齐,双方既有重合,也有平行。当革命发展有利于农民时,他会欢迎革命;当革命触及农民的利益时,他会站到农民一方,质疑革命。这种立场的"转移"反映在1940年代末出版的《邪不压正》②中,小说"想写出当时当地土改全部过程中的经验教训",对新政权的批判明显比以前的作品更深入。"农民的感觉、印象和判断"即是赵树理自己的立场,也是赵树理眼中的农民的立场,这种双重立场决定了他的文学恒定的品格。这种文学品格和情感立场也决定了他与不断变化的文学规范之间的矛盾。

进入共和国后,文艺界对赵树理作品的态度趋于复杂,一方面它们作为"经典"继续被推崇;另一方面,它们的"缺点"被逐渐发现,并被批判性对待。时而被批评作品"本质化""经典化"不够,时而被树立为坚守现实主义的典范。"犹豫不决"的批评与文艺政策的摇摆密切相关。郭沫若曾用"有经有权"评价《讲话》,经即经常之道理,权即权宜之计。因此,《讲话》所建立的文学规范和文学方向,一部分必然会随着时代的演进而变化,一部分则作为社会主义文学的恒久品格而保留下来,变化的是越来越严格的"本质化"的要求尺度,不变的是建构纯粹、乐观、单一的社会主义文化。第二次文代会上,社会主义现实主义被确立为

---

① 周扬:《论赵树理的创作》,《解放日报》1946年8月26日。
② 1948年11月太岳新华书店初版。

文艺主潮,"倾向性""思想性"成为评价文学作品的主要标准。也正是在这种文学规范的衡量下,赵树理的"缺点"凸显出来。

1955年,赵树理的长篇小说《三里湾》①出版,是第一部反映农业合作化运动的长篇小说。小说以三里湾的秋收、扩社、整风和开渠为线索,通过王金生、范登高、马多寿、袁天成四个家庭在扩社过程中的不同立场和态度,反映了农业合作化运动的复杂性,展现了新中国成立后农村各阶层人们的精神面貌。小说在艺术风格上与新中国成立前作品保持一致,故事性强,语言幽默机智,叙事上借鉴传统说书的手法,但出版后,批评界的态度却经历了"先扬后抑"的转折,而且批评性意见与社会主义现实主义的"倾向性""思想性"密切相关,显然比肯定意见性质严重。批评者认为,小说对"无比复杂和尖锐的两条路线的斗争"发掘得不够深入,看不到"富农以及被没收土地后的地主分子的破坏活动",没有"把这场严重的阶级斗争的艰巨性和尖锐性更广阔而充分地展示出来"②;人物创造上,先进人物"还有些逊色",不如"落后人物""写得活",作者没有让先进人物(王金生)思想"站得比现在的样子更高一些"。周扬虽然肯定了作品"描写了农村中社会主义先进力量和落后力量之间的斗争",但"对矛盾冲突的描写不够尖锐、有力,不能充分反映时代的壮阔波澜和充分激动读者的心灵","农民中的先进人物的形象上也显然染上了一些作者主观的理想的色彩,而并没有完全表现出人物的实在的力量"。③ 更有批评者从主题、人物、艺术技巧等方面逐条对小说提出批评,主题未能全面反映合作化运动;人物思想性、党性、斗争性不强;艺术技巧上,没有"通过尖锐而炽热的政治斗争、阶级斗争与群众运动去表现"人物。④ 事实上,比较赵树理新中国成立前后的创作,虽然在内容上因为时代的变迁而有所区别,但是艺术风格、叙事立场、情感态度上几乎没有变化,对社会运动、人事纠葛的判断依

---

① 1955年在《人民文学》第1至4期连载,5月由通俗读物出版社出版。
② 俞林:《〈三里湾〉读后》,《人民文学》1955年7月号(第7期)。
③ 周扬:《建设社会主义文学的任务——在中国作家协会第二次理事会议(扩大)上的报告》,《文艺报》1956年第5、6期。
④ 王中青:《谈赵树理的〈三里湾〉》,《人民文学》1958年第11期。

然限定在乡土伦理秩序的范畴内,以朴素的"经验""亲历"为根基,坚持反映"本真""原始"的农村生活状态,而不是站在更"高级"的社会主义现实主义的立场"俯视"农村。因此,赵树理文学中建立在民间生活、民俗民情上的乡土想象,不但与社会主义现实主义的倾向性、思想性无法吻合,更与"十七年"文学宏大的"史诗性"艺术追求背道而驰。不变的赵树理与激变的文学规范也由 1940 年代的"契合"变得摩擦不断,几乎是历史的必然。《讲话》推出时,一个重要意图是告诫知识分子转变立场,赵树理方向就是当时的方向,进入共和国之后,知识分子在努力适应改变,赵树理却没有意识到自己也是需要做出改变的那一个,否则依然会"落伍"。

1958 年,赵树理发表《"锻炼锻炼"》①,再一次引起批评界的争议,《文艺报》以"如何反映人民内部矛盾"为题,组织对作品的讨论。武养的文章《一篇歪曲现实的小说——〈"锻炼锻炼"〉读后感》认为,小说中"小腿疼""吃不饱"并不是"农村妇女的真实写照";作为"党的政策的具体执行者",领导干部"单人匹马作战",没有"发动和组织群众进行鸣放辩论","大是大非"问题上"不执行党的指示","这样描写社干部和解放了的农村妇女,的确是一种污蔑"。作者对此"给予极大的支持和同情","与其说作者在歌颂这种类型的社干部,倒不如说是对整个社干部的歪曲和污蔑"。② 王西彦③针对武养的批评逐条予以驳斥,肯定作品对"小腿疼"和"吃不饱"的"生动细致的刻画"是成功的;先进分子只占少数,描写生活里面萌芽状态的新事物、新因素,那自然更不能要求大多数了;对领导干部的塑造是"按照生活实际去刻画有个性的活人",而不是"按照党章或团章的各项要求去编造理想人物";作者在反映消极现象上的立场是"把它反映出来,给以批评和讽刺,使它

---

① 《"锻炼锻炼"》首发于 1958 年《火花》8 月号。
② 武养:《一篇歪曲现实的小说——〈"锻炼锻炼"〉读后感》,《文艺报》1959 年 7 月号。
③ 王西彦(1914—1999),原名正莹,浙江义乌人。作家、文学批评家。1930 年代上大学期间开始文学创作,抗战爆发后,做过编辑、教学等工作。曾任中国作协上海分会副主席。主要从事文学创作和文学评论工作。著有长篇小说《古屋》《寻梦者》《神的失落》《微贱的人》《春回地暖》《在漫长的路上》,短篇小说集《悲凉的乡土》《两姐妹》,"文革"回忆录集《焚心煮骨的日子》,散文集《暮钟》等。

更快地被克服",而非"暴露黑暗"①;并对轻率粗暴的批评风气提出批评。唐弢②也"替赵树理同志感到不公平","'小腿疼''吃不饱'、杨小四这些人物都写得很好",人物性格与人物行动方式相匹配;同时对文学批评中对"艺术作品"的讨论集中在"工作方法"上,感到不满。③ 肯定与批评双方的分歧是"真实性"与"倾向性"的对立。王西彦和唐弢更倾向于现实主义原则,坚持从生活经验出发,尊重人物的个性。武养则坚持社会主义现实主义的立场,要求文学从"发展"角度表现生活中的"正面",强调"思想性"在文学中的指导地位。

对于新中国成立后持续不断的批评压力,赵树理并不能认同。虽然他在不同场合、文章中曾予以回应,也"检讨"了创作中一直存在的"缺点",但从未动摇对自己文学观念的坚持。赵树理"检讨"《三里湾》的缺点包括:"重事轻人",没有"突出几个有代表性的人物";"旧的多新的少","对旧人旧事了解得深,对新人新事了解得浅,所以写旧人旧事容易生活化,而写新人新事有些免不了概念化";"有多少写多少","按常规应出现的人和事"就省略了。同时他承认"这三个缺点,见于我的每一个作品中"④,可以看作是对新中国成立后创作普遍性的总结。对于这些"缺点",赵树理的解释是:"文艺作品不是百科全书,不必篇篇都要写上个支部书记"⑤;合作化运动中,"有社会主义思想觉悟的人"和"有资本主义思想觉悟的人"并"不像打仗或者走路那样容易叫人看出个彼此来"⑥,农民思想上的"资本主义"倾向"不是很容易

---

① 王西彦:《〈"锻炼锻炼"〉和反映人民内部矛盾》,《文艺报》1959 年第 10 期。
② 唐弢(1913—1992),原名唐端毅,字越臣,浙江镇海人。文学家、文学理论家、鲁迅研究家、文学史家。少年因家贫辍学,依靠自学走上文学道路,创作大量散文、杂文,因文风相似而与鲁迅结识,受到鲁迅的影响而从事左翼文艺运动。1938 年参加《鲁迅全集》的编辑、考订工作,是鲁迅研究的权威学者。新中国成立后,由文学创作转向文学研究领域。在文学史研究、史料、史论方面均有很高建树。1980 年代,与严家炎共同编写《中国现代文学史》(三卷本),在学界影响深远。代表著作还有《推背集》《鲁迅全集补遗》《鲁迅全集补遗续编》《晦庵书话》《中国现代文学史简编》。
③ 唐弢:《人物描写上的焦点》,《人民文学》1959 年 8 月号。
④ 赵树理:《〈三里湾〉写作前后》,《文艺报》1955 年第 19 期。
⑤ 赵树理:《当前创作中的几个问题》,《火花》1959 年 6 月号。
⑥ 赵树理:《和读者谈〈三里湾〉》,《文艺报》1962 年第 10 期。

消灭的"①;"富农在农村中的坏作用,因为我自己见不到不具体就根本没有提"②,"好像凡是写农村的作品,都非写地主捣乱不可"。③ 这种解释背后隐藏的是赵树理对乡土伦理秩序持久影响的认同,对建立于生活经验上的文学观念的坚持,也相当于委婉地拒绝了批评声音,更拒绝了当时主流文学规范限定的两条路线斗争、突出新人、强调党的领导作用等政治性条条框框,赵树理将此比喻为束缚作家创作的"套子"。

新中国成立后,农村题材文学在表现农民、农村生活时要求凸显"新"的特质,新人、新事、新变化,而赵树理文学中的农村生活则显得"波澜不惊""不疾不徐","新人不新,旧人不旧",变化也是"渐进""缓慢"的,最成功的人物:"能不够""糊涂涂""小腿疼""吃不饱",更与"三仙姑""二诸葛"一脉相承。赵树理显然不接受意识形态理论对农村生活结构、农民精神气质的划分,而是从乡土文化自身的特性解释农村。与身份、阶级、政治立场等"外在"属性相反,个体的文化背景、性格、道德是"内在"于人自身的,如果承认性格、文化背景和道德立场的形成是渐进的、缓慢的,是多方面作用力的结果,那么,人物精神状态和思想的转变也就不可能是"一蹴而就""风平浪静"的,尤其是在重大的社会变革中,个人所能理解到的和感受到的往往并不如意识形态期许的那般直接。美国政治学家亨廷顿的观点也许更有助于我们的理解,他认为文化间的差异"作为历史的积淀非短期所能消除,它们比政治意识形态和政治权力间的差异更为根本","因而比政治、经济特征和差异更难协调和变更",个人的政治立场或经济地位可以改变或重新选择,因为它只代表着"你站在哪一方",但人的文化属性更难改变,因为它决定了"你是什么人"。④

赵树理的检讨也没能躲过批判的命运,在反右运动中,他因为在《红旗》杂志上撰文《公社应该如何领导农业生产之我见》,对1957年

---

① 赵树理:《〈三里湾〉写作前后》,《文艺报》1955年第19期。
② 同上。
③ 赵树理:《作家协会创作委员会各组座谈"百家齐放,百家争鸣"发言摘要》,《作家通讯》1956年第6期。
④ 〔美〕亨廷顿:《文明的冲突》,《现代外国哲学社会科学文摘》1994年第8期。

后中共的农村政策提出质疑而受到"内部"批判。到了1962年,对赵树理的评价又再度发生转折。

随着政治经济领域内激进主义的减缓,文学氛围也随之宽松,《文艺八条》重提"百花齐放、百家争鸣",文艺界提出"现实主义深化"的问题。1962年8月,中国作协在大连召开农村题材短篇小说创作座谈会。会上,邵荃麟提出了"中间人物"论、"现实主义深化"等问题,赵树理重新进入"坚持现实主义"的视野中。邵荃麟[①]在会议上肯定了赵树理"对农村斗争的长期性、复杂性、艰苦性有深刻的认识","对农村的问题认识是比较深刻的";生活基础"厚实","对生活的理解、独立思考能力强";前几年对赵树理的创作"估计不足"。[②] 随后,康濯撰文指出:"赵树理在我们老一辈的作家群里,应该说是近二十年来最杰出也最扎实的一位短篇大师。但批评界对他这几年的成就却使人感到有点评价不足似的,我认为这主要是对他作品中思想和艺术分量的扎实性估计不充分。事实上他的作品在我们文学中应该说是现实主义最为牢固,深厚的生活基础真如铁打的一般。"[③]此时对赵树理的再次肯定是对当时文学粉饰生活、回避矛盾,文学批评简单化、教条主义、机械论的纠偏。"十七年"文学批评的主线始终在激进与缓和之间摇摆,对具体文学作品的阐释始终被不同阶段文艺政策所左右,一定程度上是以牺牲文学丰富性、独特性为代价的。

大连会议后不久,全国开展反"单干风""翻案风"运动,《文艺报》发表《关于"写中间人物"的材料》,赵树理因为"翻案"和写"中间人物"而被点名批评:"在这次会议上,邵荃麟同志特别称赞赵树理同志

[①] 邵荃麟(1906—1971),浙江慈溪人。文艺理论家、作家。大学期间开始参加爱国运动,后从事文学创作和文学翻译工作,抗战爆发后,在全国多地参加抗日宣传、抗日文化工作。新中国成立后曾任中国作家协会副主席、主席、党组书记等职。1962年,在大连会议上提出"现实主义深化"、写"中间人物",因此遭到批判。"文革"中遭到迫害,1971年6月10日,不幸于狱中病逝。1979年9月21日得以恢复名誉、平反昭雪。著有小说集《英雄》《宿店》《喜酒》,剧本《麒麟寨》,翻译有《被侮辱与被损害的》《阴影与曙光》等。

[②] 邵荃麟:《在大连"农村题材短篇小说创作座谈会"上的讲话》,《邵荃麟评论选集》上,北京:人民文学出版社,1981年,第398—400页。

[③] 康濯:《试论近年间的短篇小说》,《文学评论》1962年第5期。

的作品。近几年来,赵树理同志的作品,没有能够用饱满的革命热情描画出革命农民的精神面貌。邵荃麟同志不但没有正确指出赵树理同志创作上的这个缺点,反而把这种缺点当做应当提倡的创作方向加以鼓吹。"①大连会议上赵树理被肯定的优点转瞬间又被视为缺点。"文革"爆发,赵树理的创作更被全盘否定。赵树理在文学批评中的起起伏伏是对"十七年"文学批评周折往复最好的例证,呈现了文学激进化过程中多力的互动与博弈,现实主义文学在政治、革命、文学、生活多方构成的怪圈中建构与拆解的诡异衍变。

三　围绕《创业史》《红旗谱》《青春之歌》的文学批评活动

(一)关于《创业史》的讨论

"十七年"文学中,现代文学中的"乡土小说"转向农村题材小说,这种转折回应了茅盾在第一次文代会上对现代乡土小说的检讨——"题材取自农民生活的,则常常仅止于描写生活的表面,未能深入核心,只从静态中去考察,回忆中去想象,而没有从现实斗争中去看农民"。② 茅盾检讨中的臧否已经预示了"未来"农村小说的规范与尺度:以阶级斗争取代乡土伦理,以发展性的"内视角"代替批判性的"外视角"。在这种视阈下,柳青③的《创业史》④被认为是体现了"十七年"农村题材小说最高水平的作品之一,而围绕小说展开的各种批评、争论也

---

① 《关于"写中间人物"的材料》,《文艺报》1964 年第 8、9 期。
② 茅盾:《在反动派压迫下斗争和发展的革命文艺》,《中华全国文学艺术工作者代表大会纪念文集》,北京:新华书店,1950 年,第 55 页。
③ 柳青(1916—1978),原名刘蕴华,陕西省吴堡县人。当代作家。学生时代投身革命活动。1938 年赴延安。新中国成立初期,参与《中国青年报》的创办工作,任编委、副刊主编。1952 年,举家到陕西省长安县(今西安市长安区)皇甫村安家落户,体验生活。著有短篇小说集《地雷》,中篇小说《咬透铁锹》,长篇小说《种谷记》《铜墙铁壁》《创业史》(第一部)、《创业史》(第二部)。
④ 《创业史》是柳青代表作,社会主义现实主义文学代表作品之一。1959 年在《延河》第 4—11 期上连载。小说以农村社会主义改造为背景,以梁生宝互助组的发展为线索,表现了农业合作化过程中两条道路的斗争,以及由其引发的农民思想情感的变化,再现了特定历史时期广大农村的生活风貌,其中人物形象塑造问题曾引起广泛讨论。

呈现了"十七年"文学批评的话语建构方式。

《创业史》1959年在《延河》杂志上连载，1960年6月由中国青年出版社出版单行本，在7月召开的第三次文代会期间，周扬、茅盾等对小说给予高度的评价和肯定，也带给柳青个人极大的声誉。① 在此后的三四年里，关于《创业史》的评论文章常见于全国最重要的政府机关报、主要学术刊物，全国多地组织召开座谈会。当时对小说的关注主要集中在两个方面，一是作品的"史诗性"；二是人物的塑造。

冯牧②是比较早对《创业史》做出评价的重要批评家，他认为小说是一部"深刻而完整地反映了我国广大农民的历史命运和生活道路的作品，是一部真实地记录了我国广大农村在土地革命和消灭封建所有制以后所发生的一场无比深刻、无比尖锐的社会主义革命运动的作品"③；小说主人公梁生宝是"十年来我们文学创作在正面人物塑造方面的重要收获"，是"体现了我们时代的光辉思想和品质的先进人物"④。可以说，冯牧的批评为以后评价《创业史》定下了基调：主题的深刻、内容的广阔、人物的形象，这些也构成了"十七年"文学一直提倡的"史诗性"美学风格，也反映了对"本质化"的高度追求。姚文元在此基础上对作品做了更为"革命化"的阐释："一、作品正确地从某一个方面反映了时代主要的阶级矛盾，揭露了这种矛盾的实质，指出斗争的发展前途，并且用革命的理想照亮了这种前途。二、作者站在革命阶级的立场，在我们这个时代也就是站在无产阶级的立场，热烈歌颂了一定历

---

① 第三次文代会期间，周扬在《我国社会主义文学艺术的道路》报告中两次称赞了柳青的《创业史》。在召开的中国作家协会理事会（扩大）会议上茅盾作了《反映社会主义跃进的时代，推动社会主义时代的跃进！》的报告，也几次赞扬《创业史》。柳青在第三次文代会上为大会作了《谈谈生活和创作的态度》的书面发言，并且当选为大会主席团成员、全国委员会委员、中国作家协会理事。在文代会期间，周恩来总理与柳青进行了亲切交谈，询问了他皇甫村搞农业合作化运动的情况。
② 冯牧（1919—1995），原名冯先植，北京人。作家、文学评论家。1935年参加"一二·九运动"，抗战后在延安鲁迅艺术学院学习、工作，曾任《解放日报》编辑、前线记者工作。新中国成立后曾担任昆明军区政治部文化部副部长，《文艺报》副主编、主编，中国文联副秘书长，中国作协副主席、书记处常务书记，《中国作家》主编等职。著有评论集《繁花与草叶》《耕耘文集》，散文集《滇云揽胜记》等。
③ 冯牧：《初读〈创业史〉》，《文艺报》1960年第1期。
④ 同上。

第二章 现实主义文学批评的内在建构

史时期内新的阶级、新的人物、新的思想,批判了阻碍社会发展的反动阶级、反动人物、反动思想,并且真实地表现了新生事物对旧事物的斗争。"①"阶级斗争""阶级立场""革命理想",一系列带有强烈政治意义和意识形态色彩的话语构成了姚文的语言风格,一连串的新旧对比:新阶级/旧阶级、新人物/旧人物、新思想/反动思想、新事物/旧事物,是对《讲话》确立的"政治标准第一,艺术标准第二"的文艺批评标准的延续,也是当时文艺批评判断作品价值的重要尺度。在主题的深刻、内容的广阔上,评论家们几乎没有异议,即便是在人物塑造问题上一向坚持己见的严家炎也对此并无异议,承认小说具有"阶级关系整体性上的深刻性"。诸多评论家尽管称赞《创业史》是一部史诗性的作品,但直接以"史诗"命名并做出阐释的却不多。任文轩直接用"史诗"来称呼《创业史》,并从题材、人物、结构、创作方法,甚至名字等方面做了详细的分析。他认为"史诗"就是主题的深刻、人物的生动、结构的宏阔,以及"两结合"的创作方法②。《创业史》完全具备了这些方面的特质。史诗直接关涉一个民族的历史起源与建构,关涉对民族本质的确认,黑格尔对史诗的经典阐述也是在这个维度上展开的③。"十七年"文学批评对《创业史》"史诗性"的评价,一方面延续了中国文学对"史传"传统的倚重,文学叙事对"历史"的"塑造"往往具有更感性、更真实的感染力与可信度,对正在发生的"历史"同样有效;另一方面,既然小说选择的对象是"以毛泽东思想为指导思想的一次成功的革命",要回答"中国农村为什么会发生社会主义革命和这次革命是怎样进行的"的历史问题④,那么也就没有比"史诗"更合适的评价了。"十七年"文学

---

① 姚文元:《中国农村的社会主义革命史——读〈创业史〉》,《文艺报》1960年第17、18期。
② 任文轩:《论〈创业史〉的艺术方法——史诗效果的探求》,《延河》1962年2月号。
③ 黑格尔认为,一、史诗必须对某一民族、某一时代的普遍规律有深刻而真实的把握;二、史诗从外观上讲,对某一时代、某一民族的反映必须是感性具体的,同时又是全景式的,它必须将某一代、民族和国家的重大事件和各阶层的人物真实地再现出来,在把握民族精神的同时要把这个时代民族的生活方式和自然的、人文的风物景观以及民风民俗等描画出来;三、史诗必须有完整而杰出的人物、宏大的叙事品格、漫长的叙事历史,它是阔大的场面、庄严的主题、众多的人物、激烈的冲突、曲折的情节、恢宏的结构的结合体。参见汪政《惯例及其对惯例的偏离》,《当代作家评论》2001年第3期。
④ 柳青:《提出几个问题来讨论》,《延河》1963年8月号。

批评中的一个重要逻辑是,对文学作品价值的评价取决于所表现内容的历史定位,"写什么"远比"写得怎样"重要。

《创业史》收获一系列赞誉的另一个原因是人物形象的鲜明,尤其是对"新人"的塑造。但是争议也出现在"新人"上。在小说发表之初,评论普遍高度赞扬了对"新人"梁生宝的成功刻画,"《创业史》当中成功地塑造了许多人物形象","对于读者最富感染力和教育意义的,应当说首先是那些正面人物的形象,或者说,首先是以梁生宝为首的几个体现了我们时代的光辉思想和品质的先进人物的形象","在梁生宝身上,我们可以看到:一种崭新的性格,一种完全是建立在新的社会制度和生活土壤上面的共产主义性格正在生长和发展"。① 姚文元延续了政治话语的风格,将梁生宝与阿Q相提并论,上升到人物典型的高度,把他们分别看成不同革命时期的农民典型人物,认为:"阿Q、朱老忠和梁生宝这几个形象,在农民革命问题上所概括的中国人民的阶级斗争的经验是最丰富、最深刻的,在领导问题、道路问题上,他们的时代特点最为鲜明。"②张钟③、陈辽④从"社会主义革命的高度""历史发展的高度"讨论小说的人物塑造⑤,认为小说中人物的性格体现了"新的时代特征和新的阶级特征"⑥。从这些评论可以看出,对"新人"的评价是建立在人物所体现的政治高度和思想高度,而不是艺术表现力上。

塑造"新人"是当代文艺的一个核心命题。周扬在第一次文代会上的报告中专门论述"新的人物"一节,"新的人物"在这里被解释为

---

① 冯牧:《初读〈创业史〉》,《文艺报》1960年第1期。
② 姚文元:《从阿Q到梁生宝——从文学作品中的人物看中国农民的历史道路》,《上海文学》1961年第1期。
③ 张钟(1932—1994),吉林大安人,中共党员。1957年开始发表作品,著有《当代小说论稿》(合作)、《枫叶红了的时候》《时代的最强音——评〈天安门诗抄〉》《小说创作的新开拓》等。
④ 陈辽(1931—2015),笔名曾亚、曾阳,江苏海门人,中共党员。1945年肄业于海门高中。1945年参加新四军,江苏省作家协会秘书、中共江苏省委宣传部文艺处指导员、《雨花》编辑部理论组长,江苏省社科院研究员。著有《马克思主义文艺思想史稿》《新时期的文学思潮》《文艺信息学》《叶圣陶评传》等。
⑤ 张钟:《梁生宝形象的性格内容与艺术表现》,《文学评论》1964年第3期。
⑥ 陈辽:《时代变了,人物变了,作家的笔墨也不能不变——关于塑造社会主义新人形象的几个问题》,《上海文学》1963年第11、12期。

第二章 现实主义文学批评的内在建构

"各种英雄模范人物"。他说：

> 我们是处在这样一个充满了斗争和行动的年代,我们亲眼看见了人民中的各种英雄模范人物,他们是如此平凡,而又如此伟大,他们正凭着自己的血和汗英勇地勤恳地创造着历史的奇迹。对于他们,这些世界历史的真正主人,我们除了以全副的热情去歌颂去表扬之外,还能有什么别的表示呢?①

在第二次文代会上,周扬在报告中再次提到,"当前文艺创作的最重要的、最中心的任务:表现新的人物和新的思想,同时反对人民的敌人,反对人民内部的一切落后的现象"②。而为周扬的阐述提供思想依据的是毛泽东批评《武训传》的一段话:

> 我们的作者们不去研究过去历史中压迫中国人民的敌人是些什么人,向这些敌人投降并为他们服务的人是否有值得称赞的地方。我们的作者们也不去研究自从一八四〇年鸦片战争以来的一百多年中,中国发生了一些什么向着旧的社会经济形态及其上层建筑(政治、文化等等)作斗争的新的社会经济形态,新的阶级力量,新的人物和新的思想,而去决定什么东西是应当称赞或歌颂的,什么东西是不应当称赞或歌颂的,什么东西是应当反对的。③

在上述阐释中,人物塑造已经上升到意识形态高度,承担着重要的政治功能。"新人"承载着新的意识形态的要求与期待,并通过艺术形象完成教育民众的目的。这也是毛泽东、周扬如此重视"新人"塑造的原因。评论界对梁生宝的高度赞扬也正是看中了人物精神与意识形态的契合。尽管如此,在赞誉声中依然掺杂了不一样的声音。

《创业史》刚刚在《延河》杂志连载完,郑伯奇④就称赞小说中人物

---

① 周扬:《新的人民的文艺》,《人民文学》创刊号,1949年10月。
② 周扬:《为创造更多的优秀的文学艺术作品而奋斗》,《人民日报》1953年10月9号。
③ 毛泽东:《应当重视电影〈武训传〉的讨论》,《人民日报》1951年5月20日。
④ 郑伯奇(1895—1979),原名郑隆谨,陕西省长安人,现代小说家、电影剧作家、文艺理论家。青少年时代参加革命活动,后留学日本,是创造社发起人之一。回国后从事革命文艺工作,发表小说、电影剧本、电影评论及文艺理论文章等。新中国成立后曾在陕西省师范专科学校、西北大学任教。著有《抗战》《两栖集》《忆创造社及其他》等。

"栩栩如生""有血有肉",",一言一行"都"充分表现出他们的身世、性格和内心活动",又具体分析了两个人物:梁三老汉和郭振山。①朱寨认为"在《创业史》塑造的许多成功的艺术形象中,我认为郭世富这个形象,应该受到重视"②。两个人都回避了"新人"梁生宝。

把围绕新人展开的讨论推向高潮的是严家炎③发表的一系列文章。严家炎毫不讳言,"作为艺术形象,《创业史》中最成功的不是别个,而是梁三老汉",梁三老汉"虽然不属于正面英雄形象之列,但却具有巨大的社会意义和特有的艺术价值",是"全书中一个最有深度的、概括了相当深广的社会历史内容的人物"。严家炎还对自己的观点给出了理论化的解释,"作品里的思想上最先进的人物,并不一定就是最成功的艺术形象"④,"艺术典型之所以为典型,不仅在于深广的社会内容,同时在于丰富的性格特征,在于宏深的思想意义和丰满的艺术形象的统一,否则它就无法根本区别于概念化的人物",反驳了"离开艺术本身(形象实际成就的高低)去抽象评价人物形象的思想意义"的批评标准。⑤虽然没有指明,但对号入座也可以看出概念化的人物是指梁生宝。严家炎进一步总结了梁生宝形象塑造中的"三多三少":"写理念活动多,性格刻画不足(政治上成熟的程度更有点离开人物的实际条件);外围烘托多,放在冲突中表现不足;抒情议论多,客观描绘不足。'三多'未必是弱点(有时还是长处),'三不足'却是艺术上的瑕疵。"⑥邵荃麟在《文艺报》的一次会议上曾说:"《创业史》中梁三老汉比梁生宝写得好,概括了中国几千年来个体农民的精神负担。但很少人去分析梁三老汉这个人物,因此,对这部作品分析不够深。仅仅用两

---

① 郑伯奇:《〈创业史〉读后随感》,《延河》1960 年 1 月号。
② 朱寨:《读〈创业史〉》,《延河》1960 年 4 月号。
③ 严家炎(1933—),上海人,文学史家、文学理论家,1958 年北京大学副博士研究生肄业,长期从事中国现代文学研究。曾任北京大学教授、北京大学中文系主任、国务院学位委员会评议员、中国小说学会副会长、中国现代文学研究会会长、北京市文联副主席等。著有《知春集》《求实集》《中国现代小说流派史》《金庸小说论稿》,主编《中国现代文学史大纲》《二十世纪中国文学史》(三卷),与唐弢共同主编《中国现代文学史》(三卷)等。
④ 严家炎:《谈〈创业史〉中梁三老汉的形象》,《文学评论》1961 年第 3 期。
⑤ 严家炎:《关于梁生宝形象》,《文学评论》1963 年第 3 期。
⑥ 同上。

第二章　现实主义文学批评的内在建构

条道路斗争和新人物来分析描写村的作品(如《创业史》、李准的小说)是不够的。"①在1962年的大连会议上,邵荃麟再次表示"我觉得梁生宝不是最成功的,作为典型人物,在很多作品中都可以找到。梁三老汉是不是典型人物呢?我看是很高的典型人物。郭振山也是典型人物"。严家炎的观点遭到了一百多篇文章的批驳,甚至作者柳青也撰文予以驳斥。

关于梁生宝与梁三老汉的争论持续了四年之久,由此引发的讨论扩大到"如何塑造新时期的英雄人物"及"写中间人物"。严家炎、邵荃麟与冯牧、姚文元的分歧"显然带有文学思潮的重要背景。从一定程度上说,争论双方的观点,体现了有差异的文学主张,体现了评论者对当代文学现状的不同认识和评价"②。主流观点基于新人与新的社会形态、历史阶段相对应的角度肯定梁生宝,认为梁生宝代表了中国农民和社会发展的方向与要求。这些观点因为依附意识形态而具有先天的不证自明的合理性。严家炎、邵荃麟则从艺术形象的饱满、丰富出发,肯定梁三老汉与中国传统农民精神上的渊源。后者在"写什么"之上更强调"怎么写"和"写得怎么样",对典型的立场又回到了恩格斯的经典论述中。

"如何塑造人物和如何评价人物,本是文学理论和文学批评的题中应有之义。但历次关于人物的讨论背后都隐含了不难识别的政治语义,不同的观念逐渐演化成为或者有意将其夸大成为政治观念的冲突,并有意将其'事件化'。"③《文艺报》发表《十五年来资产阶级是怎么反对创造工农兵英雄人物的?》,将"人物"问题上升到"反动""革命""斗争"的高度,关于人物的讨论也告一段落。"新人"在所有作品中都呈现出雷同的面貌与品格,人物内心世界可能具有的复杂性、矛盾性被置换为透明和纯粹性,文艺批评的标准也归于统一。

---

① 《关于"写中间人物"的材料》,《文艺报》1964年第8、9期合刊。
② 洪子诚:《当代中国文学的艺术问题》,北京:北京大学出版社,1986年,第26—27页。
③ 孟繁华:《中国20世纪文艺学学术史(第三部)》,第293页。

（二）关于《红旗谱》的讨论

革命历史题材小说在"十七年"文学中占据着重要的分量，承担着为刚刚过去的历史"正名"的责任，要"在既定意识形态的规限内讲述既定的历史题材，以达成既定的意识形态目的"。① 这也决定了文学批评对革命历史小说的阐释框架：把革命立场和政治高度作为评价人物、故事、情节的首要标准，判断作品的价值，强化作者和读者对革命本质的认识，对文学创作起到示范作用。文学批评不是对文学多样性、丰富性的呈现，而是通过对作品中模糊问题的澄清，达到对革命本质认识的统一。但在具体的文学批评实践中，当抽象、单一的价值尺度遭遇感性、丰富的文学对象时，如何平衡、如何阐释是一个难以厘清的问题。围绕《红旗谱》②中如何在"江湖气魄"与革命英雄之间定位朱老忠，如何在传统中国的乡土伦理与现代革命的阶级主题之间建立联系，构成了文学批评的核心。

《红旗谱》是对中国革命起源的"追述"。小说讲述了冀中平原上朱严两家三代人与地主阶级的曲折斗争过程，通过对革命参与者的生活经历、心理动机的分析，揭示了中国革命发生的根本原因，以及中国革命取得胜利的历史必然规律，"中国农民只有在共产党的领导下，才能更好地团结起来，战胜阶级敌人、解放自己"。③ 对这一主题的艺术表达主要是通过对朱老忠的人物塑造完成的。小说出版后，评论界认为朱老忠是小说最重要的艺术成就，人物性格所体现的坚定的阶级立场、明晰的时代内涵和坚韧的革命精神，切合了当时主流文学对英雄人物的期待与要求，"对于旧中国革命农民来说，朱老忠做了一个形象的总结，而对于二十世纪二十年代的革命农民来说，朱老忠又显示了一个新的起点"，从而回答了"新民主主义革命中的革命英雄农民典型的历

---

① 黄子平：《"灰阑"中的叙述》，上海：上海文艺出版社，2001年，第2页。
② 1957年底由中国青年社出版，部分内容在同年《蜜蜂》一月号至三月号上连载。小说讲述了冀中平原两家农民三代人和一家地主两代人的尖锐矛盾斗争，以"反割头税"和"二师学潮"为中心事件，再现了当时农村和城市阶级斗争、革命运动的壮丽图景。
③ 梁斌：《漫谈〈红旗谱〉的创作》，《人民文学》1959年第6期。

第二章 现实主义文学批评的内在建构

史课题"①;"在朱老忠身上,集中体现了农民对地主的世世代代的阶级仇恨,体现了为党所启发、所鼓励的农民的革命要求"②。这种对人物的评价是在当时主流意识形态的框架内展开的,与对中国革命性质的定位相一致。如果说梁生宝反映了政治文化对"未来"新式农民的期待,那么朱老忠则完成了对"过去"农民的本质定位,通过两个艺术形象连接的是新民主主义革命阶段与社会主义革命阶段对"农民"的建构,两者在生活经历(出身贫苦、备受压迫)、精神气质(吃苦耐劳、慷慨无私)上的连贯性、延续性是建构人物谱系的基础。

在按照流行的政治标准评价人物的同时,批评家们也注意到朱老忠性格中的传统特征和民族性。梁斌③曾说"故乡人民的精神面貌","燕赵多慷慨悲歌之士",是他塑造朱老忠性格的基础。朱老忠的性格有着非常明显的中国传统草莽英雄的侠义、豪壮、慷慨,作者在塑造人物形象时也多通过对话、动作等传统文学手段,情节设置上具有戏剧性、传奇性特点,这些被认为是小说在民族形式方面取得成就。"《红旗谱》正是首先由于它深刻地反映了我们民族生活的特点,塑造了丰满完整的民族性格典型,揭示了我们民族性格特征的新发展,而达到了高度民族化、群众化的"④;小说在情节、语言上"透露出中华民族的生活风貌和精神风貌,这些都有助于展现文学的民族内容的特色"⑤。毛泽东在《新民主主义论》中就提出"中国文化应有自己的形式,就是民族形式",文艺工作者要创作"为中国老百姓所喜闻乐见的中国作风和

---

① 李希凡:《朱老忠及其伙伴们——〈红旗谱〉艺术方法的一个探索》,《文汇报》1961年12月23日。

② 周扬:《我国社会主义文学艺术的道路》,《文艺报》1960年第13—14期。

③ 梁斌(1914—1996),原名梁维周,河北蠡县人,当代作家。青少年时代参加家乡的革命活动,经历了保定二师学潮运动、高蠡暴动等事件,对以后的创作产生很大影响。新中国成立后曾任《武汉日报》社社长、河北省文联副主席、中国作家协会理事等职。1950年代在天津专职从事文学创作。《红旗谱》(第一部)出版后,以其民族风格、乡土气息、史诗品格受到赞誉。其他作品还有《播火记》《烽烟图》《翻身记事》《笔耕余录》《春潮集》《一个小说家的自述》等。

④ 严云绶:《继承·革新·创新——试谈〈红旗谱〉在民族化方面的成就》,《合肥师院学报》1962年第2期。

⑤ 徐荣街、叶维四:《论〈红旗谱〉的民族特色——重读梁斌同志的〈红旗谱〉》,《山东师院学报》1978年第5期。

中国气派"的作品。民族化一直是文学发展的方向之一。在解放区文学时期,赵树理文学曾被认为是民族形式的典范,但进入共和国之后,赵树理已经不能满足不断"进化"的文学要求,民族化一直是悬而未决的问题。对《红旗谱》民族风格的肯定,一方面是调和"旧"文本形式与"新"意识形态的"权宜"策略;另一方面也可以视为理论界通过批评的形式对文学创作加以引导。而隐藏在民族形式与现代性之间的矛盾以及可能造成的"解构"在当时无疑被遮蔽了。

也恰恰是在人物性格的民族性与革命性上,文学批评面临着阐释的"难题"。批评家对朱老忠一分为二的阐释看似合情合理,但无法掩盖人物形象艺术"含量"上的不均,小说对"草莽英雄"阶段的人物塑造饱满扎实,而对"无产阶级战士"阶段的人物塑造显得单薄,缺少变化,反映在文学批评中则是观点的自相矛盾。一方面肯定朱老忠"是继承了中国农民起义英雄传统性格并向无产阶级革命英雄性格发展的典型形象";另一方面又指出,革命运动中的朱老忠"和前半部有关这个人物的描写比较起来,就不是那样的传神,不是那样的深入人物的内心世界而又有高度的概括力量","关于这个人物对敌冲锋陷阵、出奇制胜的强烈行动、传奇情节的描写,有时还不及小说前半部关于这个人物的日常生活和心理活动的描写那样有声有色和剖析入微"。既赞扬朱老忠是"能够概括中国农民的典型性格","富有高度的革命浪漫主义精神的英雄人物",又批评"作为共产党员的朱老忠和严志和,就写得不够了。他们怎样成为共产主义者,他们入党以后的思想变化和性格发展,作者没有恰当地表现出来"。① 造成这种矛盾的是批评立场的"转移",前者是依照政治意识形态标准为人物提供评价,而后者是依照文学艺术审美的标准衡量人物。这也从一个侧面反映了"十七年"文学批评的"尴尬"处境。另外一种批评声音是针对人物的"高度"。二师学潮中,朱老忠的表现,"这哪里像一个共产党员在遭到敌人残杀的同志面前所持的态度呢!""在他的心里没有愤恨,却只有恐惧","已经十

---

① 冯健男:《谈朱老忠》,《文学评论》1961 年第 1 期。

第二章 现实主义文学批评的内在建构

分高大的朱老忠的形象这时不是更加光彩夺目,而是蒙上了灰尘";①成为党员后,朱老忠还采取"托门子"营救江涛的方法,体现不出是"有组织的党员","党的组织领导作用,却还没有在这个豪杰身上得到充分的、新的体现"。② 这种批评立场在"十七年"文学批评中屡见不鲜,对《创业史》《青春之歌》的文学批评中都出现过,批评已经超出了具体文本的界限,而是预设了一个理想的人物"典型"和文本"典范",以此对照所有的作品都具有无可置疑的正确性,因而成为放之四海皆准的"真理"。

(三) 关于《青春之歌》的讨论

与农村题材、革命历史题材相比,知识分子题材小说在"十七年"文学中的位置比较"敏感"。新中国成立后对知识分子阶层的历史定位决定了文学作品在处理这类题材时的限度,思想改造、阶级立场与皈依革命构成了知识分子叙事的尺度。《青春之歌》③中确认中国现代知识分子本质和道路的叙事虽然未能"严丝合缝"地贴合意识形态的期待,但文本质地的"斑驳"与"参差"恰恰为批评话语留下了足够的阐释空间,通过文学批评与争论恰恰在更"规范"的意义上确立了小说的经典性,排除了文本阐释上的多义与可能。

《青春之歌》1958年出版后受到读者的欢迎,同年被搬上银幕,作为"建国十周年"的献礼片,反响热烈。1960年,作者对小说修订后重新出版。小说刚出版就引起了评论界的注意,《文艺报》《文史哲》《中国青年报》等刊发多篇评论文章,评论基本上以正面肯定为主。1959年,郭开在《中国青年》第2期上发表题为《略谈对林道静的描写中的缺点——评杨沫的小说〈青春之歌〉》的评论文章,又在《文艺报》第4期上发表《就〈青春之歌〉谈艺术创作和批评中的几个原则问题——再评杨沫同志的小说〈青春之歌〉》,向《青春之歌》发难,从"知识分子思想改造""小资产阶级情调""描写工农群众"等方面对小说提出严厉的

---

① 北京大学瞿秋白文学会:《试论朱老忠的形象》,《人民文学》1959年第3期。
② 胡苏:《革命英雄的谱系——〈红旗谱〉读后记》,《文艺报》1958年第9期。
③ 《青春之歌》,杨沫代表作,1958年1月作家出版社出版,1961年作者修改后再版。

批评。文章站在阶级对立的立场上,使用极端政治化的批评语言,从政治原则高度否定《青春之歌》,对小说人物塑造、故事情节、结构设置的质疑采取的是政治标准,而非文学艺术标准。在批评文章中,作者对自己的文艺批评标准毫不讳言,那就是"阶级观点和阶级分析"。郭开的文章虽然是对《青春之歌》的具体批评,但行文中流露出的义正词严的气场、无可置疑的自信足以作为代表官方意志的批评"典范",从这个意义上说,郭开已经不是一个个体作者,而是代表主流对《青春之歌》的"定调"评价。

其实《青春之歌》早在出版前就已经埋下了争论的伏笔。出版前,中国青年出版社小范围内对小说的审稿意见是:"充满着小资产阶级知识分子的不健康的思想和感情";"作者在描写当时的民族矛盾时,没有适当地反映阶级矛盾(斗争),特别是交织在民族矛盾中的阶级矛盾……没有着重去写广大工农";"此稿最大的第一个缺点是:以资产阶级知识分子的林道静作为书中最重要的主人公、中心人物和小说的中心线索,而对于林道静却缺乏足够的批判和分析";"中心人物之一的江华,他是工人出身,又是书中主要的党的代表人物,但是他的性格却被描写成为带着小资产阶级的显著特色"等。[①] 这些评论与郭开文章几乎完全吻合,也正是因为这些方面的问题导致小说在中青社出版受阻。可见,在当时的文坛环境与文学批评语境中,政治正确和阶级立场是考量文学作品的普遍标准。

郭开的文章迅速引起争论,肯定派与批评派各执一词,茅盾、何其芳、马铁丁、巴人都参与其中。批评派站在郭开的立场,从政治化的角度评价小说,甚至将林道静的婚恋观纳入批评之内,将伦理道德政治化。而肯定派也不乏政治性的论断,但更多的是从文本实际出发,以艺术标准衡量小说的得失。

批评立场的差异决定了双方对作品评价的根本分歧。茅盾坚持,对文学作品的批评要回到"历史"语境中,而不能仅仅站在"当下"看待作品的思想高度,"如果我们不去努力熟悉自己所不熟悉的历史情况,

---

[①] 张羽:《〈青春之歌〉出版之前》,《新文学史料》2007年第1期。

第二章 现实主义文学批评的内在建构

而只是从主观出发,用今天条件下的标准去衡量二十年前的事物,这就会陷于反历史主义的错误",评价作品"光靠工人阶级的立场和马列主义的观点",而不熟悉"作品基础的历史情况",就"在思想方法上犯了主观性和片面性"。①直接驳斥了郭开的批评立场。何其芳②、杨翼与茅盾持相似的立场,强调对作品的评价要符合历史情形,"如果不以历史的观点去看问题,以现在的标准去要求林道静,是违反历史唯物主义的观点的"③;对小说的批评应该建立在"本身所规定的描写的范围和已经出现的林道静这样一个主人公而论"④,而不是要求"描写知识分子的小说就只能有一个格式,一个写法"⑤,因此,肯定《青春之歌》一方虽然也认为小说中存在一些不足,但也肯定了这"是一部有一定教育意义的优秀作品",对"从'九·一八'到'一二·九'这一历史时期党所领导的学生运动"的表现是"符合于毛主席的论断的"⑥;郭开对小说的批评是主观主义的、教条主义,论断"就和全书的实际很不符合"⑦。具有良好文学鉴赏力的茅盾、何其芳又从文学艺术规律的角度,指出小说在人物描写、结构、文学语言、内心描写等方面上存在的缺陷,在当时众多的批评中显得难能可贵,既体现了批评家的艺术素养,也折射出在政治化批评中维护文学艺术性的努力。

在肯定派的意见中,姚文元的文章《一部闪耀着共产主义思想光辉的小说》具有特殊的意义。文章具有浓厚的意识形态说教的性质,高度赞扬了小说"有一股强烈的鼓舞和教育力量","在对生活发展方

---

① 茅盾:《怎样评价〈青春之歌〉》,《中国青年》1959年第4期。
② 何其芳(1912—1977),原名何永芳,四川万县人,诗人、散文家、文学评论家、文艺理论家。早期文学创作以诗歌、散文为主,风格清新柔婉、华丽精致,与卞之琳、李广田合称"汉园三诗人"。1938年到延安后风格发生较大变化。新中国成立后主要从事文学研究和评论,曾任中国科学院哲学社会科学部委员,《文学评论》主编,《人民文学》和《文艺报》编委。代表作有《汉元集》(合集)、《画梦录》《预言》,文艺论文集《关于现实主义》《论〈红楼梦〉》《关于写诗和读诗》等。
③ 杨翼:《谈〈青春之歌〉所反映的时代》,《文艺报》1959年第7期。
④ 何其芳:《〈青春之歌〉不可否定》,《中国青年》1959年第5期。
⑤ 同上。
⑥ 茅盾:《怎样评价〈青春之歌〉》,《中国青年》1959年第4期。
⑦ 何其芳:《〈青春之歌〉不可否定》,《中国青年》1959年第5期。

向和人物性格的描写中渗透了共产主义理想,渗透了深刻的无产阶级的党性,因而在艺术上有着一种激动人心的美"。① 姚文元特有的充满激情的政论式话语方式,赋予文章强烈的号召力和煽动性。有意味的是,虽然姚文元对《青春之歌》持肯定的态度,但他的批评标准、话语方式与茅盾、何其芳并不相同,却更接近于论辩对手郭开——通过占领政治"高地",从而获得无可置疑的合法性。"姚文元并不见得对这样的作品怀有个人兴趣,但他的姿态无疑具有极大的蛊惑力和欺骗性,在那样一个时代,要想对他作出批判几乎是不可能的。"② 虽然有茅盾、何其芳、巴人的肯定以及众多读者的支持,但批评派的意见还是对杨沫产生了深刻的影响。杨沫针对双方批评的焦点问题,尤其是批评一方的意见,对小说进行了修改,增加了林道静在农村工作的七章和北大学生运动的三章,使林道静的阶级定位和政治觉悟更明确,也加强了对知识分子改造、与工农结合的时代命题的表现。而且在修改后的版本中,作家赋予各色人物以阶级身份,如将于永泽与胡适联系在一起,这种敌我二元对立模式的划分,固然强化了小说的政治定位,但也损害了作品的真实性和丰富性,小说彻底变成知识分子改造"手册"。"修改后的《青春之歌》留下了诸多'后遗症',但正是这'后遗症'折射出文本生成过程中讲述话语年代的意识形态观念对话语讲述年代的历史面貌的'左右'与'修正'"。③

四 关于革命历史叙事、民族形式的探讨

(一)围绕建立革命历史叙事的批评活动

"十七年"文学中,革命历史题材小说承担着为刚刚过去的历史"正名"的任务,对小说的主题、人物、情节、风格有着严格的规定,高大

---

① 姚文元:《新松集》,上海:上海文艺出版社,1962年。
② 孟繁华:《中国20世纪文艺学学术史(第三部)》,第342页。
③ 郭剑敏:《红色记忆文学修改本现象的符码意义》,《内蒙古师范大学学报(哲学社会科学版)》2006年第6期。

第二章 现实主义文学批评的内在建构

的英雄人物、激烈的矛盾冲突、宏阔的历史场面、高亢激昂的格调,被视为是成就小说品质的"必备"元素。文学批评在大部分时间里也把这些元素作为衡量文学作品成败的标尺。这些标准一方面确保革命历史叙事的"政治正确",以审美的方式为革命历史建构提供艺术想象空间;另一方面也使得这一时期的革命历史题材小说内容雷同,风格单一。这也决定了文学批评既不是对文学作品的审美性品鉴,也不是文学创作与艺术规律之间的互证互动,而是只能在既定标准前提下做出二元对立的判断。在此背景下,《百合花》①的出现以及围绕《百合花》和茹志鹃②小说创作的文学批评讨论显得意义重大,作家与批评家一起为"单色调"的"十七年"文学园地培育了一抹幽雅的亮色。

1958年,当时并不出名的文学刊物《延河》发表了茹志鹃的短篇小说《百合花》。虽然也是表现革命战争年代战斗生活的作品,但是小说没有直接描写硝烟弥漫的战争场面,而是通过借被子这样一个日常生活的小插曲反映战争中人性人情的美好和精神世界的升华。小说情节单纯明快,细节生动传神,情感细腻丰富,一反当时流行的革命历史叙事模式,为当时躁动的文坛吹进一缕清新的风。最早注意到茹志鹃和《百合花》的是茅盾,他在为《人民文学》撰写年度小说评论时发现了《百合花》,并在此后数年持续关注茹志鹃的创作。茅盾用"清新、俊逸"形容小说的风格,从结构、节奏、描写、人物塑造等方面对小说进行了细致的分析,并给予高度的评价,"《百合花》可以说是在结构上最细致严谨,同时也是最富于节奏感的。它的人物描写,也有特点;人物的形象是由淡而浓,好比一个人迎面而来,愈近愈看得清,最后,不但让我们看清了他的外形,也看到了他的内心","它是结构谨严,没有闲笔的短篇小说,但同时它又富于抒情诗的风味",是"最使我满意,也最使我

---

① 《百合花》,茹志鹃代表作,1958年发表于《延河》3月号。
② 茹志鹃(1925—1998),祖籍浙江绍兴,出生于上海,当代女作家。1950年代末开始文学创作,以短篇见长,风格清新俊逸、笔致细腻柔美,细节丰富传神,擅长人物心理刻画,具有浓郁的抒情性。新时期后风格有所变化,内容上转向反思历史,风格冷峻沉郁。代表作有《百合花》《静静的产院》《剪辑错了的故事》《草原上的小路》等。

感动的一篇"。① 可以说，茅盾对《百合花》不吝溢美之词，而且同样是赞许与肯定，如果比较对赵树理的评价，其中体现的文艺观念、流露的情感倾向是完全不一样的。在肯定赵树理文学时，茅盾是在主流的文艺功能观、文学功利性的角度上发言，而对茹志鹃的肯定则是基于文学艺术规律和艺术品位，对于后者，茅盾显然流露出更多的欣赏与偏爱。而如果进一步与茅盾写于同年的《夜读偶记》相比较，会发现其中的问题可能更复杂，对《百合花》的批评体现了茅盾从艺术完整性和现实表现力出发的现实主义文学整体观，而后者中带有强烈政治意识形态性质的文学立场更像是表态，前者中充溢着发现文学"珍宝"的惊喜，后者则流露出小心翼翼在文学与政治中间走钢丝的紧张。作为有着丰富创作经验、文学理论素养深厚的批评家，茅盾对茹志鹃和《百合花》的中肯批评既是出于保护一种对于当时文坛来说非常"稀缺"的文学风格，更是用批评实践抵抗激进的文学观念。批评家"自我矛盾"的立场变化，时而游离于主流，时而向主流靠拢，是"十七年"文学批评中的一个普遍现象，折射的是文学规范和政治气候对文学批评强大的制约力和影响力，以及批评家左右其中而有限度的突围努力。

对茹志鹃文学的讨论在1950年代末和1960年代初持续进行，欧阳文彬②、魏金枝③、侯金镜④、细言(王西彦)、洁泯⑤均撰文参与到讨论中，使得这场讨论成为当时作家作品讨论中最具水准、质量最高的一

---

① 茅盾：《谈最近的短篇小说》，《人民文学》1958年6月号。
② 欧阳文彬(1920—2022)，湖南宁远人。著有《在密密的书林里》《幕，在硝烟中拉开》等。
③ 魏金枝(1900—1972)，浙江嵊州市人，作家。1920年代开始发表小说、散文、诗歌，1930年加入左联，从事革命文艺工作。新中国成立后曾任《收获》副主编、上海作协书记处书记等。著有短篇小说集《七封书信的自传》《奶妈》《白旗手》《制服》《时代的回声》《魏金枝短篇小说选》，寓言集《中国古代寓言》《越早越好》，文艺论著《编余丛谈》等。
④ 侯金镜(1920—1971)，北京人，文学评论家。1930年代在延安北公学分校学习和从事创作、宣传等文艺工作。新中国成立后曾任华北军区政治部文化部副部长、《文艺报》副主编等。"文革"中被强制参加重体力劳动，猝发脑出血逝世。著有《鼓噪集》《侯金镜文艺评论选集》《部队文艺新的里程》。
⑤ 洁泯(1921—2006)，原名许觉民，江苏苏州人，文学理论家。新中国成立后曾任上海三联书店副经理，人民文学出版社经理、副社长兼副总编辑，中国社会科学院文学研究所副所长、所长等。著有《当代文学的社会——历史批评》《洁泯文学评论选》《人面狮身》《风雨故旧录》等。

次。更难能可贵的是,批评讨论中,参与者均保持心平气和的态度,无论意见一致还是相左,都能开诚布公,用作品事实说话,以理服人,避免上纲上线、政治审判。这也可以视为众多批评家合力维护良好批评风气的一次努力。

讨论中,对于茹志鹃文学的风格特点,大家意见几乎一致。小说取材上,茹志鹃回避重大事件和尖锐矛盾,从日常生活中挖掘素材,"善于从生活中截取一些富有特征性的横断面",经过"精心雕琢,仔细描绘,使它突出,使它发光"①;描写的只是"生活激流中的一朵浪花,社会主义建设大合奏里的一支插曲"②;虽然"只是写了生活的一个侧面,或者只是描述了时代海洋中的一点浪花","经过作家的点染,揭示出生活中的本质,描绘出奇异的光彩"③。小说主人公大都不是高大、叱咤风云的英雄人物,而是"小人物","正在成长或正在改造中的人物"④;小说"艺术构思精巧,剪裁组织严密",情节"枝叶扶疏,灿然可观"⑤;"细节安排得匀称得当,无闲文无闲笔"⑥。这些特点一起构成了茹志鹃小说"色泽雅致,香气清幽,韵味深长"⑦,"色彩柔和而不浓烈,调子优美而不高亢"⑧的特点。这些特点恰恰弥补了"十七年"革命历史叙事激烈有余柔美不足,情感直切外露内蕴余味不足的特点。

分歧出现在如何评价茹志鹃文学的艺术风格上。一种观点认为,这种风格有鲜明的特色,也有不足之处,"路子还不够宽广",作者的"趣味和倾向"应该向"塑造具有共产主义品质的英雄形象""发掘现实的主要矛盾"和描写"尖锐的矛盾冲突"发展⑨;茹志鹃笔下的"普通人

---

① 欧阳文彬:《试论茹志鹃的艺术风格》,《上海文学》1959年10月号。
② 侯金镜:《创作个性和艺术问题——读茹志鹃小说有感》,《文艺报》1961年第3期。
③ 洁泯:《有没有区别》,《文艺报》1961年第12期。
④ 细言:《有关茹志鹃作品的几个问题》,《文艺报》1961年第7期。
⑤ 欧阳文彬:《试论茹志鹃的艺术风格》,《上海文学》1959年10月号。
⑥ 侯金镜:《创作个性和艺术问题——读茹志鹃小说有感》,《文艺报》1961年第3期。
⑦ 欧阳文彬:《试论茹志鹃的艺术风格》,《上海文学》1959年10月号。
⑧ 侯金镜:《创作个性和艺术问题——读茹志鹃小说有感》,《文艺报》1961年第3期。
⑨ 欧阳文彬:《试论茹志鹃的艺术风格》,《上海文学》1959年10月号。

物","它的教育作用,不消说是深刻的。然而,倘与叱咤风云的英雄人物并比,却不能说没有分别"①。另外一种观点认为,"在作者所设计的意图之内,达到了一个饱满而又完整和谐的生活境界和艺术境界,它们并不缺乏打动人、发人深思的力量","委婉柔和细腻而优美的抒情"与"高亢激昂豪迈奔放"的"时代主调"并不互相排斥②;作者"完全可以用她自己的艺术风格来反映我们的时代","不可能要求它既委婉柔和,而又豪迈粗犷"③。前一种观点明显是站在"题材决定论"的立场上,强调"写什么"对文学作品艺术价值和社会价值的重要性,"写什么"同时决定作品的"等级",这是"十七年"文学批评中流行的一种理论观点。"题材决定论"也是导致文学作品千人一面、风格单一、故事雷同的重要因素。而后一种观点对茹志鹃的肯定"着眼在主题思想的深度和完美的艺术形式的统一"④,以此反驳"题材决定论""把题材的重要与否当做衡量作品价值的大小、评价作家长处或短处的首要标准"⑤,推动现实主义文学多样化发展。

讨论中,意见的分歧还表现在如何理解作家创作风格、艺术个性与生活经验以及艺术风格与反映时代的关系上。侯金镜认为,风格的形成与创作个性、艺术才能、题材适合与否密切相关,作家应"沿着自己的性格、才能和特长发展的方向,从事多方面的探索","扬其所长、避其所短",对作家风格提出"某些硬性的规定"是不利于作家发展的;茹志鹃小说"虽然是生活中的一个波澜,一个插曲,却和时代的激流息息相通,烘托了也汇入了社会主义建设大合奏的主调"⑥。细言认为,形成作家独特风格是因为"有她独特的创作思想作指导",茹志鹃描写"正在成长或正在改造中的人物""精神品质的提高","看到另一种惊心动魄的场面——发生在人们思想即灵魂深处的惊心动魄的场面",

---

① 洁泯:《有没有区别》,《文艺报》1961年第12期。
② 侯金镜:《创作个性和艺术问题——读茹志鹃小说有感》,《文艺报》1961年第3期。
③ 细言:《有关茹志鹃作品的几个问题》,《文艺报》1961年第7期。
④ 侯金镜:《创作个性和艺术问题——读茹志鹃小说有感》,《文艺报》1961年第3期。
⑤ 同上。
⑥ 同上。

第二章　现实主义文学批评的内在建构

这与"重大题材"具有同样的价值。魏金枝在承认茹志鹃小说的独特风格的同时,认为还应该通过"积累更多更广的生活经验","风格才能得到发展",避免"不进则退,以至于单调、薄弱",乃至"衰退"。① 对于风格发展的"方向",魏金枝与欧阳文彬、洁泯一致,提出"提高"和"拓宽"的方向。

创作风格的形成是诸多因素共同作用的结果,既受到时代环境、生活经历、艺术修养等因素的制约,同时也是作家综合自我的艺术趣味、经验积累、艺术才能后的艺术探索与追求。强迫作家改变自己熟悉的风格道路,既不尊重作家的艺术独特性,也会损害文学生命力。同样,一个成熟的作家的艺术风格也不是一成不变的,发展和丰富自己的艺术风格更需要艺术修养、生活经验的积累和不断突破的勇气。讨论中的各种意见综合在一起可以更全面地解释茹志鹃艺术风格的形成。讨论中,虽然意见互有异同,不乏针锋相对,但同在"十七年"社会主义文学这个宏大的背景下,在文学基本观念、文学价值评价上,各位讨论者有诸多共通之处。侯金镜、细言虽然不同意"题材决定论",但对茹志鹃文学的评价也是通过与时代"大主题"建立联系来确立的,"小人物""灵魂深处的惊心动魄"只有跟随"大时代的变化"才能获得合理性,个体、个人情感依然无法独立成为评价历史的另一种角度和立场。评论者在"技术"层面上肯定茹志鹃与主流革命历史叙事模式的差异性,而在"精神"层面上依然延续了"十七年"文学主流文学的立场。

对茹志鹃文学的讨论发生在 1961 年文艺政策调整的大背景下,因此,题材扩大与方法探索、生活经验与艺术个性、艺术风格与创作思想等艺术问题都在讨论中得以展开,与其说批评讨论是基于不同文学立场表达对《百合花》的差异性价值认识,不如说是《百合花》提供了一个诸多文学问题得以展开讨论的"平台",实现了文学作品、文学批评与理论之间的理性互动。今天看来,讨论中问题分歧和立场分歧都显得比较简单,但正是这种"简单"问题的讨论才具有真切的"现场感"和

---

① 魏金枝:《也来谈谈茹志鹃的小说》,《文艺报》1961 年第 12 期。

"历史感",相比1980年代以后对《百合花》的"阐释",讨论使用的理论、批评语言都带有鲜明的"时代"特征,历史"局限"带来的批评"局限"反而使得对作品的解读带有一种"理解之同情",无论是茅盾、侯金镜、细言的呵护,还是欧阳文彬、魏金枝、洁泯有限度的批评,都透露出一种对待文学的"真诚"。"真诚"的"错误"与"矛盾"未尝不是"十七年"文学批评的一个特征。

(二)关于民族形式与艺术性的有限探讨(散文与戏剧)

传统的"散文"概念泛指韵文以外的一切文体,现代文学"四分法"出现以后,对小说、诗歌、戏剧从理论上进行了文体界定,对散文一直采取大而化之的处理,在研究中通常用"狭义"和"广义"来区分界定,狭义上的散文指表达个人情怀、体验的抒情性散文,也被称作艺术散文,除此之外的叙事性文体报告文学、通讯、回忆录和议论性文体杂文等统统在广义散文范围之内。在散文发展整体格局中,不同文体样式所占轻重、缓急往往与社会思潮、文学观念的变化密切相关,1920年代艺术散文的繁荣,1930年代杂文的盛行,延安文学中报告、通讯的大量涌现,即是如此。1950年代散文发展也与其他文学形式一样,延续了延安文学的"方向",参与到"宏大叙事"的文学建构中,能够迅速反映社会生活的"写实"文体,如报告文学、通讯、特写等所占分量突出,而比较"务虚"的艺术散文式微,杂文几乎销声匿迹。

在这种文坛趋势和散文格局中,文学批评对散文的要求是充当"文学战线上的尖兵,是时代的感应神经,战斗号角",做"鼓舞生活前进的推动力量"。纵观"十七年"散文批评,一方面,政治激情、国家意志成为批评核心,对作品功能性、政治性的评价远超艺术审美的阐释;另一方面,在文学规范、意识形态相对缓和宽松的时期,对散文风格多样化、个性化、文体形式等艺术问题的讨论会集中展开。同小说、诗歌、戏剧一样,散文批评受到政治思潮的影响,甚至充当了政治运动的"先声",杂文的"命运"是最好的注脚。进入共和国后,杂文的"合法性"受到质疑,百花文学时期,杂文焕发出"生机",《知识分子的早春天气》《草木篇》《小品文的新危机》《电影的锣鼓》等一批

第二章　现实主义文学批评的内在建构

具有批判意识的文章在当时引起较大反响,反右运动中,对这些杂文的批评演变成政治运动的工具,1966 年对"三家村"杂文的批判运动亦是如此。这种批评方式和策略是延安时期对王实味、丁玲杂文批判的延续。

"十七年"文学时期,出现过两次散文的"复兴",一次是双百方针时期,对文学题材、风格的限制减弱,作家紧绷的神经有所松弛,涌现出一批体现个性精神、个人趣味的艺术散文,老舍的《养花》、丰子恺的《庐山面目》、叶圣陶的《游了三个湖》、端木蕻良的《传说》等风格灵动、文笔洒脱。不过由于双百方针持续的时间很短暂,对散文艺术问题的理论讨论未能深入展开。第二次是 1960 年代初,文学界有限度地"调整"文学与政治的关系,散文的多元化发展再次受到重视,很多学者和作家都投入散文创作中,出版了一批有影响的散文集。周立波概括这一时期的散文创作,"举凡国际国内大事、社会家庭细故、掀天之浪、一物之微、自己的一段经历、一丝感触、一撮悲欢、一星冥想、往日的凄惶、今朝的欢快,都可以移于纸上,贡献读者"[①],暗示了散文生态环境的改善,也阐明了散文创作的丰富。1961 年,人民日报开辟专栏"笔谈散文",发表了老舍《散文重要》、李健吾《竹简精神———一封公开信》、吴伯箫《多写些散文》、师陀《散文忌"散"》、肖云儒《形散神不散》、柯灵《散文——文学的轻骑兵》、秦牧《园林·扇面·散文》等 20 篇文章,探讨散文艺术问题,《文艺报》《文汇报》《光明日报》等重要报刊均刊发多篇谈论散文创作的文章。这次讨论也是"十七年"文学散文批评最重要的收获。散文创作与理论批评的实践与互动使得 1960 年代初的头两年里散文取得突破性发展,1961 年更被称之为"散文年"。

在 1960 年代的讨论中,散文创作中的艺术问题——个性与风格、意境与诗化、选材与主题——被广泛关注,通过讨论对当代散文进行理论整合,最终形成了"形散神不散"的理论建构。新中国成立后,散文创作的主题集中在歌颂新时代、反映重大历史事件(朝鲜战争)上,这

---

① 周立波:《1959—1961 散文特写选》序,北京:人民文学出版社,1963 年。

些作品在"反映了在共产党领导下的我们国家的时代面影","完美地、出色地表现了我们国家中新生的人,最可爱的人为国家所作的伟大事业"①的同时也暴露出一些不足:艺术形态粗糙、题材狭窄、风格雷同、个性稀薄,散文在国家话语体系中"运行",失去了个人话语空间。讨论中,很多参与者对这种散文创作的模式提出异议,提倡风格的多样化,重建散文艺术个性。秦牧认为,散文创作不应局限在"重大的政治社会事件""社会主义建设"的"新人新事","给人愉快的和休息"的"知识小品、谈天说地、个人抒情一类的散文"也是需要的。② 柯灵用"百花齐放"比喻散文园地,其中既需要"匕首和投枪",也需要令人愉快的"小夜曲""轻妙的世态风俗画",既可以是"激越的风暴",也可以是"月光下静穆的流动"③。"自成一家"的风格与作家独特的生活经验、思想感情密不可分④,尊重作家的"喜欢","鼓励独创风格","这样才能够使文艺园地有万紫千红的气象"⑤。

现代文学发生以来,散文是最少受到西方文学影响的文体类别,丰富的古典文学资源和散文艺术经验为当代散文发展提供了很多借鉴,刘白羽、杨朔、巴金都谈到古典诗歌和散文对其散文创作的重要影响。讨论中,批评文章也谈论到散文中"诗意"和意境的营造,代表了这一时期散文的审美追求和艺术探索方向。对于"诗意"的理解,有文章概括为"深刻新颖的思想和优美沛的感情;丰富美丽的想象和耐人寻味的意境;精炼鲜明的富于美感的语言"⑥,也有理解为"诗意是鲜明的艺术形象,浓郁真实的生活气氛和旺盛的革命感情的有机的统一"⑦。两者的关系上,以营造意境为手段,达到诗情画意的艺术效果。对于诗意和意境的追求,一方面是体现了作家和批评家的艺术旨趣;另一方面也是在当时文学环境下"无奈"的选择。新中国成立后,政治抒情成为

---

① 丁玲:《读魏巍的朝鲜通讯》,《文艺报》1951年第4卷第3期。
② 秦牧:《散文领域——海阔天空》,《文艺报》1959年第14期。
③ 柯灵:《散文——文学的轻骑队》,《人民日报》1961年2月28日。
④ 徐迟:《说散文》,《长江文艺》1962年4月号。
⑤ 秦牧:《园林·扇画·散文》,《人民日报》1961年3月11日。
⑥ 李元洛:《散文的诗意》,《长江文艺》1962年2月号。
⑦ 刘昭明:《散文的诗意》,《中国青年报》1961年11月11日。

散文的主要情感基调,为了避免作品中情感的单一、直接,散文开辟了另外一条道理,通过营造意境,把读者"带入"形象的氛围中,通过"身临其境"的体验,激发读者的想象力和联想力,从而达到具有一定艺术性的抒情感染力。通过这样的艺术手段,作品在完成功利性目的的同时,也在一定程度上提升了艺术性和审美性。对意境和诗意的追求确实缓解了观念外露、风格单一的弊端,但也导致另外一种窠臼,杨朔的"苏州园林式"结构、刘白羽的"图片连缀式"结构、秦牧的"串珠式"结构,都执着于意境和诗意的营造,结构"景—人—情"的固定叙事套路,丧失了散文本该具有的鲜活、生动的品质。

在"笔谈散文"讨论中,肖云儒①的短文《形散神不散》引起高度重视。与小说、戏剧、诗歌相比,散文理论建设一直薄弱,无论是对文体形式的界定,还是文体本质的阐述,都缺乏严谨的理论体系支撑。对于散文文体的本质,大多数观点认为,虽然散文是一种灵活自由的文体样式,"体例、题材"随着时代而不断变化,但思想性"仍是它的灵魂"②,思想是串起材料的"珍珠"。对于"思想性"的理解各有不同,有的凸显政治性,"今天的散文更要求有特别锐利的马克思列宁主义的思想"③;有的偏于知识性、社会性,散文"思想的光芒"是作家"对生活的见解和理想","揭示深刻的社会意义"。④ 肖云儒提出散文是"形散神不散",对文体进行了更形象生动的阐发,"形散"指取材随意,"不拘成法","神不散",即"中心明确,紧凑集中""字字珠玑,环扣主题""形似'散',而神不散"。⑤ 通过"形"与"神"的比喻性表述,高度概括了散文的形式与内容的特征及关系。"形散神不散"也成为散文理论中最核心最基本的观念,影响至今。

---

① 肖云儒(1940—),祖籍四川广安,生于江西,多年从事文艺评论和文学研究工作,1960年代提出散文写作"形散神不散"的观点,影响深远。曾任陕西省文联副主席,中国西部文艺研究会会长,中国小说学会副会长,陕西省政协委员、评论家协会主席,等,著有《中国西部文学论》《民族文化结构论》《八十年代文艺论》等。
② 李羡:《散文的思想和文采》,《长江文艺》1962年4月号。
③ 徐迟:《说散文》,《长江文艺》1962年4月号。
④ 柯灵:《散文——文学的轻骑队》,《人民日报》1961年2月28日。
⑤ 肖云儒:《形散神不散》,《人民日报》1961年5月12日。

1960年代初的散文讨论对散文艺术性的探索和散文创作的"复兴"都功不可没,但是讨论偏重技巧和形式的经营雕琢,疏于对思想锋芒、艺术境界的高瞻视野,后者在当时的话语空间中依然是敏感话题,讨论也只能在有限的空间内选择性地展开。

进入共和国后,戏剧的"命运"与散文相似,创作延续了延安时期的戏剧"传统",戏剧与政治、现实建立直接、紧密的关系,人民作为历史主体占据舞台中心。为此,文艺管理部门一方面通过组织戏剧"会演""观摩"活动,对创作加以引导和规范;另一方面通过禁戏、戏改对不符合"社会主义文化"的剧目加以整改。在题材上,革命历史和现实生活斗争是重点"培养""鼓励"的创作方向,但是实际创作情况并不尽如人意。现实题材戏剧因为紧密配合政治运动,作品中图解政治的痕迹明显,政治理念浮于艺术内容之上,只是在双百方针时期,第四种剧本的出现得到短暂的改观;革命历史题材戏剧也因为既定意识形态的限制,缺乏穿透历史的视野和对人性深度的挖掘。"十七年"文学时期,历史剧创作因为有较大"虚构"和"想象"的空间而保持了势头,历史剧创作繁盛也引发推动了历史剧理论的讨论,历史真实与艺术真实、历史与现实的关系等问题都在讨论中涉及。

历史剧理论的讨论从1950年代一直延续到1960年代,并成为"十七年"戏剧史上最重要的学术论争。1950年代初,戏剧创作中出现一种将传统曲目进行"现代"改编的潮流,一些剧作家用"旧瓶装新酒"的方法,把当时社会思潮和政治观念直接"嫁接"到历史事件和人物上。于是,历史剧中"用耕牛象征拖拉机,喜鹊代表和平鸟等,将社会发展史的学习,治螟运动,反对美帝侵略,土地改革宣传这些内容,都缝在里面了"①。这种创作的倡导者和实践者是杨绍萱②,早在延安时期,他就

---

① 艾青:《读〈牛郎织女〉》,《人民日报》1951年8月31日。
② 杨绍萱(1893—1971),河北滦县人,剧作家。1943年创作新编历史剧《逼上梁山》初稿,搬上舞台后,受到毛泽东的高度评价。新中国成立后创作了《新大名府》《新白兔记》《新牛郎织女》等新编历史剧,将传统历史题材进行大幅度的政治化和现实化改造,用马克思主义理论、阶级斗争理论重新解释历史上的时代背景、社会结构与人物关系。在20世纪五六十年代历史剧讨论中也引起较大争议,受到批评。新中国成立后,历任文化部戏曲改进局、艺术局副局长,北京师范大学教授。

第二章　现实主义文学批评的内在建构

改编了《逼上梁山》①,用当时的历史观解构、重塑历史,获得了毛泽东的肯定,这也是新中国成立后"改编"风行的一个重要推力。杨绍萱认为,"历史剧的基本精神在于反映中国社会发展史",创作中"可以不管历史的时代性,只是它不免带有剧本产生时代的时代性"。② 首先对这种"改编"提出批评的是艾青,他认为,经过"现代"改编后的人物缺失了性格和思想,人物的语言和行动常常前后矛盾,生硬加入的"新内涵""新语言"反而模糊了原来故事的线索。马少波从历史观的角度质疑了人物评价的标准,他认为阶级不能是评价历史人物的唯一尺度,不能仅仅根据阶级出身来评定,应"与当时人民利益相结合的意义,给以应有的批判和应有的肯定"。③ 何其芳、光未然、陈涌都参与到讨论中,批评杨绍萱的创作是"非艺术、非现实主义的创作方法";论争双方的焦点是历史剧应该尊重历史"本来面目",还是以"现代"立场重塑历史。如果按照克罗齐"一切历史都是当代史"的史观,并不存在一个"本质化"的历史,对历史的"叙事"也是"当代"叙事。对"历史"的"颠覆性"改编早在20世纪二三十年代的历史剧创作中就存在,田汉的《潘金莲》、郭沫若的《王昭君》即是如此。这些创作因为处在五四启蒙的背景下而被赋予打破封建传统道德观的意义。杨绍萱的历史剧根本症结在于,用阶级斗争理论和马克思唯物历史观重新阐释历史社会结构和历史事件,急迫服务政治的热情和功利性牺牲了最基本的艺术底线——对历史逻辑、常识的尊重,这种源于延安时期的戏剧"传统"在当时又是批评的"禁区"。批评者只能在"历史真实"上做文章,从学理上并不能服众,却也是迫不得已。正如傅谨所言,在没有任何的理论资源可资借用的场合,"知识"成为用以对抗流行政治理论的最后的武器。④

---

① 《逼上梁山》,延安文艺新编历史剧代表剧目。1943年杨绍萱执笔完成初稿,取材于古典小说《水浒传》,正式演出本又经刘芝明、齐燕铭等集体加工修改,全剧26场(1944年改为27场)。1943年由延安中共中央党校教职学员的业余文艺组织"大众艺术研究社"作首次演出,1944年,毛泽东观看后,给予高度评价。
② 杨绍萱:《论戏曲改革中的历史剧和故事剧的问题》,《人民戏剧》1951年第3卷第6期。
③ 马少波:《从信陵君的讨论谈起》,《人民戏剧》1951年第3卷第2期。
④ 傅谨:《影响当代中国戏剧编剧的理论》,《粤海风》2004年第4期。

历史剧讨论再次被提起是在 1960 年代初。1959 年,郭沫若创作了为曹操翻案的《蔡文姬》,引起了文艺界对历史剧创作问题的关注。吴晗①发表了《谈历史剧》《再谈历史剧》《论历史人物评价》等一系列文章,阐发自己对历史剧创作的一些观点,其间众多学者加入讨论,并形成两种相对的立场。对于历史剧的"真实"问题,吴晗认为,"历史剧是艺术,也是历史"②,"历史剧必须有历史根据,人物、事实、都要有根据","剧作家在不违反时代的真实原则下,不去写这个时代所不可能发生的事情,在这个原则下,剧作家有充分的虚构的自由,创造故事,加以渲染,夸张,突出,集中,使之达到艺术上完整的要求"③。李希凡④则从题材意义上理解历史剧,"它的题材是和重大的历史斗争、历史运动密切相关的","必须符合这个特定历史时期的历史生活、历史精神的本质真实",在艺术处理上,"可以在历史真实的基础上,以虚构的人物和故事为情节线索","取材于真人真事的历史剧,应当尽量地符合基本的史实,但也必须允许虚构"。⑤ 双方都认同历史剧是历史真实与艺术真实、真实与虚构的统一,分歧在于虚构的尺度、统一的原则上,吴晗一方更强调以历史逻辑为依据,而李希凡一方看重艺术虚构的重要性。茅盾的长文《关于历史和历史剧》对争论观点做了折中处理,一方面,"历史家不能要求历史剧处处都有历史根据";另一方面,"任何艺术虚构都不应当是凭空捏造,主观杜撰,而必须是在现实的基础上生发出来的"⑥,

---

① 吴晗(1909—1969),原名吴春晗,字伯辰,浙江义乌人,历史学家。主要从事明史研究,著有《朱元璋传》和历史剧《海瑞罢官》等。曾任北京市副市长、北京市政协副主席、中国科学院哲学社会科学部委员、民盟中央副主席。"文革"中因《海瑞罢官》而受到残酷批斗、迫害,1968 年被捕入狱,1969 年惨死狱中。"文革"后冤案平反,恢复名誉。
② 吴晗:《历史剧是艺术,也是历史》,《戏剧报》1962 年第 6 期。
③ 吴晗:《谈历史剧》,《文汇报》1960 年 12 月 25 日。
④ 李希凡(1927—2018),原名李锡范,字畴九,祖籍浙江绍兴,生于北京,文艺评论家。1954 年,因批驳俞平伯而写的《关于〈红楼梦简论〉及其他》(与蓝翎合著)受到毛泽东的重视而备受瞩目,此后一直从事文学批评工作。主要从事红楼梦研究、鲁迅研究。曾任中国艺术研究院常务副院长、研究员。主要著述有《红楼梦评论集》(与蓝翎合著)、《论中国古典小说艺术形象》《〈呐喊〉〈彷徨〉的思想与艺术》《李希凡文学评论选》等。
⑤ 李希凡:《历史剧问题的再商榷》,《文学批评》1963 年第 1 期。
⑥ 茅盾:《关于历史和历史剧——从〈卧薪尝胆〉的许多不同剧本说起》,《文学评论》1961 年第 5 期。

历史真实和艺术虚构是一个问题的两面，共同服务于历史剧"古为今用"的前提。

早在1940年代，历史剧创作中大量运用"以古讽今"的改编策略，文艺界对此有过一些理论讨论，对于历史剧既要有现实意义也要以历史真实依据这一点，基本没有太多争议，可商讨的是"真实"是事实真实，还是精神真实，二者之间的差异也决定了历史剧虚构空间的大小，更深层次地决定了为政治服务的空间尺度。如果深入探究，问题甚至可能与抗战时期的文艺政策、社会思潮发生分歧，这显然不是理论讨论可以触碰的。最后，郭沫若"失事求似"的观念成为当时共识性结论，并对日后产生深远影响。1960年代的争论可以视为1940年代的"延续"，问题意识、理论立场都没有超出1940年代的范围。既然问题的形成和提出都有深厚的政治背景和功利性目的，那么对问题的讨论单纯放在学术范围内就不免简单。无论是事实真实，还是精神真实，都可以在学术范围内辨析，但决定"真实"与否的是现实观念，更进一步是现实政治观念，这是不容讨论的区域。同一个现实观念下，唯物主义历史观和"古为今用"的文艺功能观是吴晗一方和李希凡一方共同分享的基本立场，这种立场也取消了阐释历史和艺术表现历史的个人性视角，这种基本立场远比分歧更能反映"十七年"历史剧创作的主流观念。

（本章由孟繁华、周荣执笔）

第三章　现实主义的学理化与政治化

1949年以后的文学批评一直处于理论的宰制之下,准确地说是理论涵盖了批评。在具体的文学批评中,理论观念决定了批评的立论、立意和论说方式。在中国现代文学阶段,文学批评也承载很强的观念性,但这些观念性还只是隐藏为背景,是从具体的作品分析中透示出来。即使像茅盾、周扬、胡风、冯雪峰这样政治立场鲜明、观念性很强的批评家,也是在对文学作品的分析中透示出他们的政治理念。这些政治理念与思想意识和当时更广泛的启蒙意识可以融合一致,并不具有排他性,并不具有唯一的绝对真理的特征。20世纪五六十年代直到1970年代的文学批评,政治的决定作用不断加码,文学批评主要是在阐发政治理念,对文学作品的批评主要是比照政治观念进行论述。其根源在于20世纪五六十年代的中国社会主义革命与建设持续进入紧急而严峻的阶段,党内的政治路线斗争不断升级,国家处于持续而激烈的政治运动中,文学艺术承担了社会主义组织和动员的重任。中国的现代性进入激进化时期,文学艺术也必然表现为政治化和激进化。

在这种历史情势下,现实主义的内涵意义为政治的激进要求所决定,它实际上是政治规训的旗号。在现实主义名义下进行的文学批评活动,主要是行使政治批判的职能。历经1950年代上半期多次政治运动后,1956年及随后几年,文学界和理论界开展了一系列的讨论,例如关于现实主义、人性论、美学、形象思维等,这些讨论依然充满了政治性,但它毕竟是从文学理论与批评内部概念着手来展开争论,也在不同的程度上对当代理论与批评进行了一次清理,有效巩固了现实主义理论批评的学理内涵,无疑具有基础建设的意义。

第三章 现实主义的学理化与政治化

一 关于"人性论"的论争

　　1956年的鸣放氛围让相当一部分知识分子发出了自己的声音,而关于人性、人道主义的言说,可以说是最具有内在叛逆性的话语。因为它具有重新审视社会主义现实主义的立场,试图用人性论来改造主流现实主义的政治化倾向,让文学回到人,回归文学自身。

　　1957年初,《新港》第1期发表巴人《论人情》①,这是"双百"时期率先直接讨论人性论的文章。巴人这篇短文从人情入手,讲到在政治高压下不少出身"剥削阶级"的子女与家庭划清界限,对家庭的苦难遭遇不闻不问,唯恐牵连自己,毁掉来之不易的前程。巴人认为党和人民应该主动接触、关心和帮助他们,让他们向人民低头认罪,改造好,重新做人。他说:"能'通情',才能'达理'。通的是'人情',达的是'无产阶级的道理'。"巴人显然是想破除阶级论,阶级界线不应该如此森严,人情、人性终有共通之处。他批评当时的文艺说:"我们当前文艺作品中缺乏人情味,那就是说,缺乏人人所能共同感应的东西,即缺乏出于人类本性的人道主义。"他对文艺的阶级论的解释是:"文艺必须为阶级斗争服务,但其终极目的则为解放全人类,解放人类本性。"巴人这篇文章的突出意义在于,从马克思的《神圣家族》中引述原文,以此作为社会主义人道主义的理论基础。无产阶级之所以能够而且应当解放自己,就是为了反抗加诸自己身上的非人的压迫条件,反抗使自己作为人的存在被否定和被毁灭的条件,因而无产阶级的斗争就是要消灭

---

① 巴人(1901—1972),原名王任叔,浙江奉化人。1922年开始发表作品,由郑振铎介绍加入文学研究会。巴人1926年到广州参加革命,曾任国民革命军总司令部秘书处机要科秘书,同时期加入中国共产党。1929年去日本留学短暂留学,迅即回国。1937年在上海与许广平、郑振铎等人共同编辑《鲁迅全集》。抗战期间,巴人曾到印度尼西亚从事抗日活动,后取道香港进入解放区。新中国成立后,巴人历任中国驻印尼大使、人民文学出版社副社长,《文艺报》编委、中国作家协会外国文学委员会委员等职。1953年修订旧作《文学读本》,改名《文学论稿》。1957年在《新港》杂志发表的短文《论人情》就是对《文学论稿》所做的思想提炼。1960年巴人遭到严厉批判,"文革"期间受到迫害,1969年被遣回原籍,1972年7月病逝。主要作品有短篇小说集《监狱》《破屋》《在没落中》《殉》,中篇小说《阿贵流浪记》《证章》,长篇小说《莽秀才造反记》等。

"集中表现在它自己的处境中的现代社会的一切违反人性的生活条件"。巴人据此认为马克思肯定了共同人性、基本人性和属人的品格的存在。今天看来,巴人对马克思原文的解释是准确的,但在当时,这就是否定阶级对立的绝对性,给人性论和人道主义开了后门,社会主义革命文学的优越性和进步性就无法有绝对的根基。因为有共同人性的存在,社会主义文学强调的阶级斗争的残酷性和暴力特征就变得不合法,靠无情斗争的先进性维系的文学价值就值得怀疑。巴人最后呼吁说:人有阶级的特性,但还有人类本性,"魂兮归来,我们文艺作品中的人情呵!"①

巴人的文章发表不久,王淑明就发表《论人情与人性》一文②,肯定和支持巴人的观点。王淑明强调巴人提出的人情有共通性,并解释这与阶级性并不矛盾。王淑明分析了《梁祝哀歌》《史记》记载的故事、苏东坡的词、托尔斯泰的小说等,表明不同时代、不同民族、不同阶级的人都可能产生共鸣,以此来说明文学艺术作品表现的情感可以有人类的共通性。显然,在那样的时代,要全盘否定阶级性并不容易;通过强调人性、人情的共通性,实际上可以架空阶级性。

对人性的呼吁实际上是表达对文艺过度政治化的强烈不满,试图回到现代文学传统中去解释文艺的本质及其社会功能。更全面深入地阐述文学的人性论和人道主义的文章,当推钱谷融的《论"文学是人学"》③。这篇文章应是"双百"期间影响最大、分量最重的文学评论,钱谷融写作这篇文章缘起于 1957 年春天,华东师范大学举办了一次规模甚大的学术研讨会,钱谷融为这次会议写下了三万余字的《论"文学是人学"》(1957 年 2 月 8 日完成)。文章提交会议后迅即引发较大争议。时隔不久,1957 年 5 月 5 日《文艺月报》全文刊登了这篇论文。同

---

① 巴人:《论人情》,《新港》(天津)1957 年第 1 期。
② 该文载《新港》(天津)1957 年第 7 期。
③ 钱谷融(1919—2017),原名钱国荣,江苏武进人,1942 年毕业于国立中央大学国文系。先后任教于重庆市立中学、交通大学、华东师范大学。著有《论"文学是人学"》《文学的魅力》《散淡人生》《〈雷雨〉人物谈》等。钱谷融在中央大学的老师伍叔傥是胡适的弟子,颇有魏晋风度,常邀钱谷融下馆子,喝小酒吃蚕豆,谈天说地,对钱谷融一生的影响很大。钱谷融 20 世纪六七十年代屡遭批判,但他生性散淡平和。

第三章　现实主义的学理化与政治化

一天的《文汇报》还发了一则消息,冠之以"'一篇见解新鲜的文学论文'的标题"①。季进、曾一果认为:"就当时的社会情境而言,这确实是一篇'见解新鲜的文学论文',甚至可以说是一篇具有划时代意义的文学论文,它和许多习惯于从政治和阶级视野评判文学作品的批评形成了鲜明的对照。"②

钱谷融这篇文章在批评史上的意义并未得到充分阐释,它显然不应当只是从一般的文学观念阐释的意义上来把握,而要从社会主义革命文学如何重新获得自己的起源来理解。钱谷融的"人学"论述从高尔基的观点切入,他认为:"我们简直可以把它当做理解一切文学问题的一把总钥匙,谁要想深入文艺的堂奥,不管他是创作家也好,理论家也好,就非得掌握这把钥匙不可。理论家离开了这把钥匙,就无法解释文艺上的一系列的现象;创作家忘记了这把钥匙,就写不出激动人心的真正的艺术作品来。"③钱谷融认为"文学是人学"这一命题说出了文学的根本特点,他这篇文章在理论上颇为周密,他在那个年代提出这个观点,并不只是为了强调"文学是人学"的重要性,而且在于通过理论阐释给予其合法性。钱谷融观点的理论挑战可以在以下几方面看出:

其一,在文学的基本定义上,把文学的任务由反映社会客观现实,变为以表现人为出发点。这篇文章开宗明义就反对把写人作为手段,并且直接向苏联权威季摩菲耶夫挑战。季氏把文学作品对人的描写看成"艺术家反映整体现实所使用的工具"。钱谷融直接批评所谓"整体现实"就是一个空洞、抽象的概念! 敢作如此大胆的言论,或许是因为苏联也处在"解冻时期",苏联老大哥的权威也不那么令人畏惧。钱谷融反对把反映现实当作文学的直接的、首要的任务,尤其是反对把描写人仅仅当作反映现实的工具和手段。在他看来,把文学的任务放在揭

---

① 钱谷融:《〈论"文学是人学"〉发表的前前后后》,《文学的魅力》,济南:山东文艺出版社,1986年,第137页。
② 季进、曾一果:《钱谷融先生的文学思想述论》,《文学评论》2005年第2期。
③ 钱谷融:《论"文学是人学"》,参见《中国新文学大系 1949—1976》,文学理论卷二,上海:上海文艺出版社,1997年,第219页。

示生活的本质规律上,就抽掉了文学的核心,取消了文学与社会科学的区别,因而也就扼杀了文学的生命。① 只有以人为中心,把人写活,才能真正实现艺术地表现现实生活。

其二,在文学的价值评判上,钱谷融提出以人物表现为标准。活生生的人物决定了优秀文学作品真正的艺术逻辑,而人道主义的精神则使作家可以更全面地表现历史与现实中的人物。钱谷融以托尔斯泰和巴尔扎克为例,认为他们虽然认同于统治阶级,阶级立场和世界观是反动的,但却能写出社会现实的深刻性,写出合乎历史发展逻辑的人物性格,并得到了革命导师的肯定,根本原因在于他们紧紧把握人物,按照人物自身的性格逻辑组织情节,能够在人物身上发现体现历史本质的品格。在关于这一问题的论述上,钱谷融与王智量、文美惠展开论争,论争的焦点集中于何以世界观落后的作家能够表现进步的思想,能反映人民积极的正确的斗争要求。钱谷融认为王智量并没有阐释清楚这个问题,没有把写出活生生的人物作为文学作品的根本出发点。当然,今天看来,钱谷融也有一个关键问题未论述清楚,即为什么写出完整的人就能写出进步的思想。这是马克思、恩格斯的文艺理论观,在那个时期就是神圣思想,谁也无法超越。钱谷融当然也只能把它作为最高的理论准则来对待。这个问题显然不在于二者(描写完整的人和思想的进步性)之间的必然逻辑——这样的必然逻辑也是人为强加的,因为所谓"进步的思想"并不是衡量文学作品的根本标准,毕竟无人可以断定文学作品中的哪一种思想是"进步思想",也无人可以确认哪种思想是"正确思想"。在那个时期或许有政治上的神圣权威来确定,在今天这些问题则无法回答,也不可能作为绝对准则。

其三,在文学传统的意义上,只有那些秉持人道主义精神、表现了人的真挚情感的古典作品才能流传至今。钱谷融认为,古今中外的优秀文学作品无不体现了人道主义精神,他有一个在当时相当大胆的看法,即人道主义精神就体现了人民性,人民性就扎根在人道主义上。很

---

① 钱谷融:《论"文学是人学"》,参见《中国新文学大系1949—1976》,文学理论卷二,第236页。

显然,这种观点把人民性从阶级论中解救出来,赋予人民性以更为宽广的内涵。

其四,在对社会主义文学理论的体系建构上,人道主义具有奠基性意义。钱谷融的这篇宏论有更加高远的抱负,他要用人性论和人道主义去重构社会主义文学理论,用人道主义去贯穿文学理论那些具有政治性的概念。钱谷融试图赋予人道主义以超历史的普遍性的意义,他把人道主义与人民性和现实主义原则融合在一起,他说"几千年来,人民是一直在为着这种理想,为着争取实现真正的人道主义——马克思说过,真正的人道主义也就是共产主义——而斗争的。而古今中外的一切伟大的文学作品,就是人民的这种理想和斗争的最鲜明、最充分的反映"①。钱谷融试图把人民性与人道主义精神贯穿一致,这在当时无疑是一种极其大胆的观点。这不只是把人道主义精神普遍化,也试图用人道主义精神重建社会主义文学理论的基础概念。

其五,在典型理论的问题上,立足于"文学是人学",很多矛盾和困惑都可以得到恰当解决。钱谷融要用人道主义来破解阶级论,把典型理论从阶级论的封闭格局中解救出来。他的论述实际上是要说明,典型性并不是突出反映阶级性,而是反映了人的个性和共性,与阶级性并无那么紧密的关系。阶级性是社会主义现实主义的基石,也是一把悬在作家头上的利刃,其包含的意识形态的强烈特征,使得文学无法面对活生生的人,面对完整的人。对于中国作家来说,阶级性也是他们的社会性存在的软肋,他们大都出身于"剥削阶级"家庭,在那个年代,极少有作家"出身过硬",这使他们有一种阶级的原罪。在文学的艺术价值认定上,钱谷融提出文学不只是要以人为中心,而且要把怎么写人确认为评判文学价值的根本标准。用写人性的方法,替代对阶级性的简单概括,也由此来重新解释现实主义的"典型问题"。

钱谷融此文试图用人性论与人道主义来改造和重建社会主义文学理论,促使其体系走向开放,向着世界文学、向着中国传统文学、向着更

---

① 钱谷融:《论"文学是人学"》,参见《中国新文学大系1949—1976》,文学理论卷二,第223页。

有活力的体系建设开放。把文学纳入"人学"的范畴,这实际上就是"去苏联化""去阶级斗争",也就是试图把文学重新纳入五四现代启蒙文学的历史脉络中。很显然,这里面临深刻的分歧,钱谷融秉承的是五四文学的传统,这一传统要把中国现代新文学融入世界文学体系;而中国社会主义文学则在吸取苏联的社会主义文学经验的同时,从中国传统以及民间文艺中获取资源。这二者的分歧实质上是现代资产阶级启蒙文学与社会主义文学的分歧。所有的人民性、阶级性、为工农兵方向、来源于生活、典型化等观念,都试图重新开创一种社会主义的新型文化,它并不考虑文学的艺术性。然而,问题同样在于,如果没有艺术性,文化就要变成纯粹的政治,至少变成政治文化,这是20世纪五六十年代中国社会主义文学面临的窘境。那些关于公式化、概念化等问题的指责,实际上表明社会主义在新型文化的开创上还没有找到一种有效的新的美学表现形式。赵树理是一个例外,他实际上只是一个替代和过渡,当革命进行到新的历史阶段,社会主义文学也要求更新的"更高级的"文学形式时,赵树理就不能满足历史化的要求。中国的现代新文学积累的经验还不够丰厚,更遑论左翼革命文学,因此,急迫的"开创"就必须以激进的形式展开,"文革"期间的样板戏就是其必然结果。但社会主义文学艺术没有全新的形式,也就没有全新的文化,因而,社会主义在文化上的全面开创就不得不是一次无法实现的远大理想。钱谷融提出的"文学是人学"的观念,实际上就是要把社会主义革命文学拉回到中国现代传统与世界文学的体系内,这确实是文学领域里展开的"两条道路""两条路线"的斗争。还处于被革命理想充分支配的历史,终究要判定钱谷融为异端。他们遭遇到猛烈的批判①,随后不久,轰轰烈烈的反右斗争展开,巴人被打成右派,钱谷融则被定为极右,还作为"活老虎"的教材随时供上海教育界批判②。

---

① 王淑明的《论人情与人性》(《新港》1957年第7期)、马文兵的《在"人性"问题上两种世界观的斗争》(《文艺报》1960年第12期),是不同时期较有力度的批判文章。
② 据钱谷融在与《瞭望东方周刊》(2008年3月19日,记者何英宇)记者一次访谈中谈道:"柯庆施当年点名说,上海高教界要留两只'活老虎',一只是我,一只是复旦大学的美学家蒋孔阳,不要都是'死老虎','活老虎'的教育意义大。所以我才能蒙混过关。"

第三章　现实主义的学理化与政治化

对人性论人道主义的论争,在社会主义革命文学的历史建构中,始终是一个难以逾越的难题。反右斗争告一段落后,依然有持续的批判和斗争。1958年1—3月,姚文元写有长文《评钱谷融先生的"人道主义"论——和钱谷融等辩论》①,姚文元的批判出发点就是用阶级论来批驳人道主义,他认为钱谷融的人道主义实际上就是人性论的变种,不同阶级的人就不可能有共通的人性和人道。他的论述从历史入手,认为历史上的人类社会就分为阶级社会,"由于社会分工的发展,在剥削阶级中产生了不需从事体力劳动的知识阶层。社会中出现了相互对立着的阶级,社会中的人分裂为剥削者和被剥削者"。②既然阶级斗争贯穿了人类社会,"每个人的思想感情都打上了阶级的烙印",不同阶级的人只有阶级斗争,何来共通人性?这就是姚文元推论的逻辑。姚文元据此逐条批驳了钱谷融的观点,即中国古典文学中有些作品描绘了阶级社会中劳动人民痛苦的某些方面。在姚文元看来,杜甫和白居易的诗虽然对劳动人民发出某些悲叹,但都是对统治阶级的"劝诫""讽谕","没有从根本上超越过或从根本上否定统治阶级的世界观"。他甚至认为杜甫、白居易是以如鲁迅所说的"做稳了奴隶的时代"为尺度来批评"欲做奴隶而不得"的时代的。

同样,他认为那些资产阶级的所谓进步作家批判了资本主义,但从未从根本上动摇资产阶级的统治基础,卢梭、孟德斯鸠、狄更斯、罗曼·罗兰,他们所代表的是资产阶级的利益。姚文元说,他们所追求的"理性的王国",正是新的资产阶级剥削制度的理想化。"他们没有超出资产阶级世界观的范围,没有一个真正代表了劳动人民的利益。"基于这种认识,姚文元分析了被钱谷融推为人道主义代表作的《大卫·科波菲尔》、左拉的《小酒店》、罗曼·罗兰的《约翰·克利斯朵夫》,他以阶级斗争的观点来审视这些作品,看出那里面根本就没有你死我活的阶级斗争,没有抱有推翻资本主义之觉悟的工人阶级,因而这些作品就谈

---

① 该文未查到公开发表的期刊,收入姚文元《文艺思想论争集》,北京:人民文学出版社,1966年。
② 姚文元:《评钱谷融先生的"人道主义"论——和钱谷融等辩论》,《文艺思想论争集》,第278页。

不上是多么进步的作品。衡量古今中外一切文学艺术作品,只有一个标准,就是有没有反映你死我活的阶级斗争,有没有表现人民推翻统治阶级的革命行动。这样的逻辑已然先验地认定无产阶级革命发生以前的文学艺术都不正确,没有接受马克思主义的阶级斗争学说的文艺作品都要受到批判。

姚文元何以如此激烈地批判人性论和人道主义?他有一段话说得很清楚:"从社会主义文艺的思想任务看,我们今天要培养共产主义的新人,而资产阶级人道主义,在抽象的形式下所宣扬的资产阶级人性,不管是来自理论或者资产阶级文学作品,不但不能培养共产主义的个性,并且还用资产阶级意识毒害人民,培养反社会主义的个性。我们要教育青年成为对党忠诚的共产主义战士,而资产阶级人道主义思想却把青年引向蔑视集体、蔑视群众的个人主义,同社会主义、共产主义事业对立,有的就在资产阶级人道主义思想的毒害下,变成反党、反社会主义的右派。这是事实。"①革命只讲阶级斗争,不讲人性,不讲家庭亲情血缘,这也是"文革"期间父子反目、夫妻告密、兄弟残害之类的事情大量发生的缘由之一。姚文元写作此文时正值27岁的青春年华,他对政治上疑点重重的父亲姚蓬子可能心怀怨恨。数年之后,1976年9月,姚文元又一次面临政治抉择,是疏远江青,还是继续与"四人帮"捆绑在一起,他有过犹豫。他曾在日记里写道:"我要振作起来,要充满信心,为了孩子,也要勇敢地投入战斗。"②在当代中国的文学批评和学术理论的历史实践中,有如此的政治投机家能够得一时之逞,也是值得深思的事情。

1960年1月,姚文元再次出手批判"人性论",这次攻击的对象是巴人。此时巴人被打成右派已经二年有余,他不依不饶地清算巴人,把巴人说成"社会主义革命和建设时期在文艺上的资产阶级人性论的一

---

① 姚文元:《评钱谷融先生的"人道主义"论——和钱谷融等辩论》,《文艺思想论争集》,第308—309页。
② 参见霞飞《毛泽东逝世后的姚文元》,《文史博览》2009年第3期。

第三章 现实主义的学理化与政治化

个代表"①。而在姚文元看来,资产阶级的人性论好像一颗老鼠屎,掉到什么锅里都要搞臭一锅汤。他说巴人把人性论"贯穿到文艺上一切方面去,把很多问题都搅混了"②。姚文元批判巴人的人性论与批判钱谷融的观念和手法如出一辙,那就是"阶级论"。在阶级社会中,超阶级的"人情"是不存在的,姚文元说,无产阶级有无产阶级的人情,资产阶级有资产阶级的人情。无产阶级和资产阶级之间只有你死我活的斗争,不可能有共通的"人情"。这种论调乃是那个时代的革命政治决定的观念,姚文元把它绝对化,变成利刃和投枪,那当然无往而不胜,因为他在政治上是绝对正确的。革命批判的逻辑就在于绝对和彻底,姚文元做到了,他的批判必然大获全胜。这已经不是文学批评,而是政治斗争。

1960年针对巴人的批判文章还有马文兵的《在"人性"问题上两种世界观的斗争》③,马文兵虽然没有姚文元那么凌厉的政治手法,但同样是从"阶级对立"的角度来做文章。这篇文章在学理上展开与巴人的论辩,探讨了马克思前后期不同的思想演变这一在当时算是十分前沿的马克思主义理论问题。文章分析了马克思在《神圣家族》和《1844年经济学哲学手稿》中关于"异化"问题的讨论,这在当时也是难得的理论讨论。马文兵力图阐述马克思并没有肯定共同人性的存在,理由在于,其一,马克思说的非人性,只是指资本主义生产中无产阶级的生活条件;在阶级社会中,非人性、人性的异化,就是人性异化为不同的阶级特性。其二,无产阶级为了改变自己的生存条件,去除掉自己非人性的外观,就产生了无产阶级的反抗性、斗争性、坚韧性、团结性等阶级特性,这才是真正符合"人性"的。其三,复归并不是回到共通的人性,复归是否定之否定,是从"非人性"到"人性"的扬弃,是无产阶级的阶级

---

① 姚文元:《批判巴人的"人性论"》,《文艺思想论争集》,第335页。该文注明写作日期是1960年1月。
② 同上书,第348页。
③ "马文兵"是一个集体名字。1959年在周扬和何其芳的倡导下,在中国人民大学举办了一个文艺理论研究生班,学员集体署名马文兵,意即马克思主义的文艺理论小兵。1960年,马文兵就在《文艺报》显要位置发表一系列重头文章,如《评资产阶级人道主义》《在"人性"问题上两种世界观的斗争》《批判地继承托尔斯泰的艺术遗产》等。

性对资产阶级阶级性的克服,是在新质上的"人性复归"。其四,只有在革命性、阶级斗争的精神架构里才能理解马克思的人性复归的真正含义。

严格地说,20世纪五六十年代并没有关于"人性论"的论争,有的只是少数对文学还保持着现代启蒙记忆和忠诚的批评家,如钱谷融和巴人等,他们试图把文学拉回到更为切合人的直接经验的人情、人性中,也是在现代文学理论批评的学理传统中来讨论文学;但另一部分自以为占据正统地位的人对之进行严厉批判。显然这不是一个学术讨论的语境,这是"政治正确"的认定。对与错都不是学术问题,而是事关政治生命的大是大非问题。但无论如何,我们都可以看到当代中国的文学批评家并不甘于被极左政治碾压,只要稍有空隙,他们就要展开正常的学理探讨,寻求现实主义的中国路径。

二 关于美学大讨论

一定是"双百方针"的氛围激发了学术讨论的热情,1956年展开的美学讨论,可以说是一次意外的收获,原本是进行资产阶级美学思想的清理,却促成了中国社会主义理论批评最具有学理内涵的一次碰撞。虽然关于"唯心"和"唯物"的分歧严重阻碍了学术问题的深入,但从中显示出中国的理论家们在这二道栅栏之间的艰难行走。

美学问题引发讨论的源头可以追溯到朱光潜的那篇检讨性的文章《我的文艺思想的反动性》①,很显然,这篇检讨文章是《文艺报》编辑部出于展开学术批判和争鸣活动的策划安排发表的。朱光潜也有意清理自己过去的思想渊源,故而同意《文艺报》的策划发表这篇诚恳的自

---

① 朱光潜的文章载《文艺报》1956年6月第12期。马驰认为,"朱光潜这篇文章的重心还不在于对自己旧思想的清算,而在于他重新提出的'美究竟是什么',即美的本质的问题,也由此引发了美学界的一场持续的大讨论"。参见马驰《双百方针与美学争鸣》,载《东方丛刊》,2003年第3期,第136页。马驰此一观点可能有所偏颇,朱光潜这篇文章还是很诚恳全面地清理了自己过去的思想渊源的,这篇文章如果真的是引起美学讨论的话,那也是《文艺报》编辑部组织的结果,而不是这篇文章的内容自发地引起了讨论,该文只是引起讨论的计划的一个引导材料。

我批评文章。《文艺报》编发时在这篇文章前加了编者按,明确提出"为了展开学术思想的自由讨论,我们将在本刊继续发表关于美学问题的文章,其中包括批评朱光潜先生的美学观点及其它讨论美学问题的文章"。跟踪整个讨论,《文艺报》编辑部编辑出版了《美学问题论争集》,其中前四集由《文艺报》编辑,自 1957 年 5 月起,直至 1959 年 1 月,先后由作家出版社出版。第五、六集改由《新建设》编辑部编辑,1962 年、1964 年分别由作家出版社出版。朱光潜的文章显然是《文艺报》有组织地展开美学讨论的产物,随后的美学讨论也是《文艺报》自身寻求改版的结果。据洪子诚的研究,在 1956 年岁末,"周扬等开始积极筹备《文艺报》的改版,指定林默涵、刘白羽、郭小川、张光年等负责筹备工作……周扬等让调集一批得力人员充实、加强编辑部,到改版实现时,编辑部人员达到 80 人"。① 朱光潜的文章发表于 1956 年 6 月 30 日出版的《文艺报》第 12 号,该期报纸登载了一系列体现"双百方针"精神的文章,《文艺报》改版显然也是想就这些文章提出的问题展开讨论,改版才有米可炊。

(一)朱光潜:美是主客观统一

朱光潜在《我的文艺思想的反动性》一文中梳理了他的美学思想的学术背景,既有中国旧学的影响,又有更多西方唯心主义哲学的影响,其中康德、黑格尔、柏格森尤其是克罗齐的影响尤甚。朱光潜早年就形成了他的美学思想②,尽管在 1940 年代末就遭遇到左翼阵营的批

---

① 洪子诚:《1956:百花时代》,济南:山东教育出版社,1998 年,第 150 页。
② 朱光潜(1897—1986 年),安徽桐城人,笔名孟实、孟石,中国现代美学奠基人。早年在香港大学文学院求学,后在上海大学吴淞中国公学中学部、浙江上虞白马湖春晖中学任教。1921 年,朱光潜发表了白话处女作《福鲁德的隐意识说与心理分析》,1924 年,撰写第一篇美学文章《无言之美》,随后到上海与叶圣陶等人创办立达学园。1925 年出国留学,先后求学于英国爱丁堡大学、伦敦大学、法国巴黎大学、斯特拉斯堡大学,获文学硕士、博士学位。1933 年朱光潜回国,先后在国立北京大学、国立四川大学、国立武汉大学、国立安徽大学任教。朱光潜在 20 世纪三四十年代就发表《给青年的十二封信》《谈美》(1932)、《文艺心理学》(1936)以及译著克罗齐的《美学原理》。1949 年后,朱光潜长期在北京大学任教授,编著和翻译主要有《克罗齐哲学述评》《西方美学史》《美学批判论文集》《谈美书简》《美学拾穗集》等,并翻译了《歌德谈话录》、柏拉图的《文艺对话集》、莱辛的《拉奥孔》、黑格尔的《美学》、维柯的《新科学》等。

判,1949年后他也承受着意识形态的压力,但他的思想并未有根本的变化。他也想借此次学术批判清理自己的思想,重新思考美学的基本问题。朱光潜总结他过去的思想时说:"关于美的问题,我看到从前人的在心在物的两派答案以及克罗齐把美和直觉、表现、艺术都等同起来,在逻辑上都各有些困难……于是又玩弄调和折衷的老把戏,给了这样一个答案:'美不仅在物,亦不仅在心,它在心与物的关系上面。'如果话到此为止,我至今对于美还是这样想,还是认为要解决美的问题,必须达到主观与客观的统一。"后来又转向强调"凡是美都要经过心灵的创造。……美就是情趣意象化或意象情趣化时心中所觉到的'恰好'的快感。"①朱光潜后来一直试图学习马列毛泽东思想,来建立自己的唯物主义观念。他的《论美是客观与主观的统一》,就大量引证马克思、列宁和毛泽东的论述,以此表明自己把立场转向了马列主义。他因此提出一点试探性的解决困难的办法。他的基本论点在于区分自然形态的"物"和社会意识形态的"物的形象",也就是区分"美的条件"和"美"。现在,他更明确了自己的看法:"美既有客观性,也有主观性;既有自然性,也有社会性;不过这里客观性与主观性是统一的,自然性与社会性也是统一的。"②朱光潜从列宁的《唯物主义与经验批判主义》那里找到哲学依据,他认为:美学如果接受了在感觉阶段意识反映客观存在的大原则,承认了美必有美的客观条件,美感必须在感觉素材上加工,它已经就是很稳实地建筑在唯物主义的基础上了。

朱光潜似乎颇为自信地认为自己已经脱离了资产阶级唯心主义立场,他说道:"我接受了存在决定意识这个唯物主义的基本原则,这就从根本上推翻了我过去的直觉创造形象的主观唯心主义。我接受了艺术为社会意识形态和艺术为生产这两个马克思主义关于文艺的基本原则,这就从根本上推翻了我过去的艺术形象孤立绝缘,不关道德政治实用等等那种颓废主义的美学思想体系。"③对于朱光潜来说,已经不是

---

① 参见《美学问题讨论集》,第1集,北京:作家出版社,1957年,第22页。
② 朱光潜:《论美是客观与主观的统一》,原载《哲学研究》1957年第4期。参见《美学问题讨论集》,第3集,第5页。
③ 参见《美学问题讨论集》,第3集,第56页。

如何阐明美是什么的问题,而是如何给先前的理论找到唯物主义的解释。只有建立在唯物主义基础上的理论才是正确的,其正确性在于它是符合马克思主义哲学原理的。

然而,朱光潜无论怎样解释似乎都是徒劳的。黄药眠、蔡仪、敏泽、周来祥等写文章批判朱光潜,依然把他看成唯心主义。对朱光潜的批判持续了多年,没有人认为朱光潜通过学习马列已经转变了立场和思想方法,还是一如既往地把他当成唯心主义者来批判。

(二) 蔡仪:美在客观说

持美在客观说的代表人物为蔡仪①。蔡仪早在 1940 年代出版的《新艺术论》和《新美学》中就提出美在客观说。1948 年发表《论朱光潜》,对朱光潜的美在主观说展开讨论,批评其为主观唯心主义。蔡仪坚持马克思主义唯物论由来已久,且几十年经久不变。1950 年代的美学大讨论中,蔡仪的美在客观说是最坚定明确的唯物论美学。在诸多对朱光潜的批判中,蔡仪观点是最彻底和绝对的。在别人那里,很难分离美与人的主观意识的关系,而在蔡仪这里,主客观是分辨得极其清晰的。这在蔡仪批驳黄药眠的那篇文章《评"论食利者的美学"》一文中表达得很清楚。

朱光潜的文章《我的文艺思想的反动性》发表后,率先起来批判朱光潜的是黄药眠(1903—1987),他的文章的题目是《评〈论食利者的美学〉》,对朱光潜的美学思想开篇就大加挞伐。他说,朱光潜的学问看起来很渊博,其实"像用许多破烂的碎布勉强联缀成的破布片"。他表示不打算用"我们的观点"去批判朱光潜的学说,"只是先用他自己的话来揭露他的学说的虚妄"。

---

① 蔡仪(1906—1992),字南冠,湖南省攸县人。1925 年入北京大学预科文学部,曾加入沉钟社。1929—1937 年留学日本,毕业于东京高等师范和九州帝国大学。1937 年回国参加抗日救亡,1939 年起在郭沫若领导下的国民革命军总政治部第三厅和文化工作委员会工作。1942 年著述《新艺术论》,同年冬开始撰写《新美学》,并于 1946 年由上海群益出版社出版。1945 年加入中国共产党,1948 年任华北大学教授,1950 年在中央美术学院任教授,并先后兼任北京大学、中国人民大学教授。1953 年调文学研究所任研究员。出版有《文学概念》(1981)、《美学原理》(1985)、《蔡仪文集》(十卷本,2002)。

在那个年代，朱光潜这样的中国现代美学的开山人物，因为被看成资产阶级唯心主义的代表，其学问就被指斥为"破布片"。这些美学讨论的基础与前提，还是政治批判。黄药眠早年写诗，也写小说，出版有论文集《论走私主义者的哲学》《沉思集》《黄药眠文艺论文选》等，黄药眠对文学原本很有见地，但在特殊的年代，他的文学批评变成火药味十足的攻击。相互批判，用词用语上纲上线，几欲置对方于死地，是那个时期的批判方式，只有这样才能将自己立于"革命"的不败之地。尽管黄药眠自以为站在唯物论和劳动人民一边，但在蔡仪看来，黄药眠与朱光潜并无本质区别。蔡仪认为，黄药眠在批判朱光潜的主观唯心主义时，他自己也不能否认美与人的主观因素的决定关系，这就依然落入和朱光潜一样的唯心论。黄药眠认为，"美学评价"的根据是"生活理想"，"美学的意义"则在于比如人把梅花作为自己性格的象征，用以借物抒情来表现自己的"美学理想"。既然认为梅花成为"美学对象"没有它本身的原因，只是人的主观的原因，这就等于说客观事物本身并无所谓美，只是被人认为美才是美的。也等于说美是主观决定的，美是主观产生的。蔡仪由此认为，"在美学思想的基本论点上，黄药眠和朱光潜是没有什么不同的"，并由此写道："自然我们也承认人之所以认为某一对象的美，是和他的生活经验、当时的心境及他的思想倾向等有关系。但是对象的美如果没有它本身的原因，只是决定于人的主观，所谓'美学评价'也没有客观的标准，只有主观的根据，那么美的评价也就只能是因人的主观而异，既无是非之分，也无正误之别，美就是绝对地相对的东西，这就是美学上的相对主义。实质上也就是美的完全否定，是美学上的虚无主义。"①

蔡仪的观点遭到朱光潜的批判，朱光潜把蔡仪的观点归纳为三个要点：(1)美与美感是对立的，美是客观存在，在于客观事物本身的法则，是第一性的，美感是主观认识，是第二性的；美可以引起美感，但是美感不能影响美，物的形象的美是不依赖于鉴赏的人而存在

---

① 蔡仪：《评〈论食利者的美学〉》，原载《人民日报》1956年12月1日。参见《美学问题讨论集》，第2集，第8页。

的。(2)美的理想、生活经验、心境、思想倾向等都是主观的,与人之所以认为某一对象的美有关系,这就是说,与美感有关,与美无关。人可以借物的形象来抒情,但是这种形象是人自己情趣的幻影,不是真正的物的形象。物的形象是不依赖于鉴赏的人而存在的。(3)承认事物的美有它本身的原因,美的评价才有客观的标准,才有是非之分。

朱光潜对"客观论"有切肤之痛,应该说他对蔡仪的"客观论美学"的概括是很全面和准确的。蔡仪的美学在当时被群起攻之,被批判为"机械唯物论",如果美的客观性如此绝对,那绝大多数人都与唯心主义脱不了干系,这是参与美学讨论的人所不能接受的。朱光潜现在有备而来,他不再是从他旧有的"资产阶级唯心主义"知识体系来批判蔡仪,而是从马克思主义辩证法角度来批判。他肯定蔡仪试图用马克思列宁主义的反映论作为美学的基础,走唯物的路向。但他指出,蔡仪的看法离真理还有距离,因为蔡仪只抓住了"存在决定意识"一点,而没有重视"意识也可以影响存在"。朱光潜说:"美感和艺术不仅是自然现象,而且有它的社会性,所以它的活动不同于自然科学的活动。"因此,蔡仪在运用马克思列宁主义的过程中有时不免是"片面的,机械的,教条的,虽然是谨守唯物的路向,却不是辩证的"①。

对蔡仪的客观论美学的归纳,朱光潜当是最为透彻,只有他能感受到那种客观论的根本问题所在,如果不将蔡仪的客观论定位在机械教条上,那么朱光潜即使强调美是主客观的统一的美学观点,也没有生存的余地。从这里也可清楚地看出这场美学讨论是如何在马克思列宁主义的唯物论的框架里作茧自缚。其要点不在美学观点的深入或精辟,而在于认定谁是唯物唯心,谁是主观客观。

(三) 美在主观说

也许最令人惊异或意外的在于,在1950年代,还有人公开主张美在于主观的观点。朱光潜的主观论(美在主客观关系说)已经被批得

---

① 朱光潜:《美学怎样才能既是唯物的又是辩证的》,原载《人民日报》1956年12月25日。参见《美学问题讨论集》,第2集,第19—20页。

体无完肤,难道还有自撞南墙的人吗? 是的,吕荧、高尔泰就是这样的代表。

吕荧[①]早在 1953 年《美学问题》一文中,就批判了蔡仪 1940 年代出版的《新美学》。吕荧明确反对"美在客观"的论点,他提出"美是人的一种观念"。他说:"美,这是人人都知道的,但是对于美的看法,并不是所有的人都相同的。同是一个东西,有的人会认为美,有的人却认为不美;甚至于同一个人,他对美的看法在生活过程中也会发生变化,原先认为美的,后来会认为不美;原先认为不美的,后来会认为美。所以美是物在人的主观中的反映,是一种观念。"[②]"美的观念因时代、因社会、因人、因人的生活所决定的思想意识而不同。"[③]"自然界的事物或现象本身无所谓美丑,它们美或不美,是人给它们的评价。"1957 年,吕荧在《人民日报》上发表的《美是什么》一文,又进一步论证提出"美是人的社会意识"。他说:"我仍然认为:美是人的社会意识。它是社会存在的反映,第二性的现象。"吕荧也并非胆大妄为,他依然是在引经据典,在马克思主义关于"社会生活""社会意识"的基础上来论证,他就把蔡仪打入折中德国古典唯心论(从康德到黑格尔)的阵营里去。尽管吕荧的理论后盾有马克思列宁的经典论述,也有车尔尼雪夫斯基"美是生活"的经典命题,但吕荧的观点还是被普遍认为是主观唯心主义。吕荧并不轻易放弃自己的主张,他还是始终不渝地与他人论战。

吕荧的特立独行和顽强不屈,还表现在他对"胡风案"的态度上。吕荧早在 1937 年就与胡风关系密切,但奇怪的是,"胡风集团"名单里没有他的名字。一般的人避之唯恐不及,他却迎头冲上去。1955 年 5 月 25 日,中国文联主席团和作家协会主席团召开联席扩大会议,郭沫

---

① 吕荧(1915—1969),安徽天长人。1935 年入北京大学历史系学习,参加了"一二·九"学生运动,1938 年试图去延安,未成功,转道去山西临汾参加"民族解放先锋队"工作。1950 年后历任山东大学中文系主任、教授,《人民文学》出版社编辑。1969 年"文革"期间被关进监狱迫害致死。

② 吕荧:《美学问题》,原载《文艺报》1953 年第 16 期,参见吕荧《美学书怀》,北京:作家出版社,1959 年,第 5 页。

③ 同上书,第 6 页。

第三章 现实主义的学理化与政治化

若主持会议并致开幕辞。他做了题为《请依法处理胡风》的报告,第一次公开透露出胡风等人即将遭受的严酷待遇。现场七百多人报以热烈的掌声,并举手通过了把胡风开除出"文联"和"作协"、并依法惩处他的决议。接着,有二十几位代表起来发言,表示完全支持上级的决定。这时吕荧走了上去,他坐到了郭沫若、周扬的中间,对着话筒,振振有词地说,"胡风不是政治问题,是认识问题,不能说他是反……"吕荧的话未完,会场在惊愕中乱成一团。吕荧此举,与他平时寡言少语相去甚远。捍卫者急忙跳上台,众人发出狂噪的斥责声,吕荧被带下台去,遭受软禁,一年后才恢复行动自由。这就是主张"美是主观的"的人在另一场景中的表现,敢于持此说法的人,在那个年代决非常人。

另一位主张"美在主观"的人——高尔泰①,其性格、遭际与吕荧相去未远。1957年2月,时年22岁的高尔泰在《新建设》上撰文《论美》参与美学讨论,主张美是主观说,因其观点鲜明且敢标举主观说而闻名一时。他认为:"美产生于美感,产生以后,就立刻溶解在美感之中,扩大和丰富了美感。由此可见,美与美感虽然体现在人物双方,但是绝对不可能把它们隔裂开来。美,只要人感受到它,它就存在,不被人感受到,它就不存在。要想超美感地去研究美,事实上完全不可能。超美感的美是不存在的,任何想要给美以一种客观性的企图都是与科学相违背的。"②高尔泰的论美,与其他人的行文文风颇不相同,他不引经据典,通篇没有马克思列宁的经典语录,只是以他自己的感悟直接表达。高尔泰随后写了《论美感的绝对性》,同样也是自己的直白语言,在这篇文章里,他也提到车尔尼雪夫斯基"美在生活"的观点,但他更多的

---

① 高尔泰(1935—),出生于江苏高淳。1955年于江苏师范学院毕业,分配至甘肃省兰州市第十中学任美术教师。1957年被打成右派,发配到位于甘肃省酒泉地区的"地方国营夹边沟农场"进行劳动教养。1959年靠绘画才能在兰州为甘肃省博物馆创作十年大庆宣传画,因而躲过了饥荒。1962年春天解除劳动教养,到敦煌文物研究所工作。1966年因"文化大革命"爆发遭到批判斗争,后在五七干校劳动,1977年平反。1978年春天调至兰州大学哲学系,主持美学专业。1978年底暂时借调至中国社会科学院哲学所。1982年回到兰州大学任教。1984年到四川师院任教,随后先后在南开大学和南京大学任教。现居美国。

② 高尔泰《论美》,原载《新建设》1957年第2期,参见《美学问题讨论集》,第2集,第134—135页。

是阐述自己的感悟,尤其是联系艺术创作,他认为艺术中的自然就是人化的自然,艺术的美就是艺术家的主观创造,艺术的美是属于那些能感受到它们的人们的,所以,"人的心灵,是美之源泉"。① 高尔泰在1980年代出版有《论美》和《美是自由的象征》等美学著作,在青年中影响甚大。一度与朱光潜、宗白华、蔡仪、李泽厚齐名,被称为现代中国五大美学家之一。

(四)李泽厚:美的客观社会属性

在1950年代的美学讨论中,李泽厚以其年轻而又富有思辨的论说令人刮目相看。李泽厚后来以康德的"主体论"作为引领中国1980年代思想解放的理论出发点,为人道主义、人性论的重新奠基,提供了西方思想的深厚渊源。在1950年代的美学讨论中,李泽厚之能显出理论背景的深厚,则在他对马克思的《1844年经济学哲学手稿》(以下简称《手稿》)思想的运用。这就是他从马克思那部《手稿》中提炼出的那个著名公式:"人的本质力量的对象化。"②李泽厚据此提出美是客观性与社会性的统一的观点,也可理解为"美的本质就在客观社会性"。这就使他与蔡仪的"美在客观说"、朱光潜的"美在主客观的统一"以及吕荧、高尔泰的"美在主观说"区别开来。李泽厚的这一解释,似乎使他最接近马克思主义强调社会实践的学说,同时也可以在个人审美经验中得到理解。李泽厚当时以他二十六七岁的年纪,就与名师大家论争而能独树一帜。李泽厚当时发表一系列重头文章,如《论美感、美和艺术》(载《哲学研究》1956年第5期)、《美的客观性和社会性》(载《人民日报》1957年1月9日)、《关于当前美学问题的争论》(载《学术月刊》1957年第10期)、《论美是生活及其他》(载《新建设》1958年第5期)、《〈新美学〉的根本问题在哪里?》以及论"形象思维"的文章。

李泽厚讨论美学问题也是从美感入手,这点他与朱光潜一样。朱

---

① 参见《美学问题讨论集》,第3集,第394页。
② 参见李泽厚《美学论集》,上海:上海文艺出版社,1980年,第51页。《论美、美感和艺术》这篇文章附录有"补记",李泽厚写道:"在国内美学文章中,本文大概是最早提到马克思的《1844年经济学哲学手稿》,并企图依据它作美的本质探讨的。"

第三章 现实主义的学理化与政治化

光潜有感于批判者责难他的资产阶级唯心论,他自己检讨认为,问题出在他讨论美从美感入手。李泽厚则认为,朱光潜的主观论,并不在于提出什么样的问题,而重在以什么观点和方法解决问题,这样就使李泽厚的论述也从美感入手具有了合法性。李泽厚认为美感具有直觉性与社会功利性相统一的矛盾二重性,其理论依据来自马克思《手稿》中的论述:"五官感觉的形成乃是整个世界历史的产物……"马克思的这一论述,也是1980年代美学讨论中的经典名言,李泽厚早在1956年就发现了马克思的这一说法,这给他的社会历史说提供了有力的支持。李泽厚后来也十分强调"积淀说",这与马克思早期《手稿》中的这一说法相关。李泽厚也强调审美的主观能动性,但他赋予它以社会历史实践的内容,这就去除了主观唯心主义色彩。他认为自然美也是社会历史实践在起作用。他说:"人对自然的美感欣赏态度的发展和改变,就正是以自然本身对人的客观社会关系的发展和改变为根据和基础。"于是他做结论说:"美不是物的自然属性,而是物的社会属性。美是社会生活中不依存于人的主观意识的客观现实的存在。自然美只是这种存在的特殊形式。"①

李泽厚把美的主客观问题,转移到美的社会性上来讨论,他的关键立论就在于美是客观社会性的体现。他说:"美的社会性是指美依存于人类社会生活,是这生活本身,而不是指美依存于人的主观条件的意识形态、情趣,即使这意识这情趣是社会的、阶级的、时代的。所以,就决不能把美的社会性与美感的社会性混为一谈,美感的社会性(社会意识)是派生的,主观的,美的社会性(社会存在)是基元的,客观的。"②李泽厚强调美的社会性,根源于马克思主义历史唯物主义原理:社会存在决定社会意识。李泽厚的社会性还具有历史生成性,因为他要解决社会历史的审美经验的可继承性问题。他在这一观点上的理论依据,则是马克思《手稿》中所说的:"对象的现实处处都是人的本质力

---

① 《论美、美感和艺术》,参见李泽厚《美学论集》,第28—29页。
② 《美的客观性和社会性》,参见李泽厚《美学论集》,第60页。

量的现实,都是人的现实……对于人来说,一切对象都是他本身的对象化。"①李泽厚后来从马克思的"人化的自然"的学说中延伸出他独特的审美"积淀说"②,既然对象是人的本质力量的对象化,人的历史实践具有延续性,具有历史发展的生成性,对象化本身是具有成果积累的生成史,那么人的实践的社会性就具有普遍性和历史性的双重特征,这就达成了主客观在社会性上的统一和在历史实践中的发展。

马克思在《费尔巴哈论纲》中指出:"从前一切唯物主义……所含有的主要的缺点,就在于把事物、现实、感性只是从客观方面和从直观方面加以理解,而不是理解为人的感性活动,不是理解为实践,不是从主观方面加以理解。所以结果竟是这样:能动的方面竟是跟唯物主义相反地被唯心主义发展了,但只是被它抽象地发展了,因为唯心主义当然不知道有真正现实的活动,真正感性的活动。"③马克思的这一段话,几乎是李泽厚解释主客观在社会实践中的统一这一根本论点的理论出发点。也正因为是对马克思这一思想的掌握,李泽厚才能强调审美活动的主观能动性。说穿了,李泽厚的美学思想其实最接近朱光潜,他们之间的区别,只是李泽厚把朱光潜的主观性改变为社会性。朱光潜与李泽厚都是强调在审美活动中的主体能动性,朱光潜不愿把他的主体能动性社会功利化,而强调直觉,强调个体的心灵创造;李泽厚则要赋予个体经验以更为广大深厚的社会实践功能,并因此与客观物质世界达成统一。

今天看起来,李泽厚当年强调社会性而把观点建立在马克思主义历史唯物主义基础上,从而有理论深度并更加令人信服。李泽厚所说的社会性具有强大的综合功能,甚至包罗万象,这点肯定没有错,越是在复杂的结构中来讨论美的本质或属性,其涵盖面越广,内涵越丰富,

---

① 《美的客观性和社会性》,参见李泽厚《美学论集》,第61页。
② 李泽厚在1980年代写作《美的历程》时提出"审美积淀说",此说当然也在一定程度上受到荣格的"集体无意识"理论的影响,但李泽厚的观点更主要的是来自马克思的《1844年经济学哲学手稿》中的"人化的自然"的思想,而李泽厚对此的理解,在20世纪五六十年代的美学讨论中就初露端倪。
③ 参见李泽厚《美学论集》,第122页。

第三章　现实主义的学理化与政治化

当然也就更能立得住脚。美确实与主观有关,也与客观有关;与个人心灵创造有关,也与劳动实践有关;与当下的时刻有关,也与历史延续积淀有关。如此看来,美的属性关涉面太多,偏向哪一方面,都会出现例外,甚至,它总会有不可穷尽的例外。李泽厚的问题在于,他试图用社会性替代一切,涵盖一切,社会性过于强大,实际上压垮或者去除了更为单纯的个人经验,去除了更为纯粹的心灵创造。他的"社会客观性"最终只剩下普遍性和历史性,它建构了一个审美的场所——实践,而无法面对个体的审美经验的独特性作出有效说明。社会性并不能统摄一切,它还有必须分离出去的个别性、当下性和主观性。只是在20世纪五六十年代,李泽厚当然不能肯定这些方面的属性,不然就与资产阶级唯心论同流合污了。从更严格的意义上来说,美或许是不可定义的,因为它包含的方面极其丰富多样而又千变万化,任何一个定义都不可把它本质化和固定化。

李泽厚的"实践美学"打上了马克思主义哲学的鲜明烙印,与劳动、人民性、现实生活都建立了直接的阐释关系,使得李泽厚的美学理论既具有政治上的合法性,又有相当强的阐释能力。当然,李泽厚的社会实践派的美学理论确实是极大丰富了马克思主义理论,也可以说是马克思主义美学中国本土化最有效的学说。但李泽厚的学说具有左右的双重性,向右,他立即就越过马克思主义的边界,向康德派挺进;向左,则也容易被庸俗化和概念化,社会实践、劳动、现实等,都不过是政治正确规定的一套术语。但在那个时期,李泽厚借助其马克思主义哲学的功力和康德的后盾,在论述上始终有一种哲学厚度,而在别的论者试图强调审美的社会实践活动时,就会有别样的效果出现。姚文元在20世纪五六十年代的美学讨论中也有引人注目的表现,他的《照相馆里出美学》就突出普通群众的审美情趣,当然也使美学讨论沾染上庸俗社会学的色彩①,由此往前走一步,美学就变成"阶级论"的学说。

1950年代的美学讨论,因为政治化的语境,使学术讨论不能在学

---

① 姚文元:《照相馆里出美学——建议美学界来一场马克思主义的革命》,《文汇报》1958年5月3日。

理的层面有效深入。其出发点本来就是为了清算资产阶级学术思想，朱光潜几乎可以说成引发争论的靶子，他的自我清算和对他的批判，都被政治声讨所扭曲。在那个时期，"资产阶级唯心论"的帽子及政治上的非法性，成为学术论争严重的障碍；而马克思主义的真理性，却又使论辩双方过分依赖经典语录，并不能越雷池多远，这些都深重地限制了学术广度、厚度和深度。但即使在这样的语境和束缚下，在学术与思想相当闭塞的情形下，中国的理论家们依然展开了积极的争论，在提出审美的问题这一点上，就是一个了不起的突破。讨论把审美问题与个体经验联系在一起，试图解释主观心灵与艺术创造的关系，解释自然美与不同阶级的普遍经验，这对马克思主义理论的拓展，起到了积极的推进作用。1980年代的美学热，与20世纪五六十年代的美学讨论培养了一大批美学家有关，也与20世纪五六十年代美学理论的积累有关。

从总体上来说，1980年代的思想解放运动，几乎承袭了20世纪五六十年代的命题，从现实主义讨论、文学与政治关系、人道主义人性论、美学问题以及由此引申出的"人的解放"和"主体论"的时代命题中，都可以看到1980年代与20世纪五六十年代的直接呼应。在这一意义上，也可以说，没有20世纪五六十年代，何来1980年代？只是前者遗留的论题，在后者那里具有了批判性的含义。而且批判性过于拘泥于对极左的对立面的反思，并没有真正从知识上加以超越，而是限于对马克思主义经典(如《手稿》)的解释。1980年代中期，李泽厚就主张要通过大量翻译西方当代学术成果推动知识的更新，进而推进学术思想的进步。学术进步并不能仅依赖于翻烙饼式的(二元对立式的)批判，更重要的在于知识更新基础上的批判与阐释，从而共同建构起新的论域，由此才有学术真正的提升。

三 关于典型性与形象思维

典型性作为现实主义的核心理论，也一度构成了20世纪五六十年代的理论批评的重要论题，每当批判运动告一段落，文艺界的气氛略有

第三章　现实主义的学理化与政治化

缓和,这些理论难题就会被重新提起。像20世纪五六十年代其他的论题被提起总是受到苏联的影响一样,典型性问题的讨论也是受到来自苏联的直接影响。1955年第18期苏联《共产党人》杂志刊载了一篇题为《关于文学艺术中的典型的观点》的论文,中国作协的《文艺报》在1956年2月第3期刊载了该文的译文。这篇论文其实包含着明显的政治意图,即清算被赫鲁晓夫取代的马林科夫关于典型性问题的观点。这或许在今天的人们看来不可思议,但在那个时期,所有的学术问题都是政治问题,文艺理论中的一个概念要由党的最高领导人来进行定义,而随着政治权力的更替,这些定义要重新清理。该篇论文批评马林科夫说:"这些烦琐哲学的公式冒充是马克思主义的公式,并且错误地同我们党对文学和艺术问题的观点联系在一起。"这篇论文主要在两个要点上批驳了马林科夫。其一,把典型仅仅规定为与一定社会力量的本质相一致,这就使典型性显得过于狭隘,损害文学艺术形象的丰富性;其二,把典型性与党性等同起来,这就使艺术形象完全政治化。[①]应该说这篇论文是在清算马林科夫时期文学理论与批评的极左路线,无疑有新的积极的建设意义。在1956年双百时期,中国的理论批评家们也闻风而动,对典型性问题展开了积极的探索。

1956年,巴人(王任叔)在《文艺报》发表文章《典型问题随感》,就典型理论再作讨论。像这个时期的任何学术讨论一样,都要回到马恩的原典,巴人也是从对恩格斯给现实主义下的定义中来阐发典型问题。恩格斯关于典型的论述虽然只有几个段落,但却构成包括苏联和中国的整个社会主义阵营文艺理论的"启示录"。恩格斯在1885年《致明娜·考茨基》信中写道:"每个人都是典型,但同时又是一定的单个人,正如老黑格尔所说的,是一个'这个',而且应当是如此。"[②] 1888年,恩格斯在《致玛格丽特·哈克奈斯》信中说:"现实主义的意思是,除细节

[①] 有关此一论述可参见朱寨《中国当代文学思潮史》,北京:人民文学出版社,1987年,第266页。
[②] 参见《马克思恩格斯列宁斯大林论文艺》,中国作家协会中央编译局编,北京:作家出版社,2010年,第135页。原出处参见《马克思恩格斯文集》第10卷,北京:人民出版社,2009年,第544页。

的真实外,还要真实地再现典型环境中的典型人物。"①在 1940 年代,胡风与周扬就典型问题展开争论,其争论的焦点集中在典型的普遍性与特殊性、个别性与一般性的逻辑关系上,其根本的出发点则是阶级论。20 世纪五六十年代的论争也依然是在阶级论的基础上展开。

巴人倡导人性论,他对典型的论述强调个性,只有表现了个性的特征,才有个人命运的真实表现,人性的光辉才能从这里显露出来。这显然就是巴人的理论企图。巴人其实是要把个性与人性、与人的共性建立起联系,这才有可能突破阶级论的桎梏。巴人当然不能直接反对阶级论,他承认文学的阶级性,但是为阶级斗争服务的最终目的,正是为了消灭阶级斗争,"艺术的最大使命是要把人类的灵魂从阶级束缚中解放出来"②。巴人这篇文章的意义在于,他直接阐述了阶级性、党性都要通过人物形象的典型化与个性化来表现,在典型性问题与他倡导的人性论之间建立起逻辑连接。

依然葆有文学情怀的作家和理论家,只要有机会,总是要回到文学来讨论典型性问题,显然,阶级论和阶级斗争是套在典型性问题上的理论框架,并非说阶级论不能解释典型性问题,马克思恩格斯对典型性的论述无疑也是极富有启示性,但要把他们作为革命家关于文艺的看法,上升为绝对真理,上升为最为正确、最为全面和无可争议的理论范式,就有问题了。说穿了,这已经不是学理问题,而是政治律令。不突破阶级论,现实主义文艺理论可供驰骋的疆域就极为有限。故巴人也好,其他重谈典型性的理论家也好,都试图突破阶级论。但突破阶级论意味着强调人性论,抹杀阶级论就是对社会主义革命(继续革命)发出挑战,每天上演的残酷的阶级斗争和路线斗争就难以为继。显然,社会主义现实主义要捍卫马克思主义的绝对真理,就要捍卫其阶级斗争论的绝对正确性。

然而,试图穿过藩篱的人还是有的,这取决于胆略、底气和良知。

---

① 参见《马克思恩格斯列宁斯大林论文艺》,第 139 页。原出处参见《马克思恩格斯文集》第 10 卷,北京:人民出版社,2009 年,第 569 页。

② 巴人:《典型问题随感》,原载《文艺报》1956 年第 9 期。参见《中国新文学大系 1949—1976》,文学理论卷二,第 341 页。

第三章　现实主义的学理化与政治化

何其芳在1956年也写有一篇《论阿Q》的文章①，这在当时是一篇颇为大胆和有理论锋芒的文章。何其芳认为，阿Q是鲁迅塑造的一个光辉的典型形象，但也是众说纷纭的典型。何其芳显然想破解阿Q这一典型形象的丰富性、复杂性，不可避免地要触及阶级性问题。也就是像阿Q这样的具有高度概括力的典型形象，才会获得广泛的社会性的共鸣。也是据此，何其芳提出在当时影响颇大的"共名说"。他说道："一个虚构的人物，不仅活在书本上，而且流行在生活中，成为人们用来称呼某些人的共名，成为人们愿意仿效或者不愿意仿效的榜样，这是作品中的人物所能达到的最高的成功的标志。"②朱寨后来评论说：何其芳的共名说对于突破教条式的理论、突破简单化的阶级论，有很大的理论和实践的意义。它可以帮助我们认识典型的社会意义，"但是也应该指出，单纯从典型的社会作用来判断典型的特征，并不完全科学"③。在当时，何其芳的"共名说"遭到的批评要严厉得多。何其芳此文率先受到李希凡的强烈批评，尽管何其芳那时身为中国科学院文学研究所所长，是党内威望甚高的权威，但李希凡初生牛犊，他用历史唯物主义批评俞平伯得到毛泽东的肯定，对于自己掌握马克思主义理论颇为自信。彼时，李希凡任《人民日报》编辑，他对何其芳以"共名"来解释鲁迅"阿Q"的典型性，就不以为然，认为有否定阶级论之嫌。④ 李希凡对何其芳典型问题的关注由来已久，1956年，他读了何文，就写有《典型新论质疑》一文；1964年，李希凡读到何其芳为《文学艺术的春天》写的《序言》，又勾起了他对何其芳的典型理论的批评念想。何其芳在那篇《序言》里对李希凡的《典型新论质疑》一文提出了批评，李希凡想反戈一击，于是写下《阿Q、典型、共名及其他》一文"质疑"何其芳。

李希凡质疑何其芳文章的焦点，首先在于其对阶级论的突破。李文认为何其芳"阿Q主义似人类的普通弱点之一种"的观点，就是否定

---

① 该文发表于《人民日报》1956年10月16日。
② 何其芳：《论阿Q》，《人民日报》1956年10月16日。
③ 朱寨：《中国当代文学思潮史》，北京：人民文学出版社，1987年，第276页。
④ 据说他曾经以编辑身份向上级表示过他的疑虑，但何其芳还是坚持发表。参见李希凡《李希凡自述：往事回眸》，上海：东方出版中心，2013年，第254—255页。

阶级论。尽管何其芳也试图在阶级论的意义上对"普通弱点"作出区别,例如,何其芳认为,没落时期的剥削阶级的主观主义和阿Q精神是无法去掉的,将要像影子一样跟随他们到阶级的灭亡。而劳动人民身上的阿Q精神却是可以避免和克服的。何其芳也试图用阶级的先进性和优越性来解决这些"人类的普通弱点",但即使如此,李希凡认为何其芳还是否定了阶级论。李希凡当年年轻气盛,之所以敢于与何其芳这样的资深革命理论家论辩,就是他自以为掌握了马克思主义历史唯物主义的方法。他论述说,凡事都逃脱不了特定时期的历史条件,都要在特定社会历史条件中去讨论,在产生它的阶级矛盾、阶级斗争基础上去讨论,在历史唯物主义的那些原理规律中去讨论。李希凡的立论在那个时代当然有意识形态规训的力量,把历史唯物主义用得这样彻底、绝对,并且以不容置疑的真理性来讨论任何问题,李希凡在那个时期得心应手。其他人并非不能掌握历史唯物主义的要领,而是难有这么强硬的理论信念。如此以历史唯物主义的制高点诠释一切问题,最终所有具体文学问题,都归结为还原和证明了历史唯物主义的原理,这其实就是理论的教条主义。因为自以为抓住了历史唯物主义的精髓,李希凡驳何其芳实在是游刃有余,他明确表示,他与何其芳的分歧在两个根本问题上:

(1)阿Q及其精神胜利法是典型环境中的典型性格,还是不同时代不同阶级都可能产生的普遍"共性"?

(2)所谓"共名"的作用能否成为衡量典型的尺度?"共名"说能否反映典型问题的本质?①

阶级论和历史条件是李希凡立论的根基,也是他赋予典型以特定的、绝对的本质的依据。他写道:"离开了典型环境的条件,就不再有典型性格的存在,就不再是不可重复的'这一个'。以抽象的'共名'来概括典型的'最突出的性格特点',绝不可能反映典型的本质。任何典型都是生活在具体社会历史条件下的阶级关系的血肉里,它的本质特征,不管

---

① 李希凡:《阿Q、典型、共名及他》,原载《新建设》1965年2月号。引文参见《中国新文学大系1949—1976》,文学理论卷二,第350页。

渗透着多么复杂的内容,都只能是特定阶级斗争形势中的产物,绝不能把它抽象出来,普遍化为'不同时代不同阶级的现象'。"①李希凡一方面赋予典型绝对的阶级本质和历史限定,另一方面却又不允许抽象讨论阿Q,他说:"离开阿Q生活的时代,离开了阿Q的典型性格,阿Q精神就不再具有典型意义,正像离开了肉体不再有生命存在一样。"②"典型"这个概念本身指称的就是一个艺术形象具有概括性,可以表示超出这个具体形象的更为广阔、深刻、丰富和复杂的意义,如果不允许超出阿Q的具体形象,以及给理解阿Q形象设定一个严格的时间、地域、民族、阶级的框框,那么李希凡貌似是给予鲁迅笔下的阿Q形象拟定非常宏大的意义,其实是把它牢牢钉在历史唯物主义的一小块门板上。同样的道理,当时苏俄文学对中国文学影响甚大,难道果戈理、托尔斯泰、屠格涅夫、契诃夫笔下的人物反映的是苏俄特定民族、特定历史时期的典型形象,中国人不能从中看出自己的一些特征?不能产生精神深处的触动?

何其芳其实也是在承认阶级性的前提下,试图探讨成功的艺术典型形象,例如阿Q这样的人物性格,如何能引起广泛的共鸣,成为借喻式的"共名"。此说在当时具有突破阶级论狭隘束缚的意义,李希凡则要打一棍子,让其缩回到阶级论和历史本质主义的藩篱之内。在20世纪五六十年代,文学批评主要以批判性文体展开论争,背靠意识形态的绝对典律,去建构起牢不可破的马克思主义文艺理论大厦。实际上,在那个时期能够真正掌握马克思主义基本原理并把它直接运用于文学批评的人并不多见,大部分人的知识还未完成转型,或者是因为其文学观念还停留在五四启蒙运动的阶段,很难与马克思主义理论原理融为一体。就何其芳而言,他其实一直是一个双重人格,或者说双重性的理论家。面对具体的被政治权威已经认定的文艺现象,他可以行使他掌握的马克思主义基本原理进行批判,经常还充当批判的急先锋,例如,批

---

① 李希凡:《阿Q、典型、共名及他》,原载《新建设》1965年2月号。引文参见《中国新文学大系1949—1976》,文学理论卷二,第371页。

② 同上。

俞平伯、批胡风等，上面定了调，他可以按照这个调子来进行批判。或许是因为他在其位，要谋其政。另一方面，他一旦阐释具体作品特别是未经最高政治给定意义的作品时，作为一个诗人和具有艺术感受力的批评家，他又能回到作品本身去体味艺术的问题。这也是他能从鲁迅的阿Q身上读出"共名"的缘由，何其芳在20世纪五六十年代只是代表官方说话，少有能真正体现他文艺家素养的发言。20世纪五六十年代在文坛纵横驰骋的几个人，反倒是意气风发的青年人：李希凡、李泽厚、姚文元。这三个人精神气质和批评方法都不相同，但都是少年成名，一鸣惊人，二十几岁就写下横扫时代的文章。这倒是给我们理解20世纪五六十年代中国的现实主义文学理论与批评提出了意味深长的问题。

李希凡掌握了历史唯物主义利器，牢牢把握阶级斗争纲领，阶级论是他看待所有文学现象的聚焦点。故而他能敏锐地从俞平伯的《红楼梦》研究中看到他落后于时代的研究方法，从历史唯物论的角度出发，看出《红楼梦》里面蕴含着的阶级斗争的风云际会。何其芳的《阿Q论》，在李希凡看来更不消说是取消了阶级对立，明显就是人性论的翻板。但李希凡还是建立在马克思主义历史唯物主义的理论基础上，只是理论教条化。而这样的教条化，在20世纪五六十年代就是政治立场和观点正确的保证。李泽厚更是少年成名，他的理论显然要深厚渊博得多，他在中国传统哲学和西方哲学方面下过的功夫，是同代人李希凡所不能同日而语的。李泽厚也以历史唯物主义为根基，但他不以阶级斗争为纲，历史唯物主义对于他来说，只是一个观照历史的框架，他看待具体的文艺现象和美学问题，从来都有自己的解释方式。李泽厚早年看家本领是他领悟了马克思《1844年经济学哲学手稿》里的精髓，马克思在26岁时写下的这部手稿，给予同样年轻的李泽厚以无限丰富的理论想象，因为那里开启了从黑格尔到费尔巴哈，甚至可以上溯到康德、席勒的寻求人的主体生命的自由的思想。这使李泽厚在运用历史唯物主义时，借用"实践论"却足以去发掘人作为自然的和社会的主体能动性的意义。在历史唯物主义名下，李希凡看到阶级斗争，李泽厚看到人的社会实践——也就是人的历史能动性。这就是他们之间的天壤

第三章 现实主义的学理化与政治化

之别。关于姚文元,留待后面章节讨论。

在1950年代开始的"形象思维"讨论,在1956年也达到了一个小高潮。与所有的理论问题都来自苏联一样,形象思维问题讨论,也是对苏联的一项呼应。但是在具体的讨论中,中国的美学和文艺理论得到富有成效的提升;也正是在讨论中,初步开掘出中国当代美学和文艺理论建设的路径。

1954年8月,《学习译丛》编辑部出版《苏联文学艺术论文集》,收入布罗夫的《论艺术内容和形式的特征》一文,该文原发于苏联《哲学问题》杂志1953年第5期。布罗夫对"形象思维"观点提出异议,认为文艺的特点在于它的内容和对象的特殊性,而"形象思维"的说法不妥,"它不能揭示艺术家在创造形象时的思维活动的本质",并认为形象思维与逻辑思维不能并存,从而彻底否定了"形象思维"。[①]同期还刊载有与布罗夫的观点相对立的文章,即尼古拉耶娃的《论艺术文学的特征》一文。尼古拉耶娃认为:艺术和文学的特征的定义就是"用形象来思维"。她强调"'形象'和'形象思维'是艺术特征的定义的中心",对"形象思维"下了明晰的定义:"形象思维的特征是:在形象思维中对事物和现象的本质的揭示、概括是与对具体的、富有感染力的细节的选择和集中同时进行的。"[②]1956年,学习杂志社又出版《苏联文学艺术论文集》第二集,继续引进苏联美学界和文艺理论界的热点争论。

苏联关于"形象思维"的论争在中国引起反响,也并非只是追随苏联文艺理论的惯性所致,而是有着中国自身理论突破的内在动力。关于公式化和概念化的批评在1950年代中期已经相当普遍,而形象思维问题则是强调了艺术创作的独立性特征,也就是强调理解文艺自身的创作规律。这一时期较有代表性的论文和评论有:陈涌的专论《关于文学艺术特征的一些问题》(1956年,《文艺报》)、蒋孔阳的专著《论文

[①] 参见《外国理论家作家论形象思维》,中国社会科学院外国文学研究所外国文学资料丛刊编辑委员会编,北京:中国社会科学出版社,1979年,第211页。有关论述也可参见刘欣大《"形象思维"的两次大论争》,载《文学评论》1996年第6期。

[②] 参见〔苏〕格·尼古拉耶娃《论艺术文学的特征》,《苏联文学艺术论文集》,学习杂志社,1954年,第145—182页。有关论述也可参见刘欣大《"形象思维"的两次大论争》。

学艺术的特征》(1957年,新文艺出版社)、毛星的专论《论文学艺术的特征》(1958年,《中国科学院文学研究所专刊》)、霍松林的《试论形象思维》(1956年,《新建设》)和李泽厚的《试论形象思维》(1959年,《文学评论》)。①

关于形象思维的论争,主要分成两大对立派别,即承认存在形象思维派与否认存在形象思维派。大多数论者肯定形象思维存在;少数论者如毛星试图用哲学认识论来包容形象思维,将形象思维看成理性思维中的一个环节,从而否认其独立存在的可能性。

李泽厚的《试论形象思维》一文对毛星展开直接驳议,可以看成形象思维讨论中理论水准最高的文章。李泽厚显然属于形象思维坚定的肯定派,他通过引述从巴甫洛夫到别林斯基、从陆机到鲁迅的观点或者创作实践来肯定形象思维的存在。李泽厚给予形象思维以清晰的理论特点定位,他认为形象思维与逻辑思维一样,都是认识的一种深化,"是个性化与本质化的同时进行……形象思维的过程就是典型化的过程"②。李泽厚把形象化与本质化统一起来理解,使形象思维与逻辑思维并不对立,相反,二者有一种互为推进的关系。二者既不能互相包括,也不能互相对立,李泽厚需要论证的就是形象思维与逻辑思维的区别,更准确地说,是形象思维如何借用逻辑思维。李泽厚论述说,逻辑思维是形象思维的基础,形象思维之作为思维已经不是自然生理性质的感性,而是一种具有美感性质的感性。他认为,逻辑思维经常插入形象思维的整个过程中来规范它、指引它。因此,"艺术家的整个思维活动实际上必须包括形象思维和逻辑思维两方面。这两者常常是相互渗透和交织在一起地进行着的"。③

李泽厚的论述层层深入,李泽厚写此文时29岁,可见那时经过美学论争的历练,他的理论思想已经相当成熟。他要强调形象思维,但又

---

① 参见王敬文、阎凤仪、潘泽宏《形象思维理论的形成、发展及其在我国的流传》,《美学》1979年第1期,第202—204页;或参见刘欣大《"形象思维"的两次大论争》。
② 李泽厚:《试论形象思维》,《文学评论》1959年第2期。引文参见李泽厚《美学论集》,上海:上海文艺出版社,1980年,第231页。
③ 李泽厚:《美学论集》,第245—246页。

要避免与逻辑思维对立，他的理论视野使他有能力将二者"辩证"处理。实际上，李泽厚的形象思维还是要区别于逻辑思维，它构成了作家创作的思维特征。而且，李泽厚的观点还隐含着这样的意思：形象思维的认识实际上并不低于逻辑思维，甚至在艺术家的创作中要高于逻辑思维，逻辑思维做不到的，形象思维有可能做到。例如关于马克思主义所说的作家创作方法与世界观的矛盾，李泽厚的解释实际上就是要在逻辑思维之外，为作家创作的独特的艺术思维方法开辟一种可能性。这只有转为艺术思维才能创作出丰富的艺术形象。他指出，这是蕴藏在作家心灵深处的某些思想感情已战胜了成见和固执的缘故。他解释说，"并不是形象能自然纠正和战胜作家的成见，相反，这还是必须通过作家自身的思想、感情、性格、信念中的矛盾、斗争来做到的"。作家创作最终通过形象来反映，"结果形象整体就常常大于作者的主观思想了"。[①]

　　李泽厚等人主张形象思维的存在，也就是强调了艺术创作的独特性，再往前推一步，也就是给予作家、艺术家独立自主的地位，再进一步，也就是要摆脱公式化、概念化以及政治的严密统辖。很显然，李泽厚的论述还是在马克思主义的体系内来论述两种思维的差异和关系，其知识和观点也大多来自苏联的讨论成果。实际上，此一论争早已有之，其背景知识再前拓一步，就是尼采以来的非理性主义、克罗齐的直觉主义和柏格森的现象学……这是整个现代西方思想冲突和转型的一个进向[②]。当然，李泽厚在那个年代，恰恰试图与西方现代思潮中的非理性区别开来，而"形象"的意义即审美的意义，它牵涉对世界认识方式和价值取向的另一维度，现代思想到了19世纪后期，已经急于摆脱理性主义的桎梏，要在思维领域中开辟出形象思维，也是要抬高艺术思维和审美创造的地位，此一背景就是19世纪向20世纪转型变异的非理性主义冲动。

---

　　① 李泽厚：《美学论集》，第249页。
　　② 后来哈贝马斯在《现代性的哲学话语》中，由尼采为后现代的开启这一论点，来看海德格尔、福柯、巴塔耶、德里达所开辟的西方思想的另一进向，那就是尼采的酒神狄俄尼索斯的精神进向，强调艺术的形象和审美为认识世界的最高方式。有关论述可参见陈晓明《德里达的底线》，北京：北京大学出版社，2009年，第5—12页。

主张形象思维的人当然不只是因为试图与西方非理性主义思潮呼应,他们也是真诚地相信,这样的思想可以纳入马克思主义范畴,可以丰富马克思主义思想。但更加正统的马克思主义者显然不承认这一点,因而激烈地否定存在形象思维。如郑季翘在论争平静下去的若干年后再度发难,目的则是在政治上上纲上线。1966 年,《红旗》杂志第 5 期发表郑季翘的《文艺领域里必须坚持马克思主义的认识论——对形象思维论的批判》一文,对"形象思维"理论进行了前所未有的猛烈批判。郑季翘这篇文章最早写于 1963 年,经过多年多次修改,在"文化大革命"初期发表,显然带有政治上的图谋。他把以群、蒋孔阳、李泽厚、霍松林、周勃、陈涌等人肯定形象思维的主要观点罗列一遍之后,批驳他们的观点"正是一个反马克思主义的认识论体系,正是现代修正主义文艺思潮的一个认识论基础"。他上纲上线地指出,理论学术的问题,本质上是一个政治问题。他认为"不用抽象、不要概念、不依逻辑的所谓形象思维是根本不存在的"①。郑季翘的批评有明显的断章取义的特点,他指责说:"形象思维论者反对作家在思维中运用抽象,要求作家在整个思维过程中永远不离开具体事物的感性形象,不离开形象的整体。这是一个极端荒谬的论点。"②

事实上,几乎所有的主张形象思维的论者,都没有否认作家在运用形象思维的过程中,也在运用抽象思维。如李泽厚就明确地论述了作家创作过程中抽象思维与形象思维之间的互相渗透和互相促进的关系,还以托尔斯泰的创作为实例进行分析。但郑季翘干脆不理睬李泽厚的具体论述,反而强行宣判道:"形象思维论者就这样公然宣布了自己是托尔斯泰的门徒,是英、法、德等国资产阶级美学家的崇拜者!"③他在文中还引述了大段的马克思、恩格斯、列宁、斯大林、毛泽东等革命导师的语录,然后断言他那些肯定形象思维的观点都违背了革命导师的观点。在那个年代,只要扣上反马克思主义、反毛泽东思想的帽子,

---

① 郑季翘:《文艺领域里必须坚持马克思主义的认识论——对形象思维论的批判》,《红旗》1966 年第 5 期,第 37 页。
② 同上,第 38 页。
③ 同上,第 41 页。

第三章　现实主义的学理化与政治化

那么什么学术问题都不用争论。作者手法还是相当厉害,在强调"马克思主义认识论是说明文艺创作不容代替的科学理论"的同时,号召说:"我们应该以毛泽东思想为武器,对于古今中外的文艺理论遗产进行科学的鉴别,把当代文艺战线上丰富的实践经验加以科学的总结;扫清文艺领域里一切封建的、资产阶级的、修正主义的妖氛迷雾……"①今天我们已经无需对郑季翘文章的逻辑思维进行分析,这篇强调逻辑思维的文章,却并不讲学术逻辑,用的都是"政治正确"的教条,并且动辄大扣帽子,恨不能置对方于死地,文学批评隐藏着凶狠的杀气,这是那个时期的普遍现象。

郑季翘无论如何也想不到,就在他发表这篇严厉批判形象思维的文章的头一年,也就是 1965 年 7 月,毛泽东给陈毅写了一封信,肯定了"诗要用形象思维"。毛泽东写道:

> 又诗要用形象思维,不能如散文那样直说,所以比、兴两法是不能不用的。赋也可以用,如杜甫之《北征》,可谓"敷陈其事而直言之也",然其中亦有比、兴。"比者,以彼物比此物也","兴者,先言他物以引起所咏之词也"。韩愈以文为诗;有些人说他完全不知诗,则未免太过,如《山石》、《衡岳》、《八月十五酬张功曹》之类,还是可以的。据此可以知为诗之不易。宋人多数不懂诗是要用形象思维的,一反唐人规律,所以味同嚼蜡。以上随便谈来,都是一些古典。要作今诗,则要用形象思维方法,反映阶级斗争与生产斗争,古典绝不能要。但用白话写诗,几十年来,迄无成功。民歌中倒是有一些好的。将来趋势,很可能从民歌中吸引养料和形式,发展成为一套吸引广大读者的新体诗歌。又李白只有很少几首律诗,李贺除有很少几首五言律外,七言律他一首也不写。李贺诗很值得一读,不知你有兴趣否?

> 　　　　　　　　　　一九六五年七月二十一日

---

① 郑季翘:《文艺领域里必须坚持马克思主义的认识论——对形象思维论的批判》,《红旗》1966 年第 5 期,第 52 页。

这封信直到"文革"后 1978 年 1 月才由《诗刊》公开发表①,并引发了 1980 年代初关于形象思维的再讨论。1979 年,中国社科院外国文学所编辑《外国理论家作家论形象思维》,由中国社会科学出版社出版,此书也风行一时。关于形象思维的讨论,今天我们不仅要看到社会主义中国的文艺理论如何与苏联和中国自身的现实政治纠缠在一起;同时也要看到,这一理论论争也在某种程度上显示出中国的现实主义理论家们在 1950 年代寻求自身突破的种种艰难尝试。

四 姚文元代表的政治激进化批评

"文革"时期姚文元成为文学批评的第一人②,以写文学批评而声名显赫。

姚文元 24 岁出道,1955 年《文艺报》第 1、2 期合刊上发表了一篇署名"《文艺报》通讯员"的文章《分清是非,划清界限》,批判胡风的力道相当强劲,这篇文章实际出自姚文元的手笔。姚文元父亲与胡风交往深厚,两家多有来往。姚文元从小十分喜爱胡风的批评文章,几乎把胡风奉为批评家的楷模,通读胡风所有作品。此前不久,1954 年底,姚文元还受邀在卢湾区委宣传部组织的一次学习工作会上主讲胡风的文艺思想,并以胡风的学生自居。姚文元何以旋即出手凶狠,大加挞伐胡风?他肯定是预感到父亲姚蓬子和自己与胡风关系匪浅,难逃一劫,故而先下手为强,反戈一击,以求生路。果不其然,这篇文章发表后获得相当反响,据说张春桥颇为关注这篇文章,也开始重视姚文元。

---

① 参见《诗刊》1978 年第 1 期,收入《毛泽东书信选集》,北京:人民出版社,1983 年。
② 姚文元(1931—2005),浙江省诸暨人,生于上海,父亲为现代文人姚蓬子。1948 年加入中国共产党。新中国成立后,历任青年团上海卢湾区工委宣传部部长,《萌芽》杂志、《文艺月报》编辑,《解放日报》编委。1965 年 11 月发表《评新编历史剧〈海瑞罢官〉》,1966 年任上海市委宣传部部长。同年 5 月任中央"文革"小组成员。1968 年 6 月任上海市革命委员会第一副主任。同年 8 月任《红旗》杂志社负责人。1969 年 4 月起任中共中央政治局委员,1976 年 10 月被隔离审查。1981 年 1 月中华人民共和国最高人民法院特别法庭确认姚文元是林彪、江青反革命集团案主犯,判处有期徒刑 20 年。1996 年 1 月刑满出狱,上海居住。2005 年 12 月 23 日去世。

第三章 现实主义的学理化与政治化

该文发表不久,姚文元在上海文艺界召开的批判胡风的大会上发言,虽然是最后一个发言者,但言辞最为激烈,上纲上线最为彻底。时任《解放日报》社社长兼总编辑的张春桥在会场听取发言,姚文元的发言给他留下深刻印象,并记下了姚文元的工作单位,会后立即给时任《文艺月报》的副主编王若望打电话,要他发表姚文元的文章。一篇题为《胡风歪曲马克思主义的三套手段》的文章发表于《文艺月报》是年3月号。不久,张春桥在办公室约见姚文元,肯定并鼓励他的批判行动,并请姚文元担当《解放日报》的"文艺理论通讯员"。1955年3月15日,《解放日报》刊登了姚文元的《马克思主义还是反马克思主义——评胡风给党中央报告中关于文艺问题的几个主要论点》。随后姚文元多篇火力凶猛的文章在《解放日报》发表,一时声名鹊起。1957年2月6日,《文汇报》发表姚文元的文章《教条和原则——与姚雪垠先生讨论》。姚雪垠此前写文章指出党在"生活经验"和"思想改造"方面存在教条主义倾向,姚文元抓住毛泽东的《讲话》中深入工农兵生活和改造思想世界观这两个观点大做文章,写下对姚雪垠的粗暴的批评文章,从此备受瞩目。1965年11月,姚文元发表《评新编历史剧〈海瑞罢官〉》,这篇文章被认为拉开了"文化大革命"的序幕。姚文元无师自通,把毛泽东文艺思想做了简单化处理,把社会主义革命文艺所有理想化的观念全部集合在一起,以此作为纲领准绳,来衡量一切文艺现象。从如此高度来看,所有的文艺现象离革命的观念性都有很大距离,所有的距离都可以划归于资产阶级的反动性一边。

姚文元的显著特点在于他有着旗帜鲜明的立场和理论主张。1954年12月10日,周扬在《人民日报》上发表文章《我们必须战斗》,姚文元立即就"感到非常必要和胡风先生的观点划清界限,否则将会对这次思想战线上的斗争发生极有害的影响"[①]。姚文元肯定潜意识里怕别人提起他对胡风曾经的推崇,在动手批判胡风时,就指出胡风的理论具有欺骗性,尤其对青年人有欺骗性。他攻击说,胡风拉拢一部分青年和作家,"好像是青年的代言人"。如此攻讦,显然是为自己反戈一击

---

① 姚文元:《分清是非,划清界限!》,《细流集》,上海:新文艺出版社,1957年,第8页。

理清障碍。于是他就可以给胡风扣上大帽子:"胡风先生已经站到反马克思主义的立场上去了,已经站到反党的立场上去了……"①紧接着,1955年3月,姚文元写下批胡风的重头文章《马克思主义还是反马克思主义?》②,这是对胡风上书中央的报告中有关文艺问题的激烈批判。姚文元着重批判了胡风反对马克思主义指导创作实践,批驳了胡风的"主观战斗精神"的创作理论。他揭示胡风的文艺理论实质是"达到否定思想改造和学习马克思主义的重要性,取消文学的党性原则,使资产阶级的文艺思想窃取无产阶级文艺思想的领导"③。同时,姚文元穷追猛打,发表《胡风歪曲马克思主义的三套手段》一文,这篇文章指控"胡风是披着马克思主义外衣来掩盖和贩卖他的资产阶级唯心主义的文艺思想的……披着羊皮的狼比满口鲜血的狼是更容易害人的"④。姚文元在这篇文章中概括胡风歪曲马克思主义有三套办法:第一套叫"断章取义",第二套叫"张冠李戴""指鹿为马",第三套叫"硬搬教条"。今天看起来,这三套指控胡风的所谓"办法",恰如其分正是姚文元大批判文章的做法。姚文元的大批判已经摆开了架势,他不是在批评,而是在审判,他断章取义的目的就是上纲上线,动辄就给对方扣上反党反社会主义、反毛泽东思想的大帽子,足以置对手于死地。

在1957年与1958年期间,姚文元几乎是意气风发地写下一系列批判文章。彼时正值反右运动,右派分子也正在被处理过程中。姚文元这个阶段写下数篇长文对几位大右派进行批判,穷追猛打。1958年1月,姚文元完成长文《批判文学中的人性论——和钱谷融等辩论》,钱谷融认为,人道主义从古至今一直活在人们心里,从西方到中国,其共同点就是"把人当作人"。姚文元当然不能同意,在他看来,没有抽象的、普遍的人与人之间的"感情"或"同情",原始社会有"血族复仇主义",阶级社会只有阶级斗争。关于中国古典文学中杜甫、白居易等人对劳动人民的同情,姚文元解释说,这不过是劳动人民的痛苦、希望和

---

① 姚文元:《分清是非,划清界限!》,《细流集》,第11页。
② 同上书,第15页。
③ 同上书,第29页。
④ 同上书,第31页。

第三章　现实主义的学理化与政治化

要求,经过少数统治阶级知识分子思想的一种折光,反映的是人民的要求和被剥削阶级的呼声。说姚文元是教条主义也可,说他是诡辩论也可,他把阶级论看成绝对的,即使杜甫、白居易同情人民的作品,也只是反映了人民的要求而已。他无视作家主体的作用,强词夺理。姚文元同样全盘否定钱谷融阐述的欧美古典作品中的人道主义,他先是剥离人道主义中的"人性"核心,"人性"这一所谓人的本性,在阶级论面前没有实际内容,因为不管是有阶级的社会还是无阶级的社会,人性都有具体的社会内容,就逃不脱阶级本性。原始社会没有阶级,但那是残酷斗争的社会;阶级社会则充斥着阶级斗争。在他看来,人道主义并非自古以来就有的"人性"的外露,而是一种社会意识,"它是资产阶级民主主义思想在人和人的关系上的表现"①。在 20 世纪五六十年代,"资产阶级"是一个具有原罪的术语,只要宣布为资产阶级的东西,就是龌龊丑恶的东西,其危害和反动不言自明。他的批判也需要建立在"历史批判"基础上,他清理五四新文学以来的"人性论",揭示出它们在中国几十年的革命斗争中所起的反动作用②。从周作人、梁实秋到王实味、萧军、胡风、冯雪峰,这些主张资产阶级人性论的人物,都被姚文元逐一批判。在他看来,显然这样一个人性论的历史谱系并不光彩,它不过是中国五四以来的反动思潮的传统而已,而钱谷融归属于这个脉络下,其反动与危害性昭然若揭。无论如何也不能说人没有人性,极左派的理论解释是没有普遍的人性,只有阶级的人性,无产阶级有无产阶级的人性。阶级斗争被塑造成你死我活的对立,人性变得没有共通性,这实则是以阶级性之名践踏人性。姚文元虽然激进极端,但也知道如此主张的理论难点在哪里。批判人性论并不难,难的是"在我们自己身上真正地树立起无产阶级的人性"③。这些理论主张已经不具备逻辑的自洽性,它主要用于极左意识形态的强权建构。

1958 年 7 月,姚文元结集出版《论文学上的修正主义思潮》,书中

---

① 姚文元:《批判文学中的人性论——和钱谷融等辩论》,收入《论文学上的修正主义思潮》,上海:新文艺出版社,1958 年,第 141 页。
② 同上书,第 169 页。
③ 同上书,第 148 页。

收入多篇他批判右派分子的文章。1957年12月,彼时冯雪峰被打成右派,姚文元完成《冯雪峰资产阶级文艺路线的思想基础》一文,对冯雪峰的文艺思想大加挞伐。姚文元要把自五四以后的新文化运动定位为无产阶级领导的文化思想运动,把冯雪峰看作坚持资产阶级文艺思想、不愿意接受无产阶级领导的资产阶级个人主义的知识分子。姚文元说,冯雪峰迫于革命形势,披着马克思列宁主义的外衣,参加到革命文艺运动中来,"但在一切根本问题上仍然坚持着以资产阶级个人主义为基础的资产阶级文艺路线,以期在革命队伍内部同无产阶级思想争夺领导权"①。姚文元有坚定而强大的历史观念,他赋予五四以来的中国新文化运动以激进的革命内涵,在如此高调的历史定位下,几乎所有从事启蒙革命文艺活动的文艺家都不够格,因为他说的无产阶级领导的文艺运动只是一个概念,如果历史实在化,究竟是哪场运动、哪些人可以称得上或配得上是无产阶级领导的这场文化运动中的合格战士呢?乃父姚蓬子肯定不算,姚文元彼时还牙牙学语也不可能有什么作为,周扬还被鲁迅骂过,那么就一个鲁迅么?无产阶级就领导一个鲁迅么?如此定位就是一个冠冕堂皇的概念,并不需要顾及历史实际。但把那段历史定位为"无产阶级领导的"就好办了,剩下的问题就是冯雪峰之流根本不属于无产阶级战线——这条虚构的战线主要是用于指认那些不属于这条战线的"反动分子"②。

姚文元批评冯雪峰说,冯早年参加左翼文艺运动,那时指导行动的是资产阶级民主主义和个人主义。这项罪名今天看来有点离奇,如果不是自封的马克思主义,彼时谁可以说是在马克思主义指导下呢?彼时不是马克思主义何以就构成一项污点呢?但当时姚文元却

---

① 姚文元:《冯雪峰资产阶级文艺路线的思想基础》,收入《论文学上的修正主义思潮》,第276页。
② 但是,实际上,冯雪峰当年也把五四新文化运动定位为无产阶级领导的革命文学,姚文元想来是读过冯雪峰的文章,基本抄袭了冯雪峰的说法,再反戈一击,因为是打"死老虎",故而有恃无恐。参见冯雪峰《中国文学中从古典现实主义到无产阶级现实主义的发展的一个轮廓》一文,载《文艺报》1952年第14、15、17、19、20期。冯雪峰就把五四新文学运动定义为:"无产阶级领导的、统一战线的、人民大众的反帝反封建的文学运动。"亦可参见本书第一章论述冯雪峰的部分。

是振振有词。①冯雪峰在《论民主革命的文艺运动》一文中写道:"从'五四'以来的各时期的新文艺的基本思想,是民主主义的革命思想……",如此定位是比较准确和符合历史实际的,但姚文元据此认为,冯雪峰是企图以资产阶级民主主义思想来代替无产阶级思想的领导。他认为,冯雪峰在革命文艺队伍内部所坚持的"主观力""民主主义""搏斗"、启蒙主义以及"创作自由""个性解放""个人的艺术才能的神圣不可侵犯""人道主义的同情",等等,都是资产阶级和个人主义的货色。姚文元认为冯雪峰一贯反对毛主席的文艺为工农兵的方向,把人民群众看得很低。姚文元的指控当然也有"真凭实据",那就是他惯用的断章取义的手法,都是从冯雪峰在不同时期的言论中摘取出来,合在一起,拼贴起一个"反动的"冯雪峰形象。如此论说,冯雪峰反对毛泽东文艺思想,贬低人民群众,坚持资产阶级文艺路线,与无产阶级争夺文化领导权,几乎就是铁证如山。姚文元当然看到批判冯雪峰的重要性,胡风倒了、丁玲倒了、冯雪峰倒了,这其实是联系左翼文艺内部与现代启蒙文学思想的一条脉络,这条脉络被切断了,姚文元就可以大胆宣告在社会主义革命时期"资产阶级民主主义理论体系"的最后终结。姚文元这位26岁的年轻批评家不无骄傲地宣称:"从今以后,马克思列宁主义的文艺路线将成为中国文艺运动唯一的一条路线,成为几千年所创造的民族遗产中的精华和民主主义革命时期革命文艺运动一切优秀成果唯一的继承者……"②

1958年初,姚文元抑制不住创作的激情和批判的锋芒,再拿丁玲开刀,写下《莎菲女士们的自由王国》。这篇文章是对丁玲部分早期作品的批判,试图清理丁玲创作思想和创作倾向变化的线索,它以《莎菲女士的日记》为中心,以"莎菲女士"这一形象为连接线,把丁玲此后的所有作品,都看作莎菲女士日记的延伸,所有的人物都沾染上莎菲女士的气质或格调。尽管丁玲后来参加革命,在革命实践中经受锻炼,但那

---

① 姚文元:《冯雪峰资产阶级文艺路线的思想基础》,《论文学上的修正主义思潮》,第277页。

② 同上书,第292页。

也只是在某种程度上去除莎菲女士的气息而已，本质上没有改变。姚文元首先给莎菲这一形象定性，认为莎菲女士是一个残酷、自私、极端地追求性刺激的女性，她蔑视爱情，虚无主义地否定一切人，看不起小资产阶级恋爱至上主义者。而丁玲怀着同情，欣赏她的种种手段，并且以很大热情来描写她。丁玲是站在莎菲女士的立场上来观察世界。①姚文元不同意冯雪峰把莎菲看成追求恋爱至上的小资产阶级女性形象，而把她定性为"彻头彻尾在爱情生活上体现着资产阶级剥削性格的人"。姚文元认为，在大革命失败并处于低潮的1928年，丁玲发表这样的作品，产生了很坏的影响，她在青年中传播反动腐朽的资产阶级的利己主义、享乐主义和色情的观念。因为莎菲是丁玲自己灵魂的一个化身，莎菲的基本思想、生活方式，就必然会在丁玲以后的作品中以不同的形式继续出现。这不只是体现在丁玲笔下那些小资产阶级人物上，还出现在一些描写底层民众的作品中，姚文元认为，丁玲用资产阶级腐朽没落的心理去表现劳动人民，无疑是对底层民众的丑化。例如，在《庆云里中的一间小房里》这篇小说里，丁玲并不描写这些妓女对压迫的反抗，相反，她们毫无反抗地接受了做妓女的命运，并且盘算着让自己"快乐起来"。在另外一篇描写农村妇女的小说《阿毛姑娘》中，丁玲不去揭露农村存在的阶级剥削和压迫，却去表现阿毛向往外面的世界，去追求不属于她的生活，即追求剥削阶级的生活方式。姚文元认为，丁玲这是把小资产阶级知识分子的感情硬栽到农民身上，通过各种人物来体现她极端个人主义的性格，"这完全是一条反现实主义的道路"②。姚文元认为，在革命重心转向农村的时期，丁玲描绘的农村没有阶级压迫和阶级斗争，丝毫也没有写出农民的反抗性，实际上是否定了中国农民的革命性。③关于丁玲比较"进步"的小说《一九三〇春上海》（之二），姚文元做了重点分析，他认为这是革命加恋爱的作品。在望微的性格里，可以找到莎菲女士的影子，丁玲正是以自己的灵魂为蓝

---

① 姚文元：《莎菲女士们的自由王国——丁玲部分早期作品批判，并论丁玲创作思想和创作倾向发展的一个线索》，《论文学上的修正主义思潮》，第297页。
② 同上书，第321页。
③ 同上书，第324页。

第三章 现实主义的学理化与政治化

本来创造人物,革命者的外衣掩盖不了其资产阶级本性。而作品中倾向于革命的部分,只是在一定程度上反映了党对她的帮助,其主导思想则是反动的。在姚文元看来,丁玲进入解放区后的作品,对延安解放区的生活是抱着一种阴暗的感情的。姚文元分析《我在霞村的时候》时,指责这是丁玲仇恨解放区、宣传向日本帝国主义投降的作品,贞贞身上体现的,"决不是一个普通中国妇女的感情!这是一个向敌人投降,完全丧失了任何羞耻心的资产阶级的'姨太太'们的感情"①。至于《在医院中》,"这是一篇所谓'揭露黑暗'的作品,带着强烈的反革命的气息,毫不掩饰地号召反对解放区的生活",其中的陆萍,"就是一个活生生的莎菲女士"。姚文元认为,丁玲把延安和党看成"冷酷、无情、粗鲁、没有'人情'的,到处是'荆棘'",而她同她那一伙气味相投的反党分子却要'在艰苦中成长'"。总之,姚文元下结论说:"丁玲早期创作中相当一部分所描写的,是一个由形形色色的莎菲女士和半莎菲女士们所构成的自由王国,丁玲支持她们,同情她们,并且通过她们的眼睛来歪曲当时的现实生活,掩盖阶级斗争,通过她们的嘴来宣传极端利己主义和极端享乐主义,宣传冷酷自私的大资产阶级的反动哲学。"②姚文元这篇文章几乎全盘否定了丁玲文学创作的进步性,他的结论是:丁玲在近三十年的创作生涯中,始终坚持反动的极端的个人主义。姚文元为了彻底抹杀丁玲的创作成就,在开篇就做了理论预设,他说,在历史发展的长途中,有些错误甚至反动的东西,由于种种原因,其进步方面被夸大了,本质没有在刚出现时彻底暴露。现在姚文元把这些错误、反动的现象"无情地戳破",让其暴露本来面目。

姚文元的文学批评攻势凌厉,立论明确,抓住要害,论说彻底。因而在当时,刚刚崭露头角的姚文元,让人刮目相看,没有人像他的文风那么犀利泼辣。人们不得不惊叹一个二十几岁的年轻人,如此自信,立场鲜明,矛头所向,几乎横扫当时的一批大人物。从胡风到冯雪峰,从

---

① 姚文元:《莎菲女士们的自由王国——丁玲部分早期作品批判,并论丁玲创作思想和创作倾向发展的一个线索》,《论文学上的修正主义思潮》,第331页。

② 同上书,第334—335页。

丁玲到艾青,在他的批判下,这些左翼文学史上当年响当当的顶梁柱,全都"暴露出真面目",都被批得体无完肤,反动本质无处藏匿。姚文元如此本领,真的是他的才情过人吗?他真的是一个批评天才吗?

要说姚文元的手法,如他加诸胡风的三套办法,如"断章取义""指鹿为马""硬搬教条"之类,这还是他的具体手法;更重要的在于,姚文元把所有的文学批评都变成了政治批判,更直白地说,其实就是八个字:上纲上线,推到极端。那个年代的文学批评就是比赛谁更能上纲上线,谁能够彻底不顾及文学自身的规律,或者不给文学留一点点余地,或者完全不顾及作家创作个性。姚文元初生牛犊,他做到了。他只有一个标准,一个尺度,一个高而又高的"马列主义毛泽东思想"(被姚文元教条化的),他的批评几乎是举着一个照妖镜,只要一照,所有的人都现出"妖魔"的原形。并且姚文元极其擅长抓住对手的形象面目特征,加以丑化勾勒,也善于使用动词,惟妙惟肖地勾画出他所批判的人物的"反动嘴脸"。这是当年上海滩文人恶语相加、反唇相讥的惯用伎俩,也没有什么新奇,只是姚文元下得了手。这使姚文元的批评随处充斥着戏剧性的手法,让所有被批判的人现出资产阶级的丑态,暴露出所谓反党反社会主义的反动面目。其实姚文元的批判都是一个套路,首先是全盘否定性的定性:反党反社会主义;其次揭露本质:资产阶级分子;再次挖掘深层次问题:长期隐藏在革命队伍内部,从来不忘记向党和人民进攻;揭露对方的法则:反革命两面派。在姚文元一整套犀利毒辣的批评攻势下,被批判者处于没有争辩权的被审判的地位,只有死路一条,只能接受无产阶级专政的制裁。在姚文元的观念中,社会主义革命文学与此前的中国古典与现代文学传统、世界的古典及现代传统都没有关系,只有他所认为的"社会主义""马克思主义""毛泽东思想"的唯一标准。姚文元是一个十足的历史虚无主义者,"文革"时期是历史虚无主义盛行的时期,只有彻底砸烂封资修,才能将"无产阶级文化大革命"进行到底。

姚文元的批评法则就是死抱住阶级斗争和路线斗争这两个法宝,他把所有人与人的关系都看成阶级关系,所有的社会关系都变成路线斗争。他是一个极端二元论的理论狂人,在他所有的批判文章中,要么

第三章 现实主义的学理化与政治化

是黑——反革命、反动、反社会主义、反毛主席革命路线,要么是红——革命、社会主义、捍卫毛主席革命路线。在整个 20 世纪五六十年代,也并非姚文元多么才华出众,而是没有人能像他那样彻底,那样绝对和极端,也少有人能随时狠心到他的地步。他的每一篇文章都是要置对方于死地,都是要上纲上线。要知道那个时候的批判指控:反革命、反党、反社会主义、反对毛主席革命路线,就等于要判对方重罪,一家老小身家性命就交他手上。他的批判文章从来不顾及对方的原意和逻辑,他只要断章取义,为其所需,他是左派理论激进主义登峰造极的产物。后来"文革"中的大批判文章几乎都是夹杂着人身攻击,这是时代风气使然。批判的武器背后有武器的批判,凶狠的批判在极左时代,其实就是政治指控和迫害,置对手于死地。

当然,姚文元也有肯定赞扬的文学批评文章,那是基于他对于社会主义的"理想性"(或者"理念化")的理解来肯定那些他认为是真诚歌颂社会主义时代的作家。在这一意义上,姚文元最为鲜明和彻底地体现了社会主义文艺的特征,那就是它的概念化和观念性。20 世纪五六十年代社会主义时期的文艺观念,口口声声强调现实主义,实质上是强调社会主义文艺的观念性、理念化和概念化,也就是文艺对社会主义的绝对理念的想象和表现。姚文元对社会主义时代有一套宏伟热烈的观念性想象,他认为:"社会主义社会的生活是人类有史以来最丰富多彩的生活,它充满了历史上从未出现过的新矛盾、新内容、新事件。"对于社会主义革命文艺来说,需要反映社会主义这个伟大时代的一个极其重要的问题,就"是用阶级观点去分析各种社会矛盾,反映社会主义革命阶段的阶级斗争,表现阶级斗争中人民新的精神品质的成长"[①]。也是在这一意义上,他十分高调地赞颂过柳青的《创业史》刻画的梁生宝的形象,反对把先进人物写得含糊其词,尤其反对社会主义革命文艺以刻画中间人物为其艺术追求。他批驳严家炎《关于梁生宝形象》一文中对梁生宝形象过分理念化的批评,姚文元认为梁生宝的形象本质上

[①] 姚文元:《反映社会主义革命时期阶级斗争的一些问题》,《在前进的道路上》,北京:人民文学出版社,1965 年,第 1 页。

属于无产阶级,既然是无产阶级就具有农民身上不具备的历史先进性。在他看来,社会主义革命文艺的主题就是反映阶级斗争,就要以无产阶级和革命人民为主体,充分表现无产阶级和革命人民斗争中的进攻性、主动性和革命英雄主义,通过典型化进行集中和概括,透过生活、事业中的具体矛盾去显示根本性的社会矛盾。

当年胡风和冯雪峰都探索过革命文艺表现历史先进人物的理论,但他们的理论追求还是建立在现代启蒙主义文艺的传统基础上,建立在中外优秀文学作品的传统中。只有在合乎艺术规律的前提下来讨论无产阶级革命文艺如何建立正面的、肯定性的、先进性的人物形象,才可能是尊重文学史的。但姚文元所说的无产阶级英雄人物,是在阶级斗争中成长起来的,是解决阶级斗争矛盾的成果,它必然是也只能是观念化和理念化的产物。姚文元高度评价陈耘、章力挥、徐景贤等人合作的话剧《年青的一代》,这部剧曾在上海、北京演出,一时好评如潮,姚文元作为上海的评论家,也不遗余力给予赞扬。姚文元对峻青的作品也有高度评价,彼时峻青是上海市作协的领导。1962年12月,峻青在《解放日报》发表两篇作品《傲霜篇》和《壮志录》,姚文元迅即发表《反映人民伟大的革命英雄主义》给予肯定,认为这是"两篇战斗性十分鲜明的好作品"。他说:"由于这两篇作品反映了中国革命人民的精神力量,因而也就具有鲜明的时代精神,反过来以其激动人心的思想力量鼓舞了人民。"①对上海工人作家胡万春,姚文元也不吝褒奖。胡万春的短篇小说集《红光普照大地》出版后,姚文元立即写有评论《在前进的道路上》(1965年,姚文元以此为书名出版自己的评论集)。姚文元认为胡万春这篇小说集较三年前出版的《谁是奇迹的创造者》有了新的进步。胡万春在反映生活经验广度和深度上都有发展,并且有意识地在作品中寻找革命的现实主义和革命的浪漫主义相结合的途径。姚文元的文章也指出了胡万春作品中的不足之处,对作品中的一些具体描写还提出批评意见。但他认为,这是前进道路上产生的局部问题,艺术

---

① 姚文元:《反映人民伟大的革命英雄主义——读〈傲霜篇〉和〈壮志篇〉有感》,《在前进的道路上》,第148—149页。

第三章　现实主义的学理化与政治化

上的不够完美,只能通过加强艺术性和思想性的统一来解决,但不能放弃创作高度思想性的作品,去追求"小巧玲珑"的那类东西。①

1965年11月10日,姚文元在《文汇报》发表《评新编历史剧〈海瑞罢官〉》,对吴晗展开猛烈批判,此文被看作"文革"序幕。据有关史料披露,1965年初,江青在上海与张春桥共同策划,由姚文元执笔写批判新编历史剧《海瑞罢官》的文章。整个写作过程是在秘密状态下进行的,文章一俟发表,令文艺界大感意外。姚文元此文首先是对历史资料进行考证。《海瑞罢官》是一出戏剧,应允许虚构。姚文元却用史料表明,吴晗虚构了海瑞,例如,徐阶儿子徐瑛等被海瑞处死的情节系虚构,实际上只是充军。海瑞还田于民也不对,历史上是还田于官府。当然,姚文元目的是要进一步追问:吴晗何以要虚构拔高海瑞,创造一个青天大老爷?按姚文元的观点,《海瑞罢官》的错误主要体现在:其一,取消了阶级斗争,海瑞是剥削阶级的官僚,他怎么可能为民做主?海瑞的青天老爷形象,就是取消了农民阶级与地主阶级的根本矛盾,取消了农民进行阶级斗争的主动性。在吴晗笔下,农民没有一个起来抗争,只有寄希望于青天老爷海瑞。其二,"还田于民"就是影射人民公社把农民土地收归集体所有,是向社会主义制度索要农民田地,这是向社会主义制度进攻。其三,以"海瑞罢官"做翻案文章,这是为彭德怀庐山会议被罢官鸣冤叫屈。姚文元捕风捉影地把《海瑞罢官》的情节与当时所谓阶级斗争的形势联系起来,指控这部作品"就是当时资产阶级反对无产阶级专政和社会主义革命的斗争焦点"②。

《人民日报》迅速转载,并加了编者按。一时间,围绕《海瑞罢官》展开激烈辩论,其实是一边倒的猛烈批判,这场批判将文艺界存在的一条"又粗又长的黑线"暴露了出来,发动"无产阶级文化大革命"箭在弦上,势必要发。姚文元也因此进入中央"文革"领导小组。

1967年第1期《红旗》杂志发表姚文元的长文《评反革命两面派周

---

① 姚文元:《在前进的道路上——评胡万春短篇小说集〈红光普照大地〉》,《在前进的道路上》,第163页。
② 参见姚文元《评新编历史剧〈海瑞罢官〉》,《文汇报》1965年11月10日。

扬》,这篇批判周扬的文章写得十分夸张,表露出典型的"文革"大批判的凶猛作风。姚文元的批判据说是按照江青的指示,江青说:"旧北京市委、旧中宣部、旧文化部互相勾结,对党,对人民,犯下的滔天罪行,必须彻底揭发,彻底清算。对于我们党内的以反对毛主席为首的党中央的无产阶级革命路线为目标的资产阶级反动路线,也必须彻底揭发,彻底批判。"①姚文元认为,对中宣部周扬等人的揭发和清算,"关系到用毛泽东思想总结几十年来的革命历史,关系到社会主义革命时期社会主义和资本主义两条道路斗争的历史,关系到党内以毛主席为代表的无产阶级革命路线和资产阶级反动路线两条路线斗争的历史,关系到更深入地挖掘政治上资产阶级反党反社会主义的黑线,必须搞深搞透。"②姚文元的批评手法,是把周扬看作"一个典型的反革命两面派"。因为周扬在新中国成立后一系列的社会主义文艺运动中是最重要的领导人,他一直紧跟毛泽东,贯彻执行毛泽东的革命文艺路线,他的所作所为也不能一笔抹杀。姚文元有办法想出这样一个角度——"反革命两面派",他说周扬"一贯用两面派手段隐藏自己的反革命政治面目,篡改历史,蒙混过关,打着红旗反红旗,进行了各种罪恶活动。他是我们现在和今后识别反革命两面派的一个很好的反面教员"。1965年11月29日,周扬在全国青年业余文学创作积极分子大会上做了题为《高举毛泽东思想红旗,做又会劳动又会创作的文艺战士》的报告,被姚文元作为"打着红旗反红旗的典型"加以分析批判。

姚文元在这篇长文中历数周扬在新中国成立后历次文艺界批判运动中的表现,例如批判电影《武训传》的运动、批判俞平伯和胡适的《红楼梦》研究的运动。姚文元指责周扬不能敏锐地看出问题,不能准确理解毛泽东的革命文艺思想,不能紧跟毛泽东的战略部署,几乎都是被迫才开展那些批判运动。而且周扬想方设法保护那些牛鬼蛇神,只是迫于革命形势,他才推出那些反动分子。周扬对毛泽东阳奉阴违,实际

---

① 江青:《江青同志在文艺界大会上的讲话(一九六六年十一月二十八日)》,收入《江青同志讲话选编》(内部发行),北京:人民出版社,1968年,第26页。
② 姚文元:《评反革命两面派周扬》,《红旗》1967年第1期。

第三章 现实主义的学理化与政治化

上尽量淡化、弱化革命斗争的力度。周扬还宣扬资产阶级人道主义,肯定惠特曼的诗歌,赞颂电影《居里夫人》,鼓吹"语言大师"的中国作家,要求文艺工作者学习语言艺术,这些都表明周扬暗地里奉行资产阶级文艺路线。1956年9月26日,周扬在《人民日报》发表了《让文学艺术在建设社会主义伟大事业中发挥巨大的作用》一文。此时也是"双百方针"得以提倡的时期,周扬的观点也比较倾向于"百花齐放"。十年后在"文革"的高潮中,姚文元指控说:

> 这是一个反社会主义的资产阶级反动纲领,这是一篇反党反毛泽东思想的宣言书。周扬在文章中大反"庸俗化""简单化""清规戒律""宣传作用",认为党的"教条主义"、"宗派主义"、"对待文艺工作的简单化的、粗暴的态度","严重地束缚了作家、艺术家的创作自由"。自由是有阶级内容的。抽象的"创作自由"是资产阶级的反党口号。在阶级社会里,只有阶级的自由,没有超阶级的自由。有了无产阶级和劳动人民对资产阶级进行专政的自由,就没有资产阶级和一切反动派进行反革命活动的自由。有了资产阶级反党反社会主义的自由,就没有无产阶级和劳动人民进行社会主义革命和建设的自由。周扬向党伸手要"创作自由",是为资产阶级争反党反社会主义自由,让牛鬼蛇神解除"束缚",自由地搞反毛泽东思想反社会主义的反革命活动。①

姚文元只要抓住一点蛛丝马迹,就可以对周扬罗织罪名。他指控说,在反右斗争开始的时候,周扬和旧中宣部负责人,就十分热心地积极为丁玲、陈企霞反党集团翻案,要摘掉他们反党的帽子,后来看形势不对,周扬才摇身一变成为左派。周扬对批判《海瑞罢官》的斗争不闻不问,过去数月也没有积极的反应。但周扬从来没有放松包庇右派、叛徒这些坏分子。姚文元认为,周扬就是隐藏在党内的资产阶级黑线的总后台,胡风、冯雪峰、丁玲、艾青、秦兆阳、林默涵、田汉、夏衍、阳翰笙、齐燕铭、陈荒煤、邵荃麟,等等,都是这条黑线之内的人物。他甚至说,

---

① 姚文元:《评反革命两面派周扬》,《红旗》1967年第1期。

周扬号称是从延安解放区来的,实际上他同王实味、丁玲、萧军、艾青等托派分子、叛徒、反党分子是一路货色。如此说法,也属离奇之极。总之,周扬是一个混进革命队伍的资产阶级分子。姚文元号召革命派说:"战斗的路还很长。真正的无产阶级革命派,要随着形势的发展不断向自己提出新的更高的斗争任务。"①

多年后,"文革"结束,姚文元垮台,周扬走出秦城监狱,重新恢复工作。此时的周扬痛改前非,在1980年代努力站在思想解放的前沿,对极左时代反右和各项批判运动遭遇整肃的异己表示了深切的痛悔和道歉。此时再读读姚文元当年写下这篇《评反革命两面派周扬》,虽然这是为罗织罪名而做的捕风捉影和夸大其词,但也让我们看到了在政治极端化的环境下,周扬要保住自己的位置实属不易,他别无选择,历史把他推到火山口。姚文元的文章至少可以让人们感受到,周扬并没有过度加害文艺界那些不幸的人。

1967年9月8日,《人民日报》发表姚文元的文章《评陶铸的两本书》,对陶铸展开猛烈攻击,这篇文章可谓心狠手辣、杀机四露。陶铸的两本书是指《理想,情操,精神生活》(1962)和《思想·感情·文采》(1964),姚文元批这两本书的目的却是挖陶铸的历史,把陶铸定为"奴才与叛徒",再给陶铸扣上所谓煽动"怀疑一切、打倒一切"的极左路线的帽子。这两条罪状蛊惑人心,也荒唐可笑,但却可以置陶铸于死地。陶铸1967年1月被打倒,1969年11月病逝于安徽合肥。姚文元的批判文章显然是有备而来,它是政治攻势的前导,理论与批评已经没有任何学理可言,只是政治的舆论,甚至是政治迫害的手段。

实际上,以姚文元书香门第出身的文学修养,以他的才华和聪明,他何尝不能判断文学作品的好坏、艺术手法的高下呢?只是他年纪轻轻就领悟到了政治投机的诀窍,他迅速明白,政治批判与文学批评的逻辑无关,政治只有服从于政治理念与利益的需要。姚文元的激进文学

---

① 姚文元:《评反革命两面派周扬》,《红旗》1967年第1期。资料表明胡风与冯雪峰后来也交恶,这可能还是个人性格的意气之争;更不用说周扬之于胡风、冯雪峰,姚文元之于胡风、冯雪峰和周扬。这后来的斗争则是置人于死地的政治迫害了。

批评肇始于他对胡风反戈一击,因为他的父亲姚蓬子的历史以及受审查之故,他自己过去在公开场合高调表示过对胡风的崇拜,他面临着生死未卜的恐惧,或许还有出人头地和沦落阶下的巨大反差的抉择。历史给予这个二十岁出头的年轻人的机遇实在是有些乖戾:说姚文元生逢其时或许是,说他生不逢时也未尝不可,后者是我们今天对他再后来的命运的感叹。

"文革"期间,文学批评的政治化走向极端,政治化的文学批评当然不可能需要个性,个性也只能在强大的政治观念底下以"执笔人"的角色来体现有限的作用。在群众运动风起云涌的历史情势下,"文革"的政治大批判都是以战斗队、司令部、革命派的名义发布大字报,在革命大批判观念直接影响下的文学/政治批判,必然引向集体创作。任何个人都不可能领会那么强大深远的政治观念,都不可能纵观历史,融汇古今,统摄政治、哲学、文化与文学,于是集体写作班子应运而生。"文革"期间影响最大的集体写作组有北京的"梁效"和上海的"石一歌"。

"梁效",即"两校"的谐音,是"文革"在"批林批孔"期间由北京大学、清华大学部分知名学者和青年教师组成的大批判组的笔名。梁效1973年9月4日首次发表文章,1976年10月因"四人帮"倒台而终结。1973年5月25日,在中共中央政治局会议上,毛泽东批驳当时社会上流传的"文化大革命失败了"的说法,要求政治局要抓路线,抓上层建筑和意识形态,要学一点历史,要批判孔子和尊儒思想。是年8月中共十大召开,9月4日《北京日报》发表由北京大学、清华大学"大批判组"撰写的《儒家和儒家的反动思想》一文,为批儒评法拉开了序幕。两校"大批判组"(梁效)由驻两校的军宣队负责人迟群、谢静宜主持。

"梁效"影响一时的代表作主要有:《林彪与孔孟之道》《孔丘其人》《再论孔丘其人》《从〈乡党〉篇看孔老二》《研究儒法斗争的历史经验》《论商鞅》《读柳宗元〈封建论〉》《研究儒法斗争的历史经验》《有作为的女政治家武则天》《农民战争的伟大历史作用》《教育革命的方向不容篡改》《回击右倾翻案风》《党内确实有资产阶级——天安门事件剖析》《评邓小平的买办资产阶级经济思想》《永远按毛主席的既定方针办》《〈论总纲〉和克己复礼》。

与北京的"梁效"相似的集体写作班子是活跃于上海的"石一歌",其前身是"复旦大学、上海师大复课教材编写组(《鲁迅传》编写小组)",为复课闹革命编写教材,隶属于上海写作组。小组工作地在复旦大学学生宿舍10号楼,组长是华东师范大学(当时已并为上海师范大学)的教师陈孝全,副组长是复旦大学的教师吴欢章。其他成员还有周献明、林琴书、王一纲、江巨荣、余秋雨和孙光萱等。1973年2月,这个教材编写组的工农兵学员,编写过一本给少年儿童读的《鲁迅的故事》,由上海人民出版社出版,由于是非教材类,署名"石一歌"。"石一歌"由此得名,它是"十一个"成员的谐音。

1973年底前,吴欢章、余秋雨等都离开了小组,小组人数减少,仅剩陈孝全、孙光萱、夏志明、江巨荣四人。1974年,小组搬出复旦大学校舍,迁移到巨鹿路上海作家协会所在地,新加入的成员有吴立昌、刘崇义、曾文渊等三人。由于离开了大学,也不再从事教材编写工作,小组正式更名为"石一歌"。也可以说,所谓"石一歌"也就是"《鲁迅传》写作小组"发表部分作品时使用的笔名,从1972年1月到1977年初,"《鲁迅传》写作小组"存在了5年。该编写组编出的教材主要有《鲁迅小说选》《鲁迅杂文选》《鲁迅散文诗歌选》,当时署名为"复旦大学、上海师大教材编写组"。在"上海写作组"文艺组的指导下,配合全国当时的政治形势需要,该编写组以"石一歌""石望江"(为《鲁迅传》写作小组"正式成立前所用笔名,为四个人望黄浦江的谐音)、"丁了"(即稿子"定了"的谐音)为笔名发表了《学习鲁迅,痛击右倾翻案风》《投一光辉,使群魔嘴脸毕现》《不断清除革命队伍中的蛀虫》《学习鲁迅反复辟斗争的韧性战斗精神》《坚持古为今用,正确评价法家》等84篇文章。"《鲁迅传》写作小组"还主编了《鲁迅年谱》和《鲁迅读本》(含《鲁迅小说选》《鲁迅杂文选》《鲁迅诗歌散文选》《鲁迅书信选》等4本,1972年9月,内部出版第一版),撰写了《鲁迅的故事》(上海人民出版社1973年第1版)、《鲁迅艰苦奋斗的生活片断》(1975年9月第1版)。

总体上来看,上海的"石一歌"远没有北京的"梁效"政治影响力大,它在当时并没有发表多少有影响的作品,也不是什么政治组织,没有足够的证据表明它受到上面的直接政治指令,只是一个属于上海写作组的"外围"的写作小组。

　　综上所述,20世纪五六十年代的中国文学批评,依然没有放弃探寻中国文学批评的学理内涵,只要有一点空间和机会,批评家和理论家就会寻求学理的建构。本来中国的文学批评也有可能在古典与现代传统、民族气派、现实问题几方面获得学理的资源,形成中国社会主义文学批评的理论内涵。然而,强大的政治律令要求中国的文学批评以苏联为范本,生搬硬套苏联的极左体系,给中国的文学批评套上了狭窄的框框。与此同时,不断激进化的政治运动,作家和文学批评家都陷入了政治旋涡,本来有可能开创出中国文学批评道路的文学批评家,如胡风、冯雪峰等人,纷纷被打成反革命分子或右派,直至发生"文化大革命",大批判横行,文学批评已经没有生存的余地,中国文学批评失去了开创自己道路的机遇。历史有前车之鉴,这警示着中国文学批评应该走在学理的规矩之中。

(本章由陈晓明执笔)

第四章 诗化的政治与政治的诗化

1949年7月全国第一次文艺工作者代表大会召开,实现了解放区和国统区文艺大军的汇合,然而两个地区的文艺工作者在文艺立场与艺术方法的分歧仍然存在。新中国成立之后,解放区的文艺工作者往往处于文艺领域的领导岗位上,他们以自己战争年代的经验应对新中国的文艺工作。来自解放区的批评家也不例外,他们具有政治上和思想上的优越性,迅速成为主导地位的批评家。他们在文艺政策上具有权威性,也非常自然而顺畅地将文学看作"无产阶级革命事业的组成部分",看成政治与阶级斗争的工具。文学批评自身的美学功能与品格退居次要地位,被完全忽略,甚至被视为错误的、资产阶级的流毒。但是,我们同时也要看到,新中国百废待兴,新的社会主义革命文艺要在现代启蒙主义的基础上重建一套标准和规则,清理和批判现代启蒙主义的美学理念则成为一项急迫任务,这个任务如此紧迫以至于它走向了偏颇,甚至对立面。新的社会主义革命文艺要确立文艺为工农兵服务的方向,要建立起社会主义国家的意识形态,要使文艺成为无产阶级革命事业的组成部分,要成为"团结人民、教育人民、打击敌人、消灭敌人的有力武器"①。这无疑是开创文艺新时代的历史抱负,要有极大的气魄和能力。我们看到这一时期的诗歌批评参与了一个时代的政治抒情"大我"的确立与诗人诗作的文本研究,为时代开辟新道路摇旗呐喊。这里面有太多的理想化的渴求,有表达了时代精神的呼唤,也有急迫而褊狭的批判。另一方面,我们也看到,这一时期的诗歌也表现出对于诗歌的艺术、格律与民族形式等问题的探索兴趣,显然,这并非纯艺术在作祟,它是从属于"文艺为工农兵服务"这一时代原则的,例如,只

---

① 毛泽东:《在延安文艺座谈会上的讲话》,参见《毛泽东选集》第三卷,北京:人民出版社,1991年,第848页。

有从民歌中汲取养料,才可能创作出更接近工农兵的诗歌,正如赵树理的小说从通俗文艺那里汲取语言和讲故事的方式一样。在这样的大时代的文学批判重新开始的时期,很难有批评家成为权威,因为政治上的错误时刻威胁着批评家的权威地位。早年左翼的权威批评家——胡风、冯雪峰等人都在政治上被驱逐,后起的批评家尚未形成(准确地说是无法形成)权威性,故而本章要以批评家为中心展开历史叙述会显得十分困难。因此,我们围绕这个时期重要的诗歌创作的评论和批判来展开梳理,以期对这个时期的诗歌批评有一个基本的认识。由于有些批评家的相关讨论延续到"文革"后,我们也在一定程度上涉及1980年代。因此,本章重点讨论贺敬之抒情诗的艺术,郭小川1950年代诗歌的争议,闻捷和李瑛诗歌的明丽与诗情画意以及何其芳、卞之琳、林庚等人对现代格律诗的形式探讨,这些梳理并不都关注政治意识形态的论争,而是更加侧重去审视那个时代的诗歌评论者们是如何在有限的空间里,依然坚持讨论现代汉语诗歌的审美表现,这是政治抒情诗时代难能可贵的诗化思考。

一 共和国抒情诗的塑造:关于贺敬之诗歌的评论

贺敬之是一位有才华的早慧诗人。他14岁参加抗日救国运动,15岁发表诗歌处女作《北方的子孙》,16岁到延安进入鲁迅艺术学院文学系学习,17岁加入了中国共产党,18岁亲聆《在延安文艺座谈会上的讲话》,他和丁毅因执笔创作歌剧《白毛女》而蜚声文坛时年仅20岁。但是从新中国成立以后到1956年这段时间内,贺敬之的创作基本处于沉寂状态。1956年第1期《文艺报》发表了华君武等人的合作漫画"万象更新图",图片配有袁水拍等人的说明诗,其中一幅对贺敬之进行了善意的讽刺:"白毛女"的头发,白了又黑,黑了又白,你的新作为啥还不出来? 也正是在这一年贺敬之重新开始了诗歌创作,相继创作了《回延安》(1956)、《放声歌唱》(1956)、《三门峡歌》(1958)、《东风万里——歌八大第二次会议》(1958)、《地中海呵,我们心中的海》(1958)、《桂林山水歌》(1959)、《我看见……——献给红色人造卫星》

(1959)、《十年颂歌》(1959)、《雷锋之歌》(1963)、《西去列车的窗口》(1964)、《又回南泥湾》(1964)、《回答今日的世界》(1965)等诗歌。这十年的诗歌创作,数量不是很多,却是贺敬之诗歌创作的高峰期。诗作应和了时代的主题,具有鲜明的政治色彩,并以磅礴的气势、阳刚的风采在那个充满激情的火红年代里被广泛认可、阅读和传诵。贺敬之这些充满历史感的抒情诗,对新生的共和国做着深情而热切的讴歌,成为一个时代抒情的典范之作。

1956年贺敬之因参加西北五省(区)青年造林大会重返圣地延安,在阔别十年之后诗情萌发,写下了《回延安》这首名诗。① 他像一个久别的孩子,抒发着对延安的向往、怀念和崇敬。评论家闻山在1956年第14号《文艺报》上发表《挚情的、凝练的诗——读贺敬之的〈回延安〉》一文,指出了《回延安》一诗的挚情与凝练的素质。闻山对诗中运用的民歌形式兴奋不已,说贺敬之不怕有人说他是"形式主义"者,他"的确是一看见这诗的形式,就先已高兴"。闻山认为那些熟悉民歌的歌手,例如李季、阮章竞和张志民等人在进城以后,"似乎都不约而同地改了版",贺敬之这日夜飘荡在陕甘高原山野之间的"信天游"则让他颇为感慨。老诗人臧克家曾在1962年重点谈过贺敬之的《放声歌唱》《回延安》《三门峡歌》和《桂林山水歌》,认为这几首诗大致可以代表贺敬之的艺术风格和成就,在详细分析了这些诗歌的艺术特征后,他指出《回延安》是新中国成立后他本人最喜爱的一篇诗,也是贺敬之最有代表性的一篇诗,并把这首诗与杜甫的《赠卫八处士》相比拟,可见评价之高;臧克家认为这首诗成功的原因是诗人对延安生活太熟悉、太热爱,受到的影响太深厚了,概括起来容易,不求深而自深,不雕琢而佳句自来——生活、思想的深度是艺术作品深度的根源。② 何镇邦认为,《回延安》是一首"情义两具备"、广为人们传诵的佳作,并从情节形象构成的韵味、浓烈的民歌风味、语言特色等层面对这首诗进行了细致分析,其中引人关注的是他运用袁枚《随园诗话》中有关诗人不失其赤子

---

① 《回延安》,见《延河》1956年6月号。
② 臧克家:《学诗断想·谈贺敬之同志的几首诗》,《诗刊》1962年第1期。

第四章　诗化的政治与政治的诗化

之心的观点来论述贺敬之的诗歌创作,认为这是贺敬之诗歌魅力的根本所在。① 文永泽也对《回延安》做了从内容到艺术特色的逐节分析,认为"《回延安》是一首以歌颂延安、怀念延安为主题的、充满革命激情优美的抒情诗"②。

《回延安》之后贺敬之的另一首"形式新鲜、活泼""楼梯式""内容丰富、生动,热情洋溢的新作"③是《放声歌唱》。郭长森撰文给《读书月报》,认为《放声歌唱》"是一部社会主义伟大建设的赞歌,是一部歌颂党,歌颂祖国的颂诗",认为这首诗"以我们社会主义建设的伟大成就的事实,用动人的诗句,铿锵的音律,响亮的诗喉,唱出了广大劳动人民心底深处歌颂党、歌颂社会主义的赞歌,激起我们对党,对社会主义祖国的更加热爱"④,并结合发生在自己身边的社会主义建设场面,结合反右斗争,阐述了这首诗的价值。《放声歌唱》在当时影响很大,评价也是比较高的,它和郭小川的长诗《致青年公民》一起奠定了我国政治抒情诗发展的基石。

《回延安》和《放声歌唱》为贺敬之赢得了声誉。1959年《文艺报》发表了袁水拍《成长发展中的社会主义的民族新诗歌》一文,认为"贺敬之的《放声歌唱》等歌颂了党和国家,他的《回延安》也是动人的"⑤;在吸收古典诗歌形式方面,认为《三门峡歌》起了很好的榜样作用。这些诗篇作为共和国十年来专业诗人创作的显著成就代表被列举出来,而贺敬之接下来创作的《桂林山水歌》《雷锋之歌》《西去列车的窗口》《"八一"之歌》等诗篇同样获得一致好评。

1961年8月贺敬之发表《桂林山水歌》⑥,谢冕在1980年代评价说这"是一首歌唱祖国壮丽河山的诗篇。它不仅传达出桂林山水特有的美,而是让人从中鲜明地感受到蓬勃的时代气息。这是一曲社会主义

---

① 何镇邦:《情真辞切一唱三叹——读贺敬之的〈回延安〉》,《北京文艺》1975年第8期。
② 文永泽:《〈回延安〉分析》,《广西民族大学学报(哲学社会科学版)》1978年第1期。
③ 郭长森:《歌颂祖国歌颂党!——读贺敬之同志的长诗〈放声歌唱〉》,《读书月报》1957年第12期。
④ 同上。
⑤ 袁水拍:《成长发展中的社会主义的民族新诗歌》,《文艺报》1959年第19—20期。
⑥ 这首诗歌实则写于1959年。

时代的新山水诗"①。谢冕把这首诗歌与韩愈《送桂州严大夫》中写桂林的名句"江作青罗带,山如碧玉簪"相对比来谈贺敬之的写法之妙:贺敬之抛弃了习见的方式,不再拘泥于以实比实,采取了以虚喻实的办法,极大地调动了读者想象的深度,去感受"那最深沉的情爱和最美丽的梦境"②;贺敬之坚持自己对客观事物独特的观察和见解,抓住了桂林这座城市的个性,写出了桂林不可替代、也不可混淆的美;诗人在充满热情与朝气的歌唱中把自己对祖国、对社会主义的爱融入了桂林山水中,其间活跃着诗人的自我形象——一个向往光明奔往延安的普通小八路;最后谢冕还分析了诗人在声韵节律方面的努力,换韵和对仗让全诗节奏匀称,充满音调铿锵的音乐美。此后,批评者的评论基本上都在谢冕"社会主义时代的新山水诗"的基调上进行。龙长顺认为该诗"巧妙地发掘了桂林山水在新时代的社会美,将桂林的自然美转化为壮丽的社会主义祖国山河美,便较顺当地写出了一首社会主义时代的桂林山水歌"③。

贺敬之的诗歌在当时唤起的是社会主义革命和斗争的力量,他的诗歌引起当时青年人的追慕,据说当年贺敬之在复旦大学朗诵了《雷锋之歌》,激动了全校师生,师生们十多天里都沉浸在《雷锋之歌》的热潮之中,激怀凌云之志。《雷锋之歌》发表后④,好评不断。阎纲即时发表文章,把《雷锋之歌》和《你,浪花里的第一滴水》进行了对比,认为《雷锋之歌》从纵深方面充分发掘了雷锋精神的时代意义,并且找到了一个适于表现雷锋精神、又适于抒发自己感情的诗歌结构,气派雄浑、声势浩大。⑤孙光萱、陆继椿、胡川三人在《山东文学》上也发表文章⑥,认为贺

---

① 谢冕:《美好的山水 美好的歌——读贺敬之的〈桂林山水歌〉》,《名作欣赏》1980年第2期。
② 同上。
③ 龙长顺:《君诗妙趣我能识,正在山程水驿中——读〈桂林山水歌〉》,《吉首大学学报(社会科学版)》1984年第1期。
④ 见《中国青年报》1963年4月11日。
⑤ 阎纲:《雷锋——唱不尽的歌——读〈雷锋之歌〉和〈你,浪花里的第一滴水〉》,《诗刊》1963年第8期。
⑥ 孙光萱、陆继椿、胡川:《读贺敬之〈雷锋之歌〉——兼论政治抒情诗创作中的一些问题》,《山东文学》1963年第7期。

敬之在三个方面启示着政治抒情诗的写作：表现英雄人物与反映时代特征的结合；歌颂正面形象和鞭挞反面形象的结合；抒情和政论的结合。该文还着重从外来形式和民族特色的融合与诗人在运用虚词上的特点两个方面探讨了《雷锋之歌》在形式探索上的可贵收获。紧接着复旦大学中文系二年级的学生林维民也从思想和艺术上谈了这首诗歌。他认为"长诗《雷锋之歌》热情激荡，气势磅礴，读后令人浑身有劲，意气昂扬"①，并从思想和艺术两方面分析诗人是如何达到这一目的的。此外，也有批评家从人物形象方面展开对《雷锋之歌》的论述，认为这首诗中最成功的是塑造了雷锋这个人物，而这与诗歌的本质却相去甚远。②

《西去列车的窗口》一诗同样被认为是一首"有着高度思想性和艺术性的抒情诗"③，马怀忠1978年还撰文认为这首写于1963年的诗歌对1970年代的社会主义革命和建设仍然有着现实意义。马怀忠把这首诗歌从结构上划分为三大部分进行内容分析，之后进行艺术特色分析，艺术特色分析从三个方面展开：独创的艺术构思（以小寓大的"窗口"）、抒情和叙事的完美结合、极其优美的语言和凝练的形象。内容和艺术上的较高成就因着作者强烈的无产阶级革命激情，让《西去列车的窗口》变成了一曲高亢嘹亮的战歌。

"文革"后，贺敬之的政治抒情诗依然获得很高的艺术评价，即使像谢冕这样推崇"朦胧诗"的批评家也始终以客观的态度评价贺敬之的诗，既揭示出它的时代必然性和意义，也阐述它在社会主义革命文学建构中的积极作用。谢冕曾经撰文分析《放声歌唱》之所以成为典型，首先是因为它"有效地概括了那个特殊年代普遍性的思维方式和情感方式。它的亢奋和激扬，特别表现在它有力地消解个人（尽管它曾列专节谈到'个人'）于它认定的并为之放歌的伟大集体的那种热情，与

---

① 林维民：《读贺敬之的长诗〈雷锋之歌〉》，《复旦大学学报（哲学社会科学）》1964年第2期。
② 陶阳：《读〈雷锋之歌〉》，《文艺报》1963年第6期。
③ 马怀忠：《革命的洪流滚滚向前——重读贺敬之的〈西去列车的窗口〉》，《破与立》1978年第1期。

那个时代产生了同步的奇妙共振。它同时也成为那时代诗情的一种象征"。其次,《放声歌唱》"倡导了一种对现有生活秩序持无保留的肯定和歌颂的态度。这种态度后来成为一个很长时期的普遍的审美法则。贺敬之的诗率先响应和契合了当时的意识形态要求,它于是成为一种具有先导性的诗和文学的实践"。谢冕客观地指出,"那个后来被称为'颂歌'的文学时代的出现和形成,从最低的估量来看,至少和《放声歌唱》的创作实践有关"。在艺术上,谢冕认为《放声歌唱》创造了新颂体诗的格式。"在它自由奔放的表象背后,包蕴着一种稳定的严整的律化倾向。对称的原则从词组到节、段得到全面的贯彻,而这一切却'潜伏'在'散漫'的句式结构之中。由此开始了一个新的骈偶时代",并且认为"华靡的借喻,昂奋的声音和节奏,夸张的形容,以及缺乏节制而近于盈满的激情,代表了那一时期的主流审美时尚",认为人们无论怎样评价《放声歌唱》对促成"颂歌时代"以及文学政治化进程的贡献,都不会过分。① "文革"后对《放声歌唱》的评价可能更富有历史眼光,也可以在文学史的意义上给予其诗学艺术的定位。与谢冕一同发表在同期《艺术广角》上的还有李汉荣的《无神论者的"神曲"——读〈放声歌唱〉》一文,这篇文章从横向的角度,通过《放声歌唱》与《神曲》的对比来把握《放声歌唱》的特色,认为"《放声歌唱》是拟神化的国家(权力、物质、意识形态、集团意志、种族利益)运行图像","描绘的则是想象中的群体在政治时空中的运动图像";描绘了"当下和眼前"的极境:在地狱的遗址就可以修一座天堂——认为这是对某种政治理想的颂歌。文章认为作者的歌唱是真诚的,在当时就有着巨大的感召力,今天读来依然能够感到那份单纯和热烈。② 李汉荣对《放声歌唱》的本质性把握自有其深刻之处,也给予了历史化的评价。

对贺敬之的诗歌研究,20世纪五六十年代引人瞩目的是具体诗歌文本的研究和批评。进入1970年代,对贺敬之诗歌创作进行综合论述的文章大大增多,向综合性、纵深性发展,且多是从内容和形式两方面

---

① 参见谢冕《〈放声歌唱〉与颂歌时代》,《艺术广角》1998年第3期。
② 李汉荣:《无神论者的"神曲"——读〈放声歌唱〉》,《艺术广角》1998年第3期。

第四章 诗化的政治与政治的诗化

综合论述贺敬之的抒情诗成就,基本认为贺敬之的诗歌是高度的政治性和完美的艺术性和谐统一的诗篇。政治没有削减艺术,艺术让政治诗化,政治与艺术的完美结合让这些歌颂新中国的抒情诗充满情味。这些批评大致从以下几个方面展开:诗歌的时代精神,诗歌创作的艺术特色,关于"楼梯体"的论争,贺敬之的早期创作和个人经历。

(一) 贺敬之诗歌创作的时代精神

贺敬之的诗歌创作自觉地与时代要求相契合。他把青年时代对《在延安文艺座谈会上的讲话》的学习融进血脉,坚信《讲话》"不是无足轻重的一家之言,而是指导文艺工作的纲领性文献"①,在文艺与政治的关系问题上坚信《讲话》提出的"政治标准第一、艺术标准第二",明确反对文艺作品淡化政治。虽然诗人作为个体,在和时代、政治直接对话时难免磕磕碰碰,其思想情感同整个民族当时的政治伦理、阶级或集团的利益常有不尽吻合和某种罅隙之处,但是在那些不吻合和罅隙处,贺敬之选择了沉默,较少写作。贺敬之有三个时期是停止创作的。第一个时期是 1949—1956 年间。1950 年贺敬之被指为受胡风文艺思想影响,在单位受到领导批判。1955 年反胡风运动中因在胡风家中搜查出他写给胡风的一封信,贺敬之被隔离审查半年之久。贺敬之到延安初期在《七月》杂志发表两首诗,新中国成立初期胡风对贺敬之出版的一本诗集作出好评,胡风到北京后贺敬之几次看望胡风,这些都受到长时间的审查,组织上还结合贺敬之的文章和创作在大会上进行了全面批判,最后给了贺敬之党内严重警告(后改为党内警告)的纪律处分。② 第二个时期是三年困难时期,诗人在"瓜菜代"的困难年代不曾写作。1961 年发表的《桂林山水歌》,其实是整理的 1959 年的旧稿。第三个时期是"文革"期间。因为执行"反革命修正主义文艺黑线"和与"反革命分子"关系密切的罪名,贺敬之被冲击、关押、反复审

---

① 贺敬之:《关于文艺思想理论的几个问题——在全国音乐思想座谈会上的讲话(摘要)》,《人民音乐》1991 年第 1 期。

② 见贺敬之 2004 年 9 月 8 日写给《随笔》杂志的一封信《关于胡风平反问题——致〈随笔〉的一封信》,《文艺理论与批评》2004 年第 6 期。

问和批斗。① "我曾用真情实感去歌颂光明事物——我们的党、人民和社会主义祖国。"② "不能因此把诗的本质归结为纯粹的自我表现",诗人要"与时代共呼吸,与人民共命运"。③ 贺敬之秉持坚定的政治信念,努力站在时代的高处,他弥合了历史上诗与政治间的鸿沟,做到了谢冕说的"对现有生活秩序持无保留的肯定和歌颂"④,做到了"诗学"和"政治学"的统一。而贺敬之也以其立场的鲜明坚定、主题的重大磅礴、气质的典正宏阔和对新中国时代脉搏的把握而成了共和国实际的桂冠诗人。

贺敬之自觉地通过作品为促进自己政治理想的实现服务,他以饱满的政治热情关注时代发展,把握时代脉搏,提炼重大主题。马畏安、于皿在《"走向亿万人的心里……"——评贺敬之的诗》⑤一文中认为贺敬之诗歌的首要特征就是"充满了时代感","贺敬之同志的诗,活跃着我们社会主义祖国、毛泽东思想这几条大动脉,尤其是贯穿着对党的歌颂这根主要神经。他的诗,回荡着我们时代的音响,描绘着我们时代的风云"。该文章认为贺敬之不仅"把握住我们时代的根本标志、我们时代的开创者的党的形象",甚至他的山水也表达了强烈的爱国主义主题,染上了时代的色调。丁永淮专文论述贺敬之诗歌的时代精神,在《论贺敬之诗歌的时代精神》⑥一文中,他指出"在我国当代著名诗人当中,贺敬之的诗歌是以其鲜明而强烈的时代精神著称的",并以贺敬之在1979年用来评价郭小川的一句话来评价贺敬之,认为贺敬之那些曾经轰动一时的优秀诗篇同样是时代的最强之音、最美之音,是昂扬激越、充满时代精神的时代之歌;认为正是这种鲜明而强烈的时代精神,使贺敬之的诗具有"巨大的思想深度和意识到的历史内容"。丁永淮认为贺敬之在诗歌的时代性方面有着自觉的坚持不懈的追求,分析了

---

① 见贺敬之 2004 年 9 月 8 日写给《随笔》杂志的一封信《关于胡风平反问题——致〈随笔〉的一封信》,《文艺理论与批评》2004 年第 6 期。
② 贺敬之:《贺敬之诗选·自序》,《当代》1979 年第 2 期。
③ 贺敬之:《李季文集序》,见《李季文集》,上海:上海文艺出版社,1982 年。
④ 谢冕:《〈放声歌唱〉与颂歌时代》,《艺术广角》1998 年第 3 期。
⑤ 马畏安、于皿:《"走向亿万人的心里……"——评贺敬之的诗》,《社会科学战线》1979 年第 3 期。
⑥ 丁永淮:《论贺敬之诗歌的时代精神》,《黄冈师专学报》1981 年第 2 期。

时代气息在其早期和成熟期具体创作中的体现。他认为贺敬之诗歌中的抒情主人公既有鲜明的个性特征,又植根于时代的土壤,是"自我"同"大我"的结合、"诗学"和"政治学"的统一。丁永淮的这篇文章把贺敬之诗歌的时代特征分析得淋漓尽致,尤为重要的是他看到了贺敬之在这方面的持之以恒。为党、阶级、时代而歌唱,对贺敬之而言是方向性问题。贺敬之本人对这一点也从不回避。由此我们也就能理解贺敬之在面对以朦胧诗为代表的"崛起"的"新的美学原则"时,表现出来的对抗。贺敬之曾在给丁永淮的书信①中,给他提出两点建议,其中一点是关于时代精神问题。贺敬之认为提倡"自我表现"的"新的美学原则"本质是否定时代精神的,认为"有些人对革命、对社会主义、对党的领导发生不同程度的怀疑和动摇,把三十年来党领导的社会主义事业看得一无是处"②。他认为这些人的时代精神是一种反面精神,这不仅是文艺上的问题,而是一股社会思潮。在贺敬之那里,诗歌是否成为时代响亮的声音,"正是区别诗和诗人的大小高低的主要标准"③。

(二)诗歌美学的创新、探索与贡献

1956年3月的延安,据西北人民广播电台记者郭强回忆,他有幸与贺敬之同居一室,贺敬之很快地写出了脍炙人口的《回延安》一诗,郭强趁热打铁向贺敬之索稿,计划以朗诵和演出的方式播出该诗,结果却被主编否掉了,后来投稿至《工人文艺》,也被主编否掉了,后辗转刊发于1956年的《延河》第6期。被主编拒稿两次的原因竟然是政治性不强!④ 在受概念化、公式化严重影响的当时,认定《回延安》的政治性不强,只是因为没有直接喊口号、过多地关注了艺术性而已,而这份艺术成就则恰恰是1970年代末1980年代初评论者集中探讨的所在。周仲器专门撰文论述贺敬之的诗歌创作⑤,认为他诗歌创作的首要特色

---

① 贺敬之:《贺敬之同志给丁永淮同志的信》,《黄冈师专学报》1981年第2期。
② 同上。
③ 贺敬之:《关于民歌和"开一代诗风"》,《处女地》1958年7月号。
④ 郭强:《关于〈回延安〉诗稿手迹的回忆》,《新疆石油教育学院学报》1987年第2期。
⑤ 周仲器:《略论贺敬之诗歌创作的艺术特色》,《教学与进修》1979年第4期。

是洋溢着浓郁的感情,表现出一个革命战士的豪迈气概,诗歌既有感情的浓度,又有思想的深度,达到情与理的有机统一。他还认为,贺敬之的诗歌"在各个章节中普遍显示出来的善于选择富有特征性的细节,概括地描绘形象,不断地创造出新鲜的画面和动人的意境,则是决定贺诗构思得以成功的最关键之处";他指出,贺敬之的语言概括力强,善用铺陈、排比、对偶等表现手法,而且熔古典诗词、民歌、外国诗歌营养于一炉,善于驾驭多种形式的艺术写作。唐文斌则把当代政治抒情诗的两面旗帜——郭小川和贺敬之的诗歌放在一起,试图从思想性、抒情性及意境的创造等方面进行风格比较①。唐文斌既看到了他们的共同点,也看到了他们各自的独特之处,对二人同异的把握很是到位。唐文斌指出,郭贺二人总是力图使自己的诗歌对人们在政治生活中遇到的种种问题做出鲜明有力的回答,但是二人在选材、立意和主题开拓上差异明显。郭小川着眼于从事业的艰巨和困难上来激励人们的斗志;贺敬之则更善于从事业的光明、宏伟方面来鼓舞人们的热情,因此贺敬之的诗歌偏向于热烈、明快和振奋。贺敬之善于从历史的回顾和对未来的展望中来认识生活,用革命的理想照亮生活。此外在感情的独特表达、意境的创造、修辞手法和形象的描绘上,贺敬之对于主题的开拓也有着独特的路径。

段登捷则从贺敬之的经验中读出他的革命激情,指出他对投身其中的革命的歌颂让贺敬之的诗歌充满豪情。段登捷认为,贺敬之的诗歌构思宏伟,联想丰富,"善于驾驭重大题材,巧于囊括时代风云,是他诗歌的显著特点,甚至可以说,这是他拔萃于当代诗坛的重要原因之一";他认为贺敬之善于把深刻的思想化于具体的形象之中,"而且给人以联想的余地,使读者得到比形象更多的东西,确实是一种高超的写诗技巧,也是贺敬之诗歌的一个显著的特点";最后,段登捷论述了贺敬之诗歌形式的多种多样,认为其诗歌形式是采用信天游式、楼梯式还

---

① 唐文斌:《当代政治抒情诗的两面旗帜——谈郭小川和贺敬之诗歌的风格》,《河北师范大学学报(哲学社会科学版)》1980年第3期。

是古体式都是由内容决定的,二者"达到了比较完美的统一"。①李元洛则认为贺敬之从情真意挚的《回延安》到振聋发聩的《八一之歌》,近二十篇诗作"大多数却堪称金玉",面对 1970 年代末 1980 年代初朦胧诗步步紧逼之下贺敬之和郭小川诗歌被否定的现象,李元洛标举"历史唯物主义",探讨了贺敬之诗歌的思想和艺术特色。李元洛认为贺敬之作为一名"得意轻出而一出便不同凡响的歌者",其诗作情感真挚,具有相当的强度和深度,"是时代的、阶级的感情的凝聚和概括";其"诗学"大处着眼、小处落墨,虚实相参,立足于传统而广收博采;在贺敬之"诗学"中,李元洛着重从凝练美、绘画美、音乐美三个方面讨论了诗人如何吸收并发展了古典诗歌语言。② 在 1970 年代末 1980 年代初对贺敬之的诗歌美学进行集中探讨的文章中值得重视的还有李志远的《浅谈贺敬之的抒情诗及其特点》和吴开晋的《贺敬之的诗歌艺术》③。李志远对贺敬之的抒情长诗评价更高。李志远像许多论者一样认为他正确处理了"诗学"与"政治学"的关系:特别善于掌握和驾驭政治性很强的重大题材,把历史的昨天、今天、明天结合起来;诗歌想象丰富,形象鲜明生动;形式新颖,具有民族特色,诗体自由舒展、豪放磅礴。吴开晋完全从诗艺和诗美的角度探讨贺敬之的诗歌。他认为通过以情引物的抒情美、热烈而崇高的阳刚风格、博采众长熔铸新体的形式美,以及从古典诗词、外国诗歌、民歌三方汲取营养熔铸的语言美,贺敬之为自己的思想表达找到了合适的艺术形式。

(三)关于"楼梯体"的论争

贺敬之的诗是与主流结合紧密的颂歌,所以除受到个别批评外④,

---

① 段登捷:《试论贺敬之的诗歌》,《山西师院学报(社会科学版)》1980 年第 1 期。
② 李元洛:《豪情如火气如虹——试论贺敬之诗歌创作的特色》,《文艺报》1981 年第 4 期。
③ 李志远:《浅谈贺敬之的抒情诗及其特点》,《昆明师范学院学报(哲学社会科学版)》1983 年第 3 期。吴开晋:《贺敬之的诗歌艺术》,《社会科学战线》1984 年第 3 期。
④ 李元洛认为贺敬之的作品存在着微疵:"虽然他对现实生活中阴暗与落后的东西揭露和鞭挞显得不够,同时,由于历史的局限,诗作中对某些历史事件和人物的评价也有某些失误。但是对党、对祖国、对人民革命事业的真诚颂赞与主流贴合紧密。"李元洛:《豪情如火气如虹——试论贺敬之诗歌创作的特色》,《文艺报》1981 年第 4 期。

其诗歌在总体上的"是"与"非"争议之处甚少。在贺敬之的艺术成就中,大家关注最多而又有一些不同意见的是其"楼梯体"的采用,但这所谓的分歧其实也没有形成真正的论争,总体依然是对贺敬之形式创造的赞美与肯定。

贺敬之早在 1940 年就被他的老师——诗人何其芳称赞为"我们十七岁的马雅可夫斯基"①。他在创作中明显受到马雅可夫斯基的影响。对贺敬之的"楼梯体"最早提出异议的是谢冕,他在《论贺敬之的政治抒情诗》②一文中,明确否定了"楼梯体"的采用,认为如果贺敬之拒绝外来诗歌的影响,更深地向古典诗歌和民歌方向发展,必会更加扩大其诗歌在广大读者中的影响:"我的意见,如果不采用外来的'楼梯式',而采用自己民族的排列法,那不是更好吗?这种'楼梯式'的排列,使贺敬之的诗在广大读者中不得不受到一定的限制。"评论界绝大部分论者都没有否定"楼梯体"的运用,他们近乎步调一致地看到了贺敬之把马雅可夫斯基的诗体进行中国化创新所取得的成绩,认为这是贺敬之不拘一格地吸收中外古今的艺术养料、寻求适合政治抒情新形式的成果。茅盾曾评析过贺敬之近九百行的《十年颂歌》,说它的外形虽然"是很整齐的'楼梯式'",但内部组织十之八九为偶句,行与行之间"基本上也是个个对称,而且大体遵守了'前有繁音,后继切响'的原则",具有"外散内律"的特征,是对外来形式和民族特色的有益的借鉴和创新性融合。③

周仲器在谈及贺敬之诗歌语言形式的创造时,指出贺敬之作为"驾驭多种形式的艺术能手",其阶梯诗式已和马雅可夫斯基的阶梯诗相差甚远,"它是中国化了的,民族化了的,是诗的民族形式的一种"。周仲器着重论述了贺敬之阶梯诗的三个优点:更适合于表现我们伟大时代的那种磅礴气势和英雄气概;是民族化的,创造性地学习了中国古典诗歌的长处,从自由诗体向格律化的一种发展;"最适合于发挥贺敬

---

① 引自诗人何其芳诗作《夜歌》。
② 见《诗刊》1960 年第 11、12 期合刊。
③ 茅盾:《反映社会主义跃进的时代,推动社会主义时代的跃进》,见《争取社会主义文学的更大繁荣》,北京:作家出版社,1960 年,第 21 页。

之善于写政治抒情诗的特长,帮助了他个人风格的形成"①。段登捷认为贺敬之的楼梯式是马雅可夫斯基楼梯式的中国化,在此基础上"熔古今中外诗歌的长处于一炉","终于找到了这个比较完美的诗歌形式",并且这个"有对称错综的美在"化为了贺敬之的独创。②李元洛认为贺敬之的阶梯式是从外国诗人那里借鉴而来的,"也吸取了中国古典诗歌艺术的长处而给予改造,使之具有鲜明的中国作风与中国气派"③。

大家都明确认为贺敬之借鉴了马雅可夫斯基的"楼梯体"并作了中国化的改造,因此有论者专门撰文讨论马雅可夫斯基对贺敬之诗歌创作的影响,并引起了批评。陈守成在《论马雅可夫斯基对贺敬之诗歌创作的影响》一文中认为两位诗人异曲同工:二人的诗里都涌动着感情的波涛、思想的火焰;二人都善于在想象中驰骋于过去、现在和未来,且想象中都带有夸张的特点;二人都善于学习,勇于创新,贺敬之的"楼梯式"是"根据我国古典诗歌传统和现代汉语特点加以改造了的新东西"④。面对陈守成这篇研究马雅可夫斯基对贺敬之诗歌创作影响的专论,郑传寅针锋相对地提出异议,他在《也谈马雅可夫斯基与贺敬之——与陈守成同志商榷》⑤一文中,对陈守成作出的马雅可夫斯基对贺敬之的诗歌创作有着"最深刻的影响"的结论提出质疑,认为这个结论的得出过于简便,并不可靠,并在文中作了具体分析。他认为贺敬之的"楼梯式"从创作的根本出发点上是有别于马雅可夫斯基的,他可能从楼梯式得到过启发,但据此而认定他受到马雅可夫斯基"最深刻的影响",显得根据不足。他认为贺敬之"虽然注意向包括马雅可夫斯基在内的外国作家学习,但其主要努力在于学习继承自己民族的文化遗产——他所走的是在民歌和古典诗歌的基础上发展新诗的道路"。郑传寅写这篇文章是为了排除外来影响,反对把马雅可夫斯基作为参照

---

① 周仲器:《略论贺敬之诗歌创作的艺术特色》,《教学与进修》1979年第4期。
② 段登捷:《试论贺敬之的诗歌》,《山西师院学报(社会科学版)》1980年第1期。
③ 李元洛:《豪情如火气如虹——试论贺敬之诗歌创作的特色》,《文艺报》1981年第4期。
④ 陈守成:《论马雅可夫斯基对贺敬之诗歌创作的影响》,《武汉大学学报(哲学社会科学版)》1980年第1期。
⑤ 郑传寅:《也谈马雅可夫斯基与贺敬之——与陈守成同志商榷》,《武汉大学学报(哲学社会科学版)》1980年第6期。

衡量贺敬之的尺度,肯定贺敬之对中国新诗发展道路的开拓和坚守。陈守成和郑传寅之间的争端在于马雅可夫斯基对贺敬之"楼梯式"的影响大小。到底贺敬之是如何接受马雅可夫斯基的影响并加以改造的?雷业洪在《贺敬之改造外来楼梯式问题初探》一文中专门谈了自己看法。他认为贺敬之汲取了马雅可夫斯基"楼梯体"的优点,承继中国诗歌的音乐性传统,对马氏的"楼梯体"进行了具体的改造和扬弃,并使之具有中国作风和中国气派,其艺术风味已经完全不同于马氏。①

(四) 贺敬之早期创作与个人经历研究

贺敬之20世纪五六十年代取得的诗歌成就,也让1970年代末1980年代初研究贺敬之诗歌思想和艺术特征的评论者们思考背后的原因。一些研究者普遍对贺敬之早期的个人经历和创作感兴趣,探讨其诗歌成绩的取得与其早期道路和创作之间的关系。

尹在勤、孙光萱在《贺敬之和他的诗》书稿的第二章中集中书写了贺敬之投奔鲁艺后的学习和生活:探讨了贺敬之在阅读中受到的马雅可夫斯基和惠特曼的影响;探讨了贺敬之在无产阶级劳动和锻炼中展开的对新中国的想象;介绍了贺敬之1941年反映家乡农村生活的诗集《乡村的夜》;尤其探讨了诗歌《我走在早晨的大路上》的表现手法。他们认为"贺敬之在鲁艺这段珍贵的岁月,以及他的《我走在早晨的大路上》这样的作品,奠立了他终将成为一位当代的大诗人的坚实基础"②。段登捷曾用两篇文章③完整地再现了贺敬之的生活历程和创作历程(从1924年出生到1970年代)及其成熟期的创作成绩。其中《论贺敬之的诗歌创作道路》上篇,从贺敬之的出生说起,讲述他的进步历程,从他的经历和受到的影响出发理解其早期诗作的内容和形式。段登捷以1942年为界把诗人的创作划分为两个阶段:1942年以前为第一阶

---

① 雷业洪:《贺敬之改造外来楼梯式问题初探》,《文学评论》1982年第3期。
② 尹在勤、孙光萱:《走在早晨的大路上——〈贺敬之和他的诗〉书稿第二章》,《诗探索》1981年第1期。
③ 段登捷:《论贺敬之的诗歌创作道路》(上),《山西师范学院学报(社科版)》1982年第2期。段登捷:《论贺敬之的诗歌创作道路》(下),《山西师范学院学报(社科版)》1982年第3期。

第四章　诗化的政治与政治的诗化

段,诅咒黑暗、歌唱新生,学习与模仿自由诗和外国诗;1942年之后,有意识地为工农兵服务,追求中国作风和中国气概,向民歌和本民族优秀传统学习,在抒情个性上跳出了知识分子的圈子,与人民群众结合在一起。段登捷认为贺敬之的早期经历和创作"无论在思想上,还是艺术上,都为新中国成立后的诗歌创作创造了条件,打下了坚实的基础"。

丁永淮在《贺敬之早期的诗歌创作》一文①中,介绍了贺敬之新中国成立以前十余年的诗歌创作史。丁永淮认为这些诗歌写得很有特色。文章首先从内容变化和艺术变化出发把贺敬之早期诗歌划分为三个阶段:诗集《并没有冬天》和抒情长诗《我走在早晨的大路上》作为贺敬之诗歌道路的起始,明显有模仿的痕迹;《乡村的夜》包括十七首诗歌,都是很严谨的现实主义作品,尤其1942年后受到《讲话》的影响从思想内容到艺术表现都进入了一个崭新的阶段;《朝阳花开》面向广阔的社会现实,歌颂党和革命领袖,歌颂人民军队,歌颂军民鱼水情。文章再次把贺敬之在1942年以后的探索、追求划分为两个阶段,1942年后的最初两年"是在学习、继承民歌与古典诗歌、新诗、外国诗的基础上"由模仿而走向创造的阶段;1942年至新中国成立前夕则努力从民歌中汲取营养,创造具有民族风格的诗。郭久麟也发表文章探讨贺敬之早期的生活和创作②,他对诗人青年时代的生活与创作粗略扫描出一个大体的轮廓:从一个贫民的孩子到时代的歌手。该文在追溯贺敬之光荣的战斗经历和创作经历时,着重论述了其早期的诗集《并没有冬天》和《乡村的诗》在艺术上的优点和缺点,还论述了《朝阳花开》在内容和形式上的新拓展及其对边区新貌的描写和对"信天游"等民歌形式的适当改造。

徐荣街在《徐州师范学院学报》上发表文章《论贺敬之早期的诗歌创作——读〈乡村的夜〉〈朝阳花开〉》,主要讨论了贺敬之的两本诗集。他认为《乡村的夜》从三个方面(1930年代初期中国农村的凋敝、地主

---

① 丁永淮:《贺敬之早期的诗歌创作》,《江汉论坛》1985年第2期。
② 郭久麟:《贺敬之青年时代的生活与创作》,《枣庄师专学报》1985年第2期。

阶级的残暴、农民的觉醒和斗争)反映了贺敬之的少时家乡生活。徐荣街认为《朝阳花开》作为贺敬之延安时期的诗作,内容由诅咒变为赞颂,格调由哀婉忧愤变为欢快明朗,诗歌感情真挚充沛,具有鼓舞人心的艺术力量。最后徐荣街总论了两部诗集共同的鲜明特色:忠于生活、具有浓郁的乡土气息和民族色彩。秦兆基在《论贺敬之的早期诗歌创作》一文①中则论述了贺敬之"在1940年到1942年之间的作品,即延安文艺座谈会以前的作品",主要是贺敬之的两部诗集《并没有冬天》和《乡村的夜》。该文侧重分析了两部诗集的特色及诗风变化:《乡村的夜》作为在延安开出的生命之花,以相对完整的情节来组合整体形象,突破了《并没有冬天》中以意相连的方式——这两个集子所表现的特点在其以后的创作中融合于一起。

客观地说,贺敬之在新中国成立后的诗歌创作有着质的飞跃,批评者们之所以探讨诗人新中国成立前的人生道路和诗歌创作,是因为看到了其之后诗歌与早期诗歌的内在联系,认为贺敬之的早期经历和创作是其以后书写的基础,是其创作成熟前的准备,而且批评者们相信探讨其早期创作,回顾其所经之道路,对于其诗歌创作研究乃至新诗发展研究,都有积极的意义。

总之,对贺敬之诗歌无论是单篇研究还是整体性研究,其政治立场与诗歌艺术都是论述的重点,不曾偏废。作为新中国政治抒情诗的开拓者和奠基人,贺敬之完美地体现了"政治学"与"诗学"相统一的诗歌创作原则的成功。贺敬之以其强大的情感和才能驾驭起多样的诗体,支撑起宏大的历史回声,让自己的诗歌成为共和国抒情诗的典范之作。围绕贺敬之政治抒情诗的评论,也是新中国政治诗学的一个基础性建构,这些评论在诗的政治性与时代性、抒情性与思想性、情感和人民性,以及艺术形式的民族化和欧化方面,都有相当程度的触及,这样的诗学显然带有鲜明的中国特色,并打下时代烙印。它也是现代性激进化在美学上的高度概括,体现了一种激进美学曾经走过的历程。

----

① 秦兆基:《论贺敬之的早期诗歌创作》,《苏州大学学报(哲学社会科学版)》1983年第2期。

二 诗的现实与激情:关于郭小川诗歌的评论

郭小川凭借《致青年公民》组诗吹响了嘹亮的号角,成为与贺敬之并列的时代歌者。作为政治抒情诗的主要倡导者和代表者,《致青年公民》组诗是他的第一批有影响的作品,组诗共七首,在青年读者中产生较大鼓动作用的是《投入火热的斗争》和《向困难进军》。在社会主义革命和社会主义建设的伟大号召已经响彻云霄的时候,郭小川"情不自禁地以一个宣传鼓动员的姿态,写下一行行政治性的句子","不加修饰地抒发着自己的感想"。他想让这支蘸满了战斗热情的笔,帮助"首先是青年读者生长革命的意志,勇敢地投入火热的斗争"①。然而他接下来的一些诗歌,《致大海》《深深的山谷》《白雪的赞歌》《一个和八个》《望星空》等却一再受到非难、引起争论,甚至被判定为毒草——这些诗作给诗人带来厄运。

《深深的山谷》发表于《诗刊》1957 年 4 月号,《白雪的赞歌》发表于《诗刊》1957 年 12 月号。臧克家 1958 年在《人民文学》第 3 期上发表文章《郭小川同志的两篇长诗》,评价了郭小川的这两首诗歌。② 臧克家以读后感的方式谈了两首诗歌的异同。他认可《深深的山谷》(以下简称《山谷》)是"作者的一篇精心之作",但是也毫不客气地指出了它的缺陷:从人物发展的角度,认为郭小川给予男主角锻炼、考验的机会还是太少了一点,建议增加人物的心理描写;对女主人公大刘也指出了刻画上的缺陷——对爱情过于执着。臧克家对这首诗歌批评的出发点,是要通过批判革命意志的动摇,"更加增诗歌的教育意义"。相较于《山谷》,《白雪的赞歌》(以下简称《白雪》)的缺陷则在主题积极意义的形成上,臧克家说这首诗歌中"放进了医生和女主角暧昧情感这场景,我觉得这是不好的","因为有了医生这个人物,加进去他和女主角的爱情的纠纷,这就破坏了女主角的崇高的典范形象,使得主题意义

---

① 参见郭小川《月下集·权当序言》,收入《月下集》,北京:人民文学出版社,1959 年。
② 臧克家:《郭小川同志的两篇长诗》,《人民文学》1958 年第 3 期。

受到严重的损害",臧克家建议郭小川要"多写一些像'向困难进军'一类的战斗性强烈的长诗",少在爱情题材上花费精力。总起来说臧克家是从政治化的角度出发批评这两首爱情长诗的。接下来的1959年冬,在高涨的全国反右倾运动中,郭小川的这两首诗同《一个和八个》一起成为被批评的对象。当时张光年的发言颇有代表性:"1957年2月,小川写了《深深的山谷》。主人公是小资产阶级女性,与资产阶级青年一见倾心……小川竟然不去批判。直到说故事时,对阶级敌人还有眷恋。小川孤立地探索心理,主旨何在?结果是美化了小资产阶级的心灵。"①张光年对《白雪》同样批判凌厉:"《白雪的赞歌》,主人公是小资产阶级女性,感情是软弱的,空虚的,无限空虚。……小川的倾向离原来的很远了,已经脱离了社会主义文艺的轨道。"②张光年和臧克家一样是从革命主题确立的纯粹性上来批判诗歌的,只不过张光年走得更远,他的批判从作品延伸到作者自身精神的"错误"。1960年殷晋培撰文分析了《白雪》中的女主人公形象,在《唱什么样的赞歌?——评〈白雪的赞歌〉中于植的形象》一文中,他指出由于作者过分渲染了于植的"哀愁""悲痛""绝望""孤独"等情绪,在爱情上表现出了"动摇",判定于植"不仅是一个不坚定的革命者,简直是有着一颗异常脆弱灵魂的小资产阶级知识分子"③。殷晋培从主人公人物形象的塑造上再次指出了诗歌革命主题确立的不纯粹性。总起来说,当时对《白雪》与《山谷》的批判集中于作品人物形象、情感把握上的弱点,认为是作者本身对无产阶级情感和小资产阶级情感区别的分寸把握不力,最终导致了作品主题的批判力度不够。虽然当时的评论界对郭小川的《白雪》与《山谷》有各种批评,但是袁水拍在总结性质的文章《成长发展中的社会主义的民族新诗歌》④中,对郭小川的诗歌创作总体上是持

---

① 见郭晓惠等编《检讨书——诗人郭小川在政治运动中的另类文字》,北京:中国工人出版社,2001年,第34页,1959年11月30日张某某的发言。
② 同上书,第35页,1959年11月30日张某某的发言。
③ 殷晋培:《唱什么样的赞歌?——评〈白雪的赞歌〉中于植的形象》,《诗刊》1960年第1期。
④ 袁水拍:《成长发展中的社会主义的民族新诗歌》,《文艺报》1959年第19—20期。

第四章　诗化的政治与政治的诗化

称赞态度的，表扬了郭小川为"大跃进"而写的诗歌，把郭小川看成是新中国成立十年来革命诗歌队伍的壮大者，把《白雪》《山谷》和《将军三部曲》看成专业诗人的长篇代表创作。

然而到了《望星空》，批判进一步升级。《望星空》发表于《人民文学》1959 年 11 月号，这个作品发表后十几天就遭到批判。当时恰逢郭小川调出作协，中国作协党组正开展对他的批判，于是《望星空》刚出炉就和《一个和八个》《白雪》和《山谷》等诗篇一起成为批判的把柄。《文艺报》1959 年第 23 期发表了署名华夫的文章《评郭小川的〈望星空〉》①，认为《望星空》调子低沉、悲观绝望，"突出地反映了这位诗人灵魂深处的不健康的东西"，认为在举国欢腾、劳动人民热烈庆祝革命事业辉煌成就的日子里，"郭小川同志却写出了这样极端荒谬的诗句；这是政治性的错误，令人不能容忍的"。华夫还对这种错误倾向和消极情感追根溯源，认为在 1956 年《致大海》一诗里早有苗头，这种个人主义的东西不会被《致大海》中大自然"圣洁的水"洗刷掉，展现到《望星空》里就是其"受到挫折以后的悲观绝望的表现"。这个署名华夫的人就是张光年，1990 年代末，张光年曾与邢小群有过一次交谈，谈了他这篇文章写作的出发点，说是为了帮助郭小川克服不安心行政工作及创作上的自满情绪，是党组让他写的批评文章，"他的叙事诗《雪与山谷》《一个和八个》都被认为有问题，从保护他的角度出发，我选择了批评他的《望星空》，这样一来，上纲只能说到'不健康的情绪'"②。张光年的说法貌似在保护郭小川，而且是轻描淡写地说只是批判了"不健康情绪"，但是实际上情况比这严重得多，因为在这篇文章之前几日，中国作协党组的七次批判中和全国文艺工作会议上都已经涉及批判郭小川的《望星空》，而且意见比较尖锐集中：

1959 年 11 月 25 日到 12 月 2 日，作协党组连续召开七次十二级以上党员干部扩大会议对郭小川进行批判，郭小川多次进行检讨。在连续数天的分析和批判中，有论者认为，"郭小川在思想感情中存在阴暗

---

① 华夫：《评郭小川的〈望星空〉》，《文艺报》1959 年第 23 期。
② 邢小群：《〈一个和八个〉与郭小川的命运》，《当代文坛》2010 年第 3 期。

消极的东西。……《望星空》就是这样一部作品,是个人主义欲望没有得到满足的反映"①。

1959年12月,批判告一段落,《作协党组关于郭小川的材料》一文对郭小川有了定论。这份材料认为郭小川创作上的严重错误"突出地表现在《一个和八个》与《望星空》两首诗里"②,该文对《一个和八个》的修饰词为"一首反党性质的长诗"③,对《望星空》的定性是"一首充满虚无主义感情的诗"④,"这首诗流露了这一时期郭小川同志对党、对革命的一种极端虚无主义的情绪"⑤。

在接下来的全国文艺工作会议上,《望星空》被陆定一、周扬、张子意、徐立群、林默涵等人先后点名批评。其中张子意的批评最为尖锐,认为《望星空》"表现作者不健康的世界观","这不是浪漫主义、现实主义的作品,这是一种唯我主义、资产阶级极端的唯心主义,由资产阶级世界观发展到悲观主义、厌世主义"⑥。

结合这些批判意见,可以想见郭小川当时的处境。而张光年也绝不仅仅只是批判"不健康情绪",实质上他对郭小川的定性是严重的,他说郭小川犯了"不能容忍的""政治性错误"。这一点在后续演化中更清晰呈现出来。

1959年12月27日,南斯拉夫的通讯社记者在《解放报》上发表专稿,对郭小川的遭遇表示同情,对郭小川的才华表示称赞。这让郭小川惶恐不安,急就短章《不值一驳》⑦,在这篇文章中郭小川检讨自己,认为《望星空》犯有严重的错误,肯定了华夫对自己的批评,"对我这首诗的错误做了正确的批评"。在这篇文章中,郭小川还对南斯拉夫的报道进行回击,他称呼南斯拉夫写作者为"现代修正主义者",是"阴险的

---

① 参见郭晓惠等编《检讨书——诗人郭小川在政治运动中的另类文字》,第27页。1959年11月26日陈某某的发言。
② 同上书,第41页。
③ 同上书,第38页。
④ 同上书,第39页。
⑤ 同上书,第42页。
⑥ 同上书,第43页。
⑦ 郭小川:《不值一驳》,《文艺报》1960年第7期。

第四章　诗化的政治与政治的诗化

谋划",是"伪善者",是"毒蛇"……说他们是"歪曲报导",是"攻击",是"装腔作势";强调华夫对自己的批评是"正常的同志式的",强调中国国内文学界的这种批评和自我批评是健康的,是诸多文艺工作者都在受益的。郭小川在这篇文章中谨慎聪明地把枪口对外,借此展示自己的立场,减少冲击。但即便如此,冲击仍然在继续。1960 年萧三在《人民文学》第 1 期发表文章《谈〈望星空〉》继续责难和质问这首诗歌。萧三认为这首诗歌宣扬了"人生渺小、宇宙永恒",完全不符合马克思主义的宇宙观,而是一种资产阶级、小资产阶级的虚无主义;他质问郭小川"这样消极地抒写个人主义幻灭情绪的作品,怎么能出自一个共产党员之手呢?"到了 1962 年 6 月,当中国作协对反右倾运动进行甄别时,在对郭小川的甄别结果中,仍然持续着对《望星空》的否定性意见:"郭小川同志创作上的严重错误,突出表现在《一个和八个》与《望星空》两首诗里"[①];"至于郭小川同志在《一个和八个》和《望星空》两首诗中有错误倾向和不健康情绪,党组同志仍然维持这个看法"[②]。

郭小川的诗歌中受到最严重批判的是《一个和八个》[③]。最有意思的是这首诗歌没有公开发表却遭到批判,批判是在内部进行的。据郭小川的同事严文井说,主要是因为郭小川给刘白羽写信要调走,刘白羽很生气,于是作协党组内部开始了对郭小川的谈心会和批判会。周扬就把郭小川以前交给他审阅的《一个和八个》拿出来作为内部批评的材料。

在 1959 年 11 月 25 日到 12 月 2 日中国作协党组对郭小川的七次批判中,有关《一个和八个》的批判如下:

1959 年 11 月 26 日,陈笑雨发言:"《一个和八个》悲观情绪更加强烈。这是一篇为肃反翻案的文章。把政治部主任写得像曹操,'宁可错杀,不可错放';把国民党监狱写成了共产党监狱,如能感化何必放在监狱里哪!全诗看不见阶级分析,充满阴森森的调子,灰色的调子,

---

① 郭晓惠等编:《检讨书——诗人郭小川在政治运动中的另类文字》,第 65 页。
② 同上书,第 66 页。
③ 《一个和八个》创作于 1957 年,首发于《长江文艺》1979 年第 1 期,此时诗人已经去世。

是棵毒草。"①

1959年11月28日,张光年在发言中认为"《一个和八个》是首政治诗",他认为郭小川写这首诗的时候,正是右派向党进攻之时,"小川却把土匪写得那么好!他们是逃兵杀人犯!都是专政对象!",而把党组织写得连土匪也不如,认为这首诗歌在攻击党的肃反政策;张光年在发言中还认为"《一个和八个》是鼓吹人性论的东西",他认为王金一个人感化那八个人,"用的不是阶级斗争的方式"②,而是人道主义的方式,人性战胜了党性,"这是对党的一种鞭打,是对党刻毒的讽刺"③。

1959年11月30日,刘白羽发言:"小川挖空心思写群众不得人心,把土匪写成有人性,有阶级性,有党性。为什么这样?原因在于小川对阶级斗争是厌倦的。"④

同日,张光年发言:"1957年开始写《一个和八个》,也是探索心灵,这是棵反党反社会主义的毒草。"⑤在他对郭小川1955年到1959年的诗歌总结中,认为郭小川离开阶级立场,革命性退步,提倡人性论,充满修正主义倾向,认为"小川诗作中错误、反动的东西、阴暗面是严重的"⑥。

作协党组的批判以1959年12月《作协党组关于郭小川的材料》为郭小川问题盖棺定论,对《一个和八个》的定性是"一首反党性质的长诗"⑦,"同志们认为这首诗如果发表出去,其效果会不亚于'日瓦戈医生',是棵反党反社会主义的毒草"⑧。

1962年6月中国作协在对郭小川的甄别意见中,党组同志仍然坚持《一个和八个》中"有错误倾向和不健康情绪"的看法。

因为这些"毒草"作品,自认为革命立场坚定、根红苗正的郭小川怎么也没有想到自己成了斗争对象。1959年是对郭小川批判最严厉

---

① 郭晓惠等编:《检讨书——诗人郭小川在政治运动中的另类文字》,第27页。
② 同上书,第31页。
③ 同上书,第32页。
④ 同上书,第33页。
⑤ 同上书,第34页。
⑥ 同上书,第36页。
⑦ 同上书,第38页。
⑧ 同上书,第42页。

第四章 诗化的政治与政治的诗化

的一年。按照郭小川的女儿郭晓惠的说法,这一年是郭小川的转折之年,标准和高度与"文革"几乎不相上下的严厉整肃让郭小川的精神和创作发生了很大变化。他在1959年11月25日的检讨书中说他认识到了自己思想和认识上的错误,在1962年2月的第二次补充检查中,表达了自己彻底改造的决心,"努力做党的驯服的工具",诗人的创作道路从此"左"转,"自愿"回到当时文学规范的轨道上来,"而进入了接近贺敬之的那种写作立场"①。郭晓惠说1959年之后郭小川唱的完全是赞歌。1962年郭小川以《甘蔗林——青纱帐》一诗,重新"唤回自己的战斗的青春"②,之后《甘蔗林——青纱帐》《林区三唱》《刻在北大荒的土地上》《昆仑行》《厦门风姿》《乡村大道》《万里长江横渡》等诗篇无不体现着"规范"所需要的抒情纹理。郭小川中止了热情的自由探索,把生命力和创造力转到诗歌的形式探索上,对诗体和格律精益求精,从而创作出一系列的"社会主义诗歌精品"。评论界对此众口交赞,且称赞皆偏重郭小川艺术创造的成就。

吴欢章、孙光萱在1963年1月专门撰文就郭小川1962年诗作的若干重要特色做了评析③,指出郭小川一个值得注意的特色是典型化,"面对纷纭万状的生活现象,以革命的历史的观点,进行由表及里、由此及彼的观察和联想,对特定艺术形象的各个侧面进行不断的突破和发现,从而概括出一种深广的意境";而且诗人为了表达自己淋漓激越的情感,揭示自己的见解,常常熔议论、抒情、形象的描绘于一炉;结构布局大开大合,纵收自如;二人尤其分析了郭小川在诗歌分节建行上的多方面探索,认为他创造了"一种具有一定格律而又能充分反映现代丰富复杂的生活的诗歌形式"。

"文革"后,对郭小川的诗的评价有一个学理化的梳理过程。拨乱反正的思想解放运动,也给文学史评价带来了更广阔的空间和学术讨论的可能性。过去在极左政治标准压力下的诸多批判得到纠正,"文

---

① 洪子诚:《中国当代文学史》,北京:北京大学出版社,1999年,第77页。
② 引自郭小川的诗作《甘蔗林——青纱帐》。
③ 吴欢章、孙光萱:《鼓舞革命斗志的诗——评郭小川一九六二年的诗作》,《上海文学》1963年第3期。

革"后对郭小川的评价带来了现实主义诗学理论的重构。以郭小川为现实主义诗学的出发点之一是恰当的,那是从政治的最直接的压力下解放出诗学可能的第一步。黄益庸在《论郭小川抒情诗的艺术特色》①一文中虽然是对郭小川诗歌艺术特色的总论,但是黄益庸在论述郭小川诗歌感情炽烈、情理交融,音乐性强、形象生动,想象丰富、意境深广这三个艺术特色时,大多采用郭小川1960年代的诗篇为例进行分析。论述的偏重体现了作者对于其1960年代艺术特色的青睐。唐文斌在《浅谈郭小川对新诗形式的探索及贡献》②一文中对诗人从早期到晚期的艺术形式逐一展开探索、分析,他认为诗人获得突破性成就是在1960年代,"经过五年的尝试,诗人于1963年相继创作成功了以《祝酒歌》为代表的《林区三唱》,这标志着诗人在用民歌体写作新诗方面有了重大的突破"。他认为郭小川形成了自己的两种诗体,一种是受民歌影响较大的"新民歌式",一种是长句组成的"新辞赋式",而后一种是"郭小川式"的新诗体。吕进则一直在强调郭小川是个不断打破常规的人,强调郭小川的诗体创新,指出1960年代的"郭小川体"是在新民歌和古典诗歌基础上对古今中外广纳博采后的独创结果。③

1960年代的郭小川以"戛戛独造"(李元洛语)的精神彻底向诗歌主潮或中心话语回归,黄钟大吕的诗歌敲着时代的巨管大弦。许多评论者都认为1960年代是郭小川诗歌创作的成熟期,伴随的是对其1950年代诗歌的贬抑——他们把1950年代称作探索期。孙克恒把郭小川1950年代的诗歌看成一种倒退,从《致大海》到《望星空》,"就像一支主题雄浑、气势磅礴的交响乐曲中,突然跳出了几组不协调的音符,包含在这两首抒情诗中感伤与寻求精神解脱的个人主义情绪及其悲观主义抒情基调,在当时就受到了文艺界的批评"。他认为郭小川1960年代作品是艺术上的成熟期,并着重论述了郭小川在这个时期的

---

① 黄益庸:《论郭小川抒情诗的艺术特色》,《学习与探索》1979年第3期。
② 唐文斌:《浅谈郭小川对新诗形式的探索及贡献》,《河北师大学报(哲学社会科学版)》1979年第3期。
③ 吕进:《读郭小川抒情诗漫墨》,《西南师范大学学报(人文社会科学版)》1980年第1期。

第四章 诗化的政治与政治的诗化

艺术形式成就,认为"从初期阶梯式发展而来的倾向于较散文化的长句式(每行包孕两个或三个分句,每节又以二行、四行构成),才是他最能体现创作个性、独具风格的挥写自如的诗体形式",并详细论述了这种诗体形式的质构。① 张恩和在《不断地攀登艺术高峰——评郭小川的诗歌创作》②一文中明确指出,郭小川在《致青年公民》之后的诗歌在"诗歌内容、题材、形式等方面进行了大胆的探索",并对探索期内的诗歌《雪与山谷》和《望星空》进行了具体分析:认为《雪与山谷》的主人公形象塑造基本是成功的,缺点在于"暴露了作者思想感情方面的弱点,即有些地方区别不清无产阶级和小资产阶级的感情,该批判的没有批判或批判不力";认为抒情诗《望星空》总体的思想倾向是好的,但"有些赞美星空的诗句掌握分寸不够,因而容易使人感到对星空的感叹有些低沉",他对华夫上纲上线到吓人的程度表示不满。张恩和把郭小川带有争议性的诗篇看成探索性的诗篇,把其1960年代的创作看成"新的高峰",认为在1960年代郭小川"基本上形成了自己的风格,不仅保持了原有豪迈雄伟的气概,而且思想也更加深刻,感情较为凝练,艺术上日臻圆熟……"

任愫从郭小川的风格论出发,同样认为郭小川的真正成熟期是在1960年代,他认为郭小川的诗歌风格气魄豪迈,雄放绮丽,认为郭小川的风格形成时间是——"到一九六一年秋冬用辞赋体创作了《三门峡》《厦门风姿》,这标志郭小川的艺术风格已经形成",而且以后的诗虽然有一些变调,但大都表现出这一基本风格特征。③ 夏春豪则在《郭小川抒情诗的艺术追求》④一文中认定郭小川"至六十年代前期(1962—1963),便进入创作的旺盛期,亦黄金阶段。1961年12月写就的《三门峡》,标志他的诗作已较为成熟,其后出现了《厦门风姿》《甘蔗林—青

---

① 孙克恒:《在革命征途上继续前进的歌——读郭小川的诗歌遗作》,《西北师范大学学报(社会科学版)》1978年第1期。
② 张恩和:《不断地攀登艺术高峰——评郭小川的诗歌创作》,《社会科学战线》1979年第3期。
③ 任愫:《天风海山 气象万千——论郭小川诗歌的艺术风格》,《文学评论》1981年第2期。
④ 夏春豪:《郭小川抒情诗的艺术追求》,《当代作家评论》1985年第3期。

纱帐》《茫茫大海中的一个小岛》《刻在大北荒的土地上》《林区三唱》等一系列精美篇章,从而使他有资格占据了当代诗坛的突出地位。"夏春豪还耐心细致地论述了郭小川留给当代诗坛的诗学美质,认为正是这些努力"迎来了六十年代前期那个创作上的峰巅时期",而半自由体"郭小川体"的诞生则宣告了诗人探寻的成功。

洪子诚的《论郭小川五十年代的诗歌创作》一文可以视为1980年代初对郭小川诗歌研究的总结之作,他指出:"一般来说,评论界一贯高度肯定以《甘蔗林—青纱帐》等为代表的六十年代的创作成就,认为这是诗人创作的成熟期,而对五十年代的创作,则往往重视不够,或者多有贬抑。"①1950年代的那些有争议的作品成为郭小川生活"误察"、创作"迷惘"的明证。但是在1970年代末1980年代初的评论界有论者开始重新评价郭小川1950年代的作品,修正了对郭小川1950年代诗歌价值的判定。尹一之1980年写作了《论郭小川的创作个性》②一文,认为"五十年代的那五年,是郭小川创作最旺盛的时期,这个时期的作品,也最鲜明地表现了郭小川的个性",认为他这个时期的作品充满独创性和巧思,"突破了概念化和千篇一律的陈腔滥调","发现了别人没有发现的东西,讲了别人讲不出的话,他用自己独特的艺术手段,对生活作了新的阐明",认为《一个和八个》《白雪的赞歌》《深深的山谷》都是郭小川最有创作个性的代表作品;认为郭小川从1960年到1965年写的诗在形式上有所探求,但缺乏创作个性,不如1950年代的作品好。

虽然批评界在"文革"后对1950年代的批判给予了平反,但是,洪子诚认为这"不能代替对郭小川在这个时期所进行的大胆的艺术探索的考察"。洪子诚在《论郭小川五十年代的诗歌创作》③一文中对郭小川1950年代进行的大胆的艺术探索作了一个全面的清理和考察,"从创作思想和艺术个性上对郭小川五十年代的创作做比较系统的分

---

① 洪子诚:《论郭小川五十年代的诗歌创作》,《北京大学学报(哲学社会科学版)》1981年第6期。
② 尹一之:《论郭小川的创作个性》,《诗探索》1981年第2期。
③ 洪子诚:《论郭小川五十年代的诗歌创作》,《北京大学学报(哲学社会科学版)》1981年第6期。

析","准确地了解这位诗人的成就和局限,认识他在新诗发展史上的地位和贡献"。洪子诚认为郭小川 1950 年代的诗歌,虽然出于各种原因水平不一,但"真正显示诗人的创新意图,代表郭小川这一时期创作水准的,却是那些一再受到非难、引起争论的作品,即几部长篇叙事诗和《致大海》《望星空》等抒情诗"。洪子诚认为是郭小川对诗歌"新颖而独特"的艺术追求让他走出了《致青年公民》的书写模式,从 1956 年夏天开始探寻新的出路,突破题材禁区,"从革命战士的生活道路和人生哲学这一侧面来把握和思考他所生活的时代",正视生活的复杂性,表现自己"对社会生活矛盾的深刻的体验",表达自己的思想创见。甚至洪子诚认为郭小川创作上的这种矛盾和"迷惘"实质是对国家和社会出现严重问题、错误和缺憾的察觉。对于郭小川 1960 年代的创作,洪子诚认为郭小川进入了一个新时期,"他的某些优点得到继续、发扬,他在某方面的创造性达到人们所说的相当成熟的高度",但是洪子诚认为人们对其不足认识不够充分,因为在 1960 年代的作品中,"他独立地观察思考生活的创作思想则受到很大的削弱"。

　　洪子诚以史家论断影响了这一时期对郭小川诗歌的评价,也影响到后来的研究。1980 年代中期以后,评论界给予郭小川 1950 年代的诗歌创作以越来越高的评价。韩中山因为郭小川对现实生活进行的思考,而把其 1950 年代的创作看成最富探索精神的"黄金时期",把郭小川 1960 年到 1973 年间的创作看作"病态美"时期,成就仅限于艺术形式:"这时期诗人创作多是颂歌,而回避了令人痛心的现实,但其诗在形式方面已趋成熟,具有一种独特的风格。"① 张祖立承认郭小川 1960 年代的名篇具有一种独特的价值,但是,他还是偏重喜欢郭小川 1950 和 1970 年代那些有争议的诗篇,因为他从这些诗篇里看到了独立的灵魂②。谢冕同样认为"20 世纪 50 年代是郭小川创作的成熟期,并由此走向高潮",认为其意义在于,"在那个思想和艺术都推行标准化的特

---

① 韩中山:《郭小川诗歌创作若干问题之我见》,《承德师专学报(社会科学版)》1989 年第 2 期。

② 张祖立:《郭小川诗歌价值的再探讨》,《大连大学学报》1991 年第 2 期。

殊时代,郭小川保持了诗人最可贵的独立精神"①。诸多类似观点的发表引起了郭小川在文学史上经典化地位的变动。

因为1980年代拨乱反正的思想解放运动,在1960年代备受批判的郭小川诗歌表达的现实态度和思想内涵获得了重新评价,甚至被翻转过来。正是郭小川在那个极左压抑的年代对现实的复杂思考,他更为真实大胆地表达了内心的矛盾,在"文革"后被视为时代诗歌的良知,表达了一种不屈不挠的坚定的精神信念。郭小川那些在当时备受争议的诗歌后来被公刘概括为:"是子弹也是珍珠","应高悬于国门呵,/须深藏于武库"。②

1980年代以后,研究者十分关注郭小川诗歌表达的现实思考,以此作为1980年代现实主义诗学重构诗与现实关系的理论起点。郭小川提出诗应当"触动读者的深心……这里,核心的问题是思想。而这所谓的思想,不是现成的政治语言的翻版,而应当是作者的创见"③。杨匡汉在《把酒论长江——漫忆郭小川同志谈创作》④一文中也回忆起他与郭小川的一次谈话,他说郭小川在谈话中曾经主张,诗应当"思想上有创见,艺术上有创新"。从其创见出发,郭小川对1950年代的诗歌颇多不满,在1956年初中国作家协会创作委员会诗歌组的座谈会上,他尖锐地指出"我们的诗如果不能反映生活中的矛盾和冲突,只一味地叫喊伟大、伟大,也只能是表面的轻浮的'歌颂'。只有表现了这种矛盾和冲突,歌颂才有力量"⑤。郭小川对艺术的创见让他时常突破政治的局限,超越政治规定的对生活观察的单一维度,从现实出发多面打量生活的棱体——当然其诗歌中创见的部分也成为难以被主流价值观规训和消解的部分。尹一之在1980年8月写作的《论郭小川的创作个性》⑥一文中认为,这些作品是郭小川"对丰富多彩的现实生活的准确

---

① 谢冕:《郭小川的意义》,《中国图书评论》2000年第4期。
② 1976年10月,公刘惊闻郭小川噩耗后在《哀诗魂——怀诗人郭小川同志》一诗中写下的诗句。
③ 郭小川:《月下集·权当序言》,北京:人民文学出版社,1959年。
④ 杨匡汉:《把酒论长江——漫忆郭小川同志谈创作》,《广州文艺》1979年第10期。
⑤ 郭小川:《在中国作协创作委员会诗歌组讨论会上的发言》,见《文艺报》1956年第3号。
⑥ 尹一之:《论郭小川的创作个性》,《诗探索》1981年第2期。

第四章　诗化的政治与政治的诗化

掌握和深刻认识",非"平直地抄袭生活"的结果。郭小川从现实生活的矛盾和冲突中表达歌颂的主题,这种沉思让作品带有了自身情感和倾向的某种"暧昧性",偏离了当时完全单一高唱主旋律的公共写作规则——这让郭小川的诗作呈现出不被一般和普遍所埋没的创造个性。论者吕进在《读郭小川抒情诗漫墨》①一文中指出,"思想上有创见,艺术上有创新",两个"创"字,"正可用以概括郭小川同志的抒情诗的基本特色"。他认为诗人思想的创见,表现在两个方面:一个是对时代精神的真知灼见;一个是对自己心灵的严格解剖。吕进认为这"个人创见"就是用真实的心灵对矛盾、冲突、挫折的深入思考和理解。洪子诚在《论郭小川五十年代的诗歌创作》②中也论述过这个问题,他认为郭小川能正视生活的复杂性,其"作品的最主要成就,是他摒弃了平庸地、'浮光掠影'地解释、表现生活概念的弊病,而从光灿灿的诗的结晶体中,表现了诗人对社会生活矛盾的深刻的体验",他指出郭小川把思想创见作为诗歌的核心问题提出——"而这种思想,在诗人的心目中,指的主要是对我们生活的时代的认识和理解,以及他用崇高的思想进行观察、思考的基础上产生的社会理想"。正是郭小川的不断思考让他的诗歌成为远清说的"触及当代重大问题的、反映生活中的矛盾和冲突的颂歌和战歌",他的诗歌"除了艺术因素外,主要是靠深邃的思想去击中读者的心灵",并"悟出新颖的哲理来"。③ 丁永淮指出郭小川的诗歌的哲理性中"有着诗人的创见,有着他对生活的新发现","采取自己独特的观察生活和表现生活的角度与方式,把自己对生活、社会的深刻理解,提炼和凝聚成闪耀着思想火花的哲理,从而成为诗篇所表达的主题"。④

郭小川对现实的理解和创见之所以能进入读者心里,一个重要的

---

① 吕进:《读郭小川抒情诗漫墨》,《西南师范大学学报(人文社会科学版)》1980年第1期。
② 洪子诚:《论郭小川五十年代的诗歌创作》,《北京大学学报(哲学社会科学版)》1981年第6期。
③ 远清:《郭小川的诗歌观》,《信阳师范学院学报(哲学社会科学版)》1984年第1期。
④ 丁永淮:《郭小川诗歌的哲理特色》,《文学评论》1980年第3期。

凭借是炽烈奔腾的生命激情。贺敬之在与历史同步之处选择了彻底的抒情姿态,在历史罅隙处选择了沉默;与之相比郭小川缺乏理性的冷静,他如此热情,尊重事实、拒绝沉默,热衷并投入战斗。郭小川在《关于诗歌创作的一封信》①一文中提出,诗要靠感情(抒情)提高宣传的效果。因此郭小川对诗歌的风格有一个统一的要求——战斗性,"就是强烈"——通过郭小川在信中对闻捷《水兵的心》那"轻柔的调子"的不赞同可见一斑。他推崇战斗的哲学,其激情的写作风格一遇上政治激荡,自然地一拍即合。每每以革命名义出现的事物都会激发他把自我代入并沉浸在革命化的语境中。内心的激情与运动节奏是如此协调,每一次政治的变动都会挑动他的神经,让他热血沸腾、摩拳擦掌;当然每一次政治的变动也可能会给他深刻的打击。数十年里,郭小川屡遭磨难,几起几伏,然而他的热情一直没有消沉,主流意识形态是他不可逾越的真理,每每运动浪潮袭来,郭小川都习惯于把自己当作运动中的健儿来要求,做着呐喊的姿势,"迎向生活的狂澜"。而郭小川因为在文艺界历次政治运动中积极投入并具有杀伤力,也被誉称为"战士诗人"——以一个战士的姿态写作和战斗着,他"正是从革命战士的生活道路和人生哲学这一侧面来把握和思考他所生活的时代"②,抒发着一名诗人气势磅礴、壮怀激烈的政治抱负和战斗激情。

  郭小川诗歌的现实主义精神,也被进一步塑造为革命语境中的战士品格。对郭小川的战士形象塑造定型的是冯牧。1977 年,冯牧在《郭小川诗选》的初版本代序《不断革命的战歌和颂歌》中认为,郭小川"首先让自己成为一个真正的战士,其次才是一个真正的诗人","其诗作是颂歌也是战歌",战士的追求让郭小川拥有思想的锋芒和壮怀激烈的战斗激情。七年后人民文学出版社重编、出版《郭小川诗选》,冯牧再次"真挚地发自衷肠地为郭小川写序",作为郭小川的老战友,他说他多年保持着对郭小川这样一个基本看法:"这是一个兼有革命

---

① 郭小川:《关于诗歌创作的一封信》,《辽宁青年》1977 年第 21 期。
② 洪子诚:《论郭小川五十年代的诗歌创作》,《北京大学学报(哲学社会科学版)》1981 年第 6 期。

第四章 诗化的政治与政治的诗化

战士和革命诗人两种气质、并且把它们融合得如此紧密的真诚坦荡的人。他的革命战士的政治责任感和火一般的炽烈感情,使他的诗情常常如东向奔流的长江大河的浪涛,汹涌澎湃、勇猛坚定的冲锋士兵,一往无前,义无反顾。"① 这本质上符合郭小川对自我的定位和要求。郭小川在 1957 年 2 月 27 日的日记中写道:真正的战士,才能是真正的诗人,这句话说得多么恰当啊!② 随着郭小川去世、粉碎"四人帮"和郭小川诗集的出版,出现了一大批怀念郭小川的文字,大家对郭小川的总体评价是一位战士诗人或文艺战士,对于这位同时兼有战士和诗人两种称号的人,郭小川如其所愿地被看成"首先是个战士,其次才是诗人"③。

郭小川短暂的一生中,尤其最后几年留给人们的形象,仍然"是一个胜利的战士"(冯牧语)。对于郭小川为人为文,诸多文字④大都表达了对战士的致敬。左辉在《革命战士的性格、抱负和胆识——读郭小川同志的遗作〈团泊洼的秋天〉》⑤一文中通过研读《团泊洼的秋天》,论证了文与人的关系,指出"诗人的战斗生涯,特别是他生命的最后几年对'四人帮'进行的抗争,不也就是一首绚丽的诗篇吗?"左辉塑造了郭小川"不停地写""不停地在战斗"的最后的战士形象。论者山川也强调郭小川首先是个战士,才有了那些思想和艺术卓越的诗歌。在《战士的心,战士的歌——读郭小川的后期诗作》⑥一文中,他认为郭小川后期"面对'四人帮'无端迫害而写出的光辉诗章,或直抒胸臆,或感物咏怀,酣畅淋漓地表现了革命的爱憎、战士的品格,给人的印象是很深的"。山川认为在"四人帮"的高压之下,郭小川仍然在高唱"战士的

---

① 冯牧:《重读郭小川的诗作——〈郭小川诗选〉新版序言》,《文艺报》1984 年第 10 期。
② 郭晓惠整理:《郭小川日记(1957.上)》,《新文学史料》1999 年第 2 期。
③ 山川:《战士的心,战斗的歌——读郭小川的后期诗作》,《天津师院学报》1978 年第 3 期。
④ 劳荣:《夜读〈郭小川诗选〉》,《诗刊》1978 年第 6 期;公刘:《哀诗魂——怀诗人郭小川同志》,《诗刊》1978 年第 6 期;白雁:《论郭小川抒情诗的艺术风格》(上、下),《吉林大学学报(社会科学版)》1978 年第 4 期。
⑤ 左辉:《革命战士的性格、抱负和胆识——读郭小川同志的遗作〈团泊洼的秋天〉》,《诗刊》1977 年第 3 期。
⑥ 山川:《战士的心,战士的歌——读郭小川的后期诗作》,《天津师院学报》1978 年第 3 期。

歌声",向"四人帮"投去诗歌的匕首,体现了"能够根除私心杂念,不在'风'中摇摆的高贵品格"。

对于郭小川的战士品格,他的同事和朋友们都感触良深。丁宁是郭小川在作协时候的同事,在他的回忆中①,郭小川"永远充满向上的力量"。他与郭小川的最后一别是在1970年夏天,据他记载,湖北向阳湖畔的郭小川"那光着的两只紫红色的脚板,有力地插在斑烂的污泥中,那神气充满了自信和乐观"。无论面对什么打击和迫害,郭小川"始终如一忠诚于党的文艺事业",丁宁认为"小川的一生,是革命的一生,战斗的一生"。韦君宜是郭小川当年在咸宁"五七干校"学习改造的历史见证人,他在《忆郭小川写诗》②一文中亲证了郭小川后期遭受"四人帮"迫害时的坚强和勇敢。韦君宜认定郭小川是一位坚定的文艺战士:"他坚决不放弃他的笔,在什么情况下也不灰心,不绝望;写下去,坚决写下去。这是只有把自己的笔当作阶级斗争武器的人才能做到的。就凭这一点,也该让我们永久纪念他。"魏巍与郭小川相识于作协工作时期,据他的回忆③,郭小川在"五七干校"时,因为诗歌《万里长江横渡》被批判。魏巍认为这首诗歌根本看不出什么问题来,"有的只是对党对革命的耿耿忠心,和战胜狂风大浪的壮志豪情"。魏巍尤其欣赏郭小川在饱受批斗的状态下依然持笔写作的精神状态,认为"在当时是很了不起的"。郭小川后期其人的战斗性与其诗篇的战斗性交相辉映,正如1977年冯牧在《郭小川诗选》初版本代序《不断革命的战歌和颂歌》中所说的,"对于一个真正的战士和诗人来说,迫害和打击更可以使他冶炼成钢"。

1990年代以后,对郭小川的研究有所减弱,但学术意义却还在延伸。例如,霍俊明做了更加深入且令人信服的考察。他在《新诗史叙述中郭小川与贺敬之的经典化变动》一文④中说,在中国当代新诗发展

---

① 丁宁:《战士的性格——回忆郭小川同志》,《人民文学》1978年第6期。
② 韦君宜:《忆郭小川写诗》,《诗刊》1978年第5期。
③ 参见魏巍《怀念小川——〈革命风云录〉代序》,《文艺报》1980年第3期。
④ 见霍俊明2007年9月在北京"中国当代文学史:历史观念与方法"学术研讨会上的发言《新诗史叙述中郭小川与贺敬之的经典化变动》。

史上,"在相当长的时期内,郭小川和贺敬之在新诗史叙述中所占的位置是同等重要的",但是"在80年代后期尤其是当下的'重写'的冲动和美学观念的转换之下,郭小川和贺敬之在新诗史叙述中的经典化和文学史地位却发生了相当富有意味的变动","郭小川的新诗史地位已经超越了贺敬之,这就是一些学者所指出的'扬郭抑贺'现象"。原因"正恰恰是因为郭小川的人格的复杂性甚至分裂性,以及那些带有异质性特征的长篇叙事诗的写作,在80年代重写文学史热潮中不能不受到重视"。1990年代重新审视和挖掘视角(非单纯地着眼于政治,文学审美化倾向)的改变,让文本过于单一的贺敬之被边缘化和去经典化,而诗歌文本复杂矛盾、更具有阐释和提升可能性的郭小川则被经典化。

总之,郭小川的诗作因为试图以诗意来表达复杂的现实思考,结果在政治高压下成为那个时期背离现实的诗人,遭到严厉的批判甚至残酷的斗争。"文革"后,人们才逐渐认识到,是郭小川最为真实地表达了时代的情绪,体现了富有历史感的诗歌精神。作为那个时代主流知识分子的代表,他与时代政治风云之间的关系不可谓不复杂变幻。郭小川的政治情结、他对现实的忠诚和对艺术的激情,让他注定成为中国知识分子经历政治风暴之后最具代表性的象征。

三 诗的情感与形式:关于闻捷、李瑛诗歌的评论

文学史上批评家们总是把闻捷和李瑛相提并论。两人的诗作确有某些相似之处,但是各自风格鲜明,成就也各不相同。闻捷的诗歌优美动人,在叙事诗方面显示了他特别的才能,关于闻捷的评论着重在他的爱情诗和叙事长诗上;李瑛在抒情诗的领域成就更大一些,评论更多地突出了李瑛作为一名战士的诗情画意。

闻捷,1923年6月出生,1971年1月含冤自尽,享年48岁,堪称英年早逝。粉碎"四人帮"之后,闻捷冤案昭雪。哈华重读闻捷《复仇的火焰》,发出怀念的声音,追忆他曾经和闻捷在杭州湾滨海的一个"五七干校"共同劳动的日子,特别提到闻捷在荒漠的海滩上种植谷物的劲头不亚于当年在延安深山密林中开荒。哈华给予闻捷的总体评价

是,"他有战士的雄心,诗人的才情"①。闻捷人生短暂,但值得庆幸的是,他的才华在相应的每一个阶段都得到了关注。

闻捷早年"从革命走向文学"②,李季说闻捷"开始从事写作,开始踏上文学岗位之前,就是一个不论在思想、生活和艺术上,都有了长期的、充分的准备的作者"③。1950年3月,闻捷追随解放大西北的浩荡大军,来到了新疆。新疆浩瀚的大漠、绮丽的景色、异质的风情、新疆儿女新生活的变化都使他感叹,闻捷按捺不住诗人的激情,写下了一首首优美的诗歌。《人民文学》从1955年3月号起到1955年12月号,陆续发表了闻捷的五个组诗:《吐鲁番情歌》《博斯腾湖滨》《水兵的心》《果子沟山谣》和《撒在十字路口的传单》,以及他的一首叙事诗《哈萨克牧人夜送"千里驹"》。力扬在《谈闻捷的诗歌创作》④一文中,对《水兵的心》和《撒在十字路口的传单》之外的作品侧重给予论述,"其余作品都是反映生活在我国西北边疆的、兄弟民族中劳动人民解放后的现实生活的,特别是反映了他们年轻一代的劳动和爱情","不仅由于作者选择了这些大家所关心的主题,更由于作者相当完善地表现了这些主题,在作品的思想内容和艺术技巧上,都达到相当成熟的水平,这些作品和它们的作者引起读者们的喜爱和注意"。力扬着重从三个方面进行阐述:诗歌歌颂了新中国成立后劳动人民乐观和积极进取的感情、生活;歌唱了新中国成立后的劳动人民以劳动为最高标准的磐石般紧密结合的爱情;歌颂了哈萨克人民和汉族人民之间的融洽热情、牢不可破的友谊,"而更重要的是反映了新中国成立后的劳动人民对于私有观念的克服"。最后力扬总结"闻捷是新近出现的、优秀的青年诗人中的一个"。叶橹在《激情的赞歌——读闻捷的诗》一文中也作出了自己的评价:"一年来,闻捷给我们写出了'吐鲁番情歌''博斯腾湖滨''哈萨克牧人夜送"千里驹"''水兵的心''果子沟山谣'等好多首优美的诗篇,我们有理由这样说:我们的国家又出现了一个有才能的诗人。"他对闻

---

① 哈华:《悼念闻捷》,《诗刊》1978年第5期。
② 王科:《论闻捷的创作准备》,《教学与进修》1984年第2期。
③ 李季:《清凉山的怀念》,《战地》1978年第1期。
④ 力扬:《谈闻捷的诗歌创作》,《人民文学》1956年第2期。

捷的这些诗歌不吝赞美之辞:"闻捷的这些诗篇是充涌着生活实感、流露着浓厚的新生活的气息的。这些诗的形象大都是鲜明的,诗的情感是丰富而饱满的。"①

1955年《天山牧歌》由人民文学出版社编辑出版,这是闻捷的第一部诗集。诗歌清新明丽、朴实优美,节奏鲜明和谐,格调健康乐观。闻捷被目为中国诗坛上一颗一出现就闪烁着耀眼光芒的新星(老诗人公木语)。王树芬评论说:读了《天山牧歌》,"感觉闻捷确是一个有着他自己的风格和特色的有才能的诗人,而不是一般的歌手"。他在《边疆的歌声——读闻捷的"天山牧歌"》一文中从思想和艺术上高度评价了闻捷的《天山牧歌》,"在这本诗集里,我们可以充分体会到诗人丰富饱满的政治热情,他用激动的颤音,向我们唱出他对生活的热爱之情"。他认为《天山牧歌》有较高的思想性,是因为以党带给人民幸福为主题;闻捷较高的艺术成就还来其独特的艺术风格,无论是诗的构思还是语言的运用,都有显著特色,并从丰富的生活色彩、富有表现力的片段、内心的探索、语言、节奏、衬托手法等方面进行了较为详细的分析。② 潘旭澜和吴欢章在《论闻捷的短诗》一文中指出,"《天山牧歌》中的诗篇,大都是清新秀丽、含蓄幽默、带有浓厚的牧歌色彩"。王科在《闻捷诗美三题》一文中论述了闻捷早期抒情诗风格独具的特色:描绘生活美、创造意境美和提炼语言美。③ 关于闻捷诗歌风格独具的原因,我们可以从诗歌编辑宋垒与闻捷的一次长谈中窥见端倪。1961年10月16日宋垒到北戴河拜望因为肝炎在养病的闻捷,请闻捷谈对诗歌工作的看法。谈话中可见闻捷对诗歌艺术的重视,闻捷认为:"诗不好,不一定是政治热情不高。这仅是一个因素。还有其他,如语言、形式、技巧、对生活的提炼……有人主要是这个原因,有人主要是那个原因。同一个人,写这首诗主要是这个原因,写那首诗主要是那个原因。光年译《文心雕龙》是找到了最合适的语言。"④想必闻捷一定找到了最

---

① 叶橹:《激情的赞歌——读闻捷的诗》,《人民文学》1956年第2期。
② 王树芬:《边疆的歌声——读闻捷的"天山牧歌"》,《读书月报》1957年第2期。
③ 王科:《闻捷诗美三题》,《锦州师范学院学报(哲学社会科学版)》1982年第2期。
④ 宋垒:《闻捷一席谈》,《诗探索》1981年第1期。

适合自己的诗歌语言。

闻捷这些诗歌中有一部分是情诗,它们一面世就激起读者的强烈关注和反响,争论中有肯定也有批评。最先专门论述闻捷情歌并加以肯定的是蓝蓝。蓝蓝的《一组优美的情歌》①一文专门论述了闻捷的《吐鲁番情歌》②,认为这是一组动人的、优美的情歌,"作者闻捷用朴实动人的诗句,赞美了吐鲁番地方劳动青年的纯真的、热烈而高尚的爱情",诗歌"通俗严谨,有固定的格律,节奏是鲜明而整齐的,带有浓厚的边疆少数民族的生活特色"。蓝蓝具体从三个方面展开论述:诗歌首先刻画了吐鲁番青年对爱情的那种热烈的、健康的然而又是天真的心理;作者在歌颂爱情的时候,特别歌颂了青年人对劳动的热爱,劳动是爱情产生的源泉和标准;这组诗的风格是新颖的、明朗的。蓝蓝指出,"作者用民歌的形式传达出了少数民族地区的人情和风习",特别指出《葡萄成熟了》和《舞会结束以后》两首诗采用简洁而富有风趣的故事来表现主题,细致的刻画生动、逼真,充满了生活气息。

闻捷对于自己的爱情诗还是很自负的,他说:"写爱情,也能反映时代的色彩。"③但是他的爱情诗书写在当时恰恰在这点上受到质疑。1956年2月4日下午中国作家协会创作委员会诗歌组举行了座谈会,对诗歌创作问题进行了讨论。在这次讨论会上臧克家和郭小川都对闻捷的诗歌提出了意见。④ 臧克家认为衡量诗歌"不能脱离政治单纯强调艺术,对一些单纯从艺术上看上去虽然还可以、但内容却萎靡颓废的诗,是不能给以肯定评价的",由此观点去看,"闻捷有一些情歌写得是很好的,令人喜欢的,但是他的诗题材范围比较狭窄,对大时代的精神反映不够。好的诗要既能够反映时代精神,又富有很强的艺术感染力。我们不要只看重小的地方的细腻亲切,而忽略了意义更大的、能反映时

---

① 蓝蓝:《一组优美的情歌》,《文艺报》1955年第16期。
② 闻捷:《吐鲁番情歌》,《人民文学》1955年第3期。
③ 闻捷:《红装素裹——漫谈〈刘三姐〉歌词的语言和表现手法》,《人民日报》1961年4月20日。
④ 《沸腾的生活和诗(中国作家协会创作委员会诗歌组对诗歌问题的讨论)》,《文艺报》1956年第3期。

代的东西。在一切突飞猛进的新中国,我认为我们需要更多一些的马雅可夫斯基"。他对闻捷诗歌的不满集中在两点:一是诗歌范围狭窄,对时代精神反映不够;二是风格过于柔弱,所以他希望诗歌要更马雅可夫斯基一些。对于臧克家的意见,郭小川表示基本赞同。郭小川认为情歌是可以写的,前提是要"通过爱情的抒写表现新的生活,新的思想感情",对于闻捷的情歌,他的意见是"闻捷的一部分情歌确也表现了一些时代精神,就是说,闻捷还是一个新起的值得注意的诗人"。当然郭小川也指出了闻捷诗歌的缺点,缺点有二,一个是关于思想,一个是关于风格:"第一,他的情歌表现这种新的生活、新人的思想感情还不深刻,不够强烈,有的还显得重复……第二,他描写爱情以外的生活时,也用了跟他描写爱情时差不多的轻柔的调子,使人感到软绵绵的,如他的《水兵的心》就是这样,水兵的生活是战斗生活,节奏是强烈的,而闻捷的诗却不是这样。"马立鞭在《诗歌中的新人和新的意境》①一文中谈了几首诗歌在表现时代新人和新的感情、意境上的成就,其中就包括闻捷的《舞会结束以后》②。他认为《舞会结束以后》是"一首优美、清新的小诗",诗中的人物性格鲜明,而人物的精神境界是通过一个动人的场面表现出来的。马立鞭结合这首诗歌的故事场面分析了人物性格,认为"读者是可以把它当作一出歌颂人们崇高爱情的轻快的独幕喜剧来欣赏的"——马立鞭的论说涉及闻捷诗歌的风格和戏剧化的写作特征,肯定了闻捷诗歌在表现时代新人、新感情和新意境上的成就,意味着承认闻捷诗歌的时代性。

　　这些对闻捷情诗的评论有一个共同的特征:都不约而同地避开了作者个人隐蔽的、私语性的、情感性的东西,而从闻捷情歌与作者的其他题材的诗篇一样是否闪耀时代的光辉入手进行评价——虽然文庠在《闻捷的诗与死》中披露,闻捷"曾在一个大学里所作的一次报告中坦率地承认他的《天山牧歌》集里也凝聚着他对远隔千里的妻子和女儿

---

① 马立鞭:《诗歌中的新人和新的意境》,《文艺报》1956 年第 15 期。
② 《吐鲁番情歌》之一,见《人民文学》1955 年 3 月号。

的爱"①。力扬在《谈闻捷的诗歌创作》一文中对闻捷的爱情诗特点做了总结:是解放了的劳动人民的爱情,与劳动紧密结合的爱情,以劳动为最高选择标准的爱情。力扬对闻捷的爱情诗总体上是持肯定态度的,"我只是说,我们抒情诗中描写爱情的作品是太少了,而我们的诗人们、编辑家们对于这个主题也未免过分地胆怯而拘谨"②。叶橹则分析了闻捷两组关于爱情的诗歌《果子沟山谣》和《吐鲁番情歌》,从爱情诗的表现特色、劳动与爱情、爱情的忠贞和崇高品质、人物内心世界的深入细致等方面,指出爱情依附于劳动、奖章、新的生活才有意义。叶橹认为诗人关于爱情的诗篇,是特别成功的,并希望诗人别的主题的诗篇,也能获得这样的成就。③ 对闻捷的爱情诗同样持肯定意见的还有周应瑞。周应瑞否定了郭小川和臧克家在《文艺报》1956 年第 3 期中对闻捷爱情诗的轻视,从劳动中的爱情、勾画爱情的图画、对人物内心活动的观察和刻画以及烘托、陪衬、白描、象征、比喻、对比等丰富多彩的艺术手法等方面分析了闻捷的爱情诗,否定了他们的看法;肯定了闻捷爱情诗的积极意义,认为正是因为在一个美好、幸福、伟大的社会主义时代,青年们的爱情才能自由表达,社会主义劳动中孕育着幸福的爱情生活。④ 评论家胡采在为闻捷诗集《生活的赞歌》作序时,同样表达出对闻捷爱情诗的肯定态度:"闻捷写了不少优美的情歌。……他写情歌,是因为他深切感到:在我们这个时代青年男女的爱情里面,也充分显示出我们的人民、特别是年轻一代儿女们崇高的和美好的心灵面貌来。"⑤孙克恒与胡复旦认为,"这些诗之所以成功、有特色,是与诗人对兄弟民族生活的熟悉、热爱,并在兄弟民族民歌的丰腴土壤上吸取营养分不开的","在这些诗里,爱情被赋予了新的社会意义,具有着社会

---

① 文庠:《闻捷的诗与死》,《钟山风雨》2003 年第 2 期。
② 力扬:《谈闻捷的诗歌创作》,《人民文学》1956 年第 2 期。
③ 叶橹:《激情的赞歌——读闻捷的诗》,《人民文学》1956 年第 2 期。
④ 周应瑞:《歌颂爱情的诗篇——谈闻捷的爱情诗》,《中国当代文学研究资料·闻捷专集》,复旦大学中文系编,1979 年,第 151 页。
⑤ 胡采:《崇高的理想,美好的情思——序闻捷诗选〈生活的赞歌〉》,见诗集《生活的赞歌》,北京:人民文学出版社,1959 年。

第四章　诗化的政治与政治的诗化

主义思想内容和精神风貌"。①

至此,对闻捷情诗写作的争论貌似有了大体一致的调子:夹杂着否定的肯定。但实际上,关于闻捷爱情诗"奖章+爱情"的写作方法的论争并没有停止,虽然并没有以讨论闻捷情诗的名义进行。1957年的甘肃,《陇花》杂志几次讨论过爱情诗,褒贬不一,随着"左"的加强,最后以对"奖章+爱情"写作方法的肯定作结。新时期伊始,评论者就对以往关于闻捷情诗避"情"以言他的评论方式极为不满,"似乎爱情诗表现的不是情,而是直接地表现了热爱劳动,热爱新社会"②,"又何必一定要鼓励诗人,让他的人物说出生活中实际上并不常说的政治术语来表现他(她)们对新社会的爱呢? 评论家们这样做的结果,不仅把读者引上了歧途,更重要的是对诗人闻捷和那一时期的情歌创作造成恶劣影响,助长了诗歌创作远离生活的概念化倾向"③。这种对批评的批评是一种历史的"后见之明",因为置身时代之内又谈何容易超脱其外!

可能因为前期郭小川、臧克家等人对《天山牧歌》的批评,闻捷在随后的创作中发生了微微的变调,愈发关注时代重大题材,与重大的时代运动相结合。尤其是1957年闻捷和李季"牢记着在北京文艺界反右派斗争中所受到的深刻教育,抱着彻底改造自己思想的决心,满怀歌颂祖国社会主义建设的热情,深入到我们的生活基地甘肃去",他们以普通劳动者的身份投入了甘肃"大跃进"的火热斗争中,在那里生活、工作,并在劳动中完成了思想改造:"我们必须首先是一个革命战士和共产党员,而后才是一个文艺工作者;我们的诗必须为工农兵服务,发挥阶级的武器、党的工具的战斗作用。"他们检讨自己的作品:"我们的作品,情绪还不够饱满,艺术上还显得粗糙,比之于党和人民所要求于我

---

① 孙克恒、胡复旦:《从〈天山牧歌〉到〈河西走廊行〉——简论闻捷的诗歌创作》,《上海文学》1961年第3期。
② 周政保:《论闻捷爱情诗的时代感与民族特色》,《新疆大学学报(哲学社会科学版)》1981年第3期。
③ 常征:《给闻捷的爱情诗以重新评价》,《新疆大学学报(哲学社会科学版)》1985年第3期。

们的,我们的歌还是唱得太少了,我们的嗓音还是显得太低、太弱了。"①闻捷努力让自己的笔跟随时代、人民和党,前进、歌唱。于是1957年至1961年闻捷在甘肃度过了其创作生涯的再一个灿烂期,在这个灿烂期内,闻捷有两首优秀的叙事长诗笔涉波澜壮阔的风云画卷:《东风催动黄河浪》(写于1958年),《复仇的火焰》第一部和第二部(写于1959—1961年)。长诗《复仇的火焰》第一部《动荡的年代》,发表于《收获》1959年第3期,发表之后安旗即撰文《读闻捷〈动荡的年代〉》②分析其优点和弱点。安旗在介绍了长诗的故事梗概之后,指出该诗的两个出色优点:一是"就这第一部看来,某些主要人物的形象和性格,已经清晰可辨,已经可以看出诗人闻捷在塑造人物上的匠心和才能",并尤其分析了巴哈尔这个复杂的人物形象;二是"围绕着人物而展开的巴里坤草原的风俗画",安旗在对风俗画进行定义之后,以巴里坤草原"刁羊跑马"的风俗在突出巴哈尔形象上的作用为例,来展示闻捷笔下的风俗画在塑造人物形象方面的作用。安旗也指出了该诗的弱点,并逐一进行了分析:全诗故事刚刚展开,篇幅就已经达到了六千多行,语言有冗杂粗糙之嫌,这时候的出场人物已经三十多人,人物过多,不能兼顾,多交代性笔墨的地方诗歌缺乏诗意。吴欢章则专门撰文综合论述闻捷的三首长诗(《哈萨克牧人夜送"千里驹"》《东风催动黄河浪》和《复仇的火焰》的前两部),认为"虽然闻捷的叙事长诗数量并不很多,不过却能独树一帜"。吴欢章认为《哈萨克牧人夜送"千里驹"》的生活底子要厚实得多,因为诗人在新疆生活了较长的时间,对哈萨克族劳动人民的历史和现状有较深入的了解和感受,因此长诗显得舒卷自如、游刃有余,反映的生活面虽不大却较有深度。相较而言吴欢章对《东风催动黄河浪》评价不是很高,认为诗人的热情虽然比较饱满,"可是对生活的观察比较浮面,对素材也缺乏深思熟虑的提炼,因此写起来就不那么得心应手,珠圆玉润,流露出比较明显的'赶任务'的印记"。吴欢章周到详细地探讨了《复仇的火焰》这部长诗的成就与不足,他从

---

① 李季、闻捷:《诗的时代,时代的诗》,载《文艺报》1960年第13—14期。
② 安旗:《读闻捷〈动荡的年代〉》,见《论叙事诗》,北京:作家出版社,1962年,第43—61页。

第四章　诗化的政治与政治的诗化

作者组织矛盾冲突方面的巨大功力,结构布局枝繁叶茂而主干分明,以互相对照、烘托和补充来塑造人物,风景画、风俗画和历史画在刻画人物、推进情节和表现主题方面的作用,新疆各兄弟民族的民间叙事诗的给养等方面,论述了《复仇的火焰》在艺术结构上提供的成功经验。①与吴欢章一样对《东风吹动黄河浪》评价不高的还有孙克恒与胡复旦,他们认为长诗流畅,平易近人,但是形式和格律有些紊乱,还认为主题思想稍嫌浮泛,缺乏深刻的思想斗争描写。②马铁丁却因为《东风吹动黄河浪》的时代性对此诗评价颇高,他在读到发表于《收获》第4期的《东风吹动黄河浪》后,写信向闻捷表示祝贺,认为《东风吹动黄河浪》的写作是成功的。与《天山牧歌》的清新活泼、情意绵绵相比较,《东风吹动黄河浪》粗犷豪迈的放声歌唱,"体现出'一天等于二十年'的时代精神!"③

李瑛一生创作颇丰,他17岁开始创作,一生写了近十万首诗歌。最早发表的李瑛诗歌研究是1959年季石的一篇书评《激情的战歌——〈寄自海防前线的诗〉读后》④,这篇文章开李瑛诗歌研究之先河,抓住了李瑛诗歌创作的母题:战歌,应该说感觉还是较为敏锐的。

进入1960年代,开始有研究李瑛诗歌的文章陆续发表。宋垒的《谈诗意和李瑛的诗》一文是比较重要的一篇。⑤宋垒学理性地考察了李瑛诗歌里关于美的诗意的想象——视觉想象、听觉想象、变形想象和象征性想象;考察了诗意想象在塑造整体想象中的运作方式;考察了诗意想象的各种来源。这篇文章意味着李瑛诗歌的艺术之美较早就被评论者注意到了,而且试图给予系统的阐释。在1960年代初期的评论文章中,最权威、最有影响力的一篇是张光年为李瑛的诗集《红柳集》作的序《李瑛的诗》。⑥在这篇文章中,张光年从李瑛诗歌思想内容到艺

---

①　吴欢章:《论闻捷的叙事长诗》,《文学评论》1981年第1期。
②　孙克恒、胡复旦:《从〈天山牧歌〉到〈河西走廊行〉——简论闻捷的诗歌创作》,《上海文学》1961年第3期。
③　马铁丁:《读"东风吹动黄河浪"——给闻捷同志的一封信》,《诗刊》1959年第1期。
④　季石:《激情的战歌——〈寄自海防前线的诗〉读后》,《读书》1959年第22期。
⑤　宋垒:《谈诗意和李瑛的诗》,《解放军文艺》1962年9月号。
⑥　张光年:《李瑛的诗》,《文艺报》1963年第3期。

术特色作了总体的论述。诗歌艺术上,他分析了李瑛的诗性想象、语言和以小见大的写作手法,总结出李瑛的写作风格,"细致而不流于纤巧","寓刚健于细致之中"。相较于他对李瑛艺术的论断,更重要的是他对李瑛创作思想的论断。他说李瑛是从革命熔炉里出来的文学新人,虽然作品里有知识分子趣味和学生腔,但"可贵的是,他学会了用革命战士的眼光来观察世界,观察人,用战士的心胸来感受、思考现实生活中许多动人的事物,并且力求作为普通战士的一员,用健美的语言,向广大读者倾吐自己认真体验过、思考过、激动过的种种诗情画意"。因着张光年的政治地位,他的这个见解为以后李瑛的研究定下了基调,这篇评论文章也成为李瑛研究中里程碑式的作品,以后的研究基本是在张光年这个论断基础上生发开去。以后的研究都首先把李瑛看作战士,即便他的作品,尤其中后期的作品写作范围越来越宽,不再仅仅局限于部队生活,研究者依然把李瑛纳入战士的轨道,着重从思想内容出发评论李瑛的诗歌。

谢冕也是较早关注李瑛创作的评论家。1973年谢冕发表评论文章《战斗前沿的红花——诗集〈红花满山〉读后》,其出发点也是那个时期普遍张扬的革命性,他把李瑛比作战斗前沿的一朵红花。[1]新时期之初,谢冕就写有两篇专研李瑛的诗歌评论:一篇是《他的诗,由钻石和波涛组成——谈李瑛的诗》[2],一篇是《一个士兵的歌唱——中国当代诗人李瑛》[3]。两篇文章再一次强调了李瑛的战士身份,这样的评价出自谢冕并不奇怪,一方面当然是由于时代的思想氛围,另一方面也是由于谢冕的战士出身。在前一篇文章中,谢冕认为李瑛不是一个纯粹的抒情诗人,他首先是一个士兵。谢冕指出,人民战士的生活、思想、情怀,是李瑛诗的"三原色",是李瑛诗创作的基础。"他总是用战士的眼光观察社会,审视自然,并赋予中国普通士兵的性格与情怀。他的抒情主人公的形象,始终都是战士。"作为诗人,谢冕认为李瑛已是一个有

---

[1] 谢冕:《战斗前沿的红花——诗集〈红花满山〉读后》,《解放军文艺》1973年8月号。
[2] 谢冕:《他的诗,由钻石和波涛组成——谈李瑛的诗》,《诗刊》1979年第10期。
[3] 谢冕:《一个士兵的歌唱——中国当代诗人李瑛(为英法文版〈中国文学〉作)》,李泱、李一娟编:《李瑛研究专集》,北京:解放军文艺出版社,1983年,第227—238页。

第四章　诗化的政治与政治的诗化

着独立的艺术风格的诗人,李瑛的诗精致、细腻,甚至有些华丽;并且能以华彩写粗放,以精致写豪迈。谢冕认为李瑛的诗歌丽而雄、刚而柔,既有钻石的光彩和坚硬,也有波涛的流动和气势。因为是出自战士心头的歌声,所以华美和斗争精神在李瑛诗中融汇了。谢冕对李瑛的最终定位还是落在"战士"一词上,但"战士的诗"在谢冕那里并非只是一道政治色彩,还是一种宽广的情怀、一种峻峭明朗的情绪。以"战士"作为一种精神和情绪的象征,谢冕又以诗性的感觉和文采丰富着这一阐释。

张光年和谢冕对李瑛的指认是贴合李瑛的实际经历和写作重心的。李瑛大学毕业后就参军了,后来在部队从事文艺工作,他的作品中给人印象最深的是歌唱战士生活的作品,正如张光年在《李瑛的诗——序〈红柳集〉》中所说,"这是诗人曾经作为普通一兵深入生活的宝贵收获"[①]。1981 年李瑛参加在京部分诗人的座谈会时发言[②]说自己不怕苦,每年都要到边防部队走走,而创作的初衷是"但能用自己的笔为战士做一点工作,帮助他们理解生活,战胜艰苦,能在战斗中给他们增添一点力量,就很满足了"。可见,李小雨口中"能让我平静地写诗,就是我这一生最大的快乐"[③]的李瑛,一直把自己确认为以拿枪的姿态执笔的战士诗人,所以与时代同鼓的李瑛才会在 1983 年新诗获奖者座谈会上畅谈自己感想时说,"对于诗,我喜欢有浓厚生活气息、有强烈时代精神和真挚情感的诗,喜欢同人民的思想感情紧密相连,为人民所爱读的诗"[④],所以李瑛才会严肃指出"诸如追求迷惘、朦胧,热衷于'自我表现''个人情感宣泄'的年轻人写出的诗,不会成为民族的伟大的作品"[⑤]。

张光年和谢冕的论述又合二为一地强化着李瑛战士的形象,在

---

① 张光年:《李瑛的诗——序〈红柳集〉》,《文艺报》1963 年第 3 期。
② 参见《在京部分诗人谈当前诗歌创作》,《文艺报》1981 年第 16 期。
③ 李小雨:《与诗歌同在:记我的父亲李瑛》,《新诗》2012 年第 3 期。
④ 李瑛:《人民、时代与自我》,见《新诗的转机——新诗获奖者七人谈》,《文艺报》1983 年第 5 期。
⑤ 华子:《李瑛谈诗》,《春秋》1994 年第 2 期。

"文革"后的诗歌评论中继续发挥主导性的影响。姚善义在《他献给祖国:战士的忠诚和深情——李瑛诗歌创作简论》中,认为"善于发现和表现生活的美"的李瑛诗歌,"也大都程度不同地感染了战士的性格,晕染着战士的色彩"①。众一认为,"多年来,李瑛同志就经常操纵政治抒情诗这一战斗武器,为完成'党在一定革命时期内所规定的革命任务'而奋勇斗争着"。② 牟志祥说,"一片温柔轻软的情感,依托在冷峻沉重的刺刀尖上,这就是李瑛的战士诗"。③ 金川在《富有时代特色和战士气质的诗情——李瑛诗论》一文中,从情出发考察了李瑛在反映时代精神方面的特色,最后得出结论,"在他独具特色、有着鲜明个性的诗篇中,可以看出那体现着广大战士的感情并和他们的内心世界相联相通的东西。这种诗情不仅带有我们时代的烙印,而且充分体现了战士的气质!"④在这众多的论述中,晓雪则提出与"一个士兵的歌唱"(谢冕语)这个大体上公认的概括相反的意见,认为李瑛一直戎装在身,确实是一个士兵,但他又不仅仅是一个士兵,他的诗也绝不仅仅是"一个士兵的歌唱"。"他的生活视野、题材范围,和他对时代、对生活、对人民以及对过去和未来的思考、理解和反映,都比一个普通士兵要广阔、丰富和深刻得多。""他作为士兵和战斗者的本质特征和思想风貌,是通过他作为诗人的气质、才华和艺术个性表现出来的。"⑤谢冕把一切归之于战士的视角,晓雪却把一切归之于诗人的表现,他判定"李瑛是真正的抒情诗人"。

任愫则延续了宋垒开启的美学维度,撰文探讨李瑛的诗歌艺术风格。他对张光年和谢冕对李瑛写作风格的评价不甚同意,认为李瑛的艺术风格有精致、细腻的特色,但在《红柳集》之后,李瑛为了解决张光

---

① 姚善义:《他献给祖国:战士的忠诚和深情——李瑛诗歌创作简论》,《当代作家评论》1984年第4期。
② 众一:《诗人的光荣职责——李瑛同志近作政治抒情诗阅读随感》,《山东师院学报(社会科学版)》1977年第Z1期。
③ 牟志祥:《生命的海 艺术的海—读李瑛〈南海〉组诗》,《上海文学》1982年第2期。
④ 金川:《富有时代特色和战士气质的诗情——李瑛诗论》,《吉林大学社会科学学报》1984年第3期。
⑤ 晓雪:《我们时代的热情歌手——略论诗人李瑛》,《诗刊》1984年第12期。

第四章 诗化的政治与政治的诗化

年在《红柳集·序》中提出的"深度不够,力量不足"这一问题,其诗歌逐步向深挚方面发展;他以前的"刚健"与新的特点结合,向清雄方面转化。任愫认为谢冕说的"华丽"还不能构成他风格的一种要素。秦兆基和李宁则就李瑛诗歌中的景物描写从三个方面(诗美的追求与战士的情怀;瑰奇的山川与崇高的心灵;景物的描写与艺术的创造)出发,作出详细的探讨。①

在李瑛诗歌美学探讨方面作出成绩的是李元洛。李元洛在《李瑛诗作艺术片论》②中指出李瑛"具有真正的诗人的敏锐的诗的感觉"。他认为李瑛的诗之所以"意象葱茏,生气横出","一个极为重要的原因,正在于诗人具有锐敏不衰的诗的感觉和层出不穷的诗的发现"。李元洛认为李瑛对诗的感觉与发现,主要包括两个方面,"一是诗人对生活中的美有着敏锐和新鲜的不同于一般人的形象的感受力,一是诗人对语言的美有高度的敏感和强大的捕捉力",这种感受力与捕捉力让李瑛塑造出新颖动人的美的意象。李瑛语言中不落凡庸的种种譬喻和联想表现了李瑛闪闪发光的生活和语言的感受力;在诸多的抒情对象中,李瑛长于写山、写雨,他"感觉精微,诗思锐敏,意象清超,力求独创,给人以新鲜的美的感受"。李元洛总结了李瑛的艺术风格,是"刚柔并济,刚健与细腻交融,明丽与质朴统一",也指出了其创作的缺陷,"未能更广阔更深刻地反映出人民的悲欢和生活中严峻的一面","对丑的鞭挞毕竟不够直接、充分和有力","还需要在作品的思想深度上下更大的功夫"等。李元洛对李瑛艺术感及其创作的艺术特征甚至其缺点的把握都是很精到的。

在李瑛诗歌美学探讨方面作出成绩的还有杨匡汉,杨匡汉通过整个创作系统的剖析,考察了"李瑛诗歌的感情投影系统所呈现的美学色彩":它首先表现为诗人审美注意力的集中性和作品的有机完整性,其次是作品中情感和情景的流动性,再次是作品的"心择"性。这三者让李瑛的诗成了"我们豪迈、智慧、富于向上力的战士和人民的斗争生

---

① 秦兆基、李宁:《李瑛诗歌中的景物描写》,《徐州师范学院学报》1982 年第 2 期。
② 李元洛:《李瑛诗作艺术片论》,《文艺报》1982 年第 4 期。

活的奇异的反射与深情的回声"①。在李瑛艺术特色方面作出系统研究的还有于丛杨、周岩、吴开晋三位,他们一连发表了三篇论文:《论李瑛艺术风格的形成与演变》对李瑛一生风格的形成进行历时性的阶段划分和描绘,"自发期""创立期""成熟期""伸展期"②;《"以画写情"的抒情方式——李瑛研究之一》对李瑛"以画写情"的抒情方式的独到运用进行了必要的分析和研究③;《包孕诗情的多彩形象——李瑛诗论之一》认为李瑛的诗在艺术上最引人注目的成就,就是注意用形象和图画说话,而画面是由形象构成的,并就诗人创造形象的本领从多个方面进行了细致探讨。④

四 诗的格律问题的讨论:诗的民族性与世界性

关于新诗格律问题的讨论在新中国成立后迅即掀起高潮。

首先,它是诗歌内部自我发展的结果。中国现代新诗是从西方借鉴、移植而来的,在具体发展过程中,形式越来越自由散漫。过度散文化、非诗化导致新诗与我们本民族的传统血脉越来越远,诗学探索发出格律化的呼求。所以从"五四"发轫的新诗,其自身发展的内在肌理始终存在着自由和格律之争。唐湜曾专门撰文来谈新诗的自由化与格律之间的线性发展和辩证运动,在《新诗的自由化和格律化运动》⑤一文中明确表述:"诗从自由化到格律化是个运动、发展的过程。寻求新的格律、新的样式来巩固、提高自由化的突破成果是必要的,从自由化的奔突到格律化的凝练是一个辩证的探索和巩固的过程,一个自由与必然的矛盾又统一的过程。"孙大雨 1956 年曾撰写过一篇长达五十多页

---

① 杨匡汉:《李瑛的感情投影系统》,《文艺研究》1984 年第 2 期。
② 吴开晋、于丛扬、周岩:《论李瑛艺术风格的形成与演变》,《文史哲》1983 年第 4 期。"于丛扬"疑应为"于丛杨"。
③ 于丛杨、周岩、吴开晋:《"以画写情"的抒情方式——李瑛研究之一》,《诗探索》1984 年第 2 期。
④ 于丛扬、周岩、吴开晋:《包孕诗情的多彩形象——李瑛诗论之一》,《社会科学战线》1983 年第 3 期。"于丛扬"疑应为"于丛杨"。
⑤ 唐湜:《新诗的自由化和格律化运动》,《诗探索》1981 年第 1 期。

的文章,题目叫《诗歌底格律》①,这篇文章中他的论述重点之一就是现代自由诗和现代格律诗之间的伴生竞争关系,"而现代自由诗和现代格律诗的同时并存与此消彼长,贯穿了整个中国现代诗歌发展的历程"。新诗的现代格律化是必然出现的现象,正如何其芳所认为的,我们的现代生活适合通过自由诗表现,但是如果没有适合现代汉语的格律诗,诗歌就会产生一种偏枯现象。

其次,1920年代格律诗的理论倡导与实践为其产生提供了具体的条件。新月派作为中国早期白话诗过于散文化、非诗化倾向的纠偏,深深影响着1950年代的格律诗大讨论。1920年代的徐志摩、闻一多、朱湘、刘梦苇、饶孟侃、塞先艾等主张发现诗歌的"新格式与新音节",提倡格律诗,尤其闻一多在《诗的格律》一文中提出的"三美"(音乐美、绘画美和建筑美)原则,是新格律诗建设的理论基础。在闻一多的具体创作中,虽然出现了许多缺乏审美张力的"豆腐干"诗体,但他对现代格律诗的早期探索功不可没。何其芳、卞之琳等人就是在继承闻一多新格律诗理论的基本内核基础上才提出了各自的主张。

再次,新中国的现代格律诗的理论倡导与建设是很强的意识形态行为,是建立中国道路的新政权在诗歌领域的发言,其根本动力要溯源到1942年的《在延安文艺座谈会上的讲话》。为工农兵服务,追求诗歌形式的民族化和大众化,1940年代以延安为中心的解放区诗人们纷纷转向古典诗词和民歌民谣来探索新诗规范化、经典化的可能途径。虽然当时没有专门就诗的形式展开讨论,但是随着新中国成立,解放区文艺在全国铺展开来,诗人和批评家全力维护领袖规定的新诗道路方向,对于新诗具体建设什么样的格律积极寻找可行的路径和理论依托点。教育民众、引领民众以及贯彻党的方针政策的需要,让诗歌的格律重心变换成了一个音乐性问题,1958年新民歌的产生也成为诗歌界的一件大事。

究竟要建设什么样的新格律诗?诗人和评论家们想要建设的新格

---

① 孙大雨:《诗歌底格律》,《复旦学报(人文科学版)》1956年第2期。

律诗内部又有分类,1959年金戈写了《试谈现代格律诗问题》[①]一文,他在文章的第五部分就应该建立什么样的新格律这一问题,指出现代格律诗分两类:一类是较严格的新格律诗,"是继承'近体诗'和古诗的优良传统,在现存的主要格律雏形的基础上,加工、提高、发展起来的";一类是较自由的新格律诗,"最基本特征是靠押韵和韵的疏密来构成诗歌的音乐性"。其实金戈说的这种较严格的新格律诗就是我们说的新古体诗。在新文化运动中,古体诗被看成一种"死"的文学,丧失了存在的根本,举步维艰,"但是运动风潮之后不论是旧派文人还是新派学者,甚至活跃于政界的革命家们,往往放不下传统诗歌体式,经过他们坚持不懈的创作,古体诗完成了蜕变,生成一种与新诗并行的另一种现代诗——新古体诗"[②]。古体诗被注入新的精神得以革新和转折,当然新古体诗要完全建立像古体诗那样固定的音韵、格式是不太容易的。不少人企图"勒马回缰做旧诗",说明融化于血液的传统影响之根深蒂固,但是旧体诗也自有其局限,甚至给一百块大洋都不看新诗的毛泽东都认为旧诗这种题材束缚思想,又不易学,所以毛泽东认为旧诗可以写,但是不宜在青年中提倡,而且旧体诗词需要进一步的发展和改革。毛泽东虽然以自己的创作对旧体诗词的新发展指出了路向,但他总体上对写旧体诗是不提倡的。而且当时许多学者对新古体诗并不看好,孙大雨在《诗歌底格律》[③]一文中虽然没有论述"新古体诗"的命运,但是他对"新古体诗"的看法可以从他对闻一多现代格律诗的态度中略窥一二。孙大雨在这篇长文中将闻一多的"豆腐干诗"或"骨牌阵"定性为"旧诗翻新""为格律而格律"。在孙大雨的眼里,闻一多的这些诗歌都缺乏现代的张力与美感,更何谈"新古体诗"!毛泽东的论断影响着新中国成立后"新古体诗"的讨论走向,一方面学者们对于建立现代格律诗的需求集中在较为自由的现代格律诗的讨论上,另一方面"新古体诗"作为衔接民族传统文化、有严密格律的现代新诗,以诗

[①] 金戈:《试谈现代格律诗问题》,《文学评论》1959年第3期。
[②] 孙之梅:《从诗界革命到南社:新古体诗的蜕生》,《文史哲》2016年第2期。
[③] 孙大雨:《诗歌底格律》,《复旦学报(人文科学版)》1956年第2期。

第四章　诗化的政治与政治的诗化

歌脉流之一股丰富着诗歌园地。

新诗要建立起古体诗那样固定格律的格式是不现实的,但这并不能否定新诗强烈的格律化要求。"十七年"间形成的格律新诗体有田间的格律体(实践上不是很成功)、郭小川的新辞赋体、贺敬之的新楼梯体、张志民的新民歌体等。这些诗体是较为自由的现代格律诗。这类诗体在语言学家王力的眼里都是格律诗,因为王力是以非常宽泛的态度对待格律诗的,在《中国格律诗的传统和现代格律诗的问题》一文中,他说格律诗是广义的,自由诗的反面就是格律诗。王力从一名语言学家的角度对现代格律诗的建设提出了宝贵意见。首先他认为无论我们是否提倡格律诗,都应该看到"五四"时期绝对自由的自由诗对推翻旧格律的功绩。其次,对于如何建立现代格律诗,王力阐发了自己的意见,他认为"现代格律诗应该是从中国诗的传统的基础上,结合时代特点建立起来的",认为格律诗离不开声音的配合,并从长短、轻重(重音)、声调(平仄)、方言等多角度阐发自己建立现代格律诗节奏的意见。① 但是真正在1950年代掀起第二次格律诗建设大讨论的是何其芳、卞之琳和林庚等人。1950年代何其芳重提"现代格律诗",卞之琳立志创造"新格律诗",林庚提倡"典型的诗行",他们共同掀起了现代格律诗运动的第二次浪潮。

1950年3月10日《文艺报》就"新诗歌的一些问题"发表系列笔谈。这是新中国成立以来关于诗歌形式问题的第一次公开探讨。田间、萧三、马凡陀等人认为新诗太自由了,最好建立一个形式。何其芳早在1944年就敏锐地提出新诗还有个形式问题没有解决,认为自由诗本身存在易于散文化的弱点。1950年,何其芳就新诗的形式问题撰写了论文《话说新诗》②,但他并没有提出"现代格律诗"这一概念,只是认为新诗形式"也许会发展到有几种主要形式,或者可能发展到有一种支配形式"。与此同时林庚应《文艺报》的笔谈之约,于1950年3月

---

① 王力:《中国格律诗的传统和现代格律诗的问题》,《文学评论》1959年第3期。
② 何其芳:《话说新诗》,《文艺报》1950年第2卷第4期。

写了《新诗的"建行"问题》①一文,对于新诗到底应如何"建行",怎样的诗行才算是典型的"诗行",他提出不能彻底"打破传统",也不能"还是五七言",而应"把它们统一起来"的笼统方案。数月后,林庚又发表了《九言诗的"五四体"》一文②,提出了具体方案,即九言体。九言诗的"五四体",是指一行诗的节奏分为上"五"下"四",就是在七言诗的"四""三"上分别增补一个字。这样既具有了七言诗的节奏性,又满足了现代语言表达日趋复杂的需要。林庚在这篇文章里还提出了"节奏音组"的概念。1953年12月到1954年1月,中国作家协会创作委员会诗歌组召开了三次"关于诗歌形式问题"的讨论会。在1953年12月24日的第二次会议上卞之琳作了发言③,提出了以"顿"建行为格律基础的重要观点,并谈到诗歌的两种节奏型式:哼唱型节奏(吟调)和说话型节奏(诵调)。这是当代新诗史上对新诗格律节奏类型的第一次系统研究。同年何其芳在《中国青年》发表《关于写诗与读诗》,文中终于明确提出建立中国现代格律诗的概念。他参考了古代和外国格律诗的一些基本要素,提出我们的格律诗不应该是每行字数整齐,而应该是每行顿数一样,每行的收尾应该基本上是两个字的词;而且认为格律诗应该是押韵的。④ 这些论述粗线条但相对完整地勾画出了他所设想的新格律诗的理论框架。1954年4月何其芳发表重要长篇论文《关于现代格律诗》,这是关于现代格律诗建设的重要文献。论文分别从建立现代格律诗的必要性、现代格律诗不能采用五七言体的原因、现代格律诗的基本要素"顿"与"押韵"和现代格律诗要理论探讨与创作实践相结合等几个基本方面,结合具体的诗例进行了比较系统和充分的论述。文中何其芳用高度浓缩的语言,概括了现代格律诗的基本要求:"按照现代的口语写的每行的顿数有规律,每顿所占时间大致相等,而且有规律的押韵。"⑤何其芳的提法与闻一多、徐志摩等提倡实践的新格律诗

---

① 林庚:《新诗的"建行"问题》,《文艺报》1949年第12期。
② 林庚:《九言诗的"五四体"》,《光明日报》1950年7月12日。
③ 内部刊物《作家通讯》1954年第9期。
④ 何其芳:《关于写诗和读诗》,《中国青年》1953年第23期。
⑤ 何其芳:《关于现代格律诗》,《中国青年》1954年第10期。

第四章 诗化的政治与政治的诗化

一脉相承。虽然何其芳在实践上没能写出印证自己格律诗理论的有力创作①,但他的现代格律诗理论,吸取"五四"以来的诗歌创作经验,承继中国古典诗词的内在精神韵味,对中国格律诗理论的建设具有很好的借鉴意义。

《关于现代格律诗》一文发表后,何其芳的主张受到包括郭沫若、朱光潜、冯至、卞之琳等人的支持,但也遭到了强烈的反对。何其芳在《关于现代格律诗》中说,从诗歌的传统、诗歌的内容、读者的习惯及诗歌的发展等各个方面考虑,都有建立现代格律诗的必要,可以解决新诗的形式(现代)和古典诗歌(传统)脱节的问题,而且他认为十年来的诗歌创作的客观规律是倾向于格律化的。主张新诗形式应以自由体诗为主的人则认为中国没有必要建立新格律诗。而基本同意何其芳建立新格律诗意见的人,对于如何建设现代格律诗,也持有不同意见。何其芳主张新格律诗的建立需要继承我国古典诗歌和民间诗歌的格律传统,而且"五四"以后的新诗形式也可以作为新格律诗发展的形式基础。他认为五七言歌谣体不能从根本上解决新诗的发展道路问题,用人工的办法让五七言歌谣体一统天下也并非好事;新诗一定会走向格律化,但不一定都是以民歌体的格律作为诗歌的主体。持反对意见的一部分人极力主张应以古代五七言体为基础创建新格律诗②,另一部分人则主张在民歌体的形式基础上建立新格律诗③。他们的观点对立,有时近乎针锋相对,讨论本应属于正常的学术论争,但是在论争中,双方是存在一些问题的,例如断章取义、上纲上线甚至有意气之争的成分。有关的具体论争我们可以参考何其芳的《关于诗歌形式问题的争论》④一文,这是何其芳的一篇长达22页的反驳文章,何其芳在《处女地》向他约稿时,针对关于他的批判作了全面的应答。他列举了许多被有意歪

---

① 从新中国成立后到写《关于现代格律诗》的1954年,何其芳只写了一首题为《回答》的介于格律体与自由体之间的诗。
② 参见张光年《从工人诗歌看诗歌的民族形式问题》,《红旗》1959年第1期。
③ 参见邵荃麟《民歌·浪漫主义·共产主义风格——7月27日在西安文艺工作者座谈会上的发言》,《诗刊》1958年10月号。
④ 何其芳:《关于诗歌形式问题的争论》,《文学评论》1959年第1期。

曲甚至篡改的地方，在这篇文章中他重申在《关于现代格律诗》一文中关于现代格律诗的主要观点，并就他认为可以进一步讨论的问题阐明了自己一向的观点。在从1958年7月《处女地》开始，后来扩大到许多报刊的争论中，何其芳因为受到严重的冲击几乎完全否定了这次论争，认为这是建立在歪曲和武断基础之上的批评，"然而有些人却只是对起哄和抬杠很有兴趣，真正值得讨论的具体问题却接触得非常少"。何其芳有情绪化之嫌，无怪乎李希凡在《对待批评应当有正确的态度——"关于诗歌形式问题讨论"的读后感》①一文中专门批评何其芳对待批评的态度，认为何其芳在《关于诗歌形式问题的争论》一文中把问题的讨论纠缠到个人意气上去了。

1958年展开了轰轰烈烈的"大跃进"民歌运动。毛泽东提出要在古典诗歌和新民歌的基础上发展新诗，引发了从1958年夏天持续到1959年的"新诗发展道路"问题的争论，于是现代格律的新诗发展道路与民歌方向的问题凸显出来。由此我们也发现，格律化的进程也是一种很强的意识形态行为，代表了新政权对文学艺术领域的希冀和要求。所以何其芳有个论断是准确的，他认为一直以来诗歌形式问题的探讨与争论皆围绕一个中心问题——"我国新诗如何民族化和群众化的问题"②。1942年的延安文艺座谈会从内容和形式上改变了新诗和其他文学体裁的路向。吴奔星在《中国现代格体诗论选》的序言中分析中国1940年代的诗歌时认为格律诗是主流，而且表现为截然不同的两种风格，一种是继承和发扬"五四"以来新诗传统的大后方和沦陷区（包括香港）的格律诗，一种就是承继民歌传统的解放区诗歌，"以延安为中心的解放区的格律诗，都是继承和发扬了陕北民歌的传统，前者'大众化'的成分多一些（如以'马凡陀的山歌'为代表的政治讽刺诗），后者'民族化'的色彩浓重一些（如以李季为代表的叙事

---

① 李希凡：《对待批评应当有正确的态度——"关于诗歌形式问题讨论"的读后感》，《诗刊》1959年第4期。
② 何其芳：《再谈诗歌形式问题》，《文学评论》1959年第2期。

诗)"①。新中国成立后的历程就是解放区文艺在全国铺开的过程,也是现代格律诗民歌方向探索历程的继续。因此1958年新民歌运动高涨,让新诗格律的提倡者作出了1950年代最后一次充分而集中的理论展示。

毛泽东1958年3月在诗歌座谈会上指出,新诗要在民歌和古典诗歌的基础上发展,要"精炼、大体整齐、押韵"。诗人和理论家们自觉接受了这个方向,并以此为实践指导。在毛泽东的指引下,把民歌的特点融入现代格律诗成为新诗艺术建构的方向。在这个关于民歌和格律诗建设的理论展示中,语言学家王力的意见与众不同,他发表《中国格律诗的传统和现代格律诗的问题》②一文,不仅不同意把民歌体和歌谣体区别开来,而且认为现代格律诗关于要不要以民歌的格律为基础的论争是没有意义的,因为在他看来,民歌没有特殊格律——民歌的特点在于突破格律,更接近自由诗。王力的观点是尖锐的,几乎取消了这个方向,但是当时的诗人和评论家们没有重视他的意见,依然执着地进行着民歌与新诗建设关系的探讨。

当时有数场论争在展开。一场论争由《星星》诗刊主持,从1958年6月到11月陆续展开,参与的主要人物有雁翼、红百灵、李亚群、冬昕、韩郁等。③ 虽然他们对新诗的成绩评估并不一致,但是对新诗缺点的认识却是一致的,即新诗有脱离群众的倾向,脱离民族形式和民族传统,但是对各种不同形式的新诗是否能够"下放"、新诗做主流还是新民歌做主流的问题上,他们针锋相对。这场论争是以李亚群的文章暂告一段落的,雁翼和红百灵被李亚群扣上了"贬抑"新民歌、"蔑视"新民歌的帽子。

另一场论争以《处女地》为阵地展开,后来扩展到其他刊物。1958

---

① 吴奔星:《诗的格律的历史轨迹与时代流向——〈中国现代格体诗论选〉序》,《镇江师专学报(社会科学版)》1986年第2期。
② 王力:《中国格律诗的传统和现代格律诗的问题》,《文学评论》1959年第3期。
③ 参与论争的文章主要有雁翼的《对诗歌下放的一点看法》、红百灵的《让多种风格的诗去受检验》、李亚群的《我对诗歌道路问题的意见》、冬昕的《新民歌是共产主义诗歌的萌芽》、韩郁的《诗歌下放真正的涵义是什么》等。

年,《人民文学》发表公木的文章《诗歌的下乡上山问题》,给何其芳加了一顶"反对或怀疑歌谣体的新诗"的帽子。何其芳著文《关于新诗的"百花齐放"问题》加以反驳。何其芳认为,"民歌体虽然可能成为新诗的一种重要形式,未必就可以用它来统一新诗的形式,也不一定就会成为支配的形式",新诗的民族形式是多样化的,新诗的繁荣和发展只能走"百花齐放"的道路。① 同时卞之琳也应约为《处女地》7月号"关于新诗发展问题的讨论"特辑写了文章,在这篇题为《对于新诗发展问题的几点看法》的文章里,卞之琳认为,"五四"以来的传统也属于我国的民族传统,按照这种新传统写出来的新诗形式也是我国的民族形式,"诗歌的民族形式不应理解为只是民歌的形式"。而且学习新民歌不能"依样画葫芦","要结合旧诗词的优良传统,'五四'以来的新诗的优良传统,以至外国诗歌的可吸取的长处,来创造更新的更丰富多彩的诗篇"。② 何其芳、卞之琳的言论引起了大家的注意,招来了更多方面的批评和声讨。《诗刊》《文艺报》《人民日报》《萌芽》等刊物纷纷发表讨论文章,针对何其芳、卞之琳的"错误"观点进行围剿。

何其芳、卞之琳的重要罪责为:怀疑新民歌,轻视新民歌,否定新民歌;怀疑新民歌在艺术形式上的局限性,害怕新民歌有朝一日一统天下;坚持"主观唯心论";形式主义观点;自觉不自觉地对诗人和群众的结合、知识分子诗人的彻底改造或工人阶级化有所抵触;对民族诗歌传统抱轻视态度,不分青红皂白强调"五四"新诗传统;是要不要走群众路线、要不要真正的民族风格问题;对民族诗歌传统的学习抱轻视态度;老眼光看待新事物,贬低了从古典诗歌和民歌基础上发展新形式新格律的创造性努力等。他们甚至援引毛泽东对诗歌发展道路问题的看法,上纲上线,批评何、卞二人的阶级立场、政治倾向等,认为何、卞二人表现出了"资产阶级的艺术趣味与脱离群众的

---

① 何其芳:《关于新诗的"百花齐放"问题》,《处女地》1958年第7期。
② 卞之琳:《对于新诗发展问题的几点看法》,《处女地》1958年第7期。

倾向"①。

这些批评意见中的重要一条是关于何其芳、卞之琳的"民歌局限论",认为他们轻视新民歌,不仅否定了新民歌的形式,而且"对新民歌的内容也肯定不足"②。卞之琳在《诗刊》1958 年第 11 期发表《分歧在哪里》,1959 年 1 月 13 日在《人民日报》发表《关于诗歌的发展问题》,何其芳在《文学评论》1959 年第 1 期发表《关于诗歌形式问题的争论》,在《文学评论》1959 年第 2 期又发表《再谈诗歌形式问题》,解释自己并没有轻视新民歌,没有反对从民歌和古典诗歌的基础上发展民族形式的新诗歌,对指责他否定民歌(尤其是新民歌)和认为"民歌体有限制"的论者进行辩诬,并认为他们的看法和许多提出异议的同志的看法并不存在分歧和争论。

对新民歌的重视程度的问题实质关涉"五四"新诗地位评价问题,所以批评意见中的重要一条是批评何其芳和卞之琳对"五四"诗歌传统给予了过高的评价。在 1958 年 3 月成都会议上,毛泽东谈到中国诗的两条出路:一是民歌,二是古典诗歌,并且直接批评了现代新诗。这就引发了如何评价"五四"新诗传统的问题。对毛泽东提出的在古典诗歌和民歌的基础上发展新诗的主张,何其芳并没有明确反对,但在谈到现代格律诗和诗歌形式问题时,却一再强调有些人似乎只知道旧诗是一个应该重视的传统,却忘记了"五四"以来的新诗本身已经是一个传统,认为应该承认"五四"以后的新诗对于中国诗歌的发展起了巨大的作用,"五四"以来的新诗的某些部分也可以作为今后发展新诗形式的基础之一,所以应该充分估计到"五四"以来新诗的意义和贡献。何其芳、

---

① 萧殷:《民歌应当是新诗发展的基础》,《诗刊》1958 年第 11 期;仇学宝:《不同意何其芳、卞之琳两同志的意见》,《萌芽》1958 年第 24 期;张先箴:《谈新诗和民歌》,《处女地》1958 年第 10 期;宋垒:《与何其芳、卞之琳同志商榷》,《诗刊》1958 年第 10 期;沙鸥:《新诗的道路问题》,《人民日报》1958 年 12 月 31 日;陈聪:《关于向新民歌学习的几点意见》,《诗刊》1958 年第 11 期;曹子西:《为诗歌的发展开拓道路》,《文艺报》1958 年第 20 期;张光年:《在新事物面前——就新民歌和新诗问题和何其芳同志、卞之琳同志商榷》,《人民日报》1959 年 1 月 29 日;张光年:《从工人诗歌看民族诗歌的形式问题》,《红旗》1959 年第 1 期;田间:《民歌为新诗开辟了道路》,《人民日报》1959 年 1 月 13 日。

② 宋垒:《与何其芳、卞之琳同志商榷》,《诗刊》1958 年 10 月号。

卞之琳都把"五四"以来的新诗作为他们创建格律诗的几种传统之一。

1950年代关于新民歌和"五四"诗歌传统的论争,实质上是民族化和世界化的问题。新民歌代表工农兵方向,代表着中国作风、中国气派;"五四"新诗则代表着知识分子气的、洋腔洋调的诗风。"五四"新诗不是以中国古典诗歌和民歌为基础的,相反它更多地借鉴了外国诗歌的资源,在向外开放的过程中不断吸取现代性的营养,它代表着世界化的方向。毛泽东关于中国诗歌的言论中没有提到外国诗歌资源和"五四"以来的新诗传统这一新诗建设中的重要资源,所以在1958年诗歌发展道路问题的讨论中,如何理解民族形式、如何评价诗歌的外来形式是当时讨论的焦点。一些人认为只有向中国古典诗歌和民歌学习,才能建立中国气派的民族形式,新诗和外国诗歌形式只能是洋腔洋调,不足以学习和借鉴。① 何其芳和卞之琳则属于多元派,认为中国古典诗歌、民歌、"五四"新诗以及外国诗歌都可以成为建立中国诗歌民族形式的资源。最终这场论争以新民歌为唯一正确的方向而告终,"五四"新诗传统被阐释成"洋诗"并受到批判,这就切断了中国新诗借助于世界优秀成果以实现现代化的路程,切断了与"五四"新诗的现代传统的联系。1958年诗歌道路的讨论使中国的诗歌唯传统和民间为正确,逐渐自我封闭,最终在"文革"期间走上了一条狭隘政治化的道路。

虽然1950年代对新格律诗的讨论存在种种缺陷,但是讨论中语音的平仄、轻重、音组的长短、顿数、顿的长短、韵的疏密等与诗歌节奏的关系等问题还是得到了讨论,这些探讨和设想对建立中国的新格律诗起到了一定的积极意义②。

(本章由沈秀英执笔)

---

① 欧外鸥:《也谈诗风问题》,《诗刊》1958年第10期;窦功亚:《民歌万岁!》,《文汇报》1959年1月15日;萧殷:《民歌应当是新诗发展的基础》,《诗刊》1958年第11期。
② 何其芳:《关于诗歌形式问题的争论》,《文学评论》1959年第1期;金戈:《试谈现代格律诗问题》,《文学评论》1959年第3期;周煦良:《论民歌、自由诗和格律诗》,《文学评论》1959年第3期;朱光潜:《谈新诗格律》,《文学评论》1959年第3期;林庚:《再谈新诗的建行问题》,《文汇报》1959年第27期。

第五章　恢复的现实主义文学批评

"文革"后，中国当代文学批评提出了重建现实主义等诸多主张，文学批评站在时代的前列，为思想解放运动提供思想和形象的依据。1980年代初期的文学批评高举"文学是人学"的旗帜，对20世纪五六十年代提出的现实主义①、人性论、人道主义问题做了更加深入的阐释，倡导启蒙观念，张扬人的主体性，对1980年代的思想变革起到积极推动作用。这一时期"恢复的现实主义文学批评"与文学创作方面的繁荣息息相关，它对文学创作实践每一步前进都做出有力的推动。也正是因为这一时期的文学批评处在"文革"结束后的思想变革时期，它在以现实主义作为基本的批评出发点时也必然在文学与政治、文学反映现实、文学的真实性问题上做出思考。尽管1985年之后的文学批评在批评方法、批评观念的知识取向、话语资源上有了明显的变化和迁移，但1980年代初期的文学批评所带出的问题始终是主导新时期以来文学批评的关键问题，在批评的立场、方法和观念上，这一时期的文学批评无疑是极具示范意义的。而此一时期的现实主义文学批评一方面秉承了"五四"以来关注中国社会现实的批评立场，将文学批评的社会—历史维度引入文学作品与文学创作现象的解读与观察中；另一方

---

① 对现实主义的思考和阐释成为1980年代初期的一个集中话题，如刘建军《为什么必须重视现实主义传统》（原载《新文学论丛》1979年第1期）；如对何直《现实主义——广阔的道路》一文的肯定和评价，参见张维安《现实主义——艺术反映现实的客观法则——〈现实主义——广阔的道路〉一文的启示》（原载《十月》1980年第8期）。同时，围绕恩格斯《致玛·哈克奈斯》信中典型环境和典型人物关系的著名论述引发了"现实主义与世界观"的讨论，如李联明《试论现实主义的胜利》（原载《文艺理论研究》1980年第1期）、陈涌《现实主义问题》（原载《文艺报》1982年第12期）。在此基础上，又开始对"两结合"的创作方法展开讨论，参见吕林《关于"两结合"创作方法的科学性问题——兼论现实主义、浪漫主义的原则和特征》（原载《文学评论》1982年第4期）、邹平《现实主义精神和多样的创作方法》（原载《文学评论》1982年第5期）。上述文章均收入李庚、许觉民编《中国新文艺大系（1976—1982）理论一集》下卷，北京：中国文联出版公司，1988年。

面,恢复的现实主义文学批评也在内部发生了变化,这种变化体现在批评家们开始有意识地对文学与现实问题进行讨论,对现实主义文学批评展开了带有鲜明个人风格的批评实践。同时,一批马克思主义文艺理论的研究者也以对马克思主义文艺批评观念的系统研究和相关著作的译介编撰以及相关理论问题的思考等努力,为该时期的现实主义文学批评构筑了理论根基。如果说1980年代的文学批评已成为当代文学批评的"元问题",那么,从文学批评所秉持的价值体系来看,这一时期的文学批评一直在张扬人道主义、人性论,在此基础上建构起1980年代以倡导人的价值为核心的启蒙主义理念。

  时代环境的浸润对文学批评的影响是毋庸置疑的,尤其是对关注现实、聚焦热点的现实主义文学批评有着不容忽视的规范与训导意义。纵观"文革"结束至1980年代初期的文学批评,思想界关于真理标准的讨论和对人道主义的讨论不仅成为当时波及甚广的事件,也加快了文学批评向着现实主义突进的步伐。1978年5月10日《理论动态》刊出了《实践是检验真理的唯一标准》的文章,11日《光明日报》又以特约评论员的名义发表。同时,新华社随即发了通稿,《人民日报》12日全文转载。这篇文章的刊发和转载立即引起了思想界的极大反响,文学批评也呼应着当时文学创作表现出的时代要求,在文学与生活的关系、歌颂与暴露问题上做出了积极的讨论。1984年1月3日胡乔木在中央党校作题为"关于人道主义与异化问题"的讲话,《理论月刊》发表了讲话修订稿,《人民日报》1月27日转载全文,《红旗》第2期转载全文,对这一问题的讨论和思考不仅是对马克思主义学说认识的深化,也为1980年代初期的文艺批评提供了意识形态领域的理论资源。

  因而以1980年代初期现实主义文学批评的重建和恢复为例,梳理新时期文学批评在建立过程中所引发的批评模式、批评话语、批评姿态的转变,这不仅表征了当代文学批评在面临具体作家作品时的共性问题,也意味着要呈现该时期重要的文学批评家其批评实践在评价范式与审美标准中关注的共性问题。因此,导言中所提出的"现实主义"与"浪漫主义"在中国当代文学批评发展过程中的彼此消长具体到本章论述中尽管是以现实主义的恢复和重建为主,但郑伯农、程代熙对"现实主义"和"浪漫主义"的讨论,以及关于"两结合"和"写真实"等文艺现象的论争,无疑是将"现实主义"与"浪漫主义"做了更加细致的区分和阐释。总体而言,现实主义是一个政治文化概念,每个时期对现实主义的理解非常不同,对其阐释都有鲜明的意识形态性质,因而对现实主义理解的广度和深度往往也从不同层面介入到文化领导权建构中的意识形态领域的争夺和斗争。正如研究者所指出的,关于现实主义的论争尽管意识形态规训意味浓厚,但从中也不难发现中国的理论家与作家们仍在努力寻求更多的空间,显示了中国本土的倔强性和文学的肯定性。①

一 "拨乱反正"的批评家:冯牧、陈荒煤、张光年、周扬

这种"文学的肯定性"最初表现在拨乱反正的努力上。张光年写于1978年11月中旬的《驳"文艺黑线"论》发出了推倒"文艺黑线"论的先声,他以疾呼的话语方式恳切强调:"'四人帮'倒台两年多了,我们还要来谈论他们对文艺界的政治诬陷是否有理,这是令人痛心的。'文艺黑线'之类莫须有的罪名,不仅是精神枷锁,它首先是政治枷锁,至今还在很大程度上束缚着文学艺术的生产力。事关社会主义文学艺术的命运,我们不能长期保持沉默……文学艺术一定要站在这个思想斗争的前列,成为它的一个活跃的组成部分,用丰富多采的艺术形象,为社会生产力的彻底解放与迅速发展大喊大叫。"②对文学的肯定是仍然将文学艺术这样一种精神生产放在了意识形态规训之下,但打破文艺界坚冰的急切与迫切确乎代表了当时批评家们的心声。其次是对新中国成立以来文艺批评经验教训的总结以及新时期文艺发展格局的规划,如陈荒煤《关于总结三十年文艺工作的问题》、周扬《继往开来,繁荣社会主义新时期的文艺》、冯牧《对于文学创作的一个回顾和展

---

① 陈晓明:《现实主义理论在"当代"重新确立时的内在差异》,《广东外语外贸大学学报》2011年第1期。
② 张光年:《驳"文艺黑线"论》,《人民日报》1978年12月19日。

望——兼谈革命作家的庄严职责》①等。这些文章反思了以往文艺批评的问题,比如:"文艺批评往往简单粗暴,批判多,说理少,形成了一根根棍子……文艺批评不是评论创作、分析作品的思想性和艺术性,对作家进行全面的评价,对他的思想做正确的论断,而是以政治概念代替具体分析。"②重申要正确处理三个关系问题:"一个是文艺和政治的关系,其中包括党如何领导文艺工作的问题;一个是文艺和人民生活的关系,表现在艺术实践上,也就是文艺创作上的现实主义问题;一个是文艺上继承传统和革新的关系,也就是如何贯彻推陈出新、古为今用、洋为中用的方针的问题。这三个关系处理得正确与否,直接关系到社会主义文艺的成败兴衰。"③可以说,文艺与生活这一核心命题成为重建中的现实主义文学批评与文学创作一道率先展开对"文革"反思的基本出发点,主要表现在三个方面:

其一是对文艺与政治关系的理解,如陈荒煤《关于文艺与政治关系》④、周扬《关于政治和文艺的方向》⑤。其二是对文学与生活的关系、歌颂与暴露关系的思考,如荒煤《对当前文艺创作的几点意见》⑥、周扬《关于社会主义新时期的文学艺术问题——一九七八年十二月在广东省文学创作座谈会上的讲话》⑦。而最根本的探讨则还是集中在对"现实主义"的当代阐释这一问题上,周扬就曾这样谈道:"现在有人讲要恢复'五四'新文学的现实主义传统,要回到'五四',这给人一种印象,似乎只有'五四'时期的文学才是现实主义的,至于后来的什么左翼文学、革命文学,以至全国解放后产生的许多激动人心的革命的社会主义的作品,似乎都不是现实主义的,至少不是那么现实主义的,这

---

① 发表于《文艺报》1980年第1期。
② 陈荒煤:《关于总结三十年文艺工作的问题》,《文艺研究》1979年第3期。
③ 周扬:《继往开来,繁荣社会主义新时期的文艺——在中国文学艺术工作者第四次代表大会上的报告》,《文艺报》1979年第11—12期。
④ 发表于《园地》(广西大学)1980年第1期。
⑤ 发表于《人民日报》1981年3月25日。
⑥ 发表于《思想战线》1978年第4期。
⑦ 周扬:《关于社会主义新时期的文学艺术问题——一九七八年十二月在广东省文学创作座谈会上的讲话》,广州:广东人民出版社,1979年。

种说法是不恰当的。又有人称我国近三、四年来的一些揭露社会阴暗面的作品为'新现实主义',似乎不在此例的作品都不是现实主义或至多只能称之为'旧现实主义',这也是不恰当的。我们过去一些时候坚持现实主义的创作道路不够,林彪、'四人帮'横行时期,现实主义就完全被糟踏了,现在重新强调革命现实主义,这是十分必要的。但也不是简单回到过去,而是要在今天新的条件下,以新的精神来恢复和发展革命的现实主义。总之……我们今天要坚持现实主义的创作道路,要和时代相结合,要有社会主义时代的特征。"①这段论述是很有代表性的。现实主义在这里不仅是文艺创作手法或文学流派甚至文学传统的问题,它更被认为是伴随着意识形态领域方向而不断发展、偏离、修正或回归的要素,并不存在单一的现实主义含义。

其三是拨乱反正的批评家们以自己的批评实践、参与的批评话题对广泛引起讨论的文学现象积极介入,尤其是关于"伤痕文学"的论争和对那些表现历史创伤的文学作品的评价和阐释。正是因为他们对多篇伤痕文学代表作品的有力时评,才重新打开了中国现实主义文学的道路,文学正视历史、直面现实,文学批评在这一时期富有时代激情。例如陈荒煤《〈伤痕〉也触动了文艺创作的伤痕!》②《篇短意深,气象一新》③等文章,表示对当时"伤痕文学"创作的肯定与支持。张光年在中国作协四次代表大会上的报告概括了这一阶段的文学现状:"《班主任》、《伤痕》、《大墙下的红玉兰》等等一系列扣动群众心弦的带有浓重的悲壮色彩的作品接连出现,评论界和广大读者立即敏感地觉察到它们所蕴含的思想解放的意义,及时地、旗帜鲜明地给予了有力的支持。这些后来被称为'伤痕文学'的大批作品出现的时间,恰恰是在一九七八年下半年在全国范围内开展关于实践是检验真理的唯一标准问题的讨论和年底党的具有重大历史意义的十一届三中全会胜利召开的前后,这绝不是偶然的巧合,而是文学敏锐地感应着时代的节奏的表现。

---

① 周扬:《解放思想,真实地表现我们的时代——谈有关当前戏剧文学创作中的几个问题》,《文艺报》1981年第4期。
② 发表于《文汇报》1978年9月19日。
③ 发表于《收获》1979年第1期。

这些作品的出现,有如巨石投入深潭,立即打破了当时文学创作和文学评论带着锁链跳舞的过渡性局面,而使社会主义文艺的全局骤然生动起来,活跃起来。"①可以毫不夸张地说,1980年代初期的文学成为"人民情感的聚焦点、社会问题的聚散地、生活前进的推进器"②。据《文学争鸣档案:中国当代文学作品争鸣实录1949—1999》所辑短篇小说类编目,自1976年至1984年引起讨论和争鸣的作品就有《机电局长的一天》《爱情的位置》《伤痕》《失去了的爱情》《我应该怎么办?》《在小河那边》《重逢》《乔厂长上任记》《爱,是不能忘记的》《最后一幅肖像》《邢老汉和狗的故事》《春之声》《午餐半小时》《灵与肉》《受戒》《美的结构》《爬满青藤的木屋》等68部作品③,而当时的批评家几乎对这些作品都予以关注和评价甚至争论研讨。因而,这一时期文学批评的功能一方面是总结和反思文学批评中曾有的经验和教训,及时调整批评的现实主义立场和聚焦时代精神的方向;另一方面则是对文学创作的若干实绩进行关注和评价,冯牧、荒煤、张光年、周扬是这一阶段的文学批评家中最有代表性的,他们是为文学、为文学批评拨乱反正的批评家。

"窄的门"和"宽广的路"这不仅是冯牧在《文学十年风雨路·代序》中表达的从事与文学相关工作的体会,更可以看成他以回顾个人文学道路的方式发出的对文学与现实、文学与生活之间紧密相连、互为依存关系的一种诗意解读。"真正使我下决心和勇气跨进文学的那座'窄的门'的,却不是读书,而是生活"④,这位如此看重文学拥抱生活、文学批评与时代同行的"远不能被看作是一个可以自诩为'一贯正确'的合格的文艺批评家"⑤,以其理论素养、艺术素养和生活积累充实了1980年代的文学批评。1976年以后冯牧的批评实践是对"八十年代文

---

① 张光年:《新时期社会主义文学在阔步前进——在中国作家协会第四次会员代表大会上的报告》,《人民文学》1985年第1期。
② 崔志远:《现实主义的当代中国命运》,北京:人民文学出版社,2005年,第320页。
③ 参见张学正等编《文学争鸣档案:中国当代文学作品争鸣实录1949—1999》,天津:南开大学出版社,2002年,第162—252页。
④ 冯牧:《文学十年风雨路》,北京:作家出版社,1989年,第4页。
⑤ 冯牧:《冯牧文学评论选》,长沙:湖南人民出版社,1983年,第3页。

第五章 恢复的现实主义文学批评

学发展动态的宏观研究和探讨为主,比较注重对文学创作现象和规律的理论概括与总结",同时"他的文学批评比较严谨地遵循了社会主义现实主义的文学原则和党性要求,具有极其鲜明的时代特征"[1]。在现实主义和党性要求的规范下对新时期初期文学态势的关注和新人新作的评论阐发是他文学批评的出发点,具体可以分为两个时段:第一时段是1976—1981年的文学批评活动,除前面提到的《对于文学创作的一个回顾和展望——兼谈革命作家的庄严职责》外,这一时段较有代表性的批评文章是《短篇小说——文学创作的突击队》[2]《关于近年来文学创作的主流及其他——在一九七九年获奖短篇小说座谈会上的发言》[3]《在社会主义的方向下》[4]《关于文学的创新问题》[5]。第二时段是1982年之后的文学批评活动,这也是冯牧新时期文学批评的收获期和提出重要问题的时期,有两大主题值得注意。一是对文学批评的理解与阐发,如《谈加强和改进当前文艺评论问题》[6]《关于创作自由和评论自由》[7],并主持编辑《中国当代文学评论丛书》。二是对现实主义是否过时这一说法的迫切思考,这几乎贯穿在1982—1986年其整个批评实践中,并就"现实主义与现代主义""文学的形式化""深入生活"等具体命题撰写了《文学要和生活一同前进》[8]《投身到伟大变革的生活激流中去》[9]《从〈迷人的海〉谈提高精神产品的质量问题》[10]《面对现实的召唤》[11]《对当前文学创作的期望和展望》[12]《作家的社会责任与作品的社会效益》[13]等极具时代感与尖锐性的批评文章。他谈道:"我对于有

---

[1] 吴三元、季桂起:《中国当代文学批评概观》,北京:知识出版社,1994年,第290页。
[2] 发表于《人民文学》1979年第4期。
[3] 收入冯牧《冯牧文学评论选》,第106—129页。
[4] 同上书,第151—181页。
[5] 发表于《文艺研究》1980年第6期。
[6] 发表于《文艺研究》1982年第5期。
[7] 发表于《文艺报》1985年第3期。
[8] 发表于《文艺报》1983年第1期。
[9] 发表于《文艺报》1984年第6期。
[10] 收入冯牧《文学十年风雨路》,第311—318页。
[11] 同上书,第74—77页。
[12] 发表于《当代文艺思潮》1984年第5期。
[13] 发表于《前线》1986年第3期。

些中青年作家的才华是非常赞赏的……但是,我多少有些忧虑地看到,在他们当中的某些人的作品开始出现了捉襟见肘的征象。有些人现在的一些作品,虽然在艺术技巧上有所提高,文字水平也在逐步成熟,但是生活的浓度和热情淡薄了……作为一种创作方法或技巧,现实主义要随着生活的不断发展而不断丰富和发展。但是,决定文学创作的根本条件,还是我们时代不断变革着的现实生活。一个优秀作家,如果脱离了当前的现实生活,不使自己的思想和行动跟社会生活的运动和发展密切联系起来,是不能前进的,也是难于真正提高的。"①这样掷地有声、言辞恳切而又有文学忧患意识的判断今天来看仍不失发人警醒之意。当然,这两个时段冯牧更是以现实主义立场关注和评论新人新作,写了诸如《作黄金和火种的探求者——序〈刘心武短篇小说选〉》②《最瑰丽的和最宝贵的——读中篇小说〈高山下的花环〉》③《邓刚和他的〈阵痛〉》④《在没有花环的高山下——读中篇小说〈山中,那十九座坟茔〉》⑤等满怀时代热情、为文学佳作与文学新人鼓与呼的评论篇章。

1978年发表于《人民文学》第3期的回忆性散文《永恒的纪念——回忆敬爱的周总理片段之一》是批评家陈荒煤"文革"结束后重新回到文学创作与文学批评领域的标志。正如他在《回顾与探索·后记》中所言:"回顾过去,企图总结一点社会主义文学事业建设与发展过程中的某些历史经验和教训;面对现实,热情支持新生力量,积极探索一点新问题,为社会主义新时期文学事业的蓬勃发展而推波助澜。"⑥以认真、不回避问题的诚恳态度回顾"文革"前文学与文学批评所经历的曲折、磨难,并为新时期文学发展提供反思与警示意义,这是该阶段陈荒煤文学活动的核心内容。除前面提到的《关于文艺与政治关系》《对当

---

① 冯牧:《我们的文学向何处前进》,见冯牧:《文学十年风雨路》,第55—57页。
② 发表于《文艺报》1980年第3期。
③ 发表于《十月》1982年第6期。
④ 发表于《小说选刊》1983年第9期。
⑤ 发表于《人民日报》1984年12月17日。
⑥ 陈荒煤:《回顾与探索》,北京:中国社会科学出版社,1982年,第405页。

前文艺创作的几点意见》《关于总结三十年文艺工作的问题》,还包括《关于"两个口号"的论争问题》①《在文艺和政治关系上的历史教训》②等。这些文章立足于文学面向生活、深入生活这一基本观点,强调文学创作的多样性,他说:"文艺上要真正贯彻百花齐放、百家争鸣的方针,关键在于题材多样化。题材不能多样化,就不可能出现风格、样式的多样化。而要达到题材多样化,最好是作家写他所熟悉的生活。"③也正是基于这样的批评观念,陈荒煤在及时关注新时期文学创作和评论新时期初期涌现的重要作家作品的风潮中应是表现最为突出的批评家之一,如对"伤痕"文学的大胆肯定、对《于无声处》《报春花》的及时关注和对蒋子龙小说的中肯评价,这些文章看似简短却以对时代潮流的敏锐感受和文学环境的宏观把握见长,但也没有忽略文学作品的艺术感染力和审美价值,这是和他小说、散文等创作经验分不开的。而最能体现陈荒煤批评实践全貌的则是对电影这一领域的持续关注和对剧本、话剧等艺术样式发展形态的不断跟进,他不仅撰写了大量评论,还主编《中国新文艺大系(1976—1982)电影集》④。本着"使人吸取点历史教训"⑤的历史意识,他从电影的题材问题、农村题材电影创作、电影与文学的关系角度阐发了不同艺术领域在表现时代精神与繁荣社会主义文艺事业上面临的共同问题,尤其是对作为影片基础的剧本创作这一艺术阶段的重视,认为不能"把电影剧本当作一种'匠艺式的写作'"⑥。在《理解作家、人民和时代——对当代文学研究、评论工作的一个期望》中陈荒煤谈道:"无论是过去,还是现在,还是未来,文学是一面镜子。历史毕竟要随着岁月蹉跎而日渐消逝,历史留给我们心灵上的欢乐和悲伤的烙印也总会逐渐淡漠下去,未来的光阴将把过去的阴影扫

---

① 发表于《文学评论》1978 年第 5 期。
② 发表于《文艺理论研究》1981 年第 1 期。
③ 陈荒煤:《漫谈"写作家熟悉的"和百花齐放》,《当代》1979 年第 2 期。
④ 陈荒煤主编:《中国新文艺大系(1976—1982)电影集》,北京:中国文联出版公司,1987 年。
⑤ 严平编:《荒煤散文选集》,天津:百花文艺出版社,2009 年,第 16 页。
⑥ 岩冰:《荒煤与电影》,见严平编《荒煤研究资料》,北京:知识产权出版社,2009 年,第 49 页。

除……也可能有些人对我们的历史发生惊奇、猜疑、不理解,甚至轻视和嘲笑……然而历史终究是历史,历史是最无情的,它终究要通过种种渠道、途径留下痕迹和不可磨灭的烙印。其中一个重要的方面是文学作品留下来的真实而生动的记载……它是一面不能泯灭的历史真相的镜子。"①也许正是由于批评家借着作家历史责任的表述带出了"历史中间物"的感受,因而有研究者认为:"在支持'伤痕文学'的兴起方面,荒煤是个促进派。可在电影观念上,80年代的荒煤仍是强调电影文学性的传统派。他的电影评论缺乏严密的思辨色彩,论述常常缺乏系统性。这是传统电影理论家的一贯倾向,无论是在50年代还是在80年代,荒煤对此均没有作出更大的超越。"②

从"风雨文谈"③到"惜春文谈"④,与其说这是张光年⑤在新时期出版的两部文学评论与文章合集的书名,毋宁说这是他从"一场文艺界整风运动的急风骤雨,紧接着是历时十年的全民族的腥风血雨"的"忧患之际""何暇谈文"⑥向"起死回生、青春焕发"的新时期"文学的春天"⑦的纵身跃入,正是有了历经文坛风雨后的沉重与感慨丛生,张光年新时期的文学批评实践才进入痛定思痛后思想渐趋解放、对曾有的

---

① 陈荒煤:《理解作家、人民和时代——对当代文学研究、评论工作的一个期望》,《文学评论》1981年第1期。
② 古远清:《中国当代文学理论批评史(1949—1989 大陆部分)》,济南:山东文艺出版社,2005年,第437页。
③ 上海文艺出版社1982年出版了张光年文学评论与文章合集《风雨文谈》。据作者在该书序言中所记,这本书出版的初衷是1964年应人民文学出版社约请,将1958—1963年间撰写和发表的关于文艺创作的文章编成一个集子,《风雨文谈》是这本1964年编就但因"文革"未能出版的论文集的书名。"文革"结束后在侥幸找到的原有清样的基础上增加了中国戏剧出版社1957年12月出版的张光年《戏剧的现实主义问题》论文集中的部分文章。详见张光年:《风雨文谈·序言》,上海:上海文艺出版社,1982年,第3—4页。
④ "惜春文谈"是张光年文学评论和文章合集的书名,由上海文艺出版社1993年10月出版,主要收入了作者1970年代末至1980年代中后期撰写和发表的文学评论、论文、讲话、回忆性散文等。
⑤ 张光年(1913—2002),笔名光未然,湖北光化人。早年从事戏剧和文化活动。1939年率抗敌演剧队第三队赴延安,创作著名组诗《黄河大合唱》。1949年后历任中央戏剧学院教育长兼创作室主任,著有《戏剧的现实主义问题:戏剧论文集》《风雨文谈》《惜春文谈》《向阳日记:诗人干校蒙难纪实》等。出版有《张光年文集》(五卷本)。
⑥ 张光年:《风雨文谈·序言》,第3页。
⑦ 张光年:《惜春文谈·序言》,上海:上海文艺出版社,1993年,第1页。

第五章　恢复的现实主义文学批评

教条主义批判思维进行着力反思的阶段。不论是以《驳"文艺黑线"论》为文艺界揭开平反冤假错案的勇气，还是在《苦恋》事件中对极"左"做法的抵制；不论是较早对"文革"结束后诗歌问题进行关注，如《从诗歌问题说开去——在〈诗刊〉诗歌创作座谈会上的发言》①，还是对新时期小说创作的题材问题、文学创作自由等问题的思考，如《短篇小说的大丰收——1980年全国优秀短篇小说评选发奖大会开幕词》②《主要问题是创造典型人物》③等，都表征着这位批评家对现实主义文学批评立场的曲折坚持过程。题材问题是当代文学创作领域十分重要的一个时代命题，无论是"重大题材"的提法，还是工业题材、农业题材、革命历史题材的分类等，都说明了当代文学创作与时代环境、社会主义国家建设这一最大现实的密切关联。而"题材问题"也是张光年文学批评实践中持续思考和关注着的命题，如1960年代初期他就针对这一问题发表了《题材问题》④一文，文章开宗明义地谈道："社会主义方向下的百花齐放，要求创作的题材、体裁、风格的多样化。要完满地回答这个要求，就要正确地对待题材问题。题材的多样化，大有助于体裁、风格的多样化；而题材问题上的清规戒律，不但限制了体裁、风格的多样发展，对文艺创作的全面繁荣也会带来不利的影响。那是同百花齐放的要求相抵触的。"⑤这篇文章不仅从艺术创作规律角度谈到了文学艺术领域题材选择、多样化把握问题，更从如何理解文艺与政治关系的角度认为："政治的领域是十分广阔的，文艺为政治服务，也应当通过十分广阔的途径。路子走窄了，这首先不利于政治。"⑥可以说这样

---

① 收入张光年《惜春文谈》，第10—18页。文末标注时间为1979年1月21日，该文所谈"关于解放思想问题""真话与假话、歌颂与暴露的问题"值得注意。
② 发表于《人民日报》1981年6月10日。
③ 该文是张光年在1982年12月18日首届"茅盾文学奖"授奖大会期间举行的长篇小说座谈会上的发言，后依据此发言记录整理改定，发表于《文艺理论研究》1993年第2期。
④ 该文发表于《文艺报》1961年第3期。据作者《风雨文谈·序言》所记：这篇文章同《共工不死》及其他等篇目在"文革"期间引来不少麻烦，"甚至写进了一九七五年中央专案组为我做出的政治结论中，作为'犯有严重路线错误''推行反革命修正主义路线'的铁证"。详见张光年《风雨文谈·序言》，第4页。《共工不死》及其他，发表于《文艺报》1962年第7期。
⑤ 张光年：《风雨文谈》，第220页。
⑥ 同上书，第229页。

的见地在当时和今天看来都是值得注意的。"文革"结束后,张光年仍然将题材问题作为他文艺思考的主要聚焦点,在《漫谈革命历史题材的创作——1986年"五一"节在井冈山文联座谈会上的谈话》中就革命历史题材创作问题提出如下看法:"它(指革命历史题材的创作)不应该以堆砌史料、敷演史论取胜,而应该以创造活生生的革命历史人物来吸引读者。在这样的人物中,凝结着作者独特、警辟的史识,灌注着作者览史阅世而生的感慨和激情","描写历史上的革命英雄人物,不必避免革命浪漫主义色彩,因为生活本身就是惊心动魄、可歌可泣的","革命历史题材的创作,要摆脱借古喻今、影射当前的简单化的老套套,历史影射的廉价效果不足取"①,今天再看这些文字仍有警示当下的意义,对题材问题的深入思考成为这位批评家理解现实主义的独特视角。

"晚年周扬"不仅可以看作这一极具争议性的人物在其人生长河与历史链条中留下的独特剪影,也应该是最能体现这位对其评价及阐释都极具难度与复杂性的批评家在新时期文艺活动与批评言论的一个截面与镜像。正如于光远为顾骧《晚年周扬》一书撰写的序中所言:"经过这场'史无前例的无产阶级文化大革命',对当代中国政治、对马克思主义的真谛的认识有了极大的提高,有的人甚至发生带根本性的转变。周扬就是'甚至'中的一个……假如可以说有前后两个周扬的话……这本书中写的,就是'文革'后的那个周扬。"②纵观这一阶段周扬的主要批评实践,包含如下层面:首先是对人道主义和异化等理论问题的关注,如《关于真理标准问题的讨论》③《三次伟大的思想解放运动——在中国社会科学院召开的纪念"五四"运动六十周年学术讨论会上的报告》④《关于马克思主义的几个理论问题的探讨》⑤。其次是对社会主义新时期文艺问题的探讨,如歌颂和暴露的问题、社会主义文

---

① 该文收入张光年《惜春文谈》,第136—138页。
② 于光远《晚年周扬·序》,见顾骧《晚年周扬》,上海:文汇出版社,2003年,第1—2页。
③ 该文是周扬1978年7月24日在理论与实践问题讨论会闭幕会上的讲话,原载《哲学研究》编辑部编:《实践是检验真理的唯一标准问题讨论集(第一集)》,北京:中国社会科学出版社,1979年,第85—95页。
④ 发表于《人民日报》1979年5月7日。
⑤ 发表于《人民日报》1983年3月16日。

学和它的同盟军、艺术形式和风格问题、学术上自由讨论的问题,集中在其《关于社会主义新时期的文学艺术问题》这一长篇讲话中。如果说"历史感是周扬理论活动的基本特点,也常常是他理论活动深刻之处"①,那么,周扬新时期文艺批评实践"历史感"的彰显也经历了一个逐渐明朗与清晰的过程。实际上早在 1981 年的一次未公开发表的谈话稿中,周扬就试图对文艺和政治的关系在不同层面的内涵做出重新思考,认为:"文艺和政治有密切关系,但'文艺从属于政治'的提法容易把文艺简单纳入经常变化的政治和政策框子。在文艺和政治关系上表现一种狭隘的功利主义和实用主义的倾向,可能导致对文艺的粗暴干涉。"②这一看法的确对文艺与政治关系问题做出了大胆探索与思考,在这一篇并未公开发表的谈话稿中周扬对文艺战线指导思想上"左"的表现做了全面反省,尽管有些问题还没有更为深入的展开,但它为其后的对人性、人道主义、异化问题的讨论提示了重要的参考价值,尤其是 1983 年以后他的文章与言论都可以从这篇谈话稿中寻到端倪,但这篇未刊稿的不了了之似乎也让我们预见到这种理论探索的不易与多重意味。《关于马克思主义的几个理论问题的探讨》是新时期周扬文艺思想与批评活动的代表性文章,虽然有集体写作的因素渗入其中,但该文基本上可以作为周扬晚年最为重要的言论集合来看待,其中最有"新意"的思考即是对人道主义与异化问题的看法。他认为:"在马克思主义中,人占有重要地位。马克思主义是关心人,重视人的,是主张解放全人类的。当然,马克思主义讲的人是社会的人、现实的人、实践的人……从而既克服了费尔巴哈的直观的唯物主义,并把它改造成实践的唯物主义;又克服了费尔巴哈的以抽象的人性论为基础的人道主义,并把它改造成为以历史唯物主义为基础的现实的人道主义,或无产阶级的人道主义。在这一转变过程中,'异化'概念的改造

---

① 顾骧:《晚年周扬》,第 37 页。
② 周扬:《文艺界党员领导骨干学习讨论会小结》,该文 1981 年 7 月定稿,收入顾骧《晚年周扬》,第 145—169 页,引文见该书第 158 页。另据该书作者顾骧注:"首都文艺界党员领导骨干会议,因后来召开的全国思想战线问题座谈会而打断,不了了之。这个总结报告未在会上宣讲,也未公开发表。"见该书第 169 页。

起了关键的作用。"①又认为:"所谓'异化',就是主体在发展的过程中,由于自己的活动而产生出自己的对立面,然后这个对立面又作为一种外在的、异己的力量而转过来反对或支配主体本身。'异化'是一个辩证的概念,不是唯心的概念。唯心主义者可以用它,唯物主义者也可以用它。黑格尔说的'异化',是指理念或精神的异化。费尔巴哈说的'异化',是指抽象的人性的异化。马克思讲的'异化',是现实的人的异化,主要是劳动的异化……马克思和恩格斯理想中的人类解放,不仅是从剥削制度(剥削是异化的重要形式,但不是唯一形式)下解放,而且是从一切异化形式的束缚下的解放,即全面的解放。"②虽然从某种意义上而言因周扬这样的批评家文艺活动频繁,所以在将其对文艺理论和批评问题的讲话作为资料引入研究时不能不考虑到这些讲话大多姿态性明显,但这也恰恰反映了周扬这样的批评家批评实践的特点,姿态性不仅仅是对意识形态的应对方式,同时也包含了对"历史经验的重视"③和在一定的范围内尝试扩展这种历史经验边界的努力。

二 "保卫马克思"阵营:林默涵、郑伯农、程代熙、陆梅林、陈涌

1980年代初期马克思主义理论著作的出版、编译、再版是值得注意的思想界状况,这个时期马克思主义的当代化和中国化是以对《1844年经济学哲学手稿》的重新阐释而展开的。《1844年经济学哲学手稿》1932年第一次公开发表,问世之日起便引发了西方社会关于异化问题经久不衰的讨论,影响较大的有法兰克福学派马尔库塞的总体异化论、萨特的存在主义异化论及西方马克思主义学派关于发达资本主义社会中异化现象的理论溯源等。1956年中国人民大学何思敬教授第一次将此书翻译出版,但这一中文译本当时并未引起广泛注意。

---

① 周扬:《关于马克思主义的几个理论问题的探讨》,《人民日报》1983年3月16日。
② 同上。
③ 顾骧:《兰叶春葳蕤——读周扬同志近两年来的文艺评论》,《人民日报》1985年1月29日、《文汇月刊》1985年第1期。

第五章　恢复的现实主义文学批评

1979年6月由人民出版社出版的刘丕坤翻译的马克思《1844年经济学哲学手稿》标志着新时期知识界对马克思这一经典文献解读与阐释的开始①。广义而言对手稿的解读集中在三方面：一是对马恩关于人的问题经典学说的编校成集，较重要的有《马克思主义文艺理论研究》编辑部编《马克思恩格斯论人性和人道主义》②；二是对当时国内思想界就该问题探讨情况的汇编，如人民出版社编辑部编《人是马克思主义的出发点——人性、人道主义问题论集》③《关于人的学说的哲学探讨》④等；三是从具体文本分析与文献实证、比较角度研读马克思早期理论著作，尤以《1844年经济学哲学手稿》为着力点，较有代表性的是复旦大学哲学系现代西方哲学研究室编译《西方学者论〈1844年经济学哲学手稿〉》⑤。

在此背景下，"对马克思主义文论寻求'当代形态'的问题"⑥在中国当代文论建设与新时期文学批评中仍是重要命题，这也使中国的马克思主义文学批评具有新的面貌。一方面是对马克思主义文艺理论的系统研究和相关著作的译介、编撰，一方面则是对具体论题的探讨与争论。包含以下层面：其一是对马克思主义发展史上曾有过巨大争论问题的思考，如对反映论的认识，代表性文章有郑伯农《关于"文艺观念"的几个问题》⑦、程代熙《再评刘再复的"文学主体性"理论——关于反

---

① 对《1844年经济学哲学手稿》的研究一直贯穿新时期以来的马克思主义美学研究界，较有影响的如朱立元《历史与美学之谜的求解——论马克思〈1844年经济学哲学手稿〉与美学问题》(上海：学林出版社，1992年)、夏之放《异化的扬弃——〈1844年经济学哲学手稿〉的当代阐释》(广州：花城出版社，2000年)、周维山《美学传统的形成与突破——〈1844年经济学哲学手稿〉与中国当代马克思主义美学》(北京：中国社会科学出版社，2011年)。
② 北京：光明日报出版社，1982年。
③ 北京：人民出版社，1981年。
④ 北京：人民出版社，1982年。
⑤ 上海：复旦大学出版社，1983年。
⑥ 古远清：《中国当代文学理论批评史（1949—1989大陆部分）》，济南：山东文艺出版社，2005年，第19页。
⑦ 该文辑入中国艺术研究院外国文艺研究所《马克思主义文艺理论研究》编辑部编《马克思主义文艺理论研究 第7卷》，北京：文化艺术出版社，1986年，第7—40页。需要特别说明的是，《马克思主义文艺理论研究》是不定期出版的学术论丛，自1982年6月至1989年11月共出版12卷。论丛各卷内容涉及马克思主义文艺理论经典文献翻译、研究论文和参考资料，争鸣色彩浓厚，带有明显的摆脱"纯理论"研究的倾向。

映论问题》①。其二是关于马克思主义文艺理论体系构成的探察,如陆梅林《体系和精神——马克思恩格斯文艺思想初探》②,尤其注意阐释马克思文艺理论体系中现实主义文艺创作论的本质内涵和不断发展性;其三是关于文艺意识形态性质的论述,如陆梅林《何谓意识形态——艺术意识形态论一》③等。同样,伴随着《马克思主义与文艺》④《马克思主义与文学批评》⑤等阐述马克思主义文艺理论与文艺批评的著作再版、翻译,马克思主义文艺批评相关理论问题的论争成为新时期文学批评与文艺思潮的一个重镇,其中最为重要的也是引起广泛讨论的问题有两方面:一者是关于现实主义和浪漫主义的看法;二者是人性、人道主义的讨论由思想界向文学批评领域的延伸,即文学与人性、人道主义的关系。前者如郑伯农《也谈"写真实"这个口号》⑥、陈涌《文艺的真实性和倾向性》⑦、郑伯农《关于创作方法的几个问题——兼与何满子同志商榷》⑧、程代熙《一篇迟发的稿件——答徐俊西同志》⑨等文章;后者如陆梅林《必然与空想——再谈马克思主义与人道主义关系问题》⑩、郑伯农《人道、异化和创作思想》⑪等文章,从这些文章所呈现的观点可以明显看到捍卫马克思主义经典学说的倾向与努力。但同时以林默涵、郑伯农、程代熙、陆梅林为代表的作为新时期保卫马克思阵营的批评家们,对文艺创作中表现出的现代主义因素,在理论阐释上则显现出一定的排拒性,尽管他们也认为现实主义不能有排他性,至少不能放逐浪漫主义,但从这些批评家的理论姿态与批评立场来看,他们

---

① 《马克思主义文艺理论研究》第9卷,北京:文化艺术出版社,1987年,第24—40页。
② 《马克思主义文艺理论研究》第1卷,北京:文化艺术出版社,1982年,第118—149页。
③ 发表于《文艺研究》1990年第2期。
④ 周扬编:《马克思主义与文艺》,北京:作家出版社,1984年。该书1944年5月由解放社出版,后多次重印。
⑤ 〔英〕特里·伊格尔顿:《马克思主义与文学批评》,文宝译,北京:人民文学出版社,1980年。
⑥ 发表于《人民日报》1980年10月8日。
⑦ 发表于《电影艺术》1980年第10期。
⑧ 发表于《文汇报》1983年5月24日。
⑨ 发表于《上海文学》1984年第4期。
⑩ 发表于《文艺研究》1984年第3期。
⑪ 发表于《文艺研究》1984年第3期。

第五章　恢复的现实主义文学批评

更担心的是现代主义对于现实主义的破坏,着眼于现代主义理论与现实主义理论的冲突和矛盾,从而有着理论的紧张与焦虑。捍卫马克思阵营的批评家们这种理论阐释能力的紧张与面对现实问题的焦虑主要表现在对新潮文论与现代主义创作倾向的单一化甚至绝对化的理解,如林默涵《关于文艺战线反对精神污染问题》①《清除精神污染与繁荣社会主义文艺》②《坚决而持久地反对资产阶级自由化》③中将学术问题与政治问题的混淆;如程代熙《评〈新的美学原则在崛起〉》④、郑伯农《在"崛起"的声浪面前——对一种文艺思潮的剖析》⑤中对新诗潮的批评,这些批评实践都表现出了"保卫马克思"这一批评视野的内在矛盾性。正如法国著名的马克思主义哲学家阿尔都塞在其《保卫马克思》中所言:"人们从教条主义那里解放出来的东西,无论如何只能是业已存在的东西……我们在教条主义的黑夜中苦于解决不了的种种理论困难并不完全是人为的困难,它们的产生在很大程度上也是由于马克思主义哲学还处于不完善状态。甚至可以说,在那些我们曾经忍受过或者维护过的千篇一律和滑稽可笑的形式中……有些东西的确是属于没有得到解决的问题,虽然它们以荒唐的和盲目的形式存在着……总之,如果我们要为马克思主义哲学提供更多的存在理由和理论根据,我们今天的使命和任务就是公开提出这些问题,并努力去解决这些问题。"⑥

对新时期文学方向性的关注是林默涵⑦在 1980 年代初期文学批

---

① 该文系作者 1983 年 11 月 19 日在全国文化厅(局)长会议上的讲话,讲话摘要《谈文艺战线清除精神污染问题——在全国文化厅(局)长会议上的讲话》发表于《文学报》1983 年第 15 期,讲话全文收入林默涵《林默涵劫后文集》,北京:文化艺术出版社,1987 年,第 423—447 页。
② 发表于《红旗》1983 年第 24 期。
③ 发表于《新华月报》1987 年第 4 期。
④ 发表于《诗刊》1981 年第 4 期。
⑤ 发表于《诗刊》1983 年第 12 期。
⑥ 〔法〕路易·阿尔都塞:《保卫马克思》,顾良译,北京:商务印书馆,1984 年,第 11—12 页。
⑦ 林默涵(1913—2008),福建武平人。1928 年入延安马列学院学习。曾任延安《中国文化》《解放日报》、重庆《新华日报》《群众周刊》编辑,中共香港工委报纸委员会书记。新中国成立后历任政务院文教委员会办公厅副主任,中共中央宣传部文艺处处长、副部长,文化部副部长,中国作家协会理事,中国文联副主席。著有《更高地举起毛泽东文艺思想旗帜》《林默涵劫后文集》《心言散集》,杂文集《狮和龙》《浪花》,主编《中国解放区文学书系》等。

评领域的主要批评实践。他在这个时期的很多批评文章都写得锋芒毕露,表现了这位批评家相对正统的文学趣味,以及坚持文学反映生活并影响生活的社会功用观念。他在《文学仅仅是一面镜子吗?》一文中就针对"作家的责任是反映真实,至于作品的效果如何,作家可以不管"这一当时颇流行的议论谈道:"把文学看成只是一面冷漠的单纯的镜子,显然是片面的。两者的不同之处,在于文学通过反映生活还要影响生活,甚至指导生活。所以,作家的任务远远超出于照相师,他不能不考虑自己作品的社会效果。当然,一个好的照相师也要考虑自己的镜头摆向何方。"①在《文艺的歌颂与暴露》一文中则站在泾渭分明的立场认为:"如果我们的作家采取资产阶级现实主义的观点和方法来看待和描写社会主义社会的现实,那就有意无意地会成为资产阶级所求之不得的同盟军……几年来描写和揭露阴暗面的作品,已经发表不少,其中有些是作者站在正确立场来揭露,并且符合生活实际的,产生了较好的效果;有些却是用随意编造的耸人听闻的离奇情节,卖弄感情的廉价眼泪,来吸引那些缺乏经验的青少年,起了腐蚀他们的稚嫩心灵的消极作用。"②从这些文章所表露出的文艺批评观念来看,林默涵看待文学创作与文艺现象时所采取的观察角度是基于传统马克思主义文艺理论中对文学社会性效果的重视,或者说"当用来作为揭示一件艺术作品的潜在的社会和意识含义的手段时,马克思主义总是有它的优越性"③。而《文艺与党的关系及其他》④《分歧在哪里?》《毛泽东文艺思想引导我们继续前进》⑤这些文章更以列宁《党的组织和党的出版物》

---

① 林默涵:《文学仅仅是一面镜子吗?》,《光明日报》1985年10月17日。
② 林默涵:《文艺的歌颂与暴露》,《林默涵劫后文集》,第210页。
③ 〔美〕雷纳·韦勒克:《20世纪西方文学批评》,刘让言译,广州:花城出版社,1989年,第10页。
④ 该文第三部分是作者1981年4月在中共中央宣传部召开的文艺干部学习会上的部分发言,第一、二部分是作者1981年8月24日首都部分文艺家座谈会上的发言,收入林默涵《林默涵劫后文集》,第225—233页。该文第三部分"关于《苦恋》"针对白桦的电影剧本《苦恋》提出了若干否定意见。
⑤ 发表于《人民日报》1983年12月26日。

第五章 恢复的现实主义文学批评

所阐述的"党性是我们的文学艺术的灵魂"①作为看待文艺特性的基本视点,进一步阐发了文艺与政治的关系,并对毛泽东《在延安文艺座谈会上的讲话》以及毛泽东文艺思想进行了应有的思考和理论价值的捍卫,并坚定地认为:"否定毛泽东文艺思想,也就否定了在毛泽东文艺思想哺育下成长起来的一批作家和他们的作品,有些人想用他们那种描写狭小心灵的所谓'自我表现'的作品,来抹煞反映了伟大时代、伟大人民的作品,那只足以表明他们的狂妄和无知,历史将证明他们是错误的。"②正是源于"凭心而言,不遵矩矱"的不含糊其词、不模棱两可的批评态度,因此林默涵的很多批评文章都采用了反问式的标题和类似杂文式的语言表述方式,比如《愚者之虑》③《可以置身事外吗?》④《战士与苍蝇》⑤都从文风上体现了这位批评家在经历"文革"浩劫后的思与"失"。有论者认为:"他在新时期的理论活动充其量不过是回归到1950年代的出发地,以致过多地重复那个年代的自我。这种滞重的跋涉使其无法适应主义批评的式微及由此带来的文学多元化的局面,很快失去影响力与号召力,而走向边缘化"⑥,以林默涵1980年代文学批评所代表的主义批评是否边缘化,这是尚可讨论的判断,但是"捍卫者"姿态所暗含的沉重历史因袭也恰恰体现着马克思主义文学批评中批评家的个体性与模式化、检视作品视点的艺术性与既定观念性方面的强烈矛盾与冲突。

从现实主义发展历史的角度梳理现实主义在当代中国文艺中的脉络走向,这是郑伯农⑦走向1980年代文学批评的理论依据,其《现

---

① 林默涵在《文艺报》1955年第21期曾发表《党性是我们的文学艺术的灵魂——纪念列宁的"党的组织和党的文学"发表五十年》的文章。
② 林默涵:《分歧在哪里?》,辑入全国毛泽东文艺思想研究会编《毛泽东文艺思想研究1》,1982年,第4—15页。引文见第15页。
③ 收入林默涵《林默涵劫后文集》,第162—165页。
④ 同上书,第512—513页。
⑤ 发表于《青海湖》1986年第3期。
⑥ 古远清:《中国当代文学理论批评史(1949—1989大陆部分)》,济南:山东文艺出版社,2005年,第431页。
⑦ 郑伯农(1937—),福建长乐人。1962年毕业于中央音乐学院。历任中央音乐学院教师,文化部政策研究室干部,中国文联研究室理论组组长,《文艺理论与批评》常务副主编,中国作家协会党组成员,《文艺报》总编。1958年开始发表作品。1979年加入中国作家协会。著有《在文艺论争中》《艺海听潮》《青史凭谁定是非》,诗词自选集《京华吟草》等。

实主义——曲折的道路》一文堪为代表。该文从文艺创作方法问题自新中国成立以来发生的几次大的争论谈起,梳理了胡风文艺思想批判、"写真实"和"现实主义广阔道路""现实主义的深化"争论中现实主义的沉浮,即"建国初期,唯心主义文艺观是巨大的干扰;五十年代后期,艺术教条主义则成了主要障碍;'文化大革命'中……艺术教条主义加以恶性发展,就形成了一套系统完备的艺术上的唯意志论"①。经由对现实主义发展过程及其当代境遇的梳理,他进一步谈到了两大问题,首先是对在现实主义理解和认识范畴中曾普遍存在的那种——只强调本质而抛开细节、只强调概括一般而抛开描写个别,甚至是削"文"适"论"的——"本质论"规范的质疑,认为:"'本质论'给文艺创作制订了框框,设置了禁区,也给打棍子、扣帽子提供了最方便的理论根据。按照'本质论',在英雄人物身上,优点是本质的,缺点是非本质的,因此只能写优点,不能写缺点。在社会主义社会里,光明面是本质的,阴暗面是非本质的,因此只能写光明面,不能写阴暗面",而这样的文艺"只能把生活简单化","使得一些文艺和现实的距离越来越远"。②循此思考,他更加关注新的文艺创作现象的出现和对其如何评价与接受的问题,其《心理描写和意识流的引进》应是同时期批评家们较早注意到当时文学创作中出现的新要素的文章,这篇文章也从作品分析的细致与提出问题视野的开阔两方面表现出了这位批评家对文艺现象及时观察与思考的能力。当然"现实主义"的坚守和马克思主义世界观的立论方法在这里仍是其阐释问题的理论出发点,在该文中他也一再强调:"在引进意识流和西方现代派文艺的时候,需要研究一个问题,就是如何正确地对待现实主义……当然,现实主义并不意味着固步自封。它应当是发展的,不应当是停滞的。我们既不能借口创新,就丢掉现实主义;也不能把现实主义凝固化、宗派化,拒绝创新,拒绝吸取外国当代的艺术经

---

① 郑伯农:《现实主义——曲折的道路》,《文艺报》1979 年第 10 期。
② 同上。

验。"①而对新时期文艺创作方法、艺术创新问题的关注也是郑伯农文学批评的特点之一,比如《对一种批评的反批评》②《生活的发现和艺术的创新》③《"爱情"的"位置"》④《漫谈文学的去向》⑤等文章都以创作方法为中心点辐射到了文学与生活、文学创作主题与现实对接这些问题的考察与探索上,这也显现了他在坚持运用马克思主义世界观、文艺观观察所谓"文艺理论流行色"时所持有的强烈倾向性。同时,从创作方法、文艺现象上升到对文艺批评本体性的认识是郑伯农新时期文学批评实践展开的另一轨迹,《漫谈文艺评论》⑥《互相促进,共同提高——谈作家与评论家之间的关系》皆以随感式的笔法对文艺评论的功能、文艺评论的旗帜性、文艺批评的标准提出了诸多看法,例如对很多文艺评论存在的"有论无评""有评无论"弊端的审视,对文艺批评与文学创作关系的体会等都值得注意。"现在,简单粗暴的批评固然还存在,捧场式的、广告式的评论为数也很不少,批评的空气不是浓了,而是太稀薄了。回避批评、绕开矛盾,不讲原则、只讲面子的风气,在一部分评论工作者中相当盛行。这对于繁荣创作是没有好处的。评论家要是非分明、爱憎分明……'好处说好,坏处说坏',这才是真正的对创作负责。"⑦然而,囿于批评家本人也意识到的"思维定式"的存在,对文艺批评方法和观念的更新所表现出的"骄傲的无力感"实际上已经成为捍卫马克思阵营的批评家们面临的共同问题,即文学批评话语空间的局促与批评有效性的贬抑。

---

① 郑伯农:《心理描写和意识流的引进》,《文学评论》1981年第3期。
② 发表于《人民日报》1980年5月7日。
③ 郑伯农:《在文艺论争中》,银川:宁夏人民出版社,1982年,第161—166页。
④ 发表于《文艺报》1982年第1期。
⑤ 收入郑伯农《艺海听潮》,桂林:漓江出版社,1987年,第189—201页。
⑥ 《漫谈评论》(上)发表于《新闻与写作》1991年第5期,《漫谈评论》(下)发表于《新闻与写作》1991年第7期。
⑦ 郑伯农:《互相促进,共同提高——谈作家与评论家之间的关系》,收入郑伯农《艺海听潮》,桂林:漓江出版社,1987年,引文见该书第244—245页。

在"保卫马克思"阵营的批评家中,程代熙①的主要批评实践是在理论的思考层面,而较少涉及具体的文学作品评析与解读,这可以从他的《文艺问题论稿》②《艺术家的眼睛》③《马克思主义与美学中的现实主义》④《理论风云录——一个文艺理论工作者的手记》⑤中明显看到。可以说这位批评家的理论化批评倾向与以论带评的批评风格,不仅使他在从事批评活动时可以适时将其已有的理论准备有所扩展,而且也使他的相关文章虽以理论思考见长,但并未流于泛泛而谈或做空疏之论的大而无当,更重要的是这样的理论思考有其一以贯之的关注点与兴奋点,具体而言主要有如下三个层面:首先是对马克思主义文艺理论相关问题的阐述。以《艺术真实·莎士比亚化·现实主义及其他》⑥这篇文章为例,其最有价值的思考是马克思主义文艺理论中文艺作品应有倾向性这一问题,这也是程代熙坚持马克思主义文艺批评观念的思想来源。他认为现实主义的倾向性同艺术真实是一致的、文艺家表现倾向性的方法应该越隐蔽越好、倾向性不是外加的、它本身也是从生活中来的、是生活本身的逻辑⑦,这些看法不仅是经典理论阅读与思考的结果,也是马克思主义文艺理论研究中的核心问题之一。可以说,在追求理论高度这一点上,程代熙在同时期保卫马克思阵营的批评家当中是较为突出的。其次是对文艺批评并具体到马克思主义文艺批评的认

---

① 程代熙(1927—1999),重庆人。1956年毕业于中国人民大学俄语系。历任中国人民大学教师,人民文学出版社副编审,中国艺术研究院马克思主义文艺理论研究所研究员,《文艺理论与批评》主编。1979年加入中国作家协会。著有《文艺问题论稿》《艺术家的眼睛》《马克思主义与美学中的现实主义》《人·社会·文学》,编有《新时期文艺新潮评析》《异化问题》,译有《论文学》《普列汉诺夫美学论文选》等,编译《马克思恩格斯论艺术》等。另有《程代熙文集》(十卷本)。

② 上海:上海文艺出版社,1979年。

③ 西安:陕西人民出版社,1982年。

④ 上海:上海文艺出版社,1983年。

⑤ 北京:光明日报出版社,桂林:广西师范大学出版社,1991年。

⑥ 程代熙:《程代熙文集第2卷 马克思主义与美学中的现实主义》,北京:长征出版社,1999年,第134—166页。

⑦ 以上观点还可参见程代熙《程代熙文集第2卷 马克思主义与美学中的现实主义》,北京:长征出版社,1999年,第474—475页。

第五章　恢复的现实主义文学批评

识,如《关于马克思主义文艺批评的标准问题》[①]《现象学·美学·文学批评》[②]。前者在对马克思主义的文艺批评"美学的观点和历史的观点"做了归纳后,分别就真实性、典型化、形式和内容的统一等细部问题进行分析和阐释,进一步廓清了马克思主义文艺批评的方法论价值。后者则将视点拓展至现象学文学批评的考察与思索中,认为:"正如杜夫海纳所强调的,'作品在落实读者的过程中,使本身客观化,并且向一种历史开放。每个读者都会将作品保持在这种历史中,而作品的意义即在此历史中不断地得到丰富……'这番话绝非全然无稽之谈,而是有一定道理的",但"由于杜夫海纳把批评家的个人意识、个人感受强调到了无以复加的地步,这就使得批评家对于作品意义的说明丧失了客观的依托或尺度,特别是批评家用超历史、超社会的视线来看待作品的意义时,情况更是如此。"[③]如上判断虽然带有明显的倾向性,但其理论观照点仍是马克思主义文艺批评的美学和历史的双重标准,但也的确说明了这位理论分析见长的批评家思考问题时还是注意新的文艺批评方法及马克思主义文艺批评的自我更新要义的。再次是对文艺的真实性问题的系统阐发,撰写了多篇文章并将现实主义作为文艺现象思考的中心问题,例如《文艺必须真实地反映生活》[④]《现实主义的真实与作家的同情》[⑤]《关于文学与真实的关系问题》[⑥]《关于现实主义》[⑦]《再论现实主义的源流》[⑧]等。或许是考虑到理论思考与文学创作如何发生有效对接的需要,其主编的《新时期文艺新潮评析》[⑨]一书则在寻找理论阐发生长点方面呈现了些许新意,但细察其对新时期文艺新潮,如戏剧、诗歌等的评论与分析,仍无法摆脱以传统马克思主义文艺理论

[①] 发表于《新文学论丛》1982年第3期。
[②] 该文辑入中国艺术研究院外国文艺研究所《马克思主义文艺理论研究》编辑部编《马克思主义文艺理论研究 第12卷》,北京:文化艺术出版社,1989年,第29—70页。
[③] 同上书,第69—70页。
[④] 发表于《文艺报》1979年第4期。
[⑤] 发表于《文艺报》1980年第5期。
[⑥] 发表于《新文学论丛》1980年第2期。
[⑦] 发表于《华中师范大学学报(人文社会科学版)》1979年第1期。
[⑧] 发表于《北方论丛》1981年第3期。
[⑨] 开封:河南大学出版社,1997年。

覆盖创作现象的片面抑或武断,或者说在理论思考的纵深度上似乎也很难达到所谓"片面的深刻"。

如果说对马克思主义文艺理论的抽象思考与现实应对是保卫马克思阵营批评家们的理论武器与实践参照,那么对马恩经典文献中与文学艺术相关内容、观点的译介、编撰本就是题中应有之义,况且,只有在将基本文献认真梳理和译介后,对马克思主义基本理论的研究才有可能成立,不人云亦云。因此,在陆梅林①的批评实践与文论研究中,以良好的经典文献整理为出发点,立足于理论的本源面貌做出阐释,这是他接近问题的路径。他不仅辑注了《马克思恩格斯论文学与艺术(一)》②,而且在对"异化"问题的热烈讨论中,也着眼于相关文献的整理,如陆梅林、程代熙编《异化问题(上、下册)》③。而面对新时期文艺论争的复杂情况与千头万绪,他并不急于做出孰是孰非的匆忙判断,而是致力于论争观点的归类和代表性论争文章的搜集,并撰写争论情况述评等,其主编的《新时期文艺论争辑要(上、下)》④作为全面考察新时期文艺论争的资料性著作,其价值也正是在这里。正是因为有了如上翻译实绩与文献积累,他在进一步的基础理论研究中所得出的观点与结论也才更为切合中国当代马克思主义文艺理论研究的实际问题。他认为:"马克思恩格斯文艺思想的研究要搞清两个基本点:一个是他们的文艺思想有没有一个完整的科学体系;一个是他们的文艺思想的性质是什么,是人道主义,还是无产阶级的具有高度党性的文艺科学",而陆梅林"在20世纪70年代末提出的这两个基本点成为20世纪80年代中国文艺理论界激烈论战的焦点"⑤。除前文提到的《体系与

---

① 陆梅林(1923—2012),上海人。曾就读于广西桂林淮南俄文专科学校和鄂豫边区民主建国大学。历任《新华日报》《实话报》负责人,中共中央宣传部斯大林著作编译室、中共中央编译局部门负责人,中国艺术研究院外国文艺研究所、马克思文艺理论研究所研究员。1946年开始发表作品。著有《唯物史观与美学》《马克思与人道主义》等,编有《新时期文艺论争辑要》《异化问题》《西方马克思主义美学文选》,译有《苏联文学三十年》《苏联小说通俗本在集体农场的生活》等。
② 北京:人民文学出版社,1982年。
③ 陆梅林、程代熙编选:《异化问题(上、下册)》,北京:文化艺术出版社,1986年。
④ 陆梅林、盛同主编:《新时期文艺论争辑要(上、下)》,重庆:重庆出版社,1991年。
⑤ 熊元义:《忠诚和执著——纪念陆梅林师》,《文艺报》2012年5月4日。

第五章　恢复的现实主义文学批评

精神——马克思恩格斯文艺思想初探》一文外,对人道主义与马克思主义关系的集中论述也是陆梅林将自己提出的两个基本点进行综合观照时所竭力分析的问题,体现在他的《马克思主义与人道主义》[①]一书中。里面收录了《马克思主义与人道主义》[②]《为马克思一辩——关于人道主义的考察片段》[③]《必然与空想——再谈马克思主义与人道主义关系问题》三篇重要文章。这些文章的形成不仅是对先前理论界关于异化问题的延伸性思考与探讨,也是基于中国当代文艺界不时出现的"既放弃马克思主义文艺理论的文化领导权,也放弃批评和自我批评这个武器"的"思想混乱"[④]情形的急切应对,以及对各种非马克思主义文艺思想因素"渗入"危机[⑤]的严肃思考。

在经历了1950年代末期到1960年代初期对其艺术真实论观点的批判后,陈涌[⑥]将近"二十几年几乎完全中断了写作"[⑦],一直到1978年才又以发表于《文学评论》第5期的鲁迅研究论文《关于鲁迅思想发展问题》重新回到了他的马克思主义文艺理论研究与文学批评实践中。1980年代陈涌的理论家姿态更多地呈现于对马克思主义文艺理论基本问题的思考,尤其是在他擅长的鲁迅研究这一领域,更是较多地从马克思主义文艺理论中国化中吸取研究资源,例如在《鲁迅与无产阶级文学问题》一文中他谈道:"对各种不同的思想观点的作家,都需要谨慎的对待,不但需要充分估计他们在艺术上的成就,而且还需要看到,马克思主义不是宗派,在社会主义社会里,它需要也可能和各种还有积极意义的革命民主思想结成反封建反迷信落后的思想联盟。但另一方面,马克思主义和各种其他思想观点分清界限,保持自己的独立性,并

---

① 北京:文化艺术出版社,1987年。
② 发表于《文艺研究》1981年第3期。
③ 发表于《文艺研究》1983年第4期。
④ 熊元义:《忠诚和执著——纪念陆梅林师》,《文艺报》2012年5月4日。
⑤ 同上。
⑥ 陈涌(1919—2015),广东南海人。文艺理论家、鲁迅研究专家。1940年代曾任延安鲁艺文艺理论室研究员、《解放日报》副刊副主编。1949年后曾任《文艺报》主编、中国社会科学院文学研究所研究员、中国社会主义文艺学会会长等。著有论文集《鲁迅论》《陈涌文学论集》《在新时期面前》等。
⑦ 陈涌:《陈涌文学论集下·后记》,上海:上海文艺出版社,1984年,第885页。

且和各种错误思想进行必要的斗争,也是不可忽视的。在成为无产阶级思想家以后的鲁迅,实际上也正是用这种态度来对待十月革命以后苏联的文学现象的。"①由此可见,在陈涌的鲁迅研究中始终有他作为一位马克思主义文艺批评家的身影。然而,他的鲁迅研究论文在1978年以后的中国现代文学学界所引起的反响似乎并没有那么强烈,即如陈涌在2014年1月5日写给李文瑞的信中竟有如此的错位之感,他在信中写道:"我自己认为我是比较自觉地用马克思主义观点和方法对他(鲁迅)进行研究的,这是走向把马克思主义基本原理和中国革命文艺实际结合的一个途径……但一般文艺理论家几乎都不提我的鲁迅研究,他们大都对中国五四以来中国的革命文学很少关心和理解,也不会接触到我的鲁迅研究的观点和方法的实质,而鲁迅研究家,就我的研究本身谈我的鲁迅研究,也没有提到这里包含着我的文艺观点和方法的问题。"②这是陈涌去世前给友人的信中所谈自己一生最为看重的鲁迅研究时的观感,这里面包含着值得注意的历史信息。对鲁迅的理解不仅关涉着现代知识分子与革命的话题,而且也暗含着这一话题的复杂性。一方面,作为马克思主义文艺理论家的陈涌在1980年代数次谈及鲁迅以及由此出发的带有强烈马克思主义理论探究精神的相关文论,但这些文章在文艺理论界所得到的关注并不多,尤其是在经历了1985年"方法"的狂热之后,对更为抽象的文学理论命题的思考几乎使其后的文艺理论界陷入了理论命题的自我推演中,对具体文学现象的阐发完全交给了文学批评,由此,理论与现实的隔膜、文学理论问题与实际文学创作现象的疏远使我们不得不重新思考马克思主义文艺理论与当下文学现状的关系。另一方面,陈涌又是一位极为关注文学创作的马克思主义文艺理论家,比如他对话剧《假如我是真的》和电影文学剧本《在社会的档案里》的论述就明显透露出以文艺的真实性和倾向性相统一的观点来分析与评价文学创作的思路,不得不说这种以问题意识介入文学现实的路径在1980年代保卫马克思阵营的批评家中尤其突

---

① 陈涌:《鲁迅与无产阶级文学问题》,《文学评论》1981年第2期。
② 陈越:《关于〈陈涌纪念文集〉的一点说明与感想》,《文艺理论与批评》2018年第5期。

第五章 恢复的现实主义文学批评

出。而1986年陈涌与刘再复就"文学主体性"的论争则将这一时期马克思主义文艺理论探索及其困境充分展现出来,时隔三十多年回顾这场论争,我们看到的是论争双方在理论立场、论证姿态上共同分享了1980年代的文学景况。这场论争的缘起主要涉及两篇长文:一者是刘再复刊于1985年第6期《文学评论》上的《论文学的主体性》,一者是陈涌刊于《红旗》1986年第8期对该文的批评与商榷文章《文艺学方法论问题》。1986年的陈涌与刘再复都是中国社会科学院文学研究所的研究员,然而所关乎的理论问题不同,在《文艺学方法论问题》一文的开篇即可明确看到陈涌的保卫马克思姿态,即"马克思主义关于意识形态的理论——历史唯物主义的意识形态论和辩证唯物主义的认识论,被认为是过时的'传统观念'、'传统方法',应该用'新观念'、'新方法'去代替马克思主义的(或者至少包括马克思主义在内的)'传统观念'、'传统方法'。马克思主义被作出种种并不符合它的原貌的解释,实际上它是被歪曲,被漫画化了。这些问题是引人注目的,是应该受到关切,也是值得研究的。这不是枝节问题,也不只是个别理论问题,而是直接关系到如何对待马克思主义的基本原理的问题,是关系到社会主义文艺的命运的问题"[①]。实际上,细读陈涌的这篇文章,他在行文中所探讨的观点并不限于刘再复《论文学的主体性》中所提出的问题,其初衷是对刘再复此文所引发的理论变革提出一种理论探索的基点与边界何在的质疑与困惑,也就是说是否要捍卫马克思主义文艺理论和方法的问题,其根源则在于马克思主义的文艺理论与时代语境的复杂关系。具体来说即是文学之变与理论之变的关系,文学理论变革的"未完成"性不仅是1980年代留下的一份值得细致挖掘的历史遗产,而且也使马克思主义文艺理论在更为开放的层面去思考文学问题。正缘于此,在陈涌的积极倡导下,《文艺理论与批评》这份在当代马克思主义文艺理论发展过程中的重要刊物于1986年创刊,也正是借由这份刊物,我们看到了更多的对马克思主义文艺理论诸多问题进行深入探究的可能。

[①] 陈涌:《文艺学方法论问题》,《红旗》1986年第8期。

三 现实主义的坚守:朱寨、张炯、曾镇南、
顾骧、刘锡诚、蔡葵

如果说"文革"结束后重新回归文坛的拨乱反正的批评家们是在以其反思历史、不避现实的勇气重建批评的真实标准,是为1980年代文学批评确立了倡导批评真实性、及时性这样的价值立场,那么后起的批评家则在坚守现实主义批评原则与批评观念上有了更为广阔的眼光与更多的突破。不论是对文学与现实问题的讨论,还是对现实主义文学批评的思考,都试图恢复现实主义文学批评关注现实问题的精神特质。他们为改革时代鼓与呼,并敢于肯定那些开拓进取的人物形象,以其批评的力度与广度推动当代文学与改革时代同步前进。也正是源于现实主义坚守中批评对文学创作与文艺现象试图产生最大程度的覆盖性与包蕴性这一期许,1980年代所看到的取法此批评立场的批评实践很多都带有散文式批评的印记,也许在今天看来这些文章都不能算作严格意义上的文学评论,因为无论如何,并不是所有的在那个时代出现的作品都是重要的,同样,文学批评对这些并非重要作品的阐释与评价也极有可能带有时代风潮所裹挟的某些偏颇之见。但不可否认的是,在文学批评渗透着"舆论化"情绪的1980年代,在"主体论"和"启蒙论"的思潮影响之下,"以作家为中心"的"社会化批评"不得不是批评家必须借以重塑文学创作真善美功能的主要途径。因为在较长的一段时间内"公共空间"过度挤压了"个人空间",特别是1950年代中后期到"文革",个人意识几乎被推到了一个绝境,以至于"'四人帮'倒台之后,'人的发现''人的觉醒''人的哲学'的呐喊又声震一时"①。尤其是在1980年代初期,个人建设几乎成了知识分子关心的头等大事,他们通过不同的形式去修复和创建"个人的精神世界",同时通过个人的声音表达对社会或褒或贬的看法,变相地传递了个体参与社会建设的热情。于是,我们看到在这些文学批评中,大量拥挤着"我"与"社会"

---

① 李泽厚:《启蒙与救亡的双重变奏:"五四"回想之一》,《走向未来》1986年第1期。

第五章 恢复的现实主义文学批评

这样的批评话语结构方式,现实主义批评在此所联结的也正是由个体出发向社会总和过渡的一种批评主导倾向。这也是为什么我们会觉得这些文学批评似乎并不那么"纯粹",与我们今天看到的讲求逻辑推演与学理考据的文学批评有所不同。

如果说保卫马克思阵营的批评家们所关注的更多是马克思主义文艺批评的理论构成以及它和其他文学批评方法的差异,甚至是对马克思主义文艺批评面对中国当代文艺问题解释上所具备的某种先天优越性的强调,那么朱寨、张炯、曾镇南、顾骧、刘锡诚、蔡葵这些批评家的批评实践和作品评论中,更多的是将这一理论的武器与现实主义的批评方法向着文学创作与文艺现象本身的投射与楔入。但总体而言关于现实主义文学批评的思考大多是落实在了这些批评家的文学批评实绩中,比如顾骧对文学与现实问题的关注在这六位批评家中较为突出。当然,他们也并未对这些问题形成彼此的观点交锋甚至争鸣,同时,对1980年代中后期的现代派文学则相对采取比较谨慎的判断态度。但非常明显的变化则是:从这些当时较为活跃的批评家的文学批评活动中,可以看到他们更多地展示了文学批评在现实主义的范畴中所具有的个人化评论风格以及广泛参与文坛现场的锐意勃发的风貌,同时他们对新时期文学格局的密切关注与及时描述也表征着对新时期文学进行经典化的最早努力。

"记忆依然炽热",这是朱寨[①]对自己所走过的文学创作与研究、评论道路的真切感受[②],也是他以其扎实而充满历史厚重感的当代文学批评与研究留给我们最为深挚的印象。有论者将他看作"最早以当代

[①] 朱寨(1923—2012),山东平原人。1939 年赴延安入鲁艺文学系学习。1958 年始,历任中共黑龙江省甘南县委书记,中共东北局宣传部文艺处副处长,中宣部文艺处干部,中国社会科学院文学研究所研究员,中国当代文学研究会名誉会长。著有《从生活出发》《朱寨文学评论集》《感悟与深思》《行进中的思辨》等,散文集《鹿哨集》《记忆依旧炽热——师恩友情铭记》,主编有《中国当代文学思潮史》《中国新文艺大系(1976—1982)理论二集》《中国新文艺大系(1949—1966)中篇小说集》等。

[②] 详见朱寨《鹿哨集》《记忆依旧炽热——师恩友情铭记》中收入的若干怀人记事篇章。《鹿哨集》,北京:文化艺术出版社,1982 年;《记忆依旧炽热——师恩友情铭记》,北京:中国社会科学出版社,2011 年。

文学研究为主的专业评论家"①,确为准的。具体而言,朱寨新时期以来的批评实践主要集中在两方面:一方面将自己的评论视野拓展至当代文学发展的过程与具体历史时空中;另一方面则在较强的文学史意识之下以较为客观的视角对待文学现象与文学思潮,在充分占有史料的基础上对其历史走向、经验得失进行评价与判断,也因此他的文学批评实践带有较强的史论色彩与问题意识。他对当代文学思潮史的撰写就显示了将批评与研究同时展开的特点,1987年出版的由他主编的《中国当代文学思潮史》②与他编撰的《中国新文艺大系(1976—1982)理论二集》③从文学史研究角度切入当代文学最为复杂也最难廓清的问题——当代文学思潮,将史料的梳理、呈现放在了研究的首要位置,例如《胡风的文艺批评和创作理论》《对"肖也牧创作倾向"的过火批判》这些篇章所关注的问题都成为其后当代文学思潮研究的重要层面。同时,他还以《历史转折中的文学批评——中国新文艺大系(1976—1982)理论二集导言》④一文,对"文革"结束后至新时期这一特殊历史时期的文学批评做了全面介绍与概括,将其放在历史转折的语境下考察文学批评发生的"历史转折性的变化",以"回到文学的批评"作为当代文学批评发展的新起点,将文学批评作为重新面对文学作品并产生审美影响的媒介,它"为文学创作的主潮推波助澜",不断"探索美的历程"。文章仔细梳理了该时期电影、小说、诗歌等领域文学批评的表现,这篇导言是最早从历史宏观层面将文学批评作为一个具体研究对象进行综述与再评价的成果,它对当代文学批评史研究提供了重要的文献与参考价值。当然,思潮史的研究与文学批评的视阈都离不开对具体文学作品的阅读与评析,而"从生活出发"这不仅是朱寨从事文学评论的态度,也是他在对新时期文学作品进行理性观照与感性把握时的一个基本出发点,即

---

① 古远清:《中国当代文学理论批评史(1949—1989大陆部分)》,第432页。
② 北京:人民文学出版社,1987年。
③ 北京:中国文联出版公司,1986年。
④ 发表于《文学评论》1984年第4期。

第五章　恢复的现实主义文学批评

"用生活印证、判断作品对生活的反映"①。"生活"在这里无疑成了他评论作品的触媒,如《对生活的思考——谈刘心武的〈班主任〉等四篇小说》②《从生活出发——评话剧〈丹心谱〉》③《留给读者的思考——读中篇小说〈人到中年〉》④《新的突破——关于〈乔厂长上任记〉》⑤《向生活和艺术的多层面掘进》⑥等文章都无一例外地将文学作品放置在生活的洪流中进行观察与质感的淘洗,从而以朴素真切的评论文字将作品中涌动的生活之流加以点缀与升华。关注具体时段的小说创作与批评问题应该是其文学批评实践的又一着力点,他撰写了《"十七年"中篇小说巡礼》⑦《长篇小说与现代主义》⑧等文章,并认为"作家可以隐蔽在艺术的'青纱帐'的后面,而评论家必须旗帜鲜明,需要赤膊上阵"⑨,确乎如此。在批评与作品、作家的对话中,"人的心弦有待情感的触发",批评家应该做的是聆听"作品的内在声音"⑩,因为无论创作还是批评,它们最终指向的也只能是文学所带给人的这种心灵触动与思想震撼。

关注新时期文学的现状与发展,并将新时期文学创作纳入文学史叙述的框架中,这是张炯⑪该时期文学批评活动的主要内容。作为一

---

① 朱寨:《从生活出发·后记》,见朱寨:《从生活出发》,北京:人民文学出版社,1982年,第245页。
② 发表于《文艺报》1978年第3期。
③ 发表于《文学评论》1978年第3期。
④ 发表于《文学评论》1980年第3期。
⑤ 收入朱寨《朱寨文学评论选》,长沙:湖南人民出版社,1985年,第114—133页。
⑥ 收入朱寨《行进中的思辨》,石家庄:河北教育出版社,1998年,第123—132页。
⑦ 《"十七年"中篇小说巡礼》发表于《文艺理论与批评》1986年第2期,《"十七年"中篇小说巡礼(续)》发表于《文艺理论与批评》1987年第1期。
⑧ 发表于《文学评论》1998年第2期。
⑨ 阎纲、朱寨等:《新时期小说论——评论家十日谈》,西安:陕西人民出版社,1987年,第271页。
⑩ 朱寨:《作品内在的声音》,该文作于1962年2月3日,收入朱寨《从生活出发》,第231—234页。引文见该书第233—234页。
⑪ 张炯(1933—　),福建福安人。1948年参加革命,1960年毕业于北京大学,1979年加入中国作家协会。历任中国社会科学院文学研究所研究员、中国当代文学研究会名誉会长,《文学评论》主编等。著有《文学真实与作家职责》《张炯文学评论选》《新时期文学论评》《文学创作的思想导向》《社会主义文学艺术论》《毛泽东与新中国文学》《先进文化和当代文学》等,主编《新时期文学六年》《中华文学通史(十卷)》《论马克思主义与文学》等。出版有《张炯文存》(十卷本)。

位视野较为开阔的文学批评家,他不仅撰写了大量的文学评论,诸如《报告文学的新开拓——读〈哥德巴赫猜想〉》①《作家有权提出生活中的问题——谈谌容的〈人到中年〉》②《略论一九八〇年的长篇小说》③等文章,而且还主持编写《新时期文学六年 1976.10—1982.9》④,该书以较为敏锐的眼光将"文革"结束至新时期初期作为历史观察的横截面,对这六年的文学创作、文学批评等各个环节给予了及时评价与总结,对其后的当代文学史编撰提供了有益的参考与借鉴。同时,还编撰《中国新文艺大系(1976—1982)史料选》⑤,将与文学、电影、音乐、曲艺等艺术形式相关的史料做了细致的分类与整理,也详细开列了新时期重要的文学艺术学会、团体的机构、组成情况,以及呈现了重要的文学作品研讨会、重要评奖等文学事件,作为当代文学研究的基本史料其重要性是毋庸置疑的。如果说前面所述对新时期文学如何进入文学史叙述的相关工作还体现了集体编写的因素,那么,在撰写了大量文学创作的评论文章基础上,张炯的批评实践越来越多地向新时期文学的评价问题、格局态势、历史进程等问题收束,并将它们作为自己思考与研究的重要关节,可以说是在新时期文学评论与研究中用力甚勤的一位批评家。比如《关于新时期文学的评价问题》⑥《正确评价近年来的文学创作》⑦《新时期文学的历史特色》⑧等文章站在相对开阔的视野审视新时期文学的创作实绩与问题,虽然是对评论对象与文学话题做近距离的阐发,但并未脱离现实主义所要求的历史的和美学的双重维度,同时,又以其对新时期文学创作与作家的熟稔为内在依托,从而使得这些文章具备了较大的信息量。而他的著作《新时期文学论评》⑨《新时期

---

① 发表于《文学评论》1978 年第 4 期。
② 收入张炯《文学真实与作家职责》,太原:山西人民出版社,1983 年,第 242—245 页。
③ 同上书,第 286—298 页。
④ 北京:中国社会科学出版社,1985 年。
⑤ 北京:中国文联出版公司,1990 年。
⑥ 收入张炯《文学真实与作家职责》,太原:山西人民出版社,1983 年,第 308—336 页。
⑦ 发表于《红旗》1983 年第 5 期。
⑧ 发表于《文学评论》1983 年第 6 期。
⑨ 福州:海峡文艺出版社,1986 年。

第五章 恢复的现实主义文学批评

文学格局》①则是这些集中思考的结果,从评论的角度向文学格局描述的延伸,这也是必然的。与其他坚守现实主义批评视野的批评家略有不同的是,张炯在谈论一位作家或某一作品抑或某种引起讨论的文学话题时,往往更为看重它们背后的文艺现象与文艺倾向,并将写真实、文艺的倾向性等偏向于马克思主义文艺批评的观念、立场引入对论述对象的阐发甚至是批评中,在《也谈诗的"朦胧"及其他》②《评〈人啊,人!〉的思想和艺术倾向——兼论"自我表现"与反映时代》③《关于〈绿化树〉评价的思考》④《也谈文学的现代化与"现代派"》⑤中可以明显看到批评家的这一批评取向。最有代表性的则是他的《创作的思想导向》一书,该书的核心论题即是对作家世界观、思想导向与创作、现实生活关系的考察,他谈道:"在西方,迄今仍有这样一种文艺理论观点,即主张文学艺术的无思想性。这派美学家声称,文学艺术创作不可能也不应该预先有什么思想意图,如果存在这种意图,只会有害于创作。他们认为,思想性和明确的世界观不仅会使作家的才华逊色,还会使艺术毁灭。他们鼓吹创作的非理性,鼓吹直觉和无意识在艺术创作中的重要作用。这种观点在苏联、东欧和我国,几十年来也并非没有反映。有些号称信奉马克思主义的文艺理论家,也竭力贬低先进的世界观对文学艺术创作的意义,而只是一味鼓吹作家、艺术家要'写真实'。仿佛不管作家、艺术家的世界观进步也罢,反动也罢,只要'写真实',一切都解决了,'真实'就会自动跑到艺术作品中来,支撑起它那不朽的感人魅力。在我国新时期的文学创作中,这样一种论调,我们不是也在一些青年作者那里听到了回声……世界观与文艺创作究竟有什么关系?果真有无思想性的文学?难道作家的正确的思想意图和先进的世界观真的有害于文艺创作吗?"⑥这样的论述腔调与批评姿态似乎让我

---

① 西安:陕西人民教育出版社,1991年。
② 发表于《诗刊》1980年第10期。
③ 发表于《学习与探索》1983年第4期。
④ 发表于《文艺报》1984年第11期。
⑤ 发表于《文汇报》1983年7月12日。
⑥ 张炯:《创作的思想导向》,武汉:长江文艺出版社,1986年,第3—4页。

们看到了某些来自"十七年"时期文艺批评的因素。

在新时期的现实主义批评家中,曾镇南①跟踪评论新时期小说,取得了丰厚实绩:"我写作,是借助评论文艺作品这个途径,表达我对于这样一个时代的感受,以期对这样一个改革的时代有所助力,哪怕这助力是微末的。"②这里的"写作"并非意指原创性的文学作品,而正是说对文学创作进行评论、阐释的批评实践应该是一种带有艺术创造性的书写过程,写作的意义不仅仅是针对着一部作品的构思与发表,它也应包含着读者对这一作品的再解读与再创造。如果从这个角度来看待曾镇南新时期的文学批评,那么,它的确可以被称为一种带有鲜明个人风格的批评写作。这种写作当然是以对文学作品的细腻阅读与诗意感受为骨架的,也灌注着"迎受着时代的气息、与现实生活烧在一起"③的批评态度,如《人的尊严的觉醒——评短篇小说〈乡场上〉兼谈文学的真实性问题》④《对一个严峻的时代的沉思——评李国文的长篇小说〈冬天里的春天〉》⑤《这里别有天地》⑥《一位紧紧地拥抱现实的作家》⑦《异彩与深味——读阿城的中篇小说〈棋王〉》⑧等评论文章,都以行文的峻切犀利、评论视角的俯视显示了其独特的批评锋芒⑨,而这种个人感受力较强的批评写作其内里仍是对作家作品的挚爱与同情。非如

---

① 曾镇南(1946—),福建漳浦人。1970 年毕业于北京大学中文系,1982 年毕业于北京大学中文系文艺理论研究生班。曾在中共中央书记处研究室文化组、中国作协创研部工作。历任《文学评论》副主编,中国社会科学院文学研究所研究员,中国当代文学研究会理事。1980 年开始发表作品,1982 年加入中国作家协会。著有《蝉蜕期中》《缤纷的文学世界》《泥土与蒺藜》《思考与答问》《王蒙论》《生活的痕迹》《微尘中的金屑》《播芳馨集 曾镇南文艺评论选》等。《论鲁迅与林语堂的幽默观》获首届鲁迅文学奖,《泥土与蒺藜》《王蒙论》获中国当代文学研究会科研成果奖。
② 曾镇南:《思考与答问》,西安:陕西人民教育出版社,1991 年,第 94 页。
③ 同上书,第 92 页。
④ 发表于《红旗》1980 年第 22 期。
⑤ 发表于《新文学论丛》1981 年第 4 期。
⑥ 发表于《光明日报》1981 年 1 月 7 日。
⑦ 发表于《新港》1983 年第 6 期。
⑧ 发表于《上海文学》1984 年第 10 期。
⑨ 曾镇南后来对自己刚踏上批评写作道路时的这种评论风格有所反思,但大体上他并不改其热忱拥抱文学作品、与作家感同身受的这种以评论贴近文学创作的批评初衷。详见曾镇南《思考与答问》,第 96 页。

第五章　恢复的现实主义文学批评

此,也不能够写出收录在《泥土与蒺藜》①《生活的痕迹》②《蝉蜕期中》③《缤纷的文学世界》④这些评论集中的多篇评论佳作。而自《南方的生力与南方的孤独——李杭育小说片论》⑤这篇对作家李杭育的评论文章开始,曾镇南将作品评论的范围更多放在了对作家的专论上,其专著《王蒙论》⑥就是这一批评转向的重要成果,该书也是最早的以新时期中特别活跃的作家为论述对象的作家论之一。实际上早在《灵魂的新的痛苦与焦灼——读〈高原的风〉》⑦这篇作品短论中曾镇南就注意到了王蒙小说中心理描写的独特性,到《惶惑的精灵——王蒙小说片论》⑧这篇文章则已经显示了批评家试图宏观把握与微观透视这位作家创作个性的批评实践意图,直至《王蒙论》的出版才得以将对一位作家的持续关注完整地展现出来。作家论看似是在集中阐述具体的这一位作家,但其它所要应对的根本问题则是作家与时代的关系如何。批评家在这样的批评实践过程中,经由对作家和时代关系的反复强调,从另一层面来看正是印证了这样的自我期许,即"我宁愿用我的批评文字去直面人生,追随时代。时代,这是一个已经被用得很滥的,曾经不止一次使人大失所望的字眼。有些洞明世事的朋友,把这样的字眼视为颇可疑惧的高调,这也是不难理解的。经历过十年浩劫的人们,是不会再有那种惑于名目,不责实绩的讴歌生活、彩绘时代的天真烂漫的热情了……生活前进的步子那样蹒跚,时代变革的速度那样缓慢。'来了'的只是好名目而已",但尽管人们似乎在任何时候、任何境遇下都可以去无端地苛责时代,但批评家又以其拳拳之心说道:"(但)我的确相信文艺批评是宽泛的社会批评之一种,这和它也探究深邃的艺术

---

①　天津:百花文艺出版社,1983 年。
②　南昌:江西人民出版社,1986 年。
③　银川:宁夏人民出版社,1988 年。
④　北京:中国文联出版社,1988 年。
⑤　发表于《文学评论》1986 年第 2 期。
⑥　北京:中国社会科学出版社,1987 年。
⑦　发表于《红旗》1985 年第 7 期。
⑧　发表于《文学评论》1987 年第 3 期。

规律,也传递审美的快感和愉悦,并不矛盾。"①在这里,文学批评是对时代有微末助力的社会批评,这样的批评观与对批评的全身心投入对当下是有重要启发的。建立在学识之上的率直、宽容、同情,这正是曾镇南这位批评家以其厚重的批评实践传达出的审美理想、价值取向与批评趣味,而批评的意义也正在于此。

顾骧②在坚守现实主义的批评家中较为特别。一方面是因为他从事文艺评论工作之前有长期的马克思主义哲学教学与研究积累,因此,在文艺批评中对理论问题的关注是其优长;另一方面,因自幼受到良好的国学教育,他的评论文章中透着一股浓郁的诗意与含蓄蕴藉的境界,常以古诗词作为文章标题。或许正是中西方知识体系的影响与锤炼,让我们看到了一位对真和美不竭探索的批评家。具体而言,他新时期以来的批评实践主要集中在三方面:其一是对新时期文艺批评问题的阐发,如《文艺批评是促进文艺繁荣的一门科学》③《开展健全的文艺评论》《文艺评论三题》④《文艺批评·文艺民主·反官僚主义问题》⑤《文学评论应有个性》⑥《评论必须自由》⑦,这些文章的主题即是提倡文艺批评的自由、民主与个性。而尤其值得一提的是《开展健全的文艺评论》一文,他谈道:"领导者和批评家要懂得创作的甘苦,评论作品要'知人论世',顾及全人。不要把对某一具体作品的批评与对作者的全面评价等同起来。如果某一报刊发表了批评文章,其它报刊觉得有必要转载,自然未尝不可,但也不必竞相转载。用政治运动或变相政治运

---

① 曾镇南:《思考与答问》,第93—95页。
② 顾骧(1930—2015),江苏阜宁人。1944年参加新四军苏北文工团,1949年进苏南日报社。后调北京中央人民政府出版总署任职,进中共中央马列学院学习,入中国人民大学哲学系研究生班。后调文化部、中央文化学院、中央音乐学院任教。在文化部、中国艺术研究院、宣传部、中国作家协会从事文艺理论研究、文学评论工作。现任中国文艺理论学会顾问、中国当代文学研究会顾问、中国作家书画院顾问。著有《顾骧文学评论选》《新时期文学纵论》《海边草》《煮默斋文钞》《新时期小说论稿》《夜籁》《也爱黄昏》《晚年周扬》《蒹葭集》等。
③ 发表于《红旗》1982年第5期。
④ 收入顾骧《顾骧文学评论选》,长沙:湖南人民出版社,1984年,第112—115页。
⑤ 同上书,第116—119页。
⑥ 发表于《文汇报》1984年第21期。
⑦ 发表于《文学评论》1985年第2期。

动的办法处理文艺问题,处理精神世界问题,往往容易混淆两类不同性质的矛盾,混淆政治与文艺的界限,后患无穷。"①撰写该文的初衷实际上是针对当时《苦恋》事件②,虽然全文只字未提《苦恋》和当时对它的批判,但处处隐含着对重建正常的文艺批评的诉求。其二是对文艺与人性关系的系统论述,如《人性与阶级性》③《人情与文艺》④《文学人性十年》⑤等,这些文章后来又作为一个系列论题"文艺与人性浅识"收入其评论集《海边草》⑥中。在谈到为什么要写这样一些系列文章时他说道:"70年代末、80年代初我写过文艺与人性的一系列文章,为长期被打成'修正主义'的'人性论'抗争,呼唤'魂兮归来,文学中的人性'。60年代初,我也写过批判巴人《论人情》的错误文章,在'文革'后的反思年代,我重新思索、研究人性、人道主义这个对于文艺带有关键性的理论问题。"⑦从这一段话可以看到这里既有对1960年代错误批判的反思,也有以此方式重新接续曾被忽视甚至践踏的理论创见与求新求变的理论探索的努力。事情往往是这样,1980年代文学批评的问题实际上很多都是从1960年代初的文艺政策调整中来的,曾受到不公批判与激烈反对和质疑的"写真实""人情、人性论"甚至是1950年代的"现实主义广阔的路"等,这些历史的遗产经过"文革"后正常文艺批评秩序的重建又重新浮出了历史的地表。其三是对当时创作的及时评论与

---

① 顾言:《开展健全的文艺评论》,《人民日报》1981年6月8日。"顾言"为顾骧的笔名。

② 据顾骧《煮默斋文钞·后记》所述:"'文革'后,文艺界发生了第一次'左'倾思潮的回潮——批判《苦恋》事件。国内外以疑虑的目光忖度着形势的变化。此文的出现,被认为是一种值得重视的动向。当日,美联社、路透社、法新社、共同社等迅速从北京发出十几条消息(第二天,新华社的'参考资料'有载)。此文经周扬同志审阅过。我原拟的标题是《开展健康的文艺评论》,周扬同志将'健康'改为'健全'。一字之易,可以体会其中的微妙与苦心。"该后记所述"此文"即是指《开展健全的文艺评论》。详见顾骧《煮默斋文钞》,石家庄:河北教育出版社,1998年,第334页。

③ 发表于《文艺研究》1980年第3期。

④ 发表于《安徽文学》1980年第9期。

⑤ 发表于《花城》1987年第2期。

⑥ 它们是《人性问题论争三十年》《人性与阶级性》《人情与文艺》《爱情与文艺》《人性与战争文艺》《文学人性十年》,具体可参见顾骧《海边草》第28—75页。顾骧:《海边草》,北京:人民文学出版社,1995年。

⑦ 顾骧:《煮默斋文钞》,第333页。

阐释,其文学批评的对象广泛,既有小说也有电影、话剧等,代表性评论文章如《革命现实主义的艺术力量——读从维熙的中篇小说》①《革命现实主义道路广阔——略论邓友梅的小说创作》②《改革与文学》③等。当然,对新时期文学的论述也是他所致力于的批评活动,撰写了《思想解放与新时期的文学潮流》④这样的理论视野与文学作品审美鉴赏兼具的文章,并在《新时期文学纵论》⑤一书中探讨了报告文学、通俗文学、纪实文学、传记文学、西部文学等不太为同时期评论家们所注意的新时期文学现象,而今天来看它们已然成为当代文学研究的重要创作现象,由此也可看出这位批评家的远见与卓识。

  当代文学批评是文艺体制中不容忽视的构成部分之一,因而,同时作为文学刊物编辑的批评家,其批评实践与当代文学的关联必定更为密切也更为复杂。不仅因为他们作为文学刊物编辑最快读到文学作品并在审稿和刊发的环节上首先对作品做出了筛选,也是由于当代文学体制和文艺规范内很多文学刊物的确扮演了相对重要的角色。正如研究者所言:"《人民文学》,尤其是《文艺报》,是发布文艺政策,推进文学运动,举荐优秀作品的'阵地'。它们与'地方'(各省市、自治区)的文学刊物,构成分明的等级。《文艺报》等刊物的控制权,它们的主编和编委的构成,是当时文艺界斗争的组成部分;从编委会成员的更替,可以窥见激烈冲突的线索。"⑥对批评家刘锡诚⑦新时期以来批评实践的考察恰恰应放在文学刊物与当代文学体制的多重展开关系上来看待。或者可以这样说,如果《人民文学》和《文艺报》是中国文坛两

---

① 发表于《十月》1981年第3期。
② 发表于《十月》1984年第2期。
③ 发表于《小说评论》1985年第1期。
④ 发表于《福建文学》1981年第2期。
⑤ 长春:时代文艺出版社,1992年。
⑥ 洪子诚:《中国当代文学史(修订版)》,北京:北京大学出版社,2007年,第23页。
⑦ 刘锡诚(1935—),山东昌乐人。1957年毕业于北京大学俄语系。历任《文艺报》编辑部副主任,《民间文学》《民间文学论坛》主编,中国民间文艺研究会第四届副主席。著有《小说创作漫评》《小说与现实》《作家的爱与知》《在文坛边缘上:编辑手记》《文坛旧事》《20世纪中国民间文学学术史》等,编有《俄国作家论民间文学》等。

第五章 恢复的现实主义文学批评

座重镇①的话,那么作为 1980 年代同时在《人民文学》《文艺报》担任过编辑的批评家来说,就更以近距离的方式直接了解到当时的文学创作情况,刘锡诚正是如此。他的《在文坛边缘上:编辑手记》②一书所记载的正是 1977 年 7 月至 1981 年 12 月在《人民文学》和《文艺报》工作时的文坛情况。从文学编辑的角度来观察和思考并记录与呈现新时期文学的情况,这是刘锡诚批评实践最为独特之处。也因此,他在作品评论中注意的是文学创作中的人物形象探讨与作家的创作个性管窥,如《乔光朴是一个典型》③《论〈许茂和他的女儿们〉中的许茂》④《找到了自己——评叶蔚林的小说创作》⑤《一条坚实的道路》⑥等。尤其关注小说创作如何同现实发生关联以及处理生活真实、艺术真实的问题,比如《关于文学的真实与逼真》⑦《时代·现实·新人》⑧《论新时期文学中的人道主义问题》⑨。而在评析具体作家时他也着重从作家与现实之关系、现实主义在当代所遭遇的新问题新挑战等层面入手,这方面较有代表性的评论是《人·自然·社会——张承志小说的风格》。该文以人、自然、社会三个关键词为纲要,对张承志小说风格做了大气而入微的阐释,认为:"人与社会的主题,并不因为人与自然关系的描写而有所冲淡或变得模糊不辨。在张承志的小说中,人、自然、社会总是融

---

① 李洁非在《一篇作品和一个人的命运》中认为:"那时(指 50 年代初期),中国文坛重镇有两座,一个是《人民文学》,一个是《文艺报》……两份国字号刊物,分别是创作和批评的最高殿堂,各自发挥不同作用。大约因为角色不同——恐怕也与主编的'主观因素'有关——《人民文学》相对能够专注于文学建设,以致'思想倾向'成问题,《文艺报》却以战斗者自居,火药味十足,高调办刊,不断批这批那,发出'时代最强音'。"详见李洁非:《典型文案》,北京:人民文学出版社,2010 年,第 144 页。

② 刘锡诚:《在文坛边缘上:编辑手记》,武汉:武汉出版社,2005 年。他晚近所著《文坛旧事》(开封:河南大学出版社,2004 年)、《1982:文艺评论关键词——文艺评论工作座谈会的前前后后》(发表于《南方文坛》2013 年第 1 期)等都对新时期文学的史料留存有较大文献价值。

③ 发表于《文艺报》1979 年第 11—12 期。

④ 发表于《新文学论丛》1980 年第 3 期。

⑤ 发表于《芙蓉》1981 年第 3 期。

⑥ 发表于《莽原》1982 年第 4 期。

⑦ 发表于《作品》1981 年第 9 期。

⑧ 发表于《星火》1983 年第 3 期。

⑨ 发表于《文学评论》1982 年第 4 期。

为一体的。有的论者指出,在处理人与自然的关系时,有声有色、气度恢宏,而一旦进到人与社会的关系,则显得功力不足。对此,我倒不以为然。在人与社会的主题上,我感到作者有一种忧虑和苍凉渗透在字里和行间,无论是《黑骏马》,还是《北方的河》,都概莫能外,也许这些是作者审美意识中的一种情致和色调吧。不过,这种忧虑和苍凉,在《黑骏马》里转化为主人公白音宝力格的内心忏悔意识和内省意识,在《北方的河》里则升华为主人公'他'的坚忍的自信和顽强的奋斗精神。"①而在《现实主义在深化——略析近期中篇小说创作》②《清醒的现实主义——读一九八一年—一九八二年得奖中篇小说》③里,论者更是提出了现实主义如何深化、进境以及作家在中篇小说创作中应保持对生活敏锐感触力的问题。不止于此,刘锡诚还关注新时期作家创作的艺术探索,其《中篇小说的艺术成就》④《试论汪曾祺小说的美学追求》⑤等文即从作家作品的艺术表现来品评赏鉴,这些批评实践正是呼应了他所提倡的"要有文学的批评"⑥之说。

蔡葵⑦新时期以来的批评实践有一个文体层面的聚焦点,那就是多集中在长篇小说这一文体上。如果说他对新时期初期小说创作的及时总结是停留在小说这一文学样式上的审视,那么这种宏观的检阅渐渐聚拢到对小说文体发展态势的及时描述和小说观念变化的敏锐感知,他撰写了诸如《现实主义的深化和发展——1980年中篇小说概观》⑧

---

① 刘锡诚:《人·自然·社会——张承志小说的风格》,《北京师院学报》1987年第1期。
② 发表于《文汇报》1980年第17期。
③ 发表于《文汇报》1983年第22期。
④ 发表于《北京师院学报(社会科学版)》1981年第1期。
⑤ 发表于《北京师院学报(社会科学版)》1983年第3期。
⑥ 可参见刘锡诚《没有文学的批评》,《文艺报》1987年1月17日。
⑦ 蔡葵(1934—2021),江苏溧阳人。1956年毕业于复旦大学中文系,1957年开始发表作品,1983年加入中国作家协会。曾任《文学评论》常务副主编,中国社会科学院文学研究所研究员。著有《长篇之旅》《中国当代文学思潮史》(与朱寨等合作)、《新时期文学六年》(与张炯等合作)、《青少年长篇小说导读》、《大叙事品格论》(与韩瑞亭合著)等,编辑《何其芳文集》《小说家喜爱的小说》《长篇的辉煌》《茅盾文学奖获奖丛书三种》等。
⑧ 收入北京市社会科学研究所、北京文艺年鉴编辑部编《北京文艺年鉴1981》,北京:工人出版社,1982年,第11—22页。

第五章 恢复的现实主义文学批评

《从复苏走向繁荣——新时期长篇小说简述》①《近年长篇小说态势剖视》②《小说,"认识你自己"——我看小说观念的变化》之类以文体批评带动文学创作横向扫描与纵向把握的文章。尤其是《小说,"认识你自己"——我看小说观念的变化》这篇文章抓住了新时期小说家创作中越来越突出的小说本体意识,从小说观念发生的变化入手来探讨小说的本质、作用、功能以及小说形式、技巧的探索问题,认为相较于传统的小说观念也就是19世纪现实主义小说的创作原则,近年来的小说观念的丰富和拓展主要是"审美意识、当代意识和主体意识这三维意识的扩张和加强。而在这三维意识中,主体意识的发展则更为明显和突出。由于主体意识的加强,引起了小说的人物描写,环境设置和情节安排等一系列小说要素的连锁反应和变化。这是当前小说创作的最明显变化"③。如果说他对新作品的评论最初仍是徘徊在引起广泛争论的热点作品,比如《艺术家的责任和勇气——从〈班主任〉谈起》④这样的评论文章,那么对长篇小说文体的密切关注和大量的长篇作品评论不仅显示了这位评论家丰厚的阅读量,也为新时期的长篇小说批评留下了值得注意的批评实绩。他重视长篇小说的文学经典价值,主编《长篇的辉煌》⑤,以之作为对新时期茅盾文学奖获奖作品与相关评论的回顾,较早意识到评奖对构造长篇小说影响力的意义,评奖也作为长篇小说的当代经典化之不可或缺因素进入批评家的视野中。最为重要的是他自己的文学批评志业是以长篇小说为中心的,以其评论集《长篇之旅》为例,里面所收录的48篇评论文章所涉及的长篇即包括《沉重的翅膀》《平凡的世界》《第二个太阳》《少年天子》《白门柳》《曾国藩》《隐形伴侣》《第二十幕》《乡村温柔》等作品。在这些长篇小说的评论

---

① 发表于《小说界》1982年第3期。
② 发表于《青年文摘》1987年第1期。
③ 蔡葵:《小说,"认识你自己"——我看小说观念的变化》,《天津文学》1986年第1期。
④ 何西来、蔡葵:《艺术家的责任和勇气——从〈班主任〉谈起》,《文学评论》1978年第5期。
⑤ 蔡葵、韩瑞亭编:《长篇的辉煌——茅盾文学奖获奖小说评论精选》,北京:北京十月文艺出版社,1994年。

中批评家是将长篇小说作为"国家文学成就标志"①来看待的,并以"大叙事品格"②涵括新时期以来的长篇小说创作面貌。的确如此,长篇小说是当代文学重要的文体,它以其书写较长时段的历史经验与较为沉厚的审美风格而受人瞩目,因此,蔡葵在对具体长篇小说的解读与分析中也着重将长篇小说创作所彰显的作家历史意识作为一个标尺,以衡量作品的历史价值与现实意义。他因而对书写革命历史题材的作品尤为青睐,如《呼唤革命历史文学的新生面——读杨佩瑾的〈霹雳〉〈旋风〉和〈红尘〉》③《革命历史小说的生机和突破——兼评〈皖南事变〉》④等评论。对于1990年代这一长篇小说繁兴的年代,他也在《长篇小说的多元与失范》一文中表示了对文体发展多元化的欢迎,同时也不无疑虑地认为:"现在不少作家都在积极探索,对长篇小说的理解无疑要比过去更为自由和宽泛,这有利于创作的革新和繁荣。但是每门艺术都有积淀已久的艺术规范,都有人们在长期审美中形成的心理范式,扬弃规范,将使创作受到损害。例如长篇小说作为一种综合性的叙事艺术,主题、人物、情节是它不可或缺的三要素,而'三无小说'的主张就很难得到成功的实践。又如典型化的原则,恐怕不能理解只是现实主义的一种手法,它应该是许多艺术包括浪漫主义的共同追求。现在有人视其为'过时',强调'原汁原味',忽视集中概括提高中塑造艺术典型,偏激地认为这就是'假大空',其实却是削弱和降低了艺术的责任。"⑤这样的担忧尽管未必全面,但联系今天长篇小说创作的过度膨胀事实,或者可以做这样的解读:艺术创作的责任不在于持续不断的发表作品,而是是否对写作有所敬畏甚至是敢于不写。

---

① 蔡葵:《长篇之旅》,北京:解放军文艺出版社,2003年,第316页。
② 详见蔡葵、韩瑞亭:《大叙事品格论》,北京:作家出版社,1994年。
③ 发表于《文艺报》1987年第6期。
④ 发表于《光明日报》1988年1月8日。
⑤ 蔡葵:《长篇小说的多元与失范》,《百科知识》1997年第7期。

四　当代文学学科的建制:北大与多所高校的当代文学学科

当代文学的学科化始于1970—1980年代的转型期。但是"当代文学作为一个学科的建立,比当代文学的发生要晚许多年",这种情况源于"'历史'与'叙述'不能平行进行的技术性困难,重要的是,当代文学也需要在形式的叙事中实现其意识形态的功能。因此历史的原貌就'呈现'的意义而言是不可能的"[①]。因而,梳理当代文学学科史的大致轮廓也只能是从当代文学史研究著作层面去呈现,这些在当代文学学科历史化的进程中所产生的重要当代文学史研究著作一方面是该学科应对教学的需要,另一方面也显示了在处理历史叙述方面的潜在问题。

据洪子诚的《中国当代文学史》所述:"最早使用'当代文学'这一概念的,是50年代后期文学研究机构和大学编写的文学史著作……'文革'结束的70年代末以后,这个概念得到更广泛的运用,并在教育部文学学科设定中,取得'制度性'的保证。"[②]自1960年6月出版的山东大学中文系中国当代文学史编写组编撰的《中国当代文学史 1949—1959 第1册》开始,从1960年代至今已有将近七十部当代文学史著作出现。较为重要的有:郭志刚、董健等编撰的《中国当代文学史初稿(上下)》(人民文学出版社,1980年),张钟、洪子诚等编著的《当代文学概观》(北京大学出版社,1980年),张炯主编的《新时期文学六年》(中国社会科学出版社,1985年),孔范今的《20世纪中国文学史(上下)》(山东文艺出版社,1997年),洪子诚的《中国当代文学史》(北京大学出版社,1999年),杨匡汉、孟繁华主编的《共和国文学五十年》(中国社会科学出版社,1999年),陈思和主编的《中国当代文学史教程》(复旦大学出版社,1999年),孟繁华、程光炜的《中国当代文学发展史》(人民文学出版社,2004年),董健、丁帆、王彬彬主编的《中国当

[①] 孟繁华、程光炜:《中国当代文学发展史》,北京:人民文学出版社,2004年,第3页。
[②] 洪子诚:《中国当代文学史》(修订版),北京:北京大学出版社,2007年,第1页。

代文学史新稿》(人民文学出版社,2005年),陈晓明的《中国当代文学主潮》(北京大学出版社,2009年),严家炎主编的《二十世纪中国文学史(上中下)》(高等教育出版社,2010年)。这些文学史著作不仅标志着当代文学学科化的历史进程中不同阶段文学史撰述的成绩,也说明了当代文学这个学科所具有的活力与在历史叙述层面难以被自我封闭化的特质。这正如当代文学史研究者所言:"它是史家'历史叙事'的不同形式。《当代文学史》是处于不断'建构'和'重构'的过程之中。"①尽管如此,可以肯定的是,当代文学学科化正是伴随着"文革"结束后至1980年代初期当代文学发展的蓬勃局面而渐趋成熟的。当代文学研究始终携带着它与社会生活、文学创作、文学现象等"保持同步探索"②的特质,也正是它与现代文学的密切关联、与民族国家建立过程的须臾难分,同时,也由于这门学科对当下最新的文学创作与文艺动向、文学话题的不断思考和及时关注,其研究与批评因而也带有向着历史追溯和向着现实敞开的特点。如果不联系现代文学发展的历史境况,那么,当代文学的发展是无从谈起和缺乏评价视阈参照系的;如果不追踪当下文学的现实处境,那么,当代文学的切实性与有效性更是无从展开和大打折扣。因而,双重的要求与面向不仅是这门学科的特点,更是其魅力所在,不论是强调学科独立性的激进呼声,还是崇尚扎实研究、做足史料实证分析的稳健一派,实际上都是当代文学本身所处的独特位置与时代环境内在规定了的。所以,古代、现代文学研究者向当代文学研究的学术转型与当代学院派文学批评格局的形成,其实也都是与这门学科一方面关联历史,另一方面又紧接现实有关。

以北大的当代文学学科建制与发展为例。1970年代后期北京大学中文系学科重建,刚刚成立的当代文学教研室是作为当代文学教学任务的重要承担者与文学史教材编写的组织者的。北大中文系当代文学教研室张钟、洪子诚、佘树森、赵祖谟、汪景寿编写的《当代文学概观》是较早出现且影响较大的当代文学史教材。据洪子诚在对他的一

---

① 孟繁华、程光炜:《中国当代文学发展史》,第3页。
② 陈思和主编:《中国当代文学史教程》,上海:复旦大学出版社,1999年,第1页。

篇访谈中所言:"(北大中文系)当代文学教研室的筹建应该是1977年(77级大学生开始),这在当时是个普遍现象,很多大学都建立当代文学教研室。北大当代室是张钟、谢冕筹建的……我和汪景寿、赵祖谟选了当代。""1977年我们开始编当代文学教材。参加的老师有张钟、我(洪子诚)、佘树森、赵祖谟、汪景寿……我们文学史的编写可能要比郭志刚他们——也就是十院校后来的教材(即《中国当代文学史初稿》,人民文学出版社1980年12月出版)——要稍晚一些……(但)出版反而比他们(郭本)要早,1979年就出来了。当时的另外一本《中国当代文学史》(福建人民出版社),二十二院校合作的,要到1982年才出来。华中师院的《中国当代文学》,上海文艺出版社也直到1983年才印出来。"①同样,复旦大学、南京大学、山东师范大学等高校的当代文学学科建设也都经历了从古代文学尤其是现代文学向当代文学的学科分流与重组。新中国成立以后复旦大学中文系和北京大学中文系一样,正式建立现代文学专业,并组建了相应的教研室,贾植芳为主任,在其带领下建立了比较完善的现代文学教学、研究体系。1980年代以后,现代文学研究发生了极大的变化,学科范围拓展,研究对象自20世纪初一直贯穿到当下的文学发展,学术界于是有20世纪中国文学之说,而实际范围则更加开放。复旦大学当代文学学科在研究与批评层面的活跃程度是较为突出的,以陈思和、袁进、郜元宝教授为代表。南京大学中文系的现当代文学教研室前身为中央大学文学研究室,为中文系历史最为久远的学科之一,曾拥有陈中凡等一批学术大家,并以其杰出的学术成就奠定了该学科的基础。新时期以来,以陈瘦竹、陈白尘、叶子铭、董健、邹恬、许志英、丁帆为代表的一批学者在中国现当代小说史、中国现当代文学思潮、台港文学、中国现当代各体文学等方面具有明显优势与特色,居于国内外学术前沿地位。山东师范大学中国现当代文学学科创建于1952年,1955年开始招收研究生,是我国最早招收中国现代文学专业研究生的四个学科之一。学科奠基人田仲济、朱德发、魏建和吴义勤先后担任学科带头人,该学科在文学史和思潮流派研究、文献

---

① 贺桂梅:《穿越当代的文学史写作——洪子诚教授访谈录》,《文艺研究》2010年第6期。

史料和重要作家作品研究、当代文学研究和跟踪批评三方面优势明显。目前,在高校中文系的学科设置中几乎都能看到当代文学学科的存在。

但是,在当代文学的学科设立与渐趋完善过程中,由于其专业布局往往来自先前已有的其他文学学科研究系室的人员,这也为其后的学科发展埋下了方法论牵扯的伏笔。而这门学科最初的设立在很大程度上是因为1977年恢复高考后,出于大学课堂教学目的而开始的教材编撰实践,原有的现代文学史教材已无法涵盖1949年后的文学样貌,更难以在文学史叙述的层面对1949年后的文学发展给予阐释与宏观的梳理,因此,我们才会看到这个时期很多的当代文学史著作都是以概观、初稿、教程、纲要等命名的,它们也正意味着在"文革"结束后尽管出现了当代文学学科在高等教育中文专业中的大规模覆盖,但它的学科初建性甚至是草创性却是无法掩盖的,这也是在经过了较长时段后才出现专业的著史研究者独立撰写的中国当代文学史著作的原因之一。于是,在这个意义上来观察当代文学学科化的进程与当代文学批评格局的形成,会发现当代文学史研究与批评实践实际上一开始就涵盖在了当代文学学科的构成中。无论是概观性质的叙述还是纲要性质的梳理,它们都是由批评向文学史叙事与编撰的渗透与转化过程。然而,二者同构的矛盾甚至彼此对其阐释对象所具备有效性的相互抵消问题亦随之出现。这也正像当代文学研究者在反思当代文学的学科建设时所言:"如果说这里的批评行为是一种当代性的、因时的行为,那么学科行为则更是一种历史性、现代性的行为。这两种行为的混淆结果使学科性向批评性转移,变成在时间性当中唯新是举的追踪,结果是这一学科的话语规则和叙事规范始终没有被完善地建立起来。当代文学史如果从时间上讲至少比现代文学史要长,然而这种相对悠久的时间段落并没能帮助我们形成某种坚定的历史感……当代文学学科受到外部的攻讦,就与这种缺乏历史感的漂流状态相关。"[①]"历史感"的形成是人文学科最为重要的自立依据,然而,对紧密关联现实的当代文学学科而言,它又的确是一个难以从一般意义上衡量的依据。与相对封

---

① 谢冕等:《当代文学的学科建设》,《上海文学》1995年第2期。

第五章 恢复的现实主义文学批评

闭性的古代文学、现代文学学科的研究不同,当代文学学科"历史感"的获得往往难以摆脱与体制的牵扯。从批评的层面而言,"中国'当代'文学批评,必然是一种极富有中国特色的文学批评。其知识谱系和价值参照都相当复杂,并不单纯是文学批评的学理问题,而是历史化的与社会化的体制、权力形势在起内在支配作用"①。

由此观察新时期文学批评格局的建立,会看到三类较有代表性的群体:一类是以文艺政策与文艺制度建立的全局视野来思考问题的批评家;一类是以文学批评融入文学史研究的批评家;一类是将单纯的文学批评写作作为表达阅读旨趣的批评家。但随着当代文学学科在中文学科教学中日益体制化,大批当代文学批评从业人员都与高校产生了联系,直至目前的当代文学批评中学院派文学批评占据主体位置这种状况出现。当代文学批评的格局在1980年代末期至1990年代初期面临着的调整也正在于此。民间的学者日益潜隐,作家协会的创作研究机构其影响渐渐有限,庞大的学院派批评依托独有的文学研究资源和话语优势成为不容忽视的一道批评风景。谢冕1980年代末期主持的"批评家周末"与他担任总主编的《百年中国文学总系》丛书的出版,《上海文学》1990年代开设的批评家俱乐部专栏,21世纪以来,北京大学邵燕君主持的"北大评刊",中国人民大学程光炜开设的"人大课堂与重返八十年代、七十年代文学研究",这些都说明了保持当代文学批评的活力并以其拓展当代文学史研究的张力,这一点始终是当代文学学科建制与发展中值得重视的经验。

仍然回到本章的论题,1980年代初期"恢复的现实主义文学批评"的总体特点是从时代的热点问题和依靠思想解放运动的动力来展开,也就是说:"八十年代的文学批评,主要是在意识形态诉求的纲领底下来讨论问题,例如,思想解放运动提出反思'文革',文学批评就讨论文学与政治的关系,文学中的人性论和人道主义。因为这些都是针对创作实际中出现的反思'文革'对人的迫害对人性的践踏这一根本现象而言。因为人性论的批判,实际上是一种价值批评,它避免了政治批判

---

① 陈晓明:《当代文学批评:问题与挑战》,《当代作家评论》2011年第2期。

的危险性和危害性。"①正是由于1980年代初期恢复的现实主义文学批评的主要功能是对主流意识形态话语的阐释以及对文学与政治关系的规定性思考,所以"新的政治文化意识和文化规范虽与体现五四文学精神的现实主义文学思潮走向一致,然而,两者都有不断发展深化的过程,此间,也不免出现小小的不和谐,批判与争鸣也就时有发生,如关于'歌德'与'缺德'的讨论,对《苦恋》的批判……对人道主义和人性'异化'的批判……现在看来,这些批评活动有的'过'在文艺,有的'过'在'政治',这又使现实主义文学的发展出现复杂的情况。"②这一时期文学批评的局限与问题即在于此。1980年代初期当代文学批评还处在一个"历史美学"的批评范畴下,也就是说,如果"80年代中期前的文学批评,可以称之为'历史美学'的批评。在批评活动中,批评家都是根据自己的历史经验和美学眼光介入作品文本,这种批评最突出的特色之一就是批评家依据'感性'来看待作家作品"③,那么,它也明显与之前的纯粹"个人感悟"式批评不同。当代文学在1985年前后走过了"回收"阶段之后,开始把眼光从"社会"转向了"文学本体",但这并不意味着就可以完全规避它的前史。因为,建立起新的文学批评模式无论如何都充满着与先前文学批评经验的纠缠与混杂,最明显的表现则是"社会舆论化"的批评仍然潜伏在"文学本体论"批评的建构当中,这就出现了"社会舆论化"倾向下"文学本体论"的矛盾建构症候。而这样的批评姿态实际上也说明1980年代文学批评观念的不自明性:"舆论化批评"还是在某种程度上隐性式地制约着整个1980年代的文学批评。正如程光炜所言:"在文学的转型时期,公共舆论这只'看不见的手'却是一个远比文学本身作用更大的推手。"④

因而,无论是纵向呈现还是微观透视,恢复的现实主义文学批评姿态中,先前文学批评经验的混杂与渗透,都使得1980年代初期文学批评呈现出"社会舆论化"倾向下"文学本体论"的矛盾建构。正如研究

---

① 陈晓明:《当代文学批评:问题与挑战》,《当代作家评论》2011年第2期。
② 崔志远:《现实主义的当代中国命运》,北京:人民文学出版社,2005年,第320—321页。
③ 程光炜:《八十年代文学的"分层化"问题》,《文艺争鸣》2010年第5期。
④ 同上。

者所论:"当代文学在八十年代的转型,在1977—1984年间的表现是,在'十七年'中寻找资源,很多提法主张,如'回到五四''新启蒙'等等都是强化放大'十七年的存在'。"①实际上"十七年"作为一种历史经验和文学记忆参与了整个1980年代文学的想象与构建,在这个想象与建构的过程中,批评家不断对这种经验和记忆进行着重返、拒绝、清理、挑选甚至遗忘,从依赖到回避、从批评主体的激进化遗忘姿态到先前文学经验的潜隐难消,这些都表明了"十七年"文学批评所留下的隐秘痕迹。也就是说,尽管1980年代是一个文学辉煌的时期,但这种辉煌始终无法回避它与"十七年"时期文学历史的关联,或者说那个被作家和批评家、研究者有意绕开的"十七年"时期的文学遗产始终不曾与1980年代文学彻底分离。"当变革的历史要求摆在人们面前时,人们发现,现实竟是那样沉重。历史并没有随着年份的翻动而成为过去,它顽强的以某种方式存活在现实中。"②1980年代的批评家们的知识结构、批评观念、语言体系是在"十七年""阶级斗争"的叙述中形成的,与社会的强大联系使他们在参与1980年代文学批评的建构时,会将某种倾向于社会舆论化的批评姿态渗透在其文学评论中,并"泛化为将作品的'社会影响大小'视作文学批评的评价尺度"③。比如1980年曾镇南的《秀出于林——谈王安忆的短篇小说》就这样评论道:"不过,虽然作者做了这些努力,我还是感到她对社会现象的观察太直线化了。造成赵瑜的悲剧的,并不仅仅是她在教育学生的方法上的失误,而是有更为根本的社会因素在起作用。多年来极左路线和现代迷信所造成的人人自危、个个箝口、社会主义民主精神萎缩的局面,以及潜在的封建教育的积习,才是赵瑜的悲剧的根本原因。苦果并不完全是她自己种下的啊!这一层似乎作者并没有想到","有的读者可能会觉得,这样的主

---

① 程光炜:《当代文学在80年代的"转型"》,《中山大学学报(社会科学版)》2008年第6期。
② 程文超:《意义的诱惑:中国文学批评话语的当代转型》,长春:时代文艺出版社,1993年,第15页。
③ 程光炜:《八十年代文学的"分层化"问题》,《文艺争鸣》2010年第5期。

题,在思想解放运动已有相当发展的现在,算不上特别新颖了。"①像这样"社会舆论化"明显的批评文章在1985年之前的批评实践中大量存在,它关注重大的社会问题和现象,重视文学"聚焦社会问题的功能和提示大问题的能力","把文学主题、题材视为文学的根本价值与构成因素"②。但是,提倡重视社会影响与重视文学作品作为舆论表征的批评姿态与话语取向,一方面为文学秩序的重建制造了必要的条件,另一方面在解读作品和分析文艺现象时的某些缺陷,如内容大于形式,甚至是对现实主义创作方法的过分强调,也为后来文学批评的转型提供了可能。

(本章由孟繁华、毕文君执笔)

---

① 曾镇南:《秀出于林——谈王安忆的短篇小说》,《读书》1981年第4期。
② 程光炜:《八十年代文学的"分层化"问题》,《文艺争鸣》2010年第5期。

第六章　现实主义文学批评的深化

"拨乱反正",这是新时期以后指导思想文化的关键词。文学批评充当了拨乱反正的先遣部队,但与此同时,文学批评自身也需要通过拨乱反正才能清理队伍。1980年代初期的文学批评就是在这样一种双重压力下逐渐厘清思路的。现实主义逐步恢复了比较清爽的形态。

拨乱反正是1980年代初期及中期相当长的一段时间内的社会思想政治主潮,它无疑起到了稳定思想文化"军心"的作用。因为拨乱反正,文学批评很快就重振昔日威风,恢复了现实主义的传统,在文学前沿指点江山。一段时期内,占据主流的仍然是社会政治批评。"写真实"开启了新时期文学恢复现实主义创作方法的先河。但在恢复什么样的"现实主义"的问题上,理论界却发生了严重的分歧。一种观点认为,新时期文学应该走"十七年"文学的革命现实主义之路,即"社会主义现实主义"或"革命现实主义与革命浪漫主义相结合"的创作道路。另一种针锋相对的观点认为,必须对"十七年"的"社会主义现实主义"和"两结合"的创作方法,作批判性审视、思考,必须还原现实主义的本来面目。新时期初期的"现实主义"讨论,持续时间长,参与人数多,论争的主题在于现实主义的真实性、关于生活和形式透明性等问题,应该说,这些问题并不是在新时期伊始确立的创作原则,而是在理论与创作的双向掘进中逐步得到明晰的,这充分显示了当时现实主义作为文学主潮的声势与气度。

1980年代的文学批评在全面清理与批判反思的基础上向其自身回归,文学批评走向自觉,并呈现出多元探索的发展格局。在文学主体性的批评、文学批评方法的突破创新、对文学形式的批评、对现实主义与典型问题的批评、对审美意识形态理论的批评这五个方面取得了全方位、多角度、多层次的重大突破。理论家们立足于文学实践,在对前一阶段的批判反思的基础上勇于破旧立新,使1980年代中后期的文学批评取得了一系列重大的研究成果,并对此后文艺学的学科发展产生了深刻的影响。

一　新的美学原则:1980年代美学热与学理重建

"新时期"之初迅速兴起了一股美学热,并持续了四五年之久,为现实主义深化提供了理论准备。美学热是一个很值得探讨的社会现象。从中华人民共和国成立后,社会科学和思想文化打上了鲜明的党派和阶级的印记,新中国制定的文学政策则明确强调,文学应该成为政治的工具,与其相呼应的主流文学理论和批评政治色彩更加浓厚,文学批评以及文学批评所遵循的理论,很难绕开党派和阶级的立场、绕开政治意识形态的规约,因而也就难以对纯粹的文学性问题进行讨论和思考。但文学批评家和文学理论家们不可避免地要涉及这些问题,他们便伺机将这些问题挪移到合适的思想空间里,美学成为容纳这些问题的学术空间。美学作为哲学的一个分支,具有较强的抽象力,与现实距离较远,因此容易避开政治意识形态的规约。1950年代曾经也有过短暂的美学争鸣,并逐渐形成了四大流派:以朱光潜为代表的美是主客观统一派,以蔡仪为代表的美是客观派,以李泽厚为代表的美是社会性与客观性统一派,以高尔泰为代表的美是主观派。但这次美学争鸣很快被敏感的政治意识形态嗅出了越轨的气味,在政治批评武断的干预下,争鸣草草收场。

1970年代末期,粉碎"四人帮"并开始"拨乱反正"的思想清理时,思想文化界寻求理论突破的冲动就按捺不住了,于是人们再一次找到了能够绕开政治意识形态规约的美学作为思想通道。美学热的兴起就是一个迟早的问题了。1950年代的那场美学争鸣中所形成的四个派别也借美学热的东风再次亮出了各自的观点,他们基本上坚持旧见,并有所发展。美学热衷另一重要的现象,便是对马克思《1844年经济学哲学手稿》的推崇。《1844年经济学哲学手稿》是马克思早期的著作,包含着马克思的一系列重要的理论观点,这些理论观点在过去正统的马克思主义宣教中多半是被忽略、被遮蔽的,如关于人是依美的规律来

第六章　现实主义文学批评的深化

建造的思想、关于自然的人化以及人的感觉的社会化的思想、关于异化劳动的思想,等等。学习《1844年经济学哲学手稿》,仿佛让人发现了一个新的马克思形象,从而也对过去关于马克思主义的宣教产生了质疑。这种质疑的思想倾向显然助长了在理论上寻求突破的思想冲动。这本薄薄的马克思早期的天才式著作,就成为中国1980年代思想解放运动的启示录,也成为学理重建的思想基础。它包含了人道主义问题、异化问题、审美的主体性问题、审美尺度和标准问题。所有这些问题,都是1980年代思想解放、拨乱反正亟待解决的第一步的理论难题,这些难题不突破,"文革"后的理论与批评则无从打开新的路径。

美学的兴起既是借了关于马克思《1844年经济学哲学手稿》讨论的前提,也承接了历史的延续,更重要的在于它以不那么触及内容的形式特征找到迅速生长的空间,从而受到青年和社会的广泛的响应。从1978年起,逐渐复刊的学术刊物也开始发表美学论文,这一年就有《外国文学研究》发表的朱光潜的《研究美学史的观点和方法》、《复旦大学学报》发表的丘明正的《试论共同美》、《社会科学战线》发表的克地等人的《美、美感和艺术美、不同阶级也有共同的美》和程代熙的《试论黑格尔和费尔巴哈的"人化的自然"》等。美学热的兴起大致上是从1979年开始的,标志性的事件是中国当代第一份专门研究美学的学术刊物《美学》创刊。《美学》是由中国社会科学院哲学研究所美学研究室编辑、由上海文艺出版社出版的大型丛刊。首期刊发的20篇论文分别涉及形象思维、西方美学、悲剧和灵感范畴、门类艺术理论以及对姚文元美学的批判。

刚刚兴起的美学热与当时热火朝天参与"拨乱反正"的文学批评仿佛是两股道上跑的车,互相之间并没有交汇。当美学热津津乐道于美是否能够超越阶级,人类是否具有共同美的问题,进而对马克思原著中新发现的词"异化"以及"人化的自然"这类新鲜概念充满理论兴趣时,文学批评正围绕伤痕文学作品的评价展开了关于"歌颂"还是"暴露"的直接厮杀。1979年在伤痕文学蔚成大潮之际,4月15日的《广州日报》发表了一篇《向前看呵,文艺》(黄安思),把伤痕文学称为"向后看"的文艺。同年第 6 期的《河北文艺》所发表的《"歌德"与"缺德"》(李剑)一文,强调"文学艺术的党性原则和阶级性",要歌无产阶级之德,认为伤痕文学是"用阴暗的心理看待人民的伟大事业"。由此而展开了一场关于"歌德"还是"缺德"的争鸣。但这场争鸣更多的还是立足于政治姿态,立论于"文革"的评价,因此受到政治人物的直接干预,争鸣基本上变成了一边倒的趋势。这场争鸣属于典型的"拨乱反正",它为建立正常的文学秩序进行政治上的"清场",从文学批评理念的角度看,并没有提供什么新的思想空间。倒是美学热衷的理论探讨,正在一点点地撕开了僵化的文艺思维定式,为后来的现实主义文艺理论的深化以及突破,悄悄地作了理论铺垫。事实上,"文革"之后即刻兴起一场美学热,原因远不在美学自身,它折射出在意识形态上的思想危机。因此有不少意识形态战线的学者和领导者也参与到美学热的讨论之中。

朱光潜是"文革"后最早发表美学论文的理论家之一。他深厚的西方哲学和美学理论修养,奠定了他的扎实的美学基础,他的美学思想能够清晰地看到西方理论的影响和脉络。他不仅在介绍西方文艺理论和美学思想方面做了大量的工作,而且重新翻译的马克思《1844 年经济学哲学手稿》(片断)在 1980 年《美学》第 2 期上发表。刊物同时还发表了一组《1844 年经济学哲学手稿》美学思想研究论文。马克思《1844 年经济学哲学手稿》在后来形成了"手稿热",朱光潜可以说是引燃"手稿热"这一思想炮仗的人。早在 1950 年代的美学大讨论中,朱光潜就注意到了马克思《1844 年经济学哲学手稿》的思想价值,特别是受到马克思关于劳动实践是人的本质力量对象化的思想的启发,他将"实践"概念作为解释审美活动的立论基点,认为人是通过劳动实践,才对世界产生了真正的审美关系,艺术审美与劳动生产具有同源性,都是人的本质力量的对象化过程。新时期以后,朱光潜深化了"实践"概念,这使他跳出中国美学界所拘囿的美是主观还是客观的问题域,而在社会、历史等更广阔的背景下思考审美问题,建构起独立的实践美学形态。他认为,马克思的实践观点"必然要导致美学中

第六章 现实主义文学批评的深化

的革命"①。他为美学的实践性特征总结了三个要点:其一,人通过实践创造了一个对象世界。这种实践创造活动不仅包括物质的生产活动,还包括精神上的生产活动,如科学、哲学、文艺等。从实践性出发,朱光潜主张既反映自然又体现人的主观能动性的现实主义文艺观。其二,这两种实践活动表明人是有自我意识的存在,即人的创造能够服务于整个人类特种的需要,因此,文艺具有社会性的功用。其三,人能够按照美的规律来生产,这就意味着,在文艺创造中,作者要遵循创作素材、方法、媒介的规律,以及作家与作品、观众与作品、创作与时代和社会类型、创作与传统之间的规律关系等。朱光潜的实践美学观对文艺批评具有较重要的理论启示。由于实践是具有历史性的活动,因此我们在进行审美活动以及进行文艺批评时就应该拥有历史性的眼光。另外,将审美活动纳入实践范围,也为理论界关注日常生活中的美学问题提供了理论基础。从审美实践观出发,朱光潜对文艺批评中普遍存在的机械论提出了批评,认为这种文艺批评往往忽略具体的美学实践活动,而是对概念生搬硬套。"事情本来很复杂,你能把它简单化成一个'美的定义'吗?就算你找到'美的定义'了,你就能据此来解决一切文艺方面的实际问题吗?"②因此给美下抽象、枯燥定义的做法无助于人们真正把握审美问题,"现实生活经验和文艺修养是研究美学所必备的基本条件"③。

朱光潜是新时期之后最早重提人道主义的批评家。1978年,他在《社会科学战线》第3期上发表了《文艺复兴至十九世纪西方资产阶级文学家艺术家有关人道主义、人性论的言论概述》,虽然是对西方言论的概述,但对"人道主义""人性论"的倡导意图不言而喻。第二年,他又在《文艺研究》第3期上发表了题为《关于人性、人道主义、人情美和共同美的问题》的文章,文章以讨论美学问题为入口,再一次提出具有政治敏感性的人性与人道主义问题,显示出朱光潜的思想勇气,也为现

---

① 朱光潜:《朱光潜美学文集》第3卷,上海:上海文艺出版社,1983年,第486页。
② 朱光潜:《谈美书简》,北京:北京出版社,2004年,第10页。
③ 同上书,第14页。

实主义的文学批评在思想上突破提供了思想资源。人性论、人道主义在左翼文艺理论里一直是一个非常暧昧的话题,进入到当代文学历史阶段,基本上就被打入了冷宫,极左思想最为流行的时期,人性论和人道主义甚至成了一条宣判作家思想反动的罪证。"文革"后的"拨乱反正"也包括了为人性论和人道主义正名。朱光潜对于为人性论和人道主义正名不遗余力。他从马克思主义的原典中寻找人性论的依据,指出:"马克思《经济学—哲学手稿》整部书的论述,都是从人性出发,他证明人的本身力量应该尽量发挥,他强调的'人的肉体和精神两方面的本质力量'便是人性。马克思正是从人性论出发来谈无产阶级革命的必要性和必然性,谁要使人的本质力量得到充分的自由发展,就必须消灭私有制。"①朱光潜认为,马克思的实践理论将人的本质力量的对象化作为人性,人性是普遍存在、人所共有的。作家要真正创造出优秀的文艺作品,就必须打破人性论的禁区,走出抽象概念的苑囿。对于人道主义,朱光潜认为它虽然是西方历史的产物,但其核心思想始终不变,即"尊重人的尊严,把人放在高于一切的地位,因为人虽是一种动物,却具有一般动物所没有的自觉心和精神生活。人道可以说是人的本位主义"②。朱光潜针对新时期刚刚开始的文学作品过于追求思想主题,缺少人情味,提出文艺作品应该加入群众喜闻乐见的东西,如对爱情的细腻描写等,强调文艺作品要有人情味。朱光潜的这一系列观点在当时都具有冲破思想"禁区"的效果,因为当时的思想斗争仍很激烈,他本人也知道说这些话的"风险",但他说:"如果把冲破禁区理解为'自由化',我就不瞒你说,我要求的正是'自由化'!"③朱光潜这一时期修订重版的《西方美学史》影响甚大,《西方美学史》第一版出版于1963年,被认为是中国研究西方美学的发轫之作,1979年修订后的第二版由人民文学出版社出版,给当时的美学和文学理论提供了丰富的西方美学知识参照系。

---

① 朱光潜:《关于人性、人道主义、人情美和共同美的问题》,《文艺研究》1979年第3期。
② 朱光潜:《谈美书简》,第54页。
③ 同上书,第57页。

第六章 现实主义文学批评的深化

严格说来,钱锺书①并没有直接参与当代文学批评,他是一位学养深厚的学者,其治学方向主要是中国古代文学和比较文学。但他的学术思想、治学方法对当代文学批评具有很大的影响。钱锺书的学问博大精深,却又深藏不露,他以传承通达古今中外的知识视野,却又独辟蹊径的学术方法,给20世纪八九十年代中国人文学术,当然也包括中国文学批评,提供了一个高远的学术典范,也是青年学人向往的学术境界。对于刚从政治批判运动的阴霾中走出来的中国几代学人,其示范意义无疑是巨大的。新时期初,钱锺书的两本体现其学术思想的代表作相继出版。一是《管锥编》,一是《谈艺录》(增订本)。《管锥编》是钱锺书在"文革"中开始写作的古文笔记体著作,全书有一百余万字,钱锺书对《周易正义》等十种古籍进行了详细缜密的考订、诠释和论述,打通时间、空间、语言、文化和学科的壁障,引述四千位著作家的上万种著作中的数万条书证,所论除了文学之外,还兼及多个领域的社会科学和人文学科,不乏创新之见。《谈艺录》是钱锺书在民国时期写作的诗文评论的结集,既继承了传统诗话的长处,又广泛吸收西方文艺思想的精粹,充分体现了其渊博和睿智。钱锺书的这两部著作出版后不仅引起学界的重视,而且也在文学界风靡一时。钱锺书对于新时期的文学批评具有一种"典范"作用,这两本书充分显示出钱锺书丰厚的知识和学养,也显示出钱锺书学术上的开阔眼光及胸襟,更重要的是,这两本书无论是思维方式还是语言叙述,都与"文革"十年极端的思想压迫下所形成的以"政治正确"为原则的公共化思维方式以及语言叙述模式毫无相似之处。新时期以后最先出版的钱锺书的书是《旧文四篇》,这是钱锺书应出版社的诚恳邀约,将他过去未曾收入集子里的四

---

① 钱锺书(1910—1998),1910年10月20日出生于江苏无锡市的一个教育世家。别名钱仰先,字哲良,默存,号槐聚。19岁考入清华大学外文系,1935年赴英国牛津大学塞特学院英文系留学,1937年获得牛津大学学士学位。1938年回国,被清华大学破例聘为教授,次年转赴国立蓝田师范学院任英文系主任,并开始《谈艺录》的写作。此后又在西南联大、震旦女子文理学院、暨南大学等处任教,并相继完成了散文随笔集《写在人生边上》、小说《围城》等的写作。1949年任清华大学外文系教授,1953年转入中国社会科学院文学研究所任研究员,1958年出版了《宋诗选注》,1979年《管锥编》出版,1982年任中国社会科学院副院长,1998年12月19日病逝于北京。

篇涉及文艺理论的文章结为一集出版。《中国诗与中国画》一文写于1940年,《读〈拉奥孔〉》《通感》和《林纾的翻译》均写于1960年代。虽是旧文,但文章涉及文艺理论的一些基本问题,其思维方式迥异于当时占主流的思维方式,给人耳目一新的感觉,因此该书一出版,就受到罕见的欢迎。人们既惊叹于钱锺书在知识上的渊博和学术上的真知灼见,同时也从中受到启发,原来文学理论和文学批评还可以这样去做。当时就有人撰文称这本很单薄的书"分量是很重很重的"。①《旧文四篇》出版后便迎来了美学热。美学热与当时在文学批评界如火如荼进行的"拨乱反正"思想批判并没有发生直接的关系,而《旧文四篇》表现出作者深厚的美学造诣,仿佛就是在为纯粹的艺术分析的文学批评正名,也证明了美学以及文艺学的理论对于文学批评的基础性作用。因此钱锺书的这四篇文章无形中为人们开启了一条沟通的渠道,使美学热的抽象理论探讨对于着力于具体论争的文学批评有所影响。随着钱锺书的学术著作《管锥编》和《谈艺录》等陆续出版,人们对于钱锺书的重理论、重语言和艺术分析的学风逐渐有了比较全面的认识。

钱锺书的影响并不是立竿见影式地见效于当时的文学批评。事实上,作为"典范"的话,钱锺书对于很多人来说是高不可及的"典范",很难效仿。如钱锺书的知识积累就令人赞叹不已。钱锺书的论著纵贯古今,沟通中外,包括了数种语言,对数以万计的作家和作品了如指掌。美国汉学家夏志清也称誉钱锺书为"当代第一博学鸿儒"。但钱锺书的学术成就还是让文学批评界逐渐树立起重知识、轻理论的风气。当时有不少年轻人热衷于做钱锺书的"粉丝",更有一些严肃的学者积极倡导钱锺书的学术成果。厦门大学教授郑朝宗,早年留学于英国剑桥,与钱锺书交情笃厚。1950年代因为发表赞扬钱锺书学术的言论而被打成右派。他在1980年代初率先提出"钱学",并在大学课堂上开设了钱锺书研究的课程。舒展、陆文虎等作家、学者也相继在报刊上撰文

---

① 黄宝生:《钱锺书先生的〈旧文四篇〉》,《读书》1980年第2期。

第六章 现实主义文学批评的深化

提出要"普及钱锺书"①"刻不容缓地研究钱锺书"②等主张,从而将钱锺书的纯学术纳入 1980 年代的具有广泛群众性的文化复兴的运动之中。

钱锺书在 1980 年代始终与现实和政治话语保持着距离,也基本上未直接参与到 1980 年代的文学批评和文学论争之中,但钱锺书的这种姿态,恰好契合了文学批评界追求独立品格的情绪,如同一种无声的言说,为人们提供了不受政治意识形态约束的范例。钱锺书虽然不对现实发言,但他的叙述语言完全不同于文学批评界流行的话语方式,对于长期受政治化批评八股困扰的文学批评现实来说,其实是最有效的干预。从根本上说,钱锺书并不是一位逃避现实的学者,他对现实有着清醒的认识,并对现实保持着批判的精神。1980 年代是反思历史最热火的时期,特别是中年一代的知识分子,成为批判历史的主力。钱锺书对此却有着不一样的看法。他在为夫人杨绛的《干校六记》所写的序文中表达了对反思热的看法,他说:"至于一般群众呢,回忆时大约都得写《记愧》:或者惭愧自己是糊涂虫,没看清'假案'、'错案',一味随着大伙儿去糟蹋一些好人;或者(就像我本人)惭愧自己是懦怯鬼,觉得这里面有冤屈,却没有胆气出头抗议,至多只敢对运动不很积极参加。也有一种人,他们明知道这是一团乱蓬蓬的葛藤账,但依然充当旗手、鼓手、打手,去大谈'葫芦案'。按道理说,这类人最应当'记愧'。"③钱锺书显然是有感而发的。那些积极批判"文革"历史的人们都是从那段历史过来的,也是那段历史的参与者,现在却在批判中把自己撇开,丝毫没有半点自我批判的意思。钱锺书对此很不以为然。1980 年代初,钱锺书发表《诗可以怨》,这篇短文一时间让无数学子叹服不已,如此朴素,随意道来,古今中外尽收眼底。当时也值中国文学理论和批评关注情感问题和形象思维问题,钱锺书固然没有与当时的话题对话的

---

① 参见舒展《普及"钱锺书"》,《文艺学习》1986 年第 1 期。
② 参见舒展《文化昆仑——钱锺书——关于刻不容缓研究钱锺书的一封信》,《随笔》1986 年第 5 期。
③ 钱锺书:《〈干校六记〉·小引》,杨绛:《干校六记》,北京:生活·读书·新知三联书店,2015 年,第 1—2 页。

意思,但却对当时的讨论颇有增益。

  1980年代的李泽厚①是思想解放运动的代表性人物。李泽厚在1950年代的美学大讨论中崭露头角,那时就显示出过人的才华。当时二十五六岁的李泽厚与其他几位早已名满天下的大教授朱光潜、蔡仪、黄药眠等展开论争,显示出他过人的理论素养,并且立即自成一派(客观社会实践派)。这次在"双百方针"背景下开展的美学大讨论中,涌现出了一批优秀的文艺研究力量,李泽厚是成长于其中的新生代重要美学思想家之一。20世纪五六十年代是李泽厚美学思想的初创期与奠基期,在此次关于"美的本质"等问题的美学大讨论中,李泽厚发表了多篇重要论文,如《论美感、美和艺术——兼论朱光潜的唯心主义美学思想》《美的客观性和社会性——评朱光潜、蔡仪的美学观》等,在质疑与驳论中建树起了自身以马克思主义为基础、具有强烈思辨风格的美学思想体系。此次美学大讨论,从一开始具有浓厚意识形态性的政治批判,逐渐转入马克思主义认识论研究范式的美学争鸣,基本形成了四大美学派别,李泽厚的美学思想作为其中重要的派别之一——客观社会实践派,对其他派别的美学观点进行了不同程度的批驳。第一,吕荧持"美是观念"的观点,认为美在于主观评价,由于这一学说属于比较明显的哲学唯心主义,赞同的人较少,并未形成太大的影响。第二,对于以蔡仪为代表的"美在客观"的学派观点,李泽厚并不完全赞同,他认为美虽然是客观存在,"但它不是一种自然属性或自然现象、自然规律,而是一种人类社会生活的属性、现象、规律。它客观地存在于人类社会生活之中,它是人类社会生活的产物。没有人类社会,便没有

---

① 李泽厚(1930—2021),湖南宁乡人。1948年毕业于湖南省立第一师范,1954年毕业于北京大学哲学系。毕业后分配至中国社会科学院哲学社会科学学部,后为中国社会科学院研究员。在1955年的美学大讨论中崭露头角,一直从事美学、中外哲学研究。1992年获准移居美国,任教于美国科罗拉多学院,1999年退休,为科罗拉多学院荣誉人文学博士,巴黎国际哲学院院士。1958年李泽厚出版第一部学术专著《康有为谭嗣同思想研究》。"文革"结束后出版有专著《美学论集》《批判哲学的批判》《中国近代思想史论》《美的历程》《中国古代思想史论》《中国现代思想史论》《华夏美学》《美学四讲》《论语今读》《世纪新梦》等。2010年出版的美国《诺顿理论与批评文选》第二版,收录了李泽厚《美学四讲》的部分章节,这是这套具有世界性影响的古今文艺理论选集第一次选入中国学者的文论。

美"①。在此基础上,李泽厚进一步发展了其美学客观性与社会性统一的观点,将美在"物本身"的客观自然领域拓展到了"人本身"的人类社会领域。第三,值得注意的是,李泽厚的"美学的社会属性"观点并不等同于另外一大派别的代表人物——朱光潜的"主观社会性"美学观点。李泽厚认为,主张"美是主客观统一"观点的朱光潜,其美学思想实质仍属主观唯心主义。一方面,李泽厚指出,美是主观的便不是客观的,是客观的便不是主观的,很难"折中调和"。另一方面,他提出美应该具有不依存于人类主观意识、情趣而独立存在的客观性质,将美的本源明确落实在了马克思主义唯物立场的客观性之上。综合以上观点,李泽厚在《美的客观性与社会性——评朱光潜、蔡仪的美学观》一文中表明了自成一派的美学观点,美并非仅仅基于人的主观世界或者客观的自然存在,而是牢牢建立在人类实践的客观性与客观世界的实践性之上,美依存于人类社会生活本身。总之,李泽厚所认同的美学观点是客观性与社会性、实践性的统一。对于此次美学大讨论,李泽厚担当起了举足轻重的任务,对唯心论美学和庸俗社会学或形式主义文学研究的批判,为新中国的美学研究起到了积极的引导作用,同时促进了原本阶级性与哲学性意味浓厚的批判运动转向艺术实践和审美性的学术探讨。很快,轰动一时的"美学大讨论"被"反右运动"压倒而不得不告一段落,此后的李泽厚也就当时的思想观点做出了调整和完善。"文革"后,李泽厚重出江湖,最早做出的理论表达是在1980年代前夕发生的形象思维大讨论中。1940年代别林斯基首先提出"形象思维"这一范畴概念,经由苏俄传入中国后在1950年代开始产生了持续十年之久的大讨论。"文革"后爆发的第二次形象思维大讨论,一直持续到1980年代中期,李泽厚全程参与了两次大讨论,并在第二次形象思维大讨论中发挥重要作用。在此期间,李泽厚相继发表了《关于形象思维》《形象思维续谈》②,论述了形象思维和逻辑思维的区分、先后、优劣,认为

---

① 李泽厚:《美学论集》,上海:上海文艺出版社,1980年,第24页。
② 《关于形象思维》发表于《光明日报》1978年2月11日,《形象思维续谈》发表于《学术研究》1978年第1期。

形象思维是文艺创作的客观规律。此次形象思维大讨论大体上也分为反对和肯定两大派别,而李泽厚发现了形象思维讨论中的致命问题,认为讨论的双方所立论的前提都是一致的,即把文艺看作认识。李泽厚最早质疑了这一被认为是最正统的普遍真理。他认为,所谓形象思维并不是一种独立的思维方式,而是指艺术想象,"是包含想象、情感、理解、感知等多种心理因素、心理功能的有机综合体,其中确乎包含有思维——理解的因素,但不能归结为、等同于思维。我也不认为它只是一种表现方式、表现方法,而认为它是区别于'理论地掌握世界'的'艺术地掌握世界'的方式"①。在他看来,形象思维既不是思维也不是认识,而是有着自身独立的情感逻辑,文艺具有情感性和非理性特质,这就使他跳出了意识形态的认识论束缚,将艺术从从属于政治的状态拉回自身独立发展的轨道,推动了新时期文艺的健康发展与良性循环。同时,李泽厚在积极引入"形象思维"这一国外美学范畴的基础上,不断吸收中国古典美学和古代文论的观点与内涵,在观点的争鸣交锋中,使形象思维这一概念逐渐具备了中国化的属性。在美学热讨论中,其他几位如朱光潜、蔡仪、王朝闻,都比李泽厚年长,学术名望也是让青年人顶礼膜拜。但他们都没有李泽厚那样深深吸引青年一代。因为李泽厚富有思想激情,他打开了西学更宏阔的大门,他的思想有当代性、有现实感,并且能把马克思主义与中国当下的问题结合起来。再一次的"美学热"继承了1950年代美学大讨论的成果基础,1980年代人道主义思潮以"人"为核心铺展开自身的理论,李泽厚在其中开创性地将《1844年经济学哲学手稿》中的美学观点引入讨论并以之为理论依据,挖掘马克思"异化"理论为思想资源,与中国现实和传统相结合,以此来完成话语建构。从1977年起,李泽厚主持了美学译文丛书的翻译与出版,短期内将数十种西方美学名著介绍给中国读者。李泽厚的《康德的美学思想》成为1979年创办的大型丛刊《美学》的最重头文章。这篇文章是李泽厚专著《批判哲学的批判——康德述评》中的一部分,该专著也在同一年出版。这部专著已经显现出李泽厚超前的思想。该书在

---

① 李泽厚:《形象思维再续谈》,《文学评论》1980年第3期。

第六章 现实主义文学批评的深化

"美学热"中产生了深远影响。在这本书中,李泽厚借用康德的先验特征与主体性"文化—心理结构",逐步创立了"主体性实践美学"的哲学美学。在其后的两三年内,他陆续出版了《美学论集》《中国近代思想史论》和《美的历程》。李泽厚的这些著作都是"美学热"中最基本的思想资料。当时《人民日报》的一篇文章的标题就是《请听北京街头书摊小贩吆喝声"李泽厚、弗洛伊德、托夫勒……"》[①]。追逐美学热的年轻人几乎人手一本《美的历程》。《美的历程》并不是一部严谨的美学史,主要还是对中国历代审美风格和审美趣味的描述。1980年代末期李泽厚出版的《华夏美学》才真正代表了他对中国美学史的理论见解。在《李泽厚美学概论》中,刘再复认为这两本书是李泽厚美学思想的外篇和内篇。如果说外篇侧重于"形",那么作为美学史论的内篇,《华夏美学》则更关注"神"的部分,侧重于展现中国美学的内在精神部分,力图展现以儒、道、佛、禅为主要组成部分的华夏美学基本精神。正是在《华夏美学》中,李泽厚创造性地运用自己提出的"情本体""乐感文化"等命题来审视和阐释中国美学。《华夏美学》的很多篇章,都对《美的历程》所提出的问题进行了承接和深化。但《美的历程》在思想方法上具有革命性的影响。刘再复认为,《美的历程》的新意和创造性,恰恰在于"超越了艺术史,打通艺术史、文学史、宗教史、工艺史"[②],前所未有地把绘画、书法、诗、赋、词、小说、物质文化和考古学作为描述对象综合起来进行审美判断。李泽厚在《美的历程》中书写的是一部中国审美变迁史,而非仅仅局限于某一领域的历史再现。人们发现,正统的历史还可以这样来叙述:讲哲学可以不讲唯物主义和唯心主义;讲文艺可以不讲现实主义浪漫主义。因此,李泽厚的意义不仅仅在于他给"美学热"中的基本群众提供了最实用的弹药,还在于他亲手接通了"美学热"与"拨乱反正"文学批评这两条本来不相干的轨道。李泽厚采取了完全不同于钱锺书的对现实保持距离的治学姿态,对现实充满了热情。因此他对美学的研究也不是将其作为纯粹的艺术哲学来研

[①] 《人民日报》1986年12月14日。
[②] 刘再复:《李泽厚美学概论》,北京:生活·读书·新知三联书店,2009年,第12页。

究,而是更看重美学的思想价值。他在做美学史研究的同时也在进行思想史研究,鲜明地体现了他学术思路的特点。因此在他的美学理论中包含着他对现实和历史的认知,他说他写《美的历程》就是要把"思想史和美学接连起来"①。李泽厚在这部著作里,以人类学本体论的美学观来描述中国文化的历史进程,完全颠覆了正统的历史观,在当时引起极大的反响。也就是在美学热最红火的时刻,李泽厚逐渐显露出了他的思想高度和理论力度。他从根本上说是一位思想家,美学只是他全面展开思想批判的切入口。

正因为李泽厚思想批判的深度和力度,他对新时期文学批评的突破起到了思想引领的作用。李泽厚对于文学批评最深远的影响是他的"启蒙与救亡的双重变奏",亦即"救亡取代启蒙"的历史评价和他的"主体论"哲学。1980年代的思想解放,被视为延续了"五四"时期的启蒙运动。在这种新启蒙的冲动之中,1986年李泽厚在《走向未来》创刊号上发表了《启蒙与救亡的双重变奏》一文,集中表达了他对中国近百年来思想演变的核心观点。他认为,中国知识分子在启蒙与救亡这两重同等紧迫的使命之间徘徊,从一个极端跳到另一个极端,似乎永远不得解脱。而在相当长的历史时段,救亡之呼声始终压抑着启蒙之诉求,"启蒙与救亡(革命)的双重主题的关系在五四以后并没有得到合理的解决,甚至在理论上也没有予以真正的探讨和足够的重视……终于带来了巨大的苦果"②。为解决这一长久以来困扰现代中国的问题,李泽厚文章第三部分提出了解决方案,即著名的理论命题"转换性创造"。李泽厚在对中国传统和社会文明进行分析后得出结论,传统是扔不掉守不住的,而仅凭经济的发展就会自动更新一切的想法也只是懒汉的幻想,那么就需要我们对传统进行自觉的转换性创造。一方面在于社会体制结构上的转换性创造,他提出"西体中用"的思路,认为当今启蒙与救亡的关系已经不再紧迫,社会主义民主不能再是一种激

---

① 李泽厚:《与台湾学者蒋勋关于〈美的历程〉的对谈录》,《走我自己的路》(增订本),合肥:安徽文艺出版社,1994年,第437页。
② 李泽厚:《中国现代思想史论》,天津:天津社会科学院出版社,2003年,第43页。

第六章　现实主义文学批评的深化

情呐喊的口号或者绝对服从的统治意志，而应该借鉴人类共同的财富去实现和发挥个体的自由、独立、平等。另一方面是文化心理结构上的转换性创造，站在时代巨变的基点上，必须要扫除已经与现实社会不相适应的陈旧传统的束缚，否则它们便会披上虚假的外衣对个体展开新形式的思想奴役。我们要做的就是在自然承续传统中积极成分的基础上，否定和批判传统中的封建主义内容，在树立现代个体人格的过程中，既不以理压情，也不一味纵情破理。只有以这样的方式重新估定一切价值，才有可能真正去继承、解释、批判和发展传统。启蒙与救亡双重变奏这一核心观点在新时期之初就已成型，李泽厚1979年在《鲁迅研究月刊》第1辑上发表《略论鲁迅思想的发展》一文，提出了"近现代六代知识分子"的概念，试图通过描写六代知识分子的交替，梳理出中国知识分子"通过传统转换走向世界"的心路历程。这种关于"二十世纪"的整体思路和"走向世界"的现代化脉络，在李泽厚的论文中得到反复强调，也直接影响到1980年代文学批评和文学史界对于中国现代文学以及现实主义的反思。其后，无论是人们提出"二十世纪中国文学"，还是重写文学史思潮的兴起，都可以发现它们与李泽厚在新时期初期思想的逻辑关系。李泽厚的"主体论"是他在长期研究康德哲学的基础上，以康德哲学的主体论和马克思的唯物史观构建起的"主体性实践哲学"。在李泽厚看来，主体性是一个比"人"更有内涵的概念，研究人性必须研究人的主体性。作为主体的"人"既能够进行客观的物质实践，又能够进行主观的精神活动，从而在客观的社会历史实践中不断发展和丰富人的"本质力量"，并通过自己的实践来肯定、确证、发展和创造自己。李泽厚的"主体论"的提出，为1980年代文学的个人觉醒和个性张扬提供了最有力的思想依据，也给文学是人学的时代主题注入了理论深度。他的主体性概念融合"工艺—社会"与"文化—心理"的内外结构，在人类群体的实践历史中逐渐积淀成相对固定的"工艺—社会"结构，为个体的先验审美提供可能，个体也成为体现前者或者说具体实践前者的主体。李泽厚的贡献在于将既往文艺理论对历史性、社会性、革命性、典型性的审美要求转变到"人的张扬"上来——对作为主体的个体的重视，也就是人道主义话语标准的建构，在哲学意义上,是"从'物质决定意识'到'意识如何反映物质'"①的认识论转换。《美的历程》可以看成李泽厚以"主体性实践哲学"对中国美学史的一次具体理论实践。他在书中所提到的"有意味的形式""积淀说""自然的人化"和"人的自然化"等,都是主体性实践哲学的具体展开。李泽厚在这部专著中体现出的反传统的思想见解和独辟蹊径的研究方法,对当时文学批评突破陈规陋习具有极大的示范作用。尽管《美的历程》因为创新性和探索性而引起较大争议,学界很少有人写书评推荐,但它却成为一本少有的畅销的学术著作。十年间重印了8次,还有不少盗版本。

从20世纪五六十年代美学大讨论到1980年代美学热,再到1990年代,马克思主义始终是李泽厚思想资源中的重要维度。在半个多世纪的思想历程中,李泽厚创立了实践美学和人类学哲学本体论学说。李泽厚以马克思主义的历史唯物论与实践观为基础,通过吸收康德哲学中的"主体性"和能动性内涵,将康德在认识论层面对上帝的回归改造成以人的主体为最终目的。通过双向吸纳,在历史唯物论的社会发展模式基础上,突出并彰显了个体的重要价值与理论光辉。在收录于《中国现代思想史论》的《试谈马克思主义在中国》一文中,李泽厚对马克思主义中国化的发展路径做出了详细的梳理和回顾。这篇文章从1918—1927年、1927—1949年、1949—1976年、1976年之后这四个阶段入手,分别描绘了不同阶段马克思主义发展的特征与面貌。第一个阶段李大钊等人在中国传播马克思主义时,其理论学说就加入了浓厚的民粹主义、道德伦理主义和实用主义的色彩,而这之后也基本构成了前三个阶段中国马克思主义的整体趋向。李泽厚对"实践是检验真理的唯一标准""这场讨论并没有真正的理论成果,它在完成了它的政治使命之后,也就没能再继续"这点感到惋惜。而在他看来能够"真正在马克思主义理论领域中展示出新时期特点"②的"人道主义"论争也仍

---

① 贺桂梅:《"新启蒙"知识档案——80年代中国文化研究》,北京:北京大学出版社,2010年,第93页。

② 李泽厚:《中国现代思想史论》,北京:东方出版社,1987年,第199页。

第六章　现实主义文学批评的深化

有失偏颇。"强调马克思主义具有人道主义性质是不错的,但把马克思主义解说为人道主义,或以人道主义来解释马克思主义,却并不符合马克思当年的原意。……人道主义不可能是历史观,用人道主义来解释历史,来说明人的存在或本质,必然带有空泛、抽象或回到文艺复兴、启蒙主义的理论上去。"①在李泽厚看来,二者仍未跳出时代束缚,难以推动中国马克思主义与当代社会思想的深刻变革。据此,李泽厚认为,坚持和发展马克思主义,更重要的是发展,首先要发展马克思主义,才能有坚持马克思主义的问题。因此,李泽厚提出马克思主义与中国社会都到了一个如何前进的关键时刻,马克思主义所需要的"创造性的发展",其一是回归历史唯物论,明确唯物史观才是马克思主义的基本理论,分为哲学层和科学层两个方面。其二是改善和加强对马克思、列宁的经典理论研究,包括《资本论》《1844年经济学哲学手稿》、列宁的《国家与革命》。李泽厚从回归与建设的角度,力图清除对马克思主义的教条恪守与误读歪曲。基于此,李泽厚在之后系统提出了"建设的马克思主义"的三个方面:第一,吃饭哲学论,强调科技生产力的根本作用,指出吃饭和活着是推动社会与历史发展的根本因素。第二,个体发展论,反对集体主义下对个体的漠视和压制。第三,心理建设论,个体并不仅仅是作为物质主体和集体成员而存在,不仅仅是肉体的活着,更重要的是意识到我活着。这就分别从工具本体、自由个体和心理本体三个角度,通过李泽厚的哲学核心词汇——"度"相互调和,共同构成了他重视主体实践的历史本体论哲学思想。从中不难看出,李泽厚的理论思想具有调和和综合性质,主张采取改良与建设的方式寻找中国合理的政治方案。在他看来,并不存在唯一的、统一的马克思主义,马克思主义也不应该是一成不变或高高在上的,而是在实践与发展的中国现当代思想的重要组成部分。应该在调和与融合多种思想资源的基础上,实现中国马克思主义的现代转型。

李泽厚对新时期文艺中出现的新现象充满了热情。他为朦胧诗辩

---

① 李泽厚:《中国现代思想史论》,第200页。

护,称朦胧诗是"新文学第一只飞燕"①。也对明显追随西方现代派的"星星画展"表示支持,指出:"它所采取的那种不同于古典的写实形象、抒情表现、和谐形式的手段,在那些变形、扭曲或'看不懂'的造型中,不也正好是经历了十年动乱,看遍了社会上、下层的各种悲惨和阴暗,尝过了造反、夺权、派仗、武斗、插队、待业种种酸甜苦辣的破碎心灵的对应物么……它们传达了经历了无数苦难的青年一代的心声。"②李泽厚对新时期文艺中的新现象报以很大的期望,他认为:"在长久的压抑之后,青年人要寻找新的表达方式,这是非常可贵的。他们受过最大的苦难,应当有历史的责任,有文化的责任。"③

刘再复④的学术生涯起于鲁迅研究,这不仅是其著述的出发点,同时也伴随着他整个学术探索,启迪并生发了之后的一些重要美学观点。刘再复青年时代公开发表的第一篇论文就是关于鲁迅的,并且将鲁迅视为"光辉的榜样"⑤,囿于时代,文章中包含很多较为偏激的言论和意识形态色彩浓厚的话语。在"文革"的特殊年代,除了鲁迅的著作,其他大部分书籍都被列为禁书,这也是鲁迅成为刘再复第一个研究对象的时代原因。另一方面,用刘再复自己的话来说,他"天生喜欢思想"⑥,在狂热的政治话语大潮中,刘再复始终没有磨灭自身对文学的本性和独立性的认知,写就于"文革"末期的《鲁迅与自然科学》,

---

① 引自李泽厚为李黎《诗与美》所作的序言,该序言以《读〈诗与美〉》为题,发表于《读书》1986 年第 1 期。
② 李泽厚:《画廊谈美》,《文艺报》1981 年第 2 期。
③ 引自《"美的历程指向未来"——台湾学者蒋勋与大陆美学家李泽厚的对话》,《文学报》1988 年 5 月 19 日第 373 期。
④ 刘再复(1941—   ),福建泉州南安人。1959 年毕业于南安国光中学,1963 年毕业于厦门大学中文系,毕业后在中国科学院科学部《新建设》杂志任编辑,1977 年转入中国社会科学院文学研究所从事鲁迅研究。1985 年起任中国社会科学院文学研究所所长,《文学评论》主编。曾在美国芝加哥大学、科罗拉多大学、瑞典斯德哥尔摩大学、加拿大卑诗大学、香港城市大学等院校担任客座教授或名誉教授及访问学者。出版有专著《鲁迅美学思想论稿》《性格组合论》《论中国文学》《放逐诸神》等,还出版了《太阳·土地·人》《人间·慈母·爱》《漂流手记》等散文集。1986 年出版的《性格组合论》成为该年十大畅销书之一,并获得由读者投票评选出的全国图书"金钥匙奖"。
⑤ 刘再复、黄顺通:《鲁迅论孔孟之道是科学的死敌》,《中国科学》1975 年第 2 期。
⑥ 刘再复:《两度人生——刘再复自述》,郑州:河南文艺出版社,2016 年,第 100 页。

第六章 现实主义文学批评的深化

虽然仍然带有鲜明的"文革"时代烙印,但着实向着文学超越政治方向迈出了前进的一步,也被当时鲁迅博物馆鲁迅研究室主任李何林评价为"开拓了鲁迅研究的新领域"①。带着这样的问题意识与对新时期"解冻"的兴奋与狂喜,刘再复继续深化了他的鲁迅研究,开始了《鲁迅美学思想论稿》的写作。在这期间,刘再复在鲁迅研究进程中逐渐开启了对于美学标准的思考,试图在新时期树立全新的批评标准,使文学脱离政治标准的控制和压抑。因此,刘再复提出了"真、善、美"的文艺标准,试图对"政治标准第一,艺术标准第二"的固有规范进行修正。巧合的是,刘再复正好阅读到了鲁迅书中的一句话:"我们曾经在文艺批评史上见过没有一定圈子的批评家吗?都有的,或者是美的圈,或者是真实的圈,或者是前进的圈"(《花边文学·批评家的批评家》),因此便认定鲁迅是认同"真、善、美"的文艺批评标准的。于是,刘再复在《鲁迅美学思想论稿》中将鲁迅的美学观高度概括为"真善美"的统一,并以此为统摄将全书主体部分划分为"真实论""功利论""美感论"上中下三篇,分别阐述鲁迅美学思想中的三大核心要素。绪篇部分回顾了从王国维、梁启超、蔡元培到朱光潜等近代美学家的美学,以鲁迅为参照系,刘再复认为他们的美学观都各自不同程度地存在着"真、善、美的某种分离"等"若干弱点",同时,刘再复又将鲁迅与中西美学史上的重要美学家的悲剧观相对比,凸显了鲁迅美学观的"杰出之处",并将其推崇为"马克思悲剧理论传入之前,我国美学领域里对悲剧最科学的认识"②。全书在末篇部分集中论述了刘再复个人对于艺术家和艺术批评的认识,并且将最后一章单独抽出在《中国社会科学》杂志上发表,题为《论文艺批评的美学标准》。此文在当时社会上产生了一定影响,并获得了王瑶、季羡林等五位学者的推荐。《鲁迅美学思想论稿》为刘再复赢得了最初的声誉,是其鲁迅研究中的重要著作,也是刘再复学术生涯的起点,具备了学术研究的基本属性。该书从近代美学思想史的角度系统地阐释了鲁迅的美学特征与思想内涵,以美学观点

---

① 刘再复:《两度人生——刘再复自述》,第 101 页。
② 刘再复:《鲁迅美学思想论稿》,北京:中国社会科学出版社,1981 年,第 83 页。

取代政治标准,对抗统治已久的教条主义文艺思维模式,具有高度的历史针对性和极强的现实作用。但也不难看出,此时刘再复敢于坚持将鲁迅奉为现代新文学的开创者和奠基者来研究,也因为此,他将鲁迅思想视为权威话语去阐释和注解,囿于1980年代初的语境,也较难从全新的角度发掘鲁迅思想中丰富与复杂的层面,同时也仍未跳脱出瞿秋白"两段论"的影响,试图证明存在一个"从自在到自为"、后期向着历史唯物主义美学高度不断前进的过程。这一方面是由于鲁迅的个人魅力深深吸引着刘再复,另一方面我们也不得不认为是历史惯性使然。在新的历史阶段,刘再复也在极力挣脱对鲁迅的"偶像化崇拜",并以此为启迪,逐步开拓出丰富的理论主张。例如,后来《性格组合论》的撰写便是对这本书中有关鲁迅的性格真实的美学思想的重要拓展。

以李泽厚在新时期之初提出的"主体性实践哲学"为标志,"主体性"成为1980年代一个最具原创力的文化热点,它对应着中国文化走向世界的主体精神的超级想象。在美学界,李泽厚从"主体性"出发,提出了"积淀说"。在李泽厚"主体性哲学"的直接影响下,刘再复将主体性引入文学批评,并对其进行了系统化的理论阐释。刘再复与李泽厚同在中国社会科学院工作,早年刘再复在《新建设》任编辑,就与李泽厚相识,做过李泽厚论美学系列文章的编辑。刘再复后来到文学所工作,他们青年时期的交往虽然并不密切,但刘再复显然一直十分敬仰李泽厚,他一生都极为推崇李泽厚的思想及论著,他们的友情到中年之后更加密切,成莫逆之交。刘再复在回顾这一段历史时说:"20年前,我受其(李泽厚)康德研究成果的影响,写出《论文学的主体性》。"①"之前我读过康德的《道德形上学探本》(唐钺重译),并被书中'人是目的王国的成员,不是工具王国的成员'所震撼,现在'主体性'概念又如此鲜明推到我的面前,于是,我立即着笔写下《论文学的主体性》。"②在自述中,刘再复谈到了自己与李泽厚在"主体性"这一问题上的不同之处:"李泽厚讲的主体性,是人类群体的主体性,即人类通过历史实

---

① 刘再复:《两度人生——刘再复自述》,第7页。
② 黄平、刘再复:《回望八十年代:刘再复教授访谈录》,《现代中文学刊》2010年第5期。

第六章 现实主义文学批评的深化

践活动实现人类成为人类的可能性(从自然转化为人的可能性)。而我讲个体主体性,即作家个体超越现实主体(世俗角色)的可能性。"①不难看出,李泽厚强调的是主体在实践中的历史性生成,而刘再复则关注的是人在世俗现实与历史中的超越。可以说,置身于同一个时代大背景下,怀着并无二致的变革现实的急切需求,二者在理论旨趣和现实关怀上具有明显的关联、纠葛和缠绕,但同时在理论目标和精神向度上也存在着不同朝向的分离。1985年末到1986年初,《文学评论》分两期刊载了刘再复的长文《论文学的主体性》。这篇文章是刘再复对"文学主体性"最系统、全面的理论阐述,并且在当时引发了极大的反响,激起了广泛的论争,论争双方分成两大阵营,反对一派如陈涌、程代熙、敏泽等,多是从政治正确的角度批驳文学主体论不符合马克思历史唯物主义的基本原理,过于强调精神主体的作用和地位;而另一派支持者,如何西来、杨春时等,则从不同层面上为刘再复的文艺观点辩护,甚至有的更加大胆地提出"文艺的本质和价值……在于超越意识形态的审美意识"②。

1986年,在这一关于"文学主体性"的论争硝烟还未散尽的时候,红旗杂志社和海峡出版社就分别出版了《文学主体性论争集》和《当前文学主体性问题论争》两本书,梳理并收录了以刘再复《论文学的主体性》和陈涌《文艺学方法论问题》为代表的主要论争双方及围绕其展开讨论的诸多文章。这样激烈的辩论并没有仅仅停留在中国大陆内部,而是继续扩展到香港地区并进而受到日本等海外文学理论界的关注。香港《大公报》和日本学者都对刘再复的《论文学的主体性》展开了讨论并高度评价了这一文论思想去政治化的重要意义。事实上,刘再复也有意通过"文学主体性"理论的提出和建构及其所引发的广泛反响,积极引导文论界进一步的开放,逐步消除反映论的桎梏,解放出更大的理论可能性与探索空间。刘再复认为,强调文学的主体性,是因为"文艺创作要把人放到历史运动中的实践主体地位上,即把实践的人看作历史运

---

① 刘再复:《两度人生——刘再复自述》,第116页。
② 杨春时:《文艺的充分主体性和超越性——兼评〈文艺学方法论问题〉》,《文学评论》1986年第4期。

动的轴心,看作历史的主人"。也因为"文艺创作要高度重视人的精神的主体性,这就是要重视人在历史运动中的能动性、自主性和创造性"①。在中外两股人文思潮的推动下,在新时期反思文学、重估历史并趋于"向内转"的环境中,刘再复逐渐形成并确立了以人为本的文学观念。刘再复深信,人是文学研究最不可撼动的价值所在,主体性是人类本身存在的类本质,"主体乃是指人、人类。主体性便是相对于自然界与外界的人的本质属性"②。刘再复将这种主体性具体到文学研究和实践中去,将其"文学主体性"理论分为对象主体、创造主体和接受主体三种情形,并对各自的内涵和实现途径进行了全面的论述。首先,要赋予文学对象以独立的主体地位,反对机械反映论中创作对象的公式化、模式化。其次,作家要具备内在的精神主体性,拥有独立的意志与精神、超前的能力和创造力,以及超越世俗的观念和大爱的人道主义精神。最后,读者在接受过程中应发挥审美创造的能动性,在心灵的解放中实现人的自由自觉本质,激发欣赏者审美再创造的能动性。刘再复的文学主体性理论在当时就被认为是"抓住了文学观念变革的纲纪"。③"文学主体性"从思想资源上说是直接承接了1950年代关于"文学是人学"的理论成果。

新时期之后,刘再复敏锐地感受到了时代精神的变革趋势,他借批判"四人帮"文艺观之机,提出文学批评首先应当用美的标准来划分文学与非文学的界限,认为"艺术批评,作为一种审美判断,应在美学范围内进行,不应质变为政治评论"④。对于文艺理论和批评应该如何变革,他也有非常清晰的思路,他认为应在两方面施以变革,"一是以社会主义人道主义的观念代替'以阶级斗争为纲'的观念,给人以主体性的地位;一是以科学的方法论代替独断论和机械决定论"⑤。如果说,阶级性是20世纪五六十年代现实主义批评的理论基石,那么主体性可以说是新时期初期现实主义批评深化的理论入口。主体性经过李泽厚

---

① 刘再复:《论文学的主体性》,《文学评论》1985年第6期。
② 刘再复:《两度人生——刘再复自述》,第115页。
③ 何西来:《中国文学研究年鉴(1986)》前言,北京:中国文联出版公司,1988年,第1页。
④ 刘再复:《论文艺批评的美学标准》,《中国社会科学》1980年第6期。
⑤ 刘再复:《文学研究应以人为思维中心》,《文汇报》1985年7月8日。

第六章　现实主义文学批评的深化

与刘再复从哲学到文学的传递，从理论上有力地支持了1980年代文学对人的发现和向人的回归的创作主潮。主体性理论第一次在文学理论中把人的精神主体作为独立对象来研究，因此一些人对其理论合法性表示了质疑，认为刘再复主体性理论否定了马克思主义观点、方法和指导思想，歪曲了中国革命文艺以来文学发展的实际，对马克思主义文艺原理进行了错误的概括，这是"直接关系到如何对待马克思主义基本原理的问题，是关系到社会主义的命运的问题"①。作家姚雪垠则认为刘再复主体性理论把作家和作品中人物的主观能动性"作了无限夸张"，"违背了历史科学"，"包含着主观唯心主义的实质"，"基本上背离了马克思主义"。② 刘再复引用马克思《1844年经济学哲学手稿》等著作，反复论证主体性问题是马克思主义的题中应有之义，是马克思主义在文学活动问题上的具体运用。尽管文学主体性的理论在逻辑上还有不完善之处，但"作为一种与'社会主义现实主义'不同的文学观念，即主体性文学观念，还是让人们充分意识到，文学主体性理论对单纯认识论文艺学的批评有某种程度的合理性，标志着不同于认识论文艺学的主体性文艺思想的出现，这对于中国文艺学的变革与发展是有重要意义的"③。

刘再复在文学主体性的理论基础上，又提出了二重性格组合论，这可以看作他在现实主义批评深化上所作的一次重要演示。事实上，刘再复的"性格组合论"思想一定程度上源于其鲁迅研究带来的启发，在写作《鲁迅美学思想论稿》的过程中，鲁迅的一个文学观点一下子深深触动了他，使他产生了要把这一思想上升为理论的想法。鲁迅在论述《红楼梦》时曾评价它"和从前的小说叙好人完全是好，坏人完全是坏的，大不相同，所以其中所叙的人物，都是真的人物"④，而这也成为刘再复提出"性格组合论"的动因。刘再复1984年首先在《文学评论》上发表《论人物性格的二重组合原理》一文，认为"每个人的性格，就是一

---

① 陈涌：《文艺学方法论问题》，《红旗》1986年第8期。
② 姚雪垠：《继承和发扬祖国文学史的光辉传统（续）——再与刘再复同志商榷》，《红旗》1987年第9期。
③ 童庆炳：《新时期文学理论转型概说》，《江西社会科学》2005年第10期。
④ 刘再复：《两度人生——刘再复自述》，第110页。

个独特构造的世界,都自成一个独特结构的有机系统……任何一个人,不管性格多么复杂,都是相反两极所构成的","是性格世界中正反两大脉络对立统一的联系"。① 文章发表之后引发了强烈反响,甚至可以说在1984年对于这一原理的讨论掀起了一场理论界的学术高潮。《文学评论》《文艺争鸣》《青年评论家》等重要期刊纷纷发表有关这一争鸣的文章及综述,《人民日报》《福州晚报》等报纸也进行了相关的报道。面对这一理论引发的热议,刘再复并没有停滞不前,而是在不断地解惑和阐释中继续深入思考,并在《读书》《中国社会科学》等杂志上发表了系列论文,为著作《性格组合论》的写作耕耘铺垫。也是在这个时候,刘再复逐渐放下鲁迅,转向对文学理论的思考,意图建构属于中国自己的文学理论学说。两年后,刘再复出版了学术专著《性格组合论》。该书一经出版便引发了空前的反响,短短数月就印发超三十万册。它的出现极大地拓展了文学理论和批评的思维空间,打开了新的论域,为1980年代思想解放的历史环境吹进了新鲜的空气,契合了当时人们对于观念变革与个性解放的渴望。这本书构建起性格组合理论较为完整的理论体系,以人物性格二重组合原理为核心,具体分为六个关联紧密的命题:关于文学史上人物性格塑造历史的考察、人物性格的二重组合原理、人物性格二重组合的若干基本结构类型;人物性格二重组合的实现过程;人物性格二重组合的哲学依据;人物性格二重组合的心理基础。作为性格组合论的核心部分,人物性格二重组合原理不仅仅包含性格两极的对立统一,更反映了性格的内在多重矛盾性和复杂性。如作者自己所言:"人的性格本身是一个很复杂的系统。……任何一个人,不管性格多么复杂,都是相反两极构成的。"②"任何性格,任何心理状态,都是上述两极内容按照一定的结构方式进行组合的表现。性格二重组合,就是性格两极的排列组合。"③"一个丰富的性格世界则是许多组性格元素互相依存、互相交织、互相渗透,互相转化并形成自己的结构层次,使

---

① 刘再复:《论人物性格的二重组合原理》,《文学评论》1984年第3期。
② 刘再复:《性格组合论》,合肥:安徽文艺出版社,1999年,第60页。
③ 同上。

第六章 现实主义文学批评的深化

性格呈现出复杂而无序的运动状态。……由于性格元素具有无数种组合的可能性,因此,性格的二重组合,实际上又是性格的多重组合。"①

刘再复关于性格的二重性和性格组合论,完全突破了以往现实主义典型论的理论樊篱。以往现实主义典型论是建立在反映论的基础上的,但在20世纪五六十年代,在以阶级斗争为纲的观念下,逐渐萎缩成片面和机械的反映论,以致发展到"文革"时期的"三突出"理论。刘再复的性格组合论,以主体性取代阶级性,从文学的外部转向文学的内部,恢复了文学的主体位置,并以人为思维中心尝试建构起一个宏大的理论体系。刘再复说:"我提出了人物性格二重组合原理,正是试图踏进人的本体研究,促使我们的文学创作向人性的深层挺进,更辉煌地表现人的魅力。"②刘再复的性格组合论,其实是试图从人的角度来驳正社会历史的发展变化,以人为本来研究文学、解读文学。但刘再复的理论观点还有不尽完善之处,如他认为矛盾对立的性格组合是一条普遍适用的"原理",因此当时围绕刘再复的性格组合论曾引起较大的争鸣。另外,也有人曾诟病刘再复的性格组合论并不具备广泛的适用性,譬如,夏中义就认为性格组合原理未能覆盖古典主义、浪漫主义、现代主义作品。在那个"方法论热"的1980年代中期,论争双方都以各自新鲜而充满活力的理论观点不断相互刺激并激发着彼此的学术探索,推动了文学研究的独立、创新与发展。

随着改革开放为时代带来的新风气,刘再复此时开始了对一系列文学命题的重新审视与思考,如"典型论""反映论""文学的党性原则""文学与人学"等。正是这样不断深入的质疑与反思,将刘再复引入了更深层次的学术探索,为他的学术研究带来了更广阔的视野和更深刻的命题。以这样日趋深厚的学术积累为基础,1980年代的刘再复又先后在《中国社会科学》《文学评论》等刊物集中发表了一系列重要文章,并凭借着十年来的不懈努力与开拓逐渐成为"八十年代领军人物"。1986年10月,刘再复在北京主持中国社会科学院文学研究所召

---

① 刘再复:《性格组合论》,第61页。
② 同上书,第7页。

开的全国性大型学术研讨会"中国新时期文学十年学术讨论会"。刘再复于开幕式上作了《论新时期文学主潮》的主题报告。当时参会人数甚众,而且都是当时最活跃的中青年理论家和评论家,规模空前。刘再复在《论新时期文学主潮》的长篇发言中提出的两个问题均引发热烈讨论,一个是人道主义问题,一个是"自审意识"问题。刘再复从"反思"的角度对新时期文学的历史发展做出总结:"无论在政治性反思还是文化反思中,我们的作家主要的身份还是受害者、受屈者和审判者。因此,主要态度还是谴责和揭露。但是,从总体上说,在这种伟大的成功中也包含着一个目前作家还未普遍意识到的弱点,这就是谴责有余而自审不足。谴责的必要性与正确性是无可怀疑的。但是,谴责者在对历史事件的批判中基本上还是站在历史法官的局外人的位置,即使是站在局内人的位置上,也只是受害者的角色。他们还未能意识到自己就在事件之中,就是历史事件的一种内容,即未充分意识到自己在民族浩劫中,作为民族的一员,也有一份责任,自己不仅是被'罪犯'所迫害、所摧残,而且自己在某种意义上也是一个'犯人',至少是一个缺乏勇气和力量的怯懦者……"①同年12月,《文学评论》(1986年第6期)发表了这篇发言的内容提要《论新时期文学主潮——在"中国新时期文学十年学术讨论会"上的发言(内容提要)》,总结并阐述了多个重要理论观点。

  刘再复的学术成就可以用"三书"和"三论"来概括,"三书"指《鲁迅与自然科学》《鲁迅传》《鲁迅美学思想论稿》,"三论"指性格组合论、文学主体论、国魂反省论(《传统与中国人》)。人性论一直是刘再复学术研究的核心理念,对"人"的集中关注,使刘再复的文学研究带有鲜明的对话现实和改造社会的特征,他所追求和信奉的文学批评一定是要有所作为的,要有益于文学,尤其要有益于社会。

  1990年代以后,刘再复不断深化文学主体性的研究,相继提出了"文学的自性"和"主体间性"的概念。自性涵盖主体性,又比主体性的内涵更深广,所谓自性化也就是充分心灵化。所谓主体间性就是主体与主体的关系。刘再复通过主体间性理论,试图把世界当成交流的主

---

① 刘再复:《新时期文学的主潮》,《文汇报》1986年9月8日。

第六章 现实主义文学批评的深化

体,建立自然界和精神界的生态平衡,使社会成为尊重各方主体权利的主体间性的社会,使文学成为真正的文学。刘再复的理论深化也体现在他对古代文学经典《红楼梦》《水浒传》等的研究以及对于莫言等当代作家的文学批评上。他醉心于红楼,而极端贬斥水浒和三国,认为此二者为"坏书、伪经典"。2009 年出版的《双典批判》引发强烈反响,刘再复虽承认双典具备和《红楼梦》同等的文学价值,但是这两部书在他极为关注的文化领域却带来了极大的毒害,认为水浒和三国分别宣扬了暴力崇拜和权术崇拜,在优秀艺术形式的掩盖下传递着极其负面的价值观,严重危害了中国人的国民性格。与之相对的,刘再复把《红楼梦》奉为中国最伟大的、天才的作品,将其视为中国文学作品的巅峰,将研究《红楼梦》视为生命需求和心灵需求,为之灌注了自己的情感、灵魂与生命体验。刘再复研究《红楼梦》的路径与主流方式大不相同。用他自己的话来说,"由悟证取代实证,这是我杜撰的第一方法。第二方法是用心性本体论取代认识论"[1]。究其原因,刘再复这样解释道:"我不否认前人的方法与成就,只是自己不喜欢重复前人的方法。……《红楼梦》本身是一部悟书,许多深邃情思都难以实证、考证、论证。真理有实在性真理,也有启迪性真理。……通过悟证,往往可以抵达考证与论证无法抵达的深处。"[2]

刘再复1980 年代对具体作品的评论并不多,但他从文学主体性的理论出发,能够比较精准地宏观把握文学形势和文学现象。如在总结新时期十年的文学主潮时,刘再复认为,这十年的文学意义就在于,恢复和发展了五四以来我国进步文学的现实主义传统,走向艺术的自觉与批评的自觉,从政治性的反思走向文化性的反思,恢复与深化了文学的人道主义本质。他期待文学未来把人道主义作为神圣旗帜高高举起。[3] 他也特别推崇那些张扬文学主体性的文学作品。如他在对韩少功《爸爸爸》的批评中,敏锐地发现了丙崽这个形象的象征意义。他说:"丙崽正是

---

[1] 刘再复:《两度人生——刘再复自述》,第 152 页。
[2] 同上书,第 180 页。
[3] 刘再复:《论新时期文学主潮》,《文学评论》1986 年第 6 期。

一种符号,既是历史的,又是现实的;既是民族的,又是个人的,荒诞却又真实的象征符号,这种'非此即彼'的二值判断思维方式,是普通的文化现象,它蕴含着一种深刻的悲剧性。"①刘再复是把"寻根文学"看成五四启蒙精神的延续,同时他也努力发现这些作品对传统的突破。一直以来,刘再复从未离开过当代文学这片土壤,也从未放弃对中国文学的热爱与关注。可以说,刘再复不仅始终追随着中国当代文学的脚步,热情地为当代的作家作品呐喊助威,同时也为推动中国文学走向世界起到了相当大的作用。

二 新现实主义的理论建设:钱中文、童庆炳

新时期文学之初,有一点百废待兴的味道。在"文革"中被奉为正统的现实主义也受到了极大挑战。一方面,在西方现代主义文学源源不断地介绍过来的背景下,一些人特别是年轻人试图舍弃现实主义,从中寻找新的思想资源。另一方面,一些人沿用"拨乱反正"的思路,把现实中的现实主义问题看成"乱",从而力图恢复现实主义之"正";也正是在这一思路的推动下,一些理论家自觉承担起新现实主义的理论建设工作。钱中文②、童庆炳③是其中突出的代表。

---

① 刘再复:《论丙崽》,《光明日报》1988年11月4日。
② 钱中文(1932—),江苏无锡人。1955年毕业于中国人民大学俄语系,1959年肄业于莫斯科大学俄罗斯语言文学系研究生班。历任中国社会科学院文学研究所助理研究员、副研究员、研究员、研究生院教授、博士生导师。中国社会科学院文学研究所学术委员会副主任及文学理论研究室和比较文学研究室主任,全国博士后流动站管委会专家组成员,全国哲学社会科学中国语言文学规划组成员,中国中外文艺理论学会会长,中国文艺理论学会会长,中国比较文学学会副会长等。曾任《文学评论》主编。为清华大学、中国人民大学、北京师范大学、浙江大学、南京师范大学等学校的兼职教授。出版有专著《果戈理及其讽刺时代》《现实主义和现代主义》《文学原理——发展论》《文学理论流派与民族文化精神》《文学理论:走向交往对话的时代》《文学发展论》《新理性精神文学论》《文学新理性精神》《文学理论:回顾与展望》《文学理论:面向新世纪》《中国古代文论的现代转换》等。
③ 童庆炳(1936—2015),福建连城人。1958年毕业于北京师范大学中文系并留校任教,长期担任北师大文艺学专业学科带头人,资深教授。学术兼职有中国文艺理论学会副会长,中外文艺理论家学会副会长。出版有专著《文学概论》《文学活动的美学阐释》《文学创作与审美心理》《文体与文体创造》《中国古代心理诗学与美学》《文学创作与文学评论》等。

第六章 现实主义文学批评的深化

钱中文早年留学苏俄,这决定了他后来的研究事业与苏俄理论传统结下不解之缘。钱中文的文艺理论研究起步阶段,也是新中国文艺理论打基础时期。苏俄的知识背景使钱中文与早期的社会主义文艺理论建构有一种天然的契合。尽管他的同代人都熟知苏俄文学传统,但钱中文却是少数几个能把它化作自己的理论血脉的人。钱中文多次表示过,不管是做文艺理论研究还是比较文学研究,都要有两个熟知,一是熟知一门外国的文学史或某个作家,二是熟知本国的一段文学史或某个作家。这正是钱中文的本领。在钱中文一生的理论立场和文学观念选择上,俄苏的知识背景起到了决定性的作用。这也是他在1980年代以后广泛接触并深入研究西方现代及后现代文艺理论,而没有从根本上改变他的理论立场和文学观念的根本原因。当然,钱中文也多次表示他对中国传统文艺理论的重视,他在这方面的修养毋庸置疑。钱中文理论立场深受其知识背景的影响,在他那一代的理论家中具有某种特殊性。对于钱中文来说,理论立场的选择并不是像他相当多的同代理论家那样,是一种意识形态的选择——这种选择意味着可以随着意识形态的变化随时改变;钱中文不能,他浸淫于俄苏文学传统,其立场观点和信念在最初就被决定了。这当然不意味着钱中文在后来漫长的研究道路上就没有变化,恰恰相反,1980年代以后,他提出一系列崭新的命题,这些命题是他对当代中国的理论困境,对西方现代后现代理论的挑战作出的回应,同时也是对俄苏传统的反思。

从钱中文始终关注的历史诗学来看,他的知识传统主要是别车杜、托尔斯泰、屠格涅夫、赫尔岑以及后来的巴赫金、加契夫、柯日诺夫、什克洛夫斯基、洛特曼以及托多洛夫等作家和理论家,也可以说是在俄罗斯文化中受法国文化影响的那种传统。他较少提到普列汉诺夫、日丹诺夫等人。钱中文对俄苏文学及理论传统的接受,在很大程度上偏向于艺术形式、语言和风格。他看重俄罗斯文化中那种深厚的人文精神,宽阔的思想视野和胸怀。而那种在压抑感下产生的坚韧的气质品性,也与钱中文及其部分同辈知识分子的精神气质相符。①

钱中文是一个专业型的知识分子,而不是一个意识形态型的知识分子。但知识分子都在一定程度上与意识形态发生关系,钱中文成长于那个年代,如果说他身上没有意识形态的烙印,是不客观的。只不过钱中文的知识记忆与意识形态烙印构成了一种奇特的虚构关系。钱中文生性内向理性,沉静而有韧性。他不喜欢对抗,不喜欢冲突。对于他来说,某种意识形态的界限是不可超越,也不必超越的。它是一种假定性的存在,就像艺术虚构一样。虚构不过是一种前提,在这种前提之下,可以讲个人真实的故事——谁解其中味呢?多年来,钱中文从来不正面与意识形态冲突,相反,他天然就能够适应。这除了他对俄苏文学及理论传统谙熟于心——他在谈论这种知识的同时,也在强化这种知识的领导权;反过来,这种知识也把他作为生存的基础。但这一切不是他追求的目标,不是他的理论的结果,毋宁说是他的理论的一个必要前提,一个潜在的或隐含的边界罢了。在这个界线之内,他守望着他的内心,守望着他的知识记忆。这就是他从过去到现在,既保持理论的一贯性,又有思想不断更新的缘由所在。

现实主义一直是当代文学批评的关键问题,任何一次文学之争,最终都可以归结到现实主义,而任何一次理论思潮与批评实践的推进,都需要现实主义作为护卫者。早在新时期之初,文学批评界进行"拨乱反正"时,就涉及重新认识和解释现实主义的问题。如在"伤痕文学"的讨论中,支持者就是以恢复现实主义传统作为理论依据的。钱中文针对当时关于现实主义问题的讨论,提出了一个方法论的问题,即我们研究现实主义的逻辑起点在哪里。钱中文认为,研究现实主义有两种方式,一种方式是对现实主义进行纯理论的思辨式研究,"另一种方式是,首先把现实主义看成是一个不断丰富、发展的文学创作原则,而不是具体的创作方法,结合文学的历史发展和创作中反复出现的理论问

---

① 说钱中文与苏联的社会主义现实主义理论没有密切关系,当然也不完全。钱中文后来在一篇题为《苏联文学理论走向》的文章里提到高尔基世界文学研究所写作的三卷本《文学理论》、1971 年出版的《艺术形式问题》等,这些理论著作也为他所推崇。

题,从各种角度进行探讨,给予历史的、理论的阐明,以揭示现实主义原则的不断综合创新的特征"①。钱中文以第二种方式研究现实主义问题,并着手建构起新的现实主义大厦。

"审美意识形态"与"审美反映论"是钱中文最重要的理论创造,也代表当代中国现实主义文艺理论所达到的新高度。"审美的意识形态"在观念层面上第一次把文学艺术的意识形态与政治意识形态作出明确的理论区分。这一概念的提出,重新确立了现实主义美学的逻辑起点。钱中文最早阐发这一问题,见于1984年《现代主义创作方法中的几个问题》,后来以这篇文章的主要观点为基础,他重新写下最富创见的论文《最具体的和最主观的是最丰富的》,发表于《文艺理论研究》1986年第4期,后收入他的论文集《现实主义和现代主义》(人民文学出版社,1987年)。数年之后,英国重要的新马克思主义理论家特里·伊格尔顿出版影响深远的《美学的意识形态》(Ideology of Aesthetic, 1990, Blackwell)。这本书和钱中文的理论当然没有直接关系,但钱中文的理论却因这本书在中国的翻译出版而再度引起重视。当然,伊格尔顿与钱中文的立论并不一致,伊格尔顿是把美学本身看作一种意识形态;钱中文则认为文学艺术本质上是一种审美的意识形态。二者似乎要反过来说。这种区分在外人看来可能并不重要,但在钱中文看来,或者说在1980年代初的文学理论实践中,却是意义重大的。把文学艺术看成意识形态,这是马克思主义文艺理论的一贯做法,也是后来的西方马克思主义批判理论所秉持的观点。但在中国1980年代初,要把文学艺术强调为一种审美的意识形态,也就是要把它从政治的直接组成部分中剥离下来,而成为一个自主性的存在。这显然是文学的自主性思想在起作用,多少有些形式主义和唯美主义的潜在诉求。这也是那个时期,文学理论试图摆脱政治从属论和庸俗社会学的直接反映。钱中文后来并没有在审美的意识形态方面展开论述,他更侧重于在"审美反映"这一概念上展开他的理论探讨。

1980年代初正是钱中文年富力强、创造性旺盛时期,也是当代现

---

① 钱中文:《现实主义与现代主义小议》,《文艺报》1986年12月6日。

实主义理论经受现代主义冲击的时期。文学界对现代主义的急迫寻求,理论界大量涌入的现代主义各种思潮理论,以及知识界一触即发的思想斗争等,都预示着当代思想和理论急待突破的强烈愿望。1980年代初期的思想文化状况,整个文学共同体的知识准备和思想敏感性,这些都表明中国的理论变革向现代主义发展的难度。钱中文的"审美反映论"应运而生,它有效地打破了现实主义/现代主义之间二元对立的僵局,使现实主义理论突然具有了主观(主体)能动性的含义——而这一点,正是开始受到现代主义影响的中国作家和理论家所迫切期待的。毋庸讳言,现实主义长期起到了主导作用,也因此容易偏向强调机械反映论。

在钱中文建构审美反映论的过程中,一直隐藏着现代主义/俄苏文学的对立互动结构,并且这个结构逐步走向互渗开放。我们有必要注意到,1983年钱中文就写下《现实主义和现代主义的几个理论问题》,很显然他对现代主义的探讨与其他的引介者有所不同,他始终是带着现实主义的问题去探讨现代主义,现代主义成为他思考反省重建现实主义的一个思想参照系。与年轻一代的理论家另起炉灶不同,钱中文并不试图从理论根基上怀疑现实主义,相反,他始终警惕现代主义对问题的虚假解决。如果对他的引述作一分类探讨的话,我们不难发现,关于现代主义的引述总是带有探讨、怀疑、反思的特征;而所有关于俄苏文学的引述都具有正面论据的意思,他用俄苏文学经验不断质疑推敲现代主义的那些立论。在这表面的二元对立紧张关系中,我们同时可以发现,它们之间构成一种潜对话。这种对话之所以是一种活生生的理论活动,就在于更具有现实实践功能、更具有理论的现实生命力的知识获得了增殖。在钱中文后来的一系列理论建构中,他实际非常广泛深入地吸收了现代主义的理论成就,这突出表现在他的审美反映论上。

审美反映论最基本的动机是把现实主义从机械反映论的模式中解救出来,而在它的具体立论中,审美反映论实际超出了传统现实主义的界域,它最大可能地强调了主体能动性。钱中文解释审美反映论时说道:"审美反映是一种灌满生气、千殊万类的生命体的艺术反映,反具有实在的容量、巨大的自由,它不仅曲折多变,而且可以使脱离现实的幻想反映,具有多样的具象形态,可使主客观发生双向变化。""审美反映具有强烈的感情色彩。思想是抽象的观念,而在审美反映中,它却成了一种具象的、充满生活血肉的艺术的思想,即对现实生活的、事物特征感性的总体把握、认识而出现……"他对审美反映进行三方面的约定:其一,审美反映是一种心理层面的反映;其二,审美反映通过感性的认识层面而获得深层意义;其三,审美反映是通过语言、符号、形式的体现而得以实现的。①

如果说钱中文的这些规定主要是就表现主体着眼的话,那么,在他对艺术表现客体进行规定时又如何呢?关于审美反映中的客观性特征——钱中文解释说——通过事物、现象的描写与内在精神的表现而得以体现。他认为还有这样一种情况,即主体可以把客观特征全面主观化,把主观特征全面对象化,形成审美反映中主体侧向主观的全面倾斜。他写道:"心理现实是一种不断改变自己特征的动态统一体。主观性既然可以消灭存在和观念之间的绝对界限,赋予客观性因素以主观形式,并不断使之获得主观的特征,那么在充满变幻的审美心理现实的实现过程中,原来的主观因素可以不断对象化,获得客观性特征,而原来已经获得了主观形式、渗入了主观精神的客观因素,可以进一步被主观化,从而形成不断进行着的双向转化过程,展现出审美主体的能动的积极性来。"很显然,钱中文不管是对审美主体的规定还是对客观性的阐释,都与经典现实主义对反映论的基本规定有很大不同。经典现实主义的反映论强调客观真实性,而客观真实性则事先被认定为历史或现实的本质规律。现实主义的反映本质上是一种同语反复,它也要求同语反复,这样才能获得政治的合法性。是否真实地反映客观真实,根本标准在于它是否对已经认定的本质规律作出一致的反映。现实主义的反映论又是一种普遍主义美学,它要表现的是一般、普遍与规律性,所有的个别与特殊都要导向这个被认定的普遍规律。而审美反映论则把主体的审美感知推到最重要的地位,它是心理的、感性的和符号学意义上的反映论——在这一意义上,审美反映论更像是审美表现论。

---

① 钱中文:《现实主义和现代主义》,北京:人民文学出版社,1987年,第75—76页。

钱中文广泛涉猎欧美现代派创作与理论,他显然不是简单地修复和捍卫经典现实主义,而是在与现代主义的顽强对话中,既看到现代主义的种种问题,也意识到现实主义的某些局限。在新的历史时期,他把艺术表现的主体能动性最大可能地注入现实主义的反映论,使之重新获得生机。

当然,我们也许会追问,钱中文为什么没有成为一个现代主义者?如果我们考察钱中文在1980年代以来的理论活动,会发现他花费大量精力研究现代主义,持续不断地用俄苏传统与现代主义展开对话,在这场潜在而坚韧的思想交锋中,他也经历着现代主义的洗礼。他的知识背景也发生着潜移默化的改变,现代主义的那些观念深刻而有力地影响到他的观点和思维方式。这一点正如1970年代以后的西方马克思主义者一样,他们在与结构主义、后结构主义以及后现代主义的持续对话中,不知不觉也成为这一知识场中的对话者。尽管钱中文的基本立场并没有改变——依然站在现实主义立场上,但他的知识体系却发生了潜移默化的变化,他开始转向欧美现代文艺理论。钱中文在1998年为他的《学术文化随笔》所写的"跋"中,曾详细描述了他的理论转型。1980年代初,他不仅介绍俄苏文艺理论,同时也在介绍欧美文艺理论。韦勒克那本《文学原理》就出自他的推介,这本书几乎是当代文艺理论界知识转型的启蒙读物。钱中文在叙述自己理论思想观念变化时,强调了他接触的那些欧美文艺理论体系。观念的转变在于知识的转型,这也许是钱中文与他的同辈理论家最不相同之处。他的观念转变也许有点滞后于他的知识转变,也正因为此,他的转变才是真实的转变。他的同代人不少都是观念转变的先锋,但并没有真正完成知识体系的转变,因而转变并没有带来理论的深化和前进。而钱中文的观念扎根于他的知识记忆,尽管他始终怀恋执着于他的俄罗斯知识传统,但1980年代上半期,他所接受的欧美现代文艺理论,使得他的观念立场和方法都发生了深刻变更。作为一个试图修复现实主义理论的末路英雄,他同时也是一个现代文艺理论的前行者,这二者生动地集中于他身上。在立场与知识的落差之间,钱中文作为一个现代主义的现实主义者跋涉前行。

第六章 现实主义文学批评的深化

1990年代中期,钱中文的思想又有一次拓展,他始终不渝的探索精神,在同辈人中少有可望其项背的。这一时期,他对西方现代主义以后的知识体系研究得更加全面透彻,作为一个坚持现实主义的理论家,确实少有人像他那样,对西方当代理论怀有如此孜孜不倦的热情。1990年代中期,中国社会经历着经济高速发展带来的文化危机,这突出表现为知识分子精英文化的失落。钱中文对这种状况也作出了他的思考,提出"新理性精神"的观点。1995年钱中文写下《文学艺术价值、精神的重建:新理性精神》一文,回应当时的人文精神讨论。该文后来收入《新理性精神文学论》文集,并放在头篇位置,从中可以看出,人文精神构成新理性精神的内核——"它要在大视野的历史唯物主义的观照下,弘扬人文精神,以新的人文精神充实人的精神"[1]。就学理的意义而言,新理性精神也是与西方现代主义对话的结果,不过明显加重了对当代中国现实关切的情感分量。倡导新理性精神可以看出钱中文依然保持的理想主义信念,那种知识分子的责任感和道德情怀。

关于新理性精神,是钱中文理论思想中比较带有情感因素和现实关切的命题,也显示出宏大叙事的特征。为了回应现实,钱中文几乎是突然试图用一个命题概括一个时代的最高理念,也试图把他的一贯理论思想作一个总体性的提升。与当代对话的理论态度对于钱中文来说,意味着他的理论具有的一种新的生命力,那是对他自己采取的强行超越。经历过这次理论总结和概括,钱中文的理论思想又面临再度开启,1990年代中期以后,钱中文的思想显示出前所未有的开放,它几乎是站在当代思想的前沿,回应当代最尖锐、最前沿、最时尚的理论难题。

对于一个思想丰厚的理论家来说,有些思想长期潜伏在他的精神深处,只有在某些机遇出现时,它才跃出历史地表。观察某个理论家的活动轨迹,也如同观察历史一样;历史并不是直线式地运行,它经常是曲折地、交叉式地甚至折叠式地运行。在考察钱中文的思想轨迹时,我也试图给它重新编码,把那些交叉和折叠的地方理清,给出更清晰的地

---

[1] 钱中文:《新理性精神文学论》,武汉:华中师范大学出版社,2000年,第9页。

形图。1999年,钱中文出版文集《文学理论:走向交往对话的时代》,这本书收录的文章大部分更靠近最近几年,更重要的是,更靠近最近几年钱中文的思想。"交往对话"——这就是又一次深化的钱中文,它必然更加开放,更具有包容性。这是一种理论立场、思想态度,更是一种精神境界。本书收录的那篇题为"交往对话主义的文学理论"是一篇论巴赫金的论文。在某种意义上,巴赫金对钱中文后期思想的影响是极为深刻深远的。尽管钱中文在1983年就写下关于巴赫金的论文,但巴赫金的潜在影响直到1990年代后期才充分释放出来。

  1990年代后期,钱中文主持巴赫金全集翻译工作,直到八十多岁高龄,仍不顾病痛,孜孜不倦地校订再版。巴赫金理论化入钱中文理论体系中的成分似乎并不明显,散见于他在讨论具体理论问题时作为论据的多处引述。但钱中文在1990年代中后期不断走向开放对话的理论姿态,明显与他研究巴赫金理论相关。1997年,钱中文为巴赫金全集在中国出版写下长篇序言,全面论述了巴赫金的生平、版本以及理论思想体系。尤为值得注意的是,钱中文从巴赫金的理论体系中提炼出文学理论建构的未来方向——交往对话主义的文学理论。把"交往对话"提升到"主义"的高度,这在钱中文的思想构造中是一个重要的飞跃。如果说钱中文依然代表着中国现实主义文学理论的某个阶段的话,那么,"交往对话主义"则表明中国现实主义(马克思主义)的最大可能的开放势态。钱中文注意到巴赫金强调使自我意识成为主人公的重要方面,为此"要求一种全新的作家立场",才能去"发现"人的完全性,发现人身上的人性,发现另一个主体,另一个平等的"我",并由他来自己展现自己。巴赫金说道:"思想意识、一切受到意识光照的人的生活(因而多少有些联系的生活),本质上都是对话性的。"[1]交往对话是陀思妥耶夫斯基的创造,更是巴赫金的理论发现,也是钱中文继往开来的理论支点与动力,它对中国当代文学理论和批评走向现实主义的开放性,无疑是极有建设性意义的。

---

[1] 参见钱中文《文学理论:走向交往对话的时代》,北京:北京大学出版社,1999年,第156页。

第六章　现实主义文学批评的深化

事实上,在1993年发表的一篇题为《面向新世纪:八九十年代中外文学理论新变》的文章中,他最后提出:"在中西文论的研究中,综合研究方法的运用,在于使中西文论产生新的交融。从整个理论形势来看,一种在科学、人文精神思想指导下具有当代性的中西文论交融研究,将会在下一阶段、新世纪得到极大的进展与兴盛。双方交流的研究是一种最具生命的研究,是一种走向创造新理论的研究,是文学理论走向建设的大趋势,中西文论会以各自的优势比肩而立。"① 1990年代后期,钱中文的提问和解释方案都更具前沿性的特征。面对新的知识发问,并构铸理论视点,他始终站在重要的理论层面上。近年来,钱中文开始关注现代性和全球化问题,这些问题就是在青年一代研究者中也属于崭新的前沿性问题,这些问题使1990年代的中国文学研究与国际学界保持了同步。作为一个理论家,钱中文当然不是赶潮流的人,他对这些方兴未艾的理论命题保持着谨慎认真的态度,相比较当年对待现代主义,处理方式宽松得多,批判性是他一贯奉行的理论方式,他决不轻易肯定什么,正如他也不彻底拒绝什么一样。他的批判是梳理、理解和阐释。他的探讨一开始就有明确的起点、界线和方向。作为文学理论的现代性问题,显然不能和政治学、社会学或文化学意义上的现代性研究直接等同,只能根据现代性的普遍精神,与文学理论自身呈现的现实状态,从学科发展趋势的要求出发,给予确定。他认为:"当今文学理论的现代性的要求,主要表现在文学理论自身的科学化,使文学理论走向自身,走向自律,获得自主性;表现在文学走向开放、多元与对话;表现在促进文学人文精神化,使文学理论适度地走向文化理论批评,获得新的改造。"②

在这样的历史场景中,钱中文依然怀抱着文学理论的信念,他不肯放弃。在当代中国,钱中文可能是对文学理论最为一往情深的人,对他来说,文学理论就是他的命脉,就是他的日常呼吸。钱中文依然在思考着文学理论的元命题,文学理论的自我更新和未来。我说过钱中文不

---

① 参见钱中文《文学理论:走向交往对话的时代》,第278页。
② 同上书,第288页。

是一个以某种立场立论的学者,尽管他那辈人当中大部分是或者曾经是以立场立论,但他是知识型的知识分子。这种说法可能很令人费解,他的那些观点、立场和思想方法,绝不是某种立场观念先验地给定的,而是植根于他的知识,植根于他的俄苏知识背景。俄罗斯文化的深厚底蕴,决不会因为苏联解体而在人类精神生活中变得无足轻重,恰恰相反,俄罗斯悲怆的大地依然会生长出顽强的理论之树。对于少部分真正领悟到一种知识的真谛,并且自始至终是把这种知识作为一种信念来接受的人来说,却真正把这种知识化作他的精神,化为他心灵的一部分。知识是一种记忆,一种与个人的生命融合为一体的趣味、情感和思想。钱中文在改革开放后长达二十多年的理论活动中——这也是他生命中最重要的理论创造时期,实际接触更多的是欧美现代主义的知识与理论,但他始终没有背弃他的知识传统,他的思考、质疑、追问与再创造,都扎根于他俄苏知识基础之上,这一切对于他是如此顺理成章,因为那些知识已经化作血液,流淌于他的思想之脉。而他在1990年代以来所发生的理论转型,也同样是他所挚爱的新理论知识所起的作用,当那些理论化为他的知识记忆时,也凝聚成他的思想和观念,他的立场与精神。

20世纪八九十年代的中国蕴含着变革的力量,就像钱中文这样怀抱固有知识记忆的人,也经历着新的理论知识体系的重构。他真正深入到了知识的精髓之中,持续地追问、探究和拥抱一种知识,真正把知识对象转化为自己的血脉。知识就是理论的精神本身,这句话听上去像是令人费解的常识。很多被称为理论家或知识分子的人并不是生活在知识中,他们游走于各种说法之间,因而也在本质上与知识的真谛相游离。能怀抱一种知识的记忆,能对一种知识怀有永恒的冲动,这是专业知识分子的至福境界。

童庆炳是新时期之初最早提出审美反映论的理论家之一,他和钱中文在理论上相互切磋,相互支持,成为理论上的同道。在1980年代推动现实主义文学理论发展的过程中,童庆炳起到了重要的作用。早在新时期之初的"拨乱反正"时期,童庆炳就关注到审美的重要性,他以审美作为理论思考的逻辑起点,参与到对极左文学观念的清理和批

第六章 现实主义文学批评的深化

判之中。如发表于1981年的《评当前文学批评中的"席勒化"倾向》《关于文学特征问题的思考》等,就是以文学的功能在于"审美"为理论依据,批判文学为政治服务的理论主张。他为现实主义的电影力作《天云山传奇》辩护的批评文章《评袁康、晓文的〈一部违反真实的影片〉》(发表于《文艺报》1982年第5期),曾产生较大反响,有十余家报刊转载了此文。童庆炳基于对审美的强调,进而提出了审美特征论。他认为,以往的现实主义理论认为文学是用形象反映生活的,这只说明了文学与科学反映生活的方式不同,并没有说明文学在对象内容方面的独特性。文学从内容到形式到功能都有其独特的品性与特征,这种独特的品性与特征就是"审美",应该以审美特征论代替形象特征论。童庆炳的审美特征论就为后来的审美反映论和审美意识形态论开辟了道路。

童庆炳不仅与钱中文一道极力主张审美反映论,还通过参与编写大学教材,将审美反映论等体现现实主义文学理论不断发展和深化的理论成果引入大学教材。早在1984年,童庆炳就在其编著的《文学理论》教材里明确提出了"文学是社会生活的审美反映"的观点,认为"文学以人们的整体的、具有审美属性的社会生活作为反映的独特对象和内容,以艺术形象、特别是以典型形象作为反映的独特的形式,而无论是文学独特对象、内容,还是由这种独特对象、内容所决定的反映的形式,都具有审美的特性,因此,对生活的审美反映是文学的基本特征。"[①]1990年代以后,童庆炳在主编《文学理论教程》时,又把审美意识形态作为对文学的本质规定,这一点他与钱中文的文学理论相互呼应。

审美反映论和审美意识形态是新现实主义理论建设的主要成果,但这些成果始终都经受着理论的挑战。在审美意识形态论刚刚提出时,就有学者从坚持现实主义经典理论的原则出发,对审美反映论和审美意识形态提出批评,认为文学艺术是"意识形态与非意识形态的结合","只有创立文学艺术的意识形态属性和非意识形态性相结合的理

[①] 童庆炳:《文学概论》上册"绪论",北京:红旗出版社,1984年,第65页。

论体系,才能完成马克思主义文艺学当代形态的创建和建设"①。直到进入21世纪,这样的挑战还在继续,有人认为"审美是文学的本体性质,意识形态只是文学的功能性质",将二者"隔离""对立""等同"都不能解决文学的根本问题。② 但综合来看,这些挑战和质疑并不是颠覆性的,并不能抹杀和掩盖这些理论成果在1980年代新现实主义的建设中所起到的奠基作用,这些挑战和质疑也在为新现实主义的理论建设不断拓宽思路。

三　新现实主义的批评:雷达、何西来等

我们将1980年代看作新现实主义批评时期,不仅在于有一些理论家从正面坚守现实主义的批评原则,并为新现实主义批评提供新的理论资源;而且还在于有大量批评家,在新现实主义批评的理论指导和影响下进行批评实践,以批评的实绩来完善新现实主义批评的理论建设。这些批评家基本上是在五六十年代接受文学教育、并经历了"文革"磨炼的一代人,他们的文学教育背景是苏联的社会主义现实主义和"五四"新文化运动的"启蒙"精神,这种文学教育背景铸就了他们的现实主义的思想基础和直面现实的理论诉求,但过度政治化的文学实践,也使得他们产生了越来越多的困惑。"文革"结束后这些批评家基本上进入中年阶段,思想渐趋沉稳,却又迎来了思想大解放,他们带着思想上的困惑积极投入"拨乱反正"的思想运动中,相较于他们的文学前辈,其反思意识和怀疑精神更加坚定突出。但他们又不似年轻一代那样容易冲动,毕竟以往的文学教育为他们抹上了一层难以褪却的现实主义底色。而年轻一代从西方现代主义中获取了更多的资源,对现实主义采取了轻慢甚至颠覆的态度。事实上,人们所轻慢的现实主义是过去被政治扭曲的现实主义,而真正的现实主义需要人们将其恢复到

---

① 董学文:《马克思主义文艺学当代形态论纲》,《文艺研究》1988年第2期。
② 刘锋杰:《"文学是审美意识形态"观点之质疑》,《安徽师范大学学报(人文社会科学版)》2008年第2期。

第六章 现实主义文学批评的深化

正常状态。这项工作年轻一代是不屑于去做的,因此这些进入中年期的批评家历史性地担当起恢复现实主义本来面目的工作。对于中国当代文学来说,现实主义起到了核心的凝聚作用,因此,去现实主义也就意味着去中国化。从这个意义上说,恢复现实主义本来面目具有承上启下的作用。经过中年一代文学理论家和批评家的努力,现实主义文学得以良性发展,后来者便可以在一个良性发展的基础上大显身手了。由此也可以看出,1980年代是现实主义的关键时刻,它或者死去,或者起死回生,在这一阶段,中年一代文学理论家和批评家挽救了现实主义,尽管他们只起到了承上启下的作用,只能被看作过渡的一代,但应该看到这次过渡的意义。

雷达①的文学批评基本上与新时期文学同步,1978年《文艺报》恢复办刊,他主动提出来《文艺报》工作,这就使得他能够近距离地接触新时期文学瞬息万变的新局面,也确立了他的批评特点:站在文学前沿思考,面对文学现实发言。在伤痕文学刚刚兴起时,他就及时地针对《班主任》等作品发表评论,认为尽管《班主任》等短篇小说在思想尝试特别是人物塑造上都存有不同程度的弱点,但它们的可贵之处在于踢翻了"三突出"之类的清规戒律,思想解放,写出了人民群众的爱与恨。雷达在文学批评实践中努力剔除掉附着在现实主义上的虚空的政治面具,还原现实主义的本真意义。他对1980年代文学主潮的判断就充分体现了这一点。1980年代的文学随着思想解放的深入和西方现代主义思潮的大量引进,呈现出一个纷繁复杂的乱象。虽然有人认为现实主义仍是主潮,但囿于旧的现实主义眼光,无法对一系列新的作品和新的现象作出有说服力的解释。也有人干脆认为这是一个无主潮的时代。雷达在阅读了大量作品的基础上提出自己对于1980年代文学主

---

① 雷达(1943—2018),甘肃天水人,1965年毕业于兰州大学中文系。曾先后在全国文联、新华社工作,后任《文艺报》编辑组长,《中国作家》副主编,中国作家协会创研部主任、研究员。多年担任中国小说学会会长。著有论文集《小说艺术探胜》《蜕变与新潮》《文学的青春》《民族灵魂的重铸》《传统的化化》《文学活着》《思潮与文体》等多部。获得中国文联文艺评论奖、中国当代文学优秀科研奖、上海文学奖、北京文学奖、钟山文学奖、《作家》杂志奖、昆仑文学奖等。

潮的看法,他认为:"对民族灵魂的重新发现与重新铸造就是十年文学划出的主要轨迹。这也是我所确认的新时期文学的主潮。"①雷达的主潮论准确把握了新时期文学的精神内核,也通过民族灵魂这条主线将当时风格迥异的作品统一了起来。雷达的文学批评基本上延续了主流的社会学批评,或称历史—美学批评。由于"文革"的影响,社会学批评沦为庸俗社会学批评,几乎失去了人们的信任。但雷达凭借自己对作品思想内涵的敏感以及艺术悟性,拯救了社会学批评。他的文学批评也证明了现实主义批评的艺术魅力。诗与思的融合、宏观把握与文本分析的相互呼应,是雷达文学批评的最突出特点。他的文学批评注重感悟,注重文本分析,批评语言摆脱了批评概念的约束,具有散文随笔的文采。雷达形成了自己独特的批评方法,融汇了中国古代文论的感悟性和现实主义文学批评的批判性,以对文本的思想发现为批评的核心,具有一种思想的穿透力。自新时期文学起,雷达就一直活跃在文学批评现场,敏锐地发现新的文学现象,推动文学潮流。他的一些提法成为文学史的命名,如"新写实主义""现实主义冲击波""新乡土小说"等。自觉追求现实主义品格,大大丰富了现实主义批评的表现力,这是雷达的长处,同时也构成了雷达长期的批评价值取向,他多少也因此回避了对现代主义和后现代主义先锋文学的关注。有关雷达的论述还可参见随后的章节。

何西来[②]最早研究古代文学,后来转向当代文学批评,古典的素养融入他的批评文章中,他特别推崇杜甫的人格理想和美学追求,杜甫的现实主义精神和忧国忧民的政治情怀是与何西来的文学理想完全吻合的。在新时期之初,他就是以强烈的政治激情投入到以"拨乱反正"为宗旨的文学批评之中的。他针对极左政治仍然存在的影响,提出了要反对文艺思想僵化,还指出在文艺与政治的关系上的种种表现是文艺

---

① 雷达:《民族灵魂的发现与重铸》,《文学评论》1987年第1期。
② 何西来(1938—2014),原名何文轩,生于陕西临潼,1958年毕业于西北大学中文系,1963年毕业于中国人民大学文艺理论研究班,同年调入中国科学院文学研究所。曾任中国社会科学院文学研究所副所长,《文学评论》副主编、主编。出版有专著《新时期文学思潮论》《文格与人格》《文学的理性和良知》《文艺大趋势》等。

第六章 现实主义文学批评的深化

思想僵化的"顽症"和"核心"。① 因此他也对那些能够冲破思想禁区、真正以现实主义态度书写的作品以充分的肯定。当这样一些作品引起争议,甚至遭到围攻时,何西来便明确地为这些作品辩护。如张一弓的《犯人李铜钟的故事》大胆触及三年困难时期河南大范围饿死人的"信阳事件",具有一定的政治风险,何西来对此给予充分肯定,高度评价其达到了"新时期现实主义文学已经达到的最高成就"。何西来关注新时期文学思潮的变化,积极参与到文学思潮的论争中,努力发现并积极推崇文学思潮中涌现出的新质。他率先从"伤痕文学"潮流中发现了反思的因素,将其概括为"反思文学"。② 何西来自称他写评论文章"是毫无顾忌地为这种新起的文学潮流一路辩护过去"③。在此基础上,何西来完成了《新时期文学思潮论》,他以"文学是人学"为论述原则,将新时期文学思潮的变化轨迹描述为文学对人的重新发现。何西来是把人道主义作为现实主义文学的根本来论述的,因此当他认为新时期文学就是对人的重新发现时,也就是肯定了现实主义文学是新时期的主潮。何西来与刘再复同在中国社会科学院文学研究所工作,他也是刘再复文学主体性理论的坚定支持者,并对其理论意义作出了评价。何西来说:"文学主体性的提出……其理论核心是马克思主义的人道主义,可以说,文学主体性是文学领域中人道主义的一个哲学化的提法。照我看,文学观念变革的核心问题,就是这个人道主义问题。"④

何镇邦⑤新时期初进入中国作家协会创作研究室,侧重于长篇小说的研究。他主要进行历史的和美学的文学批评,从中可以看出恩格

---

① 何西来:《论文艺思想的僵化及其根源》,《北京师范大学学报》1979年第5期。
② 参见徐刚《黄河西来决昆仑,咆哮万里触龙门——何西来的学术生涯(下)》,《传记文学》2015年第8期。
③ 何西来:《探寻者的心踪·自序》,西安:陕西人民出版社,1987年,第12页。
④ 何西来:《对于当前我国文艺理论发展态势的几点认识》,《文论报》1986年6月1日。
⑤ 何镇邦(1938—),福建云霄人。1960年毕业于复旦大学中文系,毕业后在北京的中学做了二十年的语文教员,1982年调入中国作家协会,先后在创作研究室、鲁迅文学院工作。出版有专著《长篇小说的奥秘》《当代小说艺术演变》《文体的自觉与抉择》《九十年代文坛扫描》等。

斯关于以"美学观点和历史观点"评价作品的经典言论对中年一代批评家的深刻影响。何镇邦重视理论思考,因此在评论作品时也探讨长篇小说的继承与创新、创作的民族化等理论问题。他认为,文学批评必须具有艺术鉴赏力。他的批评文章多是从作品鉴赏入手,然后才上升到理性分析。这也是他的批评包含着更多文体学内容的重要原因。他认为:"文学创作不仅要重视写什么,也要注重怎么写,文学评论亦然。怎么写的问题,就是文体的问题,也就是文学作品的形式和技巧问题。"①何镇邦后来调入鲁迅文学院,他的研究重点也转向文学批评学的建设和文体学。1980年代中后期,随着文学批评的繁荣,文学批评的理论意识也越来越自觉,文学批评学的建设被人们提出。何镇邦是较早关注并呼吁这一问题的批评家。由他和另一文学理论家王先霈共同倡议,鲁迅文学院和华中师范大学、武汉大学等单位于1988年联合举办了全国第一次文学批评学的座谈会。何镇邦认为,文学批评学应该是一种有实践性的理论,是将文学的基本观点与当代文坛结合起来的理论。

文学批评学尽管在西方已经相当成熟,但在中国自当代以来几乎是一个空白,这也反映出当代文学批评缺乏理论的自觉意识和理论的积累。1980年代的批评观讨论以及方法论热,为文学批评学的学科建设打下了良好的基础。陈晋的《文学的批评世界》(上海文艺出版社1989年版)可以说是文学批评学学科建设的第一个成果,该书的写作直接缘起于1985年的文艺学方法论讨论,作者作为在读研究生为一次全国文艺学方法讨论会整理材料,从此便开始了文学批评新方法的研究。该书偏重批评方法的介绍。而后出版的潘凯雄、蒋原伦、贺绍俊合著的《文学批评学》(人民文学出版社1991年版)更具有理论的体系性。

陈骏涛②的批评观同样深受恩格斯关于"美学观点和历史观点"的

---

① 何镇邦:《〈文体的自觉与抉择〉跋》,《文学自由谈》1995年第3期。
② 陈骏涛(1936—),祖籍福建福州。1963年复旦大学中文系研究生毕业,1964年调入中国社会科学院文学研究所,1975年调至《文学评论》编辑部。曾任中国小说学会副会长。出版有《文学观念与艺术魅力》《在传统与现代之间》《文坛感应录》等。

影响,他曾提出"新美学—历史批评",要"更看重对美感形式与社会历史内容的有机整体把握","更看重对其他学科的新思维成果(包括其方法论)的借鉴",以及它的"开放性和相容性"。① 但最终陈骏涛没有写出关于新美学—历史批评的建构性专著,因为他把更多的精力投入到对当代文坛现状的追踪,他是在对文学新潮的关注和批评中体现他建设新美学—历史批评的意图的。陈骏涛对文学新潮和文学新人充满了热情,总是以积极的态度去发现其新质,并真诚地与年轻人交朋友,从年轻人身上吸取长处。他所主编的"跨世纪文丛"就是力推文学新人的文学丛书。陈骏涛力图弥合新与旧、传统与新潮之间的裂缝,"找到一条既不背离传统,又不拒绝现代的自己的路"②。陈骏涛也是较早进行女性文学研究的批评家,所编"红辣椒女性文丛"是较早的一套女性文学丛书,获得过中国当代女性文学建设奖。

张韧③的文学批评具有学者风范,既有宏阔的视野,又有细致的文本解析,注重思想的逻辑性和论证的缜密性。从张韧的学者风范中可以明显看到苏俄文学的浸染,他推崇别林斯基,认为应该像别林斯基那样将时代精神、批评方法、学术眼光和个人风格结合为一体。张韧在新时期初期重点从事中篇小说的批评,并通过具体的文本批评勾画出新时期中篇小说从崛起到兴盛的艺术规律。他认为,中篇小说在1979年迅猛崛起,原因是思想解放所带来的生活和人们思维方式的变革,使作家们的认识更加开拓,文学所表现的内容因而更加丰富,中篇小说的形式满足了这一变化。他特别强调中篇小说在整个新时期文学思潮中不容忽视的历史作用。他还认为,在1980年代,由于哲学意识对文学的介入,文学表现生活的力度和深度大大加强,起到了在当时哲学应该起到而没有起到的作用。

肖云儒是一位早慧型的批评家,他为《山乡巨变》和华君武的政治讽刺画写评论的时候,还不到20岁。在大学期间他为《人民日报》的

---

① 陈骏涛:《新美学—历史批评综说》,《文艺争鸣》1989年第6期。
② 陈骏涛:《"跨世纪文丛"后记》,《在传统和现代之间》,桂林:漓江出版社,1992年。
③ 张韧(1934—2009),辽宁盖州人。1950年参军,1964年毕业于北京大学中文系。中国社会科学院研究员。出版有论著《新时期文学现象》《文学的潮汐》《文学星空的求索》等。

"笔谈散文"专栏写了一篇《形散神不散》的文章,对散文创作产生了后续影响,其关于"形散神不散"的散文观也引起长达数十年的争论。肖云儒还是一位行走中的批评家,他在1980年代初形成了"西部文学"的构想,试图从西部历史与现实、西部生活与艺术的结合点上去建构关于西部艺术和西部文学的理论体系。他为此进行了大量文化考察,先后14次西行,跑遍了西部十几个省区,行程七八万公里。在此基础上写出了《中国西部文学论》,在他的组织和倡导下,其他学者相继完成了《中国西部音乐论》《中国西部歌舞论》《中国当代西部诗潮论》等多部专著,"西部"逐渐成为一个特定的美学概念被学界所接受。肖云儒并不急于站在文学前沿和潮头,但他思维活跃,涉猎广泛,愿意将批评对象置于更广阔的文化背景中加以考察。他不限于文学批评,在影视、书法等艺术评论上也卓有成就。1990年代以后肖云儒主要转向文化研究和文化批评。

  李星[①]作为陕西籍的批评家,主要精力放在对当代陕西作家的批评上。陕西作家坚实的现实主义传统,给了李星大显身手的机会,他一直跟踪陕西重要作家如路遥、贾平凹、陈忠实等人的文学创作,并对他们作出系统的评价。虽然运用现实主义理论可以得心应手地评论有着坚实现实主义传统的文学作品,但李星在对现实主义的认识上并不固守成见,而是不断发展,后来他认为,现实主义应该以开放的状态容纳新的理论素养。他说:"广义角度来理解,现实主义应该是一种基本的艺术观念,是关于艺术和现实的关系、关于艺术本质的唯一正确的认识。"[②]李星对现实主义认知的发展,表现在批评实践上,则是从社会政治学批评走向历史文化心理批评,其理论视野更加开阔,他充分吸收了文化学、心理学等新的理论成果,形成了一种开放式的批评格局。

[①] 李星(1944—),笔名刘春,陕西兴平人。1969年毕业于中国人民大学语文系文艺理论专业。历任《陕西文艺》《延河》编辑、《小说评论》主编、中国小说学会副会长。出版有论著《求索漫笔》《读书漫笔》《书海漫笔》《路遥评传》《贾平凹评传》等。

[②] 李星:《关于现实主义问题的浅识》,《求索漫笔》,西安:陕西人民教育出版社,1991年,第268页。

第六章 现实主义文学批评的深化

王蒙①的文学批评并不追求理论上的系统性和体系性,而是针对文学现象发表自己的见解,敢于臧否,对恢复现实主义文学批评的传统充满了热情,因此在1980年代文学批评界的思想"拨乱反正"和理论重建等各个阶段,几乎都能看到王蒙的身影。尽管王蒙的文学批评并不在理论的深度上做文章,但他完全从创作实际出发,有的放矢,有时能达到理论也达不到的影响度。如他在参与关于歌颂与暴露的讨论时,明确表示应该"该歌颂就歌颂,该暴露就暴露",然后他指责围绕这一问题的反复纠缠:"这种关于歌颂与暴露的烦琐的、简单化的、有时候是相当庸俗和粗鄙的讨论,怎样地造成了人们认识上的混乱,怎样地降低了我们的文艺理论、我们的文艺批评、我们论争的水平。"②因此王蒙对于恢复现实主义文学批评的功绩并不是表现在理论建树上,而是表现在他对现实主义文学创作不遗余力的支持上。他写了大量的具体作品的评析文章,对于新人新作,总是愿意发现其新意,为作家的创新和探索鼓与呼。1980年代后期,王蒙的文学批评更注重理论性,也更加具有全局性的眼光,因此他的批评观点也引起较大的反响,这突出体现在他相继在《文艺报》发表的三篇批评文章中。这三篇批评文章分别是《文学:失去轰动效应以后》(发表于1988年1月30日的《文艺报》)、《自由与失重——我们要不要、要什么样的文艺价值观念?》(发表于1988年4月16日的《文艺报》)、《何必悲观——对一种文学批评

---

① 王蒙(1934—),生于北京,祖籍河北南皮。1948年加入中国共产党,成为地下党员。1950年从事青年团区委工作。1953年创作长篇小说《青春万岁》。1956年9月7日发表短篇小说《组织部来了个年轻人》,由此被错划为右派。1958年后在京郊劳动改造。1962年调北京师范学院任教。1963年起赴新疆生活、工作十多年。1979年平反。1983—1986年任《人民文学》主编。1986年当选中共中央委员,任中国作协副主席、书记处书记;同年6月任文化部部长,1990年卸任。王蒙首先是一位在当代文学中具有影响力的作家,但他对当代文学批评也介入得比较深,具有独特的批评风格和敏锐的批评眼光,在1980年代的现实主义文学批评的重建过程中,不能低估了王蒙的作用。新时期伊始,王蒙的创造力得到充分的释放,这不仅体现在他的小说创作上,也体现在他的批评热情上。他以文学批评的方式,表达了他对自己创作的总结,也表达了他对当代文学的观察和思索。在小说创作之外,他写出了一百余万字的文学批评文章,先后结集出版《当你拿起笔……》《漫谈小说创作》《王蒙谈创作》《创作是一种燃烧》《文学的诱惑》《风格散论》等。

② 王蒙:《生活、倾向、辩证法和文学》,《当你拿起笔……》,北京:北京出版社,1981年,第49页。

逻辑的质疑》(发表于 1989 年 1 月 28 日)。针对当下的文学创作和批评现状鲜明地提出了自己的观点。1980 年代后期也是思想论争处于白热化的阶段,王蒙这三篇文章基本上代表了文学独立者的立场,因此后来遭到了主流思想界的严厉批评。

王蒙的文学创作具有浪漫因素,他也把自己创作上的特质带到了文学批评之中,从而形成了自己的批评风格。有人将其称为"感受批评"。王蒙本人也说过:"创作是作家对生活的感受,那么评论呢? 首先是评论家对作品的感受。正像作家应该善于感受(感觉、体验、认识)生活一样,评论家也应该善于感受(感觉、体验、认识)作品。"①王蒙强调批评家对作品的感受,因此他的批评语言是活泼的,批评文体是自由的。

李陀②作为一名文学批评家有其特别之处,他并不热衷于著书立说,更像是一名活动家和演说家,是文学批评的行为者。他积极组织各种小范围的聚会和讨论,发表自己的独到见解;向刊物推荐各种试验性的文学文体,一些先锋小说找不到发表的地方,就是通过他的努力在他任副主编的《北京文学》上得以面世,并成为以后的经典性作品的。他以自己特立独行的文学评价标准先后编选了《中国寻根小说选》《中国实验小说选》等,努力为文学新思潮争取一席之地。李陀在 1980 年代的现代派讨论中也起到了推波助澜的作用。现代派讨论最初是由徐迟《现代化与现代派》引起的,此文发表在《外国文学研究》1982 年第 1 期上,徐迟提出"应当有马克思主义的现代主义,我们要用马克思主义来研究现代主义"。此后,高行健的《现代派小说技巧初探》一书出版,该书纯粹从写作技巧的角度介绍西方现代派小说,对于正在寻求突破的当代作家来说充满了诱惑力,作家们私下里热烈议论。李陀和王蒙、刘心武、冯骥才几位作家的议论被公之于众,这就是他们发表在《上海文

---

① 王蒙:《把文艺评论的文体解放一下》,《文艺报》1981 年。
② 李陀(1939—),达斡尔族,原名孟克勤,生于内蒙古莫力达瓦旗。高中毕业后到机械厂工作,当过热处理工、钳工,"文革"期间参加编辑《北京工人》报。1980 年调入中国作协北京分会,后任《北京文学》副主编。著有小说《七奶奶》《自由落体》《雪花静静地飘》等,《愿你听到这支歌》曾获 1978 年全国优秀短篇小说奖。1982 年后转向文学和电影批评。1989 年旅居美国,曾任哥伦比亚大学东亚系客座研究员。

学》1982年第8期上的通信。他们以高行健的书为话题,探讨了现代派小说技巧的创新性意义。当现代派文学创作形成潮流之后,又出现了"伪现代派"的质疑。李陀始终都在为中国的现代主义思潮辩护。他力主创造本民族的现代小说,他反问道:"到底为什么我们非要当现代派呢?为什么非要跟在人家后边跑呢?……我们就是当了'真现代派'又有什么特别光荣呢?"①

四 《当代文艺思潮》《当代文艺探索》等批评刊物

新时期之后的文学批评持续繁荣,一大批文学理论和批评刊物也应运而生。这些文学理论和批评刊物的推波助澜,又带来了文学批评百家争鸣的局面。1976年伴随着粉碎"四人帮",在"文革"中被迫停顿的各类文学组织如中国作家协会、中国社会科学院文学研究所等相继恢复正常。在经过一段时间的筹备之后,"文革"中被迫停刊的《文学评论》和《文艺报》等理论批评刊物于1978年前后复刊。这些刊物成为文学艺术界"拨乱反正"的前沿阵地,《文学评论》当时就鲜明地提出,文学创作和文学批评要"敏锐地感应时代变革的浪潮,与时代共脉搏,更切近时代和人民的要求"②。其后,它们又在推进现实主义文学批评的深化上起到了重要作用。比较有代表性的如《文艺报》在1980年代中期所组织的关于文学"向内转"的讨论和《文学评论》关于文学本体论的讨论。1986年10月18日《文艺报》发表了鲁枢元的《论新时期文学的"向内转"》,主张文学艺术应该转向文学艺术自身的存在,回归到文学艺术的本真状态。随后该报又发表了周崇坡的《新时期文学要警惕进一步"向内转"》,由此挑起了一场关于"向内转"的理论争鸣,该争鸣与当时思想文化界的"本体论"热相呼应。这场争鸣尽管观点针锋相对,但它将文学理论批评的主视角移向了文艺自身内部规律,关注文艺的主观因素构成,强烈表现出文学批评对于自主性和独立性的

---

① 李陀:《也谈"伪现代派"及其批评》,《北京文学》1988年第4期。
② 参见《编前语》,《文学评论》1984年第4期。

诉求。1985年末到1986年初,《文学评论》分两期刊载了刘再复的长文《论文学的主体性》,将主体性的讨论引入文学理论和批评。但《文学评论》的编辑并没有止步于此,他们将"本体论"讨论与当时的方法论讨论热结合起来,及时将刊物的重点引向文学本体论。刊物适时推出了"当代中国文艺理论新建设"栏目,诸多论者不约而同地集中探讨了文学本体论问题,掀起了谈论文学本体论的热潮。对于文学本体究竟是什么,也是众说纷纭,如关于"本体",就有"精神本体""审美本体""哲学本体""生命本体""语言本体""对象本体""文学本体""艺术本体""批评本体""形式本体"等。很显然,这里的"本体论"还是在"新批评"文学作为语言的本体的意义上来立论,并不是海德格尔的存在论哲学意义上的本体论。文学本体论的讨论大大冲击了文学批评的僵化模式,对于完善新时期文学理论研究的格局,尤其是在推动理论界对文学自身的深入探讨方面,起到了重要作用。《文艺报》和《文学评论》作为两大文学批评重镇,起到了1980年代文学批评风向标的作用,见证了文学理论批评逐渐思想解放的步履,也基本荟萃了1980年代文学理论和批评的成果。1987年《文学评论》为纪念《在延安文艺座谈会上的讲话》发表45周年而组织的座谈活动,就不再是一般性庆典式的表达了,"重要的问题不仅是纪念《讲话》,而是科学地研究《讲话》"①。在其后发表的论文中,有的就提出要对毛泽东思想进行重估。②

在思想解放的催化下,文学思想呈现异常活跃的状态,由此催生了越来越多的文学理论批评刊物。如1980年华东师范大学创办了《文艺理论研究》;1981年上海作协创办了《文学报》;1982年甘肃文联创办了《当代文艺思潮》,江西省文联创办了《创作评谭》;1983年广东作协创办了《当代文坛报》。1984年,新的理论批评刊物则如雨后春笋般在全国各地冒出来,计有辽宁省作协创办的《当代作家评论》、黑龙江文联创办的《文艺评论》、福建人民出版社创办的《当代文艺探索》;1985

---

① 《文学评论》编辑部:《纪念〈讲话〉发表45周年座谈会纪要》,《文学评论》1987年第4期。
② 参见夏中义《历史无可避讳》,《文学评论》1989年第4期。

第六章　现实主义文学批评的深化

年中国当代文学研究会创办了《评论选刊》,陕西省作协创办了《小说评论》,湖南师范大学创办了《中国文学研究》;1986 年中国艺术研究院创办了《文艺理论与批评》;1987 年广西文联创办了《南方文坛》;1988 年湖南省文联创办了《理论与创作》。

《当代文艺思潮》和《当代文艺探索》虽然都是地方文艺机构创办的批评刊物,但从一开始就积极介入到全国文学批评的漩涡之中,成为文学争鸣的重要平台。这两个刊物在 1980 年代影响一时,又都在 1980 年代和 1990 年代之交,因为时代风潮的转变而停刊。《当代文艺思潮》侧重于对文艺思潮的整体性分析,他们敢于发表一些偏激的、非常态的观点。主编谢昌余有着对思想解放的急切渴望,也颇有胆略。1983 年因为发表了徐敬亚的《崛起的诗群》一文而引起文坛的轩然大波。该文是徐敬亚的大学毕业论文,曾投寄多家刊物都被退稿。《当代文艺思潮》收到这篇文章后,虽然非常赏识,但也感觉到文章对诗歌思潮的判断十分大胆,将会引起争论,他们在发稿的同时也组织了反驳的文章,并慎重写了"编后记",强调该文的观点不代表编辑部的观点。尽管如此,该文发表的后果远远超出他们预料,人们很快将该文与此前谢冕的《在新的崛起面前》和孙绍振的《新的美学原则在崛起》联合称为"三个崛起"论。因为这三篇文章都是对朦胧诗发表意见的,也都从朦胧诗中发现了文学的新变。对这三篇文章不满的人显然从中感觉到了一种对既有文学秩序的挑战。主管文艺的高层也表态,认为这是文艺战线上应该警惕的思想新动向,并指示有关部门要进行反击。北京、刊物所在地兰州和作者徐敬亚所在地长春先后都组织了以批判该文为宗旨的座谈会。《当代文艺思潮》连续一年发表了批判该文的文章。与此同时,各重要文艺报刊都组织了批判"三个崛起"的文章,一年后,由徐敬亚写出一篇检讨文章,同时在《人民日报》和《当代文艺思潮》上刊出,这次批判活动才告结束。尽管经历了这样一场大的风波,编辑部的锐气并没有减弱,相反他们希望能组织到更锐利的文章,以维护刊物在文学界的形象。但他们的阻力越来越大,他们组来的高尔泰的文章已排好版,临时被要求撤稿。他们又约徐敬亚写了一篇《圭臬之死》,文章论述朦胧诗之后的诗歌格局。但主管部门特别谨慎,要求将样稿直接送主管文艺的高层审定。文章最终不准发表,而且还要求地方加强对刊物的领导。此后,《当代文艺思潮》的主要领导人被调走,又宣布将《当代文艺思潮》与《飞天》合并,合并后的刊物仍叫"飞天",在原来的作品版面外,加入理论版面,1987年第6期便成为《当代文艺思潮》的终刊号。《当代文艺探索》地处福建福州,福建被称为出文艺批评家的省份,当代文学有不少闽籍批评家,《当代文艺探索》发挥这一"地利"优势,将闽籍批评家(尤其是在京的闽籍批评家)尽量接纳为他们的编委会成员,并于1985年1月的创刊号上亮出了"闽派批评"的旗帜,并发挥刊物的优势,主动将不同观点不同风格的闽籍批评家集结在一起,在刊物上亮相,使"闽派批评"成为新时期文学批评新思潮的积极推进力量。创刊不久的《当代文艺探索》与其他单位联合在厦门召开了"全国文学评论方法论讨论会",在会议之前,文学批评界就酝酿着方法论变革的思想冲动,也有人主张要以"新三论"(系统论、信息论、控制论)的科学化的方式来进行文学理论研究和批评。厦门大学的林兴宅是这方面的代表,他以系统论为依据所写的论文《论阿Q性格系统》以及刘再复的《文学研究思维空间的拓展——近年来我国文学研究的若干发展动态》成为这次会议讨论的主要对象。会议就文学批评方法之新旧展开了激烈的争论,由这次会议释放出来的观念分歧,并没有因会议的结束而终止,而是一直纠缠着近三十年的文论界。《当代文艺探索》采取兼容并包的姿态,接纳各种观点,尽管如此,在1980年代末期思想斗争白热化的大背景下,他们跟随着《当代文艺思潮》,于1987年宣布停刊,这不能不说是闽籍批评家以至中国文学批评的极大损失。

(本章由贺绍俊执笔,另由陈晓明、李强、石佳分别做了不同程度的修改补充)

第七章　批评的个性化与审美的能动性

1980年代中期,文艺理论界倡导"批评是科学"的观念,强调"批评作为一门科学",有着自身独特的研究对象和任务,构建独立的理论阐释体系,并由此强调批评要有实事求是的科学精神和严谨严肃的批评态度。与此同时,关于"文学本体论"和文学"向内转"的讨论也正在文学界和理论界风生水起。1985年第2、3期的《读书》连续刊载刘再复的理论长文《文学研究思维空间的拓展——近年来我国文学研究的若干发展态势》,主张文学研究从外部规律转向内部规律、回复到文学自身的本体论思路①,同年第4期的《文学评论》推出"我的文学观"专栏,鲁枢元、孙绍振、刘心武等分别著文,不约而同地表示"把本体论作为一条自觉的思路"②。1986年10月18日《文艺报》第三版刊出鲁枢元的文章《论新时期文学的"向内转"》,文学理论界随后以此文为肇始展开"向内转"的讨论和争鸣。

批评是科学、文学本体论、向内转等文艺观念和研究方法的崛起,直接的理论针对性是意图纠偏长期占据中心位置的机械反映论、庸俗社会学和工具论批评观。今天看来,这些理论纠偏颇似一次文学界内部的曲折突围,其深层寓意实则是申明作家和批评家在艺术上的自主性,积极拓展相对宽松的话语空间,旨在走出"文革"的极"左"路线遗留的历史阴影及现实焦虑。随着观念更新和研究范式的革命,批评家获得了探索创造的言说空间,批评的个性化有了发生的可能和展示的舞台。

---

① 刘再复:《文学研究思维空间的拓展——近年来我国文学研究的若干发展态势》,《读书》1985年第2期。

② 孙绍振:《形象的三维结构和作家的内在自由》,《文学评论》1985年第4期。

一 审美的反思:变革中崛起的新一代

历史另辟蹊径,往往为顺应时势者所造。从 1980 年代初走上批评之路,至 1980 年代中后期已成为学院派批评中坚人物的所谓"新潮"批评家们,个性张扬、气度恢宏,在当代文学批评史上共同创造了一个时代的批评景观。他们大都是"文革"后第一批大学生,如 1980 年代初期在上海活跃的陈思和、王晓明、吴亮、许子东、南帆、蔡翔、程德培、李劼等,"文革"图景构成其共同的少年记忆和历史视野,特殊历史时期的特殊经历,尤其是在工厂当工人给他们留下了特殊的人生经验。时代的转机使他们进入上海的名牌大学攻读中文专业,有幸师从贾植芳、许杰、钱谷融、徐中玉等名师大家。这样的精神入口决定了这群批评家难以默认既有批评范式,在精神上他们天然亲近的是启蒙主义思想和现代理性,其文学观亦是自由、审美的个性传达。

作为风起云涌的 1980 年代文学的见证人,他们一面感悟文学创作所经历的思想解放运动的变革,一面体认文学批评在这些变革面前所迎接的考验和挑战。他们分明看到文学在过去一段时期被作为"某种思想的传声筒",批评只能被动承担思想解说的功能。进入 1980 年代,随着文学创作卸下过多的社会职能和宣传使命,文学批评也开始"朝文学本体回归"。关于此,陈思和曾在《从批评的实践性看当代批评的发展趋向》一文中作乐观期待和召唤:"审美的,属于文学本体的艺术分析,会逐渐地引人注目"[1],批评家的任务是"将作品中的美感通过理论形态再作一次复制"[2]。同时,随着文学审美内容的复杂化、多层次化,将形成"多层次的审美批评"[3]。王晓明坦陈自己一个根深蒂固的观念,认为批评是在"阐释美",文学创作则是直接"创造美",所以在这

---

[1] 陈思和:《从批评的实践性看当代批评的发展趋向》,参见《笔走龙蛇》,济南:山东友谊出版社,1997 年,第 282 页。
[2] 同上书,第 285 页。
[3] 同上书,第 289 页。

个意义上,"创作比评论高一个等级"。① 许子东强调批评家对研究对象的"入",体现在"应对诸如视角、结构、色调等技巧因素具备自觉的兴趣"。② 南帆在《冲突的文学·导言》中将审美推向文学价值体系的更高位置:文学"必须将审美从一种消遣、一种娱乐或者一种技术效果引入生存原则,视为生存的范畴之一",才有可能促进人的全面解放。③ 显然,强调以审美为重要标准,熔铸文化、社会、政治、历史等多方面思想内容来评价文学成为这群批评家共同倚重的批评理念。需要指出,批评界最初对审美意识的强调带有一定政治功利性,即与文学工具论等理论桎梏相对抗,到了1980年代中后期,审美的文学与审美的批评才真正站到了人的精神现代化的历史高度。

陈思和④的文学批评贯穿了从20世纪八九十年代直至21世纪的中国文学批评的变革历程,他是亲历者,也是始终立于潮头者,勇于到中流击水。他的文学批评之所以有持续性、介入性的力量,首先在于他的文学批评扎根于文学史研究的地基上。1985年陈思和写下《中国新文学史研究的整体观》⑤一文,与黄子平、陈平原、钱理群三人提出的"二十世纪中国文学"遥相呼应,将新文学视为一个"开放型的整体",认为其外在历史分期不能按照"社会发展史或者政治史"的标准来考察,而应对"作家、作品、读者三个方面进行综合考察",按照文学自身发展规律来划分历史时段和层次。⑥ 他熔铸历史与地理的双重眼光为一体,划分了新文学的三个发展阶段、六个文学层次,且将新文学置于世界文学的整体框架来确定自身的位置,提出中国新文学与世界文学

---

① 王晓明:《刺丛里的求索》,上海:上海远东出版社,1995年,第13页。
② 许子东:《文学批评中的"入"与"出"》,《文学评论》1984年第3期。
③ 南帆:《冲突的文学》,上海:上海社会科学院出版社,1992年,第12页。
④ 陈思和(1954—),生于上海,原籍广东番禺。1982年毕业于上海复旦大学中文系,现任复旦大学中文系教授、博士生导师,复旦大学图书馆馆长。主要著作有《巴金论稿》(合著,1986)、《中国新文学整体观》(1987,2001)、《巴金研究的回顾和瞻望》(1991)、《中国当代文学关键词十讲》(2002)、《中国现当代文学名篇十五讲》(2004)等二十余部;此外发表论文、评论、随笔等五百余篇。
⑤ 原载《复旦学报》1985年第3期,修改后收入《中国新文学整体观》,上海:上海文艺出版社,1987年,后又做了较大改动编入《陈思和自选集》,桂林:广西师范大学出版社,1997年。
⑥ 陈思和:《陈思和自选集》,第1页。

之间"同步态"和"错位态"之两大动态关系定位。文章最后强调"整体观"作为方法论的意义,"使现代文学研究把本体研究与其对以后的文学影响结合起来","以历史的效果验证文学的价值",根本改变前人封闭型的研究道路;同时,使当代文学的研究"用历史的眼光来考察每一种新出现的文学现象、每一个新产生的文学流派、以及每一部新发表的优秀作品,把它们看作新文学整体的一部分,分析它们从哪些传统中发展而来,研究它们为新文学整体提供了哪些独创的因素,使对当代文学的史的研究与批评逐步成熟"。① 陈思和的文学批评一开始就别求新声,注重研究对象的历史性因素与当下性因素的复杂纽结关系,随后逐渐积淀成为有力量的"史的批评"。针对新时期以来文学研究和文学批评中历史意识的贫弱缺失,郜元宝将陈思和的"史的批评"称为"文学批评中历史匮乏症的救治"。②

1980年代中后期,他的一系列文章向新文学中的艺术法则和文学思潮研究连续发力,包括《中国文学发展中的现代主义》③《中国新文学发展中的现实主义》④《中国新文学发展中的浪漫主义》⑤等。文章对三个主要文学传统和思潮的外来缘起、错位接受、本土化实践、历史性衍变、当代回响与发展等复杂问题进行梳理分析。他在《中国新文学发展中的现实主义》中写道:"若按中国传统的'天地人'观念来区分,现代主义因为与中国现代文学同步而发生直接的横向影响,占着'天时';现实主义因为与中国本土的务实传统以及迫在眉睫的现实局势紧密相关而产生功利的效益,占着'地利';而浪漫主义,则与中国知识分子处于新旧时代交替更新之际所特有的感伤、孤独或亢奋的情绪引

---

① 陈思和:《陈思和自选集》,第16—17页。
② 参见郜元宝《文学批评中历史匮乏症的救治——访陈思和》一文,《当代作家评论》1995年第4期。
③ 原载《上海文学》1985年第7期,收入《中国新文学整体观》。
④ 原载《学术月刊》1986年第9期,收入《中国新文学整体观》。做了重大修改后收入《陈思和自选集》。
⑤ 原载《学术月刊》1987年第10期,收入《中国新文学整体观》(增订本),台湾业强出版社,1990年,后又作修改收入《陈思和自选集》。

起共鸣,占着'人和'。"①这一判断是生命感与历史感交织的产物,是陈思和史学眼光和史家情怀的彰显。对三大文学潮流的整体性研究,其深层目的是要把握中国新文学发展中现代性精神的起伏消长。此时段他还有《中国新文学发展中的忏悔意识》②《中国新文学发展中的现实战斗精神》③《中国新文学发展中的两种启蒙传统》④等相关文章发表,均可视作他对自己所谓"整体观"之文学史观念和文学批评观念的学术实践,为他介入当下提供了历史的和宏观的视野。

1988年,陈思和写下《当代文学观念中的战争文化心理》⑤,考察当代文化和当代文学。他指出战争文化对当代中国文学批评和创作在主题选择、艺术构思、话语系统、审美风格等诸方面都有广泛影响,如战场上的简单思维选择导致批评家和作家"二分法"思维习惯的滥用:"以人民共和国成立为一道历史分界线,1949 年前称作旧社会,它联系着苦难、黑暗、死亡、人间地狱、贪官污吏、地主资本家、剥削……1949 年以后称作新社会,它联系着光明、幸福、和平、人间天堂、人民、翻身当家作主……"⑥以至于作家在艺术构思上不得不遵循由此生成的两大话语系统,导致创作模式化和内在主体精神的简单化处理,最终带来社会主义悲剧艺术的被取消。

无疑,越是具有历史负担的批评家越是具有现实关怀。1993 年,陈思和发表重要文章《知识分子在现代社会转型时期的三种价值取向》⑦,该文力图在价值取向上为 20 世纪中国文化语境中知识分子的何去何从切诊把脉。从失落了的庙堂意识、虚妄的现代广场意识到正在形成中的知识分子的岗位意识,他看到了这三种价值取向背后的传

---

① 陈思和:《中国新文学发展中的现实主义》,《学术月刊》1986 年第 9 期。
② 《中国新文学发展中的忏悔意识——关于人对自身认识的一个侧面》,载《上海文学》,1986 年第 2 期,收入《中国新文学整体观》。
③ 原载《中国现代文学研究丛刊》1987 年第 2 期,收入《中国新文学整体观》。
④ 原载《中国现代文学研究丛刊》1990 年第 4 期,收入《陈思和自选集》。
⑤ 原载《上海文学》1988 年第 6 期,收入《鸡鸣风雨》,上海:学林出版社,1994 年。
⑥ 陈思和:《鸡鸣风雨》,第 17—18 页。
⑦ 原载《上海文化》创刊号,1993 年 11 月出版,收入《犬耕集》,上海:上海远东出版社,1995 年,后又收入《陈思和自选集》。

统文化向现代文化之更迭、蜕变,参悟到了知识分子由传统士大夫走向现代型知识型人格的痛苦与光荣。他区分了知识分子的学术责任和社会责任,意在强调知识分子的身份本位,指出知识分子在当下的岗位意识之深意乃是"知识分子如何维系文化传统的精血"①。他写道:"(知识分子)在人类社会充满暴力与残酷的历史进化过程中,别塑一个温馨无比的精神发展王国,与冷酷的世俗权力抗争,与卑琐的动物本能抗争,继绝存亡,薪尽火传,这,才叫做知识分子,才叫做知识分子的文化传统。"②知识分子所铸造的知识传统和人文传统不应该屈从于社会、政治、经济等任何外在力量,它理应为人类精神王国引领路径。世纪末的陈思和以《知识分子的民间岗位》(1998)③一文分析了古代士人到现代知识分子转型的历史内涵,其当代标志性人物是首倡"独立之精神,自由之思想"的陈寅恪。

转型期知识分子在"庙堂"与"广场"之间的民间境遇意识,凝聚着陈思和的历史警觉、现实关怀和人文情怀,也成为他批评活动的精神入口与价值支点。循此入口和支点,1994年陈思和连续发表《民间的浮沉——对抗战到文革文学史的一个尝试性解释》④和《民间的还原——文革后文学史某种走向的解释》⑤,提出后来影响深远的"民间"概念,从此开始了他对文学史、对文学创作的"民间"阐释。在他看来,正是抗日战争的特殊语境催生凸显了民间文化的力量。民间文化以其独立的话语传统和自由的精神姿态对政治意识形态、知识分子的新文化传统都表现出一定的漠然、疏离和对峙。那么,何为民间?陈思和对作为文学史理论范畴的"民间"概念做了内涵、特征上的界定和描述。《民间的浮沉》中,他给出民间的三个特点:"一、它是在国家权力控制相对薄弱的领域产生的,保存了自由活泼的形式,能够比较真实地表达出民间社会生活的面貌和下层人民的情绪世界";"二、自由自在是它最基

---

① 陈思和:《陈思和自选集》,第180页。
② 同上书,第181页。
③ 原载《天涯》1998年第1期。
④ 原载《上海文学》1994年第1期,收入《鸡鸣风雨》。
⑤ 原载《文艺争鸣》1994年第1期,收入《鸡鸣风雨》。

本的审美风格。民间的传统意味着人类原始的生命力紧紧拥抱生活本身的过程";"三、它既然拥有民间宗教、哲学、文学艺术的传统背景,用政治术语说,民主性的精华与封建性的糟粕交杂在一起,构成了独特的藏污纳垢的形态"。① 其中,第二点尤为体现他的审美理想诉求,足见他在吸收借鉴了人类学家、历史学家的"大传统和小传统"②的理论之后,思考出的具有当下针对性的美学理念,成为其民间思想内核的厚重底色,折射出民间精神对现代作家、知识分子的文化重构的意义所在。此后,在《民间的还原》中,他对"民间"做了进一步的概念界定:"第一是指根据民间自在的生活方式的向度,即来自中国传统农村的村落文化的方式和来自现代经济社会的世俗文化的方式来观察生活、表达生活、描述生活的文学创作视界;第二是指作家虽然站在知识分子的传统立场上说话,但所表现的却是民间自在的生活状态和民间审美趣味,由于作家注意到民间这一客体世界的存在,并采取尊重的平等对话而不是霸权态度,使这些文学创作中充满了民间的意味。"③陈思和试图把对民间概念的考察限定在文学史语境中,虽然有缩小民间意义指涉的缺憾,但也由此避免了过于宽泛的社会维度和文化政治,使民间概念的运用更具有文学批评的特质。

关于"民间隐形结构"④的探讨显示出民间理论的深层拓展,也可看出陈思和把理论创新与文本细读相结合的批评实践。他看到抗战爆发后,政治意识形态、知识分子的新文化传统与民间文化之间构成微妙的三角关系——五四启蒙精神和个人主义思潮式微,政治意识形态日益强化,民间精神随之高扬。民间形式被当代作家们改造和利用来表现政治意识形态时,民间文化形态成为内含在文本中的"隐形结构",

---

① 陈思和:《鸡鸣风雨》,第34—35页。
② 陈思和之民间的第一和第三特征与英国人类学家罗伯特·雷德菲尔德所谓"小传统"之特点相接近。这也是他在文中提及的历史学者余英时所服膺的理论渊源。关于此,李丹的《一个关键词的前世今生——陈思和的"民间"概念的理论旅行与变异》(载《文艺争鸣》2009年第7期)一文有详细扎实的考证。
③ 陈思和:《鸡鸣风雨》,第73—74页。
④ 同上书,第43—55页。

支配了一个时代的审美趣味。① 他分析了样板戏、五六十年代战争题材小说作品,由此阐释民间隐形结构在文本中如何战胜故事内容和叙事形式,取得民间艺术审美精神的胜利,折射出民间文化的顽强和复杂,也彰显了文学创作自身的审美能动性。比如,他分析《沙家浜》中一女三男角色模型的艺术内涵,指出"从沪剧本到京剧本再到京剧改编本","国家意识形态一再侵犯民间",而真正的主角只能是阿庆嫂这个江湖女人,在此,民间文化支撑起的民间隐形结构虽然语意阴晦,但散发出的艺术魅力却不容小觑。② 应该看到,这两篇长文所提出的民间概念和民间文化的分析框架并非完满无缺,还是存在某些局限和问题。当代批评家陈福民就曾指出其对民间文化的审美价值与话语力量是否存在期待偏高的问题,对正统、道统、民间三者关系复杂性估计不足的问题等。③ 但不可否认,民间诗学的理论创建为当代文学研究提供了新的研究方法和研究空间,对1990年代的文学批评起到了开荆辟路的重要作用。以民间为考察路径,陈思和持续性地关注和讨论了张承志、张炜、韩少功、莫言、贾平凹、王安忆、阎连科、刘玉堂等当代作家的创作,他的批评话语实践证明了其民间诗学理论具有介入性的现实力量,与作家创作、与时代精神都进行着积极对话。

　　陈思和并非是迷恋概念的唯理论者,但他的理论旨趣和胆识确乎显而易见。翻阅他的个人批评词典,会发现他已经为中国当代文学研究提供了一系列理论词汇:"整体观""战争文化心理""庙堂意识""广场意识""民间岗位意识""民间文化形态""民间价值""民间隐形结构""潜在写作""共名与无名""先锋与常态"……如张清华所言,陈思和的批评语汇都是"非常中国化的""朴素的本土产物",包括他对具有乡土背景的作家、体现乡土主题作品的推崇,都体现了他的"本土价值观"。④ 这是

---

① 陈思和:《鸡鸣风雨》,第44页。
② 后来,陈思和将"民间隐形结构"的文本分析方法扩展为"隐形结构",极富启发性地阐释了余华长篇小说《兄弟》的叙事奥秘,在批评界影响甚大,扭转了对《兄弟》的偏见和误读。具体参见《我对〈兄弟〉的解读》一文,载《文艺争鸣》2007年第2期。
③ 王晓明等:《民间文化 知识分子 文学史》,《上海文学》1994年第9期。
④ 张清华:《本土性、生长性、知识分子性——关于陈思和的文学批评》,《渤海大学学报》2007年第3期。

中肯而有洞见的判断。优秀的批评家是要"听将令的",陈思和遵守了这一基本的批评伦理。作为时代的产物,他的批评思想和批评实践应和着时代的风雨潇潇,可以视为一个时代的心曲心路。他对置身于其中的时代有敏锐的感受力和概括力。看上去中规中矩的陈思和,其实有不很安分的一面,他总是不放弃尝试做一个越狱者、远行者,否则难以读出他与所处时代的种种罅隙和困扰,由此也才可以理解具有独立理论意义的民间、潜在写作、无名时代的时代含义。故而他的批评理论具有中国当代的实践品格。

  王晓明①一直标举有精神含量的文学批评。1980年代中后期,王晓明与陈思和、许子东等上海学院派青年才俊一道,在文学批评领域风头正健,那种文学史的学理背景和理想性追求以及俊逸清朗的文风,令文坛惊喜不已,迅速在国内文坛产生影响。王晓明从1979年开始写评论文章,他坦陈自己在自我价值被忽视、被否定的年代长大成人,一旦遭遇"精神解冻"的"新时期","自我估价"和"自我探究"的冲动便成为写作的原因②。这样的初衷使他的评论文章一开始就具有自我宣泄、自我倾心的"抒情性",与讲求逻辑证明的"学术性"似乎有着天然的距离。以"抒情者"形象自是自认的王晓明,始终坚持他燃烧着崇高痛苦、探询精神价值的人文主义批评,始终坚持将人的内部生命和外在社会环境之复杂关系融为一体的研究思路。他的批评实践在1980年代中后期获得瞩目,专著《潜流与漩涡》(副标题为"论二十世纪中国小说家的创作心理障碍")是他此时段批评成就的证明,其影响力绵远至今。该书所评论的作家有:鲁迅、茅盾、沈从文、张天翼、高晓声、张贤

---

  ① 王晓明(1955—),生于上海,浙江义乌人。1982年毕业于华东师范大学中文系,中国现代文学专业硕士,毕业后留校任教。现任华东师范大学中文系教授、上海大学文化研究系主任、博士生导师。主要研究方向:20世纪中国文学、当代中国都市文化和中国近、现代思想史的研究。著有专著《沙汀艾芜的小说世界》(1987)、《潜流与漩涡》(1990)、《刺丛里的求索》(1995)、《王晓明自选集》(1997)、《无法直面的人生——鲁迅传》(2005)等十余部,编著《鲁迅:自剖小说》(1994)、《人文精神寻思录》(1995)、《胡河清文存》(1996)、《20世纪中国文学史论(上、下)》(1997,2003)、《批评空间的开创》(1998)等,发表论文《关于文学批评的三组问答》(1990)、《从"淮海路"到"梅家桥"——从王安忆小说创作的转变谈起》(2002)等百余篇,并有专著及多篇论文被译为日、英、韩文,在海外出版发表。

  ② 王晓明:《刺丛里的求索》,第113页。

亮、张辛欣、刘索拉、残雪、韩少功、郑义、阿城等,他们算得上现代中国社会语境中个人与社会之间关系最为紧张、最具矛盾性的一群作家。在王晓明看来,"这十二位小说家的创作生涯,宛如十二幅艺术创造力的萎缩图"①,集中体现了整个知识分子阶层精神退化的大悲剧,由此观之,20世纪的思想史即可概括为一部精神退化史。

对鲁迅、茅盾那两代作家,王晓明看到了他们自我分裂、内心压抑的各种深层心理痛苦。首章"鲁迅:现代中国最苦痛的灵魂"深究了鲁迅灵魂的种种痛苦纠结:精神诉求与物质衡量、黑暗体验与光明向往、亲近大众与怀疑大众、人道主义与个人主义……如此丰富的痛苦叠加交错,呼唤"精神界战士"的鲁迅之"绝望的抗战"便有了最伟大的注脚。"鲁迅:双驾马车的倾覆"一章揭示了"小说家鲁迅"和"启蒙者鲁迅"在文学创作与思想启蒙之间的游移徘徊,启蒙的功利主义、理性主义最终导致鲁迅在小说构思与小说笔法上某些无法回避的缺憾甚至失败。"茅盾:惊涛骇浪里的自救之舟"一章探析茅盾那颗分裂矛盾的灵魂——一半倾心文学,一半始终热衷于社会政治运动。他从最初因为疗治大革命失败的情感创伤转而投身文学,创作了如《蚀》三部曲这样有独特艺术风姿的小说,逐渐蜕变为将文学作为社会判断的工具,完全用理性分析来运思小说,以致抗战之后的作品失去艺术性和个人情感经验。"沈从文:'乡下人'的文体与'土绅士'的理想"一章阐释了在审美激情与世俗理想的矛盾纠缠中,在外部环境的逼仄窘迫下,沈从文最终失去独特的"乡下人"文体的创作悲剧。

相比之下,对于张贤亮和张辛欣这两代作家,王晓明则更多地指出了他们艺术创造力丧失、精神退化的困境。"张贤亮:鬼魂的影子"②一章指出在历史的审判席上,张贤亮为自我进行道德辩护而制造出一个理想"叙事人",或自我标榜或矫情忏悔,并都需要从阴暗记忆的深处调出一个至善牺牲的女性来完成道德引渡,但最终无力自剖的小说家

---

① 王晓明:《潜流与漩涡》,第291页。
② 此章单独发表时,标题为《所罗门的瓶子——论张贤亮的小说创作》,《上海文学》1986年第2期。

却已无法掌控"叙事人"与"马缨花们"之间的艺术失衡。"张辛欣、刘索拉和残雪:疲惫的心灵"一章揭示了在社会现实环境的压力下,三位女作家失去艺术活力的问题:理想主义者张辛欣缺乏自我剖析的激情和心力,小说中的独白性表明她始终摆脱不了单纯诉苦的狭隘心境;以玩世不恭为精神起点的刘索拉,无力找到更确切的个人精神立场,创作上只能局限于世俗功利的现实分析;以个人性令文坛瞩目的残雪,因为无力坚持这种个人性的精神立场而停滞不前了。王晓明的批评文字包含着思考的犀利,揭示出知识分子在现代中国历史重负下的精神困局。

王晓明在《潜流与漩涡》中形成的心理分析式批评方法,为1980年代提供了批评范本。他避开曾经流行的庸俗社会学研究方法,不以既定的社会政治框架来图解作家作品,而是尊重研究对象,从文本细读出发来探究作家心理图式和心灵构造,再由此观照社会—政治—文化等外部因素。尤为重要的是,王晓明作为研究主体的使命感、历史焦灼感投射作用于研究对象,不仅完成对作家的心理透视和灵魂观察,而且达成了自我质询和自我剖析。这恐怕也是他追求的境界与目的。如果说陈思和的批评力量主要在于其理论话语的创新性和生长性,那么王晓明的批评力量就体现在主体精神与研究对象的彼此"激活"。在"现代中国特别浓厚的黑暗"[①]下,王晓明抓住知识分子的无力感和颓唐感,从而触摸到20世纪中国思想史的脉络与血肉。1993年出版的《无法直面的人生——鲁迅传》,可以视作他与鲁迅的两个痛苦灵魂平等对话的结果。这部传记与以往鲁迅传记之不同在于——它是传主鲁迅的一部心灵史,不仅在某种意义上还原鲁迅,而且呈现了一个个性化的忧郁虚无的鲁迅。王晓明依然运用心理分析的方法,将传主经历的人生事件、生命事件作为文本对象来研究,然后再逆推他的精神痛苦和心理创伤。如他概括出鲁迅后半生三次对悲观与绝望的"逃离",实则是几千年来中国文人意在摆脱生存痛苦的集体无意识作祟,导致鲁迅陷入"虚无感"的深井,而未能成为现代意义上独立自由的纯粹知识分子。

---

① 王晓明:《潜流与漩涡》,第73页。

除了建立在文本细读之上的心理分析法,王晓明还尝试过实证主义的考据方法。1993年《一份杂志和一个"社团"——重识"五·四"文学传统》一文发表,显示出他对文献资料再解读的出色能力,也彰显了他一以贯之的历史情怀。文章考证了关于《新青年》和"文学研究会"的原始文献和资料,经过抽茧剥丝般地层层演绎推论,重新发现"五四"文学传统的重要内容:"譬如那种轻视文学自身特点和价值的观念,那种文学应该有主流,有中心的观念,那种文学进程是可以设计和制造的观念,那种集体的文学目标高于个人的文学梦想的观念……"①这质疑了被普遍接受的"崇尚个性"的那个"五四"文学传统,并对正确理解所谓"三十年代中期以后文学大转变"有所裨益,甚至重返"五四"的论断亦被检视。

王晓明并不做宏大厚重的理论阐释和理性观照,也不追求提出夺人耳目的理论命名,他长于用自己的生命体验和主体精神去"激活"研究对象,执着于历史之思和自我之问,流连于精神价值的体味。他的文学批评不算特别高产,但成为经典的却不少,在批评领域影响力深远。

如前所述,陈思和、王晓明都曾强调审美批评的重要性,但他们自身较浓厚的历史与思想旨趣使其批评实践并非单纯的审美批评,而更多地倾向于历史批评和思想批评。审美只是他们判断文学的一个重要尺度。另一位同代批评家许子东②则更多代表了审美批评抵达的理想意境。1984年出版的《郁达夫新论》是许子东的学术成名作,触及彼时学术界的"禁区",剖析郁达夫的艺术敏感问题如"颓废倾向""色情描

---

① 《一份杂志和一个"社团"——重识"五·四"文学传统》,《上海文学》1993年第4期。
② 许子东(1954—),生于上海,浙江天台人。1982年硕士毕业于华东师范大学中文系,1998年毕业于香港大学中文系,获哲学博士学位。历任华东师范大学副教授,香港岭南学院中文系副教授。现居于香港,担任香港岭南大学中文系教授,并于2008年起出任系主任一职,任教香港文学、中国当代文学、现代文学批评等科目。同时亦担任华东师范大学中文系兼职教授,中国文艺理论学会副会长。1980年代开始发表作品。著有专著《郁达夫新论》《当代文学印象》《当代小说阅读笔记》《叙述"文革"》《当代小说与集体记忆》,主编《香港短篇小说选》(1994年—1995年、1996年—1997年),另外发表论文数十篇。《郁达夫新论》获上海哲学社会科学优秀著作奖、华东师范大学科研一等奖,论文《郁达夫风格与现代文学中的浪漫主义》获中国社会科学院文学评论优秀论文二等奖。

写",在审美层面对其艺术风格、美学趣味等进行追问,如总结郁达夫创作以"强烈的主观色彩、感伤的抒情倾向和清丽、自然的文笔"①三方面为个性风格,推崇实践浪漫主义的偏爱感伤的美学主张和带"世纪末"特征的不避丑恶的美学姿态②。该书获得学界赞誉,许子东也因此被华东师范大学破格提升,成为当时全国高校中文系最年轻的副教授。对郁达夫创作的"新论",可视为他发扬学术个性、破除陈旧研究框架和学术积弊的证明。重视文学的文学性和本体性,在1980年代初期意味着新型批评观念的确立。沿着这样的起点,他走出了一条个性化的审美批评之路。

1985年掀起的"方法论"热潮,对当代中国文学界无疑是一次理论和方法上的大"输血",其积极意义自不待言。当越来越多的研究者热衷于某种理论或方法,并以此作为研究手段和理论工具时,许子东却写下《印象:批评中的一种"生气"》一文,提出"印象"作为触碰作品时的一种情绪体验,不仅是批评的重要前提,而且是一种批评能力,只有在理论的帮助下去深入捕捉、玩味"印象",才能形成"个性化""生气灌注"的批评。③不久,他发表《文学批评的个性色彩》④和《文学批评与"我"》⑤两篇文章,仍以"印象"为批评的不二法门,指出理论与艺术感觉的双重转化关系——即必须重视"感觉理性化"和"理论感觉化"的"双向逆反过程",强调"足够强烈的瞬间理论感念与艺术印象"乃是文艺批评的关键要素之一。⑥ 他和王晓明一样,较早看到了学院派评论之所"短"——过于追求理论体系和方法论可能导致"烘干"、肢解文学生命体,可能带来文风的枯燥僵硬。仅从许子东两部著作《当代文学印象》《当代小说阅读笔记》的标题即可看出他的良苦用心,个性化的"印象""笔记"与学院式的"初探""试论"研究模式拉开了距离。

---

① 许子东:《郁达夫新论》,杭州:浙江文艺出版社,1984年,第1页。
② 同上书,第36页。
③ 参见许子东《印象:批评中的一种"生气"》,《中国青年报》1985年10月11日。
④ 原载《当代文艺探索》1986年第1期(华东师范大学青年校友专号)。
⑤ 原载《文汇报》1986年6月1日。
⑥ 参见许子东《文学批评与"我"》,《文汇报》1986年6月1日。

许子东的文学批评保持了比较纯粹的艺术感觉,他认为,对于批评家而言,艺术感觉包括"印象、直感和联觉"等心理因素。① 他由艺术感觉生发而来的比较研究成为其批评特色和研究优势,这方面的文章有《张承志和张辛欣的梦》《陀思妥耶夫斯基与张贤亮——兼谈俄罗斯与中国近现代文学中的知识分子"忏悔"主题》《当代中国青年文学中的三个外来偶像》《当代小说中的现代史——论〈红旗谱〉、〈灵旗〉、〈大年〉和〈白鹿原〉》《重读〈日出〉、〈啼笑因缘〉和〈第一炉香〉》等。他听凭艺术感觉的导引,抓取作家作品在形式、主题方面的相似或相异予以发挥,再经过理论联想而统摄生活、社会和文化意蕴,貌似小意趣,却成大文章。如《当代中国青年文学中的三个外来偶像》一文以"保尔、于连和霍尔顿"三个外国文学形象为切入点进行影响研究,考察当代中国青年文学与青年文化思潮的变化轨迹,由此探究中国青年的文化—心理深层结构。再如《重读〈日出〉、〈啼笑因缘〉和〈第一炉香〉》分析一个故事的三种写法,即同一个情节模式("都描写了一个女人如何贪图金钱虚荣而沉沦堕落的故事")因叙述重点和角度各不相同,导致主旨和意义相去甚远。文章阐释了三部作品与城市之间的象征关系:"倘说《日出》是京派文人写上海又批判上海,那么《啼笑因缘》便是鸳鸯蝴蝶派大师为了上海读者而写北平了。""《第一炉香》也是为了上海人而写香港。"②文章还从道德口味、异国情调和都市意象三个层面剖析了张爱玲所持有的"上海人的观点",颇为自信地预见说,张爱玲擅长表现"幸与不幸","随着中国越来越都市化,环境越来越'物化',张爱玲早期的小说,也许会有更多的读者"③。许子东的印象式审美批评在尊重艺术感觉和审美经验的基础上,总是能抓住文学与人性的连接方式来提问,故而获得的结论生动可靠,一定程度上对盲目追求方法论的僵硬文风起到了提醒和纠偏作用。有关许子东去国后的文学批评的探讨本书后面章节再做讨论,这里暂付阙如。

---

① 许子东:《文学批评中的"人"与"出"》,《文学评论》1984 年第 3 期。
② 许子东:《重读〈日出〉、〈啼笑因缘〉和〈第一炉香〉》,《文艺理论研究》1995 年第 6 期。
③ 同上。

第七章 批评的个性化与审美的能动性

南帆[①]是一位有理论高度又始终扣紧当代文学发展变化潮流的批评家,他的文学批评有思想深度,问题鲜明,其辩证思维能把握问题的方方面面,却又不失理论的锐气,因而他能始终处于当代文学变革的前列,提出各种切中时弊的学理问题。南帆在华东师范大学师从徐中玉攻读硕士,1984年毕业后回到家乡福州继续从事文学研究至今。南帆的早期批评具有"纯净的、灵敏的、缜密的感悟品格"的特点,他的"感悟"是"一种由艺术形式解析导引的关于现实、人生、历史的通脱体验"。[②] 从1981年文章《思考的文学和文学的思考——王蒙小说论》和1986年出版的第一部著作《理解与感悟》看,南帆是从对文学的形式、结构、技巧等内在方面的感悟开始构筑起自己的批评空间的。他对文学内部规律的研究,紧扣问题和现象。《思考的文学和文学的思考》一文回应批评界的争议和困惑,探讨了王蒙小说在艺术表现形式上的变化,认为王蒙不像传统现实主义笔法那样将生活"客观地摊开"[③],而是别出心裁地运用"意识流叙述"来完成对生活思考的深化,并通过对王蒙的分析阐明了艺术形式所具有的重要意义。这篇文章后来收入《理解与感悟》一书中,该书还讨论了刘心武、刘绍棠、韩少功、王安忆、张承志等当时势头正猛的小说家,从他们的社会感悟和生活观察入手——探讨其风格、程式和审美趣味,指出其所面临的艺术挑战或艺术难局。通过对文学风格与审美情感、文学内容与形式、艺术形式与时代特征等多重问题的辩证思考,南帆的批评从开始便具有打通文学研究"内"与"外"之区隔的倾向。

---

① 南帆(1957—),生于福建省福州市,本名张帆。1975年下乡插队,1982年毕业于厦门大学中文系,1984年研究生毕业于华东师范大学,同年到福建社会科学院文学研究所工作。现任福建社会科学院院长、福建师范大学特聘教授。出版《理解与感悟》(1986)、《小说艺术模式的革命》(1987)、《阐释的空间》(1990)、《冲突的文学》(1992)、《文学的维度》(1998)、《文本生产与意识形态》(2002)、《理论的紧张》(2003)、《后革命的转移》(2005)、《无能的力量》(2012)等学术专著、论文集二十余部,发表学术论文五百余篇。另有《追问往昔》(1998)、《没有重量的生存》(2003)等近十部散文集、随笔集出版。曾获鲁迅文学奖散文奖和理论批评奖。
② 陈晓明:《在悟性的空间里徜徉——漫说南帆的批评个性》,《文学评论》1988年第3期。
③ 南帆:《思考的文学和文学的思考——王蒙小说论》,《理解与感悟》,杭州:浙江文艺出版社,1986年,第119页。

1987年专著《小说艺术模式的革命》的出版,标志着南帆对艺术形式理论的宏观建构,以及新的批评方法的建设,透露出他不仅是一位批评家,而且是一位有着文艺学专业知识背景和浓厚的理论旨趣的文艺理论家。南帆意识到在文学创作日益追求个性化和文体革命的潮流面前,传统的价值判断和社会学批评方法显得捉襟见肘,应该加强针对艺术形式进行的审美批评,他遵从艺术敏感,以艺术形式为突破口,从文本的叙述方式辨析审美情感和审美主体的变化,以及所对应着的时代精神变迁。他指出审美情感和艺术模式之间的逻辑关系:"审美情感先于艺术模式;审美情感取得广泛的共性将构成艺术模式;而且,一种新的审美情感又将突破传统的艺术模式。因此,我的论述基本笼罩于这个前提之下;审美主体的变化导致新的艺术模式崛起。"①具体到当代小说创作,他总结了小说的"心理—情绪模式""象征模式""复合模式"等,分析每一模式所涵盖的不同叙述类型,如"心理—情绪模式"中的"意识流小说、散文化小说和感觉化小说"。

南帆写于1989年的《文学批评:科学主义与个性主义》梳理总结1980年代以来当代批评界所谓"科学主义"与"个性主义"之争,十分辩证地指出,个性主义批评的胜出是当代文化语境选择的结果,不过亦要警惕其走向某种绝对化的相对主义,科学精神应是批评工作所必须持有的。

陈晓明认为:"南帆不轻易作理论观念的选择,而注意理论问题(课题)的选择。"②面对外来理论话语和研究方法的轮番轰炸,南帆颇有定力,无意追逐某种方法或者观念,而是攥住自己感兴趣的中国问题和中国经验,一面回应外来理论话语的挑战,一面试图建构中国本土理论。1992年,他历时三年完成的《冲突的文学》出版,既是对当代中国文学问题的考察,也是颇为系统的本土文学理论建构。他提出:"当代文学所接触到的文化观念基本上从属于三个价值系统:前工业社会,工

---

① 南帆:《小说艺术模式的革命·自序》,上海:三联书店上海分店,1987年,第5页。
② 陈晓明:《在悟性的空间里徜徉——漫说南帆的批评个性》,《文学评论》1988年第3期。

第七章　批评的个性化与审美的能动性

业社会,后工业社会。"①而这三种价值源在1980年代的中国共时并存、冲突不断,并引发文学内部的种种冲突。该书的理论框架由二十组既相互依存又相互对抗的基本范畴组成:社会与自然、城市与乡村、男性与女性、父与子、世俗与超越、英雄与反英雄、寻根与现代、历史与伦理、审美与审丑、现实与超现实、先锋文学与大众文学、民族文学与世界文学……如此复杂的范畴体系和缜密的逻辑布展显示了南帆的理论雄心,他在一个共时性的空间结构中,囊括了众多文学问题或者文学母题,意图从当代文学的种种冲突来诗性反观当代文化的矛盾症结,也就对中国当代文学的诸多难点问题有了把握体悟。该书可视为南帆的一次自我突破,尽管他仍然强调文学的审美价值,但已不是纯粹的审美或者学术观点的缠绕,而是"将文化观念的选择视为生存方式的选择"②,由此更将文学置于中国文化和世界文化的版图上予以拷问。

作为批评家和理论家的南帆,不简单迷信或移植某一理论,坚持对具体问题的思考,做到大胆假设,小心求证,因而批评风格兼具个性创新与历史熔铸的特点,亦兼有细部微观与整体宏观二者相辅相成的研究之长。1998年,专著《文学的维度》的出版再次昭示南帆在文学批评和文学理论建构上的奋力开掘。他将"话语"作为"文学的维度"加以集中探讨,其理论支点来自巴赫金所强调的"语言所含有的社会能力",语言与社会之间互相建构、互相影响,由此规避索绪尔意义上语言系统的封闭性。全书以文学话语为问题切入的理论维度,考察长期以来被忽视的关于文学话语与社会话语光谱之中诸多话语系统之间的关系问题,即文学话语与政治术语、日常用语、商业话语、学术话语等之间的"对话、冲突、协调、分裂",这种考察"进入叙事、修辞、话语类型特征等等具体而微的层面"③,如从修辞的角度探析白话文运动、1980年代文学知识分子话语重构等重要话语革命,力求全方位地、历史地呈现整个社会话语系统的复杂扭结关系。1999年,紧接着出版的专著《隐

---

① 南帆:《冲突的文学》,上海:上海社会科学院出版社,1992年,第9页。
② 同上书,第9页。
③ 南帆:《文学的维度》,上海:上海三联书店,1998年,第25页。

蔽的成规》既可视为他对文学话语与社会话语关系考察的延续之作，也可看作他进行文化批评的开启之作。该书主要考察20世纪下半叶中国文学内部隐藏的种种成规，指出造成这些成规的是"一系列有力地插入文学的文化因素"，包括现代性、文学观念、典型、历史叙事、国家神话、意义生产机制、电子传播媒介等，它们经过美学转换分别进入"文类、风格、修辞、叙事话语、意象等文学话语范畴"。[①] 南帆认为研究文学话语与种种成规的相互遭遇，即对文学的"文化研究"，必须从文学的内部和外部两方面来分析阐释。

进入21世纪以来，南帆先后出版了一系列理论著作：《文本生产与意识形态》(2002)、《理论的紧张》(2003)、《向各个角度敞开》(2004)、《后革命的转移》(2005)、《五种形象》(2007)等，开始系统进行文化批评和文化研究的理论建构和具体实践。他意识到传统文学批评由静态封闭的"作品研究"转向开放动态的"文本分析"的急迫性和必要性，或者说是基于对传统文学批评的社会学阐释模式的不满，从理论上重新刨根问底，多次阐发论证作为"反学科"而存在的文化研究之内涵、目的和方法论意义。南帆也因此表现出理论转向的特点，这一时期的南帆几乎是果断地完成了向"后学"的转向，他曾多年研究后结构主义、后现代主义理论，但一直将它们转嫁到中国当代文学有所疑虑，如今他看到整个文学创作的形势和理论批评的语境已然在发生深刻的变化，再也不做任何犹豫，他接通了后现代与中国当代实践的关系问题，他的观念和理论知识已然接受了"后"洗礼。这一时期的南帆的理论阐释力显示出新的广度和力度。

与那些完全脱离文学文本的文化批评不同，南帆始终将文学文本作为文化批评和研究的入口，甚至把文学研究看作文化研究的一种。他指出："文化研究的重大议题即是，揭示文学背后的文化脉络，揭示文学批判性的当今形式，揭示文学的批判性如何转入另一些文化样式，得到增加或者削弱。"[②] 综观之，南帆的文化批评和文化研究工作的主

[①] 南帆：《隐蔽的成规》，福州：福建教育出版社，1999年，第2页。
[②] 南帆：《理论的紧张》，上海：上海三联书店，2003年，第66页。

要特征在于：一是具有鲜明的批判精神和知识分子立场，破除众声喧哗中的习见幻象，"揭示复杂的关系背后存在的压迫与反抗"①；二是保持日常现实与理论分析之间的强大张力，既发现现实世界这一巨型文本里的种种细微可疑之处，又以理论为武器对之给予犀利分析；三是符号学和精神分析学二者相结合的解读特征，揭示文本所凝结的符号意义和符号运作，探究"特定的叙事、修辞对于感觉乃至无意识的控制"②。这些特征和品质使南帆成为歧见纷纭的文化研究领域里一位极有分量的学者。

在1980年代的青年批评家群体中，吴亮③气度不凡、目光高远、思想锐利、言辞诡异、风格峻峭。他出入于先锋前卫的阵营，穿行于中外思想文化前沿，他的批评文章总是能抓住当代艺术创新的要害问题，令人耳目一新。即使到了1990年代中后期，他由文学转入艺术批评行当，也是长袖善舞，率性而行。21世纪后，经过一段时期与文坛的疏离，吴亮重返文坛，反倒有一种坐看云起时的从容，而犀利与直接则是"变本加厉"。有关吴亮的批评详见其他章节。

蔡翔④1983年起任《上海文学》杂志理论编辑，并从事文学批评，其批评家和编辑家的双重身份赋予他双重视野，使他对批评的定位与学院派批评家有所不同。蔡翔的批评文字有思想厚度，绵密而善于追踪问题。他在著作《躁动与喧哗》中宣称将批评视为"个人精神的一种存在与活动方式"，由此提倡所谓的"自由评论"："在文体上，我比较喜欢那种能自由表述我的'意思'的散文体。我不太重视结论，结论不属

---

① 南帆：《五种形象》，上海：复旦大学出版社，2007年，第121页。
② 南帆：《后革命的转移》，北京：北京大学出版社，2005年，第269页。
③ 吴亮(1955—)，生于上海，祖籍广东潮阳。早年当工人多年，"文革"后写作文学批评崭露头角，1981年开始发表作品，随后进入中国作家协会上海分会工作。曾任《上海文论》副主编，《上海文化》主编。著有专著《城市笔记》《一个艺术家与友人的谈话》，评论集《文学的选择》《批评的发现》，随笔集《秋天的独白》《往事与梦想》《画室中》等。2002年出版《艺术在上海》，这是一本关于画廊和城市的作品。出版四卷本的《吴亮话语》等思想评论著作。
④ 蔡翔(1953—)，生于上海，江苏泰县(现今姜堰)人。1980年毕业于上海师范大学中文系，1983年调入上海作家协会《上海文学》杂志社，历任执行副主编、编审，2002年调入上海大学，任上海大学中文系教授。主要著作有《躁动与喧哗》《此情谁诉》《一个理想主义者的精神漫游》《回答今天》《神圣回忆》《革命与叙述》等。

于个人,属于个人的只是自己的思想过程。"①同时,在批评文体上他主张一种"美文的批评":"段落的参差不齐,句子的长短交错,意象的纵横相叠……批评也应给人带来阅读的愉悦",强调"好的批评家也应该是一个好的文体家"。②他的批评文字舒展活泼,激情诗意,文章布局构思不拘囿于三段论式的学术文章。如他1984年发表的《一个理想主义者的精神漫游——读张承志〈北方的河〉》可当作一篇散文来阅读。文章围绕四条大河所象征的创作主体的四个精神侧面铺洒完成,采用第三人称"他"的全知叙事,长短句相间,抒情议论胶合,意象闪动叠加,呈现了大时代背景下张承志这位不断自我叩问的理想主义者的精神面相。借用这样自由式的美文批评,批评家蔡翔也逐步完成主观情志的抒发和自我精神的塑造。他在1980年代对作家作品的跟踪批评较有建树,特别是对张承志其人其文的几篇批评文章,包括《在生活的表象之后——张承志近期小说概评》《寻求的痛苦——张承志1985年小说概评》《永远的错误——关于〈金牧场〉》等都引发了评论界瞩目。批评主体与批评对象之间往往互为镜像,张承志的理想主义气质和精神漫游的个性禀赋或许便是蔡翔反观自照的一面镜子。

1989年专著《躁动与喧哗》出版,标志着蔡翔在批评方法上的较大变化,他倡导文化批评:"批评如果能够进入'文化层面',前景肯定是非常广阔的。""我希望在中国能形成一个'文化批评'的流派。"③他在书中预见文学研究必然会跨越传统学科的高墙樊篱,走向与文化学的合力联姻,实现方法上的多元化、跨学科化。书名"躁动与喧哗"不仅喻指当代文学的一个文化特征,还象喻当代中国的整体文化特征。他阐释道:"躁动与喧哗——西方漫长的一个发展时期,在我们这里压缩成了一个瞬间,它导致了各种价值准则、各种思想观念、各种文化背景的相互冲突与碰撞。"④文化制约文学,文学折射文化。当代中国文化的躁动与喧哗通过当代文学生动表现出来。沿着这一文化批评的思

---

① 蔡翔:《躁动与喧哗·编者与作者的对话》,上海:上海文艺出版社,1989年,第4页。
② 同上书,第4—5页。
③ 同上书,第7、8页。
④ 同上书,第14页。

路,蔡翔在书中共时性地讨论了当代小说呈现出的九种精神文化现象:"个人的痛苦""故乡的记忆""英雄时代的回声""快乐的悲观""受难与忍耐""早熟的挑战""生命的图腾""情与欲"和"神圣启示录"等,显示出焦灼深沉的人文关怀。该书虽旨在文化现象的揭示,但并不空论文化,而是紧扣小说文本中的人物、情节、主题乃至审美趣味予以立论分析,涉及当时众多有影响力的作家作品。

进入1990年代,蔡翔忠于内心诉求,坚持文化批评的方法实践,这方面的代表作是1994年出版的专著《日常生活的诗情消解》。该书收入陈思和、王晓明策划的"'火凤凰'新批评文丛",显示其与陈、王共鸣的人文精神和学术创新精神。他以"文化失望"作为基本概念统摄全书,透过1980年代后期开始的主要文学现象,探讨精神失落的大背景下知识分子因思想危机而困窘,以致再生失望的思想走向。书中考察了新写实主义与日常生活的妥协以及对精神的消解作用;考察了知识分子如何从大众代言人到大众转述人之身份转化,而这意味着对启蒙主义文化立场的消解;探讨了新个体主义的产生和主体性随之衰落的原因;王朔小说的非知识分子倾向及其产生的文化背景也作为个案得到考察;还深究了新历史主义小说在文化失望的氛围中,制造历史的颓败寓言的来龙去脉……蔡翔的清醒之处在于,他一面借助文化批评来完成对知识分子世俗转向和话语失落的刨根问底,一面警惕这种方法的局限性可能导致文学丰富性和复杂性的被损伤。蔡翔在1990年代所进行的文化批评不是用文学做文化的注脚,也不是用文化肢解文学,而是将文学的血肉与文化的筋络熔铸为一体,相互激活相互印证,为文学批评提供了别样阐释空间。蔡翔在2010年出版《革命/叙述:中国社会主义文学——文化想象(1949—1966)》,本书将在随后章节再做讨论。

程德培[①]是1980年代又一位具双重身份的批评家与编辑家。1978

---

① 程德培(1951—),生于广东中山。早年在上海当工人,后为上海作家协会专业作家。主要著作有《小说家的世界》《小说本体思考录》《当代小说艺术论》《33位小说家》等。2014年,与吴亮等人及上海批评家黄德海、木叶、项静等合著文学批评文章合集《批评史中的作家》,2019年出版有《黎明时分的拾荒者:第四个十年集》。

年他还在工厂工作时就起步写评论,1985年调入上海作协理论研究室。是年,他将早期25篇批评文章汇集在论文集《小说家的世界》中出版,体现他个人化的批评风格,紧贴文本与作家,就像小说家紧贴人物走笔一样,如他对汪曾祺短篇小说的审美感悟是"别是一番滋味在心头",对林斤澜短篇小说的艺术概括是"此地无声胜有声",对李杭育短篇小说的文化期待是"病树前头万木春"①……种种落笔判断,皆为他善于尊重和总结作家艺术经验的证明。值得注意的是,当时许多刚出道的小说家如贾平凹、残雪、李杭育等,程德培几乎都是第一时间追踪他们的创作。

作家与批评家的共同成长是1980年代的特殊文学生态。彼时起步的作家和批评家多是1950年代生人,在共同的时代语境下有相似的成长经历,对人生—文学—社会容易获得相通的体验感受和认知判断。程德培曾与许多作家保持通信交流:"从1978年2月与贾平凹通信始,陆陆续续和张洁、陈建功、李杭育、吴若增、王安忆、邓刚、韩石山等都有通信往来,包括王蒙也有一封1979年11月的来信。"②他跟踪关注作家创作上的变化和新的成绩,由此觉察到批评在创作加速度发展的现状前的某些滞后。他曾直言不讳:"现在小说家对语言的把握,要比批评家内行得多,小说家把语言玩得很透。"③

1986年,程德培和吴亮一起先后编选了《探索小说集》和《新小说在1985年》两部作品选,为文学研究提供历史文献资料。基于对文学现场的细部和总体的一定把握、体察,程德培在1980年代中后期展开了更为系统和理论化的批评实践,作为对新的文学质素崛起的回应。同时,出于对文学摆脱"工具论"而获得自足性和独立性的理论焦虑,他逐渐将理论探寻落到"小说学""小说本体学",也成为新时期以来批评界关于小说观念讨论的回响。1987年他的第一本专著《小说本体思

---

① 参见程德培《小说家的世界》,杭州:浙江文艺出版社,1985年。
② 程德培、白亮:《记忆·阅读·方法——程德培与新时期文学批评》,《南方文坛》2008年第5期。
③ 程德培:《小说本体思考录·编者与作者的对话》,上海:上海文艺出版社,1987年,第8页。

第七章　批评的个性化与审美的能动性

考录》出版即是证明。该著主要受西方叙事学理论的启发,从叙述的共时态、叙述空白、叙述者、叙述语言、叙述模式、叙述冲突等理论视角出发,结合刚出现的新潮小说予以阐发。这样的叙述学理论运用,在当时确乎有理论示范的实验意义,是对文学突变的理论支援,彰显了批评家的责任感和使命感。程德培强调,书中批评演练的最终目的或者说理论期待就在于重新回答"小说是什么"的古老命题。① 显然,"作为艺术的小说"②即为答案。

延续对小说本体意义的思考,1990 年程德培出版《当代小说艺术论》。该著分为"理论篇""实践篇"两大板块,意在从理论建构和批评实践两方面完成对"当代小说艺术"的问题论证,也试图打破学术(理论)与批评(实践)分离的僵局。"理论篇"共探讨了十一个理论命题,如"小说的虚构""小说的意义""小说即交流""小说语言界线论"等,其理论构想与《小说本体思考录》基本一致,只是对问题的阐述更加明确深入。另外,小说语言学方面的理论探讨得到强化,对小说语言研究的出发点,小说语言的功能、局限、界限、地位等基本问题予以破解。"评论篇"中的《被记忆缠绕的世界——莫言创作中的童年视角》《面对着"自己"的角逐——评王安忆的"三恋"》《逃亡者苏童的岁月——苏童论》等,都从贴近作家作品的切入点出发,抓住他们艺术上的独特之处反复揣摩咀嚼,启发性较强。进入 21 世纪,程德培又重现批评界,他的视界更加宽广,目光如炬,他的言说常以长篇大论出现,显示出一个资深批评家的不同凡响的创造力。他的见解总是能成一家之说,把 20 世纪八九十年代那些断裂的命题重新续上,由此建立起一个厚实的历史阐释向度。他关于李洱长篇小说《应物兄》的长篇评论《"洋葱"的祸福史或"众声喧哗"戏中戏——从〈花腔〉到〈应物兄〉》③,如同一部当代文学小史,历史眼光和独到的作品分析,鞭辟入里,深得要领。

程德培的批评文字往往篇幅较长,文本解读也极为细致。他宛如沉

---

① 程德培:《小说本体思考录·编者与作者的对话》,第 13 页。
② 同上书,第 11 页。
③ 收入《黎明时分的拾荒者:第四个十年集》,北京:作家出版社,2019 年,第 1—74 页。

着耐心的钟表匠,把钟表的每一个零部件都组装完整。这是因为,他始终要把握住文学本体,致力于把每一个作家赋予完整性。他能把对一个作家的分析,变成对这个作家一生的交代;把对一部作品的分析,变成对一个完整世界的交代——这并非所有的批评家都能做到或持续性做到,这需要文学的信念,需要长跑的精神。在这个意义上,也可以说程德培是一匹老马。老马识途,他随时可以回到文学道路上,随时又能找到回家的路,不知疲倦地在文学的大地上行走,留下自己稳健深邃的脚印。

在1980年代的批评家中,李劼①对文学变革的潮流保持着极大的热情。他才气横溢,尖锐犀利,对现代派情有独钟。他的文学批评带着变革思潮的浓烈气息,在当时带来强劲的冲击。早期的代表性文章有《高加林论》《观念—文学,自然—人——〈黑骏马〉、〈北方的河〉之我见》《"寻根"的意向和偏向》《文化的个性与个性的文化——〈棋王〉和〈蓝天绿海〉的评论》等。对高加林这一引发热议的文学形象,他以世界文学经典人物的塑造为标尺,指出其性格局限、爱情悲剧和思想高度缺失等缺憾;他认为张承志小说中道德观念落后,时代观念缺失,指出其"自然—人"这一表现方式虽有创新意义,但相比"人—自然"的表现方式就显得意味阙如、牵强生硬了。对于甫一出现的"寻根"文学,他指出其在文化态度和艺术处理方面容易陷入的误区——虽然"'寻根'文学带有明显的改变民族文化心理结构的意向",但该意向表现在对传统文化的批判上并不明确,这可能带来两种偏向:"一是将文学前一阶段的历史学家面目简单地换成考古学家;一是在文学对人的关注上由'化民族'变成'民族化',不是更新而是重复传统的民族文化心理结构,从而导致'寻根'文学对历史启蒙指向的某种反动。"②

李劼早期承继并发扬了乃师钱谷融的"文学是人学"的基本文学

---

① 李劼(1955—),本名陆伟民,上海市人。1973年中学毕业下乡,1982年毕业于上海师范大学中文系,1987年获华东师范大学中文系硕士学位,1987—1998年留校执教。1998年到美国科罗拉多大学做访问学者,现旅居美国。著有《文学是人学新论》(1987)、《个性·自我·创造》(1989)、《历史文化的全息图像》(1993)、《给大师定位》(1998)、《李劼思想文化文集》(五卷本)(1998)等学术著作,发表学术文章上百篇。另有《爱似米兰》《吴越春秋》等多部长篇小说。

② 李劼:《"寻根"的意向和偏向》,《文学自由谈》1986年第1期。

第七章　批评的个性化与审美的能动性

观,显然,他是在1980年代上半期重提"人性论"的背景下开始他的文学批评的。他对高加林人物形象的分析、对张承志艺术局限的评判、对"寻根"文学文化偏向的纠正等,都是围绕"文学是人学"、文学"是为人而存在的"①、文学要走向"人的内心"②来立论考察的。1987年,他硕士研究生一毕业就出版的第一本专著《文学是人学新论》,沿着钱谷融的理论道路,结合中西方文学现象,用现代意识并借助个体哲学拓展完善了"文学是人学"的观念,使之更富阐释力和生命力。

1980年代的中国文学批评也是知识与方法革新换代时期,大量西方理论学说涌进中国,莫衷一是,但却催人发愤变革,敏感如李劼,迅速进行了知识的更新,开启了观念和方法的变革。1980年代的初中期,李劼自称采用了"历史—美学—文化心理"的研究框架,至1987年他宣称将实现"理论转折",转向语言形式本体论的文学研究。③ 其文学内部原因在于1985年以来先锋派小说所呈现的"文学形式的本体性演化"④,文学从"写什么"到"怎么写"的艺术转向和问题累积迫使研究者必须做出回应;外部原因不外乎1985年"方法年"和1986年"观念年"的理论外援与方法输入。为此他从1987年到1989年的三年间连续发表数篇有影响的文章:在《试论文学形式的本体意味》一文中,他借力现代语言学家索绪尔对"语言"和"言语"的区分,提出文学创作"语感外化"的形式本体问题,并由此得出"一部作品的语言系统的生成则可分为语感外化和语言结构的程序编配这两个方面",初步建构"文学语言学"的理论支架。⑤《论小说语言的故事功能》一文显然受益于罗兰·巴特对叙事作品结构分层的分析,尝试将小说语言分为故事生成、故事催化和故事隐喻三大功能。⑥《论中国当代新潮小说的语言结构》一文追问和论证了"小说文本的句子结构和叙事结构中有没

---

① 李劼:《"寻根"的意向和偏向》,《文学自由谈》1986年第1期。
② 李劼:《观念—文学,自然—人——〈黑骏马〉、〈北方的河〉之我见》,《小说评论》1985年第4期。
③ 参见李劼《我的理论转折》,《上海文学》1987年第3期。
④ 李劼:《试论文学形式的本体意味》,《上海文学》1987年第3期。
⑤ 参见李劼《试论文学形式的本体意味》,《上海文学》1987年第3期。
⑥ 参见李劼《论小说语言的故事功能》,《上海文论》1988年第2期。

有某种对称性?"这一理论问题;①《中国当代语言革命论略》一文则将观察视野从文学推及文化中的语言变革,指出语言与思维乃至与世界的同构性。②虽然理论建构上存在某些偏颇缺漏,如他从"语感外化"和"程序编配"两方面来探讨文学语言的本体性是否能触及问题关键③,但他对文学语言学的理论建构和批评实践可谓自觉而有原创力。李劼自创的一些概念看似无厘头,不在现有的学术谱系之内,多半是他自己研究感悟的结果;但都是来自他对文学本身的独特体验,自成一格而有精辟之处。应该看到,李劼所持有的"形式即内容"之二元一体的文学观念,折射出他难以舍弃、暗中维护的主体性精神基座。

二 开创新的文学观念:现实主义再出发

1980年代始盛的批评大潮里,北京作为文化中心,自然也是批评家汇集的地方,一批在北京活跃的批评家,如李陀、雷达、潘凯雄、李洁非、贺绍俊、张陵等,他们为这个时期的文学观念的求新,突破现实主义旧有的樊篱表达了强烈的时代愿望。

小说家、批评家李陀在1980年代大力倡导文学艺术形式创新、对先锋派小说的繁荣有先驱之功,对中外文学经验的当代继承等也有积极影响。或许,作为批评家的李陀比作为作家的李陀对中国当代文学的发展来得更为重要。1982年,李陀发表了反响较大的《论"各式各样的小说"》一文,通过对不同于巴尔扎克、契诃夫式传统小说的"现代小说"的期待召唤,对不同于外部叙事的"内向性"叙事的分析,表达了对当代"小说学"建构的思考。他从当时创作势头正健的作家们的普遍倾向出发,指出刘心武、王蒙、张洁、宗璞、陈建功等的创作在呈现人物内心现实时所进行的艺术探索,已经具有明显的现代小说的"内向性特征"。他认为:"小说可以以一种更复杂的方法表现复杂的现实世

---

① 李劼:《论中国当代新潮小说的语言结构》,《文学评论》1988年第5期。
② 参见李劼《中国当代语言革命论略》,《社会科学》1989年第6期。
③ 关于李劼文章中的这个不足之处,程德培曾撰文详细讨论,具体参见程德培《当代小说艺术论》,上海:学林出版社,1990年,第121—122页。

第七章　批评的个性化与审美的能动性

界,无论这是一种主观内心生活的现实,还是一种客观社会生活的现实。这种小说把人的意识和潜意识,把人的内心活动和外部活动,人的精神生活和现实生活,人的过去经验和现实经验,都放在相互矛盾又相互联系的关系中去表现,从而在对人和世界的理解和表现上显示出复杂的层次。"①他对小说与现实之间复杂关联的强调,无疑超出了当时机械僵化的创作教条的意义。

李陀推崇赞许的作家作品大多有形式创新的意图。比如他对冯骥才的《神鞭》所做评价——"突破规范的成功尝试",肯定作品中透露出来的另创一种新文体的勇气和野心,认为新艺术的产生就是要突破原有的稳定、成型的规范。李陀对先锋派作家如马原、余华、格非等均有热情支持。余华成名作《十八岁出门远行》的发表得益于李陀的举荐。李陀分别在1988、1989年写下两篇文章:《阅读的颠覆——论余华的小说创作》和《雪崩何处?》(为余华的小说集《十八岁出门远行》写的一篇"序")。当部分研究者对余华的创作尚在观望怀疑时,这两篇文章将其推至一个较高的起点——写作方式的颠覆性与解放性。他指出:"余华的小说从根本上打破了我们多年来所习惯的文学与现实生活、语言与客观世界之间的关系的认识。""他的小说……不再是现实生活的某种'反映',而且可以说和现实世界之间没有多少实在关系。"②他引用罗兰·巴特关于"读者的文学"和"作者的文学"的理论划分,认为余华等先锋作家的出现标志着中国当代文坛出现了真正意义上的"作者的文学",开启了新的文学格局。

面对1980年代以来中国当代文学从内容到形式的持续革新,李陀的文学价值尺度没有改变,他强调无论是继承中国古典文学还是借鉴外国文学的经验范式,其最终目的是要创造出一种"现代的中国作风和中国气派"③。在考察汪曾祺等一批作家的基础上,他提出"意象现实主义"④的艺术方法,认为"在现代小说的水平上恢复意象这样一种

---

① 李陀:《论"各式各样的小说"》,《十月》1982年第6期。
② 李陀:《雪崩何处?》,《文论报》1989年6月5日。
③ 林伟平:《新时期文学一席谈——访作家李陀》,《上海文学》1986年第10期。
④ 同上。

传统的美学意识,就是使小说的艺术形象从不同程度上具有意象的性质,就是从意象的营造入手试图在小说创作中建设一种充满现代意识的中国作风和中国气派。"①1987年,他发表《要重视拉美文学的发展模式》一文,可视为对中国当代文学本土化与世界化、传统化与现代化之关系在理论上的进一步延伸探讨。他对扎西达娃的《系在皮绳扣上的魂》和莫言的《红高粱》给予较高评价,肯定其模仿拉美魔幻现实主义的艺术实验,认为两部作品都有不同于拉美文学的独特文学品质和文化特质,并借此追问拉美当代文学为我们提供的"最基本的启示究竟是什么?"②他看到拉美作家曾经在到底要"现代主义"还是要"民族主义"之间的两难选择,指出他们已经找到出路,因而"拉美文学无疑为世界提供了一个新的文学发展模式"。以拉美文学带来的新视野考察,显然中国当代文学在某种程度上正经历与之相似的两难选择,具体表现为"先锋"与"寻根"这两种文学运动的对立、汇合与纠葛。李陀的文学思考越来越呈现出整体和全局性的特征。

雷达在1980年代崭露头角,他带着西北雄浑之气的批评文字,迅速开掘出一条属于自己的道路。他始终敏锐、浑厚而又不失稳健,代表了主流文学批评的风格和大气。从1980年代到1990年代,再到21世纪初,他的批评情绪饱满,富有时代感,底蕴深厚,问题意识强,可以说是批评界的常青树。雷达有很好的文学感觉,现实主义理论把握得准确而全面,这使他既不急于依傍新的理论话语,也不固守传统的批评范式,而是在批评实践中愈发锤炼文学眼光和彰显人文胸襟。文如其名,他在探究观察文学现象、文学潮流时确乎如"雷达"一般敏感及时,这也正成为他批评实践的特色。例如他所探测到的一系列问题:新时期小说从典型人物到"典型境遇、典型状态"的艺术转换;从新写实小说看自然主义复萌的可能性;1990年代以来"问题小说"会不会复兴……连续提出诸如此类的问题,都是他跟踪阅读具体作品后的艺术前瞻与思想结晶。卢卡奇认为文艺作品的真正使命是提出问题,其实对于批

---

① 李陀:《意象的激流》,《文艺研究》1986年第3期。
② 李陀:《要重视拉美文学的发展模式》,《世界文学》1987年第1期。

评家而言,发现问题和提出问题也可谓其使命和责任。雷达的批评文字多从历史主义的视域来思考问题的因与果,由此其理论建构并非空洞的理论想象或逻辑演绎,而是与实际的、紧要的问题联系在一起。

刘再复把雷达看作共和国第三代文学评论家的代表人物,他说:"如果没有雷达的声音,中国当代文学肯定会增添一份寂寞。"①的确,雷达是新时期以来中国文学的见证者和同行者。1986年9月,雷达写下批评长文《民族灵魂的发现与重铸——新时期文学主潮论纲》,在众说纷纭、似乎文学早已无主潮的多元时代,提出新时期文学有一个"原动力"和一条"生命线",即"对民族文学的重新发现和重新铸造",这也是他所谓的"新时期文学的主潮"。文章将"新时期文学的第一个十年"作为考察对象和历时线索,以农民、妇女、知识分子等人物谱系的塑造为切入点,探究作品中对民族性格、民族灵魂重新开掘的深层内容和内在变化。在历时性的文学嬗变轨迹上,文章肯定经济变革带来新的意义上"人的觉醒",并断言民族灵魂的内部剧烈地展开了"传统与现代化的冲突"。抓住"人的觉醒"这一精神线索,文章揭示出作为民族强者的改革者形象之时代意涵,农民形象的思想史意义上的时代性分化,以及知识分子从传统向现代的角色转换中的灵魂痛楚和忏悔意识。② 雷达在文学与文化面临多元化挑战之时,仍以"主潮"之乐观试图整合新时期文学的活泼众相,虽有悲壮之感,但扣住"民族灵魂"来立论发声依然彰显出历史穿透力。此文亦可视为他的当代文学批评实践的总纲。

围绕着民族灵魂的发现与重铸这一主线,雷达对新时期以来大量的重要文本进行了深刻透析,活跃在创作最前沿的作家的重要作品都难逃雷达犀利的目光。他通过重要文本的透彻分析,去探寻能够代表一个时代的精神魂魄。这尤其体现在他对陈忠实、路遥、贾平凹三位作家的批评上。

对雷达而言,《白鹿原》的批评就是民族灵魂的发现与重铸,他在

---

① 刘再复:《雷达是中国第三代文学评论家的代表人物》,《甘肃社会科学》2014年第1期。
② 雷达:《民族灵魂的发现与重铸——新时期文学主潮论纲》,《文学评论》1987年第1期。

这一批评主线上展开层层分析与理论深化。《废墟上的精魂——〈白鹿原〉论》一文最早对《白鹿原》的思想主题予以高度评价,对白嘉轩的人物形象分析灌注了文化理想,显示了他的文学批评具有的强大的历史感。雷达认为,新时期以来的文坛上,陈忠实第一次正面观照中华文化精神及这种文化培育的人格,探究民族的文化命运和历史命运。"《白鹿原》写的是人格。""《白鹿原》的作者,对于浸透了文化精神的人格,极为痴迷,极为关注。"而陈忠实真正的目的则是紧紧抓住富于文化意蕴的人格,探究民族心理的秘密。"面对白嘉轩,我们会感到,这个人物来到世间,他本身就是一部浓缩了的民族精神进化史,他的身上,凝聚着传统文化的负荷,他在村社的民间性活动,相当完整地保留了宗法农民文化的全部要义,他的顽健的存在本身,即无可置疑地证明,封建社会得以维系两千多年的秘密就在于有他这样的栋梁和柱石们支撑着不绝如缕。作为活人,他有血有肉,作为文化精神的代表,他简直近乎人格神。"所以,"《白鹿原》终究是一部重新发现人,重新发掘民族灵魂的书"①。朱向前对雷达独特鲜明的批评风格曾有如下贴切评价:"尤其是当批评对象和他个人的人生与文化背景贴得越近,他的批评主体也就被滋养被刺激得越强壮雄健。譬如孕育诞生于关中大地的《白鹿原》,就使得他如鱼在水,如云在天,忽而神游其里,忽而超拔其外,相互进入撞击而出的思想火花和心灵激流闪闪烁烁,滔滔滚滚,以一种凝重沉郁的情感基调和斑斓顿挫的语言旋律将人震慑和打动。"②

贾平凹的《废都》发表后引起剧烈争议,雷达却顶着压力对其进行了阐释。他坦称:"面对《废都》,面对它的恣肆和复杂,我一时尚难作出较为准确的评价,也很难用'好'或'坏'来简单判断。我对上述每一种看法似乎都不完全地认同,但也不敢抱说服他人的奢望,我知道那将是徒劳。我只想将之纳入文学研究的范围,尽量冷静、客观地研诘它的

---

① 雷达:《废墟上的精魂——〈白鹿原〉论》,《文学评论》1993 年第 6 期。
② 朱向前:《旋转在当代文学天空中的"雷达"——关于雷达评论的提纲》,《当代作家评论》1996 年第 1 期。

第七章　批评的个性化与审美的能动性

得失。"这显现出雷达的坚持与独立品格,冷静不随流,专业不意气,自觉不被动。他从美学的角度客观分析了这部作品,分析了主人公的由来与意义,也客观地指出了作品的不足,他认为,《废都》生成在 20 世纪末中国的文化古城,它展现了由"士"演变而来的中国某些知识分子在文化交错的特定时空中的生存困境和精神危机。但是批判力量和悲剧力量不足,感官的泛溢淹滞了灵性的思考,也阻滞了人文精神的深化。①

面对《平凡的世界》这部诗与史的恢宏画卷时,雷达明显地感到路遥对民族的文化精神的独立而坚定的看法。他在作品的多重精神层面中找出一条纵贯这幅画卷的主导流向,即孙少平、孙少安、田晓霞等所代表的生机勃勃的历史前进力量。在当时文坛现代主义思潮风头正健的情景下,雷达仍能旗帜鲜明地肯定现实主义,提出唯有生活的深刻性和时代精神的渗透对艺术创作才是根本的观点。② 面对《人生》中的经典人物形象高加林,雷达指出:"高加林是农民母体经历长期的内部骚动后分娩的第一个'逆子',他是别一个灵魂,向着传统的农民灵魂,向着自己的母体,表示怀疑和否定的灵魂。"文章结合寻根派作品所提供的文化经验和文学局限,瞩望文学"只有置身世界潮流铸造自己民族的苦难、惊醒、衍变、强化的史诗,提出关于整个人类精神生活的根本问题,才能激起世界读者的广泛共鸣,才能由一国而及世界"③。

雷达对文坛刚出现的热点现象和难点问题反应迅捷,其学养识见往往透过对现象、问题的分析呈现出来。他的思想敏锐,视野开阔且宽容,总是热情支持新生的文学力量。如对"王朔现象"的讨论、对 1993 年"长篇现象"的述评等,都是直面批评难度的结果。1988 年曾被称为"王朔年",在评论界对王朔出现的意义还普遍拿不准的时候,雷达写下《论王朔现象》一文,认为"王朔小说的社会认识意义远远超过了他小说本身的价值","他提供了一种新的社会视角和一种最新的社会心

---

① 雷达:《心灵的挣扎——〈废都〉辨析》,《当代作家评论》1993 年第 6 期。
② 参见雷达《诗与史的恢宏画卷——论〈平凡的世界〉》,《求是》1991 年 17 期。
③ 雷达:《民族灵魂的发现与重铸——新时期文学主潮论纲》,《文学评论》1987 年第 1 期。

态"。① 这一观察点和意义起点使其解读在众多批评文章中脱颖而出,成为王朔研究的重要文献。

作为一个批评家,雷达的敏锐充分体现在善于发现与阐释优秀的作家及作品。他写下的一系列批评文章如《独特性:葡萄园里的哈姆雷特》《哦,乌热尔图,聪慧的文学猎人》《一卷当代农村的社会风俗画——略论〈芙蓉镇〉》等,都是对当时步入文坛不久的作家如张炜、乌热尔图、古华等所作出的及时评介,对文学新人的成长起到重要的引导作用。

就批评方法而言,雷达将社会历史批评与审美批评的方法融合在一起。他在长篇小说的评论方面的建树最为卓著。他擅长从社会历史的角度抓住创作的根本问题来立论阐释,如代表性文章《民族心史的一块厚重碑石——论〈古船〉》,他激赏《古船》在探究民族灵魂历程的过程中,与当代人的困境结合起来重铸民族历史记忆的野心和勇气。无论是在社会历史的向度上,还是美学气质和审美意蕴的向度上,雷达能在它们的复杂性上抓住不放,力求给出谜底。

雷达的批评文字朴实明晰,干净利落,以其坚定自信的理性精神,从容论述,因而显出力道和风骨,耐嚼且值得回味,故而总能启人思考。这或许得益于其古典文学功底与良好的艺术禀赋,行文时能避开流行话语和僵硬呆板的理论腔调,如用唐代诗人岑参的诗句"秋色从西来,苍然满关中,五陵北原上,万古青蒙蒙……"来摹状《白鹿原》的风格气度②,用"惊雷闪电、霹雳狂飙"来象喻《古船》的艺术天空③,可谓自出机杼,自然自由。

批评家、理论家丁帆④以 1979 年开始的作家作品批评起步,自

---

① 雷达:《论王朔现象》,《作家》1989 年第 3 期。
② 雷达:《废墟上的精魂——〈白鹿原〉论》,《文学评论》1993 年第 6 期。
③ 雷达:《民族心史的一块厚重碑石——论〈古船〉》,《当代》1987 年第 5 期。
④ 丁帆(1952—　),生于江苏苏州市,祖籍山东蓬莱。笔名风舟、马风。南京大学中国新文学研究中心主任、教授、博士生导师。国务院学位委员会中文学科组成员、中国作家协会会员、中国现代文学研究学会会长、中国当代文学研究学会副会长、中国作家协会理论委员会委员、《中国现代文学研究丛刊》主编、江苏省作家协会副主席、《扬子江文学评论》主编。出版《中国乡土小说史》《文学的玄览》《重回"五四"起跑线》等十余部论著和散文随笔《江南悲歌》《夕阳帆影》《枕石观云》等,发表论文四百余篇,主编六套丛书和多部教材。

1985年以后积极回应新时期的时代主题,开始形成自觉的启蒙意识和人道主义情怀,其批评实践和理论建构关注社会文化的历史背景,孜孜以求现实主义的美学理想。他在中国乡土小说、西部文学、新写实主义等研究领域多有开拓之功,持续发挥学术影响力至今。

对中国乡土小说的长时段观照和全景建构可视为丁帆最主要的批评向度和研究特色。这方面的主要成果有专著《中国乡土小说史论》(1992)、《中国大陆与台湾乡土小说比较史论》(2001)、《中国乡土史》(2007)、《中国乡土小说的世纪转型研究》(2013)以及大量专门性的批评文章,为中国当代文学批评史在小说类型及文学思潮上的理论梳理、规律总结和意义建设等作出了不可忽视的自觉开拓。对乡土小说批评和研究的念兹在兹,确乎蕴含着批评主体决然坚定的价值选择与审美选择。在丁帆看来,乡土小说最能"体现我们这个民族创作水准"[①],直至21世纪,他依然认为"关注乡土就是关注中国"[②]。在乡土小说批评之路上跋涉近四十年后,他曾做如是回忆和总结:"六年插队的生活让我把研究的目光聚焦在这块土地上。看乡土社会的沉浮,就能够测出中国社会的温度,而百年来许许多多描摹这块土地上人和事的作家,究竟能够在思想和艺术上将它写得有多深刻,如何将此上升到哲学批判的高度,应该是从事这个领域研究的学者打开这扇重门的钥匙。"[③]可见,作为有强烈主体意识的批评家,丁帆将探究的目光如此恒长地锚定在乡土小说领域,绝非偶然、随意的选择,而是其感性体验与理性认知相互影响、相互融合的结果,更重要的是,自然而然地升华为批评的使命和责任,这亦可成为批评主体与批评客体之间相互建构的良好示范。

丁帆所着力开掘的中国乡土小说批评从一开始便有纵深而开阔的历史眼光,他常常在乡土小说发展的重要历史关节点上驻足勘探,如乡土小说的发生兴起、发展衍化、转型嬗变的种种历史关口和关隘处,展

---

① 丁帆:《乡土小说和乡土"意识"》,《文论月刊》1991年第2期。
② 舒晋瑜:《关注乡土就是关注中国——中国现代文学研究会会长、南京大学教授丁帆》,《当代作家评论》2017年第5期。
③ 同上。

开融微观与宏观于一体的分析阐释和把握定位。为避免阐释的歧义和混淆,他一再强调界定"乡土文学"这一概念的重要性,多次回到历史语境中对周作人、鲁迅、茅盾、郑振铎等早在"五四"时期和20世纪二三十年代所提出的相关论述给予细致梳理、辨析和总结,由此考察乡土文学概念的核心内涵,包括周作人所谓"国民性、地方性和个性"的统一①,鲁迅强调的"隐现着乡愁"但又充满着"异域情调来开拓读者的心胸"②,茅盾将"世界观""人生观"上升到"地方色彩"和"异域情调"之上③等。他以清醒的理性意识对之进行重新考量、评估,指出前辈作家、理论家所做概念界定的有效性和限制性,分析其对中国乡土小说创作实践发生的深远历史影响。这样的理论视野使他对当代乡土小说的批评,尤其是1980年代以来的跟踪式、介入式批评显得来路清晰,并做出大胆前瞻。虽然百年来中国乡土小说经历了曲折起伏的流变、蜕变甚至危机,特别是从1980年代后期至21世纪初期这二三十年的时间里受到社会文化变迁的巨大冲击,但在丁帆的乡土文学阐释谱系中,有一些理论因子和判断标尺基本保持不变。比如,他盛赞鲁迅的乡土小说创作所达到的前所未有的哲学高度和审美高度,指出"鲁迅的乡土小说最鲜明的批判锋芒是根植于后天高层次的中西文化比照下的价值取向,而隐匿其中的淡淡的'乡愁'则是先天的自上而下的人道主义精神的烛照,是中国知识分子忧患意识的根由所在,也是与中国农业文化的不可分割的暗通关系",以及那种"虽然执着人生,但更具有酒神不回避人生痛苦的形而上的悲剧精神"。④ 再如,他坚持认为"注重小说的地域色彩,这在每一个小说家,每一个批评家,每一个文学史家来说,都是在有意识和无意识之间形成了一种稳态的审美价值判断标准"⑤。

---

① 周作人:《地方与文艺》,参见丁帆《五四以来"乡土小说"的阈定与蜕变》,《学术研究》1992年第5期。
② 鲁迅:《中国新文学大系·小说二集序》,参见丁帆《五四以来"乡土小说"的阈定与蜕变》,《学术研究》1992年第5期。
③ 茅盾:《关于乡土文学》,参见丁帆《五四以来"乡土小说"的阈定与蜕变》,《学术研究》1992年第5期。
④ 丁帆:《鲁迅乡土小说的理性批判意识和悲剧意识》,《南京大学学报》1992年第2期。
⑤ 丁帆:《20世纪中国地域文化小说简论》,《学术月刊》1997年第9期。

他强调茅盾在乡土小说"地方色彩"这一问题上所做的理论和创作两方面的贡献,认为其"农村三部曲"堪称不朽之作,"因为茅盾在'革命文学'的浪潮中,恪守了现实主义小说尽力隐蔽观念的精义,将观念隐藏在画面、场景、人物、事件的背后"①。正是循着鲁迅、茅盾等的文学轨道,以他们确立起的哲学的、审美的高度为标杆,1990年代的丁帆对新中国成立后从解放区走出来的赵树理、孙犁等乡土文学作家们所做贡献和所留遗憾做了如是评判:"尽管他们在'乡土文学'的某些局部方面:如民俗描写、风格语言、艺术描写方面对'乡土文学'有所推进和发展,但'鲁迅风'(我所理解的'鲁迅风'应首先是鲁迅那特有的超前的强烈哲学主体意识)的失却,使得这些毕生为'乡土文学'而奋斗的作家们的视线始终处在一个向作品内涵和作品人物平视的角度上。这种平视状态决定了这些作品缺少大家风范,处在第二流的水平而不能超越。""直到八十年代,中国乡土小说的创作就作家而言,走的是俯视→平视→仰视的越来越狭隘的路。"②这样的论断显得锐利且大胆,尽管还有可商榷的余地,却也不失为一种见解。

  乡土小说审美范式的更迭和审美观念的蜕变始终是丁帆进行乡土小说批评的重要阐释线索和阐释维度。他之所以多次强调审美差异性之于乡土小说的重要意义,实则是对民族文化、地域文化所蕴含的民族文化心理、人性内涵和人文情思的偏重。他一面大力肯定新时期汪曾祺复归20世纪二三十年代从废名、沈从文开始的"田园诗风"的乡土情绪和美学风范,将之定位为"融风俗画与风景画为一炉"的乡土书写,一面看到反思文学潮流中涌现的类似高晓声的继承"鲁迅风"的乡土小说在体现了主题性追求的同时艺术上显得贫弱。他欣喜于古华《芙蓉镇》的出现,认为这样既能开掘出深刻忧愤的主题,又能将"风俗画、风情画、风景画"融入其中的作品无疑是"新的乡土小说的范型","一定程度上中和了'五四'以后'田园诗风'乡土小说与写实风范的乡

---

① 丁帆:《茅盾与中国乡土小说》,《浙江学刊》1992年第1期。
② 丁帆:《中国乡土小说创作审美观念的蜕变》,《当代文坛》1988年第2期。

土小说不可调和的对立矛盾"。① 他连续著文考察寻根文学与乡土小说的隐秘关系,揭示寻根作家们在传统与现代之间寻找、逃离的矛盾心态,肯定寻根文学在乡土审美形态上的思想意义,也看到其创作难局。随着 20 世纪末的到来,他及时指出社会文化形态的加速发展变迁,乡土小说越来越多元化的审美趋向背后有着不可忽视意义的危机。21 世纪前后,他的观照视野不断拓展,开始对大陆与台湾两岸乡土小说进行历时性的比较研究,即是缘着地域文化的审美特征,寻觅中华民族化特征的共同"结穴"。丁帆的乡土小说批评实践与贾平凹、刘绍棠、韩少功等乡土小说作家们的创作几乎同步,起到了阐释、判断乃至推动的积极作用。他凝神忧思的目光从未离开文学现场。

如果说丁帆首先是站在传统与现代的冲突、悖反之间完成对中国乡土小说的观照和探究的,那么 1990 年代后期开始,他自觉回应全球化语境加剧所带来的文明冲突,考察方位转换拓展为在地方与世界之间展开对中国西部文学的历时性研究,这亦是他第二个主要批评向度和研究特色。不难发现,21 世纪以来丁帆对西部文学的着力勘察并未脱离他自身批评实践的内在逻辑。在他的批评视野里,地域文化的鲜活因子始终是构成乡土小说肌理的重要素质,没有地域文化的涵养和支撑,乡土小说地方特色的审美理想乃至人文精神的旨归都不可能真正实现。同时,乡土小说的空间轴上,地方与世界这组既相互依存又相互制约的悖反关系,始终借助地域文化的书写带来审美活力和哲学深度。丁帆在 1990 年代中后期开始对 20 世纪地域文化小说进行历史梳理和宏观总结,并贡献出一系列重要关键词,如"地域人种""地域自然""地域文化"等。随后,他的西部文学批评和研究仍以这些关键词为理论抓手,并围绕审美逻辑和文化精神两条线索贯穿其中,深入考察"全球化境遇下的文明冲突和地域文化的深层,发现自成格局的西部文学的美学价值"②。与乡土小说研究领域里所做的理论创新相呼应,

---

① 丁帆:《中国当代乡土小说的转型》,《徐州师范学院学报(哲学社会科学版)》1993 年第 1 期。

② 丁帆主编:《中国西部现代文学史·序言》,北京:人民文学出版社,2004 年版,第 3 页。

他在西部文学研究领域继续从理论建构上实现新的熔铸和完善,代表性的如在乡土小说风景画、风俗画、风情画之"三画"论基础上,提出"四彩"论,即自然色彩、神性色彩、流寓色彩和悲情色彩。

批评主体的历史抱负和人文情怀会催发其对某些文学思潮的着重关注和深度探讨,除了乡土小说思潮,丁帆对"新写实"小说思潮的介入性批评和历时性阐释成为他的又一主要批评向度和研究特色。这方面,他曾与徐兆淮联名共同发表多篇批评文章,代表性的有《新现实主义小说的挣扎》《思潮·精神·技法——新写实主义小说初探》《新写实主义小说对西方美学观念和方法的借鉴》等,后来结集为著作《新时期小说思潮》。对"新写实"小说思潮的审美分析和价值判断,是丁帆站在文学、文化发展的历史高度和在现实主义文学精神制导下做出的,体现了扎实的理论内涵和学术的前瞻性。他一面抓取当时文学场域出现的新变新质,与寻根文学、先锋文学相比较,一面带着从中国现代文学起源至发展过程中析出的问题意识,坚持以批判现实主义为价值鹄的,探究"新写实"小说思潮的本质特征和历史局限。他肯定"新写实小说"在现实主义与现代主义之间所做新的融合:"'新写实'如果不是采用了新的观念,对现实主义进行大手术的改造(如视点下沉、非典型化、非英雄化等);如果不是进行了对现实主义小说的技术革命(如局部打破小说的有序格局、吸纳现代派的某些变形手法等),它就不会引起如此广泛深远的影响"①,并认为其指向的最后目标应是"那种严格意义上的现实主义小说和现代主义小说逐渐会趋于消亡。两者的互渗互补,将构成中国小说创作的新格局"②。2000 年,丁帆发表《"现代性"与"后现代性"同步渗透中的文学》一文,可视为他在理论建构上的小结之作,亦是文化批评和文学批评相结合而做出的新的思考,对新时期以及 1990 年代以来的文学思潮的嬗变更迭进行重新审视,文中多处论断都彰显了他诊断学术思潮的激情和胆略。比如他对新写实小说的阐释做出重要修正:"'新写实小说'在面对'现代性'与'后现代性'两

---

① 丁帆:《回顾"新写实"小说思潮的前前后后》,《文艺争鸣》2018 年第 8 期。
② 丁帆:《现实主义小说创作的命运与前途》,《当代文坛》1988 年第 6 期。

种不同文化语境时,犯下了一个至今人们都习焉不察的错误——它们用'存在主义'和'虚无主义'的姿态,一方面否定和解构了20世纪'现代性'的启蒙文化的价值取向,另一方面又对'全球一体化'的文化语境报以冷漠与疏离的态度。"①由此,他进一步分析新写实小说削弱了"五四""现代性"的人性要求,对"后现代"文化语境将人充分物化也缺乏清醒认识与批判的体现。丁帆不管是对作家作品还是文学思潮,都带有理想性眼光来加以评判,这使他的批评总是有激情与高度;此外,文学现象之复杂性和异质性如何体认,这或许也是一个需要考究的问题。

无疑,丁帆之所以能在文学批评领域取得醒目实绩,与他独立锐利的批评观念、深厚宏阔的历史意识、人道主义的"启蒙"意识是分不开的。他经过长期批评实践逐步形成审美的、人性的和历史的三位一体阐释方法及价值标准,对当下批评走向更高的学术性和学理性有着积极的推动作用。

潘凯雄②的主要批评成就包括对文学现场的判断和清理,以及从1980年代后期到1990年代对批评学所做的理论建构工作。关于后者,他与批评家贺绍俊联名发表十余篇相关学术文章,又与贺绍俊、蒋原伦合著《文学批评学》一书,在中国批评学学科建设的道路上作出努力。

总体上看,潘凯雄和贺绍俊、蒋原伦对批评学的理论建设主要包括两大方面:一是纯粹理论维度上文学批评学的学科构想。基于将文学批评学建设为一门学科的创新诉求,他们合作撰文著书,尝试在理论层面解决如"批评本体""批评主体""批评文本"和"批评方法"等问题,这四个理论问题构成了《文学批评学》一书的总体理论框架。该书是中国当代文学批评史上的第一部批评学研究的专著,无论是对批评的历史探源、本体追问,还是对批评文本的"架构"和"文体"的演绎分析,

---

① 丁帆:《"现代性"与"后现代性"同步渗透中的文学》,《文学评论》2001年第3期。
② 潘凯雄(1957—),安徽黟县人。1983年毕业于复旦大学中文系。曾任职《文艺报》《经济日报》,担任人民文学出版社社长多年,后任中国出版集团副总裁。出版著作《文学批评学》(合著)、《双面人手记》、评论集《批评双打——八十年代文学现场》(合著)等。

第七章　批评的个性化与审美的能动性

乃至对具体批评方法的探讨等等,都彰显了著者的理论原创意识,并带有这一时代文学理论建构的某些普遍特征。如书中这样界定文学批评活动:"批评是这样一种精神活动——即这是批评家面对人类的审美现象,在还原欲望驱使下进行的解析和重构对象的精神运作。"①(着重号为原文所加)这一概念界说可以视为潘凯雄等三位著者意欲建设的文学批评学的理论基础,摒弃传统的社会历史学理论视角,力求从美学、心理学和文学相融合的综合角度对批评做出本体论意义上的阐释,并在此基础上建构起批评学的理论大厦。另外,沿着这本专著的理论构想,潘凯雄还发表了两篇影响较大的论文《演绎型文体在文学批评中的规范显现——文学批评文体研究》和《一种文学批评文体类型:意象总龟型》,补充拓展出两种新型批评文体。批评文体的探究,是文学批评学的一块重要理论基石,解决了批评的现实载体和构成方式的问题,而对批评文体类型的理论归纳和总结,又直接关系到批评方法的操练问题。

二是当下实践维度上文学批评的现状梳理与问题纠偏。潘凯雄和贺绍俊合撰的代表性文章《新时期文艺理论批评群体浅析》《多元化格局中的失调:批评理论与批评实践的分离》《我们缺什么?——对几种文学畸变现象的描述与剖析》等,都梳理和分析了诸多批评现象,对存在的问题提出质疑并给出学理化的解决方案。其中如对新时期批评群体的梳理归纳,划分出"紧密联系现实生活实际的思想性分析""审美分析""心理分析""科学方法论分析"和"哲理思辨型"等五大理论批评群体②,将当时有影响力的六七十位批评家全部囊括进来,虽然难免有将批评家个体圈囿在某一类型某一群体之嫌,但这样的研究把握住了1980年代中后期批评界日益活跃和多元化的现状,引导了批评家队伍的建设。关于批评理论与批评实践分离问题的探讨,他和贺绍俊合撰的文章指出1985年以来一面是文学理论界对新方法、新模式极力推崇,一面却是批评实践的方法滞后,解决这一分离和矛盾的理论方案

① 潘凯雄、蒋原伦、贺绍俊:《文学批评学》,北京:人民文学出版社,1991年,第121页。
② 潘凯雄、贺绍俊:《新时期文艺理论批评群体浅析》,《文艺争鸣》1986年第4期。

是：一要培养完整意义上的文学批评学思维,该思维产生于批评理论与批评实践的运动合力;二要超越固有的文学态度,"在批评理论与批评实践结合的过程中,还存在一个文学态度这一场力的作用,就可能尽力将这种潜在的意志、情感作用意识化,并力图超越它,给批评理论与批评实践的结合创造条件。同时,在这一过程中也有意识地确立新的文学态度,这样,建设新的、自己的批评学工作将会更加自觉"①。文章用叶公好龙的成语故事形象譬喻了外来的西方批评理论像画在墙上的"龙",而批评实践则像是那条真正的"龙",固有的文学态度在接受新的批评理论时必然对其造成变形的压力。潘凯雄和贺绍俊对批评的批评,大胆及时,且富前瞻性。他们侧重全局俯瞰和整体性的理论思维,其所到达的研究难度和深度使之占据批评研究界的一席之地。

在理论建构之外,潘凯雄还有小说批评的具体实践,如对当代长篇小说创作现象的跟踪批评,对王蒙、余华、刘震云、李锐等当代作家的及时评论。他在《走出轮回了吗?——由几位青年作家的长篇新作所引发的思考》一文中通过对《落日》(方方)、《故乡天下黄花》(刘震云)、《炮群》(朱苏进)、《米》(苏童)、《我是你爸爸》(王朔)、《呼喊与细雨》(余华)六部长篇新作一一阐释,挖掘其独特艺术贡献和文化价值,认为这六部中除了《呼喊与细雨》算得上"完整与深厚",其余要么"虎头蛇尾、文气中断",要么"容量狭窄、内涵欠厚",由此质疑1990年代初期的长篇小说创作未能走出1980年代中期以后的基本格局,即长篇小说的文体形态尚不成熟。②1994年、1995年他发表两篇有影响力的文章《1993年长篇小说过眼录》和《话题纷纭:'94文坛新气象》,捕捉和评析甫一出现的众多文学现象,对文学现象的来龙去脉刨根问底,既有激情旁逸之笔,又有谨严的理论推断,具有较高的史料价值和理论价值。

---

① 潘凯雄、贺绍俊:《多元化格局中的失调:批评理论与批评实践的分离》,《文学自由谈》1987年第2期。
② 潘凯雄:《走出轮回了吗?——由几位青年作家的长篇新作所引发的思考》,《当代作家评论》1992年第2期。

第七章　批评的个性化与审美的能动性

对具体作家作品的批评,他善于抓取牵一发而动全身的某个"点"来立论切入。如对刘震云的创作,他抓住叙述者的问题,探究叙述者精神面相的变化,探讨作家对叙述者操纵方式的巧妙调整,并最终落在其"表面的单一"与"内在的静止"这一创作障碍上。① 对李锐,他从"自觉意识"来看其在精神内蕴与小说文体上的创新和变化。② 对余华,他则抓住余华的写作态度和阅读态度来剖析其独特艺术追求。③

李洁非④自1980年代中期崭露头角,一直笔耕不辍,从文学批评转向历史领域,李洁非勤奋著述,有自己的问题域,也形成自己明晰俊雅的文风,故而他的文章和著述一直深受欢迎。李洁非1980年代中期对当代文学批评的介入就富有个性,他总是能迅速捕捉到兴趣点,并打开自己的批评视角。他关注小说学、小说文体学方面的本土理论,并贡献了两部相关专著《小说学引论》《中国当代小说文体史论》。在当代文学批评方面,面对复杂多变的文学现象或者作家创作,他力求揭示艺术嬗变的本质和艺术精髓。

无论是早期与另一位批评家张陵合撰的一系列批评文章,还是从1980年代后期开始独撰的大量批评文字,都表达着李洁非的批评旨趣,即对中国当代小说创作现场的诸多艺术建构进行辨别、判断和整理,如《"小鲍庄"与我们的"理论"》《矮凳桥文体》《莫言的意义》《莫言小说里的"恶心"》《回到寓言——论莫言及其近作》等批评文章。《"小鲍庄"与我们的"理论"》一文针对人物塑形的内在意趣和风格嬗变,指出其是王安忆"重新探寻艺术与生活的关系后的必然结果",不仅意味着对她自己艺术传统的"背叛",更是对时下近乎僵化的"典型

---

① 潘凯雄:《此系身前身后事 倩谁记去作奇传——刘震云小说漫评》,《文艺争鸣》1992年第1期。
② 潘凯雄:《"自觉"为他带来了什么?——读李锐近作》,《文学评论》1994年第1期。
③ 潘凯雄:《〈呼喊与细雨〉及其他》,《当代作家评论》1992年第4期。
④ 李洁非(1961—),生于安徽省合肥市,山东宁津人,笔名若水。1982年毕业于上海复旦大学,同年分配到中国社会科学院文学研究所工作至今。历任新华社《瞭望》杂志编辑、记者,中国艺术研究院《文艺研究》编辑,中国社科院文学所研究人员。著有文学理论及文学批评集《告别古典主义》《小说学引论》《中国当代小说文体史论》《典型文坛》《典型年度》等,曾获冯牧文学奖、鲁迅文学奖等奖项。

化原则"这一理论的幽默"嘲弄"和"背叛"。①《矮凳桥文体》一文为林斤澜《矮凳桥风情》系列小说集的独特文体样式命名,指出经由对明、清笔记体小说在"语言形式和叙事特征"的承继,《矮凳桥风情》的小说结构成为"某类语言逻辑表述出来的生活形态"②,并传达出深深的民族文化意蕴,对受西方理性主义思潮影响而诞生的现代汉语语法结构和词汇系统无疑是有益的提醒和补充。对莫言创作的及时批评,是李洁非一直关注的重点,莫言小说的写作难度和艺术跨越度较大,对其进行跟踪批评无疑将挑战批评家的耐力和技术。实际上,关于莫言的评论在其创作的初、中期较为失衡,他的小说发表量明显高于"被评论的机遇"。③李洁非在1986、1988、1993年分别写下的这三篇批评文章,为莫言研究奠定了基础。如《莫言的意义》一文,辨析莫言创作所运用的"表象思维",指出这一艺术思维根本上影响了莫言小说的文体和叙述方式,肯定这样的"试验"带来了小说美学和小说叙述学的革命性变化,由此,"试验"是莫言小说的唯一意义,"这些'试管小说'的作者将成为未来最有出息的人"。④

李洁非谙熟西方叙事学理论,对西方现代派艺术观念、中西方小说艺术流变等都有较为深入的理论研究。如前所述,对小说学和小说文体学的理论建构也是他孜孜不倦的研究课题,1995年出版的《小说学引论》和2002年出版的《中国当代小说文体史论》⑤是他在这一领域的重要成果。如果说前者延续、发挥了1985年以来理论界、批评界关于小说艺术本体意识的普遍思考,那么后者则更多彰显著者自己在理论建构上的创新和自觉意识。《小说学引论·自序》开宗明义,认为建构一种"全面的小说学"之理论机遇已经到来,建构小说学学科之现实可能性亦已具备。⑥该著在继承尊重中西方小说理论传统范畴和模型的

---

① 李洁非、张陵:《"小鲍庄"与我们的"理论"》,《文学自由谈》1985年第1期。
② 李洁非、张陵:《矮凳桥文体》,《当代作家评论》1987年第6期。
③ 李洁非、张陵:《莫言的意义》,《读书》1986年第6期。
④ 同上。
⑤ 该著1996年写毕,2002年作为杨匡汉、白烨主编的"第五代学人丛书"之一出版。
⑥ 李洁非:《小说学引论》,南宁:广西教育出版社,1995年,第1—2页。

基础上,"方法"与"逻辑"并重,给出了自己的小说理论地图。全书共分为五大理论层次:"本体论""形态论""创作论""价值论""实践论",每一层次都蕴含一定理论延展性。"我们的小说学研究应该既不排斥纯形式的本体方面的探讨,也不排斥小说与文化、与社会、与作者这类所谓外部的研究。我们需要的是一个全面的小说学。"①同时,对理论范畴、理论内涵的具体论证,该著强调"方法"与"现象"的有机对接,打通古今中外的小说学理论和小说现象,提取和总结了小说创作的普遍规律和经验。另外,著作注重对如"情节""母题""角度""人物""情境""模式"等习用概念、范畴的辨析和梳理,既探究其历时性衍化过程,又考察其当下语境中的新质素和新意义。《中国当代小说文体史论》一书试图弥补"文学史"的传统书写格局历来遮蔽"小说史"独立地位的编撰缺憾,尝试"用艺术观点和历史综合的方法",给出从 1979 年始至 1990 年代后期的"当代小说文体发展的连续性"。② 沿着小说文体的演化脉络,该著探究了小说类型、小说样式等模式性因素,以及小说家的文体意识等主体因素,同时在对作家的评价标准上,不着重其"社会影响",而"着重于他对小说形式、技巧和风格发展作出的贡献"。③ 基于此理论框架和研究路径,著作捕捉了当代小说文体衍化的新变新知,提供一系列的理论范畴和理论命题,如"'文革'中的'形式主义'""寻求语感""叙述变形""'观念化'的创作""古典情绪""平面写作"等。这种文体研究的方法,不仅要考验研究者的理论熔铸能力,还要磨炼研究者的艺术感觉力,如揭示 1949 年后老作家普遍沉寂的深层艺术原因、先锋小说"从写什么到怎样写"的艺术价值评价、新写实小说的内在分化、新生代小说平面写作及欲望叙述……著作凭借对小说现场的资料掌握,梳理与评价、动态与静态相结合,为丰富当代小说理论和文学史叙述留下了重要印迹。

李洁非后来写有多部研究革命体制中的文学运动、典型事件以及

---

① 李洁非:《小说学引论》,第 33 页。
② 李洁非:《中国当代小说文体史论》,西安:陕西人民教育出版社,2002 年,第 6 页。
③ 同上书,第 7 页。

典型人物的著作,如《典型文坛》《典型文案》等,在文学史研究方面受到高度重视。

张陵①和潘凯雄、贺绍俊等一样具有批评家和文学编辑的双重身份。他早期与李洁非联名发表文章,引起批评界关注;后来以"木弓"为笔名单独发文,愈见老辣。

张陵最为明显的批评特征是敏锐的问题意识,他的批评文章如《从英雄到普通人——论我国当代文学观念的转变》《两个章永璘与马缨花,黄香久》《知青小说的缺陷》等,都是从问题出发进行立论探究的,而且多是选择批评界存在争议的文本或者现象。其中《从英雄到普通人》是他早期影响最大的文章,该文由中国当代文学人物塑造从英雄到普通人的悄然转换,深入到对当代文学观念转变的问题探求,揭示出背后深层的问题关联,即"十七年"文学的社会主义现实主义观念潜在的浪漫派气质衍生出了极度乐观的英雄主义,到"文革"时期达到机械化、僵化的顶点,英雄形象被扭曲成不再具有任何现实意义的虚假的"神"②,直至新时期文学中平庸世俗的普通人形象大量出现,现实主义的艺术传统才得到深化。

《两个章永璘与马缨花,黄香久》一文指出作家张贤亮在观念和世俗生活之间的矛盾,以及由此带来的创作难局。两个小说文本里的同名主人公"章永璘"虽然都是带有悲剧心理的理想主义者,但是相比于"章永璘一世"的幸运,马缨花成为他的"理想主义的对象化现实形式","章永璘二世"则因黄香九的存在而折射出自私与虚伪。张贤亮的遗憾和局限在于他并未看到自己笔下人物的人性缺陷,因而没能迈向新的一步:"当代文学几乎还没有哪一个作家考察过智识型人物在俗众面前的种种'文明病',没有展示过文明对人的天然本性的戕害与

---

① 张陵(1955—),福建厦门人,笔名木弓、小可。1985 年后任《文艺报》编辑、总编助理,《作家论坛》主编,《文艺报》副总编辑,作家出版社总编辑。2003 年加入中国作家协会。著有理论专著《告别古典主义》(合著),另发表大量文艺理论及评论文章。

② 张陵、李洁非:《从英雄到普通人——论我国当代文学观念的转变》,《当代文艺思潮》1985 年第 3 期。

异化。"①张陵的批评多从文本细读出发,层层剥笋式地看到问题的本质。

对1980年代的现代主义思潮运动,张陵给予着重关注和研究,他和李洁非一起有多篇文章参与当时关于现代主义的讨论,如《现代派:艺术语言的革命》《现实主义概念》《复古论》《〈金牧场〉的危机在哪里?》《被光芒掩盖的困难》《向萨特告别》(独撰)等。《〈金牧场〉的危机在哪里?》指出作家张承志"用古典的思维结构来理解现代小说技巧的意义",那么"由于作品理性主题的坚定性,人物的意识根本无法流动起来,无法摆脱理性的控制"②,作品也就沦为作家思想观念的象征物,而这种危机存在于当时许多追求现代文学精神的作家那里,由于其叙事方式毫无现代感,所以张陵认为将之称为"伪现代派"并不为过。

他与李洁非合著的《告别古典主义》,集中了二人对西方现代主义思潮、实践及其对中国当代文艺发展意义的探索。该书是中国当代文学批评界较早、较系统进行这方面理论开拓的学术专著,两位批评家求新求真的理论思维特点也使之有别于当时外国文学研究界出现的相关成果,不做简单普通的历史线索梳理,而是从"什么不是悲剧"这样的理论诘难出发层层推进,分为"怀疑·批判"和"构造·重建"上下篇,理论诉求清晰可见。张陵执笔下篇的第一、二节《作为"过程"的叙述》和《现代的阅读观念》,直承上篇的怀疑与批判,抓住"目的与过程"的关系探讨写实性作品和现代小说的不同,写实性作品受理性时代目的论的制约,叙事上依赖于"写什么",现代小说(艺术)的非确定性、非目的性意识逐渐确立,转向"过程大于目的"的分析式表达,最终实现"艺术过程化"的艺术探索。《现代的阅读观念》一节,由追问"读者层"这一概念在传统小说时代的缺失,指出近三十年来文学意识剧变下"读"的时代终于到来,并从文本、语言、思维的概念演变及三者关系广泛探讨了现代阅读理论的丰富内涵。③

---

① 张陵、李洁非:《两个章永璘与马缨花,黄香久》,《当代作家评论》1986年第2期。
② 张陵:《〈金牧场〉的危机在哪里?》,《文学自由谈》1988年第1期。
③ 李洁非、张陵:《告别古典主义》,上海:上海文艺出版社,1989年,第172—210页。

白烨①的文学批评有鲜明的时代性和现场感。他早年以整理资料和概括追踪文坛热点现象著称,曾有"资料大王"之誉。在 1980 年代信息并不太流通的时期,白烨对文坛热点现象的敏感和捕捉影响甚大,几乎反映了文坛的动向标。他对作家作品有相当精准的把握品评能力,尤其对陕西籍的作家,白烨十分熟悉,若要论及作家当要顾及全人,就此而言,白烨是有足够的优势的。

《文学论争二十年》②收入了他系统追踪 1977—1997 年间有关文学论争的综述文章,为新时期二十年的当代文学批评历程提供了观察视角。1999 年之后,白烨主持编选"年度中国文论选""年度中国文坛纪事"和"中国文情报告",都延续了这一做法。这些观察综述,记录了当代文学的发展轨迹,具有一定的史料价值。

在从事文学批评的同时,白烨有较为丰富的文学编辑和策划的经历。他 1998 年参与"布老虎丛书"的策划编辑工作,组编了《大浴女》(铁凝)、《比如女人》(皮皮)、《上海宝贝》(卫慧)等有影响的长篇小说。这些经历为他把握当代文学的市场化转型提供了独特的在场经验。《热读与时评》(中国社会科学出版社,2005 年)是白烨关于 90 年代以来长篇小说的追踪评论的结集。该书涉及九十多部长篇小说,涵括了历史小说、女性小说、西部小说等诸多题材。既有新作短评,也有现象观察。其中,他对长篇小说出版热有持续思考,能在数量快速增长的热闹表象之下发现质量问题,在热闹之中看到不足,提出"过渡性状态"的描述。在后续观察中,则是一边"诊断"问题,一边提出勉励。这显示了白烨对当代文学生产状况的深入把握,也展现了其批评视野的开阔性与追踪的持续性。

白烨是较早将目光投向"80 后"作家的批评家。2006 年 2 月 24

---

① 白烨(1952—),陕西黄陵人。笔名文波、晓白。1975 年毕业于陕西师范大学中文系,留校任教,后调至中国社会科学出版社,曾任中国社会科学出版社文学室主任、总编辑助理。1999 年调至中国社会科学院文学研究所。曾任中国当代文学研究会会长。曾参与"布老虎丛书"的策划与编辑工作。1999 年以来,主持编选"年度中国文论选"和"年度中国文坛纪事"。代表作有《文坛新观察》《文学观念的新变》《文学新潮与文学新人》《文学论争二十年》等。其中《文坛新观察》获第七届鲁迅文学奖文学理论评论奖。

② 白烨:《文学论争二十年》,武汉:华中师范大学出版社,1998 年。

第七章　批评的个性化与审美的能动性

日,白烨在其博客上发表《80后的现状与未来》一文,认为韩寒等"'80后'这批写手实际上不能被看作真正的作家,而主要是文学创作的爱好者。"此论引起了韩寒的激烈回应,由此引发了"韩白之争"。在新媒体空间中与批评对象"短兵相接",显示了白烨文学批评的现场感,也反映了新世纪文学批评场域的复杂性。

作为持续关注文学现场的批评家,白烨也是较早留意到文学格局发生变化并对其进行命名的学者。他在2009年提出21世纪文坛"三分天下"的判断,即以文学期刊为主导的传统型文学、以商业出版为依托的市场化文学(或大众文学)和以网络科技为平台的新媒体文学(或网络文学)。① 这一"三分天下"的论断,从生产机制角度勾勒出了新世纪文学发展的宏观状况,颇具启发性。

三　未完成的现代主义批评

现代主义思潮曾经先后两次进入中国。第一次是从五四新文化运动始到1940年代,与现实主义、浪漫主义思潮一起进入中国文坛,共同影响着新文学精神品格的形成。第二次是在"文革"后的改革开放时期,以新时期文学的开端之始,译介规模和对创作的影响都比第一次大且更广、更深。本节指称的"现代主义批评"有双重含义:其一,指关于现代主义的文学批评,这是指随着1980年代中后期展开的现代主义文学作品的翻译出版以及在此影响下出现的中国作家创作的带有现代主义倾向的作品的相关文学批评;其二,指带有现代主义观念并且浸含着现代主义话语的文学批评。二者显然不能完全分离开来,后者也有赖于前者为前提和基础。但后者的文学观念和话语方式显然具有独立的特征,它体现了现代主义的理论意识。因此,本节指称的"未完成的现代主义批评",主要指第二种情况。

---

① 白烨:《今日文坛"三分天下"》,《紫光阁》2009年第8期。相关观点还参见其《"三分天下":当代文坛的结构性变化》,《西江月》2010年第15期。

(一)现代主义在中国的引介与创作运动

十年"文革"结束,新的历史文化机遇终于到来,文学界不仅要打破原有的禁区,而且还要寻求新的精神资源。从 1978 年始直至整个 1980 年代,中国的翻译界和外国文学研究界将西方现代派文学和现代主义文论大规模地引介入国内文坛,正是这一时代需求的集中体现。1978 年 11 月 25 日到 12 月 6 日,全国外国文学研究工作八年规划会议在广州召开,这是新中国成立后第一次全国性的外国文学研究盛会,会议提出"研究和介绍当代外国文学的新成就和新思潮","普及外国文学知识,指导青年正确阅读外国文学作品"等四项规划[①],为现代派译作的顺利传播疏通了道路。

就现代派文学作品的译介情况看,据不完全统计,从 1978 年到 1988 年的十年间,我国翻译出版了六千余种外国图书,其中很大部分是西方现代、后现代派作品。有些难度很高的作品,如乔伊斯的《尤利西斯》、福克纳的《喧哗和骚动》、艾略特的《四首四重奏》也已有了部分或完整的译本。[②] 柳鸣九 1979 年发表两篇长文《西方现当代资产阶级文学评价的几个问题》(及"续篇"),最早提出应重新正确对待和评价西方现代派文学,他随之集中完成了对法国现代派文学(尤其是新小说派)作家作品的译介。之后,影响较大、最为系统的权威性读本是袁可嘉、董衡巽、郑克鲁三人选编的《外国现代派作品选》,丛书共四册(每册又分上、下卷)十一个专辑,1980 年至 1985 年全部出齐。该丛书囊括了"从第一次世界大战以来欧美、日本、印度等国的属于现代派文学范围内的有国际影响的十个重要流派的代表作品",较为全面地反映现代派每一支流如"后期象征主义""表现主义""未来主义""意识流""超现实主义"等的面貌。丛书译者包括冯至、卞之琳、艾青、戈宝

[①] 李海霞:《危机下的文学图景——论 1980 年代初以"现代派"理论与小说为表征的纯文学运动》,上海:上海大学出版社,2010 年,第 78 页。另外,会议具体内容的报道参见中国社会科学院外国文学研究所编:《外国文学研究集刊》(第 1 辑),北京:中国社会科学出版社,1979 年,第 377—387 页。

[②] 参见袁可嘉《西方现代主义文学在中国》,《文学评论》1992 年第 4 期。

权、曹靖华、叶君健、查良铮等当时仍活跃在文坛上的著名作家、诗人和翻译家们。由袁可嘉撰写的第一册"前言"和第四册"附录"都是西方现代主义文学思潮研究的纲领性理论文章。这一时期如叶廷芳对卡夫卡、汤永宽对美国文学、陈光孚对拉美文学、赵毅衡对英美诗歌等也都做了有针对性的译介和研究，对中国当代文学的现代主义转向起到不可估量的影响作用。① 从传播途径看，1978 年以来创刊的几家刊物如《世界文学》《外国文艺》《译林》《外国文学研究》等也开辟专栏推出了译作和学术文章。

其他相关作品选编及译著也陆续出版。影响较大的有安徽大学中文系编选的《西方现代派文学资料选辑》(1981)、石昭贤等主编的《欧美现代派文学三十讲》(1982)、章俗主编的《西方现代派文学研究参考资料》(1983)、山东大学中文系编《西方现代派文学资料选》(1984)、陈焘宇和何永康主编的《外国现代派小说概观》(1985)等，这些选本受袁可嘉选本的启发，对现代主义各个流派的命名、定位都大同小异，不过能给予特征阐释和价值评价，对代表性作家作品专辟章节介绍，力求给出现代主义文学的整体风貌。其中像《西方现代派文学研究参考资料》《西方现代派文学资料选》以及 1984 年何望贤编选的《西方现代派文学问题论争集》(上、下)，又都特别观照和介绍了西方现代主义在中国当代文学界引发的反响，将当时引起广泛争论的学术文章作为文献资料加以整理编选。

对西方现代主义进行系统研究的代表性理论专著有陈焜的《西方现代派文学研究》(1981)和袁可嘉的《现代派论·英美诗论》(1985)。前者是国内关于现代主义文学思潮的第一部研究专著，探讨"黑色幽默""意识流"等的审美特征，从"梦魇""人性恶"透视了"非理性""异化"等社会文化内容，并与西方知识分子精神现象结合起来考察。后者是袁可嘉在自己前期大量译介工作基础上的理论推进，首次运用比较视野做了西方诗学影响下的中国现代新诗研究。另外作家研究的代

---

① 关于这方面的译介工作，可参见陈思和的文章《1978—1982：西方现代主义在中国的引进》，原载《建设者》1988 年第 1 期，后收入陈思和《鸡鸣风雨》，第 175—190 页。

表性专著有李文俊的《福克纳评论集》(1980)和柳鸣九的《萨特研究》(1981),也是重要的学术成果。

对现代派艺术的引介工作同步展开。邵大箴编著的《现代派美术浅议》(1982)和专著《传统美术与现代派》(1983),赵乐甡主编的《西方现代派文学与艺术》(1986),毛崇杰的专著《存在主义美学与现代派艺术》(1988)等相继出版,对欧美现代派艺术的源流发展及美学风貌做了具有奠基和开拓意义的译介、研究。

西方现代主义文学的全面引介一面满足了当代中国读者的巨大精神饥渴,一面也给作家们带来"影响的焦虑",中国当代文坛随之发生文学观念的震荡、艺术精神的裂变和美学范式的革命。诗歌创作领域率先掀起现代主义潮流,从"白洋淀诗群"的地下写作,到浮出历史地表的"朦胧诗"讨论,确立起迥异于现实主义诗歌的新的审美原则,充任了当代中国现代主义文学创作思潮和理论批评思潮的前驱。1986年,"第三代"诗的崛起①真正实现对西方现代主义精神的承继,其标志是《深圳青年报》和《诗歌报》举办的"现代诗群体大展",围绕这个"大展"前后进行的各种民间诗刊,登载了大量的宣言和同仁批评,标榜眼花缭乱的"主义""纲领",例如,超现实主义、生活流、现代东方史诗、新传统主义、生命体验诗等回应了现代主义的美学观念,显现了中国式的现代主义运动的初起声势。

在小说和戏剧创作领域,"意识流小说""荒诞派戏剧"以及黑色幽默小说等,既拓展了中国现实主义的表现手法,也可以看到现代派初露端倪。有关的部分文学批评,当可视为现代主义的理论批评言说。及至莫言、马原和残雪的出现,尤其是苏童、余华、格非、孙甘露等人的先锋派小说横空出世,理论批评言说也不得不进入到现代主义和后现代主义层面。很显然,当代中国的理论批评切入现代派或后现代主义并非只是理论的妄想,而是面对中国当代文学变革所需要做出的回应。

---

① 第三代诗又被称为"后崛起派""后朦胧诗""后新诗潮""当代实验诗"等。"第三代人"是这群青年诗人的自我命名,最早见于诗人万夏等1985年初所编《现代诗内部交流资料》铅印本,"第三代诗"的命名也由此而来。

(二)"意识流"的创作与批评

从对意识流的批评本身来看,确实呈现众声喧哗之势,褒贬不一的两极评价都登场了。某种意义上,这也刺激了批评界的理论重构和范式更新。原来的传统现实主义反映论的理论资源显然不够用了,批评家们纷纷开始"补课",援引西方理论话语来阐释新的文学现象。据不完全统计,从 1980 年到 1984 年就有数百篇文章加入意识流的讨论。不过,相比意识流小说,诗歌、电影方面的批评和研究显得薄弱许多。小说批评方面,出现"王蒙热",尤其是《春之声》《蝴蝶》等获奖新作成为讨论焦点,一些批评文章专门针对王蒙的新的艺术探索给出及时阐释和总结。阎纲的《小说出现新写法——谈王蒙近作》认为王蒙的新作"解放了人物的'意识'","作品的容量增大",也"解放了作者的'意识'"。[①] 刘思谦的《生活的波流》从中/西、传统/现代的多重比较视野肯定声援王蒙的艺术实践,文章指出,纯粹的"意识流"小说醉心于意识的自发性、随意性,主张作家退出小说,所以往往陷入自然主义和神秘主义的泥潭,而在《布礼》与《蝴蝶》中,作家不仅没有退出小说,而且简直可以说是与他的人物融为一体。贯穿全篇的内在线索,与其说是主人公意识流动的轨迹,不如说是作家奔腾跳跃的感情的热流。"把人物的主观意识作为客观现实的反映来表现,是王蒙批判继承'意识流'艺术手法的一条根本经验。"[②] 杨江柱的《意识流小说在中国的两次崛起——从〈狂人日记〉到〈春之声〉》认为作为"歌德"文学的《春之声》,以意识流手法暴露鞭挞封建主义、歌颂社会主义,某种意义上实现了对鲁迅文学精神和艺术形式的继承。[③] 章子仲的《〈蝴蝶〉的巧思》也探析了王蒙对西方意识流的改造和创造:"他的立脚点是客观存在决定主观意识,心理活动必然是历史运动、社会关系的反映,心理描写的艺术手段为刻画人物性格服务。因此张思远的思维活动,不象一

---

① 载《北京师院学报(社会科学版)》1980 年第 4 期。
② 载《新文学论丛》1980 年第 4 期。
③ 载《武汉师范学院学报(哲学社会科学版)》1981 年第 1 期。

般'意识流'流派作品的人物的'自发性',或精神错乱的胡思乱想。他的变幻不定的思绪,即使在假寐的朦胧和梦境的下意识活动中,都受到他的特定经历和身分的制约,即更多清明的理性和高度的自我克制的色彩。"①郑波光在《王蒙艺术追求初探》中指出王蒙正探索一条将西方现代派同传统现实主义相结合的道路,形成所谓"多主题的焦点""透明的立体雕像""有意识的意识流手法"等艺术形式,文章将王蒙小说结构的特点概括为"情节结构的外壳和意识流的心理结构内涵的结合。心理结构大于情节结构。从情节看,一般作品写的时间跨度都很短,空间幅度都很小,《蝴蝶》写的情节是两天,从离开山村到回到部长官邸,《春之声》写的时间最短,从上闷罐车到下闷罐车,只有几个小时,但是,这两篇作品主人公的心理活动,都跨越了三十余年时间,几千几万里空间。作品的主题揭示、形象塑造,主要靠心理活动的过程来完成"②。以上这些文章都是1980年代初期对作品及时反映的批评结晶,集中代表当时批评界声援、支持王蒙意识流创作的声音。

总的看来,1980年代对"意识流"创作手法的理解还存在诸多分歧,根本在于"意识流"在中国当时语境是否具有政治的、文化的和艺术传统的合法性。这些分歧可以从四个方面见出:其一是西方的意识流是否具有本土的合法性。反对者认为意识流创作是对西方现代派艺术的吸取和运用,是与"民族特色""中国传统""群众爱好"等相冲突的,批评者也是以此为理由指责王蒙是背叛传统的始作俑者。其二是现代主义的本质与"资产阶级自由化"联系在一起,在政治上不具有合法性。倡导意识流的批评家则极力强调意识流的艺术本质。如高行健说:"(意识流)不过是现代文学作品的一种更新了的叙述语言,然而,它又超乎文学流派和创作方法之上,不同的文学流派,用不同的艺术创作方法从事创作的作家,都可以在不同程度上采用这种语言。"③。

其三是如何认识意识流与现实主义的关系。许多批评家虽肯定意

---

① 王蒙等:《夜的眼及其他》,广州:花城出版社,1981年,第366页。
② 载《文学评论》1982年第1期。
③ 高行健:《现代小说技巧初探》,广州:花城出版社,1981年,第26页。

第七章　批评的个性化与审美的能动性

识流创作是艺术革新和探索,但同时认为它是现实主义随时代纵深发展的结果。代表性评论文章有李陀的《现实主义和"意识流"》、吴野的《文艺的革新和意识流》等。李陀通过比较海明威的《乞力马扎罗的雪》和王蒙的《布礼》,指出王蒙的意识流技巧"带有一种我们可以接受的中国作风和中国气派"①。石天河在《〈蝴蝶〉与"东方意识流"》②一文中通过辨析中西方意识流表现手法的不同,提出所谓的"东方意识流"。石文将"东方意识流"视为抵制西方意识流"精神污染"的良药,试图在理论上建构"剥离"说:"批判西方意识流的唯心理论,剥取西方意识流的艺术成果,将'东方意识流'的理论建立在辩证唯物主义的哲学基础上。"③宋耀良和李春林则强调中国式意识流的当代性变革④,认为王蒙的意识流用东方式的"狡黠"合理改造了西方意识流中不符合传统文化和民族审美心理的部分,因而推动了中国文学现代化的历史进程。⑤ 另外,一些学者还主张用"心理现实主义""心态小说""心理分析小说"来代替意识流的命名。

其四是意识流与文学传统的关系。有些论者试图从中国现代文学甚至古代文学中寻找意识流创作的历史源头,代表性文章有杨江柱的《意识流小说在中国的两次崛起——从〈狂人日记〉到〈春之声〉》、龚济民的《郭沫若·〈残春〉·意识流》、黄全愈的《得而复失 失而复得——"意识流"纵横谈》等。也有论者认为意识流在中国古代文学如屈原的诗歌中就已有之,由此批评界也引发出这方面的讨论。"意识流"的讨论壮大了现代主义文学思潮研究的声势,为下一步规范化的学术性批评的产生奠定了基础,也随之推动了1980年代批评话语的转型和批评范式的革新。

---

① 载《十月》1980年第4期。
② 载《当代文艺思潮》1985年第1期。
③ 前述傅书华的《渗透与创新——试论新时期小说创作中的现代主义因素》(《当代文坛》1986年第4期)在总结了如意识流等现代主义因素后,也支持这一"剥离说"。
④ 宋耀良:《意识流文学东方化过程》,《文学评论》1986年第1期。
⑤ 见李春林《东方的狡黠》(《文艺报》1987年8月22日)及《王蒙与意识流文学东方化》(《天津社会科学》1987年第6期)。另外,李春林还出版了《东方意识流文学》(沈阳:辽宁大学出版社,1987年)一书。

(三) 现代主义文学的论争

现代主义文学思潮以势不可挡之势进入中国文坛,其文学精神和艺术法则与国内长期占主导地位的现实主义创作相比,存在明显的异质性、颠覆性。那么,中国究竟要不要现代主义?如何评价现代主义?现代主义能否成为中国文艺的发展方向?种种问题引来批评界、理论界激烈的论争。

外国文学研究界组织的一系列学术会议和讨论,可视为现代主义论争的预演和前期铺垫。1978年下半年中国社会科学院连续九次召开讨论西方现代派文学的座谈会,会议文章发表在1979年第1、2期《外国文学研究集刊》上。1979年8月全国美国文学研究会成立大会举行,会上也对西方现代主义文学的评价问题展开讨论。1980年第4期《外国文学研究》季刊发起"关于西方现代派文学的讨论",一年时间里共发表32篇讨论文章。这三次规模较大的讨论活动后来有人称其为"外国文学工作者的拓荒工作"[1]。

真正点燃现代主义论争导火索的是1982年徐迟发表在《外国文学研究》第1期的文章《现代化与现代派》。编辑部原本安排这篇约三千字的短文来宣告前期关于现代派文学讨论的结束,结果戏剧化的是反而招来更大规模的激烈争论,其核心问题聚焦在该文对现代化与现代派的关系所做的乐观估计:"我们将实现社会主义的四个现代化,并且到时候将出现我们现代派思想感情的文学艺术。"[2]从1982年到1984年的两年间,主要围绕这一结论,全国各地报刊发表了数百篇文章展开讨论,其中否定性的意见占多数。

1980年到1983年诗歌批评界的三篇文章先后宣布朦胧诗的"崛起",成为现代主义论争的一个焦点。这三篇文章分别是谢冕的《在新的崛起面前》、孙绍振的《新的美学原则在崛起》和徐敬亚的《崛起的诗群——评我国诗歌的现代倾向》。《文艺报》《当代文艺思潮》等刊物还

---

[1] 严锋:《现代话语》,济南:山东友谊出版社,1997年,第94页。
[2] 徐迟:《现代化与现代派》,《外国文学研究》1982年第1期。

第七章　批评的个性化与审美的能动性

专门组织了大讨论。他们遭受批评和质疑的核心就在于提出了具有划时代意义的"崛起说"。孙绍振继谢冕的"一批新诗人在崛起"[①]之后，提出"新的美学原则的崛起"，"他们不屑于做时代精神的号筒，也不屑于表现自我感情世界以外的丰功伟绩"。[②] 徐敬亚则沿着两位老一代批评家开掘的理论道路继续发力，以近乎创作宣言的方式将"崛起说"推向高潮，疾呼"不可遏止的现代文学思潮"到来了。[③]

现代派的"四只小风筝"为现代主义论争推波助澜。1981年高行健约九万字的理论小册子《现代小说技巧初探》出版，冯骥才、李陀、刘心武围绕高行健的小册子发起"关于当代文学创作问题的通信"，包括冯骥才的《中国文学需要"现代派"!》、李陀的《"现代小说"不等于"现代派"》和刘心武的《需要冷静地思考》，一起刊发在《上海文学》1982年第8期。冯骥才在信中将高行健的小册子比作"在空旷寂寞的天空，忽然放上去一只漂漂亮亮的风筝"[④]，于是当时的研究界将《现代小说技巧初探》连同这三封信一起戏称为现代派的"四只小风筝"。高行健的《现代小说技巧初探》作为当代中国文坛对西方现代派文学观念进入后的首次理论回应，第一次将现代小说"怎样写"这一艺术层面的问题提到首要位置，认为"美学趣味的解放应该是思想解放的一个方面"[⑤]。他在书中围绕叙述语言、人称的转换、意识流、怪诞与非逻辑、象征、情节与结构、时间与空间、距离感等现代小说观念分节展开探讨。叙述语言是该书提出的第一个理论问题，也是重点分析的第一个现代小说观念："一部小说的展开、结局乃至整个结构，主要是通过叙述语言来体现。"[⑥]作者、叙述者与叙述语言的复杂关系会影响作品的艺术风格，而人称的自由转换、意识流语言的运用都是丰富叙述语言的重要手段。

---

① 谢冕:《在新的崛起面前》,《光明日报》1980年5月7日。
② 孙绍振:《新的美学原则在崛起》,《诗刊》1981年第3期。
③ 徐敬亚:《崛起的诗群——评我国诗歌的现代倾向》,《当代文艺思潮》1983年第1期。
④ 冯骥才:《中国文学需要"现代派"》,《上海文学》1982年第8期。
⑤ 高行健:《现代小说技巧初探》,第54页。
⑥ 同上书,第10页。

关于现代主义的论争,主要还是从社会学、政治学的角度来思考中国传统和民族特色面临的挑战,因此论争的焦点集中在两大方面:一是现代主义与现实主义的关系问题,二是现代主义对中国文艺方向和道路的影响。关于现代主义与现实主义的关系问题,一部分学者将二者对立起来,奉现实主义为唯一的创作圭臬。林焕平、袁鼎生的《略论现实主义和现代主义》和魏理的《现实主义与现代主义不能合流》都持这一观点。前文认为现实主义与现代主义"在内容上泾渭分明","形式上各异其趣",只有现实主义才是民族文艺运动的正确道路。① 后文反对二者的"合流",认为现代主义实质上是贬低和否定现实主义的。② 钱中文的《论当前文艺理论中的现代主义思潮》提出现代主义虽然在技巧上有可学之处,但"局限性甚至反动性"不可忽视,其回避现实、消极沉沦的精神实质、"个人主义、贵族主义、蔑视人民"的思想与社会主义现实主义的性质根本不同。文章为现实主义"护法",在批评"瞒与骗"的虚假现实主义的前提下为真正的现实主义做辩护,强调"社会主义现实主义原则的要求则更高,它要求作家自觉地用马克思主义世界观来观察生活,研究生活,反映生活"③。

为现代主义辩护的声音并不微弱。卞之琳借小说译本《紫罗兰姑娘》再版时写下"著译者言",认为"现代主义和现实主义构不成一对矛盾",他反对用非此即彼的二元对立来僵硬分割这两大基本创作方法,认为"真正有价值的'现代主义'作品也是'反映现实'的,其中往往也有广义的现实主义,也有广义的浪漫主义"④。王纪人的文章《也谈现实主义与现代主义》提醒如果拒绝借鉴西方现代主义,将现实主义模式化、固定化,实际上"可能打着坚持现实主义的旗帜却终止了现实主义的生命"⑤。邹平的文章《新时期文学中的现代主义渐进》指出新时

---

① 林焕平、袁鼎生:《略论现实主义和现代主义》,《文艺理论研究》1983 年第 4 期。
② 魏理:《现实主义与现代主义不能合流》,《文学评论》1983 年第 6 期。
③ 钱中文:《论当前文艺理论中的现代主义思潮——评〈崛起的诗群〉兼论现实主义创作原则》,《文学评论》1984 年第 1 期。
④ 卞之琳:《现代主义和现实主义构不成一对矛盾》(著译者言),《读书》1983 年第 5 期。
⑤ 王纪人:《也谈现实主义与现代主义》,《解放日报》1983 年 6 月 7 日。

期文学从最初主动在艺术形式上向现代主义渐进,到表现内容和现代意识的整体性渐进①,都说明了现代主义的不可阻挡之势。

现代主义论争也体现在对一些新潮小说的批评上,1985年刘索拉的《你别无选择》和徐星的《无主题变奏》尤其引人注目。曾镇南的《让世界知道他们》、李劼的《刘索拉小说论》、卢敦基的《刘索拉〈你别无选择〉的美学意义》等文章集中反映了批评界肯定的声音。刘索拉和徐星小说中折射出的艺术挑战的勇气得到众多批评家赞许,其不同于传统现实主义的人物个性、自我意识的彰显,"流动在现在"的心理时空结构,狂放、胡闹、滑稽的美学风格等都被肯定为是现代意识在文学上催化的结果。当然,也不乏指责的声音,何新撰文批评徐星和刘索拉小说学习和模仿的对象——"作为整体的西方现代主义文化运动","是一个体现危机意识和价值崩解意识的运动",所以他们小说中出现的"荒谬感"和"多余人","正是从否定的方面映现了文化传统和价值体系的断裂"。②

关于现代主义对中国文艺方向和道路的影响问题,以强调现代主义绝不能成为中国文艺方向和道路的观点为主流。代表性文章有刘锡诚的《关于我国文学发展方向问题的辩难》、王锐的《坚持社会主义的文艺方向——兼评〈崛起的诗群〉》、戴翼的《中国现代诗歌发展的基础、方向和道路——评徐敬亚同志〈崛起的诗群〉》等,论者基本上是将现实主义和现代主义作二元对立的处理。徐敬亚迫于形势,也于1984年写了《时刻牢记社会主义的文艺方向——关于〈崛起的诗群〉的自我批评》一文。陈思和在1985年、1986年先后发表了两篇文章《中国文学发展中的现代主义》和《中国新文学发展中的现实主义》,对数年来的现代主义论争的核心问题作出了学理意义上的梳理和论证。两篇文章都沿着百年新文学的历史沿革,分别探究了现代主义和现实主义在现代中国曲折艰难的落地与建构之路,从"现代意识与民族文化的融

---

① 邹平:《新时期文学中的现代主义渐进》,《文学评论》1987年第1期。
② 何新:《当代文学中的荒谬感与多余者——读〈无主题变奏〉随想录》,《读书》1985年第11期。

汇"这一前瞻性视角得出判断:"也许,现代主义因素到了消融的时候了——不是消灭,也不是消失。也许我们以后会难以找到纯粹的象征主义、意识流、荒诞派等西方现代派形式的作品,但又能够在一些最富有民族化的作品中处处感受到这些因素的魅力。从这个意义上说:消融,意味着永恒。"①

总的看来,现代主义的论争是历史转弯处的一个必然,论争对促进多元文化思想和多元文学观念的建构有着积极推动作用,也潜在推动了中国现代主义文艺思潮的发展。

(四)未完成、未落地的"现代派"及"伪现代派"

面对1985年以来诗歌、小说、戏剧等领域里愈来愈浓烈的现代主义色彩和味道,批评界一面有人欢呼真正的中国现代主义大潮终于到来,一面有人开始质疑中国究竟有没有自己的现代派?和1985年之前关于中国要不要现代派的论争相比,话题有了转变和深入。李洁非、张陵的《探索、实验性小说困难论》②表达了相似的担忧和不满,即中国现代派小说在外在艺术形式与内在观念、生命情致上存在明显脱节,杨劼的《当代文坛中的士大夫气》则直指年轻作家们生硬造文的倾向,为了赢得现代主义的称号而假装痛苦。③ 有的观点认为,新潮作家们横移过来的只是"冒牌的现代意识",最终滑向文学的"摩登化"。④ 有的观点认为,中国并不存在现代派生长的现实土壤,青年作家牺牲本土文化,最终因"半生半熟"的艺术主题而失去读者。⑤ 季红真的《中国近年小说与西方现代主义文学》虽然承认西方现代主义对中国当代小说的创作有良好启发,但是认为由于物质生活水平的限制、哲学土壤的缺乏与文化心理机制的障碍等,中国并未产生出严格意义上的现

---

① 陈思和:《中国文学发展中的现代主义——兼论现代意识与民族文化的融汇》,《上海文学》1985年第7期。
② 载《当代文艺思潮》1987年第5期。
③ 杨劼:《当代文坛中的士大夫气》,《文论报》1987年9月11日。
④ 陈冲:《现代意识和文学的摩登化》,《文论报》1987年1月21日,收入周安平、赵增锴选编《文学的现代意识》,南宁:广西人民出版社,1990年。
⑤ 陈晋:《平民的生活与贵族的艺术》,《文艺报》1987年2月14日。

代主义作品。①

如此种种关于现代主义在中国究竟有没有落地、完成的疑问,直接酝酿出一场关于"伪现代派"的大讨论。"伪现代派"的提法已相继出现在李洁非、张陵、陈晋等人的文章中,但真正将其作为一个理论问题进行全面讨论的是黄子平。他在 1988 年《北京文学》第 2 期上发表《关于"伪现代派"及其批评》一文,客观详尽地梳理了当时批评家们在"伪现代派"这一问题上显得较为零碎分散的思路,由此正式提出该命名,并在理论内涵上指出其包含"真/假""古/今""中/外"三个两两对立的基本范畴。他认为:"'伪现代派'不是一个经过深思熟虑的理论概念,而是处于开放和急剧变动的文学过程中产生的,被许多'权力意愿'认为是顺手、便利的一个批评术语,其含混之处几乎与它的丰富成正比。"②黄子平说,从批评界对现代派存在的所谓"去伪存真"的要求,恰恰可以判断出作为异质文学思潮进入中国的现代派或许正处在由"部分'非实质性'的因素(如技巧、手法等)被容纳"到"经由与本土文学传统相互调整产生了'化'的契合点"这样的过渡阶段当中。就此而言,伪现代派这个概念有着重要研究价值。而现代派要去掉"伪"字,最后的阶段应是"成为本土文学传统的一个有机组成部分",这才算是最终的落地与完成。

同年,在《文学评论》《文学自由谈》两个编辑部召开的"文学编辑谈当前创作"座谈会上,"伪现代派"问题引起与会者热议。海波认为中国当代文坛根本没有现代派,也就谈不上什么"伪现代派",反对批评家拿着现代派这顶帽子乱戴而制造混乱。李陀继续强调自己"现代小说不等于现代派"的观点,并忧心忡忡地质疑"我们中国的作家为什么就不能挺直腰板,另起炉灶,另拉山头,建立自己的流派?连日本都有自己的新感觉派小说,我们为什么就不能?我们的创造性

---

① 季红真:《中国近年小说与西方现代主义文学》,分两次发表在 1988 年 1 月 2 日、9 日的《文艺报》。
② 黄子平:《关于"伪现代派"及其批评》,《北京文学》1988 年第 2 期。文尾注明:"这是在香港'现代主义与中国当代文学研讨会'上宣读的论文的改写稿。"

究竟在哪里?"①接着,《北方文学》《文论报》《作家》等刊物纷纷发表当时十分活跃的批评家如李洁非、李陀、贺绍俊、王干等人的文章,展开持续一年的大讨论,"伪现代派"由此成为学界公认的1988年的理论热点问题。总的看来,大部分批评家支持黄子平关于"伪现代派"的概念揭示和价值判断,并沿着他的研究继续往下追问,比如李陀认为"中国有没有真现实主义或者真现代主义应该转化为这样的问题:这些舶来的'主义'在什么样的条件下才能中国化?在'化'的过程中又经历了什么样的质变?在'化'之后又与其本来面目有什么异同?"②李洁非则质疑中国作家对西方现代派的效仿"不伦不类",没有学到现代派所具有的"锐意革新、突破传统的艺术进取心",反而带来了大量"矫情"和"玩文学"的倾向。③

有两篇文章值得一提,分别是1988年袁可嘉的《中国与现代主义——十年新经验》和1989年许子东的《现代主义与中国新时期文学》都是这一时期的学术收获。袁可嘉作为译介现代主义的领军人物之一,始终关注现代主义在中国的命运,对现代派的理解和阐释不断调整、丰富。他的这篇文章是一次重要的文学经验总结,不仅巡检和肯定西方现代主义对中国当代诗歌、小说、戏剧、文论等全方位的影响,而且建设性地探讨了三个理论问题:关于中国现代化与现代派的关系,现代主义与民族传统、国家情况的关系,如何理性对待西方现代主义中的非理性主义倾向等,并提出"中国式的现代主义",他说:"中国式的现代主义是会随着中国现代化的进程而有所发展的。它的基本性质,如上所述,应当是在最深刻的意义上(而不是最表面的意义上)为社会主义、为人民服务的,是与现实主义精神相沟通的,是与民族优秀传统相融合的,同时又具有独特的现代意识(即现代化进程中中国人的思想感情)、技巧和风格的,具体表现为心理刻划上的深度和人物塑造上的

---

① 赵仲:《面对当今文坛的冷峻沉思——"文学编辑谈当前创作"座谈会纪要》,《文学评论》1988年第3期。
② 李陀:《也谈"伪现代派"及其批评》,《北京文学》1988年第4期。
③ 李洁非:《"伪"的含义及现实》,《百家》1988年第5期。

真度、艺术表现上的力度和艺术风格上的新度。"①许子东的文章可视为关于现代主义研究的研究,许子东在研读上百篇论文后概括并分析了现代主义论争中出现的三个核心问题:"我们要不要现代派?""我们文学中的现代派好不好?""我们究竟有没有真正的现代派?",其中的主语"我们"包括政治、时代、民族三个内涵维度,而这三个维度成为三种立场参与进"现代主义'我们'化"的艰难过程。许子东对潮流的审视既置身其内又能抽身而出,他对彼时"现代主义评论"所持有的"对我们有用""为我所用"的"民族文化的本位立场"所进行的反思在理论界尚属首次。②

从1978年直至整个1980年代的现代主义思潮在中国的译介、落地和论争,对中国当代文学艺术的变革和理论范式的转型都发生了深刻影响。译者、作者与评论者之间形成前所未有的多元对话关系,各种话语力量的交锋变形促使文学生态不断调整,走向广阔和多样,文学观察和判断的僵硬政治标准越来越被文化的、审美的多元标准所取代。

(本章由顾广梅执笔)

---

① 袁可嘉:《中国与现代主义——十年新经验》,《文艺研究》1988年第4期。
② 许子东:《现代主义与中国新时期文学》,《文学评论》1989年第4期。

第八章　新的美学原则与诗歌批评的更新

"文革"甫一结束,当代诗歌在其时涌动的思想文化运动中一度扮演了开路先锋的角色,而相应的诗歌批评也紧随其后,加入了文化思潮变革的大讨论之中。1976年4月5日前后发生的"天安门诗歌运动"和1978年12月《今天》的创刊是其标志,前者为大规模的群众诗歌运动,后者则是标举革新观念的思潮。如果说前者还带着鲜明的政治运动的痕迹,那么,后者则显现为来自文学自身革新的信号。活跃在《今天》周围的年轻诗人的创作,因其迥异于五六十年代和"文革"的浪漫主义政治抒情诗的诗风而被称为"朦胧诗"①。伴随着文艺界的思想解放运动,在文学批评领域也展开了对团结在《今天》杂志周围的年轻诗人及其作品,即有关"朦胧诗"新诗潮的大讨论。

诗人公刘最先关注朦胧诗人的创作,他在1979年《星星》诗刊的复刊号撰文,通过对顾城诗歌的分析,以长者的口吻呼吁对待像顾城这样成长于特殊年代的青年诗人要"给予理解"和"引导",他们陷入巨大矛盾与痛苦的失望、迷惘、彷徨自有历史缘由,"要有选择地发表他们的若干作品,包括有缺陷的作品,并且组织讨论"②。接着,1980年第2期的《福建文学》开辟"关于新诗创作问题的讨论"专栏,以舒婷的诗歌为中心展开了长达一年的"新诗发展道路"的讨论。同年4月7日,在广西南宁召开了"全国当代诗歌讨论会",会上,围绕北岛、顾城、舒婷等为代表的青年诗歌的评价和对中国新诗与发展道路问题,与会者展

---

① 作为一个概念,"朦胧诗"一语得自章明发表于《诗刊》1981年8月号题为《令人气闷的"朦胧"》的文章。该文批评了当时有些诗人"有意无意地把诗写得十分晦涩、怪癖,叫人读了几遍也得不到一个明白的印象",并将这类诗歌命名为"朦胧体"。虽然章明在文章中所举的例子并非出自后来"朦胧诗"的作者之手,但这个概念却被用来指称以北岛、舒婷、顾城、江河、杨炼等为代表的诗人群体的创作。概念出现之初虽含贬义,但随着稍后有关朦胧诗歌论争的深入,贬抑意味逐步削弱。

② 公刘:《新的课题——从顾城同志的几首诗谈起》,载《星星》1979年10月复刊号。

第八章　新的美学原则与诗歌批评的更新

开了激烈争论。朦胧诗论争自 1979 年开始,到 1984 年为止,以"三个崛起"①为标志,论争相关文章被辑录成书出版②,由此拉开了 1980 年代中国新诗变革的大幕,其影响深远,直至今天它的精神气质还在新诗作品中回荡。

一　体现"新的美学原则"的新诗潮批评

(一) 谢冕:为新的崛起呐喊

谢冕③是当时第一个站出来肯定青年诗歌作者的批评家,也是在朦胧诗论争中凸显出来的重要的当代诗歌评论家。在 1980 年 4 月 7 日召开的南宁会议上,谢冕作了题为《新诗的进步》的发言,他诚恳的语调包含着几乎是豪迈的宣告:一,诗人的使命重新得到确认;二,诗的艺术得到第二次解放;三,诗的队伍有一个空前的壮大。发言最后,谢冕呼吁对所谓"不免古怪"的诗的尊重和理解,指出"读得懂或读不懂并不是诗的标准","有的人追求一种朦胧的效果,应当是允许的","编辑部和批评家不应该对不同风格流派的诗怀有偏见——看不懂的东西不一定就是坏东西。在艺术上即使是坏东西,靠压服和排挤是不能解

---

① "三个崛起"指朦胧诗论争期间的力挺朦胧诗人及其创作的三篇文章,即谢冕《在新的崛起面前》、孙绍振《新的美学原则在崛起》和徐敬亚的《崛起的诗群——评我国诗歌的现代倾向》。

② 姚家华编:《朦胧诗论争集》,北京:学苑出版社,1989 年。

③ 谢冕(1932—   ),福建福州人,中学时代开始发表文学作品,1949 年参军,1955 年考入北京大学中文系。1958 年,在北大中文系 1955 级集体编写的《中国文学史》中担任编委。1959 年,与孙玉石、孙绍振、刘登翰、洪子诚、殷晋培合作编写《新诗发展概况》,并在《诗刊》连载。1960 年毕业留校在中文系任教四十余年。1980 年任《诗探索》主编。曾长期担任中国当代文学研究会副会长等职。主要作品有评论著作《湖畔诗评》《北京书简》《共和国的星光》《论诗》《谢冕文学评论选》《中国现代诗人论》《文学的绿色革命》《诗人的创造》《地火依然运行》《新世纪的太阳》《大转型——后新时期文化研究》(与张颐武合著)、《世纪留言》《论二十世纪中国文学》等,主编与合编著作有《20 世纪中国文学丛书》(十卷)、《中国百年文学经典文库》(与钱理群合编)、《百年中国文学总系》(与孟繁华合编)以及《20 世纪中国新诗大系》等。2012 年,《谢冕编年文集》(12 卷)由北京大学出版社出版。近年主编《中国新诗总论》(银川:宁夏出版集团,2019 年)。

决问题的,要竞争"①。在当时的历史语境中,谢冕以实事求是的态度,宽容求真,他并不做激烈的论辩,但倡导和倾听的策略却是最有效地起到了保护年轻一代诗人崛起的作用。1980年5月7日,谢冕在《光明日报》发表《在新的崛起面前》一文,该文是作者据此前召开的南宁诗歌讨论会上的发言稿修订而成。同年10月创刊的《诗探索》第1期也刊载了该文。谢冕反思了当代诗歌对新诗受外国诗歌影响这一传统的忽视,批评新诗在发展过程中,由于过于强调"民族化和群众化"而使得新诗之路"越走越窄"。而对于年轻诗人的"新的探索",谢冕热情地宣告"一批新诗人在崛起",他主张对这些"古怪诗"不要"沉不住气","急于出来'引导'",而应"听听、看看、想想,不要急于'采取行动'"。"我们一时不习惯的东西,未必就是坏东西;我们读得不很懂的诗,未必就是坏诗"。"对于具有数千年历史的旧诗,新诗就是'古怪'的。当年郭沫若的《天狗》《晨安》《凤凰涅槃》的出现,对于神韵妙悟的主张者们,不啻是青面獠牙的怪物,但对如今的读者,它却是可以理解的平和之物了"。谢冕呼吁新诗应该"接受挑战",并坚持认为"当前的新诗形势是非常合理的"。

稍后,在1980年12月号的《诗刊》上,谢冕发表《失去平静之后》,把崛起的一代诗人的写作,与其诞生的特殊背景"文革"联系起来,将"文革"阐释为朦胧诗生产的背景,称它为"不合理时代的合理的产儿"。他还充分肯定青年诗人们在诗中"揭示了'人'的存在,而这种'人',曾经是被取消了的"。"个性回到了诗中。我们从各自不同的声音中,听到了整整一代人、甚至几代人对于往昔的感叹,以及对于未来的召唤。"②谢冕的发言和文章揭开了朦胧诗论争的序幕。由此,20世纪中国新诗又一场革命正轰轰烈烈到来。

谢冕的文章发表之后,丁慨然、单占生、丁力等发文商榷③。商榷

---

① 参见《谢冕教授学术纪事》,张炯主编《中国当代文学研究》(秋冬卷),北京:民族出版社,2004年。
② 谢冕:《失去了平静之后》,《诗刊》1980年12月号。
③ 丁慨然《"新的崛起"及其他——与谢冕同志商榷》、单占生《新诗的道路越走越窄吗?》刊登在《诗探索》第1期,丁力《古怪诗论质疑》刊登在《诗刊》1980年12月号。

第八章 新的美学原则与诗歌批评的更新

文章的思路依然延续之前的新诗发展理论思路和民族化、群众化的方向,要求坚持"革命现实主义传统"。在《答〈诗探索〉编者问》一文中,老诗人艾青认为当时新诗创作中那种"认为看不懂的就是好诗"的倾向(实指当时青年诗人或朦胧诗人的创作倾向),是"应该排斥的"①。1980年11月,在贵州,一批年轻的诗人创办民刊《崛起的一代》,创刊号对艾青对于朦胧诗人的批评进行了激烈的回应②。由此可见,谢冕对朦胧诗进行了总体的概括和合法性的命名在当时可谓具有历史的敏感性。李书磊在《谢冕与朦胧诗案》一文中称谢冕对朦胧诗的"发现、概括和命名"至少表现出"两种弥足珍贵的品质:敏锐和勇敢",他认为"今天大学中文系的学生可能会理解其敏锐但未必会理解其勇敢,而我们当时还在大学读书的这一茬人却能清楚地记起我们初读谢冕文章时的那种惊讶与感奋。""我不怀疑当时中国有比谢冕知识准备更充足的学者,但毕竟是谢冕举起了旗帜。所以我们才强调勇敢对于一个学者的重要性:在关键时刻只有勇敢才能把知识转化为创造。"③也因为谢冕的敏锐与勇敢以及他坚持的宽容、求真的批评立场,朦胧诗的讨论得以真正深化,朦胧诗人及其创作在整个1980年代得以广泛传播和接受。从1980年开始,有关新诗发展道路和对部分青年诗人创作评价的争论,在全国各地文学报刊展开,除了上文提及的《福建文学》《诗探索》以外,还有《长江》《星星》《诗刊》《文艺研究》《文艺报》《光明日报》《上海文学》《文汇报》《河北师院学报》《飞天》《萌芽》《文学报》《诗歌报》《当代文艺思潮》《花城》《山花》《解放日报》《当代文艺探索》等,论争持续到1986—1987年间。

谢冕在朦胧诗论争中的贡献,除了上文提及的"敏锐与勇敢"的态度之外,从诗歌观和批评观这两个角度看,都有他超越同时代批评家的不凡之处。谢冕的诗歌观念立足于五四时期开创的新诗传统,他主张诗歌回到"人"的存在,诗人的写作要富"个性"。同时,他主张在诗歌

---

① 艾青:《答〈诗探索〉编者问》,《诗探索》1980年第1期。
② 《崛起的一代》由黄翔、哑默、张家彦主持。在《代前言》中,编者称:"人总是要死的,诗也会老的",并说要把艾青"送进火葬场"。《崛起的一代》在1981年出第3期之后,被要求停刊。
③ 李书磊:《谢冕与朦胧诗案》,《文艺争鸣》1996年第7期。

艺术上要对中国古典诗歌传统和外国诗歌传统兼收并蓄,认为"传统不是散发着霉气的古董,传统在活泼泼地发展着"。谢冕提倡一种独立、自由、充满创造的诗歌精神。作为一名批评家,当时年轻的谢冕对青年诗人们挑战诗歌与批评权威的态度是赞赏的,他开放、宽容的批评立场也使他提倡"接受挑战"的态度。对诗歌新现象,谢冕主张在批评之前先"听听、看看、想想,不要急于采取行动",这种融观察与思考为一体的批评意识,使他成为新诗潮的主要推动者与批评家。

对文学、文化现状特别是诗歌现象的描述、概括和批评,使得谢冕在20世纪八九十年代的当代文学批评界起到了引领性的作用。他所命名和参与界说的部分概念,如"新诗潮""蜕变时期""中国文学的理想"以及"百年中国文学"等概念,都成为当代文学批评和现当代文学史研究的重要参照点。尤其在整个1980年代的诗歌研究中,他总是能保持对于新诗人敏锐的发现能力和对于诗歌现象的总结能力。1980年代中期发表的《断裂与倾斜:蜕变期的投影》《极限与选择:历史沉积的导向》《反拨与突进:诗美变革的推演》《错动和漂移:诗美的动态考察》等系列论文——后收入《地火依然运行》一书,是他对新诗潮的总结性研究和系统阐释的成果。正如有论者指出的,"他(谢冕)以觉醒了的批判意识和求实态度,对我们的当代新诗作了一次有批评良知的全面思考,为我们画了一幅有思想透视力和历史感的画面;同时,作为我们时代进取、批判精神的回响,给我们在'颂歌'轨道上滑翔惯了的批评带来了一个认真的挑战"①。

孟繁华在《谢冕和他的时代》一文中总结谢冕的思想成就时指出:谢冕与五四时代和"文革"后的新时期密切相关,他属于这两个时代。"五四"的精神传统给他以思想和情怀的哺育,在这一信念的引领下,"他不仅成为'五四'精神的传人,成为20世纪80年代以降影响广泛、成就卓著的文学批评家、思想家和文学教育家,而且使他成为一位真正意义上的现代知识分子"。孟繁华认为,"五四"精神是谢冕主要的思想来源,这使谢冕始终关怀现实,有坚定的入世情怀。"以文学批评的

---

① 王光明:《文学批评的两地视野》,北京:北京大学出版社,2002年,第59页。

形式展开他宿命般的人生,在知其不可为而为之的生命过程中显示他特立独行的人格成就和精神风采。"①这一总结精当地概括了批评家谢冕的精神风骨。

谢冕也是新的批评方法的倡导者,在1980—1990年代,诗歌批评界出现的美学批评、细读批评都在他的吸收范围之内。在北京大学中文系任教的他,教学之余,还组织研究生定期举办"批评家周末"学术沙龙。批评家周末一方面坚持追踪文学新现象,一方面还进行"经典重读"的批评活动。文学新现象追踪中,既包括具有实验性质的诗歌和小说文本,也包括1990年代兴起的畅销书现象、独立电影等,谢冕的批评视野也延伸至文化研究领域。"经典重读"是对当代文学史上曾引发热议或争议的作品的重读,谢冕和批评家周末的同仁们尝试以新批评、结构主义、精神分析等方法,解读这些文本并挖掘出新的含义。"经典重读"也延续了1980年代末出现的"重写文学史"开创的批评与文学史研究理路。

总体来看,谢冕诗歌批评的重心建立在他对文本的直接阅读感受与文学现象的生成原因的考察上,侧重于注意文本中能够唤起读者的理想激情和道德情操的部分,同时他总是能够相当敏锐地发现渗透在作品中的时代感和忧患意识。谢冕早年从军,随着新中国成长,经历了当代历史的曲折,在他身上集中了启蒙知识分子的勇敢和诗人气质的浪漫,表现在他的批评风格上,是批评语言犀利而又准确,行文风格洒脱而富于激情,而在具体的批评实践中,他并不盲从和照搬自己所学的新理论和新知识,他的文学批评术语形成了自己的个人风格。洪子诚曾经这样描述作为学者、批评家的谢冕:"以'节制'和'坚忍'来概括谢冕性格中的重要方面,应该是恰当的。他经历不少'厄运',对待厄运,他取的态度是'坚忍';他对自己能够独自承担拥有信心。……他的生活中,又确有许多的幸福,他懂得幸福的价值,知道珍惜。但从不夸张这种幸福,不得意忘形,不以幸福自傲和傲人,也乐意于将幸福、快乐与

---

① 孟繁华:《新世纪文学论稿》,北京:中国社会科学出版社,2017年,第2—3页。

朋友,甚至与看来不相干的人分享"①。

(二)孙绍振:贯通新的美学原则的诗学批评

在朦胧诗论争中,将朦胧诗人的创作提升至美学和艺术高度的,是批评家孙绍振②。当朦胧诗还被认定为"古怪诗"的时候,孙绍振就发表了《给艺术的革新者更自由的空气》③一文,为艺术上进行探索和创新的年轻一代诗人辩护。他一方面反思新诗在发展过程中由于过分强调继承传统而忽视艺术革新的弊端,另一方面也认为新诗风的产生并不是偶然的,而是对图解政治概念的诗风的一种挑战,是新的美学趣味的发展。他为诗的朦胧美辩护,"明朗是一种美,朦胧也是一种美。既然明朗已经培养起了明朗的欣赏者,朦胧也可以培养朦胧的欣赏者"。不过,反对朦胧诗的声浪正在兴起,1981年第1期的《河北师院学报》刊登臧克家《关于"朦胧诗"》一文,明确把"朦胧诗"称为"诗歌创作的一股不正之风,也是我们新时期的社会主义文艺发展中的一股逆流"。同年第2期的《河北师院学报》又刊登丁力《新诗的发展和古怪诗》,指出,"'朦胧诗'这个提法很不准确,把问题提轻了","我的提法是古怪诗,也就是'晦涩诗'",它"不是现实主义的,有的甚至是反现实主义的,它脱离现实,脱离生活,脱离时代,脱离人民"。

1981年3月,《诗刊》第3期刊发孙绍振《新的美学原则在崛起》,这给新时期朦胧诗论争投入了一枚重磅炸弹。根据孙绍振后来介绍,这篇文章本是应《诗刊》之约而写,结果稿子寄出后不久就被《诗刊》退回,但过了一个月左右,《诗刊》让一个年轻的理论编辑给他写信,说又

---

① 洪子诚:《谢冕的意义》,载《文艺争鸣》2012年第8期。
② 孙绍振(1936—),祖籍福建长乐,1955年考入北京大学中文系。在北京大学读书期间,参与了《新诗发展概况》的合作编写。1960年毕业,先后在北京大学、华侨大学工作,1973年调至福建师范大学中文系。早年曾致力于诗歌创作,出版过诗集。1980年代初,因发表支持朦胧诗人的文章而被卷入朦胧诗论争。主要作品有学术论著《论变异》《美的结构》《我的文学观》《当代中国文学的艺术探险》《怎样写小说》《幽默逻辑探秘》《当代散文的艺术探险》《审美价值结构情感逻辑》《文学创作论》《挑剔文坛》《直谏中学语文教学》《文学性讲演录》等。
③ 载《诗刊》1980年第9期。

第八章　新的美学原则与诗歌批评的更新

想发表这篇稿子了。《诗刊》的反复让孙绍振"感觉气氛有点不对劲",文章寄回之后不久,就有同学提醒他"文章被诗刊加了按语。要批判"①。果然,发表时文章前的"编者按"中有这样的话:"编辑部认为,当前正强调文学要为人民服务、为社会主义服务,以及坚持马克思主义美学原则方向时,这篇文章却提出了一些值得探讨的问题。我们希望诗歌的作者、评论作者和诗歌爱好者,在前一阶段讨论的基础上,进一步对此文进行研究、讨论,以明辨理论是非,这对于提高诗歌理论水平和促进诗歌创作的健康发展都将起积极作用"。这个带着鲜明的倾向性的"编者按"释放出"批判"的信号。紧接着,《诗刊》《诗探索》《人民日报》《红旗》杂志发表了多篇批评孙绍振的文章。

《新的美学原则在崛起》一文中,孙绍振把新诗人的意义放在"对权威和传统的挑战"以及对"群众的习惯的信念"的冲击层面加以理解。他盛赞谢冕把这一股年轻人的诗潮称为"新的崛起",认为这是"富于历史感,表现出战略眼光的",不过,他进一步认为"与其说是新人的崛起,不如说是一种新的美学原则的崛起"。这种新的美学原则包括:"不是直接去赞美生活,而是追求生活溶解在心灵中的秘密";"如果说传统的美学原则比较强调社会学与美学的一致,那么革新者则比较强调二者的不同。表面上是一种美学原则的分歧,实质上是人的价值标准的分歧",革新者们强调个人在社会中的价值,"当个人在社会、国家中地位提高,权利逐步得以恢复,当社会、阶级、时代,逐渐不再成为个人的统治力量的时候,在诗歌中所谓个人的感情,个人的悲欢,个人的心灵世界便自然会提高其存在的价值"。"在创作实践上,作为对长期阶级斗争扩大化造成的人与人之间关系的恶化的一种反抗,它正是我们时代的一种折光。从美学来说,人的心灵的美并不像传统美学原则所限定的那样只有在斗争中(在风口浪尖)才能表现"。"他们一方面看到传统的美学境界的一些缺陷,一方面在寻找新的美学天地。在这个新的天地里衡量重大意义的标准就是在社会中提高了

---

① 孙绍振、张伟栋:《孙绍振访谈:我与"朦胧诗"论争》(上),载《当代文学研究资料与信息》2010 年第 2 期。

社会地位的人的心灵是否觉醒,精神生活是否丰富。与艺术传统发生矛盾,实际上就是与艺术的习惯发生矛盾"。新诗人们借用了其他民族的酵母来实现对僵化的习惯的突破,所以,"复杂性在于,他们似乎并没有忽略继承,只是更侧重于继承他民族的习惯"。孙绍振对新诗人创作的总结和思考相当有深度,他是在具体的新诗历史的延续性和变革性的层面探讨,同时又能够将问题放在艺术创造的理论规律中加以分析。

程代熙《评〈新的美学原则在崛起〉——与孙绍振同志商榷》在《诗刊》第4期发表后,被4月29日《人民日报》转载。程代熙首先断定孙绍振所提出的"根本不是什么'新的美学原则'",只是试图以"人性"填平"抒人民之情"与诗人的"自我表现"之间的鸿沟。接着,程代熙列举了西方现代主义文艺中把"自我"作为表现对象,有意识地排斥现实世界的"客观性"及消极悲观的例子,认定孙绍振的"新的美学原则"是步了西方现代主义的后尘。有关"人的价值标准问题",程代熙认定孙绍振把"人的价值"仅仅归结为"个人利益""个人的精神",与"自我表现"联系起来,孙绍振的美学原则"赤裸裸地显示了""浓烈的小资产阶级的个人主义气味"。同时,在美的规律问题上,程代熙指称孙绍振否认艺术规律的客观性而"具有浓厚的唯心主义色彩"。同一时期,批判孙绍振的文章还包括周良沛《有感"新的美学原则"的"崛起"》、李元洛《是什么"新的美学原则"》等。一些评论相对中肯,能够在理论范畴之内将话题深入展开,另一些商榷文章则带着火药味,延续着大批判的思路。1981年5月21日上海《文汇报》刊登艾青文章《从"朦胧诗"谈起》,认为"朦胧诗作为一种文学现象,不足为奇","奇就奇在有一些人吹捧朦胧诗,把朦胧诗说成是诗的发展方向"。当时的舆论氛围对于肯定和鼓励朦胧诗人们的创作的评论是相当不利的。从孙绍振文章发表后的状况来看,大有一种遭受围攻之势。

孙绍振在文章遭受批判之后,个人工作和学术生活也受到一定影响。批判持续了大约半年,一年后,事态平缓下来,他又可以发表文章了。此时,他开始写小说,不过,小说作品发表后又因为之前遭受批判而受到影响,本该获奖而没有获奖,他写小说的兴致又被扼杀了。据说

第八章　新的美学原则与诗歌批评的更新

他当时受到福建省内开明领导的保护,终究没有受到更严重的冲击。之后,他的研究方向也有了一些改变。从之前的诗歌写作、诗歌批评、小说写作,开始转向文学理论的研究。他通过文学细读积累文学批评的基本经验,进而总结出带有原创性的文学理论,这使他成为当代文学研究界不可多得的富于理论创造性的学者之一①。

(三)徐敬亚:为青年诗人群体张目

被列入"三个崛起"论的三位批评家中,徐敬亚②是最年轻的一位。事实上,他也可以算是当时青年诗人的代表者,早在大学二年级时,他就写作论文《复苏的缪斯——1976 至 1979 中国诗坛三年回顾》,刊发于中国社会科学院文学研究所编辑的《当代文学研究丛刊》第 2 期(1981 年 8 月)。"崛起的诗群"就是他为同时代青年诗人群体张目的命名。他的长篇论文《崛起的诗群——评我国诗歌的现代倾向》(原题见注),刊登在创刊不久的《当代文艺思潮》(甘肃兰州)1983 年第 1 期上,论文开篇就把 1980 年这一年视为"中国诗很重要的探索期、艺术上的分化期。诗坛打破了建国以来单调平稳的一统局面,出现了多种风格、多种流派同时并存的趋势。在这一年,带着强烈现代主义文学特色的现代倾向正式出现在中国诗坛,促使诗在艺术上迈出了崛起性的第一步,从而标志着中国诗歌全面生长的新开始"。

与前两篇从某个侧面(或思潮或美学特征)谈论新诗歌新诗人崛起的文章不同,徐敬亚的论文颇为系统且全面地从正面肯定并论述了"中国诗的现代倾向"。文章分为六个部分:"现代倾向的兴起及背景";"新倾向的艺术主张";"新倾向的内容特征";"一套新的表现手法正在形成";"新诗发展的必然道路";"中国现代诗的前景与命运"。

---

① 参见吴励生、叶勤《从文本细读到理论范式——初论孙绍振》,《社会科学论坛》2005 年第 12 期。
② 徐敬亚(1949—　　),生于吉林长春市,1978 年考入吉林大学中文系。1985 年迁居深圳。著有诗歌评论《崛起的诗群》《圭臬之死》《隐匿者之光》及散文随笔集《不原谅历史》等。曾主持"1986 中国现代主义诗群大展",并主编《中国现代主义诗群大观(1986—1988)》。1990 年代下海经商,多年后又重回当代诗歌批评现场。

作者把新兴的诗歌倾向放在新诗发展的历史脉络里加以正面描述,并认为它是新诗发展的必然道路。徐敬亚的文章既着眼于新诗观念变革,在开阔的社会历史视野中描述新诗的方向,又能细致到具体的诗歌作品分析,同时对现代表现技法进行归纳。吸收了同时期新诗潮研究者的批评成果,作者将其编织在他自己的思维线索之内,并形成他自己的诗歌理念。在谈到新诗人的艺术主张时,徐敬亚概括其为"对诗掌握世界方式的新理解",即"强调诗的主观性、自我性,强调审美主体的能动作用,呼吁诗歌感受生活角度的转移,是新诗人们普遍的艺术主张",同时"强调诗人的个人直觉与心理再加工",以及诗的"细节清晰,整体朦胧"。这样的"新"自然是相对于既往新诗艺术观念的"新",而至于新诗歌到底是怎样一种诗,仅以"细节清晰,整体朦胧"加以概括,或者"一首诗只要给读者一种情绪的感染,这首诗的作用就宣告完成",显然也是不够的。总结、归纳新的内容和一套新的表现手法并不等于对于新的诗歌就能有相应的认识。徐敬亚依然是在辩驳和描述的意义上谈论这种新的倾向,他还对当代诗歌充满期待,希望出现多种风格和流派,不过他也提到,曾经的我们忽略了形成流派、风格的三个必要前提,即"独特的社会观点,甚至是与统一的社会主调不谐和的观点(对于诗来说,意味着多种感受方式和角度)","独特的艺术主张,甚至是敢于对抗现行流风,敢于打破永恒性答案的主张,这包括否定一切地去开拓新的艺术领域","对特殊的审美趣味和鉴赏理想的宽容。它要求在艺术、诗未能被大量理解前,给予必要的保护,给予其进一步扩展、发挥的权利和可能"等。在谈及新诗的未来前景时,徐敬亚不无预见性地推断中国诗坛将会有"两类诗、多流派的长期共存",而"中国诗的未来主流,是五四新诗的传统(主要指四十年代以前的)加现代表现手法,并注重与外国现代诗歌的交流,在这个基础上建立多元化的新诗总体结构"[①]。

徐敬亚的文章发表之后,激起多方面的反响,各地文学报刊发表多

[①] 徐敬亚:《崛起的诗群——评1980年中国诗的现代倾向》,《崛起的诗群》,上海:同济大学出版社,1989年,第47—117页。

篇批评文章。1983年第6期《诗刊》发表郑伯农《在"崛起"的声浪面前——对一种文艺思潮的剖析》,后被《光明日报》《当代文艺思潮》《文艺报》等转载。与此同时,批评界开始了对"三个崛起"全面的讨论与批判。郑伯农的文章首先把谢冕、孙绍振和徐敬亚的文章总称为"三个崛起",他对三篇文章中对新诗传统的反思和批评态度非常不满,尤其激愤于徐敬亚的观点,认为"其态度之放肆,否定之彻底,则是前人所望尘莫及的",认为"在新的历史条件下,鼓吹什么亵渎传统,向传统挑战,把亵渎和挑战的目标对准无产阶级的文艺传统,并且把这种亵渎和挑战当作最最革命、最最解放的表现,这只能带来思想混乱"。1983年10月4日,由中国作协主持的重庆诗歌研讨会召开。时任作协书记处书记的朱子奇、柯岩,以及绿原、周良沛等三十多人出席,会议对"三个崛起"进行了全面批判,认为"以《在新的崛起面前》《新的美学原则在崛起》和《崛起的诗群》为代表的错误理论","程度不同并越来越系统地背离了社会主义的文艺方向道路,比起文学领域中其他的错误理论要更完整、更放肆。对它们给诗歌创作和理论带来的混乱和损害是不能低估的"①。这就给"三个崛起"的批评定了性,三位作者的生活和工作也不同程度地受到影响,其中以徐敬亚为最严重。《诗刊》1983年第11期和第12期,还分别发表程代熙和柯岩等人的文章,对"三个崛起"进行批判。

对于"三个崛起"的批判适逢当年匆匆开始又匆匆结束的"清除精神污染"运动,这使得原本单纯、严肃的文学批评不可避免地染上政治斗争的色彩。根据《当代文艺思潮》主编谢昌余的回忆,编辑部准备刊发徐敬亚的文章之际,即受到有关部门的高度关注,举办了两次讨论会,展开了系统全面的批评活动②。

根据三位当事人的回忆,谢冕和孙绍振都得到各自所在高校一定程度的保护,而徐敬亚因为年轻,刚刚参加工作,没有多少人生阅历和思想准备,不但成为批判者首选的靶子,而且也因此改变了他的人生命

---

① 《重庆诗歌讨论会纪要》,《文艺报》1983年第12期。
② 参见谢昌余《〈当代文艺思潮〉的创刊与停刊》,《山西文学》2001年第8期。

运,甚至牵连到相关的朋友①。1984年3月5日《人民日报》刊发了徐敬亚《时刻牢记社会主义文艺方向——关于〈崛起的诗群〉的自我批评》,接着,《诗刊》第4期转载。据徐敬亚回忆,这个自我批评文章是单位领导让他写的,他"以为不过是一个单位的内部检讨书,但修改多次通过后,我发现它突然被正式发布在1984年3月5日的《人民日报》上!""当我拿到《人民日报》寄来的稿费时,心里感觉非常怪诞"。② 对三个崛起的批判持续了一年多,1985年,徐敬亚离开家乡东北,南下深圳,从此在深圳安家。徐敬亚在当时已经成为改革开放经济特区的深圳继续着他的诗歌批评工作。1986年10月,他策划、主持《深圳青年报》,安徽《诗歌报》联合推出的"中国诗坛:1986'现代诗群体大展",使得第三代诗歌登上了历史的舞台。同一时期,徐敬亚又撰写了长篇论文《圭臬之死》,探讨朦胧诗及"后崛起"的第三代诗潮。其时,对三个崛起的批判早已过去,徐敬亚也应邀参加了1986年的"诗歌理论研讨会",会后他应邀把《圭臬之死》寄给《当代文艺思潮》杂志发表,结果,直接酿成了该杂志的被迫永久停刊。③ 从批评气质来看,徐敬亚似乎是一位热情大于学理的批评家。他在不同时期所进行的诗歌批评工作,无论是策划诗歌群体大展,还是主持"批评家联席阅读"④等,都反映了他是一位热心致力于了解和观察当代诗歌整体面貌的诗歌活动家。

(四)"新诗潮"时期其他批评家和批评现象

朦胧诗论争中,随着当代诗歌问题得到广泛的关注,越来越多的诗

---

① 徐敬亚回忆:"论文在手中压了一年半以后,设在大连的辽宁师范学院学生内部铅印刊物《新叶》写信向我邀稿。我才想起手里还有一篇挺长的文章。我把《崛起的诗群》找出来,寄给大连,马上在第8期上全文发表出来。后来,编《新叶》的几位辽师院的同学,如刘兴雨等,都因我的文章受到不同程度的牵连,分配到小县城去了。"见张映光《徐敬亚:因诗歌"掘墓"而"殉道"》,《诗歌月刊》2010年第11期。

② 同上。

③ 参见谢昌余《〈当代文艺思潮〉的创刊与停刊》,以及段宏鸣、罗岗《〈当代文艺思潮〉与"朦胧诗论争"——重返"80年代"之一》,载《南方文坛》2011年第2期。

④ 由徐敬亚2004年在《特区文学》(深圳)第4期上开始主持的"读诗"专栏,邀请包括他在内的十位诗歌批评家评论同一或几首当代诗作,至2006年第3期结束。

第八章　新的美学原则与诗歌批评的更新

歌读者参与其中,相应地,也涌现出不少新锐批评家。除了上文提及的谢冕、孙绍振、徐敬亚之外,还有杨匡汉、吴思敬、任洪渊、陈仲义等。

杨匡汉[①]侧重从美学的角度对新诗潮的诗歌作品进行鉴赏评析,同时也致力于现代诗歌美学理论的建构,这是朦胧诗论争时期及1980—1990年代杨匡汉主要从事的诗歌批评与研究工作,他关于郭小川、艾青的专论是那一时期颇具代表性的诗人研究成果。对于新时期出现的诗歌思潮,杨匡汉撰文从美学的角度给予高度的肯定。他从价值观念"从单一走向多元的变化调整","诗歌回归真实生命",诗人确立并强化自我意识,诗美艺术求新,"从闭锁的自足空间向诗美的共享空间过渡"等角度,论述新时期的诗美流向,在朦胧诗论争阶段,可谓对当时诗歌美学批评的理论提升[②]。此外,他关于诗美的崇高感、俳谬语言、缪斯的空间意识等联系着诗歌的时代性、语言特质、艺术空间创造的论文,至今读来仍有启发。1990年代以降,杨匡汉更多投向当代文学史和世界华文文学研究领域。当然,新诗一直是他的批评出发点和重心,1980年代中后期他与刘福春合编出版的《中国现代诗论》(上、下编)、《西方现代诗论》成为当代新诗批评的重要参考文献。

朦胧诗论争中,吴思敬[③]站在青年诗人的一边,从美学现象的角度,撰文积极为具有"模糊美"的朦胧诗辩护。对当代诗歌潮流的追踪和诗歌创作理论问题的深入研究,是吴思敬当代新诗批评工作的两个

[①] 杨匡汉(1940—　),生于上海宝山县,1957年进入北京大学中文系,1961年毕业于中国人民大学新闻系。毕业后曾先后担任记者、编辑和大学教师,后进入中国社会科学院文学研究所工作,担任研究员。主要论著有《战士与诗人郭小川》(与杨匡满合著)、《艾青传论》(与杨匡满合著)、《诗美的奥秘》《缪斯的空间》《创作构思》《诗美的积淀与选择》《渔阳三叠》《中国新诗学》《玉树临风》《古典的回响》等,主编有《扬子江与阿里山的对话》《中国现代诗论》《共和国文学五十年》《中国文化中的台湾文学》《二十世纪中国文学经验》《中国当代文学》等。

[②] 杨匡汉:《中国新时期诗美的流向》,《诗美的积淀与选择》,北京:人民文学出版社,1987年。

[③] 吴思敬(1942—　),北京人,1965年毕业于北京师范学院中文系,后至首都师范大学文学院工作,担任教授。创办首都师范大学新诗研究中心,长期从事诗歌批评理论研究。主要论著有《诗歌基本原理》《诗歌鉴赏心理》《写作心理能力的培养》《冲撞中的精灵》《心理诗学》《诗学沉思录》《走向哲学的诗》《吴思敬论新诗》和《中国当代诗人论》,主编有《文学理论》《磁场与魔方——新潮诗论卷》《主潮诗歌》《20世纪中国新诗理论史》等。

向度。多年来,吴思敬始终保持着对当代诗歌思潮流变的关注,从写作现象中提炼出诗歌命题加以概括、梳理,并与新诗的历史和传统话题接续。他激赏1990年代在寂寞中坚执的诗人们,肯定"个人化写作"是诗人在商业社会"保持住自己的精神自由与人格独立"的努力,也赞同1990年代以后当代诗人"先锋情绪的淡化"与"对传统的重新审视"①。进入新世纪后,吴思敬撰文提取出几种诗歌写作现象,包括"消解深度与重建新诗的良知并存""灵性书写与低俗欲望的宣泄并存""宏大叙事与日常经验写作共存"等,颇为精准地概括了新世纪初当代诗歌发展的面貌②。回望20世纪的新诗历史,吴思敬总结出新诗在理论建构上的三大焦点问题——"对新诗现代化的呼唤""诗体解放与诗体变革"以及"自由与格律的消长"等,并阐述他自己对这些问题的看法③。此外,他还对20世纪末"民间写作"与"知识分子写作"的诗歌论争,女性诗歌现象进行批评和讨论,并写下了大量有关创造力活跃的当代诗人的评论文字。正是持续热切地关注当代中国诗歌走向和命运,才使得吴思敬始终葆有着批评的激情与对诗歌思潮的判断力。吴思敬也因此被后来的批评者誉为当代"诗歌'迷津'的引渡者"④。

比较而言,任洪渊⑤其实是一位风格独特的诗人,他一面从事诗歌创作,一面建构其理想中的汉语文化诗学理论。陈仲义⑥自1980年代中期开始研究现代诗,他注重分析现代诗的技法,讲求文本细读,善于归纳和总结现代诗形式上的诸种特点。1980年代中期出现过文学批

---

① 吴思敬:《90年代中国新诗走向摭谈》,《文学评论》1997年第4期。
② 吴思敬:《中国新诗:世纪初的观察》,《文学评论》2005年第5期。
③ 吴思敬:《二十世纪新诗理论的几个焦点问题》,《文学评论》2002年第6期。
④ 语出霍俊明《诗歌"迷津"的引渡者——吴思敬评传》,收入《诗坛的引渡者:吴思敬诗学研究论集》,武汉:长江文艺出版社,2012年。
⑤ 任洪渊(1937—2020),1961年毕业于北京师范大学中文系,曾在首都师范大学和北京师范大学任教授。主要著作有《女娲的语言:诗与诗学合集》《墨写的黄河——汉语文化诗学导论》《汉语红移》等。
⑥ 陈仲义(1948—),1980年进入厦门职业大学中文系,毕业后留校任教,现为该校中文系教授。主要论著有《现代诗创作探微》《诗的哗变——第三代诗歌面面观》《中国朦胧诗人论》《从投射到拼贴——台湾诗歌艺术六十种》《扇形的展开——中国现代诗学谫论》《现代诗技艺透析》《中国前沿诗歌聚焦》《百年新诗 百种解读》和《现代诗:语言张力论》等。

评新方法的热潮,相关的思潮也延伸到诗歌批评领域。主要是针对朦胧诗或现代诗的难懂问题所展开的研究路向,出现了一大批从诗歌意象分析和诗歌审美的角度理解现代诗特征的研究论著,同时还有以符号学、新批评、阐释学理论等,试图系统地研究现代诗歌语言、修辞和结构的论著,如《新诗的审美特征》①《诗美解悟》②《意象符号与情感空间》③《现代诗歌符号美学》④《诗美的哗变》⑤等,这些论著有非常鲜明的理论建构意识,带着以一种明确的理论方法一窥诗歌的全部真相的宏大野心,但也因此受制于所运用的理论本身的限度。归根结底,批评的目的是要帮助读者更好地理解与诗歌创作有关的全部艺术问题,而不是仅以解开诗歌技法的谜团为旨归。这些诗歌批评论著当然也是以诗歌教育为目标的,解诗是为了能更好地阅读和接受,领悟诗歌之美,但是诗美却不会是孤立的、唯一的诗歌特质。进入1990年代,随着文学研究学术化的进展,当代诗歌批评也逐步面向更复杂、广阔的诗歌文化问题,呈现出丰富多元的批评格局。

二 兼重历史意识和实验精神的"先锋诗歌"批评

新诗潮、朦胧诗、第三代诗等,是1980年代描述诗歌现象的重要概念,也是诗歌批评最常使用的概念。相比而言,"先锋诗歌"(有时称"先锋诗")出现得较晚,大约出现于1980年代中后期,可能从小说界借得,也有比较明确的诗人群体指向性,"先锋诗歌"也常与"现代诗"和"实验诗"混用。在当代诗歌批评界,较早也较常使用先锋诗歌概念的批评家有陈超、唐晓渡、程光炜、张清华等,包括侧重从语言本体论切入现代诗研究的耿占春,这几位诗歌批评家也是同一时期活跃于当代诗歌批评领域的(因章节设计需要,对同为先锋诗歌重要批评家程光

---

① 李黎、陆坪著,沈阳:辽宁大学出版社,1988年。
② 俞兆平著,福州:海峡文艺出版社,1991年。
③ 吴晓著,北京:中国社会科学出版社,1990年。
④ 周晓风著,成都:成都出版社,1995年。
⑤ 陈仲义著,厦门:鹭江出版社,1994年。

炜的讨论将在下一节进行)。

从批评主体的身份上看,身处学院,坚持诗歌实验立场的学院批评家和诗人批评家也多认同先锋诗歌批评所体现的诗歌精神与文化理想。

(一)陈超:"历史—修辞学的综合批评"

陈超①的诗歌批评始于1980年代中期,自一开始,他就关注当时活跃的青年诗人群体,从朦胧诗到第三代,从诗歌现象到诗歌本体和功能的话题,他都能以一个见证者与参与者的态度进行他的诗歌批评。陈超较早便确立了作为一个批评者和研究者的立场、态度,"坚持诗歌的本体依据,深入文本并进而揭示出现代人的生存与语言间的严酷关系,是我为自己设立的理论目标"。在步入诗歌批评领域之际,他就给自己规定了"两项任务":"其一,立足文本细读和形式感,并经由对诗历史语境的剖析,解释现代人的生命/话语体验";"其二,稍稍逸出诗学的个别问题,将之放置到更广阔的哲学人类学语境中,在坚持诗歌本体依据的前提下,探究其审美功能"。而这两项任务又是沿着"研究个体生命—生存—语言之间的复杂关系,在现代诗本体中的展现;由诗歌形式本体论趋向与之相应的生命、生存本体论"②为线索展开。总体而言,陈超的当代诗歌批评包括两个方面,即持续阅读和研究的诗人专论与结合本体论和功能论而进行的当代诗歌(尤其是近三十年)的总体研究。而其中,对"先锋诗歌"的研究是他对当代诗歌批评的主要贡献。

在写于1988年3月的《精神萧条时代的仿写者》③一文开头,陈超就批评当时的先锋诗人所做的是在"对西方包括美洲的诗人精神的仿

---

① 陈超(1958—2014),生于山西太原,祖籍河北。1976年开始诗歌创作,1978年考入河北师范大学中文系,1982年毕业并留校任教。出版有《中国探索诗鉴赏辞典》,学术论著《生命诗学论稿》《打开诗的漂流瓶》《中国先锋诗歌论》《诗与真新论》《个人化历史想象力的生成》,随笔集《游荡者说》,诗集《是的,热爱》《无端泪涌》,编著《以梦为马——新生代诗卷》《最新先锋诗论选》等。2014年10月30日晚,因病辞世。
② 参见《写在前面》,《生命诗学论稿》,石家庄:河北教育出版社,1994年。
③ 载《星星》1989年第2期,收入《生命诗学论稿》。

第八章 新的美学原则与诗歌批评的更新

写",这样的批评不可谓不尖锐,然而,他也把自己算作先锋诗歌阵营里的一员,坚称"即使仿写也要发自灵魂源于生命"。"生命"一词是陈超诗歌批评中的关键词,在评价1980年代中后期的先锋诗歌时,"如果说前些年诗歌情感的'客观对应物'是'天地自然之象''人心营构之象',那么近期先锋诗歌的'客观对应物'就是诗人自己。也就是说,在经历了将诗歌对象化阶段后,转入了将个体生命对象化","语言不再被仅仅视为工具,它所展开的是与生命同构的空间"[①]。陈超的先锋诗歌批评在1990年代初渐渐成熟,表现为一种深入诗歌语言本体和当代经验相并重的生命诗学。代表论文有:《深入生命、灵魂和历史生存的想象力之光——先锋诗歌二十年,一份个人的回顾与展望》(收入论著时又改为新标题《先锋诗歌20年:想象力维度的转换——以诗歌的"个人化历史想象力"为中心》)、《先锋诗的困境和可能前景》《近年诗歌批评的处境与可能前景——以探求"历史—修辞学的综合批评"为中心》等。自1987年开始,陈超着手进行诗歌细读的写作,并于1989年出版了63万字的《中国探索诗鉴赏辞典》,因而,陈超的当代诗歌批评具有坚实的理解和分析诗歌的感受力基础,这也使得他后来的先锋诗歌研究能够在探讨诗学问题时自如地运用诗歌文本相互检验。

早在1990年代中期,陈超提出了"历史想象力"这一概念描述和期许先锋诗歌的特点,以打通先锋诗歌写作批评的本体论与功能论,"与美术、音乐中的想象力不同,诗歌话语固有的人文语境压力决定其想象力不但要有'超验想象力',而且更要有历史想象力"。在这个短语中,"历史"和"想象力""是互为限制、互为打开的可逆关系。简单说,它要求诗人具有历史意识和有组织力的思想,对生存—文化—个体生命之间真正临界点和真正困境的语言,有足够认识;能够将自有幻想和具体生存的真实性做扭结一体的游走,处理时代生活血肉之躯上的噬心主题"[②]。对先锋诗歌持续二十余年的观察和研究之后,陈超又将

[①] 《生命的意味和声音》,《诗刊》1988年第3期,收入《生命诗学论稿》。
[②] 《现代诗:作为生存、历史、个体生命话语的"特殊知识"——〈学术思想评论〉"学者访谈录"》,收入《打开诗的漂流瓶:陈超现代诗论集》,石家庄:河北教育出版社2014年,第92页。

这一概念进一步精确为"个人化历史想象力"。在回顾先锋诗歌写作的文章中,他列举评析了西川、于坚、王家新等人的诗歌作品,把"个人化历史想象力"的含义加以确认,"个人化历史想象力,应是有组织力的思想和持久的生存经验深刻融合后的产物,是指意向度集中而锐利的想象力,它既深入当代又具有开阔的历史感,既捍卫了诗歌的本体依据又恰当地发展了它的实验写作可能性。这样的诗是有巨大整合能力的诗,它不仅可以是纯粹的和自足的,同时也会把历史和时代生存的重大命题最大限度地诗化。它不仅指向文学的狭小社区,更进入广大的有机知识分子群,成为影响当代人精神的力量"①。

陈超也将多年的研究经验进行总结,对当代诗歌批评提出自己的方法论。在《近年诗歌批评的处境与可能前景》一文中,他提出"历史—修辞学的综合批评"的方法。这是一种试图融合功能论与本体论的研究方法,"要求批评家保持对具体历史语境和诗歌语言/文体问题的双重关注,使诗论写作兼容具体历史语境的真实性和诗学文体的专业性,从而对历史生存、文化、生命、文体、语言(包括宏观和微观的修辞技艺),进行扭结一体的处理"。或许,这可以视为陈超本人的批评理想,而他本人的先锋诗歌批评基本上是围绕这个理想展开的。尤其值得一提的是,他写作的当代诗人论,其中包括西川、于坚、翟永明、海子、骆一禾、北岛等,都是他的"历史—修辞学的综合批评"实践实绩。

陈超的批评方法和价值取向也被张清华表述为"生命—语言现象",1990年代中期以后,陈超标举"生命诗学",张清华分析说,陈超主张诗人应用生命实践去承担一切书写,用生命见证一切技艺与形式的探求。陈超虽然娴熟地使用新批评的文本分析策略,"但他对当代诗歌的理解,从未单纯在观念和技术的外壳上,从技术的细枝末节上去陈述,而仍是从诗歌作为'生命—语言现象'的合一的永恒本体上,从人本主义的必然承担上去理解的"②。

---

① 《先锋诗歌20年:想象力维度的转换》,收入陈超《个人化历史想象力的生成》,北京:北京大学出版社,2014年,第19页。
② 张清华:《桃花转世——怀念陈超》,参见张清华《像一场最高虚构的雪》,北京:北京大学出版社,2017年,第55页。

(二)唐晓渡:诗性的文化政治诗学

唐晓渡①的批评工作始于 1980 年代初,也是从关注"新诗潮"、第三代等诗歌现象和青年诗人群体展开。多年来,唐晓渡主要致力于中国当代诗歌,尤其是先锋诗歌的研究、评论和编纂,兼及诗歌创作和翻译。唐晓渡可以说是新一代诗歌评论家的前驱,他开启了 1980 年代新诗的"新批评",那就是回到个人的审美判断力,扣紧诗歌的审美肌理,在审美的层面上,打开当代新诗的美学向度,让欧美现代派、中国现代传统以及古典传统在这里交汇。作为诗歌批评家,唐晓渡有非常好的诗歌艺术感觉,渊博而有见识,敏锐却能保持平实朴素之风。一方面重视个体诗人的研究,贴近诗歌写作的感性、诗与现实的关系、诗歌技艺等评价诗人诗作,另一方面他努力从总体上把握中国诗歌的进程,观察描摹诗歌流向,并从文化政治和诗歌本体的角度理解先锋诗歌发展的节点与问题。也因为如此,唐晓渡的诗歌批评多少年来一直立于当代诗歌的潮头,为诗人们所信服,为同行们所首肯。

在 1980 年代,对诗歌现象的准确定位和敏感捕捉,使得唐晓渡成为当代诗歌批评界新潮流、新动向的发现者与命名者。早在 1986 年,他在评论翟永明的组诗《女人》时,敏锐地发现翟永明诗歌中的女性意识并加以阐释,为当代中国女性诗歌呈现了思考的性别维度。自那时起,"女性诗歌"成为当代中国新诗史上的重要概念之一。

关于先锋诗歌,唐晓渡的观察和思考持续了近三十年,既有延续性又有内在变化。1987 年,在关于"新诗潮"二十年的文章中,唐晓渡不仅将其理解为"一种有特定的社会历史内涵的诗歌现象",而且还把它视为"一场以青年为主体的先锋诗歌运动"②,运动的发轫则是"文革"

---

① 唐晓渡(1954—),1982 年毕业于南京大学中文系,现任作家出版社编审。1981 年开始发表作品。主要论著有《不断重临的起点》(1989)、《唐晓渡诗歌评论自选集》(1994)、《中外现代诗名篇细读》(1998)等;诗歌随笔集《今天是每一天》等;译著有捷克作家米兰·昆德拉的文论集《小说的艺术》(1993)等。主编"当代诗歌潮流回顾丛书"六卷本、"二十世纪外国大诗人丛书"多卷本。2015 年出版评论集《先行到失败中去》《镜内镜外》。

② 《我所理解的"新诗潮"》,收入《先行到失败中去》,北京:作家出版社,2015 年。

时期的地下诗歌。时隔十年,在 1997 年为《九十年代文学精览丛书·先锋诗卷》所撰写的序言《九十年代先锋诗的若干问题》中,他讨论了先锋诗在 1990 年代的"历史转变",辨析先锋诗"个人写作"理念的针对性,并由此提出一种"个人诗歌知识谱系"和"个体诗学"的成熟是 1990 年代先锋诗人的共同特征。及至 2007 年,唐晓渡、张清华应广东《佛山文艺》之约编选《当代先锋诗二十年:谱系与典藏》,二人就相关论题进行了一次对谈。对谈围绕着梳理"先锋诗"的谱系以及经典化论题展开,唐晓渡表达了他对先锋诗歌二十年的观察感受,"作为运动的先锋诗歌,早在九十年代之初就结束了"。而先锋诗歌在新的语境下也获得了新的理解:"'先锋诗'之所以在八十年代成为一种耀眼的诗歌现象,有其特定的、不可化约的历史内涵。'先锋'相对于主流和保守,往往和某种激进的社会和艺术思潮相关联,并伴随着大规模的形式实验,其灵魂是开放的自主性和批判的实验精神。先锋意味着对既定秩序和相关成见的不断突破,同时通过自我批判呈现自身的成熟。"①如果这样理解,先锋诗歌及其精神应该是延续至今的诗歌潮流甚至诗歌传统,它始终处在未完成的状态之中。

  唐晓渡对于先锋诗歌的总体研究体现在他融汇文本解读、诗人研究和社会历史思潮的综合评析上。当年的前卫批评家如今已是诗坛批评的领衔人物,他敏锐、宽广,永远突进诗的本质,站在历史前端向时代发问。他善于提炼出不同的文学思潮和现象中的关键特征,并联系社会进程、诗人成长和艺术探索诸种要素,准确把握先锋诗歌各阶段的发展。他的论文如《不断重临的起点——关于近十年新诗的基本思考》(1988)、《时间神话的终结》(1994)、《五四新诗的现代性问题》(1995)和《九十年代先锋诗的若干问题》(1997)等,对于诗歌问题的变化和不变、个人化写作的传统挖掘、诗与现实的关系以及诗歌接受处境等的分析,都能够体现一种批评的综合评析力。他对不同时代具有写作延续性的诗人的关注与评论,也贯彻了他所理解的先锋诗歌的精神性。

---

① 《当代先锋诗:薪火和沧桑——2007 年冬与张清华的对话》,收入《先行到失败中去》,北京:作家出版社,2015 年,第 178 页。

(三)张清华:生命本体论诗学

张清华①对先锋和创新性的不懈关注,使他的文学批评一直行走在当代文学变革的前列。他一直在小说和诗歌两个维度上探索,以他的艺术敏感和才情开启当代文学先锋性的路径。在《中国当代先锋文学思潮论》②一书中,张清华以"先锋文学"概念从整体上对始发于"文革"时期的地下文学的当代中国具有鲜明现代主义色彩的文学思潮进行归纳。自1960年代至1990年代,时跨三十余年,在张清华看来,中国先锋文学的思想路径演变轨迹是自启蒙主义转向存在主义。这样,白洋淀诗歌群落、朦胧诗思潮、文化诗歌运动、寻根诗歌、第三代诗歌、女性主义诗歌等,都被纳入张清华所构建的先锋文学脉络之中。对于产生于西方文化理论中诸如"启蒙主义"和"存在主义"概念的直接借用,是张清华先锋文学研究的一个特征。他解释说,使用"启蒙主义"概念"并不是在简单地套用西方作为历史与哲学范畴的启蒙主义思想的概念,而是从当代中国的文化环境与1980年代以来的文化实践出发的,它是一个'功能'范畴,一个'文化实践'范畴,一个背景和一种文化语境"③。可见,和陈超、唐晓渡等批评家相比较,张清华的"先锋诗歌"是广义的文学思潮的一部分,而非独特的诗人群体现象。由此,相应地,张清华的诗歌批评属于建立在一个宽泛的范畴之上的诗歌现象观察与诗人个体研究。

张清华一直标举有理想的诗歌理念,他认为,所有伟大而且重要的诗人都是"用他的生命和人格实践来完成写作"的,即他所说的"身体写

---

① 张清华(1963—),山东博兴县人。曾任教于山东师范大学,2005年调入北京师范大学,现为北京师范大学文学院教授、国际写作中心执行主任。主要学术代表著作有《中国当代先锋文学思潮论》《内心的迷津》《境外谈文:中国当代文学的历史叙事》《天堂的哀歌》《文学的减法》《存在之镜与智慧之灯》《猜测上帝的诗学》《穿越尘埃与冰雪》《像一场最高虚构的雪》等,另有学术随笔集《海德堡笔记》《隐秘的狂欢》《怀念一匹羞涩的狼》等。
② 南京:江苏文艺出版社1997年第一版;北京:中国人民大学出版社2014年修订版。
③ 张清华:《中国当代先锋文学思潮论》(修订版),北京:中国人民大学出版社,2014年,第5页。

作"①。他强调诗人以整个生命投入的诗歌写作,换言之,是语言和行动相统一的诗歌写作。也是在这一宽泛的生命本体论诗学意义上,张清华以他的诗学标准择取当下的诗歌现象和写作着的诗歌作者加以论述。从"文革"时期的"非主流诗歌思潮"研究到逐年的诗歌观察,再到当代诗人的作品阅读笔记,作为一位关注当下诗歌动态和文学现状的批评家,张清华的诗歌批评秉持了中国古代诗学中知人论世的批评传统,同时也吸收了西方批评大师如勃兰兑斯式的"文学场"叙述精神。

作为一名身处学院的当代文学研究者,张清华的诗歌批评经常处于诗歌的现场,但是,他却又坚持不懈地在世俗日常的诗歌表意中去揭示超越性的诗性,他对诗歌的领悟始终置放于精神性的抽象高地,他最为欣赏的诗歌精神就是海子、骆一禾、陈超那种以生命的完成来成就诗的精神境界,他的诗学的本质论掩藏于日常性的语言之下,但却渴望无限的伸越性。他分析海子的诗作时试图去揭示海子诗中的"宗教语言",他看到建构诗歌语言的"神学维度"的重要性,甚至要有"巨大的决心和能力"。在他看来,中国诗歌传统中,虽然有祭祀、游仙、禅理、悼亡之类,但那些作品中最核心的仍然是"人"。而海子——张清华认为,"却是要创造一种真正属于'本质世界'的语言,一种史前的、创世纪的语言,一种上帝式的语言,一种重新给世界编码的语言,一种混沌的重新整合世界和语言的言语。所以黑暗成为了他语言的基本属性,他在自己构造的广大的黑暗世界中彗星般划过,发出'裂帛般的声音',还有炫目的光芒"②。张清华坚持以诗意的形式来写作诗歌批评文章,只有诗性的介入才能真正接近诗这不可接近之物。在这一意义上,或许他是对的,他的诗意批评与诗人和诗作融为一体,共同构筑一个诗人、诗作与诗评的三位一体的超越性世界。

(四)耿占春:社会—文化的修辞批评

与陈超、唐晓渡等批评家明确运用"先锋诗歌"概念对当代诗歌进

---

① 张清华:《猜测上帝的诗学》,北京:北京大学出版社,2010年,第1页。
② 张清华:《黑暗的内部传来了裂帛之声——由纪念海子和骆一禾想起的》,收入《猜测上帝的诗学》,第146—147页。

第八章　新的美学原则与诗歌批评的更新

行批评不同,耿占春①的诗歌批评一开始便带有本体论色彩。他对诗歌的想象、诗与思的关系、诗歌语言的特征、诗与世界的关系等思考,综合了语言学、文学、符号学、神学、神话学与哲学的相关知识,并努力使批评语言和表达本身带有文学性或创造性。他早期的著作《隐喻》虽然也可以纳入1980年代中后期文学批评中的方法论热的范畴之下理解,但是,耿占春的诗学本体批评带有更开阔的认识论气质。"人,以语言的方式拥有世界";"诗在语言返回根源的途中";"思,重建语言的隐喻世界",从这些明晰的标题中,能够见出耿占春对诗与存在的关系的沉思和论证,而在行文论述中所列举的诗歌、哲学、神学文本,均贴切、准确,显示出耿占春开阔的阅读视野和综合的思辨能力。它并非海德格尔哲学表达的中文转写,而是结合了汉语文学和文化传统,深入当下现实处境的沉思。

耿占春有形而上思辨的禀赋,他的诗歌评论总是能切入那些玄妙和高深的层面,他对异质性的思辨向度和美学要素有着特殊的敏感,对当代诗歌的精神层面的追求有着不容置疑的坚定。耿占春的研究始终贯彻着一种整体性的研究思路,耿占春的当代诗歌批评既不是追踪诗歌思潮、现象或群体的现状批评,也不是进入局部的新诗历史,进行文学史或文化批评的诗歌与文化问题研究,而是把文学、政治、历史、哲学等纳入存在哲思之中,返回基本的生活世界、经验表达的人与语言的关系中思考。在《失去象征的世界》一书中,耿占春对于诗歌在当代世界的功能、诗歌与社会文化之间的关系,以及诗歌的批评等有了更加整体和复杂的理解。他选择"象征"这样一个观念角色作为叙述对象,"追溯象征古老的出身,充满异质性的各种象征形式,和作为一种社会实践的象征过程,以及它在现代社会中隐身而去的故事"②。耿占春把诗歌话语的象征功能放在失去象征的现代世界这样的社会历史语境中加以

---

① 耿占春(1957—),1982年初毕业于河南大学中文系。现任职于海南大学人文传播学院。主要作品有《隐喻》《话语和回顾之乡》《观察者的幻象》《叙事美学》《在道德美学之间》《失去象征的世界——诗歌、经验与修辞》等。

② 耿占春:《失去象征的世界——诗歌、经验与修辞》,北京:北京大学出版社,2008年,第2页。

描述,在失去象征的现代世界里,诗歌话语"发现经验中潜在的隐喻,或对细节的主题化,就是一种创造个人修辞学的行为"①。在理论的辨析与建构下,耿占春还以当代诗人为个案,分析他们如何在这个失去象征的世界里,进行其创造个人修辞学的文化实践的。如以诗人王小妮为例,通过文本解读,理解她是如何在诗中不仅描写了许多日常事物(特别是革命象征主义话语里的事物)"在现代社会场景中的去象征化命运,并进一步使这种描述产生隐喻结构,使叙述发生转义"的,"她的诗应对了象征寓意的缺失,又力图给予事物以新的修辞想象"②。耿占春在他所建立的诗歌观念体系中对诗人、诗歌现象进行的阐释既富于启发性,又有洞察力。

　　耿占春追求异质性的诗歌言说,他长期行走在独辟的诗性之路上,他乐于沉浸在寻求孤独一人的思考。在《先锋诗》创刊号③上,耿占春发文以"作为一种别样的写作"的诗歌批评为视角,对当代诗歌批评加以反思。他首先质疑了当代文学研究专业化和学科化的弊端,尤其对于诗歌来说,分类视野、主题研究都不利于真正进入这一独特文体的内部。他认为诗歌批评既是一种针对诗歌文本的阐释性话语,同时也是一种独具风格的创造性写作,因为"诗歌批评是一种批评主体与诗歌文本之间的主体间的关于理解的实践,一种通过有关非交流性的话语进行言外之意的交流"。诗歌不像其他文类那样呈现或表现意义,"诗歌写作意味着将日常经验与事物变成一种隐喻认知的显现,把生活经验变成一种意义模式来加以验证的希望"。"对一个批评家来说,诗歌文本的意义并不能够还原于对现实的参照,无论是写作者的身份与属性,还是诗歌话语中的指涉","诗是语言表达的无限自由的象征,是一种把自由与意义实践连接起来的话语活动",由此,耿占春呼吁"一种僭越学科边界的认知功能"的诗歌批评的诞生。

---

① 耿占春:《失去象征的世界——诗歌、经验与修辞》,第56页。
② 同上书,第133页。
③ 长江文艺出版社2015年4月创刊并出版。

（五）女性诗歌批评：走向一种性别诗学

"女性诗歌"作为当代先锋诗歌或第三代诗歌的一翼，在 1980 年代中期有过一度繁荣的热潮，涌现出翟永明、唐亚平、陆忆敏、张真、伊蕾、海男、蓝蓝等重要的当代第一批中国女性诗歌代表诗人。相应地，唐晓渡、程光炜、崔卫平、耿占春、周瓒等诗歌批评家的积极阐释，也使得女性诗歌的性别文化意涵得到广泛深入的探讨。崔卫平①编选的《苹果树上的豹》②，选编了 1980 年代中后期活跃的女性诗人的代表作品。在"编选者序"中，崔卫平明确用"女性主义诗歌"概念来描述这批女诗人的写作，意在以西方女性主义理论的视角来阐释和评价中国当代女性诗歌。崔卫平强调她是从"精神性别"的角度理解的女性主义，而女性诗歌"根植于这个女性的精神宇宙"。崔卫平认为，在当代中国的女性诗歌中的大多数作品，有一种"外人"看来的"深渊冲动""沉沦冲动"和"死亡冲动"。在崔卫平看来原因有几个方面，首先，女诗人没有自己的传统和榜样，同时，写作本身就需要巨大的激情和力量，对于女性而言，就是冒犯之举。而且，女诗人比其他写作者更容易被逼回自身，逼回为身体。这些都说明了一个时期写作着的女诗人尤其是女性先锋诗人和她们作品的特征。

进入 1990 年代以来，更年轻的女诗人继承她们的前辈女诗人开始了她们的写作，女性主义理论也逐步为中国学院里的批评家和年轻的诗人所熟悉与接受，并运用于写作和批评实践中。翟永明、蓝蓝、周瓒③在诗歌写作之余，也涉猎女性诗歌批评。《翼》④作为一本具有鲜

---

① 崔卫平(1956—)，生于江苏盐城。1984 年毕业于南京大学中文系，获文学硕士学位。1984 年底起任教于北京电影学院。主要研究领域为文艺理论和中国当代先锋文学，代表作品有《积极生活》《正义之前》《不死的海子》等。

② 该书为谢冕、唐晓渡主编的"当代诗歌潮流回顾·写作艺术借鉴丛书"中的"女性诗卷"，北京：北京师范大学出版社，1993 年。

③ 周瓒(1968—)，生于江苏南通，本名周亚琴，1999 年毕业于北京大学中文系，获文学博士学位。1998 年，与友人创办女性诗歌民刊《翼》。主要作品有论著《当代文学研究》(与萨支山合著)、《透过诗歌写作的潜望镜》和《挣脱沉默之后》，诗集《松开》《哪吒的另一重生活》《周瓒诗选》，翻译诗集《吃火》(玛格丽特·阿特伍德著)等。

④ 1998 年 5 月创刊，诗刊发起人为周瓒、翟永明、穆青、与邻。

明的女性主义色彩的女性诗歌民间刊物也应运而生。在创刊号的"刊首语"中,编者期待《翼》确立起一种"策略化的本质"立场,关注"不仅仅由于生理,而且更是由于文化和社会历史所塑就的性别差异及其对女性心理和创造历程的影响,继而达到对包含了性别文化于其中的文化的反思与批判的目的"①。其后,周瓒还撰写一系列论文,描述当代女性诗歌总体发展面貌,澄清女性诗歌写作面临的批评困境。诗人翟永明在《女性诗歌:我们的翅膀》②一文中,将女性诗歌的传统追溯到新诗诞生之初,并强调当代中国女性诗歌在"女性意识"的挖掘上的独到,认为女性诗歌需是既体现性别意识,又具有艺术品质的写作。

1997—1998年,春风文艺出版社推出了一套"中国女性诗歌文库",有近二十位当代女诗人进入这套丛书③。丛书由谢冕主编,每一本诗集有一位编选者,并由各编选者为诗集撰写序言,评价女诗人们的创作实绩。这也是1980年代以来女性诗歌的总体实绩,值得注意的是,文库中也有港台女诗人入选。女性诗人的作品得以出版,但以性别理论为切入点的研究并不多。2008年,广西师范大学出版社出版了张晓红研究当代女性诗歌的专著《互文视野中的女性诗歌》一书。该著为张晓红在荷兰莱顿大学攻读博士学位时的论文,也是国内首部系统、全面研究当代中国女性诗歌的学术专著。该著最大的特点是运用了西方文学和文化理论中的互文性(intertextuality)理论,把女性诗歌作品放在更广阔、开放的影响和创造语境中加以解读,并凸显了女性诗歌独特的主题。

运用女性主义思想理论,结合其他文学和文化批评理论,比如马克思主义理论、精神分析、新批评等,对女性诗歌的批评和研究,是阐释当代女性诗歌的重要方法,其最终的目标是建构和实践一种女性诗学。

---

① 《〈翼〉创刊语》,收入周瓒《挣脱沉默之后》,北京:北京大学出版社,2014年,第264页。
② 载《今天》2005年第4期。
③ 这些女诗人包括:王小妮、翟永明、蓝蓝、杜涯、虹影、阎月君、海男、唐亚平、林雪、林柯、张真、颜艾琳、张烨、李琦、傅天琳、叶红、蓉子、张香华、涂静怡、李小雨等。

三 学院派诗歌批评与诗人批评

文学批评进入1990年代，报刊媒体的兴盛带动了诗歌及文学批评的职业化，又适逢人文领域里逐步展开的学科化与学术研究的专业化，可以说，当代诗歌批评开始了鲜明的分化格局。一方面，是在高等教育领域里，为了讲授当代诗歌而开设的当代文学课程中，诗歌是重要的部分之一；另一方面，大学和科研机构里的研究者也步入诗歌（文学）批评和诗歌历史研究的领地。诗歌批评因之有了颇具争议的"学院派批评"和显然承继了现代文学批评传统的"诗人批评家"现象。

法国的文学批评家阿尔贝·蒂博代（1874—1936）曾经从批评者的身份、职业和批评的特征，将文学批评分为三种形态：自发的批评、职业的批评和大师的批评。自发的批评即读者批评，通常是口头的批评，当然不仅仅是说说而已，而是以某种形式的文字为载体，如日记、书信和回忆录等保存下来。职业的批评又被称之为教授的批评，显然，是根据批评者的身份划分的，这类批评较为注重文学体裁和规则的研究。不读而论，是自发的批评和职业的批评都容易犯的错误，而职业的批评还经常会犯"迟疑症"。大师的批评指的是那些获得公认的大作家们从事的批评。大师的批评是"一种热情的、甘苦自知的、富于形象的、流露天性的批评"，当然，在观念上，它的缺点是因强调创作对文学观念的证明作用而变为一种"宣言文学"等。当代中国诗歌批评的形态当然无法用蒂博代的分类加以套用，他对职业的批评和大师的批评的分类比较，却颇具启发性。

（一）学术转型中的学院派诗歌批评

自1990年代中后期开始，中国的高等教育领域有了一系列的改革，包括高校合并，扩大招生，高校师资队伍建设以及学科化等，学院批评的兴盛与高等教育的发展密切相关。在这个过程中，涌现出了一批批学院出身的职业批评家和学者。学院批评，或职业批评，正如蒂博代所言，其最大的特点是针对文学的准则或规律提出问题，也针对不同的文学体裁,同时又是为达到普及文学知识的教育的目的而存在的。因此,学院批评有明确的目标与系统性。也因此,学院批评是个容易引发争议的文化地带。1990年代末爆发的"知识分子写作和民间写作"的论争中,学院知识分子批评家也成了被攻击的靶子。

出身学院的批评家可以列入类似蒂博代所说的"职业的批评"体系中。由于20世纪八九十年代以来中国高等教育的迅猛发展,当代文学学科的体制化,当代文学教育需要更多的师资力量。中国当代文学的传授和研究包括文学批评和文学史研究两大板块,从诗歌这一文类看,批评的对象包括当代诗歌现象、诗歌问题和诗人的研究,文学史则涉及当代诗歌史的写作和研究。因为系统化的科研和教学需要,高等教育领域里的当代文学(包括诗歌)学术研究尤其得到有步骤的、全面的展开。人文知识分子对学术的态度也较以往有了变化,马克斯·韦伯"以学术为业"的思考深刻地影响了当代中国学院里的知识分子,当然,中国的学术传统也成为知识分子经世致用的思想资源。远的不说,自1990年代以来,钱锺书、陈寅恪、钱穆等中国学术大师一直得到当代学人的挖掘和重塑。在这个背景之下,我们谈及当代诗歌批评中的"学院派",也就有了现实的基础。

如果说1980年代的新诗批评更多关注诗歌思潮、诗歌现象、诗歌运动的评析阶段,那么,进入1990年代,诗歌批评则开始进入注重诗歌问题、诗人研究和诗歌史研究的学术期。不可否认,这样不断成熟和深化的转向也带来了一些问题,甚至引发争议。"90年代诗歌"概念是由学院批评家提出并阐释的,它以起源于1980年代中后期的"知识分子写作"为立论出发点,并由此确立起一代诗人走向技艺成熟、思想立场稳定的新一阶段,而这也引发了1990年代末的诗歌论争,挑起论争的一方(持"民间写作"的诗人们)明确将矛头指向学院诗歌批评,指向"知识分子写作"。有关这场论争,下节会详论,这里先讨论颇具争议但成果斐然的"学院诗歌批评"。诗歌批评中的学院派由老中青三代批评家学者构成,他们分别以洪子诚、程光炜、王光明、罗振亚、江弱水、张桃洲、敬文东、霍俊明为代表。本章讨论的批评家群体中,不少批评家可以是跨群体和派别的,比如上节提及的唐晓渡、张清华等,也可以被列入学院批评之中。

1. 洪子诚：新诗史研究的"问题"与"方法"

洪子诚①从事当代诗歌研究始于1970年代末,但与他的同时代学者谢冕、孙绍振等或侧重诗歌思潮或专注诗歌本体不同的是,他对当代诗歌问题和诗歌史投入了更大的兴趣。即使在提炼当代诗歌或诗人写作的问题时,他也会把这些现象放在历史的脉络之中。1958年底到1959年初,当时还就读于北京大学中文系的洪子诚,与同学谢冕、孙绍振、孙玉石、殷晋培、刘登翰一起,在《诗刊》社和徐迟的建议、组织下,利用不到一个月的寒假时间,编写了《新诗发展概况》,这大概是洪子诚对新诗历史研究的起步。

1986年出版的《当代中国文学的艺术问题》一书约有一半的篇幅涉及当代诗歌的批评和研究。或者从整体上对当代诗歌艺术进程的历史把握(如"当代诗歌的艺术发展"),或者在新诗艺术传统中讨论诗歌问题(如"诗歌的'自我表现'与艺术传统"),或者从诗歌审美普遍性的角度谈论诗歌接受现象(如"'朦胧':作为一种诗歌现象"),这些整体性的研究并不注重面面俱到,而是充分考虑到诗歌乃至文学发展的时代性和诗人的创造性突破。在对个别诗人进行的研究中,洪子诚也不像大多数的批评家那样,倾向于写作盖棺定论式的"诗人论",而经常是从诗人的写作中提取出一个跟他的写作密切相关而具体的艺术问

---

① 洪子诚(1939—),广东揭阳人。1956年考入北京大学中文系,1961年毕业留校担任公共写作课教师,教授。1977年开始从事当代文学、中国新诗的教学、研究工作。出版有学术著作《当代中国文学概观》(与张钟、佘树森、赵祖谟、汪景寿合著)、《当代中国文学的艺术问题》《作家的姿态与自我意识》《中国当代新诗史》(与刘登翰合著)、《中国当代文学概说》《1956:百花时代》《中国当代文学史》《问题与方法——中国当代文学史研究讲稿》《文学与历史叙述》《学习对诗说话》《我的阅读史》《材料与注释》《当代文学中的世界文学》,2010年北京大学出版社出版《洪子诚学术作品集》8种。主编《中国当代文学作品精选(1949—1989)》(与谢冕合编)、《中国当代文学史料选(1948—1975)》(与谢冕合编)、《20世纪中国小说理论资料(第5卷,1949—1976)》、《90年代文学书系》(共6卷,与李庆西共同担任主编)、《90年代中国诗歌》(共7种)、《中国当代文学史·作品选》(上、下册)、《当代文学关键词》(与孟繁华合编)、《朦胧诗新编》(与程光炜合编)、《后朦胧诗新编》(与程光炜合编)、《在北大课堂读诗》、《中国新诗百年大典》(30卷,与程光炜合编)以及《百年新诗选》(上、下册,与奚密合编),另主编诗歌批评刊物《新诗评论》(自2005年起,与谢冕、孙玉石合编)。

题进行探讨。例如,从"生活变革与作家的艺术个性"的角度讨论冯至和艾青在不同历史时期诗歌写作遇到的困境,从"对思想创见的追求"分析郭小川在1950年代中后期创作道路上最富于活力的阶段,指出其相关作品的得与失、优长及缺陷的情况。在对田间新中国成立后诗歌的研究中,他也没有就其全部创作做出评价,而是选择了诗人如何在写作中处理诗歌与现实生活的关系,进行分析。洪子诚以1983年诗人自己编选出版的《田间诗选》为对象,从田间对自己的诗歌的修订中发现问题。总的来说,在提炼出诗歌的"问题"之后,并不追求论述的面面俱到,而是把诗人的写作放在历史过程之中,以比较的方法进入分析论证,这是洪子诚当代诗歌批评的方法之一。洪子诚的研究开启了当代文学史研究领域里历史叙述与艺术性分析内在结合的学术范例。他的历史材料翔实准确,艺术品评凝练精准,其严谨优良的学风对当代文学史研究领域影响深远。

由于能够在新诗传统的背景下考察诗歌现象,能够从诗人的创作历程中把握具体细致的写作问题,洪子诚逐渐形成了他独特的当代诗歌研究思路,即历史视野和艺术自主性兼顾。当代诗歌的研究者自身脱不开对当代社会的深切感受,当代中国文学发展的不同时期出现的诗歌现象、矛盾和困境都会触动研究者的问题意识,并渐渐形塑研究者的诗歌观念与文化立场。在文学与政治关系密切的当代,诗歌也经历了各种政治运动的洗礼,诗歌与政治的关系问题也逐步转化成"诗歌的介入"命题。洪子诚的诗歌批评观念重在"反思",而不是急于明确认定一种诗歌观或诗歌功能。在对当代诗歌批评时的这种难能可贵的反思意识,用他的话说就是"我们不仅要对诗提问,而且'对提问的人'提问;不仅质疑诗,而且质疑自身。这种质疑、反省,不是专指某一部分人的,而应是一种普遍性的自觉意识"①。正是在这样一种自觉和谦逊的反思精神引导之下,洪子诚的当代新诗史研究和写作突破了一般化的当代诗歌发展过程的概述以及突出诗人、诗潮、流派的专题研究,做

---

① 洪子诚:《序〈90年代诗歌〉》,收入《学习对诗说话》,北京:北京大学出版社,2010年,第54页。

第八章　新的美学原则与诗歌批评的更新

到了既能以丰富、翔实的史料铺垫与展开历史的脉络、走向,又能够厘清不同时期的诗歌走向,诗歌论题的变化。1993 年,他与刘登翰合著的《中国当代新诗史》出版,填补了当代新诗史写作的空白,而随着"90 年代诗歌"进入研究视野,2005 年他对该著又进行了大量修改增补后出版修订版。《中国当代新诗史》迄今仍是当代新诗史研究不可或缺的重要参照。

《中国当代新诗史》将 20 世纪后半世纪中国大陆和港澳台的新诗写作纳入研究视野,结合社会政治背景,给不同时代的诗人划分类型,以写作面貌凸显诗人代际特征,同时,考察诗歌发表渠道,描述诗歌论争、诗歌运动的来龙去脉,将诗歌艺术的演进与诗歌文化的生发紧密结合起来。洪子诚的新诗史研究尤其重视文献资料的积累、辨析,以诗人创作的道路和诗歌文本评析构成新诗史的主要内容。由于自始至终坚持反思的态度,洪子诚在处理诗歌史的时候尤其注意发现"问题",同时自觉地呈现理解和解读"问题"的"方法"。无论是诗歌思潮,还是具体的诗人研究,洪子诚的批评均体现为一种同情而复杂的理解态度,避免了对批评对象简单粗暴的道德与价值评判,因此也就能够将诗歌或文学的沿革梳理成一种既有突破变化又有延续性的过程。

诗歌或文学的批评特别考验批评家的文学感受力,洪子诚不仅是一位低调的、甘于坐冷板凳的新诗史与当代文学史研究者,同时也是当代诗歌的积极与深入的阅读者和阐释者。《在北大课堂读诗》一书,是他组织研究生进行的当代诗歌文本细读讨论课结集的成果,课程名为"近年诗歌选读",采用的方法并非通常的诗歌鉴赏,而是吸收了英美"新批评"等理论方法的"解诗和'细读'活动"。特别是对比较晦涩的诗歌文本的细读和讨论,既破解了诗歌写作的一些技巧,又深化了对于诗人风格的了解。诗歌史研究之外,洪子诚还积极参与新诗选本的编辑,在北京大学新诗研究所主持新诗学术研究期刊和丛书,而这些工作也是诗歌批评必要的延伸。

2. 程光炜：文本的历史化与历史的文本化

1980年代从事诗歌批评研究的年轻一代批评家中，程光炜①是较早对前一代批评家(或如上文所称的"新诗潮批评家")发出挑战的一位。他所写的第一篇论文《诗的现代意识与社会功能》②是与谢冕商榷的。从1990年出版的《朦胧诗实验诗艺术论》可以看出，程光炜早期的诗歌批评多集中在诗歌艺术本体、诗人研究方面，他不仅以敏锐的批评直觉把握诗歌新现象，比如对实验诗、先锋诗或第三代诗这几个概念所指的代表诗人的新艺术指向的细致解析，而且也能够评析诸如女性诗歌群体中的不同代表诗人的风格特征。进入1990年代，程光炜以对"90年代诗歌"的命名和深入分析而确立其当代诗歌批评家的重要地位。也因为他对"90年代诗歌"及其知识分子诗歌写作者的推崇与评介，触动了当代部分诗人，以致引发20世纪末著名的诗歌论争。

程光炜关于"90年代诗歌"的论述在《误读的时代——90年代诗坛的意识形态阅读之一》《90年代诗歌：另一意义的命名》《叙事策略及其他》和《不知所终的旅行：90年代诗歌综论》(此文为洪子诚、李庆西主编"90年代文学书系"中诗歌选本《不知所终的旅行》序)几篇论文中得到较为全面而细致的呈现。《误读的时代》是程光炜从批评的角度论述1990年代诗歌状况的论文。他首先反思"崛起论的批评系统"失效的问题，进而批评"个人写作"中不彻底的意识形态性，质疑了先锋诗歌内部流行的动辄让上一代批评者"下课"的"取消"话语。程光炜推崇杰姆逊"不断历史化"的意识，呼吁在批评实践中，既要重视"文本的历史化"，也不能忘记"历史的文本化"问题。这篇文章也显示

---

① 程光炜(1956—)，江西婺源人，1978—1982年就读于河南大学中文系，获文学学士学位，后任教于湖北师范学院。1992年至武汉大学攻读现当代文学博士学位，1995年毕业，获文学博士学位，现为中国人民大学教授。出版有《朦胧诗实验诗艺术论》《艾青传》《程光炜诗歌时评》《中国当代诗歌史》《文化的转轨》《文学想象与文学国家》《文学史研究的兴起》，主编有《文学史的多重面孔——八十年代文学事件再讨论》《重返八十年代》《都市文化与中国现当代文学》《大众媒介与中国现当代文学》《文人集团和中国现当代文学》《朦胧诗新编》(与洪子诚合编)、《第三代诗新编》(与洪子诚合编)、《周作人评说80年》等。

② 载《文学评论》1986年第4期。

了程光炜作为一名学院批评家的理论思辨能力。后三篇文章都是从描述、总结和阐释"90年代诗歌"的写作面貌、艺术特征的角度,详细阐释知识分子写作、诗歌写作与时代或现实的关系等,富有历史的建构性,有关的具体内容将在下文论及。

与洪子诚一样,程光炜的学术工作不限于诗歌和现当代文学批评,他也将更多的精力投入到文学史以及诗歌史的研究中,他关于20世纪八九十年代文学研究,显示了他作为一个文学史家的视野和独特的治文学史的方法。程光炜对当代诗歌批评的另一贡献是他的《中国当代诗歌史》写作。作为一本高校教材,这本书以当代诗歌的重大事件为线索,选择有代表性的诗人、作品进行阐发,同时兼及诗歌发展中的重要现象的归纳总结,提出问题,深入分析,这也是一本观点鲜明、文风简略而晓畅的诗歌史著。

3. 其他学院诗歌批评家

值得一提的学院批评家们还有王光明、罗振亚、张桃洲、敬文东、霍俊明等。王光明[①]从关注诗歌现象开始当代诗的批评,在综合研究了新诗史、海外华语诗歌写作及当代诗歌本体的研究之后,提出将20世纪的中国诗歌分为"白话诗""新诗""现代汉诗"三个阶段,"作为一种诗歌形态的命名,它(指'现代汉诗'这一概念)意味着正视中国人现代经验与现代汉语互相吸收、互相纠缠、互相生成的诗歌语境,同时隐含着偏正'新诗'沉积的愿望"[②]。王光明的诗歌研究雍容大气,历史眼光与理论结合得富有学理,因而内涵深厚。罗振亚[③]从现象追踪、诗人研究等方面进入当代先锋诗歌批评,及时梳理和总结先锋诗歌现象和成果。

---

① 王光明(1955—),生于福建省武平县,现任教于首都师范大学文学院。主要作品有论著《散文诗的世界》《怎样写新诗》《艰难的指向——"新诗潮"与20世纪中国现代诗》《文学批评的两地视野》《现代汉诗的百年演变》,论文集《灵魂的探险》《面向新诗的问题》,编有《六十年散文诗选》《二十世纪中国经典散文诗》《开放诗歌的阅读空间》等。
② 王光明:《现代汉诗:新诗的再体认》,收入《现代汉诗:反思与求索》,北京:作家出版社1998年,第36页。
③ 罗振亚(1963—),黑龙江讷河人,任教于南开大学文学院,主要作品有《中国现代主义诗歌流派史》《中国现代主义诗歌史论》《朦胧诗后先锋诗歌研究》《20世纪中国先锋诗潮》和《与先锋对话》等。

年轻一代的学人中,张桃洲、敬文东、霍俊明等是活跃在学院里的诗歌批评家。张桃洲①的新诗批评涉及方方面面,从新诗诞生以来的理论问题的思考,到当前诗歌创作的现象评析,诗歌与文学、宗教的关系,再到诗学本体论的探索等,都是他立足于当代诗歌批评所辐射的议题。敬文东②擅长对当代诗歌的文化批评,无论是诗歌文本解读或是诗人个案研究,抑或诗歌本体话题,都能在他开放的理路中获得独特的文化政治含义。霍俊明③是一位持续关注70后诗人群体的批评家,同时潜心于考察21世纪以来的诗歌现象、诗人评价及思考当代诗歌史写作的理论问题。另外,陈晓明④虽主要从事先锋小说研究,在1990年代中期也写作了一批研究1990年代诗人及其写作的文章,引起诗歌批评界的注意。在《词语写作:思想缩减时期的修辞策略》一文中,通过对先锋诗人欧阳江河、西川、王家新、陈东东、翟永明,批评家程光炜等的诗歌和批评的阐发,陈晓明充分肯定当代诗歌的成就,"90年代中国文学唯一还有创造性和生命力的行当可能就只剩下诗歌",正是诗人们"试图用词语去挽留一个思想日渐单薄的时代,它们构成了这种历史状况的一部分,并且多少填补了当代思想的空场"⑤。

学院诗歌批评家日益活跃,一些诗人如王家新、臧棣、萧开愚、周伟驰、姜涛等,也在高校与研究机构供职。学院批评家也因此与下文即将论及的诗人批评家身处在同样的文化生产场域中,区别在于二者的批评方法和风格方面。

---

① 张桃洲(1971—),生于湖北天门,毕业于南京大学,现任教于首都师范大学文学院。主要论著有《现代汉语的诗性空间——新诗话语研究》《"个人"的神话:现时代的诗、文学与宗教》《词语的探险:中国新诗的文本与现实》《语言与存在》《声音的意味》《中国当代诗歌简史(1968—2003)》等。

② 敬文东(1968—),四川人,现任教于中央民族大学。主要论著有《指引与注视》《诗歌在解构的日子里》《中国当代诗歌的精神分析》《感叹诗学》《灵魂在下边》等。

③ 霍俊明(1975—),河北丰润人,现任教于北京教育学院。主要论著有《无能的右手》《新世纪诗歌精神考察》及《变动、修辞与想象:中国当代新诗史写作研究》等。

④ 陈晓明有关当代诗歌的批评文字主要收录在他的《中国当代文学主潮》等论著中。

⑤ 陈晓明:《词语写作:思想缩减时期的修辞策略》,收入王家新、孙文波编《中国诗歌九十年代备忘录》,北京:人民文学出版社,2000年,第93页。

(二) 作为新诗传统的诗人批评现象

写诗同时兼事批评工作,这在中国新诗史上可谓一个小传统,这或许跟新诗独特的诞生方式有关。在白话文运动中,通过以白话写诗的尝试而产生的新诗,其文体本身就是一部分知识分子和文人创造的结果。创造过程中,伴随着多样的实验和为确立其合法性而进行的批评与论争。可以说,新诗创作和新诗批评是高度同步的一种新文学实践。中国现代文学史上,从胡适开始,闻一多、冯至、穆旦、卞之琳、唐湜、袁可嘉、林庚等,都是新诗史上重要的诗人兼批评家,或称诗人批评家。这样的传统同样延续到当代,尤其到了1990年代以来,欧阳江河、西川、萧开愚、臧棣、西渡、姜涛等诗人,都在诗歌写作之外,同时写作理论文章对当代诗歌进行批评。20世纪末的诗歌论争更是带动了诗人参与批评的热情,那以后,部分诗人在写作之余,还积极参与诗歌作品和批评刊物的编纂。诗歌年鉴、年选的持续出版,以书代刊的诗歌作品和批评文字合刊的出现,是21世纪以来重要的诗歌批评现象①,而参与编选、出版的多为当代重要诗人。

1. 欧阳江河:站在虚构这边

作为一名诗人,欧阳江河②成名于1980年代中期,是第三代诗人或后朦胧诗人的代表。1984年,写出长篇诗学批评文章《受控的成

---

① 自诗人杨克主编的《1998:中国新诗年鉴》和批评家唐晓渡主编的《现代汉诗年鉴·1998》陆续在1999年出版之后,类似的诗歌年鉴、年度诗选、诗歌排行榜选本每年都有出版。进入21世纪以来,重要的当代诗歌批评类的书刊包括:"中国诗歌评论"丛刊7种:《语言:形式的命名》《从最小的可能性开始》《激情与责任》(以上由人民文学出版社出版,诗人萧开愚、张曙光、孙文波、臧棣主编)和《细察诗歌的层次与坡度》《诗在上游》《诗歌的重新命名》和《东海的现代性波动》(以上由上海文艺出版社出版,诗人萧开愚、张曙光、臧棣主编);《当代诗》4卷,由孙文波主编;2005年,北京大学新诗研究所创办《新诗评论》。2013年,由诗人于坚主编的《诗与思》出版2种。除《新诗评论》为纯批评刊物之外,其他均为诗歌作品和批评文字合为一书的出版物。

② 欧阳江河(1956—),四川泸州人,现居北京。原名江河,早期以原名发表诗作,后因与著名朦胧诗人江河重名而在原名前加上母亲的姓氏欧阳。1979年开始发表诗作,主要作品有诗集《透过词语的玻璃》《事物的眼泪》《黄山谷的豹》《大是大非》和《凤凰》,诗作及诗学论文集《谁去谁留》《如此博学的饥饿》,文论及随笔集《站在虚构这边》等。

长》,1988年,撰写诗学批评文章《对抗与对称:当代实验诗歌》,而他在当代诗歌批评界备受关注的文章,是写于1993年的《89'后国内诗歌写作:本土气质、中年特征与知识分子身份》。这篇文章是对"90年代诗歌"生存处境的辨析,指出1980年代中后期至1990年代初期这个阶段里,部分当代诗歌写作方式的失效,而对于写作者的中年诗人们也意味着一个阶段的"深刻的中断"。因为语境发生了变化,写作也就需要调整,成为一种"寻找活力"的"知识分子写作",欧阳江河认为它代表了1989年来国内诗歌界最重要、最具代表性的趋势,并以"中年特征""本土气质"和"知识分子身份"为线索展开论述。这篇结合了具体的诗人诗作分析诗歌总体趋向的论文直接影响了其后一批诗人和批评家对1990年代诗歌的理解。与以往讨论诗歌的语言不同,欧阳江河为进入1990年代的中国诗歌批评界提供了一套新的话语方式,相应于写作者的年龄、身份和国族,欧阳江河将当代文化批评中的重要术语,如写作的时间,身份认同及跨越语言而进入国际视野中的诗歌翻译与交流,纳入了中国当代诗歌批评话语体系之中。

另一方面,在讨论具体的写作时,欧阳江河又极为重视诗歌内在形式的变化以及总体的诗学建设。在《当代诗的升华及其限度》一文中,他从"词与义"的角度探讨了不同语境下"词与物"的关系情形,质疑个人语境的不纯,并思考其能否给写作带来活力。通过对海子后期诗歌中"词与物"的关系的批评,欧阳江河指出当代诗存在的弊端,即当词的重新编码过程被升华冲动形成的特异氛围所笼罩,就可能不知不觉地被纳入一个自动获得意义的过程。而对于严谨的个人写作而言,词的意义应该是特定语境的具体产物。由此,欧阳江河提出当代诗歌写作的及物性问题。

迄今为止,欧阳江河所写下的诗歌批评文章的数量并不多,但这些篇章都有相当明确与准确的现实针对性。作为一个注重词语修辞的优秀诗人,欧阳江河的诸多诗歌批评文章,写得相当精彩,其文本分析之细腻,对词语的敏感,对修辞变异的捕捉,充满了奇思妙想,他的诗歌批评略有"过度阐释"之嫌,也因此开启了诗歌意义变化的可能性。至今他对几位诗人诗作的细读文章也给人留下了深刻的印象,对同时期的诗歌批评,尤其是诗歌细读实践颇有启发①。当代诗歌文本的晦涩成分经过欧阳江河的阐释和演绎,经常能获得丰富而意外的理解效果。

2. 西川:探索一种泛文化诗学

作为诗人的西川②和作为译者的西川,差不多同时出现,而他晚些时候写作的大量有关诗歌的评论文字,多以随笔形式,从大的方面把握诗歌和与之相关的文学、文化问题,这是他有别于其他诗人批评家的特点。西川思考问题的角度以及所思考的问题本身,都带有他对诗歌或文学更宏大的理想与博闻强记的色彩,并且,西川在思考诗歌问题时经常借助的也多是其他诗人和作家的经验,而非理论家的理论观点。他对诗歌现象的观察因而也切实而独到,比如他对当代诗人和批评家对社会发言的不同方式的观察,"诗人与批评家最迟到90年代,实现了角色互换。诗人们没有放弃社会批评,但他们走向更深层次,对于历史、现实、文化乃至经济做出内在的反应,试图从灵魂的角度来诠释时代生活与个人的存在、处境,而批评家越来越倾向于把人当成一种群体现象"③。

西川是较早提出"知识分子写作"的诗人之一,在20世纪末的诗歌论争中也曾遭到来自"民间写作"一方的批评和攻击,对此,西川也作了回应。然而,即使在涉及具体的诗歌写作立场、方法的论争之中,西川的思考也立足于更为开阔的文化甚至文明的空间,依据更高的视点"鸟瞰"诗歌,因而,当代诗歌的具体问题就被延伸为语言、思维方式、文明、传统等问题。西川视野开阔,但他的思考又能紧扣议题,并不

---

① 这些文章包括:解读张枣《悠悠》的《站在虚构这边》,解读翟永明《土拨鼠》的《词的现身:翟永明的土拨鼠》和解读商禽《鸡》的《命名的分裂》等。

② 西川(1963—),生于江苏徐州,本名刘军。1974年考入北京外国语学院附属外国语学校,上小学四年级。1981年考入北京大学西语系英文专业。在校期间,结识诗人骆一禾、海子。1985年开始正式发表诗歌作品。1988年与诗人陈东东、老木等创办诗歌民刊《倾向》。主要作品有诗集《隐秘的汇合》《虚构的家谱》《西川诗选》《西川的诗》《个人好恶》《够一夢》《小主意》,诗文集《大意如此》《深浅》《我和我》,随笔集《让蒙面人说话》《水渍》《游荡与闲谈》,译著《博尔赫斯八十元旧》《米沃什辞典》(与北塔合译)、《重新注册》,文论集《大河拐大弯》,编有《海子的诗》《海子诗全编》等。

③ 西川:《写作处境与批评处境》,载赵汀阳、贺照田主编《学术思想评论》(第一辑),沈阳:辽宁大学出版社,1997年,第194页。

散漫,即便有时得出的推断与结论显得有一些漏洞,这些漏洞大概也因其更侧重于感受(包括现实的和阅读的感受)所得而非缜密的逻辑思考的结果。

西川发表于《今天》杂志,讨论当代中国诗人观念与诗歌观念的历史落差问题的文章,曾引发诗人王敖的异议与西川的回应[①]。这是一场有关诗人身份与诗歌文化形象议题的小范围论争,颇有意义。西川批评20世纪的中国诗人在自我形象的塑造上"19世纪化",并持续到当代。换言之,时代变化了,中国诗人的诗歌观念却滞留于19世纪的西方浪漫主义文化想象里。王敖撰文与西川商榷,商榷文虽然由西川的文章触发,而论述大部分内容则是关于浪漫主义的当代复兴[②]。西川的回应文澄清了跨文化语境中,中国诗人对浪漫主义接受中仅仅集中于"自我"表达上的局限,强调"如果思想的变革力量被忽略了,那么浪漫主义在中国便成为诗人自我形象塑造的工具"[③]。遗憾论争没有更进一步展开,有关诗歌观念、诗人身份及文学变化中的"时间"话题尚待得到有效的讨论。

3. 其他重要的诗人批评家

在致力于当代诗歌批评的诗人中,王家新[④]从国内外离散诗人的精神传统中汲取资源,并结合当代诗歌写作加以阐释,进行一种"个人承担"的诗学实践。在写诗的同时,王家新写作了大量的诗歌随笔,论及诗歌经验与社会问题。诗歌在当代的功能,诗人的责任,诗歌在文化中的重要性等,是王家新诗歌随笔中集中涉及的话题。萧开愚[⑤]是"中

---

① 西川:《诗人观念与诗歌观念的历史性落差》,载《今天》2008年第1期,春季号,收入西川《大河拐大弯》,北京:北京大学出版社,2012年。
② 王敖:《怎样给奔跑中的诗人们对表——关于诗歌史的问题与主义》,载《新诗评论》2008年第2辑。
③ 西川:《中国现代诗人与诺斯替、喀巴拉、浪漫主义、布鲁姆》,载《新诗评论》2009年第2辑。
④ 王家新(1957—),生于湖北丹江口,任教于中国人民大学。主要作品有诗集《游动悬崖》《王家新的诗》《未完成的诗》,诗论集《人与世界的相遇》《夜莺在它自己的时代》《没有英雄的诗》《坐矮板凳的天使》《取道斯德哥尔摩》《为凤凰寻找栖所》等。
⑤ 萧开愚(1960—),生于四川中江县,任教于河南大学。主要作品有诗集《动物园的狂喜》《学习之甜》《萧开愚的诗》《联动的风景》《内地研究》,诗文集《此时此地》等。

第八章 新的美学原则与诗歌批评的更新

年写作"概念的提出者,这个提法不是指写作者的年龄、时间或权威问题,而是"既说明经验的价值,又说明突破经验的紧迫性"①,它还意味着诗人的成熟和一种综合的写作才能。萧开愚一般不做就诗论诗的诗歌批评,而总是结合诗歌史、诗歌传统和写作的现实面向的问题,思考诗歌及诗人的写作。臧棣②对于当代诗歌的发言影响了一大批年轻的诗人和追随者。他的论文《后朦胧诗,作为一种写作的诗歌》③对于"后朦胧诗"概念与朦胧诗后当代诗歌的特征的阐释富有建构性。近年,臧棣通过写作大量的诗话性质的短随笔《诗道鳟燕》来阐释他的诗歌主张。概括说来,臧棣的诗歌批评包括几个方面的特点,一是反思与实践的辩驳话语;二是自觉的诗歌史建构意识;三是贯穿始终的有关新诗本体性的思考。臧棣的诗歌批评是融历史眼光于诗歌理想中的批评,同时他借助微博、微信等新媒体,以诗歌写作的实践和诗歌话题的沉思,努力更新与丰富了当下的诗歌文化。姜涛④可以说是结合了学院批评与诗人批评优长的批评家,既能站在新诗史的角度发现问题的延续性,亦能赋予诗歌议题以文化建设的理想。姜涛的《巴枯宁的手》⑤《为"天问"搭一个词的脚手架?》⑥《个人化历史想象力:在当代精神史的构造中》⑦等是颇具影响力的批评文章,既体现了他作为批评家对诗歌文本细读的功力,客观细致的批评态度,也展示了他善于辩证地结合个体写作与时代精神的思维特征。

其他重要的诗人批评家还有钟鸣、韩东、于坚、西渡、孙文波、张曙

---

① 萧开愚:《九十年代诗歌:抱负、特征和资料》,载赵汀阳、贺照田主编《学术思想评论》第一辑,第226页,沈阳:辽宁大学出版社1997年。
② 臧棣(1964—),生于北京,本名臧力,任教于北京大学。主要作品有诗集《燕园纪事》《风吹草动》《新鲜的荆棘》《沸腾协会》《宇宙是扁的》《空城计》《慧根丛书》《未名湖》《小挽歌丛书》和诗文集《骑手与豆浆》等。
③ 载闵正道主编《中国诗选》第一辑,成都:成都科技大学出版社,1994年。
④ 姜涛(1970—),生于天津,任教于北京大学,主要作品有诗集《鸟经》《好消息》《我们共同的美好生活》,论著《新诗集与中国新诗的发生》《巴枯宁的手》和《公寓里的塔》等。
⑤ 载《新诗评论》2010年第1辑,北京:北京大学出版社,2010年。
⑥ 载《东吴学术》2013年第3期。
⑦ 载《新诗评论》2016年第20辑,北京:北京大学出版社,2016年。

光、陈东东、周伟驰、冷霜等。钟鸣①是当代诗人中自觉致力于随笔文体实验写作的诗人，他的长篇纪实随笔《旁观者》通过回顾自己的成长，结合阅读、写作和思考，将批评寓于回忆性的文字中，夹叙夹议，书写了他和他同时代诗人的精神成长历程。西渡②是一位严谨、踏实的诗人批评家，他对同代诗人或同行的观察与批评带有强烈的精神反思特征。孙文波③侧重提炼自己和同代诗人关注的问题，善于层层深入、细致地剖析。周伟驰④结合自己诗歌翻译的经验，以及宗教思想议题，择取相应的诗歌命题和诗人进行批评。诗人骆英⑤的博士论文《虚无与开花——现代性重构与当代中国诗歌的审美精神》，研究中国当代诗歌的现代性问题，试图在"文革"后的改革开放的社会实践的论域中来看诗歌的现代性审美意识建构，他敏锐地指出，自1980年代以来，在与中国的现代化建设保持同构的同时，遭遇了现代社会转型中出现的现代性风险——虚无主义文化危机，而当代诗人则通过写作生成了一种审美救赎的精神以对抗这种危机。作为诗人批评家，骆英从社会、政治、经济、文化发展的综合角度进入到文本分析，体现了他开阔的现实视野与独特的批评视角。骆英虽然身为诗人，却也酷爱理论，他近年还有多篇诗学论文显示了他相当强的理论概括能力。他关于张志民的长篇论文《从"革命文学"到"审美意识形态"——张志民诗学的范式转换与价值生成的时代美学意义》也是一篇颇有历史感的批评文章，在"审美意识形态"与"审美现代性"的双重语境中来分析张志民的诗歌，也揭示了当代诗歌从政治激情里获取诗性提炼的可能，尤其是对张志民

---

① 钟鸣（1953—   ），生于四川成都，主要作品有诗集《中国杂技：硬椅子》，随笔集《城堡的寓言》《畜界、人界》《徒步者随录》《旁观者》《太少的人生经历和太多的幻想》《秋天的戏剧》《涂鸦手记》等。

② 西渡（1967—   ），生于浙江浦江，本名陈国平，主要作品有诗集《雪景中的柏拉图》《草之家》，随笔集《守望与倾听》以及论著《壮烈风景》《灵魂的未来》等。

③ 孙文波（1956—   ），四川成都人，主要作品有诗集《地图上的旅行》《给小蓓的骊歌》《孙文波的诗》，主编《当代诗》。

④ 周伟驰（1969—   ），生于湖南，主要作品有诗集《蜃景》（与席亚兵、冷霜合著）、《避雷针让闪电从身上经过》，诗歌评论集《旅人的良夜》《小回答》等。

⑤ 骆英（1956—   ），生于甘肃兰州，本名黄怒波，主要作品有诗集《骆英集》《都市流浪集》《空杯与空桌》《小兔子》《第九夜》《骆英诗集》《绿度母》等。

后期诗作的分析,揭示了老诗人的复杂性。他指出,"从诗的意义上,张志民走向了审美自律性,从史的意义上,张志民完成了对意识形态工具化、教条化、高度政治化的审美批判。从而,可以说,当下审视张志民诗歌创作的美学意义在于:他例证了从'革命文学'到'审美意识形态'的范式转换。"①

作为诗人,写作和诗歌有关的批评文字,是可信度较强的内行人说话。用艾略特的话来说,身为诗人的批评家,"他的名气主要来自他的诗歌,但他的评论之所以有价值,不是因为有助于理解他本人的诗歌,而是有其自身的价值"②。艾略特本人就是这样的批评家。按蒂博代的分类,诗人批评家被归为"大师的批评"中,这里所谓"大师",指的是那些已经获得公认的大作家,包括诗人、小说家和戏剧家等。当然,对于当代作家和诗人而言,动辄称为"大作家"或"大师"似乎颇为轻率,我们姑且仍将他们称为"诗人批评家"。在中国当代文学语境中,学院批评家和诗人批评家的身份常有重叠,但批评风格却各有不同。

四 1990年代以来的诗歌论争:叙事性、知识分子和民间写作

1990年代中后期,如果说当代诗歌批评的场域有了些变化的话,那么,其中最重要的一点,是大众文化的兴起,报纸、杂志等大众传媒的介入,带动了诗歌界"自发的批评"话语的扩张和"职业的批评"话语的深化。诗人、记者、专栏作家以及大学教授、诗歌研究者在报刊上发文讨论诗歌现象,阅读当代诗歌作品和评论诗歌出版物等,也将人们讨论诗歌话题的阵地扩展至大众视野之内。在1980年代,读者要从专业类的文学和批评刊物上才能窥见诗歌界的面貌,而到了1990年代,诗歌话题似乎可以随着报纸艺术新闻和文化副刊,进入普通读者的手边案

---

① 参见黄怒波《从"革命文学"到"审美意识形态"——张志民诗学的范式转换与价值生成的时代美学意义》,载《诗探索》2016年第1期。黄怒波为骆英的实名,为求统一,文中用骆英。
② 〔英〕T.S.艾略特:《批评批评家》,陆建德主编,李赋宁、杨自伍等译,上海:上海译文出版社,2012年,第5页。

头。正是在这一背景之下,20世纪末的诗歌论争成为轰动一时的文化事件之一。

(一)世纪末诗歌论争的缘起与经过

如何描画与评价进入1990年代的当代诗歌整体状况和诗人写作的变化特征,这曾是困扰部分当时的诗歌批评家们的课题。面对1990年代初开始的社会文化转型,当代诗歌的日益边缘化,批评家们一时面临批评的失语状态。写作中的诗人在调整,作为观察者和总结者的批评家们也在敏锐地搜寻线索,试图找准批评的切入点。对"朦胧诗"之后的写作,有"第三代诗""后新诗潮""后朦胧诗"等笼统归纳的概念,大约在1990年代中期,"90年代诗歌"作为一个批评概念,被一些诗人和批评家提出并加以阐释。

在理论批评中自觉地建构"90年代诗歌"意识的,当数批评家程光炜。在《90年代,另一意义的命名》①中,程光炜提出1990年代区别于1980年代的意义,在于它在"知识形构"上发生了整体性的变异。他重视进入1990年代后仍然使个人的写作发挥着有效性的诗人们,如张曙光、柏桦、西川、欧阳江河、王家新、翟永明、陈东东、孙文波、萧开愚、于坚、黄灿然等,认为"作为'跨时代写作'的一批诗人,他们近年成功地完成了个人的语言转换,而没有在新的和更残酷的语言现实中被否弃。其次,他们越来越重视现代诗歌的技艺,并把技艺的成熟与经验的成熟作为检验一个诗人是否正在成熟的一个重要标准"。无论是写作的"有效性",还是"技艺"的成熟与否,程光炜都在试图为一批走向写作新阶段的诗人进行整体合法性的归纳与研究。在《不知所终的旅行》②一文中,程光炜从1980年代末创办的民间诗歌刊物《倾向》说起,将其所倡导的"知识分子写作"与"90年代"诗歌所怀抱的诗学抱负——"秩序与责任"联系起来,结合对"知识分子写作"这个概念的考辨,程

---

① 载《学术思想评论》1997年第1辑,沈阳:辽宁大学出版社,1997年。
② 该文为洪子诚、李庆西主编的"九十年代文学书系·诗歌卷"《岁月的遗照》(程光炜编选)的"导言",北京:社会科学文献出版社,1998年。

第八章　新的美学原则与诗歌批评的更新

光炜批评了1980年代后期以来有关"纯诗"的追求,分析了以"知识分子写作"为代表的"90年代诗歌"的艺术追求和特征。首先是反对"纯诗"或反对诗歌的对峙主题,扩大各种题材和手段,尽力维护和追求复杂的诗意;其次,是对叙事能力的特殊要求,也即1990年代诗歌在写作中体现一种"叙事性"。程光炜以他的批评标准选择了以张曙光、欧阳江河、王家新、翟永明、肖开愚、西川、柏桦、孙文波等为例,细致阐释了这些诗人在进入1990年代之后,经由个人写作而实现的创造性。

程光炜关于"90年代诗歌"的一系列带有鲜明的建构意识的文章,引发了青年诗人沈浩波的不满。沈浩波撰文质疑程光炜在编选《岁月的遗照》时的选诗标准以及对"90年代诗歌"的概括,认为该选本中所选诗人不足以用来概括"90年代"诗歌的全貌,并提出程光炜的选本是对1990年代写作着的其他一些诗人比如于坚、伊沙、阿坚、莫非、侯马、韩东等人的遮蔽。于坚在《中华读书报》撰文提出"诗人写作"概念,以对抗和批评"知识分子写作"。1999年2月,诗人杨克主编的《1998中国新诗年鉴》由花城出版社出版,书内选录于坚长文《穿越汉语的诗歌之光》,可谓全面发起诗歌论争的重要篇什。这篇论文通过对"民间"概念及其内涵的阐释,重新建构了近二十年诗歌的叙事脉络。于坚认为,近二十年杰出的诗人无不来自民间,他将"第三代诗歌"视为20世纪最重要的诗歌运动,其意义只有胡适们当年的白话诗运动可以相提并论,因为"第三代诗歌"将1950年代以来白话文传统遭切断而普通话一统天下的形势扭转了,换言之,发轫于南方的"第三代诗歌"通过坚持转入民间的日常口语写作而接续了白话文传统。于坚重新梳理了朦胧诗以来的诗歌现象的更迭。他认为,"朦胧诗"是思想解放运动的产物,它指向的是意识形态,诗歌是诗人们用来反抗意识形态专制的暧昧工具。而"第三代诗歌"确实从普通话的独裁下恢复汉语的尊严,它是白话文运动之后的第二次汉语解放运动,是对普通话写作的整体反叛,是从意识形态的说什么向语言的如何说的转变。写作成为个人的语言史,而不是时代的风云史,个人写作是从语言的自觉开始的,"第三代诗歌"通过语言在1950年代以来第一次建立了真正的个人写作。由此,于坚不仅为当代诗歌内部划分了不同的对垒阵营,即坚持"诗人写作"的"第三代诗歌"承继者与倡导"知识分子写作"的诗人及写作观念相近的同仁,而且也从批评话语上,分立出两种不同的诗歌批评态度和观念。即使使用同一个概念"个人写作",于坚的阐释也和程光炜、唐晓渡等人的理解不尽相同。

观点的不同发酵为更大规模的论争,1999年4月16至18日,中国社会科学院文学所、北京市作家协会、《诗探索》《北京文学》杂志联合,在北京市平谷县(今平谷区)盘峰宾馆召开"世纪之交:中国诗歌创作态势与理论建设研讨会"。谢冕、吴思敬等人主持了会议,来自全国各地的二十几位诗人、批评家与会,会上展开了尖锐的诗歌论争,被称为"盘峰论争"(或"盘峰论战")。其后,《文论报》《中华读书报》《中国图书商报》《科学时报·今日生活观察》(北京)、《山花》《诗探索》《北京文学》《大家》等报刊刊发诗人、批评家、记者等各路读者、记者、诗人和研究者的文章,使得盘峰诗会的论争得以进一步深化。论争话题围绕"民间立场""知识分子写作""新诗发展方向"等展开,从批评家试图阐释"90年代诗歌"现象,到诗人内部产生分歧,及至诗歌研讨会上论争的白热化和媒体参与,世纪末的诗歌论争被认为是自朦胧诗以来最大的一次诗歌论争,并将对下个世纪的中国诗歌的发展产生重要影响。

以上概括能够看出,发生在20世纪末诗歌界的论争,起点是对"90年代诗歌"的整体理解分歧,是对当代诗歌批评家(包括诗人批评家)工作的不满。而从批评发生的文化场域和被卷入的批评者来看,这次论争较1980年代的朦胧诗论争也有了不同。如果说朦胧诗论争带动的是整个诗歌和文学对于写作的个人性和艺术性的总体反思的话,那么,世纪末的诗歌论争则发生于诗歌界内部,是诗歌立场和观念的分歧与讨论,也因此出现了不同倾向和流派的诗歌追求。同时,诗歌在文化体制中的总体位置也发生了微妙的变化,这反映了当代诗歌和诗人面对社会文化激变之后的不同反应。

(二)叙事性与"90年代诗歌"

"叙事性"是描述"90年代诗歌"时出现的一个批评概念,它也是进入世纪末诗歌论争的重要批评节点之一。与之相应的,还有如"知

第八章　新的美学原则与诗歌批评的更新

识分子写作""个人写作""反讽""戏剧性"等概念,不过,选择"叙事性"也可以作为理解这些概念的参照和切入点。

描述1980年代中期以来的当代诗歌概况,批评者们经常用到诸如"第三代诗歌""后朦胧诗""先锋诗歌"等概念,对这些概念所代表的诗歌内涵进行阐释时,并没有人从"叙事"的角度来理解这一时期的诗歌特征。"90年代诗歌"这一看起来以果断的时间线切分出的阶段性质的概念,说服力和可信度则颇令人怀疑。很难想象,如果是同一位诗人,在他/她进入1990年代之后在写作上的变化可以用这样的一刀切式的标准来考察。"叙事"在文学批评和理论视野中,是和"抒情""说理"等写作方法、技艺和风格特征并举的概念,在描述"90年代诗歌"的时候,它又承载了怎样的含义呢? 这需要回到批评对于1990年代诗歌的问题意识中去考察。早在1993年,欧阳江河在《89'后国内诗歌写作:本土气质、中年特征与知识分子身份》一文中率先提出,进入1990年代之后,在部分当代诗人已经写出的作品和正在写的作品之间产生了"一种深刻的中断","诗歌写作的某个阶段已大致结束了,许多作品失效了"[①]。欧阳江河所提及的许多作品,包括了1980年代中期以来的诸种写作,包括受海子诗歌影响的"乡村知识分子写作""城市平民口语的写作""可以统称为反诗歌的种种花样翻新的波普写作"以及"被严格限制在过于狭窄的理解范围内的纯诗写作",细加理解,不难看出论者批评矛头的针对性。因之,文本或写作的有效性成为一个来自诗人和批评家共同关注的诗歌问题。与"文本的有效性"相关,还有"写作的及物性""写作的活力"等说法,从诗歌的功能表达转向写作的具体要求,宽泛地讲,就是在新的社会语境下"写作的可能性"问题。这个问题也在臧棣、萧开愚、程光炜、孙文波等诗人和批评家那里得到提出和思考,并且以"叙事性"作为分析诗歌与现实关系的切入点,在他们关于"90年代诗歌"的论述中得以表达。

批评家程光炜是"90年代诗歌"的命名者之一,他从"知识气候"

[①] 欧阳江河:《89'后国内诗歌写作:本土气质、中年特征与知识分子身份》,原载于《南方诗志》1993年(夏季号),收入《谁去谁留》,长沙:湖南文艺出版社,1997年。

的角度论及诗歌"文本的有效性",把相对于"抒情"而言的"经验"引入讨论中①。不难理解,这个判断背后是里尔克著名的"诗歌不是抒情,诗是经验"的论述。而此处谈到的"经验",到了他另外的文章里,就是"叙事"。在《叙事策略及其他》和《不知所终的旅行》这两篇发表于1997年的文章中,程光炜结合张曙光、孙文波、王家新、臧棣、萧开愚等诗人诗作的分析,提出"叙事性"的要旨和功能所在。"在一定意义上,'叙事性'是针对80年代浪漫主义和布尔乔亚的抒情诗风而提出的。叙事性的主要宗旨是要修正诗与现实的传统性的关系,而它的功能则主要有以下几个方面:一、它的目的是借此打破规定每个人命运的意识形态幻觉,使诗人不是在旧的知识——权力的框架里思想并写作,而是把自己毕生的思想激情和想象力交给真正的而非虚假的写作生涯。二、因此,在此前提下的叙事不只是一种技巧的转变,而实际上是文化态度、眼光、心情、知识的转变,或者说是人生态度的转变。换言之,它不再是原先那个被'叙事'的人,不是离开了那个宏大叙事就茫然无措、不能生活的、丧失掉主体内涵的人,而第一次具有了极其强盛的'叙述'别人的能力和高度的灵魂的自觉性。三、但最终,叙事的任务需要叙事的形式和技巧来承担。它们显然包括了经验利用、角度调换、语感处理、文本间离、意图误读等等更加细屑的工作,以及在这一过程中每个人显然不同的创造力。四、最后,叙事意图的实现有赖于写作之外的高水准、对话性和创造性的阅读。叙事创造了另一批不同于80年代背景的读者。也可以说,90年代的诗歌文本是由诗人、作品、读者和圈子知识气候共同创造的。它是一种典型的处于完成之中、始终在探索着语言之可能性的展开着的诗歌文本。因此可以认为,四个方面之间不是一种由此及彼的递进的关系,而是一个不断向阅读敞开的循环往复的诗学过程。"②。程光炜从写作转变的针对性,"叙事"与写作视角、文本构造和阅读效果等诸方面完整地呈现了"叙事性"之于1990

---

① 参见程光炜《90年代诗歌:另一意义的命名》,载《学术思想评论》1997年第1期。
② 程光炜:《序〈岁月的遗照〉》(即《不知所终的旅行》),收入《程光炜诗歌时评》,开封:河南大学出版社,2002年,第51页。

第八章 新的美学原则与诗歌批评的更新

年代诗歌的重要转向。

与程光炜的阐发相比较,诗人批评家根据自己的写作经验,对"叙事性"则有相对现实的理解。臧棣并未使用"叙事性"概念,而代之以"诗歌的日常性"一语,"诗歌的日常性,严格地说,是一个风格问题。它吸引诗人的地方就在于,它能催生风格意识的不断变化。就写作的实践形态而言,诗歌的日常性可以有多重方式来表现:它可以是描绘性的,也可以是讲述性的;它可以是一个故事或一个事件,也可以是一个场景。从诗歌史的角度看,它可以被作为一种共通的群体特征或创作倾向来指认;但如果用它来辨认诗人个人的风格,它很可能只是一个指涉艺术趣味的问题"[①]。孙文波认为"如果将'叙事'看做诗歌构成的重要概念,包含在这一概念下面的也是:一、对具体性的强调;二、对结构的要求;三、对主题的选择。这样,同样是'叙事',包含在这一概念里面的,已经是对诗歌功能的重新认识,譬如对'抒情性'、'音乐性',以及'美'这些构成诗歌的基本条件都已经有了不同于以往的认识,这些认识实际上是符合本世纪以来人类文明的发展在理解事物的意义上观念的变化的。在这里,诗歌的确已经不再是单纯地反映人类情感或审美趣味的工具,而成为了对人类综合经验:情感、道德、语言,甚至是人类对于诗歌本体的技术合理性的结构性落实。因此,我个人更宁愿将'叙事'看作是过程,是对一种方法,以及诗人的综合能力的强调"[②]。而相应于对"90年代诗歌"概念的限制理解,批评家和诗人都倾向于将"叙事"理解为一种"策略",即强调一种相对的立场选择。也因此,即便在论述和接受这一概念颇为广泛的时期,诗人批评家姜涛对"叙事性"也有较冷静的反思,认为需要在一种"上下文关系"中看待"叙事性"。"叙事性"提出之后也引起了一些"误解",在姜涛看来,"首先,写作对事物细节、生活过程的偏爱在不少人那里被简化为写实主义的复归;其次,叙事性仿佛成了'抒情性'的对手,构成了对一切非经验成

---

① 臧棣:《诗歌:作为一种特殊的知识》,原载《文论报》1999年7月1日,收入《中国诗歌:九十年代备忘录》,王家新、孙文波编,北京:人民文学出版社,2000年,第44页。
② 孙文波:《我理解的90年代:个人写作、叙事及其他》,原载《诗探索》1999年第2期,收入《中国诗歌:九十年代备忘录》,第15页。

分的集中扫荡,它像诗行中一只好斗的拳头热衷于回敬新诗历史对陈述句的长年冷遇。其实,叙事性首先是作为对 80 年代迷信的'不及物'倾向的纠偏而被提倡的,与其说它是一种手法,对写作前景的一种预设,毋宁说是一次对困境的发现。……'叙事'并不是一劳永逸的,它仅仅是一位打破僵局的不速之客,在初始的寒暄之后,它并不排斥写作原来的主人,它呼唤的实际上是一种综合能力"①。从这些论述可以看出,作为一个批评概念,"叙事性"是当代诗人以他们的写作实践而探索出的一条有针对性的技艺和诗学路径,但也并非唯一或终极的方向。从批评的角度看,叙事性是考察"90 年代诗歌"写作的重要线索。

(三) 知识分子和民间写作:从认同焦虑到诗学立场

如果说"叙事性"问题是从写作的内部提出的,那么,在世纪末的诗歌论争中,显露在最表层的"知识分子写作和民间写作"的分歧,则是溢出了写作话题的文化思想论争议题。而这一议题,牵涉 1980 年代末与 1990 年代的知识转型、思想界的分化,以及诗学和文化理想的选择。从批评的角度看,这一议题也需引入文化研究和诗学批评的双重视野。

关于"知识分子写作"的提出时间,西川提及,1987 年 8 月,他与陈东东、欧阳江河等一起参加诗刊社举办的第七届"青春诗会",并在会上提出"知识分子写作"②。1988 年,他又与陈东东、刘卫国(即老木)等人创办以知识分子态度、理想主义精神和秩序原则为宗旨的民间诗刊《倾向》。在《倾向》创刊号的前记中有这样一段:"《倾向》的诗作者们所倡导的知识分子精神,更多地体现在他们的使命感和责任感上。须知,拥有灵魂和智慧的知识分子永远是少数,他们高瞻未来,远瞩过去,不以任何方式依附于他人。'诗乃公器,大家因之而进'(张枣),而作为一个知识分子的诗人,则恰恰是引导人类走向光明的灯盏。虽然

---

① 姜涛:《叙述中的当代诗歌》,原载《诗探索》1998 年第 2 期,收入《中国诗歌:九十年代备忘录》,第 293—294。

② 西川:《大意如此》,长沙:湖南文艺出版社,1997 年。

第八章 新的美学原则与诗歌批评的更新

使命感和责任感并不是知识分子精神的全部,但这二者无疑至关重要;对于诗人们来说,这二者是针对诗歌本身的。因此,《倾向》的诗作者们事实上是把他们的知识分子精神上升为一种诗歌精神了。"[1]如果说,《倾向》对于知识分子写作的理解尚且处于一种提纲式的简略表达,此后,西川、欧阳江河和程光炜等诗人和批评家则相继对这一写作立场的具体内涵与意义,进行了补充和阐发。西川对自己提出知识分子写作主张的初衷作了以下表述:"一方面是希望对当时业已泛滥成灾的平民诗歌进行校正,另一方面是希望表明自己对于服务于意识形态的正统文学和以反抗的姿态依附于意识形态的朦胧诗的态度。从诗歌本身讲,我要求它多层次展出,在感情表达方面有所节制,在修辞方面达到一种透明、纯粹和高贵的质地,在面对生活时采取一种既投入又远离的独立姿态。"[2]欧阳江河所说的知识分子诗人的身份实际上是由多重角色组成的:"一是说明我们的写作已经带有工作的和专业的性质;二是说明我们的身份是典型的边缘人身份,不仅在社会阶层中,而且在知识分子阶层中我们也是边缘人,因为我们既不属于行业化的'专家性'知识分子,也不属于'普遍性'知识分子。"[3]对于诗人身份的独特性的觉知,是西川和欧阳江河共同点,而在另一篇文章中,西川的感受显示了他对诗人和批评家社会角色的敏感变化。按西川所说,到了1990年代诗人和批评家实现了所谓的"角色互换",诗人身份被他可疑地抬高(或不如说是挤压)到一个不可言说的深层的社会角色中,而当代中国批评家反而成了所谓"立法者和代言者"[4]。

批评家程光炜则从学术的角度对"知识分子写作"在1990年代诗歌发展中的方向和实绩进行了耐心的梳理和批评。在《90年代诗歌:另一种意义的命名》一文中,程光炜以"一类知识分子的消失"为小标题,提出了他对"知识分子写作"含义的"更精确的区分":"一、受当代

---

[1] 《倾向》创刊号,1988年。《倾向》后来在海外出版,其"倾向"有所偏颇,是另一回事。
[2] 西川:《大意如此》,长沙:湖南文艺出版社,1997年,第246页。
[3] 欧阳江河:《89'后国内写作:本土气质、中年特征和知识分子身份》,参见《谁去谁留》,第257—258页。
[4] 参见西川《写作处境与批评处境》中的第7部分"知识分子在当代"。

政治文化深刻影响的知识分子写作。这种写作,往往带着时代或个人的悲剧的特征,它总是从正面或反面探讨社会存在的真理性。二、西方文化意义上的知识分子写作。从事这类写作的人,喜欢将西方文化精神运用到对中国语境的审察之中,力图赋予个人的存在一种玄学的气质。三、有着中国传统文化特点的知识分子写作。他们执著于对当下存在诗意问题的探询,由于不太与写作者的亲身感受发生直接的关联,因此与读者的关系表现出一定程度的疏离。"在程光炜看来,"贯穿于八九十年代的诗歌写作总体上属于第一类的写作",而问题在于,"90年代诗歌很难再会产生类似80年代那种能指性的紧张关系了",所谓的"90年代"不只是"旋律的调整,叙事的转换,写作方式的变异,而是一种'告别'"。而这种"告别"是从两个方面展开的,"首先,它要求诗人、诗论家与自己熟悉的强大的知识系统痛苦地分离,然后,又与他们根本无与'熟悉'的另一套知识系统相适应。他们要习惯在没有'崇高''痛苦''超越''对立''中心'这些词语的知识谱系中思考与写作,并转到一种相对的、客观的、自嘲的、喜剧的叙述立场上去。""其次,对'诗就是诗'的本体论的重视。"从诗的功能和诗人职责的角度,程光炜认为由"诗是社会生活的承载者"到"诗就是诗"的诗学观念的变移,"首先确定的是诗是对种族记忆的保存,诗人的职责不单是民族的良心,而主要是在这一工作中的对语言潜能的挖掘","诗人的天职就在于寻求语言表现的可能性"①。也是在这一意义上,程光炜把诗歌的1990年代称为"过渡的时代"。可以说,程光炜的论述使得"知识分子写作"从身份位移指向了诗学的变迁。

  文学与文学批评总是在海洋般波浪激荡的社会变革中波动着,20世纪末的诗歌论争冲击着知识分子写作的构想与实践。"民间写作""诗人写作"等概念的提出与诗人之间激烈的论争,貌似在知识分子写作之外,辟出了另外的空间与阵营,也从事实上凸显了中国当代思想文化界的复杂分层和内部矛盾状态。

  从理论批评的向度集中构建"民间写作"立场的诗人代表者,是第

---

① 程光炜:《90年代诗歌:另一意义的命名》,参见《程光炜诗歌时评》。

第八章 新的美学原则与诗歌批评的更新

三代诗歌运动中凸显出来的两位重要诗人于坚和韩东。于坚虽提出了"诗人写作",但其基本依据还是"民间"这个文化空间场所,在他看来,民间立场意味着一种"诗人写作"。在《穿越汉语的诗歌之光》一文中,他首先提出用"民间写作"规定诗歌的精神,以对抗他所定义的"知识分子写作"。这篇为《1998 中国新诗年鉴》的"代序言"直接将矛头指向了"90 年代诗歌"中的"知识分子写作",他以线性叙事逻辑重构了"白话诗运动—(体现自由精神部分的)朦胧诗—第三代诗—民间写作"这样一个 20 世纪诗歌发展线索,并构造且否定了"朦胧诗—后朦胧诗—知识分子写作"这一脉络。于坚的态度是非常自信且坚定的,立论也颇斩钉截铁,他认为"在第三代诗人那里,由日常语言证实的个人生命的经验、体验、写作中的天才和原创力总是第一位的,而在'后朦胧'那里,则是'首先是知识分子,其次才是诗人'。前者是诗人,后者是'知识分子',这即是本质的区别"。"九十年代的'知识分子写作'是对诗歌精神的彻底背叛,其要害在于使汉语诗歌成为西方'语言资源'、'知识体系'的附庸,在这里,诗歌的独立品质和创造活力被视为'非诗'"。他认为"知识分子写作"可以是从民间出发的,但最终被庞然大物所吸纳。不难看出,他批评的靶子所指是臧棣和程光炜等有关后朦胧诗和 1990 年代诗歌中的"知识分子写作"的相关论述。于坚坚称,"民间诗歌的精神在于,它从不依附于任何庞然大物,它仅仅为诗歌本身的目的而存在",而坚持民间立场的"诗人写作","是神性的写作,而不是知识的写作","是谦卑而中庸的,它拒绝那种目空一切的狂妄,那种盛行于我们时代的坚硬的造反者、救世主、解放者的姿态",它"反对诗歌写作中的进化论倾向"[1]。

在诗歌论争中被迫应战的知识分子一方,有西川和西渡等,他们对民间写作的独立性提出质疑。西川在《思考比谩骂更重要》[2]中,称于坚所说的民间立场即独立写作立场,在他(西川)那里是个早已解决了

---

[1] 于坚:《穿越汉语的诗歌之光》,参见杨克主编《1998 中国新诗年鉴》,广州:花城出版社,1999 年。

[2] 载《北京文学》1999 年第 7 期。

的问题。而他并不愿使用民间这个词,因为在他看来,"'民间'并不那么可靠,因为'民间'那么容易被引诱、被鼓动、被利用,'民间'是最没有独立性的场所,民间心理就是从众心理,看热闹心理,有钱的帮个钱场没钱的帮个人场的心理,向上爬的心理"。"与其说有个什么'民间立场',还不如说有个'黑社会立场',而诗歌黑社会中的头一条原则就是利益均沾……"西渡指出,无论对应于"官方"或体制,还是对应于"知识分子写作",民间立场都无法独立。因为在前者,民间立场与意识形态的互相渗透性,造成了它的非独立性;在后者,民间立场就意味着大众文化立场①。值得注意的是,这里的批评已将"民间"这一认同问题的复杂性呈现出来,即一方面它显然不纯粹是一个艺术立场的问题,标榜的"独立性"很难讲是真正的独立性,"民间"更显然是个具有复杂历史蕴含的概念;另一方面,民间立场也只能是在一种一厢情愿的想象关系中才能存在,换言之,民间立场持有者的自我认同,直接建立在他们所设想的"知识分子写作"立场的回应(或依附)关系之上。

韩东的《论民间》在论争热潮过去之后发表,更多地将其立场进一步锁定在一种严谨而细致的辨析层面上。论文几乎没有直接触及或分析论争对方的立论,而旨在强化"民间"的含义。韩东认为:"民间并非出自任何人的虚构,更非出自某些人有目的的炒作或自我安慰的需要,它始终是一个基本的事实"。这里,对于"虚构"含义(意义的虚构性和话语的虚构性)所作的巧妙置换,帮助人们获得一种印象的强化:民间确乎是一种存在,对民间的认识理应服从于对民间的界说。而韩东对"民间立场"的认识也是对于坚的观点的强化:"民间立场就是坚持独立精神和自由创造的品质"。韩东以大量的篇幅细致地为民间立场进行辨析,从界定民间的含义,对民间的历史回顾,论证几个民间人物,再确认民间的历史使命,1990年代的民间形态,到民间与个人、边缘、非主流、民间文学等各种话语的关系,韩东对民间立场在当代文化语境中所包含的独立精神和创造自由品格的辨析,迫使人们相信这样一种超

---

① 西渡:《写作的权利》,收入王家新、孙文波主编《中国诗歌:九十年代备忘录》,北京:人民文学出版社,2000年。

第八章 新的美学原则与诗歌批评的更新

越的、独立的意识已然是一种存在。"民间的概念则是自足和本质的,是绝对的,它并不相对于官方或体制而言。"①

从批评的角度看,于坚和韩东对"民间立场"写作的认同,与西川、欧阳江河、程光炜对于"知识分子写作"的确认,同样都反映了文化层面上的身份焦虑。在社会文化语境发生了深刻转型的时代,对于诗人的职能、诗歌的功能以及诗与现实的关系的诸种表达都是诗人主体性的表征。正如文化批评家戴锦华所指出的,"所谓'知识分子写作'与'民间写作',更接近于面对90年代的纷杂的共同创伤与焦虑,人们所作出的不同选择与应对,他们显然共同分享着某种面对权力、自我放逐的历史机遇:前者的姿态,似乎更接近于六七十年代之交,欧洲知识分子'退入书斋,以书写颠覆语言秩序'、以文本作为'胆大妄为的歹徒'的选择;而后者则选取某种甘居边缘的态度,以文化的放纵与狂欢的姿态挑战或者说戏弄权力。从某种意义上说,'书斋'间的固守与'边缘'处的狂欢,正是90年代知识分子或曰文化人的两种最具症候性的姿态。分歧在于某种对于诗歌本体的认识,在于'诗歌的位置'"②。而说到诗歌的位置,则要以写出来的文本作为批评的对象。

(本章由周瓒执笔)

---

① 韩东:《论民间》,《芙蓉》2000年第1期。
② 戴锦华主编:《书写文化英雄:世纪之交的文化研究》,见编者评语,南京:江苏人民出版社,2000年,第93页。

第九章　多元文化语境中的文学批评

　　进入1990年代,中国大陆的文学环境发生了深刻转变,社会的思想意识与1980年代相比迥然不同,1980年代追逐西方现代主义思潮,1990年代则迎来了传统文化的全面复活。另一方面,延续了近四十年的社会主义计划经济体制向市场经济体制转型,市场经济全面展开并获得体制上的合法性。经济领域的改革加速之后,商品经济意识开始向社会的各个文化领域渗透,于是,1990年代的人文意识产生诸多变化,作为知识分子重要组成部分的作家与批评家同样受到冲击。一方面是作家的生存方式与作品的生产方式发生变化:此前的作家与国家机制的关系颇为密切,文学艺术一度是社会主导思想文化的重要宣传工具。但1990年代之后,文学也不可避免地受到市场经济大浪的冲击,开始受到市场需求的影响。主导思想意识、知识分子的思想愿望、民众的利益趣味诉求三方面发生分离。文学创作与受众的群体同时开始分化,主旋律文学作品仍然保持了强大的生命力,以大众文化市场为目标的流行性现代读物大量兴起,相对较有纯文学特征的精英文学创作依然坚守自身立场。由此,社会的思想意识和文化/文学类型发生分化,主导思想文化也难以实施严格的整合作用。当然,各种文学形态的分化和区分并不是绝对的,它们之间往往相互交叉渗透。这样相对宽松多元的局面是新中国成立以来从未有过的,但其表象之下,仍然是主导思想文化与市场经济的较量,传统的经典化的文学理念及其价值标向则处境困窘。另一方面,也更为重要的,就是知识分子的位置的边缘化。长期形成的现实主义的审美规范已经很难统领各种新出现的文学形态,相对多元的文化格局与思想探索争鸣,尤其是新的知识话语逐渐形成,导致了知识群体的多元分化。其分化与立场的选择不是一次性确定的,而是在一次次文化交流和讨论中逐渐形成的。1990年代真正是一个转型的时代,表面上看是一盘散沙,内里却在酝酿各种思想文化的重建,以至于大众文化与媒体文化也在崭露头角中开启另一片天地,而且越来越有活力,直至消费主义、娱乐至上……在1990年代已经形成一种文化情境,这也是文学批评必须面对的现实。总之,在1990年代,以"重写文学史""人文精神讨论"为始,以后现代主义展开知识重构与思想转型,再以文学的代际区别分化出的(例如60后、70后、80后等)阵营立场,1990年代及其以后的文学批评已然是各行其是。但新的立场和知识话语、新的方向和目标也在打下基础,并且抓住转型时期富有活力的文学现象,建立起新的阐释空间。我们依然不得不说,在这个时代饱受非议的文学批评并非茫然无措,其实也是"其志可嘉"。

一 "重写文学史"与"人文精神讨论"

1970年代末,中国大陆的思想解放运动让一部分知识分子产生了强烈的思想解放和学术解放的冲动,现当代文学研究与批评领域的学者也不例外,他们产生了强烈的修改乃至重写现有文学史的愿望。1980年代初,两部来自海外的文学史对当时的学者们产生了较大冲击:夏志清的《中国现代小说史》(1979)与司马长风的《中国新文学史》(上、中、下卷分别为1975、1976、1978年出版)。虽然这两本文学史在当时受到了不同程度的批评①,但夏志清在文学史中对于中国大陆长期被忽视甚至刻意忽略的沈从文、钱锺书、张爱玲等人的高度评价对大陆治现代文学史的学者重评作家作品产生了影响;而司马长风对新文学发展的段落式划分,对新月派、语丝派、孤岛文学等文学流派和文学现象的分析同样带给大陆学者一种新的研究空间的可能。钱理群就是受到他们影响的一位,他说:"夏志清对我的启发主要是他对几个作家的发现,一个是张爱玲,一个是师陀,还有端木蕻良,因为我认为一个文学史家的功力主要在于发现作家,所以印象很深。但是当时我总的看

---

① 当时王瑶曾经撰文,认为夏志清对沈从文的评价过高,他认为"不能笼统地认为国外学者的观点就一定是科学的"。参见王瑶《关于中国现代文学研究工作的随想》,《中国现代文学研究丛刊》1980年第4期。而唐弢也发表了类似的观点,参见唐弢《中国现代文学史的编写问题》,《西方影响与民族风格》,北京:人民文学出版社,1989年。

法是他的反共意识太强,而且我不认为他的整个框架和思路有什么新的东西。司马长风的艺术感觉非常好,这对我有影响,我对周作人的研究就受到了他的影响。当时我们接触到的海外学者主要就是他们两个,他们的著作都是个人著述,而当时我们都是教科书,好像是吹来了一股新鲜之风,这也是一种影响。"①长期停滞的中国现代文学研究界开始寻找学科研究的新的突破口,仿佛冰层下的暖流急于冲破冰层而出,"重写文学史"成为现代文学研究界一个强烈的渴望,虽然这个说法的明确出现是到了1988年,在《上海文论》的一个新栏目上,但实际的诉求和行动则要早许多。1982年6月,朱光潜撰文重新评价沈从文的文学成就②,而更多的学者则"捋起袖管,合力来拆除隔在现、当代文学研究之间的那一道非学术的障壁,随着绝大多数人都逐渐意识到现代文学和当代文学的深刻的内在联系,中国现代文学研究的对象正在发生越来越大的变化"。王晓明回忆道:"那还是一九八五年的暮春时节,北京西郊的万寿寺里,几十个神情热烈的年轻人,正在七嘴八舌地讨论中国现代文学研究的'创新'问题。就在那座充当会场的大殿里,陈平原第一次介绍了他和钱理群、黄子平酝酿已久的'打通'现、当代中国文学研究的基本设想;几个月之后,《文学评论》又以醒目的篇幅刊登了他们三人署名的题为《论"20世纪中国文学"》的长篇论文。我不知道以后的人们将会怎样看待这两个事件,但在当时,我却和许多同行一样受到了强烈的震动。"③目前学界较为一致的看法是,1985年北京万寿寺召开的中国现代文学创新座谈会上"20世纪中国文学"观点的提出对"重写文学史"产生了铺垫性的作用。因为"'20世纪中国文学'这一概念首先意味着文学史从社会政治史的简单比附中独立出来,意味着把文学自身发展的阶段完整性作为研究的主要对象。""在这一概念中蕴含的'整体意识'还意味着打破'文学理论、文学史、文学

---

① 钱理群、杨庆祥:《"20世纪中国文学"和80年代的现代文学研究》,《上海文化》2009年第1期。
② 朱光潜:《关于沈从文同志的文学成就历史将会重新评价》,《湘江文学》1983年第1期。
③ 王晓明:《从万寿寺到镜泊湖——关于"20世纪中国文学"研究》,《文艺研究》1989年第3期。

批评'三个部类的割裂。"①同一个会上,来自上海的陈思和就提出了"新文学的整体观"。"后来在镜泊湖会议上,我们提出南北合作,他们在上海搞,我们在北京呼应。"②这些学术观点的提出为后来的"重写文学史"奠定了基础。1987年,陈思和出版了《中国新文学整体观》,从"整体观"的立场出发对中国新文学史"前30年"与"后30年"、现代主义思潮与现实主义思潮、当代意识与文化传统等问题进行了梳理。③

事实上,当时还有一些学者提出了更为新锐、大胆,甚至有些极端的观点,比如李劼,他从语言哲学的视角来理解中国现代文学史,提出中国新文学应该重新分期,而当代文学的真正开端应该是1985年。④由于"20世纪中国文学""中国新文学整体观"等学术观点涉及中国当代文学,故有学者也发表观点主张"当代文学不宜写史",唐弢1985年10月15日撰文说:"我以为当代文学是不宜写史的。现在出版了许多《当代文学史》,实在是对概念的一种嘲弄。不错,从时间上说,昨天对今天来说已是历史,上一个时辰里发生的事情也可说是这一个时辰里同类事情的历史;但严格地说,历史是事物的发展过程,现状只有经过时间的推移才能转化为稳定的历史。现在那些《当代文学史》里写的许多事情是不够稳定的,比较稳定的部分则又往往不属于当代文学的范围。"⑤施蛰存也认为当代文学不能成史,"我同意唐弢同志的建议,当代文学不宜写史,因为一切还在发展的政治、社会及个人的行为都没有成为'史'。根据这个世界学者不成文的公认界说,我也认为不宜有一部《当代文学史》。""凡是记载没有成为历史陈迹的一切政治、社会、个人行动的书,不宜误用'史'字。"⑥唐弢先生和施蛰存先生关于此番论说的语境,还处于思想领域纷争激烈时期,左右冲突正酣,如何评价

---

① 黄子平、陈平原、钱理群:《论"20世纪中国文学"》,《文学评论》1985年第5期。
② 钱理群、杨庆祥:《"20世纪中国文学"和80年代的现代文学研究》,《上海文化》2009年第1期。
③ 陈思和:《中国新文学整体观》,上海:上海文艺出版社,1987年。
④ 李劼:《中国现代文学史(1917—1984)论略》,《黄河》1988年第1期。
⑤ 唐弢:《当代文学不宜写史》,《西方影响与民族风格》,北京:人民文学出版社,1989年,第436—437页。
⑥ 施蛰存:《当代事,不成"史"》,《文汇报》1985年12月2日。

1980年代以前的"当代文学",确实一时难有定论;到了1990年代,人们的观念和观点都比较明确,且"写史"也不是像过去一样要定为一尊,成为唯一的权威论定。历史已然进入多元话语的格局,各家言说,自成其理而已。

然而,更多的学者在"重写文学史""重新评价重要作家作品""著当代文学史"等方面产生了共识。《上海文论》1988年第4期推出由陈思和、王晓明主持的"重写文学史"专栏,《主持人的话》中强调"重写"的意义是"要改变这门学科原有的性质,使之从属于整个革命史传统教育的状态下摆脱出来,成为一门独立的、审美的文学史学科"。① "在一些似乎最为重要的作家、理论家作品的评价方面,仍然有不少的'公论'程度不同地阻碍着我们,如果不能尽快地清除这些阻碍,现当代文学研究恐怕很难真正回到学术研究的轨道上来,'重写文学史'也就会成为一句空话。""我们说'重新评价'作家作品,并不仅仅是指给它们一个与以前不同的判断,在某种意义上,更重要的还在于以一种与以前不同的态度去评价它们。"②专栏所探讨的问题切中当时中国现当代文学研究停滞的要害,学者们纷纷参与进来,"就《上海文论》的专栏来说,很多人都写来了文章,我们约稿非常顺利,因为当时各地方的许多同行,都有重写或重新评定现代文学的要求"③。一时间,"重写文学史"成为学界关注的一个热点话题。同年,《中国现代文学研究丛刊》开设了"名著重读"栏目,发表了大量重新评价现代文学作家作品的学术文章。而《上海文论》的"重写文学史"栏目则一直到1989年第6期结束,期间发表的四十余篇文章阐述了"重写文学史"的目的和意义、如何"重写文学史"、当代性与历史标准等问题,同时,对一些重要作家作品进行了重新评价。现当代文学研究领域的学术气氛开始活跃。1988年11月,《上海文论》杂志在北京召开"重写文学史"研讨会,王瑶、谢冕、严家炎、何西来、吴福辉、钱理群、张炯、王富仁、黄子平、陈平

---

① 陈思和、王晓明:《主持人的话》,《上海文论》1988年第4期。
② 陈思和、王晓明:《主持人的话》,《上海文论》1988年第5期。
③ 李世涛:《从"重写文学史"到"人文精神讨论"——王晓明先生访谈录》,《当代文坛》2007年第5期。

原、蒋原伦、李辉等学者参会。会后毛时安写了会议综述《"重写文学史"专栏激起热烈反响》刊发在《上海文论》1989年第1期,总结了与会者的看法:"从发展的眼光看,重写文学史是一件势在必行理所当然的事,这个专栏的开设,是文艺评论界思想开放活跃的表现,体现了学术思想的自觉。'重写文学史'的意义并不在于给文学史的建设提出了某种新的结论,而是对那种独尊一元的文学史观进行了一次有力的冲击,为今后文学史家的立论开拓了视野,为文学史的多元化格局提供了新的思维材料。"

被看作"重写文学史"的重要收获的,除了上述文章外,还有两部新版的当代文学史:洪子诚著的《中国当代文学史》(1999)和陈思和主编的《中国当代文学史教程》(1999),因其"开启了'中国当代文学'这门学科逐步走向成熟的新阶段,也是'重写文学史'沉潜10年逐步积累显示的实迹,是那场尚未充分展开的大讨论的继续。这两部文学史开始廓清这门学科中久积的教条和陈旧观念,开拓教学和研究的新思路,将有效地影响和促进中国当代文学这门学科的科学化进程"。①

当时,针对"重写文学史"的观点和浪潮,一些学者发表了不同观点。刘再复就认为说"重写",不如说"改写"更贴切。"因为'改写'包含着对已有的研究成果的尊重。已经问世的严肃的文学史书,都有作为一元存在的权利……"②此后,也有学者从历史观和政治角度对这一学术思潮进行质疑和否定③,有关"重写文学史"的学术讨论由于一些非学术因素的参与而终止。1989年第6期《上海文论》刊发了"重写文学史专辑"后停办了这一专栏。海外的《今天》杂志自1991年第3、4期合刊号至2001年夏季号,一直开设"重写文学史"专栏,坚持了整整十年。

在"重写文学史"思潮中涌现出的"20世纪文学"观和"新文学整

---

① 宋遂良:《"重写文学史"的重要收获》,《南方文坛》2000年第1期。
② 刘再复:《从"五四"文化精神谈到强化现代文学研究的学术个性》,中国现代文学研究会编:《在东西古今的碰撞中——对"五四"新文学的文化反思》,北京:中国城市经济社会出版社,1989年,第285页。
③ 王维国从历史观的角度进行了质疑,认为"当代性本身也有其局限性",参见其文《评近年的解放区文学研究》,《延安文艺研究》1990年第1期。林志浩等人则认为"重写文学史"是对革命文艺传统的否定,参见其文《重写文学史要端正指导思想》,《求是》1990年第2期。

体观"都与当时整个中国现代化的强烈渴望有关,"重写文学史"的发起者之一王晓明若干年后说,整个1980年代,知识分子不同程度地都有一种对现代化的幻觉,"可是,经过了国际、国内那段时间的重大的历史事件的震荡,至少在人文社会科学的研究领域里面,在一部分知识分子中间,1980年代的那种乐观和自信消失了,取而代之的是深深的困惑。这个困惑就是,知识分子发现,对中国也好,对整个世界也好,包括对知识分子自己也好,原来的种种确信其实都是幻觉,原来自己对现实和历史根本不了解!"①"重写文学史"最大的意义在于对一元学术体制的反抗,而非其他。随后,现代化幻觉破碎的知识分子开始转向对"人文精神"的讨论。

市场经济给知识分子精神上带来的巨大冲击被看作"旷野上的废墟"②,并且被命名为"人文精神的危机"。与知识分子密切相关的生存与价值难题,使当时一部分知识分子倾向于商业化,他们主动放弃了原有的岗位,为了经济利益"下海",其中也有些人走向正在形成的图书市场,寻求适应大众的文学及图书的求生之道。至1993年,怎样看待文人"下海"的问题的讨论尚未结束,以"陕军东征"为代表的"长篇小说热"又重新举起"纯文学"的大旗。另一方面,文化现象开始无序生长,深圳的文稿竞价、顾城的杀妻自杀……让相当一部分坚守知识分子立场的人文学科的学者开始思考并批判当时的文化现象,从对当时的社会现象和文学现象的批判出发,他们围绕知识分子的精神价值和社会立场与担当等问题展开讨论,由此引发了"人文精神"讨论③。有关何为"人文精神",如何看待市场经济带来的消费文化现象及由此带来的"人文精神"的危机等问题是他们的共同关注点和论争点。

最初的发端是华东师范大学中文系教授王晓明和当时就读于该校

---

① 李世涛:《从"重写文学史"到"人文精神讨论"——王晓明先生访谈录》,《当代文坛》2007年第5期。
② 王晓明、张宏、徐麟、张柠、崔宜明:《旷野上的废墟:文学和人文精神的危机》,《上海文学》1993年第6期。
③ 当时参与讨论的主要是人文学科的学者,但1995年,经济学家也加入了讨论,他们同样各执一词。参见《人文精神:经济学家发言了》,《中华读书报》1995年11月5日。

的博士硕士研究生张宏、徐麟、张柠、崔宜明等人的对话《旷野上的废墟:文学和人文精神的危机》,王晓明认为,当时的文学危机已经非常明显,"是一个触目的标志,不但标志了公众文化素养的普遍下降,更标志着整整几代人精神素质的持续恶化。文学的危机实际上暴露了当代中国人人文精神的危机,整个社会对文学的冷淡,正从一个侧面证实了,我们已经对发展自己的精神生活丧失了兴趣。"对话批判了当时红极一时的一些文学作品和艺术作品,包括王朔的"痞子文学"及其改编的电影电视作品、张艺谋电影的商业化倾向等,他们认为:"'调侃一切''以废墟嘲笑废墟',都是这个时代人文精神日见萎缩的突出症状。""说得夸张一点,今天的文化差不多是一片废墟。或许还有若干依然耸立的断垣,在遍地碎瓦中显现出孤傲的寂寞,但已不能让我们流泪。"对话中指出,当时的人文精神的危机有两重。其一是在一个堪与先秦时代比肩的价值观念大转换的时代,举凡五千年以来的信仰、信念和信条无一不受到怀疑、嘲弄,却又缺乏真正建设性的批判;其二则是,人文精神的危机不仅仅是知识分子的,更是整个社会的危机,"一个有五千年历史的民族真的可以不要诸如信仰、信念、世界意义、人生价值这些精神追求就能生存下去,乃至富强起来吗?"所以,"我们必须正视危机,努力承担起危机,不管它多么沉重"。①

1993年冬天,全国文艺理论学会年会在上海华东师范大学召开,王晓明等学者白天开会,晚上约在华东师范大学的一间教室里集中讨论大家共同关心的问题。当时的《读书》杂志主编沈昌文和编辑吴彬从北京来上海参会,他们一声不响地坐在教室角落里听,而后离去。但很快就写信来说,他们支持这个讨论,准备在《读书》上发表系列的讨论稿。根据这封信,王晓明等学者在上海分好几组分别讨论,再根据录音整理成文陆续寄给《读书》杂志,1994年第3期至第8期的《读书》刊发了这组讨论稿②。这组讨论稿的主要观点认为当时知识分子精神状

---

① 王晓明、张宏、徐麟、张柠、崔宜明:《旷野上的废墟:文学和人文精神的危机》,《上海文学》1993年第6期。
② 王晓明、关昕:《人文精神大讨论:迷茫中发出的第一声》,《先锋国家历史》2007年第22期。

况普遍不良,人格萎缩,批判精神消失,文学艺术的创造力和想象力匮乏等。这组讨论文章在《读书》发表后引起了热烈的反响,此后,许多人文学科的专家学者和文坛的作家诗人纷纷参与进来,《上海文学》《读书》《钟山》《中华读书报》《光明日报》《文汇报》等报刊或组织讨论,或开辟专栏,一场规模宏大的"人文精神"讨论就此发生。讨论的焦点主要有两个方面:其一,什么是"人文精神"?其二,"人文精神"是否失落,是否处在危机状态?

参加讨论的学者和作家们对于"人文精神"这一概念的理解不尽相同,甚至有很大差异。一部分学者从启蒙主义和理想主义的视角出发,认为讨论"人文精神是怎样失落的",首先必须考虑什么是"人文精神",应该划清道德价值与人文精神的界限。"人文精神",是对"人"的"存在"的思考;是对"人"的价值、"人"的生存意义的关注;是对人类命运、人类的痛苦与解脱的思考与探索。人文精神更多的是形而上的,属于人的终极关怀,显示了人的终极价值。它是道德价值的基础与出发点,而不是道德价值本身。"人文精神不光是一种态度,一种心境,更是一种生命的承诺,否则它必然归于消灭。虽然与道德相比,它更虚一点,但并非无迹可寻。它必然要通过人的行为和选择表现出来。"① 陈思和等学者就知识分子的精神传统、话语体系、价值规范等问题进行了深入的探讨和思考,他们认为人文精神讨论不是对外部世界的议论或向外诉求,而是要先从内部开始反省,当代知识分子理应确立自己的价值规范,这是知识分子的人文精神的体现。"中国应该有一种更高的人文科学,这种人文科学会对社会始终采取批判的态度。"②"人文精神终究是在社会实践中的人文精神,并没有一种外在于知识分子实践的人文精神完美地等待着我们去发现","需要我们每一个人自觉地在实践过程中去探索"。③

也有学者持不同观点,陈晓明试图提示另一种理解角度:"一批特

---

① 高瑞泉、袁进、张汝伦、李天纲:《人文精神寻踪》,《读书》1994年第4期。
② 陈思和、郜元宝、严锋、王宏图、张新颖:《当代知识分子的价值规范》,《上海文学》1993年第7期。
③ 陈思和:《就95"人文精神"论争致日本学者》,《天涯》1996年第1期。

别崇高有责任感的当代中国知识分子关注人类的命运和精神价值的本质不过是在讲述一种知识、采用一种叙事话语。""在多元的时代,过分张扬此种'精神',拒斥和贬抑其他的知识和话语显得多少有些武断。"①张颐武认为,"在目前的'后新时期'文化语境中,'人文精神'业已成为一个神话","'人文精神'在众多的讨论中,并未得到过明确的表述"。"'人文精神'承诺了在话语之外的绝对性,但它本身却仍然是一种言语和特定话语中的一个概念,它的有限性仍是不可逃避的。""'人文精神'对当下中国文化状况的描述是异常阴郁的。它设计了一个人文精神/世俗文化的二元对立,在这种对立中把自身变成了一个超验的神话。"②

出于对极左路线和规训化的预防与警觉,王蒙表示出对人文精神的质疑:"人文精神是一个外来语,本身没有严格的界说","我们无妨视之为一种以人为主体、以人为对象的思想,或者更简单一点来说,人文精神我们姑且可以假定为一种对于人的关注"。应该包括"对于改善人的物质生活条件的关注","人文精神似乎并不具备单一的与排他的价值标准","应该承认人的差别而又承认人的平等,人的力量和承认人的弱点,尊重少数的'巨人',也尊重大多数人的合理的哪怕是平庸的需要"③。被看成"人文精神"危机的重要表征之一的王朔则认为,"人文精神就是要体现在人对本身的关怀上,而现在一些呼唤人文精神的人恰恰不是出于这种对人的关怀,这可能会走上一种二律背反的道路"。④

就1990年代的中国大陆"人文精神"是否失落或者是否陷入了深刻危机,学者们的观点也不尽相同。除前面提到的王晓明等人的对话《旷野上的废墟》之外,还有不少学者表现出了对当时"人文精神"隐落的担忧。持此种观点的学者认为:"当下"的文学,"精神性的因素、力量,越来越薄弱……一种讨好、认同'流俗'、贬低精神探求的思潮,在

---

① 陈晓明:《人文关怀:一种知识与叙事》,《上海文化》1994年第5期。
② 张颐武:《人文精神:最后的神话》,《作家报》1995年5月6日。
③ 王蒙:《人文精神问题偶感》,《东方》1994年第5期。
④ 白烨、吴滨、王朔、杨争光:《选择的自由与文化态势》,《上海文学》1994年第4期。

我们的文学界上空,长期以来就是一股难以驱散的浓雾","在90年代初,我们猝不及防地目睹了作家在新的社会背景下的又一次'转向'和精神'溃败'"。①有学者更是从知识分子内部找到问题的根源所在,"我们所从事的人文学术今天已不止是'不景气',而是陷入了根本危机。造成这种危机的因素很多。一般大家较多看到的是外在因素:在一个功利心态占主导地位的时代人文学术被普遍认为可有可无;不断有人要求人文学术实用化以适应市场经济的需要;各种政治、经济因素对人文知识分子的持久压力,等等。但人文学术的危机还有其内部因素往往被人忽视,这就是人文学术内在生命力正在枯竭"。他们由此又进入文学批评领域,认为文学批评的现状也是如此。许多人都觉得今天的批评界太沉闷,缺乏生气,关键的原因是批评家丧失了对批评的根本意义的确信。因为"人文精神的失落恐怕不是一个局部的学科现象,我怀疑的是作为整体的知识分子在当代还有没有人文精神"。"由此可见,人文学术也好,整个社会的精神生活也好,真正的危机都在于知识分子遭受种种摧残之后的精神侏儒化和动物化,而人文精神的枯萎,终极关怀的泯灭,则是这侏儒化和动物化的最深刻的表现。"②

然而,也有一些学者和作家表现出不同态度与认识,白烨认为"一些人对王朔的理解确实是简单化的……没有看到王朔创作在文学和文化转型中的积极意义"。"批评实际上就是要在创作中发现人文精神,通过批评张扬人文精神,没有人文精神的文学实际上是不存在的。"王朔则直言:"有人大谈人文精神的失落,其实是自己不像过去那样为社会所关注,那是关注他们的视线的失落,崇拜他们的目光的失落,哪是什么人文精神的失落。"同时,他还指出讨论的对立一方"对张艺谋的评价也很不公平"。杨争光说:有些愤世嫉俗的人鄙视文人"下海",好像是在期望国家强盛,但国家强盛是大家都要过得好才行。从这个意义上讲,我们正是想以自己的努力给国家的兴盛作贡献。"文学的发

---

① 洪子诚:《文学"转向"和精神"溃败"》,《中华读书报》1995年5月3日。
② 张汝伦、朱学勤、王晓明、陈思和:《人文精神:是否可能和如何可能》,《读书》1994年第3期。

展也有它的跌宕起伏,不要动辄指责文学下滑了"。吴滨认为,人文精神谈不上失落不失落,因而对于有追求的人来说,人文精神始终是题中应有之义。"人文精神要落到人对自身的关注和关怀上,而现在的时代恰恰提供了这样的可能,这正是新的人文精神形成的良好契机。"①作家王蒙就此"颇感困惑","一个未曾拥有过的东西,怎么可能失落呢? 我们可能或者也许应该寻找人文精神,探讨人文精神","却大不可能哀叹人文精神的'失落'"②,反而是"市场经济的发展终于使人文精神有了一点点回归"③。

在这场讨论中,参与者们也提出了建设人文精神的必要性与可能性。"人文精神的重建,首先是针对这种在思想解放和商品大潮中的困惑,以求重新获得信念的支持和角色的重新定位。"知识分子的岗位也就是他的精神家园。"至于个人的人文精神落实在何处,选择什么样的信仰,那无关紧要,紧要的是要有信仰。有所信,有所追求和有所敬畏。如此才能相互沟通、对话、交流,建立对话和交往的游戏规则。"④"如果把终极关怀理解为对终极价值的内心需要,以及由此去把握终极价值的不懈的努力,那么我们讲的人文精神,就正是由这关怀所体现,和实践不可分割,甚至可以说,它就是指这种实践的自觉性。""人文精神应该成为知识分子日常生活的一种规范。"⑤"寻找或建立一种中国式的人文精神的前提是对于人的承认","如果真的致力于人文精神的寻找与建设,恐怕应该从人的存在做起"⑥。

"人文精神"讨论中重要的一笔是作家张炜、张承志为代表的道德理想主义与王朔、王蒙的"躲避崇高"观点的论争。张炜强调,"对流行的荒谬要有抵抗的习惯",现在的诗人们越来越宽容了⑦,"'宽容'是

---

① 白烨、吴滨、王朔、杨争光:《选择的自由与文化态势》,《上海文学》1994 年第 4 期。
② 王蒙:《人文精神问题偶感》,《东方》1994 年第 5 期。
③ 王蒙:《沪上思絮录》,《上海文学》1995 年第 1 期。
④ 许纪霖、蔡翔、陈思和、郜元宝:《道统学统与正统》,《读书》1994 年第 5 期。
⑤ 张汝伦、朱学勤、王晓明、陈思和:《人文精神:是否可能和如何可能》,《读书》1994 年第 3 期。
⑥ 王蒙:《人文精神问题偶感》,《东方》1994 年第 5 期。
⑦ 张炜:《抵抗的习惯》,《小说界》1993 年第 3 期。

一个陷阱,你一不小心踏入了,就会被吞噬。我绝不宽容","每个人在出生后都将跟从,都将被认领,如此他才不会背叛,才会有个立场"。①张承志在《以笔为旗》《清洁的精神》等文章中同样表现出更坚决地挑战的决绝姿态。张炜和张承志等作家因为尖锐地批评知识界的商业化和所谓"堕落"而备受瞩目,毁誉之声同时转向他们,有学者对他们推崇备至,把他们看作物欲时代中残存的道德理想主义的代表,"……这样的社会状况,这样的精神气候,这样的文化潮流,必然要从内部产生出自身的敌人——道德理想主义,而张承志、张炜、韩少功等人,在某种意义上,正是当代中国道德理想主义的卓越代表"②。张颐武对"二张"的论调表示出强烈的质疑和否定,认为"无论是张承志的伊斯兰教哲合忍耶沙沟派的信仰,抑或是张炜的原始自然神的膜拜,作为一种个人信仰,无疑都是合理的甚至是可贵的,但由此导向对于普通人的彻底的否定,导向对于城市生活或当代的彻底的否定,导向对任何世俗要求的斥责,却是我们无法认可的"③。因为他们"拒绝与人们一同建构有差异的沟通的文化氛围",表现出"强烈的义和团式"的极端情绪④。与此同时,王蒙撰文《躲避崇高》为王朔辩护,肯定王朔文学创作的意义与作用。

1996年,王晓明主编的《人文精神寻思录》由上海文汇出版社出版,收录了"人文精神"讨论的主要文章,至此,这场声势浩大的"人文精神"讨论也接近尾声。二十年后回过头来看"人文精神"讨论,会发现其中有对知识分子概念与立场的不同理解,也有学理上的争执,当然,也有一些意气之争。"人文精神"的讨论及其种种回应,体现了当代知识者的活力,也体现了他们对精神价值的近乎本能的向往和追求。这必然能激发那些愿意自救者的勇气和理性,使他们更深入地透视当前的文化现实,也更深入地透视自己。

---

① 张炜:《拒绝宽容》,《中华读书报》1995年5月3日。
② 王彬彬:《时代内部的敌人》,《北京晚报》1995年6月15日。
③ 张颐武:《人文精神:一种文化冒险主义》,《光明日报》1995年7月5日。
④ 张颐武:《文化冒险主义:狂躁与恐惧》,《文论报》1995年7月15日。

二 后现代主义理论的引介和批评

现代主义在中国大陆曾试图借社会现代化发展的契机取得自身的合法性,它甚至被当作一种时代变革的先驱被过分渲染,而现代派文学及其思想理论几乎是改革开放后中国文学走向世界的希望,它对中国的思想价值观念产生了巨大的冲击。然而,现代主义在中国当代文学的影响力是有限的,也出现过"伪现代派"的说法。后现代主义在中国大陆的引介则更为曲折,就目前能够查到的资料看,中国大陆有关后现代主义理论的引介和研究大约始于1980年代初期。

1980年第12期《读书》杂志发表了董鼎山的学术文章《所谓"后现代派"小说》,但是在学界并未产生影响。这一时期有关后现代主义的引介,大都是较为零散的翻译或评介,且大多将其看作现代主义的一部分,如袁可嘉主编《外国现代派作品选》(1981)①时就选了不少后现代主义文学作品,但该书中尚把新小说和荒诞派戏剧等称为"后期现代主义";汤永宽翻译的英国诺丁汉大学的文学批评家阿兰·罗德威(Allan Roadway)的文章《展望后期现代主义》发表于《外国文艺》1981年第6期,该文论述了西方现代主义文学和后现代主义文学之间的关联。阿兰·罗德威揭示了西方后现代主义文学在内容上、表现方法和方式上的试验主义艺术手法,并举例阐述了后现代主义作家与1920年代以艾略特和庞德为代表的现代派作家之间的重复、延伸与相似。1982年第11期《国外社会科学》刊发了袁可嘉的《关于"后现代主义"思潮》,文章指出后现代主义作为一个评论1960年代以来欧美某些文化、文学倾向的总概念,还有待充实和定型化。但它不是无中生有的一个空洞名词,而是针对一些与正统现代主义有明显不同的现象。袁可嘉从后现代主义(Post-modernism)这一词语的出现和沿袭说起,介绍了后现代主义在文学方面的代表性的观点,涉及威廉·范·奥康诺(William Van O'Connor)、理查德·沃森(Richard Wasson)、丹尼尔·富克斯(Daniel

---

① 该书于1981年由上海文艺出版社出版。

Fuchs)、伊哈布·哈桑(Ihab Hassan)、戴维·洛奇(David Lodge)、莱斯利·菲德勒(Leslie Fiedler)、迈克尔·霍尔奎斯特(Michael Holquist)等人的代表性观点。显然,袁可嘉此时已经发现了后现代主义与现代主义的区别,他是国内较早引介西方现代派文学的权威学者,他引介后现代主义思潮显现出了特殊的意义,此文发表后在学术界产生了一定影响。

1985年9月至12月,美国杜克大学弗·杰姆逊(Fredric Jameson)教授应北京大学比较文学研究所和国际政治系国际文化专业邀请,到北京大学作有关当代西方文化理论的系列专题讲座,主要内容涉及当代西方文化理论中的各种观点和争鸣,从心理分析到后结构主义,从符号学到辩证法传统等。他的课严格地按每周6小时进行,用英文讲授,同时由英语系的唐小兵每周另3小时向英语较差的同学进行辅助性翻译复述。当时听课的学生主要来自中文系、英语系、西语系和国际政治系,还有几位来自美国和苏联的留学生。对这些听众而言,后现代主义实在是一个非常新鲜的名词。杰姆逊就他的选题进行了如下解释:其一,1960年代以来西方出现了"后现代主义"这种新型的文化理论,这不仅仅是意味着一种理论的产生,更意味着西方文化进入了"后现代主义"时期;其二,"后现代主义"对于中国的意义:"后现代主义"具有接纳其他文化语言的可能性,中国可以参与全球化"后现代主义"对话并建立与西方"后现代主义"文化的关系,甚至由此可能产生"一种新生的文化"。杰姆逊的专题讲座引起了一批学者的关注。后来唐小兵根据杰姆逊的上课录音翻译整理而成一本同名演讲录,由杰姆逊亲自拟定题目《后现代主义与文化理论》①,1986年由陕西师范大学出版社出版。这一事件被当代文学批评界视作后现代主义理论在中国正式传播的开始。《后现代主义与文化理论》一书则使当时的中国学界第一次比较全面地了解了西方后现代主义的基本框架,此后,中国大陆的一批学者和批评家将研究的视角投向后现代主义,并影响了文化讨论主题的走向,他们的视野逐渐从"五四"以来的古今、中西之争,转向现代主义与

---

① 〔美〕弗·杰姆逊:《后现代主义与文化理论:弗·杰姆逊教授讲演录》,唐小兵译,西安:陕西师范大学出版社,1986年。

后现代主义之辩。至此,后现代主义问题在中国大陆正式突显而出。

1986年起,中国大陆有关后现代主义的引介和研究逐渐多了起来,仅1986年发表的有关后现代主义的文章就有:唐小兵《后现代主义:商品化和文化扩张》(《读书》1986年第3期)、刘峰《后现代主义文艺思想》(《文汇报》1986年6月)、王天锡《一定要在现代主义和后现代主义之间做出抉择吗?》(《文艺研究》1986年第3期)、杭法基《后现代主义和中国绘画》(《美术》1986年第8期)、陈晓明《边缘的萎缩:从现代到后现代》(《艺术广角》1989年第2期)等。一个有趣的现象是,后现代主义在当时中国大陆的建筑学领域也引起了极大的关注,1982年第1期《文艺研究》发表了吴焕加的文章《西方建筑艺术潮流的转变与后现代主义》,其后则有两部后现代建筑艺术的译著出版:詹克斯的《后现代建筑语言》[①]与戈德伯格的《后现代时期的建筑设计》[②]。在文学理论与批评界,学者们开始对一些青年作家具有一定的西方现代、后现代气质的文本进行全新的研究分析,中国大陆最早的后现代作品和理论批评开始出现。然而,时隔不久,由于特殊的政治社会环境影响,学界经历了一个短暂的沉默期。

1990年代初,如上节所述,知识分子们开始对1980年代的现代化幻觉及理想主义进行反思,这样的情形下,他们强烈地渴望新的学术资源与新的突破口,在某种意义上,后现代主义符合了他们的期冀,于是,后现代主义理论的引介和研究在中国大陆迅速发展开来。至1990年代中后期,开始出现了对后现代主义的深度译介与研究成果,出现的后现代主义译著、编著较多,这些译著及编著中,尤以《走向后现代主义》(1991)、《后现代主义文化与美学》(1992)、《后现代的转向》(2002)这三部对后现代主义在中国大陆的传播起到了很强的推动作用。

《走向后现代主义》是荷兰后现代主义学者杜威·佛克马(Douwe Wessel Fokkema)和汉斯·伯顿斯(Hans Bertens)合编的一本后现代主

---

① 〔英〕查尔斯·詹克斯:《后现代建筑语言》,李大夏摘译,北京:中国建筑工业出版社,1986年。
② 〔美〕戈德伯格:《后现代时期的建筑设计》,黄新范、曾昭奋译,天津:天津科学技术出版社,1987年。

义论文集。所收的论文来自1984年9月在乌特勒支大学总体文学和比较文学研究所举行的一次关于后现代主义的专题研讨会。除杰拉德·霍夫曼因故未能到会,其他撰稿人的论文均得到了详细的讨论。《走向后现代主义》集中讨论了后现代主义研究的以下主题:第一,后现代主义这一术语以同样的方式适用于所有文类吗?或者说其中一种文类比其他诸种文类更适用于传载后现代主义吗?一种暂时的结论是,小说是后现代主义者偏好的文类,其次是戏剧,但同时诗歌也不能被排除在外;第二,后现代主义与现代主义的对立包括先锋派还是将其排除在外?有关这个问题的讨论尚未明确。但很明显,首先应对作为特定历史时期的术语的先锋派与该术语在类型学上的使用作出区别。此外,(历史上的)先锋派概念也必须作出区分;第三,后现代主义准则的问题;第四,对后现代主义特征界定的方式①。虽然这部论文集的内容对国内的后现代主义接受并无明显针对性,但它是中国大陆有关西方后现代主义研究的第一次集中译介,对中国接受后现代主义具有尝试性的意义。

《后现代主义文化与美学》由王岳川、尚水编译,"后现代主义作为一种当代世界性的文化思潮,已经越来越引起各国学者们的注目。然而,后现代主义的源起(时间)、定义、基本特征、以及在哲学、美学、艺术方面的影响,却众说纷纭、言人人殊。因此,有必要对后现代主义文化逻辑及其论争作一全面的鸟瞰,并从总体上把握其深层本质:文化精神"②。《后现代主义文化与美学》由三部分构成:"后现代主义文化理论""后现代主义美学观念""后现代主义艺术形态",可以说实现了编者的初衷,但由于篇幅所限,很难完整地体现每一位后现代主义大家的思想。这部著作从西方的近百部后现代主义理论原著中选出30篇经典文章,其关注范围包括欧美苏俄的后现代主义学者:丹尼尔·贝尔、尤尔根·哈贝马斯、让-弗朗索瓦·利奥塔德、弗利德利希·杰姆逊、伊

---

① 〔荷〕佛克马、伯顿斯编:《走向后现代主义》,王宁等译,北京:北京大学出版社,1991年。
② 王岳川:《后现代主义文化逻辑》,见王岳川、尚水编《后现代主义文化与美学》,北京:北京大学出版社,1992年,第1页。

哈布·哈桑、米歇尔·福柯等。

《后现代的转向:后现代理论与文化论文集》(1993)是美国后现代主义理论家伊哈布·哈桑的学术著作,该书是哈桑对自己从事后现代主义研究30年的总结,也是后现代主义研究的经典理论著作,书中就后现代主义的产生、概念,后现代主义文学和批评,后现代主义的尾声等层面对后现代主义进行了系统性研究,学术价值极高。译者刘象愚认为,"它不仅以清晰的脉络,充实的内容回顾了历史,辨析了异同,指明了特征,而且以不偏激的态度指出我们对后现代主义应采取的基本立场。可以说既有理论性,又有实用性。从这些意义上说,它确是有关后现代主义讨论迄今尚无出其右的第一本书"①。

1990年代,中国大陆后现代主义研究专著成果颇成阵势,主要有王岳川《后现代主义文化研究》(1992)、陈晓明《无边的挑战——中国先锋文学的后现代性》(1993)、王宁《多元共生的时代》(1993)、王治河《扑朔迷离的游戏》(1993)、张颐武《在边缘处追索:第三世界文化与当代中国文学》(1993)、陈晓明《解构的踪迹》(1994)、郭贵春《后现代科学实在论》(1995)、赵一凡《欧美新学赏析》(1996)、陆扬《德里达:解构之维》(1996)、曾艳兵《东方后现代》(1996)、徐贲《走向后现代与后殖民》(1996)、潘知常《反美学》(1996)、盛宁《人文困惑与反思》(1997)、张颐武《从现代性到后现代性》(1997)、杨大春《文本的世界》(1998)、陈亚军《哲学的改造》(1998)、河清《现代与后现代》(1998)、王宁《后现代主义之后》(1998)、王岳川《后殖民主义与新历史主义文论》(1999)、陈晓明《仿真的年代》(1999)等。除上述著作外,产生了大量研究后现代主义的学术论文,1990年至1999年,中国研究后现代主义的学术论文就有近千篇②。与此同时,国内哲学界、文学批评界召开

---

① 刘象愚:《〈后现代的转向〉译后记》,见〔美〕伊哈布·哈山《后现代的转向:后现代理论与文化论文集》,刘象愚译,台湾:时报文化出版公司,1993年,第349—350页。Ihab Hassan 在大陆大多译为伊哈布·哈桑。

② 仅从CNKI学术搜索显示的结果发现,1990年代篇名为后现代主义的论文年份和数量数据如下:1990年30篇、1991年43篇、1992年51篇、1993年63篇、1994年107篇、1995年118篇、1996年129篇、1997年102篇、1998年133篇、1999年144篇。

了多场后现代主义研讨会。1991年初夏,由中国社会科学院外国文学研究所、《外国文学研究》编辑部主持召开以"后现代主义"为主题的座谈会。1993年3月,由北京大学、中国社会科学院文学研究所、中国比较文学学会后现代研究中心、德国歌德学院北京分院和南京《钟山》杂志社联合发起的"后现代文化与中国当代文学"国际研讨会于北京大学召开,伯斯顿等后学大家也参加了此次会议。1994年5月,由中国现代外国哲学学会主办,陕西师范大学承办的"后现代主义在当代中国"研讨会在西安召开。总体看来,这一时期的中国后现代主义研究主要是在对其的研究和推介方面、运用后现代主义理论对中国当代文化文学的研究方面,有学者指出其时"一批真诚的文化思想家和批评家在关注后现代批评转型问题,并通过对伪理想的拒斥、对虚假乌托邦的颠覆、对僵化的意识话语的消解,而开出一片思想的自由境界,从而促进并完成了文化批评的转型"①。

当然,也有一些批评的声音,徐友渔等学者就表达了不同的意见。徐友渔先后发表过多篇对后现代主义的批评文章,他用"错位"来说明自己的观点,"后现代主义的西方的批判性、革命性平面移植到中国后的保守性的错位,以及中华民族现代化历史目标和后现代的先锋性、超前性之间的错位"②。

21世纪以来,后现代主义研究著作较多:陈永国《文化的政治阐释学:后现代语境中的詹姆逊》(2000)、陈英伟《假设性后现代主义的虚实》(2000)、陈晓明《后现代的间隙》(2001)、王治河《后现代主义的建设性向度及其依据》(2002)、刘象愚《从现代主义到后现代主义》(2002)、陈晓明《无望的叛逆:从现代主义到后—后结构主义》(2002)、陈晓明、杨鹏《结构主义与后结构主义在中国》(2002)、崔少元《后现代主义与欧美文学》(2002)、王岳川《20世纪西方哲学东渐史:后现代后殖民主义在中国》(2002)、王宁《超越后现代主义》(2002)、王治河《全球化与后现代性》(2003)、唐建清《国外后现代文学》(2003)、阎真《百

---

① 王岳川:《后现代主义在当代中国》,《山花》1996年第5期。
② 徐友渔:《后现代主义及其对当代中国文化的挑战》,《中国社会科学》1995年第1期。

年文学与后现代主义》(2003)、陈晓明《后现代主义》(2004)、马凌《后现代主义中的学院派小说家》(2004)、叶维廉《解读现代后现代生活空间与文化空间的思索》(2004)、罗明洲《现代主义与后现代主义》(2005)、董迎春《后现代叙事》(2006)、王晓华《在现代和后现代之间文学艺术的转型》(2006)、张曙光《从现代主义到后现代主义:20世纪美国诗歌》(2007)、曾艳兵《吃的后现代与后现代的吃》(2007)、罗朗《后现代主义的先锋诗人》(2008)、刘岩《后现代语境中的文化身份研究》(2008)、王宁《"后理论时代"的文学与文化研究》(2009)、陈晓明《德里达的底线——解构的要义与新人文学的到来》(2009)、江腊生《后现代主义踪迹与文学本土化研究》(2009)等。新世纪之后研究后现代主义的学术论文总体呈增长之势①,相关学术会议有:2002年6月,由华中科技大学哲学系主办的"马克思主义与后现代主义"国际学术研讨会在武汉召开;2008年10月,由复旦大学当代国外马克思主义研究中心和复旦大学哲学学院主办的"后现代主义与马克思主义——对话与交流"国际研讨会在上海召开。至此,后现代主义理论进入中国,产生了大量的学术成果并对当代文学的创作和批评产生影响已经成为一个不争的事实,这与1980年代的文学批评确实存在着巨大差异,正是这种差异使得中国当代文学批评的真正多元成为可能。

在后现代主义的引介和批评方面,王宁、王岳川、王一川、戴锦华、陈晓明、张颐武等学者的成果颇引人注目,他们以不同的学术倾向和学术风格共同推进了后现代主义在中国的引介和批评。

王宁②是最早把后现代主义、后殖民主义等西方理论思潮播撒到中国的学者之一,他在学术研究中强调中国学术的国际化走向的思想堪称独步,在某种程度上推进了中国后现代主义理论话语方面与国际

---

① 2000年至2009年CNKI学术搜索篇名包含"后现代主义"的论文结果如下:2000年184篇、2001年227篇、2002年305篇、2003年340篇、2004年357篇、2005年456篇、2006年506篇、2007年536篇、2008年650篇、2009年643篇。

② 王宁(1955—),江苏南京人,北京大学比较文学博士。现任教于清华大学外语学院。出版有著作《比较文学与中国当代文学》(1992)、《深层心理学与文学批评》(1992)、《多元共生的时代》(1993)、《比较文学与中国文学阐释》(1996)、《后现代主义之后》(1998)、《比较文学与当代文化批评》(2000)、《超越后现代主义》(2002)、《全球化与文化研究》(2003)等。

对话的进程。王宁较早详细阐述了从结构主义到后结构主义的发展变化,并介绍了后结构主义的各种理论思潮中占主导地位、影响最大的雅克·德里达的分解论(即解构主义)及其在美国的学术影响。1987年,王宁发表《后结构主义与分解批评》一文,指出后现代主义作为一种文学现象,早已于1960年代就驰骋于西方文坛,它取代了日趋衰落的现代主义文学的地位。作为一个更为广泛的文化运动,后现代主义则为后结构主义运动的出现起到了某种先声作用。①

王宁的另一贡献是受詹姆逊研究后现代主义的方法论的启迪,对后现代主义作出新的描述和概括:后现代主义首先是高度发达的资本主义国家或西方后工业社会的一种文化现象,但它也可能以变体的形式出现在一些发展中国家内的经济发展不平衡的地区;在文学艺术领域,后现代主义曾是现代主义思潮和运动衰落后西方文学艺术的非主流,但是它在很多方面与现代主义既有某种相对的连续性,又有着绝对的断裂性,这主要体现在两个极致:先锋派的激进实验及智力反叛和通俗文学的挑战。作为与当今的后工业和消费社会的启蒙尝试相对立的一种哲学观念,后现代主义实际上同时扮演了有着表现的合法性危机之特征的后启蒙之角色;后现代主义同时也是东方和第三世界国家的批评家用以反对文化殖民主义和语言霸权主义、实现经济上的现代化的一种文化策略,它在某些方面与有着鲜明的对抗性的后殖民文化批评和策略相契合;作为结构主义衰落后的一种批评风尚,后现代主义表现为具有德里达和福柯的后结构主义文学研究特征的批评话语,它在当前的文化批评和文化研究中也占有重要的地位②。

王宁对后现代主义的发生发展至式微进行了总结性的回顾,指出后现代主义对西方文化的根本影响在于它打破了一切假想的中心意识和陈腐的等级观念,使西方文化界和文论界进入了一个真正多元共生的时代。由此出发,王宁对后现代主义之后的后殖民主义、女权主义、文化研究进行了全面而详尽的阐述。"尽管在时间上二者有过一段重

---

① 王宁:《后结构主义与分解批评》,《文学评论》1987年第6期。
② 参见王宁《后现代性与全球化》,《天津社会科学》1997年第5期。

叠和交织时期,尤其在后现代主义论争进入高潮时,关于殖民地问题的讨论和研究实际上被掩盖了。这二者接近的另一个原因则在于,它们都以后结构主义思维方式和解构策略为其基础,但我们通常所说的后殖民主义往往包括后殖民理论思潮和后殖民地文学。"①在阐明后现代主义与后殖民主义的内在复杂关系之后,王宁指出了后殖民主义与第三世界的关系:"后殖民主义从本质上说来是后现代主义在东方和第三世界国家的一种变体,它与东方和第三世界国家人民反对殖民主义的斗争和非殖民化尝试有一定的相关性。"②

21世纪以来,王宁转向全球化语境中的新儒学的建立研究。在当今具有新时期特色的中国语境下,新儒学的潜在功能将得到越来越深入的发掘和阐释。后现代主义在进入中国的文化土壤时必然与中国文化相碰撞进而发生形变。儒学已经逐步成为中华文明和文化的一种带有主导性意义的话语力量,并在全球化时代的后现代语境下得到了重新建构。它是中国人文知识分子据以与西方后现代理论进行平等对话的重要文化理论资源。一方面应当从后现代和全球性的视角对传统的儒学进行改造、批判、扬弃并加以重构,使其成为当前构建和谐社会的一个重要理论资源;另一方面,则应从全球化时代的新儒学的视角对西方的各种后现代理论进行质疑、批判和改造,从而使重构的后现代新儒学成为全球化时代的多元话语共存之格局中的一个重要方面。③ 全球化时代的到来不仅模糊了民族—国家的疆界,同时也模糊了不同文化之间的界限,使得某一个特定的民族的认同变得多重,具体体现在文化上就更是呈现了一种文化认同的多极化和非单一化。中华文化的认同已经不再是简单的儒学或道学的认同,而是一种受到西方文化影响并经过当代重新阐释了的新的多元认同,在这方面,经过后现代语境下重新建构的新儒学将占据举足轻重的地位④。

---

① 王宁:《后现代主义之后》,北京:中国文学出版社,1998年,第67页。
② 同上书,第70页。
③ 王宁:《"全球本土化"语境下的后现代、后殖民与新儒学重建》,《南京大学学报》2008年第1期。
④ 王宁:《重建全球化时代的中华民族和文化认同》,《社会科学》2010年第1期。

王宁的学术研究道路实现了他的初衷:"既超越学科界限,又跨越东西方文化。而两者的共同出发点则是将西方理论作改造后运用于对中国文化与文学的研究与阐释,其最终目的,则是打破东西方鸿沟,直接与西方学术界对话。"①

王岳川②是当代中国研究后现代主义文化的重要学者,他对后现代知识话语以及对西方的文化态度,一直保持着警醒。进入1990年代,他转向张扬中国文化。王岳川在后现代宏观文化哲学和美学研究方面成就显著。《后现代主义文化研究》(1992)是我国首部系统研究后现代主义文化哲学和文艺美学的学术专著,在经历了十余年现代主义与后现代主义的学术思想论辩后,王岳川从学术史的角度对后现代主义进行了研究,开拓了整体研究后现代主义的学术思路和空间。全书十四章,另有"引言"和"结语",系统考察了后现代主义的发生发展、后现代主义文化哲学、后现代主义文艺美学,并对后现代主义发展新趋势进行了描述与探究。

王岳川指出,后现代主义作为一种当代世界性的文化思潮已经来临。它不仅日益引起世界各国学者的注目,而且逼得人们从不同方面对其进行价值判断。事实上,在对后现代主义的价值评判上,已经引起哲学、社会学、神学、教育学、美学、文学领域经久不息的论争,而当代世界一流思想家无一不卷入对后现代主义精神的理论阐释和严肃关切之中。后现代主义是一种汇集了多种文化、哲学、艺术流派的庞杂思潮,就文化哲学而言,新解释学、接受美学、解构主义、西方马克思主义、女权主义构成了后现代主义论争的文化景观。但是,这些流派的观点是互相掺杂甚至是互相对立的。对后现代主义的不同观点,构成当代思想家不同的身份认同:积极推进后现代主义的人,往往以做一个后现代哲人为荣(如德里达等);严肃批判、抵制后现代主义的思想家,则以后

---

① 参见徐志啸《后现代之后——评王宁〈后现代主义之后〉》,见王杰主编《东方丛刊》,1999年第4辑,桂林:广西师范大学出版社,1999年,第245页。
② 王岳川(1955—),四川安岳人。北京大学中文系文艺美学硕士,毕业留校任教至今。主要作品有《后现代主义文化研究》(1992)、译文集《后现代主义文化与美学》(1992)、《后殖民主义与新历史主义文论》(1999)、《后现代后殖民主义在中国》(2002)等。

现代主义批判者的身份出现在思想论坛(如哈贝马斯等);还有以学者身份对后现代主义进行客观研究,对之保持清醒认识的学者(如佛克马等)。正是这种"推进""批判""研究"的合力,构成了起伏跌宕的后现代主义文化思潮。① 在此基础之上,王岳川论述了后现代主义的理论特征、文化逻辑表征等问题,强调后现代主义的来临,将在人类走向新世纪的进程中造成情感错位,为此诗人和哲人注定要承受更为沉重的人性重量。后现代主义对当代人的精神冲击是全方位的。我们可以在思维论层面上肯定后现代主义的批判否定精神和性质多样的文化意向,但却必须在价值论层面上批判其丧失生命精神超越之维的虚无观念和与生活原则同格的"零度"艺术观。我们所能做的就是,在告别20世纪之时重新进行价值选择和精神定位,并在走出平面模式的路途中,重建精神价值新维度。②

王岳川在中国后学研究界显然是先行者,然而,当他得到"研究后现代文化的学者"的称谓时,他却感觉到自己的真实学术意图被误读了。"我只想从思想史的角度进行文化文学批评,成为一个思想型的批评者。即不在乎当下人们津津乐道的'怎样说'(如'好好说'之类),而是坚持'思想'之后,再'言述'(言说和写作)。"③

较之于其他后学研究者,王岳川更加关注后现代主义与中国语境、后现代哲学与文化研究等问题,1990年代后期以来,王岳川研究的兴趣转向中国文化的输出,他提出了"发现东方"和"文化输出"的观点。他为东方的重新发现而疾呼:"晚清以降,中国遭逢千年未遇之大变局,被强行纳入世界资本主义体系当中,从世界中心沦为边缘的'远东',在世界历史和文化上一再缺席,遭遇了深刻的文化身份危机,不断被误读、曲解和妖魔化。正是在这一历史语境中,发现东方与文化输出就显得越发重要和紧迫。发现东方与文化输出已然成为新世纪的主题,这是源于对东方主义、现代性、全球化与文化战略等诸多问题的深

---

① 王岳川:《后现代主义文化研究》,北京:北京大学出版社,1992年,第2—3页。
② 同上书,第405—406页。
③ 王岳川、张兴成:《思想,然后言述——王岳川教授访谈录》,《山花》1998年第2期。

度思考。"①王岳川设想,通过中国的"文化输出"战略,"从而打破全球化的西方中心主义和文化单边主义,在新世纪世界文化中发出中国的声音,展示新世纪中国文化的精神魅力"②。

王一川③是后现代主义在中国的积极推进者,他有深厚的理论储备,对西方文论思想有深入且独到的把握。他的理论思辨严谨、寻求准确而富有逻辑性的表述方式。他是一个有理论广度和深度的学者,其理论阐述总是能开掘出自己的言说路径。1992 年,王一川曾经撰文指出当时中国已经有了后现代主义,但不是正宗的后现代,而是一种泛现代④。一年之后,他就后现代的文化思潮、社会结构、意识形态和艺术特征进行了阐述⑤。在与王岳川等学者的笔谈中,王一川指出有些学者对后现代文本阐释作出否定性回答的原因,要么认定中国不适于后现代,要么是出于争夺学术话语权力策略上的考虑。其实"后现代文本阐释在中国正在兴起,其前景是广阔的,对此不应存在实质性疑问。人们既可以用后现代视野阐释当前文学现象,也可以分析过去甚至古代文学现象。"⑥

与其他后现代主义研究者不同的是,王一川对日常生活的重要性进行了强调,"大众文化正在每日每时地和潜移默化地影响、甚至塑造人们的情感和思想,成为人们日常生活的一个当然组成部分。因而认识和阐释大众文化,就成为认识和阐释人们自身的一个重要方面了",他对大众文化的定义、特征与功能及其研究的意义等进行了阐释⑦,并

---

① 王岳川:《发现东方》,北京:北京图书馆出版社,2003 年,第 1 页。
② 王岳川主编:《文化输出:王岳川访谈录》,北京:北京大学出版社,2011 年,第 429 页。
③ 王一川(1959—   ),四川沐川人。北京师范大学文艺学博士,现为北京大学艺术学院教授。著有《审美体验论》(1992)、《中国现代卡里斯马典型——20 世纪小说人物的修辞论阐释》(1994)、《通向本文之路》(1997)、《修辞论美学》(1997)、《杂语沟通——世纪转折期中国文艺潮》(2000)、《美学教程》(2004)、《文学概论》(2005)、《西方文论史教程》(2009)、《艺术学原理》(2011)等。
④ 王一川:《草色遥看近却无——后现代还是泛现代?》,《文艺争鸣》1992 年第 5 期。
⑤ 王一川:《支离破碎的话语世界——后现代主义简析》,《北京社会科学》1993 年第 2 期。
⑥ 转引自王岳川《后现代后殖民主义在中国》,北京:首都师范大学出版社,2002 年,第 139 页。
⑦ 王一川:《当代大众文化与中国大众文化学》,《艺术广角》2001 年第 2 期。

指出大众文化的中间性存在则可能带来其主流文化、精英文化与其的"三方会谈",这样的会谈或许会化解原有的思想冲突,带来一种话语共识的可能性。王一川对后现代主义与后殖民主义的研究学术成果颇丰,他在学术之路上一直保持着直面现实的风格与冷静气质,并对学术话语霸权与狭隘的民族主义保持着本能的警惕。

值得一提的是,王一川在判断中国现当代文学作家作品时常常以一种全新的眼光来看待,甚至有种敢冒天下之大不韪的意味。1994年,他主编了一套《二十世纪中国文学大师文库》,在小说卷中,他将以下作家定为20世纪中国小说的大师,依次为:鲁迅、沈从文、巴金、金庸、老舍、郁达夫、王蒙、张爱玲、贾平凹。在名为《小说中国》的前言中,王一川说:"20世纪中国小说大师的座次已经排出。透过这一新座次,近百年来中国小说的面貌自然会不同于以往的印象。我们希望这可以作为一个'窗口',向读者显示出20世纪中国小说的总体风貌,它堪与古典小说和西方小说媲美的巨大成就。"①王一川的这个大师文库里没有茅盾,这在当时引起了很大震动,招致了很尖锐的批评。王一川对此早有预料,并做了说明:"茅盾,若按现成的鲁(迅)茅(盾)巴(金)老(舍)排名,应属仅次于鲁迅的第二小说大师,这里却何以落选了?""不可否认,茅盾在文学理论、批评、创作和领导等几乎各方面都影响巨大,如果总体上排'文学大师',他是鲜有匹敌的,第二位置应当之无愧,但我们这里只是从'小说大师'这一方面着眼。作为小说家,茅盾诚然贡献出《虹》等佳作,但总的说往往主题先行,理念大于形象,小说味不够,从而按我们的大师标准,与同类型小说家相比,难以树立'小说大师'形象。加之入选人数有限,他的落选就在情理之中了。"②可见王一川此番是以批评家的眼光来评判作家,而不是文学史家的眼光。

在莫言的小说"红高粱系列"和张艺谋的电影《红高粱》获得肯定后,王一川却以一种独特的视角对其进行了批判,他认为"《红高粱》在

---

① 王一川:《小说中国》,见《二十世纪中国文学大师文库·小说卷》(上册),海口:海南出版社,1994年,第6页。
② 同上书,第3—4页。

文本结构中已体现出对生命的张扬也是对反生命的张扬这一悖论,它实质上可以视为弱肉强食,强者生存的社会达尔文主义或法西斯主义逻辑的一种话语表达。"①这样的批判在今天看来多少显得过于苛刻,但是文中从1980年代中后期中国社会的心理意识分析出发,揭示了《红高粱》在与观众的"对话"中所产生的文化想象功能。这种分析是有意义的,对于电影界及理论界无疑有一定的启迪作用。

总体看来,王一川的后现代主义研究视域宽阔,他由西方而进入中国,却坚守中国本位,他有关中国现代卡里斯马典型、从体验论到修辞论再到兴辞诗学研究的演进、对中国现当代文学的大胆审视等,共同建构起一个独特的学术空间。

在后现代主义的引介与批评中,陈晓明是较为典型的立足于后现代主义立场的文论家与批评家,他致力于将理论研究与文学批评进行融合,他早期学术研究领域是文艺理论,后来转向当代文学研究,以其理论思维、文学感悟以及个性化的批评语言为当代文学批评提示了新的批评范式及其话语方式。

陈晓明②是当代中国最早专注于研究解构主义,并把解构主义方法与中国小说的叙述方法联系起来的批评家。1980年代末,他的《拆除深度模式》试图揭示出20世纪下半叶的"精神流向",即从现代主义艺术"建立深度模式"到后现代主义"拆除深度模式"。③ 陈晓明可以说是最早揭示出中国先锋小说具有后现代性的批评家,他对先锋小说的研究与这个文学潮流一起构成了这段文学史。有关这一点,下节

---

① 王一川:《茫然失措中的生存竞争——〈红高粱〉与中国意识形态氛围》,《当代电影》1990年第1期。

② 陈晓明(1959—),福建光泽人。1990年获中国社会科学院文学博士学位,毕业后进入中国社会科学院文学研究所工作。2003年调入北京大学工作至今。陈晓明有关德里达、"解构主义""后现代主义""晚生代""后新时期"等的理论研究和学术概括在国内外学术文化界影响广泛。其代表著作有:《无边的挑战——中国先锋文学的后现代性》(1993)、《不死的纯文学》(2007)、《现代性的幻象》(2008)、《中国当代文学主潮》(2009)、《德里达的底线——解构的要义与新人文学的到来》(2009)、《众妙之门——重建文本细读的批评方法》(2015)、《无法终结的现代性——中国文学的当代境遇》(2018)等。

③ 陈晓明:《拆除深度模式——二十世纪创作与理论的嬗变流向》,《文艺研究》1989年第2期。

"80 年代后期以来的先锋派文学批评"中有专论,此处先不赘述。

陈晓明强化了批评的理论化,并与当今西方文学批评理论的潮流直接对话。他是中国大陆最早系统研究德里达哲学思想的学者,从 1994 年出版的《解构的踪迹——历史话语与主体》到 2009 年出版的《德里达的底线——解构的要义与新人文学的到来》,可以看出他对德里达解构主义研究的不断深化。前者是从解构主义理论角度来解释中国先锋文学叙事的尝试,后者则是对德里达的前后期思想的演变进行了相当深入的分析。这两本书体现出的学术难度,也可见其花费的苦功。《中国当代文学主潮》(2009)是一部文学史性质的著作,揭示了自 1942 年以来的中国当代文学主导潮流的形成的变革历程,阐释现代性激进化与中国社会主义革命文学形成的互动关系;在政治与审美的紧张关系中去呈现中国当代文学艰苦卓绝的自我创造;揭示 1980 年代改革开放促使中国文学广泛吸收西方现代思潮发生的深刻变化;呈现 1990 年代以来的文学创新流向与多元化的错综格局。著作的内在文学史叙述的理论线索是中国现代性的历史进程,从激进革命的现代性叙事,到这种激进性的消退,再到现代性的转型与多元文化格局中的文学新变。

陈晓明的文学批评具有鲜明的个人风格。罗兰·巴特是他欣赏的批评家,因其始终保持着批评家学理上应有的自尊。他欣赏这种在本质上远离权势的自尊,并且以此作为他的批评基本品格。陈晓明的批评观建立在对汉语文学的敏感理解上。在批评知识的运用方面,他一直努力破除狭隘的本土主义神话。他的批评锐利、自由,既有随心所欲的读解,又有令人信服的推论、横贯中西的思绪、自由而准确的论断。他从内心希望,当代批评能够一步步走向"从容启示的时代"。

在《守望剩余的文学性》(2013)中,陈晓明指出后历史时代文学书写的重要品质,即剩余的文学性。[①] 在当代后现代主义研究中,陈晓明的理论思维与语言表述直击人心,他对"剩余"的文学的守望表达了时代的真实和文学批评家的坚定。

---

① 陈晓明:《守望剩余的文学性》,北京:新星出版社,2013 年,第 63 页。

张颐武①有非常高的理论悟性,在1980年代中后期,他也是中国最早领会到后现代主义理论的青年批评家之一,张颐武理论视野开阔,才气纵横,思维敏捷,把握问题的能力甚强,对今天中国社会的发展始终有独到而理想化的看法。在1990年代初期,他首先强调后现代主义在中国的必然性,"'后现代性'对于我们的文化语境来说,已经不再是一个外来的,处于西方文化语境中的异己之物,而是我们自身语言/生存的表征。在这个全球文化越来越被大众传媒和全球性的商业及文化活动联在一起的时代里,任何第三世界的民族都不可能处于这个与后现代文化相关的文化发展之外,它只可能在全球性市场化的不可阻挡的进程中寻找自身的位置。它的本土的文化特性也只能在全球性的文化之中得到展示"②,在他看来,后现代性"既是一种来自西方文化的阐释代码,又是对当代中国大陆文化情势的一种归纳和概括"③。

在这个理论背景之下,张颐武曾经就人文精神和国学研究热表明了自己的态度,对二者进行了一种质疑性的定位和评价,"'人文精神'追求的是普遍性/超验性的整体话语的建构,它乃是一种以抗拒'现代化'的文化设计的方式出现的永恒的诉求。它既是对80年代超越的急切的努力,又是一种走向神学的执著探求……'后国学'所强调的是学术研究的'经验'特征,强调学术规范,以'学术史'的实证研究代替'思想史'的空疏之学"④。这与一些学者的精神立场产生了激烈冲突,但张颐武的关注点则在1990年代以来中国社会和精神领域中发生的深刻变化,这些变化又如何改变着我们的生活、重塑我们的经验,以及在日渐全球化和市场化的时代中如何"阐释中国"。转型期如何"阐释中国"是当代中国知识分子普遍而深刻的焦虑之一,对现代性、后现代、

---

① 张颐武(1962—),浙江温州人。北京大学文学硕士,1987年毕业后留校工作至今。主要论著有《在边缘处追索》(1993)、《大转型》(1995)、《从现代性到后现代性》(1997)、《新新中国的形象》(2005)、《全球化与中国电影的转型》(2006)等。
② 张颐武:《后现代性与"后新时期"》,《文艺研究》1993年第1期。
③ 张颐武:《从现代性到后现代性》,南宁:广西教育出版社,1997年,第59页。
④ 同上书,第149—150页。

全球化、市场化、第三世界文化和中华性等问题的思考是张颐武批评的基础。张颐武认为,"这里有两个大的背景无法回避。一是全球化的进程改变了'中国'在全球化空间中的位置。中国一方面成为跨国资本投入的焦点及国际贸易的新中心,另一方面在信息的跨国传播中也已开始加入世界体系之中……这种转换乃是由中国文化实践的巨大挑战所造成的,而并不是知识分子的精神萎缩或道德丧失的结果"。"'后殖民'及'后现代'的探索首先试图寻找一个'他者的他者'的新的位置,它试图跨出旧的'他者化'的境遇,拒绝在普遍性/特殊性、古典/现代的二元对立中充任任何一方,而是在当下的文化语境中对二者进行反思,提供新的文化参照。"① "我并不认为西方的'后现代'及'后殖民'理论能直接适用于当下的中国,但是在这种双向阐释中不断地对理论进行重写,一种切入当下中国的阐释力是可以达到的。这不是唯一的理论,它不过是'阐释中国'的诸多理论中的一种。"② 张颐武由此来概括后新时期文学的本质特征:"'后现代性'对我们来说,不是一个怪物或神话,而是后新时期文化特性的表征,一个对我们自身命运的探索。它确是我们借来的东西。但为我所用,让它对我们的文化产生新的作用,激发新的讨论和对话……它一旦进入了我们的语言/生存就成了我们自己的东西,我们正是在批判的意义上使用它的。"③ 在张颐武看来,后现代主义是当代知识分子面对文化的转型所作探索的一部分,是汉语文化在加入世界对话的同时保持其自身特性的必要策略之一。也恰恰因为他对于中华性和对于现代性的批判使其后现代立场变得复杂。近年来,张颐武对转型时期的中国大众文化的专注和独特的学术个性使其一直处于被关注的焦点,他有关后现代主义、大众文化与传媒、电影文化等层面的研究形成自己独特的阐释方法,往往引起较大的争论。

有关戴锦华的文学批评将在其他章节展开。

---

① 张颐武:《阐释"中国"的焦虑》,《二十一世纪》1995年第4期。
② 张颐武:《再说"阐释中国"的焦虑》,《二十一世纪》1996年第4期。
③ 张颐武:《后现代性与"后新时期"》,《文艺研究》1993年第1期。

三 1980年代后期以来的先锋派文学批评

先锋派这一概念的范畴并不局限在某个时期出现的某个流派,它可以涵盖发生在任何时期有创新精神的、超越传统意义的文学流派或群体。但在中国当代文学中,先锋派则是有特定范畴的,即1980年代后期出现的一个在文学形式方面大胆创新的群体,这一称谓也是为了与1980年代上半期出现的现代派相区别。中国当代文学中的先锋派虽然不是一个有明确组织和纲领的流派,但它的内涵是固定的,主要作家有莫言、马原、洪峰、残雪、扎西达娃、苏童、余华、格非、叶兆言、孙甘露、潘军、北村、吕新等人。就中国当代文学批评而言,所谓的先锋派批评首先是指对中国当代先锋文学的批评,批评家主要有鲁枢元、吴亮、南帆、李劼、陈晓明、张清华等。当然,在某些时候也指因先锋文学的批评而起的具有先锋气质的文学批评。

1984年,先锋派作家马原的《拉萨河女神》发表[①],引起极大关注。其后又发表《冈底斯的诱惑》(1987)、《虚构》(1993)等,而洪峰等作家也开始陆续发表先锋气息极浓的小说,余华、格非、苏童、孙甘露等人也分别发表了他们作为先锋派作家的代表性作品。到了1987年,先锋小说成为一股强大的潮流,在中国新时期文学中涌动。

面对中国当代的先锋派,批评家首先肯定这是旧有范式的弱化,文学"向内转"的产物。鲁枢元[②]较早概括了西方现代主义以来文学"向内转"的发展趋势,并由此来审视中国新时期文学的新变。

1980年代以来,鲁枢元主要从事文艺学的教学与研究工作,初期的研究关注点主要为文艺心理学,近十余年来则转向生态文艺学研究。

---

① 马原:《拉萨河女神》,《西藏文学》1984年第8期。
② 鲁枢元(1946—),河南开封人。1967年毕业于河南大学中文系,毕业后曾到农村接受"再教育"。出版有学术专著《创作心理研究》(1985)、《文艺心理阐释》(1989)、《超越语言》(1990)、《精神守望》(1998)、《生态文艺学》(2000)、《猞猁言说》(2001)、《生态批评的空间》(2006)、《陶渊明的幽灵》(2012)等。

《论新时期文学的"向内转"》①一文呈现了鲁枢元对新时期内在变化的较早审视与研究:"如果对西方现代文学现象稍作考查,便不难发现,20世纪的文学较之19世纪的文学,在文学与人、文学与生活的关系方面进行了明显的调整,文学呈现出强烈的'主观性'和'内向性'。文学的'向内转',成了整个西方文艺从19世纪向20世纪过渡时的一个主导趋势,而令人讨厌的'现代派'们,却在这一历史性的转换中打了先锋。如果对中国当代文坛稍微做一些认真的考查,我们就会惊异地发现:一种文学上的'向内转',竟然在我们1980年代的社会主义中国显现出一种自生自发、难以遏止的趋势。我们差不多可以从近年来任何一种较为新鲜、因而也必然是存有争议的文学现象中找到它的存在。"

鲁枢元对小说、诗歌领域考察后指出,中国新时期文学的"向内转"已成趋势。"这类小说,成就高下不一,但共同的特点是:它们的作者都在试图转变自己的艺术视角,从人物的内部感觉和体验来看外部世界,并以此构筑起作品的心理学意义的时间和空间。小说心灵化了、情绪化了、诗化了、音乐化了。小说写得不怎么像小说了,却更接近人们的心理真实了。新的小说,在牺牲了某些外在的东西的同时,换来了更多的内在的自由。""中国新时期文学的'向内转',还更早一些、更突出地表现在诗歌创作中。"鲁枢元的肯定之情几乎难以抑制,他将这种"向内转"的倾向形容为"春日初融的冰川,在和煦灿烂的阳光下,裹挟着崚嶒的山石和冻土,冲刷着文学的古老峡谷。这是一种人类审美意识的时代变迁,是一个新文学创世纪的开始。"②

鲁枢元此文几乎要用"向内转"来概括现代主义与中国新时期文学的全部走向,同时,他又在中国新文学中寻找"向内转"的传统,尤其强调鲁迅的小说是"向内转"的小说。他认为中国现代文学的"向内转"并非始于今日,而是早在五四运动前后就已经开始了。要在我国"五四"前后的文学运动中寻找文学"向内转"的迹象并不困难。在中

---

① 载《文艺报》1986年10月18日。
② 同上。

国新文化运动的巨人鲁迅的文学创作中,"向内转"倾向恰恰得到了最突出的表现。鲁枢元之所以如此果断,恐怕主要是针对当时学界对于"向内转"的理论偏见,即认为"向内转"只是"西方现代主义在中国的呼应"的论调。他又分析了新时期文学"向内转"的成因,认为它不仅是受到了世界现代文学的影响和诱发,也不仅仅是对于"五四"文学流向的赓续和发展,作为一种带有整体性的文学动势,它必然还有特定历史时期的中国社会文化心理方面的动因:前摄因素的作用、逆反心理的导引、民族文化积淀的显现、主体意识的觉醒。

鲁枢元是当时判断相当敏锐的批评家,他及时地抓住了中国当代文学在1980年代后期的转型问题,但此文的概括面较大,对所谓"向内转"的文学潮流的具体分析和独特性描述的展开稍显欠缺。

对先锋派作家文本较早进行细致而深入的批评家当属吴亮。吴亮1980年代后期曾因对马原等先锋派作家的批评而立足批评界,其批评以犀利而敏感著称。1990年后,吴亮的兴趣从文学转向绘画,开始关注起中国的画家及他们的作品。2000年,吴亮重新开始文学批评,对文学、文化现象进行研究。早在1986年,吴亮曾在《中国青年报》发表过题为《谁是先锋作家》的短文。1987年,吴亮发表了《马原的叙述圈套》一文,"叙述圈套"一说立即成为学界公认的一种说法,并且延续至今。吴亮说:"在我的印象里,写小说的马原似乎一直在乐此不疲地寻找他的叙述方式,或者说一直在乐此不疲地寻找他的讲故事方式。他实在是一个玩弄叙述圈套的老手,一个小说中偏执的方法论者。马原声称他信奉有神论,这当然为我们泄漏了某些机密。不过我这里更感兴趣的是马原喜用的方式,就是说,解释他是以何种方式来接近他那个神的,比考辨这个神究竟是什么更有意思。也许,马原的方式就是他心中那个神祇的具体形象,方法崇拜和神崇拜在此是同一的。如果说马原最终确实为自己创造了一些独特的小说叙述方法,那么也可以有把握地说他同时是一个造神者。"①吴亮认为,马原的有神论即是他的方法论。他从"马原在他小说中的叙述地位""马原的朋友们和角色

---

① 吴亮:《马原的叙述圈套》,《当代作家评论》1987年第3期。

们""马原的经验方式和故事形态""马原的观念及对他故事的影响"等层面对马原的小说进行了一次系统而深入的研究。这篇文章文采颇丰,更以"不再提马原"结尾,显现出吴亮与众不同的批评风度。这样的论述显然是抵达了马原的创作本质。虽然当时可以依据的理论很少,以当时中国大陆的理论背景还不能对这类小说作出及时而清晰的解释。

《虚构》发表后,马原踌躇满志。"他没有把先锋试验上升到本体论的高度,看重的并不是形式的外套,而是能否写出人的灵魂。"①吴亮也并没有把形式探索看作《虚构》最重要的特点,他曾直截了当地告诉马原:"我并不在乎你的《虚构》是否'虚构'。我阅读小说是为了获得陌生的感觉。"②吴亮对马原作品的批评就是对中国当代先锋文学的重要特质的阐释,从某种程度上说,他与马原一起对小说虚构的本质进行了一次较为彻底的揭示。马原得意的是他的"虚构"所具有的文学史叛逆意义,敢于宣称"虚构"是对现实主义范式的直接突破;吴亮专注于小说本体的审美原则,故而二者对作品的理解有差异。

2009年,吴亮回忆先锋批评时说:"1988年到1989年初,我有一系列文章谈先锋文学,反复强调这个概念,但在这个名号下面,没有指名道姓,谁是谁不是,采取布告式的,或者说宣言式的方式,把这个先锋文学人格化地来鼓吹来倡导。被认为是先锋作家是后来的事,但当时好像不这么提,说是文学探索啦,或者说是一种实验……究竟怎么命名我记不太清楚,比如说我最早评马原的时候……"吴亮关于先锋小说的批评在中国当代批评史上贡献卓著,虽然1990年以后他的兴趣从文学转向绘画,但他的影响力在21世纪过去十年又突显出来,其文学批评和文化批评又一次引起关注。他这样表达自己对先锋的理解:"今天在我看来,先锋就是一座座历史上的墓碑。"③

总体来看,吴亮是一个有风格、有文体、有态度的批评家。他的批

---

① 李建周:《在文学机制与社会想象之间——从马原〈虚构〉看先锋小说的"经典化"》,《南方文坛》2010年第2期。
② 吴亮:《关于〈虚构〉的信》,见《拉萨地图》,拉萨:西藏人民出版社,2005年,第84页。
③ 吴亮、刘江涛:《先锋就是历史上的一座座墓碑》,《上海文化》2009年第5期。

评文字几乎每一篇都带有随想录气质,尽情展现且有能力展现自己的风格。吴亮厌倦引文,对旧的批评公开叛逆,用"六经注我"的方式形成自己的文体——这种风格属于一个能够飞翔的批评家,是其他人力所不及的。吴亮的"有态度"是文学的态度,非常锐利、虔诚,对文学充满感悟力。这种"有态度"是由三点因素造就的:第一是吴亮能握住语词,他的批评不是简单地掠过文本,而是紧紧握住语词。在他的读解当中可以看到,他的每一句批评都在这个文本之内和他同格,和他的原则、精神与美学同格,所以他的语词极为准确。因为这种准确性,无论他的批评再鲜明、再激烈、再个人化,都是令人敬重的。第二是吴亮能够激发思想,他的作品与批评充满想法,但这些想法又不在确定的知识体系中,没有淹没在知识与理论的共振中,而是层出不穷、可以激发出丰富连绵的思想性,给人以启发。第三是文学性,无论谈马原还是王安忆,吴亮在表达自己的好恶之时,总能够把文学性谈好。紧紧抓住文学性,保证了他的批评既有态度,又纯粹而迷人。

很显然,在"新潮"或先锋文学崭露头角的时期,李劼也是一位大声疾呼走在时代前沿的批评家。李劼以其富有激情的艺术敏感和对当代文学变革的热切期盼,成为率先切中"新潮"或先锋小说要害的人。其《论中国当代新潮小说的语言结构》(1987)、《试论文学形式的本体意味》(1987)以及《论中国当代新潮小说》(1988)等数篇文章在"新潮"之变、在"形式"和"语言"方面对先锋小说作了富有变革激情的阐释。李劼的"新潮"论带着时代变革的强烈渴望,几乎要冲决既定的形式规范。《试论文学形式的本体意味》①一文对先锋小说着重研究其语言问题。他将先锋小说的语言编配理解为其本体内涵之一。文章论及叙事性编配、意绪性编配、意象性编配三种方式,并且通过对三种方式的相互区别与转化对文学形式的本体进行了阐释。李劼认为"形式不仅仅是内容的荷载体,它本身就意味着内容"。他分析后发现,先锋小说家们对文学形式都有着极大的兴趣,并且"形式的这种魅力使得这些先锋作家们对文体对语言产生了特殊的嗜好。他们之中几乎每一个

---

① 李劼:《试论文学形式的本体意味》,《上海文学》1987年第3期。

第九章 多元文化语境中的文学批评

都在语言和语言的表达技巧上下过一番功夫,甚至还作过纯语言纯技巧的小说创作的尝试"。他还据此断言:"从某种意义上说,以后的文学将越来越明确地站到怎么写的课题面前,从而对文学形式的本体意味作出应有的探讨。"李劼后来研究《红楼梦》,还著有长篇小说多部,后来去国,在国内的影响有所式微。

1988年,李陀、王干等人撰写文章关注先锋小说。[①] 与此同时,蔡翔、胡河清、程德培、戴锦华、张颐武、陈晓明、张清华、吴义勤、季进等学者和批评家纷纷着手开展先锋文学批评。此间专注于研究先锋文学的青年学者还有张玞,她于1991年完成的博士学位论文《作家的白日梦》是最早专门研究先锋小说的著作[②]。

中国当代的先锋派批评中,陈晓明率先将后现代主义和后结构主义观念方法引入到中国当代先锋小说探讨。1989年,陈晓明与王宁的学术对话《后现代主义与中国先锋小说》刊于《人民文学》第6期,在中国最早明确提出中国先锋文学具有后现代性。从1987年至1990年代初,陈晓明先后发表一系列批评文章,对苏童、余华、格非、孙甘露、北村等先锋派作家进行研究,这些论文和评论随后历经数年结集形成专著出版,即《无边的挑战——中国先锋文学的后现代性》(1993年,时代文艺出版社),这是国内最早从后现代主义的理论视角分析中国当代先锋文学的著作,揭示出中国当代文学发生的深刻变革,特别是对传统现实主义构成的尖锐挑战,以及由此开启的具有艺术形式的美学意义探索。该书在1990年代初就宣称,先锋文学推动中国文学进入一个较高的艺术层级。从理论的深度研究中国当代文学的后现代性问题,体现出陈晓明对文学理论和中国当代文学的基本观念和创新。该书阐发了一系列的先锋小说的新的文学观念、新的艺术表现形式、新的美学品性、新的语言风格。例如,先锋派的"写作"观念超越了传统的"创作";历史确定性观念的改变,使得先锋派小说是在"历史颓败"的意义上来

---

① 此间王干发表《批评的沉默和先锋的孤独》,《文艺报》1988年第17期;李陀发表《阅读的颠覆——论余华的小说创作》,《文艺报》1988年第24期。

② 张玞:《作家的白日梦》,1991年北京大学博士论文,1992年由花城出版社出版。

讲述"后历史主义"的故事;再如对小说语言与存在边界构成的微妙关系;关于存在的"空缺"与小说的手法;关于抒情叙事与"后悲剧"的美学风格等。所有这些,开启了当代文学批评的新的话语方式和批评方法,对后来的年轻一代的批评家产生了颇为积极的影响。

陈晓明说:"《无边的挑战》凝结着我最初的敏感和激动,那种无边的理论想象,那种献祭式的思想热情。我从存在主义、结构主义和后结构主义的理论森林走向文学的旷野,遭遇'先锋派',几乎是一拍即合。"①孟繁华这样评价:"先锋文学的作家与陈晓明大体是同代人,他们相同的阅历和知识背景,使他们心有灵犀。作为一个批评家他期待已久的文学声音终于骤然响起,他义无反顾地承担了先锋文学的阐释者和代言人。"②《无边的挑战》持续二十多年一直受到青年学生和年轻批评家们的重视,几经再版,影响仍在。

很快,批评家们开始纷纷从外来文化中寻找中国当代先锋文学的精神资源。在中国的先锋派文学批评中,张新颖③也是较早从西方文学与文化着手研究中国当代先锋文学的批评家之一。

1990年,张新颖撰文《博尔赫斯与中国当代小说》研究博尔赫斯与中国当代先锋作家的关系,他以马原、孙甘露、余华等为例,认为博尔赫斯通过影响他们的创作,给当代中国文学带来了一种新的质素,启示了某种新的文学可能性。张新颖指出,马原是因为立足于技术的角度才看重博尔赫斯的小说的,他毫不掩饰自己的剥离其小说技巧为其所用的心理和做法。同时,张新颖指出了博尔赫斯和马原对世界的认知在基本观念形态上的差异。幻想是博尔赫斯最基本的生活方式和创作方式,幻想对于他并不是生活之外的事情,他就生活在幻想中。"真实"这个概念本身一直是博尔赫斯所怀疑的。"马原对博尔赫斯的小说技

---

① 陈晓明:《无边的挑战——中国先锋文学的后现代性》,桂林:广西师范大学出版社,2004年,第2页。
② 孟繁华:《英姿勃发的文化挑战——陈晓明和他的文学批评》,《南方文坛》1998年第2期。
③ 张新颖(1967—   ),山东招远人。复旦大学文学博士,现为复旦大学中文系教授。著有《栖居与游牧之地》(1994)、《歧路荒草》(1996)、《迷失者的行踪》(1998)、《文学的现代记忆》(2003)、《默读的声音》(2004)、《20世纪上半期中国文学的现代意识》(2009)等。

巧表现出更浓的兴趣,当理解、看待世界的方式存在着根本性差异时,技巧在文本中被单独看中,被剥离下来,似乎不可避免。博尔赫斯构造幻想的小说世界纯粹性的方法(一切止于这个幻想的艺术世界,即小说本文的层面),却被马原挪过来当作让人相信他的小说背后的真实性(即小说试图还原的现象世界)的手段,这之间的裂隙不能不说是十分巨大的。"张新颖也看到孙甘露与博尔赫斯的关联:"与马原不同,另一位小说家孙甘露没有那种关于自在真实的现象世界的意识,文学没有被有意识地与主体之外的目的相联系,他对文学的感情,'出于一种对冥想的热爱'。很自然地,孙甘露对博尔赫斯沉溺其中的纯粹的幻想世界产生出近乎天然的亲切感。正是由于这种基点性的契合和亲近,孙甘露不可能像马原那样用剥离的眼光单独相中其技巧性的部分,他为博尔赫斯的整体世界所动……"张新颖认为孙甘露与博尔赫斯的相似性在于他也用玄想设置了一个个迷宫。他们的想象穿行于迷宫中,一边津津乐道地破谜解谜,一边又以破解活动遮蔽了烛照谜底的光亮。与此同时,张新颖指出了孙甘露与博尔赫斯区别开来的重要特征:远离具体事物,将抽象观念诗化,斩断语言的所指,让能指做封闭运动。此外,张新颖还将余华、格非的小说与博尔赫斯进行了对比。

中国的先锋派文学批评与此前的文学批评区别很大,除去批评方法和理论背景上的不同,他们的批评姿态也与此前不同,张新颖此文的结尾就是一个例证:"坦率地承认,我说了,却什么也没说出来。因为我无力说出什么。我愿意让这个问题摆在这儿(而不是掩盖它),作为我这篇文章未完成的部分。认清了自我满足的虚妄和欺骗性,又有什么论文是'完成了'的呢?"[1]

王宁的《接受与变形:中国当代先锋小说中的后现代性》[2]一文从后现代主义的诸种形式出发,系统地研究了中国当代先锋小说中的后现代性。王宁在此文中指出,如果从历史的发展线索来追踪考察,一般

---

[1] 张新颖:《博尔赫斯与中国当代小说》,《上海文学》1990年第12期。
[2] 王宁:《接受与变形:中国当代先锋小说中的后现代性》,《中国社会科学》1992年第1期。

认为，后现代主义作为一种战后西方的文学思潮和文学运动，它崛起于1950—1960年代，并迅速进入当代文学批评理论之中。这一理论课题逐渐成形，成为国际比较文学界公认的一个前沿理论学科。王宁就自己的理解将后现代分为六种形式，在这样的分类基础上对后现代主义在中国的介绍和接受作了简略的回顾后指出，先锋派的实验之价值与其说在于他们本身取得的成就，毋宁说在于他们的实践为未来的文学研究者提供了丰富多姿的史料和可供他们阅读阐释的第三世界先锋文学的"后现代"文本。因此，以西方后现代主义为参照系，对中国当代先锋小说中的后现代性作一些比较研究，不仅有助于我们以一种"国际眼光"来审视1980年代后期中国出现的这一文学现象，同时也有助于我们以中国作家的创作实践，来验证后现代主义论争中各家理论学说的有效与否，从而使这一前沿学科的研究得以向纵深发展。王宁此文重在文化现象归纳，对先锋小说作家作品的解读并不多，如能分析先锋文学的后现代美学特征以及中国特定历史语境，其理论意义将更进一步。

1990年代中期以来，先锋文学批评的著述不少，批评家们开始从整体性的角度研究先锋文学，他们摆脱了对于先锋文学个体作家作品研究的囿限，而是将先锋文学作为一个整体性的文学思潮进行系统而深入的研究。

张清华的批评道路宽阔，他在诗歌研究的同时致力于当代重要文学思潮与作家作品研究，新时期以来的每一个重要文学思潮与作家作品都在他的研究范围之内，其学术话语庞博，向着更广阔的历史、哲学领域延伸。张清华也是当代少数能把理论的要义与文学性感觉准确结合的批评家，而且他始终把握住中国当代文学的本土化问题。《中国当代先锋文学思潮论》(1997)从宏阔的视角勾勒出中国当代先锋文学思潮的演变轨迹，即从启蒙主义到存在主义，中国先锋文学与启蒙主义及存在主义的内在关联是相对西方现代主义而言的，张清华认为"启蒙主义语境中的现代主义选择"是中国文学在1980年代的基本文化策略，最终能够在当代中国完成启蒙主义任务的，不是那些近代意义上的文化与文学思潮，而是具有更新意义的现代主义的文化和文学思潮。

这使得启蒙在当代中国有了新的蕴义。他认为要探讨中国当代先锋文学思潮的基本特征,应当在其"现代性"范围内来考虑。这部著作在论述先锋文学每一个支流时都是先从其文化背景出发,由表及里,对先锋文学的特质进行了冷峻而深刻的发掘,显现出一个知识分子对当代中国由文学及精神痛苦深彻的关怀与反思,这样的判断与思考显然具有鲜明的建设性,时至今日仍然带给人诸多的思考。这部著作显现出张清华的新历史主义倾向,也充分体现出先锋派批评的历史观。张清华在一种"历史""真实""虚构"的反思中彷徨,对于历史的过度迷恋、强烈的历史意识都充斥其中。"我既感到有一种指点江山、创造历史的快意,又有一种因自己的虚弱而不能驾驭历史的惶恐,更有一种伪造和虚构历史的犯罪感。"[1]由于先锋文学中呈现出的新历史主义倾向与一些批评家的历史癖好不谋而合,所以,批评家们对先锋文学的批评其实就是要阐发自己对新历史主义理论的理解,在这一点上,批评家们与先锋文学几乎是相见恨晚。历史、叙事、文本等概念在先锋批评中得以更进一步阐发,他们共同印证了新的历史观和文学观。

张清华对莫言的研究有独到之处。他从人类学的角度指出莫言对当代小说中"大地"的复活,构建了"生命本体论"的历史诗学;他从叙事伦理的角度指出莫言从两个方面——民间自身的生机和被施暴的屈辱确立了其基本民间写作伦理;他最早高度肯定莫言的《丰乳肥臀》,认为莫言是"作为老百姓在写作"的,所以这部作品可以说是实践了"伟大小说的历史伦理",是一部"通向伟大的汉语小说"。《丰乳肥臀》是一个"民间叙事"与"知识分子"叙事相交合、"历史叙事"与"当代叙事"相交合的双线结构的立体叙事,作品的历史与美学内涵丰厚。[2]而《红高粱家族》则是当代小说叙事由"启蒙历史主义"到"新历史主义"过渡的标志性文本,因为"《红高粱家族》在一定程度上弥补和矫正了以往'专业历史叙事'和'文学历史叙事'两个领域中所共有的偏差。可以说,它提供了我们在以往的文学文本和当代的历史文本中

---

[1] 张清华:《中国当代先锋文学思潮论》,南京:江苏文艺出版社,1997年,第371页。
[2] 张清华:《叙述的极限——论莫言》,《当代作家评论》2003年第2期。

都无法看到的历史场景,历史本身的丰富性在这里得到了前所未有的复活"①。

张清华对余华的研究在先锋文学批评中同样独到。在他看来,文学历史的存在是按照"加法"的规则来运行的,而文学史的构成——即文学的选择则是按照"减法"的规则来实现的。从这个角度看,历史上的作家便分成了两类:一类只代表着他们自己,他们慢慢地被历史忽略和遗忘了;而另一类则"代表"了全部文学的成就,他们被文学史记忆下来,并解释着关于什么是文学的一般规律的问题。余华就是一个被文学史记忆下来的作家,他实践的是文学的"减法"。张清华认为余华小说的经验和形式是通向形而上学之路,"内容的形式化"和"形式的表面化",正是使他成为一个因简约和"表面"而出色的作家的原因。同时,余华的叙述又体现出一种辩证法。但是张清华指出余华的创作的"减法"也导致了其创作的困境②。这样的研究显示出他对汉语文学在这一特定历史时期的独到理解。

张清华是一个痴迷历史的批评家,他在《火焰或灰烬》(1999)中对20世纪中国文学中启蒙主义的研究有相当深化,《境外谈文》中对中国当代文学中的历史叙事有系统性研究。他对启蒙主义、存在主义、新历史主义、人类学、叙事学、修辞学、精神分析等话语进行了一次本土化锤炼,融进了中国传统哲学的生命意识与悲剧意识,将它们运用于先锋作家余华、莫言、苏童、格非等人的研究中,在先锋文学研究中独树一帜。

张清华对苏童的探讨拓展了苏童小说与时代的内在联系。他认为,一方面,苏童是新历史主义的代表作家,"在所有先锋小说作家中,苏童是最具叙事天赋的一个";另一方面则因为"每一代人实际上都需要他们自己的作家,他用这一代人共同喜欢的方式,代替他们记录下共同经验过的生活,成为一种留刻在历史中的特有的'公共叙事'。苏童用他自己近乎痴迷和愚执的想法,复活了整整一代人特有的童年记

---

① 张清华:《莫言与新历史主义文学思潮——以〈红高粱家族〉、〈丰乳肥臀〉、〈檀香刑〉为例》,《海南师范学院学报(社会科学版)》2005年第2期。
② 张清华:《文学的减法——论余华》,《南方文坛》2002年第4期。

忆"①。每一代人同样需要他们自己的批评家,一个优秀的批评家要做的,就是文学的减法,他需要在沙中淘出那些真正有价值有光芒的金子。

张清华从历史哲学的角度揭示格非小说的深度蕴含。他对格非"你的记忆让小说给毁了"这句话极为欣赏,他更从中发现了历史的不可知论与宿命论。他评价说:格非的小说中一个最有价值但却没有得到明确阐释的意蕴,在于其富于启示意义的历史哲学意识。存在主义、结构主义和精神分析学是影响他的历史观念的最重要的因素。因此格非的历史哲学表现在如下方面:一是由个体处境与个体无意识所支配的历史偶然论与不可知论;二是由文化结构与集体无意识所决定的历史宿命论;三是由个体意识结构与记忆方式、语言以及叙事文本的"诗学"特性所决定的历史(叙事)虚拟论。②

在先锋批评的专著中,吴义勤③的《中国当代新潮小说论》(1997)是一部力作。吴义勤的独特之处在于他将先锋小说看作中国当代新潮小说,准确地把中国当代新潮小说界定为一种文学现象、一种精神状态和一种审美思潮。《中国当代新潮小说论》一书共二十五章,由"综论""作家论""作品论"三部分构成。著作首先对中国当代新潮小说进行了理论界定,勾勒出其诞生的历史文化语境及历史演变脉络。吴义勤指出新潮小说是在中国文学自身的变革要求和世界先进文学思潮的影响这双重因素于1980年代中期以后产生的一种文学现象,它有自己特定的作家群体和代表性的作家作品,是新时期中国文学的最重要、最有成就、最有影响的小说流脉。"综论"部分对中国当代新潮小说的观念

---

① 张清华:《天堂的哀歌》,济南:山东文艺出版社,2005年,第16页。
② 张清华:《叙事·文本·记忆·历史——论格非小说中的历史哲学、历史诗学及其启示》,《山东师范大学学报(人文社会科学版)》2004年第2期
③ 吴义勤(1966—),江苏海安人。苏州大学文学博士,曾任山东师范大学文学院教授、现代文学馆常务副馆长,《中国现代文学研究丛刊》主编。现任中国作协党组书记、中国出版集团董事长。著有《漂泊的都市之魂——徐訏论》(1993)、《中国当代新潮小说论》(1997)、《文学现场:中国新时期文学观潮》(2001)、《目击与守望》(2001)、《告别虚伪的形式》(2004)、《对话的年代:20世纪90年代中国文学叩问录》(2005)、《纸上的火光》(2008)、《中国当代小说前沿问题研究十六讲》(2009)、《守望的尺度》(2009)、《自由与局限:中国当代新生代小说家论》(2010)等。

革命、主题话语、叙述模式、艺术成就及历史局限等,从多方面进行了全面系统的理论研究,由此阐发了新潮小说与20世纪中国小说的未来问题。"作家论"部分对新潮小说的代表性作家苏童等六位作家进行了独到而深刻的阐释。"作品论"部分对中国当代新潮小说的十余部重要作品进行了价值与局限的分析,在中外文学史的纵横坐标上完成了对中国新时期几乎所有代表性新潮作家的集中解剖,其对苏童、陈染等著名作家的解析既完成了对他们文学史地位的确认,又揭示了他们对中国新时期文学的真正贡献以及他们各自的文学魅力之所在。这部著作对中国当代新潮小说的灾难、性爱、死亡、罪恶、绝望、救赎等主题话语的归纳,对中国当代新潮小说叙事实验的细致解剖都是先锋小说研究领域最为系统、最为深入和最有说服力的成果。

在先锋作家中,苏童是吴义勤持久关注的对象之一。他盛赞苏童是"南方的文学精灵",指出苏童的"历史追寻小说"开始于对于"枫杨树乡村"的逃离,并从而进入了"后枫杨树"阶段,苏童总是从生命悲剧的背后发掘其深层的文化根源,从而使小说内涵越来越趋凝重。如果说《妻妾成群》旨在揭示封建畸形的婚姻文化对于女性生命的扼杀,《米》完整地揭露了都市淫靡文化摧毁一个乡村生命的全过程,《我的帝王生涯》则形象地展示了中国帝王文化窒息吞噬生命的本质。作家对于生命的悲剧感受已经超越了祖先亲人,延伸到了整个历史、整个民族、整个文化,充分展现了个体生命与文化生命之间的辩证关系①。吴义勤认为苏童的《我的帝王生涯》"挽救了先锋派。当然,这种挽救首先源于一种背叛,源于对曾经热衷过的夸张激进的形式实验的抛弃与改造,源于他在先锋派昙花一现的命运到来之前不露痕迹的抽身而出"②。长篇小说《米》"把个人的遭际和对形而上的历史哲学的思考,落实在特定而具体的历史情境和个体生命情境中,把对整个人类苦难历程的追索,落实在特定的历史时空中,并以特定的历史事件进行穿

---

① 吴义勤:《中国当代新潮小说论》,南京:江苏文艺出版社,1997年,第171页。
② 吴义勤:《沦落与救赎——苏童〈我的帝王生涯读解〉》,《当代作家评论》1992年第6期。

插,因而历史的灾难和现实个体的灾难又有一种生活的原生性质"①。《河岸》是苏童式风格的一次完美的演绎。历史的轻逸与沉重、现实的荒诞与残酷、人性的扭曲与挣扎、灵魂的高尚与卑微这些复杂的元素在小说中审美而感性地纠结在一起,呈现了一种令人感动的艺术力量,是对于"历史叙事"领域既有审美想象的总结与突破②。

吴义勤对余华的作品解读独到而深入。他对《呼喊与细雨》进行了一次由表及里的多方位论述,从主题变奏、生命意义、记忆方式三个方面入手,充分肯定了余华的这一次颠覆性写作。他认为:"余华的小说的哲学重心总是落实在对人生存在的追问上,对生命的诞生、挣扎以及毁灭过程的描刻也是这部小说最为深刻的地方。但这种深刻是从具有模糊性的多重题旨的互补作用中透射出来的。"③他对小说中的孤独母题、成长母题和人性母题作出了详细而深刻的论述。他深入解读了小说题目中"呼喊"和"细雨"两个主题意象,代表着两种生命方式、生命形态,余华正是在对"呼喊"的生命与"细雨"的生命的描写上超越了自我;着重论述了小说的叙述方式,并将其分为预言式叙述、分析式叙述和回忆式叙述,指出了这部小说在形式上的创新和建树,"余华的出众之处在于把'回忆'的故事操作方式与小说人生的生命方式合二为一,做到了内涵与形式的完美统一"④。此外,吴义勤也论述了《许三观卖血记》对于余华的意义,看到了余华在写作道路上的转型,"作为中国80年代新潮作家代表的余华已悄悄开始了他个人艺术道路上的'转型'。在这次'转型'中,余华似乎正在从文学观念和文学实践的各个层面对自己的创作道路进行反思,而对自己'先锋时期'极端性写作的全面'告别'则是此次'转型'的典型标志"⑤。文章从"人"的复活与"民间"发现上的主题转型和对话与叙述上的艺术转型为切入点,在充

---

① 吴义勤:《中国当代新潮小说论》,南京:江苏文艺出版社,1997年,第276页。
② 吴义勤:《罪与罚——评苏童的长篇新作〈河岸〉》,《扬子江评论》2009年第3期。
③ 吴义勤:《切碎了的生命故事——余华长篇小说〈呼喊与细雨〉论评》,《小说评论》1994年第1期。
④ 同上。
⑤ 吴义勤:《告别"虚伪的形式"——〈许三观卖血记〉之于余华的意义》,《文艺争鸣》2000年第1期。

分解读作品的同时,也对1980年代先锋作家的文学转型作出了深入的讨论,即告别了极端和炫技,向着艺术信心更为饱满、艺术思想更为成熟的方向前进。

  莫言作品也是吴义勤的研究重点所在。他指出,作为一位1980年代中前期崛起的作家,莫言的小说较完整地包含着三个层面的"吃人"叙事内涵。《透明的红萝卜》《铁孩》《枯河》《天堂蒜薹之歌》《我们的七叔》里有着尖锐的社会政治批判,《红高粱家族》《丰乳肥臀》《拇指铐》《蛙》表现着深沉的历史文化批判与人性反思,《檀香刑》则近乎完整地重写了鲁迅笔下经典的"吃人"景观和看客形象。而出版于1993年的《酒国》,无疑是借助这一文学意象以传达某种文化隐喻的集大成之作。或许《酒国》不具备《狂人日记》般石破天惊的现代开创意义,但它在莫言小说中自有其不可轻忽的独特价值。① 吴义勤认为,"吃人"作为一个由来已久的文化政治问题,在莫言的《酒国》中得到了传承和延续,小说在主旨、意象、人物等方面均不同程度地受到《狂人日记》的影响,但《酒国》的产生是在特定的现实政治和市场经济语境中,同时也包含了莫言具先锋性和民间色彩的文学思想与艺术脉络。此外,吴义勤也充分阐述了《蛙》中关于原罪与救赎的表达,"那些不断鸣叫,有着旺盛的繁殖能力却又是如此'低贱平常'的生物,承载着莫言对于中国计划生育国策以及中国当代农民生命史、精神史的深刻思考。在这些思考的背后,则是对中国现代性命运的深切忧虑和反思——这也是莫言小说的一贯主题"②。从意象入手分析出作品的内在意蕴,是吴义勤批评中常用的方式,这需要扎实的文本细读能力、深刻的思想体系以及具有前瞻性的学术目光,无论是在其学术著作或是批评文章中都可以看到三者的有机结合。

  吴义勤视野开阔,对新理论多有关注,综合运用现代阐释学、社会学、文化人类学、精神分析学、符号学、结构主义和比较文学等多种研究

---

① 吴义勤、王金胜:《"吃人"叙事的历史变形记——从〈狂人日记〉到〈酒国〉》,《文艺研究》2014年第4期。
② 吴义勤:《原罪与救赎——读莫言长篇小说〈蛙〉》,《南方文坛》2010年第3期。

方法多维地深入研究对象,采取理论寻绎与作品阐释相结合、宏观审视与微观剖析相结合、作家论与作品论相结合的视角与原则,有效地完成了对先锋小说的研究和阐释。

今天,回望当代文学的先锋批评,其意义显然已经超出了文学本身,吴亮有言:"先锋就是一座座历史上的墓碑",而先锋文学的批评家们则不愿屈服于先锋派经验向死的命运,而是要把它转化为当代中国文学创作中的一个持续活跃的精灵,一个在多重压力下依然困守的末路英雄。

四 1990年代以来的文学批评格局

1990年代的一个无法回避的学术背景是思想史的淡化和学术史被强调,文学批评的学院化倾向也明显加重,这当然是由于西方知识和思潮的进入已经有累积的成效,另外也在于大学文学研究渐成系统和气候。学院派批评在中国当代批评史上的地位与影响也凸显出来。"学院派"这一术语源于美术界,也称"学院主义",最早来源于意大利的卡拉奇兄弟于1590年建立的波仑亚学院,这是最早的美术学院,结束了古老的、行会师徒传艺的、手工作坊式的美术教育,随后的17世纪在欧洲各国兴起官办美术学院形成各种流派,艺术上注重"规范",较为排斥其他学派的艺术创造和革新。后来,这一术语被应用到文学、音乐、雕塑、建筑等领域,但所指发生了一些变化。学院派批评的研究在中国引起关注,较早见于对外国理论批评的引介,例如,法国批评家阿尔贝·蒂博代之《六说文学批评》(1989)。蒂博代将学院派批评看作"职业的批评",这是与"自发的批评""大师的批评"相对而言的。他看到了学院批评的优势,但对其却颇有微词[①]。明确提出学院派批评并对其进行系统研究的则是韦勒克,他对20世纪前期美国学院派批评

---

① 参见〔法〕阿尔贝·蒂博代《六说文学批评》。

进行了详尽客观的研究。① 学院派批评这一术语在中国大陆最早由王宁提出,他指出学院派批评代表了当今中国文学批评的多元格局中的一种倾向或一种风尚,应当同直觉印象式批评和社会历史批评一起,形成1990年代中国文学批评的"三足鼎立"之格局②。此后学界基本达成了学院派批评与媒体批评、文坛批评(也有人称作协批评)共同构成1990年代以来的批评格局的共识,其中参与批评家最多、影响力最大的是学院派批评。2009年,刘中树、张学昕主编"学院批评文库",收录了20家学院派批评的著作③,编者认为"这个批评家群体,凭借他们特有的活力、稳健和能动性,正形成一个新的批评风范和批评秩序","他们以锐利的学术眼光阐释当代文学,自主地参与到当代文学经典化的过程当中,大大丰富了当代文学的精神内涵"④。被看作学院派的批评家主要有陈思和、孟繁华、贺绍俊、陈晓明、张颐武、程文超、程光炜、张清华、吴义勤、施战军、郜元宝、吴晓东、张新颖、吴俊、张学昕、谢有顺、贺桂梅、洪治纲、朱国华、葛红兵、黄发有等人。学院派批评与现当代文学研究应该有所区别,前者是指以当代较新发表出版的文学作品为评论对象,重学理谱系和文学史语境,其文体形式带有鲜明的文学评论风格。后者则多采用历史主义分析方法,重社会历史背景和史传材料,其文体形式倾向于有历史学特征。媒体批评受到强大的商业因素影响,对传播起到重要作用,而文坛批评因其鲜明的时效性,兼具传播迅捷和学理探究双重特征,也是这一时期重要的构成部分。尤其是文坛批评向来以文字的灵动可读和鲜明的批评个性而富有活力,文坛批评的代表性批评家有雷达、胡平、吴秉杰、李敬泽、阎晶明、牛玉秋、王干、何向阳、汪政、晓华,以及早年的贺绍俊、张陵、李洁非、费振钟等。很显然这种划分只是相对的,吴义勤、施战军等人原来属于学院派批评,后转到

---

① 参见〔美〕雷纳·韦勒克《近代文学批评史(第6卷)》第四章,上海:上海译文出版社,2005年。
② 王宁:《论学院派批评》,《上海文学》1990年第12期。
③ 这套"学院批评文库"收录了洪治纲、罗振亚、吴俊、陈晓明、宋炳辉、张新颖、程光炜、张清华、孟繁华、吴义勤、王光东、姚晓雷、何言宏、施战军、张学昕、南帆、贺绍俊、郜元宝、黄发有、谢有顺等二十位学者的专著。
④ 参见该套文库《总序》,长春:吉林出版集团有限责任公司,2009年。

第九章 多元文化语境中的文学批评

作协系统工作,他们的批评随之也更偏向于当下的创作,似乎也可归类于文坛批评。也有一些文坛批评家后期进入高校工作,比如雷达、贺绍俊等。也有学院批评家经常也对当下的最新的作品与现象发言,具有相当强烈的时效性。

事实上,中国当代文学批评中的学院派批评家们往往同时活跃在文坛上,他们之间的界限并不是绝对的。大多批评家既在高校从事教学科研工作,又在文坛参与批评活动。1990年代以来的批评家们以其独立的思想品格和丰富的理论实践共同构成了这一时期的批评史,彰显出一个时代的丰厚内涵。

孟繁华[①]总是直抵一个时代的精神特质,在他的著作中能看出他既有深厚的当代文学史基础,又极具思辨色彩和理论思维,其富有深度和创见的文化批评为同代人了解当下提供了新的视角,也为后来人理解文学的发展提供了多角度的经验。进入1990年代以来,他以敏锐的目光和深刻的思考对中国社会进行了出色的文化解读,同时以文化批评的方式对百年中国文学进行深入研究,在当代文学批评史中自成一家。

不管我们以何种视野来把握中国当代文学,总是不能回避意识形态的历史语境,孟繁华对此有着清醒的理论意识,他不把这种语境看成外在的,而是看到它的内在构成作用,看到它如何建构起我们的创作和批评的内在肌理。早在2001年,孟繁华就出版了《中国20世纪文艺学学术史(第三部)》,对文艺学以及文学批评的理论源流进行了相当系统和深入的梳理。这部著作一俟出版,颇受多方面好评,也可见到孟繁华厚实的理论功力。正是有了这次理论批评的历史把握,孟繁华原来在文学史方面的深厚积累就更显出优势。他始终认真研究毛泽东文艺思想,研究马克思主义经典作家的理论思想,总是能准确全面地考量当

[①] 孟繁华(1951—),生于吉林敦化,祖籍山东邹县,北京大学文学博士。曾任中国社会科学院文学研究所研究员,现为沈阳师范大学特聘教授,中国当代文学研究会副会长,辽宁作协副主席。著有《众神狂欢》(1997)、《1978:激情岁月》(1998)、《梦幻与宿命》(1999)、《中国20世纪文艺学学术史(第三部)》(2001)、《传媒与文化领导权》(2003)、《中国当代文学发展史》(与程光炜合著,2004)、《坚韧的叙事》(2008)、《中国当代文学通论》(2009)、《文化批评与知识左翼》(2009)、《文学革命终结之后——新世纪文学论稿》(2012)等,2018年出版《孟繁华文集》十卷。

代文学包含的意识形态构成方式,在他的理论批评阐释中,他始终把握住"文艺功能观""社会主义现实主义""文学制度"等层面,因而,他的文学批评即使在做艺术分析时,亦紧扣中国的现实语境。

孟繁华的与众不同之处首先在于文化研究与文学研究、文学批评的有机结合,他认为:"'传统'在世俗化的大潮中已无法构成对峙性的力量,人们迅速抛弃了所有的传统,整个社会思想的中心价值观念也不再有支配性,偶像失去光环,权威失去了尊严,在市场经济中解放了的'众神'迎来了狂欢的时代。"①《众神狂欢》(1997)以犀利的目光观察世纪之交的文化特征,文化的众神狂欢,使中心与边缘、精英与大众的界限被打破,一种多元、开放、现代、新质的文化正在生成、展示和传播。1990年代的知识分子心态已然不同于1980年代中期以前,他们一反舍我其谁的强烈入世情怀,而反身退回了书斋。用陈思和的话说,就是从"广场"退回了"岗位"。传统知识分子的身份和理性思考受到了市场经济浪潮的冲击,人们渴望更好的物质条件,对于金钱的攫取欲望不断膨胀,从而导致对于传统和历史的敬畏减弱,自我反省则成为一种奢侈的精神。他对当代中国的文化进行了深刻的思考,发出了自己的批判之声,指出全球化背景下的狂欢只是这个时代的虚假表征,它掩盖了在欲望解放之下新的暴力和统治方式,人们得意于眼前一时的华丽、时尚现象,在全新的渴望中积蓄着激情,现代性虽断裂了历史经验,但传统却仍在延续,文化冲突便无可避免地降临。在《众神狂欢》中,以文学作品或者作家、诗人为研究对象,或者在各种文化现象中不断举文学为范例的研究文章比较多。孟繁华将文学纳入一个更为广博的文化现象中,将文化挖深拓宽,在这个漫长幽深的历史隧道中驻足观望,为其忧心。在这种文化审视中我们看到了社会生活中的方方面面,这些细节可以带领研究者深度分析现代人的精神生活。

2002年,孟繁华和洪子诚合编的《当代文学关键词》也体现了他作为批评家对当代文学的推动作用。这本书更倾向于对已经确立起来的

---

① 孟繁华:《众神狂欢——世纪之交的中国文化现象》,北京:中国人民大学出版社,2009年,第4页。

第九章 多元文化语境中的文学批评

中国当代文学本身进行质疑和批判。解读关键词的方式也加强了文学研究、文学批评的"历史意识"。在同类研究中，孟繁华的随笔集《卧龙岗上散淡人》(1999)，已经做过一次较为初步的文化研究的文体试验。这个经验为他后来写出更为精粹的思辨集《思有涯》(2006)奠定了基础。在书中他以文化研究的研究方法和思维方式，对当代文学存在的问题和缺陷进行了深入的思考。孟繁华是一个对文学怀有梦想的人，他说1980年代是一个"激情"与"梦想"的时期，1990年代何尝又不是呢？对于文学中的人来说，文学之存在何尝不是激情与梦想？何尝不渴望多元与游牧呢？对于文学的书写，对于书写着的文学史，没有这种激情、梦想和游牧，何以能进入其中呢？孟繁华的文学批评可以说是激情与洒脱之作，可以说是游牧之作。他把1990年代以来的文学称为"多元文化和游牧的文学"，他甘当文学游牧者，把1990年代多元文化的生动性展示了出来。在他写的评论中涉及大量当下作品，并提出了诸多需要警醒和解决的问题，而这些与他巨大的阅读量和深厚的理论基础是分不开的。《文化批评与知识左翼》(2009)中，他继续坚持着瞩目于当代，而又质疑当代的文化批判立场。对文学经典进行重读，将世纪之交社会因素对文化、文学的影响考虑在内，致力于更加全面的多维的理解，对文学现象怀有一种宽容温和的态度，对文学本身的局限和问题批判则一针见血。

孟繁华以知识分子的身份直面历史，他不避讳自己的批判性立场，一度他秉持知识左派的立场和知识话语展开他的当下文学批评言说。他不只是从马克思主义经典作家的理论思想出发来阐释现实中国，也从西方马克思主义的理论话语那里寻求依据，他关切中国当代的社会问题，这些问题往往引发他的文学思考，成为他评价新人新作的依据。他的文学作品分析从不局限于"纯文学"，也不相信审美的绝对性，他总是立于时代潮头，把文学问题引向最尖锐的社会问题。《中国20世纪文艺学学术史(第三部)》(2001)重点论述1950—1970年代的文艺学格局，有很强的新锐性。其中对文艺学的理论源流的梳理，很见功力，是当代文学与理论交叉的一本著作。"其中的描述没有停留在老套子上，而是将问题置于整个历史的发展背景和国家的整个体制中进行解析,肯定了毛泽东关于文艺问题论述的合理性,也深入揭示其内部结构及其形成的原因、所造成的影响。"①当然,孟繁华也很关注百年以来文化传统与知识分子精神成长史的复杂扭结,知识分子在社会变迁和主流话语的影响下是如何去不断定位自己的文学信仰,知识分子百年来也经历了在政治的隐性作用下的多次变革。在《民粹主义与二十世纪中国文学》《精神裂变与众神狂欢》《"底层写作"与"左翼文学"》等诸多文章中他热情洒脱,从应时代而生的具体文本入手,着力于文本文学性、思想性、情感立场、文学经验各个角度,富于思辨色彩的语言和透彻的分析实在让人折服。在他看来,"民粹主义"在知识分子那里经历了从文学信念到文学精神,再从文学精神到文学策略的两个阶段,他呼吁知识分子应该注重个体情感的抒发和表达,不该淹没在时代的潮流和对大众的极力崇拜中。对于"底层写作"这个尚未有定论的临时性概念,孟繁华否定了对于"底层写作"是"一种游离了文学本色的写作"的片面看法,认为"底层写作"在传统上缘于左翼文学,并肯定左翼文学所具有的浪漫精神和理性主义。他认为:"过去的'去政治化',是因为政治对文学的干预太多,文学没有独立的精神地位;今天文学的'政治化',是因为作家有介入社会公共事务的权利,它是文学获得独立的另一个表征。"②

2009年,孟繁华出版《中国当代文学通论》,"通"即通观、疏通,这是对历史进行一种宏观把握的阐释,无疑也有文学史的眼光在里面。但它又强调"论",有别于一般的文学史叙述,它是以论带史,以论通史。它比之一般的文学史显得更为自由灵活,无须文学史面面俱到,事无巨细都要兼顾。它抓主要矛盾,抓文学史中的要害问题。就此而言,可以看到孟繁华处理当代文学史的独到手法,那就是他的开阔眼界和洒脱的叙述。现今的文学史大多拘谨刻板,难得孟繁华以他的洒脱来叙述当代文学史历经的风雨道路。

---

① 童庆炳:《恢复历史本真——简评杜书瀛、钱竞主编〈中国20世纪文艺学学术史〉》,《文学评论》2001年第5期。
② 孟繁华:《"底层写作"与"左翼文学"》,收入《游牧的文学时代》,北京:作家出版社,2009年版,第197页。

第九章 多元文化语境中的文学批评

当代文学史研究最大的难题,在于处理当代政治与文学的关系,这是一般写作文学史的人都试图要回避的论题,或绕道或淡化,但孟繁华却有能力给出令人信服的阐释,他能理解当代文学历史进程的必然性,能梳理那些艺术变革自觉开拓出来的空间。这是由于他对文学变革的每一步都看得清晰透彻。例如,新中国的文艺家们经历内心斗争后的思想改变,在孟繁华的分析中显现出历史的复杂性和丰富性。革命的形势变了,革命的任务变了,即使是来自解放区的文艺家,更不用说来自国统区奋斗的左翼文艺家,他们也会有新的愿望和新的选择。孟繁华试图去揭示出建立新的信仰或被新信仰哺育成长的一代人何以适应政治的历史变动,他们的内心始终洋溢着意识形态的冲动和兴奋,并逐渐成为他们内心支配性的力量或道德要求。这一分析是非常深刻的,他真实地揭示了中国20世纪五六十年代直至"文化大革命",社会主义文艺的意识形态建构起来的主体依据。当然,孟繁华对这一问题的研究并不只是进行主体的精神分析,他更偏向于回到文学史的客观构成中去,深入到文学的承传方式、生产方式、作家的社会地位以及检查制度的体系中去探讨。

在孟繁华的"通论"中,他把"文革"后的"新时期"的文学称为"激情岁月的文学梦想",这就是一种时代精神实质及风貌的把握了。他的文学史叙述着力揭示了"文革"后的时代,文学与社会变革、社会理想、主体情感心理重建的关系,他的这些分析细致深入,犀利直接。孟繁华对1980年代那两代作家,即右派和知青作家所持的态度,是既肯定其历史成就,他们创造历史的自觉与才华;也时常针砭他们未能更有力地拓展他们本来可能抵达的境地。在这部通论中,孟繁华把1990年代以来的文学规划为第三部分,称之为"多元文化和游牧的文学"。"多元"与"游牧",这是颇富有诗意的辞藻。对于1990年代直至"新世纪",孟繁华如此深地卷入那些文学事件,与那些人们和事实同歌共舞,他当然满怀激情。他也游牧于其中,他几乎是梦想般地要游牧于其中。就此而言,他真是一个对文学始终怀有理想情怀的人。因此,在孟繁华的展示下,1990年代的多元文化情境必然呈现出它的生动性。他揭示出1990年代的文学所具有的生动活力,给当代文学转型揭示了清晰的路线图。尤其是他有勇气也有眼光去提示1990年代个人化的写作更为本质的真实含义,然而,他并没有忽视文学写作的"始终历史化"的潜在冲动。在21世纪初,"新人民性"或"底层叙事",都重新展现了中国作家对现实主义的承继,在新的全球化语境中对文学的责任和道义的承担。孟繁华的分析让人们清晰地看到颇为吊诡的现象,随着中国经济的高速发展,随着全球资本更全面和深入的介入,中国作家更乐于去叙述底层,叙述本土的生存困境,以此来展现更具有本土特质的那种生活情态。这确实是当代中国才会有的复杂的文学情境。

21世纪以来,孟繁华的文学批评尤其注重关注60后、70后作家群体,他选编他们的中短篇小说集,关注他们的新作,随时发表品评。在他的笔下,最经常可以看到对吴玄、艾伟、荆歌、荆永鸣、北北、鲁敏、邵丽、魏微、徐则臣、石一枫等作家的评论,他完全是不知疲倦地推介这一代作家的作品,渴望他们站在文学潮头,开创出中国当代文学的新景象。需要指出的是,在对当代短篇小说和中篇小说的研究和评论方面,孟繁华功绩卓著。没有人像他那样编选了那么多的中篇小说文集,也没有人像他那样有如此鲜明的中篇小说文体意识。

2012年底,孟繁华发表《乡村文明的变异与"50后"的境遇》,该文对50后作家在当今的继续创造力提出尖锐批评。孟繁华认为,50后作家的经历和成就已经转换为资本,这个功成名就的一代正傲慢地享用这一特权。他们不再是文学变革的推动力量,而是竭力地维护当下的文学秩序和观念,对这个时代的精神困境和难题,不仅没有表达的能力,甚至丧失了愿望。而他们已经形成的文学观念和隐形霸权统治了整个文坛。[①]不管观点是否中肯或是过于偏激,孟繁华都提出了对50后的历史评价和当下创造力的审视,当然更重要的在于提醒人们去关注50后创建起来的文学范式及其可持续的未来面向究竟如何。

孟繁华试图以全面发展的眼光看待文学的历史和当下,不断开拓并提出质疑。孟繁华的批评总能参与到具体的最新的文学现象和事件

[①] 参见孟繁华《乡村文明的变异与"50后"的境遇——当下中国文学状况的一个方面》,《文艺研究》2012年第6期。

的阐释中去。"当代文学的历史叙述,通常是以重大的政治事件作为重要标示的,这一叙事方式本身就意味着政治与文学的等级关系或主从关系。但这种叙述方式却难以客观地揭示当代文学发展过程中的真正问题。"[1]带着这种思考,孟繁华深入阅读文本和历史文献,对新中国成立后文学发生的话语空间及其规范生成进行了溯本探源式的解析,建立了新的文学史研究的方法和文学观念。与程光炜合著的《中国当代文学发展史》(2004)是一部体例和观念与过去的同类著作不同的中国当代文学史著作,在阐释中国当代文学的发生、来源和话语空间的基础上,从不同的角度系统地揭示了当代中国文学的历史语境、整体风格的形成、制度化建立、文学生产和传播控制等内在机制和外部制约等问题。著作中对1980年代与经典写作同时出现的大众文学现象及其存在的问题进行了阐释,使得大众文学第一次在当代文学史的叙事中占有角色。《文学革命终结之后——新世纪文学论稿》(2012)则系统而深入地分析了文学革命终结之后中国文学的发展,尤其是对新世纪文学的经典化与当代性、文学政治的重建、乡土文学传统的当代变迁、"中国经验"与讲述方式以及新世纪中长篇小说的内部细节问题与人物进行了深度探究。值得关注的是,孟繁华对70后作家的研究,既看到了他们创作的得与失,更看到了他们在历史的缝隙中突围的艰难。全书由二十多篇重要的论文组成,对新世纪文学的各种类型进行了深入的分析。从《红岩》《红日》《红旗谱》到《废都》《手机》,伤痕文学、乡土文学、官场小说乃至当今的网络文学,这些在某一阶段占主导地位的文学类型的形成、发展和未来的终结方向都得到逐一说明。

  孟繁华是一个非常勤奋的批评家,他的著述和文章极其丰盛,在当代批评家中几乎是首屈一指。他总是不知疲倦地阅读新作,满怀激情地推介新人,意气风发地阐发新见。他的批评文章总是文采与激情兼具,既有文学感悟又有文学史观,开阔的眼界和洒脱的叙述相结合,他的批评鞭辟入里,对当代文学的回顾和发展作出了重要的贡献。

---

[1] 孟繁华、程光炜:《中国当代文学发展史》,北京:人民文学出版社,2004年,第6页。

贺绍俊①是又一位力求在批评理论和实践上进行双重建构的批评家。他的理论建构追求严谨扎实，批评实践生机灵动，形成轻与重相结合的批评风格。1988年他与潘凯雄合著《性与爱的困惑》一书出版，是其批评风格初步形成的尝试之作。著作辨析性爱问题的内在矛盾纠葛以及由于现实语境变化带来的性爱书写难局。从理论维度看，著作在性爱的意义、性与爱分离的矛盾、性同善的冲突、性爱与婚姻等方面进行理论探讨，如指出性欲、爱情、道德这三个性爱活动的重要因素互相关联，构成稳定的三角形，"缺少其中任何一条边，人的性爱活动就不可能是完满、健全的"②，阐释出性爱活动的复杂本质特征。从文本批评角度看，著作所涉及的文本不受时空限制，古今中外文学作品中（文体包括小说、诗歌、戏剧等）的性爱书写都是其讨论的对象。著作重点观照了新时期以来小说中的性爱叙事，考察这一研究重点背后的深层原因，一是1980年代思想解放新潮带来的作家创作格局变化，性爱叙事空前充沛，二是新时期价值新变导致性爱、道德、婚姻三者关系的变化和难局更加促人思考。由此亦可看出，贺绍俊的批评起点是站在时代精神变迁的基础上的，这使他以后的批评工作一直富于激情和温度。

1990年代初期他与潘凯雄、蒋原伦合著的《文学批评学》是中国当代文学理论界第一部关于批评学理论建构的创新之作。专著在彼时学界普遍存在的理论拓荒的紧迫感之下应运而生。如前所述，《文学批评学》不仅在理论架构上自成系统，而且提出一些今天看来仍然有效的理论命名。如书中贺绍俊第一次提出了"批评场"的概念："批评场是批评对象内在作用力的一种表现形态，是批评活动时—空的结构方式和运动形式。"③继而分析了批评场的特征、原理和作用。这一概念

---

① 贺绍俊(1951—　)，生于湖南省长沙市。1968年赴湖南洞庭湖区插队，1983年毕业于北京大学中文系。曾任《文艺报》常务副总编辑、《小说选刊》杂志主编。1976年开始发表文学作品。1980年代期间，曾与潘凯雄合作进行文学理论和文学批评的写作。现为沈阳师范大学特聘教授。著有《性与爱的困惑》(合著,1988)、《文学批评学》(合著,1991)、《还在文化荆棘地》(1997)、《铁凝评传》(2005)、《作家铁凝》(2008)、《重构宏大叙述》(2009)、《建设性姿态下的精神重建》(2012)等近二十部学术专著、论文集。
② 贺绍俊、潘凯雄：《性与爱的困惑》，上海：上海文化出版社,1988年,第67页。
③ 潘凯雄、蒋原伦、贺绍俊：《文学批评学》，北京：人民文学出版社,1991年,第337页。

第九章 多元文化语境中的文学批评

受物理学中"场"的启发而来,强调批评活动的复杂性、运动性和平衡性,具有"试图对文学批评学的对象完整把握"的方法论意义,是一个生成性的、有理论生命力的概念。贺绍俊直接将它运用到批评活动中的许多关键问题上去寻求阐释,如对批评主体与批评客体之间关系的探讨上,他认为"作品的内涵力"与"批评家的作用力"这两种复杂的力相互作用,使批评场的活动更加复杂,从而影响到批评主体的切入与把握,进一步推论"作品是可靠的,批评是相对的"。① 由此可见,批评场这一理论范畴确乎能匡清和解决批评活动中的某些缠绕粘连。贺绍俊在关于批评场的理论建构和运用上如能再作继续挖掘和实践,将会使之成为一个更富张力和实践性的批评理论范畴。贺绍俊是最早关注文学批评本身的理论化问题的学者,从1980年代至今,他不停息地思考中国文学批评的建设问题。他早年的文学批评文章,今天看来依然具有积极的意义。例如《交流:对文学批评本体论的思考》《文学理论建设与批评实践笔谈》《批评制度与批评观念》等文章对文学批评的内在规律以及本体特征都有着深入的认知,为当代中国文学批评的学理化建设,提出了真知灼见。

知青文学一直是贺绍俊关注的重点。1986年他选编的《知青小说选》是目前唯一一部知青文学的作品选集,几乎涵盖当时所有相关的代表性作家和作品。在选编体例上,《知青小说选》特意在作品收录之前开辟了"作者题头话",为当代文学史的编撰留下了有参考价值的文献资料。该书后记题为《他们在追求理想的现实主义——知青小说的意义》,实则是一篇长文,文章给出知青小说的历史定位和文学判断:作为启示录存在的知青小说是"一种特定的文学现象",也是"一个特定的文学概念"②,认为其最大价值在于"对一种新的审美观念和新的审美情趣的追求"③,而这新的审美观念应称作"现实的理想主义"和"个性化的理想主义"④。尊重文学与现实、与历史的交错关系,并能领

---

① 潘凯雄、蒋原伦、贺绍俊:《文学批评学》,第338—339页。
② 贺绍俊、杨瑞平编:《知青小说选》,成都:四川文艺出版社,1986年,第959页。
③ 同上书,第958页。
④ 同上书,第974页。

悟作家的内在精神实质和心灵潮汐，或许是贺绍俊能对知青文学作出判断的原因。他在1990年代发表《重读〈雪城〉》一文，站在后现代文化语境里再次追问探究了知青小说中彰显出的"平民化理想"这一独特"时代梦"的价值和意义①，意味深远。

随着批评经验的积累和批评眼光的锤炼，优秀的批评家的阐释能力会愈来愈强大结实。从1990年代后期到21世纪以来，贺绍俊的批评工作在批评界的影响力有增无减，笔法越趋老道精要，准确而游刃有余。主要表现在两方面：

其一是对重要文本及时到位地给予判断和阐释，如《说傻·说悟·说游——读阿来的〈尘埃落定〉》《怀着孤独感的自我倾诉——读刘震云的〈一句顶一万句〉》《盲人形象的正常性及其意义——读毕飞宇的〈推拿〉》《五十年代生人的精神之旅——读张炜的〈你在高原〉》等多篇批评文章，都以敏锐老到的批评眼光洞见了小说文本的艺术核心、精神内涵和叙事个性。从"傻""悟""游"品评《尘埃落定》，可谓贴着文本理解作家和人物的贴切之作；将《一句顶一万句》解读为"怀着孤独感的自我倾诉"，是对作家刘震云及其笔下人物精神形态的准确提取；从"正常的人性"和"日常性"来谈《推拿》中盲人形象塑造和所蕴含的人道主义情怀，观照毕飞宇艺术呈现的"无我之境"，批评火候已入佳境；把张炜的《你在高原》看成"一次伟大的行为艺术"，由此讨论1950年代生人的生存基因和生命密码，批评在轻与重的美学品位、精神力量之间有了一定张力。

其二是对文学思潮、文学现象给出准确深刻的把握，如《从宗教情怀看当代长篇小说的精神内涵》《大众文化影响下的当代文学现象》《从革命叙事到后革命叙事》《从苦难主题看底层文学的深化》等代表性文章，都证明了批评家贺绍俊在宏观整合分析现象和问题时的胆识力道。他指出近二十年来的长篇小说精神内涵稀薄贫乏，主要原因在于宗教情怀的缺失，借《大浴女》《水乳大地》等文本分析呼唤重建精神家园的重要性；他洞察当代文学在大众文化影响下的变化——题材的

---

① 贺绍俊：《重读〈雪城〉》，《小说评论》1995年第1期。

第九章 多元文化语境中的文学批评

类型化、意象的符号化、文学消费的时尚化等,将文学与大众文化之间"影响与反影响""渗透与反渗透"的关系视为"当代文学突破的内在动力"①;他认为"一种文学叙事就是一种特定的世界观、一种特定的思维方式"②,革命叙事作为无形的思维定式影响着后革命叙事,而后革命叙事如何化用革命叙事的精神资源亦是考察文学思潮的重要脉络;他指出 21 世纪以来底层文学对文学性的追求尚显不足,在艺术质量上亟待提升,苦难主题的风格化便是有价值的探索。

尤其值得一提的是,贺绍俊对铁凝、王安忆、方方和孙惠芬等女作家的批评,做到了"了解之同情"。《铁凝评传》《作家铁凝》两本专著的出版,体现了他对作家心灵世界和文学世界的观察与体悟。批评家与传主之间的灵魂对话透过以评带传、传评结合的书写方式传达出来。他把握住铁凝在文学道路上具有重要意义的成长节点,如"香雪铺就的底色""红衬衫的情趣""启开玫瑰门""从倾诉'她们'到拷问'她们'"等,而这一系列节点的获得又与作家本身的生命成长、精神成长密不可分。一方面,作家的文学成长节点和成长过程作为全书的逻辑架构,脉络清晰地一一历时呈现。另一方面,作家的内在生命涌动和精神成长参与进文学成长当中,丰富了对作家文学选择和生命选择的完整理解。而在更大的背景和视野上,评传还兼顾探讨了铁凝在文学道路上一路走来所置身的社会文化语境和文学场域生态,把握铁凝的文学起点与源头、创作成熟期的多次艺术挑战、"与男性面对面的冷眼"的女性立场坚守和灵魂在场式的"精神洗浴"。

当然,这部评传最为用力处在于揭示出铁凝在文学史上的地位,并且由此去勾勒中国当代文学内在丰富性。铁凝这样一种文学,其实是当代文学史中的孙犁那一支的文学钩沉,特别是《铁木前传》那种品质,那里面隐藏着很有价值的汉语言文学的素质,就连孙犁自己后来也未能展开那种素质;但在铁凝这里无疑得到新的展开。作为一部评传,贺绍俊非常令人信服地描述出铁凝的文学史价值和恰当的地位,那就

---

① 贺绍俊:《大众文化影响下的当代文学现象》,《文艺研究》2005 年第 3 期。
② 贺绍俊:《从革命叙事到后革命叙事》,《小说评论》2006 年第 3 期。

是她对乡土中国如此亲和自在的书写,她对女性命运的独特关注,她的小说所具有的如此充沛的燕赵情调风格。总之,她的作品是如此深刻地划下她的经验印记,以至于我们会被那些大地泥土的自然平和所迷惑,看不到那些划痕喻示着的内在丰富性。评传最后从宏观层面来观照铁凝,也是通过铁凝的创作显现出一百年来中国现当代文学的传承与革新。贺绍俊看到现代中国以来的两大叙事传统:一是"五四"叙事传统(即"启蒙叙事"),另一是沈从文、张爱玲、钱锺书等作家共同形成的"日常生活叙事",铁凝创作的意义浮现出来:"铁凝的写作实际上起到了将启蒙叙事与日常生活叙事这两种叙事传统融合为一体的作用。"①

进入新世纪,贺绍俊的批评视野更为开阔,分析问题更为细致通透,他对当代中国文学的总体发展形势总是有清醒的洞察。2009 年,贺绍俊出版《重构宏大叙述》对当代中国文学诸多问题进行分析比较,其历史视野和当代问题意识都显示出贺绍俊作为一个批评家的独到之处。他有勇气提出"重构宏大叙述"的理论命题,是因为他始终站在当代文学前沿,他着眼于中国当代文学的历史前提、当下的本土语境,从理论建构、问题意识和批评前沿三个层面展开论述,通过深入分析文学问题,阐释重建文学宏大叙述的必要性和现实性,在一脉相承的批评文章中重新矫正西方理论批评观念,建立起新的价值体系和精神秩序,完成重构当代宏大叙述的现实命题。贺绍俊提出,"主体的死亡"、崇高、悲剧等美学范畴渐行渐远、理论话语也出现碎片化的倾向,这种语境中重新整合文学精神才显得尤为迫切,重构宏大叙述则不可避免。与此同时,贺绍俊对当代文学批评的困境与批评的伦理进行了深入思考,并寻找一种批评的公允角色,以此克服批评家与作家、读者之间的裂痕。他自始至终在文学批评中将文学与自我交融起来,不把自己与批评对象对立起来,呈现出生动灵性的批评风格。

与此同时,贺绍俊倡导"建设性"批评观念,关注和强调文学的精神内涵与知识分子的人文关怀。"建设性包含着赞美和肯定的意思,

---

① 贺绍俊:《铁凝评传》,郑州:郑州大学出版社,2005 年,第 209 页。

对作者所作出的努力和创新给予赞美和肯定,但建设性并不意味着为了赞美而赞美,建设性强调的是对文学作品中积极价值的发现与完善。也就是说,批评家即使需要进行赞美,也是建立在积极价值基础之上的赞美,而绝不是溢美之辞;另一方面,出于对积极价值的完善,批评家也会对批评对象进行批评,指出其不完善之处。"①建设性的文学批评注重在与作者的互动交流中确立批评的功能属性,在充满多重意义的文学世界中把握言说对象,使文本得到富含生命意识的灵性阐释。作为新时期以来文学发展历史的亲证者,带着报刊主编的职业经历,贺绍俊的文学批评显得尤为难能可贵。

程文超②英年早逝,他的顽强与为文学批评而奋斗的精神留下了富有象征意义的篇章。他是最早出版关于当代中国文学批评史论著的批评家,《意义的诱惑》(1993)是他的代表性专著。程文超有自己的理论命题,他以"反本质主义"作为历史梳理的基本主线,由此来勾画当代中国理论批评变革和转型的历史轨迹。自1980年代以来,当代批评一直在寻求自我表达的途径和方式,在通过艺术阐释来重建文学自身的历史起源。程文超认为,意义是对批评的永远的诱惑。他对批评与意义的关系进行了一种后结构主义式的理解。《意义的诱惑》建立起"文革"后文学批评的整体性研究视野,在理论批评和作品文本的意义追寻之间,程文超梳理出当代理论批评探索的展开过程,他的文字表现出独特的学术个性以及真知灼见,不时显露思想锋芒。程文超学术生涯不算长,但他坚强勤奋,他的理论批评"将历史的进程与逻辑的进程,文学批评与文化解读,历时性与共时性结合起来,将生动的叙述与理论的阐发结合起来,实际上成为了一部角度新颖、别开生面的新时期文学批评史"③,程文超对当代文学和批评有着融会贯通的理解,他在"那些细密的文字之间看到裂痕",看到"那些似是而非的能指与所指

---

① 贺绍俊:《倡导建设性的文学批评》,《光明日报》2009年8月21日。
② 程文超(1955—2004),湖北武汉人。北京大学文学博士,曾任中山大学教授。著有《意义的诱惑》(1993)、《寻找一种谈论方式》(1997)、《1903:前夜的涌动》(1998)、《百年追寻》(1999)、《反叛之路》(1999)、《打捞欢乐的碎片》(2005)、《程文超文存》(2009)等。
③ 黄曼君:《现代文学理论批评研究的回顾》,《中国现代文学研究丛刊》1995年第1期。

的矛盾"以及"那些潜在而倔强的表达欲望"①。程文超对历史的梳理，显示出他宏观把握历史的能力与结实的理论功力。

作为一个建设型的批评家，程文超看到当代文学批评的历史"裂缝"，他看到旧有的意义体系处于解体的状况，而新的意义体系尚难以确立。程文超在骨子里依然是一个理想主义者，这使他对意义世界无法最终排除肯定性的"终极关怀"。因而，他深知当代的反本质主义在今天的文化思潮中有其依据；但在中国却因为现代性之未竟事业，也不可彻底。在他的心目中，依然有历史的正面价值和文学的优劣等级及价值判断。在他看来，某些意义是代表着正义和历史发展方向的，是充满创生力量的新型话语；某些意义是代表保守的没落的压制性的旧式话语。对于创生的话语，程文超试图赋予它们更坚实的人文底蕴，这是他分析和评价文学的落脚点，也是他梳理当代批评话语的价值尺度。

程文超的文学批评有现代理论作为背景，但他对文学始终保持灵动的阅读和感悟。《寻找一种谈论方式》(1997)是他对"文革"后文学的一次梳理，也是他多年文学批评的整理和总结。程文超对新时期的中国文学走向的把握相当老道，对各个阶段的主流文学的分析总能切中要害。《反叛之路》则更能显示程文超在批评方面的灵气。

他后来倾注很多心血研究当代文学正在着力表现的"欲望"问题。《欲望的重新叙述——20世纪中国文艺与文学精神》(2009)一书从古希腊的苏格拉底那里寻找对"欲望"的更为本真的解释。他认为，苏格拉底对欲望并不排斥，而是强调通过对欲望的协调处理，即要人们将自己的欲望、激情和理性三部分"合在一起加以协调"，达成"一个有节制的和谐的整体"。程文超的独特之处，在于他并不陷于论证欲望的正当性或非法性的二难境地，而是去审视从古至今、从西到中的对欲望进行话语转移的机制，以及经典话语和当代文学话语又是如何叙述欲望的。程文超对"欲望话语"的解读，试图从欲望中发掘一种有活力的肯定性价值，这使程文超在穿过现代性走向后现代时又有一种对现代性

---

① 陈晓明：《批评旷野里的精神之树——试论程文超的〈意义的诱惑〉及其他》，《南方文坛》2000年第3期。

的眷恋①。程文超在生命的最后岁月,一定是对文学如何表现生命力的问题有相当深切的认识,他热爱生活,热爱生命的鲜活和美好的事物,故而他对"欲望"的分析和透视都有一种积极的肯定性。

程文超专注于中国当代文学的理论批评,在中国近代文学、现代文学以及文学理论和文学批评的诸多领域都发掘尤深,其批评在细微中见深刻的同时,又能在整体上把握文学的历史走向。面对纷繁复杂的文学现象,他的批评因此化繁为简,明晰而坚定。程文超对中国文学的发展及现状的考察,总立足于中国文化本土的独特性,其对新文学诞生前文学态势的发掘,对现代性在中国特殊语境中的发展,以及他结合叙事学理论对中国当代文学在历史方面的长处的探讨,都有完整的展示。

程文超辞世后,有八卷本《程文超文存》出版,引起学界同行广泛关注。他赢得了学界同行的尊敬和怀念。

程光炜的研究重心一度是当代诗歌批评和诗歌史研究,他对李瑛与1950年代社会意识形态关系的研究和对食指诗歌与经典化的研究,较为引人注目。1999年,程光炜编选《90年代文学书系·岁月的遗照》出版后,引发诗歌界"知识分子写作"和"民间写作"的大讨论。2003年出版的《中国当代诗歌史》全面、详细地揭示出1949年至2000年间中国当代诗歌历史的进程。

程光炜的诗歌研究深入文本所建立的宏阔的价值经验奠定了他的学术声名。《中国当代诗歌史》(2003)回避传统的编年体研究范式,上中下三篇用"50—70年代诗歌""80年代诗歌""90年代的诗歌"的年代划分法来架构整体写作框架,叙写新诗发展历史,提取其中有代表性的诗人、诗歌群落及诗学现象进行考量和评述,凸显出时代背景下不同写作者的独立品质。其对郭沫若、郭小川、贺敬之等诗人创作的客观评价,对"文革"十年诗歌发展带有开拓性的书写,对诗歌批评和新诗史研究的深入关注,都使得《中国当代诗歌史》呈现出和以往文学史不同的写作思路。霍俊明对这部诗歌史有自己的判断:"程光炜的《中国当

---

① 陈晓明:《不屈不挠的肯定性——程文超文学理论批评论略》,《中山大学学报》2010年第4期。

代诗歌史》试图在新诗价值评判标准的转换、新的新诗史分期以引入多元的研究方法进入新诗史的多重话题阐释上进行新的尝试与拓展。在对特殊年代的史料和被湮没的诗人、诗派和民刊的挖掘与考察上以及相关叙述的理论高度和建设性上都凸现了其对新诗、史学及相关知识的主体性的多重建构。"①

世纪之交起,程光炜的学术研究转向中国当代文学与当代文化、重要小说家和文学史研究。2005 年,程光炜提出并全力倡导"重返 80 年代"的学术概念②,通过对 1980 年代文学、文化的"再讨论",清理了一些中国当代文学史遗留的学术问题,对这一时期的知识分子的立场形成过程中的文化环境、域外影响及当时错综复杂的权力关系进行了深度分析。有关"重返 80 年代"的学术构想回到了当代文学学科建构的立场,最终目的是当代文学学科的建构,它所彰显的是一个文学史家所应有的文学立场担当。

在程光炜"重返 80 年代"为中心的学术研究之外,以文学史的方式介入对当代文学流变的考察是程光炜文学批评的又一特点,在批评家的行列之外,他更是一个文学史家。在《魔幻化、本土化和民间资源:莫言与文学批评》《王安忆与文学史》等文章中,便可以看到程光炜在文学批评中努力构建文学与当代中国历史进程的复杂关联。这种借助历史所形成的参照体系对作家作品的探讨更加冷静、理性,还原了历史背景中丰富复杂的文学场域,从而使得作家作品在时代中的位置更加清晰可见。在文学史的视野中理解作家,强调回置于文学史中作品与现实之间的"距离感",从而提供了一种重新理解当代中国文学的方法和可能性。

或许是因为长期研究诗歌的缘故,程光炜的批评文字精细绵密,对具体文本的解读深入细致,又能通过文本的剖析实现对文学史的有效

---

① 霍俊明:《新诗史叙述的开放空间与话语拓展——以程光炜〈中国当代诗歌史〉为例谈新诗史写作》,《文艺评论》2007 年第 1 期。
② 程光炜著有《文学讲稿:"80 年代"作为方法》(北京:北京大学出版社,2009 年)、《文学史的多重面孔——80 年代文学事件再讨论》(北京:北京大学出版社,2009 年)、《重返 80 年代》(与洪子诚等合著,北京:北京大学出版社,2009 年)以及大量的学术论文。

思考。程光炜对王安忆、莫言、刘震云、格非等作家的研究都是由文本出发,最终进入文学史的思考。他对王安忆1990年发表的小说《妙妙》的重读与研究就是一篇非常独特的批评。程光炜认为,"五四"文学革命把中国传统社会设置成"过去谱系",目的就是为了建立另一个"明天""未来"的知识谱系。这显然是"新青年们"自设的"知识谱系",而它却已为今天中国现代文学史的研究者所认可。在《妙妙》里,头铺街的娜拉——妙妙,可能正是胡适所指出的小镇守旧观念的受害者。① 程光炜从作品的几个小细节出发,将一代人的经验和记忆植入到历史的肌理之中。问题淡出,作品凸显,但是在此背后,却是更深的关于文学史的有效思考。

陈福民②是中国当代很有个性的批评家。1990年代以来,随着市场经济的不断发展以及经济全球化的不断扩张,陈福民从社会转型伊始便注意到市场经济、商业资本对于文学作品、文学批评的影响,从社会转型背后的知识困境、市场经济条件下文学作品的商业化等角度入手展开他的文学批评;他始终关注新生文学形态与作家作品,具有较强的前沿敏感性和与时俱进的创新精神;他十分关注当下网络文学的变化发展,并著有相关论文,在大众文化视野下的网络文化及其他文化类型的研究方面,成果颇具创新性和影响力。

陈福民对文学批评的商业化倾向与知识困局的思考引人注目。陈福民认为社会历史转折背后的知识困境源于全球消费经济的发展,他将眼光聚焦在消费时代的文学走向方面,如"市场对文学的冲击""商业化时代的文学命运"。1990年代以来"学术凸显,思想淡出"抽空了批评的精神基础,传统的文艺批评面临在知识格局上无力介入和判断新的文化现实的难题。原有知识格局的解体,文艺批评与大众消费写作之间几乎难觅可以共享的知识基础。陈福民认为批评家不可保持沉默,要给出一种有价值和意义的引导,他认为批评作为一种精神活动的

---

① 程光炜:《小镇的娜拉——读王安忆小说〈妙妙〉》,《当代作家评论》2011年第5期。
② 陈福民(1957—),河北承德人,华东师范大学文学博士。现为中国社会科学院文学研究所研究员。著有《批评与阅读的力量》(2016)等,另有主编及参著多种。

实质,是文学批评的理性知识表达,最终要回归并诉诸一种肯定性的知识活动。

陈福民始终强调文学批评必须拥有自己的标准。他认为文学批评的职能是鉴别作品的优劣、提高读者的欣赏能力;作为批评家应该有高瞻远瞩、不同凡响的气质,但个人不能随心所欲设定和推翻文学批评的标准;在选择模式、选择范畴、选择尺度上要将文学批评放进历史精神的框架和范畴之中。

陈福民对网络文学有着独到的研究。陈福民认为,网络文学实践与评价体系严重脱节,传统文学批评家客串的网络文学批评"隔靴搔痒不得要领"①,"迄今为止,鲜见有运用传统文学理论和评论方法认真处理的网络文学'文本'并且获得成功的先例"②。

就网络文学的发展而言,陈福民分析说"到目前为止,网络文学的走向仍然处于变化之中"③,我们无须寻找网络文学的元概念,而是把网络看作一个交流平台,在这个平台上创作者们可以自由书写。与此同时,我们要尽快建立与传统批评接轨和互相渗透、互相理解边界的网络批评机制。就其题材与价值选择而言,"仅仅把语言当作消费品耽于享乐只会降低思想的含量,从而导致语言同思想的分离。在一个更为深远的意义上,那将是语言和思想的死亡"④。在日渐以商业动机为目的发展的网络文学作品中,网络文学变得以一种调侃、俗套、游戏的品格赢得市场的关注,而这在打破传统秩序和戒律的同时,也不断损坏了网络文学语言自身。

对长篇小说"整体性的历史观"的思考是陈福民批评的又一要点。

陈福民认为长篇小说是衡量一个时代文学成就的标志之一,他从小说起点入手考察,分析其后的历史哲学背景,从分析中国小说历史的发展演变过程中,总结出当下很多长篇小说地位不高、价值低的原因在

---

① 陈福民:《辨材须待七年期——中国网络文学一瞥》,《中国社会科学院院报》2004年6月15日。
② 陈福民:《商业动机下的网络文学写作》,《人民日报》2013年5月31日。
③ 陈福民:《2005:网络文学何去何从》,《中国社会科学院院报》2005年8月4日。
④ 陈福民:《网络与立言》,《学习时报》2003年9月15日。

于缺少"整体性的历史观"①。陈福民认为长篇小说的考察需要回到长篇小说的基本概念之上,从根本上改变我们的对待方式,树立"整体性的历史观",把历史观作为长篇小说的门槛,表现一种沉思、追忆、洞察之后的谅解与同情。此外,一部优秀的长篇小说必定要深入人们内心的苦难,并试图为解决这些苦难作出努力。

此外,陈福民对于海外文学、底层文学、工业题材、乡愁题材、新写实小说均有反思与思考,而宁肯、徐坤、王跃文、张承志、金宇澄、张翎等作家作品也是他重点关注的对象。

王干②不仅是一个批评家,也是"南京青年作家群"的一份子,在新时期文学兴起之初就登上了文坛。王干是才子型的批评家,聪明、敏感,有很好的艺术感觉,能迅速抓住作家作品的艺术特征,常能出人意料。王干与费振钟有很多年是文坛双打搭档,费振钟稳健、深邃,是智慧型的批评家,他尤其重视知人论世,常能看到作家背后的文化与心理,他的评价中肯而准确,令人信服。他们两人的合作,经常有好文章问世,在1980年代中后期,给文坛带来清峻之风。费振钟在1990年代急流勇退,转向做地方文化史研究,多有建树。他具备做一个优秀批评家的良好素质,艺术敏感、见解不凡,有风骨,有情怀。

王干的文学批评、文化批评和散文随笔,在语言和思维上相似相通,既不简单痛斥,也不视而不见。他总能保持清醒的状态,切中要害,将抽象的理论具象表达。王干将深厚的文学积蓄释放于灵动的批评文章,在不断的探索与批评中丰富了当今中国的文学色彩和层次。

王干始终对最新的文学创作保持敏感的观察,随时能作出新奇的反应。他的直接介入都带有一种积极命名的号召性,而这是批评家酿就思潮的本领。王干在编辑《钟山》理论版期间,发现并培养了许多青年评论家,命名推出了许多新鲜的文学话题和说法。在1990年代初期相继策划并提出"新写实""新状态"等有号召力的概念,以《钟山》《文

---

① 陈福民:《长篇小说和它的历史观问题》,《南方文坛》2009年第5期。
② 王干(1960—),江苏扬州人。扬州师范学院中文系毕业。曾任《小说选刊》副主编。著有《王干王蒙对话录》(1992)、《南方的文体》(1994)、《边缘与暧昧》(2001)、《王干随笔选》(2009)、《废墟之花》(2009)、《灌水时代》(2005)、《在场:王干30年论文选》(2013)等。

艺争鸣》等刊物为阵地,形成多方面参与的论争局面。王干深入解读了1990年代文学,富有张力,是那个时代真正具有全局眼光的为数不多的批评家之一,他对80后、90后文学和流动发展的、有弹性的网络文学都持有宽容的态度,认可文学的多元化,呼吁不拘一格的自由。接连打出"新状态""新历史""新写实""原生态""后现代""情感零度""联网四重奏"等旗号。是王干让"新状态"从最初的刊物策略上升到内涵丰富的理论命题,"新状态"是中国当代文学告别现代性的努力,它直接指认中国当下的现实以及超越,呼唤中国本土性的文学;"新状态"是中国当代文学告别"新时期"的努力;是中国当代文学进入纯粹文学、个体文学的一个理论预想,是一个具有组织功能的预设概念。"新写实小说"是新时期以后最重要的当代文学思潮之一。王干提出了"新写实"小说的理论概括。

王干对于先锋派及年轻的新锐作家,尤其是60后和70后作家,及时发掘,大力推介。他还尤为关注女性作家,注重阐释她们的文学作品的独特的美学气质和文化意义。1990年代以后,女性文学迅速升温。王干认为,陈染、林白在"文学上突显女性的性别"[1],"她们,以一种独特的方式解构着'他们',解构着几千年来由男性一直统治着的文坛,动摇了几千年来男性在文坛上的霸主地位"[2]。

中国当代女性文学写作的发展越来越没有灵魂和本该坚守的理性底线,显得"性趣"十足直至发展为癫狂的裸露。王干将这一变化归因于近二十年间中国社会迅速蔓延的性放纵倾向和"一切商品化"倾向的双重作用。王干认为,所有的女性以及围绕女性展开的活动其实都是在按照男性的法则运转的,女性主义理论家们的倡导和努力其实与女性小说写作者的姿态形成反讽。独特的"看"与"被看"的解析视角是他的一个重要贡献。

感悟式的直抒胸臆批评是王干写作的鲜明特点。王干虽然也谙熟

---

[1] 王干:《花非花,人是人,小说是小说——与铁凝对话〈笨花〉》,见《王干最新论文选》,贵阳:贵州人民出版社,2013年,第63页。
[2] 王干:《女人为什么写作》,见《在场:王干30年论文选》,昆明:云南人民出版社,2013年,第260页。

新批评以来的各种理论说法并且经常借用,但他不为西方理论所囿,他的文学批评从直接的文学感受出发,能敏锐抓住作家作品的本质特性,依托文本表达出他对作品的理解。他用自己的语言推敲文本,表述观点,不拘泥于规矩,与学院化体制化的批评保持距离。王干有很好的小说感觉,他熟悉作家,故能做到知人论世。他能揭示出作品的创新性经验,点明它在文学史上的意义。虽然有时难免过于乐观,但他对新作品的解读确实总是让人耳目一新,也让人看到当代文学创作的新的景象。

李敬泽①是当代文坛一位独特的批评家,这不只是因为他长期担任《人民文学》主编之职,后来担任中国作协领导职务,更重要的在于,他的文学批评视野很高,切中当代文学走向命脉,尤其是他的文学批评文字散发着俊逸的才气和剑气,这使他的批评疏朗瘦硬中又内含锋利之气,颇有对月弄刀、独斟自酌的孤寒气质,打开一片寂寥的无边的区域。他的文学批评是那种含而不露、隽永醇厚的文字,不留痕迹而孤高极致。《为文学申辩》(2009)是在文学面临着各个方向的质疑时,李敬泽自告奋勇地对文学所作的一次辩护,捍卫文学存在的价值。这种辩护实则也是一种和自己的辩论。这本由部分长文、短文和答问构成的著作质地驳杂,从莫言、余华、麦家至乔叶、潘向黎,再到文学之生死,所牵涉的文学现象和作家作品繁多,但从作者感性从容、一针见血的文字中便可以看出其凭借自身经验功底,创造性地从不同角度开掘进入其通道的可能性,他的文字偶尔会有剑走偏锋之感,但无不剥皮见骨,直指本心。

李敬泽的文学批评极为重视作家个性,这是他评判一个作家高下及价值的重要尺度。他在宽阔的视域和蓬勃生长的"及物"写作中恢复批评的本真之相。他的批评对中国传统批评的精神气质深有感悟,对于"人""个性""个体"的强调与众不同。就具体作家批评而言,李

---

① 李敬泽(1964—),生于天津,祖籍山西芮城。1984年毕业于北京大学中文系,长期担任《人民文学》编辑、主编,现为中国作家协会副主席。著有《颜色的名字》(2000)、《纸现场》(2000)、《看来看去或秘密交流》(2000)、《河边的日子》(2001)、《冰冷的享乐》(2001)、《读无尽岁月》(2004)、《见证一千零一夜》(2004)、《反游记》(2007)、《为文学申辩》(2009)、《小春秋》(2010)、《平心》(2012)、《致理想读者》(2014)、《青鸟故事集》(2017)、《咏而归》(2017)等。

敬泽的文学批评几乎涉及1990年代以来的所有重要作家,贾平凹、莫言、余华、苏童、毕飞宇、红柯、李洱以及70后作家徐则臣、鲁敏、田耳等无一不在他的批评视线范围之内。李敬泽实践着对批评本真之相的恢复,同时他亲近文本对象、亲近作家的精神世界、亲近读者的感性感受、并且维护自己的文学品质,彰显出自己的批评个性。

李敬泽的文学批评圆融大气却又通透凌厉。在《莫言与中国精神》《"大声"与"大我"——生死疲劳笔记之一》等文章中,李敬泽对莫言与他所处的时代以及时代中读者和文学的复杂关系做了深入的梳理:"他有一个简明而自觉的世界模式:他把高密当作世界的中心,由此他斩截地判断内部和外部,他站在内部,绝对地相信内部,他在内部感受疼痛和困苦,他在内部寻求词汇、观念和形式。"①面对莫言,李敬泽抓住的是时代进程中个人命运置身其中的宏大复杂的精神历程。

李敬泽的文学批评总是从大处着眼,却握住作品独特细节。他的文本细节分析功夫总是有一种见人所未见的意外之喜。这与他长期从事期刊编辑和主编工作相关,他坚持通过当代文学的整体发展脉络来把握最新的文学动向,就文学的思想性、各类文学期刊与文学奖项、类型文学多有精辟阐述,尤其是就《红楼梦》等经典作品对于中国现当代文学的影响、文学理想等不同侧面对当代文学进行了宏阔而细致的研究。在李敬泽看来,文学就像种地一样,一年到头,要盘算收成,他便是那个把每粒谷子都数了一遍的阅读者,当他真正作为局内人对文学作出评价的时候,他认为"越是对文学作品了解甚少的人,越是有胆子下断语。对文学的傲慢,已经成为了一种流行习惯"②。李敬泽的文学批评还保持着一以贯之的对批评对象的见微知著的敏锐观察和直击要害的"及物"写作,他秉持着这样一种轻松自如却又深入肌理从而精准"点穴"的批评立场,呈现出一种眼力通透而具有蓬勃之气的"绿色批评"的气象。因此之故,李敬泽的文学批评很让作家们信服。

在关于贾平凹的评论中,李敬泽最早阐发出庄之蝶这个人物形象

---

① 李敬泽:《"大声"与"大我"——生死疲劳笔记之一》,《当代文坛》2006年第2期。
② 李敬泽:《致理想读者》,北京:中国人民大学出版社,2014年版,第30页。

的典型意义,揭示出他与现时代的奇特隐喻关系。《庄之蝶论》一文则用了详尽的笔墨勾勒了贾平凹《废都》的精神内核,在李敬泽眼中,庄之蝶或许竟是一个明清文人,但同时他也是一个被删节的、简体横排的明清文人,但他恰恰不在场,他从那些"□□"中溜走了,因此庄之蝶既虚又实,恍若梦夕,这正是贾平凹试图以这样形象对应时代心理的艺术处理方式。此外,李敬泽抓住了《废都》中一个隐蔽的结构,让广义的、日常生活层面的社会结构进入了中国当代小说,这是一种日常生活的政治经济学:中国人的生活世界在利益、情感、能量、权力的交换中实现自组织,并且生成着价值,从而指引着我们的行动和生活,《废都》重建了在现代话语中几乎失去意义的中国人的人生感。这些细致入微的洞见在李敬泽那里如剥茧抽丝一般层层展开,存在之难局因此也在文本之中得到揭示。

李敬泽往往能在第一时间切入文学现场与细部,对新的写作势头与新一代作家进行敏锐把握和确认。长期从事编辑工作的李敬泽对文学创作和文学现象有敏锐的细察和把握,总能在"众生嘈杂"中发出富有前瞻性的声音,在文学浪潮的涌动中找到文学发展的脉络。

作为编辑和作家之间所行的互动的关系使李敬泽能够最早、最快感知到时代背景下写作者的精神脉络和文学视点,与新一代写作者所共享的文化背景和经验则使李敬泽在大量地阅读中建立了独特作家型批评家所具有的审美经验。从他对河北"三驾马车"、广西"三剑客"、甘肃"八骏"等文学力量的肯定与助力,到"新生代""非虚构"等写作现象的"合法化"分析,毕飞宇、红柯、雷平阳、李娟、李修文、金仁顺等一大批新一代作家在其宽阔的视野与宽容的批评中得到首肯与归位。

李敬泽在当代文学批评阵营中有着重要的位置,其见微知著的敏锐观察和富有经验含量的批评使当代文学的批评生态呈现出丰盈、通透的精神品质,为有效地重建批评与写作的对话关系提供了许多新鲜的经验。

近年来,李敬泽转向散文随笔写作,如《青鸟故事集》《咏而归》《会饮记》等。他的文字直击历史心灵,穿越古今。随处落笔,千变万化,仿佛另一种精神性批评文字。

在郜元宝①的批评世界中,海德格尔研究、鲁迅研究和当代文学评论构成一条相互贯通的主线,这条主线便是他对作家作品中语言的关注。将作家语言置于白话文的历史中加以考察,这使得他的文学评论呈现出不同于其他评论家的历史感和美学深度。

郜元宝从海德格尔处得到一种精神,回到存在的语言、诗的语言,让语言自己说话,而非成为一种可以和诗相分离的工具。在海德格尔和鲁迅研究以及当代文学批评之间,语言起到了统领和贯通的作用。《"语言的存在—存在的语言"——海德格尔论语言和存在的同一性关系》一文中,他通过阐述海德格尔在《存在与时间》中对此在的生存论结构的分析,道出海德格尔所表述的中心思想——"语言的存在—存在的语言",同时通过庄子和海德格尔在语言问题上的相似性的比较,阐述语言和存在两者的同一性关系。在向西方的海德格尔、尼采等人寻找精神资源的同时,郜元宝也躬身传统,从而使其观点得到相互的印证,在返归本土时,郜元宝将自己的目光投注到了中国现代文化传统,在鲁迅那里郜元宝找到了敲开现代中国大门的精神资源——鲁迅的传统。

从语言的角度入手研究鲁迅是郜元宝的独特之处,《鲁迅六讲》(2000)是他关于语言,或者更具体一些说是关于汉语与文学的关系的思考。郜元宝认为:在对鲁迅的研究中,首先要明其"心",然后讨论其"言"。"鲁迅的'心学'和他的'文学'一同开始,'心学'就是'文学'。作为文化根基与个体生命自觉,有别于科学与学说的神思之'心'的'心声''内曜',在鲁迅看来,就是源初的文学(诗)。"②鲁迅的创作就

---

① 郜元宝(1966—),安徽铜陵人。复旦大学文学博士,现为复旦大学教授、教育部长江奖励计划特聘教授。著有《拯救大地》(1994)、《在语言的地图上》(1999)、《鲁迅六讲》(2000)、《另一种权利》(2002)、《午后两点的闲谈》(2002)、《现在的工作》(2004)、《说话的精神》(2004)、《在失败中自觉》(2004)、《惘然集》(2004)、《为热带人语冰——我们时代的文学教养》(2004)、《小批判集》(2008)、《不够破碎》(2009)、《汉语别史》(2010)、《遗珠偶拾——中国现当代文学史札记》(2010)等。在致力于文学批评的同时,郜元宝在翻译方面也成绩斐然,译有海德格尔《人,诗意地安居——海德格尔语要》(1995)、艾温·辛格《我们的迷惘》(2001)、科纳《〈哥林多前后书〉释义》(2009)等。

② 郜元宝:《鲁迅六讲》,上海:上海三联书店,2000年,第3页。

是自白其心的创作,鲁迅的"心"以中华民族几千年的"心学"为依托,不过在他身上,又最能看出中国传统心灵体验方式的现代转换。鲁迅的思想/文学是特殊形态的一种心学。他说:"鲁迅所遇到的最严峻的挑战,就是向着真实'心'如何回应竭力要解释现实、指导现实、歪曲现实、虚构现实的'意识'的要求。"①"一个作家,所谓'言',具体就是他写下的'字',确切地说,是由写下来的'字'透出的语言风格——文体。"②"心生而言立,言立而文明。自然之道也。"郜元宝引《文心雕龙》来论述鲁迅的言与文。鲁迅一生经历了由文章到小说再由小说到文章两次转变,始终徘徊在文章与小说之间。他最后提出结论:"鲁迅确实是一位终生和语言作战并在这过程中创造了自己的语言的现代中国独一无二的文体家。""鲁迅的文学就是在对中西古今两重'被描写'的卓越反抗中生长出来的真实地描写现代中国生活的现代中国人'自己的语言'。"③

郜元宝从汉语史的角度出发,通过对母语的沦陷、现代汉语的现实构造与未来信念、功能与本质等的分析,对现代汉语的发展进行了一次系统研究,并对"胡适之体"与"鲁迅风"作为文体进行考察。"鲁迅是具有清醒的语言意识的作家,他在语言上的追求,影响、折射了整个现代中国语言的实践。"④郜元宝对当代作家的批评和研究也是大都从语言切入,《汉语别史》一书中对汪曾祺、李锐、孙甘露、韩少功、王蒙等作家的研究也都是从语言方面展开,开启了当代文学批评与研究的别一片天地。语言所呈现的艺术类型是郜元宝重视的批评标准,也是他用以打通现当代文学的一个有效途径。文学必须在语言,或者说存在的高度来研究,才能得出有效的判断。

郜元宝的文学研究有鲜明的文学史研究意识,他的才情非凡、见解通透,总能以四两拨千斤,故而他能将作家作品置于时代历史语境之

---

① 郜元宝:《鲁迅六讲》,第67页。
② 同上书,第75页。
③ 同上书,第221页。
④ 郜元宝:《跋:我怎么"研究"起语言来》,见《汉语别史》,济南:山东教育出版社,2010年,第355页。

中,凸显出作家作品精神细节的先后联系。《遗珠偶拾——中国现当代文学史札记》(2010)一书则在历史语境中着眼于现代文学的传统、现代文学批评的演变等问题的同时,选取和王国维、章士钊、陈独秀、鲁迅等有关的细节展开论述,在旧材料、旧题目中刮垢磨光,寻坠发潜。《看章太炎怎样骂人》《陈独秀的强硬逻辑》《张爱玲的被腰斩与鲁迅文学之失落》等文章均能在文学史之外另辟蹊径,于细节处生发出灼见,在批评中凸显出历史感。其作品不仅有对王蒙、汪曾祺、孙犁、张炜等著名作家的持续跟踪阅读和深入综合的研究,更有对郭敬明、安妮宝贝等年轻的写作者的关注和阅读,这足以见出评论宽广的视野和驳杂的质地。《汪曾祺论》是其评论文章中非常厚实的一篇,作者以时间为线索,对汪曾祺的小说及散文创作进行了梳理,在此之外,历史语境中的诸多写作者和文学现象也从汪曾祺之外生发出来,勾勒出一个认识中国现代和当代文学连续性的绝好样板。

施战军[①]在1990年代以来的批评家中与众不同,他既长年求学、工作在高校,又有文坛批评的气质。1992年他考入山东大学攻读中国现当代文学研究生,毕业后留校任教,同时兼《作家报》编辑,这特殊的经历使得他穿梭于学院和文坛之间,久而久之,造成了他的文学批评既有学院派的理论素养和批评基础,又有文坛批评强烈的在场感和对于文本个性的细致入微的解读。

施战军对1990年代以来的重要文学现象与作家作品的"跟踪"批评引人注目。他与师友们的"对谈录"也是一个时代批评的思考与前行的记录。如《关于"现时代的媒体与主体"的对话》(《东方讯报》1996年3月20日)、《关于"史识与批判精神的匮乏"的对话》(《文学世界》1996年第6期)、《关于当前文坛精神分化的对话》(《山东文学》1997年第4期)、《跨文体写作:最后的乌托邦》(《长城》1999年第3期)分别与孔范今、王光东、张清华、吴义勤等学者、批评家对谈媒体与

---

① 施战军(1966—   ),吉林通榆人。山东大学文学博士,曾任山东大学文学院教授。现为《人民文学》杂志主编。著有《世纪末夜晚的手写》(1999)、《碎时光》(2003)、《爱与痛惜》(2004)、《活文学之魅》(2009)等。

主体的关系、文学批评中的史识和批判精神、文学批评的现状、文坛精神的分化、跨文体写作等问题,呈现出青年批评家的担当意识。

对70后作家文学境遇的关注在施战军这里表现得尤为明显,无论是《关于70年代人的对话》,还是《被遮蔽的"70年代人"》,他和宗仁发、李敬泽的这两次对话都足以见出他们对70后写作状态的持续关注和对被遮蔽者的深入体察。70后给中国文坛所带来和呈现的勇气,大众传媒对文学视听的干扰,70后作品中所出现的不可忽视的问题等诸多话题都在对话中出现,在时代语境中延展深入,写作在70后那里也成为反抗遮蔽的方式。

《世纪末夜晚的手写》(1999)一书显示出施战军敏锐的审美触角和他对新生的写作现象的热切关注,对程青、卫慧、曾维浩、陈家桥等写作者第一时间的批评使得他对文学写作及时代精神有了尤为敏锐的把握。孔范今曾经这样评论施战军:"从他的文章可以看出,他十分重视对历史大时空构建的思考,从历史之河的深处感受它的脉动,并尤其珍视由此而获得的丰富'史识'和'史感',以为这是一种学养,一种根基。"①面对具体的文学现象,对其在社会文化中的喻指和意义的把握是施战军批评的独到之处,《道德意识与二十世纪中国文学的两次转移》中对"五四"时代的文学转型和1990年代文学转型的判断以及"道德意识"在文学中的表现做了深入的梳理,"史识"和"史感"从而在施战军文学批评中显现出一种历史纵深意识和现实批判意识的力度。

面对批评对象,施战军总是从艺术的感悟出发,用一颗初心面对并进入其中。有批评家认为这一风格与李健吾的风格非常相似,这样的批评更容易接近读者,也有助于提高读者的艺术趣味和阅读欣赏水平。②但是,他没有局限于一种感悟式的批评,而是以"史识"为根基的。他自喻吃杂粮的一代中的一个,施战军认为:"就20世纪中国文学来说,需要心沉气定的新一代文学史家以新的科学眼光发现百年文学

---

① 孔范今:《世纪末夜晚的手写·序》,见施战军《世纪末夜晚的手写》,济南:山东文艺出版社,1999年,第4页。
② 陈骏涛:《任重道远的一代批评家》,《南方文坛》2001年第1期。

历史结构的奥秘,并进而超越前代学人的视野,珍重前代史家留下的遗产,把被长期遮蔽的历史真相指给人们看。""而 20 世纪在作为文化转型表征之一的文学转型过程中,由道德意识所折射的主体的坚忍不拔的意义追索,曾给中国文学的深化带来了取之不尽的精神营养和价值启示。"在这样的基础之上,他认为在目前,"道德意识的新生是非常重要的,它直接关联着我们文学存在的意义"。① 他的批评广泛地吸纳了学界、批评界前辈的许多思想成果,具有一种"史识"和"史感","一种学养,一种根基"②。

在一个纷繁复杂的时代,施战军始终保持着自己独立的批评风格。他始终关注当代文学的精神品格与精神追求,在世纪末的夜晚,坚守批评的职业精神,坚持文学的理想主义立场,为当代批评进行了一次世纪末的守夜与拷问。

在研究先锋小说的学者中,洪治纲③是一位很有冲劲的后起之秀,他勤奋著述,思想敏锐,能迅速抓住问题,他的文章总能切中要害。他的《守望先锋》(2005)是一部力作,在这部著作中,洪治纲系统研究了先锋的历史境域、主体向度、艺术实践、文本动向,由此进入中国当代的先锋文学研究,并专章论述了世纪之交的先锋文学的危机和障碍:虚弱的思想根基与独立意识、激情的匮乏、实利化的物质屏障以及先锋批评的滞后。整部著作试图通过对先锋文学概念及其演变轨迹的探讨,寻找和分析先锋文学之所以出现的文化背景以及其中潜在的精神谱系,并以此来剖析中外先锋文学发展的各种主要特质,进而探求其在深层的文化结构中所隐含的某些精神吁求,从而全面地审度先锋文学在人类文化发展史中的特殊作用和意义。

洪治纲在著作中关于余华《在细雨中呼喊》的分析很独到。在他

---

① 施战军:《道德意识与 20 世纪中国文学的两次转型》,《创作评谭》1998 年第 1—2 期。
② 孔范今:《世纪末夜晚的手写·序》。
③ 洪治纲(1965—),安徽东至人,浙江大学文学博士,现为杭州师范大学教授、文学院院长。著有《审美的哗变》(1998)、《永远的质疑》(2000)、《清平乐》(2003)、《零度疼痛》(2003)、《无边的迁徙》(2004)、《余华评传》(2005)、《守望先锋:兼论中国当代先锋文学的发展》(2005)、《中国六十年代出生作家群研究》(2009)等。

第九章　多元文化语境中的文学批评

看来,"《在细雨中呼喊》并非仅仅意味着余华创作潜力的再一次彰显,它还意味着创作主体自身的又一次艰难的嬗变——由冷静、强悍、暴烈向温暖、缓和、诗意转移,由人性恶的执迷展露转向人性善的深情召唤"①。"余华作为一位先锋作家,他对生存苦难永不放弃的创作姿态和叙事立场,本身就表明了他在审美思考上的一贯性。对他来说,让悲悯的情感返回到叙事现场,只是改变了作家对苦难的思考方式,而不是对苦难本身的放弃或虚假掩饰。"②

在洪治纲看来,莫言的长篇小说《檀香刑》既是一部汪洋恣肆、激情迸射的新历史主义典范之作,又是一部借刑场为舞台、以施刑为高潮的现代寓言体戏剧。莫言以其故事自身的隐喻特质,将小说的审美内涵延伸到中国传统文化的内部,并直指权力话语的深层结构,使古老文明掩饰下的国家权力体系和伦理道德体系再一次受到尖锐的审视。《檀香刑》的巨大成功,也正是建立在对人性内在的丰富性与复杂性的有效表达中。它以人性撕裂的尖锐方式,将叙事不断地挺入深远而广袤的历史文化中,在挞伐与诘难的同时,表达了莫言内心深处的那种疼痛与悲悯的人文情怀③。

张学昕④热情豪爽坚定,却多有细腻,这体现在他的文学批评趣味与风格上。张学昕有着相当敏锐的文学史的眼光,他可以清晰地看到1980—1990年代中国文学史的深刻变异,他写作的不少文章都是面对这一主题展开的。当人们普遍质疑1990年代中国文学运行轨迹的合法性时,张学昕则是怀着热情肯定这一历史变化趋势,他认为,1980年代中期以来出现的当代小说创作,"不仅呈现了20世纪世界文学的种种特征,而且其感悟、表达生活的审美方式、美学趣味,特别是那种介于写实和虚构之间的意象性、寓言性表达,使中国文学冲破了以往'纪实

---

①　洪治纲:《守望先锋:兼论中国当代先锋文学的发展》,桂林:广西师范大学出版社,2005年,第265页。
②　同上书,第277页。
③　同上书,第299页。
④　张学昕(1963—　),黑龙江佳木斯人。吉林大学文学博士。现为辽宁师范大学教授。著有《真实的分析》(2003)、《唯美的叙述》(2005)、《话语生活中的真相》(2009)、《南方想象的诗学》(2009)、《文学:我们内心的精神结构》(2010)等。主编有"学院派批评文库"。

性宏大叙事'规范长期造成的形式匮乏和平面叙述的浮泛,为文学创作、文学阅读开拓、提供了一个颇为宏阔的艺术空间"①。在当代文学言说中,把1980年代置于一个黄金时代的论说始终是占据主导地位,今不如昔使人们对1990年代充满悲观论调,其偏见使人们没有任何耐心稍为认真阅读一下1990年代出现的文学作品。很显然,张学昕没有为流行偏见所左右,他有自己的见解和判断,而这些判断是建立在他深入全面的研究基础上。

张学昕对1990年代文学变动的探讨不作空泛的理论表述,而是落实到具体问题及文本阐释上。他触及的是这样具体而有纯文学意味的题目,如当代小说中的"寓言诗性特征""唯美主义倾向",多重叙事话语下的"历史因缘""真实的分析""乡土的重建",等等。这些题目都显示了张学昕发现问题和提出问题的学术眼光。这些理论问题显然不是来自我们习惯依照的教科书,也不作理论的自圆其说,而是把当代小说的创作探索放置在20世纪八九十年代变迁的历史背景下加以阐述。《当代小说创作的寓言诗性特征》是一篇相当有分量的论文,文章首先选择阎连科的《日光流年》来论述"解构时间"的叙述方法,生活"颠倒着"进入小说叙述形态,形成"时光倒流"的结构模式,由此展开一种新的叙述空间、叙述语法。张学昕认为这是一种"寓言结构",它的叙述方式表达了对生命存在的看法,在结构的展开中实现主体对现实的超越。同样,刘震云的《故乡面和花朵》用如此浩繁的篇幅来展示家乡的历史,也是通过解构时间而获得叙述上的自由,以刘震云式的叙事圈套拆解历史。在这篇文章中,张学昕提出一个非常独特的看法,他认为对象征事物的营构有可能展现一种民间叙述与审美寓意化的效果。这一点,张学昕是通过对余华的《许三观卖血记》和《活着》等小说的分析来阐明的。他认为,余华通过对生活的整体性象征使审美走向寓言化,而且他选择对民间生活形态的写实和白描的传统手段来完成生活诗化这一审美过程。对于张学昕来说,他对新的审美特征的阐释,很自然地引申到对1990年代中国文学发展转型的阐述,他毫不迟疑地宣称:"这是

---

① 张学昕:《当代小说创作的寓言诗性特征》,《文艺研究》2002年第5期。

第九章　多元文化语境中的文学批评

一种新的'审美形式结构',……许多作家们都在努力使自己的文本能包蕴更宽广丰厚的内涵和寓言诗性价值,探索艺术表现生活和世界的可能性,这正是当代小说写作日趋走向成熟的标志。"①

作为一个关注当下文学创新变革趋向的研究者,需要捕捉当代文学变化中那些有质量的现象。在《论当代小说创作中的唯美主义倾向》一文中,可以看到张学昕的理论敏感。他尤为关注先锋派小说家的"唯美"特征,苏童当然是一个典型的代表。在对苏童的论述中,张学昕把"颓废"与唯美联系一起,这就更接近唯美的特质。张学昕分析说,在苏童的小说中可以充分体味到舒缓优雅、纯美流畅的清词丽句,幽怨婉转、气韵跌宕富于节律的叙述结构。语言本身的魅力产生于独特情感、独有心灵体验对表现话语的对应寻找。②

张学昕在理论批评上倾注最大精力的是小说文体研究,在这方面他写下一系列的论文和评论。《20世纪中国作家的形式感论纲》是一篇野心勃勃的论文,他试图在这篇文章中描述解释中国从新文学以来形式感的历史过程。在形式感的创新与变革中,看到的是文学更有品质的前进。他认为:"借新形式创造地传达来自现实的新的体验和新的思想。"③张学昕不是一个形式主义者,对于他来说,对文体的探讨是揭示一个时代美学精神、社会文化心理、哲学观念的变化和新的美学机制生成的有效途径。文学真正内在变化或能在文体上表现出来,文体以形式积淀了社会历史的全部内涵,它使随后的写作都要面对已经生成的审美经验和机制。

张学昕并不是一个从理论和文学史入手来研究当下文学的人,他看重的是文本,是对文本的敏感和感悟促成他获得理论抽象和文学史的眼光。《南方想象的诗学》(2009)是苏童研究最为全面且最有深度的力作。关于苏童小说创作的整体特征、苏童短篇小说、苏童的长篇小说等,张学昕都有涉猎。苏童的小说具有明朗俊逸的特征,如有些人所

---

① 张学昕:《当代小说创作的寓言诗性特征》,《文艺研究》2002年第5期。
② 张学昕:《论当代小说创作中的唯美主义倾向》,《北方论丛》1999年第5期。
③ 张学昕:《20世纪中国作家的形式感论纲》,《北方论丛》2001年第4期。

言,苏童是在过去时代的阳光下行走,张学昕则认为正是苏童那优美、柔婉、沉郁、拟旧的文学叙述风格使他走得更远、更洒脱、更自由。张学昕对作家和文本的研究带有很强的认同感,他投入了强烈的情感,怀着欣喜和期望。做文学批评需要有热情,没有对研究对象的高度热情,是不可能写出有血有肉的文字的。在张学昕的带着形式色彩的文体论中,还是包含着更为厚重的理想主义激情,包含着高扬中华民族精神的那种本土主义的立场。他的理想是:"通过几代作家的努力奋斗和倾心创造,让21世纪成为中国现代小说艺术最为成熟的新世纪。"他无疑说出了几代中国文学研究者的心声。

从批评家的代群来看,谢有顺[①]属于70后批评家,但相对于其他同龄人,他介入批评较早,少年成名。他早在读本科期间就开始练笔写文章,而且出手不凡。谢有顺属于才子型的批评家,敏感、细腻,抓住问题,切中要害,总有独到见解,言说圆融却透示出犀利之气,而且谢有顺年纪轻轻时就形成自己独特的文体表述方式。21世纪之初,谢有顺有关文学身体学的论述就引人注目。他发现从1990年代开始,文学的力量逐渐地在文学自身的革命上转移,它更多地走向了作家这个主体。"私人写作""七十年代人""身体写作""下半身"等一系列文学命名,均与作家本人的身体叙事有关。或者说,身体成了这个时代新的文学动力。他认为这里面所存在的显著的进步因素,绝非草率的道德批评所能解决和否定的;但同时他也不认为"私人"和"身体"是文学发展的唯一源泉。由此出发,他指出"身体的文化意义当然是很重要的,但是,如果作家的写作省略了肉体和欲望这一中介,而直奔所谓的文化意义,那这具身体一定是知识和社会学的躯干,而不会是感官学的,这样的作品也就不具有真实的力量"[②]。身体在他的批评世界中成为重要

---

① 谢有顺(1972—),福建长汀人,复旦大学文学博士,现为中山大学教授、青年长江学者。著有《我们内心的冲突》(2000)、《活在真实中》(2001)、《我们并不孤单》(2001)、《话语的德性》(2002)、《身体修辞》(2003)、《贾平凹谢有顺对话录》(2003)、《于坚谢有顺对话录》(2003)、《先锋就是自由》(2004)、《此时的事物》(2005)、《从俗世中来,到灵魂里去》(2007)、《从密室到旷野》(2010)等。

② 谢有顺:《文学身体学》,《花城》2001年第6期。

存在和言说对象。他认为是我们的写作,使汉语成了一个发声的、说话的、人性的身体。这种说法,是针对一些人把诗歌语言变成了一个不具有日常经验和身体细节的空壳而言的。他说:"我所推崇的诗歌话语是关涉灵魂和身体的双重性质的。"①

谢有顺对先锋文学研究很下气力,且有自己独特的开掘。在他的批评世界中,叙事伦理极为重要。叙事不仅是一种讲故事的方法,也是一个人的在世方式。叙事不仅是一种美学,也是一种伦理。"叙事伦理"不是"叙事"和"伦理"的简单组合,也不是探讨叙事指涉的伦理问题,而是指作为一种伦理的叙事,它在话语中的伦理形态是如何解析生命、抱慰生存的。一种叙事诞生,它在讲述和虚构时,必然产生一种伦理后果,而这种伦理后果就把人物和读者的命运紧紧地结合在一起,它唤醒每个人内心的生命感觉,进而确证存在也是一种伦理处境。在这样的批评观念下,谢有顺对铁凝、贾平凹、东西、陈希我、王蒙等人作品的叙事伦理进行了深入探究。《中国小说叙事伦理的现代转向》(2010)探讨作为一种伦理的叙事在20世纪以来中国小说中的处境和转向。深度研究叙事与伦理之间的关系,辨识了现有研究中可能存在的一些问题。他提出,作为学科和写作技艺的叙事理论或许会衰颓,但作为一种伦理的叙事,并不会在我们的生活中消失。谢有顺以曹雪芹、鲁迅、沈从文、张爱玲等人为对象探究在人民伦理、集体伦理下的个体命运。因为小说叙事所呈现的伦理转向,说出的既是中国文学的遭遇,也是中国人的命运历程。同时,他从铁凝对善的发现和叙写、余华对恶的解析和审视、陈希我对绝望的直面和抗辩的研究,得出结论:当代小说已经打开了一个全新的生命空间,并对个体生存作出了新的伦理解释。谢有顺对21世纪以来的叙事转向进行考量,而莫言、格非等作家是他的研究重点。对中国现当代小说的每一次叙事转向及其后伦理后果的研究,对于当下小说创作的意义重大②。

---

① 谢有顺:《诗歌在前进》,见《我们并不孤单》,北京:中国社会科学出版社,2001年,第119页。
② 谢有顺:《中国小说叙事伦理的现代转向》,复旦大学博士论文,2010年。

对诗歌的持续关注使得谢有顺对新世纪诗歌有了清醒而独到的认识,《乡愁、现实和精神成人——论新世纪诗歌》中,谢有顺认为:"在虚无主义肆意蔓延的今天,诗歌是'在'和'有'的象征。""诗人要为另一种人生、为更多的生活可能性,站出来作证。因此,面对诗歌,诗人们不仅是去写作,更是去发现,去生存,去信仰。"①他的批评在言说对象之外更多表达出他对文学生态的认识和对生命、精神的关注,文学更多的应该为人们展现信念和真诚,作家们应该积蓄清明的生命气息,来为写作正名。其对雷平阳、沈苇、卢卫平等人的诗歌分析,在广阔的现实语境里开掘出其诗歌中具有的地方经验和存在之思,语言诗性而富有文采,呈现出一种拒绝夸张和粉饰、质朴正直的话语风格。

谢有顺的批评灵动俊秀,敏锐而见解独到。《文学的常道》(2009)中多涉及先锋小说的生存哲学、文学创作的叙事困境、写作伦理等问题,整体而言,评论集中所呼唤的依旧是普遍的人性和写作的尊严。《颂歌时代的写作勇气》《从密室到旷野——当代小说可能发生的变化》《短篇小说的写作可能性》等文章密切关注文学写作在当下的困境及突围的可能性,对个人生存状况的追问和对人的内心的关注,对文学的精神价值的追求都在其独立、敏锐闪动着艺术直觉的文字中铺展开来。谢有顺将批评引向人的精神内部,审视一时代之精神伤痛,以及文学的终极关怀和终极价值,他的批评是有活力和力量的,是生动而富有生命力的。

谢有顺以"生活世界"和"人心世界"的概念来完善自己的批评世界。前者源于胡塞尔,是现象学的核心概念,后者则源于中国儒家思想。谢有顺的文学研究,总是在"生活世界"和"人心世界"两个场域里用力,以对人类存在境遇的了解和对人类生命的同情为旨归。谢有顺期望好的文学作品能在生活中展开,同时又能深入人心。这两个概念的同时提倡标志着谢有顺对于中西文化交融的途径和批评的精神资源的探寻。

在谢有顺的批评世界中,语言和存在是非常重要的两个范畴。无

---

① 谢有顺:《乡愁、现实和精神成人——论新世纪诗歌》,《文艺争鸣》2008年第6期。

第九章　多元文化语境中的文学批评

论文学现象的研究还是文学问题的提出,无论面对小说、诗歌还是散文,谢有顺往往是从语言开始的,同时又执着于对存在本身的探究和追寻。"他总是不倦地对于人的存在发出质疑、追询,对于人的精神价值反复地探寻。他毫不掩饰,在他的心灵世界里,有一个最高的境界,有一个我们感到渺远的精神的彼岸。"①谢有顺自始至终保持着一种独立的批评姿态,在当下时代彰显批评的尊严。

1990年代以来的文学批评,可以看作当代文学批评真正走向"学术性批评"的一个过程,有人称之为"学院派批评",但严格地说应该是"学术性批评"。如何来认识这个过程和道路,既是一个学术性的争论,更是关涉如何整体性地评判当代文学,及文学批评本身的方向与道路的问题。如果说1980年代的批评是以经验为基本尺度,以各种社会问题为热点,以作品现象为本位的批评,那么1990年代而下的批评则逐渐转化为了以学术和思想为旨归,以各种现代批评理论为综合的方法,以深入解读文本中的文学性与精神内涵为本位,且最终指向体系性建构的批评。

当然,还要认识到,1990年代以来文学批评的前沿性方法是现代和后现代主义理论体系,这些理论最终指向为一种新型的综合性的文化研究。文化研究对于当代文学研究的水平与品质的提升可以说具有决定性的意义,但其内在的丰富性与鲜明的阶段性特点也要被充分注意。比如在1990年代初,后现代主义主要是作为一种"知识"、一种观点与方法介绍进来,在阐释中国当代先锋文学的过程中渐渐变成了一种批评实践。之后是女性主义、新历史主义、后殖民主义等批评理论的渐次热兴,这些理论在与更早先引进的结构主义、精神分析、符号学理论与新批评等逐渐结合之后,更丰富了当代文学批评的思想与理论动力,依次推动了当代文学批评方法的变革与批评热点的出现。所谓的学院派批评,实际上也主要是在说方法的进步,1980年代那种社会热点意义上的,基于一些文学性的基本经验与问题的批评在1990年代当然会难以为继,这不是批评的没落或者退化,而是一种提升、成长和必

---

① 孙绍振:《奇迹似的谢有顺》,《南方文坛》1999年第5期。

然。这个基本判断应该得到坚持。

　　文学批评活动与文学史意义的建构与阐释之间,发生着越来越自觉的关系,这当然也是其学术性的体现。如果说1980年代的文学批评更多的是参与了文学史的创造,如推动所谓伤痕、反思、改革、意识流、寻根、新潮等文学现象的出现,而1990年代文学运动的景观逐渐消失,批评工作不得不更多地是将文学话题与当代文化思潮和思想理论的建构相结合。具体表现为:其一是试图与世界性的理论趋势与话题建立对话与呼应关系,其二是与个人的批评理论体系之间建立显在或潜在的建构或组成关系,其三是与当代文学批评以及文学史研究的知识谱系之间建立更内在和自觉的联系。同时,批评家更注意在理论与历史的谱系中对文本进行更深入的阐释,使其研究获得更严谨的理论坐标与史的维度。其四则应该看到,批评家的个人风格开始建立,职业与专业性得以凸显。由于批评理论资源的日趋丰富和批评谱系的逐步建立,较多的批评家开始具有了个人批评观念与意识的自觉。比如年轻的一代海派批评家,注重文本、个人体验及批评语言。北京的批评界则更多地注重理论的建构,在风格上也更显多杂,他们或是以文学史的重新挖掘与整理为宗旨,或以现代理论及文化批评理论为资源,揭示当代文学与世界文学勾连的方方面面,另有一部分人则依托文化社会学或新的左派理论来介入中国当代的文化思潮,总之逐渐形成了成熟而鲜明的理论品格与批评风格。其五,尽管我们反复讨论当代文学批评的专业化与学院品格,但同时也要清楚地认识到,人文主义的内在精神与质地仍然是批评的灵魂,这一点必须要得到充分认识。在笔者看,即便当代文学批评中有许许多多的问题,但我们仍然要看到,最突出的批评家实际上都秉承了对文学的信念,相信中国当代文学对人类积极价值的肯定与追求。当代文学之所以走出了简单围绕社会热点确立主题的阶段,能够与世界文学之间建立对话关系,并且愈来愈获得世界的承认,当代文学批评的阐释与推助功莫大焉。

(本章由张晓琴执笔)

第十章　女性文学批评

　　从 1980 年代初"女性文学"概念的提出,到 1990 年代中期"女性文学热"作为一个社会现象受到关注,"女性文学批评"牵涉到一条内在于现代中国知识界的思想问题脉络,其关键即性别、文学与政治的话语权力关系。身处当代文学从"一体化"走向"多元化"的历史进程中,"女性文学"一方面与诸波文学思潮交错互动,另一方面也始终与同时期的人文论争保持对话。在"现代化""后冷战""全球化"等内外语境的策应之下,在与"人道主义""语言学转向""人文精神失落"等现实议题的碰撞之中,"用什么话语思考女人"[①]重又打开了勘测性别政治的文化窗口。1990 年代中后期以来,随着商业化大潮的风靡与大众文化的繁荣,"女性文学批评"同样遭遇了"从哪里来,往哪里去"的现实困境。这一时期,频频为批评家与研究者所提到的"危机"不仅指向对本土妇女理论及其历史经验的清理,也意味着继续辨明在地实践与舶来方法间的界限,更直接以"在大众消费文化中被象征性'歼灭'的女性存在现状"[②]作为问题意识的核心。

　　与作为其研究对象的"女性文学"相类似,"女性文学批评"的范畴内涵同样可以从实践主体与研究对象两个层面上,展开或宽泛或狭窄的复数性描述。最严格地说,"女性文学批评"是由女性批评主体展开的、针对女性作家书写妇女生活的"女性文学"的批评实践。而更宽泛地说,"女性文学批评"是以女作家作品构成的"女性文学"为对象、由两性学人共同推进的批评实践[③]。在新时期语境之中,"女性文学批评"的多义性或不稳定性一方面契合于彼时思想变革、理论

---

　　① 李小江:《我们用什么话语思考女人——兼论谁制造话语并赋予它内涵》,《浙江学刊》1997 年第 4 期。
　　② 王绯:《女性批评:从哪里来,到哪里去》,《文艺研究》2003 年第 6 期。
　　③ 对"女性文学"范畴内涵的梳理,详见本章第二节。

爆炸的文化氛围,另一方面也传达出了对现实病灶乃至历史问题的别样敏感。

一 参照系:1950—1970年代

对1950—1970年代的历史经验进行清理与反馈,正是"女性文学"这一概念直接面对的话语背景。就性别秩序而言,在1980年代初受到普遍接受的观点大致可做如下概括,1950—1970年代在司法制度、意识形态与社会实践层面上,践行了"男女平等"式的性别想象①。随着这一"男女都一样"的性别制度被解明是以男性主体为准则的"女与男同"或曰"无性别",从这一"性别盲"的叙事范式中脱离,便成为"新时期"思想文化实践的一项内在使命。正是在这种脱离尝试中,新中国成立以来的妇女解放思想及其实践现身为"女性文学"话语建构的针对面之一。

自1920年代以来,中国共产党逐渐摸索出了一套适用于新民主主义革命及至社会主义革命阶段的妇女解放理论,其核心则是毛泽东的妇女思想。1927年,毛泽东在《湖南农民运动考察报告》中提炼出了一座束缚中国妇女发展的社会历史模型,即传统社会中陈陈相因的"四条极大的绳索"——政权、族权、神权与夫权②。随着"地主政权"被凸显为上述权力秩序的基干之所在,妇女解放遂以一种独具中国特色的方式被建构为阶级解放的题中之义③。不久之后,在《中国共产党红军

---

① 参考李小江《背负着传统的反抗——新时期妇女文学创作中的权利要求》,《浙江学刊》1996年第3期。

② 即"中国的男子,普通要受三种有系统的权力的支配,即:(一)由一国、一省、一县以至一乡的国家系统(政权);(二)由宗祠、支祠以至家长的家族系统(族权);(三)由阎罗天子、城隍庙王以至土地菩萨的阴间系统以及由玉皇上帝以至各种神怪的神仙系统——总称之为鬼神系统(神权)。至于女子,除受上述三种权力的支配以外,还受男子的支配(夫权)。这四种权力——政权、族权、神权、夫权,代表了全部封建宗法的思想和制度,是束缚中国人民特别是农民的四条极大的绳索"。参见《毛泽东选集》第一卷,北京:人民出版社,1991年,第31页。

③ 即"地主政权,是一切权力的基干。地主政权既被打翻,族权、神权、夫权便一概跟着动摇起来"。出处同上。

第四军第九次代表大会决议》(1929)中,按照土地革命的现实语境,毛泽东进一步界定了中国妇女与共产党领导下的红色革命之间彼此需要的双向关系①。在这一段论述中,受到四重压迫的妇女因占据着"人口的半数"而被强调为革命取得胜利的关键。从三四十年代的妇女运动纲领及相关法规条例可以看出,成为"决定革命胜败的一个力量"进一步意味着妇女成为民族解放、阶级斗争与生产建设中的新社会主体。从江西苏维埃政权到各革命根据地,一系列行政命令与法律法规通过定义妇女在婚姻、劳动、教育、财产、政治等方面的自由与权利,草创了妇女解放的制度性条件。与之相配套的现实举措则包括将妇女纳入土地革命之中、建立妇女组织、培养妇女干部、普及文化教育、发动拥军/生产动员等。

作为毛泽东早期思想的重要内容,其妇女理论可以说在中国语境下创造性地阐发了经典马克思主义有关妇女解放的两个核心观点,即"妇女解放是人类解放的一部分"以及"私有制是妇女受压迫命运的起源"。这种阐发或者可以从三个层面加以描述——在"妇女解放"与"人类解放"之间,阶级解放与民族解放现身为必由之路;作为"创造历史"的主体之一,妇女尤其是劳动妇女的能动性在民粹主义与唯意志主义的角度上被反复提出;在私有制与妇女受压迫的命运之间,传统社会的四条绳索乃至新民主主义革命面临的三座大山,具体地阐释了妇女与家庭、阶级、民族、国家之间的现代关系。此番阐发一方面更新了由倍倍尔、列宁等人所代表的,将妇女运动纳入阶级斗争、政权建设与现代化实践的理论尝试;另一方面则延续了阶级/经济一元论式的理论视野,仍然"无法提供解释同一阶级内部的男女性别差异以及革命政权的父权制结构问题的理论表述"②。随着零散分布而又层出不穷的"妇女问题"(婆媳矛盾、妇女怠工等)以具体问题具体分析的方式被一一对症下药,妇女运动在性别制度层面遭遇了某种悬置。在类似的理

---

① 即"妇女占人口的半数,劳动妇女在经济上的地位和她们特别受压迫的状况,不仅证明妇女对革命的迫切需要,而且是决定革命胜败的一个力量"。参见《毛泽东选集》第一卷,北京:人民出版社,1991年,第98—99页。
② 贺桂梅:《当代女性文学批评的一个历史轮廓》,《解放军艺术学院学报》2009年第2期。

论局限下,以"四三决定"(1943)为代表的妇女运动转折成为可能——在建立抗日民族统一战线与维护乡村社会稳定的双重需求下,主张彻底打碎封建伦理关系的"妇女主义"被否定,革命政权则与"以父权制为核心的乡村伦理秩序"形成了新的协商关系①。

共产党领导下产生的妇女解放经验在1949年后以一系列法律法规的形式得到了继承与发展——在全面赋予妇女以平等社会权利的《共同纲领》(1949)与首部《宪法》(1954)之间,先后颁布了《婚姻法》(1950)、《土地改革法》(1950)、《选举法》(1953)等专项法以及指导城乡妇女生产生活的若干条例(如1951年的《中华人民共和国劳动保险条例》等)。作为"在生产中求平等,在斗争中求解放"②这一妇运思路的延续,毛泽东提出了"时代不同了,男女都一样"③的著名论断。在该论断的后半句中(即"男同志能办到的事,女同志也能办得到"),"男同志"结构性地充任了"女同志"的衡量标准及发展方向,直观地标识了"性别盲"的症候所在。

在上述理论框架下,1950—1970年代并不存在受到独立命名的"女性文学",可见的仍是"女作家"以及文本中的"妇女形象"。在打造"当代文学"的过程中,有关新气象、新品格与社会新人的书写尝试接续着1930年代以来为无产阶级文学建构新主体的写作传统,既契合于有关"全面发展的人"的理论设想,也被视为对"社会主义现实主义"创作原则的继续深化。随着三大改造的完成,发现并展示由社会主义向共产主义过渡的理想主体一再被提上文艺日程。于是,在《青春之歌》所代表的知识女性成长故事之外,位居农民、青年、工人等主体形式交界处的"劳动妇女"再度成为以小见大的绝佳入口。继1940年代赵树理笔下的孟祥英等形象之后,五六十年代柳青笔下的徐改霞、王汶石笔下的张腊月以及李准笔下的李双双等昭示了社会主义女性在文化

---

① 贺桂梅:《"延安道路"中的性别问题——阶级与性别问题的历史思考》,《南开大学学报(社会科学版)》2006年第6期。
② 丁娟:《试述毛泽东关于中国妇女解放道路的思想》,《妇女研究论丛》1993年第4期。
③ 参见中华妇联《毛泽东、周恩来、刘少奇、朱德论妇女解放》,北京:人民出版社,1988年,第67页。

再现中的新范式。

　　与"当代"文坛作者阵容的"整体性更迭"①相同步,"女作家"内部同样发生了一次迭代或更替——一方面,"五四"新文化运动以来的一些重要女作家逐渐边缘化②;另一方面,以解放区女作家为主,形成了一个受到文艺主流认可的女性作家群。这里的"解放区女作家"包含三个部分,一是1930年代已经登上文坛后来进入解放区的草明(1913—2002)、白朗(1912—1994)、颜一烟(1912—1997)等,二是在解放区开始创作的杨沫(1914—1996)、袁静(1914—1999)、菡子(1921—2003)等,三是在解放区成长起来、主要在1950年代才开始创作的茹志鹃(1925—1998)、刘真(1930—)等③。在这些"解放区来的女作家"之外,活跃于文坛的还包括从1930年代就开始创作儿童文学作品的黄庆云(1920—2018)、新中国第一位学者型的女作家宗璞(1928—)、由电影演员走向报告文学创作的黄宗英(1925—

---

①　洪子诚:《中国当代文学史》,北京:北京大学出版社,2010年,第29页。

②　进入1950—1970年代,除去已经去世的庐隐(1899—1934)、石评梅(1902—1928)、萧红(1911—1942)等,"五四"前后登上文坛的代表性女性作家或者转向学术研究而停笔,如冯沅君、林徽因、郑敏等;或者虽然继续写作,然而已不再身居"主流"之内,如转向儿童文学及翻译事业的冰心、杨绛、陈敬容等,以及专攻越剧创作的苏青。需要特别一提的是,张爱玲在参加上海第一届文代会(1950)之后,以梁京为笔名在《亦报》连载长篇小说《十八春》和中篇小说《小艾》直至离开上海前往香港(1952)。

③　1950年代以后,以《原动力》(1948)而被称为工业题材拓荒者的草明继续写作了《火车头》(1950)、《乘风破浪》(1959)等长篇小说,以及《延安人》等短篇小说集;白朗在创作大量的报告文学和散文外,写作了纪实性中篇小说《为了幸福的明天》(1951)以及抗美援朝题材的长篇小说《在轨道上前进》(1956);继故事片《中华儿女》(1948)之后,颜一烟继续创作了《一件提案》(1953)、《陈秀华》(1954)等多个电影剧本以及《东风食堂》《万年长青》等多个话剧剧本,并以东北抗日联军为题材创作儿童文学作品,先后写出了中篇小说《活路》(1950)以及《小马倌和大皮靴叔叔》(1959);继与丈夫孔厥合著长篇章回体小说《新儿女英雄传》(1948)之后,袁静又创作了中篇小说《中朝儿女》(1950,与孔厥合作),长篇小说和电影剧本《淮上人家》(1954)等;以短篇小说《纠纷》(1945)为人所知的菡子在1950年代以创作报告文学为主,代表作有抗美援朝通讯集《和平博物馆》(1952)等。当然,并非所有"解放区来的女作家"都获得了继续创作的空间——1950年后,丁玲先后被委以《文艺报》主编、中央文学研究所所长、中宣部文艺处长等多个重要职位,始终未能获得专事创作的余裕;而到了1955—1957年间,丁玲(1904—1986)先后被错划为"丁陈反党集团"核心及右派分子,在接连不断的批判斗争中失去了公共写作的合法性。境况类似的还有曾在1942年因短篇小说《丽萍的烦恼》而遭到批判的莫耶(1918—1986)。在反右派运动扩大化进程中,先后主持甘肃《人民军队报》与《甘肃日报》的莫耶被划为右派分子,直到1979年才得以平反。

2020)等。

依据《讲话》中对文艺批评功能的界定①,理论批评与政策阐释继续负担着整合中外文艺资源、确立文艺秩序、裁度文艺主张的多重任务。在以题材与体裁为主要分类指标的等级框架下,针对女作家作品与文本中的妇女形象,相关评论或者主要作为宏观文艺问题的依据、例证,散见于综述、总论之中,如周扬在第一届文代会上的报告《新的人民的文艺》(1949)以及茅盾《1960年短篇小说漫评》(《文艺报》1961年第4至6期)等;或者仍是作家作品论式的,如李蕤的《谈谈刘真的创作》(《人民文学》1956年第7期)、文美惠的《从〈红豆〉看作家的思想和作品倾向》(《文艺月报》1957年第12期)、欧阳文彬的《试论茹志鹃的艺术风格》(《上海文学》1959年第10期)等。就内容或主题而言,这一时期针对女作家作品的批评实践同样主要包含了两个层面:一是文本的审美特色,譬如对日常生活的发微、对个人情感的体察、笔调上的清新秀美等;二是作品隐含的"思想局限"或"创作困境",牵涉到其与文学规范的偏差与距离。就这一点而言,1959—1961年间文艺界对茹志鹃小说的集中讨论,尤其鲜明地提示了女作家及其创作实践在文艺战线中的微妙处境。

茹志鹃真正被当代文坛发现,是短篇小说《百合花》(《延河》1958年第3期)的发表②。作为这篇小说最早的评论者之一,茅盾在《读最近的短篇小说》(《人民文学》1958年第6期)一文中着重强调了作者写法上的新异,即在表现重大主题时,不同于"常见的慷慨激昂的笔调"而采用了"清新、俊逸""富于抒情诗的风味"的艺术风格。简单来说,从欧阳文彬的《试论茹志鹃的艺术风格》(《上海文学》1959年第10

---

① 即"文艺界的主要斗争方法之一,是文艺批评","文艺批评有两个标准,一个是政治标准,一个是艺术标准","我们不但否认抽象的绝对不变的政治标准,也否认抽象的绝对不变的艺术标准,各个阶级社会中的各个阶级都有不同的政治标准和不同的艺术标准。但是任何阶级社会中的任何阶级,总是以政治标准放在第一位,以艺术标准放在第二位的"。参见《毛泽东选集》第三卷,北京:人民出版社,1991年,第868—869页。

② 1949年后,茹志鹃先后发表了短篇小说《何栋梁和金凤》(《文汇报》1950年8月31日—9月11日)、《鱼圩边》(《解放日报》1952年12月8日),三幕话剧《不拿枪的战士》(文化生活书店,1955年)、短篇集《关大妈》(中国青年社,1955年)等多部文艺作品。

期)到《关于茹志鹃创作风格的讨论》(伊新整理,《北京日报》1962 年 1 月 25 日),其时最具权威性的几位批评家就茹志鹃小说的艺术特色与优缺短长展开讨论①——前者解明了茹志鹃能够不走寻常路的机枢所在,后者则指向了一个根本性的文艺问题,即时代范式与个人风格的内在关系。除了讨论这种单一化与多样性、标准化与个人性之间的碰撞,当时另一种具有补充意义的推进方式是,探讨民族形式与个人风格的谐和互进何以可能②。延续"双百"时期文艺界对"规范"的调整与质疑,有关茹志鹃写作风格的讨论同样涉及"规范"对"差异"的处置方式。不同于先前引发热议的《英雄的乐章》(个人主义、资产阶级人道主义与集体英雄主义的界限)、《红豆》(是否可以表现及如何表现小资产阶级知识分子)等女作家作品(抑或男性作家笔下的妇女形象,譬如被指丑化工农兵形象的《我们夫妇之间》等),已然"政治正确"的茹志鹃小说作为一类合法的"差异",对"规范"本身显示出某种内在的冲击力。而这恰恰也是侯金镜在评论界的议论纷纷与莫衷一是中提炼出的茹志鹃小说的问题性③。

综合来说,批评界对茹志鹃特色的分析以小说题材、形态的分类为基础,认为其在题材上,是"一些富有特征性的横断面"(欧阳文彬)亦即"时代激流中的一朵浪花,社会主义建设大合奏中的一支插曲"(侯金镜);在人物塑造上,是"小处着眼"而"把平凡的事件处理得枝叶扶疏"(欧阳文彬)亦即"在家庭生活和日常工作关系中"来表现"正在成长着的新人物"(侯金镜)。对这种"特色"的估价,一种观点是将其视为待补完、可纠偏之作,为其指明朝向范式的蜕变方案,如魏金枝与欧

---

① 譬如侯金镜的《创作个性和艺术特色——读茹志鹃小说有感》(《文艺报》1961 年第 3 期),细言(王西彦)的《有关茹志鹃作品的几个问题》(《文艺报》1961 年第 7 期),魏金枝的《也来谈谈茹志鹃的小说》(《文艺报》1961 年第 12 期),洁泯的《有没有区别》(《文艺报》1961 年第 12 期)等。

② 参见茅盾在中国文学艺术工作者第三次代表大会(1960)上的报告《反映社会主义跃进的时代,推动社会主义时代的跃进!》(《人民文学》1960 年第 8 期)。

③ 即"究竟如何确切地估价茹志鹃的作品的所长(它们的特色)、所短(不擅长的方面)、所不足(内容或形式上的缺陷),并向她提出怎样的要求"。

阳文彬①；另一种观点则将其视为创作个性与文艺思想的自然表现，无需再经历"标准化"的淘洗与置换，如侯金镜与细言（王西彦）。后一类观点尽管都强调茹志鹃写作风格的自明自在，内部却存有分歧。通过对短篇小说《三走严庄》（《上海文学》1961年第1期）的阅读，侯金镜由小说"在艺术水平上"的半途跌落读出了作者天赋的界限所在，也建构出了浪花风格与宏大范式之间的天然矛盾。侯金镜长于分析小说创作的艺术规律，发现有个性的小说作者。在他看来，勾连日常生活"插曲"与革命斗争"主调"的作者意图已然瓦解于已婚妇女收黎子与民兵队长严正英的内在分裂，而以浪花风格实现范式要义遂显现为一项不可能完成的任务。对此困局，侯金镜不无矛盾地提出了将浪花风格视为主流范式的"补充"，将"扬长避短"这一别无选择的选择表述为"文艺多样性"的题中之义。跳出当时的论争情境来看，此番对风格缺陷的本质化裁断既是在"规范"之中安置茹志鹃小说的权宜之计，也是对其异质性的发现与收编。而这也就是细言所反对的，以"扬长避短"为名竖起"此路不通"的牌子。相较于侯金镜式的、以"个性差异"论"能力高低"，细言试图以创作思想的独特性对英雄人物、矛盾斗争等范式结点展开多重解读，为个人风格与主流范式保留殊途同归的可能性。不过，在魏金枝看来，这种设想不仅是对茹志鹃不足之处的规避，而且是对新文艺范式的相对化。

　　此番在"无性别"框架下展开的讨论，揭示了宽泛意义上"女性文学"议题的复合性所在，也凸显出了这一议题在话语资源层面的匮乏与尴尬。不论是对茹志鹃文学风格的指认（"色彩柔和而不浓烈，调子优美而不高亢"），还是对其优缺短长的裁判（作为"插曲"与"补充"的茹志鹃风格），还是对其主流/边缘位置的辨识（"作茧自缚"或"扬长避短"），茹志鹃的"女作家"身份确乎始终是一条无须明示却一直在场的自然依据。与五六十年代之交的这场讨论相较，"新时期"文艺界将"新人"

---

① 欧阳文彬是1950—1970年代最具代表性的女批评家之一。产生广泛影响的《试论茹志鹃的艺术风格》（《上海文学》1959年第10期）是欧阳文彬第一篇当代文学作家专论，正是在魏金枝的帮助下拟定的选题。

概念本身的空洞性指认为1950—1970年代新女性形象必然失败的根本原因。在这一解释中,《三走严庄》式的文本分裂继续呈现为一类与性别问题无关的文学现象。然而,正如《涉之舟》在1990年代提出的,茹志鹃笔下"时代精神和女性风格的完美组合"①恰恰标识着"性别缺失与性别凸显的双重困境"——一方面,"在由阶级的兄弟姐妹组成的革命大家庭中","除却社会的命题与阶级的身份,女性不可能有任何别样的生活与生命;另一方面,"'女性'又必须是特异的,'她'的书写应该是激情盈溢、充满欣悦的,同时又必须是细腻而清新可人的"②。就这一点来说,收黎子与严正英的内在分裂不仅将"走出家门"凸显为一处关乎女性主体构造与性别秩序重建的关键场景,事实上也预探了在家与国、个人与阶级的话语夹缝中谈论性别问题的一种方式。

从1960年代中期直至"文革"后,由政治与艺术标准双管齐下的批评范式随着主流意识形态的不断激进而愈显片面。在"新时期"语境下,"50—70年代"这一历史时期本身则一度被视为封建主义的复辟乃至思想文化的荒漠。及至20世纪八九十年代之交,对这批历史文本的重新处置才以"再解读"的形式得以展开。

二 "女性文学"与"女性文学批评"

作为一个引人瞩目的文化现象,"女性文学"乃至"女性文学批评"的出现皆立足于1980年代初期女作家作品的大量涌现。在这一阶段,女性作家所涉足的题材遍及社会问题、政治生活、女性遭遇与现代化建设等多重领域,被认为并不特以"女性"的群体面目出现,而是与男作家一道"参与了对'伤痕''反思''寻根'等文学潮流的营造",其创作亦未"刻意追求与'女性'身份相适应的独特性"③。及至1984—1988年间,"女性文学"作为一个新生范畴在批评界引起广泛关注。一时

---

① 戴锦华:《涉渡之舟——新时期中国女性写作与女性文化》,西安:陕西人民教育出版社,2002年,第21页。
② 同上书,第17页。
③ 洪子诚:《中国当代文学史》,北京:北京大学出版社,2010年,第385页。

间,女性作家的特征、女性作家之间(及两性作家之间)的共性与区别成为众所热议的问题,对"女性作家群"乃至"女性文学传统"的索隐也随之展开。

值得注意的是,"女性文学"被发现并被赋予某种"女性意识""女性特色",正是 1980 年代社会文化心理转变的一部分。从 1970 年代末对人道主义等"老问题"的再次讨论到 1980 年代反反复复的"清除精神污染运动",在社会主义范畴内展开理论角力的可以说正是汪晖意义上的"反现代性的现代性马克思主义"与"人道主义的马克思主义"①。以此番论争为契机,以 19 世纪欧洲启蒙主义为资源的"新启蒙"话语,顺应"现代化""改革开放"的国家叙述,将 1950—1970 年代的历史实践指认为旧传统的复苏与封建主义的暗涌,借助传统与现代的二项式完成了"对(资本主义)现代性的价值重申"②。正是在这一过程中,以李泽厚的"启蒙与救亡的双重变奏"为代表,将"新时期"与"五四"相对接,重构"传统"的来龙去脉,成为文化叙事的新方向③。在文学领域,与"伤痕""反思"等潮流类似,以摆脱"男女都一样"为第一要务的"女性文学"及其批评也找到了类似的话语方式——在将"新时期"视为继"五四"之后第二个女性文学高峰的过程中,以 19 世纪人道主义为资源,将个体"从统合性的民族国家话语中分离出来"④。

在"女性文学"一词被广泛接受前,评论界首先出现了对"女作家"这一创作主体的集中建构。1980 年出版的《当代女性作家作品选》(刘锡诚、高洪波等人编选)较早地将当代女作家整合为一个具有共通历史背景、现实处境、问题意识乃至艺术倾向的书写群体⑤。与指认新一

---

① 汪晖:《当代中国的思想状况与现代性问题》,《文艺争鸣》1998 年第 6 期。
② 同上。
③ 参见贺桂梅《"新启蒙"知识档案:80 年代中国文化研究》,第 34—35 页。
④ 贺桂梅:《当代女性文学批评的一个历史轮廓》,《解放军艺术学院学报》2009 年第 2 期。
⑤ 即共同经历了"双百方针"失效后长期的沉默与"新时期"思想解放后的崛起,分享家务生活与事业工作的双重负担,从儿女情、家务事着眼,以独具女性特色的细腻感受表现出"人民斗争生活的脉搏"。参见刘锡诚、高洪波、雷达学、李柄银编选《当代女性作家作品选·编后记》(广州:花城出版社,1980 年)。

第十章 女性文学批评

代女作家相伴随,追溯近代以来中国女作家的代际更迭成为另一项题中之义,譬如张维安提出的将20世纪中国女作家划分为"五四"一代、"新中国"一代、"文革"一代与"新生代"的论述框架①。这样一来,划分依据是否合理、代际边界是否准确也就成为评论界的另一个热门话题。近来为多数学人普遍接受的两重依据(即"自然年龄"与"文学年龄")事实上也指明了代际分类的难点所在,即同代作家步入文坛的步调不一定相同,于同一时期表现活跃的作者往往新老并存。洪子诚对1980年代女性作家的构成分析,勾勒出了当代女作家的又一次迭代:以1980年代初为截面,女性作家首先按"文学年龄"分呈为老新两部分,即"在五六十年代(或更早时间)已经知名"的女作家与"新时期"首登文坛的女作家。具体来说,前一个群体先后参与建构了1920年代的"五四"新文学、1930年代的左翼文学、1940年代的解放区/国统区文学乃至1950—1970年代的"当代文学",大抵为"归来作家"的身份所涵盖。从她们"消失"的时刻来看,一部分是在新中国成立后以各种方式步至边缘的冰心、杨绛、郑敏、陈敬容等,另一部分则是在1950—1970年代的批判运动中被斥为异端而停止写作的丁玲、韦君宜、茹志鹃、宗璞等。与上述"前辈"相对照,文坛新人按其"自然年龄"呈现为三部分:1930年代后期至1940年代前期出生、"已届中年而在'文革'后才表现出创作活力"的一群②;1940年代末至1950年代前期出生,有或无"知青"经历的一群③;以及,1950年代末至1960年代出生,"在文学观念和方法上"异于前人、直至20世纪八九十年代之交方才走向成

---

① 张维安:《在文艺新潮中崛起的中国女作家群》,《当代文艺思潮》1982年第3期。文中以庐隐、丁玲、冯沅君、萧红、草明等为代表的"五四"一代,以韦君宜、杨沫、菡子、林蓝、袁静等为代表的以社会主义革命和建设的年代为书写对象的"新中国"一代,以茹志鹃、黄宗英、柯岩、刘真等为代表的、在拨乱反正后作为中年作家继续写作的"文革"一代,以及"新时期"以来的"新生代"。

② 如谌容(1936—)、张洁(1937—)、戴厚英(1938—1996)、凌力(1942—)、叶文玲(1942—1999)、航鹰(1944—)、霍达(1945—)、程乃珊(1946—2013)等。

③ 前者如竹林(1949—)、陆星儿(1949—)、张抗抗(1950—)、舒婷(1952—)、毕淑敏(1952—)、张辛欣(1953—)、王安忆(1954—)、蒋韵(1954—)、翟永明(1955—)、铁凝(1957—)等;或者如残雪(1953—)、刘索拉(1955—)、蒋子丹(1957—)等。

熟的一群①。

作为最早使用"女性文学"一词的文献之一,吴黛英的《新时期"女性文学"漫谈》②爬梳女性文学在"新时期"崛起的历史条件与创作现状,尽管尚未对"女性文学"进行精确界定,仍然鲜明地呈现出了1980年代初文艺界谈论女性文学的基本方式。这种时代特色不仅表现为将新时期女性文学的"崛起"勾连为"五四"妇女自觉之后的"新觉醒",同样也表现为对一系列典型观点的集束性表述,譬如"当代中国妇女的双重性格"(反抗性与软弱性并存)、新时期女性文学的双重趋势("宏观上反映更广阔的外部世界"与"微观上把握更细微的内部世界")乃至女性风格的美学价值(文学美、心灵美)。作为一类过渡文本,《漫谈》一文所展示的可以说正是在1950—1970年代讨论茹志鹃小说的脉络上如何处理"女性意识""两个世界"乃至"女性特色"等"新问题"。

正如已有研究指出的那样,尽管1980年代的"女性文学"试图针对普泛意义上的文学/男性文学建立自己的稳定疆域,其内涵却稍显模糊。这一时期的批评文本往往从表现对象、创作主体与女性意识三个方面对"女性文学"进行限定——广义地说,"女性文学"泛指一切描写妇女生活的作品,也包括男性作家的作品;较狭义地说,"女性文学"仅包含女作家作品;最后,在最狭窄的意义上,"女性文学"特指女作家创作的、描写妇女生活并能体现出鲜明的女性意识或女性风格的文学作品③。在厘定内涵的过程中,"妇女文学"一词一度作为"女性文学"的同义词或近义词而被使用。关于两个术语间的差异,一种代表性的表述是:同为外来术语的本土表达,"女性文学"较"妇女文学"

---

① 如方方(1955—)、池莉(1957—)、林白(1958—)、陈染(1962—)、海男(1962—)、徐坤(1965—)等。
② 吴黛英:《新时期"女性文学"漫谈》,《当代文艺思潮》1983年第4期。
③ 相关论述可参考吴黛英《从新时期女作家的创作看"女性文学"的若干特征》,《文艺评论》1985年第4期;吴黛英《女性世界与女性文学——致张抗抗信》,《文艺评论》1986年第1期;禹燕《女性文学的历史与现状——兼论什么是"女性文学"》,《当代文艺思潮》1985年第5期;王绯《女性气质的积极社会实现——读〈女人的力量〉兼谈女性文学的开放》,《批评家》1986年第1期;李小江《为妇女文学正名》,《文艺新世纪》1985年第3期等。

而言"更突出了性别特征"①。

在界定"女性文学"的讨论中,"两个世界"乃至"女性意识"等范畴作为衍生概念构成了"女性文学"合法性的重要依据。"两个世界"最早在1985年由作家张抗抗在西柏林妇女文学大会上明确提出,分为"社会生活的'大世界'"以及"女性自身的'小世界'"②。张抗抗由此提出的女性文学要旨(即"成熟的女性文学应同时面向'两个世界'"③)代表性地标记出了新一代"不卖女字"的女作者与狭义"女性文学"之间的距离。随后,马婀如应用"两个世界"的分析框架重读"五四"到"十七年"再到"新时期"的女性文学历程,为"两个世界"的关系做出了进一步注解:"'小世界'其实应包容在'大世界'中,但它们毕竟有不同的侧重点。"④

在其他文本中,"两个世界"也被表述为"内在世界"与"外在世界"、"第一世界"与"第二世界"等。在《批评:多轨道的向心运动》一文中⑤,王绯即按照"创作主体观照世界的不同眼光,以及创作客体的特定内容",将女性作家的语言艺术世界区分为在文学上表现女性自我、以女性的眼光观照社会生活的内在/第一世界,以及"在艺术表现上超越女性意识""以辩证的眼光(中性的眼光)观照社会生活"的外在/第二世界。依靠一个让步与转折的句式,王绯指出,面向外在/第二世界的女性文学"输出的女界信息虽然弱",却使"女性文学的理论和批评能够获得一个更博大的境界"。同时,随着"女作家与男作家站在文学的统一跑道上"这类和谐前景的提出,女性批评家的选择也由此明确起来——"女性批评家的批评绝不止是和妇女题材、妇女作家及

---

① 吴黛英:《女性世界和女性文学——致张抗抗信》,《文艺评论》1986年第1期。文中指出,作为一个引自国外、有翻译背景的术语,"与其用'妇女文学'这一提法,不如改用'女性文学'","虽一字之差,但侧重点不同,后者更突出了性别特征"。
② 张抗抗:《我们需要两个世界》,《文艺评论》1986年第1期。
③ 同上。
④ 马婀如:《对"两个世界"观照中的新时期女性文学——兼论中国女作家文学视界的历史变化》,《当代文艺思潮》1987年第5期。
⑤ 王绯:《批评:多轨道的向心运动——兼谈女性批评家的批评意识》,《批评家》1986年第6期。

妇女文学对应。女性批评面向的是整个文学世界"①。

1980年代初,参与广义上的"女性文学批评"的学人同样呈现为老新两部分。一部分是1950—1970年代已经活跃在文艺战线上的评论家与作家,如黄秋耘、冰心、徐光耀、孙犁、王蒙等;另一部分则是1960年代已经开始批评实践,在"新时期"方才进入写作高峰的批评家与作家,如李子云、乐黛云、谢冕、刘思谦、曾镇南、张抗抗等。

黄秋耘(1918—2001),原籍广东,生于香港,曾担任中共香港文委候补委员、粤赣湘边纵队第一支队参谋等军政要职。新中国成立后,黄秋耘先后被任命为《文艺学习》常务编委(1954)、《文艺报》编辑部副主任(1959)等,特以杂文、随笔而见长。这一时期,不论是针砭1950年代中期文学弊端的《不要在人民的疾苦面前闭上眼睛》(《人民文学》1956年第9期),还是呼吁在文艺界贯彻"双百"方针的《刺在哪里》(《文艺学习》1957年第6期),都充分显示出了黄秋耘明快犀利、以小见大的行文风格②。1980年代初,除去钩沉史事的杂文写作③,亦可说是"归来者"的黄秋耘着力推进对作家作品(尤其是女作家作品)的发掘与读解④。在一连串文艺随笔中,《关于张洁作品的断想》(1980)尤其具有代表性。

继1978年凭借"山水画"样的"温柔的伤感""淡淡的哀愁"(处女作《森林里来的孩子》)收获褒奖之后,发表在《北京文艺》1979年第11期上的《爱,是不能忘记的》在一批重要报刊上引发了一场热议。而这次争鸣的起点,正是黄秋耘的《关于张洁作品的断想》一文。继黄秋耘之后,谢冕、陈素琰夫妇的《在新的生活中思考——评张洁的创作》

---

① 王绯:《批评:多轨道的向心运动——兼谈女性批评家的批评意识》,《批评家》1986年第6期。

② 1957年,由于《不要在人民的疾苦面前闭上眼睛》等文章,黄秋耘险些被划为右派;1960年代初,由于两部历史小说《杜子美还家》《鲁亮佶摘印》,黄秋耘遭遇批判;1964年,由于与邵荃麟等一道提倡"多写中间人物",黄秋耘再次受到猛烈批判;"文革"开始后,黄秋耘不仅被停止工作,还先入入狱三年、强制劳动逾一年。

③ 如《新春三愿——谈百家争鸣的前提》,《文艺研究》1983年第2期;《"中间人物"事件始末》,《文史哲》1985年第4期。

④ 黄秋耘先后发表了《关于张洁作品的断想》(《文艺报》1980年第1期)、《从微笑到沉思——读茹志鹃同志的几篇新作有感》(《上海文学》1980年第4期)以及《报国心遏云行——读〈南渡记〉的随想》(《当代作家评论》1989年第1期)等文艺随笔。

(《北京文艺》1980年第2期)、李希凡的《倘若真有所谓天国——阅读琐记》(《文艺报1980年第5期》)、肖林的《试谈〈爱,是不能忘记的〉的格调问题》(《光明日报》1980年5月14日号)以及戴晴的《不能用一种色彩描绘生活——与肖林同志商榷》(《光明日报》1980年5月28日号)等,共同将张洁这位刚刚崭露头角的新作者推上了文艺界的风口浪尖。其中,《关于张洁作品的断想》一文首先指出,小说站在"痛苦的理想主义者"的立场上,对一系列"精神的枷锁"乃至"感情的缺陷"提出了社会学式的问题,并在伤感之中揉入了"对于与社会主义相对立的'非'的憎恨和鄙视"。由此,小说便不止步于爱情主题,而是质询着"道德、法律、舆论、社会风习等等加于我们身上和心灵上的精神枷锁"究竟何以合理,个体的人又何时才能"按照自己的理想和意愿去安排自己的生活"。对于精神枷锁的内容物,李希凡进一步将其阐释为革命伦理与封建—资本主义残留的新旧扭缠。另一方面,针对小说的写作立场,谢陈一文则将其视为通过批判"无爱的婚姻"而对旧叙事范式展开超越的突围文本。

  参与这次讨论的老中青三代批评家,共同标记了作者张洁的初次转向,也在一定程度上凸显了这一阶段文学批评处理女性议题的表面化或程式化。几乎同时加入讨论的女批评家李子云、盛英、吴黛英等,大多停留在文学美与心灵美的论说框架之内——《深刻细致,但也要宽广》(李子云,《北京文艺》1980年第2期)在题材层面上指出,张洁较少从正面书写重大题材;《张洁小说艺术特色初探》(吴黛英,《求是学刊》1980年第3期)着重在技法层面梳理张洁对间接描写与意识流手法的融合再创;《道德与诗情——试评张洁的作品》(盛英,《光明日报》1980年5月7日号)则以感伤中的积极、孤独中的强韧以及在无爱中呼唤真爱的勇气,再次安稳抵达了作为终点的女性美[①]。

  在老作家方面,1950—1970年代主要从事儿童文学写作与翻译工

[①] 即"由于张洁把爱情作为一种道德理想来抒发,她笔下的爱就显得自然而不雕琢,美丽而不粗俗,厚重而不浅薄,能陶冶人的情操"。

作的冰心,同样较早地发现了张洁的早期风格(《〈张洁小说剧本选〉序》,北京出版社,1980年出版)。徐光耀①则一方面重读"十七年"中的边缘作品(《不白之白——重读刘真〈英雄的乐章〉》,1979),一方面将重心放在对青年女作者的支持上,如对铁凝、何玉茹的发现与推介等②。按照铁凝的回忆,正是徐光耀最先肯定《会飞的镰刀》已然并非"作文"而是实实在在的"小说",并鼓励铁凝开始投稿③。对这种"每见一篇铁凝的新作,便有一番欣赏的愉快"的心情,徐光耀在对《两个秋天》《灶火的故事》等短篇小说的讨论中,进行了更为具体的论述:初登文坛的铁凝以净化心灵的方式、以日常生活中的轻松诙谐书写一般意义上的"重大题材",对当代文学经验展开博采众长式的吸收与创造④。在"发现铁凝"的过程中,孙犁同样给出了关键性的评介。写于1982年底的《〈夜路〉集序——孙犁读〈哦,香雪!〉后的一封信》由《小说选刊》1983年第2期登出。在一段时间以内,孙犁⑤对《哦,香雪!》的评价也成为描述早期铁凝文学风格的共识:"这篇小说,从头到尾都是诗,它是一泻千里的,始终一致的。这是一首纯净的诗,即是清泉。它所经过的地方,也都是纯净的境界。"稍迟,王蒙在《王安忆的"这一站"和"下一站"》(《文汇报》1982年第3期)从《本次列车的终点》一文中,较早论及王安忆式知青书写的特殊性,即"69届初中生"与典型知青经验的间离。这种差异性的位置既包括对"一代青年人的追求、

---

① 徐光耀(1925—),笔名越风,河北雄县人。1938年参加八路军,同年参加中国共产党。1945年起,做随军记者和军报编辑。1950年入中央文学研究所学习,1953年初毕业,同年加入中国作家协会。1953年至1956年曾带军职以作家身份回故乡搞初级农业合作社。1957年,被打成右派,开除党籍、军籍,剥夺军衔,降职降薪,来到河北保定进了农场劳动改造,并于1958年创作了中篇代表作《小兵张嘎》。其他主要作品还包括长篇小说《平原烈火》,短篇小说集《树明和莺花》《望日莲》等。

② 即《读铁凝短篇小记》(1981)与《观绿——喷绿 荐何玉茹的小说〈绿〉》(《文论报》1986年12月17日号)等。

③ 铁凝:《让我们相互回忆》,上海:东方出版中心,2014年,第61页。

④ 徐光耀:《读铁凝短篇小记》,《徐光耀文集 第四卷》,石家庄:河北教育出版社,2005年,第281页。

⑤ 孙犁(1913—2002),原名孙树勋,河北安平人。抗日战争时期在中国共产党内从事宣传工作,曾任《晋察冀日报》编辑。1940年代发表的文集《白洋淀往事》是其代表作,开创了荷花淀派。1950年代又发表了《铁木前传》《风云初记》等作品。

苦斗、迷茫、痛苦和希望"的别样书写,也包括对"在饱经忧患的现实土地"展开自身的现代化进程的内在反思。由此,此文试图推导作家王安忆的发展方向,即从"对于各式各样的不幸者,处境艰难、地位卑微者的同情"发展到对于青年命运的整体关注,将"小人物"的命运与党和国家领导下的"集体的、自觉的、有组织和有效果的奋斗"联系在一起(也就是"人民掌握自己的命运掌握创造历史的权利")。同一时期,女性评论者对王安忆的讨论则更多地延续着"雯雯系列"所代表的文学方向,譬如"像山溪一样清澈透明"的女性风格,塑造女性形象的新技巧以及书写爱情/理想的新角度等①。

在1960年代开始批评实践、1980年代进入成熟期的批评家之中,李子云(1930—2009)走的是一条在社会历史脉络上展开审美批评的写作路径。以"晓立"为笔名,李子云先后与铁凝、程乃珊、张抗抗、张辛欣等1980年代初登上文坛的女作家作品展开了书信对话式的感性品鉴,被称为"她们的知音"②。这批"当代女作家论"于1983年结集为《净化人的心灵》,令刚刚走出"大批判"话语环境的文坛上下顿感耳目一新。其时正在参与人道主义论争的顾骧亦为《净化人的心灵》撰写书评,将她的批评风格概括为"寓历史批评于美学批评"③。作为《净化》的延伸与发展,李子云在1986年联邦德国"现代中国文学讨论会"上有关"近七年来中国女作家创作的特点"的发言,可以视为对1980年代初期"女性文学"批评经验的一次总结性呈现④。在这篇发言稿

---

① 如茹志鹃的《读铁凝的〈夜路〉以后》(《河北文学》1978年第10期)、袁敏的《她像山溪一样清澈透明:王安忆印象说》(《西湖》1983年第2期)、陈慧芬的《三个青年女性的爱情和理想:〈雨,沙沙沙〉等三篇小说读后》(《当代文艺思潮》1983年第2期)、吴宗蕙的《一个独特的女性形象:评〈流逝〉中的欧阳端丽》(《文学评论》1983年第5期)以及盛英的《王安忆笔下的人物形象》(《青春丛刊》1984年第1期)等。

② 如《她提出了什么问题——评〈在同一地平线上〉及其他》(《读书》1982年第8期)、《有益的探索——张抗抗的小说读后》(《文艺理论研究》1982年第2期)、《致铁凝——关于创作的通信》(《当代作家评论》1984年第1期)等。

③ 顾骧:《她是她们的知音——读李子云的"当代女作家论"》,《光明日报》1984年2月27日。

④ 李子云:《近七年来中国女作家创作的特点——在联邦德国"现代中国文学讨论会"上的发言》,《当代文艺探索》1986年第5期。

中，对于"女性文学"这个"借用于 60 年代开始在西方流行的'女性文学'"的概念，李子云特别指出，中国女性文学与之最大的区别在于两个方面，其一，中国女性文学不与女权运动直接关联；第二，中国女性面临的问题与西方女性不同。尽管文中对西方女权主义及其女性主义文学之间的关系表述得略显笼统而含混，这种针对海外演讲的翻译语境而自觉展开的清理工作，却不失为某种比较视野或本土意识的早期表现。

作为现状分析的前情提要，李子云将女性文学"昨日的足迹"划分为四个阶段，即 1920 年代（第一次高潮）、1920 年代之后到 1949 年（低潮）、1949 年至 1979 年（谷底），以及 1979 年之后的"今天"（第二次高潮）。而在这个四个阶段中，两条基本线索是超越女性意识书写社会问题的社会文学传统，与女性意识统摄下着眼于女性问题的女性文学传统。两种文学传统或文艺观念的此消彼长，则被安置在形如"启蒙与救亡的双重变奏"的新启蒙历史叙事中：先有"在民族国家存亡面前有关妇女的特殊问题退居后位"（1920 年代后至 1949 年），后有"政治上强调以阶级斗争为纲……写没有内心矛盾的英雄人物"（1949—1979）。随着 1979 年在"思想解放"的意义上与 1919 年形成对位，李子云大致以前述"纳入"故事的第一种方式，实现了"1920 年代"与"新时期"的同构化。其中，"七年来"女性作家的创作趋势被描述为社会问题写作方法的延续以及女性文学传统的复兴；1980 年代的创作现状则与"昨日"汇合，一道印证了"两个世界"所言非虚。在两个传统、两个世界的格局之中，李子云为"七年来"的女作家作品一一找到了位置：以茹志鹃的《剪辑错了的故事》、刘真的《黑旗》等作品为代表，"超越女性意识表现社会生活"的第一趋势"与男作家没有多少区别；以张洁《爱，是不能忘记的》与《方舟》、张辛欣的《在同一地平线上》等为代表，站在妇女立场上讨论妇女问题、妇女心态的第二趋势在呼唤健康人性与爱的权利的同时，提出了女性实现自我的社会价值时遭遇的种种损毁乃至于"两性关系中的不平等"问题。最后，以张洁《沉重的翅膀》、王安忆的《小鲍庄》与张辛欣的《北京人》为代表，李子云认可了优秀女性作家"不拘泥于"女性文学领域、重返社会问题的尝试。尽管李子云落脚于"超女性意识的作品今天仍然是女作家作品中的主要部分"(即同时面向"两个世界"),这种界定方式在某种程度上展现了对前述1920年代式自主空间的复沓与召回。

这一类为1980年代或女性文学寻找历史位置的尝试反映出了早期女性文学批评面临的另一个问题,即如何表述并固定女性文学及其批评实践的合法性。这一任务不仅涉及勘定中国(内地)女性文学与西方女性文学的区别,也涉及如何将"新时期"的女性文学重新纳入中国近现代史。除去前文提到的、通过将1950—1970年代指认为"极'左'思潮"泛滥、封建思想复辟的历史阶段,而把"新时期"凸显为思想解放、人性复归、女性意识复归的觉醒时刻;另一种叙事则将1950—1970年代描述为制度性解放与性别意识落后的不平衡态势,从而将"新时期"视为妇女解放的第二阶段,即文化革命①。作为两个故事合二为一、"新时期"接上"五四"的机枢所在,"两个世界"等补充范畴肩负着以人道主义理想替换性别革命终点的重任。或者可以说,对妇女解放的第二次勘定,在人道主义的升华与收编之下,再度绕开"性别缺失与性别凸显的双重困境",而将"并不反对父权制,也不批判男权意识"的女性文学引向"男女和谐共存"的理想②。

1980年代初,与李子云具有类似风格、立场的,还包括前一节提到过的吴黛英、盛英、刘思谦等。而与这一历史与审美相结合的批评道路相参照,不能不提到以李小江(1951—)为代表的、"妇女研究"框架下的文本实践。作为"妇女研究运动"③的理论起点,李小江的《人类进步与妇女解放》一文将经典马克思主义对妇女解放的理论预设与西方

---

① 有关两种"纳入"故事讨论,可参见贺桂梅《当代女性文学批评的一个历史轮廓》,《解放军艺术学院学报》2009年第2期。

② 贺桂梅:《当代女性文学批评的一个历史轮廓》,《解放军艺术学院学报》2009年第2期。

③ 按照李小江的追溯,"妇女研究运动"一词最早出现于旅英学者林春1994年的论述。参考《走向女人》及《家国女人》两本学术随笔,可以大致勾勒1980年代"妇女研究运动"的时间进程:继上文提出的两篇开创性论述之后,(河南省)未来研究学会名下"妇女学会"的成立(1985)、"妇女家政班"的开设(1985)、妇女学学科理论框架的搭建(1986)、(郑州大学)妇女研究中心的成立(1987)、"妇女研究丛书"的问世(1988)乃至《知识妇女》辑丛(1989)的筹办等,构成了该"运动"的大事年表。

中心式的女权运动进程相互关联,落脚于两重结论,即妇女社会化同女权运动相联系、妇女解放只有在人类解放的斗争中才能实现①。至于"中国妇女解放的特色与道路",则在1984年被进一步表述为"中国妇女在社会生活中的每一个进步,都是传播马列主义和社会主义具体政策的结果","可以说是社会主义的'恩赐'"(这也是此时李小江引发争议的焦点之一)②。文章强调,面对社会解放程度"超前"而妇女素质偏低的现状,"重要的不是去要求更多的权利而是力求丰富自己、提高自己"(譬如开展成人妇女教育),以便使自己能够"胜任既得的权利和责任",令"恩赐"蜕变为"真正的解放"。

简单来说,"妇女研究"以"妇女史"为起点,以马克思主义妇女理论为资源,在借鉴西方女权主义并与之保持距离的过程中,对中国妇女的解放道路展开历史性的宏观把握。其中心原则在于,中国妇女研究既是"女性"的又是"民族"的,既是"中国(本土)的"又是"世界(全球化)"的。"妇女研究"的学科内容,还可以参考李小江的若干总结性文章,如《妇女研究的缘起、发展及现状》③以及《50年,我们走到了哪里?》④等。其中,《缘起》在界定妇女研究的同时,梳理了两条理论线索,即启蒙—女权主义理论脉络上的妇女研究与社会主义妇女研究;《50年,我们走到了哪里?》则给出了新中国成立以来妇女解放进程的分期方案,即从1949年至1976年的女性的"社会性解放"时期和从1977年至今的"女性意识""主体意识"的觉醒时期。

李小江认为,"妇女理论和妇女创作"可以代表妇女研究的两个主要面向,其区别在于妇女理论以"女人的一般存在"为研究对象,对妇女整体进行"宏观的、理性的把握",妇女创作研究则以"女人的具体存

---

① 李小江:《人类进步与妇女解放》,《马克思主义研究》1983年第2期。
② 李小江:《论中国妇女解放的特点和道路》收入《女性问题在当代的思考》,陕西省妇女联合会编,西安:陕西人民出版社,1988年。
③ 李小江:《妇女研究的缘起、发展及现状——兼谈妇女学学科建设问题》,《延边大学学报》1998年第4期。
④ 李小江:《50年,我们走到了哪里?——中国妇女解放与发展历程回顾》,《浙江学刊》2000年第1期。

在"为对象,对个体女性进行"微观的、情感的把握"①。在这个意义上,妇女文学批评构成了妇女研究进入特定历史时期个体经验的恰切入口。在这种思路下,妇女创作与理论研究的一次重要互动表现为1980年代中期李小江对职业女性现实困境的探讨②。其中,《妇女干部的心理对弈与社会调适》一文,从职业妇女中的特殊群体"妇女干部"③入手,对妇女干部在数量、比例上的减少展开了社会调查式的因由观察;《当代妇女文学中职业妇女问题》则在"比较文学"(主要是美国1960年代文学与苏联文学)的视野下,尝试以"世界—中国"的对应关系来实现从一般到特殊的论述思路。两篇文章围绕同一问题展示出了妇女研究基本观点与1980年代初女性文学批评范式之间的沟通与转化,尤以对"女性雄化"现象的解读最具代表性。

具体来说,《妇女干部》一文从"当代职业妇女的双重角色性质"④出发,将与之伴生的"女性雄化"界定为一个关乎"性别气质转换"的社会问题。通过勾勒社会性别秩序与女性心理定式的内外合局,文章关注的其实是两性发展中的一般现象(即性别气质的转换)何以变调为特定历史语境中妇女形象的扭曲(即女性的"雄化")。换句话说,以社会解放不平衡、封建传统有残余为前提,李小江将"雄化"定位为妇女应对社会角色冲突的受迫性策略,而非同时期部分评论家所认可的"自强独立的表现"。另一方面,《当代妇女文学中职业妇女问题》从"新时期"妇女文学的繁荣与妇女社会问题的显露(第三者、老姑娘、职

---

① 李小江:《妇女研究与妇女文学》,《文艺评论》1986年第4期。
② 即李小江的《妇女干部的心理对弈与社会调适——兼谈妇女干部队伍建设中的若干问题》(《社会学研究》1986年第6期)与《当代妇女文学中职业妇女问题——一个比较研究的视角》(《文艺评论》1987年第1期)。
③ 有关"妇女干部"的内涵,李小江给出了一个描述性的注释:"简单地说,也就是走进了政治或管理领域中的妇女,她们是当代职业妇女的一部分,是妇女解放——妇女参政的结果。但她们又与一般职业妇女有所不同……不仅进入了以男性为中心的社会,力求在这个社会中寻得一般意义上的男女平等,而且进入了男性中心社会的核心——权力机构,在男女平等的基点上还要去'管理男人'。因此她们承受的社会阻力(客观方面)和心理阻力(主观方面)都较别其他职业妇女要大得多。"
④ 在此,"传统角色"主要指的是妻子、母亲两大家庭职能的合二为一,新角色则侧重于社会性的"职工"身份。

业妇女等)出发,将职业妇女题材界定为"两代女作家在女性生活历程中的共同体验和探索"。与《妇女干部》类似,《职业妇女》首先通过诉诸1960年代美、苏文学,将"妇女雄化"指认为现代化进程中普遍性的社会问题。随后,文章回到"新时期"中国,将妇女文学表述中的社会问题阐释为对两种社会异化的反应,即1970年代的"无性别"与"新时期"以来新旧女性范式间的撕扯。其中,女性文学书写在暴露"雄化"进程之被动性的同时,质疑着男性的虚弱或曰"雌化"。凭借《老处女》(李惠新,1980)、《我在哪里错过了你》(张辛欣,1981)、《方舟》(张洁,1982)等文本构成的简要线索,李小江在妇女研究框架内得出结论——"职业妇女"形象背后的多重身份位置及主体想象,揭示出了"在深远的社会意义上探讨女性的价值"新选项,即"不再纠缠在家庭和传统观念上",而是以"既此又彼的全面发展"作为女性命运的前景。在这个层面上,李小江将"在角色冲突中寻找失落的自我"指认为"当代女性创作的基本母题"[①],与其开展成人妇女教育、提高妇女素质的社会学结论呈现出一种内在的对称。

就1980年代中期来说,在女作者与批评家身上共同表现出的、对"女性雄化"现象的焦虑,一方面与社会范围内对"女性气质"的刻板印象相关联;另一方面则再次说明,动摇中的"女性文学"要求着新的文学/批评语言。这一新的话语资源或知识体系,可以说正是"理论热""方法热"氛围下的女性主义理论热潮。

三 "女性文学批评"与"女性主义文学批评"

1980年代中期西方女性主义理论的大量译介,标志性地始于1986年《第二性——女人》的出版[②]。至1980年代末,其他重要译著还包括贝蒂·弗里丹的《女性的奥秘》(1988)、弗吉尼亚·伍尔夫的《一间自

---

① 李小江:《寻找自我:当代女性创作的基本母题》,《文学自由谈》1989年6月。
② 〔法〕西蒙·德·波伏娃:《第二性——女人》,桑竹影、南姗译,长沙:湖南文艺出版社,1986年。

己的屋子》(1989)、玛丽·伊格尔顿主编的《女权主义文学理论》(1989)等。此后,中国学者编译的西方女性主义论集陆续出现,如张京媛主编的《当代女性主义文学批评》(北京大学出版社,1992),李银河主编的《妇女:最漫长的革命》(三联书店,1997),王政、杜芳琴主编的《社会性别研究选译》(三联书店,1998),艾晓明等翻译的《女性主义思潮导论》(罗斯玛丽·帕特南·童著,华中师范大学出版社,2002)以及陈顺馨、戴锦华选编的《妇女、民族与女性主义》(中央编译出版社,2004)等。

基于对欧美各脉络女性主义理论的区别性把握,张京媛在其选集前言中,从 feminism 一词由日语到汉语的翻译进程入手,认为"女权主义"与"女性主义"分别代表了妇女解放运动的两个时期,即旨在为妇女赢得基本权利的女权主义政治斗争阶段以及 1960 年代以后"后结构主义的性别理论时代"。考虑到西方女性主义理论对"政治性"与"性别意义"的双重强调,张京媛主张选用"女性主义"一词,认为"'性'自包含'权'字,或者说是被赋予了新的含义"①。在此之后,主要由在欧美求学或供职的中国学者编译的《社会性别研究选译》则在"全球化"视野中,分别梳理了"女权主义"与"女性主义"这两个范畴在中国语境内的可用性与局限性——"女权主义"始终保持着与西方女权运动的一体性及政治属性;"女性主义"则带有本质主义的色彩,也有着将中国女性主义实践与西方女性主义渊源相断离的隐患。《社会性别研究选译》最终落脚于整合性的"女权/女性主义",以期多层次地表现出翻译过程的中文化沟通、意义变迁乃至政治选择。

另一方面,诸多选本也纷纷指出,在西方语境中,"女性写作"早已是一个老问题。陈顺馨在为《中国当代文学的叙事与性别》所作的序言中对"女性写作"的不同面向作出了如下概括——相对于英美派的经验主义策略("以妇女独有的经验作为有别于男性的写作基础",写作即拯救),持"表现论"的法国派则强调"'女性'是一种效果而非本

---

① 张京媛主编:《当代女性主义文学批评》,北京:北京大学出版社,1992 年,第 4 页。

源"①。陈顺馨指出,有关"效果"的表述意味着将"女性"视为一种存在与叙述的方式,即"男作家亦可采取女性写作的方式进行写作,与女作家共同在象征秩序的边缘上并肩进行语言和世界的'革命'"②。

与女权/女性主义理论的集中译介相伴随的,是"新启蒙"作为一种社会性思潮与文化运动,其内部分歧逐渐表面化。在这一分化过程中,对1980年代新启蒙主义理论预设的质疑成为可能③,持续增温的"西学热"则引发了围绕"文化与现代化的关系、中西方文学的比较以及传统/现代的冲突等核心问题"的密集讨论。在文学领域,上述热潮则接连表现为"反思文学"的深化,"现代派小说""先锋文学""寻根小说"乃至"新写实小说"的出现。与这些文学潮流相关联的则是刘索拉、残雪、方方、池莉、林白、海男等女作家的创作实践。同一时期,一批新近走出校门的年轻批评家也以新锐姿态促成了一股冲击波。他们在1970年代末以来相对开放的思想环境中成长,在知识储备和理论方法上与1980年代发生的思想转型保持一致,如陈思和、季红真、戴锦华、陈晓明、孟繁华、贺绍俊等。其中,戴锦华、季红真、艾晓明等尤其勾勒出了性别视野之下文艺批评的基本形态。随着1990年代"酷儿理论"等性别理论脉络的引入,1980年代初那种在自然层面讨论性别(sex)的话语格局出现了新的空间,即在文化分析的层面上讨论社会性别(gender)与性别秩序。换句话说,西方女权/女性主义理论的持续影响确实促进了女性文学批评从新启蒙话语中分离出来,并在一定程度上形成了"独特的表述体系和话语方式"④。考虑到1988—1989年前后的文坛环境,也可以说,上述批评实践同样是女性文学批评对"重写文学史"运动的回应与介入。

---

① 陈顺馨:《中国当代文学的叙事与性别》,北京:北京大学出版社,1995年,第17页。
② 同上书,第21页。
③ 有关这一时段,可以参考汪晖的论述:"一般来说,八十年代的中国启蒙知识分子普遍地信仰西方式的现代化大陆,而其预设就是建立在抽象的个人或主体概念和普遍主义的立场之上的。只是在启蒙主义发生分化的过程中,对这种普遍主义的质疑才成为可能。"参见汪晖《当代中国的思想状况与现代性问题》,《文艺争鸣》1998年第6期。
④ 贺桂梅:《"新启蒙"知识档案——80年代中国文化研究》,北京:北京大学出版社,2010年,第220页。

第十章 女性文学批评

1980年代中后期,王绯①先后发表了研究航鹰、张辛欣、残雪、王安忆、马秋芬、王安忆等新老女作家的专论②。在陈骏涛勾勒的当代中国三代"女学人"谱系之中,王绯与李小江、孟悦、戴锦华、林丹娅、陈惠芬、陈顺馨、任一鸣、乔以钢、于青等一同被指认为"第二代女学人"的代表,认为她们能够"以跨学科的研究视野对女性文学的历史和现状进行多角度、多方位的研究考察"③。相较于1980年代初以"女性意识"为核心的审美批评,王绯的批评实践更多地展现出了"感性"之与性别理论的交融,而这一阶段的主要观点也在不久之后重整为《女性与阅读期待》(1991)一书的核心内容。在个案分析的形制之下,《女性与阅读期待》处理了西方女性主义理论内部的一系列关键议题,即性爱(王安忆)、伦理(航鹰)、生育(残雪)、"成长"或曰性别身份(张洁)、"女性气质"或曰性别范式(马秋芬)之于女性生存的多重意义。在女性文学与男性书写、虚构文学与纪实文学的两重分野之下,在对"五四"文学经验与西方女性主义实践的双向参照中,《女性与阅读期待》试图寻获并保持中国当代女性文学批评相对于"历史"(男性中心的)

---

① 王绯(1953—),笔名艾妮、阿伊等,生于北京。1982年毕业于天津南开大学中文系,1983年开始发表作品,1993年加入中国作家协会。先后担任《文学自由谈》杂志编辑、《文学评论》杂志编辑、中国社会科学院文学研究所研究员,参与编辑《跨世纪文丛》《当代夏娃文学系列》丛书,《中国现当代著名作家文库》《留学系列文学》丛书等。主要著作包括《女性与阅读期待》(1991)、《睁着眼睛的梦——中国女性文学书写召唤之景》(1995)、《画在沙滩上的面孔》(1999)、《自己的一张桌——二十世纪末中国当代女小说家典范论》(1999)、《空前之迹——1851—1930中国妇女思想与文学发展史论》(2004)、《21世纪新媒体与文学发展》(2012)等。

② 即《探寻自己的路——航鹰的伦理道德系列篇评析》(《当代作家评论》1985年第5期)、《张辛欣小说的内心视境与外在视界——兼论当代女性文学的两个世界》(《文学评论》1986年第3期)、《在梦的妊娠中痛苦痉挛——残雪小说启悟》(《文学评论》1987年第5期)、《女人:在神秘巨大的性爱力面前——王安忆"三恋"的女性分析》(《当代作家评论》1988年第3期)、《张洁:转型与世界感——一种文学年龄的断想》(《文学评论》1989年第5期)、《关系世界里的三种人生境界——关于马秋芬的两篇近作》(《当代作家评论》1989年第61期)等。

③ 陈骏涛:《当代中国(大陆)三代女学人评说》,《文艺争鸣》2002年第5期。文中指出,与"大都出生于20世纪30年代""比较注重中国女性文学发展的实际"但多囿于"知识资源背景的限制"而难以突破学科限制的第一代女学人相较(其代表者有李子云、吴宗蕙等),"大多出生于20世纪50年代,个别也有出生于40年代中后期""在'文革'以后且主要是1980年代以后崛起"的第二代女学人在"女性意识"与"女性主义"这两类"批评建构的取向"中各有侧重,起着承先启后的作用。

与"世界"(以西方为范式的)的差异性乃至阐释力。

以电影、大众文化与性别研究为主要研究领域的戴锦华①以其独有的语言表述方式、强大的概括和介入文本的能力,长期为批评界所瞩目。在展开"女性文学批评"之前,对中外电影理论及电影创作的读解与重构占据着戴锦华早期学术研究的主要部分,如《法斯宾德的世界模式》(《北京电影学院学报》1986年第1期)、《读夏衍同志〈写电影剧本的几个问题〉》(《当代电影》1987年第1期)、《斜塔——重读第四代》(《电影艺术》1989年第4期)等。1989年,与孟悦②合著的《浮出历史地表——现代妇女文学研究》(河南人民出版社)方才被视为她重返文学批评的前哨。以庐隐、冰心、丁玲、白薇、萧红、苏青、张爱玲等人为个案,《浮出历史地表》追溯了中国女性文学从"五四"时期至新中国诞生前后的历史脉络。此番"在不确定中寻找位置"③的批评实践立足于精神分析、叙事学理论和后结构主义的理论框架,以近现代以来中国父权制社会文化结构及其性别权力关系为背景,聚焦于女性写作进入他性把持的话语体系的具体方式。参照美国妇女学家汤尼·白露的论述,上述主题亦可描述为,"中国女性"这一"民族的无意识"何以悄然刻进"民族有意识的历史"之中④。

可以说,《浮出历史地表》为"当代文学"发生以来的文学史研究开辟出了悬置已久的性别视野,并将这一在"启蒙与救亡的双重变奏"之

---

① 戴锦华(1959—),1967年入北京二里沟小学读书,1973年到北京121中学就读并开始发表诗歌、散文及影评,1978年考入北京大学中文系,1982年任教于北京电影学院电影文学系,1993年任教于北京大学比较文学与比较文化研究所。长期参与中国新乡建运动、绿色环保运动与基层妇女运动,曾在亚洲、欧洲、南北美洲十余个国家和地区讲学和访问。主要著作包括:《浮出历史地表》(与孟悦合著,1989)、《电影理论与批评手册》(1993)、《镜与世俗神话——影片精读十八例》(1999)、《镜城突围》(1995)、《隐形书写——90年代中国文化研究》(1999)、《雾中风景》(2000)、《涉渡之舟》(2002)、《电影批评》(2004)、《性别中国》(2006)等。专著与论文,被译为英文、法文、德文、意大利文、西班牙文、日文和韩文出版。

② 孟悦(1957—),1982年毕业于北京大学中文系,1985年获北京大学中文系文学硕士学位,曾任《文学评论》杂志编辑。1990年赴美,2000年于美国加州大学洛杉矶分校获历史学博士学位,现为加州大学尔湾分校东亚系教授。著有《历史与叙述》《本文的策略》等。

③ 参见洪子诚《我的阅读史》,北京:北京大学出版社,2017年,第118页。

④ 〔美〕汤尼·白露:《中国女性主义思想史中的妇女问题》,沈齐齐译、李小江审校,上海:上海人民出版社,2012年,第452页。

外阐释现当代中国女性文学的方式与解构主义、叙事学、精神分析学等理论方法熔于一炉。在上述视野中,"五四新文化"与"新中国"共同标志着"中国妇女解放的横纵坐标图","精神性别的解放和肉体奴役的消除"则是纵横轴上的"两大衡量标准"①。在借用"现代文学三十年"这一文学史框架的同时,《浮出历史地表》展示了上述两条线索的交互发展,落脚于性别地图在"新中国"语境中的铺叙重构——现代女作家对精神性别解放的长久追逐(即"从女儿到女性的自我成熟"的主题脉络②)转而被认知为革命/集体历史叙事的多余物。随着女性这一父权制社会中的功能性位置、男性神话中的空洞能指被重现为具有阐释/反阐释潜力的社会群体与文化力量,"女性浮出历史地表"便不仅意味着"完满人类的两性",而且意味着"对整个父权制结构的颠覆"乃至于"对所有历史和意识形态话语的重新解释"③。

按照戴锦华的自述,相较于《浮出历史地表》这类"偶一为之的例外",以新时期中国女性写作与女性文化为研究对象的《涉渡之舟》,更加意味着"在十二年的电影研究生涯之后,对'文学'的重返"。与《电影理论与批评手册》(1993)、《镜与世俗神话》(1995)、《雾中风景》(2000)等电影研究及《隐形书写》(1999)等文化研究实践大致同期,《涉渡之舟》的主体内容完成于1990年代中期,部分篇章在成书前已独立发表④,关注点则由"史"转向当下正值浪尖的女性文学现象。相较于初版(陕西人民教育出版社,2002年),五年后的再版(北京大学出版社,2007年)增补了对1990年代女性写作生态的整体剖解(即"尾声或序幕")。沿用作家作品论的批评形式,《涉渡之舟》在文化研究式的

---

① 孟悦、戴锦华:《浮出历史地表》,郑州:河南人民出版社,1989年,第263—264页。"精神性别的解放和肉体奴役的消除",前者意味着妇女"走向群体意识觉醒的精神性别自我成长道路",后者则标志着女性"由奴隶到公民、从非人附属品到自食其力者的社会地位变迁"。
② 同上。
③ 贺桂梅:《当代女性文学批评的一个历史轮廓》,《解放军艺术学院学报》2009年第2期。
④ 如《"世纪"的终结:重读张洁》(《文艺争鸣》1994年第4期)、《真淳者的质询——重读铁凝》(《文学评论》1994年第5期)、《池莉:神圣的烦恼人生》(《文学评论》1995年第6期)、《陈染:个人和女性的书写》(《当代作家评论》1996年第3期)等。

批评实践中重又调用西方马克思主义的理论资源,将性别、阶级、种族这三重基点作为审视文学事实的历史参照系。在对一批跨越20世纪八九十年代的重要女作家①展开读解的过程中,《涉渡之舟》以"痛苦的理想主义者"为起点对张洁的女性经验与创作脉络展开回溯,体认并诠释了王安忆及其身后"无名的一代"的历史身份,也在残雪这一在当代中国文学中"唯一一个几乎无保留地被欧美世界所接受的中国作家"等症候现象中窥见了"当代文学"在书写范式与文本生产过程中的重大变迁。在延续"女性主义立场上的女作家研究"的同时,《涉渡之舟》在性别视角之下对"80年代文化"本身展开了第一波反思。这一学术焦点的变动既肇因于1980年代的语言学转型乃至20世纪八九十年代之交的"知识破产",也植根于作者本人的生命经验与批判立场:一方面朝向对大众文化游戏规则的步步追逼,另一方面则对1980年代精英主义文化内核保持自觉②。

  1993年,继与戴锦华合著《浮出历史地表》之后,孟悦的《〈白毛女〉演变的启示——兼论延安文艺的历史多质性》,与戴锦华的围绕电影改编写作的《〈青春之歌〉——历史视域中的重读》等一道,被收入唐小兵编的《再解读——大众文艺与意识形态》一书(香港:牛津大学出版社,1993年)。通过考察同一文本在特定历史阶段中故事形态与文类特征的变化,孟悦试图避免将"革命文学"简单化的观察角度,以便掘出"潜伏在文艺为工农兵服务的政治口号下,不同话语、不同文化之间摩擦互动的历史"③。在这种"过去未来时"式的历史视野中,以《白毛女》为代表的"许多革命文学作品本身"被认为"在很大程度上是这种摩擦互动的结果,而不仅是政治压迫的工具"④。相较于《浮出历史地表》的结语,上述"再解读"文本构成了某种补充与推进。在甄别通

---

  ① 包括张洁、戴厚英、宗璞、谌容、张抗抗、张辛欣、王安忆、铁凝、刘索拉、残雪、刘西鸿、方方、池莉、陈染等。
  ② 这一时期戴锦华对1990年代诸多文化现象的整体性研究,主要收录于《隐形书写——90年代中国文化研究》(南京:江苏人民出版社,1999年)。
  ③ 孟悦:《〈白毛女〉演变的启示》,收入唐小兵编《再解读——大众文艺与意识形态(增订版)》,北京:北京大学出版社,2007年,第69页。
  ④ 同上。

俗文学与大众文艺、重读作为"反现代性的现代先锋派"的延安文艺等"再解读"倡议之下,孟悦对白毛女故事的重解试图将"党的女儿"这一寓言化的故事再度历史化。

季红真①在1980年代初即以"禾子"为笔名引起关注。这一时期季红真对张洁、汪曾祺、高晓声、张贤亮、张承志、贾平凹等代表性作家做的个案分析,结集为《文明与愚昧的冲突》(1986)出版。在这部文学评论集中,与作家作品论一并收入的还有对"新时期"文学规律、批评原则的积极探索,被认为率先"对于错综复杂的全部文学现象进行扒梳筛选","理出最能体现实质的规律性现象",在整体性的文学视野中凸显出了批评家的独立思考乃至主体意识②。1980年代中后期,季红真开始更多地显现出性别立场,辅以叙事学理论,关注女作家创作的基本主题、新文学现象的流变、批评观念的更新等核心议题。这一时期具有代表性的批评文本大多被收入《忧郁的灵魂》(1992),集中阐释其女性意识的则是演讲随笔集《世纪性别》(时代文艺出版社,1997)、《女性启示录》(珠海出版社,1997)与《寻求者的梦魇》(河南文艺出版社,2004)等。进入新世纪,在原有领域之外,季红真的另一个学术重心是对萧红研究的深入挖掘,先后著有《萧红传》(十月文艺出版社,2000)、《呼兰河的女儿——萧红全传》(现代出版社,2010)③等传记,编有《萧萧落红》(人民文学出版社,2001)等资料集。

在最早的女性文学批评实践中,季红真并不以女作家作品的文学美或灵魂美为论述的目标,《爱情、婚姻及其他——谈小说〈爱,是不能忘记的〉的思想意义》(《谈书》1980年第8期)便是一个典型的例子。

---

① 季红真(1955—),笔名禾子,生于浙江龙泉。1982年毕业于吉林大学中文系,1984年毕业于北京大学中文系,获文学硕士学位。1984年至2005年任职于中国作协创研部,历任副研究员、研究员。现为沈阳师范大学中国文化与文学研究所教授。主要著作包括《文明与愚昧的冲突》(1986),译著《简明文化人类学》(1988),文学评论集《忧郁的灵魂》(1992),作家印象记《众神的肖像》(1994),讲演随笔集《世纪性别》(1996),随笔集《女性启示录》(1998)、《萧红传》(2002)、《历史莽原中的这一半与另一半》(2011)等。

② 谢冕:《批评寻找位置——序季红真评论集〈文明与愚昧的冲突〉》,《文学自由谈》1986年第6期。

③ 2016出版了全传的修订版。

除去第一部分对小说文化价值的有限肯定①,论文主要聚焦于小说思想性削弱的根源所在,其理论工具则主要是人类学意义上的、恩格斯的《家庭、私有制和国家的起源》。对这一理论资源的选择,是以小说作者的创作论为依据;对这一理论资源的二次操演,则指向了小说对"社会性问题"的偏颇处置。季红真指出,在马克思主义的基本社会学(而非"某些人所指责的小资产阶级的爱情至上主义")框架内来看,小说再现了"高尚形式中包含着不合理的内容"的两种形式(一种是在阶级联姻的高尚行事之内包含着无爱的不合理内容,另一种是在真爱的高尚形式之中包含了不道德/非法的不合理内容);剖析这两重矛盾的因由并探索其解决的可能性,则是小说的另一项题中之义。针对这一点,季红真指出,小说作者将性/爱相分离,"把高尚的爱情看成纯精神的活动",最终在"旧道德意识的高墙"与"不合理婚姻生活的樊篱"的夹缝中逃入了"柏拉图式爱情"的"仙境"。小说的思想价值便向着"仅仅是对没有爱情的婚姻的挑战"枉自减弱了。

文化批评与性别视野的汇合,在《历史莽原的这一半与那一半》(河南大学出版社,2011)一书中达至了整体与熔融的态势。全书在"新中国"与"全球化"参照视野下,继续保留了"五四"与"新时期"之间"断裂/跨越断裂"的历史格局,上编以萧红、汪曾祺这两位"五四运动直接的受益者"为个案(张爱玲则作为中间项而穿插其中),下编则以"五四文化精神的间接受益者"为总名,对"新时期"作家中的几个群体分而论之(如凌力、严歌苓等所代表的女作家群,史铁生、莫言等代表的男性作家群)。从某种意义上来说,历史叙事中的这一半("娜拉")与那一半("游子"),勾勒出了两条文化英雄/少数派的历史线索。一方面,从他性话语书写的历史场景中一再出走的"娜拉",勾勒出了女性作为"叛逆者"的身份传统;另一方面,在与现代性的反复遭遇中不断发声的"游子",则标记出了跨越断裂带的一代文化人"失却

---

① 即"小说《爱……》就是在正面提出了一个相当普遍而又被人们习以为常的社会问题(也就是'社会生活中存在着爱情和婚姻分离的不合理现象'),从这个角度,透视了社会的落后保守面(也就是'某些社会伦理道德的陈腐观念以及社会文明化程度很低的现实'),并且提出了自己的生活理想。这就是《爱……》这篇小说的重要思想意义"(括号内所引原文为作者添加)。

家园的现代人属性"①。这种性别间的共时性对比、代际间的历时性参照,最终则落脚于"这一半和另一半共同完成的历史叙事",以郭文斌与韩银梅联袂写作的历史小说《西夏》探讨人类走出历史荒原、收复精神家园的"最切实的基石"。可以说,这正是一次带有时代印记的、对个人学术生涯的清理与重构。

在香港出生、成长的陈顺馨②在 20 世纪八九十年代之交带着丰富的妇女组织经验与跨学科的知识背景进入当代文学研究领域。这一时期,陈顺馨对"女权主义"与"女性主义"的辨析、对曹禺笔下的"夏娃"与"圣母"的读解、对赵树理笔下的"好女儿"与"恶婆娘"等两极化女性形象的发现,与其对"新时期"以来女性文学的整体性阅读,一并构成了《中国当代文学的叙事与性别》(1995)的主体内容。

《中国当代文学的叙事与性别》的特色之一在于,其对当代文学现象的批评与阐释建立在对"十七年"小说进行性别重读的基础之上。全书包括三个部分,即重读文本(剖析男性作者笔下的女性形象)、构造女性写作(标记女性写作的基础与特征)与建立女性文学传统(文学史观念的变革)。作为出发点,陈顺馨以解构"菲勒斯—逻各斯中心主义"话语为标尺,借用叙事学相关范畴(如视点、叙事层与叙事权威等),建立了勘测作家作品在性别叙事的范畴内居于何等位置的坐标系。在这个坐标系中,陈顺馨着重讨论了以杨沫、孙犁为代表的"超越性别的视角",以赵树理、柳青、王汶石等人为代表的"男性修辞",以及处在边缘位置的女性话语(茹志鹃等)。以"无性别"的"十七年"为起点,在阐释进程中始终作为缺席者与受害者的女性,迈出了从潜意识走入历史场景的第一步。从性别差异出发的重读自觉、对性别书写范式的敏感乃至于对当代文学建构过程的警惕,构成了陈顺馨批评实践的

---

① 参见此书作者序言。
② 陈顺馨(1954—),生于香港,现为香港岭南大学文化研究系副教授。1973—1976 年就读于香港理工学院数学、统计、计算机系,1981—1982 年在荷兰社会研究学院攻读发展学硕士学位。1989 年前往北京大学中文系修读中国现当代文学,1992 年获硕士学位,1996 年获文学博士学位。曾经从事的工作包括社区组织、劳工组织、社会研究等,活跃于香港的社区运动、妇女运动和劳工运动多年。

鲜明特色。

　　陈顺馨对"十七年"的重读具有双重的针对性,即"传统的男/女的支配/从属关系"与"党/人民的绝对权威/服从关系"互为影响的社会意识形态,以及女性在物质/生活与精神/文化两个层面的生存困境①。在这个意义上,作为"主导男性话语的产物",女英雄、女铁人形象集中反映了"十七年"语境下女性的三重困境——性别认同的矛盾、社会角色与家庭角色的冲突以及"爱情与革命的不可分"②。在上述框架中,"女性英雄形象"作为"空洞的能指",被认为既是性别等级制度的产物③,又是对这一等级制度进行掩盖/遮蔽的副产品(戴锦华意义上女性遭遇的"双重抹杀"),也是中国女性"尚未别离家园"④这一最终论断的重要依据。2007年,本书增订版为第二编增添了三篇论文,即论述1990年代评论界对"女性写作"建构进程的《论述中的"女性写作"》(1999)、与论述妇女、国家与民族主义之关系的《从"不"到"是"》(2000)以及《强暴、战争与民族主义》(1993)。作为陈顺馨1996年回港后的近作,三篇新文一方面与下一节将要讨论的1990年代中期"女性写作热"密切相关,另一方面则与陈顺馨、戴锦华合编的论集(即《妇女、民族与女性主义》)一致,展现出了中国女性主义理论视野的新方向,即"拆解民族国家的构成与种族冲突背后的文化因素",解读民族主义意识形态对日常生活的影响⑤。论集中,陈、戴二人立足于"第三世界"及其女性群体的历史特殊性,第三世界女性主义将性别范畴放置在"由性别、阶级、族裔等多重相对的力量"⑥共同运作的政治视野之中,在囊括空间层面上的第三世界(非洲、亚洲、拉丁美洲及加勒比海地区)女性主义理论/实践的同时,也将第一世界和第二世界中的少数

---

① 陈顺馨:《中国当代文学的叙事与性别》,北京:北京大学出版社,1995年,第22—23页。
② 同上书,第23页。
③ 即"'女'与'英雄'之间似乎存在着一种不可互通的性别鸿沟"(陈顺馨:《中国当代文学的叙事与性别》,第97页)。
④ 陈顺馨:《中国当代文学的叙事与性别》,第100页。
⑤ 谢玉娥编:《智慧的出场——当代人文女学者侧影》,开封:河南大学出版社,2013年,第369页。
⑥ 陈顺馨编:《妇女、民族与女性主义》,北京:中央编译出版社,2003年,第3页。

第十章　女性文学批评

族群妇女的女性主义理论/实践一并包含在内①。可以说，《多彩的和平——108名妇女的故事》（中央编译出版社，2007）等纪实性作品，正是上述理论脉络的继续推进。

在对"十七年"小说话语与性别叙事展开女性主义阐释之后，陈顺馨由社会主义现实主义文学理论在中国现代史上的传入与接受入手，对"中国现当代文学"展开了一次文论史或文学思潮史式的爬梳与清理。在开辟新领域的同时，继续保持着对边缘性/关键议题的理论敏感。正如洪子诚在序言中所谈到的那样，《社会主义现实主义理论在中国的接受与转换》（安徽教育出版社，2000）一书将1933—1989年逾半个世纪的接受历程区分为四个段落，在"中国新文化传统、现实的社会政治需求和左翼文艺界内部存在的不同派别"等种种因素构成的"文化过滤机制"之下，探讨"接受"的曲折性和复杂性，突破性地发现了其中"从单向接受到对话再到摒弃的变化"，丰富了这一阶段文学史和批评史的思考。在这一整体性的文学史视野中，《1962：夹缝中的生存》（济南：山东教育出版社，2002）对1960年代初的一系列文化思想史问题展开了旧题新论式的论述②，实现了文学史论与性别阐释的内在通联。

进入1990年代后，在女性主义理论译介与批评实践的带动之下，试图令20世纪女性作家作品以"女性文学"之名进驻文学史的学术尝试集中出现。在这一批重写文学史的实践中，具有代表性的包括《娜拉言说——中国现代女作家心路纪程》（刘思谦著，1993）、《20世纪中国女性文学史》（盛英主编，1995）、《当代中国女性文学史论》（林丹娅著，1995）、《冲破男权传统的樊篱》（刘慧英著，1995）以及《神话的窥破——当代中国女性写作研究》（陈惠芬著，1996）等。从时间上来说，

---

① 有关"第三世界女性主义"囊括第三世界女性主义批评与第一、二世界少数族群妇女批评的概括，参见《当民族主义与女性主义相遇——读"另类视野"之〈妇女、民族与女性主义〉》（马聪敏），《妇女研究论丛》2004年7月第4期，总第60期。

② 这些议题包括历史叙事与真实性问题（"60年代的历史剧与历史小说"）、资产阶级人性论与人道主义问题（"在阶级主体与革命英雄夹缝中的异端""60年代转折中的周扬"）、革命叙事中的揭露与歌颂问题（"'杂文三家'的时代特色"与"困难时期的挚情、闲情、矫情与激情"），以及由性别角度展开的"家国话语夹缝中的女性'自我'书写"等。

上述重新进入文学史的尝试皆与第四届世界妇女大会的筹办与召开保持了某种同步性;从话语资源上来说,它们或多或少地表现出与西方女权/女性主义理论的内在关联。

与李子云同代的刘思谦,其《娜拉言说》处理的历史区间和文本对象与此前孟悦、戴锦华合著的《浮出历史地表》大致相同。不同的是,作为对"女性主义文学"一名的回应,《娜拉言说》在1980年代的基础上给出了一个调整定义:女性文学是"在一定历史条件下产生的具有现代人文价值内涵的女性的新文学"①。在"女性人文主义"的框架下,刘思谦以"作为人的女性"与"作为女性的人"统合自然性别与社会性别,勾勒出了女性自我认识的基本线索,即人(和男人一样的)—女人(和男人不一样的)—个人。换句话说,"五四"意义上"为人和为女的双重自觉"构成了女性文学的理想终点,而这一理想,在某种意义上已于1990年代得以实现。

另一位与李子云同代的作者盛英②,借用"三人行"所提出的"二十世纪中国文学史"概念,通过追溯女性文学的自在传统,来"'纠正'而非'颠覆'遗忘的现代文学史书写"③。在此,女性主义式的姿态首先在于,"把'女性'作为一个特殊问题的提出,本身就是一种反抗以阶级话语压抑性别话语的方式",而这一姿态的温和性则在于女性文学史"在马克思主义妇女解放思想的脉络上产生","没有直接质询革命政权的父权制结构"④。在上述框架内,进化论式的文学史预设以及对女性主体性的本质化想象既是本作的特点也是它的隐忧之所在。此外,青年

---

① 刘思谦:《中国女性文学的现代性》,《文艺研究》1998年第1期。
② 盛英(1939—),上海人。1964年毕业于复旦大学中文系。曾从事大学文艺理论教学和期刊编辑工作。曾担任中国妇女研究会理事、中国当代女性文学委员会委员等。著有《中国新时期女作家论》(1992)、《二十世纪中国女性文学史》(合著,1995)、《中国女性文学新探》(1999)、《中国女性主义文学纵横谈》(2004)等。她也是第四次世界妇女大会非政府论坛"妇女与文学"专题的发起人和组织者之一(该专题由天津社会科学院主持)。
③ 乔以钢:《中国现代女性文学史观的初建及其反思——以〈浮出历史地表〉与〈二十世纪女性文学史〉为中心》,《中国社会科学》2010年第3期。
④ 贺桂梅:《当代女性文学批评的一个历史轮廓》,《解放军艺术学院学报》2009年第2期。

一代学者林丹娅①的《史论》在反男性文化中心的视野中,两性交锋的各个场景/阶段,以诗化的语言勾勒了"女性精神史";刘慧英、陈惠芬②则主要处理"当代女性文学"及其写作,一般被归类为肖瓦尔特式的女权批评,着力披露并冲破男权话语的策略与原则。

  上述讨论主要是在小说研究的脉络上展开的,而在 1980 年代中期,"女性诗歌"的命名,同样是一次重要的文化事件。继 1980 年代初老一辈女诗人郑敏、陈敬容等写作的"归来诗歌""知青"一代女诗人舒婷等人在"朦胧诗"的潮流内对女性/诗人这一双重角色身份的觉醒与体验之后,1980 年代中后期,以女性诗人翟永明的组诗《女人》及其序言《黑夜的意识》(写于 1984 年,发表于 1985 年)为标志,陆忆敏、张真、唐亚平、伊蕾、张烨、海男、林雪等青年女诗人实现了一次集团式的入场。在上述序言中,翟永明将其诗歌写作定义为女性由个人痛楚的深渊/黑夜升入女性新世界的文学路径③。不过,"女性诗歌"这一新范畴,则在 1987 年才由唐晓渡最先提出——组诗《女人》的诞生,作为"女性诗歌"形成的"历史现象","启示了一种新的诗歌意识",且"作者的艺术追求显然很大程度上受到如塞尔维亚·普拉斯(Sylvia Plath)等西方女诗人的启发和影响"④。同期,多种"女诗人""女性诗歌"的诗集、丛书陆续出版,如《中国当代女诗人诗选》(贵阳:贵州人民出版社,1984)、《中国当代女青年诗人诗选》(武汉:长江文艺出版社,1988)、《中国当代女诗人抒情诗丛》(沈阳:沈阳出版社,1992)、《苹果

---

① 林丹娅(1958—　),笔名丹娅。1979 年考入厦门大学中文系,1983 年毕业并执教于此。主要研究方向为中国现当代文学、女性文学等。现为厦门大学中国语言文学研究所所长,厦门大学中文系教授、博导,兼任福建省作家协会副主席、中国女性文学委员会副会长、中国妇女研究会理事、中国当代文学研究会理事等。主要著作有:《当代中国女性文学史论》《中国女性与中国散文》、《女性文学教程》(合作主编)等。

② 陈惠芬(1954—　),上海社会科学院文学研究所研究员,主要著有《神话的窥破——当代中国女性写作研究》《想象上海的 N 种方法——20 世纪 90 年代"文学上海"与城市文化身份建构》《都市芭蕾与想象的能指》等。

③ 即"每个女人都面对自己的深渊——不断泯灭和不断认可的私心痛楚与经验……这是最初的黑夜。它升起时带领我们进入全新的、一个有着特殊布局和角度的、只属于女性的世界"(《诗刊》1985 年第 11 期)。

④ 唐晓渡:《女性诗歌:从黑夜到白昼》,《诗刊》1987 年 2 月号。

树上的豹:女性诗卷》(北京:北京师范大学出版社,1993)、诗歌丛书《中国女性诗歌文库库》(沈阳:春风文艺出版社,1997)等。与"女性文学"包含诸多义项相类似,对"女性诗歌"这一概念的理解也不尽相同——宽泛地说,"'女性诗歌'就相当于女诗人的诗";而从较为严格的意义上说,"女诗人写作上表现的'性别经验',和诗歌的'性别'特征,应是'女性诗歌'的基本条件",因而"不是所有的女诗人的写作,都可以归入这一范畴之中"①。在这一时期,"自白"与"女性意识"显现为女性诗歌批评的关键词。

在将女性诗歌写作联结到有关"女性主义"思潮以自证价值的早期尝试之后,以翟永明、陆忆敏等为代表,女诗人群体内发出了对上述关联定式的警觉态度。这种警觉态度包含了两个层面:其一,与1980年代初的张抗抗等类似,翟永明指出,"'女性诗歌'这个提法也许会使女诗人尴尬,似乎她们的创作仅属旁支末流,始终未真正进入过纯粹的诗歌领域"②;其二,翟永明强调的是一个"极少主义的窗户",以便保持女性诗歌在性别身份之外的丰富性与完整性③。至1990年代,参与形塑"女性诗歌"的代表性评价或诗人还包括,崔卫平(《苹果树上的豹·女性诗卷》编者序言、《陆忆敏的诗歌》等)、王光明(《现代汉诗的百年演变》)、韩东(《翟永明·新女性》)等。

四 "女性文学热"及其后

作为中国进入"全球化"时代的标志性事件之一,1995年9月,"第四次世界妇女大会"在北京召开。大会以"谋求平等、发展与和平"为主题,吸引了世界范围内数百政府及非政府组织、逾万名会议代表参

---

① 洪子诚、刘登翰:《中国当代新诗史》,北京:北京大学出版社,2010年,第283页。
② 翟永明:《"女性诗歌"与诗歌中的女性意识》,《诗刊》1989年6月号。
③ "一次我置身于一个四方的、极少主义的窗户,发现窗外那繁复的、琐碎的风景被这四面的框子给框住了,风景变成平面的,脆弱而又易感。它不是变得更远,而是变得更近,以至进入了室内,就像某些见惯不惊的词语,在瞬间改变了它们的外表。"(《面对词语本身》,《现代汉诗:反思与求索》,北京:作家出版社,1998年,第254页)

加。以"世妇会"为节点或契机,女性文化热、女性文学热一时之间显影为一次社会性热潮。在这一时期,"丛书"构成了1990年代女性文学作品及其文艺批评的主要出版形式,如辑集女作家作品的"当代女性文学书系"(1993)、"红罂粟丛书"(1995)、"风头正健才女丛书"(1996)、"她们丛书"(1998)、"红辣椒文丛"(1998)以及研究妇女文化生态的"莱曼女性文化丛书"(1995)等。在诸多为男性编辑所拘牵的丛辑实践中,立足于女性经验、女性美学的"准自传"形式被标示为"女性文学"最具代表性的特点之一,有关女性写作与个人/私人写作的一体性叙事则渐次展开。

作为某种症候性的追认,李小江将1995年识别为1980年代"妇女研究运动"被迫终止的时刻,认为这一运动与"1920年代的启蒙运动以及1980年代的新启蒙运动"一样,是"不彻底的"①。具体来说,体现为市场化与商业化的现代化进程侵吞或戳破了新启蒙人道主义的女性神话(这一神话在1990年代的表现形式或者正是上节提到的"女性人文主义"),此前想象性地"从家/国和主义中抽身"的妇女研究则无力维持"站在女性的立场寻找我们自己的历史和我们自己"的理想主义位置。

"女性文学"面临的危机与机遇,内在地回应着20世纪八九十年代之交中国正在发生的社会/知识转型。具体来说,1992年邓小平南方谈话发表,开启了全面放开市场以带动中国经济现代化的新阶段,面对社会控制实际上的减弱与"改革"目标的达成,一度在批判传统社会主义与谋求现代化改革的层面上结为同盟的"新启蒙主义"运动趋于分裂;"中国现代社会思想中的价值问题和信仰问题"②再度提上日程,集中表现在对现代化方案的争论乃至于对"人文精神的失落"的发现。在商业化大潮对"日常生活和文化的所有结构和内容"③的席

---

① 李小江:《对话白露:关于1980年代"妇女研究运动"——从〈中国女性主义思想史中的妇女问题〉说开去》,《山西师大学报》2012年第6期。
② 汪晖:《当代中国的思想状况与现代性问题》,《文艺争鸣》1998年第6期。
③ 汪晖:《新批判精神——答〈新左翼评论〉杂志问》,收入《别求新声——汪晖访谈录》,北京:北京大学出版社,2009年,第8页。

卷进程中,在部分经济学家坚持"必须容忍腐败才能发展市场"[①]的非常时刻,"人文精神"作为新启蒙话语的一种变体或妥协形式,被笼统地设定为匡正中国市场化缺陷、重拾批判立场、突破话语匮乏的希望所在[②]。

可以说,在拆解"男女都一样"的无性想象之后,当代中国(大陆)的女性经验陷入了另一层困境之中——归来的传统性别秩序("男女有别")与商业资本逻辑一道,试图将女性收编为欲望的对象乃至于观看的他者。与此同时,女性话语与个人话语、女性话语与商品逻辑的深层关系,成为广受热议的话题。在这场文化消费的商业盛宴之中,裹挟其中的既包括1980年代已在诸多文学思潮之间大放异彩的张抗抗、铁凝、残雪、池莉、方方等,也包括在1990年代初方才崭露头角的陈染、林白、徐小斌、海男、范小青、陆星儿、赵玫、张欣、徐坤以及迟子建等。最早对此番热潮表示出警惕与距离的,或者正是丁玲。在1980年第11期的《青春》上,丁玲的《写给女青年作者》从她1920年代末拒绝为《真美善》杂志女作家专号供稿的旧事谈起,重申了其"不卖女字"的主体感,再度点出"把妇女当成一个特别的问题来提出"对于性别主体的批判性写作而言着实是一把彰显自我/横遭偷换的双刃剑。

这一时期,男性批评家对女性主义写作的评论与阐释同样值得关注,他们相当鲜明地支持女性主义的自我塑造,并且不吝惜赋予挑战和创新的特征。就这一方面而言,奠基了当代女性主义批评话语的先行道路。陈思和对于新时期女作家作品的批评实践,在1980年代中期已经开始。其对"女性文学"这一范畴的完整观点,较早地体现在《女性文学和女性作家的文学》(《文学角》1988年第6期)一文中。这一时期,陈思和以中国新文学的"整体观"挑战现当代文学的学科建制、史

---

① 汪晖:《新批判精神——答〈新左翼评论〉杂志问》,收入《别求新声——汪晖访谈录》,第18页。
② 参见王晓明的《旷野上的废墟——文学和人文精神的危机》(《上海文学》1993年第6期)、《批判与反省——〈人文精神寻思录〉编后记》(《文艺争鸣》1996年第1期)及《人文精神讨论十年祭》(《上海交大学报》2004年第1期)等。

学观念(1985),以"重新挖掘民族文化的生命内核"肯定"文学寻根"的文化价值(1986),也以"重写文学史"反思中文学科的既有研究范式(1988)。这篇提给文学刊物《女作家》的意见书正是上述学术语境的一个部分,既包含着陈思和对"女性文学"内涵的理解,也传达出了陈思和对女性文学创作及其批评现状的基本判断。就前者而言,要点一方面是"作家是用他的作品来证明其价值"(亦即"不卖女字"),另一方面则在于"反映妇女的特殊问题与心态"。就后者而言,陈思和指出,大量女性作家"仅仅着眼于一般的社会问题",并不是妇女问题已经解决的表现,反而是"女性意识长期处于昏睡状态"、女性文学远未"发达"的现实症候。因此,对文学刊物与文艺批评来说,要务并非在于跟上"女性文学"的热潮,而是在于冲破"理论界种种男性卫道士们的偏见网",乃至"社会上传统道德断念的偏见网"。同样是在这份意见书中,霍达的《魂归何处》作为"女性文学"的方向被谈及——在少数民族地域/宗教文化的滋养之下,"她通过一个魂灵转世的构思,联结了两个家庭的故事","勾勒出当代妇女的地位价值与命运"。可以看到的是,民族/地域层面上的"文化寻根"不仅内在于女性经验的表述之内,而且也是这种表述得以成功的关键所在。类似的读解方式也出现在他对王安忆小说的评论之中——《小鲍庄》中的神话模式,以小鲍庄在拾来身亡之后的复兴,实现了对洪水寓言的寻根,继而保持了对于人类整体性命运的关注[1];以《小城之恋》为契机在王安忆小说中寻获的性意识探索序列,则被视为对人生奥秘、人性本源的深度回返[2]。

进入1990年代,陈思和在"人文精神"论争中,着力探讨知识分子在社会转型中的社会定位和价值取向,随即提出以"民间"为方法理解近代以来中国文学的设想。以《中国当代文学史教程》的出版为标志,陈思和以"潜在写作"与"民间意识"为基点,实现了对"十七年"文学

---

[1] 《双重迭影·深层象征——谈〈小鲍庄〉里的神话模式》(《当代作家评论》1986年第1期)。

[2] 《根在那里,根在自身——读青年作家王安忆的新作〈小城之恋〉》(《上海青少年研究》1986年第11期)。

与"文革"文学的重新整合①,重构了当代文学史的基本架构。与这一整体思路相协调,陈思和对女作家作品的经典重读、新作发微,也以民间立场及其隐形结构为核心,譬如《民间和现代都市文化——兼论张爱玲现象》(《上海文学》1995年第10期),又譬如《愿微光照耀她心中的黑夜——读林白的两篇小说》(《上海文学》2004年第6期)等。前者以都市文化/市民传统丰富了原先以乡土中国为典型形态的"民间"范畴,后者则以"民间立场"的获得作为林白小说转型的关键——那个"曾经是林白小说风格的识别标志"的"古怪而有魅力的女人",在作者真正感受到"来自民间的最为感性和丰富的信息"之际悄然退场,意味着作者"走出了自己为自己设的古怪魅影",感受到了"那民间蓬勃的生命"。

在类似的讨论中,对"民间意识"的强调似乎将女性书写不可见的关键由性别权力秩序挪移到了隐形结构与显形结构、边缘与主流的二元对立。而正如对"民间意识"的非历史化理解则忽略了"民间意识"与主流意识形态的同构(李杨);括起性别维度而对"女性文学"展开整合,在某种程度上也模糊了批评语言与性别话语系统的内在呼应。

基于后现代理论层面的深厚积累,陈晓明率先与方兴未艾的在地女性主义批评展开了较为充分的理论对话。就这一点而言,《反抗与逃避:女性意识及其对女性的意识》(《文论月刊》1991年第11期)较早也较为集中地呈现了作者对女性主义相关问题的理论思考,即西方女权主义的基本诉求及其在中国语境下的有效限度。依据女权主义与解构主义理论的同源关系("把解构策略局限于男性/女性等级对立的范围内来运用"),陈晓明指出,女权主义批评将文学视为男性文化主导下的社会惯例,通过质疑并修正"传统至今的批评方法和价值观",谋求父权制度下"一整套象征秩序"的瓦解。题目中"女性意识"与"对女性的意识"的并置,则一方面标记了女权主义批评的内在困境,即如

---

① 许子东:《四部当代文学史》,"陈思和和他的学生们在文学史中提出'潜在写作'……既坚持八十年代的审美原则,又丰富重构了五十年代的文学现场"。

何从仅仅改变"专业性的提问方式和思维方式"突围至期待中的"政治革命和文化革命";另一方面则提示了西方女权主义在中国的特殊境遇——与父权制内在同构的亲属制度、道德系统,令两性间的等级关系建立在彼此"缺乏"又互为"禁忌"的基础之上。借由张抗抗、张贤亮、残雪与马原等作者的作品,《反抗与逃避》勾勒出了新时期文学中性别对立的两种形式:在第一组对立中,由于"为作为个体的男性已经被先验地阉割",不论是女性对个体男性虚弱真相的揭露,还是男性对女性的物化与背叛,都可以说是"对父权制的认同,对阉割仪式的再次体验";在第二组对立中,不论是拒绝外部父权制度的女性失语者,还是将恐惧/逃避女性作为英雄注脚的男性,也都可以说是对性别隔离的默许。在此后的一系列作家作品论中,引人入胜的便不只是对女性主义阐释方法的症候性援引,而且还包括对其内在困境的探查与反思——林白小说在自我/她者、内/外之间生成一种"不断转换的双重结构",一方面继续将女性的内心生活推衍至极致,同时也提示了在女性与社会之间建立关联的新空间①。

  这一时期陈晓明对于1990年代女性文学的整体论述,主要出现在其编选的《中国女性小说精选》序言中②。此番针对"后新时期"女性小说的爬梳聚焦于两个关键点:其一,1980年代初,女作家作品何以被"误置"为"新时期的同路人",而这一套整合叙事如何在"后新时期"走向瓦解;其二,面对"父权制确认的中心化价值体系陷入危机"的文化现状,"女性文学"作出了何种选择。就第一个问题而言,序言指出,以"大写的人"为代表的国家—民族"巨型叙事"不断为"反历史化的个人记忆"③所拆解,女作家作品得以"从意识形态中心退出"。就第二个问题来说,序言勾勒出了三种重建核心价值的文学选择:一种"倾向于语言和叙事结构的实验",即以残雪为先驱的"先锋派"实践;另一种

---

  ① 陈晓明:《内与外的置换,重写女性现实:谈林白的〈说吧,房间〉》,《南方文坛》1998年第1期。
  ② 陈晓明:《勉强的解放——后新时期女性小说概论》,《当代作家评论》1994年第3期。
  ③ 陈晓明:《"历史终结"之后——九十年代文学虚构的危机》,《文学评论》1999年第5期。

"退回到日常生活的故事中去",即以"新写实"的方式"回到妇女生活本位的自主选择",但不一定强调"女性意识"的表达,如池莉、范小青、王安忆等;第三种,随着巨型叙事的残迹进一步消耗殆尽,"反寓言的后个人主义式的写作"开始酿就女性主义的叙事,如陈染、林白、徐小斌、海男等①。序言最后回到了"妇女尚未获得真正解放"这一历史前提之下,认为社会化现代女权运动的阙如,正是女性写作"缺乏广度和力度的症结所在"。于是,对女性意识或明确的女性主义意识的呼唤,被凸显为文化转型之际开拓文学疆域的方向所在。

1990年代另一部具有代表性的女性小说选或者可以拿来做一参照,即戴锦华主编的《世纪之门》(1998)。在这本书的序言②中,戴锦华认为"女性写作"始终是在女权/女性主义的理论框架内被使用。针对1980年代以来"精英文化"的复杂性③,序言指出,"反思80年代,不仅不意味着再次'以反思的名义拒绝反思',而且不意味着简单地宣判所谓'精英文化'(更不该是严肃文化与高雅文化)的彻底终结"。这一论述投射出了"反精英主义"而非"精英文化"的学术立场,也为1990年代女性写作与个人话语的联合预留了"商业转型"之外的阐释空间——在1990年代新启蒙话语分化失效的危急时刻,个人/主体"丧失了80年代处于民族国家内部并在话语象征层面上形成的对抗性关系"④。为了重获批判力或构造新的"身份政治","正是在这个时期,'个人'话语与'女性话语'有效地结合在一起"⑤。在此,考虑到个人/主体与1980年代或曰知识分子、精英文化的渊源关系,1990年代女性文化不仅避免了戴锦华所忧心的"无条件地拒绝精英文化"的危险,而且有条件地回护

---

① 另补出的"特区的妇女生活",从某种意义上可以视为都市日常价值与商业化女性经验的杂糅。
② 戴锦华:《奇遇与突围:九十年代的女性文化与女性写作》,以《文学评论》1996年第5期的同名论文为蓝本,后收入2007年再版的《涉渡之舟》。
③ "即使在80年代的文化进程之中,'精英文化'亦非某种铁板一块的整体;它始终是某种(非)意识形态意图、'中国式'的启蒙主义文化、现代主义文化实践、诸多边缘的(包括性别的)文化反抗与实验及诸多文化企图的混合物。"
④ 贺桂梅:《当代女性文学批评的一个历史轮廓》,《解放军艺术学院学报》2009年第2期。
⑤ 同上。

了她所顾念的"女性话语与女性写作的必要基点与可能的盟友"。

与"精英文化"类似,"大众文化"及其背后的消费主义话语同样使得女性写作的"世俗化"难以被一概而论。一方面,这种"世俗化"正是20世纪八九十年代女性写作裂解或戏仿1980年代精英文化想象的方式之一,亦即"逾越主流的大叙事与启蒙话语的栅栏"的方式之一①;另一方面,上述翻越栅栏的反抗性事件始终面临着商品化逻辑之下消费主义文化对女性写作资源的新一轮盘剥——在潜移默化的商业包装/转型中,"'大众'的文化消费行为,以分享精英、或曰高雅文化为先导与过渡","'被看'的老戏法成了市场的新发现"②。在此,"个人"的另一个向度,即在大众消费的意义上与隐私、身体、色情等欲望装置的对接,迫使女性写作与个人话语的联结不仅昭示着以性别自觉为前提的策略性"合谋"(构建新的性别政治空间),同时也意味着女性写作对个人向度的历史性选择可以被男性叙事颠倒为女性与私人生活之间一对一式的天然关系。

在某种程度上,《小说精选》与《世纪之门》以互文的方式,典型地呈现出了1990年代女性文学批评实践的总体视野。至于针对"女性文学热"的两种视角/叙事,更为直观或曰"面对面"的即时呈现,集中整合在《女性文学与个人化写作》③之中。在这篇谈话录中,状似公允或中性的主流批评话语在戴锦华的反复诘问之下渐次暴露为一系列男权预设下的权力叙事,"商业包装和男性文化对女性写作的规范与界定"则可能成为"女性失落于男权文化的陷阱"。在这一陷阱中,女性写作

---

① 参考具体论述"从某种意义上说,张洁的《只有一个太阳》已在80年代终结之前,宣示了某种精英文化想象的破灭;而王安忆的《叔叔的故事》则不仅在性别写作的意义上,开始了对80年代'经典'文本的戏仿。类似于铁凝的《玫瑰门》、王安忆的《逐鹿中街》《岗上的世纪》等篇章,则以女人故事的书写开始逾越主流的大叙事与启蒙话语的栅栏。如果依照某种概括,将'世俗化'作为八九十年代文化转型的重要内容之一,那么,方方、池莉正是始自1987年的'新写实'小说的重要作家。90年代的大幕正式开启处,是徐坤的《先锋》系列,恣肆纵横地调侃着某种'神圣'的'精英文化'图景;而张梅的《殊途同归》则以魔幻的形态,展现着那一激情与狂想的历史景观的消散"。戴锦华:《奇遇与突围:九十年代的女性文化与女性写作》,《涉渡之舟》,北京:北京大学出版社,2007年,第360页。
② 戴锦华、王干:《女性文学与个人化写作》,《大家》1996年第1期。
③ 同上。

的繁荣同时也意味着危机——将男权文化需求内化其中的"女性的声音"有可能陡转为"对男性心理的满足、对男权的加固"。

在1990年代的批评集成之作、《女性与阅读期待》之后,王绯不断往返于历史与当下之间,也不断在"文学研究"的边界内外来回穿梭。一方面,囊括文坛诸多新变的"世纪末文学报告"(《画在沙滩上的面孔》)以其对"调侃""荒诞""个人化与私人化"等文学现象的捕捉与阐释,注解或回应了以王安忆、铁凝、迟子建、陈染、蒋子丹、方方、池莉等作为典型个案①的"世纪之交的女性小说"(《自己的一张桌》)。另一方面,由"空白之页"这一西方女性主义的经典譬喻而唤得的"中国女性史新说"(《睁着眼睛的梦》),具现为自太平天国运动至"左联"成立之际(1851—1930)中国妇女解放思想与女性文学书写之间的互文轨迹(《空前之迹》)②。

以1851—1930年间的一系列关键历史节点为线索,《空前之迹》试图在中国妇女解放思想与不同时期妇女文学之间,寻出一条步履相随、互为注脚的"发展链"。作为中国近代妇女解放思想的两重源头,实验了一系列物权/婚制变革的太平天国运动在指认封建时代中国妇女的非人处境的同时,提示了将妇女由"法律上的死亡状态"复活为人/公民的可能性;在启蒙主义与优生学的理论脉络上开启妇女解放进程的维新运动则见证了中国妇女投身民族/国家革命的新选项。两重语境共同提示了中国妇女文学已然与其繁衍路上影响最为深远的一次分歧相遭遇——告别"文化花边"式的闺阁旧文学而实现与现代政治的"初次牵手","不再拘囿于以血缘为基础的家庭等级序列关系"亦"不再放

---

① 王绯:《铁凝:欲望与勘测——关于小说集〈对面〉》(《当代作家评论》1994年第5期)、《蒋子丹:游戏与诡计——一种现代新女性主义小说诞生的证明》(《当代作家评论》1995年第3期)、《方方:超越与品位——重读方方兼谈超性别意识和女性隐含作者》(《当代作家评论》1996年第5期)、《池莉:存在仿真与平民故事——二十世纪末中国女小说家典范论之一》(《当代作家评论》1998年第1期)等。

② 其中部分章节曾先行发表,如《最后的盛宴,最后的聚餐——关于中国封建末世妇女的文学/文化身份与书写特征》(第一作者,《文艺理论研究》2002年第6期)、《最初的牵手:近代妇女文学与政治》(《妇女研究论丛》2002年第5期)、《妇女:法律上的死亡与复活——太平天国革命与中国妇女解放》(《中国文化研究》2001年第3期)等。

逐于民族/国家/政治的社会讯息流通之外"。值得注意的是,《空前之迹》并未止步于对上述"空白之页"的发现,而且试图在妇女文学生态与其受制其中的话语总体之间提出一种关系性表述,即与王绯早期观点相应和的"两个文学世界"。在辛亥革命、五四运动及至国民大革命的洗礼之中接连将独立性、阶级性、民族性纳入自身的中国妇女文学在"左联"成立之际已然寻获了一条"具有前瞻性的明确发展路线",即将"纯然女性化的文学世界"与"民族/国家/政治/阶级意识统摄下超越性别立场的文学世界"分立交融结构在"女性成长的烦恼,成长的滞重,成长的醒觉及成长的超越"这一母题之中。

可以说,此番对近现代历史上不同时期妇女文学书写特征及身份的归纳,尝试回答女性文学及其批评"从哪里来"的问题,为探明两者"到哪里去"提供了某种文化史意义上的依据。这一跨断代、跨学科的回答与王绯对世纪之交女性文学诸多新表征的指认与警惕一道,透露出某种读解并探明"90年代"的内在冲动。

艾晓明[①]在整个1980年代的研究主题主要是现代文学作家生态与"左翼文学"研究。这一时期的研究成果,主要呈现于《青年巴金及其文学视界》(1989)与《中国左翼文学思潮探源》(1991)两部论著之中。1990年代中期,《以关于〈一个人的战争〉及其争论》(1996)、《反传奇:重读张爱玲〈倾城之恋〉》(1996)、《女性的洞察:论萧红的〈马伯乐〉》(1997)等文为标志,艾晓明在其新时期文学批评与文学经典重读之中格外强调了女性主义的理论立场。与女性主义的批评实践同时,艾晓明参与了对西方女性主义理论资源的后续译介,如《女性主义思潮导论》(2002)与《女权主义理论读本》(2007)、《激情的疏离:女性主义电影理论导论》(与宋素凤、冯芃芃合译,2007)等。进入新世纪,艾

[①] 艾晓明(1953—),1976—1981年就读于华中师范大学中文系,1985—1987年就读北京师范大学中文系中国现代文学专业,获博士学位,是"文革"后第一位文学女博士。现为广州中山大学中文系教授、比较文学与世界文学教研室主任、中山大学妇女与社会性别研究中心副主任、中山大学"妇女研究与性别教育"项目主持人、"妇女与社会性别译丛"项目主持人、中山大学性别教育论坛召集人。2003年,因介入孙志刚案和黄静案,被《南风窗》杂志授予"为了公共利益良知奖",亦被上海《东方女性》杂志读者投票选为"最有影响十大人物"之一。

晓明的性别实践由纯文学领域扩展至大众文化氛围下的多媒体文本①，也由学院研究走向了社会运动②。2003年，艾晓明带领中山大学的师生，对原剧本进行本土化改编，公开演出了中国内地第一个中文版《阴道独白》。由此，这部受到全球女权主义者推崇的经典剧目，作为妇女反抗性暴力运动的组成部分和表现形式，在全国各地轮番登上舞台。此外，由艾晓明主持的《阴道独白，幕后故事》（2004）、《性，性别与权利——亚洲首届酷儿研究国际研讨会》（2005）、《中原纪事——关于中原农民和艾滋病的故事》（2007）等纪录片，促使用影像记录当下中国的社会历史问题成为一种方兴未艾的叙事方式。

艾晓明编选的《中国女性小说新选》（香港：三联书店，1997）与其编著的论文集《20世纪文学与中国妇女》（天津：天津人民出版社，2012）可以说从文本与论述两个层面上展示出了艾晓明女性主义文学批评的问题意识与特点。小说选本选入了1990年代大陆9位知名女作家的9部中篇小说③，与李子云1980年代编选过的《中国女性小说选》（1988年以前的18篇表现女性生活题材的中短篇作品）构成了时间断限层面的延续，以及选择依据层面的调整——选本所关注的"女性作家创作生命的敞开"，既包括"内向的、穿透自我的敞开"，也包括"面对广大的社会人生，对生命的日常经验、对1990年代以来生活变化的智性把握，还有对小说这种艺术形式的自由探索"，即"全方位地面向人生，面向艺术"④。论文集则在经典重读、女性写作传统、广义上女性形象的文化再现、性别主体与身份的建构四个主题之下展开思考，保持"女性文学批评"与国家、民族、阶级、性别等概念范畴的沟通与互动。

在这一时期参与女性文学批评的研究者中，值得注意的还包括孟繁华、陈骏涛等男性批评家的实践乃至于新一批青年女学者的共同参与。这批青年女学者（或被描述为"第三代女学人"⑤）大多出生于20

---

① 如《广告故事与性别：中外广告中的妇女形象》（《妇女研究论丛》2002年第3期）等。
② 如《V日风潮：美国校园的性别文化观察》（《作家》2000年第10期）等。
③ 分别是陈染、池莉、铁凝、徐小斌、方方、林白、张抗抗、毕淑敏、张梅等。
④ 艾晓明：《中国女性小说新选》代序，香港：三联书店，1997年，第1页。
⑤ 参见陈骏涛《当代中国（大陆）三代女学人评说》，《文艺争鸣》2002年第5期。

世纪六七十年代,成长于 20 世纪八九十年代的知识结构转型期,并在 1990 年代中后期崭露头角。与戴锦华、王绯、李小江等全程参与"新时期女性文学"之建构的上一代研究者相比,这批青年女学者在"女性文学热"及其急速冷却的变动时刻初次登场,更自然地在将"女性文学"视为一种文化现象(而不仅仅是"文学现象"),在文化研究与性别研究的多重脉络上展开论述。

邵燕君①从 1990 年代诸多传统文学期刊的"改版"、出版体制的"转轨"以及官方/民间颁奖机制之中"象征资本"的动态运动入手,在精神文明的废墟之间读出了"畅销书"体制的建立以及"亚文化"文学的生产方式。其中,与本章关联最密切的,便是她对"美女文学"现象的研究。作为市场语境下"亚文化"生产—消费机制的重要代表以及"畅销书"体制的成熟产物,"美女作家"及其文本同时涉及作者群体的代际更迭与其主体想象。作为一类突破性的尝试,在精英文化与大众文化之间,邵燕君的批评实践完成了对 1990 年代"女性文学热"与"青春文学热"的串联,展示了林白、海男、徐坤们与 1970 年代生人的卫慧、棉棉、安妮宝贝、张悦然、春树们的内在关联②。2009 年前后,邵燕君在继续关注传统纸媒文学脉象的同时,转向网络文学研究,在摸索网络文学生产机制的过程中提出以"学院派的态度与方法"为受桎于文化研究框架之内的网络文学现象找到独立的文学批评话语。在这一堪称读解新现实主义快销书的研究实践中,对网络文学现象的性别读解可以说开拓出了"女性文学批评"的新滩地③。

---

① 邵燕君(1968—),生于北京,1986 年考入北京大学中文系,1993 年获硕士学位,2003 年获博士学位,后留校(中文系)任教,现任北京大学中文系副教授。曾担任中国新闻社记者,《华声月报》社编辑、主笔、驻美记者,从事文化方面的新闻报道工作,敏锐地捕捉了"诗人顾城之死""《废都》热""金庸热""先锋文学与影视"等热点问题,并进行了即时精到的分析。著有《倾斜的文学场——当代文学生产机制的市场化转型》《"美女文学"现象研究》。曾获 2005 年度、2006 年度《南方文坛》优秀论文奖,当选"2006 年度青年批评家"("中国青年作家、批评家论坛"推选)。

② 参见邵燕君《倾斜的文学场》,南京:江苏人民出版社,2003 年;《"美女文学"现象研究》,桂林:广西师范大学出版社,2005 年。

③ 如收入课堂论文集《网络时代的文学引渡》(桂林:广西师范大学出版社,2015)的《晋江文学城:"女性向"文学网站的兴起与现状》一文等。

1990 年代中后期,贺桂梅①凭借其对女性写作与妇女生存现状的敏锐捕捉与深入思考而成为批评界一支不能忽视的新生力量。而在此之前,贺桂梅最早为批评界所注意的,是对《班主任》这一"伤痕文学"滥觞之作的重读,即《新话语的诞生——重读〈班主任〉》(《文艺争鸣》1994 年第 1 期)。此文与一组名家评论以及作者自述一道,组成了"走向 21 世纪名家系列讨论会·刘心武"专栏②。通过对福柯话语理论的一番操演,《重读》一文指出,温情教师拯救迷途学生的经典故事援引了彼时个人话语对集体话语的成功反动——它不仅记录了"集体话语向个人话语的妥协让步,不断地走向边缘化的过程",也揭示了知识分子所占据的"正确者、先进者的姿态"与其说来自一场由知识分子领导的"独立运动",不如说来自对话语范式转型的代言。以"世妇会"的举办乃至"女性文学热"为契机,贺桂梅在 1995—1998 年间集中发表了一系列以女作家作品及其社会热潮为研究对象的作品③,继续保持着对于文化转型及其意识形态运作的敏感。与林白、陈染、徐小斌等以个体生存经验重塑刻板女性形象的性别表述同时引起贺桂梅关注的是,"这些一直被男性本位的文化传统所压抑或掩盖的性别表叙"与其女性作者一道,再次遭遇一系列似曾相识的局限与陷阱——"女性在发出自己声音的同时,再一次被置于'被看'的舞台上",成为男性视点上的"性别奇观"与猎奇对象(《性别的神话与陷落》)。对性别表述在"逃脱"中"重新陷落"的发现与突破上述困境的艰难程度,构成了贺桂

---

① 贺桂梅(1970—),生于湖北,文学博士。1989 年考入北京大学,1994 年获文学学士学位,1997 年获文学硕士学位,2000 年获文学博士学位,同年留校任教。现为北京大学中文系教授,主要研究方向为 20 世纪中国文学史、思想史和当代文化。已出版著述《批评的增长与危机——90 年代文学批评研究》《转折的时代——40—50 年代作家研究》《人文学的想象力——当代中国思想文化与文学问题》《历史与现实之间》,并在国家核心期刊发表相关领域的论文多篇。

② 即陈骏涛的《从问题小说家到人性的探谜者——关于刘心武的笔记》、张颐武的《刘心武:面对未来的抉择——中国当代文化转型的例证》与刘心武的《穿越八十年代》。

③ 即《性别的神话与陷落——九十年代女性文学和女性话语的表达》(《东方》1995 年第 4 期)、《风景中的女人》(《艺术广角》1996 年第 5 期)、《个体的生存经验与写作——陈染创作特点评析》(《当代作家批评》1996 年第 3 期)、《有性别的文学——90 年代的女性话语的诗学实践》(《北京文学》1996 年第 11 期)、《九十年代女性文学面面观》(《文艺报》1998 年 6 月 18 日、《新华文摘》1998 年第 9 期转载)、《伊甸之光——徐小斌访谈》(《花城》1998 年第 5 期)等。

梅 1990 年代末对于自身文学研究之"枯竭"体验的一个重要部分。对这一阶段 1990 年代写作方式及其理论资源的整理与突破,构成了《批评的增长与危机》①一书的内在动力。在以知识社会学的方式分析 1990 年代文学批评的话语类型及其各自对应的历史意识、思想转折之后,作者试图思考"文化研究"作为一种新的研究范式如何超越"文学研究"而为批评与文学史研究打开新面向。由此,贺桂梅的学术重心转向文学史、思想史以及文化研究,"性别"作为一种将文学文本释放到大众文化场域乃至社会历史观念体制之中的批判性视角与方法,延续性地聚焦于女性/性别被施加/赋予的角色、限定与功能②。

在长时间的文学史、思想史以及文化研究中,马克思主义与女性主义的理论性关系以及性/社会性别制度成为贺桂梅性别视野中最重要的两个理论范畴。这一多重视野不仅意味着"重新回到 40—70 年代的历史中,探询社会主义实践与妇女解放运动之间的关联方式",而且意味着在"政治性的制度与偶然性的个体"所构成的动态场域中观测是女性成为"女性"的一套"社会化的制度与安排"③。在知识社会学、知识考古学或曰"人文学的想象力"的理论谱系支持下,贺桂梅重返 20 世纪八九十年代文化场域(如《"新启蒙"知识档案:80 年代中国文化研究》,2010),展开了对"女性"与"革命"的关系、当代女性文学批评话语乃至新世纪的大众文化与性别政治等问题序列的探索。在《女性文学与性别政治的变迁》一书中,贺桂梅整合了自己自 1990 年代中后期以来在不同领域所进行的性别研究,再次将性别表述与性别政治确认为其学术生涯的原点或驱动所在。在家/国、精英文学与大众文化之间,《女性文学与性别政治的变迁》诸篇试图解答如下问题——如何理解女性内部的阶级(阶层)分化;在批判"新时期"以来的女性主义话语

---

① 《批评的增长与危机——90 年代文学批评研究》,太原:山西教育出版社,1999 年。
② 如《当代女性文学批评的三种资源》(《文艺研究》2003 年第 6 期)、《知识分子、女性与革命——从丁玲讨论延安另类实践中的文化冲突问题》(Hwanghae Review[《黄海文化》,韩国首尔],2003 年;《当代作家评论》2004 年第 3 期)、《20 世纪 90 年代的"女性文学"与女作家出版物》(《现代中国》第三辑,2003 年 5 月)等。
③ 贺桂梅:《女性文学与性别政治的变迁》,北京:北京大学出版社,2014 年,第 11、14、13 页。

中产化之后,如何重新引入马克思主义批判话语,在反省既有的历史经验基础上,更有力地处理性别与阶级问题;是否存在一种更灵活地处理"阶级斗争"的"革命"与另一种政治形态的"女性"之关系的可能性;对身份范畴进行激进的批判,它所造成的结果会带来什么政治上的可能性;当作为一个共同基础的身份不再限制女性主义政治话语的时候,会出现什么新的政治形式。

21世纪初,以西方女性主义思潮在"新时期"中国的传播与接受为前提①,王宇提取出20世纪八九十年代女作家作品展开性别主体建构的三个阶段或路径,即1980年代初对"性别历史传统"尚缺乏"知性认识"的早期女性书写(张洁、张辛欣等)、1985年前后以女性边缘经验对性别再生产制度进行消化/僭越的性别主体叙事(王安忆、铁凝等)以及1990年代之后在"80年代男性写作所确认的个人性主体价值"之外凭借"被集体叙事视为禁忌的个人性经历"来勘测"女性个体生存的可能与局限"的"躯体写作"(陈染、林白等)②。其中,缺乏性别意识的女性主体叙事最终在"做人"/"做女人"乃至"爱情"/"性爱"的割裂互斥之中走向无性别或超性别,来自性别主体的自我救赎不断被重回父权制文化秩序内部的"新闺阁文学"所仿制或偷换,以性话语彰显独立性别立场的可能性则在男性中心的文化娱乐/消费之中不断遭遇挤压与否定③。

王宇随后指出,上述"女性主义文学"的内忧外患与"男性文本领域"盛况空前的女性他者化书写乃至"女性主义文学批评"在文学史研究浪潮中的边缘地位一道,提示了"性别差异性文化想象"在1990年

---

① 王宇(1966—),博士毕业于南京大学。现为厦门大学"南强重点岗位教授"。主要从事中国现当代文学研究,尤其是性别与百年新文学/文化关联研究。主持国家社科基金重大项目"百年中国文学女性形象谱系与现代中华文化建构整体研究"等。著有《国族、乡土与性别》(2014)、《性别表述与现代认同》(2006)以及论文《讲述林徽因的意义:妇女与中国现代性个案研究》(《学术月刊》2015年第6期)、《新时期之初的男子汉话语》(《文艺研究》2006年第5期)等。

② 如《主体性建构:对近20年女性主义叙事的一种理解》(《小说评论》2000年第6期)、《确认性别自我:当代女性主义叙事的价值指归》(《南京化工大学学报》2001年第1期)等。

③ 如《90年代性别差异性文化想象的尴尬及其原因》(《文艺评论》2002年第2期)等。

代中国的尴尬处境①。这种"尴尬"不仅肇因于商品经济和男权话语,也与西方女性主义本身的理论含混性乃至中国性别话语研究滞后直接相关。由此,王宇提出在清理本土性别话语资源的同时②引入社会性别研究,以"社会性别"代替"女性意识",以性别范式的生成与变化跳出"就女性论女性的研究局限"。类似的理论设想在《性别表述与现代认同》③一书中发展为一套以性别话语介入文学史研究的实践方案———一方面,依据文化表意系统内的女性形象谱系,索解两性关系这一最基本的自他格局如何成为社会权力秩序的首要能指;另一方面,接续"追寻现代主体"这一20世纪中国文学的核心主题,探究性别的文化象征意义如何被纳入现代主体(包括民族国家主体与个人主体)身份的建构过程中。

《性别表述与现代认同》以晚清时期这一"中国现代性起源语境"为起点,参照各支本土性别话语中女性相对于男性/现代主体的他者属性,在一系列以"女性"为符号资源的现代主体叙事中,讨论性别话语进入不同时期主体意义生产并引爆裂隙的方式。如果说不断改换话语资源的"娜拉"形象牵引出了"妇女解放"为诸多主体方案所争夺的历史现场,"改造+恋爱"的叙事范式乃至"青春之歌"式的女性书写便共同标记了1950—1970年代对"女性"与"知识分子"乃至其他异质性身份进行重叠编码的便利与限度,在"个人主体话语的生成"乃至"知识男性主体身份的模塑"等"新时期"文学的经典场景下的女性形象则在"成就现代性民族国家'历史主体'的神性空间"④。从某种程度上来说,《性别表述与现代认同》继《中国当代文学的叙事与性别》等著作之

---

① 如《90年代性别差异性文化想象的尴尬及其原因》(《文艺评论》2002年第2期)、《男性本文:女性主义批评不该忘却的话语场地》(《文艺评论》2003年第2期)等。
② 王宇所指称的本土性别话语资源包括儒家伦理框架中关于社会性别的话语、"五四"启蒙语境中妇女解放话语、1949年以后"男女都一样"的妇女解放话语以及新时期人道主义性别关怀话语。
③ 王宇:《性别表述与现代认同——索解20世纪后半叶中国的叙事文本》,上海:上海三联书店,2006年。
④ 参见丁帆《超越性别的性别批评——评王宇的专著〈性别表述与现代认同〉》,《福建论坛》(人文社会科学版)2006年第10期。

后再度接续了《浮出历史地表》所开辟的研究路径(以性别为方法的文学史研究),且正如作者所设想的那样,介入了20世纪八九十年代的"男性本文领域"这一女性文学批评"不应忘记的话语场地"。

出生于20世纪六七十年代,崛起于1990年代中期以后的新一代女性批评研究者还包括荒林、张岩冰、陈晓兰等。以荒林为代表的批评研究实践再度着眼于双性和谐、双性同体式的性别关系方案,以《中国女性文化》等连续性文化出版物为其跨学科研究的媒介与载体;陈晓兰的《女性主义批评》与张岩冰的《女性主义文论》则在梳理西方女性主义文论历史脉络与流派关系的基础上,汇合于建立"中国的妇女诗学"(陈晓兰)乃至"我们自己的女权主义文论"(张岩冰)的共同诉求。

显然,对"当代中国女性文学批评"这一题目而言,本章可以说仅仅提供了大致的发展线索。对于女性文学批评实践乃至女性批评家的更多资料,可以参阅谢玉娥编写的多部资料集,譬如《女性文学研究与批评论著目录总汇》(开封:河南大学出版社,2010)、《智慧的出场——当代人文女学者侧影》(开封:河南大学出版社,2013)等。

(本章由陈欣瑶执笔)

第十一章　当代台港文学批评历程

1949年以后,中国大陆与台湾、香港形成了共同文化传统下的不同政治制度和意识形态,海峡两岸暨香港的交流在相当长的时期内甚至相互隔绝,文化与文学发展也有着各自的轨迹和特色。对应于中国大陆相异的文学与社会特殊生态,台湾和香港的文学论述与文学批评也走出了自己的路径。在当代台湾,文学批评曾经扮演引领文学与社会思潮的前卫角色,成为特定时期思想文化知识生产的推手;香港的文学市场虽然相对狭小,但也依然有着文学批评生长的空间,特别是1980年代后,文学批评日趋活跃。自1950年代起,台港文学即存在互动,既有作家、学者的互访,也有文学创作、理论批评书籍的相互流通;1970年代末中国大陆的开放启动了海峡两岸暨香港的再度融合与交流,台港文学写作与批评也汇入华语文学世界共同的风景。

一　台湾文学批评:从光复到1950年代

学界通常以1945年台湾光复作为划分台湾历史时期的标志,从此台湾摆脱日本殖民统治,开启了回归祖国的历史时段,台湾新文学也步入了新的时期。但台湾新文学批评肇始于1920年代,受大陆新文化运动和文学革命的影响,台湾出现了以倡导白话文和新旧文学论争为标志的新文学运动,提出了借鉴大陆白话文运动经验,在殖民社会特殊语境下推行白话文的主张。1923年1月,黄呈聪的《论普及白话文的新使命》和黄朝琴的《汉文改革论》分别就在台湾普及白话文的意义和改革汉语言文字以适应社会变革方面作出论述,被认为是台湾文学革命的先声。在随之而来的新旧文学论争中,亲身体验五四新文学运动的张我军,以《台湾民报》为阵地,向旧文学发起猛烈冲击,他的《致台湾青年的一封信》《糟糕的台湾文学界》《请合力拆下这座败草丛中的破旧殿堂》等文针对旧文学的弊端展开批判;《文学革命运动以来》《新文学运动的意义》《诗体的解放》等更提出了建设新文学的理论主张,就台湾新文学性质、文学体裁多样性和文学语言形态等问题作出明确的说明与倡导,指出"台湾的文学乃中国文学的一支流",台湾新文学应与祖国新文学取同一步调,文学语言应使用大陆推行的现代白话,认为这是建设台湾新文学语言的根本路径。张我军还向台湾系统介绍了胡适、陈独秀的文学革命论,为开拓台湾新文学的发展道路发挥了重要作用。与此相应,台湾白话新文学在1926年前后出现了一个创作高潮,涌现了一批白话新文学作家和作品,可见新文学论述对创作的促进。

在日本殖民统治之下,台湾知识分子为保存民族传统,抵抗殖民同化,需调动一切文化资源,因此旧文学维系民族传统的正面意义并未被否定,在殖民语境中寻求民族文化的生存与发展的努力一直在持续。倡导白话文的同时,如何使台湾本地方言适应现代社会的需要也是知识分子考虑的问题,当时的左翼社会活动家连温卿曾就台湾的语言问题发表《言语之社会的性质》和题为"将来之台湾语"的系列文章;1929年,史家连横也作《"台语"整理之头绪》等文,并编纂《台湾语典》。这些致力于"台湾话文保存"的行动又成为随后乡土文学与"台湾话文"论争的前奏。

1930年8月,黄石辉发表《怎样不提倡乡土文学》,提出"为要普及大众文艺",应该使用台湾话作文、作诗、作小说、作歌谣,将乡土文学写作与台湾话文应用联系起来,将台湾话文提倡当作紧迫的现实问题;郭秋生1931年《建设台湾话文一提案》借鉴胡适的《白话文学史》,探讨了语言与文字、国语与方言的关系,从政治体制、教育制度、语言文字的历史传统和现实状况等方面论证台湾需将方言转化为文字,而这种文字"又纯然不出汉字一步"。文章赋予台湾话文建设以更强烈的使命感,不仅要达到言文一致、扫除文盲、表现现实的目标,还应承担保存民族文化、对抗殖民同化的责任。白话文支持者在语言运用上提出了不同意见,认为白话文更适用于台湾。论争双方的根本目标是一致的,即在殖民统治下寻求适宜的民族书写形态,以保存汉文化,建立被殖民者的新文学。论争是台湾知识分子面对共同处境提出的不同方案之

第十一章 当代台港文学批评历程

争,以殖民时期台湾新文学的实践经验看,白话文始终是汉语文学写作的基本书写形态。

1930年代中前期,台湾的文学社团和文学刊物有了长足的发展,但随着1937年后日本殖民者"皇民化"运动的推行,白话新文学的生存空间丧失殆尽,重要的文学活动和文学批评直到光复以后才重新展开。

1945年台湾光复,由于50年殖民统治导致的隔绝,两岸在社会制度、经济结构和现实经验等方面都存在一定的差异,共同的民族文化和历史传统在分离后的重新融合必然历经调整、磨合和再出发的过程,文学批评与论争扮演了当时两岸融合的重要角色。

光复初期重归祖国怀抱的欣喜之情弥漫于台湾各界,台湾作家也积极投入文化重建,参与文化报刊的创建或编辑,如杨逵创办《台湾文学丛刊》,编辑《和平日报》《力行报》副刊;龙瑛宗主持《中华日报》日文栏文艺版等。众多大陆文化人也怀抱振兴台湾、促进两岸融合的热情来到台湾,形成了历史转折时期中华文化复兴、台湾文学重建、两岸文化汇流的热潮。许寿裳战后来台设立台湾省编译馆,积极传播鲁迅思想和文学;魏建功等主持的国语推行委员会于1946年成立,致力于战后台湾国语普及。大陆的文学作品和文艺思想也在此时广为传播。两岸文化人纷纷在战后创办的文化报刊上发表文学创作和文艺评论,重要报刊有《台湾新生报》《和平日报》《中华日报》《台湾文化》《新新》等。在光复初期的文化活跃态势下,"鲁迅风潮"、《台湾新生报》"桥"副刊关于台湾文学的论议应运而生,成为本时期代表性的文学思潮与批评现象。

"鲁迅风潮"。1945年10月25日台湾地区受降仪式举行当天,《前锋》杂志创刊,发表了署名"木马"的《学习鲁迅先生》,文章表达了对鲁迅的崇敬之情,概括了鲁迅精神的内涵及其现实意义,呼吁以鲁迅精神改造社会,建设新台湾。这篇文章遂成为光复后鲁迅精神在台传播的最初例证。鲁迅对台湾的影响始于日本殖民时期,1920年代中期大陆新文学传入台湾之初,鲁迅及其创作即首先被引入。从1925年起,《台湾民报》先后转载了鲁迅的《鸭的喜剧》《狂人日记》《牺牲谟》

和《阿Q正传》等小说;同时发表的蔡孝乾《中国新文学概观》,已涉及对《呐喊》及众多五四新文学的评论。这些引介是台湾文化界鲁迅接受的开始。此后鲁迅传播大多通过日文报刊进行,杨逵、龙瑛宗等作家就是通过日文版鲁迅著作阅读鲁迅的。鲁迅在台湾的接受既源于鲁迅剖析民族性格的启蒙精神,也与左翼思潮对阶级、大众的强调相关,鲁迅精神成为台湾文化人寻求民族与阶级解放的重要思想资源。

鲁迅逝世10周年之际,台湾文化界展开了纪念鲁迅、学习鲁迅的活动。台中《和平日报》连续刊载两岸著名文化人、作家如胡风、许寿裳、杨逵等人的纪念文章,以及黄荣灿等创作的关于鲁迅的版画。1946年11月《台湾文化》推出纪念鲁迅特辑,刊出许寿裳、杨云萍、田汉、陈烟桥、雷石榆、黄荣灿等人的文章。据统计,1946年9月到1948年7月间,台湾报刊刊载的与鲁迅相关的文章六十余篇,翻译出版鲁迅著作5部。① 对鲁迅传播不遗余力的是光复后来台的许寿裳,他在台湾发表的《鲁迅和青年》《鲁迅的德行》《鲁迅的精神》《鲁迅的人格和思想》等文在台湾的鲁迅传播中具有重要意义。光复后鲁迅风潮的兴起是两岸"鲁迅传统"在台湾的延续,也是殖民统治结束后两岸融合潮流中的自然产物,显示了鲁迅精神对台湾文化人的感召,以及两岸文化人借助鲁迅思想资源对转折期台湾社会的解读、分析和批判。

"桥"副刊的台湾文学论议。1947年8月,台湾行政长官公署机关报《台湾新生报》"桥"副刊创刊,主编歌雷以"桥"所象征的新旧交替、两岸交流的意义作为办刊宗旨,使之成为两岸文化人交流沟通的园地。当年11月,随着欧阳明《台湾新文学的建设》、扬风《请走出象牙塔来》的发表,以"桥"副刊为中心、围绕台湾文学的性质和发展路向的大讨论由此展开。这是一场由两岸文化人共同参与的文学讨论,显示了他们在"二二八"之后面临复杂的社会与文学问题所做的思考和设想。

台湾文学应走怎样的发展道路,是论争者关注的重要议题之一。《台湾新文学的建设》回顾了台湾新文学抵抗殖民主义的艰辛历程,提

---

① 徐纪阳:《鲁迅传统的对接与错位》,杨彦杰主编《光复初期台湾的社会与文化》,福州:福建教育出版社,2011年,第420页。

出要继承五四新文学的传统,创造"民族形式"和"走向人民的新文学"。扬风《新时代、新课题——台湾文艺运动应走的路向》提出了台湾文艺发展的具体主张:建立文艺统一阵线;开拓文艺园地;实现文艺大众化;争取创作自由。杨逵《如何建立台湾新文学》有感于政治高压下文学的沉寂,呼吁文艺工作者振奋起来,行动起来,再建台湾新文学。就具体创作方法而言,"怎么写和写什么"受到普遍重视。讨论集中于采用战斗的、大众的现实主义创作方法,以发扬文学的反映现实、揭露黑暗的功能。

台湾文学与祖国文学的关系是论争者关注的又一重要议题,直接关系到对台湾新文学性质的理解。杨逵将台湾新文学定位于受一战后民族自决思想和五四运动的影响,思想上标榜的是"反帝与反封建""民主与科学"。欧阳明"今天,台湾新文学的建设问题根本就是祖国新文学运动问题中的一个问题,建设台湾新文学,也即是建设中国新文学的一部分"①的表述,也在众多文章中出现,林曙光就认为"今日的'如何建立台湾新文学'需要放在'如何建立台湾的文学使其成为中国文学'才对"②。论争者无论具体观点上有何差异,在台湾与祖国不可分离、台湾文学是祖国文学一个分支的理解上完全一致。对台湾文学特殊性的认识正是在这一前提下进行的。论争者以辩证思维看待"台湾的特殊性"和"中国的普遍性"的关系,虽然50年的殖民统治直接导致台湾文学在语言使用、现实题材选择、反帝反封建的侧重点上与大陆有所不同,但论争者对相互理解都持积极的态度,都期待两岸文化人更深入的交流与合作。

由于两岸融合遭遇当局施政不当引发的社会危机的影响,讨论特别强调两岸文化人的团结一致,"互相除去偏见,虚心学习,客观地观察事实,不隔靴搔痒","推诚相爱,互相合作"③。"切实的文化交流是今天在台湾本省外省文化工作者当前的任务"④,"需要台省的文学工

---

① 欧阳明:《台湾新文学的建设》,《台湾新生报》1947年11月7日。
② 林曙光:《台湾文学的过去,现在与将来》,《台湾新生报》1948年4月12日。
③ 洪朗:《在论争以外》,《台湾新生报》1948年6月11日。
④ 杨逵:《台湾文学问答》,《台湾新生报》1948年6月25日。

作者与祖国新文学斗士通力合作,互相勉励","完成'五四'新文学运动未竟的主题:'民主与科学'"①。论争者还就台湾文学的命名、对五四精神的认识和评价等议题展开讨论。

这场讨论发生于光复后的社会动荡中,有着极强的现实针对性,其强调现实主义、战斗精神、为大众和反映社会的主张带有明显的左翼色彩,所针对的是当时受政治局面影响而相对沉寂的台湾文坛,所期待的是在台两岸文化人携手共创汇合于中国新文学的台湾新文学。论争也显示了两岸因彼此的陌生而存在的隔阂,但人们对消除隔阂的意愿是真诚的。"五四"话语和1930年代以来苏联和大陆左翼文艺的理论话语也频频出现在论争中,表明论争者的视野并未局限于一时一地,他们建设台湾新文学的设想建立在对历史和现实的把握之上,且有着较高的理论素养。

"鲁迅风潮"和《新生报》"桥"副刊论争是光复后台湾文学界对社会变动作出的主动应对,但是这种热情在激烈的社会冲突和政治高压下受到压抑。"二二八"之后,当局加强了对左翼思潮的打压。随着内战中国民党的节节溃败和最终退走台湾,并在台湾实施白色恐怖,清剿左翼势力,台湾的进步力量受到了致命的打击,大批左翼文化人被拘禁或杀害,光复后两岸文化与文学交汇的局面宣告结束。

1949年退到台湾后,国民党总结内战失败的经验教训,认为对文艺工作的松懈导致思想文化战线的失守和左翼文学的兴盛是其总体失败的重要原因,因此迁台后加强了对思想文化和文艺工作的管控,一方面镇压左翼思潮,反共清共;另一方面强化三民主义意识形态的统治地位,大力提倡反共的战斗文艺,使文学过度政治化,以服务于巩固政权、反共复国的需要。与此同时,非官方或非主流的文学创作与批评也在反共浪潮下生长,形成了反共文艺潮流之外的又一文学空间。因此五六十年代的台湾存在着官方文艺思想指导下的文艺批评与自由主义文学批评和现代主义文学批评并存的批评脉络。

反共文艺的倡导。基于政治危机意识和反共复国目标,国民党初

---

① 欧阳明:《台湾新文学的建设》,《台湾新生报》1947年11月7日。

第十一章 当代台港文学批评历程

抵台湾即施行政治高压,宣布实施戒严;控制言论和出版自由,思想文化上倡导反共意识形态和战斗文艺。1949年11月,《新生报》副刊发表《文艺工作者底当前任务——展开战斗,反击敌人》,被视为"自由中国的反共文艺的第一篇论文",随后官方掌控的媒体开始大量发表反共文艺创作和评论,官方组织的文艺社团和刊物纷纷涌现,1950年3月,"中华文艺奖金委员会"成立,在其存续的7年间共举办17次评奖,重要反共文本如《荻村传》《蓝与黑》《莲漪表妹》等均曾获奖;同年5月,"中国文艺协会"成立,此后几年中又先后成立"中国青年写作协会"和"台湾省妇女写作协会"等。1951年"文奖会"创办《文艺创作》月刊,并有《文坛》《幼狮文艺》《新文艺》等刊物和《"中央"日报》《新生报》《民族报》等报纸副刊作为官方文艺的重要园地。这些组织和报刊实为国民党官方借以引导、控制文坛的基本方式。

　　1953年11月,国民党最高领导人发表《民生主义育乐两篇补述》,表示要以文艺对抗"赤色的毒",呼吁创作"纯真和优美"的文艺作品,同时对各种文艺形式在社会中的作用、意义等提出了一些基本规划。此后国民党开始了迁台后文艺政策和方案的制定。1954年,大陆时期即执掌国民党文艺管理大权的张道藩作《三民主义文艺论》,以阐释《补述》为宗旨,集中论述了国民党去台后的文艺政策和观念,即继续强化"三民主义"作为文艺的指导思想,建设"平衡与和谐"的"三民主义文艺"。不过由于当下现实政治的紧迫性,"战斗文艺"的口号更加直接地用于发动文艺运动、指导文艺创作。1953年5月,《文艺创作》就出版了"战斗文艺论评专号";1955年1月,蒋介石提出"战斗文艺"的号召,各官方报刊纷纷举办"战斗文艺"讨论会,发表社论,推出专号等;亲国民党文化人也予以响应,先后出版葛贤宁《论战斗的文学》、袁揆九等《战斗文艺论丛》等书,另有陈纪滢等《战斗文艺与自由文艺》、王集丛《战斗文艺论》等"文坛战斗文艺丛书"出版。这些论述均以《补述》为圭臬,将文艺视为斗争的武器,阐释文艺为对抗共产意识形态所应负的使命和应有的功能,"它是有助于反共抗俄的,有助于争取自由民主的","那些'纯真优美'而有助于反共抗俄的文艺作品,就是今日所需的战斗文艺作品"①。1956年1月,国民党第七届"中常会"通过《展开反共文艺战斗工作实施方案》,正式确立"战斗文艺"为国民党的文艺政策;1965年11月国民党九届"三中全会"再度通过《强化战斗文艺领导方案》;1966年3月国民党九届"三中全会"通过了"中常会"提出的修正"加强战斗文艺之领导,以为三民主义思想作战之前锋"案;1966年12月国民党九届"四中全会"通过《中华文化复兴运动推行纲要》时,仍强调"继续倡导战斗文艺,辅导各种文艺运动",但此时反共的战斗文艺早已走向没落。

尽管在这样的倡导下出现了众多反共文学文本,但由于受到官方意识形态支配并服务于虚幻的政治目的,这些文本很难获得艺术生命力。1960年代后,随着反共复国的梦幻渐行渐远,战斗文艺的声势逐渐退去,代之以"三民主义新文艺"的说法。实际上,"三民主义"是国民党文艺思想的基本原则,战斗文艺是在特定时期服务于政治目的的口号。1970年代乡土文学运动之后,国民党文艺逐渐式微,在台湾文坛渐渐失去了影响力。

本时期重要的官方文艺理念的阐释者是张道藩(1897—1968),贵州人,1949年去台之前即为国民党文艺工作的重要领导人,1940年代在重庆创办《文化先锋》《文艺先锋》杂志,主持"中央文化运动委员会",赴台后创立"中华"文艺奖金委员会、"中国"文艺协会,创办《文艺创作》杂志。著有《我们所需要的文艺政策》《文化建设新论》和《三民主义文艺论》。他于1942年和1954年发表的《我们所需要的文艺政策》和《三民主义文艺论》集中了国民党政府去台前后文艺政策和观念的代表性论述,从中不难发现国民党官方所遵循的文艺理念及政策设想,即在"三民主义"的旗帜下,去台前,主张以文艺宣扬民族主义和传统道德,对抗左翼文艺,消除共产意识形态的影响;去台后,继续推行"三民主义"文艺思想,强化对文艺的指导和控制。

《三民主义文艺论》②首先界定三民主义文艺的实质和特点,并旁

---

① 王集丛:《战斗文艺论》,台北:文坛社,1955年,第2页。
② 张道藩:《三民主义文艺论(上)(中)(下)》,《文艺创作》1954年总第34、35、36期。

征博引,以世界范围内的思想文艺现象和观念来衬托其"反侵略、反极权"的民族意识;"实行公平与王道"的"全民政治"、追求平衡的民权意识;基于仁爱、憎恶斗争的民生意识,继续强调弘扬民族文化和传统道德。在创作方法上将写实主义奉为正宗,综合浪漫主义、古典主义和理想主义因素。文章还就文艺形式、大众化问题、审美取向以及向民间和西方学习等问题作出论述,是国民党文艺思想的集大成者,但由于理论的高蹈空泛和具体实施的薄弱,特别是"三民主义"自身的理论缺陷和文艺为政治理念服务的动机,都使其并未在文艺创作中产生重大影响。

本时期另一位国民党文艺批评家是王集丛(1906—1990),四川人,去台前后也是国民党文艺论述的代表人物之一,有《三民主义文学论》《写作与批评》《中国文艺问题》《战斗文艺论》《文艺新论》《文艺评论》《三民主义与文艺》《民族文学与时代精神》《文艺思想问题与创作》等理论批评著述。其论述集中于"三民主义文学观"的阐发,注重文艺与道德的关系以及传统文学在历史上的地位与意义等。

自由主义文学批评。国民党文艺虽然在五六十年代红极一时,但其贫乏的艺术成就和过度政治化的弊端,使之无法在文坛一统天下。具有自由主义特质的文学思潮和批评在反共战斗文艺之外提供了同时期坚持自由理念和人文精神的文学脉络。

自由主义文学的重要园地是创刊于1949年底的"《自由中国》"半月刊文艺栏。该文艺栏秉承自由主义立场和人本主义倾向,以胡适"自由的文学"和"人的文学"为圭臬,集结了梁实秋、吴鲁芹、林海音、陈之藩、余光中、於梨华、张秀亚、琦君、彭歌等一批重要作家。特别是在聂华苓(1925—)1953年接编后,文艺栏通过刊载创作和理论批评,形成了与官方文艺不同的文学路向,被概括为"自由人文主义"的文学脉络。[1]"《自由中国》"文艺栏的文学批评一方面对国民党的官方文艺服务于反共意识形态的政策提出批评,反对概念化的反共文艺,反对文艺成为政治伦理的派生物或达到政治目的的工具或方法,主张文艺的独立性,倡导创作自由;另一方面强调文学的人性尺度,"势非

---

[1] 朱双一:《台湾文学创作思潮简史》,北京:九州出版社,2010年,第180页。

向人性最基本处寻求作品的'基准'不可"①,认为文学的目标和成就应以表现深刻的人性为标准,并展开了"为艺术而艺术"的讨论。对具体作家作品的评价也是文艺栏的重要内容,殷海光对梁实秋《雅舍小品》的评论等颇有影响,仅此即可见该刊的文学批评与当时的政治性文学之差异。

由于"《自由中国》"的政治主张不见容于国民党当局,该刊于1960年被查封,但其文艺栏在整个1950年代的活跃表现,在反共文艺甚嚣尘上之际发出了反对文艺沦为政治的工具、尊重人性和艺术的声音。

二 现代主义文学时期的批评

1956年9月,台大外文系夏济安与友人创办了《文学杂志》。这份学院气息十分浓厚的刊物与"《自由中国》"文艺栏的文学理念相近,即秉持"人的文学"和"自由的文学"主张;两刊的作者也有高度重合。《文学杂志》凸显纯文学立场,倡导"朴素的、清醒的、理智的"文风,反对文学沦为政治的宣传,认为"宣传作品中固然可能有好文学,文学可不尽是宣传,文学有它千古不灭的价值在"②。从杂志的主张和具体内容看,主编者和写作者"是想拓宽台湾的新文艺创作,并且推进中国文学研究的理论。所以他们不走官方的反共抗俄的文艺路线,而是走为文学而文学的学院派路线"③。

《文学杂志》在文学理论与批评方面所占篇目众多,其重要贡献是大力译介西方文学,特别是现代主义文学,翻译了许多西方文学理论,如《论批评家影响下的美国现代小说》《现代英国小说与意识流》《艾略特戏剧的精神中心》等,同时重视中国古典文学研究,显现出融合中西古今的姿态。在台湾思想文化界寻求反共意识形态之外的思想资源以安顿无根与放逐的社会心理之际,《文学杂志》对西方文学与文化的引

---

① 李经:《从文艺的应用性谈文艺政策》,《自由中国》1954年总第10卷第3期。
② 编者:《致读者》,《文学杂志》1956年第1卷第1期。
③ 褚昱志:《五〇年代的〈文学杂志〉与夏济安》,郑明娳主编《当代台湾文学评论大系·文学现象卷》,台北:正中书局股份有限公司,1993年,第607页。

第十一章 当代台港文学批评历程

介正当其时。这些译介也直接体现在对台湾文学写作的批评中,夏济安《评彭歌的〈落月〉兼论现代小说》一文引入现代小说理念,肯定了小说的心理描写和象征手法,被视为当代台湾小说批评的经典文本。文学批评对文学写作"人性"表现的剖析,在夏志清对张爱玲的评论中有集中表现,这些评论后来体现在他的专著《中国现代小说史》中,该书对台湾文学乃至中国现代文学批评与研究产生了重要影响。

《文学杂志》至1960年8月停刊,共出版48期。它的存在直接促成台湾学院派文学创作与批评的形成,并连接了自由人文主义与现代主义,对台湾现代主义文学潮流的发生发展起到了重要的先导作用。以台大外文系学生为核心的《现代文学》的创办继续沿袭《文学杂志》的理念,促成了现代主义文学高潮的到来。

《现代文学》创刊于1960年3月,由白先勇、王文兴、欧阳子、陈若曦等青年学生担纲。对照该刊的《发刊词》和《文学杂志》的《致读者》,可以清晰地发现两者的承继关系,新一代人更明确地表达了"现代"意识。《现代文学》在理论批评上继续了《文学杂志》对西方现代文学的译介,以"专号""专辑"的方式刊载了卡夫卡、乔伊斯、托马斯·曼、福克纳、萨特、伍尔夫等西方作家作品和资料、评论,为现代主义文学在台湾的接受做了重要的普及工作。虽然本地的文学批评数量不多,但著名批评家夏志清、颜元叔、姚一苇、林以亮、何欣等均有批评文章发表,夏志清的重要批评文本《中国古典小说》中文译本就刊载于此。

台湾现代主义文学论争集中体现在现代诗批评当中。1953年到1954年,"现代诗""蓝星""创世纪"三大诗社先后创立,其共同理念是追求新诗的现代化,现代主义诗歌运动由此展开。1956年2月"现代派"正式成立,发起人纪弦在著名的《现代派的信条》中明确表示"我们是有所扬弃并发扬光大地包含了自波特莱尔以降一切新兴诗派之精神与要素的现代派之一群","新诗乃横的移植,而非纵的继承"[1]。这一鲜明主张随即引发论争,一方面是现代诗内部的讨论:1957年,覃子豪《新诗向何处去?》对"横的移植"表示质疑,并针对"信条"提出了新诗

---

[1] 纪弦:《现代派的信条》,《现代诗》1956年总第13期。

发展的原则,强调新诗应关注人生和思想;1961年,崇尚超现实主义的诗人洛夫发表《论余光中的〈天狼星〉》一文,就余光中诗歌创作路向的调整提出批评,引发余光中的回应,显现出现代诗观念的修正。另一方面是来自新诗外部的批评:从寒爵的《所谓"现代派"》到苏雪林的《新诗坛象征创始者李金发》等,均对现代诗持否定态度,引发了现代诗人的激烈反应。这些批评与论争从不同侧面深化了现代派诗人的思考和反省,也扩大了现代主义诗歌运动的影响力。

现代主义文学批评构成台湾20世纪六七十年代现代主义文学运动的重要内涵,与其创作成就一起,促成了中国新文学有史以来"规模最大、发展最充分的一次现代主义文学运动"①,为引进借鉴西方文学、丰富中国新文学的表现力提供了宝贵的经验。

夏济安(1916—1965),江苏吴县人,1950年赴台,学者。1956年与友人创办《文学杂志》,对台湾现代主义小说潮流起到了催生的作用,其批评文本收入《夏济安选集》第一辑"文学评论"中,另有研究二三十年代左翼作家的英文论著《黑暗的闸门》(The Gate Of Darkness)。夏济安的文学批评观融合中西古今,他不但对西方文论,特别是"新批评"有透彻了解,而且思考中国传统文化与现代文明的关系。一方面关注西方文化,包括文学作品和翻译对中国白话文和新文学的重大影响,"我们现在受过'西洋文化的洗礼',若能反躬自省,一定更能了解自家的长处和短处。我们的新小说,在这个意义上说来,必然是中西文化激荡后的产物"②。另一方面强调传统文化,特别是儒家思想在现代中国社会的深厚基础,态度温婉平和:"今日写小说的人,加入对儒家思想以及儒家文化为中心的中国社会抱同情而批评的态度,是可能写出好小说来的。"③因此他主张接受传统和西方的文化遗产,认为"现在的白话文实在是'雅俗兼收,古今并包,中西合璧'的一种文体","白话文的好处不在它的'白',而在它的兼文、白、中、西之长";"事实上,折衷正

---

① 朱双一:《台湾文学创作思潮简史》,北京:九州出版社,2010年,第221页。
② 夏济安:《旧文化与新小说》,《文学杂志》1957年总第3卷第1期。
③ 同上。

第十一章 当代台港文学批评历程

是五四以来文学的特色"。① 他反对文学作为宣传工具,突出文学的艺术属性,认为文学不是表现"善恶分明,黑白判然","小说家所发生兴趣的东西,该是善恶朦胧的边界"。②

在文本批评上,夏济安的基本理念是"同情的批评",他的为数不多的批评文本都具体而微地体现了这种理念。"他的'同情'真是同鸣共感,而深入的参与到主题对象以内;他的批评真是由排比辨析直作到持平的评,更又平稳的、积极的向前推进。"③就批评方法而言,夏济安被认为是正统"新批评"派的批评家,强调文本细读,注重精微的作品分析,认为"批评家重要的方法是'字句的剖析'"④。他的《评彭歌的〈落月〉兼论现代小说》和《鲁迅作品的黑暗面》就是运用新批评方法的代表文本,前者更"可说是中国第一篇介绍'新批评'派对小说创作所必注意到各点的文章"⑤。文章细致入微地从《落月》的心理描写谈起,涉及小说写作的多种艺术方法,融合批评家的感受和客观分析于一体,也被称作"台湾现代文学的第一篇重要文评"⑥。

夏济安的批评文字平实真切、朴素易懂,如同耐心的谈话,娓娓道来而无丝毫的晦涩和生硬。

颜元叔(1933—2012),湖南茶陵人,1949 年赴台,美国威斯康星大学英美文学博士,学者、散文家、英语教育家,《中外文学》杂志创办人,为 20 世纪六七十年代批评家。著有批评著作《文学的玄思》《文学批评散论》《文学经验》《谈民族文学》《文学的史与批评》《社会写实文学及其他》以及译作《西洋文学批评史》等。作为西方文学研究者,颜元叔被看作继夏济安之后大力引介新批评方法到台湾的学者,推动了1970 年代台湾批评界的新批评风潮,促进了文学批评的科学化和现代化;作为批评家,他还在实际批评活动中将台湾现当代文学批评引入学

---

① 夏济安:《白话文与新诗》,《文学杂志》1957 年总第 2 卷第 1 期。
② 夏济安:《旧文化与新小说》,《文学杂志》1957 年总第 3 卷第 1 期。
③ 陈世骧:《夏济安选集·序》,叶珊编《夏济安选集》,台北:志文出版社有限公司,1971 年。
④ 夏济安:《两首坏诗》,《文学杂志》1957 年总第 3 卷第 3 期。
⑤ 夏志清:《夏济安选集·跋》,《夏济安选集》(内地增订版),沈阳:辽宁教育出版社,2001 年,第 217 页。
⑥ 齐邦媛:《时代的声音》,《千年之泪》,台北:尔雅出版社,1990 年,第 13 页。

院研究视域,并积极在当时的文学论战中发声,也是"民族文学"和"社会写实文学"的倡导者。

颜元叔对新批评的介绍始于1960年代末以来的一系列文章,如《新批评学派的文学理论与手法》《朝向一个文学理论的建立》《现代主义和历史主义》《就文学论文学》等,将新批评的原则概括为:"第一,承认一篇文学作品有独立的生命。第二,文学作品是艺术品,有它自己的完整性与统一性。第三,所以一件文学作品可以被视为独立的存在,让我们专注地考查其中的结构与字质。"①他以"新批评"方法写作的关于余光中、洛夫、罗门、叶维廉等人的诗评直率地指出了台湾现代诗在结构、意象、语言上的问题;他的讨论白先勇、王文兴和於梨华的批评文章可谓学院研究台湾现代小说的起点。在《苦读细品谈〈家变〉》中,颜元叔对王文兴这部反叛传统的小说条分缕析,从人物关系、心理和细节描写、结构和语言文字诸方面多加肯定,为理解这部引发巨大争议的陌生化作品提供了有说服力的阐释。这篇文章也成为当代台湾重要的批评文本之一。

颜元叔被视为当代台湾肇始"真正严肃的现代文学批评及研究"的批评家,他意识到了现代文学的成就,也以自己的批评文本促成台湾现代文学获得文坛的正统地位;"可以说是一九四九年以后,开创了学院研究台湾当代文学现象的第一人"②。

在新批评风潮中出现的代表性批评文本是欧阳子(1939—)的《王谢堂前的燕子——〈台北人〉的研析与索引》,这部全面运用"新批评"方法的论著将《台北人》14篇小说中人物的共同经历和记忆串联为"表层锁链",将各篇作品概括为由"今昔之比""灵肉之争"和"生死之谜"三大主题构成的"内层锁链",进而收放自如地探讨各篇特色和小说集整体的社会内涵和美学意蕴,至今仍然是白先勇《台北人》的诠释典范。

---

① 颜元叔:《就文学论文学》,《谈民族文学》,台北:台湾学生书局有限公司,1973年,第48页。

② 吕正惠:《台湾文学研究在台湾》,《文讯》1992年革新第40期。

三 乡土文学运动中的文学批评及其流变

1970年代是台湾政治、经济、外交、文化激烈动荡的时期。一系列政治事件以及民族意识的觉醒"动摇了前二十年国民党威权体制所建立的稳定局势,暴露了台湾社会所潜藏的种种问题,因而改变了知识分子整体的思想倾向"①。台湾社会政治改革的呼声高涨,文化上提倡关怀社会、深入民间的"回归乡土";文学上出现以现代诗批评、乡土文学论战和写实主义小说为标志的乡土文学运动。其间,1966年创刊的《文学季刊》和随后的《文季》杂志发挥了重要作用,它们以弘扬写实主义为目标,聚集起一群主张相近的作家,成为掀起台湾写实主义文学浪潮的重要角色。

本时期高涨的民族意识和乡土情怀激发了对"西化"潮流的反拨,再次出现了对现代主义文学的激烈批评。1972年2月关杰明以《中国现代诗人的困境》等文表达对现代诗的失望;次年,唐文标发表《什么时候什么地方什么人——论传统诗与现代诗》《诗的没落——台湾新诗的历史批判》和《僵毙的现代诗》等文,全面否定现代诗,批判现代主义文学,强调文学与现实的关系,产生巨大反响,被称为"唐文标事件"。这场"现代诗论战"以当年8月"龙族"诗社推出"龙族评论专号"达到高潮,其中心议题是诗如何表现时代与民族精神。继承《文学季刊》写实主义精神和左翼立场的《文季》组织了对现代诗、以《文学杂志》和《现代文学》为代表的西化倾向以及欧阳子和王文兴的现代主义小说的集中批判,在文坛上掀起轩然大波;主编尉天骢《对现代主义的考察——幔幕掩饰不了污垢》等文以阶级分析方法否定人性论和现代主义小说,被文学史家看作"70年代批判台湾现代派小说西化的开端"和"小说界乡土派和现代派的初次交锋"②。这些批评是当时政治文化

---

① 吕正惠:《七、八十年代台湾乡土文学的源流与变迁》,张宝琴、邵玉铭、痖弦主编《四十年来中国文学》,台北:联合文学出版社股份有限公司,1995年,第148页。
② 古继堂:《台湾小说发展史》,沈阳:辽宁教育出版社、春风文艺出版社,1989年,第326页。

思潮更替、社会心理演变在文学上的反映,也成为随后乡土文学论战的前奏。此后的《文季》核心作家多投身于乡土文学论争,强调"中国意识",初步显露出与强调"台湾意识"的《台湾文艺》作家群观念上的差异。

乡土文学论战。自 1960 年代中期始,台湾写实主义文学逐渐兴盛,持写实主义理念的乡土作家和文本大量涌现。1976 年起,乡土文学的社会批判倾向和本土意识引发了一些不安;1977 年 4 月,《仙人掌》杂志第 2 期刊出多篇讨论乡土文学的立场对立的批评,乡土作家王拓以《是"现实主义"文学,不是"乡土文学"》论述了乡土文学思潮产生的社会基础和必然性,并对这种"根植在台湾这个现实社会的土地上来反映社会现实、反映人们生活和心理的愿望的文学"给予正名;反对者银正雄《坟地里哪来的钟声?》则认为当下的乡土文学"有变成表达仇恨、憎恶等意识的工具的危机"。当年 8 月,彭歌《不谈人性,何有文学》和余光中《狼来了》发表后,论战急剧升温,官方和具有官方背景的报刊发表了大量抨击乡土文学的文章,也存在以政治禁忌来罗织罪名的现象;《夏潮》《中华杂志》等左翼刊物也刊发了众多乡土文学作家和支持者的反批评。王拓《拥抱健康的大地》从台湾社会问题的角度说明广大民众在经济发展中受到的不公正对待,为书写乡土之爱的文学辩护;陈映真《建立民族文学的风格》针对指责一一作出回应,指出乡土文学继承了中国文学关心民众疾苦、争取民族独立与自由的光荣传统,"以描写外来经济和文化的支配性影响下农村中的人的困境,和被外来经济和文化所'国际化'了的都市中的人的诸形象,批判了台湾在物质上和精神上殖民化的危机,从而在台湾的中国新文学上,高高地举起了中国的、民族主义的、自立自强的鲜明旗帜!"①一些学院派批评家和自由知识分子也加入论战。② 至 1978 年初,官方召开文艺会议,呼吁论战双方"化戾气为祥和",也对乡土文学与社会政治的密切关系发出了警告。随后论战趋于平息。

---

① 陈映真:《建立民族文学的风格》,《中华杂志》1977 年总第 171 期。
② 相关资料见尉天骢主编《乡土文学讨论集》,台北:远景出版事业有限公司,1978 年。

第十一章 当代台港文学批评历程

乡土文学论战超出了文学范畴,显现了文化政治场域不同力量的角力,论战集中于对当时台湾社会性质的判断和评价,即台湾社会是否存在阶级矛盾;是否存在帝国主义、殖民主义对台湾政治经济的控制和影响。乡土文学反对者试图从"人性"出发,以政治禁忌和官方意识形态遮蔽社会问题;支持者以左翼思想为指导,以现实关怀为核心,争取文学为社会现实服务的空间。论战各方,无论是主要冲突双方还是学院派批评家、自由知识分子,都从各自不同立场对乡土文学作出不同的解读。论战大大推动了乡土文学理论话语和创作实践的形成,将自日据时期形成的台湾写实主义传统与当今回归乡土的社会意识连接起来,形成了较为连续完整的文化脉络,改变了台湾文坛的原有格局,对后来台湾文学乃至社会的走向都有重大影响。

在这场主要以乡土作家和代表官方的文化政治力量论战的过程中,乡土文学内部的路向之争也初见端倪,一部分论者开始突出本土意识在台湾社会中的重要意义,另一部分论者坚持中国意识,从世界政治格局和中国近代以来争取民族解放的角度认识台湾文学和中国文学的关系。两者在当时均处于左翼阵营,共同抗拒官方意识形态,但在日后台湾文化文学的演进中分道扬镳,前者逐渐走向以台湾意识取代中国意识的"去中国化"道路,并形成"本土文学批评"一脉;后者继续反帝反殖民的民族立场,在台湾社会的风云变幻中始终坚持批判殖民主义与分离主义,形成"左翼文学批评"一脉。1980年代以来,乡土文学内部的分歧日益扩大,从1980年代中前期的"第三世界文学论"与"台湾文学本土论"的对立到21世纪初关于台湾文学史写作的论争,都是分歧的具体表现。

本土文学批评。由于日本殖民统治和1949年后的社会转折,1950年代台湾本地的文学活动相对比较沉寂,除部分作家外,省籍作家大都经历了曲折的语言转换和再出发的过程。1964年,《笠》诗刊和《台湾文艺》的创办标志着省籍作家形成了群体的力量;1970年代关怀乡土、反思西化和现代主义的文化意识的兴起壮大了这一群体在文坛的声势,他们与左翼思潮一起,开始挑战原有的官方文化势力。这一脉络中的激进倾向从1980年代前期起逐渐形成强调与大陆相区隔的"本土化"文学论述,并在后来的台湾民主化过程中日益得到强化,直至构建出一套本土文学话语,形成台湾社会"去中国化"意识形态的重要组成部分。

1980 年代以来的本土文学论述突出所谓独特的"台湾意识"与"台湾经验",以区隔台湾与大陆,淡化和改变台湾文学是中国文学一部分的既有论述,使台湾文学不再成为中国文学的"附庸",进而推进政治上的两岸分离。为此,"被殖民经验"成为构建台湾主体性的重要资源,"本土化"则是主体建构的操作路径。这些论述将台湾文学描绘成独立于中国文学之外的文学现象,过度突出对土地的忠诚,以此将 1949 年后大陆来台者的文学活动他者化,并引申出对抗中国的意义。彭瑞金《台湾文学应以本土化为首要课题》、宋冬阳《现阶段台湾文学本土化问题》等即为本土文学论述初期的代表;1980 年代中后期至 1990 年代初,随着叶石涛《台湾文学史纲》和彭瑞金《台湾新文学运动 40 年》的出版,以及《厘清台湾文学的一些乌云暗日》《台湾文学定位的过去和未来》等文章的发表,本土文学的史料积累和理论主张初步形成。1980 年代和 1990 年代先后创办的《文学界》和《文学台湾》杂志可谓本土文学论述的重要发源地。世纪之交,台湾政党轮替,本土力量掌握了公权力,在教育、文化诸领域加紧"去中国化"步伐,文学的本土论述获得了更多的权力支持,逐渐改变着"台湾文学"的内涵、意义和评价标准。

本土文学论述经历了一个逐渐深化的过程,至今已成为占据台湾文学批评重要位置的中心话语。其存在的根本缺陷在于,将文学论述服务于政治论述,通过史实遮蔽、概念置换,例如将台湾文学的"独特性"表述改换为"自主性"等,修正和否定原来持有的认识,表现出前后不一的矛盾状态和自我瓦解的症候,具有极强的地区性民族主义色彩和排他性。

从 1979 年的"美丽岛事件"到 1987 年的解严和党禁、报禁的解除,台湾社会威权统治逐渐瓦解,政治生态发生了根本性的变化,原本没有获得充分政治权力的本土力量在民主化进程中逐渐赢得了权力。这当中,清算威权统治、倡导本土关怀,政治民主、文化多元都是台湾社会变革的合理要义,与"去中国化"并不存在必然的文化政治逻辑。本土化文学论述的形成和发展有台湾岛内各种政治力量生成消长的复杂原因,与政治权力争夺关系密切;论述者"拒绝面对'中国'这个'巨大的历史现实'问题"①也是其中一个重要因素。

本土文学论述的重要批评家叶石涛(1925—2008),台南人,以文学创作和批评活跃于文坛,是1980年代以来本土论述的重要参与者和引领者,也是本土话语的重要建构者,其文学批评不但集中了当代台湾文学不同时期出现的若干有代表性的问题,如语言转换、乡土文学论争、"台湾文学"概念的演化以及本土文学论述的内在矛盾等,也贯穿了本土论述深化的全过程。著有《台湾乡土作家论集》《没有土地哪有文学》《台湾文学的悲情》《走向台湾文学》《台湾文学的困境》《展望台湾文学》《台湾文学的回顾》等评论集。1987年出版的《台湾文学史纲》是台湾第一部较为全面的新文学史论述,也是本土论述形成时期的重要文本。

1965年,叶石涛发表了《台湾的乡土文学》一文,从此开始了他在台湾文学理论批评界发挥重大影响的时期。这一年份的前后正是本土文学思潮萌芽和兴起的时刻,《台湾的乡土文学》其实是这一思潮在理论上的突出体现。文章首先表明作者长期以来持有的一个"炽烈的愿望",即"把本省籍作家的生平、作品,有系统的加以整理,写成一部乡土文学史"②。随即就台湾乡土文学的特质、历史和传统作出简明而清晰的描述,明确提出了以土地和省籍为依归的乡土文学内涵。这是第一篇旨在为省籍作家作品确立其文学史地位、突出台湾乡土文学的独特价值和重要意义的理论文章,无论是叶石涛本人的文学观还是后来逐渐兴盛的本土文学意识,都以此为出发点,衍生出一系列的变化和矛盾。

经过长时期对省籍作家作品的评论研究后,1977年,在乡土文学论战的高潮中,叶石涛发表了著名的《台湾乡土文学史导论》,发展了

---

① 吕正惠:《"不堪回首"之下的回首》,《台湾社会研究集刊》2001年总第42期。
② 叶石涛:《台湾的乡土文学》,《文星》1965年总第97期。

《台湾的乡土文学》的基本观点并加以系统化、理论化,就台湾历史命运的特殊性以及乡土文学的道路和传统问题进行深入探讨,使乡土文学有了比以往更加明确的定义,即"台湾的乡土文学应该是以'台湾为中心'写出来的作品",继而第一次在文学上明确提出"台湾意识":"作家可以自由地写出任何他们感兴趣及喜爱的事物,但是他们应具有根深蒂固的'台湾意识',否则台湾乡土文学岂不成为某种'流亡文学'?"①这里"台湾意识"实际是在省籍和土地内涵之上的理论化表述。此时的"台湾意识"还是一个历史的概念,来源于日据时期新文学的反帝反封建传统和现实主义精神,将"台湾意识"定位于此,无疑是借用其历史性含义来张扬当下的现实愿望。

《台湾文学史纲》与上述两篇文章一样,其产生带有明确的省籍或本土特征:是由本土倾向鲜明的杂志《文学界》的同仁共同倡议、发起,由叶石涛执笔完成的。因此它不单体现叶石涛本人的文学观,也是强调本土意识的群体观念的代表,"其目的在于阐明台湾文学在历史的流动中如何地发展了它强烈的自主意识,且铸造了它独异的台湾性格"②。《台湾文学史纲》确立乡土文学为台湾文学正宗;对大陆来台作家的文学活动以表现与认同台湾与否为标准,基本上持贬抑态度;继续以土地为中心,褒扬现实主义。相比《台湾的乡土文学》和《台湾乡土文学史导论》,《台湾文学史纲》的重大突破是以"台湾文学"称谓取代"乡土文学"的命名。从概念上看,"台湾文学"指的是台湾地区产生的文学;但在具体论述中,"台湾文学"常常特指乡土文学。《台湾文学史纲》是台湾文学本土论述发展的重要标志,也是叶石涛以往观念的集大成者。它的出版恰逢解严,客观上宣告了一个旧的论述时代的结束和新的论述时代的开始。解严以后,叶石涛的台湾文学论述进一步向本土论述方向发展,时常显露明确的分离意识和政治内涵,同时仍然存在前后不一、概念含混的状态。

从1960年代的"乡土文学"、1970年代的"台湾意识",到1980年

---

① 叶石涛:《台湾乡土文学史导论》,《夏潮》1977年总第2卷第5期。
② 叶石涛:《台湾文学史纲·序》,高雄:文学界杂志社,1987年,第2页。

代的"乡土文学等于台湾文学",再到1990年代的台湾文学"绝非中国文学的一环",叶石涛的论述是一个不断提升台湾本土(省籍)文学的重要性,最终确立其为台湾文学正宗的过程,也是一个不断以当下论述否定以往论述的过程,更是建构本土文学话语、"去中国化"的过程。这一过程从为台湾本土文学争取生存权和发展权始,到具有明显的权力意识和排他性,其话语性质逐渐增强,到1990年代甚至时时沦为本土政治论述,而使它的建构者也迷失于文学论述和政治论述的纠葛中。

在《台湾文学史纲》之后,更为激进的本土论述是彭瑞金的《台湾新文学运动40年》。彭瑞金(1947—),新竹人,是1990年代本土文学论述进入高潮期的代表人物之一。著有文学评论集《泥土的香味》《瞄准台湾作家》《台湾文学探索》《台湾文学沉思录》《台湾文学步道》《文学评论百问》《驱除迷雾,找回祖灵》《历史迷路·文学引路》《雾散的时候》,以及《台湾新文学运动40年》《台湾文学史论集》《高雄市文学史》等文学史论,另有《钟理和传》《叶石涛评传》《钟肇政文学评传》等本土作家传记文本。

1991年出版的代表作《台湾新文学运动40年》延续和发展了《台湾文学史纲》的本土想象,使之几乎成为一部"本土文学"运动史,并联系到台湾文学的解释权问题,认为只有省籍作家或文学史家才拥有台湾文学的"正字解释权"。该著的论述中心是战后台湾新文学运动,但为了寻找本土意识的历史资源而将日据时期台湾新文学运动作了有选择的表述,涉及台湾与大陆文化和文学密切联系的历史叙述纷纷被主动遗忘,取而代之的是强调台湾新文学产生的内在因素,以减弱大陆的影响,"激发台湾新文学运动的原因极为复杂,不过,来自文学本身的觉醒,接受台湾内部政治的、社会的、文化的求变求新的征召仍是最主要的"。台湾新文学遂成为"台湾民族觉醒运动的一环"和"台湾人意识的堡垒"。[1] 在如此文学史观的支配下,张我军的重要地位和作用被大大压缩,他的名字不再单独出现,他大力倡导白话文的功绩已彻底被"消音";论及"旧文学的破产"时,他的观点仍被引用,但名字却不再在

---

[1] 彭瑞金:《台湾新文学运动40年》,台北:自立晚报社文化出版部,1991年,第11页。

正文中被提及。不熟悉史实和历史叙述的人已完全不能从中得知张我军的重要贡献。一种新的文学史叙述开始生效，显现了覆盖原有叙述的明确意图和效果。

为建构独立于大陆的文学史论述，《台湾新文学运动40年》将1930年代台湾话文论争与包含"自主性"和"主体性"的"民族文学的确立"直接联系到一起；为淡化本土文学与大陆的联系，即便是被肯定的光复初期来台大陆文人与台湾文人的合作，也刻意强调来台者对台湾的无知和两岸间的隔膜，得出"彼此之间已经没有交合点可言"的结论；对于非本土文学，《台湾新文学运动40年》相比《台湾文学史纲》大大压缩了论述篇幅，扩展了已有的一些负面表述，以绝对的本土、非本土划分尺度和对土地的"忠诚度"界定文学、决定贬抑或褒扬的想象表述，形成了明确的正统/非正统、本土/非本土的二元对立，乡土/本土文学已通过论述从知识走向信仰，固定为神圣不可冒犯的历史资源。

这种思维模式贯穿于彭瑞金的诸多批评论述中，以2004年发表的《战后初期"台湾文学路向之争"的真相探讨》一文为例，文章首先将光复初期文化讨论中的不同认识归结为省籍身份差异，使省籍成为决定论述正确与否的标准；其次，将本时期的文化争论看作囿于台湾的孤立现象，那些将战后台湾文学与大陆文学联系在一起的论述都受到贬抑。这种带着强烈情绪化色彩的判断由于缺乏有力的证据和恰当的逻辑，成为今天的论述动机对历史的扭曲。

左翼文学批评。在1970年代乡土文学运动中壮大的左翼/乡土文化力量在1980年代发生分化后，坚持从中国近现代以来的国族命运和世界范围内的反帝反殖民历史经验出发的左翼潮流在本土力量抬头的时局下，针对排他、褊狭的社会意识，以马克思主义为主要精神资源，提出他们对社会与文学问题的分析和解决方案。左翼批评的突出特点是对台湾社会有明确深入的认识和透彻的把握，关注中国革命，在探寻两岸共同命运和追求理想的实践中思考台湾。在以后殖民话语建构本土论述的当下台湾，他们依然关注台湾社会被掩盖的不公正，关注分离主义对台湾的危害，以史料整理和积极论述揭示历史真相。台湾左翼思潮的生成与演化与大陆不同，无论在威权统治时期还是本土意识形成

第十一章 当代台港文学批评历程

主流的时代,他们均远离权力中心,始终保持清醒的判断和对权力的质疑,坚持批判立场,成为特立独行的异数和时代的稀缺资源。从20世纪六七十年代的《文季》系列刊物到1980年代创办的《人间》杂志和《台湾社会研究》季刊,再到贯穿新世纪第一个十年的"人间思想与创作丛刊",直至2012年始创的《人间思想》和《方向》丛刊,左翼文学与文化批评脉络清晰可见。陈映真、吕正惠、施淑、曾健民、陈昭瑛等左翼批评家通过著述、论争、史料发掘整理等在台湾探索寻找真相和真理之路。

陈映真(1937—2016),台北人,另有笔名许南村,台湾左翼思想家、作家、评论家,1959年开始文学写作,青年时代接触马克思主义学说,曾任台湾中国统一联盟主席。著有《陈映真作品集》15卷、《陈映真全集》23卷、评论集《知识人的偏执》《孤儿的历史·历史的孤儿》等。长期以来,陈映真坚持民族立场,运用马克思主义观点,以文学写作和批评的方式分析台湾社会的阶级矛盾、殖民经济现状,批判殖民意识和分离主义。他以坚定的理想主义精神和高度的道德情怀积极参与台湾社会运动和思想文化界的重大论争,投身争取社会公义和弱者权利的实际行动;以开阔的视野和敏锐的思想关注台湾现实、两岸命运和世界风云。陈映真曾参与《文学季刊》《文季》《夏潮论坛》等左翼刊物的创办和编辑,1985年创办《人间》杂志,次年创办人间出版社,使之成为左翼思想传播的重要媒体。

陈映真是台湾文学界和思想文化界少有的集思想家和文学家于一身的人物,他以对社会的敏锐观察力和深刻的批判精神积极参与了现代主义批判、乡土文学论战、"中国意识"和"台湾意识"等重大论争,所阐明的"第三世界文学论""中国结与台湾大众消费论""冷战·民族分裂时代论"等在台湾当代文化思想界引起强烈反响。

陈映真的文学批评紧密联系社会现实,具有明显的社会批判色彩,大量批评文本产生于历次论争之中。批评焦点集中在一些重大社会问题上,观点立场始终如一,在政治文化风云变幻的时局下坚定地发出左翼的声音,成为台湾从1970年代到世纪之交文学与文化批评的重要引领者。其突出的思想内涵表现为:

第一,强调文学的社会功能,文学应该反映社会、批判现实;"拥抱生活,关爱人间"①。写于乡土文学论战中的《文学来自社会反映社会》一文考察了战后30年来的台湾社会,总结其精神生活的焦点是西化;批判现代主义文学对西方的附庸,指出过去的乡土文学有强烈的反对日本帝国主义的政治意义,今天的乡土文学"提出文学的民族归属和民族风格,文学的社会功能"等议题具有反对西方和东方经济帝国主义以及文化帝国主义的意义。《关怀的人生观》倡导文学的社会责任,将文学视为"为了建造一个更好的世界和人生的手段之一"。

第二,在冷战和国家分裂的格局中坚持民族团结和国家统一,强调台湾文学作为"在台湾的中国文学"的性质,始终从近现代中华民族的命运和冷战以来世界政治格局出发来认识中国问题,跳出地域和族群冲突的局限,确立中国人的立场和身份。乡土文学论战时期陈映真就敏锐地意识到乡土文学阵营内部可能出现的分离意识,《乡土文学的盲点》针对叶石涛《台湾乡土文学史导论》,指出"台湾立场"和"台湾人意识"有可能推演为分离自中国的"台湾的文化民族主义",强调从中国近代社会发展来看,台湾乡土文学是统一在中国近代文学之中的,具有"以中国为取向的民族主义的性质"。1980年代以来,更是直面分离意识,指出其谬误和危害,《"台湾"分离主义——"知识分子的盲点"》《国家分裂结构下的民族主义》等即为代表。

第三,对殖民主义保持高度警惕。针对1990年代以来台湾出现的美化殖民统治、理解和肯定"皇民文学"、借殖民经验和后殖民理论推行"去中国化"的倾向,陈映真也作出了严肃的批判。2000年与陈芳明就《台湾新文学史》展开的论战,就是围绕"后殖民史观"进行的。陈映真从马克思主义理论出发,将战后的台湾社会概括为半殖民地和"新殖民地"社会,"原本反对文化殖民主义的后殖民论,到了台湾,竟恰恰成为美国对台学界文化殖民的工具。而只有在这个意义上,台湾文学才表现出深刻的'后殖民'性质"。② 这场"双陈论战"和随后2003年

---

① 姜郁华:《拥抱生活,关爱人间》(陈映真访谈录),《自立晚报》1985年11月3日。
② 陈映真:《以意识形态代替科学知识的灾难——批评陈芳明先生的〈台湾新文学史的建构与分期〉》,《联合文学》2000年总第189期。

第十一章 当代台港文学批评历程

陈映真发表《警戒第二轮台湾"皇民文学"运动的图谋》，批判日本学者藤井省三所著《台湾文学这一百年》对殖民现代性的肯定引发的双方论战，是新世纪以来台湾左翼批评对"去中国化"的"后殖民史观"本土论述和美化殖民统治的社会心理的有力回击。

陈映真的文学与文化批评还带有准确的预见性，这源于其敏锐的观察力和对社会的深刻把握。他预见到西方垄断资本对第三世界国家的控制，预见到台湾意识中的分离倾向，也较早意识到台湾殖民、后殖民问题的复杂性。他以深厚的理论素养和鲜明的观点始终葆有批判者的姿态。他的思想道路具有 20 世纪中国左翼知识分子共同的特征，又与他的个人气质和台湾社会的发展紧密相连。

吕正惠（1948—   ），台湾嘉义人，学者，著有《小说与社会》《战后台湾文学经验》《文学经典与文化认同》《殖民地的伤痕——台湾文学问题》《台湾文学研究自省录》等现当代文学批评著作。吕正惠的批评具有左翼批评群体的共同特征，基于社会现实的关怀而展开，他从最初从事古典文学研究到 1980 年代转向现当代文学评论，就是关注现实的结果。左翼批评的产生源于对现实问题的思考和对理念的坚持，有很强的针对性，批评也展现了他们人生探索的轨迹。

吕正惠早期的文学批评以作家作品论为主，批评当代台湾小说现实感的缺乏，这些评论大都收入《小说与社会》一书。此后应对本土思潮的逐渐兴起，他的批评侧重战后台湾文学思潮与脉络的观察与辨析，《现代主义在台湾》《七、八〇年代台湾现实主义文学的道路》《台湾文学的语言问题》《九〇年代台湾文学的意识形态之争》《战后台湾知识分子与台湾文学》《台湾文学与中国文学》等文，关注文学思潮与社会的关系，辨析"'台湾文学'的性质问题"，从左翼和中国的立场与本土思潮展开论辩，澄清后者造成的意识混乱。

针对 1990 年代殖民与后殖民论述兴起后，部分本土论者将台湾的被殖民历史当作今日"自主性"的源头，以及对历史的选择性阐释的现象，吕正惠就殖民时期台湾文学诸多现象作出了一系列深入辨析，《三十年代"台湾话文"运动平议》通过史料的梳理和有逻辑性的论述，说明当时提倡和反对"台湾话文"的双方均以"台湾话文"能否与汉文化保持联系为思考焦点,其目的在于对抗殖民者的语文同化,而不是体现独立于祖国的"自主性"。《龙瑛宗小说中的小知识分子形象》《皇民化与现代化的纠葛》《殉道者》等文探讨殖民时期台湾重要作家龙瑛宗、王昶雄和吕赫若写作中蕴含的殖民性与现代性的关系,准确深入地分析了殖民时期台湾知识分子的复杂心态。

吕正惠的文学批评观点鲜明,说理有力,融合了他对台湾社会问题的探索,同时也是"过度热切的心灵轨迹",流露出左翼知识分子面对社会误解坚持真理的痛苦和清醒。[①]

施淑(1940—),台湾彰化人,学者,研究重心在于中国现代小说和台湾文学,著有《理想主义的剪影》《大陆新时期文学概观》《两岸文学论集》《两岸——现当代文学论集》等。施淑文学批评的鲜明特色在于关注两岸文学,这种关注又与批评者受现代文学中的理想主义情怀和左翼文学的感召相联系。其基本主题一是探讨现代中国知识分子和左翼作家的创作实践、思想取向和批评观念,一是就台湾文学,特别是殖民时期文学中知识分子的道路及其思考与困惑作出深入阐发。《理想主义者的剪影——青年胡风》《论端木蕻良的小说》《历史与现实——论路翎及其小说》《中国社会主义文艺理论的发展》等长文是施淑研究大陆现代文学的重要成果;《文协分裂与一九三〇年代初台湾文艺思想的分化》《日据时代小说中的知识分子》《书斋、城市与乡村》等文则集中于殖民地文化运动与知识分子命运的论述。《首与体——日据时代台湾小说中颓废意识的起源》一文深入辨析了殖民现代性带给台湾知识分子的精神困扰,将之概括为"首与体"相冲突的矛盾困境和特殊的"双乡"意识,指出它们是"三〇年代成熟起来的台湾新文学的栖息之处","显现出来的正是发生在弱势族群和殖民地人民的心灵的、物质的流离失所的状态"[②]。这一分析对于殖民时期知识分子心态的把握极为精到。

---

① 吕正惠:《我的接近中国之路——三十年后反思乡土文学运动》,《思想》2007 年总第 6 期。
② 施淑:《首与体——日据时代台湾小说中颓废意识的起源》,陈映真等著《吕赫若作品研究》,台北:联合文学出版社股份有限公司,1997 年,第 212、220 页。

知识分子意识是施淑文学批评关注的焦点,因为知识分子的精神状态最能显示殖民地台湾的复杂境遇,这些批评文字多采用文学社会学方法,注重考查社会政治经济因素对文学的影响,它们不以数量取胜,而以分析的深入透彻见长。

四 台湾文学批评的多重脉络

后殖民文学批评。1990年代始,后殖民理论大规模进入台湾,并在具体的文化与文学批评中得到广泛应用。这种批评范式的转换原本与世界范围内的批评潮流演进相一致,但在台湾特殊的社会语境中,后殖民理论受到格外的关注。由于后殖民理论在台湾的传播发生于解严之后,且与台湾曾经的被殖民历史相契合,众多文化议题如民族、族群、性别、阶级等,都会借助后殖民理论加以阐释,而后殖民思维建构新主体的倾向符合本土论述建构"台湾主体"的意愿,更使这一理论成为1990年代文学批评的主导话语。长于后殖民理论的批评家大多有西方教育背景,对西方文化与文学理论较为熟悉。在此之前,关于后现代主义的论争也早已登场,"也正是在这个论争中,台湾人文知识界深刻地卷入到当代台湾政治意识形态的生产场域之中"①。随后又出现关于后殖民与本土论述关系的讨论。无论是后现代还是后殖民,都是台湾政治转型之后知识分子重新解读社会与文学所使用的理论方法。"后现代文化论述曾在台湾风靡一阵子,如今则被后殖民论述所取代。"②台湾后殖民论述的基本特点一是理论与具体现象和文本分析结合紧密,带来分析方式方法的新拓展;二是理论与政治潮流相结合,促成新的主流意识形态和思维模式的生产,影响到台湾社会文化心理的变异;三是在运用中常与其他文化研究理论相配合,且扩展到历史、文化、社会诸领域和不同的文本形态;四是充满分歧和争论,部分后殖民批评家存在对理论的曲解和为我所用的状况,所建立的"后殖民本土

---

① 刘小新:《20世纪末台湾文论的后现代论争与后殖民转向》,《华文文学》2008年第4期。
② 廖炳惠:《回顾现代》,台北:麦田出版股份有限公司,1994年,第5页。

话语由于内部的矛盾分裂而面临自我解构。

在众多运用后殖民理论的批评家中,廖炳惠、邱贵芬、廖咸浩、廖朝阳等皆为研究西方文论或比较文学的学院派人士;陈芳明更试图借用后殖民理论建构本土论述的文学史框架。

廖炳惠(1954—　　),台湾云林人,美国加州大学比较文学博士,学者,著有《解构批评论集》《形式与意识形态》《回顾现代》《另类现代情》《关键词200——文学批评的通用词汇编》《台湾与世界文学的汇流》等。作为比较文学学者,廖炳惠熟悉文化研究诸多方法,长期关注亚太地区族群想象、全球化问题、后现代与后殖民理论等议题。通过比较视野,讨论跨国、跨文化现象,重新审视台湾文化现象,是当代台湾文化论述从后现代到后殖民转型中的重要批评家。

廖炳惠的文学论述重视对当代西方文化研究诸理论,特别是后现代与后殖民理论的解读和辨析,从源头及与其他文化研究理论的关系方面条分缕析,《后殖民与后现代》《新历史主义与后殖民论述》《在台湾谈后现代与后殖民论述》《后殖民时代的历史研究》等文,或访谈后殖民理论家,或介绍西方研究中心的"后学"论述,或详细阐发后殖民概念的多重意义。出于对理论来源和产生语境的了解,他意识到东亚的诸多文化现象,并不能全用欧美的理论顺利解读,"常把后殖民论述挂在嘴边,或者动辄加以排斥,其实未必了解后殖民论述形成的过程及其洞见与不见"①。因此认为在台湾谈论后现代或后殖民应该清楚以下几点:一是后现代有其西方现代情景下的局限;二是后殖民是在具体历史经验中发展出的论述,对其他社会不一定适用;三是亚太地区发展出的资讯消费与再生产现象,已非这些理论所能掌握;四是如何以亚太文化经验,在后殖民与后现代的差距之间找出另一条路,这是一个挑战。② 在他看来,如果没有历史纵深,没有真正跨亚际的长期知识积累和对跨国的结构性了解,文化研究就很难掌握真正的核心。③ 现代性

---

① 廖炳惠:《回顾现代》,第5页。
② 同上书,第69页。
③ 廖炳惠等:《文化研究与新的文化现实》,《上海大学学报(哲学社会科学版)》2007年第1期。

是廖炳惠批评思考的又一中心,他将众多台湾文学文本中的现代性表述概括为"四种现代性的情境",即"另类现代性""单一现代性""多元现代性"和"压抑性的现代性",并认为只有理清这四种现代性背后的政治文化涵义,台湾的后殖民论述才有明确的切入点。①

廖炳惠具体的批评文本多选择能够体现多重时空和文化经验的对象加以论述。《缅怀故土,再建中心》以后现代和后殖民去中心与重构中心的视角,解读宋元之交汉人知识分子和艺术家在遭遇"内在放逐"、成为故土上的陌生人之后形成新视野,依靠想象重建另一中心,以面对取代南宋的学术风格及蒙古的政治实体的状况,将文人画家们依过去记忆的绘画解读为对故土的缅怀与重建。他对电影《霸王别姬》的分析则强调文本在跨文化、跨语境的国际化公共场域中可能引发的不同"文化效应",以及中国历史大叙事与性别议题之间的紧张关系,揭示了文本内外的多重张力。

邱贵芬(1957—   ),台湾台中人,美国华盛顿大学比较文学博士,学者,自 1990 年代初起关注后殖民及女性论述,将其运用到台湾文学、女性叙事和纪录片的批评中,擅长从具体文本分析中建构观念,著有《仲介台湾・女人》《后殖民及其外》等理论批评著作,主编《日据以来台湾女作家小说选读》《台湾政治小说论》等,是 1990 年代以来台湾后殖民论述的代表人物之一。

邱贵芬后殖民批评的重要特征是将后殖民论述与本土史观相结合,认为关于前者的讨论是学者"积极地介入本土文化的争辩,透过西方流行理论和当下(解严后)台湾文化做面向复杂的对话";"后殖民论述最重要的特色乃在质疑帝国中心价值体系,强调殖民地文化与殖民势力文化的差异。这正是台湾'本土派'论述长期以来努力耕耘的方向"。"后殖民理论的介入,可进一步合理化本土派抵制传统中国中心文学史观,重整台湾文学典律的理论思考。"②在此认知上形成了她的

---

① 廖炳惠:《台湾文学中的四种现代性》,《台湾文学与世界文学的汇流》,台北:联合文学出版社股份有限公司,2006 年。

② 邱贵芬:《"后殖民"的台湾演绎》,《后殖民及其外》,台北:麦田出版股份有限公司,2003 年,第 260、261、266 页。

"后殖民本土论",即以后殖民论述建构"本土"与"中国"的对立,使后殖民论述成为本土文学理念的重要支撑。

《"后殖民"的台湾演绎》一文综合论述了后殖民论述进入台湾后的争议和影响脉络,尝试对此领域作出清晰界定,一方面显示了作者对西方文论的熟稔,另一方面也成为作者后殖民论述的总体概括。作者注意到本土论述可能产生的沙文主义或化约复杂情形的"论述暴力",关注理论产生的特定历史情境,并认为笼统地以"殖民"概念来指涉不同权力结构中的压迫关系会丧失概念分析的价值,导致对其他压迫结构特殊性的淡化。在这一意义上,该文颇有见地,而将本土论述赋予"后殖民"性格,则是在本土史观的指导下建构本土理论话语的重要尝试,具有将后殖民话语收编为本土话语的意识形态倾向。

《"发现台湾":建构台湾后殖民论述》和《性别/权力/殖民论述——乡土文学中的去势男人》等文是邱贵芬运用后殖民理论分析台湾乡土小说的重要批评文本,它们在本土史观引领下以后殖民论述重新思考"台湾文学典律瓦解与重建的问题",其中既有理论运用带来的分析新见,也存在从史观出发的文本误读。

解严后文学批评的多重脉络。解严后的台湾应和众声喧哗的时代旋律,以往的主潮式文学脉络被创作与批评的多重形态所取代。进入1990年代,台湾文学研究重古典轻现代的传统倾向发生了重大改变,关注当下和本土成为热潮,批评界对创作现象的阐释十分活跃。时报文化出版公司出版的系列批评文集可谓当时批评界对文学热点反应的集中体现①,这些热点就主题而言,包括都市文学、通俗文学、女性文学、政治文学、同志文学、情色文学、酷儿文学等;就思想倾向、艺术精神和手法而言,涉及本土文学意识、后现代主义文学、后设诗与小说、女性

---

① 按照出版时序,这一系列批评文集包括:孟樊、林燿德编:《世纪末偏航——八〇年代台湾文学论》,台北:时报文化出版企业股份有限公司,1990年;林燿德、孟樊编:《流行天下——当代台湾通俗文学论》,台北:时报文化出版企业股份有限公司,1992年;郑明娳编:《当代台湾女性文学论》,台北:时报文化出版企业股份有限公司,1993年;郑明娳编:《当代台湾政治文学论》,台北:时报文化出版企业有限公司,1994年;林水福、林燿德编:《蕾丝与鞭子的交欢——当代台湾情色文学论》,台北:时报文化出版企业股份有限公司,1997年。这些批评文集均为当时召开的台湾当代文学研讨会论文集。

主义文学等。同时期应运而生的《当代台湾文学评论大系》①甄选了自1949年至1992年期间台湾有代表性和影响力的现当代文学批评文本,其中大部分产生于近二十年,这表明一方面1970年代以来的台湾文学批评获得了长足的发展,另一方面编者的编选倾向也是注重当下。它不但是台湾当代第一部批评大系,也是文学批评摆脱创作的附庸、与创作"具有同质性及对等性"②的标志。

批评话语的更新也是20世纪八九十年代之交文学批评的重要特征,这与本时期西方文论的流行有直接关联。除早期的"新批评"外,形式主义、结构主义、后结构主义、结构批评、符号学、现象学、读者反应理论、心理分析、后现代主义、新马克思主义和女性主义等各式理论以《中外文学》《当代》杂志和《台北评论》等为舞台陆续登场,改变了台湾的批评风尚;书写、文本、解构、建构、解码、颠覆、去中心、盲点、对话、期望视域(期待视野)等术语被广泛应用;后殖民批评也迅速登场,并在1990年代中期引发了多场论争,进而离散、流动、场域、记忆、认同、国族论述等成为新的批评话语。批评方法和批评话语的更迭除了台湾社会变迁的动因之外,更有因变迁促成的新的批评主体的浮现和生长。

解严后台湾文学的中心/边缘结构发生了重大改变,大量"边缘"论述走上前台,女性文学批评、同志与酷儿论述、原住民文学论述等在后现代语境下纷纷登场,直指旧有权力结构下的不公正,以消解权威、建构主体、争取弱势者的权力。各个议题常常是批评家总体关注的内容,以其同构性互相联系、互相促进。

女性文学批评是当代台湾蔚成显学的重要批评脉络,它既包含对女性作家和文本的分析评价,又与在1980年代以来台湾社会运动中兴起的女性主义思潮密不可分。当代台湾的女性写作本已构成台湾文学的重要一翼,促进了女性意识的觉醒与弘扬;1980年代西方女性主义

---

① 郑明娳总编《当代台湾文学评论大系》共分5卷,分别是《文学理论卷》《文学现象卷》《小说批评卷》《新诗批评卷》和《散文批评卷》,台北:正中书局股份有限公司,1993年。
② 参见郑明娳《当代台湾文学评论大系·总序》。

思潮激发下的台湾女性主义运动更推动了女性文学批评的深化,与国族意识、身份认同、后殖民批评等一起汇成建构新主体、瓦解旧有权力结构的新论述,"以此挑战传统对文学研究之固定认知模式"。① 1980年代中期以来,《中外文学》《当代》(台湾)、《联合文学》等刊物纷纷组织"女性主义文学""文学的女性/女性的文学""女性主义与文学""女性与文学"等专辑专号,多角度全方位探讨女性主义理论与实践,涉及女性书写、女性话语、女性政治等,综合文化研究诸方法,展开跨学科、跨性别研究,使女性文学批评迈上新台阶,不再限于单纯的女性意识觉醒和女性命运表述,而与文化研究诸脉络相连,凸显基于女性主义立场的性别政治意义。这当中众多女性批评家成为这一批评潮流的主角,她们大多学者出身,有良好的理论背景和敏锐的批评感觉,成为将女性文学批评汇入文化潮流更替和批评变革大潮的中坚力量。邱贵芬、梅家玲、张小虹、李元贞、刘亮雅、刘纪蕙、范铭如、吕明纯等女性批评家均秉持女性主义批评立场,以各自独特的视角为台湾女性文学作出诠释。

除了后殖民论述,邱贵芬在女性文学批评领域也不遑多让,其特点在于"后殖民女性主义阅读",突出"女性主义对国家政治的重视,认为在有被殖民经验的国家或地区,女性的问题不仅是两性不平等的社会结构所造成,更与政治殖民压迫大有关系"②。作者关注国族建构与女性文学认同政治的关系,发掘当代台湾不同时段的女性写作介入国家叙述建构的特殊形态,以及女性文学与权力和文化资源分配的复杂脉络③,将女性文学在文学史中的地位与台湾的被殖民经验和特定历史语境相关联,以重建文学史叙述。④ 她的批评视野宏阔,历史感和意识形态色彩均较为突出。

---

① 张小虹:《台湾性/别论述的学院战斗》,张小虹编:《性/别研究读本》,台北:麦田出版股份有限公司,1998年,第17页。
② 邱贵芬:《仲介台湾·女人》序,台北:元尊文化企业股份有限公司,1997年,第10页。
③ 邱贵芬:《族国建构与当代台湾女性小说的认同政治》,《仲介台湾·女人》。
④ 邱贵芬:《台湾(女性)小说史学方法初探》《从战后初期女作家的创作谈台湾文学史的叙述》《〈日据以来台湾女作家小说选读〉导论》,《后殖民及其外》,台北:麦田出版股份有限公司,2003年。

第十一章　当代台港文学批评历程

梅家玲(1959—),学者,从古典文学研究出发,研究重心逐渐转向两岸现当代文学,相关著作有《性别,还是家国?——五〇与八〇年代台湾小说论》《从少年中国到少年台湾:二十世纪中文小说的青春想象与国族论述》;编有《性别论述与台湾小说》《文化启蒙与知识生产》《晚清文学教室——从北大到台大》《台湾研究新视界:青年学者观点》等。关注性别议题和家国叙述以及知识与文学生产的关系。

在国族论述与女性主义盛行之际,梅家玲关注到这两大议题在当下台湾既分而论之又混杂相关的面貌,思考"小叙述"的性别和"大叙述"的家国之间的纠葛和互动,"开启西方思潮与本土文化的多方对话下,既为半个世纪以来台湾小说中的'家国'论题,延展出性别思考的面向,更使'性别'的理论建构,同时与本土的传统文化及现实关怀相结合,从而激荡出更繁复的思辨进程"①。她认为,1950 年代和 1980 年代以来是台湾文学史上最具关键性的两个时域,存在着"男性家国观念下的性别建构与解构""女性与家国乡土历史想象的重塑"两条脉络,其间始终存在"个人爱欲与家国论述的颉颃交锋",而尤以 1990 年代同志/酷儿论述兴起为甚,这种文学书写构成了语言文字与欲望认同和性别建构间的繁复关系,体现了"身体"与"文体"的纠缠错杂,以及对主流体制的批判。②《五〇年代国家论述/文艺创作中的"家国想象"》和《女性小说的都市想象与文化记忆》分别以男性和女性作家及文本的个案研究,发掘坚硬的家国叙述与相对柔软的性别表达的意义,使通常的分析解读别开生面。

继性别论述之后,梅家玲又着力于青春/启蒙叙事与国族想象关系的探讨,以归纳现代小说作为"'青春'的文化政治学"意义,为现代性和启蒙话语的使用带来新意。

张小虹(1961—),学者,长期关注性别文化、身体与欲望、身份认同等议题,结合女性主义、解构主义、精神分析、后殖民论述和同志研

---

① 梅家玲:《序言:关键时域,越界对话》,《性别,还是家国?》,台北:麦田出版股份有限公司,2004 年,第 6 页。
② 梅家玲:《性别论述与战后台湾小说的发展》,《性别,还是家国?》,第 25 页。

究等多种理论方法,分析女性文学及同志写作,兼及电影、戏剧、流行文化及现代性、全球化论述等。著有《后现代——权力、欲望与性别表演》《性别越界——女性主义文学理论与批评》《性帝国主义》《欲望新地图》《情欲微物论》等,主编《性/别研究读本》。

运用充分的理论储备,努力译介西方女性主义和性别理论,并用于在地化文学论述,是张小虹文学与文化批评的主要特征。一方面,她有感于西方理论在台湾研究"论域"传播中的一些误读,而大力从事介绍分析的工作,《越界认同》和《女同志理论》分别以女性主义理论中的"模仿"和"女同志"论述为分析中心,前者通过西方理论家提出的"性别拟仿""殖民学舌"和"同志假仙"论述,探讨各式"越界认同"问题,关联性别、欲望、阶级、种族、殖民等概念,指出其各自论述的限度;后者详细分析西方女性主义运动中的"女同志"身份认同与各种性别概念的差异、历史沿革,以及代表性理论家的主张。另一方面,她乐于使用各类理论分析中文文本,《恋物张爱玲——性、商品与殖民迷魅》在秉持女性主义立场的同时,还融合了精神分析的"性恋物"、马克思主义的"商品拜物",以及后殖民研究的"殖民凝物"等诸多理论话语,以发现和解释张爱玲文本的"恋物"与"恋物化"特征,使文本分析与理论阐释彼此促进。《台北情欲地景》同样以来自西方的"去畛域化""再畛域化"和"异质空间"概念,分析不同时代以台北为主要场景的三部电影文本《早安台北》《孽子》和《爱情万岁》的情欲表达和其间实质空间与隐喻空间的意义,描述"异类空间"形成的情欲地景变迁,最终表达边缘欲望对主流情欲形态的挑战。

同志/酷儿论述是 1990 年代以来文学批评的热点之一,也是对蓬勃兴起的边缘文化现象和文学写作的重要阐释,是身体政治在文学上的突出表达,其出现仍与台湾社会威权体制的瓦解直接相关。诚如研究者所言:"解严前的女性运动可谓人微言轻,力量薄弱,格局难以开展,同志运动则更不必说,几乎不可见。是要到政治解严,多党运作成功后,社会运动开始获得重视,也才有对性别和情欲议题注目的空间"。① 在酷儿论述于1990年代引入台湾之前,台湾同志论述已经迈出了瓦解异性恋绝对主导地位的第一步。随之而来的酷儿论述发展了同志论述,强调差异性、多元化、流动性的性认同,充满解构性与包容性,向固定的个体社会身份提出了挑战。1994年,《岛屿边缘》第10期的"酷儿专题"中开始出现QUEER一词和中文译名"酷儿",在此前后,性少数者的生活在文学中获得了空前的关注,同志/酷儿文本纷纷获得台湾各类文学奖,相关的批评论述也充分展开。刘亮雅《情色世纪末》和《欲望更衣室》、刘人鹏等《罔两问景:酷儿阅读攻略》、黄道明《酷儿政治与台湾现代"性"》等均为代表性论述成果,纪大伟、洪凌等更以同志/酷儿文学写作者身份展开论述。

纪大伟(1972—),台湾台中人,作家、学者,为1990年代"酷儿文学"的代表作家之一和重要的同志与酷儿文学批评家,著有《晚安巴比伦——网路世代的性欲、异议与政治阅读》《正面与背影——台湾同志文学简史》《同志文学史:台湾的发明》,主编《酷儿启示录——台湾当代QUEER论述读本》《酷儿狂欢节——台湾当代QUEER文学读本》,也写作电影评论、书评等,另有文学翻译文本多种。

纪大伟的批评论述具有浓厚的后现代特征,追求流动、不拘形态的意义演变,关注不同文化现象的混杂、交叉,融合多重文化研究面向,涉及情欲、科幻、国族叙事、边缘群体、政治论述等,而以同志与酷儿文学为中心议题。其批评光谱与台湾1990年代以来文化光谱重合,是"酷炫想象"时代的代言人。

纪大伟的同志文学系列论文《乌托邦之后——二十一世纪的台湾文学生态》《色情乌托邦:"科幻","台湾","同性恋"》《爱钱来做伙——1970年代台湾文学中的"女同性恋"》《谁有美国时间:男同性恋与1970年代台湾文学史》等就当代台湾各类同志书写作出详尽的脉络梳理和分析。《如何做同志文学史》试图在西方同性恋论述基础上增补当代台湾同志论述的独特模式,扩展同志文学的认识领域。关于

---

① 刘亮雅:《边缘发声,解严以来的同志小说》,《情色世纪末:小说、性别、文化、美学》,台北:九歌出版社,2001年,第106页。

酷儿(文学)及其与同志(文学)的关系,纪大伟也做了到位的解析,将台湾的酷儿文化定位于紧随同志文化之后的,催化出多元认同的文化现象。《酷儿论》就"酷儿"这一来自西方的语义作出了适合台湾在地的解读,从语义和翻译的角度厘清"酷儿"的在地意义,他认为"酷儿并非全然等于'queer'","酷儿一词虽然灵感来自'queer',然而血肉却是慢慢在台湾生成"。"酷儿是拒绝被定义的,它没有固定的身份认同。"也借此划分了"同志"与"酷儿";"同志主张身份认同,但是酷儿却加以质疑"①。酷儿文学的特色一是身份的异变与表演,二是欲望的流动与多样,三是性政治批判。纪大伟或许不是台湾最先对酷儿现象作出论述的批评家,却是酷儿概念的命名者之一,是身兼同志、酷儿文学写作者和批评者于一身,引领同志、酷儿文化潮流的人物。

进入 1980 年代后,威权体制的松动已经开始促成各种边缘力量的生长,其中的重要一脉是原住民意识的觉醒。长期以来被遗忘的原住民族群在政治上兴起了争取权利的原住民复权运动,逐渐改变着台湾原有的社会权力结构,文学上开始借助汉语书写自己族群的命运,原住民文学论述于焉诞生。与台湾社会主体重建的趋势同构,"当代台湾原住民文学研究主要的贡献之一,在于对于原住民主体性的深入探讨"②。在众多有关原住民文学、文化、历史的论述中,原住民出身的批评家基于本族群立场的分析更能从内部对原住民文学精神作出诠释,孙大川、浦忠成、瓦历斯·诺干、夏曼·蓝波安等的批评文本均体现了原住民的文化立场。

孙大川(1953—),台东卑南族人,族名巴厄拉邦,学者、社会活动家。著有《神话之美——台湾原住民之想象世界》《夹缝中的族群建构》等批评论著,主编《台湾原住民的神话与传说》丛书、八卷本《台湾原住民族汉语文学选集》。

作为受过高等教育,且接触过西方文明体系的原住民知识分子,

---

① 纪大伟:《酷儿论:思考台湾当代酷儿与酷儿文学》,《晚安巴比伦——网路世代的性欲、异议与政治阅读》,台北:联合文学出版社股份有限公司,2014 年,第 4、6 页。
② 邱贵芬:《性别政治与原住民主体的呈现》,《台湾社会研究》2012 年总第 86 期。

第十一章 当代台港文学批评历程

孙大川的原住民论述长于在广阔的文化视野中以通行的理论话语论证原住民的心灵世界、族群认同和文学表达,将原住民文学视为赢回权力、建构族群主体的重要路径,在建构主体的同时又葆有开放和对话的立场,与具体文本分析相比,他更注重原住民文学话语的建立和阐释。

关于"原住民文学"概念,孙大川认为,"严格意义下的原住民文学,当然应该是指由原住民作者以第一人称身份所做的自我表白"。"除非我们主动走出来,告诉别人我是谁、有什么感受,否则我们永远无法相遇。""它必须尽其所能描绘并呈现原住民过去、现在与未来之族群经验、心灵世界以及其共同的梦想。"①他把原住民的文学书写视为民族存在的另一种形式,提出了"原住民文学如何可能"的议题。具体在语言使用上,由于各族母语流失严重的现实状况,孙大川认为对于原本不以文字系统传递民族经验的族群来说,民族经验的记忆和传播不一定完全依赖母语来实现,因此不必坚持语言的"本质主义",重要的是回归族群经验:"不要急着去扮演启蒙者的角色,我们需要先被启蒙;让山海以及祖先生活的智慧,渗透到我们生命的底层,成为我们思想、行动有机的部分。"②这种对原住民写作语言使用的态度和对族群经验的坚守建立在对原住民自身历史命运和被殖民经验具有深刻体认的前提下,体现了包容、自信和开放的精神气质。

原住民主体性的建构是孙大川论述的核心,《夹缝中的族群建构——台湾原住民的语言、文化与政治》回顾了百年来台湾原住民族群认同的演变及与台湾族群问题的互动关系,其视野更广及中国历史上的民族意识形成和各民族关系的演进,对原住民族的命名及其过程都给出了清晰的论述,"原运(原住民运动——笔者注)、书写活动以及各式各样艺术创作的尝试,其实都是自我标帜的一种努力,透过具体的行动、实在的作品,逐步标定、编织一个可供族群自我辨识的系统,其目

---

① 孙大川:《原住民文化历史与心灵世界的摹写》,《山海世界》,台北:联合文学出版社股份有限公司,2000年,第129、135页。
② 同上书,第136页。

标相当明确,就是要去回答'我们到底是谁'的问题"①。他认为原住民族应以开放的态度肯定并欣赏别人或自己的文化,勇于面对社会变动,不断丰富自己的主体而有所创造,反对以省籍或地域观念以及历史仇恨的清算为出发点的权力重组。这依然体现了包容开放、尊重自己与他人的时代精神。

孙大川还就原住民文学书写、文献整理和传播经验,以及文学困境等多重面向作出言说,可谓台湾原住民文学话语建构的重要批评家。

多重批评脉络的形成和众多批评家的涌现促成了1980年代以来台湾文学批评的繁盛,前述批评现象外,各体文学批评也有不俗表现,如林燿德、孟樊、简政珍的新诗批评,郑明娳的散文批评等。另有一些重要批评家或许并不属于某一特定批评脉络或世代,却以文学批评活动在台湾文坛产生重要影响。前辈学者齐邦媛、中生代批评家李瑞腾、新世代批评家林燿德、更新世代的杨宗翰等均为代表。

齐邦媛(1924—),辽宁铁岭人,1947年赴台,学者,著有文学评论集《千年之泪》《雾渐渐散的时候》。致力于台湾文学的国际推广,编选英译《中国现代文学选集》(台湾),与王德威合编"来自台湾的现代中国文学"英译小说系列丛书,主编《中华现代文学大系》(台湾1970—1989)小说卷等。

齐邦媛的文学批评源于对台湾现当代文学的热切关注。早在1960年代末,她即在英美文学研究与教学之余开始了对台湾当代小说的评论,随后的评论文章应和台湾当代文学的热点与进程逐渐展开,期待"鼓舞台湾四十多年的创作发出更响亮的声音"。这些批评涉及台湾女性文学、怀乡文学、乡土文学、留学生文学、眷村文学等多种现象和题材,特别关注对时代和民族苦难的表达,"作者用心最深处,是'诗'与'史'间的互动关系"②。因为在她看来,文学绝非消遣,而是"寻求事实的意义,进而寻求超越的唯一途径"。阅读和批评就是感受文本

---

① 孙大川:《夹缝中的族群建构》,《夹缝中的族群建构——台湾原住民的语言、文化与政治》,台北:联合文学出版社股份有限公司,2000年,第148页。
② 王德威:《千年之泪不轻弹》,《阅读当代小说》,台北:远流出版事业股份有限公司,1991年,第285页。

表现的民族苦难,"并试着找出这特殊的时代性和种族苦难的意义和希望"①。《时代的声音》从连雅堂、吴浊流的孤儿意识,到陈纪滢、姜贵的怀乡文学和白先勇、欧阳子的现代小说,直至乡土文学和新人写作,勾勒出台湾文学自日本殖民时期至1980年代初的艰辛历程;《从灰蒙凝重到恣肆挥洒》对战后台湾文学走过的50年作出了肯定的描述。这些论述秉持客观、理性态度,超越地域和省籍的藩篱,为台湾文学取得的丰硕成果而喝彩。具体文本批评注重文本的时代色彩,大力推介当代台湾优秀作家作品,肯定新一代写作者的文学成就,其观点深受文坛倚重,影响力广泛。

受上述特点影响,齐邦媛的批评没有理论的限制,也不追求解构的运作,坚持从阅读感受出发,化批评为真情实感的流露。

李瑞腾(1952—),台湾南投人,文学批评家和文学活动组织者、学者,曾任《文讯》杂志主编和台湾文学馆馆长。著有当代文学评论集《台湾文学风貌》《文学关怀》《情爱挣扎:柏杨小说析论》《文学的出路》《文化理想的追寻》《新诗学》等;主编《台湾文学二十年集·评论20家》《台湾文学30年菁英选·评论30家》《中华现代文学大系·评论卷》等;策划系列丛书"台湾文学史长编"。李瑞腾文学批评的一大特色是注重文学史料钩沉和脉络梳理,从文学人物、文本和刊物等考察文学现象的发生与发展,他关于梁实秋、张道藩、琦君、柏杨等的作家论均以史料丰富、论述周详见长。

林燿德(1962—1996),生于台北,为20世纪八九十年代台湾新世代作家、批评家和文学活动组织者,是当时台湾文学潮流的引领者之一,被誉为"八〇年代的文学旗手"。他于短短十余年时间内在台湾文坛大放异彩,体现了文学新世代面对多元化时空所形成的超越性的文学创造力。除在创作上引领风尚,推动都市文学的兴盛,也为文学批评开拓了新视野,出版有《一九四九以后》《不安海域》《罗门论》《重组的星空》《期待的视野》《世纪末现代诗论集》《敏感地带》等多部评论集,另有访谈集《观念对话》;主编《新世代小说大系》《台湾都市小说选》

---

① 齐邦媛:《千年之泪·序》,《千年之泪》,台北:尔雅出版社,1990年。

《台湾都市散文选》《台湾新世代诗人大系》《当代台湾文学评论大系·文学现象卷》等。

  在台湾文坛,林燿德是积极主张并身体力行"世代交替"的一代新人。前卫的观念、跃动的才思凝聚为"无范本,破章法,解文类,立新意"的原则和"永远面对未知,永远接受挑战,永远拒绝被编号"①的姿态。批评是林燿德建构文学类型、拓展文学群体生存空间的有效手段,都市文学和新世代作家是其论述核心。针对这两大文学概念的众多批评话语均在林燿德的批评文本中获得阐发,他的批评历程也是对上述论述趋于完善的建构过程。他擅长以灵敏的触角捕捉较能显示台湾文学发展趋势的新因素、新特质,并剖析其出现和存在的切实理由。在林燿德眼中,"都市"是"流动不居的变迁社会","都市文学"就是"八〇年代台湾文学的中心点"。② 由于全球都市化进程的不可逆转,信息时代的到来和地球村的形成,都市不再是与田园相对立的罪恶的渊薮,都市的概念也不再局限于地域,它是现代人无可回避的生存本质。因此他直面当代都市的非传统形态,创造新的都市文学话语,认为文化变异、世代交替导致的观念更新、价值体系的重建才是催生都市文学的内在力量。批评者指出:肯定都市,以"平和的心态来看待都市的善与恶","是从林燿德开始觉醒的"。③ 对于文坛的"新世代"与"新人类"创作主体,林燿德更强调其"典范更替"、重塑文学史版图的意义,乐于为他们进入文学史作出论述。④ 这些论述配合雄辩的文风和理性的思辨,为新世代作家和都市文学概念的建立和壮大发挥了重要作用。相比创作的后现代特征,林燿德的批评中心明确,立场坚定,有着追求意义和在破碎的价值体系上建立新价值的欲望。"他反对各种的既有文

---

  ① 林水福:《〈林燿德与新世代作家文学论〉序二:追思、怀念与感谢》,文建会编《林燿德与新世代作家文学论》,台北:文建会,1997年,第21页。
  ② 林燿德:《八〇年代台湾都市文学》,孟樊、林燿德编《世纪末偏航》,台北:时报文化出版企业股份有限公司,1990年,第368页。
  ③ 应平书:《八〇年代的文学旗手》,孟樊、林燿德编《世纪末偏航》,第53页。
  ④ 黄凡、林燿德:《我们书写当代也创造当代》,《新世代文学大系·总序》,台北:希代出版公司,1989年;林燿德:《台湾新世代小说家》《文学新人类与新人类文学》、《重组的星空》,台北:业强出版社,1991年。

学价值观包括文学史、文学经典的选定,而选择了后现代及解构作为他自己的口号;然而,像上帝一般的使命,却让他不断地编各种文学选集提倡不同的文学史观,从而建立起文学的新世界。"①

在台湾当代文学发展史上,在历次文学潮流、论争中,文学批评始终扮演着重要的角色,不但从未缺席,更引领风潮,应和台湾社会进程,促成文学、思想、文化的世代更迭,其特色是文学批评常与社会运动合流,不仅在现代主义潮流、乡土文学运动中独领风骚,而且在本土化思潮、女性主义运动、原住民复权运动和同志/酷儿运动等政治、文化运动中也都存在广阔的空间;至1990年代以来,当代文学批评独立于创作的特征更加凸显,批评更深入地参与到文学和社会的思想角力之中。

五 1950—1970年代的香港文学批评

香港文学批评体量和规模均较小,在中国当代文学批评的时空发展版图上并未占据十分突出的位置,但以广阔的视野考察中国文学内部的全部丰富性时,香港及香港文学的独特意义便立刻浮现。百年的英国殖民历史、资本主义的经济型社会、回归祖国后"一国两制"的管理模式,带给香港特殊的历史、政治和经济面貌,同时赋予香港的文学批评有别于中国内地和台湾地区的发展历程。虽然通常看来香港文学的影响力无法与内地和台湾相比,更遑论文学批评,但如果认真考察和探究经济社会表层之下的香港文化与文学,便足以发现文学批评的一脉生机,它维系着香港文化与文学的活力。其特点在于,香港是一个复杂多元的国际都市,其独特的社会语境造就了它的包容性和开放性,香港文学及香港批评家的身份也充满多样性和流动性,批评范围更不限于香港本地。此外,香港作为发达的商业社会,文学批评和学术研究的总体氛围和资料储备相对薄弱,批评家常由媒体人兼任,批评也往往是一种"业余"活动。鉴于香港文学批评的这些特点,这里采取按时期演

---

① 王浩威:《伟大的兽——林燿德文学理论的建构》,《联合文学》1996年总第12卷第5期。

进顺序描绘批评脉络的方式,时期的划分出于论述的方便,并非截然的尺度,与台湾文学批评以批评潮流、批评家为中心,兼及时代发展的叙述格局不同。

香港文学批评的产生。香港新文学的起点,始于1920年代的《伴侣》杂志。这是香港第一本白话文学杂志,创刊于1928年,发生于鲁迅1927年到港演讲后。香港在1920—1930年代,有关文学批评方面的文章,主要以诗歌为评论对象,并与当时上海文坛的联系最为密切,更明显深受西方文艺新思潮,如象征主义、形式主义等影响。①

1937年抗战前后至1941年间,大批内地文化人南下香港,包括茅盾、戴望舒等著名作家,被称为"南来文人"。这一称谓泛指由北方内陆因种种原因南下香港,短暂或长期在港从事文艺活动的文化人。②他们同时把当年在内地的党派性、对立面和文艺论争的对抗性带来香港,让香港的文艺创作和评论活动在1940年代初走向繁盛。这时期的文学批评一般较为笼统,多是概略性的论述,较少对个别作家作品的剖析。③

香港沦陷之后,"南来文人"和本地文人纷纷撤离香港,新文学活动瞬间全面退潮。抗战胜利后不久,国共内战展开,香港在1946年至1949年间,又再次成为"南来文人"的避风港,同时也是他们宣传政治思想的自由港,后来更形成1950年代香港左右两派文艺论争的脉络。这时期的批评文章,以评论"南来文人"的作品为主,并已开始显示出后来多重意识形态斗争的发展趋势,思想评论、政治评论盖过艺术评论,对文艺创作的要求较为严苛,多服务于思想改造。其中虽有些例外的文学评论文章,但大都无可回避浓厚的政治色彩。④ 战后的香港,经

---

① 郑树森、黄继持、卢玮銮编:《早期香港新文学作品选(一九二七——一九四一年)》,香港:天地图书有限公司,1998年,第17—19页。

② 对于"南来文人"的定义说法,见卢玮銮《"南来作家"浅说》,黄继持、卢玮銮、郑树森合著《追迹香港文学》,香港:牛津大学出版社,1998年,第113—124页。

③ 郑树森、黄继持、卢玮銮编:《早期香港新文学作品选(一九二七——一九四一年)》,第35—37页。

④ 郑树森、黄继持、卢玮銮编:《国共内战时期香港本地与南来文人作品选(一九四五——一九四九年)》(上册),香港:天地图书有限公司,1999年,第33—36页。

第十一章 当代台港文学批评历程

济萧条,百业待兴,香港文坛却再次因"南来文人"而呈现蓬勃的景象。此外,在1949年以后,有许多在港的文人作家北上内地,同时内地也有大批文化人南下香港,形成一种独特的南北对流现象。

这里需要注意两点:一是,从中国新文学运动发生至1949年前后,香港一直没有出现"五四"式强烈的反传统精神,甚至有些人认为白话文是与左翼思潮联系在一起的;二是,港英当局对左派思想较为恐惧,有恐共、防共、反共的心态。但基本上,港英当局对本地文艺活动的干预有限。因此,在港英当局殖民统治的特殊历史政治环境下,当时香港的文艺"言论空间",能够成为包容左、中、右不同政治立场、相对自由的所在。

总之,香港的文学批评是中国当代文学批评的一部分,同时又深具地区色彩。论述香港文学批评应将香港本身独有的复杂多元的地域空间特性,切入历史中,尝试重回当年香港特定的时空语境,勾勒其文学批评发展史之雏形。其中文学批评跟社会发展的关系,香港社会在时间流变中的历史位置,恰恰凸显了香港文学批评在时间纵深的递变"史"之意义,既深受内地和台湾的文学思潮影响,又明显具有跟两地不同的建构过程。简言之,大致以1970年代为时间节点呈现不同的面貌:1970年代以前,香港为不同立场的"南来文人"提供了一个"在香港"的文学批评空间,让各派并存、同时发声,并多以1949年以前的作家作品为主要评论对象。1970年代以后,强调香港本地意识的"香港文学"批评才开始酝酿,并逐渐盛行起来。

1950年代:左右并存。1949年前后,部分内地人士迁徙至香港,有些远走海外。以香港为例,在短短数年间已增加了一百多万人口,同时部分左翼文化人也回流内地。本时期在香港这个被殖民统治的特殊文化空间,"南来文人"的不同政治立场形成了文坛"左右并存"、右翼力量较强的时代特征,成为海峡两岸不同思潮轮番角力的场所。

在当时的冷战格局中,香港右翼文学势力及其所获得的经济支持,都远较左翼强大,也比较容易得到港英当局"默许"的生存空间。部分右派文人比较认同台湾国民党和美国新闻处对外宣传的政策,亚洲、友联等出版社都不同程度地接受美元援助,形成了所谓"美元文化",旨在宣扬和介绍美国文化、价值观及其反共思想。就评论而言,即有友联出版社的反共文艺论著,如 1954 年丁淼的《中共统战戏剧》和 1955 年赵聪的《中共的文艺工作》等。① 1952 年创刊的《人人文学》和《中国学生周报》这两本刊物都有美元支持。《人人文学》由黄思骋主编,主要刊登文学作品和评论,尤以林以亮的新诗批评最为突出。其中有名家之作,也有学生初试啼声的篇章,但只出版了两年多便停刊。《中国学生周报》则是综合性刊物,其中文学创作、翻译和评论,都占有很大比重,对西方现代主义思潮的引进也发挥了重要影响。该刊一共出版了 22 年,至 1974 年停刊,对后来香港文学的发展影响深远。

本时期的评论文章大多刊登在文学杂志或综合性刊物上,批评者既没有时间、也没有版面从事扎实的文本批评。他们凭借以往积累的知识和赏析作品的经验撰写"短、平、快"的书评或随笔,欠缺有系统的分析;文章大多是缺少学术训练和深思熟虑的"读后感"式短文,水平参差、良莠不齐。但 1956 年创刊、由马朗主编的《文艺新潮》则表现较为突出。② 虽然这份刊物于 1959 年停刊,一共只出版了 15 期,但在当时形成了一个创作、评论和译介西方现代主义文学的文艺思潮,且波及彼岸台湾,影响了 1959 年台北出版的《笔汇》杂志。③ 同时期在台湾创办的《文学杂志》,主编夏济安提倡以"新批评"方法分析文本,以文本语言描述的准确度,以至象征手法的运用等"技术"为标准。而受夏济安影响的友人、后学,如林以亮、余光中、叶维廉、李欧梵和刘绍铭等,后来在香港从事文学批评活动时都或多或少带有其文本批评的痕迹。这是台湾与香港文学批评互相影响的例证之一。

另一方面,1957 年创刊的《文艺世纪》走的是偏向左翼的现实主义

---

① 郑树森、黄继持、卢玮銮编:《香港新文学年表(一九五〇——一九六九年)》,香港:天地图书有限公司,2000 年,第 16 页。

② 1956 年的《文艺新潮》虽然不是当时香港"美元文化"的直接资助刊物,但这份杂志是由有右派背景的老板罗斌所创立的环球出版社支持出版。有关罗斌的右派背景,可参考《口述历史:罗斌》一文,见郭静宁编《香港影人口述历史丛书之五:摩登色彩——迈进 1960 年代》,香港:电影资料馆,2008 年,第 113—123 页。

③ 刘以鬯:《三十年来香港与台湾在文学上的相互联系》,《畅谈香港文学》,香港:获益出版事业有限公司,2002 年,第 78—96 页。

第十一章 当代台港文学批评历程

路线,有与右翼刊物抗衡之意,这份刊物维持了 12 年。1956 年创办的《青年乐园》也持左翼立场,与《中国学生周报》形成文化对垒,到 1967 年因被港英当局指控刊出煽动性文字而停刊。①

本时期重要的批评家是"南来文人"曹聚仁(1900—1972),他是浙江兰溪人,报人、作家。1950 年来港,长期任职于报界,与文学批评相关的著述有《文坛五十年》《文坛五十年续集》《鲁迅评传》和《鲁迅年谱》等。鲁迅研究是曹聚仁最为突出的文学成果,1930 年代与鲁迅的密切交往使曹聚仁得以以史家重事实的实事求是精神,将历史事件和文人活动相结合,从而讨论鲁迅在生活和创作上的复杂性,也使他的鲁迅研究成为同时代超越左右意识形态、更深入细致具体的研究成果,他对鲁迅整体的评价也被后世证明是较为中肯和客观的。1955 年出版的《文坛五十年》正续二集是曹聚仁以回忆录形式在香港写成的个人化新文学史。他通过亲身经历,"掌故式"地记述了现代中国的文坛大事,并以新文学发展的见证人身份,一方面提供了一些鲜为人知的史料,另一方面讨论了当时因政治因素而被忽视或否定的作家作品,如胡适、周作人、梁实秋、钱锺书和吴稚晖等。《文坛五十年》的价值在于提供了当时另一种撰写文学史的叙述模式:以个人经历为主,并以述说著者见证的历史为干,写出一部具有学术参考价值的现代文学史。曹聚仁的遗作自传《我与我的世界》,其史料价值与《文坛五十年》同等重要。②

1950 年代即在香港从事现代文学研究的又是一位"南来文人"、1930 年代"东北作家"李辉英(1911—1991),他生于吉林省永吉县,来港后著有《中国新文学 20 年》《作家的生活》《中国现代文学史》《中国小说史》和《中国的现代戏剧》等。早于 1957 年出版的《中国新文学 20 年》是一本带有普及性质的新文学史,以 1917—1937 年为时间范围,提供了简单而全面的论述以及常识性的基本材料,又大量征引别家的讨论,为一般香港读者介绍了中国新文学初期 20 年的基本面貌。1960

---

① 郑树森、黄继持、卢玮銮编:《香港新文学年表(一九五〇——九六九年)》,第 106 页。
② 王宏志:《见证文学史——曹聚仁和他的〈文坛五十年〉》,《历史的偶然——从香港看中国现代文学史》,香港:牛津大学出版社,1997 年,第 63—93 页。

年代后期李辉英开设了全港高校首个"中国新文学"课程后,将《中国新文学20年》的论述时限扩展到1949年,并在1970年出版了香港首部《中国现代文学史》,延续了前作多是罗列、交代文学史料的编写模式。该书顺时序地叙述新文学的发展,从文学革命开始,接着是一些反对的言论,然后是新诗、散文、小说、戏剧各种文类的发展,主要是为配合自身教学需要而作介绍性论述的"教材史"。这些著述都成为香港中国现代文学研究的先导。①

各体文学批评方面,产生较大影响的是林以亮(1919—1996)的新诗批评。林以亮本名宋淇,浙江吴兴人,1948年来港,兼有诗人、翻译家和批评家的身份。他的重要诗评多写于1950年代,主要批评著作有台湾出版的《林以亮诗话》《诗与情感》和《更上一层楼》等。在《诗与情感》中,林以亮认为诗不是光有感情就可以,感情不过是原料,还得锻炼成诗。他这种"新批评"的现代诗观,强调内文细读、收敛情感、包容丰富经验的现代诗标准,正是当时台港文学批评互为影响的例证。因林以亮跟台湾的夏氏兄弟——夏济安和夏志清相识于大学时代,私交甚笃,所以他们的现代主义文艺观也相近。

本时期"南来文人"成为文学批评的主要力量,他们的评论对象又大多为1949年以前的内地作家作品,是他们"写于香港"的文学批评阶段。需要注意的是,在香港1950年代的历史语境中,从事文学批评的"南来文人"与刊载其文章的刊物的意识形态阵营未必有直接关联,作者并不一定完全认同或坚持刊物的表面价值或所属集团的政治理念。由于香港是西方殖民地,左翼思想比较容易被港英当局看作反帝、反殖民的工具,所以当时左翼文艺活动明显较右翼遭受更多政治打压,加之新中国成立后左翼文化人纷纷返回内地、右翼文人大量来港,形成了右翼文艺论述相对发达的态势。但在1950年代不同意识形态对峙的局面下,文艺批评仍存在"左右并存"的空间,左翼与右翼的对立并非绝对。例如《中国学生周报》由美国亚洲基金会支持,持右翼政治立

---

① 王宏志:《教科书式的现代文学史——论李辉英的〈中国现代文学史〉和〈中国新文学廿年〉》,《历史的偶然——从香港看中国现代文学史》,第95—110页。

场,但其编者的政治倾向并不明显。这份刊物不但大力介绍西方现代主义文艺,也以相当篇幅介绍五四以来的现代作家作品;至1960年代中期,还于627期制作了"五四·抗战中国文艺新检阅"专辑,就新文学以来的各体文学和部分重要作家作出论述[①],对新文学史在香港的传播作出了贡献;此后更转以儒家思想为宗,与创办初期的意识形态立场拉开了距离。

1960年代:右向左转。香港社会经历了以难民心态为主导的1950年代后,战后本地出生的一代开始逐渐成长。1960年代的香港社会,传统价值观念仍占主导地位,但西方的影响正逐步增强,带来了显著的文化冲击。境内外政治局势的变化都对香港产生不同程度的影响:1966年中国内地开始"文化大革命";同时期欧美爆发学生运动和人权运动;非洲国家也在经历独立和解放运动,加上香港本身的种种民生问题,累积了人们对港英当局的不满情绪,终于在1967年爆发了社会动乱。1960年代的香港,既放眼世界的新变化,又关怀祖国民族的命运,即使原来偏向保守、严肃的文化机制,也开始意识到香港青年文化的形成及商品文化的冲击。以上种种政经因素的影响,改变了当时文学创作的风气,以及文学的传播、接受和评价形态。如果说1950年代香港的文学批评领域存在"左右并存"的文化空间,那么,由于种种社会矛盾和政治势力的彼此渗透与调和,1960年代则存在一个"右向左转"的文化空间建构过程。

1960年代初,香港批评界倾向于右翼色彩对西方文艺思想和现代主义文学的讨论,相比1950年代单纯对西方文学作品和理论的引介,本时期对西方文艺的认识更为深入,并且运用到对中文创作的实践批评中。当时由国民党创办的《香港时报·浅水湾》文艺副刊,便大量刊登评论文章、介绍外国文艺思潮,以及翻译西方文学理论和作品。当时的副刊主编、"南来文人"刘以鬯身体力行,在创作和批评两方面对香港现代主义文学的形成和发展发挥了重要影响力。

本时期较为重要的批评家是本地成长的年轻诗评家李英豪

[①] 编者:《写在专辑前面》,《中国学生周报》1964年7月24日。

(1941—),他在 1960 年代积极投身文学活动,撰写多篇有关西方现代主义文艺的评论文章。李英豪的新诗批评尤为引人注目,且参与台湾现代主义诗歌活动,部分批评文章更在台湾发表,曾于 1969 年获得台湾《笠》诗刊的评论奖。其代表作是 1966 年在台湾出版的《批评的视觉》。这本诗评集是首位香港批评家影响台湾文坛、提倡"新批评"的论著,评论对象涉及港台两地诗人诗作,内容主要介绍英美"新批评"理论、实践方法和台港现代诗批评。李英豪和崑南于 1963 年主编的《好望角》文艺半月刊也秉持前卫的现代主义文学理念,专门刊登香港和台湾的现代主义作品及评论文章。①

从李英豪的文学活动可见香港与台湾文坛的互动。当时的台湾恰逢现代主义文学的高潮期,文学批评崇尚"新批评"学派,扬弃了印象式、即兴的感性活动,更多关注文学作品内部的艺术特性,探讨其中运用的技巧手法。这一批评风气也影响到香港,批评大多强调作品的完整性,重视作品内在逻辑不受"外力"干扰。

直到 1960 年代中后期,随着香港社会问题日渐突出和战后人口的急剧增长,青年文化形态日益浮现,接受西方影响的一代人因面对香港社会矛盾而开始反思现代主义思潮。文学上不再满足于发掘个人内心世界的感受,以及纯文学批评,转而关注香港本地社会政治和国家民族问题,"文社"因此应运而生。"文社"是由一些热爱文艺、关怀社会的青年人,或因投稿到文化、文学刊物而相识,或因有共同的喜好和信念而集结组成的小型文艺团体。② 1964 年至 1967 年间是"文社"活动最蓬勃的时期。"文社"成员在创作和讨论文艺作品之余,更合资自费出版文集、诗集和杂志刊物。虽然这些文学批评活动大多仍是同辈间互相砥砺之作,并非专业性的评论文章,但"文社"的兴起形成了香港历史上难得一见的文学批评热潮。

与此同时,以往由美元支持的右翼出版社和杂志逐渐萎缩。此消

---

① 刘以鬯:《三十年来香港与台湾在文学上的相互联系》,《畅谈香港文学》,香港:获益出版事业有限公司,2002 年,第 78—96 页。
② 吴萱人:《香港六七十年代文社运动整理及研究》,香港:临时市政局公共图书馆,1999 年。

第十一章　当代台港文学批评历程

彼长,1960年代中后期的香港出现了有左翼背景但路线较为开放的文艺杂志,如1966—1967年的《海光文艺》,有选择地向非左派作者约稿,刊登评论文章,同时介绍西方当代作品,其中第10、11期就分别刊载了李英豪的《论意大利当代新诗》上、下篇。除了文艺杂志,1960年代还有各种不同背景和风格的刊物创办,其中不少是以政治、社会问题为主,兼具介绍西方思潮的综合性杂志。创刊于1967年的《盘古》杂志,便有较多关于文学创作和评论的篇幅。进入1970年代后,这份刊物在"保钓运动"和"文革"的影响下迅速左转。

1967年是香港当代社会发展的转折点,这一年发生了反对港英当局的社会事件;文化上,免费电视台开始为普罗大众提供服务,娱乐文化之风盛行。文学批评界在经历"新批评"的洗礼之后,出现了艺术化、商业化和本地化三条彼此不同却又互相重叠的批评路向。此后香港文学批评形成了包容多元的态势,严肃文学和流行文学兼容共存,呈现具有香港特色的批评面貌。以1967年创办的《纯文学》为例,这份港台两地合办的文学创作和评论杂志,由台湾的林海音主编,香港的王敬羲为督印人。虽均冠以"纯文学"之名,香港版杂志则刊登金庸专访,显示了融合雅俗的香港特色。① 这也意味着1960年代初期现代主义文学的价值取向发生了变化。1950年代"左右并存"的批评立场界线,在1960年代也变得模糊起来,代之以社会思潮、政局分析,兼具雅俗文学交融,逐步走向民众的"右向左转"批评风格,明显带有左翼特征。本时期因社会环境影响,批评开始走向民间,在青年群体中形成热潮;但权威批评仍以"南来文人"为主,他们在下一个十年也创造了重要的批评成果。

1970年代:左右之外。1967年的社会动荡后,香港的文艺活动相对沉寂,文艺刊物和读者数量均有所下滑。但本地居民的成长也为香港带来新的价值取向,一系列学生运动和社会运动促使香港民众更清晰地理解自身的处境,生发对香港本地的关怀,本地化潮流逐渐形成。

---

① 林以亮:《金庸访问记——金庸的武侠世界》,陆离:《金庸访问记》,《纯文学》1969年总第31期。

1970年代的香港文学也从南来文人"在香港"的写作过渡到在地的"香港的"文学,催生了强调香港属性的文学批评。

文化上原有的左右两派虽然政治立场对立,但文艺观点却较少正面交锋,而且港英当局的殖民统治并无明确的文化政策,大体上不干预双方的言论。所以左右两派的"南来文人",尽管左翼着眼于当前,右翼则偏重传统,对新中国的认识也不同,但都具有浓厚的中国情怀。本时期左右两派对立的局面被打破,文化界普遍开始追求本地文学与文化的建设。批评上开拓了"左右之外"的评论空间,并以体现香港本地文学意识为核心标准。

本时期具代表性的批评家胡菊人(1933—),本名胡秉文,广东顺德人,1950年来港。长期从事报刊编辑和专栏写作,曾任《中国学生周报》社长、《明报月刊》总编辑等,后移居加拿大。胡菊人是香港文化界颇具影响力的评论家,在1979年出版了《小说技巧》和《文学的视野》。《小说技巧》源于胡菊人丰富的编辑经验,内容针对普通写作者和文学青年,深入浅出地讨论了一般小说创作的技巧和原则。所列举的小说文本既包括古典小说《红楼梦》,也包括鲁迅、老舍、沈从文的现代作品,以及白先勇、陈若曦的当代小说,是学习写小说的入门书。《文学的视野》则是胡菊人报刊专栏文章的结集,内容一方面集中于新诗批评,另一方面比较中外文学,论述传统与现代的关系;其中有些评论文章更涉及当时香港的文学或文化现象,凸显了一个文化人在1970年代香港这个中西融合之地的独特视野。

本时期香港的"南来文人"也在中国现代文学批评领域取得一定成果,特别在作家作品论和文学史撰写两方面都有所建树。刘以鬯的《端木蕻良论》和司马长风的《中国新文学史》可谓其中之翘楚。

刘以鬯(1918—2018),本名刘同绎,原籍浙江,毕业于上海圣约翰大学,1948年来港。他在1960年代初发表的小说《酒徒》被称为"中国第一部意识流小说"[1],确立了刘以鬯在香港现代主义作家中的重要地

---

[1] 首次提出《酒徒》是"中国第一部意识流小说"的评论文章,见振明《解剖"酒徒"》,《中国学生周报》1968年8月30日第841期第4版。

第十一章　当代台港文学批评历程

位。他在长期的编辑工作和创作之外,还从事文学批评和研究,更于1985年创办和主编《香港文学》月刊,为香港文学的发展尽心竭力。刘以鬯的文学批评具有鲜明特点:一是重新研究在新文学史上被忽略的重要作家,如端木蕻良。1977年结集出版的《端木蕻良论》是较早全面研究端木蕻良的专论,就端木蕻良的创作作出考证,如指出《科尔沁旗草原》的自传和家族性色彩,又对端木所受的西洋文学影响作出解读,这些都是对端木蕻良研究的独特发现。二是重视新文学史料的整理和发掘,这方面的论述集中在《看树看林》一书。这部评论集收入包括回忆录、作家论和考证文章共25篇,以翔实的材料,纠正了新文学研究中不少语焉不详或以讹传讹的叙述,既有史家的求真严谨精神,又有文学家的真情实感。特别是刘以鬯在相对开放包容的香港,对一些作家和史实的论证超脱了意识形态的限制,早于内地多年肯定了穆时英、赵清阁等作家的文学成就。这些都是香港在中国新文学研究方面的重要收获。此外,刘以鬯还十分关切香港本地文学的发展,撰写了《香港文学的市场空间》《五十年代初期的香港文学》《香港文学的起点》和《香港文学雅与俗》等文章,并结集于2002年出版《畅谈香港文学》,这本书正是他直接面对、接受和评价香港文学的批评著作。对于刘以鬯多年来在香港坚持不懈地推动文学创作与评论,本地批评家黄继持曾撰文称许他在香港"南来文人"的整体意识与实践中,为本地文学事业作出了贡献。①

司马长风(1920—1980),本名胡灵雨,原籍沈阳,1949年来港,曾创办友联出版社,长于编辑和专栏写作,并研究政治思想史。1970年代前期到高校任教,开始着力于新文学研究,在较短时间内先后出版了3卷本的《中国新文学史》。这部论述了从1917年到1965年的"新文学史",编写初衷是作者"痛感五十年来政治对文学的横暴干涉,以及先驱作家们盲目模仿欧美文学所致积重难返的附庸意识"②,强调不考

---

① 黄继持:《"刘以鬯论"引专》,黄继持、卢玮銮、郑树森合著《追迹香港文学》,香港:牛津大学出版社,1998年,第153—160页。
② 司马长风:《中国新文学史》(中卷),香港:昭明出版社有限公司,1976年,第324页。

虑任何政治因素,纯粹从美学标准评价作品的文学史观,贬低作品的思想和内容价值。他批评和否定了当时一些在内地受到高度赞扬的作家,如鲁迅、茅盾和郭沫若等,同时重新评价和发掘了如沈从文、巴金、梁实秋、李劼人、无名氏和李健吾等艺术特征突出却处于主流之外的作家。司马长风这种将文学和政治截然划分的文艺观,也曾批评过台湾出版的中国现代文学史。而且,这部文学史的准备和写作时间过短,并未能实现学术意义上严谨的论述态度,故被夏志清评为"草率"之作,甚至引发了两者间的笔战。但在1970年代,司马长风以"打碎一切政治枷锁",顺从"纯中国人的心灵"去编写新文学史①,反对文学为政治服务,强调审美,肯定了众多被意识形态遮蔽的现代作家,并在香港这个"左右之外"的地方编写、出版,本身已具有独特的历史意义。②

六 从文学香港到香港文学
——1980年代以来的香港文学批评

1980年代:文学香港。1980年代的香港处于全面蜕变的前夜,自《中英联合声明》草签后,香港回归暨"九七"成为即将到来的现实。此前经历长期英国殖民统治的香港,其文化身份相对模糊和不确定。"九七"回归将改变这一状况,也直接触发了港人的自我关怀和对身份认同的关注。自1970年代起,自觉的香港意识逐渐浮出水面,文学上的自觉意识始于香港大学文社1975年7月主办的"香港文学四十年文学史学习班",该学习班为学员编辑"资料汇编",收入自1930—1970年代的文学资料。它标志着香港文学回顾自我、确立自身文学历史的起点。1979年《八方》文艺丛刊组织了"香港有没有文学?"的笔谈③,直至1983年香港官方首次举办以"香港文学"为主题的"中文文学周"推动香港文学的研究活动,香港的文学批评活动开始从座谈会形式发

---

① 司马长风:《中国新文学史》(中卷),第324页。
② 王宏志:《一部最初的中国新文学史?——论司马长风的〈中国新文学史〉》,《历史的偶然——从香港看中国现代文学史》,香港:牛津大学出版社,1997年,第111—150页。
③ 胡菊人、罗卡等:《香港有没有文学?(笔谈会)》,《八方》1979年第1辑。

展为较具学术意味的会议模式。① 此后大量文学讲座、研讨会、专辑等层出不穷,重要的有香港大学亚洲研究中心1985年4月举办的"香港文学研讨会",以及1988年12月由香港中文大学和香港三联书店合办的"香港文学国际研讨会",标志着香港的当代文学批评和研究进入学术领域。1991年港英当局又设立"中文文学双年奖",以鼓励文学创作与批评。不仅本地生长的批评家关注香港文学,而且以往以大陆文学为基本评论对象的"南来文人"也开始以香港本地文学现象为论述中心。批评界不再纠缠于以往所争论的香港是否有文学的问题,而是从作品、作家和理论探索等各方面证明香港文学的存在,"文学香港"成为本时期的主流意识。批评多从自身的处境出发,以本地价值为依归,强调作品中的文学性;同时也试图从文学入手解决香港社会普遍存在的身份焦虑问题。

在此格局下,本时期的批评在资料收集与整理方面取得较大成就,涌现出一批重要的批评家和专门的香港文学批评或研究著作,促进了香港文学范畴、概念、批评范式的形成。

本时期的重要批评家黄继持(1938—2002),原籍广东中山,生于香港,长期任教于香港中文大学。曾主编《八方》文艺丛刊,自1980年代起先后结集出版的批评著作有《文学的传统与现代》《寄生草》《鲁迅·陈映真·朱光潜》和《现代化·现代性·现代文学》等。黄继持的文学批评不但有扎实的学术功底,注重史料和论证,具学术参考价值,而且作为本地生长的学者,研究论著也有位处香港的独特视野。他的著作主要讨论中国现代文学史上一些重要问题和个案,以中国文化传统与现代精神的关系为批评的基本脉络,其中对鲁迅的研究尤其突出。黄继持的评论特点是"在香港谈中国现代文学研究,就其思维上比较自由,就其方法上不拘一格,就其研究对象包括当前当地,大抵未尝没有自己的优势",因为"香港大专学院的现代文学科,则于'现代'一段不设下限,直贯当前,并包括香港台湾文学",又"'现代中国文学',既是中国文

---

① 卢玮銮:《香港文学研究的几个问题》,黄继持、卢玮銮、郑树森合著《追迹香港文学》,第57—75页。

学,必与中国文学传统相关;既是现代文学,自与外国文学相涉"。① 所以,他对香港文学的论述也抓紧了这一基本脉络,指出"古典跟现代、香港本地跟中国本体,其间的'对话',必能引出思理与美学的风姿",即试图从中国文学传统带出和引发人们对"香港现代文学"的思考。②

卢玮銮(1939—),笔名小思、明川等,生于香港,原籍广东番禺。长期任教于香港中文大学的香港文学史料学者、本地散文家。她专注于香港新文学史料的搜集和整理,自1980年代起独立编著出版了《香港的忧郁——文人笔下的香港(1925—1941)》《香港文纵:内地作家南来及其文化活动》《香港文学散步》和《香港故事:个人回忆与文学思考》等。自1990年代起又合编了大量香港文学史资料和作品选集,如《早期香港新文学资料选(一九二七——一九四一年)》《早期香港新文学作品选(一九二七——一九四一年)》《国共内战时期香港文学资料选(一九四五——一九四九年)》《国共内战时期香港本地与南来文人作品选(一九四五——一九四九年)》(上、下册)、《香港新文学年表(一九五〇——一九六九年)》《香港小说选(一九四八——一九六九年)》《香港散文选(一九四八——一九六九年)》《香港新诗选(一九四八——一九六九年)》和《沦陷时期香港文学作品选:叶灵凤、戴望舒合集》等。作为学者型的本地批评家和研究者,卢玮銮长期以严谨、认真的学术态度搜集、整理和校勘香港的文学与文化史料,更在中文大学成立香港文学研究中心,建立了香港文学特藏和香港文学网上数据库,并开展一系列有关香港文学及文化的口述历史记录,如《双程路:中西文化的体验与思考1963—2003(古兆申访谈录)》。她对香港文学批评的开拓性贡献在于文学史料的钩沉和研究,为后来者提供了不可或缺的材料基础,因而被誉为"香港新文学史的拓荒人"。③

---

① 黄继持:《关于"中国现代文学研究"的一二省思》,《现代化·现代性·现代文学》,香港:牛津大学出版社,2003年,第59—71页。
② 黄继持:《化故为新:"香港现代文学与中国古典关系"漫谈》,黄继持、卢玮銮、郑树森合著《追迹香港文学》,第103—111页。
③ 柳苏(罗孚):《无人不道小思贤——香港新文学史的拓荒人》,《博益月刊》1989年总第17期。

第十一章 当代台港文学批评历程

另一位本时期较重要的批评家黄维樑(1947—　),广东澄海人,1955年来港,曾获美国俄亥俄州立大学东亚语文系博士学位。他深受1970—1980年代在港任教的台湾诗人和批评家余光中影响,并编著了两本台湾出版的余光中作品评论集:《火浴的凤凰》和《璀璨的五彩笔》。黄维樑有西方学术背景,多采用比较文学的研究方法,以西方文学批评理论解读中国诗学传统,著有《怎样读新诗》《古诗今读》《期待文学强人:大陆台湾香港文学评论集》和台湾出版的《中国诗学纵横论》和《中国文学纵横论》等。在1980年代香港社会自我关怀的潮流下,黄维樑在任教的中文大学中文系开设了首个专题研究"香港文学"的大学课程,同时又开始将西方理论落实到本地的文学批评中。1985年出版的《香港文学初探》就是他的评论文章结集,也是第一部本地学者的香港文学专论。黄维樑指出该书"虽然是第一本评论香港文学的专著,却不是一本全面地介绍或评论香港文学的书。它不是一本香港文学概论,也不是一本香港文学史"。[①] 他有别于当时学者型的批评家较专注香港文学研究,而是较多针对本地创作做实践性批评,如评论倪匡的科幻小说、西西的新诗等。所以黄维樑指出:"这本《香港文学初探》的主要目的,在于提出一些研究态度和方法,以供参考,也在于切切实实地评析香港的若干作品,指陈得失,并借此说明香港确有优秀的文学创作。"[②]1996年出版的《香港文学再探》延续了《初探》兼顾各种文类,兼容高雅与通俗文学,注重评论个别作品的论述形式。

香港1980年代的文学批评队伍,除本地人士外,也有一些与台湾批评界联系密切的批评家,如来自台湾的余光中,在台湾受教育的叶维廉和刘绍铭,还有与台湾文坛交往频繁的郑树森等。这些来自台湾文坛的互动和影响,都强化和巩固了香港批评界对文学艺术性的强调。现实主义理论逐渐落幕,批评多注重评论对象的艺术感知方式和西方

[①] 黄维樑:《灰姑娘获得垂青(后记)》,《香港文学初探》,北京:中国友谊出版公司,1987年,第300页。

[②] 同上书,第301页。

现代技巧,并以表现内心感受和创造新的艺术形式为价值标准。香港本地意识的崛起也使批评立足于"文学香港"来确定自身的评论空间,将香港的文学创作视为身份意识的觉醒。

本时期的"文学香港"是指从 1970 年代以前多是出现或产生在香港的文学,正式过渡到植根或属于香港的文学阶段。批评家大多强调本地创作的文学技巧,既讨论作品的艺术问题,又试图透过作品确立香港文学的批评范畴与概念。

1990 年代:香港文学。在"九七"回归的过渡时期,香港社会普遍存在的心理焦虑也反映在文学领域,写作更加逼近现实,本地意识有所增强;文化研究成为批评风尚,批评家希望借助文化研究方法讨论香港的社会问题和心理现实;香港意识更为突出,形成追寻香港身份、强调自我觉醒和反思的社会文化思潮。在回归之日出版的《否想香港——历史・文化・未来》一书就借着批判香港一直以来存在于文学、电影和文化史等领域的传统殖民论述,引申出香港社会的独特处境。① 回归前后,批评家重视的正是文学作品中有关"香港"的论述。他们大多以创作中有否香港社会文化特色为评论依据,其批评标准往往建基于对作品表层内容的理解,并把它们直接等同于香港社会的实际处境或集体意识来看待,试图以本地论述的方式,填补群体、意识和现实之间难以弥合的空隙。

受殖民政策的影响,港英当局以往并未大力扶持文艺,直至 1990 年代才开始考虑本地文艺事业的发展。1995 年成立的香港艺术发展局,是港英当局有史以来特意为本地艺术发展而设立的官方机构,并首次直接资助香港的文学活动,目的在于逐步推进有关香港文学的历史整理、创作出版、评论赏析、推广发行和学校教育等各方面的发展。本时期许多有关香港文学的书刊因获得不同资助而出版,如批评家卢玮銮在 1996 年出版了她主编的《香港早期(1921—1937)文艺杂志目录》和《〈星岛晚报・大会堂〉目录及资料选辑》;《我们诗刊》《纯文学》和

---

① 王宏志、李小良、陈清侨:《前言》,《否想香港——历史・文化・未来》,台北:麦田出版股份有限公司,1997 年。

《当代文艺》等文艺刊物也先后得以创办或复刊。① 1997年,港英当局举办了首届"香港文学节",展开一系列不同形式的文学活动,营造本地文学创作与批评的氛围。

本时期的"香港文学"是对1980年代强调植根或属于香港的文学时期之深化阶段,批评家多要求作品写入香港经验:内容上从表现本地色彩和生活方式,深入到社会心态和价值取向;形式上又必须跟内容统一,能够运用新写作技巧切入本地的生活经验和心态。这些都反映出更多香港社会的真实面貌。②

本时期最突出的批评家梁秉钧(1948—2013),笔名也斯,原籍广东新会,1949年来港,毕业于香港浸会学院外文系,美国加州大学圣地亚哥分校比较文学博士,回港后任教于大学。梁秉钧是本地少数兼具作家、翻译家和学者身份的批评家,也是早于1990年代便积极推动香港文化研究的先行者。他出版了研究评论集《书与城市》《香港文化》《香港文化空间与文学》和《也斯的五〇年代:香港文学与文化论集》等;编有《香港的流行文化》《香港都市文化与都市文学》《香港文学的传承与转化》等。

梁秉钧的比较文学学者身份使他的批评具有文化研究特色和当代气质,其兼容并包的开放态度得益于中西知识背景和多元文化经验。在他看来,香港的文化与文学不能仅从中国传统或西方理论来单方面界定,而是要建基于香港社会自身的历史文化,与内地和西方进行交流对话和比较异同,从中细探出香港文学、文化的独特之处。1995年出版的《香港文化》从香港流行文化入手,探讨本地文化艺术、媒体文化以至文化身份的问题,至今仍然是研究香港文化的奠基之作。梁秉钧指出:"这书尝试结合理论与实践的例子,举的例子如电影、文学、摄影、视艺、流行文化等媒体,以能阐明某一问题为主。……详述在雅俗之间的各种可能,希望读者能举一反三。阐明这模式是在寻找一种能

---

① 许迪锵编:《一步一脚印——香港文学纪行专题展览资料汇编》,香港:香港公共图书馆,2011年,第20页。
② 黄继持:《香港文学主体性的发展》,黄继持、卢玮銮、郑树森合著《追迹香港文学》,第95页。

更合理地看待及理解香港文化的方法……我是尝试以深入浅出的笔法,以具体的例子和可读性的文字与社会上种种立场,以及本土和外来的种种评论作出对话。"①

梁秉钧后来出版的评论著作,都将香港文化及文学研究建构成一个开放包容、乐于与不同文化及文学对话的平台,并不划本地为限。他这种多元的批评视野,更落实到自己的文学创作实践,擅长将笔触伸向香港文学与外部空间的联系,在不同地域的对照和映衬中突出各自的特征,在城市的多重文化景观中反省自身,如1993年的小说集《记忆的城市·虚构的城市》。梁秉钧文学或文化批评的基本脉络,主要将香港跟中西方同中有异的文学或文化做比较研究,指向背后理论与实践、位置与论述的问题。他在著名的文章《香港的故事:为什么这么难说?》中已经提出了1990年代普遍对香港文学或文化的批评实况:"每个人都在说,说一个不同的故事。到头来,我们唯一可以肯定的,是那些不同的故事,不一定告诉我们关于香港的事,而是告诉了我们那个说故事的人,告诉了我们他站在什么位置说话。"②

整体来说,由于本时期港人出现的焦虑心理,从学术界、文化界以至大众媒体,都兴起了一股寻找香港文化身份的热潮,尝试从各方面厘清本地的文化与身份。因此这阶段的文学批评特点是从"香港性"思考文学创作中的本地色彩,考虑香港作品跟其他地方作品之间的关系和差异,关注写有本地社会文化内容的创作,以社会性的"香港文学"作批评标准,逐步强化和巩固1980年代"文学香港"的评论空间。

1990年代以来的香港文学批评界也出现了一些身份特殊的批评家,他们大都在内地接受教育,既有内地记忆,又拥有一定的国际化经验。他们的批评生涯始于内地,并由内地走向海外。他们后来定居香港,诸多批评论述也写于香港,但批评范围、批评对象和读者,以及批评

---

① 也斯:《为什么要谈香港文化?——〈香港文化十论〉后记》,《香港文化十论》,杭州:浙江大学出版社,2012年,第246页。
② 也斯:《香港的故事:为什么这么难说?》,《香港文化》,香港:香港艺术中心,1995年,第4—12页。

第十一章 当代台港文学批评历程

的影响力却不限于香港,更多地面向内地。其中以黄子平、许子东为代表。黄子平1980年代末赴海外研究访问,后定居香港。1980年代初他在内地开始文学批评活动,1985年与陈平原、钱理群共同提出"20世纪中国文学"概念,倡导新文学整体观。自1990年代起在港出版了《革命·历史·小说》《边缘阅读》《害怕写作》《历史碎片与诗的行程》等著作;发表了《灰阑中的叙述——读西西小说集〈手卷〉》《"香港文学"在内地》和《香港文学史:从何说起》等有关香港文学研究的文章。许子东自1990年代在香港定居,一直在岭南大学从事中国现当代文学教学,也写有多种文学批评文章,因为本书多处讨论过黄子平与许子东的文学批评,这里就不再赘述。

香港的文学批评史,既是香港文学的历史,也属于中国当代文学发展历程中的另一走向,所以必须放进宏大、宽广的历史脉络来处理,才能凸显其意义。当我们以中国全局的其中一个位置去梳理香港文学批评的历史发展脉络时,既不能忽视此地跟台湾地区的互动关系,又必须考虑香港处于两地之间的独特语境,以求客观呈现和取得某种平衡。香港在不同历史阶段的文学批评话语和评价标准,正代表香港文学批评在不同时期的理论视界和知识背景,继而形成了不同时期对文学作品中审美价值和批评标准的差异。

在这里探讨的"香港",应该是一个文化空间的概念。而"香港"的文学批评,应该是跟这一文化空间形成一种共构关系的文学评论空间和标准。本章节透过"香港"这个独特的评论空间,检视过去,揭示出香港的文学批评一直都是夹缝间自生自长的野草,唯它的萌生与滋长,跟香港这一商业码头的发展历程相近,大抵也不能抽离于中国整体之外,却渐渐形成自己特有的面目和视点。

香港在1990年代流行的"香港文学"批评准则,进入了21世纪仍然持续。但随着学术界"全球化"的文化思潮逐渐盛行,从前强调香港社会本地色彩的文学批评标准,日渐消退,取而代之的是对香港文学作品和史料的挖掘、搜集和整理,倾向关注梳理和建构自身文学的历史。一个突出的例证是,香港首套文学大系于2014年出版,这套《香港文学大系 1919—1949》①共 3 辑,包括新诗、散文、小说、评论、旧体文学、通俗文学和儿童文学凡 12 卷,由 11 位本地专家学者担任主编,力求追本溯源,发掘被时间洪流淹没的早期香港文学作品和史料,为本地的文学历史作证。

(本章由计璧瑞、李嘉慧执笔,其中,台湾文学批评部分由计璧瑞执笔,香港文学批评部分由李嘉慧执笔)

---

① 《香港文学大系 1919—1949》,香港:商务印书馆,2014 年。其中"评论卷一(1919—1941)"由陈国球主编;"评论卷二(1942—1949)"由林曼叔主编。

第十二章 美国的中国当代文学批评

之所以选择"美国的"文学批评作为海外中国文学批评的代表性区域,是因为"美国的"中国文学批评几乎代表绝大部分的内容。所谓"美国的"是迫不得已而选择的一个地区专有名词,显然是为求论述方便划定的一个相对的范畴,只是在具体的时间和空间的对等关系中,"美国的"与"中国大陆的"构成一种论述关系。因为篇幅和实际的影响关系,这里也只能限于讨论少数在美国的中国当代文学批评。在美国的关于中国当代文学研究的成果卷帙浩繁,如何取舍?所选择的研究对象在多大程度上(或多大意义上)可以称为"文学批评"?这也是需要限制和谨慎处置的。这些文学研究成果发表在欧美的学术期刊,与中国大陆的文学创作并没有直接关系,与中国大陆的文学批评及各种文学论争也没有直接关联。但是这些研究成果通过不同的渠道进入中国当代文学研究领域(例如,直接翻译发表,通过引述和相关问题的讨论等等),我们还是要立足于中国大陆的文学创作和文学批评实际,去寻求那些与本土文学实践发生关联和呼应的文学批评或文学研究成果来建构起关联语境。这样,我们的论述就不是在空间上做简单的并置,而是历史总体建构的一个有机组成部分。

很显然,在"中国当代文学批评"的名下,关于"中国"的身份始终是一个问题,我们的论述只着眼于文化身份,甚至我们更狭义地限定为"文学身份"。这种给予其以大陆文学圈的归属身份,与其说是主体的自我认同,不如说是大陆文学圈一厢情愿的"接纳",这种接纳源自于大陆文学圈自身的需求形成的互动。由是我们可以做这样的限定:在美国从事中国现当代文学研究的一部分成果,构成了中国当代文学研究和文学批评的重要的知识谱系,因此我们也把它纳入中国当代文学批评史的范畴。如果缺失了这个范畴,中国当代文学批评的某些重要环节、关键词的谱系、一些变化,就很难阐释清晰。由是产生了这种惯例,即在讨论中国当代文学批评的源流时,会特别关注某些在美国从事中国现当代文学研究的有汉语母语背景的学者,如夏志清、李欧梵、王德威等,夏志清早年从中国大陆去美国,李欧梵和王德威从中国台湾去美国,但他们与中国大陆的文学圈关系密切,故讨论"中国当代文学批评"很难忽略他们的研究成果。另有一批1980年代以后去美国的中国留学人员,他们的声音经常在国内学界传播并产生相应影响,归属于"中国当代"也顺理成章。因为我们的选择要在一定的学理逻辑范围内,故我们的讨论就要限定比较狭义的范围。

一 重写中国现代文学史:夏志清、李欧梵

对中国大陆学界十分重要的一个学术追求——"重写文学史"产生实际影响的海外成果,当推夏志清和李欧梵关于中国现代文学的研究。尤其是夏志清的《中国现代小说史》,几乎可以说是给"重写文学史"的学术追求提供了直接范本。虽然我们并没有明显资料表明陈思和、王晓明他们提出这个学术理念是受到夏志清、李欧梵的影响,但夏、李的成果后来是相当切实地介入了"重写文学史"的体系中。尽管大陆学界在"文革"后也必然滋生出重写文学史的要求,但是夏、李对中国现代文学的研究早就提示了不同于中国大陆被意识形态规训的文学史的另一种范例。陈思和、王晓明后来总结"重写文学史"栏目的经验时说道,"重写文学史"乃是"文革"后十年来学术研究发展的必然结果,其一是中国社会科学院文学所编撰的研究资料集开拓了人们的学术视野;其二是1985年学术界提出"二十世纪中国文学"的概念;由此提出"重写文学史"的主张乃是必然结果[①]。从他们当时对"当代性"和"历史主义"概念的关注来看,"重写文学史"的提出还是与1980年代崇尚思想观念变革的潮流相关。他们在创立栏目的"主持人的话"中说道:"文学史的重写就像其他历史一样,是一种必然的过程。这个过程的无限性,不只表现了'史'的当代性,也使'史'的面貌越来越接

[①] 陈思和、王晓明:《关于"重写文学史"专栏的对话》,《上海文论》1989年第4期。

受历史的真实。"①"重写"中国现代文学史在1990年代逐步出现一系列成果,这倒不是反映在文学史的整体体系构造上,而是反映在对整个现代文学的重新探讨方面。过去按主导意识形态设定的那些命题,那些对作家作品的评价,不再具有绝对权威意义。过去以鲁郭茅巴老曹为研究轴心,现在则生发出沈从文、张爱玲乃至钱锺书这一脉,而后者显然又受到夏志清《中国现代小说史》的影响。"重写文学史"提出了文学史观念改变的呼唤,而夏志清和李欧梵以及其他海外研究者的成果,则提示了研究范例,即回到文学审美层面来评判作品,不再以文学对社会现实的直接对应意义来解释作品。

夏志清(1921—2013),原籍江苏吴县,1921年生于上海浦东。上海沪江大学英文系毕业。1948年考取北大文科留美奖学金赴美深造,1952年获耶鲁大学英文系博士学位。1962年应聘为哥伦比亚大学东亚语文系副教授,1969年升任为教授,1991年荣休后为该校中国文学名誉教授。2006年当选为中国台湾"中研院"院士。夏志清的两部英文著作——《中国现代小说史》和《中国古典小说史论》,奠定了他在西方汉学界中国文学特别是中国现代文学研究领域的地位。其《中国现代小说史》重新在现代文学的艺术品性的脉络里梳理出一条线索,给予重要的作家以富有美学品质和时代特性的准确恰当的评价,尤其是发掘并论证了沈从文、张爱玲、钱锺书、张天翼、萧红、端木蕻良等一度被遗忘的作家的文学史地位,成为海外研究中国现代文学史的经典之作。

夏志清后来陈述写作这部书缘起于1951年春,时值他将要从耶鲁大学英文系取得博士学位,面临毕业后的工作没有着落。故他着手申请研究基金,得力于耶鲁大学政治系教授饶大卫(David N. Rowe)的经费支持,这笔经费来自美国政府资助编写《中国手册》,为参加朝鲜战争的美国官兵阅读之用。但项目完成之后,美国政府并未采用。夏志清此时已经萌生了对中国现代文学的兴趣,他要着手撰写中国现代文学史的计划,随后从洛克菲勒基金会那里申请到两年资助,后来延期到

---

① 陈思和、王晓明:《主持人的话》,《上海文论》1988年第4期。

三年。书稿历经数年完成,1961年由耶鲁大学出版社出版。随即波士顿的《基督教科学箴言报》发表由大卫·洛埃(David Roy)撰写的长篇书评,称夏志清的《中国现代小说史》出版是件大事,也是同类著作中最佳的。此评论对夏志清的出道有极大的帮助,多年后夏志清写的再版序言里还引述了洛埃的说法。①

按陈子善的研究,《中国现代小说史》有三个英文版本,即1961年耶鲁大学出版社初版,1971年耶鲁大学出版社再版,1999年美国印第安纳大学出版社推出第三版。中译本也有三个繁体字版,第一个中译繁体字版1979年由香港友联出版社出版,第二个中译繁体字版1991年由台北传记文学出版社出版,第三个中译繁体字版2001年由香港中文大学出版社出版。中文简体字版迟至2005年才由上海复旦大学出版社出版。②就中文版的流传而言,国内关于中国现代文学史研究的一些新见,受到夏志清的启发的可能性是存在的。陈子善指出:"回顾上个世纪八十年代以来中国大陆现代文学研究的每一步进展,包括'二十世纪中国文学'命题的论证,包括'重写文学史'的讨论,包括对沈从文、张爱玲、钱锺书等现代作家的重新评论,直到最近'重建中国现代文学研究学科的合法性'的提法,无不或多或少,或直接或间接地受到《中国现代小说史》的影响和激发。"③

夏志清的《中国现代小说史》自出版以来备受好评。半个多世纪过去了,对夏志清的研究也有不少尖锐批评,最为激烈的批评是指责这部文学史曾得到美国军方资助,用于服务朝鲜战争中美国军人了解中国文化。这项批评确实又是事实,但如何看待他的学术性?如果是着力用于服务美国军方,他应该多介绍左翼主流文学,分析共产革命文化及意识形态,但他却介绍了现代文学史的另一侧面,即被大陆主流文学压抑的那一支流。他的这本小说史与其说是写给美国军人阅读,不如说他要与中国大陆的左翼主流文学界较量,当然也是潜对话。这项对

---

① 参见夏志清《中国现代小说史》,上海:复旦大学出版社,2005年,第5—11页。
② 《中国现代小说史》的出版情况可参见陈子善在《中国现代小说史·编后记》中提供的资料。
③ 陈子善:《中国现代小说史·编后记》,参见夏志清《中国现代小说史》,第502页。

话在"文革"后契合了渴望在更为广阔的历史视域中把握中国现代文学史的年轻一代学人,激发了"重写文学史"的愿望,并且提示了直接的范本。尽管几十年过去了,中国大陆的现代文学史"重写"也做了很多努力,但成效并不明显,欠缺令人高度满意的成果。根本缘由在于大陆在文学史观方面尚未找到足以和夏志清较量的新理论,那么在具体的作品审美分析和评判方面,比之夏志清的成果则还有明显欠缺。夏志清的文学史建构和作品分析显示出与大陆正统的文学史叙述很不相同的学术眼光和方法。夏本小说史之受欢迎和肯定,有以下几方面可以讨论:

夏本小说史叙述把集体表述改变成个人话语。这里的"集体表述"并非只是指集体合作,而是其文学史叙述的角度和方式。中国大陆的文学史叙述背后其实有一个主导思想意识规范下的表述方式,有一个被规限好的框架,1980年代以来学术界力图破解这些限定,但积重难返,因为形成思维模式和定势,旧有的痕迹还十分滞重。夏本得地利之便,可以完全依凭个人的文学趣味展开论述,以个人的学术自信梳理历史,赏析作品,褒贬人物,都显出一种从容自如的风格。固然,要从夏本的立场角度、评判标准去读出立场乃至意识形态也并非不可能,但其思想之自如、见解之从容,则是毋庸置疑的。

夏本的小说史从人道关怀角度切入作家的思想性,用新批评的分析方法评析作品的艺术层面,重建了中国现代小说的审美想象。"文革"后中国文学界率先开启的理论批评问题,乃是文学与政治的关系问题。文学史叙述首先要解决的问题也是作家作品的政治性意义。夏志清关于鲁郭茅巴老曹的论述就有他个人的独到见解,他着重于作家对时代社会中的人的命运的关切,这是他评价作品思想性和社会意义的标准;同时他把重心放在作品的具体艺术表现层面。他对作家作品社会意蕴和艺术特色揭示得准确明晰。

文学史论述中关于鲁迅的论述可谓汗牛充栋,夏志清对鲁迅的评价遵从了主流文学史的规范,不管他对"左"多么有偏见,对于鲁迅他却还是保持足够的尊敬。他分析鲁迅的《药》时,也看到坟上有一圈红白的花,但他同时注意到鲁迅小说结尾还描写了一只乌鸦"在笔直的树枝间,缩着头,铁铸一般站着"。那一圈红白花其实掩映不住那只毫无反应的乌鸦,夏志清指出:"这一幕凄凉的景象,配以乌鸦的戏剧讽刺性,可说是中国现代小说创作的一个高峰。"大陆文学史多从那一圈花预示的希望来理解鲁迅小说的社会意义;而夏志清则强调在花圈之外,还有一只乌鸦,它在小说的艺术上显示出更多一层的反讽意义,现代小说在这里显示出它的笔法高超之处。从这里可见夏的艺术眼光和文学史的笔法。夏志清对鲁迅《孔乙己》《阿Q正传》《祝福》《在酒楼上》的分析也是自成一说、见解不俗的。

夏志清早年"一向是研究西洋文学的,在研究院那几年,更心无旁骛地专攻英国文学"①。夏志清受过新批评的系统训练,崇尚利维兹的批评方法,对作品的审美意蕴有敏锐感受,洞悉西方现代文学的美学流变。他所辨析的小说艺术,可以比较准确地放置在世界现代小说的背景上去阐释。即使对叶绍钧这样二线作家的作品的品评也是十分精湛,赞赏他"流露出对孩子的慈祥,对教学的严肃关切,以及对少年心理的惊人理解"②。这些肯定性的评价在中国主流文学史叙述中不会占据有分量的内容,但对于夏志清来说,这些价值在现代的创建则同样有着人文蕴含。夏志清对情感表达的品评自有他个人的感觉为依据,比如他对冰心的某些作品给予了直接批评,称其为"不折不扣的滥用感情之作"。

夏志清对茅盾的分析及其文学史地位的评价也见出他的史家眼光。他肯定并高度评价了茅盾早期的文学批评和创作,对茅盾《蚀》三部曲的分析细微精到、入情入理,对《子夜》的批评则推翻了大陆正统文学史的评价。他认为《子夜》太偏重自然主义的法则,书中的人物几乎可以说都定了型的,对人物道德面的探索狭窄得很,他是把当时左翼政治的观念和方法"因利乘便地借用过来,代替了自己的思想和看法"③。夏对《子夜》的肯定在于它的一些艺术描写,例如吴荪甫那位来

---

① 夏志清:《中国现代小说史》,第6页。
② 同上书,第45页。
③ 同上书,第112页。

自乡间的妹妹蕙芳那本《太上感应篇》被雨水打湿和香炉里满是雨水等细节描写,这显示出"作者在写作上是有很高的造诣和想象力的"。他不再从反映社会现实的角度来评价,也并不认为《子夜》寻求中国社会变革的道路、揭露民族资本家的软弱和必然失败的命运这些大的社会历史问题有多大的意义,相反,这些方面正是夏志清质疑的。夏志清认为,与茅盾过去的作品比起来,试图解释中国社会现实的《子夜》是一部"失败之作",在他以后的创作生命中,"他再也摆不脱这个迷障"。与正统文学史观不同,夏志清认为茅盾这样已经取得了很大成就的作家,以某种政治观念来看待中国社会现实,会使他们的创作陷入困境。

夏志清发掘了沈从文、张爱玲、钱锺书等作家,被主流文学史长期遮蔽的作家作品重现价值。中国大陆主流文学史以鲁郭茅巴老曹为主体,沈从文、张爱玲、钱锺书几乎在文学史中没有地位,在大多数文学史中甚至不见踪迹,这无疑存在偏颇。在主流文学史的反帝反封建、民族解放、革命、人民等关键词建构起来的文学史叙述中,沈、张等人无法栖身,革命的文学史当然没有他们的地位。纵观全书,夏论沈、张二位也是最下气力的。

夏志清知人论世,详述沈从文的身世背景。沈从文并非天才式的作家,他出道时写得并不顺利,作品毛病十分明显,夏志清认为苏雪林当年批评沈从文拖沓絮叨就很中肯。他从细节入手分析沈从文的作品,尤其赞赏沈从文关怀细小事物的心情和态度。他从《会明》中看出沈从文对道家纯朴生活的向往,并将他与华兹华斯做比较,揭示出沈从文表达"纯真与自然的力量"的艺术特点。夏志清十分欣赏《萧萧》这篇小说对纯真的表现,也拿福克纳的《八月之光》与之对比,指出苦难、命运这些意蕴都以纯真自然的方式表现出来。《边城》《长河》也是如此立论,由此揭示沈从文小说的独特魅力。崇尚"天真自然"既是一种人生价值观,也是一种美学风格,正是在这一点上,沈从文的作品体现了夏志清的美学理想。

沈从文的作品多表现湘西风土人情,尤其是对湘西女子纯真善良本性的表现,描绘出她们自然俊秀的风情。在三四十年代中国文学趋向于左翼,以民族国家启蒙救亡为主导叙事的时代潮流下,沈从文的作品另有一股清俊之气。夏志清重新发掘出沈从文的价值也无可厚非；但是很显然，夏志清扬此抑彼又制造出新的二元对立，显然也有值得商榷之处。

夏志清对张爱玲的评价明显比沈从文还要高，他认为张爱玲"是今日中国最优秀最重要的作家"，她的成就堪与英美现代女文豪如曼斯菲尔德等媲美，"恐怕还要高明一筹"。在具体分析中，夏志清不吝溢美之词，说张爱玲小说意象丰富，"在中国现代小说家中可以说是首屈一指"，她的视觉想象"有时候可以达到济慈那样华丽的程度"①。这一论断或许是成立的："自从《红楼梦》以来，中国小说恐怕还没有一部对闺阁下过这样一番写实的工夫。"但对闺阁的描写极为出色又如何呢？在中国战火纷飞的三四十年代，前线战士浴血奋战，对闺阁的描写真的就有那么高的意义吗？他真的就比田间之类诗人写出的战斗激情要高出许多吗？多少年过去了，田间们关于战场的献祭般的壮志已经很难让人有切身之感，而张爱玲关于闺阁的想象却能与人息息相通，但如果这是文学的本来意义或必然结果，那让文学史如何具有历史性呢？当然就其文学品评而言，关于《金锁记》的分析构成了夏评张的重点所在，这不只体现在篇幅上，分析上也是得心应手、层层深入、鞭辟入里，使得张爱玲小说之魅力跃然纸上。

夏本小说史中也发掘了左翼作家张天翼和端木蕻良这两个在主流文学史中并不十分重要的作家，他们虽然也是左翼作家，但在夏志清的美学格局中，却以不同的形式占据了一席之地。沈从文、张爱玲的小说在1980年代后期开始在大陆文坛受到重视，1990年代以后，沈从文成为学界研究的热点，张爱玲则更受普通读者欢迎，在图书市场风行一时，久盛不衰。中国大陆自身的文化语境变化固然是其基础和前提，但夏志清的推崇或许也起到一定作用。

夏志清的《中国现代小说史》无疑开启了中国现代文学研究的另一面向，重新打捞被压抑的受欧美影响的现代启蒙主义文学，有效重构了中国现代文学史的版图。夏志清对左翼文学的评价主要出于他的文

---

① 夏志清:《中国现代小说史》，第259页。

学观念,也无可避免有一定的意识形态立场。他对茅盾、丁玲的批评不能说没有道理,即使同属于左翼阵营的批评家,如冯雪峰也对丁玲有过批评。夏志清指出了他们转向左翼阵营后的创作有概念化的倾向,要依靠某些观念来表现生活,这就不可避免地出现空洞化和说教的情况,这些批评也十分中肯。对丁玲转向左翼后的创作,夏志清并非全然否定,他也看到丁玲的《太阳照在桑干河上》在艺术上有可取之处,例如,丁玲描写革命干部来到以后村中社会关系的转变就很出彩,她描写了那些圆滑势利与外交手腕在新政权的人与人之间关系上一样用得着。"有少的时候,丁玲忘记她的土地改革,而来探索这种社会性的戏剧。"①他对赵树理的分析评价显得单薄,虽然其中也不乏一些精当评析。

夏本小说史可圈可点处甚多,需要再讨论处也不少,因其个人见解鲜明独到,故难免争议频仍,尤其是对这段文学史的评价与其政治立场多有关系,争议也多由其立场引发而来,问世后立刻引发捷克著名汉学家雅罗斯拉夫·普实克(Jaroslav Prusek,1906—1980)的重磅批评。夏著出版伊始,普实克的雄文《中国现代文学史研究的根本问题——评夏志清的〈中国现代小说史〉》,就发表在荷兰的汉学杂志《通报》(T'oung Pao,莱顿,1961)上。普实克对夏志清的这部小说史批评甚为凌厉,从立场观点到具体评价,条分缕析,几乎否定了夏志清的小说史,只是在文末客套地说该书"的确提供了大量有用的资料"②。普实克认为,文学史叙述不能离开文学与社会历史的关系,尤其是对于处于民族求解放的历史境遇中的中国文学来说,只有放在文学对社会现实的表现的意义上来阐释,才能真正正确认识文学的意义和价值。普实克具体分析了夏志清对左翼作家诸多贬抑性的评价,认为这些令人费解的评价表明:

> 夏志清缺乏任何国家的国民所必有的思想感情,同时表明他没有能力公正地评价文学在某个特定历史时期的功能和使命,也

---

① 夏志清:《中国现代小说史》,第 312 页。
② 〔捷克〕亚罗斯拉夫·普实克:《抒情与史诗——现代中国文学论集》,李欧梵编,郭建玲译,上海:上海三联书店,2010 年,第 229 页。

不能正确地理解并揭示文学的历史作用。夏志清也许会一如既往地否认文学的社会功能,但文学的确是有社会作用的,作家应该以自己的生活和创作,为他所属的集团负责。我认为,正是因为没有充分认识到文学的社会意义,夏志清才会在第一章"文学革命"中,没能对一九一八年以来中国文学所发生的一切做出正确或全面的评价。

夏志清一再责难中国作家过于关注社会问题,不能创造出一种不为社会问题所束缚、不为社会正义而斗争的文学,事实上,他把这些视为新文学的普遍缺点。……我认为,我们不该指责中国作家将文学作品服务于社会需要,更恰当的做法应当是揭示他们之所以选择这条道路的必然性,并描绘出决定中国现代文学之特征的历史背景。①

很显然,普实克认为在理解处于剧烈的社会变动历史时期的中国作家时,如果完全不考虑文学的社会作用,就不能深刻理解这一时期的中国文学,也不能正确评价这一时期的中国作家。这个观点无疑是正确的,也合乎历史实际。问题的难度在于,如何把握文学的艺术性及其价值,无疑需要考虑更为复杂的评价方式。夏志清在回应普实克的批评前显然酝酿了较长时间,他的反驳文章《论对中国现代文学的"科学"研究——答普实克教授》两年后发表于同一刊物上,即荷兰莱顿的《通报》(*T'oung Pao*)上,夏志清表示"仍不信服自己的著作就那样地一无是处"。事实上,夏志清的文章几乎没有接受普实克的批评,针对普实克的批评,夏志清一招一式地挡了回去。普实克批评夏志清着迷于将"无个人目的的道德探索"作为文学的根本标准,夏志清争辩说:"当我强调'无个人目的的道德探索'时,我也就是在主张文学是应当探索的,不过,不仅要探索社会问题,而且要探索政治和形而上的问题;不仅要关心社会公正,而且要关心人的终极命运之公正。一篇作品探索问题和关心公正愈多,在解决这些问题时,又不是依照简单化的宣教精神

---

① 〔捷克〕亚罗斯拉夫·普实克:《抒情与史诗——现代中国文学论集》,第196—197页。

第十二章 美国的中国当代文学批评

提供现成的答案,这作品就愈是伟大。"①夏志清还批评了中国现代作家受阶级斗争观念的影响持有狭隘的阶级论,他再次强调了他在《中国现代小说史》中提出的观点:"大多数中国现代作家只是把他的同情心给予穷人和被压迫者,对于任何阶级、任何地位的人都可成为同情和理解的对象的想法,在他们是陌生的。"②普实克与夏志清的分歧在于:夏志清试图按照欧美文学经典的标准来衡量评价中国现代小说;而普实克则要求在中国现代的历史情势下去理解中国作家和中国文学。这里的分歧显然已经不是文学观念的差异,而在于政治立场和历史观的根本对立。尽管夏志清并不完全同意普实克的批评,但也不得不承认普实克的批评相当程度上说到点子上了。1963年春,在普实克访问美国时,夏志清与普实克相识,他们后来成为朋友,这也是学术史上的一段佳话。

多年后,夏志清的学生王德威在评价《中国现代小说史》时写道:

> 这本书代表了五十年代一位年轻的、专治西学的中国学者,如何因为战乱羁留海外,转而关注自己的文学传统,并思考文学、历史与国家间的关系。这本书也述说了一名浸润在西方理论——包括当时最前卫的"大传统"、"新批评"等理论——的批评家,如何亟思将一己所学,验证于一极不同的文脉上。这本书更象征了世变之下,一个知识分子所作的现实决定:既然离家去国,他在异乡反而成为自己国家文化的代言人,并为母国文化添加了一层世界向度。最后,《小说史》的写成见证了离散及漂流(diaspora)的年代里,知识分子与作家共同的命运;历史的残暴不可避免地改变了文学以及文学批评的经验。③

很显然,王德威的评价也吸取了普实克的批评,他试图在更为公允的立场来看夏志清的《中国现代小说史》,放在20世纪中国文学与世界文

---

① 夏志清:《中国现代小说史》,第328页。
② 同上书,第330页。
③ 王德威:《重读夏志清教授〈中国现代小说史〉——英文本第三版导言》,参见夏志清《中国现代小说史》,第32—33页。

学的关系语境中来释放这部书的积极意义,也给它留下足够余地去容纳中西、左右之争。

夏氏在古典文学方面还有著述,另有英文著作《中国古典小说》(1968)、《夏志清论中国文学》(2004),中文著作还有《爱情·社会·小说》(1970)、《文学的前途》(1974)、《人的文学》(1977)、《新文学的传统》(1979)、《夏志清文学评论集》(1987)、《夏志清序跋》(2004)和散文集《鸡窗集》(1984)。

李欧梵,1939年出生于河南太康,1949年随家庭到台湾,1961年毕业于台湾大学外文系,曾与作家白先勇、陈若曦和王文兴是同学。1962年赴美深造,1970年代初起,先后执教于芝加哥大学、加州大学洛杉矶分校、印第安纳大学、普林斯顿大学、哈佛大学及香港中文大学,兼任台湾"中研院"院士,现任职于香港大学。

李欧梵著述颇丰,中文著作在大陆及台港地区影响甚广。主要有《铁屋中的呐喊:鲁迅研究》《中国现代作家的浪漫一代》《西潮的彼岸》《狐狸洞话语》《上海摩登》《寻回香港文化》《都市漫游者》《世纪末呓语》等。

李欧梵少有涉猎中国当代文学,他的领域专注于中国现代文学,也是因为他对中国大陆现代文学研究界的影响,从而折射到中国当代文学领域及文学批评。李欧梵较早在大陆产生影响的著作当推他的《中国现代作家的浪漫一代》,这是以他的博士论文为基础删减而成的英文著作。李欧梵师出名门,博士指导老师是本杰明·史华慈(Benjamin I. Schwartz,1916—1999),同时也得费正清(John King Fairbank,1907—1991)指导。博士论文完成于1970年,书出版于1973年。在大陆的中文版"自序"中,李欧梵自谦说:有心的读者可以把这本"学术专著"作为历史故事来读。这本书确实有非常生动的文学故事,如徐志摩的恋爱故事之类。但同时也要看到这本书的学术意义,它在处理中国现代浪漫主义的一代诗人作家、钩沉中国现代的浪漫主义主题上,对于中国现代文学界无疑有着强烈的刺激。在中国主流文学史的叙事中,中国现代是现实主义占据主导地位,只有现实主义代表了历史正义方向,而浪漫主义本身在历史中被现实主义压抑下去,在后世的叙事中,浪漫主

第十二章　美国的中国当代文学批评

义也是作为更靠近资产阶级文艺思想的流派而备受冷落,甚至遭受批判。对于中国现代文学研究界来说,从浪漫主义这一主题来释放中国现代文学的多样意义,打破了现实主义唯上的学术话语,因此而具有重要意义。李欧梵分析了林纾、苏曼殊、郁达夫、徐志摩、郭沫若、蒋光慈、萧军等作家,从中可以看到他也并非站在"左翼"的对立面,而是在相当程度上同情左翼文学传统。对于1990年代中国大陆正处于深刻转型时期的现代文学研究,李欧梵的研究提供了及时的参照和引导。

李欧梵另一本在中国影响颇大的著作是《上海摩登》,这本书的简体中文版出版时,正值中国城市文化和消费社会迅速兴起,李欧梵对中国早期上海城市消费文化的研究,引起了中国学界极大兴趣。关于中国现代城市文化的研究,可以与当代中国进行比照。正如李凤亮所言:"这当然与该著对上海这个中国20世纪最大亦最现代的城市的独特阐释有关,而这一阐释恰又与老上海都市文化的高涨时期拉开了历史距离,契合了世纪末人们的怀旧情愫。"①

李欧梵的《上海摩登》打开了一个论域,揭示了中国现代文学研究向文化研究转型的可能性,契合了1990年代后期在欧美兴起的文化研究的新趋向,尤其是把现代性观念引入现代文学研究,使得现代性观念具有更具体的历史感和审美文化特征。李欧梵关于现代作家的研究,不再是讨论他们的作品内含的思想主题和艺术特征,而是关注作家的现代态度。例如,施蛰存对《名利场》这部作品的推崇,他对电影的热爱;邵洵美、叶灵凤则最早欣赏现代装饰艺术,并且追随波德莱尔的美学观念,他们甚至还热衷于服饰与化妆品;刘呐鸥、穆时英痴迷于舞厅氛围,并且崇拜汽车和女性的肉体之美。所有这些,都显现了中国作家如何最初进入现代。这本书关于上海消费社会的城市面貌、消费物品、广告与时髦的生活方式、交往与情感形式的捕捉和分析,显示了李欧梵的学术趣味和艺术敏感。中国现代文学研究在文本方面几乎一度穷尽,关于现代城市、器物与生活方式的研究无疑开启了一个新的空间。

---

① 李凤亮:《浪漫·颓废:都市文化的摩登漫游——李欧梵的都市现代性批判》,《宁夏社会科学》2006年第6期。

二 重新想象中国的方法:王德威

欧美学界对中国当代文学研究与批评影响最大的学者,非王德威莫属。王德威,1954年11月出生于中国台湾,祖籍辽宁。1976年毕业于台湾大学外文系,1978年获美国威斯康星大学比较文学系硕士学位,1982年获威斯康星大学比较文学系博士学位。曾任台湾大学外文系副教授(1983—1986),曾在哥伦比亚大学东亚系任教多年,2004年起在哈佛大学东亚语言文明系任 Edward C. Henderson 讲座教授。

王德威著述甚丰,名著迭出,新说不断。例如,《茅盾,老舍,沈从文:写实主义与现代中国小说》《想象中国的方法:历史·小说·叙事》《落地的麦子不死:张爱玲与"张派"传人》《被压抑的现代性:晚清小说新论》《跨世纪风华:当代小说20家》《历史与怪兽:历史,暴力,叙事》《后遗民写作》《抒情传统与中国现代性:在北大的八堂课》,这些著作在欧美及大陆台港学界名重一时,风行不止,引发长时间的讨论征引。王著打通中国现代与当代,有贯通20世纪的视野,每论总有一个独特理论视角,其说能把理论探究与美学感觉、思想提炼与文辞修饰结合得恰到好处,自成一格却能启悟多方,故而王德威影响卓著。

当然,王德威的成就整体上来说属于文学研究,涉及当代中国的文学部分,也是研究与批评兼通,因为王德威的研究"评论"特征亦相当鲜明,故而归为文学批评也属得当。纵观王德威的中国现当代文学研究及文学批评,可以看到他最为鲜明的特征当属他有独特的历史观。尤其是这种历史观与中国大陆的主流文学史秉持的历史观十分不同,因而别开生面并且构成一种与大陆主流文学史叙述对话的情境。

贯通于王德威20世纪中国现当代文学研究中的历史观,说到底就是现代性发生和陷落的历史观。王德威的文学研究贯通20世纪的中国现当代文学,现代的发生与变故、启蒙的自觉、革命的激进、历史转折与断裂……所有这些,都构成他对20世纪中国历史的阐释节点与感悟所在。王德威以论说中国现代文学中的"现代性"问题而引发新论,"现代性"于他,并非只是一个论题、一个思辨的学理,更重要的是,他

第十二章 美国的中国当代文学批评

对现代性的领悟上升为一种历史感,他几乎是全盘性地体悟到现代性在中国现代文学中的显现,由此而形成关于中国现代文学的历史观。不管是"没有晚清,何来五四"的诘问,还是"有情中国"的全盘疏通,抑或"想象中国的方法",直至"落地的麦子不死"的期许……所有这些,都贯通了他的现代性的历史观,那就是在现代性陷落的边界来看中国现当代文学。也就是说,王德威把中国进入现代的进程,看成一个历史颓败的过程,因为他并不相信"革命"真的能翻转历史,能带来世界之变迁;相反,革命的历史变故会引发(也必然引发)悼亡伤情之作,会形成感怀忧国的现代情感思流。王德威宁可把现代性的激进革命视为一个现代"事件",它依然是在历史之自在延伸的体例内,只是构成历史自身的一个节点,而非一个"创世纪"的翻转的分界线。因为他的"现代"更为宏观,只有在千年之变中才能得到理解,现代的门槛边正是中国两千年大历史面临崩溃的时刻。现代性的历史几乎是武断地与千年旧文明决裂,而新的文明是否真的来临显然是一个疑问。现代文明作为一项社会化的进程不可抗拒,但它把文化和精神留在了荒野。王德威的理论来自福柯、本雅明、德里达、海德格尔以及部分尼采;他的审美感知来自波德莱尔、王尔德、张爱玲、白先勇、朱天文……并不是说他在这些理论或作家身上专注多久,用心多深,而是说一种气质,一种点对点的感悟,只要触碰到一点就透彻的那种相通(当然,还有他的生存经验,他身处其中的家国命运,他自小耳濡目染的文化)。如果这样的名录可以成立,那么王德威关于"现代"的理解和表达的那种精神要义就不难感受得到。

审美现代性的基本历史态度包含着对现代性进步、变革、革命观念的怀疑,这些怀疑有些是激烈批判的,有些是深沉反思的,有些则是哀婉审美的,王德威兼具反思与审美两种方式。在他的行文中,后者可能还是其更主要的方式。他以美学去回敬现代性在20世纪的激进取向,他不只是哀怜被这一激进取向碾压过去的或者是遗弃的那些荒凉之物;他也哀悼激进的力量本身,因为他看到它们酷烈的本质。温婉的王德威并不厌恶变革,也不憎恨革命,甚至他常常还能理解这种不可抗拒的历史之力的合理性,但他的审美记忆方式已然被"恶之花"所熏染,他倒是乐意理解它们向死的本质,这样他准备好的那份伤情悼亡之作可以随时呈现。

在这个意义上,王德威是一个十足的批评家。批评家与研究家的区别在于:研究家可通过积累修炼而成,它只对专业问题感兴趣;批评家则是要有才情天分,要有主观态度,要有褒贬能力。研究家以积累和资料下注,批评家则豪赌才情与智慧。批评家倾注他的情感与主体精神气质于言说的对象之中,在王德威这里,20世纪的中国文学恰如一则文本、一部作品、一本打开的书。研究者做到最后要成为批评家,甚至思想家最后也是批评家,如海德格尔,如德里达,如以赛亚·伯林,如巴迪欧和朗西埃。他们最后都是以批评家的方式来做哲学或思想史。① 当然,这并非是要拔高王德威的学术,只是他关于中国现当代文学的言说,有他独到的品评方式。

"现代性的陷落"这一说法当可作为理解王德威批评历史观的一个象征性意象。他如同是站在陷落的边界来观看"现代性",故而他看到的现代性的景观就必然是殇情惋惜。王德威此说来自他《游园惊梦,古典爱情——现代中国小说的两度"还魂"》。这篇文章把白先勇和余华放在一起比较,来审视他们处理历史传统透露出来的不同的现代态度或时间观念。他认为,白先勇对《牡丹亭》的诠释,引发了一则有关现代时间情境的寓言,对照牡丹亭的"花团锦簇"、美梦成真,白先勇的《游园惊梦》写的就是"梦"的堕落与难以救赎,他讲的是个落魄"失魂"的故事。而余华的《古典爱情》在他看来,则是要惨酷得多,那是一个空前绝后的"现在",一个"危险时刻"。这些说法,综合了本雅明和列奥塔关于历史和现代性的论说,最为鲜明地表达了王德威看待作家创作态度的方式,看到作家和作品与时代及传统的关系,而这些关系的关节点,聚焦于现代性的态度上。他说道:

就此,我们要说现代中国文学抒情现象的特殊处,不在于普实

---

① 福柯大约最后还是一个理论家,以至于阿兰·巴迪欧在《世纪》这本书中把福柯说成德里达的补充。此说出自深受福柯影响的巴迪欧,不能不说也是"批评家"之见。当然,思想家之成为批评家不同于普通的批评家。

克所谓的抒情主体面对历史、持续增益发皇,而在于抒情主体意识到其"失落"的必然。如果传统抒情美典体现生命经验的圆满自足,现代作家所能感悟的,恰恰是这样圆满自足的形式/经验的无从寄托。他们喃喃地叙述着欲望对象的消失,象意、质化系统的溃散。是在这个面向上,我们更见识作家如白先勇、余华者向传统告别时的尖锐感触。①

这种现代性的态度,即在于追究现代的发生、生成和陷落。在王德威的视野中,现代性一经发生便面临着颓败和陷落的境遇——这就在于他赋予现代性审美的属性。王德威的现当代文学研究之所以具有批评性质,与他的知人论世的方法有关,他把作家的身世经历融进作品分析,它们共处于一种现代性的情境,这就是现代性陷落的情境。他选择作家作品,切入角度,入理更要入情,都要看到其中感怀伤逝、家国情怀,其本质就是在现代性的时间进程中,或崩塌、或变故、或死亡;身处这样的历史中,由不得你不悲从中来、荡气回肠。

其实,现代性的陷落代表了一种历史观,这就是把现代看成一个必然陷落、断裂、向死的时间过程。尽管王德威也爱谈革命、英雄,但他论题中的"革命"都与现代性劫难结下不解之缘,他笔下的"英雄"都是末路英雄,英雄篇章也必然是悼亡伤逝之作。在这样的现代性的时间关口,在现代性之如许时刻,王德威以情写史,写史动情,故而"有情中国"呼之欲出。

尤为需要强调的是,王德威的批评家本色体现在他并非外在地、理性化地看现代性的"陷落",这一"陷落"并非只是历史之事件,而是作家个人的生命主体经验,亦即内在化地写出他们的人生的情感态度。他擅长从对象中提炼出一种同情的情感向度,他们共同处于此一历史情境中,感同身受,悲从中来,一同"陷落"。在此一意义上,深受中国传统戏剧影响的王德威,写作论文或评论,也如同登台与作者同台演戏,他也担当了一个角色,甚至写着写着他也扮演起作者的角色,体味

---

① 王德威:《后遗民写作——时间与记忆的政治学》,台北:麦田出版社,2007年,第123页。

人物所有的情感。故而王德威的论述有情节、有戏剧性、有悬念、有转折。他喜欢这样的"陷落"的剧情，迷恋于这样的氛围，深信这样的故事。也正因为此，王德威的中国现代性论述有一种贯通20世纪的历史观，尽管说这样的"陷落的"历史观是否正确可以再加讨论，但它确实建立起一种中国审美的现代性，并且形成王德威的叙述文体与风格，这就是他超出同行的地方。

当然，王德威能引起现代与当代文学界持续的讨论，并非只在于他处理现代性问题时体现出来的历史观或历史感，或者是他的文体风格，更重要也更为切实的在于，他创造出一系列重解中国现代文学的学理概念。王德威的中国现当代文学研究之所以引起广泛影响，根本缘由在于他创造了几个关键性的阐释中国审美现代性的概念以及论说方式。例如，"被压抑的现代性""没有晚清，何来'五四'？""有情中国"、中国现代的"抒情的传统"、"想象中国的方法"等。1990年代后期以来，欧美现代性理论风行一时，国内学界对此风向还摸不着头脑，不辨东西，甚至理解上歧义百出①。尤其令人困扰的是，现代性理论应该如何引入中国现当代文学研究？王德威携现代性理论切入中国现当代文学研究，他创建的概念令中国现当代文学研究领域烽烟即起，却也峰回路转。固然，关于晚清与五四白话文学变革的关系的研究已经多有成果，但王德威把现代性理论引入，使得这一晚清文学研究获得了理论的深度，且与世界近代史的转折建立起联系，其学术视野当然有高明之处。

王德威在大陆现当代文学研究及批评领域影响最大的著作当推《被压抑的现代性——晚清小说新论》，这本书原著为英文版，1997年由斯坦福大学出版社出版，简体中文版2005年由北京大学出版社出版。这本书以"现代性"论说介入晚清小说，以期对晚清小说做更深入

---

① 2001年，杰姆逊在上海华东师范大学做关于"现代性的幽灵"的演讲，中国文艺理论学界有众多教授、博导参加演讲会，杰姆逊讨论现代性的问题让会上众多中国学者颇为惊异，杰姆逊在中国原来是作为后现代的传教士的形象而深入人心的，如今却在大谈"现代性"，何以从后现代倒退到现代性？这是众多中国学者所不能理解的。关键在于，当时在座的诸多学者没有理解到"现代性"实则是一个后现代的话题。或者说，是后现代的论域向着历史和批判性领域的伸展。

的考察。如作者在中文版序言中所陈,试图将晚清的时代范围扩及鸦片战争以后,并力求打破以往"四大小说"或"新小说"式的僵化论述。王德威更希望将晚清小说视为一个新兴文化场域,"就其中的世变与维新、历史与想象、国族意识与主体情操、文学生产技术与日常生活实践等议题,展开激烈对话"。这部书主要有四章专论:狎邪艳情、侠义公案、谴责黑幕、科幻奇谭。王德威解释说,他处理的重点并不在于研究文类,而是着重关注指向四种相互交错的话语:欲望、正义、价值、真理(知识)。显然,王德威是要通过对这四种话语的重新定义与辩难,去呈现"20 世纪中国文学及文化建构的主要关怀"。

在该书的导论部分,王德威提出"没有晚清,何来'五四'?"的追问,此一追问直指中国主流将中国现代文学革命的起点划定在 1919 年的"五四"新文化运动这一做法。主流的文学史论述通过确立"五四"的现代文学革命意义,将"五四"与晚清、近代或古典时代截然对立。王德威探寻"被压抑的现代性",即是去追问"到底二十世纪中国文学的现代性(modernity)在哪里",他认为要回答这个问题,就是要摆脱"五四"文人所设立的限制,重新思考以下问题:有哪些现代文类、风格、主题以及人物,是被我们认定为"现代"的中国文学话语所压抑、压制的?为什么这些革新仍然不被视为"现代"?王德威的主张在于:晚清小说并不只是中国"现代"文学的前奏,它其实是"现代"之前最为活跃的一个阶段。① 他指出"被压抑的现代性"可以以三种向度来理解:第一,它指的是中国文学传统之内一种生生不息的创造力。第二,"被压抑的现代性"表明当时的文学实际及作家创作实际并不能为概念和一种定义全部规训,不同的作品以不同的方式指陈现代的复杂情况。第三,"被压抑的现代性"还指对文学史的反思。他阐述的要点在于:"实现现代的任何途径,都会沿着纷杂混沌的形式,逐步展开。"②

如此,王德威就狎邪小说、侠义公案小说、丑怪谴责小说、科幻奇谭

---

① 王德威:《被压抑的现代性——晚清小说新论》,北京:北京大学出版社,2005 年,第 23 页。

② 同上书,第 28 页。

小说四个方面展开论述,他要发掘的是内含的四个被压抑的现代性层面:启蒙与颓废、革命与回转、理性与滥情、模仿与谑仿,很显然,这些层面以自我悖反的方式在晚清的小说中展开其现代的生成。

"有情中国"是王德威继现代性问题之后用力最勤的一个理论问题。此前在诸多书和文章里,王德威都少不了用一个"情"字来突显20世纪中国文学的核心问题,对于他来说,以"抒情"来阐释20世纪中国文学与传统中国的内在联系,乃是顺理成章的事。2006年秋天,王德威应邀在北京大学中文系做"抒情传统与中国现代性"系列讲座,课后结集同题由三联书店出版。

试图用一种美学的表达方式来归纳中国文学传统,这或许难以为人们普遍接受。实际上,王德威并非要把中国文学概括为"抒情"一种传统,而只是揭示出中国传统中存在着起贯穿作用的抒情方式,或许可以说是主要的两种方式之一。"抒情传统"之说受到陈世骧和普实克的影响①,王德威要发掘沈从文、唐君毅、徐复观、胡兰成、高友工等人所代表的抒情论述,并把它视为20世纪中期中国文学史的一个重要事件。在书中,王德威在比较的历史语境中论述了沈从文、瞿秋白、陈映真等(其中还兼带蒋光慈和何其芳),比较了江文也和胡兰成,探讨了白先勇、李渝和钟阿城之区别。"诗人之死"一章尤其写得动情,在生死的历史遭际中比较了海子、闻捷、施明正和顾城。王德威把文学研究做成了文化研究,把文化研究做成了审美研究;赋予传记批评以政治史的悲戚,赋予政治史以美学的品相。故而他在青年学子中享有如此非凡的魅力。

王德威关于"有情中国"的论说笔法娴熟圆润,延续他过去的知人论世的评论风格,把传记体与理论阐释、文本分析融为一体,又生发出多点比较的视角,使得理论叙述显示出历史背景的丰厚与故事性的饱满。特别是所叙述的人和事饱含家国变故的叙述张力,这些理论阐释贯穿着抒情的主旋律,或浅吟低唱,或慷慨悲歌,一部"抒情中国"的现

---

① 陈世骧:《中国的抒情传统》,参见王德威《抒情传统与中国现代性》,第9页。陈世骧的《中国的抒情传统》收录于《陈世骧文存》,台北:志文出版社,1972年。

第十二章　美国的中国当代文学批评

代性叙事就此声情并茂、形象饱满。

王德威的批评方法在某种程度上回应了杰弗里·哈特曼"文学批评也应该是一项文学创作"的观念①，哈特曼曾说："能够揭示人和意向性的成问题的深度的，不是作为一种经验的或者社会的现象，而是作为一种理论上可能的虚构。"②

王德威的文学观念类似哈特曼所说的"可能的虚构"，本质上亦可视为宏大叙事，也因为有"宏观"的冲动，他把小说进而把文学阐释为一种"想象中国的方法"，他的文学批评因此也可以理解为一种想象中国的方法。"家国情怀"是他理解文学的基本方略，这一点显示出他的历史主义态度。中国现代以来的历史境遇决定了中国文学必然深陷家国情怀，中国现代以来的文人学士的命运遭际也决定了他们必然摆脱不了家国情怀。这一点亦可看出王德威与杰姆逊第三世界寓言这一理论的相通之处，只是王德威并不从"第三世界"这一政治性和空间化的理论来立论，他立足于传统中国向现代中国剧烈动荡变革的历史，能看到其中文学扮演的角色和它的必然命运。显然，王德威深受后学熏陶，他能把后学理论方法了然于心而又不露声色，对于他来说，回到中国现代情境是首要的，一切从这里来立论。文学"发乎情，止乎理"，这是他理解文学的基本规则。这个情是个人的心性、遭遇、体验，这个理在现代中国则是家国情怀，在王德威看来，个人与民族国家在情的延展性方面达成了一种深化和升华，这也是王德威的独到之处。他总是从大处着眼，小处落墨。他选择人物非常讲究，这些人的经历已经构成一种历史/政治传奇，所有关于他们（沈从文、瞿秋白、闻捷、海子等）的审美分析，都具有意味复杂的政治隐喻，也都具有家国情怀意蕴。个人的情感和命运分析得愈透彻，家国情怀的历史政治意义的揭示就愈彻底。"想象中国的方法"说穿了就是个人的情感命运折射出民族国家的寓言，这是就文学建构的美学方式而言。王德威的意义还不止于此，他认

---

① 〔美〕杰弗里·哈特曼：《荒野中的批评》，张德兴译，天津：天津人民出版社，2008年，第217页。

② 同上书，第229页。

为文学艺术的存在本身就成为建构现代民族国家的有机部分。他说:"强调小说之类的虚构模式,往往是我们想象、叙述'中国'的开端。国家的建立与成长,少不了鲜血兵戎或常态的政治律动。但谈到国魂的召唤、国体的凝聚、国格的塑造,乃至国史的编纂,我们不能不说叙述之必要,想象之必要,小说(虚构!)之必要。"①所有关于文学作品的分析,都可以导向民族国家的自我建构,所有关于个人命运的叙述,也是对家国精神的阐发。

《想象中国的方法》这一书名,标示着王德威处理中国现当代文学的视角和方法,这一书名得自该书一篇同题文章《想象中国的方法——海外学者看现、当代中国小说与电影》,是就1994年哈佛大学出版的一本会议论文集《二十世纪中国小说与电影》做的序言,评议包括三个方面:乡村与城市的辩证关系、主体性与性别的定位问题、文字与映像组合及拆解国家"神话"的过程。很显然,对于王德威来说,"想象中国的方法"已经溢出了这篇文章,也溢出了这本书,他把作家个人的书写,看成从形象、情感、精神上建构国家国体,这是文学具有现代性的典型特征。想象中国的方法即虚构中国之方法,这与王德威使用的另一个概念是相通的,即"小说中国"的概念。这就是说,"小说本身的质变,也成为中国现代化的表征之一"②,"小说不建构中国,小说虚构中国。而这中国如何虚构,却与中国现实的如何实践,息息相关"③。很显然,不管是想象中国的方法,还是"小说中国",王德威都在建构他的"现代中国"的形象。

王德威对海上文坛传承的论说影响深远,他有意去重建晚清现代性,直至今日消费主义兴起的上海。他试图在文化上找到它们沿袭的脉络,在文学上归结出它们相通的气韵和风格。显然,张爱玲成为一个聚焦的中心,她往前勾连起晚清,往后连接起王安忆,横向牵出朱天文、朱天心姐妹,王德威建立起一个海上文脉的融会贯通的文学史叙事。

---

① 王德威:《想象中国的方法:历史·小说·叙事》,北京:生活·读书·新知三联书店,1998年,第1页。
② 同上。
③ 同上书,第2页。

在王德威看来:"《长恨歌》写感情写到那样触目惊心。荒凉而没有救赎,岂真就是张爱玲那句名言'因为懂得,所以慈悲'的辩证?"①尽管王安忆并不一定会同意这样的文脉,但"落地的麦子不死"已经生根发芽,长势喜人,不由得王安忆一个人不乐意。② 这也说明,王德威关于海上文坛传人的论说,契合历史的想象,他的文学史叙述和文学批评也是一种想象文学的方法。

王德威的批评笔法典雅中透出峭拔,俊逸却内含沉郁,就其古典一脉而言,兼具李太白的飘逸与老杜的沉郁,再容李商隐之情韵与李贺的险僻。他尤其关注那些伤情悲戚之作,在这里他做浅吟低唱,却从中抽绎出生命最为坚硬梗实的关节点,生命也是在这样的时刻显现出奇崛峭拔。这使王德威那种典雅俊秀的品评文字,突然间显现出冷峻的力道,有刚柔相济之风、明暗交错之趣。王德威关注的作家作品,总是有浓重的抒情伤感意味,像他尤为关注的几位作家,余华、张爱玲、王安忆、朱天心、朱天文、舞鹤、海子等,他们的作品大都蕴含人世沧桑的痛切之变,感念生命无常,但又不屈服于命运的决定。王德威对生命表达的那些极致困境尤为关切,总是从文学中看到穿越人类不可能性经验的那种力道。③

王德威的文学批评中有人物,这是他的批评最为出色的地方,他让作家活在他的批评中,尤其可贵的是,他让作家与他的作品中的人物融合在一起,把作品中的人物看成作家的形象的倒影,这倒是有点"泛纳克索斯主义",他让作家与他的作品中的情景、情感相交融,在王德威的文学批评中重新建构起一个动人的故事。他的俊逸的文字、优雅而准确的叙述,他控制和推动感情的节奏、起伏、转折和高潮,在他那些最

---

① 王德威:《落地的麦子不死》,济南:山东画报出版社,2004年,第47页。
② 要说王安忆之于海上文坛与张爱玲的关系,那就是肯定要数《长恨歌》这部作品,1990年代后期以来,王安忆在数个场合公开表示,她的《长恨歌》是部失败的作品,是她受了流行文化的影响,把上海的怀旧做得像回事,这是误导了读者。王安忆之所以要对自己最有影响力且获得茅盾文学奖的作品,贬抑如此厉害,如此超出常规,只能说明她想否定与张爱玲的联系,否定与怀旧的上海的联系。
③ 有关论述可参见王德威《当代小说二十家》论述舞鹤的一章,北京:生活·读书·新知三联书店,2006年,第275页。

有代表性的批评文章中,可以看出他的文学批评处理得如此完美。关于作品、关于作家的心性命运、关于文学与时代,王德威每篇评论都能营造出一个他的文学世界。这里已经无关乎思想的深度或广度,他着力创造出的是他的文学批评本身的文学性。不管人们怎么苛求或不以为然,就这一点,汉语文学批评中尚无人可及。

当然,我并不是说王德威的文学批评只是文学创作而无学理意义,他的学理意义包含在文学性的批评文体内。他在文学史研究中蕴含着文学批评的方法,他的文学批评也总有文学史的眼光;他有独特的历史观,尤其是对20世纪的中国历史有一种明确而通透的历史观。但他并不做硬性的历史判断或批判,而是把历史观转化为历史感,他宁可不露声色,建立起一种历史化的审美情境,让倾向从场面中自然而然地流露出来。这使王德威的批评手法可以内在化地理解为"草蛇灰线",正是这手法建构起一种文学史/文学批评的叙事情境,例如,他可以把相距颇远的几个文学史人物,或在不同时间,或在不同空间,建立起一种叙事联系,使之获得一种历史感或者说独特的历史意味。尤其是他后来的著作《抒情传统与中国现代性》,其勾连历史的笔法,或隐或显,或实或虚,堪称简洁精到,皆能抓住历史神韵。王德威并不依赖多么复杂深厚的阐释体系,却能揭示出历史的独到要义。显然,王德威早年翻译福柯《知识考古学》,得福柯历史研究之方法精要,并与中国传统诗词典章的文笔结合,故而形成自己独特的批评理路和风格,彰显了中国批评之神韵。

王德威著述甚丰,其勤奋和创造力极其惊人,其他影响大的著作还有《从刘鹗到王祯和:中国现代写实小说散论》《众声喧哗:30与80年代的中国小说》《阅读当代小说:台湾·大陆·香港·海外》《小说中国:晚清到当代的中文小说》《如何现代,怎样文学?:十九、二十世纪中文小说新论》《众声喧哗以后:点评当代中文小说》《现代中国小说十讲》,王德威蜚声于美国和中国两岸三地的现当代文学研究界,这当然并不仅仅是因为他哈佛大学讲座教授的头衔,更重要的在于他打开了中国现当代文学研究的新的面向,他提出一系列概念和问题,形成自己独特的方法和风格,开辟出一条独特而又深远的道路,既属于他自己,也启迪和影响了同代及后辈学人。

三 张隆溪、奚密、张英进、刘剑梅

1. 张隆溪：东西方文化的摆渡者

张隆溪1947年出生，1978年考入北京大学西语系，为"文革"后第一批研究生。1983年赴美留学，1989年获哈佛大学比较文学博士学位。同年受聘于加州大学河滨校区，任比较文学教授。1998年起，任香港城市大学比较文学与翻译系讲座教授兼跨文化研究中心主任。张隆溪的兴趣主要是比较文学、英国文学、中国古典文学、文学理论与跨文化研究。几十年来，张隆溪笔耕不辍，著述甚丰。早年的成名作为1983年在《读书》杂志上连载的介绍西方现代文论的系列文章。1984年这些文章结集成书时取名为《二十世纪西方文论述评》。① 此外，较有影响的著述还包括《道与逻各斯》（1992年英文版，1998年中文版）、《走出文化的封闭圈》（2000）、《中西文化研究十论》（2005）、《不期的契合：跨文化阅读》（2007）、《比较文学研究入门》（2008）和《同工异曲：跨文化阅读的启示》（2006）。准确地说，张隆溪并非批评家，他是比较文学领域的杰出学者。但张隆溪在同代学者中是一位有文学批评眼光的学者，他常以文学批评家的眼光和方法做比较文学。张隆溪中英文著述均很可观，在中国的比较文学等领域可谓开创出一种个人风格：这种风格既不避讳展示个人锋芒，又以庞大的阅读量和知识储备为根基，立论纵深而有理有据；既能把握理论大问题，又以精要细密的文本细读为基石，在理论与文本之间取得微妙平衡。他乐于通过精深细致的文本解读或文化阐释，切入中国文学与中国文化的内部，往往能得其精微。

张隆溪有开放的学术视野，有能力站在跨文化的视角上去重新看待本国、本地文学。张隆溪不避讳在任何场合表达自己对于钱锺

---

① 张隆溪：《二十世纪西方文论述评》，北京：生活·读书·新知三联书店，1986年。

书、朱光潜等前辈的景仰之情。在他眼里,像钱锺书、朱光潜这样知识渊博、学跨中西的学者才真正可称为学者,因为只有这样的人才能洞见两个文化或更多不同文化之间的同与异,从而借"他山之石"烛照自身。以前贤为典范,张隆溪注重古今中西的对比,在他的著作中,一个小小的线索往往能够延异式地展开,显示出知识背景的厚实深远,从而在一个宏阔的背景下进行比较式论证,对本欲解说的对象进行更加透彻的分析。尽管张隆溪一直视阐释学家伽达默尔为自己的楷模,其著述亦深受德里达的影响,尤其是德里达著名的"延异"和"播散"思想。

张隆溪提出"走出文化的封闭圈"及"跨文化阅读"等概念,努力寻求东西方文化理解与沟通的可能性。他曾不止一次表达自己的心愿是做东西方文化的摆渡者,将读者从一种文化渡向另一种文化。文化或文学研究中的"寻同的比较主义"①是张隆溪一个比较明确的追求。也是在这个意义上,张隆溪在其《中西文化研究十论》中对法国汉学家于连提出尖锐的批评。而这个批评之所以有力量,是因为张隆溪的批评不是简单止于对于连的反驳,而是将于连置放在西方一直以来的一个文化对立派的谱系之中来考察。张隆溪认识到,黑格尔《历史哲学》中所说"世界的历史从东方走到西方,因为欧洲绝对是历史的终结,而亚洲是历史的开端"凸显出其严重的欧洲中心论色彩,而德里达"虽然批判黑格尔所代表的逻各斯中心主义和语音中心主义,却并没有解构黑格尔哲学建造起来的东西文化的对立"②。

张隆溪指出,与德里达一样,于连拐弯抹角的"迂回"论,不过是希图通过对中国的研究,达到"'进入'我们的理性传统之光所没有照亮的地方"③。这一策略其实还是强调中西对立与差异,建立在这一中西

---

① 法国汉学家于连对钱锺书比较研究方法的概括。参见〔法〕于连《答张隆溪》,陈彦译,《二十一世纪》1999 年 10 号,第 119 页。转引自张隆溪《中西文化研究十论》,见张隆溪《张隆溪文集》第一卷,台北:秀威资讯科技股份有限公司,2013 年,第 306 页。
② 张隆溪:《中西文化研究十论》,《张隆溪文集》第一卷,第 154 页。
③ 〔法〕于连:《新世纪对中国文化的挑战》,陈彦译,《二十一世纪》1999 年 4 月号,第 18 页。

第十二章 美国的中国当代文学批评

对立与差异的基础之上(不过,张隆溪此说也不无强拧德里达之嫌)。张隆溪不是不承认中西文化某些对立或差异的客观存在,他不能同意的是对这些对立和差异的极端强调,以致造成影响中西方文化或文学的沟通与交流的恶果。问题更为严重的是这些强调对立和差异的极端论调往往披上一层更为隐蔽的批评西方中心主义的理论外衣,因此不容易为人识别。张隆溪深入中西差异或对立的原始或最初关口,仔细梳理出西方内部的对立与差异建构史和中西对立与差异的建构史,从而有力地反驳了对文化对立与差异极端强调的论调,为中西文化与文学的比较研究开辟了新的空间。①

如果说这是比较理论性的提炼的话,那么针对具体文本中出现的差异,张隆溪借用弗莱的言说,也提出一些可行之策。比如张隆溪认为"后推"、拉开距离等有助于人们发现那些使看似差异巨大的文本得以联系起来的基本主题或原型。总之,文化差异或对立并不是不存在,张隆溪在意的是在对立或差异存在的情况下如何推进中西方文化和文学交流,更重要的是,如何警惕西方中心论对"中心/差异"的刻意或隐蔽性的强调。在张隆溪看来,只有跨越文化间的差异,在"求同存异"的基调下,中西文化或文学交流才能真正构成平等的交流,因此也才能有效推进中西之间的深入交流。

如果说在比较方法或研究标杆上,张隆溪认同于钱锺书"东海西海,心理攸同;南学北学,道术未裂"的治学理念的话,在具体的阐释方法上,张隆溪则受益于伽达默尔等阐释学者颇多。在《阐释学与跨文化研究》这本书的序言里,张隆溪坦承自己对阐释学的兴趣之因。② 张隆溪始终在中西方文化与文学研究界笔耕不辍,希冀能够对中西方文学交流与合作带来更大的可能性。这不仅是去开启中国文化与文学的前景,对于西方文学乃至世界文学来说,也是开启更广阔的对话空间。

---

① 张隆溪:《中西文化研究十论》,《张隆溪文集》第一卷,第191页。
② 出自张隆溪《阐释学与跨文化研究》一书序,转引自张隆溪《张隆溪文集》第四卷,台北:秀威资讯科技股份有限公司,2014年,第8页。

2. 奚密：从边缘出发的批判与重构

海外汉学界研究中国古典诗文乃至小说戏曲者不在少数，能够将中国文学研究的时段推向现代这一时期，则自夏志清《中国现代小说史》起。欧美的现当代诗歌研究属于晚近兴起的领域，也是得益于夏志清、李欧梵等学者研究中国现代文学渐成气候，现当代诗歌研究才有一席之地。夏志清、李欧梵等主要聚焦于现代以来的小说与戏剧等文类，对于诗歌则相对较少涉猎。即便欧洲有德国汉学家顾彬、荷兰籍的贺麦晓、柯雷等研究者，海外汉学里，中国现当代诗歌研究依然未成气候。这正是奚密的意义和分量所在。① 自 1980 年代任教于加州大学戴维斯分校以来，奚密一直将自己的目光聚焦于中国现当代诗歌，以一个"专家"的身份不停地探索现代汉诗的理论辨析与文本实践，新见迭出。不能说奚密将现代汉诗作为自己的毕生研究课题有多么深远的考虑，但奚密长期的默默耕耘的确有弥补学界研究偏颇的作用。海外现当代文学学界因为有奚密的存在，才可能拼凑出一个比较完整的研究版图。在这个意义上，奚密的存在不可替代。

正像她一本书的名字《诗生活》所提示人们的那样，奚密多年来就像诗一样生活着。研究者与研究对象在"气质"上的贯通始终是奚密现代汉诗研究的重要特点。奚密关注的核心问题是中国现代汉诗的发展问题，她试图通过对汉诗发展问题的"还原"或梳理来为之正名。尽管用情深切，奚密的相关论著在论证思路上却从不含糊，她往往能够化繁为简，在一头乱麻中理出一条相对清晰的理论或实践图景，从而相对清晰地阐释自己的诗学主张。海外的学者普遍具有文本比较或跨文化研究的优势，这来源于他们不同的专业训练，在奚密这里这点体现得十分明显。举凡大陆诗歌、台湾诗歌、香港诗歌、西方诗歌，都在奚密学术视野里得以融会贯通。

---

① 奚密(1955—)，生于台北，台湾大学外文系学士，美国南加州大学比较文学硕士及博士，1980 年代以来一直执教于美国加州大学戴维斯分校，现为该校教授。主要著作有《现代汉诗：1917 年以来的理论与实践》《现代诗文录》《从边缘出发：现代汉诗的另类传统》《诗生活》，并有汉诗的部分英译成果。

第十二章　美国的中国当代文学批评

奚密的诗学论述有一个核心目标:为边缘正名。在《从边缘出发:现代汉诗的另类传统》这本书里,奚密系统地论证了"诗的边缘化"这样一个论题,清理出一条现代汉诗的发展之路,同时这样的清理也表达了奚密复杂的考虑。①

对于诗歌的边缘化,奚密巧妙地通过"迅速转化中的现代社会"将现代诗歌纳入其论证脉络,同时通过"日趋以大众传播和消费主义为主导的现代社会"的到来来连通当代诗歌的边缘化论证。具体的论证过程是细密繁实的,奚密的批评或研究文字从来不是大而化之,而是通过具体的文本,通过对文本的比较来说明她的观点。不同时段、不同地域文本的并置看似毫不经意,其实是需要很大的诗学功底和文学积淀的。比如奚密用以论证的对象就大致包括了沈尹默的《月夜》、徐志摩的《车上》、杨牧的《喇嘛转世》、穆旦的《自己》、闻一多的《也许(葬歌)》、吴瀛涛的《废墟》、顾城的《结束》等。奚密还不断扩大视野,对"边缘性"与"自我"、"台湾诗坛"、女诗人、海外汉诗写作等的论证使得她能够建构一种边缘诗学观念,从而将"边缘性"的理论辐射得更加广泛。

"边缘性"可以视为奚密诗学观念的核心,多少年来,正是凭借"边缘性"的犀利理论能量,或者专注于"边缘性"的研究位置和诗歌本身的位置,奚密得以批判性地看待现代以来的汉诗写作。她关注"诗原质"这样的基本理论问题,并由此去阐释现当代诗歌的新质与优点。也是因为"边缘性诗观"的批判视角,使得她下气力去揭示现当代诗歌的种种弊端。尤其对于观念性对诗歌个性的压抑,她更给予直接批评。②

不难看出,与她所重视的"今天"诗人们的创作相比,奚密对集体化创作倾向颇多批评。像"新民歌运动"或红卫兵诗歌那样的诗歌政治运动其诗意乏善可陈,更何况奚密不在这种文化氛围中,更会觉得这种政治运动对诗歌的介入让人匪夷所思。当然,诗歌的政治化和政治对诗歌的介入,也是一种现代性激进文化现象,其实有待从历史建构的

---

① 奚密:《从边缘出发:现代汉诗的另类传统》,广州:广东人民出版社,2000年,第1页。
② 同上书,第23页。

角度加以深入研究。从这一意义上说,沾染政治情绪和理念的诗歌可能无法在诗意上成立,但依然有其一定的历史意义和价值。

奚密的批判有其自身的理路,她一再强调诗歌阅读和批评的"四个同心圆",所谓诗文本、文类史、文学史、文化史。① 从奚密一贯强调的诗歌的先锋或前卫精神,也就是说从诗歌的诗文本特质来看,"革命文学"以降的中国诗歌的确显得特别格格不入。然而,如果奚密更多考虑中国现代以来社会的复杂状况,考虑文学与时代不可避免的联系,可能会更多同情那些沾染了政治情绪的诗歌。

奚密对于当代诗歌中的"诗歌崇拜"现象的分析颇有见地,她论证了诗歌崇拜与个人崇拜、性别政治等的纠缠关系,有助于我们更加看清朦胧诗和后朦胧诗潮的其他面向。奚密的阐释建立在诗文本的具体细读之上,她关于"诗歌崇拜"的批判性分析,揭示了诗歌的神圣化和诗人的英雄化内隐的绝对主义、乌托邦式的心态,而此心态至少隐含了诗歌理论和实践上的排他倾向。② 奚密的"诗生活""芳香诗学"等概念的提出或建构不仅体现出其思考能量的充沛,更体现出她对于现代汉诗不竭的热情与追求。对于现代中国诗歌来说,奚密的现代新诗研究无疑打开了一条属于她的独特路径,那里面展示了丰富而自由的诗的世界。

3. 张英进:从影像里洞悉中国历史

张英进在美国以研究比较文学和现当代中国电影出名,尤其于后者,他成就斐然。在某种意义上,张英进的电影研究具有理论化的特征,这也使他的研究更接近文化研究,也因此,考察张英进的电影研究倒是可以让我们看到当代欧美中国研究的一种趋向,文化研究大有取代文学研究成为主流的趋势,其理论化的程度也表明了一种新的研究风格。

---

① "我认为理想的解读应涵括四个层面:第一是诗文本,第二是文类史,第三是文学史,第四是文化史。这四个层面就像四个同心圆,处于中心的是诗文本……"参见《为现代诗一辩——奚密访谈录》,奚密:《诗生活》,桂林:广西师范大学出版社,2004 年,第 153 页。

② 奚密:《从边缘出发:现代汉诗的另类传统》,第 241 页。

第十二章　美国的中国当代文学批评

张英进的学术风格不温不火,虽然重视理论,但并不过分突显理论特征。他能从问题入手,平和中透着睿智,精细中却十分宽广,做出了自己的路数。2008年张英进出版《影像中国》,在该书封底,著名艺术史家、美国普林斯顿大学艺术史讲座教授杰罗姆·希尔伯格德(Jerome Silbergeld)就说:"《影像中国》也许是将中国电影带入历史与批评研究课堂中的最佳书籍,也是最适合介绍这个专题的为数不多的作品之一。"美国权威杂志《电影季刊》有评论称:"《影像中国》最实在的贡献在于三方面:它探讨跨国主义与全球主义的问题,以及这些问题对中国电影百年发展的影响作用;它坚持不懈质询'中国'是如何被投射成影像,以及'影像中国'过程中的意识形态内涵;它启迪思想性的概括和批判有效地鼓励读者进一步提出问题。"①我以为这些评论并非只是同行之间的溢美之词,这些评价中肯而恰切。

张英进的"影像中国",与王德威的"小说中国"有异曲同工之妙,一为影像的表征,另一为文字的虚构,它们从不同的维度揭示了中国现代形象虚构/建构的不同形式。在某种意义上,它们也表征着中国形象的现代建构与当代想象之不同面向。在王德威的沉郁伤情的叙述中,现代"小说中国"经常包含转折、裂变、创伤与惨痛;其中却又夹杂着华丽颓靡,无不散发着世代更替的末世情调。但在张英进的"影像中国"中,那更多的是全球资本主义时代的文化生产空间,跨文化的神奇、杂糅、误读、怪诞……"影像中国"如所罗门的瓶子放出妖孽,把巨大的身影投射在中国的大地上。然而,我们已经很难感到大地的存在,我们能看到的是"影像中国"。世界能看到的也是影像中国,我们看到的世界也只能是影像世界。张英进算是先知先觉,率先捕捉住这样的形象,而且他一开始从中国现代入手,又在跨国化的视野中来审视这样的"影像",这就显示出张英进建构的"影像中国"的独特价值了。

张英进的学术方法颇受福柯的影响,尤其服膺于福柯的知识考古学。因此他与王德威在理论方法上有共同性。在张英进的早期成名作

---

① 参见张英进《影像中国——当代中国电影的批评重构及跨国想象》,胡静译,上海:上海三联书店,2008年(封底)。

《中国现代文学与电影中的城市》中,我们就可看出福柯理论的影响。他在中国出版的多部著作和发表的不少论文,也可以看出有福柯的思想与方法融贯于其中。在 2011 年北京大学出版社出版的由他主编并收录有其代表性论文的中文著作《民国时期的上海电影与城市文化》(2011,英文版出版于 1999 年)中,张英进试图通过对 1920—1940 年代电影的探讨,"将中国早期电影纳入民国时期城市文化的语境中进行持续的研究,为西方的中国电影研究提供了一个急需的历史视角"①。他把影像中国与福柯的知识考古学结合在一起,所要强调的是:"在一个特定的社会政治家电影语境中,电影文化为现代中国的知识考古学提供了一个肌理丰富而又有趣的场域。"②

2002 年张英进出版《影像中国——当代中国电影的批评重构及跨国想象》,这是一部在宏观视野中审视当代中国电影批评的著作。其理论的充沛厚实与资料的翔实丰富,可能是同类著作中最为出色的。《影像中国》在梳理中国当代电影批评时,相当清晰准确地勾勒出这些电影批评的理论来源。确实,我们看到,当代关于中国电影的批评理论,其主导部分或者说前卫部分几乎全部来自西方后结构主义理论。在张英进归纳的六个论域中,可以看到当代西方及中国的电影前卫批评所涉及的论题,以及处理问题的方法,如中国电影与跨文化政治、中国电影研究在西方的展开、跨文化研究与欧洲中心主义、从"少数民族电影"到"少数话语"(协商国家、民族与历史)、身体的诱惑(塑造当代中国的民俗电影)、跨国想象中的全球/本土城市等等。这些论题确实是从理论到电影文本的阐释方法,某种意义上是从理论视野去读解当代中国电影。

《影像中国》所提出的问题,可以主要归纳为三个大问题:跨文化的文化政治问题、性别身份政治问题和全球化与本土想象问题。其核心则是"认同的政治"。"认同的政治"为那些有第三世界背景的理论

---

① 张英进主编:《民国时期的上海电影与城市文化》,苏涛译,北京:北京大学出版社,2011 年,第 6 页。
② 语出美国《批评杂志》主编 W. J. T. 米彻尔,参见 W. J. T. 米彻尔《论批评的黄金时代》(杨国斌译),中文译文载《外国文学》1989 年第 2 期。

批评家提供了一个强大的学术视野，它既保持了某种民族国家的文化记忆，又行使了文化批判的马克思主义左派姿态，而且也可以使发达资本主义国家的知识分子保持由来已久的批判性立场。"认同"的论域可以看到个体与民族国家、与性别身份的顺应关系，也可以看到反向关系。

张英进关于电影的研究十分注重空间问题，在这方面，他的一些探讨十分有特点。2009年，张英进出版《电影、空间与全球化中国的多地性》①，这里的"空间"不是指电影作为艺术或技术的空间性，而是电影生产、传播与接受的空间性，尤其是全球化时代与中国特殊的政治地理关系造成的"多地性"。如英国地理学家梅西所言：空间是彼此关联的产物，"应该把空间视为多重叙事共存相生"。张英进试图借助梅西的人文地理学的概念，强调空间的多元性和异质性，由此来梳理中国电影、空间和全球化进程中与"多地性"相关的多重叙事与理论话语。②

张英进还在比较文学方面有相当丰富的研究，他的论文《历史整体性的消失与重构——中西方文学史的编撰与现当代中国文学》③影响甚广，值得国内学界关注。尤其是对当代中国文学史编撰来说，是一篇视野恢宏、见解犀利、分析公允的文章。这篇论文探讨了当代西方后现代理念影响下文学史写作的缩减和退场，集中于对异质性问题的寻求，普遍不探讨整体性问题。但也有一些欧洲、北美或国别文学史陆续出版，这些文学史兼具现代/后现代的观念，对文学史进行了新的处理。这对中国大陆文学史叙述是一个非常有建设性的参照。

4. 刘剑梅：现当代文学与历史、性别关系的互动

刘剑梅目前有影响的现当代文学论著当推《革命与情爱：二十世纪中国小说史中的女性身体与主题重述》，颇受欧美中国文学研究界的好评。刘剑梅的文学观念深受其父刘再复的影响，也因为父亲从小

---

① YingJin Zhang, *Cinema, Space, and Polylocality in a Globalizing China*, University of Hawaii Press.
② 参见易前良所译该书手稿第一章"全球化与中国电影的空间"。
③ 载《当代作家评论》2010年第1期。

的教诲引导,刘剑梅才能够执着地爱上文学,"并在对中国文学史的研究中找到人性的光辉",由这个基本的"人性的光辉"出发,照亮或者打开其此后的学术进向。刘剑梅在《革命与情爱》中展现了她所受到的西方理论批评训练,她有能力分析复杂的论域中的文学与政治的关系。"革命加恋爱"这样一个通常会为研究者简单视为政治传声筒的文学模式,却让刘剑梅看到文学与政治的复杂扭结。刘剑梅的问题可能跟王斑近似,他们都关注中国当代政治的美学辩证法。刘剑梅的问题是"革命与情爱"这样的小说模式为何自五四以来就不断被重新表述,不断"浮出历史地表",而这些绝非一个意识形态需要就可以解释。由此,刘剑梅发掘出一条长远的革命与情爱的历史辩证图景。不管怎样,"革命加恋爱"这样的小说模式有效地参与甚至形塑了中国革命的实际进程,并在革命的内部始终扶植起一种异质的声音,从而使得"革命与情爱"始终在一个互相斗争的过程之中。这在"五四"是开端,在蒋光慈那里是成型,在1930年代是壮大,在新中国成立后是渐渐僵化,在1990年代以来则走向虚无。刘剑梅强调自己并不试图全景式地描绘"革命与情爱"的历史谱系图,但她对于"革命与情爱"的梳理对于我们认识20世纪中国历史尤其是文学史提示了一个崭新的视角。①

该书提出一个颇有新意的说法,即把早期的"革命加恋爱"解释为一个"表演行为"。表演是重复,也是变异,因此每一次都倾向于解构,由此表明"革命与情爱"这个模式内含的历史纠葛和文学辩证。由此出发,刘剑梅认同福柯意义上的"复数的历史"(a plurality of histories)和杜赞奇意义上的"分岔的历史",提示我们看到历史彼时的复杂性,更主要是看到"总体历史"或整体性历史不可避免存在的漏洞与偏颇,从而可能从不同的路径接近历史的复杂"真相"。"然而,我也了解,不论多样性是否比整体有价值,它都不是一个理论问题,而是一个依赖特定历史时刻的问题。"②刘剑梅显然既看到开解历史不同可能的吸引

---

① 刘剑梅:《革命与情爱:二十世纪中国小说史中的女性身体与主题重述·引论》,郭冰茹译,上海:上海三联书店,2009年,第41—42页。
② 同上书,"引论"第41页。

第十二章　美国的中国当代文学批评

力,又时刻愿意将对"革命与情爱"的探讨给予历史化的处理。

表演性的说法还让我们思考真实与虚拟之间的辩证关系,而"革命加恋爱"的写作是在一种想象或虚拟的层面上去介入现实,这就可以理解它的诸多特性。归根结底,革命或者情爱各自的深处,在刘剑梅看来隐藏着一个幻想模式的存在。在"革命加恋爱"里,"一个是聚焦于民族和集体的幻想,另一个则是更关注私人和个体的想象,但是他们并不独立存在,而是错综复杂地纠缠在一起,并被理想主义的光芒所包裹"[①]。正是在这个意义上,刘剑梅表示了对于历史中人的同情之理解。无论革命还是恋爱,都体现为一种激情的力比多冲动,前者在中国的语境中尤其成立。因此,马尔库塞意义上的"非压抑升华"(nonrepressive sublimation)对于中国知识分子来说是心甘情愿的,或者起码是一厢情愿的。而值得注意的是,刘剑梅始终抓住现代知识分子思想意识的窘境——无产阶级"导向"与"资产阶级""趣味"之间的无法调和——和中国现代性的内在症结来统摄全文,这就使得她的立论既能深入到细微处,又能纵观整个现代的展开与错合。

作为一部探讨现代文学中的情爱的力作,刘剑梅花费了不少篇幅探讨现代女性作家的女性写作。从整体上来看,情爱的主体或者那些写得出色的情爱主体通常是女性,这样,刘剑梅此书实际上是一部重要的探讨女性主义的著作。她借用伊利格瑞"流动的液体"说来界定和分析女性气质或女性表达,不是将对女性感性身体的表述看作意义被凝固的隐喻,而是将之看作一种流体。接续《革命与情爱》中女性主义的论述,其后出版的《狂欢的女神》虽然话题更杂,颇像张爱玲"流言"式的写作,但其中重要的一章依然关乎当代女性主义文学、电影和艺术等。现当代文学与女性主义的辩证关系是其思考的主要内容。不过,从该书还可以看出刘剑梅目前的关怀更为广泛,她的文学审美世界业已扩大疆域。王德威对刘剑梅的评价是"行有余力,她由中国文学放眼世界文学艺术,由学院角度体验日常生活,发为文章——尤其是中文

[①] 刘剑梅:《革命与情爱:二十世纪中国小说史中的女性身体与主题重述》,第261页。

文章,平实亲切,却往往透露她不愿随俗的坚持"①,可谓点出其文学批评思路的一个转换,或曰递进。此书可谓刘剑梅的心血之结晶,真切至情,带人入境。

四 刘禾、张旭东、唐小兵、刘康、王斑

1. 刘禾:跨语际实践的当代性

出生于1957年的刘禾算得上是知青一代,1974年中学毕业后,刘禾到西北河西走廊武威地区插队。1976年考入甘肃师范大学英语系,1980年考入山东大学攻读英美文学专业研究生学位,三年后毕业。1984年得到美国哈佛大学燕京访问学者基金的资助,赴美从事研究一年,从此打开了她广阔的学术空间。1985年,刘禾考入哈佛大学比较文学系攻读博士学位,1990年毕业后进入加州大学伯克利分校,任东亚系和比较文学系跨系教授,后转入哥伦比亚大学,现为该校终身人文讲席教授,2009年起同时兼任清华大学中文系教授。

对于一般的中国文学研究者来说,刘禾的研究领域——跨文化交流史、新翻译理论等——相对是比较新奇的学术领域。在中国日渐卷入全球化浪潮的今天,在后现代主义日渐显现其苗头和迹象的今天,刘禾的"跨语际实践"及其"被翻译的现代性"等理论成果的意义进一步释放出来。所谓"跨语际实践",按照刘禾的说法,首先是一种后殖民主义式的批判,批判的是西方现代以来的知识霸权地位,主要是表述方面的霸权。这尤其体现在西方词语(刘禾意义上的客体语言)被翻译为中国词语(刘禾意义上的主体语言)的过程中。一个西方词语如何能够对应一个非西方词语,比如中国词语?这是刘禾的问题。刘禾不无沉痛地发现:通过对翻译透明性的宣称或默认,直接等同的翻译一定程度上牺牲了主体语言相应的丰富性,并且也会削减民族或文化的积

---

① 王德威:《女性学者的憧憬》,见刘剑梅《狂欢的女神》,北京:生活·读书·新知三联书店,2007年。

淀。新翻译过来的这个西方词语却从此在中国现代语境中被赋予各种"先进"的意义,尽管这个意义可能是饱蘸着西方意识形态的各种企图或冲动。这正是刘禾在后殖民理论的烛照下才可能发现的批判面向,这一个面向解开了无限的批判空间,使得刘禾的"跨语际实践"几乎是一出场就引人瞩目。①

从语言入手,从翻译的不对等性入手,刘禾借助对现代文学作品的深度解读,意欲揭示一种新的思想观或世界观。对于沉迷于现代文学史框架下的现代文学研究者而言,此前从来没有人质疑这个历史原来并非那么天经地义,甚至可能与翻译活动有很大干系。这无异于从现代性话语体系的形成来审视文化的不平等,在文学与现实、语言与历史、本国语言与外国语言的透明对应关系中,发掘文化的优势等级与权力关系,由此揭示文本与历史的互相转化才是历史的本相、文学史的真相。

刘禾深受后学思想的影响,她质疑那些整体感的、严丝合缝的文学史叙述和文学研究框架,对之进行不遗余力的瓦解,也最大限度地提示我们语言与现实之间的不对等因素所可能形成的批评空间之广阔。②正是这样的问题意识促使刘禾跨过现代文化交流史和文学史的现有叙述,去另辟蹊径地思考通常自明的现代翻译史和透明的翻译理论,从而注意到"互译性"的人为建构或历史建构的本质。对于"互译性"的批判,因此成为刘禾论著的第一个鲜明的起点。然而如果仅仅关注"互译性"的建构本质或其历史脉络,刘禾的著作不过是对抽象理论问题的探讨,尚不能深入走向普泛的文本或文化现象之中。身为来自"第三世界"的学者,刘禾对于第一世界知识分子关于第三世界文学论述之漏洞有敏锐警惕。阶级、种族、性别、国族等后殖民论述中常出现的关键词也因此进入刘禾对于中国现代文学的相关阐释之中。

正是在国际学界互相交换声音这样一个大环境里,刘禾注意到看

---

① 刘禾:《语际书写:现代思想史写作批判纲要》,上海:上海三联书店,1999年,第35—36页。

② 同上书,第6页。

似自足地在"中国"这个地理界限内产生并发展的中国文学其实自进入现代以来就无往而不在世界大格局之中,它的每一阶段的发展,它的问题和成就也因此与世界其他地区文学乃至政治进程息息相关。因此也就难怪刘禾对于斯皮瓦克、霍米·巴巴等的后殖民理论那么心有灵犀。在刘禾看来,詹明信对于鲁迅作品不完整的解读得出"第三世界的文本,甚至那些看起来好像是关于个人和力比多趋力的文本,总是以民族寓言的形式来投射一种政治:关于个人命运的故事包含着第三世界的大众文化和社会受到冲击的寓言"①这样关于中国现代文学的整全性判断,就正是基于一种西方中心地位的判断。通过对第三世界文学下整体判断,使得第三世界文学被本质化与他者化,世界各国文学之间的平等交流恐怕也会成为问题。身为有第三世界经验的学者,刘禾其实无力改变知识界这一西方中心论的惯常格局,话语的霸权与政治经济的霸权紧密相连,刘禾当然深知这一点。但将这种忧虑投射到中国现代文学的历史发展中,去揭示中国现代文学和思想史中由翻译进程而体现出的权力控制,由此去分析意识形态永不停息的较量、争斗,就成为刘禾的学术研究的一个自觉目标。

刘禾的批评实践表明,她在努力挑战和推进萨义德等后殖民理论家的论述。在对萨义德以及尼南贾纳的批判中,刘禾认为跨语际实践的必要性在于:所有这些后殖民论述,要么没有注意语言之间互译的透明性所隐藏的权力交涉、文化碰撞或意识形态纷争,要么没有考虑到非西方语言与西方语言碰撞时候的特定情况,因此仍然有待推进。②

通过文学作品进入语言翻译的历史,与通过语言翻译的历史进入文学作品乃至社会思潮的议题,在刘禾看来是互相扭结在一起的。在一个词语的身上,可能凝结有无限多的意义纷争与历史细节。刘禾的用意不仅在于批判西方霸权和霸权式论述,也在于批判中国在选择译词时的各种意识形态之争或各种权力之争,从而论证翻译从来不是概

---

① 〔美〕詹明信:《晚期资本主义的文化逻辑》,张旭东编,陈清侨等译,北京:生活·读书·新知三联书店,2013年,第429页。
② 刘禾:《语际书写:现代思想史写作批判纲要》,第35页。

念从一种语言到另一种语言的透明旅行,而是"在后者的地域性环境中得到了(再)创造"。如果说王德威"被压抑的现代性"开启的是历史与文本的思辨性论域的话,刘禾的"被翻译的现代性"则在语言这一层面展开经验性的论证。它提示我们注意中国现代性的一个面向:也许重要的并非在于现代性是怎样的,而是现代性是怎样产生的;更进一步,现代性是怎样进入中国现代社会的探讨范围,又是怎样普及到整个社会的。

刘禾后来的写作兴趣仍然与语言及其中西方的碰撞有关。2004年出版的《帝国的碰撞》一书可以说是对《跨语际实践》的某种程度上的拓展。2014年,借助《六个字母的解法》,刘禾介入当代文学批评实践,这部充满文学掌故的作品多有悬念,依靠文学性的小细节连缀全篇,可以视为刘禾理论研究之外的一个极有意味的尝试。

2. 张旭东:寓言性批判与"新左派"的崛起

张旭东①属于少年才子,他在大学本科期间就显露不凡的才华。1985年,年仅19岁的张旭东就向中国比较文学学会第一届年会提交了一篇论文《从文化的诗学到诗的文化学》,后来该文发表于《美学与文艺研究》文集第二卷(1987)。这篇文章固然还不难看出习作的稚拙,但在那个时期就涉猎文化诗学,并且敢于提出海明威式的文化诗学,这就颇有学术胆略。在他看来,海明威的生存抗争投射到他的文体中,"他在空虚中聚合起生存者的经验及其语言形式,并在经验与语言的互置中呈现出一种诗意的模式"②。1980年代中期,文化热初兴,文学理论与批评如何与"文化"概念发生关联,无疑也是一种理论变革创

---

① 张旭东(1965—),生于北京,在上海接受中小学教育。1986年毕业于北京大学中文系,毕业后在中央音乐学院任教,讲授文学课程,后去美国留学,在著名马克思主义理论家詹明信(又译作詹姆逊、杰姆逊,后文唐小兵部分作詹姆逊)门下攻读博士学位,1995年获得美国杜克大学文学系博士学位。后任教于美国纽约大学,2005年任美国纽约大学比较文学系和东亚研究系教授、东亚系系主任。随后在国内多所大学兼职,担任北京大学、华东师范大学、重庆大学、日本东京大学讲座教授。

② 参见张旭东《幻想的秩序——批评理论与当代中国文学话语》,香港:牛津大学出版社,1997年,第11页。

新的欲求。在思想史方面是对传统进行文化反思与批判;在文学方面,文化寻根方兴未艾;理论批评方面,受西方现代主义思潮的影响,尤其是哲学思潮的涌入,加上文化人类学逐渐兴起,这些都使文学理论与批评以及比较文学研究具有突破旧有模式的强烈渴望。张旭东这篇文章以海明威为导引,广泛涉猎了尼采、维特根斯坦和海德格尔的思想,这些新知在当时无疑别开生面、锐气十足。①他那时就宣称:"诗意的文化则是大地上人们的飘摇的歌声。"②可以看出张旭东当年起点颇高、见解大胆、有勇气且积极回应当时思潮。

张旭东早年以翻译本雅明《发达资本主义时代的抒情诗人》一书著名,他为这本书的中文版写了一篇颇长的有理论含量的导言。本雅明后来影响了张旭东的研究方法,这表现在本雅明关于寓言和诗意的理论设想给予张旭东的理论批评以审美的内涵。后来卢卡契关于历史总体性的观念影响了张旭东对历史的把握方法;当然这一切都因为詹明信给予了张旭东以应对当代性问题的思想动力。本雅明以玄奥晦涩著称,很难想象那时二十出头的张旭东何以对此种理论有如许热情。他解释本雅明的隐晦的意图是:在寓言的意义上"具体地呈现出完整的时代与体验的内在真实图景,这把它同一种充满活力的思想传统以及那个时代最杰出的心灵联系在一起"③。张旭东崇尚本雅明的"文人"风格,他能体会到本雅明醉心于自己的写作方式的那种状态。因而,并不需要把本雅明看成一个哲学家,而应把他看作一个能进入游手好闲者行列的文人。本雅明的晦涩,他对寓言的爱好,他的收藏气质,尤其是他的抽象理论,这一切都因为他的"文人"身份才好理解。张旭东说:"他的抽象理论却成为他的自我体验的一种奇特的象征。这种象征甚至比他的诗意的热情更具有慑人的魅力。"④

本雅明的抽象理论并非用于说理或行使逻辑的力量,而是回到自我体验,张旭东能看到这一点确实很有见地。本雅明的理论论说中最

---

① 参见张旭东《幻想的秩序——批评理论与当代中国文学话语》,第11页。
② 同上书,第22页。
③ 同上书,第23页。
④ 同上书,第28页。

为难解和深奥的是他的"寓言",张旭东对寓言的解释还是准确抓住了要点:"寓言是我们自己在这个时代所拥有的特权,它意味着在这个世界上把握自身的体验并将它成形,意味着把握广阔的真实图景,并持续不断地猜解存在的意义之谜,最终在一个虚构的结构里重建人的自我形象,恢复异质的、被隔绝的事物之间的联系。"①虽然这里的解释还显得较为晦涩,但也是因为本雅明的寓言就如同一个多棱镜,并没有固定的结构和清晰的内涵。所有这些阐释,是否可以完全为人们理解和接受并不是那么重要,在那个时期,这样一种话语导向一种思维层面,由此打开理论的想象界域,摆脱旧有的理论规范,其意义已经足够大了。后来在这篇导言基础上,张旭东写有《寓言批评——本雅明〈论波德莱尔〉中的主题与形式》,发表在1988年第4期的《文学评论》上,这篇文章着重讨论了本雅明《论波德莱尔》一文中的几个关键概念,如寓言、象征、震惊、通感以及审美空间等,打开了本雅明的理论最有魅力的层面,也对1980年代中国文艺理论的前沿探索提示了引人入胜的路线图。

张旭东对卢卡契总体性理论的关注,促使他后来有能力从宏观上来把握中国当代现实。在1980年代后期,他写有《卢卡契的总体—叙事理论》②一文,当时张旭东对卢卡契理论的关注带着强烈的现实感,他认为,卢卡契的总体性的现实主义理论对于当时的文学批评理论建设,对于"突破僵死的'反映论'模式,对于在一个新的理论环境中思考诸如'主体性'问题、中国的'现代主义'问题,对于中国文学与当代中国历史规定的内在关系及其形式表现等问题无疑都有其巨大的现实意义"③。张旭东试图在詹明信的基础上进一步阐释卢卡契总体性叙事的特征:其一,总体大于部分之和;其二,总体具有未来面向,总体体现了未来的优越性。张旭东对卢卡契的分析抓住了重点与要害,深入总体叙事的内部,尤其揭示了卢卡契对现实主义文学的深度剖析。

张旭东对理论有强烈的热情,他尤其渴求那些最新的、前沿的甚至

---

① 参见张旭东《幻想的秩序——批评理论与当代中国文学话语》,第39页。
② 该文收入《西方文学理论名著教程》,北京:北京大学出版社,1989年。
③ 张旭东:《幻想的秩序——批评理论与当代中国文学话语》,第60页。

最深奥的理论。不只是詹明信、本雅明、卢卡契,海德格尔、拉康、德里达也是他所热衷的理论家。张旭东喜好思辨,对西方形而上学传统有浓厚兴趣,他能进入其中,以自己独特感悟得其要领。张旭东也是1980年代最早把西方理论用于阐释中国现当代文学作品的批评家之一,他较早的探索体现在《遗忘的系谱——寓言、历史与重读鲁迅》①,在这篇长论文中,张旭东把本雅明的"寓言"与鲁迅的"寓言"放置在一起比较,在对本雅明的寓言的读解中激发鲁迅作品中的"寓言"意义。寓言不但是对历史的否定,而且是对历史的消解。也就是说,从寓言的角度看,历史不再有整体性,不再是必然性的逻辑自我建构,毋宁说历史已经颓败,解体为各式各样的碎片。鲁迅的作品"把四散的历史作为一个永远的现在寓言性地安放在'速朽'的文字之中"②。

1997年,张旭东在美国出版英文著作《改革时代的中国现代主义》,这部书的中文版2014年由北京大学出版社出版。③这部著作颇具整体性,可以看出他有能力从宏观上把握改革开放以来的当代中国思想历程。这部著作相当深入且准确地梳理了中国1980年代"现代主义"形成、展开与变异的过程,其独到的深刻之处在于,通过在社会时空和象征时空里追溯现代主义的历史渊源和当代流变,把它作为一种体制(institution)来分析。张旭东对现代主义形成机制的分析具有深刻性,他是在诸种关系交错的结构中来把握其历史依据,现代主义因此具有聚焦性,它集中了历史的合力,也触动和激活了这些潜在力量。④

从整体上来看,《改革时代的中国现代主义》试图对1980年代的精神史作出理论思考,张旭东一直徜徉在黑格尔、本雅明、卢卡契和詹明信的理论思辨体系中。可以看出张旭东已经非常自如地运用思辨理论的话语方式,他能在抽象性提炼中揭示本质性的问题,不断地解开那些症结,因而他的论说具有精神气质。2014年,张旭东出版《全球化与

---

① 这篇文章当时因故未公开发表,标注的写作时间是1988年。后于1997年收入《幻想的秩序》。
② 张旭东:《幻想的秩序——批评理论与当代中国文学话语》,第171页。
③ 张旭东:《改革时代的中国现代主义》,北京:北京大学出版社,2014年,第13页。
④ 同上书,第133页。

文化政治——90年代中国与20世纪的终结》,这本书更注重面对中国1990年代的现实实际,他的言说已经不再倚重理论思辨框架,而是更乐于去直接对话、阐释和批判。当然,这本书实际上可以看成文化批评、文学批评和电影批评三方面内容的合成。关于1990年代中国的政治哲学和思想文化的探讨占据了本书的主要篇幅,在此我们不做过多讨论;文学批评虽然只是一部分,但却是作者最为得心应手的章节。如要考察张旭东在文学批评方面的贡献,这几个章节倒是理想的样本。

2015年,上海人民出版社出版张旭东的《文化政治与中国道路》,可以看出张旭东对中国当代政治文化发展有更为深切的关注,他的叙述和阐释也更为理性、现实和直接,当年的理论化、诗意和寓言转向了更为明晰的实用的现实化回应。这部书还是保存了他对文学问题的特殊关注,再次收入了他讨论王安忆和莫言的两篇文章,这不只是表明中国作家对中国现实的表现力有着历史化的深度,也证明了张旭东多年来一直讨论的文学对现实的寓言化表达的持久有效性。

3. 唐小兵:"再解读"的视野

唐小兵1964年生于湖南邵阳,1984年毕业于北京大学英文系,随后赴美留学。1991年获得杜克大学比较文学博士学位。随后相继在科罗拉多大学、芝加哥大学、南加州大学执教,现为密歇根大学讲座教授。主要研究领域为20世纪中国文艺运动、中国先锋艺术、文化理论、比较文学等。应该说在赴美之后,唐小兵等年轻学人就在比较文学领域开始了自己的学术活动。《中国现代文学与政治和意识形态》(1993年,杜克大学出版社,与刘康共同主编)一书的形成能够说明在其学术发端期唐小兵的学术旨趣与抱负。因为身在美国,远离中国现实,唐小兵等人反而一往情深地将目光投向中国的社会主义革命与建设时期的文学经验。由于西方1960年代以来各种文学理论的大爆炸而收获的新理论储备恰好给予他们以相应的批判视角,如此源源不断地日日精进,唐小兵逐渐有了自己清晰的学术方法和学术志向。

唐小兵的《再解读:大众文艺与意识形态》(1993年,香港牛津大学出版社)一经出版就在学界引起反响。虽然迟至2007年该书才在大陆出版,但实际上书中相当一部分论文在1990年代就已经广泛散布于大陆学界,造成持久而广泛的影响。唐小兵作为该书主编,其实是在有意地营构一种新的讲述文学史的方法,而这背后则是"文学史观和文学史识的重大变化,是批评视角与批评语言的重大更新,是对遗忘数十年所形成的世俗批评视角与世俗批评语言的超越"①。对于"再解读"的解读策略,唐小兵则更为强调大众文艺与意识形态之间的辩证关系。随后出版的以"英雄与凡人"为主题的著作延续了唐小兵一贯关注大众文艺的作风,在对日常生活的关注上,唐小兵敏锐分析了作为一个凡人的"幸福生活"内隐的时间意识,他尤为独到地分析了英雄与凡人在中国20世纪历史中(尤其是文学史中)的共生关系。就唐小兵来说,他关注的其实是20世纪中国的文艺运动,尤其是代表中国对于社会现代化和文学现代性最为激进之追求的延安文艺,这是他学术工作的起点和源泉。他始终回溯到这里寻求动力,可谓持之以恒,自成一格。

1986年,还是一个留美学生的唐小兵翻译出版了《后现代主义与文化理论:詹姆逊教授讲演录》。这本书风行一时,给中国送来了后现代主义。詹姆逊的后现代主义理论可谓雪中送炭,中国学界正从现实主义迈向现代主义,现在迎来了后现代主义,就摆脱了不必要的纠缠和过渡,给中国人文社科学界开启了更大的话语空间。1996年詹姆逊的这本书再版,依然被认为是关于后现代理论的一本重要的参考书。唐小兵在《再解读》的代导言《我们怎样想象历史》中特别分析了通俗文学与大众文学(大众文艺)的差异,而这一差异决定了大众文艺在中国的诸种命运。唐小兵更往深处去分析文学对于意识形态表达的复杂状况,借助于对延安文艺的分析,他试图揭示其乌托邦想象的政治性与人类艺术活动的深层欲望之间的互渗与缠绕。② 与王斑将政治的美学化划归在"崇高"这一范畴不同,唐小兵由此看到的延安文艺是一场"反现代的现代先锋派文化运动"。

---

① 刘再复:《序言:"重写"历史的神话与现实》,唐小兵编《再解读:大众文艺与意识形态》,香港:牛津大学出版社,1993年,第7页。
② 唐小兵:《我们怎样想象历史(代导言)》,《再解读:大众文艺与意识形态》,第16页。

唐小兵解释说,再解读的用意在于"揭示出历史文本后面的运作机制和意义结构",而非"单纯解释现象或满足于发生学似的叙述,也不再是归纳意义或总结特征"。① 从唐小兵所论及的大众文艺的历史实践中可以看出,1990年代市场经济影响下,新兴的通俗文学对政治性的大众文艺产生了严重的背离。尽管原有的红色经典也以各种方式复活,但在混淆进消费文化的体系中时被戏仿化了,历史以被解构的方式重新恢复了在场。

唐小兵以新左派的立场,关注1990年代以来中国市场经济条件下文艺的意义和功能。大约是因为理想主义气质被当下的娱乐性消解,以致看不到红色经典的现实根基,他对此颇感忧虑。他依然"希望《再解读》提供的不仅仅是书名和若干论文,而且也是一种文本策略,是对中国现当代文化政治、社会历史的一次借喻式解读"②。

4. 刘康:美学与马克思主义的当代实践

刘康于1978年考入南京大学英语系,1982年取得英文专业学士学位,1983年获得富布莱特国家奖学金支持,到美国威斯康星大学留学。与较早出国学习的当代其他学人一样,刘康选择了比较文学作为自己的专业。1989年刘康取得博士学位,先后在格林奈尔大学和宾夕法尼亚州立大学任教,2003年他已经依靠一系列学术著作而在海内外获得较高知名度,并入职杜克大学。2015年,刘康入选欧洲科学院外籍院士。刘康为人所熟知,最早要归功于他出版的《对话的喧声:巴赫金的文化转型理论》。这本书1995年以中文出版,受到热烈好评。时隔多年之后的2011年,北京大学出版社重印此书,名字稍稍更改为《对话的喧声:巴赫金文化理论》。无独有偶,该书1990年代的台湾版在新世纪也得以再版面世。对于巴赫金及其相关理论的认识来说,刘康为中文世界的读者作出了不小的贡献。这部书体现了刘康批评的才华和理论的充沛,他对中国现当代文学在巴赫金理论意义上的解读深入细

---

① 唐小兵:《我们怎样想象历史(代导言)》,《再解读:大众文艺与意识形态》,第25页。
② 同上书,第28页。

致且多有新见。

从研究巴赫金文化理论和中国现当代文学入手,刘康的学术生涯在世纪之交前后有一个明显的转向。早期的主要著作有 Politics, Ideology and Literary Discourse in Modern China(《中国现代文学与政治和意识形态》,1993 年,杜克大学出版社,与唐小兵共同主编),中文著作《对话的喧声:巴赫金的文化转型理论》,后来又有英文著作 Aesthetics and Marxism(《美学与马克思主义:中国马克思主义美学家和他们的西方同行》,2000 年,杜克大学出版社)等。刘康早期的学术志趣倾向于在比较文学视野的统摄下去考察美学与政治的关系。他的学术眼光体现在对文本细节的精到分析,从中发掘出中国现当代文学乃至现当代政治与美学的独特关联方式。1990 年代中期,刘康的知识左翼的立场表达得更加鲜明,开始其学术转向。以中文出版的《妖魔化中国的背后》(与李希光合著,1996)、《全球化/民族化》(2001)、《文化·传媒·全球化》(2006)等著作可以看出他对文化政治和国际政治的关注。这个时期刘康的研究走向文化研究,进而走向对全球化和当代中国文化政治的综合研究。也就是说,作为一个文学和马克思主义美学批评家的刘康渐渐隐退身影,而作为一个公共知识分子、一个左派知识分子的刘康渐渐变得清晰。这也许可以归功于詹明信的影响,但其实这也更可以说是刘康早期的马克思主义美学志趣必然形成的结局。事实上,美学尤其是马克思主义美学及其与中国当代政治、社会变迁等的关系一直是刘康关切的重点。

近年来,刘康探讨外国人眼中的中国形象这样宏大的课题,他的早期著作就有一样的抱负:为中国 20 世纪史寻找理性理解的空间。刘康有感于中国形象的污名化遭遇,致力于做中国形象的"重建"工作,这些工作大致分为两部分:首先,消除西方人对中国历史及中国人的误解;其次,反击那些污名化、"妖魔化"中国的西方主流意识形态。这也可以解释为何《美学与马克思主义》与《妖魔化中国的背后》这两种论述在时间节点上有一个交叉。可以认为,《妖魔化中国的背后》只是《美学与马克思主义》对于"后革命社会"阐释的一种可能性延伸。

刘康倾向于对历史有一个整体的理解,有一个基本的把握,这在一个以解构为时尚的后现代社会可谓让人费解,然而这也充分体现出刘康意欲达成的文学批评或美学探讨往往有着干预现实或干预历史的理想化冲动。对于西方后现代论述颇为热衷的巴赫金,刘康反拨一般论述,要人们看到:"巴赫金思想的核心是如何透过语言和话语的变迁来审视文化转型问题。"①将巴赫金的理论径直视为一种文化转型期的理论,是刘康的要做新论的观点。这种观点不仅使得巴赫金理论能够对症下药式地针对中国20世纪具体语境发言,而且更主要的是使得刘康能够对20世纪中国文化变迁等问题提出自己的独到观察。②

语言问题是美学问题的一个层面,这直接导向刘康后来对美学问题的关注,而所谓"历史和意识形态"的面向,也几乎提前埋下了刘康后来自然亲近马克思主义的伏笔。值得注意的也许不在于刘康具体强调什么,而在于为何对一个众说纷纭的巴赫金,刘康有相当清醒的理论意识或问题意识。这也是他后来在马克思主义理论与美学之间找到某种学术平衡点的原因所在。

在《美学与马克思主义》这本书里,刘康所执意提出的乃是一种替换性的或另一种现代性在中国出现的可能性。比之于马克思主义的中国化和本土化,刘康更倾向于直接强调中国特色的道路,强调从本土发掘出自身的美学道路。对鲁迅、瞿秋白、毛泽东、胡风、朱光潜、李泽厚等的梳理,意在显现出一条中国自身的马克思主义美学道路。刘康认为这个道路相比于他们的西方"同行"如康德、葛兰西、阿尔都塞等所揭示的美学道路,对中国本土实践更有阐释能力,也更有理论生命力。这样的论述显然也有国际性的背景,面对西方马克思主义,刘康们需要把中国革命实践中形成的马克思主义道路阐释得更加鲜明独特。

5. 王斑:为历史祛魅

时至今日,王斑的"历史的崇高形象"这一表述已然经典化,尽管

---

① 刘康:《对话的喧声:巴赫金的文化转型理论》,北京:中国人民大学出版社,1995年,第2页。
② 同上书,第19—20页。

有齐泽克的影响痕迹，但王斑依然针对中国经验做了独特的理论表述。对中国"文革"历史的深切反思直接构成了王斑学术生涯的开端，也注定了其今后的研究志趣。王斑1988年赴美留学，之后获得加州大学洛杉矶分校比较文学博士学位，任教于纽约州立大学石溪分校、新泽西罗格斯大学，直到2007年入职美国斯坦福大学。他的写作范围虽然包罗广泛，涉及文学、美学、历史、国际政治、电影以及大众文化等领域，但也可以说自有其一以贯之的主题。这个主题整体上指向"为历史祛魅，为记忆还魂"。所谓"为历史祛魅"，是说王斑并不相信历史的自动写作机制，也不相信历史存在一套自明的逻辑。受到海登·怀特为代表的新历史主义的影响，王斑倾向于消解主流的、整体的、正统的历史，发现历史的被压抑的面向，发现另外的历史可能。

所谓"为记忆还魂"，主要是对个人记忆的铭记与书写，在王斑看来，历史与记忆之间的张力始终是更客观看待现代性在中国乃至全球发展的必要维度。相比于法国历史学家比尔·诺哈的"记忆的环境氛围"说，王斑不仅将历史与记忆的区分看作现代与传统的区分，而且认为相对于记忆保留的丰富驳杂的历史经验而言，"现代历史话语，其根本特征是理性分析，话语构造，通过冷静、客观的批评方式对记忆遗产进行解魅、分析、破除神话"①。王斑尤为看重的是记忆对于历史话语的解构或反批评的功能，这在所有受目的论统辖的现代性宏大话语日益风靡全球的情势下，有强烈的针砭"时弊"之效。王斑当然不排斥集体记忆存在的必要及其对于整合社会意识形态和美学实践的巨大作用，但比之于集体记忆，王斑显然更加看重个人记忆的执拗，倾向于从个人真切记忆的角度去冲击历史的"僵硬"叙述，从而揭示历史及历史写作潜藏的一套话语机制。还原被历史强势叙述所强行遮蔽的个人记忆，同时也就给出了历史更为丰富的可能与面向。

在这一核心思考的贯穿之下，王斑以《历史的崇高形象：二十世纪中国的美学与政治》（1997年英文版，2008年中文版）和《全球化阴影

---

① 王斑：《全球化阴影下的历史与记忆》，南京：南京大学出版社，2006年，"导言"第3页。

第十二章 美国的中国当代文学批评

下的历史与记忆》①(南京大学出版社,2006)为代表的著作在历史、记忆、美学、政治、全球化等关键词的联系当中汇聚成一体,成为一个互相印证的思想体系。如果我们以 1997 年《历史的崇高形象:二十世纪中国的美学与政治》为王斑文学研究的第一个明确标志的话,2004 年《历史与记忆:全球化的质疑》则可以视为其文学研究的第二个明确标志,前者关涉历史创伤如"文革"者居多,后者则引领我们直面当下现实——全球化的世界风景。虽然看上去王斑的学术道路从历史穿向现实,但其实王斑不过是接续批判"文革"的思路,并将批判的锋芒继续推进,切入当下痛感与快感并存的此时此刻的生活。

"历史的崇高形象"意欲清理中国现代历史中美学与政治的复杂纠结关系,此学术动机来源于王斑早年观看《春苗》的一段难忘体验②。这个回忆由于有了个人记忆的真切,而在个人与历史之间形成更为复杂的双向回溯关系。王斑的问题并不是简单的"觉今是而昨非",他更是从中看出了中国人或中国社会在某个时期共同的症结所在。对于这个困惑的思考促使王斑将美学与政治联系起来,不如此他就无法解读"文革"时期的种种"灾变",更无法将自己的个人记忆真正平息。王斑发现,在对"文革"这样的特殊集体事件的研究中,他不得不扩展审美体验这一概念的范围。也就是说,所谓审美体验将"不仅指艺术、文学、电影创作或欣赏的体验,它还包括个人和群体在日常生活中获得的类似艺术审美的体验……突然之间,我们所经历的、非艺术的生活似乎即刻成了艺术作品"③。王斑从这一判断出发,将自己的研究推进到历史书写的主流话语,推进到美学如何参与了政治和历史形象的建构,并进而推进到 20 世纪以来的国人的创伤和震惊体验之中等论域,从而解开或打开了历史的深层次问题。虽有个人创伤体验作为基调,王斑的此番研究却并不走向偏激地全盘否定,而是认识到历史行走到这一地

---

① 原名《历史与记忆:全球化的质疑》,香港:牛津大学出版社,2004 年。
② 王斑:《历史的崇高形象:二十世纪中国的美学与政治》,孟祥春译,上海:上海三联书店,2008 年,英文版前言第 2 页。
③ 同上书,英文版前言第 6—7 页。

步的复杂性所在。① 正是在此批判性视野的照射下,王斑能够透过"文革"看到整个20世纪中国政治所走的美学化道路,也看到美学如何被政治利用或者"发现"的曲折历程,从而在揭示历史创伤的同时,更为清晰地梳理出历史的更为原初的内在图景。

进入21世纪,王斑关注全球化问题,他着眼于伴随全球化产生的创伤性经验。他认为:"目前在国际资本入侵和社会人际关系全面商品化的情境下,旧有的生活秩序和经验世界一夜间的崩溃而造成的震惊,这实际已构成又一场触动人们灵魂深处的'文化大革命'。"②对"全球化经验"作如此判断,恐怕左派和右派都难苟同。对于右派来说,全球化是中国融入世界的难得的机遇,带动中国社会快速发展;对于左派来说,"文革"是一次创造性的文化革命,是中国在文化上摆脱帝国主义,走中国自己道路的最卓越的探索,而全球化是中国当代的灾难,是帝国主义重新剥削掠夺中国的开始。很显然,王斑介于两种极端之间,当然明显偏左一些。王斑的主要考虑点还是在于历史与记忆的辩证,正是在此意义上,王斑将全球化作为最新的历史话语的集中表征,对于它可能对个人经验和文化记忆带来的覆灭性的"同化"力量忧心忡忡,而由于个人经验和文化记忆在全球化历史话语下的丧失或消隐,人们并没有意识到这个问题的存在。有鉴于此,王斑才不惜花费精力重新梳理中国现代以来历史与记忆之间的诸种辩证,希图引起世人警醒,并引起一些思考。

王斑的著述总体上可以视为文学批评论著,其细读和文本分析的批评方法,主要立足于现当代文学史语境,与文学结下不解之缘。但相较于王德威等偏向审美批评的文学研究者来说,王斑的著述中文学、历史、美学、政治、全球化等因素绝非一个关键词可以涵括,这些因素构成其论著的内在肌理,互相激发,形成话语实践。

总体而言,海外的中国现当代文学研究很难归结为具有当前性的"文学批评",古典文学研究一直是欧美(以及海外)汉学的主导传统,

---

① 王斑:《历史的崇高形象:二十世纪中国的美学与政治》,英文版前言第15页。
② 王斑:《全球化阴影下的历史与记忆》,南京:南京大学出版社,2006年,"导言"第6页。

第十二章　美国的中国当代文学批评

现代文学研究是夏志清在1950年代开辟出的一条路径,随后是李欧梵做进一步拓展。1980年代以后,杜博妮、马汉茂、顾彬等人关注并向西方推介中国当代文学。近几十年来,更年轻一代的汉学家如柯雷、贺麦晓、罗鹏、洪安瑞、魏若冰、蓝诗玲、李素等人,偏向中国当代文学的研究和翻译。但能够归结为"中国的"这一国族或语言门类下的中国当代文学研究,在1990年代以后才显山露水,这主要得益于王德威的研究。如果我们不过分偏执于"文学批评"的当下性的话,就从欧美的中国现当代文学研究这一领域来看,中国现当代文学研究大体上可以划归到"文学批评"这一范畴。于是在这一章我们把海外中国现当代文学研究归入广义的"文学批评",作为探讨的对象。简要言之,海外中国现当代文学研究,就其观念与方法以及立场来看,分为两种倾向:其一是有中国台湾背景的学者,他们偏向于文学的审美批评,思想观念上倾向于右派或自由主义立场,如夏志清、李欧梵、王德威、奚密等;另一种是有中国大陆背景的学者,偏向于理论及左派立场,他们深受西方马克思主义学派的影响,如刘禾、刘康、张旭东、唐小兵、王斑等。但近些年来,大陆背景的青年一代学者进行了不同的选择,不少人选择传统的审美批评,尽管也用理论,但以文学作品研究为根基,例如张英进、刘剑梅、宋明炜,他们疏离左派立场,更接近欧美的自由主义传统,也就是新批评的传统,并且向"后学"开放,抹去了意识形态的鲜明性,专注于学理论域本身,在审美批评、文化研究、文学史语境三方面的交融中来处理中国当代文学,这不妨看成海外中国文学批评的新方法正在形成。

（本章由陈晓明、龚自强执笔。其中,夏志清、李欧梵、王德威、张旭东、张英进等小节由陈晓明执笔;张隆溪、奚密、刘剑梅、刘禾、唐小兵、刘康、王斑等小节由龚自强执笔,陈晓明做了部分修改。）

后　记

　　本书缘自我在2010年申请的教育部重大项目"中国文学批评史",最后审批下来是重大委托项目。该项目所有管理及要求与重大项目一样,经费却少了一半,按现在标准,只是一个青年项目的经费。北京大学那时并没有重大项目的配套经费,可想而知,要把这点经费先分配到子课题合作人的手上,再召开学术会议、召开阶段性研讨、调研等,会有多拮据。麻烦的事情还在后头,因当时这个项目申请尚无结果,时任中文系主任陈平原先生要我担纲申请社科重大招标项目"百年中国文学与当代文化建设研究"项目,我是一个不懂推脱的人,平原先生期望,我当不好让老友失望,只好仓促上阵。也是在那年秋天,我和张辉兄到京西宾馆答辩。答辩完之后已是黄昏,秋日的阳光莫明地虚幻。不想,这个重大招标项目却最后花落北大中文系,也就是落到我肩上。虽然说这两个重大项目是北京大学中文系的重大项目破冰之旅——彼时北京大学中文系还没有重大项目,我这破冰却一下承担了两项。是喜是忧?于我是忧多于喜。两条战线作战当然不可能,只能一步一步来做。我的策略是先易后难,"中国当代文学批评史"毕竟主题明确,历史脉络比较好把握,于是就先做"中国当代文学批评史"。

　　在这里要感谢系里的多位老师、同行朋友。开题报告那天的情景还宛如昨日,要感谢的名单太长,在此就不一一列出。当然要特别感谢子课题的负责人。多次就框架体例讨论打磨,孟繁华兄、贺绍俊兄、程光炜兄、陈福民兄、张清华兄诸位都参与了提纲和细纲的修改讨论(以及后来统稿修改的多次讨论)。经过反复推敲,最后形成了这样一个体例:就是以现实主义的形成为主线,以现实主义的转型——先锋派和后现代主义的文学批评寻求创新与突破——来凸显当代文学批评的发展变化历程。在这里,还要特别感谢课题组参与执笔写作的同仁们,他们任劳任怨,无私奉献,我们的课题经费这么少,他们可以说是慷慨无私地帮助我。在这里,我要特别感激参与撰稿写作的孟繁华兄、贺绍俊兄、计璧瑞教授、周瓒教授、周荣博士后、毕文君副教授。还有与我有师生缘的张晓琴教授、顾广梅教授、陈欣瑶、龚自强、石佳、李强等。他们现在都在不同的工作岗位上作出了出色的成就。

  这个项目拖延时间有点久,按说这个委托项目有 30 万字就可以结项了;但是我做事情,总是和自己过不去,总想竭尽全力,以现有之力尽可能做到最好。就像我年轻时候所信奉的狄更斯在《大卫·科波菲尔》里说的一句格言:"需要献上我的整个身体的,我绝不只献上一只手。"更何况这是教育部的重大委托项目呢!我是竭尽全力来做的。我写了导言和其中多个章节,加起来也近二十万字。篇幅越写越长,初稿总体上有七八十万字,统稿比较辛苦、修改、研讨、再修改、再研讨,时间就这样拖下来。一直改到 2015 年,还是觉得不踏实,想放放再多方征求意见。不想时间到了 2016 年,我担任北大中文系主任,要应对的事情实在是千头万绪,也自觉责任重大。这本书稿一放就是数年,其中二度申请延期。直到 2019 年,眼看最后期限将至,只好趁暑假再加修改。投入数月,总算过了最后一遍。2019 年 11 月交付北京大学出版社,在这里要特别感谢北京大学出版社,尤其是要感谢责编延城城,他责编过我的好几本书,工作认真负责,为人谦逊踏实,这才有书稿可以放心出版。

  最后在这里,我还要感谢当年和我一起去申请项目的温儒敏先生、曹文轩先生。那次我们北京大学是与南京大学吴俊兄带领的团队一起竞标,同时参与竞标的还有复旦大学陈思和先生领衔的团队。温儒敏先生时任北大中文系主任,我是应他之邀担任首席专家,温先生和文轩先生两位亲自出马保驾护航,虽然后来我们获得的是重大委托项目,经费少了一半,但这在当时也算是一个收获吧。一转眼十年过去了,岁月催人老,所谓"皓首穷经"也不过如此。我从 50 岁出头到 63 岁完成这个项目,终于出版面世,算是给当下中国贡献了第一本比较完整的《中国当代文学批评史》,完成了一项艰巨的任务,了却了一项债务,今日的心中,既有一种轻松,也是一片空虚。

  本书的出版得到北京大学社科部和北京大学中文系"学术创新工

程"支持,在此深致谢忱!

  本书虽然打磨多年,但其中的疏忽和谬误,挂一漏万在所难免;尤其是各章节执笔者的立场态度,对材料的把握考量都不尽相同,为了尊重写作者的本意,我统稿的修改当是有一定限度的。但总体上存在的问题和错误应由我负责,在这里恳请同行朋友不吝赐教,批评指正!倘有谅解,不胜感激矣!

陈晓明
壬寅年二月初九

附主要撰稿人简介:

孟繁华:沈阳师范大学特聘教授、博士生导师,中国文化与文学研究所所长;曾任中国社会科学院文学研究所研究员,当代室主任。

贺绍俊:沈阳师范大学特聘教授、博士生导师,中国文化与文学研究所副所长;曾任《文艺报》常务副总编。

计璧瑞:文学博士,北京大学中文系教授、博士生导师。

张晓琴:文学博士,北京师范大学文学院教授、博士生导师。

周　瓒:文学博士,中国社会科学院文学研究所研究员。

顾广梅:文学博士,山东师范大学文学院教授、博士生导师。

周　荣:文学博士,辽宁文学院一级作家。

毕文君:文学博士,鲁东大学文学院副教授。

沈秀英:文学博士,宁夏大学文学院副教授。

龚自强:文学博士,中国艺术研究院副研究员。

陈欣瑶:文学博士,北京石油化工学院讲师。

石　佳:文学博士,当代中国研究所助理研究员。

李嘉慧:文学博士,现居香港。